H. D. KLEIN

# GOOGOL

Roman

Überarbeitete Neuausgabe



WILHELM HEYNE VERLAG
MÜNCHEN

FSC
Mix
Produktgruppe aus vorbildlich
bewirtschafteten Wäldern und
anderen kontrollierten Herkünften

Zert.-Nr. SGS-COC-1940
www.fsc.org
© 1996 Forest Stewardship Council

Verlagsgruppe Random House
FSC-DEU-0100
Das zertifizierte Papier *München Super*
für Taschenbücher aus dem Heyne Verlag
liefert Mochenwangen Papier.

Überarbeitete Neuausgabe 3/06
Redaktion: Wolfgang Jeschke und Rainer Michael Rahn

http://www.heyne.de
Printed in Germany 2006
Umschlagbild: Boris Vallejo
Umschlaggestaltung: Nele Schütz Design, München
Satz: Schaber Datentechnik, Wels
Druck und Bindung: GGP Media GmbH, Pößneck

ISBN-10: 3-453-52126-9
ISBN-13: 978-3-453-52126-1

*Für Eva und Zigo*

# Erstes Buch

# 1

Es war ein herrlicher Abend an jenem 24. August 2045.

Die Sonne stand schon tief am Horizont, und die Temperatur war noch angenehm warm. Lange Schatten wechselten sich mit rötlich flutendem Licht ab, das der herben Luft einen freundlichen Beigeschmack verlieh. Kein Geräusch war zu hören, noch nicht einmal das entfernte Zirpen einer Grille oder der schrille Gesang des Kookaburras.

Vor einer halben Stunde hatte ich mich aus dem dunklen Kontrollraum der Allison Walls Station geschlichen und das zusammengefaltete Albatros-Fluggeschirr aus dem Stauraum meines Kopters geholt. Nun legte ich mit beinahe kindlicher Vorfreude den Koffer auf den Boden des Landeplatzes. Verstohlen schielte ich zum Gebäude der Station hinüber.

Es war niemand zu sehen.

Ich packte das Fluggerät aus und ordnete die Schwingen, die der Flügelform des Albatros exakt nachgebildet waren. Sogar die häßlich schwarz-graue Farbe und die Anordnung der Federn, die jede einzeln durch Mikrosensoren gesteuert wurden, stimmten mit dem Original überein. Nur in den Ausmaßen übertraf die Nachbildung die Natur: während es der im Flug elegant wirkende Albatros auf lächerliche drei Meter Spannweite brachte, entfaltete sich das Kunstgebilde auf stolze 15 Meter.

Manche ›Birdies‹, wie die Anhänger dieser Sportart genannt wurden, trieben ihren Sport sogar so weit, daß sie Kopfbedeckungen oder Helme mit Schnäbeln trugen. Weiterhin besaß der eingeschworene Fan heutzutage ein maßgefertigtes Federkleid und benutzte ein Artikulationsmodul, um echte Vogelschreie imitieren zu können.

Nun, darauf konnte ich verzichten. Ich stieg in das Fluggeschirr und betätigte den Zentralverschluß. Sofort begann sich die Federhülle meinem Körper anzupassen. Mir lief jedesmal ein leichter Schauer über den Rücken, wenn sich die Kontakte anschmiegten. Es war, als würde sich an mir etwas Lebendes festkrallen, etwas, von dem ich mich nicht mehr befreien würde können.

Ein leiser Piepton kündigte mir an, daß der Vorgang abgeschlossen war, und ich setzte den kleinen Sichtschirm auf, der auch gleichzeitig als Schutz- und Sonnenbrille diente.

Alle Funktionen, die mir auf den Schirm eingespiegelt wurden, leuchteten grün, bis auf die der Flügeleinrastung. Ich ertastete mit den Fingerspitzen die angepaßten Griffe links und rechts unten an den Flügelhalterungen und winkelte dann vorsichtig die Arme an. Mit einem leisen Summen erhoben sich die mächtigen Flügelflächen senkrecht nach oben. Sofort spürte ich die Kraft des leichten Windes, der jetzt am Spätnachmittag herrschte und nun sanft an den Flächen zog.

Mit den Fingerspitzen tippte ich auf die Neutraltaste, die sich zusammen mit anderen Funktionstasten am rechten Flügelgriff befand. Sogleich winkelten sich die riesigen Albatros-Sicheln an und neigten sich schräg nach vorne. Der fächelnde Windhauch genügte, um mich in dieser Flügelstellung an den Boden zu pressen.

Grüne und rote Pfeile auf dem Sichtschirm, die mir die Richtung und die Stärke des Windes angaben, sausten kurz hin und her und stabilisierten sich schließlich.

Im Moment wehte ein schwacher Ostwind, deshalb drehte ich mich nach links. Mit den angewinkelten Flügeln auf dem Rücken schritt ich als übergroßes Vogelmonster auf den Rand des Landeplatzes zu, wo der Krater zuerst steil abfiel, um sich weiter unten, nach etwa 500 Metern, in einem sanften Bogen der weiten Ebene anzupassen.

Als ich mich dem Abgrund näherte, schoben sich plötzlich automatisch Schutzgeländer aus dem Boden. Fluchend kletterte ich über das unerwartete Hindernis. Nachdem ich wieder mit beiden Beinen auf dem grasigen Boden stand, blickte ich zur Station zurück. Erleichtert registrierte ich weiterhin nur Stille um mich herum.

Es war nicht so, daß ich etwas gegen Publikum gehabt hätte oder daß irgend jemand etwas dagegen einzuwenden hatte, daß ich mich hier mit einem exotischen Fluggerät in die Tiefe stürzte, aber das letzte halbe Jahr war einfach zu hektisch für mich gewesen. Deswegen hatte die Vorfreude darauf, einen Nachmittag für mich allein zu haben, in mir eine Wunschvorstellung geweckt, die ich mir nicht verderben lassen wollte.

Zufrieden wandte ich mich wieder dem Abgrund zu.

Ich umfaßte fest die Flügelgriffe und breitete die Arme aus. Mit einem flüsternden Rauschen fuhren die künstlichen Schwingen des Albatros zu ihrer vollen Länge aus. Augenblicklich wurde ich leicht nach links angehoben. Jetzt galt es, schnell zu handeln.

Noch mal tief Luft holen. Zwei, drei schnelle Schritte und ab…

Hastig schlug ich ein paarmal mit den Flügeln, aber

es war schon nicht mehr notwendig, denn nach einem kurzen Absacken gewann ich rasch an Geschwindigkeit und der leichte Gegenwind stabilisierte meine Fluglage.

Kraterrand und Station blieben schnell hinter mir zurück und ich steckte meine Füße nach hinten in die Halterungen. Von weitem gesehen war ich einem Albatros nun zum Verwechseln ähnlich und deswegen blinkten rechts und links in den Flügelmitten eine grüne und eine rote Positionslampe (es klingt wie ein schlechter Scherz, aber einige der ›Birdies‹ waren tatsächlich ehrgeizigen Jägern zum Opfer gefallen).

Man konnte den Albatros auf zweierlei Arten fliegen: entweder man ließ die Flügel in eine Gleitstellung einrasten und legte die Hände auf einen Bügel, den man von oben herunterschwenken konnte. Das Fluggerät war damit ein starres Gebilde, das wie ein normaler Gleiter durch Gewichtsverlagerung geflogen wurde.

Oder aber man aktivierte mit den beiden Flügelgriffen, die wie zwei Handschuhe an den Flügelunterseiten klebten, ein Mikrofusionsaggregat, das die gesamte Motorik des Albatros zum Leben erweckte. Damit flog man den ›Vogel‹ von Hand. Jede Bewegung mit den Armen, Händen und mit den Fingerspitzen wurde durch empfindliche Sensoren auf die starken Servomotoren des Vogelmodells übertragen. Aber trotz aller Fusionsaggregate und bewährter Computer-Neuronik war ich doch in aller Regel nach einer halben Stunde so erschöpft, daß ich dankbar die Flügel in die Gleiterstellung einrasten ließ und den Bügel an mich zog.

Ich senkte den linken Arm ein wenig und krümmte die Hand. Sofort stellte sich der Albatros auf den Flügel und flog in einer engen Kurve zurück in Richtung Krater.

Es mußte ein gewaltiger Meteorit gewesen sein, der hier vor Millionen von Jahren in das australische Outback eingeschlagen hatte, denn das Rund des Kraters dürfte wohl an die drei Kilometer Durchmesser betragen. Heute jedoch konnte man nicht mehr von einem Rund sprechen, denn der durch den Aufprall des Meteoriten entstandene Kraterrand war im Laufe der Zeit rissig geworden, hatte Täler zugelassen und sich von Wind und Regen abschleifen lassen.

Rechts unter mir, am nördlichen Ende des Kraters, thronte die Allison Walls Radar Station in etwa 800 Metern Höhe. Sie bestand im wesentlichen aus einem zweistöckigen, weißen und eher schmucklosen Gebäude mit drei Tiefgeschossen. Auch die großen Empfangsantennen und der mit Landemarkierungen versehene Landeplatz für kleine Kurierhubschrauber werteten das Herz der Anlage nicht sonderlich auf.

Wahrlich gigantisch dagegen war das Gebilde, das nahezu den ganzen Kraterinnenraum ausfüllte!

Ein starres halbkugelförmiges Netz aus mattem Kinetik-Plast lehnte sich in seiner Ausdehnung an die steilen Hänge und berührte an seiner tiefsten Stelle fast den Boden. Peitschenförmig gebogene Pfeiler hielten die Konstruktion mit den metergroßen Maschen unverrückbar in ihrer Position.

Einem Betrachter, der hoch oben auf einem Hang stand, wäre das unnatürliche Bauwerk im ersten Moment vielleicht gar nicht sonderlich aufgefallen, wäre nicht im Inneren des Netzwerks eine 500 Meter durchmessende weiße Scheibe gewesen, die sich an die Krümmung der Netzhalbkugel anschmiegte.

Als ich die seltsame, aber auch einmalige Bauweise des Radioteleskops tags zuvor aus dem Cockpit meines Kopters zum erstenmal erblickt hatte, dachte ich sofort an ein riesiges Auge, das von der Erde aus in den Weltraum starrte. Seltsam berührt davon fiel mir auf, daß der Mensch letztendlich nach allem Forschen und Experimentieren doch wieder die Grundformen der

Natur kopiert hatte, um ein Ziel zu erreichen. Bald aber mußte ich diesen Gedanken korrigieren, denn auch wenn das Teleskop wie eine Pupille mit einer Iris aussah und im wesentlichen nach physikalisch-optischen Gesetzen arbeitete, war die Funktionsweise nicht unbedingt identisch.

Die weiße Scheibe, der Empfangshohlspiegel des Radioteleskops, lag auf einer Thermogashülle, die mit ihrem Auftrieb fast keinen Druck auf das Netzwerk ausübte und somit während ihrer Bewegung in der Halbkugel sehr wenig Reibung erzeugte. Die Bewegung, die es dem Teleskop ermöglichte, den Bahnen der Sterne und Galaxien zu folgen, wurde mit Hilfe von unzähligen isolierten Magnetmotoren erzeugt, die vom Rand der Netzschüssel her auf die Hülle mit der weißen Reflektorscheibe einwirkten.

Jetzt passierte ich die Station 100 Meter südlich und ließ mich mit einem lauen Rückenwind schnell nach unten ins Kraterinnere tragen. Ein verhängnisvoller Fehler, wie ich bald feststellen sollte. Denn gerade als ich an der gegenüberliegenden Wand eine Kehre eingeleitet hatte, drückte mich eine Fallbö zuerst sanft, dann plötzlich mit einem brutalen Schlag nach unten. Die Pfeile auf dem Display meines Sichtschirms spielten verrückt. Erschrocken versuchte ich, mich gegen den Druck von oben zu wehren und begann heftig mit den Flügeln zu schlagen. Ich mußte unbedingt Abstand von den Felswänden gewinnen!

Eine seitliche Bö verschaffte mir einen Moment den nötigen Raum für ein halsbrecherisches Manöver, das mich zwar tiefer zwang, aber mir etwas Zeit zur Orientierung verschaffte. Rechts von mir befand sich ein schmales Tal, durch das hartes Abendlicht in den schattigen Krater fiel. Kaum 300 Meter unter mir rauschten Bäume im Wind. Der Temperaturunterschied von der heißen Wüste und dem abkühlenden Kraterinneren führte anscheinend zu einem heftigen Austausch der verschieden warmen Luftmassen, der jetzt am späten Nachmittag einsetzte.

Und ich befand mich mitten in einem Sog, der durch den düsenförmigen Spalt des kleinen Tals noch eine Steigerung erfuhr.

Wie ein Hammer traf mich die nächste Bö von links und einen Augenblick lang fürchtete ich einen Flügel zu verlieren, als die Servomotoren heftig aufheulten. In den folgenden Sekunden stemmte ich mich verzweifelt gegen die Turbulenzen, ohne meine Situation entscheidend zu verbessern. Ich hatte zwar an Höhe gewonnen, aber zwischendurch riß die Strömung an den Flügeln ganz ab, und ich wurde wie ein Blatt im Wind hin und her gerissen.

Hastig versuchte ich, mich immer wieder an den Felshängen zu orientieren, die an meiner rechten Seite auftauchten und die sich nach einem erneuten Schlag von oben auf die linke Flügelspitze plötzlich unter mir befanden. Dann holte mich ein ›Lift‹ 100 Meter nach oben und zog an meinen Magennerven. Ich holte tief Luft und preßte das Blut aus meinem Kopf. Dabei fluchte ich laut über meinen Leichtsinn.

Plötzlich hatte ich zwei Sekunden Ruhe. Die erste Sekunde benutzte ich zur Orientierung und in der zweiten ertastete ich den Starter des Jetbags, eines kleinen Düsenaggregats, das verborgen oben am Rumpf des Albatros angebracht war.

Erleichtert registrierte ich das zischelnde Anspringen des Aggregats, das sich schnell in ein sattes Rauschen verwandelte. Ich drückte mit aller Kraft die vorderen Flügelkanten nach oben, wobei oben in diesem Moment mehr unten bedeutete, denn eine erneute Fallbö hatte meinen Flugapparat schon wieder in eine andere Richtung gedrückt. Allerdings spürte ich nun die Beschleunigung des Jetbags und gleichzeitig das kraftvolle Aufbauen der Luftströmung unter den Tragflächen. Der Flug meines Vogels war zwar noch schlingernd und etwas holprig, aber wenigstens einigermaßen zu kontrollieren.

Nach einer weiten Schleife über dem niedrig bewachsenen Kraterboden zog ich den Albatros hoch in das schräg einfallende Sonnenlicht und befand mich bald wieder auf der sicheren Höhe der Bergspitzen.

Ich regelte das Düsenagreggat auf die Standby-Position herunter und zog die Hände aus den Schwingen. Sofort rasteten die Flügel ein und der Haltebügel schnellte nach unten.

Von wegen einen kleinen Rundflug unternehmen! Mein Ärger über mich selbst ging nur langsam zurück. Verschwitzt blickte ich über die Schulter zur Station zurück. Wahrscheinlich hatte die gesamte Mannschaft der Station hinter den Fenstern gestanden und sich mein leichtsinniges Unternehmen angesehen.

Ich untersuchte den Albatros oberflächlich mit den Augen, aber er schien keine Schäden davongetragen zu haben. Sanft trug er mich in einem leichten Auf und Ab durch die warme Abendluft.

Das riskante Abenteuer hatte mich bis an die Südspitze des Kraters verschlagen, so daß ich von meiner Position aus in die Ebene hinausblicken konnte, die jetzt in einer goldenen Abendsonne lag. Um mir eine Erholung zu gönnen, beschloß ich in diese Ansichtskartenstimmung hineinzufliegen und mir den Krater von außen anzusehen. Langsam steigerte ich die Leistung des Jetbags, damit ich sicher über den Kraterrand kam, drosselte aber sofort wieder, als mich die Thermik der Ebene abrupt nach oben hob.

Zehn Minuten später befand ich mich hoch über der kahlen Wüste, etwa fünf Kilometer von dem entfernt, was einst ein unliebsamer Besucher aus dem Weltall geschaffen hatte. Ich flog einen weiten Bogen. Vor mir lag nun eine unendlich erscheinende Ebene, aus der das Kratergebirge hervorwuchs. Von hier oben aus gesehen sah der verwitterte Krater gar nicht so aus wie etwas, das durch einen heftigen Aufprall entstanden war. Man hatte eher den Eindruck, daß etwas Gewaltiges aus dem Boden hervorgebrochen war und dabei die riesigen Schollen hinterlassen hatte. Ich schätzte, daß der Meteorit an die 200 Meter im Durchmesser gehabt haben mußte, um diese Kratergröße zu hinterlassen. Unwillkürlich blickte ich nach oben und versuchte, mir den Moment vorzustellen, in dem der Meteorit aus dem Himmel fiel. Ich schüttelte den Kopf. Man hatte ihn bestimmt nicht fallen sehen, wahrscheinlich hatte er Sekunden vor dem Aufprall durch ein lautloses Leuchten in der Atmosphäre auf sich aufmerksam gemacht und nur wenig später die Wüste in ein Chaos verwandelt: Der Boden fing an zu beben, dann ein Überschallknall, das Getöse des Einschlags, gleichzeitig Orkan, Feuersturm, Steine, die vom Himmel regneten und Staub, viel Staub! Soviel Staub, der ausreichte, die Sonne für Monate zu verdunkeln und einen Todesschleier über das vernichtete Leben auszubreiten. Vor meinem geistigen Auge sah ich einen einsamen Flugsaurier mit gezackten Flügeln und einem gebogenen Horn am Kopf über der verwüsteten Landschaft kreisen. Verwirrt blinzelte ich, um in die Realität zurückzufinden.

Ein zwitschernder Piepton riß mich gänzlich aus meinen Gedanken. Der Jetbag hatte auf Reserve geschaltet. Ich stellte ihn ganz ab, denn im Augenblick benötigte ich ihn nicht, aber vielleicht später für den Landeanflug.

Seufzend leitete ich einen Sinkflug ein und genoß das Panorama des auf mich zuwachsenden Kraters.

Die Landung gelang mir perfekt und ließ mich meinen Leichtsinn von vorhin vergessen. Ich hatte kurz zuvor die Station überflogen, um mich zu vergewissern, daß auf dem kleinen Parkplatz neben dem Hubschrauberlandeplatz Raum genug für eine Landung war. Es standen dort lediglich einige Fahrzeuge in einer Reihe. Benutzt wurde er ohnehin nur von Leuten, denen es Freude bereitete, die kurvige Straße herauf zur Station zu fahren. Der Haupteingang und ein großer Parkplatz lagen 600 Meter tiefer im Berg. Ein schneller Lift beförderte Menschen und Versorgungsgüter direkt in die Station.

Die Thermik machte sich nur noch durch einen schwachen Heber bemerkbar, als ich den Kraterrand in Richtung der Ebene passierte. Trotzdem schaltete ich den Jetbag wieder an und steuerte die Kante nach einem kurzen Wendebogen von unten an. Ich glitt über die steinerne Umrandung des Parkplatzes, nachdem ich den Gleiter knapp vor der aufsteigenden Wand nach oben gerissen hatte. Unmittelbar vorher hatte ich das Aggregat heruntergeregelt und sofort über dem Plastikbelag auf Umkehrschub geschaltet.

Das Manöver war etwas gewagt, aber es klappte perfekt. Wie ein mächtiger Cherub schwebte ich kurz über dem Boden, bis mich der Schub sanft nach unten drückte. Elegant setze ich zuerst mit dem linken Fuß auf und schaltete den Jetbag aus. Dann drückte ich den Bügel nach oben. Leise summend falteten sich die Flügel zusammen.

Ich schaute mich um und stellte fest, daß ich alleine mit dem Fluggerät auf dem kleinen Plateau stand. Die zwei Stockwerke der Station, die über dem Erdboden lagen, schienen verlassen in der Abenddämmerung zu liegen.

Ich löste die Gurte des Albatros und stieg aus dem Fluggeschirr. Dann legte ich das Fluggerät behutsam auf den kühlen Plastikbelag des Parkplatzes. Ich streckte die Arme angewinkelt zur Seite, drückte meinen Rücken durch und ließ mich laut ausatmend in die Hocke fallen.

Mit den Füßen platt am Boden blieb ich so minutenlang in dieser Stellung und starrte vor mich hin. Ich erinnerte mich daran, daß wir als Kinder oft auf diese Weise im Kreis gesessen hatten. Verwundert bemerkte ich, daß ich es mit meinen 45 Jahren noch schaffte, so lange in der Hocke auszuhalten. Während ich noch darüber nachdachte, versuchte ich, ohne Muskelanspannung in dieser Haltung zu bleiben und kippte sofort nach hinten weg. Ich stützte mich mit den Händen ab und blinzelte in die Sonne, die als dunstverhangene rote Scheibe knapp über dem gegenüberliegenden Kraterrand am Himmel stand.

»John!«

Ich drehte mich um und sah den Stationsleiter Dr. ›Ape‹ Appalong auf mich zukommen. Seufzend stand ich auf. Dr. Appalong war ein Nachkomme der Aborigines, den Ureinwohnern Australiens: etwa 1.69 Meter groß, breit in den Schultern und mit einem extrem dunklen Hautton ausgestattet. Oder einfacher ausgedrückt: Der Mann war einfach schwarz! Angefangen von der Hautfarbe, die aussah, als hätte ein schwarzer Mann versucht, durch intensives Sonnenbaden noch dunkler zu werden, bis hin zu den blauschwarzen Kraushaaren. Zwischen einer kantigen, nach vorne gewölbten Stirn und einer breitgequetschten Nase lagen tiefschwarze Augen. Ein riesengroßer Mund mit wulstigen schwarzen Lippen, die von kleinen, dunkelrosa schimmernden Rissen durchzogen waren, wurde von einem grau-schwarzen Bartflaum umrahmt, der sich sofort kräuselte, nachdem er die Haut durchstoßen hatte.

Ich grinste in mich hinein. Jeder andere Spitzname als ›Ape‹ wäre einfach nicht zutreffend gewesen. Merkwürdigerweise redeten ihn alle in der Station mit Ape an, ohne daß er Anstoß daran nahm. Selbst mir wurde er nach meiner Ankunft mit diesem Namen vorgestellt.

Als harten Kontrast zu seiner Hautfarbe trug er ein kurzärmeliges weißes Hemd, eine weiße Hose und einfache Sandalen. In der rechten Hand hielt er ein kleines Videoboard.

»Hallo, Ape!«

»John, ich war in großer Sorge um Sie. Was haben Sie sich denn dabei gedacht?« Er deutete auf meinen Albatros.

Ich traute mich nicht, etwas zu meiner Entschuldigung zu sagen.

Ape ging langsam um das auf der Seite liegende Fluggeschirr herum.

»Nicht schlecht. Ein Albatros mit einem Kocher obenauf.«

Ich war erstaunt darüber, daß er den Jetbag als Kocher bezeichnete, denn der Ausdruck wurde nur von eingefleischten Birdies benutzt. Für manche war es schlichtweg eine Schande, so ein Ding überhaupt zu besitzen und noch schlimmer, es zu benutzen.

Ein weiterer Minuspunkt für mich, denn das Aggregat gab noch deutlich flimmernde Hitze ab.

»Wenn Sie mir gesagt hätten, was Sie vorhaben, hätten wir den Ausflug gemeinsam unternehmen können. Ich habe ein ähnliches Modell hier oben in der Station.«

Er stützte die Hände in die Hüften und stand jetzt direkt vor mir. Die Sonne ging nun schnell unter und das restliche Licht verwandelte sich in ein fahles Nachglimmen. So erkannte ich auch keine wesentlichen Regungen in Appalongs Gesicht, außer daß sich das Weiß in seinen rollenden Augen veränderte.

»Ich muß Ihnen wohl nicht sagen, daß Sie da unten im Krater Kopf und Kragen riskiert haben. Besonders um diese Tageszeit können die Windverhältnisse unberechenbar sein.«

Mir blieb nichts anderes übrig, als ergeben zu nikken. »Ich weiß, ich weiß. Es ist lange her, seit ich das letzte Mal damit geflogen bin. Deswegen war es leichtsinnig von mir, so einfach loszufliegen, ohne mich vorher über die Verhältnisse hier zu informieren. Und die sind nicht von Pappe, das kann ich jetzt bestätigen.«

Es folgten ein paar Sekunden Schweigen, die Appalong mit einem freundschaftlichen Tätscheln an meinem rechten Oberarm beendete.

»Dafür haben Sie sich aber gekonnt aus der Affäre gezogen. Ein Anfänger würde jetzt mit zerschmetterten Gliedern da unten liegen.«

Aus dem Halbdunkel leuchteten mir zwei Reihen weißer Zähne entgegen, die mich an die Grinse-Katze aus einem uralten Disney-Film erinnerten.

Die Zähne verschwanden, und er änderte abrupt das Thema: »Hier habe ich die Ergebnisse der Untersuchungen über Barnards Stern, um die Sie mich gestern gebeten hatten.«

Er tippte einen Startcode auf das Videoboard und hielt es mir hin. Ich nahm es ihm nicht ab und warf nur einen kurzen Blick auf die leuchtenden Ziffern und Abbildungen, die auf der Tafel erschienen waren.

»Erzählen Sie mir, was Sie gefunden haben!«

»Gefunden?«

»Ich meine, ob Ihnen etwas Ungewöhnliches aufgefallen ist oder ob Sie eine Unregelmäßigkeit entdeckt haben?«

»Nein. Sollten wir denn eine Unregelmäßigkeit entdecken?« Seine Stimme klang verwundert und auch etwas verärgert, wie mir schien.

»Zeigen Sie mal her!«

Er gab mir das Videoboard, und ich tippte schnell die Seiten durch, bis mir die Aufnahmen des Sektors von Barnards Stern entgegenleuchteten. Dann vergrößerte ich einen bestimmten Ausschnitt und sah ihn mir genau an.

Nichts.

Ich vergrößerte noch mehr.

Nichts.

»Haben Sie nur diese eine Aufnahme gemacht?«

»Wir haben noch Aufnahmen im Bereich der Radio-, Röntgen- und Infrarotstrahlung. Weiter hinten.«

Ich ging den Bericht weiter durch und sah mir die betreffenden Aufnahmen sorgfältig an.

Auch hier nichts.

»Gibt es Aufnahmen, die zeitlich versetzt aufgenommen wurden?«

Appalong drehte sich steif von mir weg, verharrte ein paar Sekunden in dieser Stellung und wandte sich danach mir wieder zu.

»John, so geht das nicht. Meinen Sie nicht, daß es jetzt an der Zeit wäre, ein paar Dinge zu klären: Vor drei Tagen rief mich Dr. Hellbrügge an, der wissenschaftliche Direktor von Space Cargo in Deutschland. Er erklärte mir, daß ein Mitarbeiter mit einem Sonderstatus hierher kommen würde und ich sollte diesen Mann, also Sie, in einer ›bestimmten Sache‹ bestmöglich unterstützen. Da 80 Prozent dieser Anlage hier dem Konzern Space Cargo gehören und Ihr Identifikationscode Sie als den angekündigten ›wichtigen Mitarbeiter‹ auswies, haben wir unsere Routinearbeit unterbrochen und uns ausschließlich Ihrem Anliegen gewidmet!«

Ich hob beschwichtigend die Hand und wollte ihn unterbrechen, aber er legte zwei Finger an die Stirn, als müsse er sich konzentrieren. Schließlich sprach er mit scharfer Stimme weiter.

»Wir sollten das nähere Umfeld von Barnards Stern mit allen uns zur Verfügung stehenden Mitteln untersuchen und analysieren. Wir haben dafür sehr viel von unserer üblichen Arbeit hintangestellt, um die Anlage für Sie und Ihren Stern einzurichten. Von der Zeit, in der die Spektraltaster, die Simultanschirme und die dazugehörigen Computerkomplexe belegt waren, will ich gar nicht reden.«

Appalong holte tief Luft. »Und jetzt halten Sie das Ergebnis in der Hand! Ein Ergebnis übrigens, das ich Ihnen ein paar Minuten nach Ihrer Ankunft hätte mitteilen können, denn der untersuchte Sektor hat sich in den letzten Jahren nicht verändert. Das einzig Neue, was wir jetzt haben, Herr Schmidt, ist eine noch perfektere Beschreibung des elektromagnetischen Spektrums dieses winzig kleinen Ausschnitts am südlichen Sternenhimmel.«

Bei ›Herr Schmidt‹ verzog ich leicht die Mundwinkel, denn das war nicht mein richtiger Name. Hellbrügge hatte mir das eingebrockt. Er war der Meinung gewesen, die Untersuchung ohne großes Aufsehen zu erledigen. Ich hatte ›Schmidt‹ nicht als besonders geistreich gefunden, aber Hellbrügge hatte sich köstlich darüber amüsiert. Natürlich war der blödsinnige Name seine Idee gewesen. ›John, nächste Woche triffst du dich mit dem blauen Team in Petra und bist anschließend bei Wellington in Melbourne. Danach könntest du kurz wegen dieser Sache in der Allison Walls Station vorbeisehen. Ich will deswegen keinen großen Rummel haben. Dr. Appalong habe ich benachrichtigt, daß ein Herr… äh… Schmidt bei ihm vorbeikommen wird.‹

Appalong stand abwartend vor mir. Ich schaute kurz auf meine Uhr. In Deutschland war es jetzt sieben Uhr morgens. Hellbrügge war Frühaufsteher und immer als einer der ersten im Büro.

Ich machte mit dem Videoboard eine beschwichtigende Geste und sagte: »Bitte beruhigen Sie sich! Kommen Sie, gehen wir ein Stück.«

Ich wandte mich nach rechts, schlenderte an der Station vorbei, wo ein schmaler Pfad auf den etwa dreißig Meter höher gelegenen Gipfel führte. Appalong zögerte zunächst, doch dann stieg er gehorsam hinter mir her.

Oben angekommen, genossen wir beide schweigend den atemberaubenden Blick in den alten Meteoritenkrater, der nun wegen des nahen Sonnenunterganges in einem schwarz-grünen Schatten lag. Auf der linken Seite, nicht weit unter uns, ragte das weiße Flachdach der Station in die Dämmerung, gefolgt von einer höher gebauten Kuppel, in der das 3-Meter-Spiegelteleskop untergebracht war. Auf dem nächsten Hügel, der etwas tiefer lag, befand sich eine Plantage von Sende- und Empfangsschüsseln, die unordentlich kreuz und quer zu stehen schienen.

Die Allison Walls Station war im Jahre 2011 unter heftigen Protesten von Naturschützern aus aller Welt von der australischen Regierung genehmigt worden. Die Southern European Space Cargo Convention, wie die vollständige Bezeichnung des Konzerns lautete, hatte sich in den Jahren zuvor die Nutzungsrechte für das Kratergebiet mit der Verpflichtung gesichert, das gesamte Northern Territory mit Satellitenprogrammen per Lichtkabel zu versorgen. Weiterhin wurden den Australiern Nutzungsrechte für astronomische und terrestrische Beobachtungen zugestanden.

Die Proteste verhallten rasch in der Öffentlichkeit. Zum einen, weil damals das Interesse am Landesinneren wegen seiner Kargheit nicht besonders groß war, und zum anderen verstand es die Regierung, die Vorteile hervorzuheben, die aus dem Vorhandensein einer solchen Station erwachsen würden. Fast unbemerkt begannen vier Monate später die Bauarbeiten, die aus Wilbury's Farm am Fuße des Kraters kurzfristig Wilbury City machten und nach zwei Jahren die Restsiedlung Wilbury hinterließen.

Ich nickte schließlich wie nach einem stillen Gebet

und wandte mich Appalong zu, der mich ausdruckslos anstarrte. Ich deutete auf ein altes Holzkreuz, das wohl den Gipfel markieren sollte und überraschte ihn mit der Frage.

»Sind Sie religiös?«

Ich sah Appalong an, daß er nicht wußte, was ich mit der Frage bezweckte und enthob ihn einer Antwort, indem ich zum Kreuz ging und das Videoboard daran befestigte. Ich beobachtete ihn aus dem Augenwinkel, nachdem ich mich wieder zu ihm gesellt hatte, aber meine Geschmacklosigkeit schien ihn nicht weiter zu berühren.

Na ja, vielleicht gehörte er immer noch einem Aborigines-Stamm und dessen Gebräuchen an. Ich räusperte mich leise.

»Suzanne, bitte eine Verbindung mit Dr. Hellbrügge!«

In meinen Ohren ertönte ein leises Piepsen als Bestätigung.

Ich spürte förmlich, wie sich Appalong neben mir versteifte und mich überrascht ansah.

»Wer ist Suzanne?«

Auf dem Videoboard erschien das Logo des Konzerns, ein silberner Stern, der aus dem Dunkel kam, größer wurde und verschwand. Hunderte von kleineren Sternen tauchten auf, wurden größer, kamen auf den Betrachter zu, gefolgt von Abertausenden von Sternen und so weiter…

Ich hob die Hand. »Ich werde Ihnen gleich alles erklären.«

Auf dem Schirm erschien das Gesicht von Dr. Joachim Hellbrügge, einem der wichtigsten Männer von Space Cargo in Manching bei München. Ihm unterstand die wissenschaftliche Abteilung der Raumflotte des Konzerns. Außerdem hatte er dieses Jahr den Vorsitzposten im internationalen Kontrollrat für extraterrestrische Exkursionen inne, einem Gremium, das versuchte, die Schürf- und Besitzrechte der großen Konzerne auf dem Mond und den Asteroiden zu legitimieren, für die es nach wie vor keine anerkannten Grundlagenverträge gab.

Hellbrügge war fast 70 Jahre alt, hatte ein schmales kantiges Gesicht und schneeweiße Haare. Er mußte sich in einem Labor befinden, denn im Hintergrund erfaßte das Weitwinkelobjektiv der Sichtverbindung ausgedehnte Versuchsanlagen. Hellbrügge ordnete seine modische, zweigeteilte Krawatte und lachte in die Kamera.

»Guten Morgen, John.«

Ich lächelte nachsichtig.

»Guten Abend, Joachim.«

Hellbrügge überging meine Anspielung auf die Tageszeit und wandte sich an Appalong, der ebenfalls von dem Kamera-Auge des Videoboards erfaßt wurde.

»Guten Morgen, Dr. Appalong, wir haben uns lange nicht gesehen. Ehrlich gesagt, sehe ich Sie nicht allzu deutlich, denn die Lichtverhältnisse sind bei euch nicht allzu gut.«

Appalong trat etwas nach vorne und murmelte ein leises ›Guten Morgen‹, was in Anbetracht der untergegangenen Sonne nicht überzeugend wirkte. Ich beugte mich nach vorne, zog einen kleinen Lichtquader aus dem Board und setzte ihn auf die Spitze des Kreuzes, von wo aus er uns notdürftig beleuchtete.

Nachdem wir die Begrüßung nun hinter uns hatten, ergriff ich das Wort: »Joachim, ich habe Herrn Dr. Appalong zu diesem Gespräch hinzugebeten, weil ich glaube, daß es die Umstände erfordern. Mit anderen Worten: Ich möchte ihn in unser kleines Geheimnis einweihen! Wir haben nämlich noch kein befriedigendes Ergebnis in der Sache. Genauer gesagt, sind wir keinen Schritt weitergekommen.«

Hellbrügge beugte sich weit nach vorne, weil er sich einen Stuhl heranzog. Dadurch erschien seine Nase einen Moment lang riesig groß auf dem Videoboard, wurde aber sofort wieder in die richtige Dimension gerückt, als er sich setzte.

»Verzichte bitte auf diese Förmlichkeiten, John! Wenn du glaubst, daß es der Sache weiterhilft, dann erkläre Dr. Appalong den Zweck deines Aufenthaltes in seiner Station. Meiner Meinung nach ist es sowieso unumgänglich.«

»Ja, dann…«

Hellbrügge unterbrach mich, indem er sich an Appalong wandte.

»Dr. Appalong, verzeihen Sie bitte das Eindringen meines Mitarbeiters in Ihren Arbeitsbereich. Ich verspreche Ihnen, daß er Sie spätestens morgen wieder verlassen haben wird.«

Dann sprach er mich wieder an.

»John, du hast es gehört. Ich sehe dich spätestens am 1. September wieder hier in Manching.«

»Ich habe verstanden.«

»Dr. Appalong, Auf Wiedersehen! Passen Sie auf John auf, er fliegt gerne mit seinem komischen Vogel in der Gegend herum.«

Zwei weiße Zahnreihen blitzten mich von der Seite her an.

»Wird er hier nicht tun. Ich passe auf ihn auf. Ich wünsche Ihnen noch einen schönen Tag, Dr. Hellbrügge!«

Übergangslos verblaßte Hellbrügge auf dem Videoboard und diesmal flossen abertausend Sterne zurück ins All, bis der Bildschirm langsam schwarz wurde.

Ich starrte noch auf das dunkle Rechteck, als Appalong plötzlich sagte: »Sie heißen nicht Schmidt!«

Seufzend suchte ich mir einen Platz zum Hinsetzen und gewann dadurch etwas Zeit, um mir eine Antwort zu überlegen.

»Ich schlage vor, wir erledigen eins nach dem andern. Haben Sie bitte noch etwas Geduld, dann kann ich all Ihre Fragen beantworten.«

Appalong schwieg, als ich auf das Videoboard deutete, das nun in einem gespenstischen Grau flimmerte.

»Suzanne, bitte die erste Aufnahme von Raumkadett Wolfen!«

Ich schaute zu Appalong hoch, der neben mir stand. Er merkte, daß es unhöflich von ihm war, neben mir stehenzubleiben, und setzte sich schließlich ebenfalls auf den noch warmen Boden.

»Vor einem Monat fotografierte ein Raumkadett namens Reinhard Wolfen den Sektor des südlichen Sternenhimmels, den Sie und Ihr Team analysiert haben. Wolfen ist Besatzungsmitglied der *Hermann Oberth*, die sich auf dem Rückflug von der Mond-Raumstation zum Raumpark ›Prater‹ befand. Wolfen ist ein engagierter Hobbyfotograf und benutzt in seiner Freizeit an Bord eine alte Glasplatten-Kamera, um Sterne aufzunehmen. Er hatte sich eine Apparatur gebastelt, mit der er die Kamera an den Objektivrechner des Bordobservatoriums anschließen konnte.«

Auf dem Videoboard war mittlerweile eine Aufnahme erschienen, die Barnards Stern und seine Umgebung zeigte. Ich beugte mich kurz wieder nach vorne und nahm den Lichtquader vom Kreuz, da er uns blendete.

»Wolfen benutzt von ihm selbst gegossene Filmemulsionen, die er erst zu Hause entwickelt und belichtet – deswegen zur Sicherheit zwei Glasplatten von jedem Objekt, das er fotografiert. Dieses hier ist die erste Aufnahme von Barnards Stern.« Ich stand halb auf und kroch in der Hocke zum Board. Appalong folgte mir auf ähnliche Weise, als ich auf einen bestimmten Punkt deutete.

»So, hier! Suzanne, jetzt bitte die Ausschnittsvergrößerung!«

In dem Rechteck schien förmlich ein kleines Universum zu explodieren, bis sich eine Vergrößerung des von mir angezeigten Teils zeigte.

»Fällt Ihnen etwas auf?«

Appalong rutschte noch näher an das Kreuz heran. Nach einer Weile schüttelte er den Kopf.

»Warten Sie! Suzanne, nimm bitte von der zweiten Aufnahme denselben Vergrößerungsfaktor und bilde abwechselnd im Abstand von einer Sekunde die erste und zweite Aufnahme ab!«

Anfangs passierte nichts. Plötzlich blinkte fast in der Mitte des Videoboards ein schwacher Punkt. Appalong bemerkte ihn sofort und ruckte nach vorne, bis er fast mit der Nasenspitze den Flachbettmonitor berührte.

»Ein Dreieck! Ein verzerrtes Dreieck!«

Er drehte sich auf den Hacken um und schaute mich verständnislos an.

»Und was ist das?«

»Das hat sich Wolfen auch gefragt. Er ist übrigens nur durch Zufall auf das Dreieck gestoßen, als er das Negativ stichprobenartig mit einer Rasterlupe auf Unschärfen hin untersuchte. Er glaubte zuerst an einen Fehler in der Filmemulsion, da er sie, wie schon erwähnt, selber herstellt, und schaute sich daraufhin die Stelle auch auf dem zweiten Negativ an.«

Ich nickte zum Kreuz hin.

»Wenn Sie genau hinsehen, werden Sie auf der einen Aufnahme zwei aneinanderhängende Dreiecke sehen, allerdings viel schwächer und in einer anderen Perspektive als auf der zweiten.«

Appalong ging wieder auf Nasenspitzenentfernung zum Videoboard und konzentrierte sich auf die Vergrößerungen.

Schließlich sagte er: »Ist das alles?«

Ich ging nicht auf seine Frage ein.

»Wolfen war zunächst unschlüssig, was er tun sollte.

Schließlich ging er mit den beiden Aufnahmen zu seinem Vorgesetzten, Kapitän Engels, dem Kommandanten der *Hermann Oberth*. Engels fand die Angelegenheit nur mäßig interessant, schickte die Aufnahmen aber immerhin mit einem entsprechenden Vermerk an die wissenschaftliche Abteilung von Dr. Hellbrügge.«

Appalongs Augen funkelten mich aus der Dunkelheit an. Ich spürte, daß er wütend war, weil ich seine Anlage einen Tag lang in Anspruch genommen hatte. Und wurde noch wütender, als ihm klar wurde, wofür ich sie benutzt hatte.

»Dort bestätigte eine Strukturanalyse die Echtheit der Negative«, fuhr ich schnell fort, »und laut der Raumkontrollstation *Intro Astra* befindet sich dort im Weltraum rein gar nichts! Kein Forschungsschiff, keine Station, nichts, was aus diesem Planetensystem stammt. Außerdem liegt die Richtung von Barnards Stern unterhalb der Ekliptik, und dort ist nichts Interessantes, was den Einsatz von einer Sonde oder etwas Ähnlichem rechtfertigen würde.«

Appalong beherrschte sich nur mühsam.

»Was ich nicht verstehe, warum haben Sie sich ausgerechnet unsere Station ausgesucht, um eine Bestätigung für Ihr… Ihr Dreieck zu bekommen? Darum dreht sich ja wohl das ganze Theater.«

Er war aufgestanden. Seine Skepsis und Ablehnung gegenüber dem bisher Gehörten und Gesehenen traten nun offen zutage.

Ich stand auch auf und klopfte imaginären Staub aus meinen Shorts.

»Dafür gibt es mehrere Gründe. Einmal, weil Hellbrügge glaubt, daß dort draußen etwas ist, von dem wir nichts wissen. Um aber genaueres zu erfahren, braucht er weitere Informationen. Diese Station hier gehört zu 80 Prozent dem Konzern, also hat er ein gewisses Recht darauf, die Anlage zu benutzen.«

Mein Gott, jetzt fing ich schon an, mich vor Appalong zu rechtfertigen.

»Zum anderen, was sollte Hellbrügge denn unternehmen? Das Raumobservatorium bitten, doch mal diesen Sektor zu untersuchen, weil ein 25jähriger Kadett mit primitiven Mitteln ein kleines Dreieck entdeckt hat…«

»Genau das ist es, was mir an der Sache stinkt! Irgend jemand präsentiert euch ein Negativ mit einem kleinen Etwas darauf, und schon düst ein ›wichtiger Mitarbeiter‹ des Konzerns los und legt eine 3-Milliarden-Dollar-Station lahm. Wahrscheinlich lacht sich euer Kadett Wolfen gerade halbtot über den Zirkus, mit dem er euch verladen hat.«

Wütend ging er zum Holzkreuz, riß das Videoboard herunter und schaltete es aus. Das fahle Leuchten des Monitors erlosch, und damit standen wir im Dunkeln. Vorsichtig trat Appalong vor mich hin und sagte leise: »Und weil wir gerade von ›Verladen‹ sprechen. Jetzt erzählen Sie mir doch endlich einmal, wer Sie eigentlich sind!«

Ich fühlte ihn mehr, als daß ich ihn sah, so dunkel war es mittlerweile geworden. Trotz alledem fand ich ihn sehr sympathisch, diesen schwarzen Australier.

»Mein Name ist John Nurminen und ich bin Astronaut. Oder noch genauer: Ich bin Kommandant der *Albert Einstein.*«

# 2

»Astronaut.«

Appalong wirkte nicht überrascht. Zumindest zeigte er es nicht. Er sprach das Wort Astronaut fast gelangweilt aus und nickte, als hätte er von mir keine andere Antwort erwartet.

»Nurminen.« Und nach einer Weile: »Natürlich.«

Dann drehte er sich von mir weg und schwieg.

Für mich war eine peinliche Situation entstanden. Allerdings erweckte Appalong trotz seines Schweigens durchaus nicht den Eindruck eines Beleidigten. Vielmehr schien ihn ein ganz anderes Problem zu beschäftigen.

»Suzanne ist ein CyCom-System«, stellte er gleichmütig fest.

Ich antwortete nicht. Er wußte auch ohne eine Antwort von mir, daß er richtig lag.

Das Cyborg-Computer-System bestand aus einem individuellen mobilen Computer, der – in meinem Fall – zur Zeit in Manching stand. Suzanne war aber weit mehr als mein persönlicher Computer. Er war Kommunikations- und Archiveinheit, er aktivierte wenn nötig Quer- und Parallelverbindungen zu weiteren Systemen, außerdem war er während der Flüge an Bord der *Albert Einstein* mit dem Navigations- und Analyse-Computer des Raumschiffes verbunden. Suzanne war eine modifizierte Version des ›Personal Suit Computers‹, der auf der digitalen Neuronen-Reihe basierte.

Ich stand mit ihm über Satellit in Verbindung. Die Sende- und Empfangsantenne war in meine Kopfhaut implantiert (›Wenn Sie einmal keine Haare mehr haben, können Sie immer noch die Antenne nach rechts oder links scheiteln, hahaha‹), der akustische Empfangsteil lag direkt in meinem linken Ohr vor der ersten Peripheriehöhle (›Wenn Sie einmal nichts mehr hören, Suzanne kann Ihnen immer noch ein paar Witze erzählen, hahaha‹) und der Sendeteil hinter der unteren vorderen Zahnreihe (›Wenn Sie einmal keine Zähne mehr haben, Suzanne versteht auch Ihr Genuschel, hahaha‹). Anfangs war es nicht einfach für mich, mit einem ›zweiten Gehirn‹ zu leben, besonders, da durch Suzanne der Konzern immer allgegenwärtig war, und zwar meistens durch Dr. Hellbrügge, der mich jederzeit über den Cy-Com erreichen konnte (und es auch zu jeder Zeit ausnutzte). Anfangs war der Zustand für mich schlichtweg eine Belästigung gewesen, allerdings überwog im Laufe der Jahre der Nutzen, den ich daraus zog, die unangenehmen Seiten bei weitem.

Den Namen ›Suzanne‹ hatte ich übrigens selbst ausgewählt. Hauptsächlich deswegen, weil die stimmhaften Zisch-Konsonanten ›s‹ und ›z‹ gut über Funk ansprachen. Ich sprach ihn mit einem leichten französischen Akzent aus, zum Teil aus Trotz, weil Hellbrügge die französische Sprache nicht beherrschte und ich ihn damit ärgern konnte. Die Stimme von Suzanne dagegen stammte von der berühmten Performance-Künstlerin Laurie Anderson. Ich war schon immer ein Fan von ihr gewesen und als ich die alte Dame vor Jahren in London traf, bat ich sie darum, eine durch Computersimulation hergestellte, deutsche Version ihrer Stimme benutzen zu dürfen. Sie war von meiner Idee begeistert, Hellbrügge natürlich nicht. Die meisten Astronauten benutzten für ihr CyCom nüchterne männliche Stimmen, meist noch etwas modifiziert, um damit einen künstlichen Klang ohne tiefere Baßstimmen zu erhalten. Die auf diese Weise erzeugten Stimmen unterschieden sich eindeutig von den natürlichen Stimmen, was in manchen Situationen von Vorteil war. Hellbrügge versuchte vergebens, mir Laurie Anderson auszureden und bestand schließlich resignierend auf einer Probezeit. Das war vor 19 Jahren. Seitdem haben wir nie wieder darüber gesprochen.

Appalong hatte sich mir inzwischen wieder zugewandt und sprach mich mit geschlossenen Augen an.

»Sie waren Mitglied der Mars-Expedition vor 14 Jahren.«

»Richtig. Oder um genau zu sein: vor 15 Jahren.«

Er öffnete die Augen und lächelte.

»Ein altes Sprichwort meines Stammes sagt: Ein Lügner muß tausend Wege gehen, um sein Ziel zu erreichen.«

Er führte etwas im Schilde, aber ich wußte nicht genau, worauf er hinaus wollte.

»Kommen Sie, John, jetzt gehen wir erst mal ein australisches Bier trinken.«

Er hob schwungvoll sein Videoboard und betätigte ein paar Tasten. Augenblicklich wurde der kleine Pfad, den wir benutzt hatten, von versteckten Lichtleisten beleuchtet und wir gingen zur Station hinunter. Appalong wirkte plötzlich wie verändert. Hatte er vorher eine eher abwartende und passive Rolle gespielt, so zeigte er sich jetzt zielstrebig und fast ungeduldig.

Während ich noch schnell meinen Albatros und den Jetbag im Kopter verstaute, sprach Appalong über Videoboard mit einem seiner Mitarbeiter. Als wir wenig später durch die hell erleuchtete Eingangstür der Station schritten, kam uns eine Gruppe ausgelassener Männer und Frauen entgegen, die höflich verstummten, als sie uns erblickten. Appalong nickte ihnen freundlich zu.

»Die erste Nachtschicht«, erklärte er mir. »Ich habe den Leuten für heute abend freigegeben. Wir sind also ungestört.«

Kein Zweifel. Er hatte die Initiative übernommen. Es blieb nur noch abzuwarten, ob wir beide das gleiche im Sinn hatten. Ich war gespannt darauf, wie es weiterging.

Als wir gemeinsam auf dem schillernden Glasboden in Richtung des Kontrollraumes gingen, sah er mich von der Seite her an.

»Ich habe Sie mir immer viel größer vorgestellt.«

Mein Gott, dachte ich, jetzt wird er auch noch frech! Obwohl er natürlich recht hatte, denn mit meinen 1,75 m erreichte ich bei weitem nicht die europäische Durchschnittsgröße eines Mannes im 21. Jahrhundert.

Ich wollte etwas erwidern, aber Appalong winkte sofort ab.

»Entschuldigen Sie bitte meine Unverschämtheit. Wenn man Sie im TV auf den verschiedenen Channels sieht, so im Raumanzug mit Helm, dann hat man das Gefühl…«

Er brach verlegen ab, um aber gleich wieder loszuplappern: »Na ja, Nurminen im Raumschiff, Nurminen in der Pressekonferenz, Nurminen in der Talkshow – immer wirken Sie so wuchtig, so überlegen…«

Wenn der wüßte, dachte ich. Im normalen Raumanzug war ich durch die 2½ Zentimeter dicken Sohlen um einiges größer, in den Pressekonferenzen stellten mir die Aufnahmeleiter die Stühle von vornherein mit einem verschämten Lächeln höher und in den Talkshows saß ich meistens in extra für kleinere Leute hergestellten Sesseln, in denen meine geringe Größe nicht weiter auffiel.

Schweigend betraten wir kurz darauf einen abgedunkelten saalähnlichen Raum mit einem riesigen Monitor an der Stirnwand.

Ein Techniker, der mit dem Rücken zu uns stand, bemerkte unser Eintreten, drehte sich um und begrüßte uns, indem er lässig eine Hand hob.

»Barnards Stern ist in einer Stunde über dem Horizont. Das ›Auge‹ lauert schon auf ihn und das Spiegelteleskop hängt synchron dran, allerdings wird die optische Qualität erst eine halbe Stunde später zufriedenstellend sein.«

»Danke, Chase, ich brauche Sie dann heute abend nicht mehr.«

Chase breitete verlegen die Hände aus, warf mir einen skeptischen Blick zu und wünschte uns beim Hinausgehen ›Viel Vergnügen‹.

Appalong ging in den Raum hinein und verschwand irgendwo zwischen herumstehenden Monitoren und Computerterminals.

Ich schaute mich vorsichtig um, nachdem sich meine Augen halbwegs an das Schummerlicht gewöhnt hatten. Bisher hatte ich den Kontrollraum – das Allerheiligste der Station – möglichst gemieden, weil ich das Gefühl hatte, hier im Wege zu stehen. Ganz abgesehen davon verstand es die Mannschaft sehr gut, einem Fremden genau dieses Gefühl zu vermitteln.

Jetzt standen überall Sessel und Computereinheiten verlassen in kleinen Gruppen herum, umgeben von kleinen, fahrbaren Servierautomaten.

Der Riesen-Monitor an der Wand präsentierte sich in einem matten Blau, auf dem sich in der linken oberen Ecke rote Zahlenreihen ständig veränderten.

Radioastronomie. Das Weltall sandte nicht nur für menschliche Augen sichtbares Licht aus, sondern ›funkte‹ auf allen möglichen Frequenzen der elektromagnetischen Strahlung. Die Radioastronomie beschränkte sich auf die Wellenlängen zwischen einem

Millimeter und vielen hundert Metern. Ein Teil dieser Radiostrahlung durchdringt die irdische Lufthülle relativ ungehindert, so wie das für uns sichtbare Licht und der Infrarotbereich. Etwaige Unzulänglichkeiten, die durch die Atmosphäre verursacht wurden, glich der Rechner des ›Auges‹ durch statistische Vergleiche oder temporäre Wahrscheinlichkeiten aus.

»Hier, nehmen Sie!«

Appalong war wieder neben mir aufgetaucht und hielt mir eine Flasche ›Kings and Clubs‹ unter die Nase.

»Verstecken Sie es bitte, falls doch jemand hereinkommt! Ich habe für den Kontrollraum striktes Alkoholverbot erlassen. Setzen wir uns in die Chefetage.«

Er deutete mit seiner Flasche auf ein kleines Podium an der Wand gegenüber dem großen Monitor.

Dort setzten wir uns schweigend in bequemere Sessel als die, die den restlichen Mitarbeitern im Kontrollraum zustanden. Als meine nackten Beine mit dem kühlen Leder des Sessels in Berührung kamen, lief mir ein kalter Schauer den Rücken hinunter. Außerdem drückten mich die Verschlüsse des Fluggeschirrs, wenn ich mich zurücklehnte. Und eigentlich hatte ich Hunger. Und eine Dusche könnte mir auch nicht schaden, aber Appalongs Verhalten machte mich neugierig auf den weiteren Verlauf des Abends.

Er grinste verschwörerisch und prostete mir zu. Ich trank einen vorsichtigen Schluck. Es schmeckte gar nicht so übel.

»So. Fangen wir mal an. Würden Sie ›Suzanne‹ bitte befehlen, Wolfens Aufnahmen auf den großen Monitor abzubilden. Er läuft hier unter der Bezeichnung A1.«

Ich gab Suzanne den entsprechenden Befehl.

Wenig später begann sich das Blau auf dem großen Schirm zu verändern. Die Zahlen links oben verschwanden und plötzlich leuchteten uns unzählige

Sterne entgegen, als hätte jemand ein Fenster direkt in den Weltraum geöffnet. Ich ließ Suzanne den entsprechenden Sektor vergrößern und sogleich stand unwirklich das mysteriöse Dreieck zwischen den Sternen. Nach einer Minute etwa bildete Suzanne die zweite Aufnahme ab und wir sahen das Dreieck in einer anderen Form, an der ein schmales zweites Dreieck zu kleben schien.

»Sie nehmen an, daß es sich bei dem Dreieck um eine rotierende Pyramide handelt, nicht wahr?«

Ich zuckte innerlich zusammen und versuchte gleichzeitig, mir nichts anmerken zu lassen. Jetzt wurde es interessant.

»Wie kommen Sie darauf?«

Appalong streckte mir abwehrend beide Handflächen entgegen und machte dabei ein Gesicht, als hätte er in eine Zitrone gebissen.

»Bevor Sie sich in Ihr Schneckenhaus zurückziehen, hören Sie mir bitte zu, anschließend können Sie immer noch entscheiden, ob ich Recht habe oder nicht.«

Nach einer Pause fügte er noch hinzu: »…ob ich Recht haben darf oder nicht.«

Ich hob nichtssagend die Schultern und genehmigte mir einen weiteren Schluck ›Kings and Clubs‹.

»Also, die Geschichte von Ihrem Raumkadett Wolfen ist erfunden. Diese Aufnahmen, die Sie mir gezeigt haben, sind ganz gezielt gemacht worden.«

Fast richtig, dachte ich bei mir.

»Ich habe Ihnen den Blödsinn mit den selbstentwickelten Aufnahmen anfangs auch tatsächlich abgenommen, bis Sie mir gesagt haben, wer Sie sind. Dann fiel mir sofort die Marsexpedition ein.«

Er beugte sich leicht nach vorne und fragte leise: »Die südliche Cydonia-Region auf dem Mars. Dort haben Sie doch auch Pyramiden vorgefunden.«

In mir fingen sämtliche Alarmglocken an zu läuten.

Was der Mann da aussprach, wußten meines Wissens keine zwanzig Menschen auf dieser Welt. Nach ein paar Schrecksekunden schnalzte ich unhörbar für Appalong mit meiner Zunge einen bestimmten Code an Suzanne. Ich konnte auf diese Weise mit Hilfe eines verbesserten Morsealphabets Nachrichten an sie übermitteln, ohne sprechen zu müssen. Der Code bedeutete, unser Gespräch ab sofort aufzuzeichnen. Außerdem würde Dr. Hellbrügge benachrichtigt werden, um unsere Unterhaltung mitzuhören.

Ich holte tief Luft. Jetzt galt es, Zeit zu gewinnen.

»Das mit dem Mars habe ich nicht verstanden. Können Sie das bitte noch einmal wiederholen.«

»Sie waren vor 15 Jahren auf dem Mars. Dabei sind Sie auch in die südliche Cydonia-Region gelangt, und dort sind Sie auf zwei verfallene Pyramiden gestoßen. Allerdings ist diese Information Top-Secret. Ich weiß es aber trotzdem.«

Ich kam mir vor wie ein Schuljunge, der von seinem Lehrer eines Streiches wegen überführt wird. Er hatte so laut und deutlich gesprochen, als wüßte er, daß das Gespräch ab jetzt aufgezeichnet wurde.

Ich war ratlos. Er hatte mit allem, was er sagte, ins Schwarze getroffen. Aber woher wußte er das alles? Hatte es irgendwo eine undichte Stelle gegeben?

Ich beschloß, ihn erst einmal hinzuhalten und beugte mich ebenfalls leicht nach vorn.

»Ape, ich weiß gar nicht, wovon Sie reden. Wie kommen Sie auf diesen Unsinn?«

Die Szene war wie in einem schlechten Film: Der Agent weiß alles, darf aber nichts verraten. Ich kam mir reichlich dumm vor, und Appalong schien das zu merken, denn er war sichtlich verärgert.

»Kommen Sie mir doch jetzt nicht damit, John. Wenn Sie nicht reden dürfen, dann rufen Sie halt noch mal Dr. Hellbrügge an und fragen ihn um Erlaubnis. Und wenn er nicht einwilligt, dann suchen Sie sich jemanden anderen, der Ihre Pyramide ausfindig macht.«

Er schien sich wegen der Pyramide sicher zu sein. Seine breiten Nasenflügel bebten bei seinen letzten Worten, und seine linke Hand war zur Faust geballt.

Ein leises Piepsen in meinem linken Ohr unterbrach meinen Gedankengang.

⟩John, hier ist Hellbrügge. Erzähl ihm alles. Aber nur unter der Voraussetzung, daß er sich zu einer absoluten Loyalitätsorder dem Konzern gegenüber verpflichtet. Als Direktor der Station weiß er, was das bedeutet. Wenn er zustimmt, möchte ich sofort eine schriftliche Einverständniserklärung von ihm. Und danach will ich wissen, woher er die Informationen über die Marsexpedition hat. Ich werde mit deinem Einverständnis das Gespräch und die Monitorbilder weiterhin aufzeichnen. Und noch etwas: Legt euch beide bitte sofort Schalldecoder an! Ende.⟨

In meinem Ohr glaubte ich noch etwas Ähnliches wie einen Fluch zu hören, dann war Stille. Es war fast zum Lachen. Typisch Hellbrügge: Knapp, präzise und in dieser Situation auch noch bürokratisch. Ob Appalong wirklich wußte, was eine absolute Loyalitätsorder bedeutete? Abgesehen davon war ich erstaunt darüber, daß Hellbrügge Appalong so ganz nebenbei wie aus dem Handgelenk zum Geheimnisträger machte.

Ich hatte wohl einen Moment lang geistesabwesend vor mich hingestarrt, denn Appalong schaute mich erwartungsvoll an, als ich wieder aufblickte.

»Und, was sagt der Chef?«

Dieser Bursche wurde mir immer unheimlicher. Hellbrügge hatte recht: Appalong war ein helles Köpfchen, schaltete schnell und außerdem kannte er sich in der CyCom-Technik aus.

»Er sagt, daß wir ab jetzt auf das ›Sie‹ verzichten können, wenn du uns sagst, woher du das alles weißt.«

Er grinste, und wir stießen mit den Flaschen an.

»Außerdem sollst du deine Einwilligung für eine absolute Loyalitätsorder dem Konzern gegenüber abgeben. Schriftlich. Und mithören soll auch keiner. Damit meine ich unser Gespräch hier im Raum.«

Appalong lächelte zufrieden vor sich hin und schrieb handschriftlich eine Einverständniserklärung auf einen Mail-Scanner, tippte anschließend auf der Tastatur herum und schickte die Notiz an Dr. Hellbrügge. Dann öffnete er ein Fach und holte zwei Schalldecoder heraus. Er setzte ein Gerät auf und gab mir das andere. Schalldecoder sahen so ähnlich aus wie kleine Sprechanlagen, die man mit einem biegsamen Bügel über den Kopf zieht. Eine trichterförmige Schalldämpfung vor dem Mund in Verbindung mit einem negativen Frequenzdoppler verhindert, daß jemand die gesprochenen Worte mithört, außer er besitzt ein entsprechendes Gerät mit einem abgestimmten Empfänger. Die Dinger waren gerade in einem großen Raum wie hier von großem Nutzen, wo sich viele Menschen über verschiedene Themen verständigen mußten.

»So, jetzt bin ich wohl im Club aufgenommen. Weißt du eigentlich, was diese Loyalitätsorder bedeutet?«

»Mehr Zugang zu gewissen Informationen, mehr Rechte und mehr Pflichten, und natürlich absolute Loyalität dem Konzern gegenüber.«

Er nickte fröhlich. »Und mehr Gehalt.«

Er lehnte sich zurück und verschränkte die Arme. »Wer fängt an?«

»Du. Ich bin der Gast.«

»Na gut. Als du gestern hier ankamst mit diesem dringenden Auftrag, den Sektor um Barnards Stern abzutasten, war ich zuerst wütend, weil ich dachte, Hellbrügge hätte wieder eine Drohne im Weltall aussetzen lassen.«

»Eine Drohne?«

»Ja. Es gibt ein uraltes Programm, das wir synchron mit dem Auge mitlaufen lassen. Es handelt sich dabei um die Suche nach Nachrichten oder Zeichen von außerirdischen Lebewesen. Es ist ein Nachfolgeprogramm von S.E.T.I., das im letzten Jahrhundert schon begonnen wurde.«

Er seufzte und grinste anschließend breit.

»Bis jetzt haben wir keine Nachrichten von Außerirdischen empfangen, aber wir sind trotzdem vertraglich verpflichtet, das Programm durchzuführen. Es kostet uns sehr viel Zeit, alle Signale zu identifizieren, deren Herkunft nicht sofort eindeutig ist. Deswegen schalten wir das Programm einfach ab, wenn wir sehr viel zu tun haben.«

Ape lachte auf und meinte dann schelmisch: »Unter uns Geheimnisträgern kann ich das ja zugeben: Hellbrügge weiß das natürlich und in gewisser Weise billigt er es, nur ist er auf der anderen Seite der Internationalen Wissenschaftskommission verpflichtet. Deswegen läßt er ab und zu einen kleinen Sender – eine Drohne, wie wir es nennen – im Weltall aussetzen, den das Programm eigentlich aufspüren müßte, wenn es mit dem Auge mitläuft. Es ist also so eine Art Kontrolle. Wenn wir die Drohne nicht aufgespürt haben, gibt es für uns einen Rüffel.«

Er zuckte die Achseln. »Heute abend hast du mir die Aufnahmen von Wolfen gezeigt. Ist das wahr, diese Geschichte mit den Negativen?«

»Na ja, so ungefähr. Vor vier Wochen stabilisierten wir die *Albert Einstein* gerade in eine Umlaufbahn um den Mond, als wir einen Funkspruch von der *Hermann Oberth* empfingen. Der Kommandant, Jacques Engels – übrigens ebenfalls ein Mitglied der damaligen Marsexpedition –, berichtete von einem Objekt in der Richtung von Barnards Stern, das er mit den Reflex-Tastern seines Bordobservatoriums verfolgt hätte. Da er sich aber mit seinem Schiff in einer ungünstigen Bahn um die Sonne befand, hatte er es bald wieder verloren. Er fragte mich, ob ich mich darum kümmern könnte. Ich ging also ins Observatorium der *Albert Einstein* und traf dort auf Wolfen, der seine Aufnahmen machte. Er hatte seine alte Kamera an den Objektivrechner montiert und bekam ein furchtbar schlechtes Gewissen, weil er dadurch das Observatorium außer Betrieb gesetzt hatte. Ich beruhigte ihn und bewunderte seine Kamera. Anschließend bat ich ihn, für mich persönlich zwei Aufnahmen von Barnards Stern zu machen – ohne den Grund zu nennen.«

Appalong nickte unentwegt in einer weisen Art vor sich hin, wie ein zufriedener Lehrer, der die Vokabeln seines Musterschülers abhört.

»…und so kamen wir zu den Aufnahmen. Wir entdeckten darauf sehr bald das Dreieck und dachten zuerst an ein Wrackteil. Dagegen spricht jedoch, daß die Umrisse exakt gerade sind und das wäre sehr ungewöhnlich für ein Bruchstück. Die zweite Aufnahme deutete dann auf eine Pyramide hin.«

Ich machte absichtlich eine Pause und sah Appalong erwartungsvoll an.

Er spielte nachdenklich an seiner leeren Flasche herum: »Ihr habt natürlich sofort an die Pyramiden auf dem Mars gedacht. Ich auch.«

Er nickte wieder. »Habt ihr eine Vorstellung, was das zu bedeuten hat. Oder was es mit der Pyramide auf sich hat?«

Ich hob langsam die Schultern. »Keine Ahnung.«

»Und jetzt willst du wissen, woher ich von den Marspyramiden weiß.«

Ich sagte nichts.

»Als die Marsexpedition damals der Cydonia-Region immer näher kam, war ich sehr gespannt auf die ersten Bilder von diesem Gebiet. Die amerikanische Voyager-

Sonde und die Phobos-Mission hatten schon im letzten Jahrhundert Bilder zur Erde gefunkt, auf denen man pyramidenähnliche Gesteinsformationen erkennen konnte. Die Scout-Sonden zeigten im Jahr vor der Marslandung noch eindeutiger, daß diese Gebilde nicht natürlichen Ursprungs sein konnten. Trotzdem hat man das Wort ›Pyramide‹ nicht laut ausgesprochen. Ich hätte es übrigens auch nicht getan.«

Er stand auf und verschwand mit einem »Bin gleich zurück!« hinter einer Tür. Kurze Zeit später erschien er wieder mit einer kleinen Küchenbar im Schlepptau.

»Ich breche heute abend alle meine eigenen Vorschriften. Dazu mußte ich sogar alle automatischen Servierbars abschalten, sonst hätte ich kein Bier in die Kühlfächer reingekriegt. Diese Automaten fangen nämlich furchtbar zu piepen an, wenn jemand versucht, alkoholische Getränke in ihnen zu deponieren. Aber ich denke, das wird eine lange Nacht werden, und wenn ich schon so einen berühmten Gast habe…«

Wir stürzten uns beide mit Heißhunger auf das angebotene Fertiggericht: eingelegter Fasan mit verschiedenen Wurzelsalaten. Ape holte zwei neue Flaschen Bier aus dem Kühlfach.

»Ich habe regelrecht die Luft angehalten, als die Expedition in der Cydonia-Region ankam. Und was bekam ich dann zu sehen? Zwei kleine kantige Hügel, die irgendwann einmal ins Bild kamen. Ganz beiläufig habt ihr während der Übertragung erklärt, das müßten wohl die Marserhebungen sein, die auf Fotos wie Pyramiden aussähen.«

Ape beugte sich langsam zu mir herüber und sagte leise (und auch ein bißchen wütend): »Ihr habt eine Computersimulation gesendet, auf der die Pyramiden als kleine Hügel zu sehen waren.«

Er lehnte sich wieder zurück und fuhr fort.

»Ich war enttäuscht. Keine Sensation, keine wahr gewordene Science Fiction. Trotzdem konnte ich es nicht glauben. Ich habe mir die Übertragung immer wieder angesehen und die Geographie mit den Fotos der Sonden verglichen, aber ich konnte keine Unstimmigkeiten entdecken. Aber vor ein paar Jahren habe ich mir in Manching die Originale der Videodisks angesehen.«

Er zerschnitt eine Ananaswurzel und deutete mit seiner Gabel kleine Kreise an.

»Und dann habe ich eine Bestätigung für die Manipulation gefunden: sie liegt bei den Versiegelungen der Disks. Die Struktursiegel der Disketten wurden aufgebrochen und wieder verschlossen, um die Computersimulationen nachträglich den laufenden Archivnummern anzupassen. Irgend jemand wollte da übergenau sein.«

Er sah mich mit einem triumphierenden Lächeln an und wartete wohl auf eine Reaktion von mir. Ich erwiderte nichts. Im Grunde genommen begann mich unsere Unterhaltung zu langweilen, denn ich wußte von den Schwachpunkten in den Computersimulationen. Ape fing auch gleich damit an, sie aufzuzählen.

»Die Fehler in den Simulationen liegen auch nicht bei geographischen Übertragungen, sondern bei ganz gewöhnlichen Abläufen: einmal läuft ein Mann im Hintergrund von links nach rechts. Ein paar Minuten später durchquert er das Bild wieder. Allerdings mit den exakt gleichen Bewegungen wie zuvor. Dann die Fahrzeuge. Den Bildfolgen nach müßte ein Transporter dreimal vorhanden sein. Anhand der Startliste ist aber zu ersehen, daß nur zwei Exemplare dieses Typs mitgenommen wurden. Oder zum Beispiel der rote Sauerstofftank des Sanitätsoffiziers...«

»O.K., O.K., das reicht.«

Ich hatte heftiger reagiert, als ich es wollte und Ape klappte demonstrativ den Mund zu. Daraufhin schwiegen wir beide eine Weile. Schließlich sagte er leise: »Es gibt sie also, die Pyramiden. Wie sehen sie aus? Sag's mir!«

Ich schaute auf meine Uhr. Es waren noch zehn Minuten Zeit, bis Barnards Stern über den Horizont kam.

»Na gut, du großer Detektiv, was willst du wissen?«

»Äh, ich weiß nicht. Alles natürlich. Oder nein: Fang ganz von vorne an! Wir haben heute abend viel Zeit. Ich möchte es durch deine Augen miterleben. Erzähl mir vom Mars! Wie ist es auf dem Mars? Erzähl mir vom Flug zum Mars! Von der Expedition. Erzähl mir etwas von dir! Wie ist es dir dabei ergangen?«

Appalong hatte sich erwartungsvoll über den Tisch gebeugt und sah aus wie ein Junge, der von einem Freund eine Schilderung über sein erstes Abenteuer bekommt.

Ich schmunzelte und lehnte mich zurück.

Der Mars. Als Nachbarplanet der Erde und nur etwa halb so groß im Durchmesser umkreist er die Sonne einmal in 687 Tagen. Wegen seiner extrem elliptischen und exzentrischen Bahn treten auf dem Planeten große Schwankungen in den Längen der Jahreszeiten auf. Allerdings sind diese Jahreszeiten nicht mit denen auf der Erde zu vergleichen. Im Winter wandert eine weiße Reifschicht von den Polkappen in Richtung des Äquators, dabei immer von riesigen Nebelfeldern begleitet. Zu Beginn des Frühjahres verschwinden Reif und Nebel fast von einem Tag auf den andern. In dieser Zeit wehen gleichmäßige Nordsüdwinde, die mit Beginn des Sommers langsam aufhören und heißer Trockenheit weichen. Stürmische Winde, aufsteigende Nebel und das Anwachsen der weißen Polkappen schließlich kündigen wieder den Winter an.

Keine Pflanzen, keine Tiere. Nur Gebirge, Krater und endlose Täler unter einem gelb-orangen Himmel. Das Gestein ändert seine Farbe durch Feuchtigkeit mit den

Jahreszeiten. Faserartige Wolkengebilde aus Wasserdampf entstehen plötzlich und sind genauso schnell wieder verschwunden. Geräusche sind wegen der geringen Dichte der Kohlendioxd-Atmosphäre kaum zu hören und wenn, dann klingen sie dumpf und leblos. Ein Marstag dauert ein wenig länger als ein Tag auf der Erde. Je nach Aufenthaltsort auf dem Planeten können die Temperaturen am Tage zwischen 20 Grad plus und 90 Grad minus schwanken. Die Nächte sind eiskalt.

Im günstigsten Fall beträgt die Entfernung von der Erde zum Mars 55 Millionen Kilometer, das ist 150mal der Weg Erde-Mond.

Diese nüchterne Beschreibung des Planeten läßt allerdings nichts von der Schönheit und Fremdartigkeit erahnen, die wir nach einer halbjährigen Reise im Juli 2030 antrafen. Unser Raumschiff, die *Wernher von Braun*, driftete scheinbar unendlich langsam in eine Umlaufbahn um den Mars. Während das Rendezvousmanöver mit unserem Versorgungsschiff eingeleitet wurde (es besaß keine Besatzung, flog also vollautomatisch und war einen Tag vor uns gestartet), benutzten wir jede freie Minute, um das Panorama des roten Planeten zu genießen. Es fällt mir heute noch schwer, den Planeten objektiv zu beschreiben, denn der fehlende gewohnte Anblick der Erde versetzt einen zunächst einmal in ein phantastisches Niemandsland, in dem alles einen unwirklichen Eindruck hinterläßt.

Aus 50 000 Kilometern Entfernung erschien der Mars in einem hellen Ziegelrot, durchzogen von weiten Flächen und Rillen. Auffälliger aber noch waren die unzähligen Krater, die sich zum Teil wie häßliche Geschwüre dunkelrot abhoben. Dazwischen hingen weißgelbe Wolkenfelder, die nebelartig plötzlich auftauchten und genauso schnell wieder verschwanden.

Wenn wir uns auf unserer äquatorialen Umlaufbahn der Dunkelzone des Planeten näherten und die ersten

Streiflichter schattenartige Konturen auf den Planeten malten, verwandelten sich einige Gebiete in ein kaltes Graugrün und erschienen so wie ein Negativ zu den hell erleuchteten roten Flächen. In dieser Position wirkte das Auftauchen einer der beiden Marsmonde besonders gespenstisch. Zuerst schien sich von der Marssichel ein funkelnder Diamant zu lösen und langsam in den Weltraum aufzusteigen. Auf dem Monitor des Objektivrechners erkannte man eine langsam rotierende Felsen-›Kartoffel‹, die von der Sonne einerseits hell beleuchtet wurde und auf der Schattenseite ein mattes Rot von der Marsoberfläche reflektierte. Phobos, der größere Marsmond, rollte unter uns in siebeneinhalb Stunden um den Planeten. Beide Umlaufbahnen der Mars-Monde, auch die von Deimos, lagen weit unter uns. Die Monde waren eigentlich nicht mehr als unförmige kraterübersäte Felsbrocken mit einer durchschnittlichen Länge von 17 Kilometer.

Die ersten Landeeinheiten gingen drei Tage später auf die Reise zur Marsoberfläche. Zuvor wurde die *Wernher von Braun* in einem sicheren 60000-Kilometer-Orbit verankert. Sie würde nun für ein knappes Jahr unsere wichtigste Verbindungsstation zur Erde sein. Das Versorgungsschiff lag tiefer, knapp über der äußeren Mondumlaufbahn von Deimos. Während in der Memnonia-Region nahe des Marsäquators und des 135. Längengrades schnell die ersten provisorischen Lager entstanden, folgte nach und nach der restliche Troß. Nach zwei Wochen stand das große Basislager mit eigener Energiegewinnung und kurz darauf lief auch die Sauerstofferzeugung an.

»Moment! Halt!« Appalong saß mit verschränkten Armen vor mir.

»John, entschuldige, daß ich dich unterbreche, aber das kenne ich alles. Ich habe mir sämtliche Disks über eure Expedition in meiner Illusionskabine angesehen. Ich kenne die Aufzeichnungen so gut, als wäre ich mit auf dem Mars gewesen, aber ich war nicht in der Cydonia-Region. Also erzähl mir bitte etwas darüber.«

»Ich dachte, du wolltest alles über den Mars wissen.«

»Ja, natürlich. Irgendwann... Ach, komm, du weißt genau, was ich meine.«

»Die Pyramiden, ja.« Ich stützte den Kopf in die Hände und schloß die Augen. Wir waren schon seit zwei Monaten auf dem Planeten, als wir uns während der dritten oder vierten großen Erkundungsexpedition der Cydonia-Region näherten. Wir benutzten hauptsächlich die Aufklärungskarten des Grumann-NASA-Konzerns der Amerikaner, die neun Jahre vorher auf dem Mars waren. Damals wurde der Planet vor der Landung von Satelliten präzise kartographiert, um sichere Landezonen auszumachen. Auf einigen von ihnen waren rechteckige Formen zu erkennen, die zu regelmäßig waren, um natürlichen Ursprungs zu sein. Auch in der Cydonia-Region waren solche Gebilde zu erkennen. Allerdings lagen alle Objekte in äußerst unwegsamem Gelände und aufkommende Spekulationen über künstliche Formen wurden bald in das Reich der Phantasie verbannt.

Wir waren vielleicht 50 Kilometer vom Lager entfernt, als unser 2. Offizier, Gerald Engelmann, plötzlich über Intercom sagte: »Kapitän, wir haben ein Problem...«

Keiner von uns wußte, was er damit meinte, denn er befand sich mit einem Voraustrupp etwa fünf Kilometer vor dem Hauptkonvoi. Dann war nichts mehr zu hören, denn er redete mit Kapitän Wagner auf einem Code-Kanal. Wenig später wurde uns befohlen, sofort ein Lager aufzubauen. Wir handelten wie in Trance. Jeder wußte, daß etwas Furchtbares passiert sein mußte, aber wir erfuhren zunächst nichts. Wagner hatte sich nach dem Gespräch mit Engelmann in einen größeren Transporter zurückgezogen. Nur die höheren Dienstgrade waren bei ihm. Dann, eine Stunde später informierte er den Rest der Mannschaft, nachdem er uns in das Fahrzeug gerufen hatte. Wir saßen auf verschiedenen Ausrüstungsgegenständen und hatten die Sichtscheiben der Helme hochgefahren. Wagner schaute zuerst starr vor sich hin, dann gab er sich einen Ruck und sagte: »Leute, ich will es kurz machen. Engelmann hat dort draußen Gesteinsformationen gefunden, die Pyramiden gleichen. Sie sind eindeutig nicht-natürlichen Ursprungs.«

Keiner sagte ein Wort, keiner begriff sofort die Bedeutung seiner Worte. Irgendwo schnarrte ein defektes Ventil. Jemand räusperte sich und wollte etwas sagen, aber Wagner kam ihm zuvor.

»Ich weiß, es ist nicht zu begreifen, aber Engelmann und Neville haben zwei Pyramiden entdeckt. Sie stehen nebeneinander in einem kleinen Tal. Sie sind unterschiedlich groß. Die größere ist etwa 130 Meter hoch, die zweite 30 Meter kleiner. Beide sind gut erhalten. Außerdem gibt es Anzeichen von einer weiteren kleineren Pyramide, aber sie ist sehr zerfallen…« Er leierte die kurze Beschreibung wie einen Wetterbericht herunter und brach schließlich ab. Nach einer Weile – keiner von uns hatte ein Wort herausgebracht – sagte er: »Wir haben beschlossen, daß wir alle in einer halben Stunde zu der Stelle fahren. Der Konzern in Manching ist verständigt. Wir nehmen eine Handkamera mit. Keine Funkaufzeichnung.«

Und dann, nach einer Pause: »Ein persönlicher Rat von mir: Ich selber habe die Vorstellung, daß hier auf dem Mars Pyramiden stehen sollen, noch nicht verarbeitet und kann mir denken, daß es euch ähnlich ergehen wird. Also, geht bitte behutsam vor! Redet darüber, verständigt euch untereinander. Ich bin euch rein informativ eine Stunde voraus und kann immer noch nicht entscheiden, ob mir diese Entdeckung phantastisch oder… furchterregend vorkommt. Jeder von uns wird es in den kommenden Monaten alleine für sich selbst zu entscheiden haben. Trotzdem, paßt auf euch auf und bitte zögert nicht, zu mir zu kommen, wenn ihr Probleme auf euch zukommen seht. Das wäre im Moment alles. Wir treffen uns um 17 Uhr wieder hier im Transporter. Danke.«

Vier Stunden später stand ich auf einer kleinen Anhöhe und starrte mit einem stumpfen Blick auf die Kulisse, die sich mir in der Abendsonne bot. Irgendwie konnte mein Verstand das Bild nicht verwerten, das meine Augen sahen. Vor mir, in etwa 200 Metern Entfernung, ragten zwei Pyramiden in einen gelb-orangefarbenen Himmel. Soweit man es von meinem Standpunkt aus beurteilen konnte, waren sie relativ gut erhalten, wenn man von einigen Meteoriteneinschlägen absah. Laut Befehl von Wagner durften wir uns den Bauwerken nicht nähern, bis neue Anordnungen von der Erde eintrafen.

Appalong saß noch immer mit verschränkten Armen mir gegenüber.

»Und? Ihr habt sie doch untersucht, oder?«

»Ja, natürlich. Wir haben zunächst das Gelände vermessen und alles im Bild festgehalten. Anschließend haben wir nach Eingängen zu den Pyramiden gesucht, aber nichts gefunden. Alles, was wir bis heute wissen, ist die Tatsache, daß auf dem Mars zwei Pyramiden stehen. Wie alt sie sind, weiß niemand. Einige meinen, einige tausend Jahre, andere sprechen von 100 000 Jahren. Genaueres wird man erst erfahren, wenn das Gebiet näher erforscht sein wird.«

»Und wann wird das sein?«

Ein hektisches Piepsen ließ uns aufblicken. Appalong stellte es mit einer Handbewegung an der Tastatur ab und wandte sich dem Monitor zu.

»Barnards Stern. Er ist jetzt voll über dem Horizont.«

Ich rutschte neugierig nach vorne. »Und was machen wir jetzt?«

»Jetzt? Jetzt haben wir ein Problem: Wir wissen, daß sich dort draußen im Weltraum etwas befindet, von dem wir vermuten, daß es eine Pyramide ist. Weiterhin wissen wir, wo sie sich vor vier Wochen befunden hat, aber dort ist sie nicht mehr. Also ist sie in Bewegung. Da aber weder der Richtungsvektor, Masse oder Größe bekannt sind, wird es verdammt schwierig werden, sie wiederzufinden.«

Er schaute mich durchdringend an und ich wußte nicht, was er von mir wollte.

»Und du bist dir sicher, daß das alles kein Faschingsscherz von deinen Raumkadetten ist?«

»Wenn ich nicht auf dem Mars die Pyramiden gesehen hätte, würde ich wohl auch zweifeln, aber…«

Appalong hatte sich schon wieder dem Monitor zugewandt und tippte auf der Tastatur Befehle ein.

»Radioastronomie ist seit gut hundert Jahren bekannt. Das ganze Himmelsgewölbe ist mittlerweile radioastronomisch kartographiert. Falls sich die Pyramide irgendwo in der Nähe unseres Sonnensystems befindet, wird sie die Radiostrahlung abdecken, die uns aus dem Weltall erreicht. Das Auge läuft nun von der Stelle aus, wo wir wissen, daß sich die Pyramide befunden hat, in konzentrischen Kreisen über diesen Sektor. Gleichzeitig vergleicht der Rechner das empfangene Bild mit den vorher schon kartographierten Informationen. Falls sich eine Abweichung ergibt, werden wir informiert. Raumstationen oder Satelliten werden automatisch ausgeklammert, aber für eventuellen Raumschrott, der nicht registriert ist, gebe ich keine Garantie.«

Appalong seufzte und lehnte sich zurück. Ein leises Säuseln durchdrang den Kontrollraum. Auf dem großen Monitor liefen Koordinatenangaben durch, ansonsten blieb die Fläche hellblau.

»Das Programm startet jetzt. Was du da hörst, ist ein Grundrauschen, das uns aus dem Weltraum erreicht. Alle Töne, die von den Sternen, Quasaren oder von Dunkelwolken stammen, werden vom Dateirechner gelöscht. Zurück bleibt lediglich eine Hintergrundstrahlung. Das sogenannte 3-K-Rauschen ist ziemlich konstant. Es ist aber kein Rauschen im wörtlichen Sinn und wird jetzt nur durch eine Computersimulation akustisch erzeugt. Wenn ein Objekt, wie zum Beispiel die Pyramide, dieses Grundrauschen abdeckt, empfangen wir hier nichts oder nur sehr wenig. Wir werden also Unregelmäßigkeiten hören können.«

Wir saßen nun beide schweigend in einem fast dunklen Raum und hörten dem zischelnden Säuseln zu. Einer gespannten Erwartung folgte nach zehn Minuten bald eine gelangweilte Stille, die aber keiner zu durchbrechen wagte.

Schließlich räusperte sich Appalong und fragte: »Wie hast du das verkraftet damals, oder war es gar nicht so schlimm?«

Ich hatte bisher nur mit Hellbrügge und einigen wenigen Menschen über den Moment gesprochen, in dem wir an den Pyramiden ankamen. Darunter auch mit einem Psychologen, der nach unserer Rückkehr zur Erde unseren Gemütszustand ausloten sollte. Kein einziges Mal hatte ich dieses Erlebnis so geschildert, wie ich es wirklich erlebt hatte. Mit Appalong verhielt es sich anders. Obwohl ich ihn kaum 24 Stunden kannte, hatte ich Vertrauen zu ihm. Vielleicht brauchte ich aber auch nach 15 Jahren endlich jemanden, mit dem ich ungezwungen darüber sprechen konnte.

»Nachdem uns Wagner informiert hatte, war meine erste Reaktion schlichtweg grenzenlose Begeisterung. Ich fühlte mich als Entdecker, als ein Vasco da Gama des 3. Jahrtausends, auf den die Zukunft seit langem gewartet hatte. Ich war ein Argonaut des Weltalls, einer von fünfzig. Die Erde würde uns als Helden empfangen. Ich glaube, so dachten auch die meisten von uns, außer einigen wenigen, die reifer waren und weiter dachten.«

Ich schloß die Augen und versuchte, die Bilder von damals wieder in mir aufleben zu lassen.

»Im nachhinein muß ich sagen, daß ich diese ersten Stunden wie in einem euphorischen Trancezustand verbracht habe. Die folgenden Tage waren wir zu beschäftigt, um uns allzusehr mit uns selbst auseinanderzusetzen. Dann kam der Moment, als wir aufbrachen. Es stand alles immer noch unter strengster Geheimhaltung und jedes längere Verweilen in der Cydonia-Region wäre nicht mehr zu vertuschen gewesen. Alle Ausrüstungsgegenstände waren verstaut. Wagner ließ uns noch eine halbe Stunde Zeit bis zum Aufbruch. Ich glaube, er wußte genau, warum er uns in diesem Moment alleine ließ. Die Sonne war gerade aufgegangen und wir standen hoch über den Pyramiden auf einem schroffen Felsabbruch. Am westlichen Horizont glühte der Himmel in einem unwirklichen rostigen Rot.«

Ich lächelte unwillkürlich.

»Ape, Sonnenaufgänge oder Sonnenuntergänge auf dem Mars kann man nur mit den kitschigsten Worten beschreiben, weil sie so unendlich verrückt in den Farben sind. Sie erinnern an Videobilder, die ein vollkommen falsches Spektrum wiedergeben.«

Appalong lächelte mir wissend zu. Natürlich, er hatte die Aufnahmen vom Mars auf den Disks gesehen. Ich schwieg eine Weile. Ich spürte, wie mich der Moment von damals wieder in seinen Bann zog.

»Ich stand allein auf einem Felsenstück. Unter mir die Pyramiden, die einen langen Schatten warfen. Irgend jemand mußte sie vor unendlich langer Zeit hier auf dem Mars errichtet haben. Wahrscheinlich lange bevor Pyramiden auf der Erde entstanden. Plötzlich wurde mir überhaupt erst eine Verbindung mit der Erde bewußt. Mich überfiel ein bis dahin nie gekanntes Heimweh und gleichzeitig fühlte ich mich aber auch wie zu Hause. Trauer stieg in mir auf. Und gleichzeitig Freude, gerade so, als wäre ich meiner Vergangenheit begegnet. Und dann heulte ich wie ein Schloßhund.«

Ich stockte, weil ich merkte, daß mir auch jetzt Tränen in die Augen traten. Verstohlen wollte ich sie wegwischen, aber Appalong war von meiner Erzählung so gefesselt, daß er mir fast auf dem Schoß saß. Ich lächelte ihn mit wäßrigen Augen an.

»Ape, hast du schon mal in einem Raumanzug geheult? Ein beschissenes Gefühl, kann ich dir sagen. Vom Hersteller der Helme kann Heulen nicht vorgesehen sein, sonst hätte er Taschentücher eingebaut.«

Ich wischte die Tränen nun doch weg.

»Wir waren alle sehr ruhig, als wir aufbrachen. Später informierte uns Wagner, daß die Pyramiden als Topsecret zu behandeln wären. Keiner von uns widersprach.«

»Aber nach eurer Rückkehr. Ist da keiner in Versuchung gekommen?«

Ich schüttelte den Kopf.

»Nein. Erstaunlicherweise nicht. Abgesehen davon haben es sich einige Institutionen etwas kosten lassen, damit keiner in Versuchung gerät.«

»Kosten lassen? Welche Institutionen…«

Das Säuseln war plötzlich verstummt und auf dem großen Monitor blieb eine Zahlengruppe stehen. Schließlich schälte sich eine undefinierbare Form aus dem Hellblau heraus.

Ape lehnte sich zurück und deutete auf den Schirm.

»Falscher Alarm. Wahrscheinlich ein Stück Schrott. Ich denke, das werden wir heute abend noch öfter erleben. In dem südlichen Sektor fliegt jede Menge von dem Zeug herum. Unsere Müllabfuhr wird mit dem Dreck direkt vor unserer Haustür noch lange beschäftigt sein.«

Mit der ›Müllabfuhr‹ sprach Ape ein Unternehmen an, das seit einigen Jahren den die Erde umkreisenden Raumschrott beseitigte. Das längst überfällige Programm war nach zähen Verhandlungen der Konzerne endlich Wirklichkeit geworden. Die Aufräumarbeiten beschränkten sich zunächst aber nur auf bestimmte Entfernungen von der Erde in Höhe des Äquators.

Das auf dem Monitor abgebildete Teil drehte sich langsam um seine Achse und wurde in den Konturen deutlicher. Was das Auge wegen der Erdatmosphäre nicht genauer abbilden konnte, glich der Rechner durch Wahrscheinlichkeitsvergleiche aus. Schließlich blieb das Teil ruhig auf dem Monitor stehen, rechts daneben erschienen die Daten.

»Ein Satellitenbruchstück. Ist aber schon registriert. Also weiter.«

Ape drückte eine Taste und das Bruchstück verschwand vom Monitor.

Er blieb einen Moment still vor den aufgeklappten Bildschirmrahmen sitzen und sagte dann, ohne mich anzusehen: »Kann ich die Aufzeichnungen von den Pyramiden sehen?«

Ich zögerte. Appalong war nun in den Kreis der wenigen aufgenommen worden, die dazu berechtigt waren. Die Übertragungsstrecke von Manching bis hierher galt als absolut sicher, aber trotzdem: Es handelte sich um geheimes Material und damit wollte ich nicht leichtfertig umgehen.

Ich schaute mich um.

»Gibt es hier einen abschirmbaren Monitor?«

»Ja, der Schwarzfeldschirm für Vergrößerungen, aber er ist nicht datensicher.«

»Dann gibt es für dich leider nur eine Minishow.«

Ich zog einen kleinen Monitorrahmen aus meinem Armband und stellte ihn vor ihn hin. Zusätzlich aktivierte ich eine optische Verzerrung in dem kleinen Rahmen. Jetzt war das darin entstehende Bild nur aus einer Entfernung von etwa 20 cm zu sehen. Anschließend gab ich Suzanne entsprechende Anweisungen. Aus Manching kamen keine Einwände. Ich war mir sicher, daß Hellbrügge sehr wohl über unsere Unterhaltung hier in der Allison Walls Station Bescheid wußte.

Ich stand auf und streckte mich. Appalong kauerte vor dem 10 cm großen Monitorrahmen und würde wohl eine halbe Stunde mit der gekürzten Version über die Pyramiden beschäftigt sein.

Nach dem Bier drängte es mich zu gewissen Örtlichkeiten und so erhob ich mich, durchquerte den Kontrollraum und trat auf den Gang hinaus.

Fast gleichzeitig bemerkte ich rechts von mir im Halbdunkel eine Bewegung.

Appalong hatte doch allen Mitarbeitern freigegeben.

Verblüfft ging ich zunächst langsam, dann schneller auf eine Gangbiegung zu und sah einen Service-Automaten vor mir herrollen.

Erleichtert folgte ich dem Roboter und kümmerte mich nicht mehr um ihn, als ich mit schnellen Schritten die Toilettenräume betrat.

# 3

Ich stand vor einem Spiegel in dem blau gekachelten Waschraum der Station und starrte mein Spiegelbild an: kurze blonde Haare (ohne erkennbaren Haarschnitt), braune Augen (heute leicht gerötet), Nase leicht schräg nach links verbogen – von mir aus gesehen (die schiefe Nase hatte ich mir laut meiner Mutter als Fünfjähriger bei einer Kollision mit einer Drehtür geholt).

Hier in der Allison Walls Station gab es noch Spiegel aus Glas, nicht die heute üblichen flachen Wandmonitore, die mittels einer winzigen Kamera, die fast unsichtbar in der Mitte des Monitors eingebaut waren, ein seitenrichtiges Bild projizierten. Meistens lieferten weitere Kameras, die seitlich oder sogar hinter dem Benutzer angebracht waren, auf Befehl entsprechende Ansichten.

Mit einer lahmen Bewegung hob ich meinen rechten Arm. Mein Gegenüber den linken. Wenn man von dem ungewohnten seitenverkehrten Abbild absah, war dieser einfache Glasspiegel eine grandiose Erfindung gewesen. Die Abbildung war wesentlich detaillierter und besaß einen besseren Kontrast als ein Monitorschirm.

Ich stützte mich auf das Waschbecken und beugte mich nahe zum Spiegel hin.

Mein seitenverkehrtes Gesicht war mir vertraut und

doch fremd. Diese Fremdheit erzeugte in mir für einen kurzen Augenblick ein eigenartiges Gefühl: Hier bin ich – aber was bin ich? Könnte ich mich hier vor meinen Augen auflösen? Welche Seele hält mich zusammen? Das Universum von Newton, Einstein und Heisenberg oder das von Heckel, Freud und Werdenfels? Würde ich jemals eine Gelegenheit haben, zu begreifen, was Ewigkeit bedeutet? Wem nützte mein Leben – oder mein Sterben?

Ich blinzelte, um mir wieder einen Eintritt in meine Welt zu verschaffen. Während meiner Ausbildung wurde endlos über diese Fragen diskutiert. Ein Schwerpunkt aller Auswahlverfahren für die Raumakademie bildeten Seminare, die Kandidaten auf ihre innere Stabilität testeten. Freundliche Menschen mit sonoren Stimmen und verständnisvollen Blicken loteten unser Weltbild aus und versuchten, die Grundsteine unserer Psyche auszuhebeln.

Auf der *Albert Einstein* waren diese Themen tabu. Niemand würde es wagen, während eines Raumflugs über den Sinn des Lebens zu sprechen. Die unbeschreibliche Fremdartigkeit des Weltraums und die vertraute Umgebung eines Expeditionsschiffes verleiteten zwar gerade zu solchen Diskussionen, aber das psychische Gedankenklima der Besatzung eines Raumschiffes ließ sie nicht zu. So waren zum Beispiel die ›alten Hasen‹ auf einem Schiff Meister des Verdrängens von allen Gedanken, die in diese Richtung liefen. Zurück auf der Erde schien es allerdings, als ob gerade sie am meisten mit derartigen inneren Spannungen zu kämpfen hatten. Für viele war nach 20 Jahren eine Grenze erreicht, sie wechselten zum Teil in völlig artfremde Berufe.

Wagner, unser Kapitän der *Wernher von Braun*, hatte mir nach seinem Ausscheiden erzählt, welch enorme Ängste er während eines Fluges oft unterdrückt hatte.

Die Zeit nach der Landung war für ihn eine ungewisse Einsamkeit, wie er es nannte. Heute lebt er in Irland in einem Städtchen mit unaussprechlichem Namen und schreibt Börsenkommentare.

Mit einem Seufzer richtete ich mich wieder auf. Und was ist mit dir, Nurminen? Wie lange würdest du dich noch dieser ungewöhnlichen Belastung aussetzen? Nun, in den letzten Monaten war ich viel zu sehr mit den Vorbereitungen für den nächsten Flug beschäftigt, um solchen Gedanken nachzuhängen. Solange ich mich noch auf eine Aufgabe im Weltraum freuen konnte, war alles in Ordnung.

Ich streckte meinem Gegenüber die Zunge heraus, und es tat dasselbe. Damit holte mich die Wirklichkeit wieder ein.

›Cogito ergo sum.‹ – ›Ich denke, also existiere ich.‹ Karlheinz ›Voodoo‹ Wörner, mein Flugingenieur und Pilot, hätte das mit ›Descartes kann mich mal‹ übersetzt.

Mir wurde plötzlich eine innere Unruhe bewußt, aber ich kramte vergebens nach der Ursache. Mir war so, als hätte ich etwas vergessen oder übersehen. Ich tastete meine Erinnerungen an die letzten Tage ab.

Nichts.

Irgendwo in meinem Gedächtnis lag ein loser Faden, den ich nicht aufgehoben hatte.

Ich lauschte mit stumpfem Blick ins Waschbecken hinein.

Auch nichts.

Kopfschüttelnd stellte ich die Wassertemperatur auf zehn Grad ein und ließ mir das Wasser über die Hände laufen.

Die Situation war ungewöhnlich. Vor drei Tagen noch hatte ich mit dem Blauen Team am Great Barrier Riff getaucht. Kein Gedanke an Appalong und seine astronomische Station. Einzig und allein der anstehende Flug zu den äußeren Asteroiden war von Bedeutung. Vordringliches Problem zu diesem Zeitpunkt war die bisher noch nicht bestätigte Besatzung, die sich aus Personen des Blauen und Roten Teams ergeben sollte. Das Rote Team befand sich zur Zeit als schlichte Touristengruppe auf einer Sightseeing Tour durch Neuseeland.

›Nicht bestätigt‹ hieß in diesem Fall, daß die Teilnehmer der Expedition zwar seit Monaten feststanden und diese auch von ihrer Nominierung wußten, aber Hellbrügge ließ sich immer ein Hintertürchen offen. Deswegen wurde jede Funktion an Bord zweifach besetzt. Rot war also die zweite Wahl und wurde zur Zeit von meinem 1. Offizier, Viktor Sargasser, begleitet.

Viktor war einer der wenigen ständigen Besatzungsmitglieder der *Albert Einstein*. Er hatte einen wesentlichen Anteil zum Bau und der Konstruktion der Zentrifugal-Zylinder an Bord des Schiffes beigetragen, die während eines Fluges für eine künstliche Schwerkraft sorgten. Vor allem die schwenkbare Aufhängungsvorrichtung der Wohn-Zylinder war vor Jahren seine Idee gewesen. Sie ermöglichte vor allem, daß mit dem Schiff Beschleunigungsvorgänge bis 3 *g* durchgeführt werden konnten, ohne die empfindlichen Wohn- und Aufenthaltszentrifugen zu beschädigen.

Für viele Leute war es schwierig, mit Viktors Auftreten und mit seinem Charakter umzugehen. Er wirkte verschlossen, manchmal fast schon abweisend. Selten waren in seinen finsteren Gesichtszügen so etwas Ähnliches wie Lachfalten zu sehen. Gespräche erstarben, wenn Viktor einen Raum betrat, oder sie wurden leiser weitergeführt.

War er anwesend, verbreitete er eine brisante Mischung aus Respekt und Ablehnung.

Trotz aller Schwierigkeiten, die auch ich gelegentlich mit diesem schlanken, 1,85 m großen Menschen hatte, als er vor acht Jahren zum Konstruktionsteam der *Al-*

*bert Einstein* stieß, würde ich ihn heute ohne zu zögern als meinen Freund bezeichnen. Ich schätzte seine gradlinige Ehrlichkeit und seine bedingungslose Unterstützung gegenüber meiner Priorität als Kapitän des Schiffes. Besprechungen mit ihm unter vier Augen waren erfreuliche Reduzierungen auf das jeweilig Wesentliche, auch wenn es nicht um technische Belange ging.

Seine durchdachte Sprache – oft begann er erst zu sprechen, nachdem er sich leise geräuspert hatte – zeigte einen äußerst wachen Verstand, der in der Lage war, scheinbar gegensätzliche Informationen in einen wirksamen Komplex zu verwandeln.

Obwohl ich nicht sehr viel Persönliches aus seiner Vergangenheit wußte, außer seiner offiziellen Akte, war ein immer stärker wirkendes Band zwischen uns entstanden, das ich nicht mehr missen mochte.

Ich schaute auf die Datumsanzeige auf meiner Uhr. Wir hatten schon seit zwei Stunden den 25. August. Übermorgen begannen in Manching die letzten Schlußbesprechungen für den anstehenden Flug. Zwei Wochen später würden wir uns schon auf der *Albert Einstein* befinden und für Ende September war der Start zum Asteroidengürtel vorgesehen.

Aber zuerst mußte ich das hier hinter mich bringen.

Entschlossen stellte ich das Wasser ab und ging langsam in den Kontrollraum zurück.

Appalong saß noch immer mit unbeweglicher Miene vor dem kleinen Zangenbildschirm. Farbige Lichtreflexe malten in seinem schwarzen Gesicht herum und ließen ab und zu seine Augen aufleuchten. Irritiert betrachtete ich seine Hände, die wie zum Gebet gefaltet waren. Es konnte aber auch sein, daß er durch den geringen Abstand, den er zu dem winzigen Bildschirm einhalten mußte, dazu gezwungen war, die Hände auf diese Weise aneinanderzulegen.

Ich schaute zum großen Monitor hinauf, aber außer flirrendem Blaugrau und den schnell durchlaufenden Koordinaten gab es nichts weiter zu sehen. Trotzdem beschlich mich ein Gefühl von einer Vorahnung, und ich war mir nicht mehr sicher, ob ich wollte, daß sich auf diesem Riesenmonitor jemals ein Bild stabilisierte.

Ich setzte mich leise neben den Australier.

Das monotone Rauschen der Hintergrundstrahlung hatte sich nicht verändert. Ich schloß die Augen und versuchte Veränderungen in dem Geräusch zu erkennen, aber es strömte wie ein entweichender Dampfstrahl gleichmäßig aus den Schallfächern.

Ich hatte plötzlich den Geschmack der *Albert Einstein* im Mund. Viktor bezeichnete diese Mischung aus den Gerüchen, die von einer speziellen Zusammensetzung der Atmosphäre eines Raumschiffes stammten, und den Gefühlen, die sich aus den unterschiedlichsten Stimmungen an Bord ergaben, als ›das Weltall schmecken‹. Mit Weltall hatte das allerdings wenig zu tun, hauptsächlich waren es die Ausdünstungen von vielen Menschen auf einem engen Raum. Obwohl die Umwälz- und Regenerierungsanlagen eines Raumschiffes heutzutage ausgezeichnet arbeiteten, schufen sie doch ein eigenartiges Klima, das ganz bestimmte Empfindungen auslöste. Komischerweise roch es im Schiff manchmal nach einer Verbindung aus Leder und Kupfer, die Luft schmeckte dann chemisch trokken, um im nächsten Augenblick wieder einen Hauch von feuchter Frische anzunehmen.

Ich öffnete die Augen und der Geschmack verschwand.

Appalong bewegte sich.

Langsam legte er den kleinen Bildschirm zusammen und starrte mich wortlos an.

Der Mann konnte einem mit seinem Blick ein schlechtes Gewissen verpassen.

Er deutete wortlos auf den Schalldecoder, den ich abgelegt hatte, als ich den Raum verlassen hatte. Ich setzte das Gerät wieder auf und erwartete seine Reaktion auf den Film über die Marspyramiden. Er ließ mich nicht lange warten.

»John, das ist unfaßbar! Es ist mit Worten kaum zu beschreiben!«

Er schwieg für einen kurzen Moment. Ich hatte den Eindruck, daß er vor Erregung zitterte und versuchte, es vor mir zu verbergen. Als er wieder sprach, klang seine Stimme jedoch so beherrscht wie zuvor.

»Ich hatte es geahnt. Es ist... es ist, als würde ein Gedanke sich endlich verwirklichen, aber ich kann ihn trotzdem noch nicht begreifen.«

Auf seiner Stirn standen kleine Schweißperlen.

Dann folgte ein Satz, an den ich mich später immer wieder erinnern sollte.

»Es ist für mich das gewaltigste Ereignis seit der Auferstehung Jesu Christi!«

Überrascht holte ich tief Luft und versuchte mein Stirnrunzeln zu verbergen.

Appalong sah meine Reaktion und lächelte.

»Keine Angst, ich bin kein Anhänger einer dieser fanatischen Sekten. Ich bin ein Mitglied der ›Nazoräer‹, und die gibt es schon seit über 2000 Jahren, auch wenn sie nicht immer so präsent waren wie in den letzten Jahrzehnten.«

Trotzdem, dachte ich bei mir, ab jetzt ist Vorsicht geboten. Ich fragte mich, ob Hellbrügge nicht einen Fehler begangen hatte, als er Appalong die Geheimhaltungsstufe zuerkannte.

Die verschiedenen Weltreligionen hatten seit der Jahrhundertwende eine immer größere Rolle gespielt. Nach der Auflösung mancher Ländergrenzen hatten viele Menschen ihre geistige Heimat verloren. Schutz und Sicherheit boten ihnen heutzutage die Konzerne, für eine eigenständige Ideologie war dort jedoch kein Platz vorgesehen. Deshalb wandte sich die Mehrzahl der Menschen wieder den Kirchen zu.

Das Christentum stellte sich heute in einer Vielzahl von Glaubensformen dar. Papst Hadrian VII. beschrieb deswegen vor einigen Jahren auf dem Konzil von Bukarest die römisch-katholische Kirche als die ›Reine Lehre‹, was zu wütenden Protesten von seiten der anderen Kirchen führte. Allen voran zogen die Nazoräer, die in Jesus einen gütigen und toleranten König sahen und nicht nur Gottes Sohn.

Einen beispiellosen Zulauf erlebte zur Zeit der Prediger Charles Moody und die ›Kirche 2050‹. Moody wähnte sich als einen neuzeitlichen Johannes den Täufer und sagte für das Jahr 2050 die Rückkehr des Erlösers voraus. In diesem Jahr wäre Moody 95 Jahre alt, falls er dann noch leben sollte.

Ich räusperte mich.

»Ich bin mehr so eine Art Heide«, sagte ich vorsichtig. »Ich kenne mich zwar in Glaubenssachen einigermaßen aus, bin aber selbst nicht sehr gläubig.«

Appalong ging nicht darauf ein.

»John, es ist allgemein bekannt, daß der Konzern dem Vatikan in Rom sehr zugetan ist. Oder soll ich es deutlicher ausdrücken: Der größte Teil von Space Cargo gehört katholischen Banken. Mit anderen Worten ausgedrückt heißt das, daß der Papst praktisch als ›pares inter parem‹ mit in der Chefetage sitzt. Habt ihr deswegen euere Entdeckung nicht bekanntgegeben?«

Ich setzte gerade zu einer langatmigen Erklärung an, als das Rauschen im Kontrollraum um eine Nuance dunkler wurde.

Wir schauten beide in gespannter Haltung abwartend zum großen Monitor hin.

Das schillernde Blaugrau war bis auf ein ovales Etwas

verschwunden. Langsam stabilisierte sich daraus an der rechten Seite eine Gerade, die sich in einer trägen Bewegung nach unten neigte. Gleichzeitig entstanden an den Enden der Geraden neue Linien, die aber immer wieder zerfielen und darum kämpften, sich neu formieren zu können.

Appalong reagierte schnell und gab hastig Befehle in den Rechner ein.

Das Bild änderte sich jedoch nicht entscheidend. Einmal flimmerte ein nicht vollendetes Rechteck über den Schirm, das aber sofort von wirren Linien ersetzt wurde. Schließlich erschien hartnäckig wieder dieser ovale Klecks und das Spiel des Aufbauens und Zerfallens begann aufs Neue, dieses Mal endete es jedoch mit einer sternförmigen Abbildung.

Das Rauschen hatte sich in ein unregelmäßiges Knacken verwandelt. Appalong stellte den Ton ab.

»Ich glaube, jetzt wird es spannend.«

Er hob triumphierend die Hand und fummelte mit der anderen irgendwo am Terminal herum.

»Jetzt! Paß auf… jetzt gleich. Ich habe das Spiegelteleskop synchron laufen. Der Rechner stellt nur noch den Atmosphärenausgleich her. Herrgott, das dauert… Da! Jetzt…!«

Er wollte wohl noch etwas sagen, aber angesichts dessen, was wir in diesem Augenblick auf dem Monitor zu sehen bekamen, blieb auch mir erst einmal die Luft weg.

Vor unseren Augen torkelte eine weiße Pyramide durch den Weltraum. Sie überschlug sich wie in einer Superzeitlupe und drehte dabei abwechselnd eine Seitenfläche ins gleißende Sonnenlicht.

Für einen kurzen Moment strahlte uns ein helles verzerrtes Dreieck entgegen, um gleich darauf wieder im Schwarz zu verschwinden. Und schon drehte sich die anschließende Seite immer mehr dem Sonnenlicht entgegen, blitzte kurz auf und verschmolz mit den Sternen.

Sprachlos schaute ich Appalong an, der mit dunklen Augen auf den Monitor blickte. Sein Gesicht wurde in einem nahezu regelmäßigen Takt von den Lichtreflexen der Pyramide wie von einem Leuchtfeuer erhellt.

»Keine Konturen, nur ebene Flächen«, bemerkte er.

Ich erwiderte nichts. Dieses Schauspiel war mir zu gigantisch, als daß ich etwas Vernünftiges hätte vorbringen können.

Der Australier blieb trotz seiner Begeisterung skeptisch. »Und wenn es sich um irgend etwas Irdisches handelt, vielleicht ein Werbegag oder so was?«

Das wäre möglich, dachte ich. Schon als Hellbrügge mir die Aufnahmen von Wolfen gezeigt hatte, hatte ich ihm gegenüber diesen Gedanken geäußert. Es hatte immer wieder Ansätze gegeben, riesige Reklametafeln im Orbit zu stationieren, die man von der Erde aus erkennen konnte. Letztendlich wurde es von einer eigens dafür eingesetzten internationalen Kommission abgelehnt und damit war der Unsinn gestorben.

Hellbrügge hatte auf meine Überlegung hin heftig widersprochen und damit war die Möglichkeit eines Werbefeldzuges vom Tisch gewischt.

»Hellbrügge sagt nein.«

»Dann weiß er mehr, als er zugeben will.«

»Ja«, sagte ich nachdenklich. »Allmählich glaube ich das auch. Kannst du die Entfernung und Größe feststellen?«

Bevor Appalong antworten konnte, piepste es in meinem linken Ohr. Hellbrügge begann ohne Ankündigung zu sprechen.

»John, Appalong soll die Finger von der Entfernungsbestimmung lassen. Wir machen das anders. Ihr hört gleich wieder von mir. Ende.«

Ich hatte zu Beginn des ›Gesprächs‹ warnend die

Hand gehoben und Appalong schaute mich daraufhin abwartend an.

Hellbrügge machte mich langsam wütend. Nicht nur, weil er mich wieder einmal durch Suzanne zu einer funkgesteuerten Marionette umfunktionierte, sondern auch deswegen, weil ich immer mehr das Gefühl hatte, daß er weit mehr wußte, als er zugeben wollte. Auch schien ihn die Existenz der Pyramide nicht im geringsten zu beeindrucken.

»Hellbrügge will die Entfernung selber herausfinden«, erklärte ich kurz angebunden.

Appalong brummte etwas vor sich hin.

Die nächsten Minuten verbrachten wir schweigend mit dem Betrachten des Monitors, auf dem die Pyramide weiter vor sich hin rollte.

»Hellbrügge ist nicht dumm«, fing er plötzlich an. »Ich könnte von hier aus die Entfernung höchstens mit einer Hochfrequenzbestimmung messen, das heißt, unter Umständen könnte dadurch jemand auf die Pyramide aufmerksam werden.«

Er deutete auf den Monitor und bewegte die Hand dabei abwägend auf und nieder.

»Und das will er natürlich nicht«, fuhr er fort. »Also mißt er die Entfernung mit einer Winkelbestimmung und das kann er nur, wenn er die Pyramide von einem zweiten, weit von hier entfernten Teleskop beobachten läßt. Vielleicht von einem in der Erdumlaufbahn, oder besser von einem auf dem Mond.«

Er grinste mich wieder an.

Ich wälzte ganz andere Probleme. »Sag mal, diese Pyramide. Wenn das nun wirklich kein Scherz ist. Was ist es dann?«

Er hob die Schultern.

»Woher soll ich das wissen. Du müßtest doch mehr als ich den Umgang mit Pyramiden gewohnt sein. Es gibt welche auf der Erde, auf dem Mars und jetzt fliegt auch noch eine im Weltraum herum. Ich denke, da drängt sich förmlich ein Zusammenhang auf.«

Er drehte seinen Sessel zu mir herum.

»Damals, nach der Entdeckung der Marspyramiden, hat der Konzern doch bestimmt Nachforschungen angestellt. Oder was haben die folgenden Marsflüge erbracht? Da waren doch bestimmt Archäologen mit an Bord und haben die Pyramiden näher untersucht, oder?«

Ich zögerte mit der Antwort. Es wäre mir jetzt recht gewesen, wenn uns Hellbrügge wieder unterbrochen hätte und ich damit von dem Thema ablenken konnte. Wahrscheinlich saß er jetzt gespannt in seinem Manchinger Büro und wartete darauf, was ich Appalong antworten würde.

›Du hast ihm das Recht gegeben, alles über das Projekt zu erfahren‹, dachte ich bei mir. ›Also wird er auch alles erfahren, Papa Hellbrügge.‹

»Ape, die Pyramiden auf dem Mars existieren nicht mehr!«

Appalong verwandelte sich in einen bedrohlichen Schatten, der sich zu mir nach vorne beugte.

»Was soll das heißen, ›sie existieren nicht mehr‹?«

Verlegen rutschte ich in meinem Sessel zurück und versuchte, ein aufkommendes Schuldgefühl zu verbergen.

»Wagner hat sie kurz vor unserer Rückkehr zur Erde gesprengt.«

Er reagierte nicht sichtbar, aber er strahlte einen harten Zorn aus. Ich ahnte ihn im Halbdunkel mehr als ich ihn sah, und ich bemerkte, wie sich seine Hände fest um seine Unterarme schlossen.

Nach einer endlosen Weile brach es leise grollend aus ihm heraus.

»Ihr arroganten neu-katholischen Barbaren, die ihr doch seid! Haben euren allwissenden Fürsten diese

Steinhaufen auf einem weit entfernten Planeten nicht in den Kram gepaßt, was?«

Ich antwortete nicht darauf, weil ich seine Wut verstehen konnte. Wagner hatte damals die Sprengung der Pyramiden heimlich mit dem ersten Offizier vorbereitet. Gesprengt hatte er sie erst durch einen Funkbefehl, als wir uns bereits im Marsorbit befanden. Danach waren wir in die Messe gebeten worden und er hatte uns über den Befehl des Konzerns unterrichtet. Die Reaktionen in der Mannschaft waren unterschiedlich gewesen. Während ich schockiert war, nahm die Mehrheit der Besatzung die Zerstörung der Pyramiden relativ gleichgültig auf. Ihre Gedanken galten hauptsächlich der sicheren Rückkehr zur Erde. Verständlich nach zwei Jahren, die sie ausschließlich in lebensfeindlicher Umgebung zugebracht hatten.

Der Rest, vorwiegend die Wissenschaftler, waren außer sich vor Wut und Enttäuschung. Wagner hatte Mühe, sie zur weiteren Zusammenarbeit zu bewegen. Dementsprechend verlief der sieben Monate dauernde Flug zurück zur Erde. Es war immer wieder zu Streitigkeiten gekommen, auch unter den Mannschaftsmitgliedern, von denen einige meinten, es lohne sich nicht, wegen ein paar alten Steinen so einen Aufruhr zu entfachen. Freilich, zu diesem Zeitpunkt hatte uns Wagner schon eröffnet, daß es für jeden von uns ein großer finanzieller Vorteil sein würde, wenn wir die Entdekkung und die Vernichtung der Pyramiden verschwiegen.

Und die Rechnung des Konzerns ging auf. Letztendlich war die Summe so hoch, daß sie jeden noch so engagierten Wissenschaftler zum Schweigen gebracht hatte, wenn auch mit Widerwillen.

Außerdem mußten wir uns vertraglich verpflichten, keine Fragen über die Hintergründe der Vernichtung der Pyramiden zu stellen. Weiterhin wurde die Mannschaft der *Wernher von Braun* aufgelöst und in alle Winde zerstreut. Ich hatte in den letzten Jahren nur vereinzelt ein ehemaliges Mitglied der Marsexpedition wiedergesehen.

Trotzdem blieb natürlich die eine Frage unbeantwortet: Weshalb wurde die Zerstörung der Pyramiden befohlen?

Ich hatte Wagner diese Frage auf dem Rückflug zur Erde gestellt, als ich ihn in einem günstigen Moment alleine antraf. Er setzte ein abweisendes Gesicht auf, und ich erwartet schon eine mürrische Antwort, aber plötzlich atmete er tief durch und sagte: »John, du bist der Jüngste hier an Bord und du hast noch allerlei vor dir. Ich gebe dir einen guten Rat für die Zukunft: Stelle keine Fragen über Befehle, die von weit oben kommen!«

Er wollte sich dann schon von mir abwenden, aber dann legte er mir väterlich die Hand auf die Schulter und sagte: »Der Konzern hat es befohlen, verstehst du, der Konzern.«

Als er das Wort Konzern ein zweites Mal sagte, drückte er mir mit der Hand schmerzhaft auf das Schlüsselbein, als wollte er mir sagen, denk über das Wort nach, dann kannst du dir die Frage selbst beantworten.

Ich hatte die Antwort schon vor Jahren gefunden und Appalong sprach sie nun laut aus.

»Space Cargo, die göttliche Gemeinschaft, gekauft vom Heiligen Vater in Rom, wirkend im Himmel und auf Erden.«

Er lachte bitter, stand kopfschüttelnd auf und ging langsam zur Tür.

Plötzlich piepste es wieder in meinem Ohr, und ich schaltete Hellbrügge schnell auf den großen Monitor.

»John, wir haben jetzt Zahlen. Demnach fliegt die

Pyramide von unten in unser Sonnensystem ein. Etwa in Entfernung der Bahn des Planeten Jupiter. Aber das eigentlich Außergewöhnliche ist die Größe der Pyramide: Nach ersten Messungen hat sie eine Höhe von 760 Kilometern…«

Er wurde von Appalong unterbrochen, der Hellbrügge von der Tür aus zugehört hatte und ihm nun wütend zurief: »Ha, Hellbrügge, 760 Kilometer! Da brauchen wir aber diesmal ein paar Sprengungen mehr, um die vom Himmel wegzupusten, was?«

Dann schleuderte er seinen Schalldecoder zu Boden und verließ den Kontrollraum.

Ein paar Sekunden lang beherrschte ein peinliches Schweigen den abgedunkelten Raum.

Bisher hatte ich mit Hellbrügge über Suzanne nur in Sprechkontakt gestanden, aber von dem Moment an, als ich ihn auf den großen Monitor geschaltet hatte, mußte auch eine Sichtverbindung bestehen, denn ich sah, wie er mit zusammengekniffenen Augen auf mich herunterstarrte.

»John, ich kann dich sehen. Sehr dunkel dort. Was geht denn bei euch vor?«

Ich versuchte, es ihm so kurz wie möglich zu erklären, denn anscheinend hatte er mein letztes Gespräch mit Appalong doch nicht mitgehört. Außerdem trug ich ihm auch meine Bedenken vor, daß er Appalong meiner Meinung nach zu vorschnell ins Vertrauen gezogen hatte.

Er saß nun übergroß etwa zehn Meter vor mir und nickte bedächtig.

»Er wird sich wieder beruhigen, wenn er die ganze Wahrheit erfährt. Es sind in den letzten Wochen Dinge geschehen, von denen ich nie gedacht hätte, daß sie jemals Wirklichkeit werden. Jetzt wird es Zeit zu handeln und höchste Zeit, darüber zu reden. Ich würde vorschlagen, wir sehen uns so schnell wie möglich hier in Manching. Übrigens habe ich bei Suzanne alle neuen Informationen über unser Objekt hinterlegt. Bis dann!«

Sein Bild verblaßte auf dem Monitor und machte wieder der im Weltraum rotierenden Pyramide Platz.

Verwirrt saß ich in meinem Sessel und dachte über Hellbrügges Worte nach. Was sollte das heißen, ›wenn er die ganze Wahrheit erfährt‹. Zuerst hätte ich sie einmal ganz gerne erfahren.

Ich schaute nach rechts zur Tür, aber Appalong hatte tatsächlich den Kontrollraum verlassen.

Schade, daß das alles so unglücklich verlaufen war. Dabei hätte man doch allen Grund gehabt, diese Entdeckung zu feiern – oder sollte man sie besser fürchten?

Ich schüttelte den Kopf. Hätte ich nicht damals die Marspyramiden gesehen, ich würde vehement dieses Monster im Weltraum verleugnen.

Eine Pyramide mit fast elftausend Metern Kantenlänge!

»Suzanne!« sagte ich laut.

〉Ja, ich bin bereit.〈

»Kannst du mir die Daten der Pyramide auf den großen Monitor geben?«

〉Das wird kein Problem sein.〈

Suzanne antwortete mit der ›leicht-daneben-liegenden‹ Rechner-Sprache der ersten CyCom-Generation, die mir erst in den letzten Jahren sehr lieb geworden war, denn die heutigen CyComs waren in der Lage, fast genau wie Menschen zu antworten und zu reagieren.

Suzanne bildete mit ihrer kantigen Wortwahl eine charmante Ausnahme. Den Turing-Test hätte sie damit jedenfalls nicht bestanden und das war auch gut so, denn auf diese Weise erinnerte sie mich immer daran, was sie eigentlich war: ein universelles Werkzeug, das mich optimal unterstützen konnte.

Die Informationen, die jetzt auf dem Monitor erschienen, füllten zwar nur eine Seite, aber dafür war der Inhalt nahezu unglaublich.

Demnach hatte die Pyramide eine Höhe von 760 Kilometern, eine Kantenlänge von rund 965 Kilometern und einen quadratischen Grundriß mit einer Seitenlänge von knapp 1200 Kilometern. Der Neigungswinkel der Seitenflächen betrug 51,9 Grad.

Material unbekannt.

Weiße Flächen.

Rotationsdauer: 3 Minuten und 43,87 Sekunden. Danach folgten Angaben über Kipp-, Torkel- und Gierbewegungen, gemessen an einer willkürlich ausgewählten Grundseite, ab einem bestimmten Zeitpunkt.

Eine dreidimensionale Grafik zeigte das Sonnensystem leicht schräg von oben zur Ekliptik. Eine durchgehende rote Linie verdeutlichte die bisherige angenommene Bahn der Pyramide, die von ›unten‹ in die Umlaufbahnebene der Planeten eindringen würde, und zwar zwischen Mars und Jupiter. Allerdings bei der momentanen Geschwindigkeit erst in knapp sechs Monaten.

Eine gestrichelte Linie führte steil nach oben ins Nichts: Das würde der weitere Weg des Eindringlings sein. An die Grafik angeschlossen, stand die Bemerkung: ›Über die Herkunft des Objekts liegen keine Informationen vor. Die Daten des bisherigen Fluges lassen nicht darauf schließen, daß sich das Objekt in einer Umlaufbahn um unsere Sonne befindet.‹

Das hieße also, die Pyramide kam von irgendwo und würde, nachdem sie unser Sonnensystem durchkreuzt hatte, auf Nimmerwiedersehen irgendwohin verschwinden.

Ich stand leise auf und holte mir noch ein Bier. Jedes

kleine Geräusch hallte für mich frevelhaft laut durch den großen Raum. Wahrscheinlich war es die Anspannung der letzten Stunden, die mich so empfindlich gemacht hatte.

Mit der ungeöffneten Bierflasche in der Hand ging ich langsam zur Tür, die weit aufstand.

»Ape?« fragte ich vorsichtig ins Dunkel, erhielt aber keine Antwort.

Die Situation, in der ich mich befand, kam mir immer unwirklicher vor. Anfangs war ich fest davon überzeugt gewesen, daß diese Pyramidensuche so eine Art Psycho-Beschäftigungs-Spiel aus Hellbrügges Programmküche war, um Astronauten bei Laune zu halten. Aber welchen Zweck sollte das haben?

»Suzanne.«

›Ja. Ich bin hier.‹

»Suzanne, kannst du feststellen, woher das Bild auf dem Monitor A1 kommt?«

›Das käme auf einen Versuch an. Einen kleinen Moment, bitte.‹

Sie summte leise vor sich hin. Ein Zeichen dafür, daß wahrscheinlich ein paar Schwierigkeiten beim Kontaktversuch mit dem hiesigen Rechner aufgetreten waren.

Suzanne war darauf programmiert, immer dann ein Lied zu summen, wenn sie für eine Problemlösung etwas Zeit brauchte. Die Hersteller der CyComs fanden das damals wohl angebracht, um dem Benutzer den Eindruck zu vermitteln, daß ihr Produkt sich spielerisch jeder Aufgabe stellte.

›John, ich bin nun in der Lage, die Informationen, die A1 erreichen, zurückzuverfolgen. Es tut mir leid, daß meine Antwort etwas verzögert kommt, aber ich mußte zuerst die Freigabe aus Manching abwarten.‹

»Macht nichts. Suzanne, was ist das Ergebnis?«

›Nun gut. A1 erhält die Daten von den Seitenwandlern in den Schirmleisten, das sind in diesem Fall Breitbandmodule mit der Bezeichnung Voil-56/a und Voil-56/b. Dazu benötigen sie noch die Interferenz-Zusätze für die holographische Bildinformation, die sie direkt aus dem zentralen Lichtleitrechner der Unit-Box mit der Bezeichnung UN-B-444-wandl bekommt. Ab hier ist die Betrachtung zweier verschiedener Übermittlungswege wichtig. Ich beginne mit dem ersten, den ich willkürlich mit Strang 1 festlege...⟨

»Suzanne, halt!« unterbrach ich sie. Ich hatte den Fehler begangen, ihr einen zu allgemeinen Befehl erteilt zu haben. Auf diese Weise würde sie mir jedes Teil beschreiben, das die Signale vom Spiegelteleskop bis zum Monitor durchliefen.

»Suzanne, hast du eine Übersicht vorliegen, auf der du den Weg der Signale verfolgen kannst?«

⟩Ja, das macht mir keine Schwierigkeiten.⟨

»Gut, Suzanne. Welche Einheit steht am Beginn hier in Allison Wall?«

⟩Das ist die Einheit mit der Bezeichnung ›Spiegelteleskop‹ Zeiss, Oberkochen, Made in Germany. Nähere Bezeichnung: 104-Teiler, bewegl., Baunummer...⟨

»Suzanne, danke, das reicht schon. Kannst du sie bedienen?«

Wieder ein gesummtes Lied.

⟩Ja, es ist mir möglich.⟨

»Sehr schön. Suzanne, führe es bitte aus der jetzigen Position 2 Bogenminuten in irgendeine Richtung und lasse es danach langsam wieder in die alte Nachführung zurückschwenken. Vorher nimm bitte die Grafik vom Monitor und zeige mir das Bild, das das Teleskop empfängt.«

Ich lehnte mich an die Wand nahe der Tür und zog den Klebeverschluß von der Flasche.

Auf dem großen Monitor verschwand die Grafik, und die Pyramide mit den Sternen wurde wieder sichtbar.

Im nächsten Moment jedoch sackte sie nach unten weg, und aus den Sternen wurden feine Striche, bis plötzlich alles wieder zur Ruhe kam und mir nun ein funkelnder Sternenhimmel entgegenstrahlte, der sich langsam, wie abertausend feine Wasserbläschen, nach oben bewegte.

Nach einigen Minuten kam von unten wieder die blinkende Pyramide ins Bild.

Vorausgesetzt, daß mich jemand nicht total hinters Licht führte, zeigte das Teleskop tatsächlich diesen winzigen Ausschnitt vom nächtlichen Himmel und dort – noch weit, weit entfernt – existierte eine riesige große, weiße Pyramide.

»Suzanne, fahr das Auge und das Spiegelteleskop 10 Minuten lang in verschiedene, von dir frei gewählte Richtungen und schalte anschließend beide Geräte aus. Außerdem lösche alle Aufzeichnungen, die hier in diesem Raum seit...«, ich schaute auf meine Uhr, »...19.30 Uhr angefertigt wurden. Das wäre alles. Danke.«

›Du bist mir willkommen.‹

Das war mir jetzt doch zuviel.

»Suzanne, das ist eine wörtliche Übersetzung aus dem Englischen, und es ist nicht üblich, sie im Deutschen anzuwenden. Also streiche die Anwendung bitte aus deinem Repertoire!«

›Laut Vorschrift muß eine Streichung aus dem Sprachschatz mit ausgesprochenem Befehl, entsprechender Befehlsnummer und Datum vorgenommen werden.‹

In den letzten Jahren hatte ich einige Wörter oder Redewendungen aus ihrem Programm genommen, weil mir manche zu blöde oder zu zotig vorgekommen waren.

Täuschte ich mich oder war es Einbildung – fast klang ihre Stimme beleidigt, weil ich wieder mal etwas aus ihrem Speicher streichen wollte.

»Also gut. Suzanne, welche Befehlsnummer?«

›Befehl Nr. 112.‹

»Suzanne, Befehl Nr. 112, 25. August 2045: ›Du bist mir willkommen‹ als Redewendung für z. B. ›Gern geschehen‹ oder ›War mir ein Vergnügen‹ wird ersatzlos gestrichen.«

Keine Antwort.

Ich fragte vorsichtshalber noch einmal nach: »Suzanne, war das korrekt so?«

›Ja, danke. Ganz prima.‹

Ich trank einen Schluck aus der Flasche und sagte: »Na also.«

# 4

Es waren nun zehn Stunden vergangen, seit ich die Allison Walls Radar Station verlassen hatte.

Nachdem ich den Kopter bei der Niederlassung von Space Cargo in Melbourne zurückgegeben hatte, meldete sich Hellbrügge und eröffnete mir, daß er mich so bald wie möglich wieder in Manching sehen wollte.

›So bald wie möglich‹ hieß ein Flug durch die Atmosphäre mit einem konzerneigenen Jet, was heutzutage ein Privileg der Mächtigen dieser Welt war.

Als mächtig konnte ich mich nicht einstufen, aber es schien, daß meine Anwesenheit in Manching ziemlich dringend sein mußte, denn die Genehmigung für einen Atmosphären-Flug mußte bei World-Flight Control in London eingeholt werden und die Berechtigung dazu erforderte großen Einfluß und viel Geld, sogar sehr viel Geld.

Die Passagier-Jets, die noch in den zwanziger Jahren von Kontinent zu Kontinent flogen und mit ihren Abgasen den $CO_2$-Gehalt in der Ionosphäre beträchtlich erhöht hatten, waren von der Bildfläche verschwunden. Nach der Klima-Konvention im Jahre 2021 in Genf waren sie von allen damaligen noch existierenden Ländervertretungen und den stimmberechtigten Konzernleitungen einhellig für die Zukunft als nicht mehr förderungswürdig eingestuft worden.

Sehr schnell waren sie durch die etwas langsameren, aber deutlich mehr Komfort bietenden ›Air Boats‹ ersetzt worden, deren Konstruktion erstmalig von den Russen schon im letzten Jahrhundert erprobt wurde. Im Prinzip waren es Wasserflugzeuge, die in einer durchschnittlichen Höhe von dreißig Metern über der Meeresoberfläche flogen. Mit einer schaufelartig konstruierten Flügelform erzeugten sie einen mächtigen Auftrieb, der es ihnen ermöglichte, ein hohes Gewicht zu transportieren – bis zu 5000 Tonnen. Mit breit gefächerten und nach vorne gebogenen Flügelenden stauten sie die Luft vor sich auf, am hinteren Ende unterstützen zusammenfließende Luftströme die Flugkörper mit Hilfe von sichelartigen Spoilern. Wegen der niedrigen Flughöhe war das Cockpit an einem Schwanenhals ähnlichen Ausleger hoch vor den Flügeln angebracht, um rechtzeitig Hindernisse erfassen zu können.

Der Anblick dieser riesigen Flugmaschinen ähnelte auch tatsächlich Schwänen kurz vor der Landung auf einer Wasseroberfläche. Deswegen wurden sie auch bald in der Umgangssprache als ›Swans‹ bezeichnet. Kleinere Flugmaschinen dieses Typs wurden abfällig mit ›Ducks‹ bezeichnet. Ein großer Jumbo-Swan war in der Lage, bis zu dreitausend Menschen über die Ozeane zu transportieren – mit den größten Annehmlichkeiten für die Passagiere und vor allem mit größter Sicherheit. Bei einem Motorschaden landete ein Air Boat auf der Wasseroberfläche, klappte die Flügel zusammen und setzte seine Reise wie ein Schiff mit einer behelfsmäßigen Schraubenturbine fort. Die entsetzlichen Flugzeugkatastrophen gehörten damit der Vergangenheit an.

Die Annehmlichkeiten an Bord ließen die um ein Drittel längere Reisezeit gegenüber den Düsenjets schnell vergessen: Einzelkabinen, mehrere Restaurants,

Imag-Halls, und fast alle Swans besaßen eine flache, kuppelförmige Aussichtshalle.

Flüge, die durch das Eismeer führten, wurden zu einem besonders beeindruckenden Erlebnis – sie glichen einem gleitenden Tanz zwischen mächtigen Eisbergen und glitzernden Schollen. Bei Kaffee und Kuchen, versteht sich.

Verständlicherweise vermißte sehr bald keiner mehr die Enge der damaligen Düsenmaschinen und die längere Reisezeit wurde gerne in Kauf genommen.

Über die Ausstattung des Jets, in dem ich mich jetzt befand, konnte ich jedoch auch nicht klagen.

Am Steuer saß ein Autopilot. Er hatte das Flugzeug in die Luft gebracht und würde es sicher wieder landen. Er war auf alle Notfälle programmiert und trainiert. Trotzdem besagte eine Vorschrift, daß sich zusätzlich ein ausgebildeter Pilot an Bord befinden mußte. Der Pilot war in diesem Fall ich. Gleichzeitig war ich auch der einzige Passagier in diesem luxuriösen Transportmittel.

Es gab nur eine winzige Kanzel für einen eventuellen menschlichen Flugzeugführer und deswegen hielt ich mich hauptsächlich in der Kabine auf. Ich wußte nicht, wer von den Mächtigen des Konzerns den Jet üblicherweise benutzte, aber er mußte einen Hang zu einem Mischmasch von Art déco und frühem Jugendstil haben, denn die Einrichtung der Kabine und des kleinen Schlafraumes war für meinen Geschmack etwas überzogen.

In dem geräumigen, mit Teppichboden ausgelegten Raum stand ein Tisch mit Jugendstilornamenten. Es mußte eine Imitation sein, denn die Zwischenräume der geschwungenen Blätter an den Tischbeinen waren mit Kaltlichtzellen ausgearbeitet, die das Möbelstück im Dunkeln erleuchteten. Die dazugehörigen Stühle bemühten sich, in nichts nachzustehen.

An der hinteren Wand stand ein türkiser Sekretär mit eingelassenen Minisäulen und eingebautem Videoboard. Ihn näher zu beschreiben, käme einem Vergehen an der Kunstwelt gleich.

Eine besondere Attraktion boten die Seitenwände des Jets. Sie bestanden aus Panzerglas und erlaubten einen ungehinderten Blick auf die ruhig unter mir liegende Welt. Durch die in das Glas eingelassenen Thermofäden ließen sich mit Hilfe des Bordcomputers alle nur denkbaren Aussichten herstellen: von einem total abgedunkelten Raum bis hin zu Fenstern in beliebiger Größe.

Im Augenblick räkelte ich mich in einem herrlichen Monstrum von Sessel, der unmittelbar vor der gläsernen Backbordwand stand. Das mit Patchwork versehene Möbelstück war anscheinend für zwei Personen gedacht, denn ich lag seitlich in den Plüschkissen und hatte die Füße auf eine weit entfernte Lehne gelegt. Im Kühlschrank hatte ich einen gut temperierten '34er türkischen Wein gefunden und mich daraufhin zu der herrlichen Aussicht begeben.

Anfangs hatte ich Suzanne gebeten, mir die Akte von Dr. Appalong vorzulesen, doch dann war ich doch von dem Anblick der Erde so fasziniert, daß ich sie bat, mir Informationen über die Landschaften unter mir auf das Videoboard zu legen. Es war zwar für mich kein ungewohntes Erlebnis, aber das Privileg, für ein paar Stunden in zehn Kilometern Höhe dahinzufliegen, sollte man schon genießen.

»Suzanne, wo sind wir jetzt?«

⟩Du befindest dich etwa 43 Grad Länge und 12 Grad nördlicher Breite, das ist über Djibouti, Nordafrika. Ich befinde mich zur Zeit in Manching, Deutschland.⟨

Ich stutzte wegen der zwei Ortsangaben, bis mir meine ungenaue Frage bezüglich der Personenzahl wieder in den Sinn kam. Für Suzanne bedeutete ›wir‹

ganz nüchtern eine bestimmte Zahl von Individuen, in diesem Fall sie und ich.

›John, kann ich dich kurz stören?‹

»Ja, Suzanne?«

›Ich könnte eine entscheidende Abstimmung über die erste Person Plural, das heißt über das Pronomen ›wir‹ treffen. In meinem Memory-Speicher befindet sich ein Hinweis darauf, daß Klinikpersonal häufig die höfliche Version der zweiten Person Einzahl mit der ersten Person Plural umschreibt. War das Pronomen ›wir‹ in deiner Frage eine Anlehnung daran oder war es ein Versprecher?‹

CyComs waren darauf programmiert, von Zeit zu Zeit sogenannte Interrogativ-Schleifen einzuleiten. Es ging dabei um individuelle Abstimmungsprobleme. Würde ich jetzt Suzanne erklären, daß ich zukünftig mit ›wir‹ ›Ich‹ meinte, könnte das ernste Probleme ergeben.

Deswegen antwortete ich ohne große Erklärung: »Suzanne, es war ein Versprecher, wir… ich lasse die Programmierung wie vorgesehen.«

›Danke, ich glaube, das war ein nützliches Gespräch.‹

Schmunzelnd schüttelte ich den Kopf. Suzannes Sätze wurden immer blumiger.

Ich setzte mich auf und rutschte im Sessel nach vorne, ganz nahe an die Scheibe.

Was war nur aus dieser Welt geworden?

Länder und Staaten gab es fast nur noch dem Namen nach. Sie waren einem Fleckenteppich aus Konzernen und Kartellverbindungen gewichen.

Angefangen hatte es nach dem ›Cheap Wave‹-Urteil. ›Cheap Wave‹ war der Name einer kleinen Firma an der Westküste Kaliforniens, in der Nähe von Cambria. Sie besaß ein kleines Stück Land an der Küste und arbeitete an der Möglichkeit, Strom aus der Bewegung der Wellen zu erzeugen. Die ersten Anlagen, die sie anboten, waren noch nicht sehr wirkungsvoll, aber robust und nahezu wartungsfrei. ›Cheap Wave‹ nutzte geschickt die entstehende Wellenströmung durch eine Kombination aus Ventilsteuerungen und Exzenterklappen, die einen Dynamo antrieben.

Bald wurden die Anlagen besser, größer und vor allem wirtschaftlich nutzbar. Die Firma expandierte und kaufte Land von der Regierung zwischen Cambria und San Simeon. Das Land war ein Teil des legendären Hearst-Grundbesitzes gewesen, der schon seit Jahren wieder Regierungseigentum war: von Wäldern umsäumte Hügel, kitschig-grüne Wiesen und als abrundendes Panorama der Pazifische Ozean.

Mit diesem paradiesischen Hintergrund als Lockmittel stellte ›Cheap Wave‹ Leute ein – mit Verträgen, die einen Teil der Grundrechte der Arbeitenden einschränkten. Dafür bekamen diese freie Wohnungen und Verpflegung, wurden durch ein betriebseigenes Krankenhaus versorgt, konnten den Firmenfuhrpark kostenlos benutzen.

Gewerkschaften waren ausgeschlossen, und als diese deswegen vor Gericht gingen und den langwierigen Prozeß verloren, fand das Beispiel von ›Cheap Wave‹ sehr schnell Nachahmer in aller Welt.

Angesichts der anhaltenden Massenarbeitslosigkeit und dem nicht einzudämmenden Zustrom von Menschen aus ärmeren Regionen waren viele Arbeitnehmer nur zu gern dazu bereit, an einem sicheren Arbeitsplatz zu leben und eine sorgenfreie Zukunft in Aussicht zu haben, auch wenn dabei einige entscheidende Freiheiten eingeschränkt waren. So konnten sich viele nicht mehr den Arbeitsplatz und den Ort aussuchen, wo sie leben wollten. Einige Länder waren für sie aus Gründen der Sicherheit schlichtweg tabu. Firmeneigene Kontrollorgane wachten über ihren Aufenthaltsort und besaßen das Recht, über ihr Privatleben zu bestimmen. Betriebsärzte kontrollierten mit regelmäßigen Untersuchungen den gesundheitlichen Zustand der Angestellten. Nicht zuletzt deshalb verwandelten sich im Laufe der Jahre die Ländereien der Konzerne zu krankheitsarmen Zonen, während in den restlichen Gebieten der Seuchen- und Allergien-Dschungel immer mehr zunahm.

Afrika zum Beispiel, über dessen nördliche Ausläufer ich gerade hinwegflog, war zu einem dahinsiechenden Kontinent verkommen. Manche Länder waren durch Hunger, Umwelt- und Naturkatastrophen geradezu von der Landkarte gewischt worden.

Der schwarze Kontinent hatte am meisten an der Folge des Umwelt-Kollapses zu leiden, denn die andauernden kriegerischen Auseinandersetzungen unter den Völkern erstickten jeden Hilfeversuch von Anfang an. So kam es, daß sich Afrika mehr und mehr von der übrigen Welt isolierte. Nachrichten von dort wurden spärlich, und es schien, als müßte das riesige Land neu entdeckt werden. Bis heute hatte es kein Konzern geschafft, dort wieder Fuß zu fassen.

Aber nicht nur die marode Umwelt und Krankheiten machten der Menschheit zu schaffen. In den USA waren die südlicheren Staaten mit den Masseneinwanderungen aus Mittelamerika nicht zurechtgekommen. Die wirtschaftlich angeschlagenen Vereinigten Staaten konnten nicht allen Immigranten Arbeit und vor allem nicht ausreichenden rechtlichen Schutz bieten. So war es im Laufe der Zeit zur Bildung einer Vielzahl von organisierten Banden gekommen, die in regelrechten Beutezügen begannen, das riesige Land zu durchkämmen. Der Spätsommer im Jahre 2012 ging als ›Roter Sommer‹ in die Geschichte des stolzen Volkes ein. Das Land brannte. Besonders im Mittelwesten waren die Polizei und die Nationalgarde am Ende ihrer Möglichkeiten. Das Militär wurde eingesetzt, überall entstanden spontane Bürgerrechtsgruppen, die vereinzelten Randalierern auflauerten und auch schon mal an Ort und Stelle Lynchjustiz übten. Die Vereinigten Staaten standen kurz vor einem obskuren Bürgerkrieg, in dem es fast unmöglich war, Freund und Feind auseinanderzuhalten.

Die jungen Konzerne hatten damals schwere Zeiten zu überstehen, denn auch sie waren das Ziel vieler Anschläge gewesen. Aber sie hatten sich erfolgreich gewehrt. Gut ausgerüstete Polizeitruppen sicherten die Produktionsstätten, Gebäude und Ländereien. Nachdem zum Teil auch eine eigene Rechtsprechung in den Konzernen eingeführt wurde, kam es nicht nur in den USA, sondern auch in Europa zur Entstehung von Kleinstaaten innerhalb der traditionellen Staaten.

Während in der westlichen Welt und in den Gebieten des ehemaligen Warschauer Pakts die einzelnen Länder dem Namen nach größtenteils noch existierten und hauptsächlich ihre Funktionen im Betreiben des Verkehrswesens, sozialen Bereichen und in einer Vermittlungspolitik zwischen den zahlreichen Konzernen versahen, war es in Südamerika zur völligen Auflösung der einzelnen Staaten gekommen. Der Kontinent stand nach einer katastrophalen Verschuldung zum Verkauf und gelangte nach und nach in den Besitz der großen Kartellhäuser.

Unter den wenigen Ländern, die eigenstaatlich geblieben waren, ragten vor allem China und Japan heraus. Die Chinesen hatten sich in einen Kommunismus gerettet, der im Prinzip einem Großkonzern glich. Alle Bestrebungen, die anfangs eine Öffnung zur internationalen Marktwirtschaft angedeutet hatten, waren schnell eingeschlafen, als man die Entwicklung des Ostens nach 1990 sorgfältig studiert hatte. So hatte sich der Große Rote Drache allmählich wieder zu dem verwandelt, was er Jahrhunderte vorher schon praktiziert hatte – er zog sich in sein weiträumiges Höhlensystem zurück.

Japan dagegen war allgegenwärtig. Das Land hatte anscheinend lange vor allen anderen Staatsformen die richtige Synthese aus Produktion, Umwelt und Menschenbehandlung gefunden und auch bewahrt. Nach wie vor beherrschten japanische Produkte den Zuliefermarkt für elektronische Teile und hatten es mit der Zeit geschafft, Billigländer wie Vietnam und Malaysia aus dem Rennen zu werfen.

Und in einem weiteren Bereich war Japan mit ganz vorne dabei: in der Raumfahrt. Mitsubishi Industries hatte im Jahre 2025 das Tor zum Weltraum entscheidend aufgestoßen. In einem beispiellosen technischen Alleingang landete ein geologisches Forschungsschiff auf Farmer, einem Asteroiden der Trojanergruppe. Der Erfolg war überwältigend, denn die Erzvorkommen des 13 Kilometer großen Kleinplaneten übertrafen die Erwartungen des Konzerns bei weitem. Die Japaner erklärten den Asteroiden zu ihrem Hoheitsgebiet und schätzten, daß es etwa zehn Jahre dauern würde, bis sie die ersten Gewinne aus dem Unternehmen ziehen könnten. Wie sich später herausstellte, war diese Prognose weit überzogen, denn die Investitionskosten waren gigantisch gewesen, aber die Japaner hatten mit diesem Projekt ein neues Raumfahrtzeitalter eingeläutet. Andere Nationen und Konzerne befürchteten, eine Entwicklung zu verpassen, und so begann ein Wettrennen um die Himmelskörper in der nächsten Umgebung der Erde.

Nachdem es die ersten ernsten Konflikte um die Besitznahmen einiger Asteroiden gegeben hatte, beschloß der Weltsicherheitsrat bis auf weiteres, jegliche Bestrebungen in dieser Hinsicht zu unterbinden. Alle Objekte, die ein bestimmtes Kubikvolumen überschritten, wurden unter die Verwaltung des Rates gestellt, bis entsprechende Gesetze für eine Bewirtschaftung verabschiedet wurden. Bis dahin waren die außerplanetarischen Gebiete frei für Projekte jeglicher Art, mit der Auflage einer zeitlich und örtlich begrenzten Option. Da die Chancen für einen ›Erstverwerter‹ nicht schlecht standen, die einmal bewirtschafteten Flächen irgendwann einmal ganz zu besitzen oder sie bis dahin vollständig ausgebeutet zu haben, vergrößerten hauptsächlich die Konzerne ihre Anstrengungen, diese ›Neuländer‹ anzufliegen.

Space Cargo kam sehr spät ins Rennen, überraschte aber mit einem neu entwickelten Programm, das zunächst perfekt arbeitende Automatiksonden auf vielversprechenden Asteroiden einsetzte, bevor Menschen zum Einsatz kamen. Der Konzern war ein Zusammenschluß aus mehreren ehemals erfolgreichen Firmen im südeuropäischen Raum und hatte, wie überall im restlichen Europa, mit enormen Anlaufschwierigkeiten in der Raumfahrt zu kämpfen gehabt. Erst durch die Entwicklung spezieller Dienstleistungsprogramme und einer Konzentrierung im süddeutschen Voralpenland gelang nach vielen Jahren der internationale Durchbruch.

So waren zum Beispiel drei Jahre vor unserer Landung auf dem Mars ganze Landungstruppen von Analyse-Sonden dort abgesetzt worden, die ein präzises Bild von der optischen, geologischen und meteorologischen Beschaffenheit des roten Planeten vermittelten.

Unsere Expedition führte deshalb nicht nur ein reines Forschungsprogramm durch, sondern errichtete unmittelbar konkrete Standorte für Kolonien und Produktionsstätten.

Heute befanden sich etwa 2000 Spezialisten des Konzerns auf dem Mars. Ihr Ziel war es, in fünf Jahren den ersten ›Train‹ mit Rohstoffen vom Mars in Richtung Erde in Marsch zu setzen. Train war ein Konzept, das vorsah, einen in der Umlaufbahn zusammengebauten Transportzug so zu beschleunigen, daß er später von Pufferschiffen in Erdnähe abgefangen und entladen wurde. Alle Komponenten des Zuges sollten ausschließlich mit auf dem Mars erzeugten Material gebaut werden – einschließlich des benötigten Treibstoffs.

Mich beschlich ein Gefühl von Fernweh, als ich an den Mars und die Menschen dachte, die Millionen Kilometer von der Erde entfernt versuchten, Pläne zu verwirklichen, die sie zu Pionieren jenseits des Mondes werden ließen.

Ich griff nach dem Weinglas und brummte zufrieden vor mich hin. Bald würde auch ich wieder dort ›oben‹ sein…

Ein Signalton in meinem linken Ohr unterbrach meine Gedanken.

⟩John!⟨

»Ja, Suzanne, ich höre.«

⟩Der Kontrollrechner meldet eine Unregelmäßigkeit im linken Triebwerk. Er empfiehlt einen Austausch.⟨

»Einen Austausch?« Verwirrt stellte ich das Weinglas weg und setzte mich kerzengerade auf. Die Zuverlässigkeit der Triebwerke dieses Jets war fast schon sprichwörtlich. Mir persönlich war kein Fall bekannt, daß ein einziges von ihnen in den letzten Jahren versagt hätte.

»Suzanne, ist jeder Irrtum ausgeschlossen? Kannst du mir sagen, wo der Fehler liegt?«

⟩Zur Frage eins: positiv. Zur Frage zwei: Der Fehler befindet sich im Bauteil Press-618b, das ist der sekundäre End-Druckverdichter. Der Analyse-Rechner zeigt sprödes Material an.⟨

Sprödes Material? Lächerlich! Das Material wurde ständig vom Rechner überprüft und neu eingestellt. Wenn es wirklich fehlerhaft war, dann hätte der Kontrollrechner den Flug gar nicht erst gestartet. Wahrscheinlich lag der Fehler eher beim Analyse-Rechner.

Wie dem auch war, es war zwecklos, hierüber eine Diskussion mit Suzanne zu beginnen, sie war darauf programmiert, auch nur annähernd schadhafte Teile zu melden und sofort eine wirksame Entscheidung zur Behebung der Mängel zu treffen.

Ärgerlich holte ich tief Luft und fragte: »O.K., Suzanne, was passiert jetzt?«

›Der Kontroll-Rechner hat eine Zwischenlandung in Siena angeordnet.‹

»Siena? In der Toskana?«

›Siena Airport in Italien, richtig.‹

Es war unglaublich! Ich stand auf und ging langsam in der Kabine auf und ab. Rein flugtechnisch war es für diesen Jet unwichtig, ob er Siena oder Manching anflog, denn der Abstiegswinkel aus dieser Höhe war fast identisch. Aber wenn das Aggregat schon so dringend ausgetauscht werden sollte, warum in Siena und nicht in Rom, wo die technische Betreuung viel effektiver wäre als in dem Provinznest Siena.

»Suzanne, wie dringend ist der Austausch und warum in Siena?«

›Zur Frage eins: Der Kontroll-Rechner gibt keine Dringlichkeitsstufe an, nur eine Empfehlung. Zur Frage zwei: In Siena steht laut Belegungsplan das nächstmögliche Triebwerk und das Fachpersonal zur Verfügung.‹

»Suzanne, hast du eine personelle Bestätigung aus Manching?«

›Personelle Bestätigung aus Manching durch Herrn Leitermann, Abteilung Fernreisen.‹

Jetzt war mir einiges klar. Leitermann war ein Typ, der keinen überflüssigen Schritt wagen würde, ohne vorher seinen Rechner zu befragen. Wenn Leitermann festgestellt hatte, daß Siena fast auf meinem Weg lag und es dort ein Triebwerk plus Mannschaft gab, war es für ihn statistisch gesehen ein unbestrittenes Muß, dort zu landen.

Ich seufzte ergeben.

»Also gut. Wann lande ich in Siena?«

›Die errechnete Flugzeit beträgt eine Stunde und 58 Minuten. Das siemensische Bodenpersonal ist unterrichtet und erwartet dich.‹

Siemensisches Bodenpersonal!

»Suzanne, woher hast du das Wort ›siemensisch‹?«

›Aus dem Duden für Umgangssprache: siemensisch, abgeleitet von dem alten Firmennamen ›Siemens‹, um 2005, vorausdenkend, klare Linie.‹

Verrückt, dachte ich, das hatte ich noch nie gehört.

Ich stützte mich mit einer Hand an der sanften Rundung der durchsichtigen Seitenwand ab und schaute auf das unter mir liegende Panorama. Seltsamerweise kam mir der unfreiwillige Zwischenstop gar nicht so ungelegen, denn ich war mir nicht im klaren darüber, was mich in Manching erwarten würde. Bisher war ich der Meinung, daß ich mich in der Vorbereitungsphase für den kommenden Asteroidenflug befand, aber seit gestern war ich mir nicht mehr sicher, ob Hellbrügge nicht doch andere Pläne hatte.

In den letzten Stunden hatte mir sein Stab ständig neue Informationen über die Pyramide zukommen lassen. Demnach entsprachen die Maße exakt den Verhältniszahlen der Chephren-Pyramide in Gizeh. Die Höhe betrug tatsächlich 760 Kilometer. Alles in allem war sie eine überdimensionale Kopie dieser ägyptischen Pyramide – oder verhielt es sich umgekehrt?

Die Marspyramiden waren flacher gewesen, ihr Neigungswinkel wich beträchtlich von den Werten der Pyramiden von Gizeh ab, aber was sollte das schon heißen – alleine am Nil standen über 200 verschiedene Pyramiden. Wenn man nach vergleichenden Zahlen suchen wollte, brauchte man sich nur das passende Objekt auszuwählen.

Die restlichen Informationen waren karg und zahlreich zugleich. Karg, was Material und Herkunft der Pyramide betraf. Über das Material war nachzulesen, daß es spektralneutral und weißglänzend war – was immer das bedeutete. Zahlreiche Informationen gab es, was die Bahndaten betraf, da waren sich die Beobachter wohl nicht ganz einig, denn die Auswertungen ergaben immer wieder unterschiedliche Werte bezüglich der Bahn. Es war sogar fraglich, ob es sich nicht doch um eine Umlaufbahn um die Sonne handelte.

Einig war man sich darin, daß die Bahn nahezu senkrecht zur Ekliptik verlief.

Alle Planeten mit ihren Monden umrundeten unsere Sonne in fast einer Ebene, der Ekliptik, außer einigen wenigen Ausreißern. Dieser – gedachten – Scheibe näherte sich die Pyramide von ›unten‹, und sie würde sie im mittleren Abstand jenseits der Marsbahn durchschneiden, allerdings mit einer verhältnismäßig geringen Geschwindigkeit, so daß sie bald in eine Umlaufbahn um die Sonne gezwungen werden würde. Die Computeranalysen wiesen deswegen auf die Möglichkeit eines eigenen Antriebs hin, der die Pyramide abgebremst hatte und der sie nach dem Passieren der Ekliptik auch wieder beschleunigen konnte. Damit wären auch die variierenden Bahndaten erklärt.

Über die Herkunft oder den Ursprung dieses gigantischen Objekts war schlichtweg nichts in Erfahrung zu bekommen. Alle vorsichtigen Nachforschungen, die man in so kurzer Zeit hatte betreiben können, hatten kein Ergebnis gebracht.

Ironischerweise erinnerte ich mich gerade jetzt an eine Aussage meines früheren Geschichtslehrers, der einmal gesagt hatte: »Eine Pyramide ist ein durch und durch logisches Bauwerk. Wer in der Antike etwas Dauerhaftes und Herausragendes bauen wollte, dem bot sich diese Form einfach an. Fest in der Statik und windsicher in der Höhe. Mystik können Sie bei diesen Bauwerken vergessen. Mystisch ist allenfalls der Materialaufwand und die Bauzeit.«

In diesem Moment veränderte sich die Tonlage der Triebwerke von dem gewohnten leisen Singen zu einem tieferen Brummen. Der Jet stellte sich langsam auf den linken Flügel. Unter mir wurde das Mittelmeer sichtbar und ich hatte das Gefühl, als wollte mich das Flugzeug darüber auskippen. Unwillkürlich nahm ich die Hand von der durchsichtigen Seitenwand und setzte mich auf die Lehne des Sessels.

Die Maschine bereitete sich vor, auf die Anflughöhe für Italien herunterzugehen. Ich blickte auf das blau schimmernde Meer und versuchte, mich zu orientieren.

»Suzanne, wo befindet sich der Jet in diesem Augenblick?«

Es piepte in meinem Ohr und Suzanne antwortete: ›Zum besseren Verständnis kann ich dir die Umrisse der Landschaft unter dir auf die Transplexwände des Jets projizieren...‹

Die gläserne Wand vor mir wurde eine Nuance dunkler, als farbige Linien und Buchstaben auf ihr erschienen.

›...du befindest dich im östlichen Teil des Mittelmeeres. Du hast vor zehn Minuten die Küste Israels überflogen und siehst am Horizont vielleicht gerade noch die Überreste von...‹

Jerusalem. Sie waren nicht zu übersehen. Während das Meer und linker Hand das Land in natürlichen Farben leuchteten, trat unter einem dunstigen Horizont ein häßlicher schwarzbrauner Fleck hervor. Seine Struktur war ein flimmerndes Wechselspiel zwischen schwarzen krakenartigen Flächen und ringförmigen Wällen, willkürlich erschaffen durch die Explosion einer schmutzigen 5-Megatonnen-Atombombe im Jahre 2011.

In einer weit in der Zukunft liegenden Geschichtsschreibung wird diese Bombe wohl als Kuriosität beschrieben werden, denn sie wurde weder in einem Krieg eingesetzt noch war sie der Anlaß für einen solchen. Ähnlich wie Haydn seine gelangweilte Londoner Gesellschaft mittels der ›Symphonie mit dem Paukenschlag‹ aus einem dösigen Premierenschlaf riß, so erschütterte die Nachricht von der Zerstörung Jerusalems die Länder der Erde. Begrenzte Konflikte, Aufstände und blutige Grenzzwischenfälle waren bis dahin an der Tagesordnung im weltweiten Zusammenleben und die Vision des frühklassischen Weltkrieges ›West gegen Ost‹ war – so schien es – wegen der unübersichtlichen kleinen Scharmützel aus den Köpfen der Menschen verbannt.

An jenem unheilvollen 3. März 2011 aber hielten die Länder der Welt den Atem an, blickten verschreckt zum Nachbarn, fragten nach einer Weile leise mit rauhem Hals: wer…?

Bis heute war nicht eindeutig geklärt, wer die strahlenintensive und hochgiftige Plutoniumbombe gebaut und gezündet hatte, die rund fünf Millionen Menschen sofort und weiteren elf Millionen als Opfern der Folgeschäden den Tod gebracht hatte.

Nachforschungen mit Hilfe von Satellitenmessungen hatten ergeben, daß das Zentrum der Explosion am Anfang der sogenannten Via Dolorosa lag – des Leidensweges Christi. Dort war sie wahrscheinlich in den Kellergewölben der ehemaligen El-Omjiar-Schule montiert worden, heimlich von einer Gruppe von Leuten, die ursprünglich eine Erpressung an dem Staat Israel planten.

Die Spekulationen und Veröffentlichungen über die Jerusalem-Atombombe waren mittlerweile so zahlreich, daß die Wahrheit wohl in der Sekunde der Explosion mitverdampfte, denn es galt als erwiesen, daß die Auslösung ein tragisches Versehen gewesen sein mußte und die Urheber sich damit als erste vernichtet hatten.

Die Welt verdächtigte zunächst palästinensische Splittergruppen, dann mächtige Drahtzieher des Islams, zuletzt sogar christliche Kopten, aber nirgendwo gab es Hinweise für den Ursprung der Bombe.

Es hatte Bekenner-Schreiben gegeben, aber angesichts der Katastrophe zerbröselten die Absichten der Absender so schnell wie die versengten Mauern Jerusalems. Lange Zeit vermutete man als Drahtzieher eine radikale Terroristengruppe namens ›Allahu al akbar‹ – Allah ist groß. Ihr waren zu der Zeit umfangreiche Geschäfte mit wiederaufbereitetem Plutonium aus den ehemaligen osteuropäischen Ländern nachgewiesen worden. Auch verfügte sie über ausgebildete irakische Spezialisten, denen man den Bau solch einer Bombe zutrauen konnte. Der Verdacht zerschlug sich jedoch, nachdem sich die Gruppe einem internationalen Gericht stellte, alle ihre Mitglieder lebend präsentierte und leidenschaftlich ihre Unschuld beteuerte.

Mittlerweile war die Zerstörung Jerusalems zu einem Mandat aller Weltvölker geworden: Um die Hilfe zu finanzieren und um die Ehrlichkeit des Mitgefühls zu demonstrieren, verwandelten sich Armeen in Heerscharen helfender Engel. Zwistigkeiten einzelner Länder wurden beigelegt, ehemalige Entwicklungsgelder für Waffensysteme flossen als Spenden nach Israel.

Bis heute waren die Schuldigen nicht ermittelt worden. Was sie auch immer mit dem Bau der Bombe bezweckt hatten, mit der Explosion hatten sie die verschüttete Menschlichkeit wieder freigelegt und damit eine Zeitenwende eingeleitet, allerdings zu einem hohem Preis.

Ich mußte eingedöst sein. Irgendwann vor eineinhalb Stunden hatte ich es mir in dem riesigen Sessel bequem gemacht, nachdem ich mir eine farbenfrohe Decke aus der Schlafkabine geholt hatte. Trotz aller Bequemlichkeit war es kein tiefer Schlaf gewesen, in den ich gefallen war, und dementsprechend gerädert setzte ich mich auf.

Mir fehlte jegliche Orientierung. Draußen vor der Plexi-Wand waberte ein inhaltsleeres Hellgrau und nur die kleinen Rinnsale, die anscheinend von Regen stammten und an der durchsichtigen Wand von links nach rechts liefen, zeugten von etwas Realität.

Regen. Wolken. Regenwolken. Flugzeug. Jet. Australien... Richtig, Siena.

»Suzanne«, krächzte ich verschlafen.

Piepsen.

›Ich bin bereit.‹

»Die Position des Jets, bitte.«

›42,9 Grad nördlicher Breite, 12,6 Grad östlicher Länge.‹

»Suzanne, das heißt, ich befinde mich schon über Italien?«

›Östlich von dir liegen die nördlichen Ausläufer der Abruzzen. Direkt unter dir befindet sich Perugia. In ein paar Minuten schwenken die Triebwerke auf Landeanflug auf Siena, der Abstieg erfolgt durch die Rotoren. Die Außentemperatur in Siena beträgt 23 Grad Celsius, leichter Nieselregen, Windgeschwindigkeit 4 Kilometer/h aus Südsüdwest, leicht drehend.‹

Gut. Ich zwang mich dazu, mein behagliches Nest zu verlassen und bewegte mich träge in das luxuriöse Minibad, wo mich mein eulenartiges Aussehen im Spiegel empfing. Nachdem auch ein eiskalter Schwall Wasser daran nicht sehr viel änderte, ich mich aber doch geistig etwas wacher fühlte, bestellte ich in der Pantry einen doppelten Espresso – schließlich war ich in Italien.

Fünf Minuten später lehnte ich zufrieden im Durchgang zum Salon. Man konnte die Ausstattung des Jets nur loben. Der Espresso wurde in einer dickwandigen Tasse serviert, kombiniert mit einem Kännchen aufgeschäumter Milch und einer Prise Muskat, falls man mehr zu einem Capucchino tendierte. Der Zucker wurde in einem verzierten Schälchen mit Silberlöffel serviert.

Ein leichtes Rucken kündigte die beginnende Lageveränderung der Triebwerke und eine Flügelvergrößerung des Jets an. Bald würde das Flugzeug auf dem vertikalen Schub der Strahltriebwerke reiten und damit entsprechend an Geschwindigkeit verlieren. Danach würden die Flügelenden hochklappen und zwei Rotoren zum Vorschein kommen, die den Jet sanft auf den kleinen Flugplatz in Siena aufsetzen würden. Kilometerlange Landebahnen gab es nur noch auf den großen Raumflughäfen wie zum Beispiel in Kourou, Französisch-Guayana, in Salinopolis, Brasilien oder in San Vicente auf den Philippinen.

Plötzlich ertönte von dem Videoboard, das in den antiken Sekretär eingelassen war, ein melodisches Signal. Ich ging hinüber und las zu meiner Verwunderung auf dem Bildschirm:

CODE-FAX FÜR JOHN NURMINEN. EMPFANG VON SUZANNE CC/2028 BESTÄTIGT. EINGABE VON PERSÖNLICHEM CHIFFRE-CODE FÜR AUSDRUCK ERFORDERLICH!

Ein Code-Fax! Daß es so etwas noch gab! Ich hatte seit Jahren kein Code-Fax mehr erhalten. Alle Nachrichten, die geheimer Natur waren oder einer gewissen Sicherheitsstufe unterlagen, bekam ich über Suzanne oder wurden in den seltensten Fällen durch Boten übermittelt. Code-Faxe bestanden aus einem ultra-kurzen Sendeimpuls, der eine verschlüsselte Nachricht enthielt. Nur ein vorher vereinbarter Code mit dem

Absender konnte daraus wieder eine verständliche Mitteilung produzieren.

Ich versuchte mich an meinen persönlichen Chiffrecode zu erinnern. Er stammte noch aus den Zeiten der Marsexpedition, in denen Code-Faxe zum Alltag gehörten.

Ich seufzte und setzte mich an die Tastatur. Es würde etwas Zeit in Anspruch nehmen, die geforderten Informationen und Befehle einzugeben. Ich konnte mich zwar noch recht gut daran erinnern, trotzdem durfte ich keinen Fehler machen, sonst würde der Impuls wieder gelöscht werden.

Wahrscheinlich hatte Hellbrügge neue Informationen, die er mir auf diesem Wege zukommen lassen wollte. Ich war verärgert über diesen umständlichen Übertragungsweg, denn er war zeitraubend und veraltet. Suzanne und das CyCom-System waren absolut abhörsicher.

Während ich die letzten Anweisungen in das Videoboard eingab, verstummten mit einem letzten Pfeifen die Triebwerke. An dessen Stelle war jetzt das flappende Rauschen der Landerotoren getreten. Um mich herum drehte sich die graugrüne Nieselllandschaft, als der Jet sich gegen den leichten Wind stellte.

»Suzanne, ich möchte Fenster an den Seitenwänden des Jets haben. In Standardgröße!«

›Fenster in Standardgröße, ich arbeite unverzüglich daran.‹

Es mußte ja nicht jeder gleich die Unordnung in meinem Luxusliner sehen, wenn ich gelandet war.

Wie von Geisterhand wurde das Thermoglas undurchsichtig und hinterließ eine Projektion von Bordwänden mit runden getönten Scheiben.

›John, das Videoboard läßt fragen, ob du die Nachricht ausgedruckt haben möchtest oder ob du sie auf dem Monitor lesen willst.‹

Warum fragt es mich nicht selbst, dachte ich bei mir, wohl wissend, daß ein CyCom darauf programmiert war, all diese Dinge ›persönlich‹ zu erledigen.

»Suzanne, ausdrucken, bitte!«

Fast im selben Moment wuchs mir ein kleines Plastikkärtchen aus dem Board entgegen. Ich zupfte die Nachricht aus dem Schlitz und entfernte das Siegel.

*Lieber John,*
*zunächst einmal willkommen in Siena. Ich hoffe, Du hast den einmaligen Flug von Australien hierher genossen. Sei bitte nicht allzu verwundert über diese seltsame Nachrichtenübermittlung, aber glaube mir, ich habe gute Gründe dafür.*

*Aus denselben Gründen bitte ich Dich, mich in einer Stunde, also um 15 Uhr, im Dom von Siena an unserem ›Käse-und-Wein-Platz‹ zu treffen.*

*Sei Dir bitte im klaren darüber, daß dies kein alberner Scherz von mir sein soll, sondern daß es sich um eine ernste Sache handelt.*

*Ich freue mich darauf, Dich nach all den Jahren wiederzusehen.*

*Saint*

Ich wedelte überrascht mit der Karte.

Fritz Bachmeier.

Woher wußte er, daß ich in Siena war. Woher wußte er überhaupt von meiner Reise nach Australien und was sollten diese mysteriösen Andeutungen.

Fritz war wie ich damals Raumkadett auf der Marsexpedition gewesen. Er war ein genialer Computerexperte und fungierte zugleich als eine Art Theologe und Psychologe. Wegen dieser ungewöhnlichen Kombination hatten wir ihn heimlich ›The Saint‹, den Heiligen genannt. Er selber hatte den Spitznamen nicht gerne gehört, deswegen nahm ich an, daß er damit das

Code Fax unterzeichnet hatte, um die Außergewöhnlichkeit seiner Nachricht zu unterstreichen.

›John, die Mechaniker fragen, ob du ihnen die Tür aufmachst.‹

»Was?«

Ich fuhr herum und stellte fest, daß der Jet bereits gelandet war. Neben dem Eingang blinkte ungeduldig ein oranges Licht.

»Suzanne, ja, natürlich. Mach bitte die Tür auf!«

Ich stand auf und ging quer durch den Salon, an dessen Vorderseite die Tür langsam nach oben zurückwich. In das sich vergrößernde Rechteck schob sich ein Schatten, der sich schließlich in einen kraushaarigen und braun gebrannten Menschen verwandelte, der in einem blaugelben Overall steckte.

»Buon Giorno, Signore Nurminen! Willkommen in unserem schönen Siena. Es ist mir eine große Ehre, Sie kennenzulernen.«

Er ergriff mit beiden Händen meine rechte Hand und schüttelte sie heftig. Ich mußte wohl noch sehr abwesend gewirkt haben, denn er sah mich gleich darauf zweifelnd an und legte mein Zögern anscheinend als Besorgnis über das kränkelnde Triebwerk aus.

»Machen Sie sich keine Sorgen, Signore Nurminen, wir sind auf alles vorbereitet. Zum Abendessen werden Sie pünktlich in München sein, obwohl wir uns freuen würden, wenn Sie heute noch bei uns blieben.«

Ich erwiderte sein herzliches Willkommen verlegen, weil ich mit meinen Gedanken immer noch bei dem merkwürdigen Code Fax war und fragte: »Sagen Sie, wie komme ich am schnellsten in die Stadt?«

»Siena. Warten Sie, warten Sie, kein Problem.«

Er nestelte einen Übertragungsknopf mit der linken Hand von seinem Kragen und redete leidenschaftlich darauf ein, indem er ihn überflüssigerweise in einem Abstand von zwei Zentimetern vor den Mund hielt.

Seine rechte Hand legte er mir auf die Schulter, als wollte er verhindern, daß ich weglaufe.

Aus dem kleinen Empfänger hinter seinem Ohr unterbrach ein Aufschrei seinen Wortschwall. Erschrokken heftete er das Gerät wieder an seinen Overall und führte das Gespräch in normaler Lautstärke weiter. Dann hob er den Kopf, schaute angestrengt in den Himmel und sagte ein paarmal »Si«.

Inzwischen hatte ich mir das Code Fax noch einmal durchgelesen. Dann bog ich das Kärtchen hart zwischen Daumen und Zeigefinger und löschte damit die Nachricht.

»Signore Nurminen, Sie sollen bitte zuerst zur Flugleitung kommen, um ein paar Formalitäten zu erledigen. Anschließend wird Sie mein Schwager gerne in die Stadt bringen. Er heißt Enrico und wartet in der Halle auf Sie. Keine Angst, Sie können ihn nicht verfehlen.«

Ich bedankte mich und schaute auf meine Uhr. Kurz vor zwei. Nachdenklich betrat ich die kleine Gangway, die am Jet stand und ging langsam auf ein blau-weiß gestrichenes Gebäude zu, das am Rand des runden Vorfeldes lag. Als ich das Büro des Flugleiters betrat, hatte mich der feine Nieselregen etwas erfrischt. Auch mein Gehirn mußte davon profitiert haben, denn ich glaubte zu wissen, wer mich hierher gelotst hatte.

# 5

Enrico stellte sich als angenehm ruhiger Zeitgenosse heraus.

Mit seinen schräggestellten Augenbrauen und dem kleinen Bärtchen erinnerte er mich an ›Pippo Leone‹ aus Bernd Vollenwerders Roman ›Großstadtwerke‹. Gott sei Dank sprach er nicht annähernd so viel wie die Romanfigur. Er hatte mich mit leiser Stimme angesprochen, kaum daß ich aus dem Büro des Flugleiters getreten war. Ein paar Minuten später saß ich in einem mit Solarkassetten angetriebenen Lieferwagen, bei dem das Fahrwerk schlecht eingestellt war. Nach jeder Bodenwelle quengelte die automatische Hydraulik und stellte von sich aus einen neuen Wert ein. Enrico hatte deswegen anfangs jedesmal eine Entschuldigung gemurmelt, war aber bald dazu übergegangen, sich mit einem ärgerlichen Grunzen zu begnügen, als er merkte, daß ich nicht zu einer Konversation aufgelegt war. So wuselten wir schweigend, aber zügig über die Hügel der nahen Stadt entgegen.

Ich war im Jahr 2037 das letzte Mal hier gewesen, als Fritz die Versiegelung des Marmor- und Sgraffito-Bodens im Dom von Siena organisierte. Fritz Bachmeier war für mich ein Buch mit sieben Siegeln. Als Sohn eines deutschen Großgrundbesitzers und einer ansässigen Guarana in Paraguay geboren, waren ihm außer

Besitzreichtum noch alle erdenkbaren geistigen Fähigkeiten mit in die Wiege gelegt worden. Wie Fritz mir erzählt hatte, mußte er in jungen Jahren der Prototyp eines Wunderkindes gewesen sein. Danach hatte er in Manchester, England, Mathematik und Astrophysik studiert, absolvierte in Mailand vier Jahre lang ein theologisches Studium, bevor er sich hauptsächlich bei dem großen Computer-Guru Eduardo Panofski in Ungarn mit Neuronenrechnern beschäftigte.

Dort hatte ihn Hellbrügge entdeckt und ihn förmlich für die Marsexpedition eingekauft. In den Vorbereitungsjahren für den Marsflug belegte er noch ein paar Semester Psychologie in der konzerneigenen Universität in München, schloß das Studium aber aus Zeitmangel nicht ab. Nach unserer Rückkehr vom Mars erwartete jeder von ihm eine steile Karriere in der Raumflotte von Space Cargo, aber Fritz hatte zur Verblüffung aller Beteiligten schon einen Vertrag mit dem Diplomatischen Dienst im Vatikan abgeschlossen. Danach hatte ich ihn nur einmal wiedergesehen, eben vor acht Jahren, als er mich nach Siena einlud.

Damals hatte er mit einer Firma aus Frankreich ein Verfahren entwickelt, den historischen Mosaikboden aus dem 15. Jahrhundert im Dom zu konservieren. Die 52 Bildfelder waren bis dahin die meiste Zeit von Holztafeln bedeckt gewesen, um sie vor den Schuhen der Touristen zu schützen. Eine millimeterdicke Schicht aus einem widerstandsfähigen kalt gegossenen Plastikmaterial sollte diese Aufgabe nun übernehmen. Gleichzeitig sollte die Leuchtkraft und die Brillanz dieser einzigartigen Fußbodengestaltung gewahrt und sogar noch verbessert werden.

Der Dom war zu der Zeit wegen dieser Arbeiten für die Öffentlichkeit gesperrt und Fritz bereitete es einen Heidenspaß, mir alle möglichen Ecken und Winkel der romanisch-gotischen Kathedrale zu zeigen. Unter anderem hatte er eine kleine Kammer unterhalb der Kuppel entdeckt, wo er mich eines Abends nach seiner Arbeit stilvoll bei Kerzenschein mit Käse und Wein bewirtete. Eben dort sollte heute unser ominöses Treffen stattfinden, aber ich war mir nicht sicher, ob ich den Ort ohne weiteres wiederfinden würde.

Für wen Fritz heute arbeitete oder womit er sich genau beschäftigte, entzog sich meiner Kenntnis, aber soweit ich wußte, war er immer noch für den Vatikan tätig. Einem Zeitungsbericht zufolge, den ich erst kürzlich gelesen hatte, war er als erster Sekretär von Kardinal Piero Bonechi vorgesehen. Bonechi hatte es geschafft, offiziell als beratender Kardinal des Papstes bezeichnet zu werden. Jahrhundertelang hatten die Päpste es immer wieder abgelehnt, einen Kardinal als Stellvertreter oder Berater zu benennen. Papst Hadrian VII. konnte bei seinem Amtsantritt im Jahre 2041 dem Anliegen der Kurienkardinäle jedoch nicht mehr widerstehen und hatte einen Berater akzeptieren müssen. Dadurch versprachen sich die Kurienkardinäle einen größeren Einfluß auf die päpstlichen Entscheidungen.

Wie auch immer, ich war gespannt auf Fritz Bachmeier, auch wenn mir der Zeitpunkt nicht so recht paßte.

»Wir sind gleich da, Signore Nurminen, das letzte Stück müssen Sie allerdings zu Fuß gehen. Fahrzeuge sind in der Altstadt nicht erlaubt.«

Ich blickte Enrico irritiert an. Er wirkte plötzlich so aufgekratzt. Den letzten Satz hatte er fast fröhlich herausgesungen. Den Grund dafür erlebte ich wenig später, als eine wahre Symphonie von Enricos Kindern, Verwandten und Nachbarn um das Vehikel herumtoste.

Auf jeden Fall war Enrico glücklich. Offensichtlich hatte er mich schon vom Flughafen aus angekündigt und nun trug mich die Enrico-Familie halb aus dem Lieferwagen, halb zerrten mich die Kinder zu sich herunter. Schwager Andrea hielt alles mit einer alten Videokamera im Bild fest.

Eben noch mit den Gedanken ganz woanders, ließ ich mich eine kleine Weile gerne mit der Stimmung der herzlichen Menschen treiben. Erst als mich Enricos Frau überschwenglich ins Haus zu Kaffee und Pannini einlud, sperrte ich mich nachdrücklich und unterstrich mein Verhalten mit einem demonstrativen Deuten auf meine Uhr. Enrico kam mir zu Hilfe und schob die kleine Meute mit vielen Worten und Gesten zurück. Ich klopfte ihm dankbar auf die Schulter, bekam aber trotzdem noch meinen Kaffee und Pannini im Stehen von der Großmutter ab, die es gut mit mir meinte und mich anschließend mit ernsten Worten segnete. Nachdem ich noch kauend ein Autogramm auf das Deckblatt der Video Disk geschrieben hatte, wurde ich lautstark und mit viel Schulterklopfen verabschiedet. Es dauerte noch ein paar Minuten, bis ich die kleine Gruppe aus den Augen verlor, denn ich drehte mich höflicherweise im Gehen immer wieder um und winkte ihnen zu. Erst als ich in die Via del Porrione einbog, hatte ich mich endlich aus dem Bereich von Enricos Familie entfernt. Allerdings wurde ich immer noch vereinzelt von einigen Leuten angestarrt, bis ich bemerkte, daß meine Fliegerjacke in den blau-gelben Space Cargo-Farben und den verschiedenen Abzeichen für das Aufsehen sorgte. Ich zog sie aus, drehte das Futter nach außen und klemmte sie mir unter den Arm. Es hatte zwar wieder leicht zu regnen begonnen, aber die Temperatur war angenehm, so daß mich die feuchte Witterung nicht weiter störte.

Ich hatte noch eine halbe Stunde Zeit und machte einen kurzen Abstecher auf den Campo, der vielleicht schönsten und interessantesten mittelalterlichen Platzanlage in Italien. Als ich durch ein enges Gäßchen den weiten Platz betrat, überkam mich plötzlich das Gefühl einer zeitlosen Einsamkeit. Die Spitze des überschlanken Turms des Palazzo del Commune war im feuchten Nebel verschwunden, als wollte sie sich den umsäumenden Palastbauten entziehen. Die wenigen Menschen, denen ich während meiner Überquerung des Platzes begegnete, hasteten an mir vorbei. Unter meinen Schuhen knirschten ab und zu Überreste der Turferde, die vom letzten Pferderennen der Contraden zurückgeblieben waren.

Das positive Gefühl, das ich bei der kurzen Begegnung mit Enricos Familie verspürt hatte, war verflogen. Bevor ich die Costarella dei Barbieri zum Dom hinaufstieg, drehte ich mich wehmütig noch mal um. Ich hatte diesen altertümlichen Platz anders in Erinnerung: voller Lebensfreude und mit überschäumender Fröhlichkeit. Aber vielleicht war für uns beide heute nicht der beste Tag.

Mein Hemd war durchnäßt von der feuchten Luft und den Folgen des Treppensteigens zum Dom hinauf, als ich unterhalb des schwarzweiß gestreiften Turmes, des Kampanile, das Kirchenschiff durch einen Seiteneingang betrat. Sofort begann ich zu frösteln, denn es war kühl in der Kathedrale. Ich trug die Lederjacke noch immer in meiner Armbeuge und wollte sie erst anziehen, wenn ich allein war und den schmalen Aufgang wiedergefunden hatte, der zu unserem außergewöhnlichen Treffpunkt führte.

Ich versuchte, mich wie ein interessierter Tourist zu benehmen und musterte die gebündelten Säulen des Seitenschiffes. Es befanden sich nicht sehr viele Besucher im Dom. Eine kleine Gruppe einheitlich gekleideter Kinder, die um eine sanft gestikulierende Frau herumstand, und verschiedene andere Personen, jede mit

›Guide Glasses‹ vor den Augen, jenen Brillen, die man heute überall an berühmten Stätten kaufen oder mieten kann und die dem Träger die Besonderheiten erklären, die er mit der Brille anvisiert.

Erst jetzt fiel mir der Fußboden wieder ein, den Fritz damals im Auftrag versiegeln ließ. Ich ging in die Hocke und strich mit einer Hand über den Belag. Er fühlte sich leicht rauh an und schimmerte aus dieser tieferen Position in einem matten Glanz. Ich richtete mich wieder auf. Jetzt war von dem Schimmern nichts mehr zu bemerken. Auch die Säulen spiegelten sich nicht in der aufgetragenen Schicht. Es war, als hätte der Dom, der in der Geschichte oft umgebaut wurde, eine neuzeitliche Dimension dazugewonnen.

Es war an der Zeit, mich zu orientieren und die verschiebbare Tür zum Aufgang zu suchen. Ich stand immer noch im nordöstlichen Querschiff. Schräg rechts vor mir schimmerte die weiße sechseckige Marmorkanzel von Nicola Pisano durch die Säulen. Einer der Löwen, der mit seinen Artgenossen die Kanzel trug, blickte mit einer drohender Haltung zu mir herüber, als wollte er mich vor Dummheiten warnen. Ich schlenderte nach vorne, bis ich unter der hohen Kuppel stand. Vor dem Eingang zur Piccolomini-Bibliothek drängten sich ein paar Besucher, sonst war niemand zu sehen. Leise schlich ich mich wieder zurück und schaute abwechselnd nach rechts und links, ob vielleicht nicht doch jemand hinter den gestreiften Säulen stand. Es war jedoch immer noch niemand zu sehen. Der Augenblick war günstig.

Hastig suchte ich mit den Augen die Wand ab, die einen Teil des Kampanile bildete. Mannshohe Holztafeln, auf denen Szenen aus dem späteren Leben Papst Pius II. dargestellt waren, verkleideten das untere Mauerwerk. Die zweite von links, die die Ankunft des Papstes im Hafen von Ancona zeigte, mußte es sein. Ich schritt entschlossen darauf zu, drehte mich kurz vor der Tafel noch einmal um meine Achse und drückte dann zielstrebig über den orangefarben aufleuchtenden Wolken am Horizont des aufgemalten adriatischen Meeres mit dem Daumen auf die Leiste. Ein Teil des Rahmens schwenkte nach oben und entriegelte damit die als Tafel getarnte Tür. Ich schob die Tafel zur Seite und stieg in den dahinterliegenden Raum. Nachdem ich mich noch einmal vergewisserte, daß mich niemand beobachtet hatte, verschloß ich die Tür wieder.

Nun stand ich in dem dunklen Gang, der eigentlich die Sohle eines senkrechten Fallschachtes war, der beim Bau des Turmes als Materialaufzug gedient hatte. Später war er zum Teil zugemauert worden und man hatte das ablaufende Regenwasser der Kuppel darin abgeleitet. Im Laufe der Jahrhunderte wurde das Problem anders gelöst und man hatte eine Wendeltreppe aus Stein in den Schacht gebaut, die im Turm dicht über dem Dach neben der Kuppel endete.

Nachdem sich meine Augen etwas an die Dunkelheit gewöhnt hatten, bemerkte ich ein schwaches Licht über mir und konnte die ersten Stufen der engen Treppe gut erkennen. Während ich mich nach oben schlich, zog ich meine Jacke an und entdeckte eine kleine Akkulampe, die jemand an der Steinwand befestigt hatte. Nach jeder Rundung, die ich im Schacht hinter mich brachte, hing eine dieser Lampen an der Wand. Eine Akkulampe dieser Größe hatte zwar eine Brenndauer von rund einem Monat, aber da der Schacht bestimmt nicht benutzt wurde, waren die Lampen anscheinend von Fritz Bachmeier angebracht worden. Am Ende der Treppe angekommen, mußte ich mich durch eine enge schießschartenartige Öffnung nach außen zwängen und stand nun auf dem Dach des Seitenschiffes, einen Meter von den Balustraden der Kuppel entfernt, den ich noch überwinden mußte. Unsicher blickte ich in den Abgrund.

Ich kam mir furchtbar lächerlich vor. Damals, als gleichzeitig an der Außenfassade des Doms Ausbesserungsarbeiten vorgenommen wurden, führte an dieser Stelle ein kleiner behelfsmäßiger Steg hinüber zum Hauptschiff. Nun stand ich zweifelnd hoch oben im nebligen Sprühregen. Das sichere Geländer gegenüber konnte ich zwar fast mit der Hand ergreifen, aber trotzdem…

Ich balancierte vorsichtig mit einem kleinen Sprung hinüber und kletterte über das Steingeländer in den runden Kuppelgang, der durch eine schlichte, aber schwere Holztüre nach innen, hoch über die Apsis des Domes führte.

Erleichtert atmete ich tief durch.

»Quo vadis, astronauticus?«

Mir wurde für einen kurzen Augenblick fast schlecht von dem Schreck, der mir quer durchs Herz und anschließend bis in die Knie fuhr. Man sollte halt doch nicht unerlaubt und mit schlechtem Gewissen auf einem Gotteshaus herumklettern.

»Fritz! Verflucht… Mensch, hast du mir einen Schrekken eingejagt.«

Er stand mit einer schwarzen Soutane bekleidet ein paar Meter entfernt an das Geländer gelehnt und kam nun mit erhobenem Zeigefinger auf mich zu.

»Habe ich dir nicht immer gesagt, du sollst nicht fluchen, und hier schon gar nicht.«

Ich hatte mich zwar schon wieder gefangen, aber mir fiel in dieser Situation nichts Blöderes ein, als mich zunächst für seine Hilfe mit den Akkulampen im Aufgang zu bedanken. Er lachte und meinte: »Wie hat schon Goethe gesagt: ›Wüßte nicht, was sie besseres erfinden könnten, als wenn die Lichter ohne Butzen brennten.‹ Aber das hat er wohl ausgerufen, als er mit rußigen Augen an seinen Versen schrieb. Paßt also nicht ganz…«

Wir standen uns einen Moment lang mit einer Mischung aus Verlegenheit und Wiedersehensfreude gegenüber, bis wir uns schließlich stumm umarmten. Als wir uns wieder voneinander gelöst hatten, sagte ich, auf seine Soutane deutend: »Das wäre doch ein Bild für die Paparazzi gewesen: Astronaut und Pfarrer küssen sich auf dem Dom zu Siena.«

»Du bist zwar Astronaut und ein berühmter noch dazu, und ich würde allenfalls rein äußerlich einen Priester darstellen. Aber das bin ich nicht. Die Kleidung habe ich mir lediglich für unser Treffen besorgt, um mich etwas unauffälliger hier oben bewegen zu können.«

Schade, dachte ich, der schwarze Rock paßte gut zu seinem bronzefarbenen Gesicht mit den dunklen Locken und den braunen tiefliegenden Augen. Seit damals hatten sich auf seiner Stirn ein paar Falten mehr hinzugeschmuggelt, und er hatte auch etwas zugenommen, aber das Lausbübische war ihm geblieben.

»Komm rein in die gute Stube, sonst erkältest du dich noch, aber sei bitte vorsichtig und vor allem leise, wir befinden uns beide ohne Berechtigung hier.«

Wortlos folgte ich ihm durch die schwere Holztür ins Innere des Doms. Mit einem kurzen Seitenblick auf die dumpf vor sich hinstarrenden Köpfe der 152 Päpste, die das Kirchenschiff säumten, huschten wir hoch oben über die Apsis zur gegenüberliegenden Seite der Kuppel. Dort angekommen, öffnete Fritz einen ähnlichen Riegel wie ich zuvor unten im Quergang. Dahinter lag ein länglicher Raum von vielleicht zweieinhalb mal fünf Metern in der Dachschräge, in die ein kunstvoll verziertes, halbrundes Fenster eingelassen war. Fritz hatte mir erzählt, daß die Kammer früher, zu Zeiten der Entstehung des Doms zuerst von den Baumeistern zur Lagerung und Sichtung der Baupläne genutzt wurde. Später, als sie nicht mehr gebraucht wurde, wurde sie zunächst zugemauert, danach aber aus irgendeinem Grund wieder geöffnet und mit den jetzigen Holztafeln verschalt. In die schmucklosen Wände waren Sitzgelegenheiten aus Stein eingelassen, davor stand ein primitiver Holztisch, der nicht so aussah, als würde er aus den Baujahren der Kathedrale stammen. Ein Zeichen dafür, daß die Kammer nicht in Vergessenheit geraten war.

Wir schlüpften hinein und Fritz schob die Täfelung wieder zurück an ihren Platz. Durch das kleine Fenster fiel fahlgraues Licht in den Raum, in dem es verständlicherweise nicht gerade frisch roch, aber es war wenigstens warm unter dem Dach und ersticken würden wir auch nicht, da genügend Luft durch die Ritzen der schweren Dachziegeln strich.

Fritz hob demonstrativ einen eleganten festen Reisekoffer hoch, den er vorher schon in der Kammer deponiert hatte. »Hier siehst du meinen Kuriositätenkoffer.« Schmunzelnd fügte er hinzu: »Ein kleiner Schuttabladeplatz der Zeit könnte man sagen.«

»Weil du gerade von Kuriositäten sprichst…«, fing ich an.

Er hob abwehrend die Hand. »Eins nach dem anderen. Zunächst dies und das.«

Er blies andeutungsweise den Staub vom Tisch, legte eine lächerlich kleine weiße Tischdecke darüber, die er aus dem Koffer zog, stellte eine Flasche Nobile di Montepulciano mit zwei Gläsern darauf und holte noch verschiedene Käsesorten und Weißbrot aus seinem ›Schuttabladeplatz‹. Dann reichte er mir mit einem »Aufmachen!« einen Flaschenöffner und kramte noch ein Videoboard hervor, das er vor sich auf den Tisch legte und sofort darauf herumhackte. Ich beobachtete ihn neugierig, während ich den Wein in die Gläser goß und den Korken wieder in die Flasche steckte.

»Auflassen!« befahl er mir und machte mit dem Finger kleine Kreisbewegungen, ohne mich anzusehen. »Der Wein muß atmen.«

Gehorsam zog ich den Korken aus der Flascne und legte ihn auf den Tisch.

»Also«, begann ich erneut. »Stichwort: Kuriositäten. Sagt dir der Satz ›poröses Material im Druck-Endverdichter‹ etwas?«

Er nahm sein Glas und wir prosteten uns zu.

»Auf unser Wiedersehen nach so vielen Jahren!«

Er trank einen winzigen Schluck, stellte sein Glas wieder ab und grinste mich an.

»Das Ding heißt ›End-Druckverdichter‹ und kann mitunter sehr wohl porös werden. Allerdings nicht so plötzlich.«

»Also hast du mich hier runtergeholt?«

»Ja.«

Er beschäftigte sich wieder mit dem Videoboard.

Langsam wurde ich ungeduldig.

»Woher hast du gewußt, daß ich von Australien…?«

Er unterbrach mich, indem er wieder die Hand hob.

»John, ich weiß selbst nicht genau, wo ich mit den Erklärungen beginnen soll, aber glaube mir, ich hatte gute Gründe, dich hierherzuholen, auch wenn die Umstände etwas… abenteuerlich sind.«

Mit einer zögerlichen Geste reichte er mir das Videoboard.

»Schau dir das bitte an!«

Ich nahm das Board entgegen und blickte auf ein nichtssagendes Bild, das aus zwei verschwommenen Flächen bestand. Fritz beugte sich zu mir herüber und drückte auf die Starttaste.

Die zwei Flächen schoben sich zusammen und verdeckten eine Szene, die mir bekannt vorkam, aber nirgendwo zuordnen konnte. Die Kamera fuhr von den Flächen weg, und ich erkannte eine Tür, die aus zwei Teilen bestand und die sich kurz zuvor zusammengeschoben hatten. Dann entfernte sich die Kamera von der Tür, fuhr rückwärts einen Gang entlang, bog um eine Ecke. In diesem Moment öffneten sich die Flügel der Tür wieder, jemand trat heraus, aber ich konnte die Person nicht erkennen, da die Kamera um die Biegung eines Gangs herumgefahren war und wieder nur Wände und Boden zeigte. Plötzlich erschien die Person an der Ecke des Gangs und schaute der sich davonbewegenden Kamera hinterher.

Die Person war ich!

Und der Gang war der Gang in der Allison Walls Station.

Ich sah mich der Kamera hinterherlaufen und schließlich seitlich in eine Tür gehen. Ich spürte, wie sich mein Puls beschleunigte.

Der Serviceautomat! Die Kamera war auf dem Service-Automaten montiert, den ich in der Station bemerkt hatte, als ich zum Waschraum gehen wollte. Appalong hatte erwähnt, daß er alle Automaten abgeschaltet hatte. Ich hatte mich noch gewundert, daß trotzdem einer von ihnen den Gang hinuntergefahren war, aber es war mir nicht weiter wichtig erschienen. Danach hatte ich die Situation bald wieder vergessen.

Ich fuhr hoch. »Wir sind beobachtet worden! Wieviel hat die Kamera aufgenommen?«

»Alles. Vom Betreten des Kontrollraumes bis hinein in die frühen Morgenstunden, als du den Raum alleine verlassen hast.«

»Wer steckt da dahinter? Du?«

Fritz schüttelte ernst den Kopf.

»Nein, ich kann dir im Moment auch nicht genau erklären, wer die Kamera installiert hat. Oder genauer, wer es veranlaßt hat.«

Er machte eine unwirsche Handbewegung. »Ironischerweise ist es fast unwichtig.«

»Wieso soll das unwichtig sein? Du weißt also von der Pyramide. Wer weiß noch davon?« Ich funkelte ihn zornig an.

»Langsam, langsam!« Er hob abwehrend die Hände. »Ich kann mir vorstellen, daß das auf dich wie ein Schock wirkt. Versuche mir zu vertrauen und hör mir zu.«

Er stülpte kurz die Lippen nach innen und lächelte mich dann fahrig an.

»Weißt du, ich hatte schon immer die Fähigkeit, etwas mehr als andere zwischen den Zeilen zu lesen. Das war auch der Grund, warum ich damals nach unserer Rückkehr vom Mars das Angebot vom Vatikan annahm, um einer – na, sagen wir einmal – halb nachrichtendienstlichen Tätigkeit nachzugehen. Es ging dabei um Verknüpfungen von Informationen, die man zu konkreten Ergebnissen umwandeln konnte. Die Sache mit der Versiegelung des Marmorbodens hier in Siena ist ein harmloses Beispiel dafür.«

»Man kann deine Tätigkeit mit einer genaueren Definition wohl hauptsächlich als Spionage bezeichnen«, sagte ich vorsichtig.

»Kann man, wenn man will. Mein Computerfachwissen und die technischen Möglichkeiten, die man mir zur Verfügung stellte, waren dafür die besten Voraussetzungen. Aber meistens werden die erhaltenen Informationen und Ergebnisse an der Börse oder bei Geschäftsverhandlungen benutzt.«

»Das ändert nichts daran, daß du zuvor in irgendeiner Form Spionage betrieben hast«, grummelte ich.

»Nun gut. Meinetwegen. Ich möchte mich aber trotzdem eher als ein Sammler von Nachrichten bezeichnen und je mehr Nachrichten ich sammeln kann, desto präziser sind die Schlüsse, die ich daraus ziehe.« Er schmunzelte hintergründig. »Ganz abgesehen davon stellt die katholische Kirche mit ihren unzähligen gläubigen Menschen ein dichtes Netz von zusätzlichen Informanten dar.«

Ich wollte schon eine Diskussion über diese Art der Nachrichtenbeschaffung beginnen, sah aber ein, daß uns das nicht viel weiterbringen würde, besonders da ich in Fritz' Augen ein fanatisches Glühen zu bemerken glaubte, als es um das Thema Nachrichtenbeschaffung ging.

»Du hast vorhin gesagt, daß du uns in Allison Walls nicht bespitzelt hast. Wer war es dann?«

Er runzelte seine Stirn. »Ich habe vor Jahren schon im Zentralrechner des Vatikans eine Art Briefkasten entdeckt, in dem Informationen empfangen und gespeichert werden, aber ich weiß nicht, wer sie abruft und vor allem weiß ich nicht, wie. Gesendet werden sie zusammen mit einem Referenzstrahl, der einer normalen Nachricht vorausgeht. Ich habe im Rechner ein Programm installiert, der jeden eingehenden Referenzstrahl von Fremdimpulsen säubert, den Impuls kopiert und die Kopien in meinem eigenen Briefkasten ablegt. Der Fremdimpuls wird wieder auf den Referenzstrahl aufgesetzt und dann normal weitergeleitet. Du kannst dir mein Erstaunen vorstellen, als ich dich auf dem Monitor erkannte und noch überraschter war ich, als mir klar wurde, was ihr entdeckt habt.«

Ich reagierte nicht sofort auf seine letzten Worte, aber dann fragte ich ihn schnell: »Stop, stop! Halt! Was soll das heißen, es ist dir klar geworden, was wir entdeckt haben?«

Fritz brach ein Weißbrot auseinander und trank einen Schluck Wein.

»Wie soll ich mich ausdrücken, sagen wir einmal, es gibt eine Theorie, nach der diese Pyramide wieder erscheinen sollte, das heißt ungefähr zu dem jetzigen Zeitpunkt.«

Ich mußte ihn ziemlich dumm angestarrt haben.

»Wieder erscheinen sollte? War sie denn schon einmal da?«

»Ja, vor ungefähr 500 Jahren.«

Im Grunde genommen verlief die Zeitgeschichte mit all ihren positiven wie negativen Auswüchsen wie Frieden und Krieg, Katastrophen und sonstigen aufsehenerregenden Ereignissen für einen Normalbürger in relativ geordneten Bahnen. Und hätte ich nicht wie Fritz Bachmeier an jener Expedition teilgenommen, die uns eine gänzlich fremdartige Geschichte unseres Sonnensystems entdecken ließ, hätte ich das Gespräch freundlich mit der Überzeugung abgebrochen, einem Verrückten gegenüberzusitzen. Insbesondere schon deswegen, weil ich langsam unruhig wurde, denn in Manching würde man sich bald fragen, wo ich abgeblieben wäre. Ich wunderte mich die ganze Zeit schon darüber, daß Suzanne so lange nichts von sich hören ließ.

Fritz deutete mein Schweigen richtig.

»Keine Angst, ich bin nicht verrückt. Paß auf, ich zeig dir etwas.«

Er nahm mir das Videoboard aus der Hand, gab mündlich ein paar Befehle ein, die er sofort wieder per Taste korrigieren mußte, weil er gleichzeitig mit mir sprach.

»Es war nicht einfach, diese Informationen aus dem Vatikan herauszuschmuggeln, aber ich habe einen Weg über die Poststelle gefunden. Weißt du, dieser Weg wird von meinen Kollegen nicht so scharf kontrolliert.« Er grinste dabei und setzte noch zu einer Bemerkung an, die er dann aber doch unterdrückte.

»So, hier sind ein paar Texte aus der Geschichte der Menschheit aneinandergereiht, die du nacheinander abrufen kannst.« Er gab mir das Videoboard zurück. »Aber warte, ich muß dir vorher noch etwas dazu sagen.«

Er lehnte sich zurück, kniff die Augen zusammen und fragte nach einer Weile: »Weißt du etwas über das ›Archivio Segreto Vaticano‹?«

Er wartete meine Antwort nicht ab, die ich mit einem angedeuteten Achselzucken einleiten wollte, und fuhr fort: »Die Regenbogenpresse bezeichnet es gerne als das ›Geheimarchiv des Vatikans‹, wo angeblich alle möglichen Weltformeln und Beschwörungsrituale gegen den Antichrist verborgen werden. In Wirklichkeit war es im Ursprung mehr eine Privatbibliothek der Päpste, in der Schriftverkehr und Lohnlisten aufbewahrt wurden. Im Zeitalter der Päpste und Antipäpste schleppten diese ihre Archive auf Reisen mit sich herum, nahmen sie im 14. Jahrhundert sogar mit nach Avignon in die Verbannung. Du kannst dir vorstellen, daß im Laufe der Zeit einiges verloren ging oder durch äußere Einflüsse zerstört wurde. Das, was sich heute im Archiv befindet, sind hauptsächlich Zeugnisse der Zeitgeschichte, angefangen von Kopien von Originalen aus dem 4. oder 5. Jahrhundert nach Christus bis hin zum Zweiten Vatikanischen Konzil. Die interessantesten Berichte sind vielleicht die Beschreibungen über die Flugapparate des Bartholomeu Gusmao oder die Ernennung Mozarts zum päpstlichen Ritter vom ›Goldenen Sporn‹.«

Ich wurde langsam ungeduldig und schielte auf meine Uhr.

»Keine Angst«, fuhr er fort. »Ich will dir nicht die Zeit stehlen, aber etwas Geduld mußt du schon noch aufbringen.«

Ich lümmelte mich auf die Steinbank und versuchte, den leichten Druck eines kleinen Löwenkopfes zu ignorieren, der sich mir in den Rücken bohrte.

»Mittlerweile sind fast alle Berichte und Dokumente,

die es im Archiv gibt, im Zentralrechner des Vatikans erfaßt. Diese Arbeit verrichtete ein Herr namens Alessandro Giusti, ein Enkel des legendären Martino Giusti, der schon im letzten Jahrhundert mit der Erfassung der Schriften begonnen hatte. Darunter befindet sich auch ein Bericht des Hofschreibers Otto Stanzo am Hofe von Maximilian II. in Prag. Es handelt sich dabei hauptsächlich um kurzweilige Anekdoten aus dem gesellschaftlichen Leben der damaligen Zeit um 1540. Interessant ist ein Absatz über eine Festivität am Abend eines Jagdausfluges. Hier, lies den ersten Text!«

Er deutete auf das Videoboard, das vor ihm lag.

Ich löste mich von meinem Löwenkopf, der mir als Erinnerung eine taube Stelle an meinem Rücken mitgab, und drehte das Board zu mir herüber. Auf dem Monitor standen einzelne geschriebene Blöcke. Wie ein gehorsamer Schüler las ich laut den ersten Text.

»…ging ich zur Westseite des steinernen Geländers, wo sich ein lautes Erstaunen und Geschrei erhob. Dort angekommen, erfaßte ich Herren des Hofes, die sich schützend vor die Damen stellten und die Augen vom nächtlichen Himmel nicht lassen konnten. Über ihren Häuptern zog ein gleißendes Dreieck durch die Sterne von der Größe eines Viertelmondes und verschwand alsbald aus dem Rundblick des Gartens…«

Ich beachtete die weiteren Texte nicht und schob das Videoboard mit dem Zeigefinger ein Stück von mir weg.

»Was soll das sein? UFO-Geschichten aus dem Mittelalter?«

Fritz schüttelte den Kopf und ging nicht auf meine Frage ein.

»Otto Stanzo war nicht nur Schreiber, sondern auch Astrologe. Er erzählte den Vorfall Jahre später seinem Nachfolger Tycho Brahe, der das Geschehene gerne in seine Horoskope für Rudolf II. einbaute, es aber dabei sehr verfremdete und die Darstellung übertrieben aufbauschte, wie es seine Art war. Vielleicht ist der König von Ungarn deswegen wahnsinnig geworden…« Fritz schmunzelte beim letzten Satz.

Mir war im Moment nicht danach, seine Ausführungen zu kommentieren, denn ich begann, an seinem Verstand zu zweifeln. Sollte dieser geniale Mann von UFO-Ideen besessen sein? Berichte dieser Art geistern wie hartnäckige Kletten durch all die Jahrhunderte. Selbst heute noch berichten die Medien allzu gerne von geheimnisvollen Erscheinungen am Himmel, aber die letzten Beweise dafür wurden dann doch nicht erbracht. Seitdem es für einen Amateur nicht mehr ganz so einfach war, optisches Material datensicher zu fälschen, waren die mystischen und verwackelten Filmchen, auf denen angeblich fliegende UFOs zu sehen waren, im wahrsten Sinne des Wortes ganz von der Bildfläche verschwunden.

»Der zweite Text ist ein Auszug aus einem Heldenepos, einem sogenannten ›Chanson de geste‹. Diese Epen sind um 1050 in einer ungeheuren Vielzahl entstanden, das bekannteste ist wohl das berühmte ›Rolandslied‹. Damit sollte die westliche Ritterschaft zu den Kreuzzügen gegen die Moslems angefeuert werden. Der Autor dieses Gedichtes ist unbekannt…«

Er dozierte noch über die damalige Trennung des Christentums in Ost und West und von einer Exkommunikationsbulle, die einem Michael Kerullarios in der Hagia Sophia von päpstlichen Legaten überreicht wurde, aber dann hörte ich nicht mehr weiter zu und widmete mich dem Gedicht.

*Den Stab in der Hand*
*getreu dem Ruf an der Wand*
*zieh ich nach Byzanz.*
*Vor den Gestirnen am Weg*

*keinen Zweifel ich heg*
*beständig führt mich das Zeichen.*
*Des Nachts am Firmament*
*leuchtend zum Orient*
*wird die Pyramide mich leiten.*

Wenn es etwas gab, das ich während meiner Laufbahn als Astronaut oft anwenden mußte, dann war das meine geduldige Elefantenhaut. So zwang ich mich auch jetzt dazu, sitzenzubleiben und Fritz weiter zuzuhören. Ich redete mir ein, daß er noch seine Trümpfe im Ärmel hatte, um mich zu überzeugen, und bisher hatte er mich noch immer überzeugen können, ganz gleich, worum es sich auch handelte.

»Wie du siehst, liegen zwischen den beiden Berichten und der heutigen Zeit jeweils etwa 500 Jahre. Von den Jahren dazwischen sind mir keine Berichte bekannt. Allerdings gibt es weitere Vorkommnisse aus den genannten Zeitabschnitten. Ich will dich aber in der kurzen Zeit, die uns bleibt, nicht damit aufhalten. Wenn du willst, kannst du sie abrufen, sie sind abgespeichert. Es ist sogar ein Holzschnitt darunter.«

»Ist das alles nicht etwas dürftig?« wagte ich jetzt doch einzuwenden.

Er faltete die Hände wie ein Schullehrer zusammen und schaute mich prüfend an.

»John, beachte bitte eines: Der Grund, warum ich dich hierher geholt habe, besteht nicht darin, dir zu beweisen, daß die Pyramide unser Sonnensystem schon in früheren Zeiten besucht hat oder daß sie überhaupt existiert. Auch Hellbrügge weiß von diesen und weiteren Unterlagen und wird deswegen die geplante Asteroidenmission verschieben und dich zur Pyramide schicken.«

Ich starrte ihn sprachlos an. Bisher hätte ich mir vorstellen können, daß wir den Eindringling allenfalls verstärkt beobachten sollten. Die Reise zu den Asteroiden war lange geplant und sorgfältig vorbereitet. Ich konnte mir nicht vorstellen, daß Hellbrügge diesen wichtigen Flug so einfach streichen würde. Fritz mußte das wissen, aber er berührte diesen Punkt mit keinem Wort und fuhr mit seinen Erklärungen fort, als ginge es lediglich darum, einige unwichtige Modalitäten zu verändern.

»Aber auch das hätte mich nicht veranlaßt, deinen Flug zu unterbrechen, denn früher oder später wird Hellbrügge dir diese Berichte sowieso aushändigen.« Er schüttelte müde den Kopf. »Es sind die Leute im Hintergrund, die mir Sorgen bereiten. Die, die es geschafft haben, euch unbemerkt in Allison Walls zu bespitzeln. Es sind dieselben Personen, die es damals durchgesetzt haben, daß Wagner die Marspyramiden sprengen sollte.«

»Und wer sind ›die‹?«

»Es handelt sich um eine Loge, ähnlich wie sie von Freimaurern gegründet wurde, aber in einem abgewandelten Sinn. Es handelt sich um Personen, in deren Köpfen sich ein festes Weltbild installiert hat und das sie mit allen Mitteln erhalten möchten. Sie halten sich für absolut gottesfürchtig und sehen in jeder Tendenz einer grundlegenden Änderung des Weltgeschehens den Einfluß des ›Antichrist‹ auf die Menschheit. Pyramiden auf dem Mars oder Pyramiden am Himmel sind für diese Leute eine drohende Apokalypse, die beginnende Schlacht um Harmageddon, die es auf jeden Fall und mit allen Mitteln zu verhindern gilt.«

»Das ist verrückt! Die sind doch nicht ganz richtig im Kopf!«

Ich hatte meine Entrüstung laut herausgerufen. Fritz bedeutete mir mit heftigen Handbewegungen, leiser zu sein, stand auf und ging zur Türverschalung. Er spähte vorsichtig hinaus und verschwand nach draußen in die

Kathedrale. Ich blieb ratlos auf meiner Löwenkopfsteinbank sitzen und starrte vor mich hin. Verunsichert setzte ich mich gerade auf. Von einer Minute zur anderen hatte sich meine Skepsis in eine bedrohliche Ahnung verwandelt. Mir wurde bewußt, daß es vollkommen unbedeutend war, ob die Geschichten um die Pyramide der Wahrheit entsprachen oder nicht, das Entscheidende würde sein, daß sie ein merkwürdiges Eigenleben entwickelten und damit möglicherweise Einfluß auf meine Zukunft nehmen konnten. Über die Geschichte von der Loge konnte ich jedoch nur den Kopf schütteln. Immer wieder wurde von solchen Verbindungen hinter vorgehaltener Hand gesprochen, aber ich hielt diese Gerüchte für moderne Märchen.

Fritz kam wieder herein.

»Halte mich bitte nicht für überängstlich, aber wir haben im Moment gegenüber der anderen Partei einen Informationsvorteil, den wir nicht aus der Hand geben sollten.«

»Kennst du jemanden von dieser Loge beim Namen?«

Er rutschte wieder hinter den Holztisch und hob zweifelnd beide Hände.

»Kennen? Na ja, ich vermute von einigen Personen, daß sie dazugehören oder wenigstens mit ihr sympathisieren. Aber ich kenne ihre Absichten und den Namen der Loge: ›Der Blaue Erdzirkel‹.«

Ich hätte beinahe laut aufgelacht, besann mich aber rechtzeitig.

Fritz hatte meine Reaktion an meinem schiefen Grinsen abgelesen und machte eine warnende Geste mit dem Zeigefinger.

»Du darfst nie den Fehler begehen, diese Loge zu unterschätzen. Wenn auch der Name harmlos klingt, ihr Einfluß und vor allem ihr finanzielles Kapital sind beinahe grenzenlos. Und eines darfst du nicht vergessen:

Die Mitglieder handeln in dem Glauben, daß ihr Wirken einzig und allein dem Wohl der Menschheit dient. Du kannst sie nicht als Verrückte bezeichnen, auch nicht als Fanatiker. Wenn meine Vermutungen richtig sind, dann besteht die Loge ausschließlich aus hochgebildeten Köpfen mit einem Hang zum Elitedenken, das heißt, sie alleine meinen, die Lösung für die Probleme der Menschen zu kennen und sie handeln ohne Rücksicht auf Hindernisse, die sich ihnen in den Weg stellen.«

Ich versank für einige Augenblicke stumm in phantastische Gedanken und blickte dumpf vor mich hin. Es hörte sich alles so unwirklich an. Nach einer Weile fragte Fritz: »Kannst du noch ein paar Informationen verkraften?«

Lächelnd trat ich wieder in die reale Welt.

»Sicher, will denn noch jemand die Welt beherrschen?«

Fritz ging auf meinen Scherz nicht ein und runzelte die Stirn.

»Eigentlich wollte ich dir von einem interessanten Mann namens Proklos erzählen, der im 5. Jahrhundert n. Chr. lebte. Er zählt zu den sogenannten Neuplatonikern und seine Theorien waren damals sehr umstritten. Sein Hauptwerk besteht aus einem umfangreichen Kommentar zu Platons ›Timaios‹. In einem Anhang des Kommentars, der sich mit den Mysterien des Himmels beschäftigt, findet sich ein Nebensatz, der sich auf ein unbekanntes Werk der Antike bezieht: ›...sind von solcher Natur, wie die schwebende Pyramide, die den Horizont seit ewigen Zeiten heimsucht; aber davon wurde berichtet...‹ Proklos hatte die Pyramide selbst nicht erlebt, denn er lebte 100 Jahre vor dem Zeitpunkt, ehe sie wieder im Sonnensystem erscheinen würde.«

»Aber er wußte von ihrer Existenz...«, wandte ich ein.

»Richtig. Und woher? Proklos war in die Mysterienkulte der Ägypter und Babylonier eingeweiht und nun erlaube mir, einen eleganten Bogen zu einer der faszinierendsten Lichtgestalten des alten Ägyptens zu spannen. Ich spreche von Imhotep, Erbauer der berühmten Stufenpyramide von Saqqara, angeblich die erste größere Pyramide, die je errichtet wurde. Er war gleichzeitig Philosoph, Arzt und Minister des Pharao Djoser aus der III. Dynastie, etwa 2600 Jahre vor der Zeitenwende.«

Das Wissen von Fritz über die Geschichte unseres Planeten hatte mich schon immer fasziniert, aber als er den Namen Imhotep erwähnte, wußte ich auch etwas beizutragen.

»Imhotep. Gab es vor ein paar Jahren nicht einen Inder, der behauptete, sein Grab gefunden zu haben?«

Fritz nickte und wühlte in seinem Reisekoffer. Schließlich zog er ein großes braunes Etui hervor und legte es mit einem aufreizendem Klacken auf den Tisch.

»Ram Mohan Datta grub in Saqqara eine Zisterne aus, die sich überraschenderweise als Teil einer zusammenhängenden Anlage erwies – nicht weit entfernt von der Stufenpyramide. Man hatte immer vermutet, daß Imhotep in der Nähe seines Pharaos begraben wurde, deswegen versetzte jeder Fund, der in diesem Gebiet ausgegraben wurde, die Welt der Archäologen in helle Aufregung. Um Imhotep rankt sich ein Geflecht von Sagen und Geschichten. Er wurde noch zu seinen Lebzeiten als Halbgott verehrt. Warum und weshalb – das ist bis heute ein Rätsel. Immerhin bekleidete er auch das neu geschaffene Amt eines Oberpriesters, galt als Denker und Philosoph und betätigte sich als Forscher. Man nimmt also an, daß sich in seinem Grab Aufzeichnungen befinden, und das wäre in der Tat eine Entdeckung, die Carters Ausgrabung von Tutench-Amuns Grab im Tal der Könige bei weitem übertreffen würde.«

Fritz richtete das Etui vor sich aus und fing dann aufreizend damit an, es immer wieder um 90 Grad zu drehen. Ich spürte, wie sich in mir eine Spannung aufbaute. Mit leiser Stimme fuhr er fort.

»Datta hat einen tieferliegenden Raum mit wunderschönen Malereien an den Wänden freigelegt, die darauf hinweisen, daß es ein Vorraum zu Imhoteps Grab sein könnte. Die ägyptische Regierung hat daraufhin das Gebiet abgesperrt und bis heute ist noch nicht geklärt, wie die Grabungen weitergehen sollen. Ägypten hat in den letzten Jahrhunderten viele Kunstschätze durch moderne Grabräuber verloren und man befürchtet Unruhen in der Bevölkerung, falls Ausländer an der Freilegung der Anlage beteiligt würden.«

Endlich beendete er das Etuidrehen und legte seine beiden Hände überkreuzt darauf.

»In dem Vorraum fand Datta eine Truhe mit wertvollen Kostbarkeiten, darunter diese Halskette. Vermutlich hatte er keine Ahnung, wie einzigartig sie ist.«

Fritz zog die Hände von dem Etui und schob es vorsichtig mit seinen Daumen und Zeigefingern zu mir herüber.

Es sah sehr ungewöhnlich aus. Als ich mit der Handfläche darüberstrich, glaubte ich, feines Leder zu spüren, aber es war eine dieser feinen Metallegierungen, die in der Lage waren, verschiedene Oberflächen zu simulieren, je nachdem, in welcher Richtung man mit der Hand darüberfährt. An der Seite befand sich ein kleines Codefeld mit einer einzelnen Taste daneben, die grün blinkte. Nach einem kurzen Zögern tippte ich sie an.

Der Inhalt wurde anscheinend luftleer aufbewahrt, denn ich hörte ein leises Zischen, dann öffnete sich der Deckel selbständig, zuerst sehr langsam, so daß ich schon mit der Hand nachhelfen wollte, plötzlich aber klappte er nach hinten.

Zuerst sah ich ein handtellergroßes Auge, das von zwei Figuren emporgehalten wurde. Und viel Gold.

Ich schaute Fritz fragend an.

»Darf ich es herausnehmen?« Er nickte mir aufmunternd zu.

Ich hob es vorsichtig aus dem Etui. Es war ein stilisiertes Auge, in dessen Pupille eine Figur aus Halbedelstein hineingearbeitet war. Die Figur – typisch dargestellt für die Kunst Altägyptens, mit beiden Schultern zum Betrachter hingewandt – saß vor einer Töpferscheibe und arbeitete an einer ovalen Form. An den Seiten hingen schwere goldene Kettenbänder herunter.

»In der Mitte des Auges siehst du Ptah, wie er die Erde formt. Im Alten Reich war Ptah lediglich der ›Gott des Handwerks‹, aber während der Pyramidenzeit rückte er vor – an die Stelle eines Schöpfers. Das Auge ist eines der wichtigsten Symbole in der Geschichte des alten Landes am Nil. Seine Bedeutung ist vielseitig. Sonne und Mond zum Beispiel waren die Augen des Gottes Horus. Von ihm hieß es: ›Wenn er die Augen aufschlägt, füllt er das All mit Licht, wenn er sie schließt, entsteht Finsternis.‹«

Prüfend wog ich es in der Hand.

»Es ist sehr schwer. Ist es tatsächlich echt?«

Fritz lächelte mich an. Er schien meine Naivität zu genießen.

»Das, was du da in der Hand hältst, ist über 4500 Jahre alt. Es ist unbezahlbar. Nicht wegen dem Gold oder den Edelsteinen, sondern weil es in seiner Art einzigartig ist. Die beiden Figuren, die das Auge halten, sind die Schlangengöttin Uto und die Geiergöttin Nechbet. Sie symbolisieren die vereinigten Länder Unter- und Oberägypten. Auch viele andere Symbole deuten auf die

Einigung Ägyptens hin, so zum Beispiel der Papyrus und die Lilienpflanze.«

Er nahm mir das Schmuckstück aus der Hand.

»Es ist ein sogenanntes Pektoral, keine Halskette im eigentlichen Sinn. Man trägt es zwar um den Hals, aber es sitzt wegen der langen Goldbänder auf der Brust…«

Seine Augen blickten mich unvermittelt an.

»Leg es mal um den Hals.«

Ich glaubte, nicht richtig gehört zu haben. »Was soll ich…?«

»Leg es an! Komm schon, ich möchte dir etwas demonstrieren.«

Widerstrebend nahm ich das Pektoral, das er mir über den Tisch reichte und zog es über den Kopf. Zwei der drei Bänder waren zu lang und lagen hinten auf meinem Rücken. Das kurze Band lag an meinem Hals an und trug das ganze Gewicht des goldenen Auges. An altägyptischen Königen mochte das sehr apart aussehen, aber ich kam mir schlichtweg albern vor.

Fritz stand auf und kam um den Tisch herum.

»Sehr gut. Jetzt nimm das breite Band vom Rücken und lege es dir auf den Kopf.«

Jetzt reichte es mir. Ich wollte die Hände abwehrend hochheben und lautstark protestieren, aber Fritz hatte meine Reaktion schon vorausgesehen und redete beschwichtigend auf mich ein.

»Bitte! Es dauert nur eine Minute. Tu mir den Gefallen. Die Bänder müssen genau an den Schläfen herunterlaufen. So ist's gut. Na also!«

Er hatte das Band von meinem Rücken genommen und es mir vorsichtig aufs Haar gelegt. Ich konnte mir vorstellen, wie albern ich aussehen mußte, wenn meine blonden Haarbüschel in alle Richtungen unter dem Band hervorstanden. Ergeben legte ich die Hände in meinen Schoß und fragte: »So, und nun? Bist du jetzt zufrieden?«

»Gleich. Erinnerst du dich noch an das Selbsthypnosetraining, das wir vor unserem Marsflug ausprobiert haben?«

Widerwillig bejahte ich seine Frage.

»Gut. Ich will, daß du nur die Entspannungsübung ausführst, jetzt sofort. Keine Angst, es passiert dir nichts.«

Ich starrte ihn finster an, aber ich gehorchte und atmete einige Male tief durch. Wir hatten in der Vorbereitungszeit für die Flüge im Weltraum alle nur erdenklichen Experimente durchgeführt und waren immer neugierig auf die Ergebnisse gewesen. Durch das blinde Vertrauen in die Wissenschaftler und ihre Projekte hatten wir uns einem gewissen Gehorsam unterworfen, der sich jetzt bei mir wieder bemerkbar machte.

Außerdem, was konnte mir schon viel passieren? Also versuchte ich, alle konkreten Gedanken zu verbannen und konzentrierte mich auf ein Nichts an der gegenüberliegenden Steinwand. Alles, was ich noch verspürte, war…

Ein Summen.

Ein Ort mit Menschen.

Dunkel, oder fahles Licht.

Ein Wispern.

Die Menschen werden auf mich aufmerksam.

Angst.

Das Summen verstärkt sich zu einem Sog.

Der Sog beginnt, mich zu ziehen.

Durch Felsen hindurch.

Nein, nicht hindurch, sondern ganz nahe an das Gestein.

Noch näher.

Ich kann die Struktur ganz klar erkennen.

Noch näher heran.

Ein Sandkorn, weniger als einen Millimeter vor meinem Auge.

Der Sog wird stärker.

Zieht mich weiter in den Fels.

Für einen Moment erkannte ich meine Hände, die langgestreckt auf meinen Knien lagen. Fritz Bachmeier stand mit verschränkten Armen vor mir. Ich konnte mich nicht bewegen. Wie gelähmt… Konzentriere dich! Nur den Zeigefinger beugen. Immer noch nichts! Mehr Konzentration auf deinen Finger! Jetzt…

Mit einem befreienden Keuchen wischte ich mir hastig das Band vom Kopf. Ich konnte mich wieder bewegen und beugte mich rasch nach vorne, um ja keine entspannte Haltung mehr einzunehmen. Schweißgebadet befreite ich mich von dem Teufelsding und blickte Fritz erschrocken an.

»Was war das?«

Fritz zuckte die Achseln und nahm mir das Pektoral ab.

»Ehrlich, John, ich weiß es nicht. Ich nehme an, du hast ein Summen und einen Sog verspürt. Ich kann dir nicht sagen, was passieren würde, wenn du dich nicht dagegen gewehrt hättest. Ich wollte dich schon ›zurückholen‹, aber dann habe ich gesehen, daß du es alleine schaffst.«

»Es war unheimlich«, murmelte ich. »Ich habe Bilder erlebt, die ich selbst jetzt, so kurz danach, nur mit Gefühlen beschreiben könnte.«

Er ging wieder zu seinem Platz und legte das Stück ins Etui zurück.

»Ich habe keine Ahnung, ob die Kette paranormale Sinne weckt oder ob sie Halluzinationen auslöst. Ich habe den Effekt nur durch Zufall entdeckt. Eigentlich habe ich mir das Stück aus einem anderen Grund… äh… beschaffen lassen.«

»Soll das heißen, du hast es geklaut?«

»Keine Angst, nur kurzfristig ausgeliehen. Siehst du hier unten am Ende unter dem türkisfarbigen Unterlid des Auges die eckigen roten Steine?«

Ich bedachte ihn noch kurz mit einem unsicheren Blick, lehnte mich dann nach vorne und sah eine gerade Reihe dunkelroter Steinchen, die frei hängend den Abschluß des Auges bildeten. Fritz nahm eine kleine Zange aus seiner Reisetasche, löste eines davon vorsichtig aus der Aufhängung und reichte es mir.

Es war etwa zwei Zentimeter dick mit einer quadratischen Grundfläche von vielleicht fünf mal fünf Millimetern. Wenn es ein Stein war, dann war er sehr exakt gearbeitet, denn ich konnte keine Unebenheit entdekken. In der Mitte war ein kleines Loch durchgebohrt, durch das ein feiner Golddraht für die Aufhängung gezogen war.

»Sehr hübsch. Was ist das für ein Material?«

Er ging nicht auf meine Frage ein.

»Brich es auseinander!«

»Was! Ich bin doch nicht verrückt!«

Er nahm mir das Steinchen aus der Hand und brach es in zwei Stücke. Ich schaute ihn dumm an.

»Du kannst es wieder zusammensetzen. Hier, schau!«

Ohne auf eine Paßgenauigkeit zu achten, drückte er die beiden Teile ein paar Sekunden lang zusammen. Dann reichte er mir wieder ein ganzes Steinchen herüber. Ich fuhr mit dem Finger über die Bruchstelle, konnte aber keine Unregelmäßigkeit ausmachen.

»Du kannst es so oft brechen und so oft zusammenfügen wie du willst, es nimmt keinen Schaden. Nur zu, probier es!«

Mutig brach ich das Teilchen weiter oben auseinander und besah mir die Bruchstelle. Vollkommen glatt. Ich setzte die beiden Flächen über die Ecken zusammen und beobachtete, wie sich die Teile langsam in

Position drehten und anschließend miteinander verschmolzen.

»Unfaßbar! Also, was ist es? Ein Zaubertrick?«

»Wenn es einer ist, dann ist er mindestens 4500 Jahre alt. Man kann noch etwas damit anstellen, schau her!«

Fritz befeuchtete die Kuppe seines Zeigefingers mit der Zunge und berührte das rote Steinchen an einem Ende. Als er seinen Finger seitwärts wegzog, haftete ein hellrotes quadratisches Scheibchen an seiner Fingerspitze. Er hielt es mir hin, und ich nahm es vorsichtig zwischen zwei Finger. Es war fast transparent, und es schien mir, als wäre es von winzig feinen Adern durchzogen.

»Bevor du mich wieder fragst: Ich weiß es nicht! Ich stehe mit meinen Untersuchungen noch ganz am Anfang. Aber ich habe hier etwas, das dem Ganzen einen ganz anderen Aspekt verleiht.«

Er nahm mir das Scheibchen ab, legte es auf das Steinchen zurück, worauf es sich sofort mit dem Rest verband. Dann zog er aus seiner Tasche ein Kästchen, in dem sich ein weiteres Steinchen befand. Er holte es heraus und legte mir beide in die Hand.

Sie waren absolut identisch, soweit ich es beurteilen konnte. Bis auf die Tatsache, daß das zweite Teilchen kein Loch in der Mitte hatte und etwas kürzer war. Also war es anscheinend an keiner Kette oder an etwas Ähnlichem befestigt gewesen.

Ich zog meine Augenbrauen fragend hoch. Fritz deutete auf die Steinchen in meiner Hand.

»Sie sehen doch in ihrer Beschaffenheit absolut gleich aus, nicht wahr? Außer dem Loch in der Mitte natürlich.«

»Ich denke schon.«

Er lehnte sich zurück und sagte beinahe triumphierend: »Es gibt aber einen Unterschied: Ich habe das zweite Steinchen damals vom Mars mitgebracht!«

»Vom Mars? Unmöglich!«

»Doch! Du weißt, daß wir alle kleine Andenken in Form von Steinen oder Sand mitgenommen haben. Ich habe dieses Teil hier am Fuß der kleinen Pyramide gefunden.«

Ich nahm sprachlos das kleinere Teil in die Hand und brach es auseinander. Es ließ sich ebenso wieder zusammenfügen wie das andere.

»Es war in einem quarzähnlichen Stein eingeschlossen, deswegen hatte ich es damals nicht sofort bemerkt. Erst viel später auf der Erde war mir ein eigenartiger Schimmer aufgefallen und ich habe vorsichtig an dem Stein herumgehackt. Dabei ist er auseinandergebrochen.«

Er nahm mir das dunkelrote Teilchen aus der Hand.

»Du kannst dir vorstellen, daß ich nach dem ganzen Theater mit der angeblichen Sprengung der Pyramiden keine Lust verspürte, jemandem vom Konzern meine Entdeckung zu zeigen.«

Ich blickte Fritz dümmlich an.

»Wieso *angebliche* Sprengung? Ich dachte, Wagner hat die Pyramiden per Funkbefehl gesprengt?«

Er schaute mich überrascht an, setzte sich zurück und machte dann ein langes ›Oooh‹. Schließlich beugte er sich wieder zu mir.

»Ich muß zugeben, ich habe es auch erst nach Jahren von Wagner selbst erfahren, aber ich war immer der Meinung, er hätte es dir auch gesagt. Na egal, Wagner hat zwar eine Sprengladung angebracht, aber er hat damit die Pyramiden verschüttet, sie aber nicht selbst gesprengt.«

Diese Neuigkeit mußte ich erst mal verdauen, aber ich zwang mich dazu, logisch weiterzudenken.

»Na gut, ich akzeptiere das erst einmal. Und was weiß Hellbrügge? Ich meine das mit den Pyramiden und diesen… Steinchen?«

»Er weiß, daß die Pyramiden auf dem Mars nicht zerstört wurden. Ich vermute, daß er sich sogar damals mit Wagner abgesprochen hatte und ihm Rückendeckung geben wird, sobald der Bluff auffliegt – und das wird er irgendwann einmal. Was die Steinchen betrifft, davon hat er keine Ahnung. Mir ist die Ähnlichkeit von den Steinchen an der Kette und meinem Mitbringsel selbst erst durch Zufall vor ein paar Monaten aufgefallen, als ich im Archiv eine Zusammenstellung der Schenkungen an den Vatikan durchgesehen habe.«

Er ließ die Stücke gedankenverloren von einer Hand in die andere gleiten.

»Ehrlich gesagt, weiß ich nicht, was damit geschehen soll. Vielleicht wäre es am besten, wenn das Geheimnis überhaupt nicht gelüftet würde…«

Ein paar Sekunden lang hingen wir beide schweigend unseren Gedanken nach, dann löste sich Fritz und begann, das Pektoral wieder zu vervollständigen. Nachdem er das Etui geschlossen hatte, brach er ein Stück von seinem Steinchen ab und gab es mir.

»Hier, vielleicht bringt es dir Glück.«

Ich drehte das außergewöhnliche Stück nachdenklich zwischen den Fingern hin und her.

»Ja, vielleicht…«

# 6

Seit drei Tagen war ich nun in Manching und seit drei Tagen kam ich mir vor, als hätte ich Hausarrest.

Molly Steenburgen hatte mich direkt am Jet abgeholt, als ich abends nach dem kurzen Flug von Siena hier ankam.

Molly war so etwas Ähnliches wie Dr. Hellbrügges Leibsekretärin. Jede andere Bezeichnung wie Chefsekretärin oder Erste Sekretärin hätte den Posten, den Molly innehatte – nein, angesichts des modernen asymmetrisch geschnittenen Kostüms, das sie bei meiner Ankunft getragen hatte, mußte man richtigerweise sagen: bekleidete –, nicht treffender beschreiben können. Sie war um die Fünfzig, schlank, mit dunkelbraunen Haaren, die ein edles Gesicht umrahmten. Für jemanden, der sie nicht näher kannte, signalisierten ihre blassen grauen Augen, ihre gerade Nase und ihr schmaler Mund eine Prise arroganter Distanz, aber ich wußte es besser – und ich glaubte, nicht nur ich allein. Ich vermutete, daß sie und Hellbrügge ein Verhältnis hatten, obwohl ich bisher keinerlei auffällige Anzeichen für eine Verbindung zwischen den beiden bemerkt hatte. Molly hatte über jeden noch so kleinen Versuch von meiner Seite, etwas darüber zu erfahren, verschwiegen gelächelt. Wahrscheinlich bereitete es ihr eine diebische Freude, mich in einem unwissenden Schwebezustand zu halten.

Eine weitere Eigenschaft von Molly Steenburgen an diesem Tag war, sich dumm zu stellen. Ich hatte gehofft, von ihr etwas Neues über Hellbrügges Entscheidungen zu erfahren, aber unser Informationsaustausch hatte sich auf das Wetter in Australien, das Wetter in der Toskana und das Wetter in Manching beschränkt. Als ich mich schließlich ungeduldig nach neuen Instruktionen von Hellbrügge erkundigt hatte, war lediglich wieder einmal ihr kleiner arroganter Mundwinkel andeutungsweise schräg nach oben gegangen. Dann sagte sie: »Dr. Hellbrügge läßt Ihnen ausrichten, Sie sollen sich in den nächsten Tagen zur dringlichen Verfügung halten. Mehr kann ich Ihnen leider im Moment nicht dazu sagen, John.«

Seit über zehn Jahren duzte ich mich mit Hellbrügge, bei Molly blieb es bei einem eleganten ›John‹ und ›Sie‹. Und ›dringliche Verfügung‹ hieß nichts anderes, als daß ich mich von dem Areal unter keinen Umständen entfernen durfte. Ich resignierte und beschloß, mich meinem Schicksal zu ergeben, schließlich war Molly älter als ich – und fünf Zentimeter größer!

In Manching, etwa 60 Kilometer nördlich von München gelegen, befand sich das geistige Raumfahrtzentrum von Space Cargo. Auf dem 80 Quadratkilometer großen Areal beherrschten vor allem die weitläufigen Anlagen der Technischen Entwicklung, das Universitätsgelände und der Flughafen das Erscheinungsbild.

Zwischen waldigen Hügeln versteckt, lag das Trainingszentrum für die Astronauten. Rein optisch gesehen bestand es im Wesentlichen aus einer Anordnung großer Hallen, von denen die größte die Grundfläche eines Fußballfeldes besaß und 30 Meter in die Höhe ragte. In ihr befanden sich mehrere Simulationstanks, in denen man sich mittels virtueller Darstellungen in die verschiedenen Raumschiffe begeben konnte. Das System war von dem Konzern zu höchster Perfektion entwickelt worden und wurde mit einer neuen Wortschöpfung als ›Virreale Projektion‹ bezeichnet. Es diente dazu, den Umgang und die Orientierung in den Raumschiffen zu trainieren. Trainieren hieß hierbei nicht nur, die Räumlichkeiten und die Bauweise der Schiffe im Schlaf zu beherrschen, sondern auch in ihnen zu leben. Deswegen hielten sich manche Teams in dafür speziell gebauten Modellen bis zu zwei Monaten hermetisch abgekapselt in den Einheiten auf, was nicht zuletzt auch ein Bewährungstest für die Psyche der eingeschlossenen Personen war. Durch Simulationen und Animationen wurden den angehenden Astronauten die unterschiedlichsten Manöver im Weltraum vorgeführt, mögliche Probleme durchgespielt und Katastrophen inszeniert. Das einzige, was man nach wie vor auf der Erde nicht hundertprozentig darstellen konnte, war die Schwerelosigkeit. Für manche Raumkadetten, die alle Prüfungen auf der Erde mit Bravour bestanden hatten, bedeutete der erste Raumflug in die Umlaufbahn um unseren Planeten den letzten großen Test, für manche unter Umständen sogar das Ende ihrer Karriere als Astronaut.

Der erste Tag hatte mir keine Schwierigkeiten bereitet, mich selbst zu beschäftigen, denn es war seit langer Zeit eine Möglichkeit, einfach nichts zu tun und zu faulenzen. Ich besaß auf dem Areal eine geräumige Wohnung im sogenannten Turm, einer Anlage, die hauptsächlich von besser verdienenden Angehörigen des Konzerns als Zweitwohnung benutzt wurde.

Einzelne Stockwerke des Gebäudes drehten sich mit der Sonne, und wer es vorzog, den ganzen Tag über die gleiche Lichtsituation in den Wohnräumen zu genießen, wohnte praktisch auf einer Drehscheibe. Da ich einen Großteil meiner Zeit an den verschiedensten Orten dieser Erde verbrachte, hatte ich großzügig auf diesen Luxus verzichtet und dafür eine größere Wohnung im 32. Stockwerk bezogen.

Der Service des Turms hatte einen ausgezeichneten Ruf und versorgte die Bewohner mit Hilfe eines gut und schnell funktionierenden Versorgungssystems mit Essen und allen anderen zum Leben benötigten Kleinigkeiten. Meine Küche benutzte ich deswegen meist nur dafür, um mir einen Kaffee zu kochen, denn eine gute Tasse Kaffee, so wie ich ihn haben wollte, brachte der Service einfach nicht zustande, obwohl ich schon zum wiederholten Male in der Kantine gewesen war und bisher vergeblich versucht hatte, eifrig nickenden Leuten mein Rezept beizubringen.

Am zweiten Tag hatte ich über Suzanne ein kurzes Gespräch mit Hellbrügge geführt. Viel Neues war dabei nicht herausgekommen, außer, daß ich mich noch etwas gedulden solle. Alle anstehenden Termine waren gestrichen worden. Laut Vorbereitungsplan für den anstehenden Raumflug hätte ich heute um diese Zeit in einer Simulationsübung Anpassungsmanöver an Kleinplaneten geflogen und anschließend Ankerhaken in die Asteroiden geschossen.

Mittlerweile war es der 29. August 17 Uhr spätnachmittags. Ich saß auf dem Balkon, lehnte mich mit den Ellbogen auf das Geländer und starrte auf das im Abenddunst liegende Donauer Moos. Weit im Süden leuchteten vereinzelt Schneefelder auf den Alpen und obwohl der Tag sonnig warm gewesen war, lagen die ersten Anzeichen von Herbst in der Luft.

Tief im Westen funkelte bereits die Venus aufdringlich am Himmel und erinnerte mich an den Bericht des Hofschreibers Otto Stanzo in Prag, der eine ›gleißende

Pyramide‹ erwähnt hatte. Fritz Bachmeier kam mir wieder in den Sinn. Merkwürdigerweise beschäftigte mich in den letzten Tagen mehr unser umständliches Zusammentreffen im Dom von Siena als die sensationelle Entdeckung der Pyramide im Weltraum. Mir war nicht ganz klar, wo ich Fritz einordnen sollte. Welche Sicherheit hatte ich, daß er mir die Wahrheit erzählt hatte? Vor vielen Jahren hätte ich meine Hände für ihn ins Feuer gelegt, aber heute? Ich hatte ihn acht Jahre nicht gesehen. Was er in der Zwischenzeit gemacht hatte, wußte ich nicht, auch Suzanne hatte mir über seine Person keine Auskunft geben können. Es war, als gäbe es ihn nur dem Namen nach. Wer weiß, vielleicht war er selbst Mitglied dieser ominösen Loge?

Es gab allerdings eine Tatsache, die mich besonders stutzig gemacht hatte: die Manipulierbarkeit des CyCom-Systems, die es laut meinem Arbeitsvertrag noch nicht einmal auf dem Papier geben sollte. Fritz hatte es jedoch geschafft, Suzanne einen Schaden im Triebwerk vorzugaukeln, und als wir den Dom verließen, hatte ich ihn gefragt, daß unser Treffen doch bestimmt gefährlich war, weil man meinen Aufenthaltsort über das CyCom-System ermitteln konnte. Er hatte lächelnd geantwortet: »Sicher, aber nur, wenn es in Funktion ist.« Daraufhin hatte ich sofort versucht, Suzanne zu erreichen, aber keine Antwort bekommen. Der Kontakt kam erst zustande, als ich wieder den Flughafen in Siena erreicht hatte. Suzanne beklagte einen Ausfall des Senders in Manching. Übrigens hatte Enrico schon am Rande der Altstadt gewartet und mich wieder zum Jet zurückgebracht. Ich mochte nicht wissen, was und wen Fritz Bachmeier außerdem noch aufgewendet hatte, um ein sicheres Treffen zu gewährleisten.

Ich griff nach dem Videoboard neben mir und schaute nochmals meinen Terminplan durch. Nichts. Molly hatte alles löschen lassen.

Ein Piepsen im Ohr ließ mich aus meinen Gedanken hochschrecken.

›John, Luis Santana steht vor der Tür 3254.‹

Tür 3254 war die Eingangstür zu meinem Appartement.

»Luis? Sehr gut. Laß ihn herein.«

Ich stand rasch auf und ging in die schattige Wohnung hinein, in der die tiefstehende Sonne harte Konturen aus meinem Nurminen-Einrichtungsstil meißelte. Louis kam mir blinzelnd vom Eingang entgegen.

»Ah, John! Gut, dich zu sehen!«

Ich begrüßte ihn herzlich und registrierte dankbar, daß sein Verhalten nicht auf einen Kurzbesuch schließen ließ. Luis Santana war spanischer Herkunft und mein Versorgungsoffizier auf der *Albert Einstein*. Entsprechend ausgefüllt war sein Tagespensum in der Zeit, wenn wir uns nicht im Weltraum befanden. Waren wir erst einmal unterwegs, konnte er dank seiner hervorragenden Organisation eine kleine Verschnaufpause einlegen, allerdings entsprach das nicht seinem Naturell. Luis, zierlich gebaut und noch kleiner als ich, war im Schiff ständig unterwegs, immer in der Angst, etwas vergessen oder übersehen zu haben. Im Grunde genommen hatte ich sehr wenig Kontakt mit ihm, denn der reibungslose Tagesablauf an Bord des Schiffes war für ihn eine Passion. Scheinbar pausenlos diktierte er seine Beobachtungen und Eindrücke in sein CyCom, flackerten seine mausgrauen Augen hin und her, um nichts Wichtiges zu übersehen. Auch jetzt spürte ich seine nervöse Unruhe, aber ich hatte nicht den Eindruck, daß unser Schiff der Grund dafür war.

Wir nahmen in meiner Küche Platz, und ich machte mich unaufgefordert daran, Kaffee zu kochen. Luis kam direkt von der *Albert Einstein*, die in einer weiten Umlaufbahn um den Mond parkte. Während ich in der

Küche herumhantierte, berichtete er mir vom Zustand des Schiffes und erzählte mir die eine oder andere Neuigkeit, bis er schließlich vorsichtig fragte: »Ah, John, sag mal, wie sicher läßt es sich hier reden?«

Ich unterbrach wortlos meine Tätigkeit und holte zwei Sprachdecoder aus meinem Arbeitszimmer.

»Aus bestimmten Gründen habe ich vorgestern Molly gebeten, die Wohnung auf Abhörsicherheit zu überprüfen«, antwortete ich, als ich mir einen Decoder aufgesetzt hatte. »Das Resultat war positiv. Auch die Dinger hier sind in Ordnung.« Dabei tippte ich an meinen Decoder.

Luis nickte zufrieden.

»Du wirbelst mit deiner Pyramide mächtig viel Staub auf«, begann er.

»Es ist nicht meine Pyramide. Wieviel weißt du darüber und woher?«

»Das kann ich dir in einem Satz sagen: Sehr große Pyramide fliegt ins Sonnensystem ein. Und die Aufnahmen und Daten habe ich natürlich ebenfalls gesehen. Hellbrügge hat mich informiert.«

Gut, dachte ich, dabei belassen wir es vorläufig auch erst mal. Obwohl Luis absolut vertrauenswürdig war, hatte ich beschlossen, vorläufig niemanden über die Informationen zu unterrichten, die ich von Fritz Bachmeier bekommen hatte.

»Luis, mehr weiß ich auch nicht darüber. Ich kann dir weder sagen, ob in der Pyramide kleine grüne Männchen sitzen, noch ob es sich um einen Scherz der Konkurrenz handelt.«

»Das wäre wohl ein ziemlich aufwendiger Scherz, oder?«

Ich stellte nachdenklich die Tassen auf den Tisch und holte Milch aus dem Kühlschrank, während der Wasserdampf mit Hochdruck durch den Vakuum-Kaffeefilter zischte.

»Ehrlich, ich kann die Pyramide nirgendwo einordnen, aber anscheinend ist Hellbrügge dazu in der Lage. Auf jeden Fall hat er alle meine Termine streichen lassen. Was das bedeutet, weiß ich nicht, ich sitze hier seit drei Tagen herum und drehe Däumchen.«

»Ah, nehmen wir doch mal an, er überlegt, ob er die *Albert Einstein* zur Pyramide schicken will.«

Der Kaffee war fertig. Ich nahm die Kanne mit zum Tisch und setzte mich Luis gegenüber. Der Behälter hatte zwei Ausgießer. Aus dem einen goß man sich eine kleine Menge Konzentrat aus Kaffee und Wasserdampf in die Tasse, aus dem anderen fügte man nach Belieben heißes Wasser hinzu.

»Daran habe ich zuerst auch gedacht, aber es ist absolut ausgeschlossen, denn wir können die Pyramide mit unserem Schiff nicht erreichen.«

Luis war Versorgungsspezialist, jedoch kannte er sich natürlich in der Astronavigation aus. Trotzdem fragte er nach. »Keine Chance?«

Unter normalen Umständen hätte ich nicht so weit ausgeholt, aber ich hatte ja Zeit genug. »Die Pyramide trifft in etwa sechs Monaten jenseits der Marsbahn fast senkrecht auf die Ekliptik, und das mit einer Geschwindigkeit von weit mehr als 150 000 Kilometer in der Stunde. Ich will es dir jetzt auf dem Videoboard nicht vorrechnen, aber die *Albert Einstein* hat nicht die Energie zur Verfügung und ist außerdem viel zu langsam, um die Pyramide in der kurzen Zeit zu erreichen. Mit anderen Worten: bis wir dort eintreffen würden, hätte die Pyramide unser Sonnensystem schon längst wieder verlassen, und einholen können wir sie auch nicht.«

»Auch nicht, wenn wir einen Punkt anfliegen, den die Pyramide später einmal passieren wird?«

»Der Punkt wäre weit außerhalb des Sonnensystems, und selbst wenn wir so schnell wären, daß wir die Pyramide erreichen würden, hätten wir keine Energie mehr, um abzubremsen und zur Erde zurückzukehren.«

Luis klopfte mit einem Finger auf die Kanne und wirkte enttäuscht.

»Was soll dann die ganze Aufregung, wenn wir es sowieso nicht schaffen?«

Ich zuckte die Achseln.

»Ich nehme an, Hellbrügge sucht nach einer anderen Möglichkeit. Vielleicht könnte ein Schiff vom Mars aus einfacher in die Bahn der Pyramide einschwenken. Der Planet steht für einen Start momentan günstig. Allerdings glaube ich, daß die Leute dort voll und ganz mit der Fertigstellung des Trains beschäftigt sind und andere Probleme haben, als hinter einer Pyramide herzujagen.«

Wir tranken eine Weile schweigend unseren Kaffee.

»Außerdem«, fing ich wieder an, »hat Space Cargo langfristig in das Marsprojekt und kurzfristig in die Asteroidenausbeutung sehr viel investiert. Jede Störung oder Verzögerung der beiden Unternehmen würde neue Kosten und viel Zeit verschlingen. Und wofür? Was würden wir gewinnen, wenn wir die Pyramide anfliegen? Uns würden vielleicht ein paar Tage Zeit bleiben, sie zu untersuchen, dann müßten wir sie wieder verlassen…«

»Mein Gott, aber es ist doch das erste Mal, daß die Menschheit einer vielleicht neuen Zivilisation begegnet, und du redest von Kosten und Nutzen! Gibt es denn keinen Entdeckergeist mehr, oder Abenteuerlust, oder einen… was weiß ich…?«

Luis brach resignierend ab. Er als Versorgungsoffizier wußte nur zu gut, was eine solche Expedition kosten würde. Und wer sollte sie finanzieren, selbst wenn eine Möglichkeit bestünde, die Pyramide zu erreichen? Die Menschheit vielleicht? Aber die Menschheit bestand heute größtenteils aus konkurrierenden Unternehmen, die sich nervös belauerten und danach trachteten, keinen Vorteil aus der Hand zu geben. Und eine Zusammenarbeit in so kurzer Zeit herzustellen schien mir mehr als nur utopisch. Dabei konnte ich Luis gut verstehen. Als ich damals vor den Marspyramiden stand, war ich euphorisch und gleichzeitig tief betroffen gewesen. Und wie groß war meine Enttäuschung und Wut über die Zerstörung dieser einmaligen Bauwerke gewesen! Ich nahm an, daß Luis keine Kenntnis von der Entdeckung hatte. Er sah in der Pyramide im Weltraum den Beginn einer neuen Epoche, wie ich damals auf dem Mars, als wir das erste Mal auf die Bauwerke blickten.

Es piepte in meinem Ohr. Im gleichen Moment ruckte Luis Kinn nach vorn und schaute mich abwesend an.

Suzanne hielt sich dieses Mal nicht lange mit Vorreden auf.

〉John, Dr. Hellbrügge hat ein sofortiges Treffen im ›Planetarium‹ vorgeschlagen.〈

Ich konnte mir nicht vorstellen, daß Hellbrügge angesichts der Lage ein Treffen *vorschlägt*, aber wahrscheinlich war das wieder eine originelle Variante von Suzanne.

»Gut. Suzanne, ich bin in 15 Minuten dort.«

Luis hatte anscheinend die gleiche Aufforderung wie ich über seinen CyCom erhalten. Er bestätigte mit leiser Stimme und lehnte sich zurück. Dabei legte er aufbruchsbereit beide Hände auf den Tisch.

»Ah, Zeus hat gerufen! Kommst du gleich mit?«

Ich nahm mir langsam den Decoder vom Kopf und schaute mich ohne besonderen Grund mit ein paar Blicken in der Wohnung um. Eine gewisse Spannung machte sich in mir breit.

»Ja, natürlich. Jetzt kannst du dir deine Antworten

gleich selbst von Hellbrügge holen!« sagte ich und stand auf.

Das Planetarium war ein mit neuester Technik ausgestatteter Raum, den man nur von Hellbrügges Büro aus betreten konnte. Fenster gab es nicht, dafür besaß er statt einer Decke und festen Wänden einen riesigen kuppelförmigen Monitor, der im Normalfall die Außenansicht des Areals und der Umgebung zeigte. Betrat man den Raum, vermittelten die Kameras, die oben auf dem Turm angebracht waren, den Eindruck, sich auf einer freiliegenden Terrasse aufzuhalten. Weit interessanter war die Möglichkeit, sich alle nur denkbaren Ansichten auf den Rundum-Monitor zu holen. Ich wußte, daß Hellbrügge sich hier oft alleine aufhielt und die verschiedensten Ansichten von der Erde und dem Mond einblenden ließ.

Als Luis und ich den Raum betraten, war der Kuppelmonitor blind, nur ein Segment oben in der Mitte erhellte das Szenario mit einem fahlen Viereck. Links an der kleinen Bar standen Molly Steenburgen und Walter Berchtold, der Pressesprecher des Konzerns. Mollys Anwesenheit war nicht überraschend, denn sie besaß einen Vertrauensstatus, den man getrost mit dem eines Gralshüters vergleichen konnte. Manchmal hatte ich den Eindruck, daß sie mehr über die Abläufe innerhalb des Konzerns Bescheid wußte als Hellbrügge. Sie hatte ein Glas vor sich stehen und unterhielt sich angeregt mit Berchtold. Daß der Pressesprecher anwesend war, machte deutlich, wie weit die Entscheidungen in der Sache schon gediehen sein mußten, denn normalerweise beklagte er sich stets darüber, daß er immer der letzte wäre, der etwas über die Planungen des Konzerns erfahren würde.

Eine dritte Person war noch anwesend. Neben den beiden lümmelte rittlings auf einem der Barhocker, die

Ellbogen nach hinten auf die Theke gestützt, Karlheinz ›Voodoo‹ Wörner, Pilot und Navigator der *Albert Einstein*. Für mich war Voodoo, wie er von allen genannt wurde, eine der schillerndsten Personen in der ganzen Flotte. Als Sohn eines Deutschen und einer Brasilianerin hatte er von seinem Vater eine Überdosis an Deutschtum in Aussehen und Gesinnung mitbekommen, von seiner Mutter das Temperament und die auffallend gelb-blond gefärbten Haare, wie man sie oft an den Stränden Südamerikas zu sehen bekam. Außerdem trug er sie militärisch kurz geschnitten. Mit seinen blauen Augen und seinem jungenhaften Aussehen schien er direkt aus einem alten deutschen Kriegsfilm des vorigen Jahrhunderts entsprungen. Den Namen ›Voodoo‹ hatte er nach seiner Flugausbildung beibehalten, in der er ihn als Codenamen benutzt hatte. Sein Fluglehrer hatte ihm unabsichtlich den Namen gegeben, als er nach einem Übungsflug sagte: »Unglaublich, dieser Gelbe. Er hatte schon ein froschgrünes Gesicht nach all diesen Loopings und Rollen, trotzdem hat er einen einwandfreien Flug hingelegt. Sehr guter Orientierungssinn. Wie Voodoo-Zauber.«

Was seinen übertriebenen Hang zur germanischen Darstellung betraf, so war ich mir nicht sicher, ob das ein von ihm geschaffenes Aushängeschild war oder ob der Hang zur germanischen Geschichte echt war. Bewundernswert waren seine rhetorischen Kopfstände, mit denen er die Zeitgeschichte sezierte und wieder neu zusammensetzte.

Voodoo grinste uns mit weißen Zahnreihen entgegen.

»Schau, schau, da kommt der Entdecker des fliegenden Dolmen mit seinem iberischen Halbinsulaner!«

Luis verzog schmerzhaft sein Gesicht und klatschte seine Hand gegen die von Voodoo, der sie cool in die Höhe hielt.

Ich begrüßte inzwischen artig Molly Steenburgen und wechselte ein paar belanglose Worte mit Berchtold, mit dem ich hauptsächlich kurz vor den Flügen zusammentraf, um Presse- und Informationstermine zu koordinieren. Rein persönlich war er für mich eine Nuance zu glatt, zu laut in seinem Auftreten und zu modisch angezogen. Außerdem war er unverschämt gut aussehend (natürlich größer als ich), und er saß nicht gerade rein zufällig neben Molly.

Voodoo pfiff das Signalzeichen ›Kapitän an Bord‹, als ich mich ihm zuwandte.

»Noch ist es nicht soweit, Voodoo«, sagte ich nüchtern.

Er kniff die Augen zu schmalen Schlitzen zusammen und fuchtelte mit den Händen vor seiner Nase herum, als ob er in eine Glaskugel schauen würde.

»Korrekt. Aber ich sehe, ich sehe… eine aufregende Reise auf uns zukommen. Abenteuer, schöne Frauen…«

Berchtold warf ihm einen warnenden Blick zu, und ich registrierte eine eigenartige Stimmung im Raum. Wahrscheinlich wußten hier einige Leute etwas mehr als ich. Es wurde Zeit, daß Hellbrügge erschien und endlich die Karten auf den Tisch legte.

Ich verdrängte mein Verlangen, bei Voodoo nachzuhaken und schloß mich dem Small Talk an, dem sich alle Anwesenden erleichtert hingaben.

Hellbrügge kam zehn Minuten später. In seiner Begleitung befand sich Viktor Sargasser, der mich mit einem kurzen Nicken begrüßte. Als er auf dem Weg zur Bar an mir vorbeikam, räusperte er sich leise und sagte mit einem Blick auf Berchtold: »Wie ich sehe, sind schon einige Entscheidungen gefallen.«

Ich erwiderte nichts und beschloß, die Dinge auf mich zukommen zu lassen.

Hellbrügge steuerte auf mich zu und begrüßte mich als einzigen mit Handschlag.

»John, ich muß mich bei dir entschuldigen, aber ich hatte verständlicherweise einige wichtige Unterredungen mit den Direktionsmitgliedern, die mich sehr in Anspruch genommen haben. Ich hoffe, du verzeihst mir dieses eine Mal.«

Ich setzte zu einer Entgegnung an, doch er wandte sich ab. Plötzlich drehte er sich noch einmal kurz zu mir um und fügte hinzu: »Ich denke, es hat sich gelohnt, du wirst es gleich erfahren.«

Damit ließ er mich stehen, ging zur Bar und beugte sich über die Theke, um sich ein Mineralwasser einzuschenken.

Merkwürdig, wie linkisch Menschen in eleganten feinen Zweireihern aussehen, wenn sie nicht bedient werden. Zum wiederholten Mal in den letzten Minuten zwang ich mich zur Ruhe und überlegte, ob ich mir nicht ein Bier genehmigen sollte. Nachdem aber fast alle Anwesenden ein alkoholisches Getränk vor sich stehen hatten oder in den Händen hielten, beschloß ich trotzig, mich bewußt auszuschließen. Also setzte ich mich auf eine Tischkante und beobachtete Hellbrügge, wie er sich mit dem Glas Mineralwasser an das leicht erhöhte Pult in der Mitte des Raumes setzte. Alle anderen blieben an dem Platz und wandten sich ihm zu.

Keiner sprach ein Wort, nur Voodoo mußte noch ein überflüssiges ›Walhalla tagt‹ in die Stille hineinsetzen.

Hellbrügge nippte an seinem Glas, legte anschließend seine Hände platt auf den Tisch und schaute in die Runde.

»Liebe Freunde, ich glaube, ich brauche nicht ausführlich den Grund unseres Treffens zu erläutern, aber vorweg möchte ich doch eine kurze Zusammenfassung der Informationen geben, die wir über die Pyramide haben.«

Das Lichtviereck oben an der Kuppel wurde langsam schwächer, dafür fingen alle Gegenstände leicht zu glimmen an. Die Bar wurde von hinten in ein geisterhaftes Licht getaucht und alle Gläser und Flaschen, die auf der Theke oder auf den Tischen standen, leuchteten in einem unaufdringlichen Aschgrau. Man mag über den Geschmack solcher technischen Mätzchen streiten, aber in manchen schummrigen Etablissements erfüllten sie durchaus ihren praktischen Zweck, also warum nicht auch hier. Zusätzlich wurden die mit animiertem Kaltlicht bestrahlten Flaschen und Gläser meistens noch durch winzige magnetisierte Traktionsspulen auf dem Tisch festgehalten. Man konnte sie nur mit einer annähernd senkrechten Bewegung nach oben vom Tisch wegheben. Jedem seitlichen Stoß widerstanden sie wie festzementiert. Das verhinderte zwar in den meisten Fällen ein unabsichtliches Herunterstoßen, war aber recht gefährlich, falls jemand – wie auch immer – auf den Tisch fiel und die fest stehenden Gläser oder Flaschen dabei zerbrachen. Zur Zeit wurde in der Öffentlichkeit deswegen ein Verbot der standhaften Objekte diskutiert. Ich nahm zwei leere Gläser in die Hand und stieß sie leicht gegeneinander. Sie klangen wie echtes Glas. Viktor, der das leise Klingen gehört hatte, grinste mich an und prostete mir zu.

Ein Segment der Kuppel hatte sich inzwischen zu einer senkrechten Fläche geformt und zeigte die rotierende Pyramide. Ich war von der Aufnahmequalität überrascht. Während der große Monitor in Allison Walls die Pyramide in einer nur einigermaßen guten Wiedergabe gezeigt hatte, war die Abbildung hier so hervorragend, daß man den Eindruck bekam, als wäre sie von einer Kamera in unmittelbarer Nähe aufgenommen worden.

»Das Bild, das ihr hier seht, ist eine Live-Aufnahme eines astronomischen Satelliten, der den Mars umkreist«, erklärte Hellbrügge.

Wir starrten alle fasziniert auf das Gebilde, das sich

majestätisch langsam etwa alle drei Minuten überschlug und unsere Gesichter unregelmäßig mit einer außergewöhnlich starken Reflexion des Sonnenlichts erhellte.

»Ein Direktionsmitglied hat vorgeschlagen, die Pyramide ›Nofretete‹ zu nennen. Ich nehme an, daß keiner hier etwas dagegen einzuwenden hat.«

Natürlich nicht, dachte ich, wer sollte auch. Wenn ein Direktor des Konzerns etwas vorschlug, so war es eine beschlossene Sache. Gleichzeitig fragte ich mich, wieviele Leute noch von der angeblich so geheimen Pyramide wußten.

Vor Jahren hatte ich einmal die Büste der ägyptischen Königin Nofretete in Berlin gesehen. Irgendwie gefiel mir der Name sogar. Außerdem war er zutreffend, denn wenn ich mich recht erinnerte, hieß die wörtliche Übersetzung soviel wie ›die Schöne ist gekommen‹. Die Frage war nur, ob die Pyramide ihrem Namen gerecht wurde.

»Nach wie vor wissen wir sehr wenig über Nofretete, außer daß sie 760 Kilometer hoch ist, jenseits der Marsbahn in unser Sonnensystem einfliegt und über einen eigenen Antrieb verfügen muß.«

Das Bild der torkelnden Nofretete wich einer Grafik-Animation unseres Sonnensystems, die die Sonne mit ihren Planeten von einer seitlichen Ansicht zeigte. Dann kippte das Bild und vergrößerte den Bereich der inneren Planeten, die langsam auf ihrer Bahn dahinzogen. Darunter zeichnete sich eine rote Linie mit einer kleinen Nofretete an der Spitze ab, die bald die Planetenebene durchstoßen würde.

»Nofretete hat in den vergangenen Tagen zwei Kurskorrekturen durchgeführt. Nach den jetzigen Daten würde sie am 27. Februar nächsten Jahres die Marsbahn in etwa 110 Millionen Kilometer Abstand passieren – von der Erde aus gesehen, jenseits des Planeten.«

Hellbrügge machte eine Pause. Absolute Stille herrschte in der Kuppel. Seine letzten Worte standen wie mit einem Nachhall klar im Raum. Mit den eben genannten Informationen erzählte er uns nichts Neues. Die Pause dauerte an, und ich schielte erwartungsvoll zu ihm hinüber. Ich spürte, jetzt würde etwas Entscheidendes passieren. Mein Gefühl trog mich nicht! Nachdem er noch einmal tief Luft geholt hatte, sagte er: »Das Direktorium hat beschlossen, Nofretete anzufliegen.«

Jetzt konnte ich mich nicht mehr zurückhalten.

»Wie denn, Joachim? Und vor allem: womit?« platzte ich heraus.

»Mit der *Nostradamus*!« Dabei blickte er mich ernst an.

Da war es also heraus! Unfähig, darauf etwas zu erwidern, starrte ich Hellbrügge an, auf dessen Stirn viele kleine Schweißperlen standen. Er zog ein weißes Tuch aus seinem Jackett und wischte sich damit fahrig über das Gesicht.

Jetzt brauchte ich doch ein Bier.

Ich ging hinter die Bar und riß die Versiegelung von einem Glas Pils. Augenblicklich bildete sich darin durch den Lufteintritt eine weiße Schaumkrone.

Alle Augen waren auf mich gerichtet. Molly und Berchtold mußten es schon gewußt haben, denn ihre Haltung glich einem ›Na, was sagst du jetzt!‹. Auch Voodoo wirkte nicht sonderlich überrascht. Ich nahm an, daß ihn Hellbrügge zu Bahnberechnungen von Nofretete hinzugezogen hatte. Luis Santana ging im Geist wohl schon Versorgungslisten durch, denn er schaute mich zwar an, aber seine Augen waren zu kleinen Knöpfen hinter schmalen Lidern geworden. Rechts vor mir murmelte Viktor: »Ich habe mir so etwas schon gedacht.«

Die *Nostradamus*. Ein Raumschiff des Konzerns mit

einem Antriebssystem, das es eigentlich in diesem Jahrhundert noch gar nicht geben durfte und dessen Konstruktion meiner Meinung nach noch nicht einmal in den Kinderschuhen steckte. Der Antrieb des Schiffes arbeitete nach ›Einzingers Gravitationsstückelung‹, einer Theorie, die in den frühen dreißiger Jahren der Physiker Einzinger berechnet und später auch bewiesen hatte. Der Kern der Entdeckung war, daß Neutrinos, die eine äußerst schwache Wechselwirkung besaßen, unter Beschuß von Baryonen ihren Spin veränderten und damit einen winzigen Moment lang die Raumzeit veränderten. In Experimenten hatte Einzinger nachgewiesen, daß nicht nur das getroffene Neutrino, sondern alle in einer bestimmten Entfernung benachbarten Neutrinos auf diese Weise reagierten. Durch diese rätselhafte Kommunikation untereinander öffneten oder schufen diese Teilchen einen höher dimensionierten Kanal, durch den ein Gegenstand räumlich und ohne Zeitverlust transportiert werden konnte. Space Cargo hatte in den letzten Jahrzehnten Milliarden von Euro in dieses Unternehmen investiert. Vor drei Jahren wurde mit dem Bau des Experimentalschiffes *Nostradamus* begonnen. Die Entwicklung und Erprobung war absolut Top Secret, so daß noch nicht einmal ich wußte, wie weit die Erkenntnisse über diesen neuen Antrieb gediehen waren. Gerüchte besagten, daß das Schiff bisher lediglich einige kurze Testflüge ausgeführt hatte. Ob erfolgreich oder nicht, war mir unbekannt. Über dieses Projekt war eine absolute Nachrichtensperre verhängt worden, so daß ich manchmal daran zweifelte, ob das Schiff überhaupt existierte. Vor einigen Monaten sickerten Informationen durch, in denen es hieß, daß es große Schwierigkeiten mit dem Antrieb gegeben hatte, weil innerhalb des Schiffes Verschiebungen in der Zeitebene aufgetreten wären – was immer das heißen sollte.

Der mysteriöse Name des Schiffes stammte von einem eifrigen Pressefritzen, der Einzinger in einem Interview nach seiner Meinung zu dem neuartigen Antrieb vor dem Bau des Schiffes befragte. Der Physiker beschrieb dabei das System des Antriebes als ›Neutrin**OSTR**ahlung, **A**nimiert **D**urch **A**ktive **M**agnet-**U**m**S**etzung‹ und bezeichnete es zusätzlich als ›Blick in die Zukunft‹. Durch die zweite Aussage inspiriert, entdeckte der findige Befrager in der Beschreibung den Namen des geheimnisvollen Visionärs aus dem 16. Jahrhundert und versah das Experimental-Schiff mit diesem Namen, das bisher unter der trockenen Arbeitsbezeichnung N 1 bekannt war.

Die Fachwelt und bald darauf die Öffentlichkeit assimilierten den mystischen Phantasienamen mit Begeisterung, sehr zum Leidwesen des Konzerns, der alle Hebel in Bewegung setzte, um den Namen in der Versenkung verschwinden zu lassen. *Nostradamus* hielt sich jedoch hartnäckig, und ich hatte damals den Verdacht, daß Berchtold hinter den Kulissen Stimmung für den Namen des alten Astrologen machte, denn die Presse horchte jedesmal gespannt auf, wenn von dem neuen Schiff die Rede war. Am 4. April letzten Jahres war es dann soweit: Mit einem unglücklichen Gesichtsausdruck enthüllte Hellbrügge unter dem Beifall seiner Mitarbeiter von der Erde aus per Lichtsignal den Schriftzug *Nostradamus* auf dem Experimentalschiff, das in einer Werft in der Mondumlaufbahn lag. Von dem Schiff selbst war nichts zu sehen.

Ich nahm einen großen Schluck, um Zeit zu gewinnen. Dann stellte ich mein Glas ab und sagte ruhig: »Joachim, das ist nicht dein Ernst!«

Hellbrügge zog als Antwort die Augenbrauen hoch und neigte den Kopf auf die Seite. Wortlos gab er damit zu verstehen, daß er es auf jeden Fall ernst meinte.

Also war ich wieder am Zug. Es war an der Zeit, zunächst einmal ein paar grundsätzliche Fragen zu klären.

»Ich gehe wohl recht in der Annahme, daß *wir* mit der *Nostradamus* fliegen sollen. Keiner von uns hat das Schiff je gesehen. Warum also wir?«

»Das liegt auf der Hand. Ihr seid vorbereitet zu einem Flug zu den Asteroiden. Von der Entfernung her ist das ein ähnliches Unternehmen wie der Flug zu Nofretete. Weiterhin ist die *Nostradamus* im wesentlichen baugleich zur *Albert Einstein*, nur der Antrieb ist von einer anderen Art. Aber laß mich zuerst folgendes feststellen: Nofretete ist nur mit dem neuen Antrieb zu erreichen, und ich werde niemanden zwingen, an Bord zu gehen, wenn er meint, es wäre für ihn zu gefährlich. Die Teilnahme ist freiwillig. Ich muß aber zugeben, daß ich es aus Gründen der… sagen wir einmal, aus Vertrauensgründen gerne sähe, wenn die hier anwesende Besatzung die Aufgabe übernehmen würde.«

Er wollte wohl zuerst etwas anderes sagen und hatte gerade noch die Kurve gekriegt, aber ich wollte jetzt nicht näher darauf eingehen.

»Und was ist mit dem Asteroidenflug?«

»Die *Albert Einstein* startet vier Monate später unter dem Kommando von Kapitän Lehnert.«

Wahnsinn, dachte ich, wir jonglieren hier mit Raumunternehmen wie in einem billigen Buck Rodgers-Film. Ich mußte versuchen, die Diskussion wieder zurück in die Realität zu führen.

»Soviel ich weiß, gibt es noch gar keine Betriebserlaubnis für die *Nostradamus*, weder von seiten der ›T Drei S‹ noch von der Inter-KON.«

»Wir werden sie bekommen. Abgesehen davon, gibt es bis heute noch keine gesetzliche Grundlage dafür, daß ein Raumschiff, das ausschließlich im interplanetaren Raum verkehrt, eine Betriebserlaubnis benötigt.«

Das waren ja ganz neue Töne! Vor zwei Wochen noch hatte er auf einer interkontinentalen Konferenz die erprobten und auf Sicherheit konstruierten Raumschiffe des Konzerns als Vorbilder der Raumfahrt herausgestellt, und nun wollte er eine absolute Neukonstruktion ohne nennenswerte Testphase in den Raum schicken.

»Oder anders ausgedrückt, jenseits des Mondes kann sich jeder nach seinem Geschmack umbringen«, fügte ich sarkastisch hinzu.

Viktor machte sich mit einem leisen Räuspern bemerkbar.

»Ich habe mir die Bahndaten angeschaut. Selbst die *Nostradamus* würde eine ungeheure Energie benötigen, sich an Nofretete anzunähern. Wie soll denn dieses Problem gelöst werden?«

Es war mir schleierhaft, woher Viktor wußte, welche Energiemengen dieses Schiff benötigen würde, um irgendwohin zu gelangen, ganz abgesehen davon war ich überrascht, daß jeder hier im Raum der Überzeugung war, daß es sich überhaupt bewegte.

Hellbrügge nickte wissend.

»Richtig. Wir haben es hier erstmals mit einem Unternehmen zu tun, das uns vor die Schwierigkeit stellt, außerhalb der Ekliptik operieren zu müssen.«

Er wandte sich der grafischen Darstellung zu, die er nach meinem Einwand von vorhin angehalten hatte.

»Wie alle interplanetaren Raumschiffe umkreist die *Nostradamus* an ihrem Dock den Mond in einer Westost-Richtung. In den nächsten Monaten werden wir sie in eine Nordsüd-Umlaufbahn manövrieren, um eine bessere Ausgangsposition für den Start zu erreichen, der sie in einer weiten Kurve knapp unterhalb der Ekliptik bringen soll.«

In die grafische Darstellung kam wieder Bewegung

und zeigte eine angedeutete Mini-*Nostradamus*, die ihre Umlaufbahn um den Mond veränderte.

Hellbrügge drehte sich wieder uns zu.

»Um die *Nostradamus* in eine Angleichungsbahn an Nofretete heranzuführen, benötigen wir nicht unbedingt ungeheure Energie, wie sich Viktor ausdrückte, aber ich muß zugeben, wir brauchen mehr Energie, als das Schiff mit sich führen kann.«

Ich blickte ihn fragend an. »Also…?«

»Also werden wir eine unbemannte Energieplantage vorausschicken, die das Schiff in einem Rendezvousmanöver an einem vorbestimmten Punkt einholen wird. Dort wird der verbrauchte Reaktor gegen einen neuen aus der Plantage ausgetauscht, und die *Nostradamus* fliegt mit frischen Zellen weiter.«

Ich holte zu einer entrüsteten Antwort aus, aber Hellbrügge hob die Hand und sprach schnell weiter.

»Die Kapazität des neuen Reaktors wird ausreichen, um Nofretete zu erreichen, aber sie wird nicht für einen Rückflug ausreichen. Deswegen werden wir eine zweite Plantage in eine Bahn oberhalb der Ekliptik bringen, wo schließlich ein erneuter Austausch des Reaktors nach dem Rendezvous mit der Pyramide stattfindet.«

Seine letzten Ausführungen hatten zur Folge, daß jeder im Raum nach Luft schnappte. Auch mir ging es zuerst ähnlich, aber ich beruhigte mich schnell wieder. Das konnte alles nicht wahr sein. Das Vorhaben war mir in dieser Form zu phantastisch – im negativen Sinn –, um verwirklicht zu werden. Ich lehnte mich zurück und sagte erst einmal gar nichts.

Viktor Sargasser äußerte sich als erster in einer selbst für ihn ungewöhnlich harten Art und Weise. »Welchem kranken Hirn ist denn dieser Schwachsinn entsprungen?«

Ich meinte, in Voodoos Gesicht ein verlegenes Lächeln

zu entdecken, aber im Grunde genommen war es gleichgültig, wer sich das ausgedacht hatte. Es gab so viele Unsicherheitsfaktoren in dem Plan, daß er einfach nicht funktionieren konnte.

Viktor ergänzte nach einer Pause seinen emotionalen Kommentar.

»Ebenso könnte ich hier vom Turm springen und darauf hoffen, daß mir jemand aus dem zwanzigsten Stockwerk einen Fallschirm reicht.«

»Vorausgesetzt, dieser jemand weiß, auf welcher Seite des Turms du hinunterspringst.« Sogar Luis Santana schien nicht sehr viel von der Sache zu halten.

Als hätten sie sich alle gedanklich abgesprochen, sahen mich nun sechs Augenpaare erwartungsvoll an, gerade so, als sollte ich über diesen Wahnsinn entscheiden. Ich begann zu zweifeln. Vielleicht unterschätzte ich meinen Einfluß. Tatsache war, daß das Experimentalschiff bisher angeblich nur kurze Strecken zurückgelegt hatte. Weiterhin waren Flüge unterhalb und oberhalb der Planetenebene praktisch noch nicht durchgeführt worden, und schon gar nicht über diese immensen Entfernungen. Dasselbe galt für die geplanten Rendezvousmanöver mit den Energieplantagen.

War ich in diesem Fall als Kapitän nicht verantwortlich für meine Mannschaft? Aber was hieß das schon: meine Mannschaft. Voodoo würde ich nicht davon abhalten können, trotz eines Neins von meiner Seite an dem Flug teilzunehmen. Dazu war er zu enthusiastisch veranlagt, außerdem schien der Plan weitgehend von ihm zu stammen. Luis würde zu guter Letzt immer das ausführen, was der Konzern von ihm verlangte, auch wenn es sich um eine Expedition mit einem ungewissen Ausgang handelte. Bei Viktor war ich mir nicht sicher, aber ich glaube, vor die Wahl gestellt, würde auch er sich für das Projekt entscheiden, allein schon deswegen, weil ihn ungewöhnliche Aufgaben reizten.

Und was war mit mir?

Reizte mich der Flug nicht auch? Wäre es nicht ein interessanterer Auftrag, auf der *Nostradamus* zu einem unbekannten Objekt zu fliegen, als einen Asteroiden nach Mineralien abzusuchen. Vordergründig mußte ich also für mich allein entscheiden, ob ich mit von der Partie sein wollte oder nicht, aber vielleicht war die Entscheidung für die anderen leichter, wenn ich mich dafür oder dagegen aussprach. Vielleicht konnte ich mit manchen Situationen besser umgehen als andere Schiffsführer, aber wäre es nicht verantwortungsvoller, durch eine Verweigerung zu verhindern, daß es zu diesem Flug kam – falls ich das konnte.

»Wenn es mir niemand verübelt, würde ich gerne mit Dr. Hellbrügge unter vier Augen sprechen.«

Allgemein zustimmendes Gemurmel. Jeder war anscheinend froh darüber, einem eventuellen Streitgespräch zwischen mir und Hellbrügge nicht beiwohnen zu müssen.

Berchtold, der als Pressesprecher an prekäre Situationen gewohnt war, lud alle in die VIP-Lounge ein. Viktor kam zu mir herüber, bevor er das Planetarium verließ.

»Denke bitte daran«, sagte er leise zu mir, »Hellbrügge mag in vielen Dingen nur für den Vorteil des Konzerns arbeiten, aber er geht dabei selten Risiken ein – wenn es sich vermeiden läßt.«

Im ersten Moment konnte ich mit dieser Aussage nicht viel anfangen, aber dann demonstrierte Viktor an einem einfachen Beispiel Hellbrügges Vorsicht und gleichzeitig seine eigene Scharfsinnigkeit. Er nahm zwei leere Gläser von der Theke, schlug sie leicht gegeneinander, wie ich es vor einer halben Stunde getan hatte, und stellte sie nebeneinander auf den Tisch. Zu meinem Entsetzen holte er mit der flachen Hand aus und hieb mit einem raschen Schlag auf die Trinkgefäße.

Zu meiner Überraschung klatschte seine Hand unverletzt auf die Tischoberfläche. Viktor stellte seine Hand senkrecht, und es kamen zwei platte Häufchen Staub zum Vorschein.

»Wie ich dich kenne, hattest du dir bestimmt vorhin Gedanken über die Verletzungsgefahr gemacht, wenn Gläser mit Traktionsspulen ausgestattet sind.«

Er deutete auf die Häufchen.

»Druckempfindliche Molekularketten. Ich sagte doch, Hellbrügge geht keine Risiken ein.«

Er wischte sich die Hände ab und ließ mich verblüfft stehen.

# 7

Hellbrügge saß mit aufgestützten Ellbogen an seinem Pult. Er hatte die Fingerspitzen vor seinem Gesicht aneinandergelegt und blickte mich abwartend mit engen Augenschlitzen an. Er war im Begriff, wieder einmal sein berüchtigtes Hellbrügge-Schach zu spielen – auf Zeit und mit vorsichtigem Taktieren, kleine Verluste zufügen, ohne den Partner ernsthaft in Gefahr zu bringen. Er liebte es, den gegnerischen König nicht von seiner Hand fallen zu sehen. Er genoß es, andere zu überzeugen, daß er überlegen war. Sie mußten einsehen, daß es für sie nur eine Lösung geben konnte: sich mit ihm zu arrangieren.

Mir war nicht nach berechnenden Winkelzügen zumute und schon gar nicht, nachdem mir Viktor durch seine kleine Demonstration wieder das alte Vertrauen zu diesem weißhaarigen Mann zurückgegeben hatte, der mich seit Beginn meiner beruflichen Laufbahn beraten und immer Wert auf meine ehrliche Meinung gelegt hatte.

Also nahm ich die weißen Figuren und fing mit einer knappen Eröffnung an: die Dame durch die eigene Verteidigung direkt vor den schwarzen König gestellt – gegen jegliche Regel.

»Joachim, hast du schon einmal etwas von einem Hofschreiber mit Namen Stanzo gehört?«

Mein Eröffnungszug zeigte augenblicklich Wirkung. Hellbrügge richtete sich ruckartig auf und wischte fahrig mit den Händen über die Pultoberfläche.

»Was... äh...?«

Danach blieb er eine Weile ruhig sitzen, dann stand er kopfschüttelnd auf und kam zu mir an die Bar.

»Na gut, was genau weißt du alles über die Pyramide?«

Ich zuckte die Achseln.

»Ich weiß nur, daß sie anscheinend alle 500 Jahre in unserem Sonnensystem auftaucht.«

Er nickte und stützte sich mir gegenüber auf die Theke auf.

»Woher weißt du davon?« fragte er knapp.

Ich überlegte, ob ich es ihm sagen sollte, als er sich die Frage selber beantwortete.

»Fritz Bachmeier, stimmt's?«

Als ich nichts darauf erwiderte, sagte er: »Es ist auch egal. Ich hätte dich auf jeden Fall darüber informiert.«

»Wirklich?« fragte ich schnell und schob gleich noch eine Frage hinterher. »Gibt es vielleicht noch andere Dinge, über die du mich informiert hättest?«

Jetzt war es ihm sichtlich unbehaglich. Er bemühte sich, seine Verlegenheit nicht zu zeigen und rang sich schließlich zu einer Aussage durch.

»Ja, möglich. Vielleicht würde ich dir nichts Neues erzählen, aber bevor ich dir weitere Informationen gebe, dann nur mit deiner Beteiligung an dem Projekt, das mußt du doch verstehen.«

Nurminen, dachte ich, du lernst es nie. Jetzt hatte der alte Fuchs sein Spiel doch weitergespielt und ich war wieder einmal in seine Falle getappt, ohne es zu bemerken. Aber bitte, was hatte ich schon zu verlieren?

»Na gut. Fangen wir mal andersherum an: Wie zuverlässig ist ein Flug mit der *Nostradamus*, oder um es genauer auszudrücken: Wie gut funktioniert der Antrieb?«

Nun war er wieder in seinem Rhythmus. Ohne sofort zu antworten, trat er selbstsicher an sein Pult und betätigte ein paar Tasten am Videoboard.

»Es war mir klar, daß du darüber mehr wissen möchtest, deswegen habe ich Professor Schmidtbauer gebeten, sich heute abend bereitzuhalten. Er befindet sich auf dem Schiff und wird deine Fragen beantworten. Ich habe ihn gebeten, offen und ehrlich mit dir zu sprechen.« Er grübelte einen Moment vor sich hin, als hätte er etwas Wichtiges vergessen. Schließlich sagte er: »Professor Schmidtbauer ist der Mann, der es geschafft hat, Einzingers Theorien in die Praxis umzusetzen. Er war maßgeblich am Entwurf und Bau der *Nostradamus* beteiligt.« Wieder zögerte er, dann fügte er noch mit einem geheimnisvollen Klang in seiner Stimme hinzu, als wollte er mich ermahnen, mich nicht daneben zu benehmen: »Er ist wichtig für uns…«

Die Kuppel im Planetarium veränderte sich von einem Moment zum anderen. Eben noch zeigte die Grafik in einer Wiederholung den geplanten Flug der *Nostradamus* und im nächsten Augenblick hatte ich das Gefühl, im Weltraum zu schweben und den Mond zu umkreisen, der seitlich als schmale Sichel in der künstlichen Halbkugel stand.

Wahrhaft gigantisch aber war der Sternenhimmel, der sich um das Szenario wölbte. Nur im freien Raum strahlten die Sterne so kalt und klar und vor allem in einer solchen Vielfalt, wie man sie unter einer Erdatmosphäre nie zu sehen bekommt. Unwillkürlich griff ich in einem Reflex an einen nicht vorhandenen Helmverschluß, um zu überprüfen, ob er verschlossen war.

Hellbrügge hatte meine Reaktion mit einem Lächeln beobachtet.

»Die Illusion ist beeindruckend, nicht wahr? Die Kamera ist am Heck der *Nostradamus* angebracht. Wenn du einverstanden bist, lasse ich die Einstellung stehen und blende Professor Schmidtbauer als Segment in die Kuppel ein.«

Er ließ es sich nicht nehmen und setzte nach wie vor alle Mittel ein, um mich zu beeinflussen. Ich resignierte mehr oder weniger und ließ ihm seinen Willen. Sollte er doch das Tempo vorgeben, ich war fest entschlossen, ihn durch hartnäckigen Widerstand zu bremsen, wenn ich glaubte, Ungereimtheiten zu entdecken.

Auf dem Stirnsegment vor uns erschien ein mobiler Arbeitsplatz mit einem fest installierten Videoboard, wie es ihn auch an mehreren Stellen auf der *Albert Einstein* gab. Der dazugehörige Stuhl war leer. Eine nicht näher definierbare Stimme erklärte uns, daß sich der Professor in den nächsten Minuten einfinden würde. Ein schlechter Anfang, dachte ich mir. Ich überlegte, ob ich mich setzen sollte, zog es dann aber vor, mich lieber in der Nähe der Bar aufzuhalten.

»Ich habe vorhin von Stanzo gesprochen. Kannst du dich daran erinnern, daß er die Größe der Pyramide am Himmel beschrieben hatte? Er erwähnte etwas von einer viertel Mondbreite. Wenn Nofretete eine Höhe von 760 Kilometern hat, muß sie damals der Erde ziemlich nahe gekommen sein. Alle anderen Berichte bezeichnen sie ebenfalls eindeutig als Pyramide. Also hat man die Form von der Erde aus erkannt. Warum sollen wir sie also anfliegen, wenn sie wahrscheinlich doch in unsere Nähe kommt?«

»Und wer garantiert uns, daß sie in die Nähe der Erde kommt?«

Er hatte für meinen Geschmack eine Spur zu schnell geantwortet.

Ich dachte kurz darüber nach. Sein ganzes Verhalten lief darauf hinaus, unbedingt die *Nostradamus* einzusetzen. Wenn der Flug gelang, gleichgültig wie das Abenteuer mit der Pyramide ausginge, hätte letztendlich der Schiffsantrieb seine Feuertaufe bestanden. Was das für den Konzern bedeuten würde, brauchte ich mir nicht erst großartig auszumalen. Von der technischen Entwicklung her gesehen, konnte man von einem Sprung ins nächste Jahrhundert sprechen. Für die finanzielle Entwicklung würde das gleiche zutreffen.

Ich wollte Hellbrügge darauf ansprechen, unterließ es aber. Was sollte er mir schon darauf antworten. Natürlich litt er unter der Forderung der Konzernleitung, die Entwicklung der *Nostradamus* nach vorn zu peitschen. Da kam die Pyramide gerade zur rechten Zeit, um einen riskanten Flug zu rechtfertigen. An die Möglichkeit, die Übertragungsrechte für die TV-Channels zu vermarkten, wagte ich gar nicht zu denken. Ich sah im Geiste schon die gesamte Menschheit an den Schirmen sitzen, während wir in einer Live-Sendung in die Pyramide eindrangen.

»Hast du dir mal überlegt, was Nofretete eigentlich darstellt? Wo sie herkommt? Was passiert, wenn Lebewesen drinnen sind?«

Er reagierte nicht sofort, als hätte er mich nicht verstanden. Dann antwortete er mit einem müden Unterton: »Ich weiß es nicht.«

Nach einer Weile bequemte er sich doch zu einer zusätzlichen Äußerung.

»Es gibt absolut keine Hinweise darauf, was es mit der Pyramide auf sich hat. Auch in den wenigen alten Schriften nicht. Wir können unserer Phantasie freien Lauf lassen: angefangen von grünen Männchen bis hin zu gähnender Leere könnte alles zutreffen. Und das bringt uns zu einem neuen Problem. Welche Leute schicke ich mit der *Nostradamus* dorthin? Einen Türelektriker, der den richtigen Code zum Öffnen der Pyramide findet, oder einen Sprengmeister? Oder vielleicht besser einen Psychologen, der die

Besatzung vor dem Wahnsinn bewahrt, wenn sie dort eintrifft?«

»Täusche ich mich, oder höre ich da etwas Resignation heraus?«

Ich hatte den Satz kaum ausgesprochen, als ich meine Aussage auch schon bereute, denn es war mir klar, daß er unter enormem Druck stand. Folgerichtig öffnete sich jetzt bei ihm ein Ventil.

»Verdammt, John, jetzt hör mir mal gut zu: Es ist mir sehr wohl bewußt, daß das Unternehmen, so wie es bis jetzt steht, ein gefährliches Wagnis ist. Vielleicht weniger für mich als für die Mannschaft, die es ausführt. Nichtsdestoweniger quält mich die Verantwortung gegenüber den Menschen, die ich mit dem Teufelsding in den Raum schicke. Aber gut, das ist mein Job. Meine Aufgabe ist es aber auch, den Konzern gut zu beraten; und gut beraten ist er dann, wenn ich die besten und vertrauenswürdigsten Leute für diese Mission auswähle. Deswegen sitzen wir hier und deswegen gebe ich dir die Möglichkeit, verschiedene Meinungen anzuhören und dich dann zu entscheiden.«

Ich schwieg betroffen.

»Und noch etwas!« Er hielt mir seinen Zeigefinger vor die Nase. »Ich habe im Moment nicht die Nerven, sarkastische Bemerkungen von dir zu kommentieren. Du hörst dir an, was Schmidtbauer zu sagen hat, informierst dich meinetwegen noch bei deinem Freund Bachmeier und sagst dann zu oder nicht.«

Er klatschte mit der flachen Hand auf die Theke, um seinen letzten Worten etwas Endgültiges zu geben und wandte sich von mir ab.

Damit hatte er mir unmißverständlich klargemacht, worum es hier ging: Die *Nostradamus* würde fliegen – mit oder ohne mich!

Es war schwierig für mich, nach diesem Rüffel wieder in ein Gespräch mit ihm einzusteigen, besonders da er sich anscheinend entschlossen hatte, irgendwelche wichtigen Akten auf seinem Videoboard durchzublättern. Ich atmete tief durch und versuchte die Situation ohne Vorurteile neu zu überdenken.

Friß oder stirb. Das war die eine Seite. Auf der anderen Seite erhob sich für mich die Frage, ob ich von ihm tatsächlich alle Informationen über die Pyramide erhalten hätte. Und es gab ja noch mehr, was nicht geklärt war: diese mysteriöse Vereinigung, die angeblich mein Treffen mit Appalong belauscht hatte, oder was es mit den kleinen eckigen Steinchen vom Mars und der Kette von Imhotep auf sich hatte. Und was für eine Rolle spielte Fritz Bachmeier? Hatte ich unter diesen Umständen als Kapitän nicht die Pflicht, beziehungsweise sogar das Recht, meine Zweifel anzumelden. Und deswegen fand ich meine Bemerkungen nun auch wieder nicht so unangebracht, wie er sich ausgedrückt hatte.

Gerade als ich ihn versöhnlich ansprechen wollte, kam Bewegung in das Bild, das nach wie vor den leeren Arbeitsplatz auf der *Nostradamus* gezeigt hatte.

Zuerst erschien von der Seite eine Hand, die sich umständlich auf das kleine Terminal stützte, um dann die Kante zu umgreifen und den restlichen dazugehörigen Körper heranzuziehen. Ein Mann in mittlerem Alter krümmte sich zusammen, nahm über dem Tisch schwebend eine sitzende Haltung an und zog sich dann mit Hilfe der ›Affenpfoten‹, die er an den Füßen hatte, auf den schalenähnlichen Sitz hinunter. Affenpfoten war ein gebräuchlicher Ausdruck für Schuhe mit einem Greifmechanismus, der mit den Zehen gesteuert wurde. Besonders in den Bereichen eines Raumschiffes, wo Schwerelosigkeit herrschte, waren sie unentbehrliche Hilfsmittel, die es den Trägern erlaubten, sicher an einem Punkt zu verharren, ohne sich mit den Händen festhalten zu müssen.

Auf langen Flügen kam es immer wieder zu der Unsitte, daß die Mannschaften sogenannte Affenrennen veranstalteten. Sieger war, wer am schnellsten einen vorher festgelegten Weg durch das Schiff zurücklegte. Nicht selten kam es dabei zu mehr oder minder schweren Verletzungen, falls jemand seine Geschicklichkeit überschätzte und sich unfreiwillige Drehungen oder Ausrutscher leistete. Ich genehmigte deswegen solche Veranstaltungen mit gemischten Gefühlen, denn auf der einen Seite war es eine willkommene Abwechslung auf eintönigen Flügen und förderte die ›Hand‹-habung der Affenpfoten. Auf der anderen Seite war es aber auch schon vorgekommen, daß ein Besatzungsmitglied für den Rest eines Fluges verletzungsbedingt ausfiel.

Der Mann, von dem ich annahm, daß er Professor Schmidtbauer war, hielt sich einen kurzen Augenblick an der Tischkante fest, bis sich ein beweglicher Automatikgurt um seine Hüfte geschlungen hatte. Dann begann er ohne Umschweife und den üblichen Begrüßungsfloskeln mit uns zu sprechen, was mir sehr entgegenkam.

»Herr Dr. Hellbrügge, Herr Nurminen, man sagte mir, Sie hätten noch einige Fragen bezüglich des Antriebes der *Nostradamus.*«

Hellbrügge, der sich wieder voll im Griff hatte, antwortete mit ruhiger Stimme.

»Was mich betrifft, Professor Schmidtbauer, habe ich im Moment keine weiteren Fragen, aber Kapitän Nurminen wurde von mir erst vor einer Stunde über den Ablauf des geplanten Projekts informiert, deswegen würde ich Sie bitten, ihn von dem reibungslosen Funktionieren des Antriebs zu überzeugen.«

Jetzt ging es mir doch etwas zu schnell. Schließlich wollten wir ja nicht über das reibungslose Funktionieren einer variablen Kuchenbackform sprechen, sondern über eine Antriebstechnik, die sich Vorgänge in subatomaren Teilchen zunutze machte. Schmidtbauer verharrte nach Hellbrügges Worten noch eine kleine Weile reaktionslos, was daher kam, daß die Übertragungszeit zum Mond immerhin fast eineinhalb Sekunden betrug.

Er war etwa in meinem Alter, hatte schwarze lockige Haare, die ein aristokratisch wirkendes Gesicht mit klaren grauen Augen umrahmten. Seine Figur wirkte schlaksig, fast hager, was jedoch nicht verwunderlich war angesichts der langen Zeit, die er sich in der Schwerelosigkeit aufhielt. Alles in allem machte er den typischen Eindruck eines schwer arbeitenden Ingenieurs an Bord einer Raumschiffwerft. Von einem Professor war nicht viel zu bemerken.

Er setzte gerade zu einer Antwort an, aber ich konnte ihn rechtzeitig unterbrechen – trotz der Übertragungsverzögerung.

»Einen Moment, ich möchte zuvor etwas klarstellen. Herr Professor, entschuldigen Sie bitte meine Unhöflichkeit gleich zu Beginn unserer Bekanntschaft, aber im Interesse des Projektes wäre es angebracht, mich nicht nur von dem Funktionieren des Antriebs zu überzeugen, sondern mir wahrheitsgetreu über einen möglichen Einsatz des Antriebs zu berichten.«

Ich spürte förmlich, wie mich Hellbrügge von der Seite her böse anfunkelte.

Schmidtbauer änderte vorsichtig seine Sitzhaltung, während er meinen letzten Worten lauschte.

»Ich verstehe.«

Er überlegte einen Augenblick, dann fuhr er energisch fort.

»Also gut. Wie Sie bestimmt wissen, ist die *Nostradamus* im Grunde genommen baugleich mit den neuesten Expeditionsschiffen, das heißt alle Sektionen wie die Wohn- und Betriebszylinder, die Versorgungseinheiten, die Navigationshilfen oder die Kommunikationszentren usw. sind Einheiten, die nahezu unverändert übernommen wurden. Abgewandelt sind einzig und allein der Technische Bereich, in dem sich der zusätzliche Antrieb befindet und die erweiterte Energieversorgungseinheit, die aus einem zweiten Reaktor besteht.«

Komm zur Sache! dachte ich. Gleichzeitig ermahnte ich mich zur Geduld. Es war verständlich, daß er versuchte, eine Basis aufzubauen, auf der wir uns verständigen konnten.

»Mit dem neuen Antrieb, dem sogenannten ›Neutrino-Treiber‹, haben wir eine grundlegend neue Möglichkeit geschaffen, Raumschiffe weitaus schneller und vor allem kostengünstiger im innerplanetarischen Raum zu betreiben. Zum jetzigen Zeitpunkt befinden wir uns in einer, sagen wir einmal, mittleren Testphase, in der wir aber überraschenderweise auf keine größeren Probleme gestoßen sind.«

»Und auf welche kleineren Probleme sind Sie gestoßen?«

Er antwortete nicht sofort, und ich spürte förmlich, wie er begann, sich unwohl zu fühlen. Er hatte auch allen Grund dazu, denn die bisherigen Aussagen waren so wertlos wie Mondstaub.

»Das ist nicht so einfach zu erklären, aber gut, ich werde es versuchen.« Es klang wie eine kleine Ouvertüre, gleichzeitig sollte es wohl ein letzter Hilferuf an Hellbrügge sein, aber neben mir herrschte Stille.

Schmidtbauer wischte sich müde mit der Hand übers Gesicht und konzentrierte sich kurz.

»Neutrinos sind Elementarteilchen mit einer unvorstellbar geringen Masse, so gering, daß sie theoretisch jede Materie mühelos durchdringen. In jeder Sekunde wird zum Beispiel Ihr Körper von Billionen Neutrinos buchstäblich durchsiebt, ohne daß Sie es bemerken oder dadurch zu Schaden kommen. Und eben weil sie eine so geringe Ruhemasse besitzen und weder positiv noch negativ geladen sind, hat man lange Zeit angenommen, daß sie mit ihrer Umwelt überhaupt nicht oder nur in seltenen Fällen in Wechselwirkung treten. Vor einigen Jahren jedoch hat Einzinger herausgefunden, daß Neutrinos dann eine Reaktion zeigen, wenn es gelingt, ihre Eigendrehung, den sogenannten Spin, zu verändern. Die wirksamsten Ergebnisse wurden bisher mit nahe an die Lichtgeschwindigkeit beschleunigten Baryonen erzielt, die mit den Neutrinos in einem aufbereiteten Plasmafeld kollidierten.«

Schmidtbauer lächelte uns säuerlich an.

»Wir haben heute eine ziemlich genaue Vorstellung davon, was bei dieser Kollision und auch unmittelbar in den ersten Sekundenbruchteilen danach passiert. Aber all die Vorgänge, die danach folgen, liegen noch im Bereich von spekulativen Theorien. Und die gibt es reichlich, die ganze Palette rauf und runter. Angefangen von Zeit-Raum-Rissen, bis hin zu esoterisch gefärbten Erklärungen. Tatsache bleibt jedoch, daß das getroffene Neutrino für einen winzig kleinen Bruchteil eines Augenblicks seinen Spin verändert und erstaunlicherweise nicht nur dieses eine Neutrino: Alle anderen, die sich in einer bestimmten Reichweite befinden, ändern ihre Spinzahl ebenso, gerade so, als ob sie untereinander kommunizieren würden.«

Er lachte kurz auf.

»Dr. Navarro in Kalifornien sieht in den Neutrinos schlichtweg den totgesagten allgegenwärtigen Äther, der ein gemeinsames Gebilde darstellt und somit in der Lage ist, Informationen zu verarbeiten. Das ist natürlich eine reichlich naive Vorstellung.«

Ich wollte ihn gerade bitten, zum Thema zurückzukommen, als er von selbst wieder den Faden aufnahm.

»Wie gesagt, jeder bevorzugt seine eigene Theorie, schlüssig bewiesen ist bis heute gar nichts. Aber Tatsache und Realität ist, daß diese ›gecrackten‹ Neutrinos, wie sie allgemein bezeichnet werden, für einen winzigen Sekundenbruchteil eine starke Wechselwirkung auf das Gravitationsfeld ausüben. Im speziellen Fall der *Nostradamus* heißt das, daß sich unmittelbar vor dem Schiff eine physikalische Situation aufbaut, die einer Vorstufe zu einem Schwarzen Loch nicht unähnlich ist.«

Ein netter Ausdruck! Das klang so ähnlich wie die Vorstufe zur Hölle. Allmählich glaubte ich zu ahnen, auf was ich mich da einlassen sollte.

»Soll das heißen, die *Nostradamus* wird dadurch angetrieben, indem sie von einem Schwarzen Loch angezogen wird?«

»Nein, ganz und gar nicht, ich sagte, wir schaffen eine Situation, die einer Vorstufe zu einem Schwarzen Loch nicht unähnlich ist, das heißt aber nicht, daß wir ausschließlich von der Gravitation eines Schwarzen Loches angezogen werden oder gar eines erschaffen. Lassen Sie es mich anders darstellen: Wir dringen durch das Aufcracken des Neutrinospins in einen anders gelagerten Zeitintervall ein und erschaffen uns damit eine zweite horizontale Zeitachse, auf der wir uns für einen ungeheuer kurzen Augenblick bewegen.«

Ich verstand kein Wort von dem, was er mir erklärte.

»Heißt das, sie unterbrechen den Zeitfluß?«

Schmidtbauer lächelte mit Verzögerung.

»Wer sagt Ihnen denn, daß die Zeit fließt?«

So kamen wir nicht weiter. Ich schaute hilfesuchend Hellbrügge an, aber der ließ nur gelangweilt ein leeres Glas an seinem Finger über das Pult eiern.

Ich wandte mich wieder dem Bildausschnitt mit Schmidtbauer zu, der mich aus einer Entfernung von 350 000 Kilometern freundlich anlächelte.

»Schauen Sie, Herr Nurminen, vielleicht ist es einfacher, wir bleiben bei den Fakten. Der Antrieb stellt eine erste praktische Anwendung der Quantentheorie dar. Und nicht nur das: Er stößt die Tür zu einer völlig neuen Technologie auf, die sich nicht nur für den Antrieb eines Raumschiffes verwenden läßt. In naher Zukunft werden wir die Teilchenkommunikation, wie wir es jetzt noch bezeichnen, ebenfalls für Energieübertragungen benutzen können und was das für die Menschheit bedeuten würde, muß ich Ihnen nicht erklären. Aber zurück zu den Fakten: was die Funktionstüchtigkeit der *Nostradamus* und den geplanten Flug betrifft, dürfen Sie jedoch beides durchaus mit den Risiken der ersten Mondlandung vergleichen. Juri Gagarin war bei seinem Orbitalflug meiner Meinung nach weitaus höheren Gefahren ausgesetzt, während Sie, Herr Nurminen, entschuldigen Sie bitte meine Taktlosigkeit, relativ entspannt zum Mars fliegen konnten.«

Das war für meinen Geschmack alles sehr vorsichtig ausgedrückt, selbst wenn ich kein umfassendes Wissen über Teilchenphysik besaß. Also beschloß ich, noch einmal nachzuhaken.

»Na gut, aber wo könnten eventuelle Schwachpunkte am Schiff, oder vielleicht ganz direkt gefragt, am Antrieb auftreten?«

»Es klingt verrückt, aber wir haben, was den Antrieb betrifft, die Theorie der Quantenmechanik im Griff, obwohl wir sie in der Praxis nicht annähernd verstehen. Worauf wir keine Antwort geben können, liegt im Bereich der Relativitätstheorie, das heißt, wir wissen nicht, was geschieht, wenn wir den Antrieb über einen längeren Zeitraum in Betrieb nehmen, obwohl die bisherigen Testflüge ausgezeichnete Ergebnisse erbracht haben. Die Situation ist vergleichbar mit der Zündung der ersten Atombombe: Niemand war sich damals in Alamo sicher, ob genau das passieren würde, was man vorher errechnet hatte. Nun, ganz so dramatisch ist es in unserem Fall nicht, trotzdem, ich kann nicht glauben, daß wir ungestraft eine höhere Dimension einfach so zurechtbiegen können, ohne einen Preis dafür zu zahlen.«

»Und was wäre der Preis dafür?«

»Es gibt viele Möglichkeiten. Eine wäre zum Beispiel eine ungewollte Zeitverschiebung, aber das wäre noch das geringste. Viel schlimmer wäre es, wenn wir in einem Paralleluniversum landen.«

Ich bemühte mich, ernst zu bleiben. »Ich dachte, so etwas kommt nur in Science Fiction-Romanen vor.«

»Bis jetzt vielleicht, ja. Aber ich sagte es schon, wir stoßen in eine vollkommen neue Dimension vor. Auch Science Fiction lebt von Phantasien, die sich irgendwann einmal ein kluger Kopf ausgedacht hat, und die Theorie von Paralleluniversen beziehungsweise unzähligen Möglichkeiten von zeitlich oder unzeitlich nebeneinander existierenden Realwelten ist nach den heutigen Erkenntnissen nicht von der Hand zu weisen.«

Verwirrt lehnte ich mich zurück. Sollte ich das alles für wahr halten, mußte ich nach meinem bisherigen Wissen bereit sein, mit einem Verrückten zu fliegen. Andererseits hatte der Mann einen Antrieb gebaut, der die konventionelle Raumfahrt völlig auf den Kopf stellte. Zu allem Überfluß schien diese absurde Konstruktion auch noch zu funktionieren.

Ich drehte mich demonstrativ zu Hellbrügge um, aber der half mir mit seinem Schweigen auch nicht weiter.

»Ähm… Joachim, hast du noch Fragen an Professor Schmidtbauer?«

Er schaute mich wieder böse an, fing sich aber gleich wieder.

»Nein, ich hatte in der Vergangenheit schon mehrfach Gelegenheit, mit Professor Schmidtbauer über diese Themen zu diskutieren. Ich glaube, das wäre im Moment alles. Vielen Dank, Herr Professor und beste Grüße an Ihr Team!«

Ich schloß mich nickend an und winkte Schmidtbauer unpassend zu.

»Siehst du jetzt meine Probleme?«

Hellbrügge sagte den Satz ohne Emotion.

Ich glaubte, ihn zu verstehen. Wenn er auch nicht mehr über den Zustand der *Nostradamus* wußte als ich nach diesem Gespräch mit Schmidtbauer, war er tatsächlich in Schwierigkeiten.

»Weißt du«, fuhr er fort, »es ist ja nicht so, daß ich für mich entscheide, ihr fliegt mit diesem Ding da hin und schaut euch mal eine Pyramide an. Mir sitzt eine ganze Reihe von wichtigen Leuten im Nacken, die von Quantenphysik absolut keine Ahnung haben, die aber Schmidtbauers Konstruktion für das Nonplusultra halten. Vielleicht ist sie das ja auch. Schlimmer ist, daß nicht nur wir bei Space Cargo einen Schmidtbauer haben, auch in anderen Konzernen und Ländern wird seit einem halben Jahrhundert mit Teilchenbeschleunigern experimentiert. Wir sind also nicht konkurrenzlos auf diesem Gebiet. Deswegen will der Konzern endlich verwertbare Ergebnisse sehen. Und das schnell. Das plötzliche Auftauchen der Pyramide rechtfertigt in den Augen der Direktoren voll und ganz einen verfrühten Einsatz der *Nostradamus* und Schmidtbauer wird den Teufel tun und sagen, sein System wäre nicht einsatzfähig. Wenn der Flug gelingt, hat der Konzern für eine gewisse Zeit einen technischen und damit einen verkaufsbedingten Vorteil, der in der nächsten Zeit nicht so leicht einzuholen sein wird. Ein Hellbrügge, Nurminen, Schmidtbauer und wie sie alle heißen wird davon natürlich auch profitieren. Gelingt der Flug nicht… nun, dann geht der Konzern zur Tagesordnung über. Hellbrügge und Nurminen wahrscheinlich nicht, Schmidtbauer vielleicht.«

Ich lehnte mich zurück und atmete tief durch. Soweit ich das alles überschauen konnte, lagen die Karten weitgehend offen auf dem Tisch. Ungeklärt war nach wie vor die heimlich aufgenommene Begegnung mit

Appalong in Allison Walls. Es war eigenartig, aber aus irgendeinem Grund hatte ich Hemmungen, Hellbrügge darauf anzusprechen. Ich legte das Thema zunächst einmal beiseite, indem ich auf neue Nachrichten von Fritz Bachmeier hoffte.

Also blieb noch meine persönliche Entscheidung: Flug zur Pyramide oder nicht!

Das nächstliegende Problem, das ich zu lösen hatte, war – ich selbst. Mir war inzwischen klar geworden, daß ich keinen Einfluß auf die Entscheidungen meiner Mannschaft hatte, wahrscheinlich war es vermessen von mir, in diesem frühen Stadium eine Verantwortung übernehmen zu wollen. Ich verstand Hellbrügge jetzt, wenn er indirekt sagte, er würde mich gerne als Kapitän des Schiffes sehen, denn ab dann läge die Verantwortung für die Mannschaft in meinen Händen, und nicht mehr bei ihm. Nun gut, das konnte man auch anders sehen.

Was würde mit mir geschehen, wenn ich den Auftrag nicht annahm? Hellbrügge würde das akzeptieren, aber der Konzern würde unter Umständen Konsequenzen von ihm verlangen und das könnte kurzfristig ein schnelles Ende meiner Karriere bedeuten. Aber auch für die Zeit in den nächsten Jahren wäre dieser Entschluß für mich nicht unbedingt förderlich, denn wenn der Flug gelänge, wäre ich der Verlierer, der unnötig Staub aufgewirbelt hatte. Endete die Mission in einer Katastrophe, könnte man mir anlasten, durch meine Verweigerung nicht das Letztmögliche für den Konzern gegeben zu haben. Immerhin verdankte ich Space Cargo meine Karriere – und, was mir weit wichtiger war: Der Konzern war meine Heimat. Hier auf dem Areal in Manching war ich aufgewachsen, hatte die Universität besucht und mit Stolz die blau-gelben Farben getragen. Nie wäre es mir in den Sinn gekommen, Entscheidungen oder Vorhaben meiner Direktoren als Angehöriger in Zweifel zu ziehen.

Ich versuchte, alle rationalen Gedanken zu verdrängen und klopfte vorsichtig mein Innerstes ab. Freilich war hier im Planetarium der denkbar schlechteste Ort dafür, denn der Blick von der *Nostradamus* auf den Mond, der links von mir als schmale Sichel in dem Halbrund stand, und auf das kalt strahlende Band der Milchstraße, erweckte in mir eine Sehnsucht, die nur diejenigen verstanden, die das Weltall außerhalb der Erdatmosphäre erlebt hatten.

Mein Blick wanderte weiter, ganz kurz hatte ich Kontakt mit Hellbrügges Augen, die mich zweifelnd ansahen, und dann erblickte ich die Erde, ebenfalls als Sichel im schwarzen Unendlichen schwebend. Ich drehte mich langsam mit meinem Sessel herum. Die Sonne stand als leuchtender Ball hinter mir und war trotz reduzierender Filter die dominierende Lichtquelle im Raum. Obwohl sie auf dem Kuppelmonitor durch menschliche Technik dargestellt wurde, konnte ich ihre ungeheure Kraft und Natur spüren. Sie bestimmte unser Leben, ihr Tod wäre auch der unsere.

Ich lachte leise auf und drehte den Sessel so, daß ich Hellbrügge genau vor mir hatte. Mir wurde wieder bewußt, warum er diese Besprechung ausgerechnet hier veranstaltet hatte. Inszeniert wäre wohl das richtigere Wort gewesen.

»Also gut, du alter Fuchs, natürlich bin ich mit an Bord.«

Eigentlich hatte ich erwartet, daß er mir mit einem triumphierenden Lächeln antworten würde, aber nichts dergleichen geschah. Seine Reaktion war lediglich ein trauriges Nicken, das in mir sofort wieder einen schrägen Ton erzeugte.

Er wollte aufstehen, aber ich hielt ihn zurück.

»Einen Moment noch, sag mal, mittlerweile wissen

eine Menge Leute von der Pyramide. Glaubst du, daß die freiwillig den Mund halten oder bekommen sie wie damals ein Schweigegeld?«

Hellbrügge lehnte sich zurück. Seine Hände lagen scheinbar entspannt auf den Seitenlehnen, aber seine Finger flatterten nervös auf und ab.

»Es ist tatsächlich etwas Ähnliches im Gespräch, eine Erfolgsprämie nach der gelungenen Mission. Wenn der Antrieb funktioniert, ist das nur recht und billig. Außerdem wird die Pyramide ein Medienspektakel ohnegleichen werden. Falls wir es tatsächlich schaffen, mit der *Nostradamus* rechtzeitig vor Ort zu sein, werden die Aufnahmen das exklusive Jahrtausendereignis für unsere TV-Channels sein. Von den damit verbundenen Einnahmen mag ich gar nicht reden. Sie könnten unter Umständen die Kosten für das Unternehmen leicht decken. Aber zurück zum Thema Geheimhaltung: Ich weiß, daß es schwer sein wird, den Deckel auf dem Topf zu halten. Bei einer Größenordnung, die dieser Flug erfordert, müssen wir leider immer mehr Leute ins Vertrauen ziehen, aber ich hoffe, unsere wahren Absichten so lange wie möglich verbergen zu können. Auf jeden Fall will ich schon in den Startlöchern stehen, bevor potentielle Konkurrenten wissen, daß ein Rennen stattfindet.«

Er hatte die Fingerspitzen seiner zuvor unruhigen Hände aneinandergelegt und blinzelte mich nun pfiffig an. Ich registrierte eine zunehmende Lockerung in den Spannungen zwischen uns. Deswegen sprach ich mutig noch ein anderes Thema an.

»Eine Sache würde mich noch interessieren, aber sie hat nicht unbedingt mit Nofretete zu tun: Fritz Bachmeier hat mir erzählt, daß Wagner die Marspyramiden damals nicht gesprengt hat.«

Hellbrügge verzog zuerst gequält seinen Mund und lächelte dann verschmitzt. »Tja, bedauerlich! Er hatte sich nicht an die Befehle der Konzernleitung gehalten, aber er hat meine Empfehlung befolgt, nicht wirklich zu sprengen. Die Wahrheit kennen nur sehr wenige, aber eines Tages – und ich hoffe, ich erlebe es noch – werden mir einige Leute dafür dankbar sein.«

Er zögerte für einen Moment und fügte hinzu: »Und weil wir gerade so offen miteinander reden: Ich bin dir sehr dankbar für deine Zusage. Ich hatte davon mein weiteres Mitarbeiten an dem Projekt abhängig gemacht. Hättest du Nein gesagt, wäre ich, wie man früher dazu sagte, vorzeitig in Rente gegangen.«

Ich mußte ihn sehr entgeistert angesehen haben, denn er stand unvermittelt auf und tätschelte im Vorbeigehen mit einem »Alles halb so schlimm, Kapitän!« meine Schulter und verließ das Planetarium.

Wieder einmal saß ich alleine mit meinen Gedanken in einem dunklen Raum, nur die Szene um mich herum war eine andere. Seit Hellbrügge den Raum verlassen hatte, war etwa eine Viertelstunde verstrichen, wie mir die sich ständig verändernden Zahlen auf dem unteren Segment über der Tür verrieten.

»Suzanne.«

›Ja, John, ich höre dich laut und deutlich.‹

»Suzanne, ich befinde mich in Hellbrügges Planetarium und sehe Bilder von einer Kamera, die auf der *Nostradamus* installiert ist. Kannst du diese Kamera in Bewegung setzen? Einfach nur langsam um 360 Grad drehen.«

›Ja, natürlich! Wenn dir das zusagt!‹

Während ich noch über die Art und Weise der Bestätigung schmunzelte, hatte ich plötzlich den Eindruck, daß der Boden des Planetariums begann, sich wie eine Drehscheibe zu drehen. Unwillkürlich hielt ich mich an den Seitenlehnen meines Sessels fest, bis ich mir der Täuschung bewußt wurde, daß sich nicht der Boden, sondern die Darstellungen an der Decke und an den Seitenwänden bewegten. Trotz dieser Erkenntnis blieb es dabei: Ich saß hoch oben auf dem Schiff und sah, wie sich der Mond langsam in mein Blickfeld schob. Ein Teil des Schiffes wurde sichtbar, der sich gerade noch im Aufnahmebereich der Kamera befand.

»Suzanne, die Kamera ein wenig tiefer neigen, bitte!«

Ich fluchte laut, als der ganze Raum scheinbar auf das Außendeck der *Nostradamus* zu kippen drohte.

»Suzanne, langsam!« brüllte ich erschrocken.

⟩Programmtechnisch gesehen sind fünf Grad Neigungswinkel bei einer Möglichkeit von 360 Einheiten ›ein wenig‹. Ich kann aber auf ›sehr wenig‹, ist gleich ein Grad, zurückschwenken.⟨

Ich atmete tief durch.

»Suzanne, nein, verdammt! Laß sie in dieser Position – und bitte weiterdrehen wie zuvor!«

⟩Wie es beliebt.⟨

Sie klang fast etwas beleidigt, aber dieses Mal hatte das Selektionsmodul eher zufällig einen passenden Ausdruck ausgewählt.

Direkt unter mir breitete sich die mit Kontrasten überladene Schiffslandschaft aus. Im ersten Hinsehen hätte ich die Farbe der Schiffshülle, die im gleißenden Sonnenlicht lag, als weiß beschrieben, aber sie war von einem Grau, das Ästhetiker mit gutem Willen noch als eierschalenfarben bezeichnet hätten. Die diffizilen Quadrate und Dreiecke warfen so harte und skurrile Schatten, als wären sie aufgemalt.

Von der Form des Schiffes konnte ich allenfalls schwache Konturen ausmachen, denn es war in einem Defensiv-Kokon eingehüllt, der als Schutz gegen Meteoriten und vor allem gegen die harte elektromagnetische Strahlung der Sonne gedacht war. Der Kokon bestand in der Oberfläche aus unzähligen schrägen

Flächen, die sich um das ganze Schiff spannten. Von einiger Entfernung aus betrachtet, hatte man den Eindruck, einen riesigen zerknitterten Pappkarton vor sich schweben zu sehen. Unter dieser zerfurchten Hülle, die aus verglastem Faserstahl gefertigt war, lag eine im Durchschnitt zwei Meter dicke Schicht aus Betonschaum, die mit mikroskopisch feinen Quarznetzen durchzogen war. Erst dann begann die eigentliche Außenhaut des Schiffes, das durch diesen Schutzanzug größer war, als es sich in seiner Funktion selbst wirklich darstellen würde.

Diese vor einigen Jahren neu entwickelte Schutzhülle löste unter anderem den umständlich zu manövrierenden Strahlenschild ab, der bei älteren Schiffen immer in Richtung Sonne zeigte. Zusätzlich konnte man beim Bau neuerer Raumschiffe den strahlensicheren Bunker streichen, in den sich die Besatzungen nach jedem Alarm flüchten mußten, und das kam unter Umständen sehr oft vor.

Dominierend vom Standpunkt der Kamera aus, die sich hoch oben unter einer der Sende- und Empfangsanlagen befand, waren die Ausbuchtungen der beiden Zylinder, die nebeneinanderliegend den Mittelteil des Schiffes ausmachten. Die 30 Meter breiten und 50 Meter durchmessenden Zentrifugen würden bald mein nächster Aufenthaltsort sein. Mit ihrer Rotation erzeugten sie eine Gravitation von 0,6 *g*, das entsprach etwas mehr als der Hälfte der Erdenschwere, aber damit konnte man im Laufe einer Expedition recht gut leben. Ungleich schwieriger war die Anpassung nach der Rückkehr zur Erde, denn nicht jeder hielt sich akribisch an die empfohlenen Trainingseinheiten, die die Muskeln und das Knochengewebe während eines Fluges in Kondition halten sollten, um die Belastung nach der Landung auf der Erde in Grenzen zu halten.

In dem linken Zylinder waren die Kommandobrücke

und die Technische Überwachung des Schiffes untergebracht, der rechte Zylinder bestand ausschließlich aus Wohn- und Erholungsräumen. Diese Zweiteilung der Walzen hatte sich nicht nur allein aus Sicherheitsgründen recht gut bewährt. Die Antriebsmotoren, die für einen gleichmäßigen Lauf sorgten, mußten während einer Reise gewartet werden und dann stieg die Besatzung in den jeweiligen funktionierenden Zylinder um. Es war nicht besonders förderlich für den menschlichen Organismus, zu oft dem Wechsel zwischen Schwerelosigkeit und Gravitation ausgesetzt zu sein.

Und überhaupt das Thema ›Menschlicher Organismus‹. Die Strapazen einer zweijährigen Reise im innerplanetarischen Raum lagen hauptsächlich im psychologischen Bereich. Die technischen Probleme waren weitgehend gelöst, so daß eine sichere Reise garantiert war – wenn man einmal von dem besonderen Fall der *Nostradamus* absah. Weitaus größere Schwierigkeiten bereitete die Psyche eines jeden einzelnen Astronauten und daraus folgend das Zusammenleben auf einem begrenzten Raum. Deswegen war es mir vollkommen schleierhaft, wie Hellbrügge in der kurzen Zeit eine einigermaßen homogene Besatzung finden wollte. Er konnte zwar auf den Stamm des Asteroidenprojekts zurückgreifen, aber das waren außer Viktor Sargasser, Luis Santana, Voodoo und mir höchstens noch die Position des Arztes. Alle anderen Positionen mußten sich in diesem Unternehmen grundlegend von einer üblichen Mission unterscheiden. Normalerweise nahmen noch einige Raumkadetten an Projekten dieser Größenordnung teil, aber ich konnte mir nicht vorstellen, daß Hellbrügge sie hier einsetzen würde.

Die Kamera erfaßte nun den vorderen Teil des Schiffes und bot mir ein völlig ungewohntes Bild. Am Bug ragte eine schlanke, etwa 100 Meter lange Gitterkonstruktion kerzengerade nach vorn. Den Abschluß bildete ein undefinierbarer Quader, der nicht erkennen ließ, welche Aufgabe er erfüllte. Ich wußte nur, daß diese Konstruktion Neutrinozähler genannt wurde und beim Anblick dieses unscheinbar aussehenden Teiles überkam mich ein leiser Zweifel, ob ich mich richtig entschieden hatte. Eben noch war ich erleichtert über meine Wahl gewesen und nun…

Ich stand auf und verdrängte alle weiteren Gedanken. Schluß für heute mit all diesen Grübeleien! Beim Verlassen des Planetariums überlegte ich mir für einen Moment, ob ich mich in mein Appartement zurückziehen sollte, schlug aber dann doch den Weg zur VIP-Lounge ein.

»Suzanne, alle Funktionen im Planetarium auf Standby, bitte!«

›Es wird geschehen, John!‹

# 8

Heute war ein großer Tag für den Konzern. Seit der Besprechung im Planetarium waren gut zwei Monate vergangen und heute abend, am 3. November 2045, pünktlich um 21.30 Uhr, sollte die erste Energieplantage mit dem treffenden Namen *Südquelle* aus der Mondumlaufbahn gestartet werden. Zwanzig Minuten später würde die Energieplantage *Nordquelle* in die entgegengesetzte Richtung beschleunigen…

Nofretete befand sich unverändert auf ihrem bisherigen Kurs und laut Hellbrügge waren wir immer noch die einzigen, die davon wußten. Am 2. Februar nächsten Jahres sollten wir uns mit der *Nostradamus* auf die Reise begeben und die Pyramide zwei Wochen später erreichen – wenn alles reibungslos verlief.

Wenn… wenn… wenn…

Ich war zu diesem Zeitpunkt alles andere als optimistisch. In den letzten Wochen hatte ich mich hauptsächlich in den Simulationstanks für die Schiffszelle der *Nostradamus* aufgehalten. Da ich das Original nicht kannte, hatte ich bisher nur dreidimensionale Führungen durch das Schiff mit Hilfe des virrealen Kontaktsystems erlebt. Das ›Virreale Kontaktsystem‹ bestand aus zwei Komponenten: einmal aus einer kompletten und täuschend echten dreidimensionalen Projektion des Schiffes, die mir über ein Holoprogramm in einen geschlossenen Helm eingespielt wurde. Die zweite Komponente – das Kontaktsystem – ergänzte das Programm durch eine Simulation meiner räumlichen Umgebung. Auf einer Lauffläche konnte ich mich in alle Richtungen bewegen. Bewegliche Flow-Wände formten um mich herum die jeweilige Raumsituation, in der ich mich gerade bewegte. Die Simulation war damit nahezu perfekt. Im Tank befanden sich Hunderte von Tentakeln, die mit den verschiedensten Formen und Gegenständen versehen waren. Mit dienstbereiten Krakenhänden schoben sie Sitzgelegenheiten heran, hielten Griffe bereit oder bildeten Computerterminals nach. Dadurch, daß der Tank zusätzlich mit verschiedenen Flüssigkeiten geflutet werden konnte, waren Simulationen von unterschiedlicher Gravitation möglich, bis hin zu einer angenäherten Schwerelosigkeit.

So erforschte und erlebte ich die *Nostradamus* auf der Erde, während das Schiff 400000 Kilometer von mir entfernt um den Mond kreiste. Alle Veränderungen und Verbesserungen wurden sofort in das Programm eingegeben und so gewöhnte ich mich allmählich an die eigenwillige Aufteilung des ungewöhnlichen Schiffes.

Die Räume im Kommandozylinder waren dermaßen vollgestopft mit Computersystemen, daß man in der realen *Nostradamus* einige Stellen nur mit Hilfe der geringen Schwerkraft passieren konnte, die in der Achsennähe der Zylinder herrschte. Oft versperrten Bündel von Lichtkabeln den Durchgang, die behelfsmäßig mit Klebeband an freiliegenden Trägern und an der Decke befestigt waren. Schmidtbauer hatte jedoch versichert, daß diese Behinderungen bis zum Finalcheck behoben sein würden.

Vollkommen frei von technischen Einheiten war das unterste Stockwerk, in dem sich die Kommandozentrale befand. Zu meinem Bedauern waren einige

Räume, die einen Aufenthalt im Weltraum so angenehm wie möglich machen sollten, zum Teil verkleinert oder waren von den oberen Stockwerken in das untere Deck verlegt worden.

Das alles bedeutete nicht unbedingt eine drangvolle Enge auf dem unteren Deck, aber es fehlten die abgelegenen ruhigen Plätze für einen räumlichen Abstand voneinander, denn der Wunsch nach etwas Abgeschiedenheit würde sich unwillkürlich bei jedem von uns nach ein paar Wochen einstellen. Die umgekehrte Variante, daß jemand während eines Fluges ständig Gesellschaft suchte, kam in der Flotte selten vor. Der Grund hierfür lag im Auswahlverfahren für die Astronauten, denn es wurden hauptsächlich Individualisten ausgesucht, die auf einer langen Reise in einem Team arbeiteten, sich aber auch unter Umständen tagelang mit einem Problem alleine beschäftigen konnten.

Der zweite Zylinder, der als Wohn- und Freizeitraum diente, war weitgehend identisch mit dem Basismodell, wenn man davon absah, daß auch hier ein Stockwerk mit Ersatz- und Ausweichrechnern belegt war.

Damit endete jegliche Ähnlichkeit mit der *Albert Einstein*. Alle anderen Einheiten, angefangen von den Wasser-Aufbereitungsanlagen und der Sauerstoffversorgung bis hin zu den umfangreichen Lagerräumen, waren abweichend konstruiert. Zum Teil wurden völlig neue Patente angewendet, allein der Verbindungstrakt zum Versorgungslager war eine Wissenschaft für sich, denn ein sogenannter ›schleifender Kontaktkanal‹ nahm als Spiralkonstruktion die Versorgungscontainer aus den Lagern auf, in denen Schwerelosigkeit herrschte, und transportierte sie an den Außenseiten der Zylinder entlang behutsam in die jeweilige Einheit.

›Unten‹ im Schiff, 200 Meter lang und fünf Meter im Durchmesser befand sich der Teilchenbeschleuniger, der kalte Baryonen auf nahezu Lichtgeschwindigkeit brachte, um sie mit den Neutrinos, die sich frei im Weltraum bewegten, in Kollision zu bringen. Über 100000 variable Magneten waren nötig, um die Teilchen, die aus einem unaktiven Plasma gewonnen wurden, auf ihre Endgeschwindigkeit zu bringen. Die Energie dafür stammte aus einem zusätzlichen unabhängigen Fusionsreaktor, der hinten am Schiff in einer geschützten Ummantelung hing. Eben dieser Reaktor war ein Schwachpunkt des neuartigen Antriebs der *Nostradamus*. Da der Teilchenbeschleuniger mit seinen Magneten und der Neutrino-Zähler mit der Plasmaaufbereitung ungeheure Energien benötigte, sollte er während unserer Reise zweimal ausgewechselt werden. Und deswegen wurden heute die Energieplantagen vorausgeschickt – unbemannte Tankstellen, die mit einer ungeheuren Beschleunigung ins All geschickt wurden. Für Menschen wäre der gewaltige Andruck tödlich gewesen, die Energieplantagen waren Roboterschiffe, die ausschließlich von Computern gesteuert wurden. Wir mußten sie unbedingt wiederfinden, sonst würde die *Nostradamus* für alle Ewigkeit antriebslos im Raum schweben.

Ich saß mit Voodoo und Professor Schmidtbauer auf dem Podium des Pressezentrums im Zentralgebäude von Space Cargo in München. Vor einigen Jahren hatte der Konzern den prunkvollen Bau der ehemaligen Staatskanzlei an der Franz-Joseph-Strauß-Allee erworben und hier seine Zentrale errichtet. Das altehrwürdige Gebäude und die exotische Palmenallee waren heute von zahlreichen Lichtbändern hell erleuchtet, denn in wenigen Minuten würde von hier eine Livesendung beginnen, in der wir den Start der beiden Energieplantagen kommentieren sollten.

Seit einigen Stunden schon sendete der wissenschaftliche Channel des Konzerns eine Mischung aus Weltrauminformation und Showeinlagen, um die Zuschauer auf das Ereignis einzustimmen.

Unterhaltung hatte in der heutigen Zeit einen beängstigend hohen Stellenwert erhalten. Der Start zweier unbemannter Raumschiffe hätte unter normalen Umständen niemanden in die heimischen Illusionskabinen gelockt, aber in Verbindung mit der geheimnisvollen Mystik, die die *Nostradamus* umgab, war eine große Zuschauerzahl garantiert.

Außerdem war Berchtold in seinem Element. Ich mußte neidlos anerkennen, daß er gute Arbeit geleistet hatte, denn auf den steilen Rängen im engen Halbrund saßen fast ausnahmslos wichtige und prominente Personen aus dem Wirtschaftsbereich und dem Showbusiness.

Das Interesse an der Sendung war riesengroß, alle bedeutenden internationalen Stationen waren zugeschaltet. In der Eingangshalle, unter der mächtigen Kuppel des ehemaligen Armeemuseums, trotzten hartnäckige Journalisten den ankommenden Prominenten nichtssagende Gesprächsfetzen ab.

Das Pressezentrum selbst lag zwanzig Meter tief unter dem anschließenden alten Hofgarten. Den Kern der komplexen Anlage bildete ein mit 500 Sitzplätzen ausgestattetes Auditorium, das einem modernen Vorlesungssaal einer Universität in nichts nachstand. Den steilen, halbrunden Sitzplatzreihen stand ein riesiger dreidimensional projizierender Illusions-Schirm gegenüber, vor dem das Podium, auf dem wir saßen, wie ein Appetithäppchen wirkte, das vor einem geöffneten, hungrigen Rachen lag.

Besonders wohl fühlte ich mich nicht in diesem inszenierten Brennpunkt und der Umstand, daß mich Berchtold gebeten hatte, zu diesem Anlaß meine Kapitänsuniform anzuziehen (hellgelb, mit vier blauen Sternenstreifen auf einseitig grauen Revers), schlug sich auch nicht gerade positiv auf meine Stimmung nieder. Voodoo dagegen steckte in dem speziell für die Mission entworfenen Overall, natürlich knallgelb und mit der Aufschrift ›Nostradamus‹, die in gotischen Buchstaben über den gesamten linken Seitenarm lief. Die gelbe Farbe würde übrigens nicht allgemeingültig sein für die Arbeitskleidung während des Fluges. Gelb war die Kennungsfarbe für Voodoo, sowie Rot für Viktor, Grün für Luis und Blau für mich.

Schmidtbauer saß mir in einem adäquaten silbernen Overall gegenüber. Seit zwei Wochen wußte ich, daß er und zwei weitere Wissenschaftler mitfliegen würden, um sich ausschließlich um den Antrieb zu kümmern. Von weiteren Besatzungsmitgliedern war mir bislang nichts bekannt. Hellbrügge hatte mir zu verstehen gegeben, daß er erst dann die vollständige Besatzung mitteilen würde, wenn alle Sicherheitsüberprüfungen der vorgesehenen Personen abgeschlossen waren. Damit gab er mir zu verstehen, daß ich absolut nichts mit der Auswahl der Leute zu schaffen hatte.

Wie auch immer – die Zeit wurde knapp.

Moderatorin der Sendung war Corinna Hansen, eine Persönlichkeit für Shows aller Art. Auch zu dieser Wahl mußte ich Berchtold gratulieren, denn ich erhoffte mir von ihr keine allzu kritischen Fragen, die den wissenschaftlichen Teil unserer Mission betrafen. In einer kurzen Besprechung vor einer Stunde hatte sie mich über die Art der Fragen informiert, die sie stellen wollte, und ich hatte keine Einwände gehabt. Ihre Themen waren die Dauer des Fluges, die zwischenmenschlichen Beziehungen und das Leben in den Zylindern an Bord des Raumschiffes. Die technischen Aspekte waren hauptsächlich in Informationsbeiträgen besprochen worden, die vor unserem Interview gesendet worden waren.

Das Hauptereignis aber würde der Start der beiden Energieplantagen sein, den wir kommentieren sollten.

Auf dem kleinen Videoboard, das vor mir im Tisch eingebaut war und auf dem wir das gesendete Bild verfolgen konnten, war das Logo der Mission zu sehen, eine Aufspaltung des Wortes *Nostradamus* in Dreiergruppen, die untereinander angeordnet waren, außer den Buchstaben D und A, die zu zweit in einer Zeile standen und dadurch geschickt die Symmetrie des Wortblocks unterbrachen. Die auf dem Schirm abgebildeten Zeiteinheiten hatten nichts mit dem Logo zu tun, sie zeigten lediglich an, daß die Sendung in fünf Minuten beginnen würde.

Obwohl ich mich seit Monaten mit dem Gedanken vertraut gemacht hatte, daß ich mich bald wieder im Weltraum befinden würde, kam mir dieser Umstand erst jetzt, in Anbetracht dieser ersten öffentlichen Demonstration unserer Mission, so richtig ins Bewußtsein. Plötzlich schossen mir tausend unbedeutende Dinge durch den Kopf, die ich vorher unbedingt erledigen wollte.

»Herr Nurminen!«

Ich blickte verwirrt auf. Corinna Hansen hatte sich zu mir herübergebeugt und schaute mich mit ihren hellblauen Augen besorgt an.

»Alles klar? Wir fangen gleich an.«

»Ja ja. Alles bestens.«

»Prima.« Schon hatte sie sich wieder abgewandt und wechselte ein paar Worte mit einem Assistenten, der das Podium inspizierte. Mit ihren kurzen blonden Haaren sah sie aus wie ein überschlanker Junge, der unpassenderweise in einem grauen Blazer mit weißen Blümchenmuster steckte und dazu weite Hosen trug. Wie alt mochte sie wohl sein? 28 oder 29 Jahre? Egal – John, konzentriere dich, es geht gleich los – und denk daran: Es handelt sich um einen Testflug der *Nostradamus* und um nichts anderes! Keine Pyramiden auf dem Mars, keine Pyramide im Weltraum!

Ich setzte mich gerade hin und öffnete den einzigen Knopf meiner Uniformjacke. Schmidtbauer und Voodoo lenkten sich von dem Geschehen um sie herum ab, indem sie sich angeregt unterhielten. Das Bild auf dem Videoboard vor mir begann sich flatternd zu bewegen, als der Regisseur alle Kameras durchprobierte. In schneller Folge waren alle Beteiligten auf dem Podium aus verschiedenen Blickwinkeln zu sehen, gemischt mit Aufnahmen von Zuschauern.

Gleichzeitig blinkten zwischen der Bühne und dem Publikum abwechselnd rote Lichter auf. Sie zeigten den jeweiligen Standpunkt der winzigen Kameras auf, die gerade das aktuelle Bild lieferten. Die Minikameras – Insekten, wie sie von Fachleuten genannt wurden – bewegten sich auf einem hauchdünnen Metallnetz hin und her, das zwischen Podium und Zuschauertribüne gespannt war. Die Kameraleute saßen in einem separaten Raum und konzentrierten sich dort auf ihre Aufgabe.

»Ruhe bitte! Noch 30 Sekunden.«

Die nervösen Scherzchen verstummten und alle im Saal rutschten in eine Erwartungshaltung.

Ich zuckte erschrocken zusammen, als mit einem Paukenschlag die Ouvertüre zu Orffs ›Carmina Burana‹ ertönte. Auf dem Videoschirm flogen die einzelnen Buchstaben des Schriftzuges *Nostradamus* durch das Weltall und formten allmählich den Wortblock der Mission. Ich drehte mich leicht nach hinten zu dem riesigen Illusions-Schirm, auf dem ebenfalls der Vorspann ablief, und hatte das Gefühl, als würden die Buchstaben durch mich hindurch in die Sterne treiben.

Die Musik wurde etwas leiser und eine markante männliche Stimme sprach den Einleitungstext. »Heute in 100 Tagen wagt Space Cargo den Sprung in eine neue Dimension.«

Pause. Ich hörte, wie Voodoo leise flüsterte: »Außer uns bringt das keiner.«

»Heute in 100 Tagen steht die Besatzung der *Nostradamus* vor dem Tor in die Zeit.«

Dazu fiel sogar Voodoo nichts mehr ein.

Pause. Die Musik wurde noch leiser und dann wieder die Stimme (etwas weniger dramatisch): »Jetzt – live aus dem Pressezentrum der Southern European Space Cargo Convention in München: John Nurminen, Kapitän der *Nostradamus*, Karlheinz ›Voodoo‹ Wörner, Erster Offizier der *Nostradamus* und Professor Joseph Schmidtbauer!«

Tosender Beifall aus dem Publikum, während der Regisseur nacheinander unsere Köpfe zeigte, zunächst als rotglühenden Schattenriß, dann langsam mit hartem Licht von der Seite aufgehellt. Mir lief ein kalter Schauer über den Rücken.

»Mit ihnen unterhält sich heute abend unsere charmante Moderatorin Corinna Hansen!«

Es folgte eine abenteuerliche Kamerafahrt durch die Windungen des Wortblockes hindurch, hinaus in ein imaginäres Weltall mit abertausenden, rotierenden Galaxien, aus denen sich – mir fiel in diesem Moment das Wort ›ur-suppenartig‹ ein – eine künstliche Corinna Hansen formte. Oder war es die echte?

Sofort nach ihrer visuellen Erschaffung knipste sie ihr strahlendstes Lächeln an, begrüßte die Zuschauer im Saal und die zu Hause in den Illusionskabinen. Anschließend beschrieb sie ebenso dramatisch wie die markante Vorspann-Stimme den heutigen historischen Anlaß.

Danach wandte sie sich unvermittelt mir zu.

»Kapitän Nurminen, ich muß Ihnen gleich zu Beginn eine Frage stellen, die mich und die viele Zuseher brennend interessiert: Wie heißt der Designer ihrer prachtvollen Uniform?«

Der Gag kam nicht gleich rüber, aber dann hatten ihn die Zuschauer verstanden. Sie johlten auf, klatschten frenetisch und trampelten mit den Füßen vor Begeisterung.

Na gut. Meinetwegen.

Damit war ein guter Anfang gemacht. Ich mußte nur aufpassen, daß ich mich nicht lächerlich machte.

»Er heißt Günther Hoffmann, arbeitet hier in München in der Hohenzollernstraße und ich glaube, ich kann mit ihm sehr zufrieden sein«, antwortete ich mit einem höflichen Lächeln. Günther würde sich bestimmt über die kostenlose Werbung freuen.

Damit war das Thema erledigt und Corinna Hansen kam auch gleich zur Sache.

»Wir haben am Anfang gehört, Sie und Ihre Besatzung werden durch die Zeit reisen. Ist das richtig?«

Wenn ich das wüßte.

»Nein. Diese Aussage ist in dieser Form sehr dramatisch gewählt, aber man kann sie dahingehend korrigieren, daß wir während unserer Reise eine Abkürzung über eine mögliche Zeitachse benutzen.«

So, dachte ich, daran kann sie erst mal knabbern.

Sie ließ sich jedoch nicht beirren, ließ mich geschickt links liegen und wandte sich an Schmidtbauer, dem sie die gleiche Frage stellte. Er rieb sich an der Nase und holte weiter aus.

»Allgemein versteht man unter einer Zeitreise eine Reise in die gegenwärtige Zukunft oder Vergangenheit. Dazu sind wir nicht in der Lage...«

»Erklären Sie einem Laien wie mir, was das heißt: gegenwärtige Zukunft oder Vergangenheit?«

Aha, sie hatte gut aufgepaßt.

»Nun, lassen Sie es mich an einem konkreten Beispiel erklären. Vor ein paar Wochen hatte ich zum ersten Mal die Gelegenheit, mich mit Kapitän Nurminen zu unterhalten, nur befand er sich auf der Erde, und ich hielt mich auf der *Nostradamus* auf, die den Mond umkreist. Seine Worte waren also rund eineinhalb Sekunden unterwegs, ehe sie mich erreichten, das heißt, zu dem Zeitpunkt, in dem ich sie hörte, waren sie für mich Gegenwart, für ihn aber – zu diesem Zeitpunkt – Vergangenheit, denn er hatte sie ja schon vor eineinhalb Sekunden ausgesprochen. Er sprach zu mir also aus der Vergangenheit heraus.«

»Das klingt sehr verwirrend.«

»Vielleicht sollte ich mich anders ausdrücken: Jedes Lebewesen lebt in seiner eigenen Zeitsphäre. Alles, was es um sich herum erfährt oder spürt, ist Vergangenheit. Den Donner eines Gewitters hört man erst, nachdem er kurz zuvor in einiger Entfernung ausgelöst wurde. Auch einen Blitz nimmt man erst Sekundenbruchteile später wahr, nachdem er sich entladen hat. Wir kommunizieren untereinander in der Vergangenheit, die wir als gegenwärtig empfinden. Die Differenz ist natürlich nur gering.«

»Ist das aber nicht ganz natürlich?«

»Wir bezeichnen es als natürlich, weil wir instinktiv eine Übereinstimmung getroffen haben, eine statistisch nahezu hundertprozentige Gleichzeitigkeit als natürlich anzusehen.«

Corinna Hansen atmete tief durch und schaute Voodoo resignierend an.

»Herr Wörner, müssen Sie das ebenfalls alles verstehen oder ist Ihr Aufgabengebiet etwas einfacher gelagert?«

»Viel einfacher! Die beiden Herren müssen sich überlegen, wohin wir fahren – ich muß nur lenken!«

Das Publikum klatschte begeistert Beifall und damit waren wir wieder am Anfang.

Sie lächelte und fixierte ein eigenes kleines Videoboard, auf dem ihre Stichworte eingespielt wurden. Nachdem wieder einigermaßen Ruhe herrschte, sprach Voodoo mit einem schelmischen Grinsen schnell weiter.

»Vielleicht sollte ich meiner Aussage noch etwas hinzufügen: Kapitän Nurminen hat es anfangs erwähnt, wir müssen eine Abkürzung benutzen, aber durch welches Geflecht wir uns letztendlich bewegen, darüber haben wir bis jetzt nur eine ungefähre Vorstellung.«

»Ich habe hier eine kritische Stellungnahme von Professor Jürgeleit, in der er das Projekt als eine Art ›digitale Höhlenmalerei‹ bezeichnet. Was meint er damit?«

Voodoo verzog säuerlich das Gesicht. Ich konnte mir gut vorstellen, wie es in ihm brodelte. Wortschöpfungen dieser Gattung waren sein Revier und darin hatte kein anderer das Recht zu jagen, auch ein Professor nicht.

»Professor Jürgeleit hält uns für Wilde, die versuchen, mit Hilfe eines Computers eine Höhle anzumalen. Dabei wollen wir gerade das Gegenteil erreichen, nämlich Schritt für Schritt eine neue Dimension ausmessen, von der wir bislang keine Ahnung hatten, daß sie für uns jetzt schon erreichbar ist.«

Voodoo kam langsam in Fahrt, aber Corinna bremste ihn geschickt aus.

»Mal eine ganz andere Frage: Ziel der Expedition ist es, einen neuartigen Antrieb zu erproben. Kann denn der Flug für Sie und Ihre Besatzung gefährlich werden, Kapitän Nurminen?«

Diese Frage hörten die Konzerndirektoren bestimmt nicht gerne, deswegen zögerte ich nicht lange mit der Antwort. »Die *Nostradamus* hat zahlreiche Flüge auf kürzeren Distanzen ohne Beanstandung hinter sich gebracht und nun ist es an der Zeit, daß wir den Beweis erbringen, daß sie auch für längere Fahrten tauglich ist. An dem Raumschiff haben die fähigsten Ingenieure sorgfältige und akribische Arbeit geleistet. Ich denke, wir werden eine interessante Reise ohne Zwischenfälle erleben.«

Nach meinen belanglosen und nichtssagenden Sätzen hatte unsere charmante Moderatorin endlich Gelegenheit, auf den eigentlichen Grund der Sendung hinzuweisen.

»Damit Sie eine Reise ohne Zwischenfälle erleben, werden heute abend zwei Energieplantagen aus der Mondumlaufbahn gestartet, die auf Ihrer Reiseroute geparkt werden und – tja, die *Nostradamus* wird dann dort anhalten und auftanken. Ist das richtig, Herr Kapitän?«

»Genau. Wenngleich das ›Auftanken‹ nicht einfach ein kurzer Stop sein wird, bei dem Brennstoff umgeladen wird. Vielmehr werden wir uns dort einige Tage aufhalten, denn wir müssen einen Reaktor mit einer Kantenlänge von etwa 50 Metern auswechseln. Außerdem werden wir zusätzlich Material übernehmen, das wir auf dem Flug bis dahin verbraucht haben oder erst ab diesem Zeitpunkt benötigen.«

»Was werden wir denn sehen, wenn die Energieplantagen starten?«

»Nicht sehr viel. Diese Raumschiffe sind unbemannte Versorgungseinheiten, die mit hoher Beschleunigung aus der Mondumlaufbahn heraus starten. Ich vermute, daß wir sie Sekunden nach dem Start aus den Augen verlieren werden.«

Corinna Hansen lehnte sich zurück und wendete sich der aktuellen Kamera zu.

»Dann wäre jetzt eine gute Gelegenheit, meinen Kollegen Sven Bury auf dem Mond zu fragen, wie denn die Dinge dort stehen?«

Ich drehte mich mit meinem Sessel zu dem hinter mir wabernden Illusions-Schirm um, auf dem eine hart beleuchtete Berglandschaft vor einem schwarzen Firmament erschien. Die Wirkung des riesigen Schirms war beeindruckend realistisch. Soeben ertönte eine steril klingende Stimme, deren Besitzer anscheinend in einem Raumanzug steckte und uns im typischen Mondjargon begrüßte.

»Wünsche einen fahlen Platz allen dort unten auf der Erde. Dachte mir, wäre eine gute Idee, die Gelegenheit zu nutzen, aus den warmen Ecken rauszugehen und schöne Steine zu zeigen. Bin übrigens hier zu seh'n, wenn die Kamera mal näher ranfährt.«

Majestätisch langsam zoomte der Kameramann über sandiges Gestein auf einen gezackten Berggrat zu und allmählich erkannte man einen winkenden Arm eines winzig wirkenden Menschleins, das dort einsam neben einem kleinen Teleskop hoch oben auf einem Felsen stand.

Unser Publikum spendete herzlichen Applaus, denn auf dem Mond begann sich in den letzten Jahrzehnten eine eigene Art der Spezies Mensch zu etablieren, die eine eigentümliche Sprache entwickelt hatte.

So bedeutete zum Beispiel der Gruß ›Ich wünsche einen fahlen Platz‹ die Sehnsucht nach einer Stelle auf der Mondoberfläche, an der man nicht einem allzu harten Lichtkontrast ausgesetzt war, der auf Grund der fehlenden Atmosphäre unserem Trabanten zu eigen war. Das bewußte Ignorieren von ›Ich‹ oder ›Wir‹ entstammte der lässigen Ausdrucksweise der kauzigen Mondprospektoren, die während ihrer langen und einsamen Expeditionsfahrten durch diese einmalige Natur jedes überflüssige Wort vermieden. ›Schöne Steine‹ hieß übrigens nichts anderes als ›eine schöne Landschaft‹.

Bury war aber wohl kein Mondbewohner, denn er sprach wie ein ›normaler Erdenmensch‹ weiter.

»Seit einigen Wochen können wir von hier mit bloßem Auge zwei dicht nebeneinander fliegende Punkte am Himmel regelmäßig vorbeiziehen sehen.«

Er deutete nach oben, und die Kamera schwenkte hinauf ins Schwarze. Nach einigen zittrigen Einstellungen kristallisierten sich zwei helle Objekte heraus, die sich schnell vor einem gesprenkelten Sternenteppich hinwegbewegten. In diesem Moment hatte sich die Automatik der Übertragungskamera angehängt und vergrößerte rasch in kurzen Sprüngen die beiden Energieplantagen, die sich in 80 Kilometer Höhe über die Mondoberfläche bewegten.

Häßliche, unförmige Klötze schwebten nebeneinander auf dem Videoboard vor mir. Seitlich, entlang der Kanten, ragten asymmetrisch wuchtige Schutzschilde aus den Plantagen hervor. Sie würden – nach dem veralteten Prinzip früherer Konstruktionen – die empfindliche Technik im Innern der Schiffe vor der harten Strahlung der Sonne schützen.

Bury sprach weiter und erklärte die technischen Einzelheiten der Plantagen, aber ich hörte nicht mehr hin. Wie ein seniler Greis saß ich vornübergebeugt auf der Kante meines Sessels und starrte den Bildschirm an, auf dem die monströsen Containerschiffe scheinbar inaktiv im Raum schwebten.

Es war also soweit.

Diese kantigen Gebilde würden unsere Rückkehr zur Erde bedeuten, falls wir sie dort draußen, weit unter und über der Mars- und Jupiterbahn wiederfinden würden. Ich hatte Bedenken wegen der Trägerkonstruktion der Energieplantagen geäußert, weil mir die vorgesehene Beschleunigung der Fusionstriebwerke zu hoch erschien, aber Viktor hatte mich beruhigt. All seine Berechnungen hatten in den Simulationstests ausreichend positive Werte ergeben, obwohl die Kombination aus Trägerplattform und Energieplantage eine absolute Neukonstruktion war, denn bisher wurde diese Art von Lastraumschiff hauptsächlich zu Transporten von den Fabrikationsanlagen der Plantagen auf dem

Mond zu den Verteilerwerften in der Umlaufbahn benutzt. Um die benötigte Geschwindigkeit zu erreichen, waren zusätzliche Booster auf der Plattform montiert worden. Dementsprechend glich die ganze Konstruktion eher einer phantasiereichen Ansammlung von mehreren Schrotthaufen, wenn auch mit einigen geordneten geraden Kanten hier und dort.

*Südquelle* und *Nordquelle* würden, nach dem Rendezvous mit der *Nostradamus,* in eine komplizierte, aber genau berechnete Reise in die Umlaufbahn des Mars einschwenken. Kompliziert deshalb, weil die Treibstoffreserven zu diesem Zeitpunkt knapp sein würden und nur sehr günstige Bahnfenster für den Marsanflug in Frage kamen. Danach würden beide ihre Geschwindigkeit weiter abbremsen und ihren Weg nahe an der Sonne vorbei suchen – auf die andere Seite unseres Planetensystems und schließlich zur Erde zurückkehren.

»... drei... zwei... eins... Schub – ab jetzt!«

In meinen Gedanken verloren hatte ich die letzten Minuten vor dem Start der ersten Energieplantage verpaßt. Irgendeine Stimme hatte die Sekunden des Countdowns mitgezählt und kommentierte nun nüchtern die Beschleunigungswerte. Die massige *Südquelle* schien zäh in Fahrt zu kommen, aber der Eindruck täuschte. Zum einen mußten die Triebwerke nicht wie auf der Erde zum Zweck der Stabilisation von Anfang an auf volle Leistung gefahren werden, und zum anderen war dem etwa 200 Meter langen Raumschiff auf eine gewisse Entfernung hin optisch die Geschwindigkeit nicht sofort anzusehen. Erst als auf unseren Bildschirmen eine andere Einstellung von einem in der Nähe befindlichen Raumfahrzeug gezeigt wurde, offenbarte sich die immer größer werdende Beschleunigung. Eine Kamera, die auf der *Nordquelle* montiert war, zeigte das von den Triebwerken hellrot erleuchtete Heck der schnell kleiner werdenden *Südquelle.*

Das Publikum im Auditorium war geschlossen aufgestanden und spendete lang anhaltenden Beifall. Als die für meinen Geschmack etwas zu frenetisch ausgefallene Kundgebung etwas abgeklungen war, wandte sich Corinna Hansen an mich.

»Kapitän Nurminen, ich glaube, das Unternehmen läßt sich gut an. Sind Sie zufrieden?«

»Wenn in etwa 20 Minuten die zweite Energieplantage ebenso gut wegkommt, woran ich nicht zweifle, dann haben wir den ersten Baustein für unser Unternehmen gelegt und damit muß man einfach zufrieden sein!«

»In drei Monaten startet die *Nostradamus.* Voraussichtlich wird die Reise 15 Monate dauern. Gestatten Sie mir eine intime Frage: Wie wirkt sich denn diese lange Dauer auf... äh... sagen wir einmal... die Beziehung zum anderen Geschlecht hin aus?«

Kichern im Publikum.

Ich versuchte, verständnisvoll zu lächeln.

»Nun, wir können niemandem an Bord vorschreiben, was er mit seiner Freizeit anfängt. Andererseits werden wir mehr als genug davon haben und dazu sind wir zusätzlich auf einen engen Raum eingegrenzt. Ich muß also während des Fluges auf das Verständnis und die Einsicht der Besatzungsmitglieder zählen.«

Meine verschlossene Miene verriet ihr, daß aus mir zu diesem Thema nicht mehr herauszuholen war und so stellte sie Voodoo hartnäckig die gleiche Frage. Dieser ließ sich aber auch nicht aufs Glatteis führen und fing an, von Verantwortung und ›eiserner‹ Disziplin zu sprechen.

Ein heikles Thema, immer wieder gerne gefragt in Talkshows und gesellschaftlichen Interviews. Es gab ein ungeschriebenes Gesetz unter Astronauten, dieses Problem in der Öffentlichkeit herunterzuspielen, denn allzu gerne wüßten die Ehepartner oder Lebensgefährten der Astronauten beiderlei Geschlechts gerne Genaueres über mögliche Beziehungen an Bord eines Raumschiffes. Die Wahrheit war schlichtweg die, daß das Zusammenleben an Bord alles erlaubte, solange es dem durchzuführenden Projekt nicht schadete, nach dem Motto: An erster Stelle steht das Schiff... Das hieß jedoch nicht, daß gleich nach dem Start ein fröhlicher Partnertausch im Schiff stattfand, sondern in den meisten Fällen wurden bestehende Beziehungen respektiert und geachtet. Das traf nicht unbedingt für Unternehmungen zu, die länger als ein halbes Jahr dauerten und die waren bisher nicht so zahlreich. Die Exkursionen anderer Konzerne zu den Asteroiden waren eindeutig ein Problem in dieser Hinsicht. Auch längere Mondaufenthalte waren für eine feste Beziehung nicht unbedingt förderlich. Unter den Menschen, die sich jetzt auf dem Mars aufhielten, befanden sich viele Paare mit Ehevertrag, ansonsten galten die gleichen gesellschaftlichen Regeln wie auf der Erde. Was unser Unternehmen betraf, so mußte ich zugeben, daß wir in dieser Hinsicht versäumt hatten, uns ernsthaft Gedanken darüber zu machen. Hellbrügge hatte für das Asteroidenprojekt in Erwägung gezogen, eine Prostituierte mit an Bord zu nehmen, aber ich bezweifelte, ob das auch für die *Nostradamus* galt.

Voodoo beendete gerade seine weitläufige Erklärung mit dem scheinheiligen Hinweis, daß der Konzern natürlich auch in dieser Hinsicht die Besatzungen sorgfältig auswählen würde.

»Ist Ihnen die vollständige Besatzung der *Nostradamus* überhaupt schon bekannt, Herr Wörner?«

Plötzlich trat in ihre Augen ein Funkeln, und sie rutschte aufgeregt hin und her. Voodoo wollte ihre

Frage verneinen, aber sie ließ ihn nicht zu Wort kommen und wedelte mit einem kleinen Videoboard.

»Nun, meine Herren, dann habe ich eine kleine Überraschung für Sie. Herr Hellbrügge war so freundlich und hat mir soeben die Besatzungsliste überlassen. Er hat mir versichert, daß sie als offiziell gilt und damit endgültig feststeht.«

Oh, wie ich diese Frau Hansen in diesem Moment haßte! Eigentlich hätte ich Hellbrügge hassen müssen, aber diese Person war körperlich anwesend. Nun säuselte sie etwas von Exklusivität und neuesten Nachrichten.

Ich beugte mich nach vorne und zischte sie höflich an: »Darf ich einmal sehen?«

Sie wechselte das Videoboard von ihrer rechten in die linke Hand und hielt es trotzig von mir abgewendet in die Höhe.

»Zuvor noch eine kurze Frage, Kapitän Nurminen: Können denn untrainierte Teilnehmer in der kurzen Zeit, die noch bis zum Start verbleibt, überhaupt für den Weltraum und die *Nostradamus* vorbereitet werden?«

Jetzt nur nicht die Beherrschung verlieren!

Ich lehnte mich wieder zurück und versuchte entspannt zu antworten.

»Durch den Einsatz virrealer Darstellungen in unseren Trainingszentren ist es heutzutage kein Problem, Personen innerhalb kürzester Zeit auf einen neuen Raumschifftyp oder besondere Vorkommnisse zu konditionieren. Damit lernen die Personen vor allem den Grundriß eines Schiffes kennen und in speziellen Programmen das Verhalten in allen möglichen Situationen, die während eines Fluges auftreten können. Das Hauptproblem liegt in der psychischen Stabilität eines jeden Einzelnen... Darf ich die Liste nun einmal sehen?«

»Aber natürlich! Hier, ich lege sie auf den großen Schirm, damit sie von allen gesehen werden kann.«

Es war nicht zu fassen! Nun präsentierte eine Fernsehmoderatorin die Besatzungsliste meines Raumschiffes! Ich atmete tief durch. Das Ganze roch nach abgekartetem Spiel. Wahrscheinlich hatte sie Anweisung, die Liste auf jeden Fall öffentlich bekanntzugeben, bevor ich sie gesehen hatte. Als die Namen auf dem Schirm vor mir erschienen und ich sie kurz überflogen hatte, wurde mir schier schlecht vor Ärger und Wut.

John Nurminen, Kapitän
Viktor Sargasser, Erster Offizier
Karlheinz Wörner, Pilot und Computeroffizier
Luis Santana, Versorgungsoffizier, Logistik
Prof. Joseph Schmidtbauer, Technischer Offizier für Antriebsanlagen
Dr. Helene Meyer, Antriebstechnik
Ing. Sascha Meier, Antriebstechnik
Halbmond, Analytikerin, Parawissenschaften
Dr. Vivian Weiss, Ärztin
Dr. Matthew Appalong, Astronomie und Astrophysik
Dr. Richard Ballhaus, Nexialist und Mathematiker
Hagen Lorenzen, Biologe
Kadett Reinhard Wolfen, Dokumentation

Von den neben mir zwölf aufgeführten Personen waren mir fünf noch nie in meinem Leben begegnet. Dr. Helene Meyer war Schmidtbauers Lebensgefährtin und gleichzeitig seine rechte Hand. Sie lebte mit ihm seit drei Jahren auf der *Nostradamus* und hatte als einzige an allen Testflügen teilgenommen. In einem vor sich hingemurmelten Satz hatte Schmidtbauer sie als ›fanatisch‹ und ›verrückt‹ bezeichnet, was den Antrieb betraf. Viel mehr wußte ich nicht von ihr, aber sie schien einen sehr revolutionären Charakter zu besitzen.

Ich hatte mit ihr als Besatzungsmitglied gerechnet und hoffte darauf, daß es mit beiden als einer eingespielten Lebensgemeinschaft keine Schwierigkeiten geben würde.

Gänzlich anders lag der Fall mit Dr. Vivian Weiss. Sie war zweifellos eine hervorragende Allgemeinmedizinerin und besonders geeignet für auftretende Schwierigkeiten, die Improvisationstalent und ein Gespür für die jeweilige Situation erforderten, aber ihr exotisch gutes Aussehen und ihre allzu freizügige Einstellung dem anderen Geschlecht gegenüber konnte ungeahnte Feindseligkeiten unter den männlichen Besatzungsmitgliedern entfachen. Vivian erweckte mit ihrer Ungezwungenheit in jedem Mann das Gefühl, der Brennpunkt ihrer Begehrlichkeiten zu sein. Mit ihren aufgebauschten Rastalocken, ihrer guten Figur und ihren großen kindlich blauen Augen sollte sie alles andere als eine Ärztin in einem 10500 Kubikmeter großen Raumschiff sein, das längere Zeit im Weltall unterwegs war. Vor drei Jahren war sie mir als Schiffsärztin auf der *Albert Einstein* für eine sechsmonatige Mission zu den stationären Venussatelliten zugeteilt gewesen. Anfangs waren wir alle begeistert von ihrer Souveränität und der Herzlichkeit, mit der sie ihren Beruf ausübte. Als wir jedoch wieder in die Umlaufbahn unseres heimischen Mondes einflogen, war die Atmosphäre an Bord vergiftet. Jedes männliche Besatzungsmitglied im Schiff beäugte eifersüchtig den anderen. Leider war auch ich darunter, denn ich hatte als Kapitän gegen eine der wichtigsten Grundregeln verstoßen: keine Beziehung zu jemandem von der Besatzung. Eine Ernennung zum Kapitän brachte nicht nur mehr Gehalt, Ansehen und alle anderen Annehmlichkeiten des täglichen Lebens, sondern isolierte einen gleichzeitig zu einem menschlichen Neutrum. Mit jeglicher Unvorsichtigkeit auf der sexuellen Ebene, mit jedem unbedacht ausgesprochenen Wort konnte ich meine Autorität auf dem Schiff in Zweifel ziehen und dem Tratsch und Klatsch auf einer langen Reise willkommene Nahrung liefern. Am einfachsten wäre es gewesen, einen Ehevertrag einzugehen, um sich dahinter verschanzen zu können. Viele meiner Kollegen hatten das getan, manche tatsächlich nur auf dem Papier, um allen Vermutungen aus dem Wege zu gehen. Zu diesem Thema gab es im ›Psychologischen Handbuch für Schiffsführer‹ ein ausführlich besprochenes Kapitel mit zum Teil außergewöhnlichen Vorschlägen, was den Umgang eines Kapitäns mit dem anderen Geschlecht betraf. Ich hatte das Werk mit Schmunzeln gelesen und es anschließend mit Überheblichkeit zur Seite gelegt, denn selbstsicher, wie ich mich einschätzte, war ich überzeugt davon, nie mit solchen Problemen konfrontiert zu werden. Heute dachte ich anders darüber, denn Frau Doktor Vivian Weiss hatte mir damals von Anfang an den Kopf verdreht.

Im nachhinein gesehen waren es die schwärzesten Tage in meiner Laufbahn, obwohl sie mir in jenen Stunden mehr rosa als schwarz erschienen. Gleich in der ersten Woche nach dem Start erlebte ich eine leidenschaftliche Nacht mit Vivian. Ich war überzeugt, eine intelligente und schöne Lebensgefährtin nicht nur für die Zeit der damaligen Reise gefunden zu haben. Das Schiff als Umgebung war mir gleichgültig geworden, und ich hätte am liebsten der Besatzung sofort ganz offiziell und altmodisch meine Verlobung mit der schönen Dr. Vivian Weiss mitgeteilt. Zwei Tage später wurde ich zufällig Zeuge, als sie engumschlungen mit einem Raumkadetten Zärtlichkeiten austauschte. Der Verfasser des psychologischen Handbuches hätte in mir eine äußerst interessante Fallstudie zum Thema

›Beziehungen an Bord eines Raumschiffes‹ bekommen. Recht bald erkannte ich, daß Vivian sich nicht nur der Männer im Schiff regelrecht ›bediente‹ und sie gegeneinander ausspielte, sondern sich auch noch in der Rolle der männerbeherrschenden Königin gefiel, die sie mit jedem weiteren Tag ausbaute. Schließlich kam es so weit, daß fast jeder in der männlichen Besatzung versteckt oder offen um ihre Gunst bettelte und jeden anderen mißtrauisch beobachtete, der ihr zu nahe kam. Hätte die Reise nicht bald ein Ende gehabt, ich glaube, es wäre zu ernsthaften Handgreiflichkeiten gekommen. Es war mir bis heute unbegreiflich, wie wir uns in eine solche Situation bringen konnten. Alle an Bord waren ausgesuchte, handverlesene Spezialisten für eine höchstwichtige und teure Mission gewesen, aber wir hatten uns wie unreife Teenager verhalten, die sich auf einem Schulausflug befanden.

Vivian Weiss hatte ich danach nie wiedergesehen.

»...auffälliges Mißverhältnis besteht, Kapitän Nurminen?«

Ich fuhr erschrocken hoch. »Wie bitte?«

Corinna Hansen blickte mich mit einer Mischung aus Verständnis für einen alten taubstummen Trottel und wachsender Ungeduld gegenüber einem Kleinkind an.

»Ich sagte eben, daß es ein auffälliges Mißverhältnis in der Zahl von Männern und Frauen an Bord der *Nostradamus* gibt und hatte gefragt, ob Sie das auch so sehen.«

Ich suchte schnell nach einer unverfänglichen Antwort. »Nein, ganz und gar nicht, denn wenn ich mir die Neuzugänge auf dieser Besatzungsliste ansehe, dann erkenne ich ein Verhältnis von 6:3, und das ist nicht so übel für das weibliche Geschlecht.«

Das war eine ziemlich armselige Argumentation von mir, und das Publikum auf den Rängen quittierte sie mit einem amüsierten Raunen und nach einigem Zögern schließlich mit offenem Gelächter, als Frau Hansen zielstrebig nachfragte, wie es denn mit den vier Männern der Stammbesatzung stehe, die ich bei meiner Rechnung so geschickt ausgeklammert hätte, wobei sie das Wort ›Männer‹ besonders betonte.

Da ich nicht in der Stimmung war, mich in eine oberflächliche Diskussion hineinziehen zu lassen, versuchte ich, ehrlich zu antworten.

»Sehen Sie, ich weiß nicht, warum es sich so ergeben hat, aber wir vier bilden schon seit Jahren eine Gruppe, die sich untereinander ausgezeichnet versteht. Warum sich keine Frau darunter befindet, weiß ich nicht, es ist nun mal so. Und was uns Männer betrifft (ich machte eine dezente Pause nach ›Männer‹): Luis Santana ist verheiratet und hat drei Kinder, Viktor Sargasser und Karlheinz Wörner leben seit Jahren mit angesehenen und verständnisvollen Partnerinnen zusammen, die ich seit langem kenne und sehr schätze. Es ist für diese Frauen bestimmt nicht leicht, für die Dauer von einem Jahr oder länger alleine auf der Erde zurückzubleiben. Zu meiner Person kann ich sagen: Es ist richtig, ich befinde mich zur Zeit in keiner festen Beziehung, aber um auf Ihre versteckte Frage zurückzukommen, was würden Sie wohl dazu sagen, wenn Sie in einem Jahr in den Nachrichten hören, Kapitän Nurminen, zur Zeit in Marsnähe, veranstaltet Orgien auf der *Nostradamus*?«

Ich hatte mich bewußt in den letzten Sätzen sehr bestimmend und auch etwas übertrieben ausgedrückt (hoffentlich war ich nicht rot dabei geworden) und die Wirkung war dementsprechend. Für einen kurzen Moment herrschte betretenes Schweigen, aber Corinna Hansen wäre keine gute Moderatorin gewesen, hätte sie sich nicht wieder schnell gefangen.

»Nun gut, nachdem mir Kapitän Nurminen nun den Kopf gewaschen hat (befreiendes Gelächter im Publikum), könnten wir uns wieder mit Sven Bury auf dem

Mond beschäftigen, wo der Start von *Nordquelle* kurz bevorsteht.«

Meinetwegen. Ich drehte meinen Sessel zum großen Schirm hin, um das Spektakel besser genießen zu können, kam aber in meinen Gedanken schnell wieder zur Besatzungsliste zurück.

Appalong. Wie, zum Teufel, kam Appalong auf die Liste! Während der Name von Dr. Vivian Weiss in mir Wut und Ärger ausgelöst hatte, empfand ich bei seiner Nominierung ein beklemmendes Gefühl. Obwohl ich ihn in den wenigen Stunden in Allison Walls durchaus als kundigen Wissenschaftler und sympathischen Menschen kennengelernt hatte, waren mir sein Bekenntnis zu einer religiösen Sekte und sein temperamentvoller Gefühlsausbruch am Ende unserer Begegnung Zeichen zur Vorsicht. Trotzdem, er erschien mir nicht als der Mann, der schnell seine Nerven verlor, vielleicht konnte er tatsächlich mit seinem Wissen eine Bereicherung an Bord sein. Am meisten störte mich wahrscheinlich der für mich undurchsichtige Weg, auf dem er es geschafft hatte, an der Mission teilzunehmen.

Mit Raumkadett Wolfen war ich mehr als nur einverstanden. Schon damals, als ich ihn um die Aufnahmen bat, hatte ich mich mit ihm sehr gut verstanden, denn in ihm spiegelten sich meine Anfangsjahre in der Flotte wieder. Er besaß die gleichen Antriebskräfte und Voraussetzungen wie ich vor vielen Jahren, und eine Reise durch unser Planetensystem war für ihn nicht nur Faszination, sondern stellte auch sein Leben dar. Und so würde es immer für ihn sein. Ich beneidete ihn aufrichtig um den Umstand, ganz am Anfang einer Karriere zu stehen und hatte mir vorgenommen, ihn in allen möglichen Bereichen zu unterstützen. Diese Art von Protektion war in der Konzernflotte keine Seltenheit. Zu meiner Zeit gab es das auch schon, allerdings mit sehr viel mehr Diskretion und versteckter Hilfe. Reinhard Wolfen war von Hellbrügge also nicht nur rein zufällig auf die Liste gesetzt worden, sondern weil er von meinen – sagen wir einmal – väterlichen Gefühlen zu dem Kadetten wußte.

Von den restlichen Besatzungsmitgliedern wußte ich dagegen überhaupt nichts – und das verursachte in mir mehr als nur Hilflosigkeit. Ich wußte weder, wer oder was ›Halbmond‹ war, beziehungsweise, was der merkwürdige Name bedeutete, noch was ein Nexialist sein sollte.

Plötzlich war eine undefinierbare Unruhe im Raum. Auf dem großen Schirm war nichts Aufregendes zu entdecken, außer der Energieplantage, die noch regungslos in den Sternen hing. Corinna Hansen runzelte die Stirn und hob fragend den Kopf. Ich drehte meinen Sessel und entdeckte hektische Bewegungen auf der Zuschauertribüne, die ohne erkennbaren Mittelpunkt erfolgten.

In meinem linken Ohr piepste es.

Suzannes Stimme war ganz kurz zu hören, ohne daß ich verstanden hatte, was sie sagte, dann aber…

»John, Fritz hier! Runter, schnell… in Deckung! Verdammt!«

Ich reagierte nicht sofort, aber als links neben mir etwas auf den Tisch klatschte und ein häßliches ausgefranstes Dreieck hinterließ, wirbelte ich instinktiv mit dem schweren Sessel herum und sprang mit einer ungelenken Bewegung hinter das Podium. Mit seitlich wegrutschenden Knien kam ich auf dem glatten Boden auf und robbte hastig wieder näher an die niedrige Kante heran.

Von irgendwo schrie eine Frauenstimme. Auf der anderen Seite des Podests plumpste etwas auf den Boden und für Sekundenbruchteile sah ich einen scharrenden Fuß zur Seite weghuschen. Laute Rufe, gemischt mit spitzen Schreien waren jetzt überall in dem großen Raum zu hören. Schnell trampelnde Schritte auf dem

Podium mischten sich dazu. Ein Gesicht wurde über mir sichtbar und ich duckte mich unwillkürlich zur Seite, doch dann legte sich mir eine Hand beruhigend auf die Schulter.

»Sind Sie verletzt, Kapitän? Können Sie sich bewegen?«

Verwirrt und erschrocken wischte ich die Hand weg.

Mein Verstand schien außer Betrieb gesetzt, aufgepeitschte Gedanken wirbelten in mir, doch dann begriff ich, nachdem ich einen kurzen schockartigen Zustand überwunden hatte.

Jemand hatte auf uns geschossen!

Immer noch in geduckter Haltung, versuchte ich mir einen Überblick zu verschaffen. Der Mann über mir stand ohne Deckung da, also konnte ich es wagen, mich zu orientieren, sah aber nur viele Menschen, die sich um jemanden auf dem Podium bemühten. Links neben mir, auf der anderen Seite kniete Schmidtbauer vor Voodoo, der sich eine blutüberströmte Hand an die Wange hielt. Ich schüttelte meinen unbekannten Helfer ab und rutschte hastig zu den beiden hinüber.

»Seid ihr O.K.? Voodoo, laß mal sehen!«

Schmidtbauer drehte sich mit einem überraschten Gesichtsausdruck zu mir herum und sagte dann: »Ich glaube, er hat einen Splitter abgekriegt. Es blutet sehr stark. Ich habe ihm gesagt, er soll seine Hand auf die Wunde pressen, bis Hilfe kommt.«

»Sonst fehlt ihm nichts? Was ist mit Ihnen, Professor?«

»Nichts. Gar nichts. Was ist denn passiert? Es hat ausgesehen, als wäre die Tischplatte explodiert.«

»Möglich, aber ich glaube, jemand hat auf uns geschossen und nur den Tisch…«

Plötzlich tauchte Fritz Bachmeier neben mir auf.

»John, bist du verletzt?«

»Nein, es geht mir gut, aber Voodoo hat was abgekriegt.«

»Bleibt hier, Hilfe ist schon unterwegs.«

Im gleichen Moment strömten aus einem Seiteneingang Leute in weißen Overalls und mit Sanitätskoffern in den Saal. Ich richtete mich auf und sah mich um. Jegliche Ordnung schien über den Haufen geworfen zu sein. Der Zuschauerbereich, der zuvor im Dunkeln gelegen hatte, war hell erleuchtet. Männer und Frauen standen vor oder auf den Sitzen und beobachteten die Szene hier unten am Podium. Die Presseleute nutzten die Verwirrung, hielten eifrig Kameras in die Menge und suchten hektisch nach interessanten Schauplätzen. Trotz aller Professionalität stand auch ihnen der Schrecken ins Gesicht geschrieben.

Auch Fritz sah nicht besonders glücklich aus.

»Corinna Hansen hat es am schlimmsten erwischt. Ansonsten ist anscheinend niemand verletzt worden.«

Ich versuchte, einen klaren Gedanken zu fassen.

»Was heißt erwischt? Was ist denn überhaupt passiert und überhaupt: Wieso bist du hier?«

Die ersten Kameras richteten sich auf uns und gleich in der zweiten Reihe drängten sich die dazugehörigen Reporter nach vorne.

»Nicht hier. Komm mit!«

Er nahm mich am Arm und deutete auf eine schmale Tür gleich hinter mir. Voodoo war von hilfsbereiten Sanitätern umgeben. Schmidtbauer saß mit bleichem Gesicht auf dem Rand des Podiums und schaute ins Leere. Auf dem großen Schirm sah man nur Sterne. *Nordquelle* war inzwischen ebenfalls gestartet und unterwegs zum dem weit entfernten Treffpunkt, den wir hoffentlich irgendwann mit der *Nostradamus* anfliegen würden. Der Ton war abgedreht. Man hörte nur lautes Rufen im Saal und die Stimmen der Reporter, die besorgt und sensationslüstern zugleich klangen.

Ich folgte Fritz schnell durch die Tür.

# 9

Wir eilten durch gläserne Regie- und Technikräume, aus denen uns überraschte Gesichter anstarrten. Fritz beachtete sie nicht und hastete zielstrebig weiter. Hinter uns im Gang schlug krachend die Tür an die Wand. Eine Schar von Reportern drängelte laut gestikulierend hinter uns her. Ich riß die Tür eines Glaskäfigs auf und winkte den mir nächst stehenden Menschen heran. Er kam zögernd auf mich zu und blickte mit großen Augen auf die Phalanx von lärmenden Reportern. Ich deutete auf die Eindringlinge und sagte barsch: »Die haben hier nichts zu suchen. Kümmern Sie sich darum!«

»Jawohl, aber ich…«

Ich zog ihn sanft zu mir und schob ihn auf die heranstürmende Meute zu. Er würde kein großes Hindernis sein, deswegen beugte ich mich noch mal in den Raum hinein und forderte seine verdatterten Kollegen auf: »Los, helft ihm! Aber schnell!«

Beeindruckt von meinem grimmigen Gesicht und wahrscheinlich mehr von meiner Uniform mit den leuchtenden Sternen, setzten sie sich gehorsam und mit entschlossenen Mienen in Bewegung. Ich drehte mich um und folgte Fritz, der an der nächsten Tür auf mich wartete.

Wir gingen schweigsam weiter durch die unterirdische Anlage. Jetzt erst drängten sich die Ereignisse der letzten Minuten explosionsartig in meine Gedanken.

Ein Attentat! Jemand hatte auf mich geschossen! Nein, falsch, wahrscheinlich auf uns, auf die Teilnehmer der Mission. Merkwürdigerweise machte mich diese Erkenntnis mehr betroffen, als wenn es nur um mich allein gegangen wäre. Die Motive wären dann vielleicht Haß oder Rache gewesen. Wenn aber der Flug der *Nostradamus* Ziel des Anschlages war, steckten Einfluß, Macht und Geld dahinter. Geld, das einen Attentäter kaufen konnte. Geld, das andere durch einen erfolgreichen Flug der *Nostradamus* nicht verdienen würden. Im Endeffekt bedeuteten die Schüsse, daß zu den bestehenden Schwierigkeiten weitere, unberechenbare Gefahren hinzugekommen waren, und diese waren von einer Art, an die ich nicht gewohnt war.

Wir waren inzwischen in der hohen Vorhalle des Pressezentrums angekommen. Sicherheitskräfte des Konzerns hatten währenddessen den riesigen Raum, der ansonsten als Begegnungsstätte für informationshungrige Presseleute diente, provisorisch abgeriegelt und damit in der Mitte geteilt. Immer mehr Reporter kamen von oben über die vier eleganten schraubenförmigen Rolltreppen herunter und rannten sich an der Sperre fest. Als sie mich erkannten, prasselten laute Fragen und Rufe zu uns herüber. Zahlreiche funkelnde Kameraaugen richteten sich auf uns. Zwei Sicherheitsleute rannten auf uns zu, schirmten uns ab und fragten, wohin wir wollten. Fritz blickte mich unschlüssig an. Ich schaute mich um. Hier kamen wir nicht so einfach hinaus.

»Wir gehen nach oben zur Webs in den Pfeiler Eins.«

Fritz hob fragend die Augenbrauen. »Wohin gehen wir?«

»Nach oben in die Kantine.«

Ich wunderte mich ein wenig, daß er das Drehrestaurant von Ingrid Weber, die von allen Webs genannt wurde, nicht kannte, aber das lag vielleicht daran, daß er sich nicht so oft in München aufhielt. Außerdem sollte man das luftige Restaurant über dem streng klassizistisch gebauten Nordflügel aus dem vorigen Jahrhundert nicht unbedingt als Kantine abwerten – nur respektlose Zeitgenossen wie ich und einige hundert Angehörige des Konzerns benutzten diese abfällige Bezeichnung. Ingrid Weber dirigierte ihr kleines Imperium von der zentralen Bar im Mittelpunkt des kreisförmigen Restaurants aus. Die rothaarige Walküre war zu einer festen Institution geworden und mit ihrer resoluten Herzlichkeit bei allen beliebt und gleichzeitig gefürchtet. Gefürchtet vor allem von Journalisten aller Medien, denn sie durften zwar dort einkehren, aber bei Ingrid war es schlichtweg verboten, in ihrer Lokalität Interviews zu führen oder Aufnahmen zu machen.

Pfeiler Eins bildete den Mittelpunkt einer gewaltigen Dachkonstruktion – den Cargo-Dom. Genauer gesagt war es nicht nur ein riesiges Dach – das im Süden über den Häusern der Maximilianstraße begann, im Westen bis in die Residenz und in die Ludwigstraße hineinreichte, im Norden einen eleganten Bogen um das Prinz-Carl-Palais mit seinem erweiterten Park machte, aber dafür die Südausläufer des Englischen Gartens mit dem Siemens-Benz-Museum, dem ehemaligen Haus der Kunst einschloß, und zum Osten hin längs der Palmenallee nach dem Kuppelbau der Zentrale mit einer geschwungenen Glaswand endete – es war eine geschlossene Monosphäre, die computergesteuert in der kälteren Jahreszeit eine eigene Klimazone schuf. Der Cargo-Dom war für jeden zugänglich, abgesehen von einigen Teilbereichen, die sich, ähnlich wie das Pressezentrum, in den Untergeschossen des Areals und in der ehemaligen Staatskanzlei befanden. Entgegen vieler Bedenken von verschiedensten Seiten, hatte sich der

Dom zu einer Attraktion Münchens entwickelt. Vor allem im Winter kam es in den letzten Jahren immer wieder zu ernsthaften ökologischen Überbelastungen in der subtropisch gehaltenen Klimazone. Deswegen gab es in der Konzernleitung bereits Überlegungen, den Besuch zu reglementieren. Man wollte aber damit abwarten, denn es entstanden zur Zeit überall in der Stadt ähnliche Projekte, die den Besucherstrom in Zukunft aufteilen würden. Vor allem der fast fertiggestellte Pazifik-Park mit seinen künstlichen Meeresbuchten in Milbertshofen versprach großes Interesse.

Wir schüttelten die Sicherheitsleute ab und liefen zu den rotierenden Paternostern in den Seitenflügeln des Gebäudes.

Keiner von uns beiden sprach ein Wort.

Ich beobachtete Fritz aus den Augenwinkeln und sah, wie es in seinem Gesicht arbeitete. Ich begann mich zu fragen, wer Fritz Bachmeier wirklich war. Natürlich hatte er sich verändert seit der Zeit, als wir beide noch Raumkadetten waren. Aber dieses unruhige Mahlen mit den Zähnen und die fahrigen Bewegungen mit den Fingern am Ohrläppchen waren nicht typisch für ihn.

Was hatte er mir von sich erzählt? Er versorgt den Vatikan mit Informationen. Im Klartext hieß das nichts anderes, als daß er für einen Geheimdienst arbeitete. Aber für welchen? Für SEC, der internen Sicherheitsabteilung des Konzerns? Vorhin hatte einer der Wachleute um seinen Ausweis gebeten und Fritz hatte ihm eine grün schimmernde Karte zum Scannen gegeben. Anschließend hatte ihn der Mann mit äußerster Höflichkeit behandelt und zwei Wachleute in unserer unmittelbaren Nähe postiert. Ausweise der SEC waren aber aus blauem Material, also für wen arbeitete er dann?

Wir waren vor 15 Jahren von einer phantastischen Reise zurückgekehrt und trotz der vermeintlichen Zerstörung der Pyramiden davon überzeugt, daß die Welt von nun an in ein neues Zeitalter eintreten würde, aber was war von unseren Träumen übriggeblieben? Ich bekam mehr und mehr den Eindruck, daß die Menschheit sich auf der Stelle bewegte, wenn nicht gar zurück in die alten starren Formen vor dem Jahr 2011. Jetzt würde es vielleicht wieder eine Chance geben, in eine neue Zeit einzutreten. Ich hatte meine Zweifel, denn die Euphorie, die ich noch vor wenigen Jahren empfunden hatte, war nicht mehr vorhanden.

Piepsen in meinem linken Ohr.

»Ja, Suzanne?«

⟩Dr. Hellbrügge wünscht ein Gespräch.⟨

Ich überlegte kurz.

»Suzanne, sag ihm, daß ich mit Fritz Bachmeier in der Kantine bin und daß ich ihn später zurückrufe.«

⟩Nun gut.⟨

Ich zögerte einen Moment und fügte schnell hinzu: »Suzanne, sag ihm noch, daß ich… äh… daß ich O.K. bin!«

⟩Steht in diesem Fall ›O.K.‹ für ›einverstanden‹?⟨

Ungeduldig atmete ich tief durch.

»Nein, Suzanne es ist… übermittle den Satz einfach wörtlich. Jetzt sofort!«

⟩Ich werde mein Bestes dazu beitragen.⟨

Fritz schaute mich fragend an.

»Hellbrügge«, sagte ich knapp.

Kurz darauf traten wir über der Bar aus dem Aufzug des Restaurants und liefen, als wir die Treppe hinuntergingen, direkt Ingrid Weber in die Arme.

»John, um Gottes willen, bist du verletzt? Du siehst ja fürchterlich aus! Ich habe es im Fernsehen gesehen! Und deine schöne Uniform…«

Im Fernsehen! Was für ein Ausdruck! Sie lief mit der

üblichen Zigarette in der Hand auf mich zu und zupfte und wischte an mir herum. Durch ihre Körpergröße von 1,85 Meter und ihre beachtliche Oberweite, die sich vor mir aufbaute, hatte die Szene etwas von einem Straßenbengel, der von seiner Mutter ausgescholten wurde. Es fehlte nur noch, daß sie versuchte, mit angefeuchteten Fingern meine Frisur in Ordnung zu bringen.

Ich wehrte mit ausgestreckten Armen ihre an mir herumzupfenden Hände ab.

»Es geht schon. Mir ist nichts passiert. Was soll mit meiner Uniform sein…«

Ich schaute an mir hinunter und erschrak, als ich an meinem linken Ärmel überall rote Flecken entdeckte. Jetzt erst bemerkte ich, daß außerdem meine Hände dunkelrot waren und leicht klebten.

»Corinna Hansen«, sagte Fritz hinter mir. »Sie hat schlimme Verletzungen im Gesicht und an den Schultern erlitten – von den Splittern des Tisches, die sie genau von vorne getroffen haben. Du hast ein paar Blutspritzer von ihr abgekriegt.«

Fluchend zog ich den Rock aus. Kein Wunder, daß mich die Techniker in den unterirdischen Räumen so entgeistert angesehen hatten.

Corinna Hansen! An sie hatte ich überhaupt nicht mehr gedacht. Ich versuchte mich an die Szene zu erinnern, nachdem der Tisch neben mir förmlich explodiert war. Wahrscheinlich war es ihre Stimme gewesen, die aufgeschrien hatte, als sie die Splitter trafen. Danach, als ich nach Voodoo gesehen hatte, hatten sich auf dem Podium so viele Menschen befunden, daß ich nicht sehen konnte, was mit ihr geschehen war.

Wütend ging ich hinter die Theke der Bar, schmiß den Rock in eine Ecke und wusch mir die Hände.

Das Restaurant war nur spärlich besetzt. An ein paar

Tischen saßen vereinzelt Leute, die neugierig zu uns herüberschauten.

»Ingrid, gibt es hier einen Raum, in dem wir uns ungestört unterhalten können?«

Sie zog an ihrer Zigarette, beugte sich zu mir über die Theke und holte ein kleines Videoboard aus einem Fach.

»Ich schließe ein Segment für euch. Wird meistens für Hochzeiten und ähnliche freudige Ereignisse gebucht.«

In einem Teil des Restaurants schoben sich gläserne Wände nach unten, gleichzeitig wuchsen künstliche Rosenstöcke aus verdeckten Kübeln an die Decke hinauf und gaben dem Glaskasten einen festlichen Charakter.

Fritz wandte sich wortlos zur Tür des neu entstandenen Raums.

»Ich bringe euch gerne was zu trinken oder zu essen. Ihr könnt aber auch direkt drinnen am Buffet bestellen«, meinte Ingrid.

Sie blickte mich fürsorglich an und wollte noch etwas fragen. Als sie mein verschlossenes Gesicht sah, sagte sie nur: »Ich schicke deinen Uniformrock schnell zur Reinigung.«

Ich versuchte ein freundliches Nicken und folgte Fritz in das Segment.

Er hatte sich schon an einen Tisch direkt an einem Fenster gesetzt und ein Videoboard aus einer Konsole herausgezogen, die seitlich an jeder Tischplatte angebracht war. Im Kennungsbereich der Tastatur hatte er sich mit einem COM-LINK, das in einem geisterhaften Grün leuchtete, in ein mir unbekanntes System eingeklinkt. Auf dem Board erschien ein Gesicht, auf das er sofort eindringlich einredete.

Ich wollte nicht zuhören und stellte mich geistesabwesend an das Fenster neben ihm.

Fünfzig Meter unter mir schoben sich hell erleuchtete Monokabinen mit Fahrgästen die Prinzregentenstraße entlang auf den Friedensengel zu, den man von meinem Standpunkt aus nur schemenhaft durch die abschließende Glaswand des Doms jenseits der Isar erahnen konnte. Das Siemens-Benz-Museum links von mir lag schwer wie ein massiver Klotz unter den zeltartigen Ausläufern des Domes, die sich wie ein Wellenschlag im Dunkel des Englischen Garten verloren. Weit über mir spiegelten sich in der spitzen Kuppel die Lichter dieser künstlichen Welt.

Wie hatte sich doch die Stadt seit meiner Kindheit verändert! All die versteckten kleinen Straßen und Häuser waren zwar nach wie vor vorhanden, waren aber nur noch eine Parodie ihrer selbst, wie eine Modellstadt, die man nach einer unvollständigen Phantasie nachgebaut hatte. Zweckmäßig und klinisch rein.

Rechts unter mir, vor dem Portal der ehemaligen Staatskanzlei blinkten blaue und rote Lichter von Rettungsfahrzeugen…

Und wieder explodierte vor meinem geistigen Auge dieser verdammte Tisch im Pressezentrum.

Ich drehte mich abrupt um und kickte wütend einen Stuhl in den Raum. Er federte von einer Konsole ab und blieb schließlich unbeschädigt stehen. Enttäuscht von dem Resultat meines Ausbruchs wollte ich einen zweiten Stuhl hinterherwerfen, fand es aber dann doch albern und blieb einfach stehen.

»Geht es dir jetzt besser?« Fritz hatte noch nicht einmal von seinem Videoboard aufgeblickt.

»Nein, verdammt!«

Ich zog den Stuhl, den ich schon mit der Hand erfaßt hatte, neben ihn hin und setzte mich rittlings darauf. Ich wußte nicht, worüber ich mich mehr aufregen sollte: über die Geschehnisse unten im Presseraum oder über die Ungeheuerlichkeit mit der Besatzungsliste.

»Also gut«, stieß ich hervor. »Fassen wir einmal zusammen: Wer hat auf uns geschossen und vor allem warum? Und wieso tauchst du ausgerechnet zu diesem Zeitpunkt auf, nachdem ich in den letzten Wochen vergeblich versucht habe, dich zu erreichen?«

Er lehnte sich zurück und deutete auf den Monitor des Videoboards.

»Zu deiner ersten Frage. Möchtest du dir den Mann selber ansehen oder soll ich dir von ihm erzählen?«

Auf dem Monitor war die Zuschauertribüne des Pressezentrums während des Interviews zu sehen. Die Menschen klatschten gerade Beifall, nachdem Corinna Hansen nach meinem Schneider gefragt hatte.

Ich schaute flüchtig hin und drehte mich weg.

»Eine Zusammenfassung reicht mir.«

Er ließ die Aufzeichnung weiterlaufen und drehte sich mit dem Stuhl zu mir.

»Ein drittklassiger Schauspieler, Rob Heuss, 34 Jahre alt. Er hat eine programmierbare Mauser-Nadler 26 mit rückstoßfreien Explosivgeschossen benutzt. Die Waffe befand sich schon vor ihm im Raum, sie war in seinen Sitz eingebaut, oder genauer – sie war die Sitzfläche seines Platzes, auf dem er saß. Die einzelnen Teile waren so angefertigt, daß er sie nur aus der Oberfläche herausbrechen mußte und sie mit einfachen Handgriffen unbemerkt zusammenbauen konnte. Wir haben ihn erst entdeckt, als er die Waffe einschaltete.«

»Was heißt entdeckt? Du hast also gewußt, daß es einen Attentäter geben wird?«

»Ja und nein. Vor jedem größeren öffentlichen Ereignis werden dem Konzern mehrere Drohungen der verschiedensten Art zugestellt. Die meisten davon sind wirre Erpressungsversuche, denen es nicht lohnt, genauer nachzugehen. Dieses Mal war aber ein Hinweis auf ein mögliches Attentat dabei. Es war eine Disk, auf der eine verzerrte Stimme ankündigte, die Teilnehmer der heutigen Livesendung zu erschießen. Als Bild erschien zusätzlich eine handgemalte blaue Weltkugel. Du erinnerst dich bestimmt an unser Gespräch in Siena. Ich hatte von einer Loge gesprochen, die sich ›Der Blaue Erdzirkel‹ nennt.«

Er schaute mich lehrerhaft an, aber ich erwiderte nichts darauf.

»Daraufhin«, fuhr er fort, »haben wir den ganzen Raum und auch teilweise das Gebäude untersucht, aber nichts Verdächtiges gefunden. Wir haben heute vor der Sendung verstärkte Personenkontrollen durchgeführt und den Raum während der Sendung mit verschiedenen Sonden und Meßinstrumenten überwacht. Deswegen wußten wir sofort, wo er saß, als er – wie ich schon erwähnte – die Nadlerpistole einschaltete. Zwei Scharfschützen, die neben dem Holoschirm postiert waren, haben versucht, ihn sofort mit Betäubungsgeschossen unschädlich zu machen, aber es war zu spät. Er mußte die Waffe noch nicht einmal auf die Ziele richten. Sie waren schon in die Pistole einprogrammiert.«

Er langte kurz zur Tastatur und tippte darauf herum. Dann drehte er den Monitor in meine Richtung. Ein Standbild des Tisches erschien darauf mit zwei häßlichen Furchen am Ende, kurz vor dem Sessel, auf dem Corinna Hansen gesessen hatte.

»Zwei Geschosse waren auf den Tisch programmiert. Er mußte nur auf die Auslösetaste drücken.«

Fritz drückte noch einmal auf eine Taste. Ein weiteres Standbild erschien und zeigte einen Mann, der zusammengestaucht in einem Sitz der Zuschauertribüne lag. Beide Arme hingen in einer Richtung über einer Lehne. Als Kontrast lagen die Beine in entgegengesetzter Richtung. Der Kopf war zum Teil unter den Armen verborgen.

»Das dritte programmierte Ziel war er selbst. Ich nehme an, daß er das nicht gewußt hat.«

»Er hat sich, ohne es zu wissen, selbst erschossen?«

»Mitten in die Stirn. Diese Dinger sind teuflisch. Du gibst die Koordinaten von einem Ziel ein und drückst ab, ohne zu zielen. Das Geschoß fliegt auch um Ecken und sucht so lange, bis die Energie verbraucht ist.«

»Nette Sache«, murmelte ich. Dann schwiegen wir beide für einen Moment als Gedenken für den armen Rob Heuss.

»Wenn«, fing ich wieder an, »diese Waffe so genau programmierbar ist, wieso war sie auf den Tisch gerichtet und nicht auf uns?«

Fritz löschte Rob Heuss vom Bildschirm.

»Ich nehme an, das Ganze sollte eine Art Demonstration sein oder eine Warnung nach dem Motto: Wir haben euer Leben in unserer Hand!«

»Das ist doch Quatsch! Jetzt erzähl mir mal ganz genau, um was es hier wirklich geht! Du redest dauernd von ›wir‹ und spielst den großen Geheimnisvollen. Wer ist ›wir‹?«

Ich war ein wenig lauter geworden, als ich es eigentlich wollte, aber mir ging seine wissende Heimlichtuerei allmählich auf die Nerven. Er und Hellbrügge schienen ständig in Verbindung zu stehen. Ich war überzeugt davon, daß Fritz lange vor mir wußte, wie die Besatzung der *Nostradamus* aussehen würde.

Er zerrte zwei Päckchen aus seiner Jacke und legte eines davon vor mir auf den Tisch.

»Halte mich nicht für übervorsichtig, aber unser weiteres Gespräch findet nur mit Schalldecoder statt. Ich würde dir übrigens empfehlen, diese beiden Geräte anschließend zu behalten und sie grundsätzlich zu benutzen.«

Schon wieder diese Dinger! Vielleicht sollte ich mir angewöhnen, sie ständig zu tragen. Ich riß das Päckchen auf und hatte einen muschelförmigen Apparat in der Hand, mit dem ich nichts anzufangen wußte.

»Sie sind ganz neu entwickelt. Du setzt es wie einen Kopfhörer auf. Die Sendeeinheit vor dem Mund ist gleichzeitig ein Sichtschutz, damit man deine Worte nicht von den Lippen ablesen kann. Außerdem rotiert darin eine kleine Lichtquelle nach dem Zufallsprinzip, um Infrarotaufnahmen zu erschweren. Man sieht damit zwar furchtbar lächerlich aus, aber dafür erfüllt es seinen Zweck hervorragend.«

›Furchtbar lächerlich‹ war eine glatte Untertreibung. Als er seinen Decoder aufgesetzt hatte, erinnerte er mich an einen menschlich aussehenden Roboter aus einem uralten Science Fiction-Film, der als Mund einen blinkenden Lichtstreifen hatte.

»Ich hoffe, ich sehe nur halb so blöde aus wie du«, sagte ich versöhnlich und konnte mir ein Lachen nicht verkneifen. Fritz blinzelte und kam sofort zur Sache.

»Wir sitzen hier und sehen deswegen so blöde aus, weil Spionage zu allen Zeiten ein legales und lukratives Geschäft war und heutzutage ist es das erst recht. Die Sache, um die es hier geht, ist der Antrieb der *Nostradamus*. Alle Konzerne, die sich mit der Raumfahrt befassen, basteln seit Jahren an etwas Ähnlichem. Es ist ein Pokerspiel und Space Cargo hat nun mit diesem Flug die Karten auf den Tisch gelegt. Wenn er gelingt, gehört uns der Jack Pot. Vordergründig gesehen ist das für jeden einfach zu verstehen, denn dann beherrschen wir zunächst einmal den Markt.«

»Was soll ich darunter verstehen: vordergründig?«

»Poker ist ein Glücksspiel und kein Konzern verläßt sich auf Glück. Ich will damit sagen, daß der Antrieb keineswegs soweit ausgereift ist, um damit eine Mission dieser Größenordnung sicher zu Ende zu bringen.«

Mich überraschte diese Aussage nicht, denn so etwas hatte ich mir schon gedacht.

»Wenn sich der Konzern auf kein Glücksspiel einläßt, warum fliegen wir dann doch?«

»Ganz einfach: Dr. Hellbrügge hat die Konzernleitung belogen. Er hat die *Nostradamus* für einsatzbereit erklärt, weil er die Pyramide erreichen will.«

»Nun, vielleicht versprechen sich die Herren von der Konzernleitung einiges davon, wenn wir Nofretete anfliegen. Allein die Publizität dieses Ereignisses könnte den hohen Einsatz rechtfertigen.«

Fritz drehte sich halb von mir weg, und dabei verengten sich seine Augen ein wenig, gerade so, als wollte er einen Punkt in der Ferne fixieren.

»John, die Konzernleitung weiß nicht, daß Nofretete existiert.«

Vor Überraschung wollte ich mich zurücklehnen, merkte aber schnell, daß ich immer noch verkehrt herum auf dem Stuhl saß. Ich stand wortlos auf und stellte mich ans Fenster. So ganz allmählich dämmerte mir einiges. Vor allem diese unmögliche Zusammenstellung der Besatzung, die mir schwer im Magen lag, bekam damit ein logisches Fundament.

»Die Besatzung. Es sind alles Personen, die von der Pyramide wissen, nicht wahr?«

»Richtig.« Ich spürte förmlich, wie mich Fritz lauernd von der Seite her ansah.

»Vivian Weiss. Wie hat sie davon erfahren?«

»Ich vermute von Wolfen. Sie steht in einer – sagen wir einmal – sehr engen Beziehung zu ihm. Und Wolfen war vorher schon für den Flug ausersehen.«

Oh, ich wußte, ich würde sie eines Tages persönlich erwürgen! Sie hatte sich nicht geändert. Sie hatte noch nicht einmal vor einem Jungen haltgemacht, der ihr Sohn sein könnte.

»Sie hat natürlich zwei und zwei zusammengezählt, als sie von dem geplanten Flug der *Nostradamus* erfahren hat«, sagte Fritz. »Ich nehme an, daß sie anschließend zu Hellbrügge gerannt ist und ihn erpreßt hat: Wenn sie nicht mitfliegt, geht sie mit der Geschichte an die Öffentlichkeit.« Er machte eine kleine Pause. »Hast du übrigens gewußt, daß sie eine Tochter aus Hellbrügges erstem Ehevertrag ist?«

Ich schloß die Augen und beschloß, mich für heute sehr erschöpft zu fühlen. Mir war die Lust an weiteren Neuigkeiten vergangen. Irgendwie hatte ich das Gefühl, daß sich über mir eine Lawine aus zusammengepreßten Schicksalen gelöst hatte und ich keine Möglichkeit hatte, ihr aus dem Weg zu gehen. Was hatte denn das alles noch mit einem Raumflug zu tun? Ich mußte mir tröpfchenweise erzählen lassen, daß das Schiff und die Besatzung zwar nicht ganz in Ordnung wären, aber dafür war ja auch das Ziel nicht von dieser Welt.

»Das wird ein sehr lustiger Flug werden«, meinte ich lakonisch.

Fritz nickte zu meiner Bemerkung, als sei es eine ernsthafte Bestätigung gewesen, aber nachdem sein Mund durch den Decoder verdeckt war, konnte es auch sein, daß er grinste.

»John, ich besitze eine ausführliche Akte über Vivian Weiss und kenne ihre Schwächen, aber auch ihre Stärken. Sie ist eine ausgezeichnete Ärztin und hat die Fähigkeit, bei auftretenden Problemen zu improvisieren. In den letzten zwei Jahren habe ich keine Klagen über sie gehört. Vielleicht hat sie ja gelernt, mit ihrer... äh... Veranlagung umzugehen.«

»Ein Charakter wie Vivian wird nie damit aufhören, zu intrigieren und zu zerstören, weil sie sich damit Vorteile verschafft, die sie zum Erfolg bringen. Wie ich soeben von dir gehört habe, gehört neuerdings Erpressung auch zu ihrem Repertoire.«

Er ging nicht auf meinen Einwand ein. »Eine ihrer weiteren Stärken ist ihre Besessenheit von der Raumfahrt. Wenn sie also damit dem Unternehmen nützt...«

Ich drehte mich vom Fenster weg und brummte: »Du mußt ja auch nicht mit diesem mannstollen Frauenzimmer für eine lange Zeit in einer geschlossenen Kiste leben. Übrigens Frauenzimmer – wer ist diese Halbmond?«

Fritz lehnte sich entspannt zurück. Ich merkte ihm an, wie froh er darüber war, vom Thema ›Vivian Weiss‹ wegzukommen.

»Karen Cahor, Tochter von Pierre Cahor, einem französischen Astronomen. Er war derjenige, der bei der Entfernungsbestimmung von Nofretete den zweiten Basispunkt geliefert hat. Er ist ein alter Freund von Hellbrügge und deswegen vertraut er ihm. Karen arbeitet im Institut ihres Vaters als Datenanalytikerin und hat bisher alle Informationen über die Bahn von Nofretete errechnet.«

»Und wieso heißt sie Halbmond?«

Er hob die Hand. »Eins nach dem anderen. Karen ist parapsychisch begabt, oder mehr noch: Sie ist ein Phänomen auf diesem Gebiet. Wir hatten schon lange vor, sie auf einer der nächsten Flüge einzusetzen, denn sie ist wahrscheinlich in der Lage, Nachrichten ohne Zeitverlust nur mit Hilfe ihrer Gedanken an ein Medium zu übermitteln.«

O Mann! Meine Besatzung wurde immer verrückter. Wenn das so weiterging, hatte ich bald noch Mickymaus an Bord. Wortlos stieß ich mich vom Fenster ab und suchte den Servierautomaten.

»Ich hätte gerne etwas mit Zitrone!« rief Fritz mir nach.

Natürlich hätte ich auch von einem Tisch aus bestellen können, aber ich brauchte dringend eine Pause, auch wenn sie nur in den paar Metern Abstand zu dem Automaten bestand. Außerdem mußte ich versuchen, mich zu beherrschen, denn mir war klar geworden, daß ich mir eine völlig neue Einstellung zu der Mission schaffen mußte. Ein paar mächtige Leute, die sich unter dem Deckmantel einer Sekte oder Loge versteckten, möchten das Rad der Geschichte anhalten. Hellbrügge und Fritz mit seinem dunklen Verein wollen unbedingt herausfinden, was sich hinter dem Geheimnis der Pyramide verbirgt und der Konzern möchte den großen Reibach mit dem neuen Antrieb über die Bühne bringen.

Und ich? Was wollte ich? Auf der einen Seite – und das mußte ich zugeben, wenn ich tief in mich hineinhorchte – begann die Sache sehr interessant zu werden. Auf der anderen Seite hatte ich das Gefühl, in eine Marionette verwandelt zu werden und zwar vom Feind als auch vom Freund. Und obwohl ich gerade einem Attentat entgangen war, kam mir jetzt erst der Gedanke, daß mein Leben in Gefahr sein könnte.

Mit einem einfachen Zitronensaft und einem Bier für mich kehrte ich zum Tisch zurück. Ich wußte, daß Fritz mir mehr Phantasie in Bezug auf sein Getränk zugetraut hatte, aber eine kleine Rache dafür, daß er mir so selbstverständlich Vivian Weiss als annehmbare Expeditionsteilnehmerin unterschob, wollte ich mir nicht nehmen lassen. Leider ließ er sich nichts anmerken und bedankte sich freundlich.

Ohne Umstände nahm er den Faden wieder auf.

»Ihre Mutter ist indianischer Abstammung, Semiolin aus Florida. Deswegen der Name Halbmond. Rein äußerlich hat sie auch sehr viel von ihr. Ihre parapsychischen Begabungen waren schon im Kindesalter offensichtlich. Sie hatte einige Erlebnisse mit präkognostischen Erscheinungen und konnte schon früh starke Magnetfelder erspüren. Bei Experimenten mit dem gedanklichen Übertragen von Symbolen an eine zweite medial veranlagte Person erreicht sie eine Trefferquote von unglaublichen 87 Prozent.«

»Soll das heißen, sie denkt an einen Kreis und jemand anderer, der sich an einem anderen Ort befindet, empfängt in seinem Gehirn das Bild eines Kreises?«

»So ungefähr. Aber das alleine wäre keine Sensation. Wir haben Versuche durchgeführt, in denen sich der Empfänger auf dem Mond befunden hat. Ihr wurde ein Symbol gezeigt. Gleichzeitig wurde das Symbol von einer Kamera aufgenommen und das Bild auf ein Videoboard neben den Empfänger geschickt, der es natürlich nicht sehen durfte. Es dauerte fast zwei Sekunden, bis das Videosignal den Mond erreichte. Das Medium wußte jedesmal schon vorher, was auf dem Bildschirm erscheinen würde.«

Parapsychische Experimente interessierten mich nicht besonders, deswegen reagierte ich nicht so überschwenglich, wie Fritz es vielleicht erwartet hatte, und sagte mit gelangweiltem Ton in der Stimme: »Das ist ja toll!«

»Das ist ja toll!« äffte er mich nach. »Weißt du überhaupt, was das für die Zukunft bedeuten könnte? Wenn es sich tatsächlich herausstellt, daß es Menschen gibt, die sich ohne Zeitverlust über große Entfernungen verständigen können, wäre das eine Revolution für die Raumfahrt!«

Er fing an, mir einen Vortrag über die zukünftige Nachrichtentechnik und Datenübertragung zu halten, aber ich hörte bald schon nicht mehr zu. Ich lehnte mich in meinem Stuhl zurück und spürte eine Müdigkeit in mir hochkriechen, die mich einen Augenblick lang lähmte. Ich wehrte mich dagegen, indem ich meine Augen weit aufriß und meinen Kopf langsam kreisen ließ. Anscheinend forderten die Ereignisse der letzten Stunden ihren Tribut, andererseits drehten sich meine Gedanken ständig um von mir noch nicht verarbeitete Informationen.

Merkwürdigerweise erschien vor meinem geistigen Auge immer wieder das Bild der startenden *Südquelle*. Obwohl ich vor gut einer Stunde einen Attentatsversuch erlebt hatte, dachte ich an das Containerschiff! Schon als ich auf dem Podium im Presseraum die Szene sah, wurde mir zum ersten Mal richtig bewußt, daß das Unternehmen Nofretete von einem Planungsstadium in eine reale Phase gewechselt war. Alles, was bis jetzt aus vielen Wenn und Abers bestanden hatte, verwandelte sich mit dem Bild vom Start zu einer bewußten Realität. Es wurde Zeit für mich, aufzuwachen und mich den Geschehnissen zu stellen. Dazu gehörten, auch wenn es ein Schockerlebnis für mich gewesen war, die Schüsse im Presseraum. Und natürlich auch diese verrückte Besatzungsliste…

Fritz hatte wohl mitgekriegt, daß ich ihm nicht mehr zugehört hatte und trank seinen Zitronensaft. Den Schalldecoder hatte er sich auf die Nase geschoben und sah dadurch aus wie ein Clown.

Endlich fiel mir wieder eine Frage ein, die ich ihm schon die ganze Zeit über stellen wollte, aber anscheinend hatte mir das vermeintliche Besatzungschaos den Sinn vernebelt.

»Sag mal, dieser neue Antrieb der *Nostradamus*. Was heißt das: Er ist noch nicht ausgereift?«

Er zog seinen Schalldecoder nach unten und seufzte tief.

»Soweit ich mich erinnere, sagte ich, daß er noch nicht soweit ausgereift sei, um einen Raumflug in dieser Größenordnung zu rechtfertigen.« Er schaute mich zweifelnd an, beziehungsweise interpretierte ich Zweifel in seinem Blick, denn so hundertprozentig konnte ich das aus seinem Gesicht mit dem Schalldecoder nicht erkennen. »Ist dir das Prinzip des Antriebs bekannt, ich meine, weißt du, was da eigentlich passiert?«

»Ich habe mich in den vergangenen Wochen oft mit Schmidtbauer darüber unterhalten.« Ich wollte noch hinzufügen, daß ich dabei manchmal das Gefühl hatte, daß mich der Wissenschaftler in einigen Bereichen bewußt im unklaren gelassen hatte, beließ es aber dann doch bei meiner nicht sehr aufschlußreichen Antwort. Vielleicht war es besser, über diese sensationelle Entwicklung eine andere Meinung zu hören.

Fritz deutete meinen lapidaren Satz richtig und formte mit den Händen eine große Kugel. »Wenn es dir recht ist, fange ich mit einigen Informationen aus der Astrophysik an…«

Ich erwiderte nichts und nickte nur müde.

»Wenn in einem Stern nicht mehr genügend Wasserstoffatome zur Kernfusion vorhanden sind, läßt der Strahlungsdruck nach und die Gravitation seiner Masse überwiegt. Der Stern kollabiert, das heißt, seine Materie wird dichter und er schrumpft zusammen.«

Die imaginäre große Kugel wurde in seinen Händen zu einem imaginären festen Schneeball zusammengepackt.

»Es hängt nun von der Masse ab, was mit dem Stern weiterhin passiert. Unterhalb des sogenannten Chandrasekharschen Grenzwertes wird er ein Weißer Zwerg mit einem Durchmesser von ein paar tausend Kilometern. Liegt seine ursprüngliche Masse über diesem Grenzwert, wird er zu einem Neutronenstern mit einer Dichte von Millionen von Tonnen pro Kubikzentimeter und einem Durchmesser von nur einigen Kilometern.«

Der Schneeball verkleinerte sich zwischen seinen Händen zu einem Stecknadelkopf, dessen Durchmesser er mit Daumen und Zeigefinger anzeigte.

»Hatte der Stern aber eine Masse von mehr als die neunfache Masse unserer Sonne, wird seine Gravitation nach dem Kollabieren so groß, daß sie nun auch das Ausschließungsprinzip der Atomteilchen überwindet und der Stern zu einem Punkt von unendlicher Dichte im Raum wird.«

Daumen und Zeigefinger ballten sich mit dem Rest seiner Hand zu einer Faust, die er schwer in die andere Hand legte. Dabei sah er mich zweifelnd an, aber ich wußte von Schmidtbauer, was das Ausschließungsprinzip bedeutete. Es besagte, daß zwei Materieteilchen nicht genau im gleichen Quantenzustand vorkommen können. Deswegen halten Teilchen voneinander Abstand und dadurch gibt es innerhalb der Atome einen leeren Raum. Ohne dieses Naturgesetz wäre unser Universum ein einziges gleichförmiges Durcheinander. Anscheinend war aber die gewaltige Anziehungskraft eines schrumpfenden Riesensterns in der Lage, dieses Gesetz zu überwinden und damit die Voraussetzung für eines der unfaßbaren Phänomene im Weltall zu schaffen.

»Es entsteht ein Schwarzes Loch«, sagte ich wissend.

Er nickte zufrieden und lehnte sich zurück.

»Wir wissen, daß Lichtstrahlen durch Masse abgelenkt werden...«

»Fritz«, unterbrach ich ihn geduldig, »ich weiß über die Grundlagen der Astrophysik Bescheid. Ein Schwarzes Loch ist eine Singularität, das auf Grund seiner starken Gravitation keine Lichtstrahlen mehr entweichen läßt, aber was hat das mit dem Antrieb der *Nostradamus* zu tun?«

»Sehr viel, sehr viel, denn die extremen Naturzustände, die ein Schwarzes Loch schaffen, haben eine Möglichkeit aufgezeigt, gewisse Vorteile aus Grenzbereichen dieser Singularität zu nutzen. Wie genau soll ich dir davon erzählen?«

Eine gute Frage. Ich fühlte mich zwar ziemlich erschöpft, aber ich durfte mir die Chance nicht entgehen lassen, alles über das Mysterium *Nostradamus* zu erfahren, selbst wenn es sein konnte, daß mir Fritz eine Wiederholung dessen darbot, was ich schon von Schmidtbauer oder den endlosen Konstruktionsbeschreibungen in den Schulungsprogrammen wußte. In dem Moment wurde mir klar, daß ich mich erst jetzt endgültig für den Flug entschieden hatte.

»So genau, daß ich weiß, wo sich das Bremspedal befindet, wenn wir erst mal unterwegs sind.«

Sein Schalldecoder hob sich leicht, und ich nahm an, daß er sich freundlicherweise über meine dümmliche Antwort amüsierte.

»Also gut. Das magische Wort heißt ›Ereignishorizont‹. Damit wird eine kugelförmige Sphäre um ein Schwarzes Loch bezeichnet, an der ein Photon zum Beispiel gerade nicht in der Lage ist, den Anziehungsbereich zu verlassen, die Anziehungskraft des Schwarzen Loches aber auch nicht ausreicht, um das mit Lichtgeschwindigkeit fliegende Photon in die Singularität zurückzuziehen. Wir haben es hier also mit einem außergewöhnlich interessanten Ort im Universum zu tun: Auf der einen Seite gelten noch für uns verständliche Naturgesetze und auf der anderen Seite eliminiert die gewaltige Gravitation jegliche menschliche Vorstellungskraft über die Vorgänge in einem Schwarzen Loch. Für mich persönlich gibt die Bezeichnung ›Ereignishorizont‹ nicht die ungeheure Bedeutung dieser Grenze wieder, die sie in Wirklichkeit darstellt, aber ich muß zugeben, daß mir keine bessere Definition hierfür einfällt.«

Er konzentrierte sich für einen Moment. Vielleicht war die Pause auch für mich gedacht, um alles zu verarbeiten. Schließlich sprach er weiter.

»Schmidtbauer bezeichnet den Ereignishorizont übrigens als ›Stehendes Licht‹ und der Antrieb der *Nostradamus* ist in der Lage, für winzige Augenblicke vor dem Schiff ein Stehendes Licht zu erzeugen. Damit schiebt sich die *Nostradamus* in Nullzeit ein winziges Stück nach vorne.«

»Du meinst damit, das Schiff wird von der Gravitation eines nicht vorhandenen Schwarzen Lochs angezogen?«

»Bisher konnte nicht nachgewiesen werden, wodurch das Schiff angezogen wird. Der Effekt könnte von einer ungeheuren Gravitation herrühren. Meiner Meinung nach ist es eher unwahrscheinlich, denn vieles deutet auf eine temporale Ortsverschiebung hin. Die zurückgelegte Strecke errechnet sich aus der Verschiebung plus der relativen Eigengeschwindigkeit, die das Schiff in diesem Moment besitzt.«

Ich hob abwehrend die Hände. »Moment, Moment. Das hieße ja, daß im Grunde genommen die Zeit für eine bestimmte Strecke, die ich bei einer Eigengeschwindigkeit von – sagen wir einmal 1000 Kilometer pro Stunde – benötige, gleich Null wäre, das heißt ich bin von einem Moment auf den anderen 1000 Kilometer weiter.«

»Im Prinzip ist das richtig, aber es mischen dabei noch ein paar spezifische Verzögerungskonstanten mit. Wenn wir dein Beispiel von den 1000 Kilometer pro Stunde als Grundlage nehmen, würde die *Nostradamus* mit einer Geschwindigkeit von... äh, Moment...« – er tippte auf seiner Tastatur herum – »...etwa knapp einer Million Stundenkilometern fliegen.«

Blödsinn, dachte ich bei mir. Damit wäre ich ja in gut einer Woche auf dem Mars.

Ich teilte ihm meinen Gedanken mit.

»Das ist richtig, aber ganz soweit ist der Antrieb noch nicht ausgereift. Du mußt dir vorstellen, daß durch den Beschuß der Neutrinos etwa alle fünf Nanosekunden vor dem Schiff ein Ereignishorizont entsteht und danach wieder zusammenbricht. Wie eine Lampe, die man ein- und ausschaltet. In einer Sekunde also ein paar millionenmal. Jedes Einschalten treibt das Schiff in unserem Rechenbeispiel um den Bruchteil von einem Zentimeter weiter nach vorn.«

Einen Augenblick lang sagte ich gar nichts und versuchte, mir diesen geheimnisvollen Ereignishorizont vorzustellen. Eine riesige Hülle aus stehendem Licht – und was befindet sich dahinter?

»Wenn das Schiff durch diese temporale Verschiebung versetzt wird, dann müßte jedesmal etwas Ähnliches wie ein Schwarzes Loch entstehen und wieder verschwinden. Oder habe ich das nicht richtig verstanden?« fragte ich vorsichtig.

»Nun, an diesem Punkt gehen die Meinungen der Wissenschaftler stark auseinander. Du darfst nicht vergessen, daß der Begriff ›Schwarzes Loch‹ einen imaginären Zustand umschreibt, von dem sich kein Mensch ein konkretes Bild machen kann. Tatsache ist: Das Schiff wird bewegt. Ob das durch die ungeheure Masse eines Schwarzen Loches oder durch eine zeitliche Versetzung geschieht, bleibt für uns bisher im Verborgenen. Es könnte auch mittels ganz anderer ungeklärter Phänomene vonstatten gehen.«

»Was heißt denn das nun wieder: ungeklärte Phänomene?«

»Bisher war man der Meinung, daß Neutrinos keine wesentliche Rolle im Universum spielen. Teilchen ohne Wechselwirkung, praktisch nicht vorhanden, aber allgegenwärtig – im wahrsten Sinne dieses Wortes. Durch den Beschuß mit Baryonen, also sogenannten schweren Atomteilchen, verändern sie aber plötzlich ihren Charakter und zeigen eine ungeheure Kraft. Wissenschaftler suchen schon seit Jahrzehnten nach fehlender Materie im Universum, die eigentlich vorhanden sein müßte, aber bisher nicht entdeckt wurde. Vielleicht ist sie in dieser besonderen Eigenschaft der Neutrinos verborgen.«

»Na gut, lassen wir das mal. Aber der Antrieb funktioniert doch, oder?«

Fritz rieb sich nachdenklich an der Nase und lehnte sich dann zurück, faßte mit den Händen nach hinten an die Stuhllehne und begann, langsam hin und her zu wippen.

»Wie bei allen großartigen Errungenschaften der Menschheit gibt es auch hier den sogenannten Pferdefuß.«

Aha, dachte ich, jetzt kommen wir langsam zur Sache, und wartete ungeduldig darauf, daß er weitersprach.

»Ein Schiff mit dem Antrieb der *Nostradamus* wird mit jedem Ein- und Ausschalten des Ereignishorizontes ein kleines Stück in diesen hineingezogen und das immer schneller, je länger der Prozeß des Beschusses der Neutrinos mit den Baryonen dauert.«

»Ja und, was heißt das?«

Er schaute mich beinahe mitleidig an.

»Das heißt, daß die *Nostradamus* in das stehende Licht hingezogen wird, wenn der Antrieb nach einiger Zeit nicht wieder abgestellt wird.«

Davon hatte mir noch niemand etwas erzählt!

Ich stand abrupt auf und stellte mich ans Fenster.

Bleib ganz ruhig, redete ich auf mich ein. Er kann nichts dafür. Du mußt ihm dankbar sein, daß er dir das alles so geduldig erklärt. Nur – wäre das nicht die Aufgabe von Hellbrügge oder meinetwegen Schmidtbauer gewesen? Ich brauche jetzt so viele Informationen wie möglich, also reiß dich zusammen!

Ich drehte mich um und blieb am Fenster stehen. Fritz saß ruhig auf seinem Stuhl und hatte die Arme verschränkt.

»Der Antrieb wird demzufolge nach einer Weile wieder ausgeschaltet«, stellte ich sachlich fest

»Genau!« Fritz nickte. »Aber auch aus anderen Gründen ist es nötig, den Antrieb nach einer gewissen Zeit abzuschalten, hauptsächlich deswegen, weil die beweglichen Magneten des Teilchenbeschleunigers neu justiert werden müssen.«

»Wieso denn das? Ich dachte, daß die Magneten automatisch nachjustiert werden.«

»Mikrovibrationen. Durch den Beschuß der Neutrinos erzeugt die *Nostradamus* einen hochfrequenten Vibrationsteppich, der nicht nur die Magneten beeinflußt, sondern auch die Sekundärelemente des Antriebs. Von dem Rest des Schiffes ganz zu schweigen, allerdings halten sich die Störungen in Grenzen. Es existiert jedoch eine Theorie, nach der sich Raumkrümmungen hinter dem Schiff bilden, man könnte sie auch als Zeitwirbel bezeichnen.«

Ich lächelte ihn säuerlich an.

Fritz winkte ernst ab. »Die Sache ist gar nicht unbedenklich. Es hat sich sogar schon eine Umweltgruppe zu Wort gemeldet, die den Antrieb vom Weltnatur-Sicherheitsrat verbieten lassen will.«

Also ein weiterer Grund für einen baldigen Start. Es waren mir schon einige Protestschreiben gegen den Antrieb der *Nostradamus* zugestellt worden, aber ich hatte sie nicht weiter beachtet und sie unserer Pressestelle übergeben.

Mich beschäftigte im Augenblick allerdings ein anderer Gedanke.

»Sag mal, Fritz, glaubst du wirklich, daß wir in ein Schwarzes Loch hineingezogen werden könnten?«

Er lachte in seinen Schalldecoder hinein.

»Faszinierender Gedanke, nicht wahr, aber ich glaube, ich kann dich beruhigen. Es ist nicht die Möglichkeit, daß ihr in ein Schwarzes Loch fallt, die mir Angst macht, sondern eher, daß ein Defekt am Teilchenbeschleuniger auftritt oder daß ihr aus irgendeinem anderen Grund die Energieplantagen nicht erreicht. Du darfst nicht vergessen: Die Eigengeschwindigkeit des Schiffes während der Antriebspausen ist minimal, man könnte fast sagen, es ist ein freier Fall. Wenn während der ersten Etappe zur *Südquelle* ein Versager auftritt, müßt ihr auf das konventionelle Plasmatriebwerk zurückgreifen. Bei dem außergewöhnlichen Kurs, den die *Nostradamus* einschlagen muß, wäre das vergleichbar mit einem mechanischen Pedalantrieb mitten in der Wüste.«

Er hatte recht. Alles war so knapp berechnet, daß wir erst an *Südquelle* unseren konventionellen Antrieb voll bestücken konnten. Wir benötigten ihn zunächst lediglich für die Eigenbeschleunigung des Schiffes und danach erst später, wenn wir unsere Geschwindigkeit der Bahn von Nofretete angleichen mußten. Für den Weg zu *Nordquelle* und danach zurück zur Erde sollte der Neutrino-Treiber nicht mehr eingesetzt werden. Schmidtbauer hatte seine Bedenken dahingehend geäußert, daß einige Aggregate des Teilchenbeschleunigers der Belastung nicht standhalten würden. Es waren zwar genügend Ersatzteile auf beiden Energieplantagen vorhanden, aber er meinte, jeder Austausch wäre lediglich ein Flickwerk. Außerdem wollte Hellbrügge kein Risiko eingehen, schließlich hätten wir es zu diesem Zeitpunkt nicht mehr ganz so eilig. Trotzdem würde es von dort aus fast dreizehn Monate dauern, bis wir wieder auf der Erde wären.

»Von dieser Stelle an werden Drachen sein«, meinte ich versonnen.

»So ungefähr. Woher hast du den Spruch?«

»Aus einem alten Film. Übrigens, da wir gerade von Drachen sprechen…«

Ich tippte Fritz an die Schulter und zeigte auf die Glaswände, hinter denen sich neugierige Gesichter drängten. Anscheinend hatte es sich herumgesprochen, daß wir beide in Ingrids Kantine eine Besprechung abhielten, denn das Restaurant war inzwischen bis auf den letzten Platz gefüllt. Ich war davon überzeugt, daß einige von den lässig gekleideten Herren direkt an der Scheibe von der Presse waren und mit unauffälligen

Geräten versuchten, etwas von unserer Unterhaltung mitzuhören. Fritz hatte mit seinen Schalldecodern also richtig gelegen.

»Ja«, seufzte er, »das war zu erwarten. Es wird Zeit, daß wir hier verschwinden, oder hast du noch weitere Fragen?«

Natürlich hatte ich noch Fragen, aber die meisten hatten Zeit. Aber zwei Dinge wollte ich unbedingt noch von ihm erfahren.

»Ich mache es kurz: Zum einen wollte ich von dir wissen, ob du schon mehr über diese roten Steinchen erfahren hast, die du mir in Siena gezeigt hast?«

Er schüttelte den Kopf und blickte die Gesichter hinter der Glaswand an.

»Nichts. Ehrlich, ich habe alles versucht, um darüber mehr zu erfahren, aber ich kann in der Sache nur sehr vorsichtig arbeiten. Es ist nicht einfach, denn die Leute, die ich gerne hinzuziehen würde, arbeiten zum Teil bei der Konkurrenz.«

Er machte eine Pause, in der er tief durchatmete. Dann meinte er fahrig: »Es gibt… es ist schwierig.«

Ich überging seine Bemerkung. Sie klang mir zu sehr nach seiner geheimen Informationssammlerei.

»Na gut.« Ich trank mein Glas aus. »Eine letzte Frage hätte ich noch: Warum stehst du nicht auf der Besatzungsliste?«

Fritz stand auf und verstaute das Videoboard wieder im Tisch.

»Glaube mir, mein Freund, ich habe es mir tatsächlich lange überlegt und war auch nahe daran, an der Expedition teilzunehmen, aber Hellbrügge hat mir abgeraten und ich muß ihm recht geben; gerade heute hat sich gezeigt, daß ich für den Flug der *Nostradamus* und damit auch für dich nützlicher sein kann, wenn ich hier auf der Erde bleibe. Wer weiß, was da noch auf uns zukommt.«

Er hatte recht. So gerne ich ihn im Schiff gehabt hätte, würde es eine Beruhigung für mich sein, einen verläßlichen Menschen im Hintergrund zu haben.

Ich nahm den Schalldecoder ab und sagte laut: »Also abgemacht, wir filtern das Kondensat mit einem Koronator!«

Fritz guckte mich dämlich an. Dann hatte er den Quatsch begriffen. Er grinste und dankte mir überschwenglich mit einem dramatischen Händeschütteln.

Die Presseleute hinter den Glaswänden sollten schließlich nicht umsonst so lange ausgeharrt haben.

# 10

»... ist die Abkupplung beendet. Alle Halterungen sind gesichert. Damit ist unser Job erledigt, und wir übergeben sie ab jetzt *Intro Astra*. Wir wünschen Ihnen einen guten Flug, Kapitän Nurminen!«

»Vielen Dank, Kapitän Papenbrok, das war gute Arbeit! Ich wünsche Ihnen und der *Isenstein* einen angenehmen Rückflug.«

Die *Isenstein* verabschiedete sich mit einem melodischen Dreiklang und einem langsam verblassenden Wappen aus dem Kommunikationssystem. Dafür erschien unverzüglich ein pulsierender roter Pfeil auf dem Center Face – das Zeichen von *Intro Astra*, einer Überwachungsstation, die ausschließlich Flüge außerhalb der Erde-Mond Route betreute.

Gleich darauf ertönte ein satter Brummton, der die Verbindung bestätigte und den Kopf eines jungen dynamischen Burschen auf das Center Face zauberte.

»Willkommen bei *Intro Astra, Nostradamus*! Bitte bestätigen Sie Ihren Zustand wie folgt: Experimentalschiff *Nostradamus*, 25. Januar 2046, realer Standort ab 14.07 Uhr Greenwich-Zeit: außerordentliche und orbital-stabile Mond-Umlaufbahn NS im Mittel von 34 200 Kilometern. Destination unbestimmt, maximal im 2-Millionen-Kilometerbereich außerekliptisch für die Dauer von zwei Tagen. Verantwortlicher Kapitän: Professor

Schmidtbauer mit zwei Mann Besatzung, John Nurminen nimmt als nicht faktischer Kapitän in einer Simulation an der Fahrt teil und gilt als teilverantwortlich, ausgenommen sind die Beschleunigungsphasen des Schiffes. Ich darf darauf aufmerksam machen, daß ein vollständiger Zustandsbericht mit allen erforderlichen und bewilligten Genehmigungen unter EXNOS-MoNS-25012046 abgespeichert im *Intro Astra*-Archiv liegt. Können Sie die Angaben bestätigen, Kapitän Nurminen?«

»Ich bestätige hiermit Ihre Angaben«, erwiderte ich förmlich.

Der Bursche reagierte erst nach einigen Sekunden, denn die Station von *Intro Astra* befand sich auf dem Mond-Nordpol, während ich in einem Simulationstank auf der Erde steckte und von dort aus den letzten Testflug der *Nostradamus* verfolgte.

»Prima! Professor Schmidtbauer, Ihre Bestätigung?«

»Bestätigt!« murmelte es von einem Frame-Face her. Er war nur kurz auf dem Face zu sehen und verschwand sofort nach seiner offiziellen Bestätigung wieder zwischen den Anlagen des Teilchenbeschleunigers.

»Prima! *Nostradamus,* Sie sind ab sofort frei für eigenes Manöver. *Intro Astra* bleibt auf Empfang und ist immer in Ihrer Nähe.«

Der letzte Teil des Satzes war eine reine Übertreibung, was die räumliche Entfernung betraf, aber es war eine Tradition von *Intro Astra,* Raumfahrern das Gefühl zu vermitteln, daß sie sich nicht allein im weiten Weltraum befanden.

Der rote Pfeil erschien wieder auf dem Center Face und wanderte diskret immer kleiner werdend in die linke untere Ecke des Schirms, wo er für die Dauer des Fluges bereitwillig darauf wartete, benötigt zu werden.

Unzählige kalt leuchtende Sterne erschienen auf dem sanft gebogenen Center Face vor mir. Es war eine skurrile Eigenart in der Raumfahrt, alle Monitore, die sich außerhalb der Erdatmosphäre befanden, als Faces zu bezeichnen. Woher diese außergewöhnliche Angewohnheit herrührte, war nicht mehr genau nachzuvollziehen. Eine Version besagte, daß sie von den ersten Schiffsbesatzungen der Prospektoren stammte, die während ihrer einsamen Reisen zu den Asteroiden in den Monitoren ihre einzige Verbindung zur Erde hatten. Die Schirme verwandelten sich für sie in reale Personen und bedeuteten deswegen mehr als nur ein technisches Gerät. Somit bezeichneten sie alle Monitore, gleich welcher Art, als ›Faces‹, also ›Gesichter‹. In einer anderen Version hieß es schlicht und einfach, daß Raumfahrer sich als eine eigene Gilde von Menschen betrachteten und somit ihre eigene Sprache und Eigenheiten entwickelten, was in vielen Bereichen auch zutraf.

Ich lehnte mich in meinem bequemen Konturen-Sessel zurück.

Richtig ausgedrückt, glaubte ich, mich in einen weichen Sessel zurückzulehnen, denn in Wirklichkeit saß ich in einem Gebilde aus verformbaren Flow-Material, das imstande war, alle Arten von Sitzgelegenheiten zu bilden. Der Simulationstank, in dem ich mich befand, war ein einziges Panoptikum aus skurrilen Gerätschaften, die nur einen einzigen Zweck erfüllten, nämlich mir den möglichst realen Eindruck zu vermitteln, ich befände mich tatsächlich im Kommandoraum der *Nostradamus*. Für die Techniker, die den Tank überwachten, mußte ich aussehen wie ein riesiges Insekt, das manchmal etwas unbeholfen auf der Lauffläche umhertappte, sich ein anderes Mal zielstrebig auf einer Strebe niederließ, die ein mechanischer Arm blitzschnell an die richtige Stelle bewegt hatte. Das rundumlaufende Schirmfeld in dem überdimensionalen Helm, den ich trug, vermittelte mir ein absolut dreidimensionales Abbild des jetzigen Zustandes in dem weit entfernten Schiff, und ich mußte zugeben, daß meine anfänglichen Zweifel darüber, ob aus diesen improvisierten Inneneinrichtungen der *Nostradamus* jemals ein bewohnbarer Aufenthaltsort für die nächsten Monate werden könnte, wie weggewischt waren.

Der Kommandoraum vermittelte den Eindruck eines etwas zu groß geratenen Konferenzraumes, in dem es keine Ecken oder Kanten gab. Alle Sitzgelegenheiten, Tische oder Arbeitsflächen waren gepolstert und mit zahlreichen Griffbändern für den Fall der Schwerelosigkeit versehen. Vor dem Center Face wölbte sich ein anthroposophisch anmutendes Kontroll-Terminal wie ein riesiger Krake aus dem Boden, vor dem vier futuristische Sessel standen (und in einem davon saß ich, wie ich wegen der Simulation meinte). Die Plazierung des Terminals diente gleichzeitig als Orientierungshilfe in dem ovalen Raum, der mit Hilfe von beweglichen Kugelsegmenten in einzelne abgeschirmte Arbeitsplätze unterteilt werden konnte.

Und überhaupt – was hieß hier schon Center Face? Vergnügt berührte ich eine orangefarben leuchtende Taste seitlich unter meiner linken Armlehne. Das Licht im Raum wurde langsam heruntergefahren und eine weibliche Stimme ertönte: »Sie haben eine Total-Projektion gewählt. Bitte bleiben Sie an Ihrem Platz, bis Sie sich an die Situation angepaßt haben!«

Hellbrügges Planetarium war ein Nichts gegen das, was mir jetzt im Kommandoraum der *Nostradamus* geboten wurde: Es schien, als würden sich die Wände auflösen und transparent werden. Tausende und Abertausende von kalt leuchtenden Sternen traten an ihre Stelle. Beherrschend aber stand eine weißlich strahlende Mondsichel über mir, nicht weit entfernt davon, fast genau so groß, eine schmalere blaue Erdsichel – und links von mir, das Licht durch partielle Filter etwas gedämpft, eine gleißende Sonnenscheibe.

Wären nicht die im sanften Blau schimmernden Sessel und das vor mir ebenfalls blau angedeutete Kontrollpult gewesen – man hätte in panische Zustände verfallen können. Es schien, als wäre man ungeschützt dem Weltall ausgesetzt.

Anfangs konnte ich noch einzelne Sternbilder ausmachen und betrachtete begeistert filigrane Konstellationen, die mir auf der Erde wegen Dunst und Atmosphäre verborgen blieben. Sobald sich aber meine Augen an die neuen Verhältnisse gewöhnt hatten, setzte sich das breite Band der Milchstraße mit Macht an die erste Stelle meiner Eindrücke. Die optische Gewalt war so stark, daß ich zu verstehen begann, warum es eine Empfehlung im Handbuch der *Nostradamus* gab, sich diesem Erlebnis nicht allein hinzugeben. All diese Lichtpunkte und die Gewißheit, daß es sich dabei um unendlich viele Sonnen und für den Menschen unsichtbare Materie handelt, konnten beim Betrachten zu einem Rausch führen. Fast wirkten die Sonne, Erde und Mond störend dabei…

»Kann ich Sie kurz in der Betrachtung der Sterne unterbrechen…?«

Erschrocken fuhr ich herum und betätigte hastig wieder die orangefarben leuchtende Taste.

Vor mir auf dem Center Face, das rechteckig auf dem verblassenden Sternenhimmel erschien, schwebte Schmidtbauers Kopf im Weltall. Links unter ihm pulsierte der kleine rote Pfeil von *Intro Astra*.

»Mein Gott«, entfuhr es mir, »entschuldigen Sie… natürlich.«

Pause. Er antwortete nicht sofort. Wieder einmal hatten wir die Strecke Erde-Mond zwischen uns.

»Diese Projektion ist beeindruckend, nicht wahr.« Er lächelte mir zu, ging aber nicht weiter auf die technischen Möglichkeiten des Kommandoraums ein und sprach sofort weiter: »So, wir sind soweit. Mit Ihrem Einverständnis lege ich den Start für den letzten Erprobungsflug auf 15 Uhr fest, das heißt in etwa 25 Minuten. Für das Logbuch: Professor Schmidtbauer ist ab 1445-12012046 voll verantwortlich für das Schiff, richtig und einverstanden, Kapitän Nurminen?«

»Richtig und einverstanden.«

»Gut, jetzt passiert folgendes: Um 14.50 Uhr erfolgt der Gelb-Alarm für den Rotationsstop der beiden Zylinder, anschließend konstante Beschleunigung der *Nostradamus* auf zehn Meter pro Sekundenquadrat. Ab 15 Uhr beginnen wir, sogenannte kalte Baryonen mit nahezu Lichtgeschwindigkeit in einem bestimmten Streuwinkel in den Raum vor dem Schiff zu schießen. Etwa 50 Meter vor dem Bug befindet sich ein hochsensibles Magnetfeld, das mit radioaktivem Centium-Plasma durchsetzt ist. Deswegen besitzt die *Nostradamus* dieses häßliche Gerüst, das wie ein Kran nach vorne ragt. Irgendwann werden wir dem Schiff auch einmal eine schöne Nase verpassen, aber im Moment genügt die reine Funktion.«

Er schaute beiläufig auf seine Uhr und absolvierte seine Erklärungen in einem schnelleren Tempo.

»Es dauert danach ein paar Sekunden, aber dann setzt sofort die Spin-Verschiebung der Neutrinos ein, baut einen Ereignishorizont vor der *Nostradamus* auf und bewegt das Schiff ohne weiteren Beschleunigungszuwachs.«

Ich war versucht, ihm an dieser Stelle einige Fragen zu stellen, aber ich nahm an, daß er in dieser Situation nicht die Zeit haben würde, mir ausführlich zu antworten.

»In diesem Stadium reißt der Kontakt zur realen Außenwelt ab, Sie werden also nur eine Zuspielung von einem früheren Versuchsflug in Ihrem Simulationstank erleben. Ich habe eine Aufzeichnung ausgewählt, in der sich Maier Zwo in der Kommandozentrale aufhält. Achten Sie auf seinen Umriß und auf Kanten von Gegenständen, Sie werden einige interessante Veränderungen bemerken.«

Wieder ein Blick auf seine Uhr. Diesmal um einiges hastiger.

»Ich muß Schluß machen. Wir sprechen uns in einer knappen Stunde wieder. Dann werden wir über eine Million Kilometer weiter vom Mond entfernt sein. Halten Sie die Daumen, daß die Generalprobe klappt!«

Und weg war er. Das Center Face zeigte wieder Sterne.

Eine Million Kilometer in einer Viertelstunde! Es war unfaßbar. Wenn dieses Antriebssystem eine Zukunft haben würde, dann läge das Sonnensystem vor unserer Haustür! Vielleicht auch sogar die nächsten Sterne.

Ich schüttelte ungläubig den Kopf. Zuerst einmal an dieses Projekt denken! Alles andere würde – nüchtern betrachtet – nicht mehr in meine aktive Zeit als Astronaut fallen.

Es war still in der Kommandozentrale. Außer dem leisen Rollen der riesigen Walze und einem gelegentlichen Piepsen einer automatischen Kontrolleinheit auf dem seitlichen Tastenfeld des Pultes vor mir war kein Geräusch zu hören. Oben rechts auf dem Center Face zeigten magentafarbene Ziffern die Zeit an: 14.44 Uhr. In sechs Minuten würde der Gelb-Alarm erfolgen, das Zeichen für das beginnende Ausrollen der Zylinder. Zwei Minuten später würde die künstliche Schwerkraft überall im Schiff aufgehoben sein, nur die Masse hätte noch ihre Bedeutung.

Gelb-Alarm wurde normalerweise mindestens 30 Minuten vorher angekündigt, um alle beweglichen Gegenstände im Schiff zu sichern. Jeder freistehende Versorgungsbehälter, jede achtlos beiseite gelegte Disk, sogar jeder noch so unscheinbare Kontaktschreiber bedeutete eine Verletzungsgefahr, nicht nur bei einsetzender Zündung der Triebwerke.

Bei Rot-Alarm fiel die Vorwarnzeit weg. Die Walzen wurden innerhalb einer Minute gestoppt und arretiert. Alle Besatzungsmitglieder, die nicht unmittelbar an einem bestimmten Einsatz beteiligt waren, hatten sich sofort in die überall im Schiff verteilten ›Kokons‹ zu begeben, die sie vor nicht befestigten Gegenständen während eines eventuellen Not-Startes schützten. Den Gerüchten nach sollte es einige Kapitäne in der Flotte geben, die den Rot-Alarm gerne als Disziplinarmaßnahme benutzten, um die Mannschaft darauf zu drillen, das Schiff jederzeit in einem optimalen Sicherheitsstatus zu halten. Ich persönlich hatte bisher immer auf den gesunden Menschenverstand gesetzt und auf solche Mätzchen verzichtet, aber manchmal konnte ich meine Kollegen gut verstehen, wenn ich während eines Rundgangs einige Container nicht vorschriftsmäßig befestigt vorfand. Die Frage war nur, ob nach mehreren Rot-Alarmen der Schaden nicht größer war als die Überwindung, zur rechten Zeit einige scharfe Worte zu verlieren.

Noch drei Minuten.

Mein Blick wanderte von der Uhr zur Decke des Raums, die sich über dem Center Face bullig wölbte und sich über mir hinweg in einem sanften Bogen zum hinteren Eingang langsam absenkte. Die creme-weiße Farbe deutete in allen Räumen der *Nostradamus* auf die Richtung ›oben‹ hin, helles Blau mit gelben Streifen in den Kanten hieß ›unten‹. In erster Linie diente diese Gleichfarbigkeit dazu, dem Orientierungssinn in der Schwerelosigkeit eine Richtung zu geben, weiterhin sollte sich die Farbzusammenstellung psychologisch günstig auf die Raumfahrer auswirken. Ich bezweifelte das, aber abgesehen davon war ich noch keinem Astronauten begegnet, dem überhaupt eine bestimmte Farbzusammenstellung gefallen hätte.

Um den langen Aufenthalt in diesem Zylindersystem so erträglich wie möglich zu gestalten, setzten die Konstrukteure der neuen Schiffsgeneration hauptsächlich auf eine luxuriöse Ausstattung, soweit das neben den technischen Einrichtungen möglich war. So befanden sich in der parallel laufenden Sphäre ein im Radius rundumlaufender Garten und neben großzügig eingerichteten Wohn- und Freizeiträumen sogar ein kleines Schwimmbecken. Häufig mußte ich mir deswegen von den lieben Zeitgenossen, die sich noch nie im Weltraum aufgehalten hatten, Bemerkungen wie ›Na, gehst du wieder auf eine Luxus-Kreuzfahrt zum Mars‹ anhören. Dabei war es alles andere als angenehm, sich für mehrere Monate oder gar zwei Jahre in diese Scheinwelt zu integrieren, denn das Leben in dem Zylindersystem, das eine künstliche Schwerkraft erzeugte, brachte einige Probleme mit sich.

Allein das normale Laufen ähnelte nur annähernd dem Bewegungsablauf, den ein Mensch von der Erde her gewohnt war, denn durch die Rotation hatte man immer das Gefühl, leicht nach vorne oder zur Seite hin gezogen zu werden. Außerdem war es angenehmer, mit der Drehung zu laufen als dagegen. Kleine blaue Pfeile unter den Handläufen im äußeren Gang zeigten deswegen die Laufrichtung des Zentrifugalsystems an.

Durch den – wenn auch großzügigen – Radius der Zylinder existierte kein gerader Boden auf dem Schiff. In jedem größeren Raum verschwanden eine oder beide Längswände nach oben hinter die Decke.

Und die Aussicht, über einen langen Zeitraum in einem begrenzten Lebensraum im Weltall eingesperrt zu sein, war für viele immer noch das größte Problem.

Jetzt kündigte ein sattes Brummen den Gelb-Alarm an. Das Geräusch war eine akustische Verstärkung des

Vibrierens der Bremsvorrichtungen. Würde ich mich in der *Nostradamus* aufhalten, dann hätte ich zuerst ein feines Ziehen in der Magengegend verspürt, verknüpft mit immer leichter werdenden Armen und Beinen. Instinktiv bemühte man sich nun, möglichst kontrollierte und vorher überdachte Bewegungen auszuführen, was zu einer gewissen Trägheit in den darauf folgenden Abläufen führte. Angesprochene Personen reagierten zunächst gar nicht, weil sie überlegten, wie sie sich am günstigsten ihrem Gesprächspartner zuwenden sollten oder sie antworteten mit abgewendetem Gesicht, was einer Unterhaltung einen unhöflichen Beigeschmack verlieh.

»Darf ich mich zu dir setzen?«

Ich fuhr auf und drehte mich mit meinem Sessel herum.

Appalong! Wie, zum Teufel, kam der hierher? Entweder er befand sich mit mir im Tank oder er hielt sich auf der *Nostradamus* auf oder…

Er hob entschuldigend die Hände.

»Tut mir leid, ich wollte dich nicht erschrecken. Übrigens könnte ich dir nicht viel anhaben, denn ich bin dir von Melbourne aus zugeschaltet.«

Natürlich, diese Möglichkeit gab es ebenfalls. Es existierten Tausende von Simulationstanks dieser Art, selbst mit einem einfachen Heim-Computer und einer Kamera hätte man eine primitive Projektion erreicht.

Er kam auf mich zu und schüttelte mir herzlich die Hand.

Verblüfft registrierte ich den Händedruck. Er lachte vergnügt auf.

»Darf ich vorstellen: Herr Hinrichs aus Manching! Du gibst gerade einem Techniker in deinem Tank die Hand!«

Blöder Trick! Appalong zog seine Hand zurück, aber ich hielt die Hand von Herrn Hinrichs weiterhin fest.

Ein merkwürdiges Gefühl. Ich konnte mir nicht verkneifen, ganz kurz stark zuzudrücken, außerdem setzte ich meine Fingernägel dabei ein bißchen ein. Das wahrscheinliche Fluchen von Herrn Hinrichs konnte ich nicht hören, aber ich nahm mir vor, mich später bei ihm zu entschuldigen.

Appalong hatte von meiner kleinen Einlage nichts mitbekommen. Er blieb neben mir stehen und betrachtete bewundernd die Zentrale. Dieser schwarze Mann paßte überhaupt nicht in die technische Umgebung, obwohl er einen zeitgemäßen Overall in den Farben des Konzerns trug. Es war sein Gesicht, das mich vor einigen Monaten in Australien bei unserer ersten Begegnung so fasziniert hatte. Es sah aus, als würde man ein Stück schwarzes Urgestein in einer großen Vitrine aus cremefarbenem Plastik präsentieren. Vielleicht übertrieb aber auch die Rechnereinheit seine Gesichtszüge, die in Wirklichkeit in einem Tank in Melbourne unter einem Simulations-Helm verborgen waren und deswegen künstlich eingesetzt wurden.

Ich hatte mich endlich von meiner Überraschung erholt und bot ihm den Sessel neben mir an.

Er setzte sich, blickte noch einmal anerkennend in die Runde und sagte dann unvermittelt: »Ich habe mich damals ziemlich kindisch benommen, nicht wahr?«

»Du hast das ausgedrückt, was du damals empfunden hast, und – ehrlich gesagt – mir ist es genauso gegangen, als ich erfahren habe, daß sie die Pyramiden gesprengt hatten.«

Ich hatte keine Lust, ihm die Wahrheit über die Marspyramiden zu sagen, weil ich mich jetzt nicht damit beschäftigen wollte.

»Erzähl mir lieber, wie du es geschafft hast, auf die Besatzungsliste zu kommen, aber bitte kurz, wir starten gleich!«

Er grinste mich mit seinem hyper-weißen Gebiß an.

»Ich habe es gar nicht geschafft. Einige Tage später, nachdem du Allison Walls verlassen hattest, wollte ich mich bei dir entschuldigen, aber dein CC-Code ist wohl ein Konzerngeheimnis. Deswegen habe ich es über Hellbrügge versucht. Er hat mir geraten, dich vorerst in Ruhe zu lassen. Anschließend hat er mich gefragt, ob ich Lust hätte, eventuell an der Mission teilzunehmen.«

Ich brummte kurz und schielte zur Uhr: 14.58 Uhr.

»Du weißt über die Show Bescheid, die wir gleich sehen werden?«

Er nickte. »Ich bin sehr gespannt darauf.«

Schweigend überbrückten wir die nächsten Sekunden, dann ertönte die Stimme eines Technikers im Raum: »Der Kontakt zur *Nostradamus* ist unterbrochen. Wir spielen ab jetzt eine Aufzeichnung vom Juli 2045 ein.«

Eine negative Eigenschaft des Neutrino-Treibers bestand darin, daß die Funkverbindung abbrach. Außerdem verschwand das Impuls-Abbild des Schiffes auf den Reflex-Tastern von *Intro Astra*. Es war damit rein optisch während einer Phase nicht mehr zu orten. Als mir Schmidtbauer von dem Effekt berichtete, trug dieser Umstand nicht gerade dazu bei, meine Skepsis gegenüber dem neuartigen Antrieb zu verringern.

Die Umgebung ruckte ein wenig und veränderte sich schlagartig. Damals war die Kommandozentrale noch eine einzige Baustelle und die Pultfläche vor mir löste sich einfach auf. Auch unsere Sessel waren plötzlich nicht mehr vorhanden. Wir fuhren beide erschrocken auf, weil wir glaubten, in der Luft zu sitzen. Appalong kommentierte unsere Reaktion mit einer lustigen Geste, aber ich achtete nicht auf ihn. Das Center Face war schon installiert, wenn auch seitlich überall Kabelstränge heraushingen. Die Sternenkonstellation war eine andere, auch der Mond stand an einer anderen

Stelle. Zunächst veränderte sich daran nichts, dann aber begannen sich die dunkleren Räume zwischen den Sternen mit einem glitzernden Weiß aufzufüllen, bis schließlich eine einzige strahlend helle Fläche vor uns stand.

Dazu hörten wir einen aufgezeichneten Kommentar von Schmidtbauer zu den Vorgängen.

»20. Juli 2045, 09.30 Uhr. Zwanzig Sekunden nach Start des Teilchenbeschleunigers, die konstante Beschleunigung der Schiffstriebwerke beträgt beim Start 8,5 Meter im Sekundenquadrat. Sie sehen an den Sternen und an der Mondsichel auftretende Lichthöfe, die auf die piezotemporalen Standortveränderungen des Schiffes zurückzuführen sind. Sie werden im Verlauf der nächsten Sekunden zunehmen. Es wird gleich Ingenieur Sascha Meier die Zentrale betreten. An ihm können Sie die Veränderungen besonders gut wahrnehmen. Zurückgelegte Entfernung nach 45 Sekunden: 80 000 Kilometer.«

Wie auf ein Stichwort hin, trat Meier Zwo von hinten durch ein Türgerüst, das einmal der Zugang zur Zentrale werden sollte.

Er zeigte sich als eine wahrhaft gespenstische Erscheinung!

Er war umgeben von einem zarten weißlichen Leuchten, das sich blaß hinter ihm herzog. Als er vor dem Center Face stehenblieb, verstärkte sich die Erscheinung und hüllte ihn in eine hart strahlende Korona ein. Man hatte den Eindruck, als wollte ihn das Weiß langsam von außen heraus verschlingen.

Ich wandte mich an Appalong, ohne Meier Zwo aus den Augen zu lassen.

»Was ist das? Was passiert mit ihm?«

»Mit ihm im Grunde genommen nichts, nur wir erleben einen höherdimensionalen Vorgang, der in unseren gewohnten Dimensionen abgebildet wird.«

Mein Verstand spielte nicht mehr mit. Ich hatte mir bis heute die verschiedensten Erklärungen über den Antrieb der *Nostradamus* angehört und war zu dem Ergebnis gekommen, daß niemand so recht wußte, was eigentlich genau während der Beschleunigungsphase im Schiff passierte.

»Was soll denn das nun wieder heißen? Höherdimensional? Wie hoch?« Ich bereute meine naiv klingenden Fragen sogleich, denn Appalong schmunzelte, bevor er erwiderte: »Tja, so wie die Dinge stehen, werden sich Schmidtbauer und seine Kollegen noch lange darüber streiten. Du hast dich doch über die Funktionsweise des Antriebes informiert, oder?«

Es lag eine kleine, vielleicht nicht ernstgemeinte Kritik in seiner Frage, trotzdem traf er damit bei mir einen wunden Punkt. Nachdem ich mich dazu entschlossen hatte, an der Mission teilzunehmen, war ich allen Fragen, die den Antrieb betrafen, energisch nachgegangen, hatte jedoch nur selten eine befriedigende Antwort erhalten.

Ich holte tief Luft und sagte leicht trotzig: »Vielleicht kann mir ja der große Astrophysiker Dr. Appalong eine Erklärung liefern, die auch ein normal Sterblicher versteht!«

Entgegen meiner Erwartung wurde er plötzlich sehr ernst.

»Ich verstehe diese Geheimnistuerei von Schmidtbauer nicht. Gerade bei der Vorbereitung zu dieser Expedition sollte Offenheit herrschen!«

»Mein lieber Freund! Gerade eben bei dieser Expedition ist nichts normal! Ich bin schon froh darüber, daß ich über den Starttermin einigermaßen in Kenntnis gesetzt wurde.« Ärgerlich brach ich ab und fügte doch noch hinzu. »Na gut, ganz so ist es nicht, aber es stimmt, ich habe den Eindruck, daß mir nicht die ganze Wahrheit über den Antrieb erzählt wurde.«

Wir beobachteten schweigend, wie Meier Zwo die Zentrale wieder verließ. Ich konnte ihn in seinem weißen Umfeld kaum noch ausmachen.

Appalong drehte sich zu mir um.

»Was möchtest du wissen?«

»Höherdimensional. Bedeutet das eine zeitliche Veränderung? Bisher dachte ich immer, die *Nostradamus* wird durch die Gravitation eines Ereignishorizontes beschleunigt.«

»Eben, beschleunigt! Hast du dich nie gefragt, warum keine weiteren Beschleunigungskräfte auftreten? Diese wären jedoch ungeheuer groß, wie du an der zurückgelegten Entfernung siehst.«

»Schmidtbauer hat einmal etwas von einem verschobenen horizontalen Zeitintervall erwähnt und von Paralleluniversen gesprochen«, wich ich aus, »aber das schien mir alles sehr theoretisch zu sein.«

»Tja, nun, die Sache ist folgendermaßen: Es stimmt, daß die *Nostradamus* im Sog eines Ereignishorizontes beschleunigt, aber nicht in direkter Folge von Gravitationskräften, sondern durch eine temporale Anhebung in einem – bezeichnen wir es einmal als ein Nullfeld, in dem die uns bekannten Gesetze nicht mehr gelten. Anders ausgedrückt: Das Schiff bewegt sich auf einer horizontalen Achse in der Zeit nach vorne. Nach jeder ›Beschleunigungsphase‹ erreicht die *Nostradamus* einen Zustand eines Universums, das in einer möglichen Zukunft liegt.«

Den letzten Satz mußte ich mir erst langsam übersetzen.

»Das ist doch nicht dein Ernst! Du willst mir erzählen, wir werden in die Zukunft versetzt?«

Er zögerte. Dann hob er die Schultern. »Wenn du es so ausdrücken willst, in eine mögliche Zukunft, ja.«

»Gut, ich spiele jetzt dein Spiel einmal mit. Was passiert denn, wenn in dieser möglichen Zukunft kein

Konzern mehr existiert oder es überhaupt keine *Nostradamus* gibt oder vielleicht noch nicht mal eine Erde?«

Er hob beschwichtigend die Hände.

»Du darfst nicht vergessen, daß wir von einer horizontalen Richtung der Zeit reden, nicht von gleichzeitig nebeneinander existierenden Möglichkeiten.«

»So, und wer garantiert mir, daß wir nicht aus Versehen einen kleinen Hopser zur Seite machen und ich feststellen muß, daß es zum Beispiel nie einen Appalong gegeben hat?«

Er lachte amüsiert und stellte fest: »Fairerweise muß man sagen, daß bei dieser Sache niemand etwas garantieren kann, aber bisher ist ja wohl noch niemand verschwunden, oder?«

»Wenn es in einem Paralleluniversum keinen Appalong gegeben hat, kann er auch nicht verschwinden und niemand würde ihn vermissen.«

»Wir könnten stundenlang darüber diskutieren, was bei Zeitreisen möglich ist und was nicht! Stell dir einfach vor, daß es in unserem speziellen Fall so abläuft, wie ich es dir geschildert habe.«

»Und woher bist du dir so sicher, daß es sich so verhält?«

»Hellbrügge hat auf meine Bitte hin ein Gespräch mit Schmidtbauer ermöglicht. Natürlich habe ich auf Grund meines Berufes einen ganz anderen Bedarf an Fragen und vielleicht stehe ich auch dem Phänomen viel unvoreingenommener gegenüber als du. Auf jeden Fall vertraue ich darauf, daß der Antrieb auf diese Weise arbeitet.«

Es war unglaublich! Nun würde ich sogar noch ein Zeitreisender. Merkwürdigerweise nahm ich diese vermeintliche Erkenntnis sehr gelassen hin. Ich hatte einfach keine Vorstellung, wie das funktionieren sollte und ob ich nun hinter einem Schwarzen Loch durch den Weltraum flog oder in einer verkappten Zeitmaschine, war mir letztendlich gleichgültig. Das ganze Unternehmen hatte solch futuristische Züge angenommen, daß ich schon ziemlich abgestumpft war. Es blieb nur zu hoffen, daß meine Mitreisenden auch so gelassen auf diese Eröffnungen reagieren würden.

Plötzlich standen wir wieder in einer völlig intakten Kommandozentrale. Die *Nostradamus* hatte ihren Weg zurückgelegt und war wieder in Kontakt mit der realen Welt getreten. Wie auf einen unhörbaren Befehl hin setzten wir uns gleichzeitig in die Sessel, die wieder vor uns aufgetaucht waren.

Appalong legte seine Hände an den Fingerspitzen aneinander und fragte: »O.K., wie geht es jetzt weiter?«

Ich zögerte. Die Vereinbarung mit *Intro Astra* besagte, daß sich die *Nostradamus* nach jeder ›Phase‹, wie die eigenwillige Fortbewegung des Schiffes genannt wurde, in der Leitstelle zurückmeldete. Offiziell war Schmidtbauer der leitende Kommandant, aber so wie ich ihn einschätzte, beschäftigten ihn im Moment andere Probleme.

Entschlossen drückte ich auf die Verbindungstaste mit *Intro Astra*. Der rote Pfeil huschte auf dem Center Face immer größer werdend in die Mitte, zersprang in einem Funkengestöber, und wieder erschien der smarte Jüngling.

»*Intro Astra* von *Nostradamus*, stellvertretender Kommandant Kapitän Nurminen!« sprach ich ihn an. »Wir haben die Phase beendet und melden uns zurück. Zustandsbericht und Standort gehen über automatischen Logbuch-Transfer.«

»Prima, *Nostradamus*. Transfer geht gerade ein. Ihr habt einen mächtigen Satz gemacht.«

Der Center Face zeigte mir auf dem rechten unteren Teil die Koordinaten des Schiffsstandortes, und ich rechnete im Kopf überschlagsweise die Entfernung aus, die

die *Nostradamus* zurückgelegt hatte. Etwa 980000 Kilometer in einer knappen Viertelstunde!

»Ja«, bestätigte ich leise mehr für mich selbst. »Es ist erstaunlich.«

»*Nostradamus,* der Transfer zeigt alle ihre Schiffsbereiche in Grün. Damit scheint bei ihnen alles in Ordnung zu sein. Kann ich sonst noch etwas für Sie tun?«

»Nein, danke. Bis zum nächsten Check!«

»Wir sind in Ihrer Nähe.«

Die Verbindung setzte sich wieder in den Standby-Modus.

Anschließend startete ich das Programm für den Zylinderanlauf und kurz darauf kündigten drei Huptöne die bevorstehende Aufhebung des Gelb-Alarms an. Ich bedeutete Appalong, sich noch einen Moment zu gedulden, weil ich kurz mit Schmidtbauer sprechen wollte, als dieser mit hochrotem Kopf auf dem Center Face erschien.

»Nurminen, haben Sie den Gelb-Alarm aufgehoben?«

Augenblicklich fingen meine Gedanken an zu rasen. Welchen Fehler konnte ich gemacht haben? Welche Sektionen waren von der Aufhebung des Alarms betroffen? Schmidtbauer und seine Crew befanden sich im unteren Teil des Schiffes, wo konstant Schwerelosigkeit herrschte, also konnte sich dort durch die einsetzende Rotation der Zylinder nichts Entscheidendes verändert haben.

Jetzt erst wurde mir bewußt, daß er mich hart und unpersönlich nur mit meinem Nachnamen angeredet hatte. Ich fühlte mich beleidigt, versuchte aber ruhig zu bleiben. Wenn es ein Problem im Schiff gab, mußte ich zuerst dieses lösen. Bevor ich jedoch zu einer Antwort ansetzen konnte, blaffte er mich weiter an: »Sie wissen ganz genau, daß ich hier das Kommando habe! Sie sind nicht befugt, Befehle auszugeben, die den Ablauf im

Schiff betreffen! Und schon gar nicht von einem Simulationstank aus, der sich auf der Erde befindet!«

Den letzten Satz hatte er laut hinausgeschrien. Dann keuchte er asthmatisch und räusperte sich mehrmals kurzatmig.

Im ersten Moment war ich erleichtert, weil ich befürchtet hatte, irgendeinen Unfall im Schiff verursacht zu haben, danach jedoch drohte mir der Kragen zu platzen.

Durch die langen Übertragungspausen hatte ich Gelegenheit, mich schnell wieder in den Griff zu kriegen. Ich blickte kurz zu Appalong, der mit aufgeblasenen Backen neben mir saß, und setzte mich aufrecht in den Sessel.

»Professor Schmidtbauer, bitte bleiben Sie ganz ruhig! Ist die Frage der Verantwortlichkeit das einzige Problem, das Sie im Schiff haben?«

Es war vielleicht ein Fehler, ihn in einer Weise anzusprechen, als wäre er nicht ganz richtig im Kopf, aber ein bißchen wollte ich schon, daß er es so auffaßte.

Er wirkte verwirrt, und ich bemerkte, daß er um Haltung rang. Dann ruckte sein Kopf leicht nach vorn, und er bemerkte fast gehässig: »Versuchen Sie nicht, mich hier vor meinen Leuten zum Deppen zu machen! Sie wissen ganz genau, daß Sie sich in dieser Situation falsch verhalten haben! Im Interesse der Sicherheit dieses Schiffes fordere ich Sie hiermit auf, den Befehl zur Aufhebung des Gelb-Alarms rückgängig zu machen!«

So ging das nicht weiter. Kurz entschlossen drückte ich einige Tasten und nahm damit den Befehl zurück. Als ich wieder auf den Center Face blickte, war Schmidtbauer verschwunden.

»Das ist doch…!« entfuhr es mir.

Ich ließ mich in den Sessel zurückfallen und drehte mich sprachlos zu Appalong hin.

»Jesus Christus!« rief er erstaunt aus. »Das ist ein Hammer!«

Das konnte man wohl sagen! Ich überlegte und versuchte, die Verbindung zu Schmidtbauer wieder herzustellen, obwohl ich verständlicherweise kein großes Bedürfnis dazu hatte, aber ich durfte als zukünftiger Kapitän solch ein Verhalten nicht tolerieren.

Keine Antwort.

Nach einem nochmaligen Anrufen erschien Meier Zwo auf dem Center Face.

»Professor Schmidtbauer ist leider... ähm... kann jetzt gerade nicht mit Ihnen sprechen, Kapitän Nurminen. Kann ich Ihnen weiterhelfen?«

Meier Zwo schien in Schmidtbauers Team der Mann für repräsentative Aufgaben zu sein. Sein Versuch, mir unverwandt in die Augen zu sehen, scheiterte nach wenigen Sekunden, und er drehte sich ein paarmal verlegen um, während ich ihn durchdringend ansah.

Nach einer Weile fragte ich ihn förmlich: »Kann ich davon ausgehen, daß es keine Probleme mit dem Antrieb gibt?«

Die Frage hatte er nicht erwartet. Mit verblüfftem Gesichtsausdruck erwiderte er nach einem kurzen Zögern: »Alles in Ordnung. Nein, es gibt keine Probleme.«

»Gut, das wäre alles. Danke!«

Schmidtbauer hatte sich vorerst einmal aus dem Schußfeld begeben, aber ihm mußte klar sein, daß sein Auftritt noch ein Nachspiel haben würde. Ich hatte große Lust, mich sofort aus der Simulation zu verabschieden, allerdings wäre dann auch die dreidimensionale Begegnung mit Appalong zu Ende gewesen.

»Komm«, sagte ich und stand auf, »machen wir einen kleinen Spaziergang!«

Appalong folgte mir schweigend durch einen der beiden kleineren Seitenausgänge hinaus auf das Hauptdeck. Hier auf der untersten Ebene des Zylinders herrschte auf der *Nostradamus* eine Gravitation von 0,6 *g* und nahm zum Zentrum hin immer mehr ab – bis zur Schwerelosigkeit in der Einstiegsnabe.

Auf beiden Seiten der Kommandozentrale schlossen kleine Galerien an, in denen man durch riesengroße Faces das Gefühl vermittelt bekam, als stünde man vor einem Fenster, das einen gewaltigen Ausblick ins Weltall zeigte.

»Heiliger Sebastian!« sagte Appalong bewundernd. »Das ist ja wie auf einem Luxusschiff!«

»Es ist wirklich beeindruckend«, gab ich zu, »aber nach ein paar Wochen kann es auch Einsamkeit hervorrufen. Du wirst feststellen, daß dann einige Besatzungsmitglieder die Zentrale durch den hinteren Eingang verlassen, um dem Ausblick zu entgehen.«

Wir stützten uns auf das Metallgeländer, das einer Schiffsreling nachempfunden war und betrachteten das stehende künstliche Bild, das eine Kamera von außerhalb des Schiffes zeigte. Hätten wir tatsächlich durch ein Fenster geschaut, wäre uns wahrscheinlich durch die Drehung der Zylinders schwindlig geworden.

»Außerdem darfst du nicht vergessen, daß wir uns diese ganze Pracht mit dem Bewußtsein anschauen, daß wir uns auf der Erde befinden«, fuhr ich fort. »Dort draußen wird dir trotz aller Annehmlichkeiten, die das Schiff bietet, mit der Zeit immer klarer, daß du von einem lebensfeindlichen Raum umgeben bist. Und erst dann zeigt es sich, ob jemand mit dieser Gewißheit umgehen kann oder nicht.«

»Und was ist mit Schmidtbauer? Wenn der jetzt schon durchdreht, was wird passieren, wenn wir einige Monate unterwegs sind?«

»Sein Benehmen von vorhin kann man nicht unbedingt mit einer Raumuntauglichkeit gleichsetzen. Ich vermute eher, daß er befürchtet, sein ›Kind‹, also die

*Nostradamus,* mit anderen teilen zu müssen. Er lebt seit Jahren in dem Schiff und plötzlich soll ein anderer das Recht haben, ihm zu sagen, was er tun darf und was nicht. Ich hoffe darauf, daß er bald einsieht, welchen Fehler er begangen hat, denn wenn wir unterwegs sind, werden wir alle aufeinander angewiesen sein und dann ist die Frage der Befehlsgewalt zweitrangig.«

Ich stieß mich vom Geländer ab und wandte mich dem äußeren Gang zu.

»Wenn es auf dem Flug allerdings einen Kampf um die Autorität des Kapitäns geben sollte«, fügte ich nachdenklich hinzu, »dann sind wir alle in großer Gefahr.«

Wir durchstreiften alle Abteilungen und Räume des Hauptdecks. Das Schiff schien tatsächlich fertiggestellt und voll funktionsfähig zu sein. Die Befürchtungen, die ich noch vor ein paar Wochen hinsichtlich der Ausstattung im Vergleich zur *Albert Einstein* gehegt hatte, waren weitgehend unbegründet gewesen. Dadurch, daß einige Rechnereinheiten in den schwerelosen Teil des Schiffes außerhalb der Zylinder verlegt worden waren, hatten wir wieder einigen Platz gewonnen. Sogar der persönliche Raum des Kapitäns hinter der Kommandozentrale hatte wieder seine ursprüngliche Größe angenommen.

Das Mittel- und Oberdeck freilich war fast ausschließlich mit technischen Einheiten belegt. Auf normalen Expeditionsschiffen, wie zum Beispiel der *Hermann Oberth,* hätten sich dort Labor- und verschiedene Testräume befunden, die wir aber nicht benötigen würden.

Appalong war natürlich besonders begeistert von der astronomischen Station. Hier würde er die Gelegenheit haben, direkt und ohne Zuteilungsbeschränkungen zu arbeiten. Selbst als Direktor seiner Station in

Allison Walls konnte er nur zu bestimmten Zeiten mit seinen Geräten arbeiten. Am liebsten wäre er sofort zur *Nostradamus* aufgebrochen.

»Das ist phantastisch!« jubelte er. »Ich glaube, das Observatorium verlasse ich während der ganzen Reise nicht mehr.«

Er konnte die Apparaturen in der Simulation zwar nicht benutzen, aber allein die Vorstellung von dem, was er alles zur Verfügung haben würde, versetzte ihn in einen wahren Rausch.

Es war mir ganz recht, daß er im Moment abgelenkt war, denn ich hatte gedanklich den Vorfall mit Schmidtbauer immer noch nicht ganz verdaut. Ich nahm mir vor, mit Hellbrügge deswegen Kontakt aufzunehmen, falls Schmidtbauer kein Gespräch mit mir suchen würde.

»Sag mal, ich meine, kann man hier eigentlich offen reden – oder wie ist das?« Appalong war nach seinem kleinen Inspektionsausflug neben mich getreten und machte seiner Frage gemäß entsprechende Gesten, dazu rollte er mit seinen schwarzen Aborigine-Augen.

Ich verstand ihn auch ohne seine Zeichen.

»Suzanne!«

›Guten Tag! Wie kann ich dir helfen?‹

»Suzanne, ich benötige einen abhörsicheren Kontakt nach Melbourne, Australien…« Ich blickte Appalong fragend an.

»Space Cargo, Zentral-Labor. Es gibt dort nur einen Simulationstank.«

Ich gab Suzanne die Daten weiter.

Anschließend summte sie vor sich hin.

›Die Leitung ist zustandegekommen. Ab jetzt!‹

»Danke, Suzanne!«

›Das Problem war leicht zu beheben.‹

Ich nickte Appalong aufmunternd zu.

»Die Pyramide«, fing er sofort an, »oder Nofretete,

wie sie jetzt heißt, gibt es etwas Neues darüber zu berichten?«

»Es gibt jedenfalls nichts Neues über die Bahn von Nofretete zu berichten. Sie ist weiterhin auf dem berechneten Kurs, von einigen kleinen Abweichungen abgesehen, aber die stammen wahrscheinlich von Meßfehlern. Soweit wir wissen, sind wir immer noch die einzigen, die sie bemerkt haben, allerdings...« Ich zögerte, weil ich nicht wußte, ob ich Appalong die neuesten Ergebnisse der Nachforschungen von Fritz Bachmeier mitteilen sollte.

»Ja, allerdings...?« drängte er. »Komm schon, du weißt doch, ich habe mehr Geld gekriegt, also werde ich schweigen.«

Den letzten Satz fügte er mit ironischem Grinsen hinzu.

»Na gut, ich will dich nicht einer Illusion berauben, aber es könnte sein, daß Nofretete nichts anderes ist als ein Werbefeldzug eines amerikanischen Konzerns für das kommende Frühjahr.«

»Und? Was ist deine Meinung dazu?«

»Du weißt, daß es vor einigen Jahrzehnten Pläne gab, riesige Werbetafeln im Orbit zu stationieren. Man hat sie verboten, wie du weißt. In Nordamerika gibt es einen Mann namens Brian Revelle, der nichts anderes im Kopf hat, als sogenannte Werbe-Barken im Raum auszusetzen.«

»Das ist doch Blödsinn!«

Ich hob ratlos die Schultern.

»Ich stimme dir zu, aber es ist nicht ganz von der Hand zu weisen. Wir wissen nicht, was die Prospektoren-Schiffe von Grumann-NASA oder von Norstar in den Raum transportieren. Natürlich wäre ein Objekt dieser Größe ein immenser Aufwand, selbst wenn es nur eine hauchdünne Hülle wäre, aber wenn es tatsächlich gelungen ist, dann springt ein enormer Profit dabei heraus. Du weißt doch, wie die Menschheit nach solchen Showeffekten giert.«

»Wie wahrscheinlich ist denn diese Information?«

»Es ist keine Information. Es ist ein Teil einer Recherche über die Möglichkeiten, was Nofretete sein könnte. Du siehst, es gibt nur Vermutungen und die Tatsache, daß Nofretete am 4. März die Ekliptik des Sonnensystems kreuzen wird. Egal, was passieren wird: Nach außen hin steht nach wie vor an erster Stelle die Langstrecken-Erprobung der *Nostradamus*!«

Einige Sekunden lang verweilte jeder von uns in seinen eigenen Gedanken, während wir in einem imaginären Raum saßen – in einem Raum, der sich zu diesem Zeitpunkt weit über eine Million Kilometer von uns entfernt befand.

»Hast du eine Familie, ich meine, bist du verheiratet, hast du Kinder?« fing ich nach einer Weile wieder an.

»Ich war verheiratet. Der Ehevertrag wurde gelöst. Zwei Töchter, 15 und 17 Jahre alt. Warum fragst du danach?«

»Ich weiß nicht. Vielleicht, weil ich den Eindruck habe, daß du dich relativ schnell entschlossen hast, an der Expedition teilzunehmen.«

Er nickte stumm, als hätte ich ein Geheimnis erraten.

»Ich hätte damals beinahe an der Marsexpedition teilgenommen. Es bestand ein Vertrag mit Space Cargo, daß ein australischer Astronaut teilnehmen sollte. Ich war in der engeren Auswahl, aber es hat dann doch nicht geklappt. Dieses Mal wollte ich mir die Chance nicht entgehen lassen.«

Ich brummte ein »Aha« und blickte auf die Uhr. Schmidtbauer hatte sich nicht mehr gemeldet und war wohl in seine Arbeit geflüchtet. Der Zeitplan sah vor, daß die *Nostradamus* in fünf Stunden eine zweite Phase starten würde und nach 24 Stunden mit einem einzigen Beschleunigungsvorgang in die Mondumlaufbahn zurückkehren würde.

»*Intro Astra* von *Nostradamus*«, sagte ich zum Center Face hin. Augenblicklich war der smarte Jüngling von vorhin zu sehen. »Kapitän Nurminen verabschiedet sich aus der Simulation von der *Nostradamus*. Professor Schmidtbauer ist ab jetzt alleinverantwortlicher Befehlshaber des Schiffes. Zeit: 16.08 Uhr!«

»Prima, Kapitän Nurminen! Ich bestätige: 16.08 Uhr! Eintragung ins Logbuch und Archiv vollzogen. Ich hoffe, Sie bald wieder bei uns hier oben in unserer Welt begrüßen zu dürfen. Es war mir eine Ehre! Grüßen Sie die Erde von mir!«

»Mach ich gerne! Ich bin in zwei Wochen in Ihrer Nähe!«

Mit einem Grinsen hob er zum Abschied die Hand und verwandelte sich in den roten Pfeil.

Ich drehte mich zu Appalong hin.

»Tja ich schätze, wir werden uns in etwa zehn Tagen in Kourou wiedersehen. Bleibst du noch hier?«

»Nein, danke. Am Ende kriege ich auch einen Anschiß von Schmidtbauer, und ich weiß nicht, ob ich dann so ruhig bleiben kann wie du.«

Er zögerte, ob er mir wieder die Hand geben sollte, überlegte es sich dann aber und winkte mir nur kurz zu.

Dann löste er sich in blinkende Bildschnipsel auf und verschwand in einem Teilchenstrudel.

Die Techniker, die die Simulation überwachten, konnten es nicht lassen, den Vorgang mit dem Geräusch einer Toilettenspülung zu untermalen.

Mit einem Schmunzeln tippte ich mir an die Schläfe, wo sich an meinem virrealen Helm eine Taste befand. Sofort wurde das Licht in der Simulation immer schwächer, bis ich schließlich im Dunklen saß.

»Bleiben Sie bitte einen Moment sitzen, bis Sie den

Helm öffnen«, ertönte eine Stimme. »Sie gewöhnen sich anschließend besser an die neue Umgebung!«

Ich atmete ein paarmal tief durch und nahm danach langsam den Helm ab. Wie benommen blinzelte ich den Techniker an, der neben mir im Tank stand.

»Alles in Ordnung, Kapitän Nurminen?«

»Ja, danke, es geht schon.«

Im Tank gingen langsam die Lichter an und beleuchteten die unterschiedlichen Geräte, die als unterstützende Funktionen die Simulation perfekt gestaltet hatten. Wie Folterinstrumente hingen Greifarme über und neben mir, verstellbare Wände schoben sich langsam von mir weg und unter meinen Füßen leuchtete matt das in alle Richtungen bewegliche Laufband, auf dem ich durch die *Nostradamus* gewandert war.

»Kapitän Nurminen, Dr. Hellbrügge läßt fragen, ob Sie nach der Simulation Zeit hätten, ihn kurz in seinem Büro aufzusuchen?«

Der Techniker, der mir half, mich aus dem Kontakt-Overall herauszuschälen, wartete auf eine Antwort von mir. Es fiel mir auf, daß je näher der Zeitpunkt des Raumfluges heranrückte, mich immer mehr Leute mit meinem Rang ansprachen.

»Richten Sie ihm bitte aus, daß ich in zwanzig Minuten bei ihm sein werde!«

Ich wand mich unter den Geräten hindurch, tätschelte entschuldigend einem verlegen grinsenden Herrn Hinrichs, der demonstrativ seine von mir malträtierte Hand schüttelte, die Schulter und verließ den Simulationstank.

Die außerplanmäßigen Besprechungen mit Hellbrügge nahmen immer mehr zu, aber das war verständlich vor jedem Flug. Tausend wichtige und vor allem unwichtige Kleinigkeiten kamen auf den Tisch und zogen mir Energie ab. Normalerweise hätte ich den Vorgang kaum wahrgenommen, aber ich verspürte durch ein außergewöhnliches Bedürfnis nach Ruhe, daß mein Körper und Geist zur Zeit übermäßig beansprucht waren. Ich wußte, es würde mir besser gehen, wenn wir erst im Raum waren.

Vor der Halle stand eine Reihe von kleinen Solarbuggies, die jeder benutzen konnte, der auf dem Gelände arbeitete. Ich blieb unschlüssig davor stehen. Das Gebäude, in dem sich Hellbrügges Büro und das Planetarium befanden, stand in Sichtweite hinter einer Baumgruppe. Es war ein heller sonniger Januartag mit einer angenehm warmen Temperatur, wie oft um diese Jahreszeit, also beschloß ich, die kurze Strecke zu laufen. Ein weiterer Grund für meinen Spaziergang war, nach dem Aufenthalt im Simulationstank wieder in die Realität zurückzufinden.

Ich atmete tief durch und marschierte los.

In 14 Tagen würde die *Nostradamus* von der Werft in der Mondumlaufbahn aus ihre Reise ins All beginnen. Für die nächsten 15 Monate würde ich in einer künstlichen Welt leben, eingeschlossen mit zwölf weiteren Menschen in einem stabilen, aber dennoch empfindlichen System. Die Rückkehr zur Erde war für Mai 2047 geplant.

Wenn ich zurückkehrte.

Gedanken dieser Art beschäftigten mich in letzter Zeit häufiger. Es war nicht unbedingt die Angst vor einem Unfall im Weltraum, sondern eher eine allgemeine Furcht vor dem Tod. Ich war jetzt 45 Jahre alt. In spätestens 10 Jahren würde ich laut Bestimmungen der internationalen Raumfahrtbehörde meine Laufbahn als Kapitän eines Raumschiffes beenden müssen. Und danach? Höherer Beratungsposten im Konzern oder Direktor des Planungsstabes in der Flotte? Oder gar nichts? Sich aufs Land zurückziehen und eine Familie gründen?

Familie! Das Wort allein erschien mir so fremd, als hätte ich es zum ersten Mal gehört.

Meine Eltern waren 2013 bei den Gewerkschafts-Aufständen in Berlin ums Leben gekommen. Da ich keine näheren Verwandte besaß, war ich ein willkommener ›Fall‹ für das damals ins Leben gerufene Waisenbetreuungs-Programm, das die Konzerne in Deutschland unterhielten. In Wirklichkeit war es nichts anderes als eine Rekrutierung junger begabter Kräfte, die dadurch eng an einen Konzern gebunden wurden. Für mich wurde es mehr. Ich durchlief eine Vorzeigekarriere als Pilot und gleichzeitig als Student der Betriebswissenschaft und schließlich die Ausbildung zum Astronauten, zu Beginn als Raumkadett bis hin zum Kapitän. Ich konnte von mir sagen, alles von der Welt über den Mond hinaus und sogar weiter gesehen zu haben, allerdings zu dem Preis, keine räumliche Heimat zu kennen, dafür aber eine starke geistige Verbundenheit zu allem, was Space Cargo hieß. Ich hatte sehr wichtige Leute und große Persönlichkeiten kennengelernt, einige davon wurden meine Freunde. Länger anhaltende Beziehungen zum weiblichen Geschlecht waren wegen meiner unsteten Lebensweise schwierig aufrechtzuhalten. Im Grunde genommen war es unmöglich, aber mit diesem Problem stand ich als Astronaut nicht alleine.

Der Konzern war meine Familie. Hellbrügge konnte man als meinen Ziehvater bezeichnen, auch wenn unser Verhältnis manchmal sehr angespannt war. Kapitän Wagner war ebenfalls wichtig für mich gewesen und hatte mein Leben zu bestimmten Zeiten enorm beeinflußt. Viktor Sargasser war wie ein Bruder zu mir, Voodoo und Luis Santana sah ich als meine großen Kinder an, obwohl sie nur unwesentlich jünger waren als ich.

Vielleicht lebte ich doch in einer richtigen Familie, und vielleicht wollte ich mit ihnen alt werden.

Verdammt, ich hatte tatsächlich Angst vor diesem Flug!

Ein zaghafter Hupton holte mich auf den Boden der Tatsachen zurück. Überrascht drehte ich mich im Gehen um. Ein großer gläserner Touristenbus ragte lautlos rollend hinter mir auf. Über die Außensprechanlage dröhnte mir eine Stimme entgegen: »He, Sie da! Falls Sie es noch nicht bemerkt haben, Sie laufen mitten auf der Fahrbahn... Oh, das gibt's ja nicht! Das ist Kapitän Nurminen!«

Der Bus bremste mit einem Schaukeln heftig ab. Ein hektisches Stimmengewirr kam aus dem Lautsprecher. Ich trat zur Seite, damit das Gefährt vorbeifahren konnte, aber der Fahrer bremste auf meiner Höhe und öffnete die vordere Einstiegstür.

»Kommen Sie, Herr Kapitän, steigen Sie ein! Wir fahren Sie, wohin Sie wollen.«

Er hatte vergessen, den Außenlautsprecher abzustellen, und so hallte seine Aufforderung, die er mir begeistert von seinem Fahrersitz herunterbrüllte, laut über das Gelände.

Ich hielt mir die Ohren zu.

»Schon gut, schon gut! Aber schalten Sie das Ding ab, sonst haben wir gleich den Sicherheitsdienst auf dem Hals!«

Als ich im Bus neben ihm stand, wurde ich mit Applaus und Gejohle von den Fahrgästen empfangen. Stolz kündigte der Fahrer mich wie einen Stargast an: »Meine Damen und Herren! Exklusiv für Sie nur auf dieser Tour: John Nurminen, Kapitän der *Nostradamus*!«

Neuer Beifall und heftiges Füßetrampeln, Kameras wurden eilig herausgekramt, einige Fahrgäste standen auf und riefen laut Bravo. Ich winkte kurz zurück und nannte dem Fahrer mein Ziel. Anschließend stellte ich mich der Meute.

Als ich eifrig beim Autogrammeschreiben war, schob sich ein etwa 14jähriger Junge vor mich hin. Er wartete schweigend einige Minuten, dann hielt er mir ein kleines Videoboard vor die Nase. »Herr Kapitän, darf ich Sie etwas fragen?«

Ich nickt ihm aufmunternd zu, während ich versuchte, meinen Namen auf eine nagelneue Jeans mit Inhalt zu kritzeln.

»Hier in dem Artikel steht, daß die *Nostradamus* mit dem neuen Antrieb das Sonnensystem vernichten wird, stimmt das?«

Er schaute mich mit einem kritischen Blick an, so wie es Jungen in seinem Alter zustand – an der Grenze zwischen Kind und gleichzeitig weit über das Erwachsenenalter hinaus. Ich nahm ihm das Board aus der Hand und überflog die grell-bunt aufgemachte Schlagzeile. Eine dynamisch dargestellte *Nostradamus* sauste an Planeten vorbei und zog eine Reihe von glühenden Wirbeln hinter sich her, an denen Monde und Asteroiden zerbrachen. ›Der Neutrino-Treiber – das Ende des Sonnensystems?‹ stand darüber und eine Unterzeile warnte vor bevorstehendem ›Gravitatons-Smog‹.

Ich las oberflächlich den Artikel, in dem es hauptsächlich um zerstörende Gravitationseinbrüche ging, die sich angeblich hinter der *Nostradamus* bildeten. Danach blätterte ich zurück, um den Titel der Zeitschrift zu erfahren: ›Die Raumwelt‹.

Solche Magazine hatten in den letzten Jahren einen ungeheuren Aufschwung erlebt. Nachdem die Umweltzerstörungen auf der Erde durch ein drastisches Zurückgehen der Bevölkerungszahlen und abgasfreie Energiegewinnung immer mehr eingedämmt worden waren, verlegten sich die Aktivitäten der Umweltschützer zunehmend auf die möglichen Auswirkungen der Raumfahrt. ›Die Raumwelt‹ und ›Blue System‹ waren die einflußreichsten Blätter auf dem Markt und produzierten Artikel wie diese am laufenden Band. Es gab eine große Anhängerschaft, die ganz allgemein gegen die Raumfahrt protestierte und die Meinung vertrat, man sollte der Erde die Chance geben, sich zu regenerieren und die empfindliche Gashülle des Planeten in Ruhe lassen.

Die Flüge in der Stratosphäre waren gegenüber dem Anfang des Jahrhunderts auf einen winzigen Prozentanteil zurückgegangen. Alleine schon deswegen war ich der Meinung, daß die Erde und die Umwelt in einem beträchtlichen Maße geschont wurden. Oft war ich erzürnt über reißerisch aufgemachte Aufhetzungen in diesen Magazinen, mußte jedoch auf der anderen Seite zugeben, daß sie bisweilen interessante und logische Denkweisen präsentierten, die einem konzernorientierten Menschen wie mir manchmal verborgen blieben.

Was sollte ich aber dem Jungen sagen, der erwartungsvoll vor mir stand?

»Schau, der Autor geht in seinem Artikel von stabilen Gravitationswellen aus, die hinter dem Schiff entstehen sollen. Das stimmt aber nicht, der Antrieb erzeugt keine Wellen dieser Art. Du brauchst also keine Angst zu haben.«

Er zögerte und deutete dann auf das Videoboard.

»Aber die Frau, die das geschrieben hat, fliegt doch mit in der *Nostradamus*. Die muß das doch genau wissen!«

Ich stutzte und ging in meinem Kopf die Besatzungsliste durch. Dann schlug ich noch einmal den Anfang des Artikels auf. Tatsächlich! Der Bericht stammte von Dr. Helene Mayer, der Ehefrau von Professor Schmidtbauer.

# 11

Der Bus setzte mich am südlichen Eingang des Verwaltungsgebäudes ab und verschwand mit lautem Hupen und blinkenden Lichtern.

Nachdenklich wandte ich mich dem schmucklosen Portal zu, das hauptsächlich von dem Fachpersonal des Versuchsgeländes benutzt wurde. Ich hatte den Jungen mit einer wackeligen Erklärung zufriedengestellt und zu meinem Glück hatte keiner der erwachsenen Mitfahrer unserer Unterhaltung zugehört, denn wieder einmal wurde ich durch ein zukünftiges Mitglied meiner Besatzung in arge Verlegenheit gebracht.

Hellbrügge mußte mir unbedingt jetzt gleich ein paar Fragen über die Familie Schmidtbauer beantworten!

Entschlossen und zielstrebig passierte ich die Kontrolleinrichtungen und bahnte mir meinen Weg durch die hektischen Mitarbeiter, die mich mit den ausgefallensten Fragen oder Mitteilungen festnageln wollten.

In Hellbrügges Büro prallte ich schließlich auf eine Ansammlung der unterschiedlichsten Repräsentanten der menschlichen Spezies, die mir je untergekommen war. Außer Hellbrügge waren sie mir alle unbekannt.

»John, endlich! Sehr schön, sehr schön…, komm her, ich will dich einigen deiner zukünftigen Kollegen… Entschuldigung, und natürlich einer Kollegin vorstellen.«

Er dirigierte die einzig weibliche Person im Raum mit einem eifrigen Nicken nach vorn.

»Darf ich dir Frau Karen Cahor vorstellen, sie wird an der Mission als Wissenschaftlerin teilnehmen!«

Eine zierliche Person löste sich aus der kleinen Versammlung und kam auf mich zu. Etwa einen Meter vor mir blieb sie stehen, als wäre dort eine weiße Linie auf dem Boden gezogen, beugte leicht ihren Oberkörper nach vorn und reichte mir ihre Hand.

»Ich bin sehr erfreut, Sie endlich persönlich zu treffen und hoffe auf eine ausgeglichene und erfolgreiche Zusammenarbeit, Kapitän Nurminen.«

Ihre ausgewählten Worte paßten zu ihrer äußeren Erscheinung. Sie war bestimmt nicht größer als 1,60 Meter und in einen schwarz glänzenden Rollkragenoverall gekleidet, über dem sie ein ebenfalls schwarzes asymmetrisch geschnittenes Bolero trug. So schwarz wie das ausgefallene Oberteil waren auch ihre glatten Haare, die halblang in einer Pagenfrisur fast auf ihren jungenhaften Schultern aufstanden. Unter den langen Haarfransen, die ihre Stirn vollständig bedeckten, fixierten mich große hellblaue Augen. Im ersten Moment erschien sie mir mit ihrer extrem hellen Haut stark geschminkt, doch als ich sie näher betrachtete, bemerkte ich in ihrem Gesicht nichts von einer kosmetischen Nachhilfe. Sie konnte nicht älter als Mitte Zwanzig sein.

»Sie sind also ›Halbmond‹, nicht wahr?« fragte ich vorsichtig.

Sie lächelte und drehte den Kopf leicht nach hinten, ohne mich aus den Augen zu lassen. »Der vollständige Name lautet ›Halbmond über den silbernen Flußläufen‹. Der Häuptling meines Stammes hat mir diesen Namen verliehen.«

»Ein sehr schöner Name«, murmelte ich einfältig. Ihr Blick nagelte mich im Türrahmen fest, und ich begann mich unbehaglich zu fühlen. Hellbrügge rettete mich, indem er munter die nächste Person vor mich hinschob.

»Hier, John, darf ich dir Pierre Cahor vorstellen? Er ist Karens Vater und einer meiner besten Freunde.«

Mit einer mittelgroßen Willensanstrengung entriß ich mich Halbmonds Blick und wandte mich einem korpulenten grauhaarigen Lockenkopf mit Bart und Nickelbrille zu, hinter der er mir vergnügt zublinzelte.

»Schauen Sie ihr nicht zu lange in die Augen, mein Junge, sonst verfallen Sie ihr wie ich damals ihrer Mutter!«

Er schlug mir krachend auf die Schulter und verlor dabei die Hälfte der Asche einer ungefilterten Gauloises Classics.

»Die Ähnlichkeit mit ihrer Tochter ist verblüffend, Herr Cahor!« erwiderte ich mit ironischem Unterton. Er lachte laut auf und schüttelte begeistert meine Hände, nachdem er den Rest der Zigarette in den Mundwinkel gesteckt hatte.

»Sie sind genau richtig, mein Junge! Kommen Sie, lernen Sie auch noch meinen Sohn kennen, dann sind Sie meine Familie durch.«

Er griff mit seinen Pranken nach hinten und zog einen Rollstuhl nach vorne, in dem ein männliches Abbild von Halbmond saß.

»Lassen Sie sich durch meinen Vater nicht aus der Ruhe bringen, Herr Nurminen. Er liebt es, sein Umfeld zu provozieren und trotzdem sind merkwürdigerweise alle begeistert von ihm. Mein Name ist Jules Cahor, ich bin Halbmonds Zwillingsbruder.«

Er gab mir die Hand und deutete auf seinen Rollstuhl.

»Menschen in diesem Zustand sind selten geworden, aber eine Nervenkrankheit zwingt mich leider seit meiner Jugend in diesen Stuhl.« Er zögerte kurz, dann blickten mich die gleichen Augen wie die seiner Schwester durchdringend an.

»Darf ich Ihnen sagen, Herr Nurminen, daß ich Sie sehr verehre und niemandem sonst meine Schwester anvertrauen würde.«

Verlegen suchte ich nach einer Antwort. »Nun, ich denke, daß ihr Schicksal dort draußen im Weltall eng mit meinem verknüpft sein wird und da ich mir soeben vorgenommen habe, Ihnen und Ihrem Vater öfter zu begegnen, werde ich auch Ihre Schwester heil wieder nach Hause zurückbringen.«

Nurminen, Small Talk ist nicht deine Stärke.

Plötzlich ergriff er meinen Arm und zog mich zu sich hinunter.

»Passen Sie gut auf sie auf!« flüsterte er mir ins Ohr.

Dann küßte er mich auf die Wange.

Überrascht verharrte ich einen Augenblick. Ich erhob mich verwirrt und begegnete Halbmonds wissendem Blick. In mir drängte sich die Frage auf, wer von den beiden mich eben gerade geküßt hatte.

Hellbrügge war inzwischen mit offenen Armen durch den Raum gesegelt und fing ein weiteres Opfer ein. Es war ihm anzusehen, daß er sich wohl fühlte und daß es ihm Freude bereitete, mir diese Menschen nahe zu bringen, die offenbar alle seine Freunde waren.

»Ballhaus, Richard Ballhaus.«

Ein Riese von fast zwei Metern Größe stand vor mir und hielt mir eine schaufelartige Hand vors Gesicht. Mir kam sofort Mary Shelleys ›Frankenstein‹ in den Sinn, als sich die grobe Gestalt vor mir aufbaute. Nur mit einem inneren Zögern vertraute ich meine Hand dieser Pranke an und war überrascht, wie behutsam dieser derb aussehende Mann mit seiner offensichtlichen Kraft umgehen konnte.

»Sein Äußeres täuscht«, mischte sich ein weiterer Mann ein, der zu uns herangetreten war. »Richard ist sozusagen ein Schaf im Wolfspelz, aber ein sehr intelligentes.«

»Hagen, du zerstörst mein ganzes Image!«

»Ach, komm, Richard, Herr Nurminen wäre sehr schnell dahintergekommen, daß du höchstens kleine Kinder erschrecken kannst, also habe ich dich nur vor einer Peinlichkeit bewahrt.«

Ich lauschte amüsiert weiteren kleinen Sticheleien. Hagen Lorenzen war ein drahtiger Mann mit schütterem blondem Haar, und er mußte sich wie ich sehr bemühen, zu Richard Ballhaus aufzusehen. Es kam ein munteres Gespräch zustande, in dem bald das Ziel der Mission zum Thema wurde.

»Herr Nurminen, was befindet sich denn Ihrer Meinung nach in der Pyramide? Glauben Sie, daß wir auf Aliens stoßen werden?« fragte Lorenzen.

»Ehrlich gesagt, habe ich mir darüber noch keine großen Gedanken gemacht«, antwortete ich wahrheitsgemäß. »Ich kann mich auch nicht mit der Vorstellung anfreunden, daß sich in der Pyramide etwas Ähnliches wie Leben befinden könnte.«

»Aber wir sollten doch die Möglichkeit in Betracht ziehen, oder etwa nicht?«

Hagen Lorenzen hatte ein ausführliches Dossier zu diesem Thema in seiner Stellungnahme zur Mission abgegeben, und ich wußte daher, daß Gespräche über außerirdisches Leben eine Leidenschaft von ihm waren.

»Nun, ich denke, allein die Tatsache, daß Sie und Herr Ballhaus mit an Bord sein werden, beantwortet Ihre Frage weitgehend. Aber endgültige Gewißheit darüber, ob fremde Lebewesen an Bord der Pyramide sind, werden wir erst dann haben, wenn wir dort angekommen sind. Und der Weg hin zu Nofretete beschäftigt mich im Moment viel mehr als kleine grüne Männchen.«

Richard Ballhaus mischte sich mit seiner tiefen

Stimme von oben herab in das Gespräch ein. »Hellbrügge hat uns erzählt, daß Sie dem Antrieb der *Nostradamus* gegenüber sehr skeptisch eingestellt sind.«

Es klang wie eine Feststellung, und ich war ihm dankbar dafür.

»Es ist nicht nur der Antrieb, der mir Sorgen bereitet. Die geplante Route zur Pyramide ist nicht einfach ein Flug durch einen Teil des Sonnensystems.« Ich bildete mit den Handflächen einen rechten Winkel. »Sie müssen sich vorstellen, daß wir uns aus der allgemeinen Drehbewegung der Planeten um die Sonne herauslösen und später im Anflug auf die Pyramide von unten durch diese Drehscheibe hindurchstoßen. Hier in Erdnähe wäre diese Passage nicht besonders aufregend, aber Sie dürfen nicht vergessen, daß der Rendezvouspunkt in der Nähe des Asteroidengürtels liegt und dort wird einiger Verkehr in Form von größeren und kleineren Felsbrocken herrschen.«

Ballhaus wirkte beeindruckt. »Aber die Bahnen der Asteroiden sind seit langem bekannt, wir können ihnen also ausweichen.«

»Die der großen Asteroiden schon, aber eine Kollision mit einem nur zentimetergroßen Brocken könnte unter Umständen Probleme bereiten.«

Die beiden schauten sich an und Lorenzen zog betroffen eine Augenbraue nach oben. Ich lachte ihn an.

»Na ja, im Grunde genommen kann das überall im Sonnensystem passieren, aber ich sehe schon, so ganz reinen Wein hat Ihnen Hellbrügge nicht eingeschenkt! Übrigens, Herr Ballhaus, ich habe zwar nachgeschlagen, was das Wort Nexialist bedeutet, aber vollkommen klar ist mir das immer noch nicht.«

Richard Ballhaus drehte sich steif zur Seite und umspannte mit seinen Pranken einen imaginären Ball. »Das Wort ›nexus‹ stammt aus dem Lateinischen und heißt soviel wie Zusammenhang oder Verbindung. Ein Nexialist ist ein Mensch, der versucht, Lösungen von Problemen nicht auf starren und eingefahrenen Wegen zu finden, sondern unter Betrachtung von verschiedenen Gesichtspunkten zum Ziel zu kommen.«

»Versuchen wir das nicht alle?«

»Wenn Sie es so sehen, ja, aber sind Sie sich sicher, daß Sie ein Problem jedesmal von allen Seiten angehen?«

»Das ist mir zu allgemein, geben Sie mir ein Beispiel!«

Er drehte sich leicht herum, als wollte er sich von uns abwenden und deutete auf die restliche Gruppe der Anwesenden, zu denen sich gerade Berchtold und Molly Steenburgen gesellten.

»Ein Beispiel: die Pyramide! Wir alle, der Konzern, Hellbrügge insbesondere, unternehmen ungeheure Anstrengungen, um herauszufinden, was es mit Nofretete auf sich hat. Warum lassen wir sie nicht einfach ihres Weges ziehen und warten ab, was dann geschieht?«

»Das nennen Sie eine Lösung?«

»Warum nicht? Haben Sie schon einmal an diese Möglichkeit gedacht?«

Ich holte tief Luft.

»Nein«, mußte ich eingestehen.

»Na, sehen Sie! Ich behaupte ja auch nicht, daß es die Lösung schlechthin wäre, aber Sie müssen zugeben, daß in dieser Sache bisher alles Denken nur in einer Richtung erfolgt ist. Meine Aufgabe ist es, Denkanstöße zu geben, um damit einseitige Betrachtungsweisen zu verhindern oder sogar mißliche Situationen zu umgehen.«

Mir kamen die Worte fast schon philosophisch vor. Es war mir vollkommen schleierhaft, auf welche Weise uns solche Aussagen im Weltraum weiterhelfen sollten.

»Jetzt muß ich ganz indiskret fragen: Womit haben Sie sich denn bisher beschäftigt?«

Ein amüsiertes Lachen schlug mir entgegen. »Ich müßte Ihnen eigentlich bitterböse sein, aber ich verstehe Sie gut.« Er wurde plötzlich ernst. »Außerdem sind Sie ja in Zukunft so etwas Ähnliches wie ein Vorgesetzter. Ich war in der Spielzeugindustrie tätig. Ich habe Spiele entworfen.«

Ich rang mir ein hilfloses Lächeln ab. Er sagte das in einem Ton, als hätte er bisher an der Weltformel gearbeitet. Hagen Lorenzen grinste mich von der Seite her an. »Richard, jetzt hast du unserem Kapitän einen heillosen Schrecken eingejagt! Lassen Sie sich von ihm nicht verunsichern, Herr Nurminen! Er besitzt einen Doktortitel in Mathematik und sogar einen in Biologie, soviel ich weiß, aber er ist halt ein hoffnungsloser Querdenker. Außerdem macht es ihm eine diebische Freude, wenn er unterschätzt wird. Wir Psychologen bezeichnen das als ein Subminoritätssyndrom.«

»So ein Quatsch! Der Stand der Psychologen kennt diese Bezeichnung überhaupt nicht«, wehrte sich Ballhaus. »Du hast das Wort eben gerade erfunden, weil du die richtige Terminologie dafür gar nicht weißt.«

»Ach, und du wirst sie mir natürlich gleich beibringen, oder?«

Mir wurde die Unterhaltung nun zu seicht, und ich sah mich nach Hellbrügge um. Ich wollte mich mit ihm unbedingt über das Ehepaar Schmidtbauer/Mayer unterhalten, und zwar unter vier Augen.

Er diskutierte lebhaft mit Berchtold und Molly Steenburgen.

»John, du kommst gerade richtig! Unser Pressesprecher hier erzählt mir eben, daß auf unserer Besuchstour ein Abstecher zu ›Meridiana Glasses‹ in Rom nachträglich eingeplant wurde. Weißt du etwas davon?«

»Nein, aber ehrlich gesagt, es ist mir gleich. Wir haben auf der Tour so viele Termine, daß es auf einen weiteren nicht mehr ankommt. Außerdem hat es mir bei Meridiana immer sehr gut gefallen.«

Die sogenannte Besuchstour lief nun seit zwei Wochen. Es handelte sich dabei um reine PR-Termine bei den Firmen, die dem Konzern ganz oder teilweise angehörten. Der Start der *Nostradamus* stand unmittelbar bevor und war in der Medienlandschaft allgegenwärtig. Die Channels benötigten deswegen immer wieder neue Nachrichten über das Schiff und die Vorbereitungen für den Flug. Viele Firmen und andere Institutionen veranstalteten Empfänge oder Parties und hofften darauf, daß ein oder mehrere Mitglieder der Besatzung den Einladungen folgen würden. Meistens reichte es schon, wenn man kurz vorbeischaute und ein paar Hände schüttelte. Kleine Ansprachen waren natürlich höchst willkommen, weil sie sehr werbewirksam waren. Die Besuche bei konzernnahen Firmen wurden hauptsächlich von Hellbrügge bevorzugt und als Präsent brachte er meistens den Kapitän mit – in diesem Fall also mich. Ich für meinen Teil empfand diese Visiten als willkommene Abwechslung nach all den Besprechungen, Einweisungen und Trainingseinheiten, die den Flug betrafen. Von Voodoo wußte ich, daß er ähnlich dachte. Für Viktor Sargasser waren diese Auftritte eine lästige Pflichtübung, für Luis Santana schlichtweg eine Qual.

Hellbrügge seufzte. »Also gut, Meridiana in Rom.«

Berchtold wollte sich schon wieder Molly zuwenden, aber ich hielt ihn zurück. »Walter, einen Moment noch bitte!«

Ich nahm eines der herumliegenden Videoboards in die Hand und drückte darauf herum.

»In ›Die Raumwelt‹ ist neulich dieser Artikel von Dr. Helene Mayer erschienen. Kannst du mir darüber etwas sagen?«

Er nahm wortlos das Videoboard entgegen und überflog kurz den Aufmacher. »Kann ich! Wir haben eine Unterlassungsklage gegen die Veröffentlichung dieses Aufsatzes eingereicht. Frau Dr. Mayer hat den Text vor drei Jahren geschrieben, als bekannt wurde, daß Space Cargo ein Raumschiff mit dem Neutrino-Treiber bauen würde. Daß die Zeitschrift den Artikel jetzt zum Start der *Nostradamus* wieder veröffentlicht, ist eine Propaganda der übelsten Art und hat mit ehrlichem Journalismus nichts mehr gemein! Diese Umweltfanatiker versuchen in den letzten Wochen mit allen Mitteln, den Start der *Nostradamus* zu behindern, wobei es ihnen in erster Linie darum geht, Aufsehen zu erregen.«

»Wenn der Artikel schon so alt ist, riskiert die Zeitschrift nicht, daß sie ihre Seriosität verliert?«

Berchtold klopfte demonstrativ auf das Board. »Diese Zeitschrift und die Bewegung, die sie vertritt, gehen bewußt auf einen harten Konfrontationskurs und dabei sind sie bereit, auf Glaubwürdigkeit zu verzichten, wenn sie damit einen Erfolg erzielen.«

Er hielt das Board wie eine Tafel neben sich. »Das Ganze hat einen Hintergrund: Die Umweltbewegung funktioniert schon seit Jahren nicht mehr, aber sie hat noch eine immens große Anhängerschaft zahlender Mitglieder, ich wiederhole: *zahlender* Mitglieder!«

Er fuhr mit dem Finger auf dem Videoboard herum, als würde dort eine große Zahl stehen. »Diese Mitglieder wollen ein sichtbares Engagement für ihren Beitrag sehen und da bietet eine neue Technik wie der Neutrino-Treiber ein gutes Betätigungsfeld.«

»Wieso hat denn die gute Frau Doktor diesen Artikel überhaupt geschrieben, wenn sie selbst an der Entwicklung des Antriebes beteiligt war?« fragte ich verwundert.

Berchtold gab mir das Board zurück. »Frau Dr. Helene Mayer war damals Mitglied der Umweltbewegung und auf Grund dieses Aufsatzes zu einer wissenschaftlichen

Diskussion mit Schmidtbauer hier im Science Channel eingeladen. Anscheinend war sie danach vom Charme unseres Professors so berauscht, daß sie heißblütig ins andere Lager gewechselt ist.«

Er grinste.

Ich beschloß, seine Geschmacklosigkeit zu ignorieren.

»Gut. Ich habe noch zwei kurze Fragen: einmal, kann sich diese Propaganda auf unser Projekt negativ auswirken, und zweitens, glaubst du, daß die Bewegung an dem Attentat damals während der TV-Übertragung beteiligt war?«

Er überlegte kurz. »Wir haben fast bei jedem Projekt Protestaktionen als Begleiterscheinungen, und ich glaube nicht, daß es dieses Mal über das gewohnte Maß hinausgeht. Zu deiner zweiten Frage: nein, dafür fehlt ihnen die kriminelle Abgeklärtheit. Es hat keinerlei Hinweise in diese Richtung gegeben, was jedoch nicht ausschließt, daß es militante Sympathisanten geben könnte, die diese Ideale als Anlaß für solche Aktionen benutzen.«

Er verabschiedete sich mit einer lässigen Handbewegung und schlenderte zu Halbmond und ihrem Vater hinüber, die gerade Molly begrüßten.

Wie auf Kommando tauchte Hellbrügge neben mir auf und blickte mich erwartungsvoll an. »Na, was sagst du zu deiner Besatzung?«

Ich wollte zu einer sarkastischen Erwiderung ansetzen, besann mich dann aber rechtzeitig. Du mußt positiver denken, Nurminen! Außerdem mußte ich zugeben, daß meine anfängliche Ablehnung zu schwinden begann. Insgeheim erhoffte ich mir sogar Unterstützung von den mir vorgestellten Personen, falls es an Bord zu Schwierigkeiten mit dem Schmidtbauer-Clan kommen sollte.

Trotzdem fragte ich skeptisch: »Lorenzen und Ballhaus. Welche Aufgaben haben die beiden?«

Er zog mürrisch die Mundwinkel hoch. »Ich habe dir doch erklärt, daß wir nicht wissen, wer für eine Erforschung der Pyramide geeignet wäre. Die beiden sind mit ihrem umfassenden Wissen wahre Glücksfälle für die Mission. Außerdem sind sie verschwiegen und… äh… langjährige Freunde von mir.«

Damit erübrigt sich wohl jede weitere Diskussion um Halbmond, dachte ich mir.

»Wie sieht es denn mit ihrer Fitness für einen Raumflug aus?« fragte ich ausweichend.

Er machte eine zufriedene Handbewegung in den Raum hinein.

»Sie kommen direkt aus Paris, wo sie ein vierwöchiges Training hinter sich gebracht haben. Du kannst absolut beruhigt sein, es wird keine Schwierigkeiten geben.«

Er wußte genau wie ich, daß vier Wochen Vorbereitungszeit absolut keine Garantie für eine ausreichende Ausbildung waren, aber anscheinend hatten wir gar keine andere Wahl.

Ich deutete mit dem Daumen in Richtung Wintergarten. Er nickte verstehend und mit einem unverbindlichen Lächeln in die Runde gingen wir auf einen verschnörkelten Rundbogen zu, der in einen terrassenartigen Vorbau führte. Hellbrügge hatte sich dort einen prächtigen Dschungel mit exotischen Pflanzen anlegen lassen, den er gerne mit der Bezeichnung ›Wintergarten‹ verniedlichte.

»Kann man hier… äh… ungefiltert reden?«

Er schnaufte empört auf. »Du kennst mich lange genug. Glaubst du, ich lasse hier auch nur eine einzige Wanze hinein?« Er lachte amüsiert, als ihm die Doppeldeutigkeit seiner Worte bewußt wurde.

Irgendwo krächzte heiser ein Papagei, aber ich war mir nicht sicher, ob tatsächlich ein lebendiges Exemplar in den niedrigen Bäumen saß. Wir schlenderten über schmale Kieswege, und ich erzählte ihm von meinem unerfreulichen Zusammenstoß mit Schmidtbauer. Er hörte mir besorgt zu und ließ sich dann von einem Terminal, das neben einer weißen Parkbank installiert war, die betreffende Passage aus dem Logbuch der *Nostradamus* abspielen.

»Nicht schön, nicht schön«, murmelte er und wandte sich dann mir zu. »Weißt du, Schmidtbauer war maßgeblich an der Planung und dem Bau des Schiffes beteiligt. Unter seiner Führung wurde der Antrieb in der Mondumlaufbahn zusammengesetzt und getestet. Er lebt seit fast drei Jahren mit kurzen Unterbrechungen zusammen mit seiner Frau dort draußen in der Schwerelosigkeit. Das Schiff ist sein Lebenswerk. Ich glaube, er reagierte deswegen so überempfindlich, weil er in dir eine – sagen wir einmal – unqualifizierte Konkurrenz sieht, die zudem auch noch das Kommando übernehmen soll.«

Er sprach damit eine ähnliche Vermutung aus, wie ich sie schon Appalong gegenüber geäußert hatte, aber das brachte uns nicht weiter. »Versteh mich bitte nicht falsch: Ich werde mit ihm über den Vorfall reden und ihm verständlich machen, daß du das Sagen während der Mission hast, aber versuche trotzdem, die Hintergründe seiner Situation zu berücksichtigen. Ganz abgesehen davon, muß ich dir nicht erklären, daß der Mann auf dem Schiff unentbehrlich ist.«

Natürlich hatte ich das verstanden. Aus seinen Sätzen ging ganz eindeutig hervor, daß Schmidtbauer Narrenfreiheit auf dem Schiff hatte. Da mir nichts weiter zu dem Thema einfiel, schloß ich es mit einem belanglosen ›Tja, dann‹ ab.

Hellbrügge setzte sich auf die Bank und forderte mich auf, neben ihm Platz zu nehmen. »Übrigens, da gibt es noch etwas…«, fing er an, um danach gleich wieder zu schweigen.

Er wirkte plötzlich befangen und schob unruhig seinen Unterkiefer hin und her. Ich war gerade dabei, mich hinzusetzen, als er weitersprach.

»Es sind Waffen an Bord!«

Ich fror in meiner Bewegung fest und schaute ihn verständnislos an.

»Waffen? Was denn für Waffen?«

»Schrei hier nicht herum und setz dich endlich!« herrschte er mich an.

Betont langsam erhob ich mich wieder. Dann steckte ich die Hände in die Taschen und wartete. Die Situation war ihm sichtlich peinlich, wobei ich nicht wußte, was ihn mehr bedrückte: das Eingeständnis, daß sich Waffen an Bord des Schiffes befanden oder die Tatsache, daß er mich so barsch zurechtgewiesen hatte. Das zweite war nebensächlich, aber Waffen an Bord eines Raumschiffes waren nicht nur im Londoner Abkommen für Raumfahrt vor dreißig Jahren für unzulässig erklärt worden, sie waren für jeden Astronauten ein absolutes Tabu! Noch nie hatte es einen Vorfall auf dem Mond oder auf einem Schiff gegeben, bei dem eine Waffe im Sinne einer Pistole oder ähnlichem im Spiel war.

Hellbrügge suchte nach Worten und begann schließlich zögernd mit seiner Erklärung.

»Es war Schmidtbauer. Eine Bedingung für seine Arbeit. Die *Nostradamus* sollte auf ihren Versuchsflügen eine beschränkte Möglichkeit zur Verteidigung im Weltraum besitzen. Gegen eventuelle Übergriffe durch potentielle Kräfte, die an dem Antrieb interessiert sein könnten.«

Ich konnte mich nur noch mühsam beherrschen. Wütend zischte ich ihn an: »In welchem Jahrhundert, glaubt dieser Mensch, leben wir denn! Jeder Kubikzentimeter in und um das Schiff herum wird elektronisch schärfer überwacht als das Bernsteinzimmer im Berliner Museum. Kein Mensch kann die *Nostradamus* ungesehen betreten oder gar einen Antrieb stehlen. Auch potentielle Kräfte nicht.«

Er blinzelte mich betroffen durch seine Brille an und antwortete nicht auf meinen verbalen Ausbruch. In dem Moment ahnte ich, daß da noch mehr nachkam. »Von welcher Art Waffen sprechen wir überhaupt?«

Er erschien mir von einem Augenblick zum anderen einige Schattierungen grauer im Gesicht.

»Fünf automatische Maschinenpistolen, fünf Pistolen mit Formgeschossen und… mhm… acht Raumtorpedos mit variablen Sprengköpfen.«

Zuerst dachte ich, er mache einen schlechten Scherz, alleine schon deshalb, weil ich mir nichts unter einem Raumtorpedo vorstellen konnte. Ich sah Hellbrügge ein paar Sekunden lang fest in die Augen. Also kein Scherz!

»Was, um Himmels willen, ist ein Raumtorpedo?« fragte ich leise.

Er räusperte sich und sagte mit fester Stimme: »Ein Raumtorpedo ist nichts anderes als eine militärische Mittelstreckenrakete. Sie wird mittels einer einfachen mechanischen Schleudertechnik im Raum ausgesetzt und sucht sich nach Zündung des Motors ihr Ziel durch Programmierung oder Fernlenkung.«

Verdammt, verdammt und noch mal verdammt! Die sind alle verrückt, dachte ich. Ich werde als erster Kapitän in die Geschichte eingehen, der ein Kommando über ein bewaffnetes Raumschiff hatte! Es mußte eine Möglichkeit geben, die brisante Fracht unbemerkt loszuwerden. Nach dem Zeitplan waren alle Final Checks so gut wie abgeschlossen, nur am Wechselmechanismus des Reaktors würde noch gearbeitet werden, wenn Schmidtbauer morgen von dem letzten Probeflug wieder in die Mondumlaufbahn zurückkehrte. Es war also fast unmöglich, etwas aus dem Schiff zu schmuggeln. Eine andere, wenn auch gefährlichere Variante wäre, das Zeug während der Mission loszuwerden. Aber wie? Alles in einen Container packen und in Richtung Sonne schicken?

Hellbrügge interpretierte mein Schweigen als eine Art des Akzeptierens der Tatsachen, denn er sagte beschwichtigend: »Nur du und zwei Leute deiner Wahl bekommen einen Autorisierungscode; er zündet die Torpedos nur dann, wenn alle drei ihre Zustimmung geben…«

»Du glaubst doch wohl nicht im Ernst, daß das Zeug an Bord bleibt!« fuhr ich ihn an.

»Was denn sonst?« blaffte er zurück. »Wie soll ich sie denn unbemerkt aus dem Schiff herausbringen? Und selbst wenn es gelingt, was soll ich dann damit anfangen? Sie auf den Mond schmeißen?«

»Irgendwie habt ihr sie ja auch auf die *Nostradamus* gebracht, ohne daß jemand etwas mitgekriegt hat, oder?«

Er lächelte süffisant. »Es hat ein halbes Jahr gedauert, bis wir alle Einzelteile an der Kontrollstelle im Prater vorbeigeschmuggelt hatten. Einige Teile waren mühsam in Betonschaum verschweißt. Wir mußten sogar ein eigenes Verfahren entwickeln, um sie im Schiff wieder unversehrt aus dem Material herauszubekommen.«

»Wie einfallsreich!« spottete ich. »Wer hat denn überhaupt Kenntnis davon, daß die *Nostradamus* eine fliegende Festung ist?«

»Schmidtbauer und seine Mannschaft, zwei der Konzerndirektoren, die das O.K. gegeben haben und sich damit gegenseitig absichern, Fritz Bachmeier und einige Leute, die die Organisation übernommen haben. Ich und jetzt du.«

Mal wieder Fritz Bachmeier! Merkwürdigerweise beruhigte mich das sogar einigermaßen. Wenn auch manche Aktivitäten von ihm undurchsichtig waren, gab es für mich bisher keinen Grund, ihm zu mißtrauen.

Ich setzte mich auf die Bank und streckte die Beine lang aus. Was sollte ich auch dagegen unternehmen? Die ganze Maschinerie war angelaufen. Wenn ich aus der Sache ausstieg, konnte ich mir gleich einen Strick nehmen und falls das Ganze aufflog, brauchte ich überhaupt nicht mehr zur Erde zurückzukehren. Die internationalen und konzernverbundenen Gerichte würden mich in Stücke reißen. Also blieb mir nur, den Deckel auf dem Topf zu halten und darauf zu hoffen, daß nichts überkochte.

»Ich werde die Waffen bei erstbester Gelegenheit über Bord werfen«, sagte ich mißmutig.

»Ja ja, gut, aber denk daran: Niemand darf merken, was du da loswerden willst! Ich werde mich mit Fritz über diese Möglichkeit beraten. Versprich mir, daß du nichts unternimmst, was nicht unter uns abgemacht ist?«

Ich starrte vor mich hin und versprach nichts.

Er sprang auf und sagte unbeholfen: »Komm, wir gehen wieder zu den anderen. Wir könnten ein bißchen Ablenkung gebrauchen.«

Der Mann hatte Nerven! Ich haßte ihn in diesem Moment für seine letzten Worte. Man merkte ihm an, daß er erleichtert darüber war, mir einmal mehr eine Tatsache ohne größeren Schaden beigebracht zu haben. Wahrscheinlich konnte er sich gar nicht vorstellen, wie es in mir drinnen aussah. Es war mir vollkommen schleierhaft, wie das alles ausgehen sollte. Vielleicht machte ich mir viel zu viele Gedanken über das, was die Zukunft bringen könnte. Hellbrügge ging auf jeden Fall ganz anders an die Tatsachen heran. Viel direkter und mit einem guten Anteil von Gottvertrauen. Oder war es vielleicht doch Berechnung?

»Nein danke, ich bleibe noch einen Moment hier sitzen.«

Ohne sich umzusehen, verschwand er hinter der nächsten Biegung.

Für ihn schien es keine unüberwindlichen Schwierigkeiten zu geben. Er umging ganz bewußt Diskussionen um das ›Wenn und Aber‹ und sparte damit ungeheure Energien. Dabei war er nun wirklich kein Mensch, dem Moral und Ethik fremd waren.

Ich schüttelte den Kopf. Ich konnte es immer noch nicht fassen, daß wir Waffen an Bord haben würden. Das Schiff kam mir plötzlich wie ein fliegendes Pulverfaß vor, das bei der kleinsten Erschütterung auseinanderzufliegen drohte.

Die Bank, auf der ich saß, erschien mir wie das reinste Folterinstrument. Vielleicht waren es aber auch meine Gedanken, die es nicht zuließen, ruhig auf einem Platz sitzenzubleiben. Ich stand auf und suchte mir den Weg hinaus auf die weitläufige Terrasse, die dem Wintergarten vorgebaut war.

Passend zu meiner düsteren Stimmung hatte sich die Sonne hinter einem dunstigen Schleier versteckt und im Westen kroch ein mattes Blaugrau über den Horizont hervor. Bald würde ein heftiger Wind den Witterungsumschwung ankündigen. Auf der nahen Transrapidtrasse rauschte mit einem heiseren Flüstern ein Zug in Richtung Hamburg. Vier Stockwerke unter mir schäkerte eine muntere Gesellschaft von Staren im Gras, die schon früh aus ihren Winterquartieren zurückgekehrt waren. Ich fragte mich, warum die Vögel überhaupt noch während unserer milden Winter in den Süden flogen. Mit einem leisen Seufzer lehnte ich mich mit beiden Armen auf die glattgeschliffene Marmorbrüstung und bemühte mich, nicht in allzu schwere Gedanken zu versinken. Allzu lange durfte ich mich hier nicht aufhalten, denn ich wußte, Hellbrügge erwartete von mir, daß ich mich mit meinen zukünftigen Mitreisenden beschäftigte.

Gerade hatte ich großzügig beschlossen, mir noch ein paar Minuten zu gönnen, als ich hinter mir leise Schritte hörte. Als ich mich zögernd umdrehte, sah ich Halbmond auf mich zukommen, in jeder Hand ein Sektglas. Mit einem fragenden Blick, den Kopf leicht zur Seite geneigt, blieb sie in einem gewissen Abstand vor mir stehen, als ob sie sich zuerst vergewissern wollte, daß sie willkommen war.

»Ich weiß, Sie haben bestimmt nicht oft die Gelegenheit, einmal ungestört zu sein, aber Herr Hellbrügge hat mich geradezu bedrängt, Ihnen Gesellschaft zu leisten!« Sie trat näher und stellte die vollen Gläser achtlos auf das Geländer, als hätten sie ihren Zweck erfüllt.

Ich lachte leise auf. Typisch Hellbrügge! Und taktisch sehr geschickt, jetzt konnte er meine Abwesenheit mit einem Augenzwinkern erklären.

»Nein, Sie stören nicht. Ganz im Gegenteil, ich glaube, es ist an der Zeit, daß ich mich mehr mit Menschen beschäftige.«

»Unser bevorstehender Raumflug macht Ihnen viele Sorgen, nicht wahr?«

»Hat Ihnen Hellbrügge das erzählt?«

Sie kicherte kindlich und hielt die Hand vor den Mund, als hätte ich ihr einen schlüpfrigen Witz erzählt. Dann wurden ihre Gesichtszüge von einer Sekunde zur anderen wieder ernst, fast sogar hart. »Nein. Herr Hellbrügge würde so etwas nie tun. Er vertraut Ihnen blind. Mit Übertreibung würde ich sogar sagen, er betet Sie an.«

Ich runzelte die Stirn und erwiderte nichts darauf.

»Nein«, fuhr sie fort. »Ich sehe es Ihnen an. Ich spüre, daß Sie sich sehr viele Gedanken um die Zukunft machen.«

Ich lehnte mich seitlich an das Geländer und kam dadurch auf ihre Augenhöhe.

»Man hat mir gesagt, daß Sie über parapsychische Fähigkeiten verfügen«, sagte ich. »Ist das eine davon?«

»Es ist zwangsläufig ein Teil davon«, bestätigte sie meine Frage. Sie blickte mir fest in die Augen. »Oder genauer gesagt, ich bin ein Teil davon. Ich besitze die Fähigkeit, mit meinem Bruder gedanklich in Verbindung zu treten. Über weite Entfernungen und ohne Zeitverlust.«

Sie sagte das in einer Art und Weise, als ob es das Selbstverständlichste auf der Welt wäre, mit jemandem telepathisch Verbindung aufzunehmen.

»Und wie geht das? Ich meine, denken Sie sich zum Beispiel irgend etwas aus und ihr Bruder empfängt es in seinem Kopf?« Meine Frage sollte ein klein bißchen ironisch klingen, aber sie schüttelte ernst den Kopf, ohne mich dabei aus den Augen zu lassen.

»Nein, es ist etwas komplizierter im Ablauf. Wir verständigen uns mit einer Mischung aus einer Art Stenographie und Morsealphabet, wobei die einzelnen Wörter jedoch durch Begriffe oder Symbole ersetzt werden.«

»Sie meinen, wenn Sie das Wort ›Haus‹ übertragen möchten, denken Sie an ein Haus, und er empfängt das Bild?«

»So ungefähr. Aber Sie dürfen nicht vergessen, daß Gefühle dabei eine wichtige Rolle spielen. Wenn ich den Begriff ›Haus‹ übermitteln möchte, denke ich an unser gemeinsames Elternhaus und auch an unsere Jugendzeit, also eigentlich mehr an den Begriff ›Heimat‹, das ist vom Gefühl her stärker, als wenn ich gedanklich nur ein Bild von einem einfachen Haus senden würde.«

Einfach absurd, dachte ich und konnte mir dabei nicht vorstellen, wie das funktionieren sollte. Es hatte immer wieder Experimente gegeben, mit denen man nachweisen wollte, daß es Menschen mit außergewöhnlichen Fähigkeiten gab, aber soweit ich wußte, waren alle Ergebnisse letztendlich sehr zweifelhaft gewesen.

»Können Sie jetzt auch mit ihm in Verbindung treten?«

»Ja, natürlich.«

Ich griff nach einem Sektglas und goß den Inhalt in einen Pflanzentrog. »Dann richten Sie ihm doch bitte aus, daß mein Glas leer ist. Er soll Berchtold fragen, ob er uns nicht liebenswürdigerweise gleich eine ganze Flasche bringen möchte!«

Das war vielleicht etwas ungehobelt ihr gegenüber, gleichzeitig erkannte ich in mir wieder eine latente Bösartigkeit, indem ich Berchtold für ein paar Minuten von Molly Steenburgen trennen wollte. Ich setzte schon zu einer Entschuldigung bei Halbmond an, denn sie sah mich weiterhin mit großen Augen an. Mich überfiel das Gefühl, sie beleidigt zu haben, doch dann entspannte sie sich und sagte mit einem Schmunzeln: »Herr Berchtold ist mit Frau Steenburgen in die Presseabteilung gegangen, aber mein Vater hat sich gerne bereit erklärt, uns einen 32er ›CoCo Provence‹ zu bringen.«

Anschließend kippte auch sie ihren Sekt in den Trog und stellte das leere Glas mit einer demonstrativen Geste neben das meine.

Ich schwieg aus Verlegenheit. Es könnte auch ein Trick sein, aber was hätte sie davon? Und wenn sie keine Betrügerin war, was hatten wir davon, eine Telepathin an Bord zu haben?

Ich suchte gerade eine unverbindliche Formulierung, um sie danach zu fragen, als ihr Vater mit Thermokühler samt Flasche auf die Terrasse trat.

»Gar nicht so einfach, euch in diesem Gestrüpp zu finden«, sagte er und stellte die Sachen mit einem erstaunten Blick neben die leeren Gläser. »Jules hat gemeint, daß ihr Nachschub braucht.« Er holte seine Schachtel Gauloises aus seiner Jackentasche, zog eine Zigarette heraus und klopfte sie leicht auf das Geländer. Dann entzündete er sie mit einem vorsintflutlichen Feuerzeug, das nach Benzin stank. Dabei brummte er genußvoll vor sich hin. »Verraten Sie mir doch liebenswürdigerweise, Herr Kapitän, wie haben Sie denn meine Tochter dazu gebracht, ein ganzes Glas Sekt zu trinken? Das ist ungefähr ihr Kontingent für zehn Jahre.«

»Ungeschickt wie ich nun einmal bin, mein lieber Vater«, antwortete sie schnell an meiner Stelle, »habe ich aus Versehen mein Glas umgestoßen und die Pflanzen damit begossen.«

»Soso«, sagte er abwesend. Er inhalierte tief und betrachtete sich das Panorama. Er war mit seinen Gedanken anscheinend ganz woanders. »Genießt die Erde, Kinder! Bald werdet ihr euch danach sehnen, auf einer prächtigen Terrasse wie dieser hier zu stehen und Sekt zu trinken. Ich beneide euch nicht darum, in einem Hamsterkäfig ins Weltall zu fliegen.«

Wie wahr, pflichtete ich ihm in Gedanken bei, vor allem nicht mit all diesen Chaoten!

Es entstand eine kleine Pause, vor allem, weil ich keine Lust hatte, mich über den ›Hamsterkäfig‹ zu unterhalten. Pierre Cahor legte mein Schweigen jedoch falsch aus. »Ich merke schon, ich störe nur. Ist mir auch recht. Ich denke, ich werde mich wieder der wissenschaftlichen Gruppe anschließen.«

»Sie stören überhaupt nicht«, erwiderte ich schnell. »Es wäre sehr interessant für mich, von Ihnen zu erfahren, was Sie von der Pyramide halten. Glauben Sie auch, daß sie Teil einer Werbekampagne der Amerikaner sein könnte?«

Er schaute mich mißbilligend an, indem er den Kopf andeutungsweise zu mir drehte und eine graue Augenbraue schräg nach oben zog.

»Das haben Sie von Fritz Bachmeier, stimmt's?« Er wartete meine Antwort gar nicht erst ab und schickte eine blaue Rauchwolke in den Himmel. »Damit wir uns nicht mißverstehen, mein lieber Freund: Ich schätze den Fritz sehr als einen Menschen, der versucht, in unseren gräßlich modernen Zeiten allgegenwärtig zu sein. Und das ist er auch, bei Gott, das ist er wirklich!«

Pause. Rauchwolke. Schließlich sprach er weiter. »Ich weiß nicht, woher er diese unselige Information hat, aber wenn er in Ruhe nachgedacht hätte, wäre er zu dem Ergebnis gekommen, daß der Gedanke absurd ist.«

Pause. Rauchwolke.

»Freilich haben in der Vergangenheit ein paar kranke Gehirne daran gedacht, Werbetafeln in der Erdumlaufbahn zu installieren, aber heute würde solch ein Vorhaben mehr dem Image des Verursachers schaden, als daß es einen Nutzen bringen würde. Von dem rausgeschmissenen Geld will ich gar nicht reden.«

Es folgte eine längere Pause ohne Rauchwolken. Die Zigarette in seiner Hand glimmte vor sich hin und produzierte einen grauen Aschenstengel.

»Was könnte die Pyramide also Ihrer Meinung nach sein«, unterbrach ich die Stille. »Ich meine, es gibt zwar diffuse Aufzeichnungen, wonach sie schon öfter im Sonnensystem aufgetaucht sein soll, aber müßten die Berichte in Anbetracht ihrer gewaltigen Ausmaße nicht viel ausführlicher ausfallen. So wie zum Beispiel beim Halleyschen Kometen.«

Cahor hielt seine Zigarette über das Geländer und ließ sie nach einigen Gedenksekunden einfach fallen. »Nun, nach allem, was wir darüber wissen, war die Pyramide immer nur für wenige Augenblicke sichtbar, also war das Ereignis zeitlich erheblich kürzer als bei einem Kometen. Außerdem gab es damals keine technischen Beobachtungshilfen, wie in der Zeit danach. Aber ganz abgesehen davon gibt es eine andere Ungereimtheit: Der Hofschreiber Stanzo berichtete von der Pyramide, er hätte sie in der Größenordnung einer viertel Mondbreite gesehen; das hieße bei einer Höhe von 760 Kilometern, daß unsere liebe Nofretete innerhalb der Mondumlaufbahn vorbeigezogen sein müßte, und das mit nicht geringer Geschwindigkeit.

»Also kommt sie in die Nähe der Erde«, stellte ich fest.

»Damals ja, ihr jetziger Kurs führt sie zwischen Jupiter und Mars vorbei, deswegen ist es schon richtig, sie so früh wie möglich anzufliegen.«

»Und was glauben Sie, stellt die Pyramide dar oder woher kommt sie?« wiederholte ich meine Frage nochmals.

Er wiegte schwer seinen Kopf hin und her. »Mein lieber Freund, Sie haben selbst die Artefakte auf dem Mars gesehen. Ich nehme an, daß sie auch aus dieser Zeit stammen werden. Wir konnten bisher nicht feststellen, aus welcher Epoche des Sonnensystems die Bauwerke übriggeblieben sind. Wir können es noch nicht einmal von unseren Pyramiden auf der Erde genau sagen. Auf jeden Fall nicht von den drei großen Pyramiden von Gizeh. Vielleicht bringt uns die Mission mit der *Nostradamus* eine Antwort. Eines wüßte ich aber heute schon gerne und zwar, aus welchem Material Nofretete gebaut wurde, denn das Reflexionsvermögen ist ungeheuerlich. Sie strahlt das Sonnenlicht nicht nur vollständig ab, sie verstärkt es noch zusätzlich. Auf der Erde gibt es kein Material, das zu einer solchen Leistung ohne zugeführte Energie imstande wäre.«

»Also würde es sich lohnen, wenn wir Ihnen ein Stück von dem Material mitbringen«, schloß ich scherzhaft.

»Ich glaube schon, ich glaube schon«, murmelte er. Er erhob sein graues Haupt und blinzelte in die dunstverhangene Sonne. »Wissen Sie, ich glaube, die Pyramide stellt so etwas Ähnliches wie ein Leuchtfeuer dar oder sagen wir besser, wie ein Signal, das uns alle 500 Jahre sagt: ›Hier bin ich. Kommt zu mir.‹« Er fixierte mich wie ein Schullehrer, der mich als Opfer für eine Prüfung ausgesucht hatte. Er krümmte seinen Zeigefinger und lockte damit wie die Hexe Hänsel und Gretel. »... wenn ihr dazu imstande seid!«

Halbmond hatte uns die ganze Zeit über stumm zugehört. Sie bewegte sich leicht und fragte leise: »Du meinst, die Pyramide besucht zu einem ganz bestimmten Zweck alle 500 Jahre unser Sonnensystem? Sie ist kein... wie soll ich sagen, irgendein Relikt, das durch den Weltraum torkelt?«

Ich war verblüfft. In all unseren vorausgegangenen Besprechungen und Mutmaßungen hatten wir Nofretete immer im Zusammenhang mit den verfallenen Pyramiden auf dem Mars gesehen. Wir waren davon ausgegangen, daß sie ebenfalls ein lebloses, inaktives Teil aus der Vergangenheit sei.

»Sie meinen, irgend jemand fordert uns auf, zur Pyramide zu fliegen?« ergänzte ich Halbmonds Worte.

Er winkte ärgerlich ab. »Nein, nein, ich meine damit nicht, daß da jemand drinnen sitzt und darauf wartet, daß wir ihn besuchen! Nofretete rotiert um sich selbst und reflektiert alle paar Sekunden mit einer vollen Seitenfläche das Sonnenlicht in Richtung Erde. Sie arbeitet wie ein Leuchtturm. Noch vor 50 Jahren hätten wir sie vielleicht erst in Höhe der Marsbahn entdeckt und wusch... ein paar Tage später wäre sie wieder im Weltall verschwunden gewesen. Aber heute waren wir in der Lage, sie frühzeitig zu bemerken und haben damit sogar noch die Möglichkeit, sie anzufliegen.«

»Wir haben sie nur rein zufällig entdeckt«, stellte ich nüchtern fest.

»Na und? Sie wurde von einem Raumschiff ausfindig gemacht, das sich weit draußen im Raum aufgehalten hat. Außerdem hat der Zufall immer schon in der Geschichte Regie geführt.«

Er schaute auf seine Uhr. »Hellbrügge will uns in einer Viertelstunde in seinem Planetarium die neuesten Aufnahmen und Flugwerte der *Nostradamus* vorführen. Ihr kommt doch auch, oder?«

Kaum hatte er den Satz ausgesprochen, war er auch schon weg.

»Ihr Vater ist sehr impulsiv«, bemerkte ich trocken.

»Das stimmt, aber er meint es nicht böse. Es ist mehr so, daß er meistens an zehn Dinge gleichzeitig denkt. Dadurch wirkt er manchmal völlig abwesend und plötzlich muß eines von den zehn Dingen ganz schnell heraus.«

Sie unterstrich das ›plötzlich‹ mit einem wilden Händefuchteln. Mir fiel auf, daß sie ganz im Gegensatz zu den meisten Frauen keine Handtasche mit sich führte. Vielleicht sprach sie deswegen so viel mit den Händen. Wenn sie nichts sagte, stand sie stocksteif auf der Stelle und verschränkte ihre Arme hinter dem Rücken. Man hatte dann immer den Eindruck, sie würde auf Befehle warten.

Als ich über ihren Vater nachdachte, fiel mir wieder der Grund ein, warum er uns aufgesucht hatte.

»Sie können also mit ihrem Bruder gedanklich in Verbindung treten.«

»Ja.«

Es war mir immer noch ein Rätsel, aber ich beschloß, es zunächst einfach so hinzunehmen.

»Verstehen Sie mich bitte nicht falsch, ich bin durchaus tief beeindruckt und gleichzeitig verwirrt, aber können Sie mir sagen, was oder in welcher Weise Ihre Fähigkeit auf unserer Reise nutzen könnte?

Sie lachte glockenhell auf und nestelte an einem ihrer Ohrringe.

»Nein, ich verstehe Sie schon richtig. Hier haben Sie einen möglichen Grund für meine Anwesenheit an Bord!«

Sie legte mir den Ohrring in die Hand. Es war ein einfaches Schmuckstück, an dem undefinierbare kleine Silberstückchen befestigt waren. In der Mitte baumelte eines dieser rotbraunen Steinchen, das mir Fritz Bachmeier im Dom von Siena gezeigt hatte. Dabei fiel mir wieder ein, daß er mir ein ähnlich großes Stück geschenkt hatte. Es lag jetzt in meinem Tresor in meinem Appartement.

»Wissen Sie, was das ist?« fragte sie mich mit einem lauernden Blick.

Ich bejahte ihre Frage und erzählte ihr von meiner Begegnung mit Fritz in Siena.

»Eine sehr schöne Geschichte«, stellte sie fest. »Aber es deckt sich mit dem, was ich über die Steinchen herausgefunden habe: Sie senden starke telepathische Informationen aus. Es grenzt fast schon an Hypnose. Das Silber macht ihre Wirkung vollständig zunichte. Ich könnte sie sonst nicht so nahe am Kopf tragen.«

»Was heißt das, sie senden Informationen aus? Haben Sie eine empfangen?«

Sie nickte heftig. »Man muß sich sehr konzentrieren, sonst wird die hypnotische Kraft zu stark und man fällt in eine Art Trancezustand. Es ist wie ein Balanceakt. Ich sehe einzelne Szenen, aber nicht sehr deutlich, das heißt, ich fühle sie mehr, als daß sie vor meinem geistigen Auge erscheinen. Diese Steinchen hier erzählen die Geschichte eines großen Sees, der in einer Wüste künstlich angelegt wurde. Ich habe erlebt, wie gewaltige Wassermassen umgeleitet wurden. Viele Menschen sind dabei umgekommen, aber sie waren nicht traurig deswegen. Sie sind in Erfüllung einer gemeinsamen Aufgabe gestorben.«

»Stammen die Steinchen von der Kette, die Fritz… äh… ausgeliehen hat?«

»Genau. Die Kette liegt längst wieder an ihrem Platz im Museum in Kairo. Nur die Steinchen hat er durch die ausgetauscht, die er auf dem Mars gefunden hat. Sie waren übrigens ›leer‹ und enthielten keine Informationen.«

Ich schüttelte fasziniert den Kopf. Alle Gedanken und Gefühle, die ich damals auf dem Mars erlebt hatte und die in den letzten Jahren durch Routine und Alltag immer mehr verschüttet worden waren, traten wieder an die Oberfläche. Damals war ich mir sicher gewesen, daß die Menschheit an einer Zeitenwende angekommen war, aber die Geschehnisse danach hatten mich bitter vom Gegenteil überzeugt.

Jetzt war es vielleicht doch soweit.

Nofretete, die *Nostradamus* mit ihrem unwirklichen Antrieb und diese Frau mit ihren ungewöhnlichen Fähigkeiten waren Anzeichen einer neuen Epoche. Was mich daran beunruhigte, war unser selbstverständliches Eindringen in uns unbekannte Regionen der Natur. Die Frage war, wie hoch würde der Preis dafür sein, den wir zahlen mußten, und vor allem, wer würde ihn zahlen?

# 12

Es war soweit – der Tag der Abreise war gekommen.

Ich stand allein in meinem Appartement und schaute mich prüfend um. Es war alles erledigt und nun hatte ich noch eine halbe Stunde für mich selbst, bevor ich mich zu dem Kopter begeben mußte, der mit hängenden Rotorblättern unten auf dem Vorfeld wartete. Der größte Teil der Besatzung der *Nostradamus* befand sich hier in Manching. Hagen Lorenzen, Richard Ballhaus und Karen Cahor würden schon viel zu früh auf dem Weg zu dem Fluggerät sein, das uns nach Rom bringen sollte. Von dort würden wir nach einem kurzen Stop bei der Firma Meridiana Glasses mit einem Swan nach Südamerika aufbrechen. Viktor Sargasser, Karlheinz ›Voodoo‹ Wörner und Luis Santana hielten sich wahrscheinlich ähnlich wie ich in ihren Appartements auf und hingen ihren Gedanken nach.

Mit einem Bedauern löste ich meine antike Uhr vom Handgelenk und ging zu dem kleinen Tresor, der schmucklos als stahlblaues Viereck in der Wand neben der Tür zur Küche eingelassen war. Für Personen meines Ranges war er vom Konzern vorgeschrieben und wurde von der Sicherheitszentrale überwacht. Ich legte die alte Gruen aus dem Jahre 1941 hinein und holte den kantigen Micro-Rechner mit dem zusammenfaltbaren Bildschirm und dem integrierten Scanner heraus. Für die nächste Zeit würde er mir keine anderen Dienste leisten müssen als die Gruen, nämlich die Uhrzeit anzeigen, da ich alle weiteren Informationen und Anweisungen über Suzanne leiten würde, aber während des Raumflugs war der Micro-Rechner Vorschrift.

Als ich ihn anlegte, fiel mein Blick auf ein weißes Papierpäckchen, das rechts am Rand im Tresor lag. Darin hatte ich respektlos die roten Steinchen vom Mars aufbewahrt, die mir Fritz Bachmeier in Siena geschenkt hatte. Ich hatte damals aus einer Serviette eine Tüte geformt und die seltsamen Steinchen wie Bonbons hineingeschüttet. Mir fiel Karen Cahor und ihr Ohrring wieder ein. Mit einem Schmunzeln nahm ich das Päckchen in die Hand. Irgendwo hatte ich noch eine silberne Kette, an der ein kleiner aufklappbarer Rahmen aus Silber hing. Sie stammte von meiner Großmutter, die sie ihrerseits an meine Mutter vererbt hatte. Nach dem Tod meiner Eltern ging eine mittelalterliche Schmuckschatulle in meinen Besitz über, die ich mich aus sentimentalen Gründen nicht traute, einem Antiquitätenhändler zu übergeben oder gar zu verschenken.

Ich suchte eine Weile an verschiedenen potentiellen Plätzen und fand sie schließlich in der Küche in einer Schublade hinter dem Eßbesteck. Verschlungen mit einer Brosche aus Rheinkiesel und einem Armreifen aus Muschelkalk zerrte ich die silberne Kette vorsichtig aus dem reichlich verzierten Behältnis. Ich klappte den kleinen Rahmen auf und mein Großvater blickte mir ernst auf einer winzigen Farbvergrößerung entgegen. Ich hatte nie ein gutes Verhältnis zu ihm gehabt, also löste ich das Bild vorsichtig mit einem Messer heraus und legte die Steinchen hinein. Sie paßten ganz gut, nur der Verschluß ging nicht vollständig zu. Kurzerhand zog ich meinen ›High Heat‹ Thermokolben aus einer Schublade und versiegelte das Rähmchen mit einem dampfenden Silberfaden. Nachdem das Werk abgekühlt war, hängte ich mir die Kette um den Hals und betrachtete mich im Spiegel. Unmöglich! Ich sah aus wie der frisch ernannte Bürgervertreter von Ingolstadt! Gerade wollte ich dem Blödsinn ein Ende bereiten und die Kette ablegen, als es in meinem Ohr piepste.

»Ja, Suzanne?«

Es dauerte eine Weile, bis sie antwortete. Suzanne war vor einigen Tagen auf der *Nostradamus* installiert worden, deswegen kam es zu dieser Zeitverzögerung.

›Herr Hellbrügge läßt ausrichten, er würde dich in der LH-137 auf dem Vorfeld in Manching erwarten.‹

Mein Gott, ich hatte mich so intensiv mit der Kette beschäftigt, daß ich gar nicht auf die Zeit geachtet hatte! Ich stopfte das Schmuckstück unter das Hemd, wo es sich wegen der vorangegangenen Erhitzung sehr warm anfühlte, schob die Schatulle samt Thermokolben kurzerhand in den Tresor und klappte ihn zu.

»Suzanne, sag Hellbrügge, ich bin auf dem Weg!«

›Ich benötige eine genaue Definition: auf welchem Weg?‹

Ich stöhnte auf und griff nach dem handlichen kleinen Reisekoffer aus Fasergeflecht. Alles, was ich an persönlichen Sachen für die nächsten 15 Monaten mitnehmen wollte, hatte ich gestern schon gepackt. Viel war es nicht. Alle anderen Dinge, die ich fürs tägliche Leben benötigen würde, waren reichlich auf der *Nostradamus* vorhanden.

»Suzanne, richte ihm aus, ich bin in fünf Minuten an der LH-137!«

›Die Nachricht wird übermittelt‹, kam es Sekunden später zurück.

Während mich der Aufzug nach unten brachte, zog ich meine blau-gelbe Jacke mit den Kapitänsstreifen an. Nachdem sich einige TV-Teams angekündigt hatten, hätte es Berchtold wahrscheinlich lieber gesehen, wenn ich schon hier in Manching im offiziellen *Nostradamus*-Overall in den Kopter gestiegen wäre, aber überraschenderweise hatte sich Hellbrügge meiner Meinung angeschlossen, mit dem letzten Showeffekt erst in Kourou zu beginnen.

Ursprünglich war geplant gewesen, mit dem Transalpin nach Rom zu fahren. Da es jedoch in den letzten Tagen vermehrt Demonstrationen gegen das *Nostradamus*-Projekt gegeben hatte, verbunden mit anonymen Drohungen, Anschläge auf die Magnetbahntrasse zu verüben, hatte sich Hellbrügge schweren Herzens für den Kopter entschieden. In dem Zug hätte eine ganze Garnison Journalisten Platz gefunden, denen er gerne seine spektakuläre Besatzung während der Fahrt noch ausführlicher vorgestellt hätte.

Mir war es ganz recht so, denn zum einen würde es keine zwei Stunden dauern, bis wir uns in einem angenehmen mediterranen Klima einfinden würden, und zum anderen meinte ich, daß wir in den letzten Wochen der Presse während allen möglichen Gelegenheiten genügend Rede und Antwort gestanden hatten.

Auf meinem Weg zum Vorfeld traf ich auf viele Angehörige von Space Cargo, die sich nicht gerade zufällig hier befanden. Sie traten auf mich zu, gaben mir die Hand zum Abschied, und einige hatten sogar Tränen in den Augen.

Nachdenklich und gerührt kam ich mit den verschiedensten Glücksbringern im Arm zehn Minuten zu spät an der Maschine an, vor der sich eine beträchtliche Menschenmenge versammelt hatte. Angehörige der verschiedenen Abteilungen hatten sich zusammengefunden und bildeten mit ihrer farbigen Kleidung einen bunt zusammengewürfelten Haufen. Als ich näher kam, verstummten die Gespräche. Langsam traten die am Rand stehenden Personen zurück, und es bildete sich ein Spalier zum Einstieg des weiß glänzenden Kopters. Es mußte für die laufenden Kameras ein herrliches Bild sein, als ich geschmeichelt lächelnd und mit putzigen Stofftierchen auf dem Arm durch die Menge schritt. Nachdem mich unzählige Hände betatscht und beklopft hatten, kam ich an der Gangway an, wo mich Molly Steenburgen empfing und mir lachend meine Maskottchenfamilie abnahm.

»Ich bin leider etwas aufgehalten worden«, sagte ich verlegen.

»Ja, das sehe ich«, lachte sie und wischte mir mit einem Taschentuch die Spuren einer ganzen Lippenstiftkollektion von den Wangen. Nachdem ich keimfrei war, trat sie zurück und gab mich noch mal frei für die Journalisten, denen aber in dieser Situation auch nicht mehr einfiel, als mir und meiner Mannschaft viel Glück zu wünschen. Nach einem kurzen Verlegenheitsmoment trat Molly wieder zu mir. »John, die anderen warten schon in der Maschine. Ich wünsche Ihnen viel Erfolg und kommen Sie gesund und unversehrt wieder zurück!«

Ich sah ihr in die Augen, die mich wässerig von oben anblinzelten. Dann lagen wir uns in den Armen.

Schließlich lösten wir uns voneinander, und ich spielte anschließend den harten Mann. »Komm, Molly, ist doch nicht so schlimm. Schließlich flieg ich ja nicht zum Mars.«

»Mensch, du blöder Hund! Paß ja auf dich auf!« schniefte sie und schubste mich zur Gangway. Erst jetzt registrierte ich, daß wir uns spontan geduzt hatten. Außerdem hatte ich gar nicht gewußt, daß es in Mollys Sprachschatz ordinäre Worte gab. Jetzt wurde ich doch ein bißchen sentimental. Ich drehte mich noch mal zu ihr um und sagte: »Mist! Jetzt ist mir was ins Auge geflogen.«

Sie wuschelte mir mit der Hand liebevoll durchs

Haar und trat dann gleichzeitig lachend und heulend ein paar Schritte zurück, als der Kopter mit einem leisen Zirpen das Anlaufen der Rotorblätter ankündigte.

Schnell stieg ich die Treppe hinauf und drehte mich oben angekommen noch einmal kurz um und winkte zurück. Dann verschwand ich im Kopter, wo mich Luis Santana mit einem Videoboard in der Hand empfing. Er tippte darauf herum und grinste mich an: »Nurminen, Kapitän. Damit ist die Passagierliste vollständig!«

Ich umfaßte ihn freundschaftlich an der Schulter und lachte befreit auf. Von einem Moment zum anderen hatte ich die Vergangenheit weit hinter mir gelassen.

Entschlossen stellte ich meinen Koffer im Gepäckfach ab, wo er sofort von automatischen Magnetverschlüssen festgezurrt wurde.

In der Kabine herrschte eine nervöse Aufbruchsstimmung. Hellbrügge und Berchtold saßen nebeneinander in der hinteren rechten Reihe, hatten die gegenüberliegende Sitzreihe umgelegt und benutzten sie als Ablage für ihre Kommunikationskoffer, die aufgeklappt kreuz- und querstanden. Vor ihnen auf dem Tisch lagen zwei Videoboards, über deren Inhalte sie gerade heftig diskutierten. Sie schauten kurz auf und registrierten mit einem beiläufigen Anheben der Hände meine Anwesenheit.

Das anschließende Geviert bestand aus Ballhaus, Lorenzen, Halbmond und Kadett Wolfen. Die ersten drei schenkten mir ein unsicheres Lächeln, während Wolfen sehr unglücklich aussah. Ich wunderte mich ein wenig darüber, schließlich erwartete ihn eine aufregende Reise mit unserer gemeinsamen Freundin. Ob er wußte, daß ich mit ihr mehr als nur befreundet gewesen war? Na egal, ich nahm mir jedenfalls vor, keine Anspielungen darauf zu machen und begrüßte herzlich die Runde, indem ich jedem die Hand gab und passende Worte von mir gab. Kadett Wolfen sah danach nicht viel glücklicher aus.

In der linken Reihe hatten drei wichtige Personen aus Berchtolds Bereich Platz genommen: die Hofberichterstatter des Königreiches, wie Voodoo sie nannte. Es waren nette, aber resolute Typen, die ich seit langer Zeit kannte und schätzte. Sie versorgten die Presse mit Bildmaterial aus dem internen Bereich des Konzerns und genossen damit eine gewisse Vertrauensstellung. Sie empfingen mich mit den üblichen Scherzen und natürlich mit laufenden Kameras.

Viktor Sargasser und Voodoo lümmelten scheinbar gelangweilt am letzten Tisch in der Kabine. Luis Santana hatte gerade die Tür des Kopters geschlossen, als die Maschine auch schon mit einem Rucken abhob. Ich flüchtete mich rasch neben Viktor. Luis hielt sich geistesgegenwärtig am Türrahmen fest.

»Porco mio!« fluchte er und hangelte sich schnell in den Sessel neben Voodoo.

»Kotztüten und Hygienetücher befinden sich an beiden Seiten außerhalb des Kopters!« feixte Voodoo, und streckte beide Arme aus und deutete demonstrativ mit ausgebreiteten Armen zur Seite. Dabei hielt er seinen linken Unterarm Luis direkt vors Gesicht und drückte damit den Kopf des Spaniers nachdrücklich ein paarmal nach hinten in den Sessel. »Heute werden wir von einem richtigen Menschpiloten chauffiert, Konnie Harder. Wir nannten ihn immer ›Max, den…‹ …Oh, Entschuldigung, Luis, ich habe deinen Kopf gar nicht bemerkt.«

Luis blickte ihn empört an, fiel jedoch sofort mit uns in ein befreiendes Lachen ein, als er Viktor und mich schmunzeln sah.

Na, in meiner Mannschaft war jedenfalls alles beim alten geblieben!

Der Kopter gewann rasch an Höhe und nahm zielstrebig Kurs auf die schneebedeckten Gipfel der Alpen.

Wir begannen uns über verschiedene Themen zu unterhalten und vermieden bewußt, die *Nostradamus* zu erwähnen, alleine schon wegen der Anwesenheit der Presseleute, die recht bald anfingen, Aufnahmen für ihre Dokumentation einzufangen und in der Kabine ausschwärmten. Zufrieden registrierte ich eine aufkommende Ausgelassenheit an Bord. Die Reporter verstanden es, durch ihren heiteren Umgangston die verschiedenen Gruppen einander näherzubringen. Durch die zahlreichen Interviews und Aufnahmen wurde die anfänglich starre Ordnung so durcheinandergewürfelt, daß bei unserer Ankunft in Rom jeder auf einem anderen Platz saß. Nur Wolfen hielt sich bedeckt und sonderte sich ab. Mit mir hatte er kein einziges Wort gewechselt.

Rom empfing uns mit brütender Hitze.

Der Kopter flog den Hafen vom Meer aus an und landete am Pier 49 in direkter Nähe eines blau-gelben Swans, der mit eingefahrenen und damit hochaufragenden Flügelflächen auf einem drehbaren Landungsdeck knapp über der Wasseroberfläche stand. Es war keine der gewaltigen Flugmaschinen, die mit Tausenden von Menschen an Bord die Ozeane überquerten, sondern ein Typ der Wrexham-Mittelklasse mit einem Katamarankiel. Mit seiner großzügigen und geräumigen Ausstattung konnte man den Swan dafür getrost als einen Luxus Liner bezeichnen, denn obwohl in ihm über 800 Passagiere befördert werden konnten, gab es ausschließlich Zweier- und Einzelkabinen, von denen sich die meisten an der Außenseite befanden, weiterhin einen Imagplex mit den neuesten MovieDigs, ein Wellenbad und eine Aussichtskuppel, die sich vollständig über den Rücken des Swans hinzog.

Wie in fast allen großen Häfen standen die Swans auf Landungsdecks, auf die sie mit Hilfe ihrer Magnetkissen nach der Wasserung hinauffuhren. Danach wurden die riesigen Flügelflächen nach oben geklappt und das Deck transportierte die Maschine durch einen Finger, der sich unter der Wasseroberfläche befand, in die Parkposition. Dadurch, daß die Flügel wie metallene Segel wirkten, drehten sich die Fluggeräte auf dem beweglichen Unterbau von selbst in den Wind.

In dem weitläufigen Hafenareal lagen unzählige Giganten wie überdimensionierte farbige Seerosen dicht über dem Wasser. Unser Kopter rollte noch ein Stück und blieb dankbarerweise in einem meterbreiten Schattenbalken eines steil aufragenden Swanflügels mit einem sanften Schaukeln stehen.

Voodoo holte aus einem Fach über seinem Sitz einen Panamahut heraus, an dessen Krempe eine braun getönte Sonnenblende eingearbeitet war. »Hab ich mir extra für die südlichen Kolonien gekauft! Ist absolut der letzte Schrei!«

Für mich sah er aus wie ein Imkerhut, dem die untere Hälfte fehlte, aber über Geschmack läßt sich bekanntlich nicht streiten.

Als wir die kleine Gangway betraten, empfing uns ein schrilles Pfeifkonzert einer nicht unbeträchtlichen Menschenmenge, die sich etwa 200 Meter entfernt hinter einer provisorischen Absperrung befand. Davor standen in dichter Reihe schwarz-rot gekleidete Sicherheitskräfte. Ich hatte die Ansammlung schon aus der Luft bemerkt, aber ich hatte nicht damit gerechnet, daß wir der Grund waren.

»Das gilt uns«, bemerkte Berchtold trocken. »Es sind noch weitere Demonstrationen angesagt, deswegen gehen wir kein Risiko ein und begeben uns gleich in den Swan. Der Kopter bleibt hier. Wir fliegen mit ihm heute abend zu Meridiana Glasses.«

Schweigend drehten wir uns dem Eingang zu den unterirdischen Gängen zu, von wo aus wir direkt durch das Landungsdeck in den Bauch des Swans gelangen konnten. Voodoo schwenkte seinen Hut in Richtung der Menschenmasse und schickte Kußhändchen hinterher. Als Antwort gellten die Dissonanzen der Pfiffe noch lauter und vermischten sich mit häßlichen Rufen, die ich nicht verstand. Dann kam eine deutlich sichtbare Bewegung in die Menge. Nachdem Hellbrügge ihn barsch angefahren hatte, trottete Voodoo wie ein zum Tode Verurteilter mit hängenden Schultern weiter.

»Ich wußte gar nicht, daß diese Demonstrationen solch ein Ausmaß angenommen haben«, wandte ich mich wieder an Berchtold.

»Wir auch nicht«, gab er zu. »Es wurde in den letzten Tagen immer schlimmer. Deswegen gehen wir davon aus, daß die Aktionen profimäßig organisiert und gesteuert werden.« Mit einem abfälligen Grinsen fügte er hinzu: »Hätte ich übrigens viel besser gemacht. Viel zu wenig Leute. Kein Channel sendet Bilder von so einem armseligen Haufen.«

»Gesteuert? Von wem denn und wozu soll das gut sein?«

Er antwortete hintergründig. »Von unseren lieben Konkurrenten natürlich! Vielleicht würden wir das an ihrer Stelle ebenfalls arrangieren. Und warum? Weil sie die öffentliche Meinung beeinflussen möchten! In den letzten Jahren hat sich die Anzahl unabhängiger Zeitungen mehr als verdoppelt, und wenn unser Projekt schon ständig durch den Nachrichtendschungel rauscht, dann ist es ihnen lieber, wenn ein fader Nachgeschmack zurückbleibt.«

Skeptisch blickte ich noch einmal hinüber zu der lärmenden Ansammlung und wäre beinahe über unsere eigenen Presseleute gestolpert, die eifrig auch diese

Vorfälle dokumentierten. Ich zweifelte daran, ob sich die Vorgänge so einfach erklären ließen, aber Berchtold war in solchen Dingen bestimmt mehr bewandert als ich. Mit einem nachdenklichen Kopfschütteln versuchte ich, meine Gedanken zu ordnen. In ein paar Tagen würde ich weit weg von der Erde sein und versuchen, den Auftrag zu erfüllen, der das Ziel der Demonstrationen war. Aus welchen Gründen sie stattfanden, sollte jetzt nicht mein Problem sein und weit draußen im Raum erst recht nicht.

Unser Weg führte uns nach unten an weiteren Absperrungen und freundlich winkenden Uniformierten vorbei. Wir rollten auf bequemen Laufbändern durch smaragdfarbene Gänge, die allmählich eine polarisblaue Färbung annahmen und schließlich in einem bernsteingetönten Aufgang mündeten.

Eine Viertelstunde später saß ich in einer angenehm kühlen Luxuskabine vor einem ovalen Fenster aus Thermoglas und schaute gedankenverloren auf die Wasseroberfläche hinaus.

Meridiana Glasses war eine beeindruckend gut organisierte Firma am Südufer des Tibers vor den Toren Roms. Ihre Auftraggeber waren nicht nur Space Cargo, sondern alle technischen Zweige, die hochwertige Gläser benötigten. Gerade in der Raumfahrt, in der es enorme Schwierigkeiten in der Herstellung von hoch beanspruchbaren Karenzgläsern gab, war Meridiana ein bedeutender Partner. Aber die italienische Firma war nicht nur ein Lieferant; seit gut einem Jahr unterhielt sie in Zusammenarbeit mit dem Konzern ein Entwicklungslabor auf dem Mond, das auf dem Gebiet von nachträglich verformbaren Gläsern hervorragende Ergebnisse erzielte.

Wir waren am späten Abend mit dem Kopter direkt auf dem gepflegten Rasen vor dem kunstvoll aus Glas und Holz gestalteten Eingangsgebäude gelandet. Unsere kleine Gruppe wurde sofort von begeistert applaudierenden Menschen umringt.

Wenige Augenblicke später rollte der Hauptgrund unseres Besuches, Fabio Fastidio jr., der Kopf des Unternehmens, über die Treppen des Gebäudes auf uns zu. Fastido war ein kleiner kugelrunder Mann mit einem herzlichen, fast kindlich wirkenden Temperament. Auch jetzt hatte man den Eindruck, er wäre von unserer Ankunft überrascht worden, denn ganz im Gegensatz zu dem prunkvollen Anwesen, hinter dem sich die Produktionsstätten und Labors versteckten, flatterte sein Hemd an der Seite aus der Hose, seine Krawatte hing wie ein Halsband um seinen Hals und sein Jackett wurde von einem ernst dreinblickenden Diener hinterhergetragen, ohne freilich mit dem schnellen Schritt seines Herrn mithalten zu können.

Die Menge beklatschte den Auftritt Fastidios und bildete ein Spalier, durch das er mit glücklichem Gesicht und hochrotem Kopf hindurcheilte. Kurz bevor er wie ein Meteor auf Hellbrügge aufgeschlagen wäre, verlangsamte er sein Tempo und begrüßte uns mit überschwenglichen Worten und Gesten. Als ich ihm schließlich mit sorgfältig ausgewählten Worten auf italienisch meine Besatzung vorstellte, war seine Begeisterung grenzenlos. Halbmond nahm er sofort in Beschlag, indem er sich bei ihr einhakte und Hellbrügge gleichzeitig beschimpfte, wie man eine so wunderschöne Frau in den Weltraum schicken könne. Außerdem wäre es eine Schande, daß man sie in diese scheußliche Hülle gesteckt hätte. Wir von der Besatzung sahen uns gegenseitig an und lachten, schließlich hatten wir zu Ehren Fastidios unsere offiziellen Ausgehuniformen angelegt, die speziell für solche Anlässe angefertigt worden waren.

Er bestand darauf, Halbmond ins Haus zu begleiten,

um etwas Anständiges zum Anziehen herauszusuchen, wie er sich ausdrückte. Wir schlossen uns ihm alle an und wurden noch auf dem Weg dorthin von Fastidios Dienern mit Sekt versorgt.

Es versprach, ein sehr angenehmer Abend, beziehungsweise eine angenehme Nacht zu werden, denn unser Gastgeber hatte keine Mühe gescheut, uns zu verwöhnen. Er hatte den Garten seines Hauses, das gleich am Rande seines Firmengeländes stand, in eine Art Vergnügungspark verwandelt und erreichte dadurch, daß sich die Anwesenden, die nicht nur aus Angehörigen seiner Firma bestanden, sondern teilweise auch aus der Gesellschaft Roms kamen, beliebig vermischten und untereinander ins Gespräch kamen. Er kam uns damit sehr entgegen, denn wir spürten, wie sich unsere Anspannung auf die kommenden Ereignisse löste und stürzten uns nur zu gerne in den Trubel, der schon bald den ersten Höhepunkt erfuhr, als Fastidio Halbmond in einem Abendkleid von Kaselnjikov präsentierte.

Es dauerte nicht lange und schon bald war unsere Gruppe über das Gelände verstreut. Ich gönnte der Besatzung die Abwechslung von ganzem Herzen und hatte Vertrauen zu Fastidios Auswahl der Gäste und vor allem zu seinen Sicherheitsvorkehrungen. Überall auf seinem Grundstück erspähte ich Personen, die sich offensichtlich nicht ohne Vorbehalte ausschließlich nur dem heiteren Geschehen widmeten. Zusätzlich fing ich ein beruhigendes Nicken von Hellbrügge auf, der mir damit zu verstehen gab, daß ich mir keine Sorgen zu machen brauchte. Es hätte auch keinen Sinn gehabt, mich um meine Besatzung zu kümmern, denn ich wurde von verschiedensten Leuten derart in Diskussionen verwickelt, so daß ich mich bald nach einem ruhigen Plätzchen sehnte und vor allem nach einem Getränk, das keinen Alkohol enthielt.

Ich fand beides erst kurz vor Mitternacht. Mit einem Glas Fiorentino lümmelte ich mich in eine seidig glänzende Sitzgelegenheit, die mehr in ein antikes Zimmer gepaßt hätte als zwischen zwei hochaufragende Marmorsäulen, die scheinbar sinnlos inmitten von blühenden Orangenbäumchen standen.

Kaum hatte ich jedoch an meinem Glas genippt, bemerkte ich, wie sich eine Gestalt zuerst vorsichtig, dann aber zielstrebig näherte.

»Herr Kapitän, darf ich kurz mit Ihnen sprechen?«

Es war Wolfen, der ebenfalls ein Glas in beiden Händen hielt, das der Färbung nach zu urteilen kein Mineralwasser enthielt.

»Natürlich, Wolfen, setzen Sie sich zu mir!«

Er nickte dankbar und versuchte, mit kontrollierten Bewegungen auf dem bankähnlichen Gebilde Platz zu nehmen. Es war mir recht, daß er von sich aus Kontakt zu mir aufnahm, denn ich hatte mich den ganzen Tag über schon gefragt, wie ich in Zukunft mit ihm umgehen sollte. Jetzt hatten wir in aller Ruhe Gelegenheit, das zu klären.

»Es ist mir nicht leicht gefallen«, begann er und drehte sein Glas nervös in den Händen. Er beendete den Satz nicht und hob statt dessen hilflos die Schultern.

»Vivian Weiss«, fing er endlich neu an und dieses Mal war er anscheinend entschlossen, ohne Vorgeplänkel zur Sache zu kommen. Er blickte mir offen in die Augen. »Unsere Bordärztin. Ich liebe sie.«

Nachdem ich keine Reaktion zeigte, überlegte er kurz und wandte sich von mir weg. »Sie wissen es also schon«, stellte er resignierend fest.

Du armes Schwein, dachte ich und hüllte mich in Schweigen. Mit Vivian verband mich nichts mehr, noch nicht einmal Haß. Es wäre mir recht gewesen, wenn sie mir einfach nie mehr begegnet wäre, aber es sollte nicht sein. Ich wußte, ich würde damit umgehen können, nun aber würde die Begegnung mit einer Variante erschwert werden. Auch damit würde ich fertig werden. Wolfen tat mir leid. Ich beschloß, ihm zu helfen und baute ihm eine Brücke.

»Na gut. Ich weiß es. Und wo liegt das Problem?«

»Sie hat mir letzte Woche von ihrer Beziehung mit Ihnen erzählt«, antwortete er emotionslos. »Aber das ist nicht das Problem!« fügte er schnell hinzu und sprach hastig weiter. »Das heißt, natürlich war es zuerst ein Schock für mich, aber es war mir nicht so wichtig, verstehen Sie?«

Nein, ich verstand nichts. So kamen wir nicht weiter.

»Jetzt mal eins nach dem andern: Was bedrückt Sie denn am meisten?«

»Sie hat von mir verlangt, daß ich meine Teilnahme an der Mission zurückziehe«, sagte er schnell. »Wissen Sie, ich wußte, daß die Umstände für unsere Beziehung während der Mission vielleicht nicht die besten sein würden, aber ich habe sie fast ein halbes Jahr nicht gesehen, seit sie sich für ein Projekt auf dem Mond entschieden hatte. Ich hatte mich darauf gefreut, mit ihr für die nächsten langen Monate… äh… zusammenarbeiten zu können, und nun habe ich das Gefühl, daß sie darauf überhaupt keinen Wert legt.«

»Was haben Sie ihr denn auf ihre Forderung hin geantwortet?«

»Ich war empört! Ich habe ihr gesagt, daß ich gar nicht daran denke, meine Teilnahme zurückzuziehen. Daraufhin hat sie die Verbindung unterbrochen. Seitdem habe ich nichts mehr von ihr gehört.«

Er hatte die letzten Worte fast wütend herausgespuckt. Du armes Würstchen, dachte ich und korrigierte mich gleich: Vielleicht sind wir beide arme Würstchen! Das erste Zusammentreffen auf der *Nostra-*

*damus* versprach spannend zu werden. Natürlich wußte ich zu diesem Zeitpunkt noch nicht, wie recht ich damit haben sollte.

»Kapitän Nurminen?«

Wir schreckten beide hoch. Vor uns standen zwei schwarz gekleidete Männer. Der eine, der mich angesprochen hatte, blickte entschuldigend Wolfen an, der zweite betrachtete teilnahmslos das bunte Treiben, das sich nicht weit weg von uns abspielte.

Gleichzeitig piepste es in meinem Ohr.

Angespannt hielt ich die Hand hoch. Im ersten Moment hatte ich die schlimmsten Befürchtungen, aber angesichts des gleichbleibenden Geräuschpegels im Garten fühlte ich keine Bedrohung.

»Ja, Suzanne?« sagte ich laut.

›Fritz Bachmeier befindet sich in meiner Leitung.‹ Gleich im Anschluß hörte ich seine Stimme.

»John, erschrick bitte nicht, die beiden Herren habe ich dir geschickt. Du kannst ihnen vertrauen.«

Ohne Aufforderung hielten mir die beiden grüne Ausweise vor die Nase. Damit konnte ich nichts anfangen.

»Und was wollen sie von mir?« fragte ich Fritz und musterte die dunkel gekleideten Gestalten. Dann bedeutete ich Wolfen, der sich schützend vor mich gestellt hatte, mit einer Handbewegung, sich wieder zu setzen.

»Sie sollen dich zu einem kurzen Gespräch in den Vatikan bringen.«

Mein Gott, schon wieder so ein mysteriöses Treffen!

»Und warum kommst du nicht hierher? Hier ist es sehr gemütlich.«

Fritz lachte am anderen Ende der Leitung. »Du sollst dich nicht mit mir treffen, sondern mit Seiner Heiligkeit Papst Hadrian VII. Er bittet dich, trotz der späten Stunde zu ihm zu kommen.«

Verblüfft und gleichzeitig skeptisch blickte ich die beiden Gestalten an, die geduldig auf eine Reaktion von mir warteten. Wer garantierte mir, daß die Einladung keine geschickt inszenierte Entführung sein würde.

»Stehst du mit deinen Abgesandten in Verbindung?«

»Aber natürlich«, antwortete Fritz mit ein wenig Ungeduld in seiner Stimme.

»Dann verrate ihnen doch bitte, welchen Wein wir vor ein paar Monaten in Siena getrunken haben, damit ich sicher sein kann, daß sie von dir kommen.«

Der Teilnahmslose räusperte sich leise und antwortete, ohne auf die Antwort seines Chefs zu warten: »Es war ein Nobile di Montepulciano aus dem Jahre 2031. Er stammte aus dem Keller meines Vaters. Ich hoffe, er hat Ihnen zugesagt, Herr Nurminen.«

Ein vergnügtes Lachen ertönte in meinem Ohr.

»O.K., O.K., ich komme!« winkte ich ab. »Ich muß nur noch…«

»Herr Hellbrügge weiß Bescheid, Herr Kapitän«, erriet der Schwarzgekleidete meine Absicht und lud mich mit einer Handbewegung ein, ihnen zu folgen.

Ich stand auf und drehte mich kurz zu Wolfen um, der mit den zusammenhanglosen Gesprächsfetzen nichts anzufangen wußte.

»Keine Angst, es ist alles in Ordnung«, beruhigte ich ihn. »Ich soll jemandem einen Besuch abstatten. Wir können später noch einmal über unser Problem reden, aber ich denke, gemeinsam stehen wir das durch.«

Überflüssigerweise reichte ich ihm die Hand, merkte aber an seinem Händedruck, daß er mir dankbar dafür war.

Wir verließen den Park und gelangten durch das leere, hell erleuchtete Empfangsgebäude zu einer schwarzen Limousine mit den Kennzeichen SCV-1.

Ich war noch nie zuvor in der Sixtinischen Kapelle gewesen. Genaugenommen hatte ich auch jetzt nicht das Gefühl, mich an diesem berühmten Ort zu befinden, denn ich stand im Dunkeln, weit von mir entfernt glimmten gelbe Lichter über zwei Türen.

Nach einer halbstündigen Fahrt waren meine Bodyguards und ich an einem großen Tor angekommen. Nach einem kurzen Wortwechsel mit buntgekleideten Wächtern der Schweizer Garde waren wir im Schritttempo durch die engen Gassen des Vatikans gefahren. Fritz Bachmeier hatte uns in einem Hof erwartet und mich schweigend durch spärlich beleuchtete Gänge in die unbeleuchtete Kapelle geführt.

»Bleib hier stehen!« Er drückte mich kurz am Arm, um seine Aufforderung zu unterstreichen und verschwand hinter mir lautlos in der Finsternis. Ich hatte keine Ahnung, was er damit beabsichtigte und drehte mich vorsichtig um. Meine Schuhe scharrten frevelhaft auf dem heiligen Steinboden. An dem leisen Hall ahnte ich, daß sich um mich herum mehr als nur ein einfacher Raum befinden mußte. Langsam gewöhnten sich meine Augen an die Dunkelheit, und ich erkannte vor mir schwache Umrisse, zunächst schemenhaft, dann immer deutlicher. Es war wie ein Sonnenaufgang! Was als Andeutung einer Dämmerung begann, steigerte sich nach und nach über ein sanftes Aufglühen der Butzenscheiben hoch an den Seiten bis hin zu einem ersten fahlen Sonnenstrahl, der einen neuen Morgen durchdrang.

Erst jetzt wurde mir bewußt, daß der Vorgang nichts mit der Gewöhnung meiner Augen an die Dunkelheit zu tun hatte, sondern daß es das Ergebnis einer lichttechnischen Spielerei war, die Fritz in Gang gesetzt hatte!

Mit dieser Erkenntnis begann ich, das Schauspiel zu genießen. In einem ausgewogenen Zeitraffertempo wurde der Sonnenaufgang in der Sixtinischen Kapelle simuliert und führte mich aus meinem orientierungslosen Standpunkt in ein farbenprächtiges Crescendo aus Darstellungen des alten Testaments an den Längsseiten des Kirchenschiffes (von wegen Kapelle!), massenhaft nackten Fleisches an der Decke, vermengt mit ein wenig Architektur. Lange bevor jedoch das künstliche Sonnenlicht die Fresken von Perugino, Botticelli, Ghirlandajo, Roselli und deren Gehilfen aus dem Halbdunkel heraustreten ließ, erstrahlte an der Stirnseite über dem Altar ›Das Jüngste Gericht‹ von Michelangelo, von versteckten Lichtquellen beleuchtet. Das Wandgemälde drängte sich besonders mit seinem hellen Blau in meine Netzhaut und ließ die noch im Dämmerlicht liegenden restlichen Werke scheinbar verblassen.

»Wie gefällt es dir?« Fritz war lautlos hinter mich getreten und genoß sichtlich meine Ehrfurcht vor dem Schaffen, das weit vor unserer Zeit lag.

»Wirklich sehr beeindruckend«, murmelte ich. »Besonders in der Kombination mit deinem Sonnenaufgang!«

Er lächelte geschmeichelt. »Ich habe die lichttechnischen Mätzchen zusammen mit einigen Ingenieuren entworfen! Wir haben auch noch Gewitterstimmungen, wechselndes Licht durch Wolken verursacht oder auch bedeckten Himmel im Programm, aber der Sonnenaufgang ist eindeutig der Renner!«

Ich bewegte mich nach vorne und suchte an der Decke das berühmte Fresko, das Adam nach seiner Erschaffung von Gott zeigte. Etwas enttäuscht entdeckte ich es als sechstes Mittelbild an der Decke, wo es unter den Abbildungen nur eine von vielen war.

»Viele Historiker behaupten, Michelangelo war ein starrköpfiger Eigenbrötler, der es mit seiner Sturheit geschafft habe, bei Papst Julius II. seine eigenen Vorstellungen bei der Bemalung der Kapelle durchzusetzen«, erklärte Fritz, der mir gefolgt war und ebenfalls mit zurückgelegtem Kopf an die Decke schaute. »Ich meine, daß er einer Eingebung folgte und sich nur auf die Intuition seiner Gedanken verließ, als er sich ans Werk machte. Nichts war lange vorher geplant. Ich wüßte gerne, was er gedacht hat, als er tagtäglich alleine dort oben an der Decke arbeitete.«

»Ich habe einmal gehört, er wollte sich an dem Papst rächen, weil er ihn gezwungen hatte zu malen. Eigentlich war er doch Bildhauer, oder?«

»Michelangelo ließ sich nicht zwingen. Er kam aus Florenz, und Rom war nie seine Welt, obwohl er hier mehr als dreißig Jahre lebte. Gewiß, das Auftreten des Papstes und der Kurienkardinäle war ihm zuwider, aber die Chance, sein eigenes Gedankengut der kirchlichen Vergangenheit zu hinterlassen, hat ihm die Kraft gegeben, diese Leistung zu vollbringen.«

Fritz drehte sich auf dem Absatz nach links herum und zeigte nach oben. »Übrigens wurden die Fresken vor gut einem halben Jahrhundert von Colalucci in mühevoller Arbeit vollständig restauriert. Der heutige brillante Anblick übertrifft die rußigen Bilder von vorher bei weitem. Hier drüben, unser aller Liebling: ›Die Sibylle von Delphi‹. Ist sie nicht schön?«

Ich folgte seinem Zeigefinger und erkannte eine für mich römisch gekleidete junge Frau, die eine Pergamentrolle in der linken Hand hielt und mit großen Augen ihren Blick skeptisch hinter uns richtete.

Ich mußte ihm zustimmen, denn inmitten all dieser kantigen Charakterköpfe mit ihren muskulösen Körpern hatte diese Gestalt durchaus etwas Zeitgenössisches, obwohl mir ihr nackter Oberarm sehr männlich ausgebildet erschien.

Unter anderen Umständen hätte ich das Privileg einer privaten Führung durch Fritz Bachmeier mehr gewürdigt, aber ich fühlte, wie mich die Wirklichkeit wieder einholte.

»Du hast mich doch bestimmt aus einem ganz bestimmten Grund hierhergeholt, bevor du mich dem Papst vorstellst, oder wolltest du mich einfach der Kultur etwas näherbringen?«

»Nein, es gibt keinen besonderen Grund, außer, daß du Papst Hadrian hier begegnen wirst! Er hat darum gebeten, dich an diesem Ort zu sprechen!«

»Hier in der Kapelle? Wieso das denn?«

Fritz deutete auf einen einfachen Tisch mit zwei noch einfacheren Stühlen, die bestimmt nicht zu den üblichen Einrichtungsgegenständen einer historischen Kirche gehörten. Sie standen abseits des Hauptgangs rechts vor der Marmor-Chorschranke, die den unteren Bereich des Gotteshauses in zwei Teile trennte.

»Nun, ja, Papst Hadrian besitzt zwar einen gewissen Hang zur dramatischen Selbstdarstellung, wenn ich es einmal überspitzt formulieren darf, aber vielleicht möchte er als Gastgeber lediglich einen entsprechenden Rahmen für das Gespräch schaffen.«

Ich überprüfte Fritz' Gesichtszüge auf diese Aussage hin mit einem zweifelnden Seitenblick, aber es waren keine ungewöhnlichen Regungen zu entdekken. Die ganze Vorbereitung dieser Szene erinnerte mich an das Gespräch mit Hellbrügge in seinem Planetarium.

»Weißt du, was er von mir will?« erkundigte ich mich mißtrauisch.

»Er hat mit mir nicht darüber gesprochen, aber ich kann mir denken, daß er dir helfen möchte.«

»Helfen? Wobei helfen?«

Irgendwo fiel eine Tür leise ins Schloß.

Meine Nerven waren anscheinend im Moment nicht die besten, denn ich zuckte zusammen.

»Verflucht… oh, entschuldige, man sollte hier wohl

nicht… Fritz, was muß ich machen, wie spreche ich ihn überhaupt an?« flüsterte ich leise.

Ich sah ihm an, daß er die Situation sichtlich genoß.

»Die richtige Anrede ist ›Heiliger Vater‹ und ansonsten benimmst du dich wie im normalen Leben.«

Normales Leben, dachte ich verächtlich. Vor ein paar Tagen hatte ich in einem Simulationstank mit einem Menschen gesprochen, der aus Pixeln zusammengesetzt war, heute stand ich mitten in der Nacht in der Sixtinischen Kapelle und sollte den Papst treffen und in einer Woche würde ich mich in der Mondumlaufbahn auf einem Schiff befinden, mit dem ich ein bißchen durch die Zeit reisen sollte!

Eine ganz in Weiß gekleidete Gestalt trat durch den Eingang, benetzte die Finger der rechten Hand mit Weihwasser aus einer goldenen Schale und bekreuzigte sich mit konzentrierten Handbewegungen. Dann kniete sie andeutungsweise nieder und kam anschließend mit schnellen Schritten auf uns zu.

Papst Hadrian VII. war der erste deutsche Papst der zweitausendjährigen Überlieferung in der Nachfolge des heiligen Petrus. Mit bürgerlichem Namen Dr. Markus Guthmann, ehemals Erzbischof von Köln, wurde er im Jahre 2034 in einer fünf Tage währenden Conclave aus den Reihen der Kurienkardinäle gewählt. Sein Pontifikat war nicht unumstritten, was alleine schon die langandauernde Wahlperiode zu Beginn seiner Karriere als oberster Bischof der Kirche bewies. Anschließend bekämpfte er vehement die zunehmend komplizierte Verwicklung der Einflußnahme des Vatikans in Finanzierungsprojekte von deutschen Konzernen, konnte aber keinen entscheidenden Umbruch erzielen.

Ich hatte Hadrian VII. als gutaussehenden und großgewachsenen Menschen in Erinnerung, der mit seiner sportlichen Erscheinung alles andere als einen weisen

Kirchenführer darstellte. Als er uns aber näher kam, entdeckte ich die ersten Anzeichen von Erschöpfung in dem durch viele Enttäuschungen gezeichneten Gesicht eines Kirchenführers, der sich weit in den Siebzigern befand.

Er näherte sich uns in leicht gebeugter Haltung und hielt seine linke Hand an den Oberschenkel angelegt, als ob er dort einen Schmerz verspürte. Kurz bevor er uns erreichte, streckte er beide Hände aus und begrüßte mich herzlich, aber mit ernstem Gesicht.

Fritz verabschiedete sich unauffällig durch einen leichten Klaps auf meinen Arm. Ich wollte ihm noch zunicken, aber da hatte mich Papst Hadrian VII. schon mit einer knappen Geste zum Sitzen eingeladen.

Uns war beiden bewußt, daß wir ein gewisses Mindestmaß an Höflichkeitsbezeugungen nicht vermeiden konnten, aber erfreulicherweise kam er sehr schnell zum Thema, indem er mich unvermittelt fragte: »Was verdient ein Astronaut heutzutage, Kapitän Nurminen?«

Verblüfft hielt ich die Luft an und blies ratlos die Backen auf. Merkwürdigerweise dachte ich sofort an einen Erpressungsversuch, aber das konnte doch nicht sein…

Er lächelte verschämt und winkte verlegen ab.

»Nein, bitte verzeihen Sie mir meine ungeschickte Einleitung, ich glaube, ich bin allzu forsch an Sie herangetreten! Lassen Sie mich die Frage neu formulieren: Können Sie sich das Leben eines Menschen vorstellen, der auf Grund seiner Herkunft nie finanzielle Nöte kannte und auch niemals mit solchen weltlichen Problemen konfrontiert war? Und der…« – er streckte den rechten Zeigefinger mahnend nach oben, als wollte er mehr Aufmerksamkeit von mir verlangen – »…von Geburt an in einem absoluten Elitedenken erzogen wurde?«

»Nun ja«, begann ich vorsichtig. »Den ersten Teil Ihrer Frage stelle ich mir recht angenehm vor. Was den Elitegedanken betrifft: Gewissermaßen wurde ich in einer Eliteschule des Konzerns erzogen, meine Eltern sind früh gestorben…«

Er nickte einen kurzen Moment mitfühlend. »Ihr Lebenslauf ist mir bekannt, ein wirklich beklagenswerter Schicksalsschlag, auf dem Ihre einzigartige Karriere basiert. Aber ich will Sie nicht weiter im unklaren lassen. Mir ist beides von dem widerfahren, was ich zu Beginn andeutete! Meine Familie ist seit Generationen reich begütert und verkehrt in den allerersten gesellschaftlichen Kreisen. Ich hatte in meiner Jugendzeit Schulen in Deutschland, in der Schweiz und in Italien besucht, hatte auf Universitäten in Paris, London und San Diego promoviert. Anschließend war ich eingebunden in die Welt des Mega-Set, wie es einem aufstrebenden jungen Mann aus dem Hause Guthmann-Heyerthal zustand.« Er lächelte mit einer seltsamen Geringschätzigkeit seinem letzten Satz hinterher. »So wie allen Mitglieder des ›Blauen Erdzirkels‹!« ergänzte er hart.

Im ersten Augenblick begriff ich die Aussage seiner letzten Bemerkung nicht, dann aber erkannte ich den ungeheuerlichen Inhalt.

»Sie sind ein Mitglied dieser Loge?«

Er wischte meine Frage mit einer einfachen, aber bestimmten Handbewegung zur Seite. »Es gibt keine Loge in diesem Sinne und es gibt keine offizielle Mitgliedschaft. Der ›Blaue Erdzirkel‹ ist im Kern die intensive Vereinigung eines gemeinsamen Gedankenguts von drei oder vier sehr einflußreichen Personen auf dieser Welt; eine Mitgliedschaft als eine manifestierte Zugehörigkeit existiert nicht, allenfalls ein verdecktes Signalisieren von Wohlwollen von seiten der Urheber des Zirkels.«

Mit dieser äußerst vorsichtig vorgetragenen Beschreibung konnte ich wenig anfangen und drückte dies durch ein zweifelndes Gesicht aus.

Papst Hadrian deutete meine Reaktion richtig und setzte gleich eine Erklärung hinzu: »Ich weiß, ich habe mich sehr vage ausgedrückt, aber ich möchte nicht, daß Sie eine falsche Vorstellung von dem ›Blauen Erdzirkel‹ bekommen! Sie dürfen nicht glauben, daß diese kleine Gruppe einen Haufen Verrückter darstellt, die an einer Art von Weltherrschaft interessiert ist. Diese Machtstellung besitzt sie bereits, sowohl in finanzieller Hinsicht, als auch im geistigem Vordenken in vielen Bereichen. Nein, diese Leute sehen sich als tragende Säulen und Bewahrer der neuchristlichen Geschichte und vor allem als Schöpfer einer neuen Zukunft.«

Er hielt scheinbar erschöpft inne, lehnte sich zurück und verbarg sein Gesicht in den Händen. Mir fiel in diesem Moment Fritz' Bemerkung vom Hang zur dramatischen Selbstdarstellung des Papstes ein, und ich versuchte, mich von dieser Geste nicht allzu stark ablenken zu lassen, aber ich mußte zugeben, daß ich von der Tragweite seiner Worte sehr beeindruckt war.

»Das Bemerkenswerte an dem Zirkel«, fuhr er fort und blinzelte mich mit geröteten Augen an, »liegt in dem bedingungslosen Durchsetzungsvermögen seiner Ziele, denen in der absoluten Mehrzahl durchaus ehrenwerte Absichten zugrunde liegen. Ich muß hinzufügen, daß diese Gruppe aus ihrer Sicht heraus ausschließlich aus positiven Beweggründen handelt und damit für sich das Recht beansprucht, ohne Rücksichten und Skrupel vorzugehen.«

Es gab einige Fragen, deren Antworten mich brennend interessiert hätten, aber er befand sich in einem Redefluß, den ich nicht bremsen wollte. Manchmal drängte sich mir fast der Eindruck auf, als sollte ich ihm eine Beichte abnehmen.

»Man gab mir schon in jungen Jahren zu verstehen,

daß der Zirkel ein Auge auf mich geworfen hatte und ich merkte sehr bald eine wohldosierte Unterstützung, die meine Karriere wie an unsichtbaren Fäden langsam, aber zielstrebig an einen vorbestimmten Punkt heranlenkte. Ich wußte von meinen Gönnern und deren Einfluß; ich muß zugeben, daß ich damals von ihren Ideen begeistert und felsenfest davon überzeugt war, nicht nur im rechten Glauben zu handeln, sondern ihn sogar noch zu festigen, um ihn mit reinem Gewissen an meine Mitmenschen weiterzugeben.«

Er stockte einen Moment lang, als wäre er sich nicht im klaren darüber, was er sagen wollte, doch dann atmete er tief durch und fuhr mit fester Stimme fort. »Dann verstarb, unerwartet und viel zu früh, Papst Paul, mein Vorgänger. Als wir Kurienkardinäle uns zum Conclave der neuen Papstwahl hier in der Kapelle versammelten, schien der neue oberste Bischof der Kirche schon festzustehen, denn der Erzbischof von Rom, Kardinal Russoniello, war der heimliche Favorit von uns allen. Überraschenderweise bekam er aber im ersten Wahldurchgang nicht die erforderliche Mehrheit. Erst in den darauffolgenden Durchgängen zeichnete sich eine beginnende Übereinstimmung der Beteiligten für ihn ab. Ich muß Ihnen die Geschichte nicht neu erzählen, denn Sie kennen den weiteren Verlauf: Russoniello starb in der Nacht vor seiner höchsten Berufung angeblich an einem Gehirnschlag. Schon gleich, nachdem meine erste Bestürzung abgeklungen war, kamen mir Zweifel an der Richtigkeit der Ereignisse, die in den darauffolgenden Tagen ihre Bestätigung fanden: Das Conclave wendete sich immer mehr meiner Person zu, geradeso, als ob eine unhörbare Stimme die Meinung der Kurie beeinflussen würde. Vor dem entscheidenden Urnengang erging es mir wie Jesus in der Wüste, und ich wehrte mich gegen die Verführungen des Teufels. Mir wurde in diesen Stunden die Macht des ›Blauen Erdzirkels‹ unbarmherzig vor Augen geführt. Ich war verzweifelt, mich befielen ketzerische Gedanken, ich dachte an Selbstmord, betete, daß dieser Kelch an mir vorübergehen würde, aber es sollte in der Weise geschehen, wie es einige wenige bestimmt hatten. Als mich der Sekretär der Kurie fragte, ob ich die Wahl annähme, war ich fest entschlossen, sie abzulehnen, schon allein wegen der Versuchung an die Rachegedanken, die mich befielen, doch dann offenbarte sich mein Vertrauen in Gott, den Allmächtigen, der in dieser schweren Entscheidung bei mir weilte. Ich nahm die Wahl an, mit dem Vorhaben, einen starken Verfechter des wahren Glaubens darzustellen und die Grundfesten der Kirche gegen die Machenschaften dieser Verschwörung zu verteidigen.«

Er sackte nach dieser langen Rede in sich zusammen, wie ein Sünder, der von mir eine Absolution erwartete, und ich sah mich ratlos um. Ich überlegte ernsthaft, ob er vielleicht ärztliche Hilfe benötigte und stand unsicher auf, um nach ihm zu sehen. Anscheinend deutete er meine Reaktion falsch, denn er erhob sich ebenfalls und ging ein paar Schritte zur Seite und vollführte eine Geste hinauf zur Decke der Kapelle.

»Damals, einige Jahre nachdem Michelangelo diese herrlichen Kunstwerke geschaffen hatte, wurde Hadrian VI. Papst, ein Holländer, der sich vorgenommen hatte, die Kirchenlehre von Grund auf zu reformieren.«

Er lächelte hintergründig. »Ein überstürzter Versuch, aber es blieb ihm gar nichts anderes übrig, denn Luther hatte eine große Anhängerschaft hinter sich, und er wollte ihm zuvorkommen. Hadrian VI. hatte bald wegen seiner Reformgedanken die ganze Kirche gegen sich. Sein Pontifikat dauerte nur zwanzig Monate, er starb einsam, ohne große Veränderungen bewirkt zu haben.«

Ich ahnte, wohin seine geschichtlichen Ausführungen führten und ließ ihn geduldig weitersprechen. Währenddessen veränderten sich die Lichtverhältnisse in der Kapelle ständig. Einmal hatte man den Eindruck, die Sonne würde mit kraftvollen Strahlen die Malereien herausarbeiten, dann wieder hielten wandernde Wolken die Darstellungen in einem fleckigen Teppich aus Vermutung und Erkennen. Hadrian VI. und Michelangelo hatten vor etwa 500 Jahren gelebt. Damals mußte Nofretete zum letzten Mal am Himmel vorbeigezogen sein. Ob die beiden Männer von ihrer Existenz gewußt hatten? Vielleicht hatte sie der Künstler hier in der Kapelle angedeutet? Verstohlen ging ich mit den Augen über die Felder an der Decke bis hin zum Jüngsten Gericht. Ohne Erfolg suchte ich die blauen Himmel nach einem verräterischen Dreieck ab, bis ich wieder an den großen Augen der Sibylle von Delphi hängenblieb.

»Sie haben als Papst den Namen Hadrian gewählt, um ein Zeichen zu setzen?« fragte ich und versuchte dem Blick der Sibylle zu folgen, aber er führte ins Nichts.

Er nickte. »Ich habe lange mit mir gerungen, ob es klug von mir war, so offen vorzugehen, aber ich hielt es für meine Pflicht, offen und ehrlich für mein Handeln einzustehen. Ich kann Ihnen versichern, daß ich seitdem einen harten Kampf gegen das Böse führe und ich werde alles versuchen, um das Übel auch von Ihnen und Ihren tapferen Untergebenen abzuwenden.«

Ich war verwirrt. Von welchem Übel sprach er? Es war an der Zeit, daß er etwas konkreter wurde, deswegen beschloß ich, ihn direkt darauf anzusprechen: »Heiliger Vater, es ist nicht einfach für mich, auf Ihre Erklärungen hin einen klaren Gedanken zu fassen. Bitte verstehen Sie mich nicht falsch, aber damit ich in Zukunft richtig handeln kann, müssen Sie mir sagen, woher uns Gefahr droht! Und vor allem: Warum droht uns Gefahr?«

Er nahm mich eifrig beiseite, als hätte er durch meine Fragen neuen Lebensmut gefaßt.

»Sie haben mich noch nicht verstanden, Herr Kapitän. Lassen Sie mich die zweite Frage zuerst beantworten, dann erübrigt sich die erste.«

Er hielt die linke Hand hoch und begann mit der rechten, seine Finger abzuzählen. »Die Bekanntgabe der Entdeckung der Pyramiden auf dem Mars wurde durch den Einfluß des Zirkels verhindert, weil er darin eine Gefahr für die christliche Lehre sah. Er befürchtete eine globale Verunsicherung der Menschen auf der Erde und damit eine Abwendung von Gott mit einer darauffolgenden Aufsplitterung der Menschen in noch mehr Sekten oder Glaubensgemeinschaften, denen eine frühere unbekannte Kultur nur willkommen wäre. Weiterhin befürchtete der Zirkel eine aufkommende Panik, verbunden mit weltwirtschaftlichen Folgen, die das Ende unserer Gesellschaft bedeuten könnten.«

Vielleicht könnte er damit sogar recht haben, dachte ich insgeheim.

»Das gleiche gilt für die Pyramide, die sich unserem Sonnensystem nähert. Sie stellt, nachdem die Artefakte auf dem Mars angeblich zerstört wurden, nun die größte Gefahr dar und soll unter allen Umständen vernichtet werden, deswegen wurde die Mission der *Nostradamus* leichtfertig und voreilig auf die Beine gestellt. Das Ziel ist ganz klar: die Pyramide zu beseitigen, bevor noch jemand davon erfährt!«

Es überraschte mich keineswegs, daß er von den Marspyramiden und Nofretete wußte, ich hatte es sogar angenommen.

Papst Hadrian hielt beide Zeigefinger beschwörend nach oben und sah mich ernst an, als er weitersprach: »Dabei dürfen Sie eines nicht aus dem Auge lassen, nämlich das oberste Prinzip, nach dem der Zirkel handelt, das Gottesurteil!«

Ich mußte ihn sehr skeptisch angesehen haben, denn er mahnte mit einer warnenden Handbewegung. »Unterschätzen Sie diese Eigenheit nicht! Sie stellt in den Augen des Zirkels Güte und Erbarmen dar. Mit anderen Worten: Alle Entscheidungen, die von ihm getroffen wurden, lösen entweder beabsichtigte oder nicht vorher kalkulierbare Wirkungen aus, die der Zirkel als gottgegeben akzeptiert, ganz gleich, welcher Art sie auch sein mögen.«

»Einen Moment mal«, unterbrach ich ihn heftiger, als ich es vorgehabt hatte. »Ist das nicht alles etwas weit hergeholt? Ich meine, wir leben schließlich nicht mehr im Mittelalter! Es hat zu jeder Zeit gravierende Änderungen in unserer Kultur gegeben und zu guter Letzt hat sich immer die Wahrheit durchgesetzt.« Spöttisch fügte ich nach einer kleinen Pause hinzu: »Auch die Herren vom Zirkel müssen heute zugeben, daß sich die Erde um die Sonne dreht.«

Er lächelte derart zynisch, wie ich es einem Papst nie zugetraut hätte. »Es sind fast 500 Jahre vergangen, bis die Kirche Galilei vom Bann freigesprochen hat und auch das nur mit hörbarem Zähneknirschen. Außerdem habe ich mich nicht mit Ihnen getroffen, um über Wahrheiten zu diskutieren, sondern Sie vor einer Gefahr zu warnen. Es würde Sie nicht trösten, wenn ich Ihnen verraten würde, daß Sie die Mission nicht überleben werden, daß aber letztendlich die Wahrheit triumphieren wird.«

Das war deutlich! Ich lehnte mich an den kühlen Marmor der Schranke und blickte abermals hinüber zur delphischen Sibylle. Einen Augenblick lang hatte ich den Eindruck, sie würde mich warnend anstarren, aber als ich sie mit meinen Augen fixierte, blickte sie nach wie vor hintergründig zur Seite. Wieder folgte ich unabsichtlich ihrem Blick und sah Fritz Bachmeier mit schnellem Schritt auf uns zukommen. Seltsam, dachte ich, vielleicht werden manche Situationen am Ende doch von einem höheren Wesen geleitet!

»Entschuldigt bitte, aber ich muß eure Unterhaltung beenden. Die Demonstrationen am Hafen nehmen trotz der vorgerückten Stunde immer mehr zu. Außerdem kam es zu ersten Gewalttätigkeiten. Wir haben zwar die Absperrungen weiter zurückgelegt, aber die Lage wird ernst. Hellbrügge hat deswegen beschlossen, sofort aufzubrechen.«

Er bedachte Hadrian, der ihn besorgt ansah, mit einer beruhigenden Geste.

Mir war der überstürzte Abflug ganz recht, denn zum einen würde ich in dieser Nacht wegen der Ereignisse bestimmt nicht viel Schlaf bekommen und zum anderen war mir jede Tätigkeit willkommen, die uns näher an die *Nostradamus* brachte, auch wenn es nur ein paar tausend Kilometer waren.

»Eine Frage hätte ich noch, Heiliger Vater. Wie will uns der ›Blaue Erdzirkel‹ dazu zwingen, Nofretete zu zerstören? Was ist, wenn wir uns weigern?«

»Seien Sie sich nicht zu sicher! Der Zirkel hat schon… er wird Mittel und Wege finden, seine Pläne durchzusetzen«, antwortete er düster.

Täuschte ich mich, oder hatte ich eine warnende Geste von Fritz Bachmeier bemerkt, die Papst Hadrian veranlaßte, seine letzte Aussage gerade noch zu korrigieren?

»Na gut, wir werden sehen«, sagte ich zögernd. »Aber wieso sind wir in Gefahr, wenn wir zur Zerstörung der Pyramide benötigt werden?«

Hadrian hielt wieder seine Hände hoch, an denen er zuvor die Gründe unserer Bedrohung abgezählt hatte, knickte seinen Mittelfinger ein und bedeckte ihn mit der rechten Hand. »Der Antrieb der *Nostradamus*. In den Augen des Zirkels ist er reine Ketzerei, denn er stellt für ihn eine Art Zeitmaschine dar, auch wenn in dieser Form keine Zeitreise möglich ist, wie ich mir habe sagen lassen.«

»Das ist doch…!« entfuhr es mir und bremste mich gerade noch rechtzeitig, keinen weiteren Fluch in diesen heiligen Räumen auszusprechen. »Aber wenn der Antrieb funktioniert, dann ist das für diese mächtigen Wirtschaftsbosse bestimmt auch ein enormer Gewinn!«

Hadrian schüttelte enttäuscht den Kopf.

»Herr Nurminen, ich glaube, Sie haben mir nicht richtig zugehört.«

Nach einer Weile des Überlegens hatte ich begriffen und nickte nachdenklich.

Er hatte recht: Ich hatte nicht richtig zugehört.

# Zweites Buch

# I

Wir hatten noch eine Stunde Zeit bis zum Start.

Der riesige Shuttleträger *Heimdal* klebte am Anfang der zwei Kilometer langen Startbahn und wartete auf die Aktivierung der Magnetkissen, die bei GET-15 (GET = Ground Elapsed Time) erfolgen würde.

Ich saß direkt hinter Willisohn Lehmann-Willenbrock, dem Piloten der *Heimdal*, und sah ihm und seinem Co-Piloten bei den letzten Checks zu. Willi-Willi, wie er von allen Kameraden genannt wurde, hielt einen aufklappbaren Aschenbecher in der linken Hand und in der rechten eine schmale Zigarre, deren Asche er in regelmäßigem Takt mit einem gezielten Schnippen in das verchromte Behältnis beförderte.

»Du wirst uns noch in die Luft jagen, bevor wir uns überhaupt einen Meter in Richtung Umlaufbahn bewegt haben«, sagte ich, nur um etwas zu sagen. Da ich Willisohn nicht sehen konnte, stellte ich mir vor, wie er vor sich hingrinste und mein Gerede als reine Nervosität einstufte.

»Noch kannst du aussteigen, John! Oder willst du auch eine Zigarre haben? Für die nächsten Monate wirst du keine Gelegenheit mehr haben, so etwas Feines zu rauchen!« Seine Hand erschien über der hohen Sitzlehne mit einer versiegelten Montechristo No. 2, verschwand aber gleich wieder. Willisohn wußte, daß ich notorischer Nichtraucher war. In der Raumflotte des Konzerns herrschte striktes Rauchverbot, obwohl es hierfür nicht unbedingt einen zwingenden Grund gab, denn die Lufterneuerungsanlagen der Schiffe wurden mit weitaus größeren Problemen fertig als mit Zigarettenrauch, aber das verständliche Gesetz der frühen Raumfahrt galt auch heute noch.

Zwischen den beiden Pilotensitzen hindurch konnte ich auf eine Reihe von Monitoren blicken, die unterschiedliche Bilder zeigten. Links oben das Gesicht eines Controllers von Homestead Vision in Florida, der den Flug und die Einweisung in die Umlaufbahn überwachen würde, daneben ein leerer Sessel in der Leitstelle hier in Kourou, auf den sich soeben ein Mensch setzte, der sich anschließend gelangweilt zurücklehnte. Darunter befanden sich Bildschirme, die ausschließlich technische Werte lieferten: Wetter, Navigationshilfen, Final Check Results, Standby Conclusions, Triebwerk-Sichtvermerke, Satelliten Close Ups und Graphiken, die im Moment belanglose Farbigkeiten lieferten.

Willi stauchte seine Zigarre in den Aschenbecher und klappte ihn zu. Sein Co-Pilot atmete glücklich auf, aber Willisohn reagierte nicht darauf.

»John, ich glaube, es wird Zeit, daß du dich um deine Küken kümmerst.«

Ich blickte auf die gelbe Anzeige vor mir auf seiner Rückenlehne neben einem matten Bildschirm: GET-45 plus einigen unerbittlich abnehmende Sekunden.

»Ja, richtig.« Umständlich erhob ich mich aus dem engen Konturensitz und lehnte mich danach mit den Ellbogen auf die Kopfstützen der beiden Pilotensessel. »Vielen Dank dafür, daß ich noch einmal durch deine schönen, klassischen Fenster schauen durfte.«

Shuttleträger waren die einzigen Raumfahrzeuge, die über ein konventionelles Cockpit mit direktem

Blick auf die Umgebung verfügten, aber auch hier würden bald Faces die getönten Scheiben ablösen.

Willi befestigte ein kleines Videoboard neben der Instrumententafel und drehte sich zu mir herum. »Du bist jederzeit willkommen.« Dann deutete er mit dem Kopf zum Himmel. »Wie lange willst du überhaupt noch da draußen herumfliegen? Und jetzt auch noch mit diesem Monstrum! Hängt dir das nicht bald zum Hals heraus?«

»Wie lange willst du denn noch ›Himmelsziegen‹ rauf- und runterbringen, Willi?« hielt ich dagegen.

Er stemmte sich mit den Füßen tiefer in den Sitz hinein und deutete an die Decke, wo fein säuberlich eine Reihe von roten Punkten klebten.

»Vor jedem Start in die Umlaufbahn habe ich eine Zigarre geraucht. Das sind die Versiegelungslaschen von den Päckchen. Mit der *Heimdal* war ich also schon achtzehnmal unterwegs. Insgesamt ist das mein 63. Ausflug…« Er führte den Satz nicht zu Ende und grübelte schelmisch vor sich hin. »Jetzt habe ich doch tatsächlich vergessen, worüber wir uns gerade unterhalten haben.«

Sein Co-Pilot, ein junger Raumkadett, blickte ihn zweifelnd an, bis er endlich begriffen hatte.

Ich lachte und schlug zum Abschied leicht auf beide Sitzlehnen. Ein Händeschütteln wäre gegen die Regeln gewesen. »Wenn ich zurückkomme, gehen wir wieder einmal zusammen ein Bier trinken, Willisohn.«

»Sicher, das machen wir. Ich wünsche dir eine gute Reise!«

Er spielte das Ritual ohne eine weitere Bemerkung mit. Wir hatten noch nie ein Bier zusammen getrunken und waren uns immer nur hier in seinem Cockpit begegnet.

Mit einem freundlichen Nicken für den Raumkadetten verabschiedete ich mich und verschwand durch die hintere Schleusentür.

Wir waren mit dem Swan vor fünf Tagen in Kourou angekommen. Nach dem hastigen Aufbruch in Rom, wo wir chaotische Verhältnisse am Hafen hinterlassen hatten, flog die Maschine zielstrebig durch die Nacht in Richtung Gibraltar, wo wir für eine halbe Stunde wasserten, um Luis Santanas Familie an Bord zu nehmen, die uns nach Südamerika begleitete.

Die weitere Reise verlief ruhig und ohne weitere Komplikationen, was nicht unbedingt selbstverständlich war, denn Swans waren nicht ganz unempfindlich, was Stürme oder schweres Wetter betraf. Oft mußten weite Umwege in Kauf genommen werden, denn schwerere Böen brachten diese tieffliegenden Riesenvögel zwar nicht in unmittelbare Schwierigkeiten, dafür aber litten die Passagiere um so mehr an dem unberechenbaren Hin- und Herschwingen knapp über der Wasseroberfläche.

Die Ereignisse in Rom hinterließen das beabsichtigte Echo in der Weltpresse. Wissenschaftler in aller Welt sprachen ihre tiefe Besorgnis über die Nachwirkungen des Neutrino-Treibers aus. Manche sagten plötzlich auftretende Schockwellen infolge von Gravitationsveränderungen auf der Erde voraus, andere brachten sogar frühere Katastrophen aus der Vergangenheit mit den Erprobungsflügen der *Nostradamus* in Verbindung. Die Pressestellen der japanischen Konzerne forderten gar einen sofortigen Abbruch unserer Mission.

Ich bemerkte, daß die Nachrichten bei Hellbrügge erste Wirkungen zeigten. Er schloß sich in seine Kabine ein und blieb in ständiger Verbindung mit unserem Nachrichtendienst, um über jeden Schachzug der vermeintlichen Gegner auf dem laufenden zu sein. Man merkte ihm an, daß er uns am liebsten schon in der Mondumlaufbahn gesehen hätte, aber auch er konnte den feststehenden Zeitplan und den Starttermin nicht so ohne weiteres ändern.

In Kourou war die Lage ruhig, aber es schien, als befänden wir uns im Auge des Sturms, denn die Debatten über die *Nostradamus* erhitzten sich immer mehr. Es lag eine Anfrage von seiten des amerikanischen Grumann-NASA-Konzerns über die Betriebserlaubnis des Experimentalschiffes auf dem Tisch. Um Zeit zu gewinnen, verbreitete Space Cargo Gerüchte über eine mögliche Startverschiebung. Die Anwälte des Konzerns begannen, Möglichkeiten der Abweisung von potentiellen Rechtsbeschwerden auszuloten und spielten juristische Entwürfe und strategische Winkelzüge durch. Berchtold, unser Pressesprecher, kam nicht zur Ruhe. Er und Hellbrügge verbrachten fast die ganze Zeit in einem kleinen Konferenzraum und besprachen sich mit einem Stab von Mitarbeitern in München.

Die Besatzung und ich versuchten, uns von den Ereignissen fernzuhalten und konzentrierten uns auf unsere künftigen Aufgaben. Halbmond, Richard Ballhaus, Hagen Lorenzen und ›Ape‹ Appalong, der zwei Tage vor uns aus Melbourne angekommen war, durchliefen eine Wiederholungsschulung für den Start mit dem Shuttleträger und die anschließende Reise nach ›Way Out‹-2, wie der Raumpark Prater offiziell hieß. Luis Santana teilte sich seine Zeit schwitzend zwischen restlichen logistischen Arbeiten und seiner Familie auf, die sich dezent lärmend fast immer in seiner Nähe aufhielt. Der Rest der Besatzung hatte keine besonderen Aufgaben. Voodoo stahl sich trotz Hellbrügges Verbot abends zum Fußballspielen mit Leuten vom Raumhafen davon, Viktor war die meiste Zeit im Kontrollzentrum zu finden und Wolfen, der sich seit der Party von Fastidio gerne in meiner Nähe aufhielt, bemühte sich, von den ›Hofberichterstattern‹, die auch hier noch eifrig tätig waren, einige Tips für seine dokumentarische Arbeit auf der *Nostradamus* zu bekommen.

Es kamen immer neue Nachrichten herein und dadurch war es mir unmöglich, mich in Ruhe auf den Start vorzubereiten. Ständig gab es Anfragen und Stellungnahmen von Reportern, die es immer wieder schafften, zu mir durchzudringen. Außerdem bestand Hellbrügge darauf, daß ich bei jeder Pressekonferenz anwesend war.

Gestern endlich hatte Berchtold den Raumhafen aus dem Informationsnetz genommen, alle Anfragen gingen direkt an die Zentrale in München, die auch prompt überlastet war und damit neuen Gerüchten Nahrung gab.

Ab diesem Zeitpunkt waren mir alle Meldungen, ob falsch oder richtig, gleichgültig geworden, und ich hatte mich nur noch auf den heutigen Start konzentriert. Unbewußt nabelte ich mich von Hellbrügge und damit gleichzeitig von dem Planeten Erde ab und rief meine Mannschaft zusammen. Wir diskutierten über den Ablauf des Fluges der *Nostradamus* und klärten Fragen über jedes noch so kleine Problem. Dabei beobachtete ich die Reaktionen jedes einzelnen und stellte fest, daß einige sehr nachdenklich erschienen. Besonders das Duo Ballhaus-Lorenzen hatte seine Spontaneität verloren. Beide wirkten abwesend und waren in Gedanken bei ihrem ersten Start ins All.

Bei Halbmond hatte ich den Eindruck, als hätte sie sich selbst in Trance versetzt, Appalong drehte unruhig einen Rosenkranz in den Händen, gab sich aber heiter und gelassen. Der Start stellte für einige von uns einen ersten Prüfstein dar, danach würden die nächsten Hürden das Zusammenleben auf der *Nostradamus* und der lange Aufenthalt im Weltraum sein. An die außergewöhnlichen Belastungen, die uns das Wagnis mit dem Antrieb des Schiffes unter Umständen offenbaren konnten, wollte ich nicht denken. Zu Nofretete war es noch ein weiter Weg, nicht nur in unseren Gedanken. In den nächsten Tagen und Wochen würde sich zeigen, wie groß das Risiko gewesen war, die Mission mit einer teilweise unerprobten Mannschaft anzutreten.

Nachdem ich die Schleuse passiert hatte, betrat ich den großen Laderaum des Shuttleträgers, der Platz für fünf ›Sonnenkälbchen‹ bot, wie die Orbit-Raumschiffe liebevoll von den Astronauten bezeichnet wurden. Vom Äußeren nicht viel größer als ein durchschnittlicher Touristenbus auf der Erde, wurden sie hauptsächlich auf der Strecke zwischen Erdumlaufbahn und den verschiedenen Raumstationen im näheren und mittleren Orbitbereich eingesetzt. Weiterhin gab es Modifikationen zur Satellitenbetreuung, die sich als fliegende Werkstätten um die Reparatur und Neu- und Altplacierung der künstlichen Trabanten kümmerten.

Heute würde nur ein Shuttle die Raumstation Prater anfliegen. Die einzigen Passagiere war die Besatzung der *Nostradamus*, das restliche Nutzungsvolumen war mit Versorgungsgütern für die Raumstation aufgefüllt. Zwischen den fest verankerten Raumschiffen eilten Techniker in blau-gelben Overalls umher, die erstaunt aufblickten, als sie mich bemerkten. Normalerweise saßen alle Reisenden eine Stunde vor dem Start in ihren Konturensitzen und beobachteten mit wachsender Spannung die letzten Vorbereitungen.

Ich stieg vorsichtig über die verschiedenen Mechanismen, die dazu dienten, die Shuttles in der Umlaufbahn aus dem Träger zu befördern und wechselte belanglose Worte mit den Männer und Frauen. Als ich an der Schleusentür unseres Transportschiffes ankam, wartete der Pilot auf mich.

»Gut, daß Sie kommen, Herr Kapitän, Ihr Flash Gordon-Verschnitt ist mit guten Worten nicht dazu zu bewegen, sich an seinen Platz zu begeben!«

Ich runzelte die Stirn und verstand zuerst nicht, was er meinte. Als ich das Cockpit erreichte, wußte ich, wovon er sprach. Voodoo saß im Pilotensessel und unterhielt sich angeregt mit dem Bordcomputer. Ich drehte mich zu dem Piloten um und fragte: »Was will er denn da?«

»Er kam vor zehn Minuten und erklärte mir, daß es mir bestimmt viel mehr Spaß machen würde, Prater manuell anzufliegen. Als ich ihm sagte, daß es im Computer kein Programm gäbe für eine Ansteuerung von Hand, meinte er, daß er mir schnell eines schreiben könnte.«

Voodoo drehte sich nur kurz um, als ich ihm auf die Schulter tippte. »Hallo, John, bin gleich fertig.«

»Voodoo, jetzt komm nach hinten, du hältst deinen Kollegen von der Arbeit ab!«

Als er nicht reagierte, nahm ich ihn sanft am Kragen und zog ihn aus dem Sitz. Er ließ es widerwillig geschehen, nicht ohne noch schnell mit spitzen Fingern in die Tasten zu hauen. »So, es ist eigentlich ganz einfach. Er muß nur aufpassen, daß er sich an der südlichen Richtantenne heranpirscht, weil es der einzige Punkt an der Raumstation ist, der unabhängig von der Rotation…«

Der Pilot verdrehte die Augen.

»Voodoo, es reicht! Ab nach hinten!«

Er strampelte mit den Füßen über den Sitz und legte die Hände übereinander. »Na gut, verklage mich doch! Für die nächsten fünfzehn Monate atme ich eh schon gesiebte Luft!«

Ich schubste ihn nach hinten in Richtung Kabine und folgte ihm wenig später, nachdem ich mich mit ein paar Worten von dem erleichterten Piloten verabschiedet hatte.

Zwischen den hohen Sitzreihen herrschte Ruhe. Die meisten hatten die Richtlautsprecher an den Kopfpartien der bequemen Sitze angestellt und sahen sich auf den Monitoren die Übertragung der Startvorbereitungen an. Durch die abgedunkelten Übertragungsschirme an den Seitenwänden drang das gedämpfte Licht eines südamerikanischen herbstlichen Nachmittags. Ich hangelte mich in den letzten freien Sessel neben Halbmond, die geistesabwesend mit zur Seite geneigtem Kopf die schmucklosen Gebäude des Raumflughafens fixierte. Sie trug wie wir alle einen leichten Raumanzug in der ihr zugewiesenen hellgrünen Farbe. Über ihr am Kopfende des Sitzes hing ein Helm für den Notfall.

»Wie fühlen Sie sich?« fragte ich überflüssigerweise, als sich die automatischen Gurte fest um mich legten.

Sie reagierte nicht sofort. Dann wandte sie ihr Gesicht langsam zu mir und versuchte ein Lächeln.

»Nicht so gut, fürchte ich. Dieser Riesenvogel jagt mir Angst ein.« Sie deutete mit dem Kinn zum Monitor vor sich, auf dem unser Shuttleträger groß abgebildet war. Eben verließen die letzten Techniker des Bodenpersonals den Laderaum und verschlossen die Schleusen.

»Die Himmelsziegen sehen vielleicht etwas rauh und monströs aus, aber das muß so sein, schließlich transportieren sie uns durch die Atmosphäre und das ist nur mit brutaler Gewalt und etwas unterstützender Eleganz durch Aerodynamik zu bewerkstelligen.«

Sie schaute mich entsetzt an, obwohl ihr seit Wochen bewußt sein mußte, was sie erwartete.

»Eine blöde Beschreibung, ich weiß«, fügte ich entschuldigend hinzu. »Sie stammt von Viktor, aber er hat recht damit, der Flug durch die Luftschicht ist nach wie vor eine holprige Angelegenheit. Keine Angst, diese Shuttleträger sind erprobt und sehr robust!«

»Wieso heißen sie eigentlich ›Himmelsziegen‹?«

Ich hob die Schultern. »Mir hat einmal jemand erklärt, daß die verschiedenen Arten von Marienkäfern so genannt werden. Dasselbe gilt für ›Sonnenkälbchen‹. Ob das stimmt, weiß ich nicht. Es ist einfach so.«

Sie atmete tief durch und blickte wieder auf das Abbild der Gebäude. In diesem Moment tönte ein langgezogenes tiefes Brummen durch die Kabine. GET-15! Fünfzehn Minuten bis zum Start. Willisohns Gesicht erschien auf den Bildschirmen. Gleichzeitig deutete ein leises Summen die Aktivierung der Magnetkissen an.

»So, Leute, ihr habt noch eine Viertelstunde Zeit, um euch von der gesunden Schwerkraft der guten alten Erde zu verabschieden. Alle Funktionen stehen auf Grün und Go! Das Wetter draußen in der Umlaufbahn ist ruhig und etwas kühl bei minus 160 Grad, dafür scheint überall die Sonne. Ich würde euch empfehlen, es sich in den Clubsesseln bequem zu machen und entspannt zurückzulehnen. Das Letztere meine ich ernst. Ich melde mich wieder, wenn wir im Orbit angekommen sind. Ich wünsche uns allen einen angenehmen Flug!«

Zur Bekräftigung nahm er seinen Helm von der Ablage und zog ihn mit geübten Bewegungen über den Kopf. Dann verriegelte er ihn mit seinem Anzug und hielt kurz seinen behandschuhten Daumen nach oben. Willisohn verschwand vom Schirm und machte dem Bild von unserem Shuttleträger Platz.

Diese Flugmaschine sah in der Startposition tatsächlich wie ein Monstrum aus! Es war eine Kreuzung zwischen Nurflügel-Jet und einem riesigem Doppeldecker, der sich im Verlauf des Aufstieges in eine Rakete verwandelte und damit der Klasse der aktiven Transformer Jets angehörte. Jetzt, in der Ruhestellung, waren alle Flügelflächen ausgefahren. Die Haupttragflächen standen fast rechtwinklig von dem kurzen linsenförmigen Rumpf ab, später nach dem Start würden sie verkürzt werden, indem sie sich langsam nach hinten in eine Deltaposition bewegten, bis sie schließlich nur noch als schmale Sicheln vorhanden waren. Die zweiten Tragflächen, die als kongruente Flügel weit nach vorne über das Cockpit ragten, würden dann schon abgesenkt mit den Haupttragflächen verschmolzen sein, denn sie wurden ausschließlich für die erste Startphase benötigt. Seitlich auf dem Rumpf saßen zwei längliche Ballon-Booster, die den Shuttleträger mit seinen beiden unter den Flügeln sitzenden West Max 65 C/T-Triebwerken während der annähernd senkrechten Aufstiegsphase unterstützend durch die Atmosphäre trieben. Nachdem sie ihre Aufgabe erfüllt hatten, würden die Booster zusammengefaltet in der Außenhaut des Trägers verschwinden.

Im Orbit angekommen, würde die *Heimdal* nur noch ein Drittel der imposanten Größe darstellen wie jetzt, kurz vor dem Start auf der Erde. Wenn der Shuttleträger alle Sonnenkälbchen ausgesetzt hatte, würde er in einer Warteposition Ankömmlinge von den Raumstationen aufnehmen, um sie zurück nach Kourou zu transportieren.

Wieder ein satter Brummton. Eine angenehme und beruhigend klingende Männerstimme erinnerte noch einmal an bekannte Verhaltens- und Sicherheitsregeln.

»GET-10! Alle Startvorbereitungen laufen wie vorgesehen ab. Wir möchten die Passagiere bitten, sich zu vergewissern, daß die Automatikgurte frei liegen. Die Hände belassen Sie auf den Seitenlehnen bis nach der Schubabschaltung in der Umlaufbahn…!«

Vor mir auf dem Monitor erschien das Gesicht von Luis Santana.

»Ah, John, könntest du Willisohn bitte daran erinnern, daß er die Lorelei nicht vergißt?«

Im ersten Moment verstand ich nicht, was er meinte, doch dann wußte ich, was ihn bedrückte. Etwa zehn Kilometer von hier an der Küste ragte ein steil abfallender Felsen ins Meer. Seit Jahren pilgerten die Angehörigen und Freunde der Astronauten, die für eine lange Zeit ins All starteten, zu dieser Stelle, um von ihnen Abschied zu nehmen. Es war zu einem ungeschriebenen Gesetz geworden, daß die Piloten der Himmelsziegen als Abschiedsgruß den Felsen mit hin- und herschwingenden Tragflächen überflogen, obwohl er nicht ganz exakt auf dem Kurs aufs offene Meer lag.

Heute standen dort natürlich Santanas Ehefrau und seine Kinder.

»Sicher, Luis. Mach ich sofort.«

Ich war mir zwar sicher, daß Willisohn eher vergessen würde, wie man seinen Namen schreibt, als die Lorelei mit wackelnden Tragflächen zu überfliegen, aber ich wußte um die sentimentalen Gefühle von Luis (und nicht nur die von Luis) und rief das Cockpit an.

Willisohn erschien vor mir auf dem Monitor.

»Was gibt's, John? Hast du es dir doch noch einmal überlegt? Zum Aussteigen ist es zu spät!«

»Ein Passagier bat mich, dich an die Lorelei zu erinnern.«

Sein Helm mit dem offenen Visier ruckte ärgerlich zur Seite. Ich konnte mir vorstellen, daß er in diesem Augenblick meinte, jemand würde ihn für einen Volltrottel halten. Doch dann hatte er begriffen.

»Richte Luis aus, ich werde so tief darüber hinwegfliegen, daß er die Abschiedstränen seiner Conchita einzeln zählen kann!«

Übergangslos verschwand er wieder vom Bildschirm. Ich beugte mich nach vorne und hielt Luis, der rechts von mir auf dem übernächsten Platz saß, den nach oben gerichteten Daumen hin. Er nickte dankbar.

Unter uns erhob sich ein volles Rauschen. Der Shuttleträger fuhr seine Magnetkissen voll aus, auf denen er starten würde.

»…nun GET-4 Minuten und 50 Sekunden. Die Magnetstartbahn ist aktiviert. Wir haben weiterhin ein

Go für alle Steigwinkel und für den errechneten Orbit. Denken sie bitte daran, nach dem Zünden der Booster bei GET+6 Minuten und 30 Sekunden flach zu atmen…«

Die seitlichen Bildschirme wurden abgeschaltet, um die Passagiere nicht dazu zu verleiten, aus dem ›Fenster‹ zu schauen, also den Kopf gerade zu halten. Dafür erschien auf den Flächen ein glimmendes gelbes Licht, das den Innenraum spärlich erhellte. Die Monitore vor uns waren nun die einzige Verbindung zur Außenwelt.

»…bei GET-2 Minuten und 10 Sekunden. Der Raumflughafen Kourou wünscht Ihnen eine gute Reise! Unser aller besten Wünsche begleiten Sie und wir freuen uns schon jetzt auf Ihre gesunde Rückkehr.«

Die Stimme verstummte. Dafür verstärkte sich das leise Singen der beiden West-Max-Triebwerke, die schon seit geraumer Zeit unterschwellig vor sich hin summten. Auf dem Monitor vor mir hatte das Monstrum durch die aufgeblasenen Magnetkissen eine zusätzliche Veränderung erfahren. Die höher gefahrenen Triebwerke ließen die Luft hinter dem Shuttleträger in einem Vorhang heißer Partikel vibrieren.

»GET-15 Sekunden. Alle Systeme auf Go…!«

Halbmond, die in den letzten Minuten mit geschlossenen Augen ruhig in ihrem Sitz gesessen hatte, seufzte tief auf und legte ihre rechte Hand auf meinen linken Unterarm, um sie sogleich wieder wegzuziehen, als sie sich an die Empfehlungen von vorhin erinnerte.

In den folgenden Minuten nach dem Start war jedoch nichts Schlimmes zu befürchten, denn die wirklich dramatische Beschleunigung würde erst nach der Zündung der beiden Booster auftreten.

»GET-10 Sekunden! 9… 8… 7…!«

Das leise Flüstern des Antriebs steigerte sich jäh mit einem hellen Kreischen zu einem machtvollen Orkan, der drohte, jeden Augenblick von hinten in die Kabine hereinzubrechen…

»…3… 2… 1… Schub – ab jetzt!«

Metallene Sprengbolzen und magnetische Halteklammern gaben den Shuttleträger frei. Die *Heimdal* beschleunigte und spurtete auf ihrem Magnetkissen nahezu ohne Reibung die Startbahn entlang.

Wir wurden tief in unsere Konturensessel gedrückt. Irgend jemand stieß einen langgezogenen Schrei aus, in dem Überraschung und zugleich Begeisterung lagen.

Ich versuchte wieder einmal vergebens, den Moment zu erspüren, wenn die Maschine ihr Magnetkissen und damit den Erdboden verließ, aber als ich auf den Monitor vor mir blickte, hatte der Shuttleträger schon eine beträchtliche Höhe gewonnen und strebte ruhig in der Luft liegend der Küste entgegen. Ein singendes Pfeifen und ein nachfolgendes leises Rumpeln verrieten mir, daß aus dem Doppeldecker bereits ein einziger riesiger Flügel geworden war. Nach und nach würde nun auch diese Tragfläche immer kleiner werden.

Neben mir bewegte sich Halbmond mit einem Ächzen.

»Sind Sie O.K.?« fragte ich besorgt.

»Danke, ja, es ist nur… so anders als im Simulator. Einerseits nicht so brutal, aber andererseits viel realer und dadurch wieder sehr viel beängstigender, weil man weiß, man fliegt tatsächlich dort hinaus…«

Die Motoren wurden leiser und sofort sackte der Shuttleträger leicht durch, dann folgte ein langgezogenes Schwanken: Die *Heimdal* verabschiedete sich über der Lorelei von der Erde.

Halbmond schaute mich mit entsetzten Augen an, aber ich schüttelte beruhigend den Kopf und drehte mich neugierig zu Luis hinüber, der mit von mir abgewandtem Kopf in das gelbliche Face starrte. Auf dem Bildschirm vor mir wischte der Felsen in der Brandung der Küste unter uns hinweg.

Einige Sekunden lang hielt sich eine zeitlose Stille in der Kabine, dann dröhnten wieder die beiden Triebwerke unter vollem Schub und die Maschine pendelte sich ein.

»Get+6 Minuten und 30 Sekunden. Boosterzündung bei GET+8 Minuten. Ich wiederhole kurz die Empfehlungen für das Verhalten während des Aufstiegs in den Orbit…«

In den nächsten Minuten würde einer der vielleicht physisch schwersten Momente während eines Raumfluges erfolgen: das Hinaufsteigen durch die Luftschichten in den Weltraum, sofern man eine erdnahe Umlaufbahn schon als Weltraum bezeichnen möchte. Viktor hatte einmal das Durchqueren des zähen Breies der Atmosphäre mit einer Geburt verglichen, danach würde alles viel leichter ablaufen. Hoffentlich würde er auch dieses Mal recht behalten.

Die *Heimdal* stand nun fast senkrecht auf dem Strahl ihrer Triebwerke. Jetzt gleich…

»Boosterzündung in 5 Sekunden… 4… 3… 2… 1… Schub – ab jetzt!«

Ein riesiger Hammer traf den Shuttleträger von hinten. Neben mir registrierte ich ein ersticktes Keuchen. Für einen gesunden Menschen waren die auftretenden Beschleunigungskräfte von 4 *g* normalerweise gut zu ertragen, solange man es schaffte, mit den psychischen Anstrengungen problemlos fertigzuwerden. Bei Halbmond hatte ich einige Zweifel, konnte ihr aber in dieser Situation nicht mehr helfen, da ich selbst mit den Auswirkungen der zusätzlichen Triebwerke zu kämpfen hatte. Für eine kurze Zeit liefen kleine tanzende Funken durch mein Gesichtsfeld, die erst dann verschwanden, nachdem ich einige Male hastig durchatmete. Anscheinend war auch ich nicht so fit, wie ich geglaubt hatte.

Die *Heimdal* wurde in einem leichten Rückenflug

wie ein gigantischer Feuerwerkskörper fast senkrecht durch die Stratosphäre getrieben. Den Schallteppich mit dem Brüllen und Toben der Antriebssysteme hatte sie weit hinter sich gelassen. Die Lufthülle der Erde zerrte mit einem letzten Schütteln und Vibrieren an den Strömungsprofilen des werdenden Raumschiffes, dann wurde der Flug ruhiger und der Bordcomputer nahm die Beschleunigung etwas zurück. Die Beleuchtung in der Kabine wurde schlagartig dunkel, als die großen Seitenschirme, die ab jetzt Faces hießen, wieder reale Bilder zeigten und bereits das kalte Schwarz des Weltraums abbildeten. Von irgendwoher fiel hartes Streiflicht von der Sonne auf die Rückenlehne des Sitzes vor mir. Auf dem Monitor, der sich sprachlich gesehen nun ebenfalls in ein Face verwandelt hatte, waren im fahlen Licht die Kanarischen Inseln und die Küste von Marokko zu sehen. Bald würde dort die Nacht hereinbrechen.

»Boosterabschaltung in 5 Sekunden…«

Mit einem zögernden Rumpeln im oberen Teil des Shuttles wurden wir von dem größten Teil der Beschleunigungskräfte befreit. Nun hielt uns nur noch der Druck der reduzierten West Max-Triebwerke in die Sitze gedrückt.

Harte Lichtstreifen auf der Lehne wanderten rasch nach links weg und verschwanden mit einem Aufglimmen, als der Shuttleträger über die der Sonne abgewandte Seite der Erde flog.

»GET+12 Minuten und 35 Sekunden! Schubabschaltung in 10 Sekunden…«

Gleich darauf erstarb unter uns das Singen des Antriebs. Meine Arme, die eben noch auf den Seitenlehnen lagen, strebten plötzlich selbständig nach oben.

In der Kabine wurde der erfolgreiche Aufstieg mit Juchzern und Händeklatschen begeistert gefeiert.

Wir waren in der Welt der Schwerelosigkeit angelangt! Jede Bewegung oder Drehung, die auf der Erde im Ablauf eine Selbstverständlichkeit war, mußte nun genau überdacht und geplant werden, wollte man nicht in Schwierigkeiten geraten oder sich gar in die Gefahr bringen, eine Verletzung davonzutragen.

Halbmond machte den Eindruck, als hätte sie das Wegfallen der Schwerkraft noch gar nicht bemerkt, denn sie sprang mit den Augen zwischen den beiden Faces neben und vor sich hin und her.

»Mein Gott, ist das schön!« murmelte sie ergriffen.

Wir waren in der Tat zu einem außergewöhnlichen Zeitpunkt im Orbit angelangt. Die großen Faces an den Wänden des Raumschiffes zeigten die ganze Pracht des Sternenhimmels, der ohne jedes atmosphärische Flimmern eiskalt die Rechtecke ausfüllte. Im Gegensatz dazu funkelten auf den Bildschirmen vor uns die Lichter der Erde wie hingestreute Diamanten in den vorbestimmten Konstellationen der verschiedenen Städte oder Kontinente.

»Hier, das ist Athen und da der Bosporus mit Istanbul…«, begann ich zu erklären, verstummte aber sofort wieder, als ich bemerkte, daß sie mir gar nicht zuhörte. Und zu Recht, denn diese Augenblicke sollten einem alleine gehören – ohne schulmeisterliche Vorträge von angeblich abgeklärten Leuten wie mir. »Faktenhuber…«, schimpfte ich mich leise.

»Das war toll«, hörte ich Voodoo vor mir sagen. »Ich glaube, ich habe Rungholt entdeckt.«

»Rungholt? Die alte friesische Stadt? Sie können sie gar nicht gesehen haben, weil sie schon vor langer Zeit untergegangen ist, falls sie überhaupt existiert hat!« belehrte ihn Ballhaus, der neben ihm saß.

»Ich habe sie aber, glaube ich, trotzdem gesehen…«

In der Kabine wurde es ruhig. Wahrscheinlich nutzten alle den kurzen Moment des einzigartigen Schauspiels, denn in wenigen Minuten würde die Sonne aufgehen und das nächste grandiose Bühnenstück aufführen: die Erde als schmale, hell erleuchtete Sichel mit der hauchdünnen blauschimmernden Lufthülle vor dem schwarzen Weltall.

»Hallo, ihr da hinten, hier spricht euer Kapitän. Ich nehme an, ihr bewundert gerade den netten Anblick des unscheinbaren Planeten unter uns! Ich möchte euch dabei auch nicht weiter stören. Nur ganz kurz das weitere Vorgehen: In den nächsten Minuten werden wir die innere Satellitenschale passieren, das heißt, unser Bordcomputer wird einige unsinnig erscheinende Beschleunigungen oder Abbremsungen durchführen, damit wir nicht einem der Satelliten zu nahe kommen. Es ist daher anzuraten, angeschnallt zu bleiben und nicht zum Vergnügen in der Kabine herumzuschweben. Danach setzen wir die ersten Kälbchen aus. John, ihr seid als letzte an der Reihe, in ungefähr drei Stunden. Ihr könnt euch inzwischen einen Film ansehen, wir haben heute, glaube ich, ›Vom Winde verweht‹ im Programm, mit hervorragenden Schauspielern wie Steve McQueen und… äh… Vincent van Gogh, meine ich… viel Vergnügen wünsche ich noch…«

Hinter mir kreischte Lorenzen vor Begeisterung auf. Wahrscheinlich war er einer der wenigen, die Willisohns humoristischen Fehlgriff in die Filmkiste überhaupt begriffen hatten. Ich lächelte still vor mich hin und genoß die ›himmlische‹ Ruhe.

Nach ein paar Minuten piepste es in meinem linken Ohr.

»Ja, Suzanne, was gibt's?«

〉Zunächst einmal bin ich erfreut darüber, dich gesund und munter zu erleben. Ich wurde inzwischen erfolgreich in der *Nostradamus* installiert und warte gespannt auf dein Eintreffen. Weiterhin habe ich hier eine Anfrage von Dr. Hellbrügge, der dich gerne sprechen möchte.〈

Der Umstand, daß Hellbrügge das Gespräch über Suzanne wünschte, zeigte mir, daß es sich um etwas Besonderes handeln mußte und er deshalb die absolut sichere Leitung über das CyCom gewählt hatte.

»Gut, Suzanne, stell ihn durch!«

⟩Und schon steht die Verbindung!⟨ antwortete sie mit fröhlicher Stimme, obwohl es entfernungsbedingt einige Sekunden dauerte, bis sie mich erreichte. Dann erklang Hellbrügges Stimme in meinem Kopf.

»John, zunächst einmal meinen Glückwunsch zum glatten Beginn eurer Reise! Es ist doch alles in Ordnung bei euch?«

»Alles in Ordnung«, bestätigte ich.

»Sehr schön. Schau dir bitte die Nachrichten auf NCNN an. Anscheinend hat irgend jemand nicht dichtgehalten, was den Zweck der Mission betrifft.«

»Früher oder später wäre es sowieso herausgekommen. Ich habe mich schon gewundert, daß es so lange gutgegangen ist. Sie wissen also über Nofretete Bescheid?«

»Nein, Gott sei Dank noch nicht, aber der Channel hat angeblich ›verläßliche Informationen‹ darüber, daß der Langzeittest des Neutrino-Treibers nicht der Hauptgrund des Fluges der *Nostradamus* ist. Ein weiteres Thema war die außergewöhnliche Reiseroute unterhalb der Ekliptik.«

Ich dachte kurz nach. NCNN war ein unabhängiger Channel. Wenn der Sender bisher lediglich über vage Informationen verfügte, wäre die Berichterstattung sehr zurückhaltend. Im Gegensatz dazu würde in den Channels unserer Konkurrenten eine wahre Medienhetzjagd beginnen.

»Wir müssen also so schnell wie möglich die *Nostradamus* erreichen.« antwortete ich schließlich.

»Richtig! Ich habe veranlaßt, daß ihr auf Prater sofort zum Mondschuttle weitergeleitet werdet. Der mehrstündige Aufenthalt in dem Raumpark fällt also weg. Berchtold wird als Begründung eine überarbeitete Berechnung der Flugroute unseres Schiffes vorlegen.«

»Wie ist die Lage auf der *Nostradamus*? Ist dort alles bereit?«

»Es ist alles bereit und klar zum Start.« bestätigte er. »Frau Dr. Weiss befindet sich seit gestern an Bord und Professor Schmidtbauer wird mit dem Schiff zwei Stunden vor eurem Eintreffen auf den Status der Eigenversorgung übergehen. Du übernimmst sofort das Kommando, und ihr begebt euch unverzüglich auf Kurs!«

Die Übernahme wird noch eine heikle Sache werden, dachte ich bei mir und ich hatte mir vorgenommen, sofort klare Verhältnisse zu schaffen.

»Gut, ich habe verstanden«, meldete ich mich ab.

Ich blickte auf das Face vor mir. Das gelbe Dreieck links oben und die ablaufenden Zahlen daneben verrieten mir, daß die nächste Kurskorrektur in vier Minuten erfolgen würde. Ich mußte mich unbedingt mit Viktor über die neuen Nachrichten unterhalten. Er saß zwei Sitzreihen hinter mir, aber ich wollte mit ihm ohne technische Hilfsmittel reden. Ich rief Appalong an, der neben ihm saß, daß er mit mir den Platz tauschte. Vorsichtig löste ich meine Gurte und zog mich bedächtig an den Lehnen festhaltend durch die Schwerelosigkeit.

»Bin gleich wieder da«, sagte ich zu Halbmond, die mich fragend anschaute. Ape erschien waagrecht über den Sitzen schwebend und grinste mich an.

»Einfach grandios, das Ganze. Ich hätte schon viel früher in den Weltraum fliegen sollen«, erklärte er mir zweideutig.

Ich lächelte zurück und landete wenig später mit angezogenen Beinen neben Viktor, der mir dabei half, die Gurte wieder anzulegen.

»Es ist schön, wieder zu Hause zu sein«, begann er, nachdem er sich leise geräuspert hatte. Ich nickte zustimmend, aber bisher waren mir ganz andere Dinge durch den Kopf gegangen, so daß ich es noch gar nicht so recht begriffen hatte, daß wir uns wieder einmal auf dem Weg zu einem Raumschiff befanden.

»Hast du die letzten Nachrichten auf NCNN gesehen?« fragte ich unvermittelt, ohne auf seine Einleitung einzugehen.

»Ja, natürlich. Irgend jemand hat etwas läuten gehört, ohne zu wissen, wo die Glocken hängen.«

Verunsichert blickte ich ihn an. »Der Spruch hätte glatt von Voodoo stammen können.«

Er lachte laut auf. »Ist er auch. Wir haben gerade über das Face miteinander gesprochen.«

»Und, was sagst du dazu? Hellbrügge meint, wir sollten so schnell wie möglich die *Nostradamus* erreichen.«

Er schüttelte bedächtig den Kopf.

»Ich glaube nicht, daß uns die paar Stunden weiterhelfen. Die Sache läuft und damit sind wir nicht mehr aufzuhalten. Ich sehe ganz andere Probleme auf uns zukommen.«

Ich sah ihn stirnrunzelnd von der Seite her an. Viktor hatte sich seit der Unterredung im Planetarium nicht mehr um eine grundlegende Diskussion über den Sinn der Mission gekümmert, sondern sich ganz der Organisation gewidmet. Selbst als ich ihm von der Auseinandersetzung mit Schmidtbauer oder von den Waffen an Bord des Schiffes berichtet hatte, schien er nicht sonderlich überrascht.

»Was hast du denn an dem Abend unserer Abreise im Vatikan getrieben?« fragte er schließlich.

Ich zögerte mit der Antwort. Papst Hadrian hatte mich gebeten, die Informationen für mich zu behalten, aber ich sah keinen Sinn darin, Viktor die eigenartigen Machenschaften des Konzerns zu verschweigen. Außerdem vertraute ich ihm vorbehaltlos, also berichtete ich in knappen Sätzen von der Unterredung. Hier hoch über der Erde in einem Shuttleträger erschien meine Schilderung des Abends fast schon lächerlich und unglaubwürdig, aber Viktor wirkte beeindruckt.

»Wir sind da in eine verrückte Konstellation hineingeraten«, meinte er anschließend. »Es deckt sich ungefähr mit dem, was ich befürchte. Das Gefährliche daran sind die vielen unbekannten Faktoren, die den Ausgang des Unternehmens unberechenbar machen. Erinnere dich an das sinnlose Attentat während eurer TV-Show. Meiner Meinung nach hatte irgendeiner von diesen Leuten vollkommen planlos reagiert und das wird ihnen nicht noch einmal passieren.«

Er zeigte mit dem Daumen auf das Face, auf dem sich der wolkenüberzogene Pazifik unter uns in einem blau-grünem Mosaik präsentierte.

»Es stellt sich die Frage, was die da unten sich einfallen lassen, wenn wir uns erst ein paar Millionen Kilometer außerhalb ihrer Reichweite aufhalten?«

Im ersten Moment begriff ich die Aussage seiner Worte nicht, dann wurde mir abwechselnd heiß und kalt.

»Die Waffen in der *Nostradamus*. Die Raketen zum Beispiel. Sie könnten ferngezündet werden«, stieß ich hervor.

Er runzelte die Stirn. »Das wäre ein geschmackloses Beispiel, ich dachte mehr an ein gekauftes Mitglied unserer bunt zusammengewürfelten Mannschaft, das einen viel besser zu kalkulierenden Schaden anrichten könnte. Krieg der kleinen Nadelstiche nannte man das im vorigen Jahrhundert.«

Die *Heimdal* führte in diesem Augenblick eine Kurskorrektur durch, und wir wurden für ein paar Sekunden seitwärts in die Sitze gedrückt. Der blaue Horizont auf dem Face vollzog mit einem kurzen Ruck einen Schwenk nach unten und blieb dort hängen.

»Du meinst, es könnte ein Saboteur mit an Bord sein«, sagte ich.

Er hob die Schultern, soweit es die engen Gurte zuließen, und beobachtete seine Hände, die selbständig infolge seiner Bewegung nach oben schwebten.

»Vielleicht, ich weiß es nicht, aber es wäre eine logische Handlung. Ich hätte an ihrer Stelle auf jeden Fall jemanden eingeschleust.«

Mein Gott, dachte ich, wir reden schon von ›sie‹ und ›ihnen‹ und wissen gar nicht, ob sie überhaupt existieren. Bisher hatte nur Papst Hadrian von diesen Leuten direkt berichtet und warum sollte ich seinen Worten Glauben schenken? Weil er der Papst war? Er könnte genausogut an Verfolgungswahn leiden oder einem Irrtum unterliegen. Fritz Bachmeier hatte immer nur von einer Gruppe gesprochen, die sich ›Blauer Erdzirkel‹ nannte. Vielleicht waren das ja auch nur harmlose Spinner.

»Mach dir keine Hoffnung«, unterbrach mich Viktor, als ich ihm meine Überlegungen mitteilte. »Wir haben definitiv einen unsichtbaren Gegner vor uns, dem wir in ungewisser Weise ausgeliefert sind und das erste, was wir tun werden, wenn wir in der *Nostradamus* sind, wird sein, daß wir uns die Zünder der Raketen anschauen!«

Ich fühlte leise Vibrationen, als würden wir über eine schlechte Straße fahren. Erschreckt fuhr ich aus einem oberflächlichen Schlaf auf. Meine Hände schwebten vor mir, als dirigierte ich ein nicht vorhandenes Orchester. Verschämt legte ich sie vorsichtig auf die Sitzlehnen. Neben mir schnarchte Viktor leise in seinem Sitz vor sich hin. Seine Hände steckten allerdings in den dafür vorgesehenen Schlaufen.

Mir war etwas unwohl, und ich hatte einen schalen Geschmack im Mund, aber ich kannte die Symptome von den früheren Flügen ins Weltall. Ich litt meistens in den ersten Stunden der Schwerelosigkeit an der Raumkrankheit. Nachdem ich eine Tablette eingenommen hatte und mir das Gesicht mit einem feuchten Tuch abgewischt hatte, ging es mir deutlich besser.

Das Face vor mir zeigte die *Heimdal* vor der Erde schwebend. Aufgenommen wurden die Bilder von einem Sonnenkälbchen, das den Shuttleträger gerade verlassen hatte. An den drei offenen Hangartoren am Heck sah ich, daß ich die ersten Aussetzungen der Shuttles glatt verschlafen hatte.

»Wurstbrot durch Technik«, tönte es über mir. Erschrocken blickte ich nach oben und erkannte Voodoo, der mit dem Rücken an der Kabinendecke klebte und an einem Schlauch nuckelte, der in einem kleinen braunen Behälter steckte.

Instinktiv las ich vom Face den Zeitpunkt der nächsten Kurskorrektur ab. Voodoo hatte dort oben nichts zu suchen. Wenn der Shuttleträger auch nur kurz beschleunigte, konnte sich auch ein erfahrener Astronaut ernsthafte Verletzungen zuziehen.

»Voodoo…«, ermahnte ich ihn, resignierte aber sofort. Er mußte selbst wissen, was er riskieren konnte, außerdem wußte ich von ihm, daß er trotz seiner Schelmenhaftigkeit umsichtig und gewissenhaft handelte.

»Willisohn liegt genau im Zeitplan«, sagte er. »In genau 74 Minuten sind wir in Richtung Prater unterwegs. Das nenne ich rechte germanische Zeitigkeit.«

Er streckte den Arm zu mir herunter und klopfte mit seinem Essensbehälter an den Rand meines Faces. »Übrigens habe ich dir eine Märchenstunde mit unserem Pressesprecher Berchtold aufgezeichnet. Kam im NCNN vor einer halben Stunde.«

Gespannt rief ich die Aufzeichnung in meinem Verzeichnis ab. Es war eine anscheinend rasch zusammengestellte Sendung mit undeutlichen Bildern der *Nostradamus* und dem Start der *Heimdal*. Dann erklärte sich Berchtold einem Reporter gegenüber bereit, einige Fragen zu beantworten.

Reporter: »Herr Berchtold, es sind Gerüchte aufgetaucht, daß die *Nostradamus* ein unbekanntes Ziel im Sonnensystem anfliegen wird, können Sie das bestätigen?«

Berchtold: »Das Ziel der *Nostradamus* ist bekannt. Sie fliegt die Energieplantage *Südquelle* an, an der sie den verbrauchten Reaktor des vorangegangenen Fluges austauschen wird.«

Reporter: »Es gibt also kein unbekanntes Ziel?«

Berchtold: »Nein.«

Reporter: »Die Flugroute der *Nostradamus* liegt in einem sehr abgelegenen Bereich im Sonnensystem. Falls bei einem Versagen des Neutrino-Treibers eine Panne auftritt, wie wollen Sie Ihrer Besatzung Hilfe zukommen lassen?«

Berchtold: »Wir haben uns für diese abgelegene Route entschieden, um die unsägliche Diskussion über die angeblichen Auswirkungen des neuartigen Antriebs nicht noch weiter anzuheizen. Die Besatzung vertraut der Konstruktion des Schiffes und hat sich mit dem Flug unter- und oberhalb der Ekliptik einverstanden erklärt. Davon abgesehen gibt es selbstverständlich vorprogrammierte Maßnahmen, die das Schiff in Notsituationen sofort unterstützen würden.«

Reporter: »Ist die Zusammenstellung der Besatzung nicht etwas ungewöhnlich für einen Flug, bei dem ein neuer Antrieb getestet werden soll? Es befindet sich zum Beispiel mit Frau Cahor eine Parapsychologin an Bord!«

Berchtold: »Ich muß Sie korrigieren: Frau Cahor ist in erster Linie eine Fachfrau für Datenanalyse, weiterhin besitzt sie parapsychische Fähigkeiten im Bereich der Telepathie, sie ist jedoch keine Parapsychologin!«

Reporter: »Aber die Besatzung… einen Moment, ich höre gerade…«

Der Reporter drehte sich kurz zur Kamera um. Er lauschte aufmerksam irgendwelchen Anweisungen, die er über seinen Kopfhörer empfing. Berchtold, der die Fragen geduldig, aber mit augenscheinlichem Zeitdruck beantwortet hatte, hielt das Interview für beendet und wollte sich abwenden, aber der Reporter hielt ihn sanft an der Schulter zurück. Irritiert blickten sich beide an. Dann sagte der Reporter überraschend: »Herr Berchtold… ich… äh… danke Ihnen für das Gespräch.«

Ich hob den Kopf und verzog das Gesicht.

»Oh, oh!« machte ich zu Voodoo hin.

Er nickte und hangelte sich zu seinem Sitz vor mir hinunter. »Entschuldige, aber Willisohn beschleunigt gleich auf eine höhere Umlaufbahn.«

Gleich darauf erschien sein Gesicht vor mir auf dem Face.

»Ich würde das Gestammel am Schluß dahingehend deuten, daß ihm jemand befohlen hat, er soll das Interview beenden, weil es neue Nachrichten über das Ziel der *Nostradamus* gibt. Und zwar Informationen in einer Größenordnung, die man nicht über einen kleinen Vasallen wie diesen Reporter verbreiten will.«

»Ja, das wäre möglich«, pflichtete ich ihm bei. »Es scheint so, als würde bald eine Bombe hochgehen.«

Es war also soweit. Ich spürte, wie sich in mir langsam eine Spannung abbaute, die sich seit Monaten immer wieder durch Nervosität bemerkbar gemacht hatte. Plötzlich wurde ich ganz ruhig und fühlte mich gleichzeitig fremd in dieser Situation.

»Gibt es inzwischen schon etwas Neues?« hörte ich mich fragen.

Er schüttelte den Kopf. »Absolute Funkstille! Wenn sie tatsächlich über Nofretete Bescheid wissen, müssen sie das erst verdauen. Vor allem müssen sie überprüfen, ob die Information richtig ist, das heißt, der Channel wird Kontakt zu einem Observatorium aufnehmen. Sobald jedoch eine Bestätigung oder gar Bilder vorliegen, wird es sehr schnell gehen.«

Ich nickte nachdenklich. Fast gleichzeitig piepste es leise in meinem Ohr und Suzanne kündigte mir Fritz Bachmeier an.

»O.K., John, ab jetzt gehört Nofretete der Öffentlichkeit. Ich habe gerade mit einem… mh… Freund gesprochen, der bei NCNN arbeitet. Sie gehen mit Bildmaterial in einer Sondersendung in etwa einer Viertelstunde auf Sendung.«

»Ja, wir haben das Interview mit Berchtold gesehen. Voodoo war danach der Meinung, daß sie von der Pyramide wissen.«

Mit Hilfe meiner Armbandtastatur legte ich den Ton auf Voodoos CyCom, als er mich mit großen Augen ansah, nachdem ich seinen Namen erwähnt hatte. Neben mir erwachte Viktor. Auch er bekam von mir gleich die Tonübertragung auf seinen persönlichen Computer.

»Wir nehmen an, daß sie die Informationen vom Zirkel haben«, fuhr Fritz fort. »Mir persönlich ist jedenfalls keine undichte Stelle aus unseren Reihen bekannt.«

»Kannst du dir erklären, warum sie das getan haben?« fragte ich.

Viktor mischte sich mit einem Räuspern ein. »Sie testen damit die Meinung der Weltbevölkerung. Es könnte sich vielleicht ergeben, daß wir sozusagen im Namen der Menschheit gezwungen werden, die Pyramide am Weiterflug zu hindern oder gar zu zerstören. Es könnte sich aber auch andersherum entwickeln.«

Sehr langes Schweigen von Fritz Bachmeier. Ich ließ ihn absichtlich einen Moment zappeln, schließlich erklärte ich ihm, daß Viktor Bescheid wußte. Voodoo machte ein beleidigtes Gesicht vom Face her, weil er nicht wußte, worüber wir sprachen. Ich bedeutete ihm mit einer Handbewegung, daß ich es ihm später erklären würde.

»Das wäre eine Möglichkeit«, stimmte Fritz zu. »Auf jeden Fall werdet ihr auf Prater mit einem Empfangskomitee von vermeintlichen Reportern zu tun bekommen. Wir können euch nicht direkt von eurem Shuttle auf den Mond-Shuttle übersetzen.«

»Ich habe nicht gewußt, daß es dort so viele Presseleute gibt?«

»Gibt es auch nicht, aber die Vertretungen der verschiedenen Konzerne werden euch ihre Leute auf den Hals hetzen. Am besten, ihr gebt keine Kommentare ab!«

Ich ging in Gedanken den Weg auf der Raumstation durch, den wir nehmen mußten, um den Mond-Shuttle zu erreichen. Hauptsächlich mußten wir schmale Gänge passieren, die kaum Raum für zwei Personen nebeneinander in leichten Raumanzügen boten. Falls uns dort hartnäckige Leute bedrängten, konnte es durchaus zu Kurzschlußreaktionen kommen.

»Ich werde alleine mit der Presse reden«, sagte ich kurz entschlossen. »Im Grunde genommen haben wir nichts mehr zu verschweigen. Hauptsache wird sein, daß wir unbehelligt in Richtung *Nostradamus* verschwinden können.«

»Hältst du es für möglich, daß es zu Problemen kommen könnte?« Viktor dachte wieder einmal in den gleichen Bahnen wie ich.

Ich verzog abwägend das Gesicht. »Das ist schwer zu sagen, aber wer weiß – wenn sie bis dahin erkannt haben, daß ihre Schiffe nicht in der Lage sind, die Pyramide zu erreichen, könnte der eine oder andere durchaus seinem Unmut Luft machen.«

»Zu den Schiffen unserer lieben Konkurrenz gäbe es noch etwas zu bemerken«, meldete sich Fritz wieder. »Wir haben ein paar Berechnungen und Planspiele durchgeführt und sind nicht glücklich darüber, daß die Information über Nofretete so früh bekannt wurde. Die Japaner zum Beispiel haben einige Schiffe im Asteroidengürtel, die in der Lage wären, die Pyramide anzufliegen. Sie wären dann allerdings nach dem Rendezvouspunkt über zehn Jahre unterwegs, bevor sie wieder in die Nähe eines Planeten gelangen, um ihre Fahrt abbremsen zu können. Über Treibstoff verfügen sie dann schon seit langer Zeit nicht mehr, von einer ausreichenden Versorgung möchte ich gar nicht reden.«

»Den Japanern traue ich alles zu«, bemerkte Viktor trocken.

»Na, dann nichts wie ab nach Kassel!« krähte Voodoo von vorne.

Nachdem fürs erste alles gesagt war, verabschiedete sich Fritz Bachmeier mit dem Versprechen, uns weiterhin auf dem laufenden zu halten. Danach informierte ich Voodoo über alles, was ich über den Zirkel wußte. Außerdem unterrichtete ich den Rest der Mannschaft von der neuen Lage, was anschließend in der Kabine zu lauten Bemerkungen und Debatten führte.

Alle warteten anschließend gespannt auf die Übertragung von NCNN.

In mir herrschten zwiespältige Gefühle. Ich versuchte, mich in die Gedanken der Menschen zu versetzen, die sich in wenigen Minuten mit der Existenz einer fremdartigen oder gar außerirdischen Erscheinung auseinandersetzen mußten. Wie würden sie darauf reagieren?

Ich schüttelte unmerklich den Kopf und zwang mich energisch dazu, keine allzu wüsten Spekulationen anzustellen. Ich wollte meine Energien dazu verwenden, mir unsere nächsten Schritte zu überlegen. Unsere Ankunft im Prater war in acht Stunden geplant. Bis dahin würden wir einige Informationen mehr besitzen, was unser Verhalten auf der Raumstation betraf.

Die *Heimdal* schlingerte leicht und spuckte wieder einen Shuttle aus. Wir würden die nächsten sein.

»Meine Damen und Herren, NCNN unterbricht seinen Sendeablauf für eine wichtige Sondermeldung.«

Das Face blieb während dieser von einer Frauenstimme gesprochenen Worte schicksalsschwer schwarz. Auch in den folgenden Sekunden erschien kein Bild. Dann, ohne Einleitung, wälzte sich plötzlich die Pyramide durch ein Sternenmeer: Nofretete als ein Bild von gleißender Schönheit und gleichzeitig furchterregender Bedrohung.

»Meine Damen und Herren, NCNN zeigt Ihnen als erster Nachrichten-Channel die Aufnahmen einer gigantischen Pyramide im Weltraum. Sie ist in diesem Moment etwa 200 Millionen Kilometer entfernt und wird unser Sonnensystem in vier Wochen jenseits der Marsbahn passieren.«

Ein seriöser Sprecher erschien vor der rotierenden Pyramide. Sein Gesicht drückte alles und nichts aus: Besorgnis, Neugierde, Zweifel, Freude, gemischt mit stirnrunzelnder Kritik oder journalistischer Akribie.

»Falls wir es nicht mit einem groß angelegten Schwindel zu tun haben, dürfen wir Ihnen hiermit die wohl aufsehenerregendste Nachricht der letzten 2000 Jahre präsentieren. Die Pyramide, die sie hier sehen, ist 760 Kilometer hoch und bewegt sich mit mehr als 150 000 Kilometern in der Stunde auf unser Sonnensystem zu.«

Er verschwand eindrucksvoll langsam und ließ uns mit Nofretete allein. In mir wurde die Erinnerung an

Allison Walls wach, als ich vor dem großen Kontrollschirm stand und minutenlang dem lautlosen Rollen der Pyramide zusah. Gleichzeitig kamen mir die Pyramiden auf dem Mars in den Sinn, die verschüttet auf ihre Wiederentdeckung warteten. Das gigantische Gebilde im Weltraum würde dieses Mal nicht versteckt werden können, dieses Mal wurden die Menschen auf der Erde mit ihrer Existenz konfrontiert.

»Der Bericht beginnt sehr bedrohlich«, sagte Viktor neben mir. »Hoffentlich springen die Leute auf der Erde nicht vor Angst aus dem Fenster.«

Ich mußte ihm recht geben. Sekundenlang war nur die Pyramide zu sehen, ohne weitere Informationen von seiten des Channels. Endlich erschien wieder der Kommentator.

»Größe, Geschwindigkeit und Position sind die einzigen Informationen, die bis jetzt über diese Pyramide bekannt sind. Wenn sie auf dieser Bahn bleibt, wird sie unser Sonnensystem durchqueren und wieder im Weltall verschwinden. Wir wissen also weder, woher sie kommt, noch, was sie bedeutet. Wir wissen auch nicht, ob sie für uns eine Bedrohung darstellt oder ob sie ein Aufenthaltsort einer außerirdischen Intelligenz sein könnte. Spekulationen sind also Tür und Tor geöffnet.«

Das Bild der Pyramide trat in den Hintergrund. Dafür erschien ein zweiter Kommentator, der gut erkennbar vor dem Space Cargo Gebäude in München stand.

»Keine Spekulation dagegen ist die Nachricht, daß Space Cargo seit Monaten von der Pyramide wußte. Und damit ist auch der überstürzte und mehr als umstrittene Testflug der *Nostradamus* zu erklären, denn die Route des Experimentalschiffes mit dem zweifelhaften Antrieb führt zu der Pyramide. Wie ich aus eingeweihten Kreisen vor wenigen Minuten erfahren habe, hat sie sogar schon einen Namen: Nofretete! Mehr Informationen über Nofretete und die Mission der *Nostradamus* werden wir in zwei Stunden erfahren, denn dann findet hier im Pressezentrum des Konzerns eine Konferenz statt, in der sich die Verantwortlichen der Raumflotte von Space Cargo der Öffentlichkeit stellen wollen!«

Ich hörte nicht mehr weiter zu. Das klang zunächst alles sehr negativ eingefärbt. Vielleicht war die Verbitterung darüber, daß NCNN nicht die ersten waren, die von Nofretete wußten, eine Erklärung für die verärgert klingenden Kommentare.

»Da werden Hellbrügge einige unruhige Stunden bevorstehen«, sagte ich zu Viktor.

»Ich glaube, für ihn wird es halb so schlimm sein«, antwortete er und blickt auf die Erde hinunter. »Wie ich ihn kenne, wird er die Situation genießen. Außerdem hat er sich nichts vorzuwerfen. International wird sein Ansehen bei der Konkurrenz steigen, denn die hätten auch nicht anders gehandelt, aber einige der Direktoren in unserem Verein werden vor Wut schäumen, weil sie nicht unterrichtet wurden.«

Er hatte natürlich recht. Hellbrügge und damit Space Cargo hatte alle Trümpfe in der Hand und das würden nach der ersten Aufregung auch diejenigen einsehen, die nicht informiert gewesen waren. Außerdem konnten sie an dem Triumph teilhaben, wenn sie verschweigen würden, daß sie keine Ahnung von dem tatsächlichen Ziel der *Nostradamus* gehabt hatten.

»Hallo, ihr da hinten! Hier spricht euer unwürdiger Noch-Kapitän Willisohn Lehmann-Willenbrock! Ich wußte zwar, daß ich eine berühmte Besatzung an Bord habe, aber daß ich solche Mega-Stars chauffieren darf, ist mir nicht in den kühnsten Träumen eingefallen! John, meinen herzlichen Glückwunsch! Wenn du zurückkommst, müssen wir doch mal ein Bier trinken gehen und dann erzählst du mir von den kleinen grünen Männchen, mit denen ihr dort draußen gekämpft habt. Übrigens schmeiße ich euch in zehn Minuten raus. Ich wünsche euch viel Glück und paßt auf, daß euch das Ding nicht rammt!«

Willisohns Ansprache wurde mit Gelächter und Beifall quittiert. Ich war zufrieden. Die Stimmung meiner Besatzung hatte also nicht gelitten. Unser nächstes Ziel war nun Prater! Diese Hürde mußten wir als nächste nehmen. Und danach waren wir auf uns alleine gestellt.

# 2

Wir saßen alle wieder angegurtet in unseren Sitzen. Willisohn machte es kurz und bündig.

»O.K. und ab!«

Unsere Faces wurden von den Kameras des Shuttleträgers abgekoppelt und zeigten nun die Bilder, die wir von unserem eigenen Übertragungssystem empfingen. Deswegen starrten wir alle mit verschiedenen Empfindungen die weißen Innenwände des Hangars auf den seitlichen Faces an. Es gab einen sanften Ruck, der unsere Köpfe wie bei einem Ballett gleichzeitig nach vorne nicken ließ, und dann hatten wir das Gefühl, als würden die Wände seitlich weggeschoben. Noch ein kurzes Rumpeln und dann wurde es ganz still. Das Heck der *Heimdal* huschte als schwarzer Schatten vorbei und gleichzeitig öffnete sich das Panorama des Weltraums, in dem sich die blaue Sichel der Erde als Mittelpunkt präsentierte.

Meine Besatzung begrüßte den Anblick mit lautem Gejohle und Klatschen, obwohl das gleiche Bild bis noch vor einigen Minuten stundenlang über die Kameras des Shuttleträgers übertragen worden war. Die Stimmung an Bord war mir einen Tick zu ausgelassen und euphorisch, aber ich hatte Verständnis dafür. Diejenigen, die sich zum ersten Mal im Weltraum befanden, hatten bis zu einem gewissen Maße Narrenfreiheit, sie würden bald mit den Routineschwierigkeiten zu kämpfen haben, wie zum Beispiel mit den besonderen Bedingungen in einem rotierenden Zylinder, der eine künstliche Schwerkraft erzeugte.

Aber auch wir ›alten Hasen‹ befanden uns in einem seelisch aufgekratzten Zustand. Dabei versetzte uns weniger der Umstand, daß wir uns wieder im All aufhielten, in eine schwer zu beschreibende und zweifelhafte Hochstimmung, als mehr das Gefühl, seit der Bekanntgabe von Nofretetes Existenz durch NCNN zu einer Gruppe von Geächteten zu gehören, die nicht wußten, ob ihnen in der nahen Zukunft Sympathie oder Neid entgegenschlagen würde.

Noch hatte sich die Weltöffentlichkeit nicht zu dem Ereignis geäußert, die meinungsbildende Maschinerie war zunächst noch mit dem Zurechtrücken ihrer Stühle beschäftigt und ihre Bediener sammelten im Hintergrund hektisch den nötigen Treibstoff in Form von Informationen und vermeintlichen Tatsachen.

Berchtold hatte vor ein paar Minuten die Pressekonferenz in München mit der Begründung der Nichtanwesenheit wichtiger Fachleute um einige Stunden verschoben. Er wolle mit der Vollständigkeit des wissenschaftlichen Gremiums eine seriöse und umfassende Berichterstattung präsentieren. Das war natürlich Blödsinn. Seine Taktik hieß ganz einfach Zeitgewinn. Einmal, um die Reaktionen auf der Erde abzuwarten und danach besser abschätzen zu können, wie sich die Lage entwickelte, und zum anderen wollte er uns ein wenig aus der Schußlinie nehmen, wenn wir zeitgleich zur Konferenz im Prater ankommen würden.

Uns trennten noch vier Stunden von der Raumstation *Noordung*, benannt nach dem österreichischen k.u.k. Hauptmann Potočnik, der unter dem Pseudonym Hermann Noordung im frühen 20. Jahrhundert den ersten Entwurf einer Raumwarte veröffentlichte. Mit Prater, dem Namen eines ehemaligen altertümlichen Vergnügungsparks in Wien, bezeichnete man das dreidimensionale Areal, in dessen Mittelpunkt die *Noordung* schwebte. Um die Raumstation herum waren verschiedene Beobachtungsplattformen, kleinere Reparaturwerften oder gebündelte Satellitenpakete stationiert, deswegen war der Anflug auf *Noordung* allein eine Aufgabe für den Autopiloten unseres Shuttles und absolut nicht für eine manuelle Steuerung geeignet, wie es Voodoo unserem Piloten vor einigen Stunden einreden wollte.

Bis zur jüngsten Vergangenheit waren fast alle Flüge zum Mond oder zu den großen Schiffswerften im Mondorbit mit Zwischenstop über die mit internationalen Mitteln erbaute *Noordung* erfolgt, aber seit einigen Jahren zeichnete sich eine deutliche Wende zu Direktverbindungen ab. Die raumfahrenden Konzerne wollten damit hauptsächlich die überalteten Verträge mit den lästigen Kontrollabsprachen aus den ersten Tagen des regelmäßigen Shuttleverkehrs zu den Mondbasen umgehen. Die damaligen Nationen hatten sich in einem Akt grenzenlosen Vertrauens zu einem offenen Versprechen hinreißen lassen, sich gegenseitig in die Karten blicken zu lassen. Im Klartext hieß das, alle Lieferungen in die Mondnähe oder späteren Flüge zu innerplanetarischen Zielen unterlagen einer unabhängigen Kontrollbehörde, die seitdem hochherrschaftlich auf *Noordung* residierte und in den heutigen Tagen den Konzernen ein Dorn im Auge war. Vor einigen Monaten hatten sie sich zu einer Verlautbarung zusammengerauft, in der sie sich nicht an den Vertrag gebunden fühlten, da er zwischen nicht mehr bestehenden Staatengemeinschaften geschlossen wurde, zu denen Konzerne ihrer Meinung nach nicht zählten. Damit waren die Schwierigkeiten vorprogrammiert, und es kam immer wieder zu diplomatischen Reibereien auf *Noordung*.

Space Cargo benutzte die Route über die Raumstation weiterhin, allein schon aus dem Grund, weil der Konzern einen nicht gerade geringen Anteil an Finanzierungsmittel in das Projekt hineingesteckt hatte. Die Zukunft von *Noordung* und Prater schien ungewiß, wahrscheinlich war das Problem nur durch einen Verkauf oder durch die Bildung einer Aktiengesellschaft zu lösen, aber bis dahin mußte Space Cargo mit der Kontrollbehörde leben, denn das Shuttlesystem unseres Konzerns war auf den Zwischenstop angewiesen.

Die Faces im Shuttle blinkten kurz auf und zeigten plötzlich überall das gleiche Bild. Gleichzeitig wanderten Erde und Sonne nach unten aus. Kaltes Sternenleuchten ergoß sich von oben wie ein kühler Regenschauer im Mai, bis nach einer Weile wieder Erde und Sonne erschienen und sich langsam in der Bildmitte stabilisierten.

Unser Shuttle hatte eine Drehung um sich selbst ausgeführt.

»Bei Wotan und Loki! Die Mitternachtsshow beginnt!« juchzte Voodoo. »Hier, mon Capitane, das ist für dich.«

Von oben segelte mir eine Schlafbrille wie ein mattes Herbstblatt in den Schoß. Ich seufzte mißgestimmt, denn ich wußte, nun würde dort draußen, ganz in der Nähe unseres Shuttles, ein Schauspiel stattfinden, das ich als höchste kommandoführende Person laut Bestimmungen der Raumfahrtbehörde sofort zu unterbinden hatte. Die Schlafbrille war deswegen als ein versteckter Hinweis für mich gedacht, nichts von all dem zu sehen.

Die *Heimdal* schob sich mit kurzen Stößen der Steuerdüsen parallel neben uns ins helle Sonnenlicht. Sie war keine 300 Meter von uns entfernt, als sie majestätisch langsam alle Flügel ausfuhr. Gleichzeitig flammten alle Außenbordlichter auf, so daß der Shuttleträger aussah wie ein riesiger Weihnachtsbaum, der waagrecht im Weltall schwebte. Kurz darauf zeugten kleine Wölkchen, die sich um die *Heimdal* herum bildeten, von einem ausgiebigen Gebrauch der Frontdüsen, die den Transformerjet schlagartig anhoben und um seine Querachse drehten. Noch in der Aufwärtsbewegung zündete Willisohn eine einzelne Steuerdüse an der Backbordseite und der Shuttleträger überschlug sich zusätzlich in einer Längsdrehung. Ich mußte zugeben, es ergab sich ein beeindruckendes Bild vor der Kulisse der blauen Erdsichel und des kalt glühenden Sternenhimmels, aber als verantwortlicher Kapitän hätte ich diese unsinnige und gefährliche Verabschiedungszeremonie stoppen müssen, aber meines Wissens nach wäre ich danach der erste Kapitän in der Geschichte der Raumfahrt gewesen, der dieses Ritual unterbunden hätte. Außerdem war Willisohn erfahren genug, um zu wissen, was er sich zutrauen konnte.

Voodoo kommentierte die weiteren Manöver zur Belustigung aller im Stile eines bekannten Sportreporters, der von einem Eiskunstlauf berichtete. Gekonnt sprach er in ruhigem Ton von perfekt eingesprungenen Toe-Loops, nicht sauber ausgeführten Auerbach-Salti und gut gestandenen vierfachen Axeln. Lorenzen standen vor lauter Lachen Tränen in den Augen, die er jedoch eifrig wegwischte, damit sie nicht als salzige Tröpfchen in der Kabine umherschwebten.

Nach einer Weile betätigte Willisohn im richtigen Moment die Bremsdüsen, und die *Heimdal* begann sich in einer Kaskade von Lichtblitzen in eine tiefere Umlaufbahn zu verabschieden.

Unser Pilot meldete sich mit einer für mich angenehm nüchternen Stimme.

»GET+4 Stunden und 55 Minuten. Wir beginnen in einer Minute mit dem Aufstieg zum Prater. Bitte vergewissern Sie sich, daß Sie sich gut gesichert in Ihren Sitzen befinden!«

Die Begeisterung in der Kabine ebbte schnell ab, als allen wieder bewußt wurde, wo wir uns befanden. Ich registrierte erleichtert, daß keine weiteren Blödeleien erfolgten. Neben mir überprüfte Halbmond gewissenhaft ihre Gurte.

»Das war wohl der endgültige Abschied von der Erde«, stellte sie fest.

Ich stopfte die Schlafbrille in ein Fach vor mir in den Sitz und erwiderte: »Ich hoffe, Sie haben es genossen, so viel Ehre auf einmal wird nicht jedem zuteil.«

Sie nickte abwesend und schloß die Augen, als eine Stimme die Sekunden bis zum Zünden der Triebwerke herunterzählte. Wir wurden sanft in die Sitze gepreßt und nach drei Minuten Beschleunigung befanden wir uns auf dem Kurs Richtung Prater.

Ich blätterte auf dem Face vor mir die neuesten Nachrichten auf den Channels durch. Überall wurde über Nofretete berichtet. Viel Neues war nicht zu erfahren. Am interessantesten waren die ersten Reaktionen von den Menschen auf der Erde. Erfreulicherweise war es anscheinend nirgendwo zu einer Panik oder Massenhysterie gekommen, obwohl grundlegend eine tiefe Besorgnis aus den Berichten herauszuhören war. In Spanien hatte der Anführer der Sekte ›Der Flammenkreis‹ einen Massenselbstmord befohlen, dem aber Gott sei Dank nicht alle Mitglieder gefolgt waren. 47 von 83 überlebten, oder waren zuvor von dem Gelände geflüchtet. Viele andere Sektenführer und die Residenzen der verschiedenen Religionen hatten zum gemeinsamen Gebet aufgerufen. Berlin und andere Städte meldeten einen rapiden Anstieg von Einbruchsdelikten. Reisen nach Kairo waren für die nächsten Wochen nach wenigen Stunden ausgebucht. Wahrscheinlich sahen viele eine Verbindung von ›Nofretete‹ zu den Pyramiden von Gizeh und glaubten, daß sich dort bald mystische Dinge ereignen würden. Der Welthandels Public Service in Amsterdam verzeichnete zahlreiche Anträge für Eintragungen von neuen Gesellschaften, die alle eine Pyramide als Signet oder wenigstens das Wort in ihren Geschäftspapieren reservieren wollten. Für die meisten Belange kamen sie alle zu spät, weil Space Cargo, kaum daß ›Nofretete‹ auf dem Channel erschienen war, die Vermarktungsrechte für sich reserviert hatte.

Nachrichten der letzteren Art waren bei weitem in der Überzahl. Viele witterten ein Geschäft oder versuchten auszuloten, wie ›Nofretete‹ am besten zu vermarkten sei. Die Weltbörse war noch einigermaßen stabil, aber der geringste Hinweis auf einen Trend konnte sie ins Wanken bringen. Allein der Kurs von Space Cargo schien zu einem Steilflug anzusetzen.

Bedenklich war ein Interview mit dem russischen Minister der Streitkräfte über einen möglichen Präventivschlag gegenüber einem Eindringen der Pyramide in die Erdumlaufbahn. China und die Japaner reagierten äußerst empört. Allein schon das Gedankenspiel, russische Raketen mit Sprengköpfen in den Orbit zu entsenden, war ihnen ein Dorn im Auge. Mir wurde schlecht bei der Vorstellung, wie sie reagieren würden, wenn sie wüßten, was sich an Bord der *Nostradamus* befand.

Soeben kündigte COR, der Channel des Vatikans, für den morgigen Tag eine Sondersendung an. Ich konnte mir denken, was der Inhalt sein würde: der 500-Jahre-Zyklus der Pyramide. Ganz offensichtlich steckte die Absicht dahinter, die Menschen zu beruhigen, denn schließlich hatte ›Nofretete‹ in der Vergangenheit keinen Schaden angerichtet.

Ohne mein Zutun verschwand die Meldung auf dem Face, und das Gesicht unseres jungen Piloten wurde sichtbar.

»Bitte entschuldigen Sie mein Eindringen in Ihre Lektüre, Kapitän Nurminen. Würde es Ihnen etwas ausmachen, kurz zu mir nach vorne ins Cockpit zu kommen? Ich habe hier eine Nachricht von *Noordung*, die ich gerne mit Ihnen besprechen würde.«

Ich nickte und hob die Hand als Zustimmung, weil ich Halbmond nicht wecken wollte, die wie ein kleiner Hamster mit eingerollten Händen an den Kopf gepreßt neben mir schlief.

Es ging also los mit den ersten Schwierigkeiten, dessen war ich mir sicher, denn sonst hätte der Pilot mich nicht zu sich gebeten.

Als ich vorsichtig in das höher abgesetzte Deck des Cockpits schwebte, kam mir der Co-Pilot entgegen und quetschte sich ehrfürchtig an die Decke, um mich vorbeizulassen. Etwas unbeholfen paßte ich mich dem um 90 Grad nach hinten geklappten Sitz an, den der junge Raumkadett für mich freigemacht hatte, dann zog ich den Flow-Verschluß zu und drückte den Automatikknopf, der mich behutsam mit dem Sitz in eine senkrechte Position aufrichtete. Vor mir, auf dem gewölbten Face, stand der reine Weltraum mit was-weiß-ich-wievielen Sternen, ohne Sonne, Erde oder Mond.

»Alles klar, Herr Kapitän?« fragte links neben mir besorgt der Pilot, als hätte ich gerade eine riesige Anstrengung hinter mich gebracht.

»Alles klar«, bestätigte ich und blickte auf das Meer von kühlen Lichtpunkten, aus dem sich bald einer als eine Raumstation herausvergrößern würde. Nichts deutete auf die 30fache Schallgeschwindigkeit hin, mit der wir jetzt unterwegs waren. Es war, als hätte man den Shuttle einfach in einen Raum mit vielen Lichtern gehängt.

»Gut«, begann er ohne Umschweife. »*Noordung* hat mir vor ein paar Minuten mitgeteilt, daß der Antrag auf direktes Umsteigen in den Mond-Shuttle abgelehnt wurde. Das ändert zwar nichts an meinem Anflug, aber für Sie und Ihre Besatzung hieße das, Sie könnten nicht im Hangar umsteigen, sondern müßten den Weg über den offiziellen Terminal nehmen. Ich habe die Nachricht bisher nur als erhalten bestätigt.«

»Gut gemacht!« lobte ich ihn und bemerkte, wie er sich entspannte. Irgend jemand versuchte, uns mit kleinen Taschenspielereien länger als nötig auf der Raumstation festzuhalten. Wir entfernten uns immer mehr von der schützenden Hand des Konzerns, und zum ersten Mal mußte ich mit einer Situation alleine fertig werden. Hellbrügge war im Moment bestimmt mit anderen Dingen beschäftigt, außerdem mußte ich mich daran gewöhnen, Verantwortung zu übernehmen und nicht sofort um Hilfe zu rufen.

»Wie lautet die Bezeichnung Ihres Sonnenkälbchens?« fragte ich humorvoll den Piloten, obwohl ich die Antwort wußte, aber ich brauchte noch ein paar Sekunden, um mich auf das Gespräch mit *Noordung* zu konzentrieren.

»*Gelfrat*«, informierte er mich mit einem verlegenen Lächeln. »Der Konzern bedient sich reichlich aus dem deutschen Sagenschatz, wenn auch manchmal nicht ganz passend.«

Damit hatte er recht, ich kam mir selber manchmal wie ein Siegfried vor, der gegen Drachen kämpfte; ich wünschte nur, auch ich wäre nahezu unverwundbar. Außerdem mußte ich zu meiner Schande gestehen, daß ich den Namen des Piloten vergessen hatte. Aber darum konnte ich mich später kümmern.

»Suzanne!«

Ich legte die Verbindung mit Suzanne mit Hilfe der Tastatur vor mir auf einen Teilbereich des Faces, damit der Pilot (vielleicht sollte ich jetzt doch einmal nach seinem Namen fragen) Zeuge des Gesprächs wurde. Der Kontakt über Suzanne, die sich in der Mondumlaufbahn befand, würde durch die Entfernung zwar mehr Zeit in Anspruch nehmen und war deswegen absolut unvernünftig, aber die CyCom-Kennung versprach unter Umständen zusätzlichen Respekt von meinem künftigen Gesprächspartner.

›Was kann ich erledigen?‹ meldete sie sich.

»Suzanne, ich möchte mit dem diensthabenden Kommandanten der *Noordung* sprechen!«

›Diensthabender Kommandant der *Noordung* ist von 12 Uhr bis 18 Uhr der französische Kapitän Paul Arnoux. Darf ich darauf hinweisen, daß an Bord der *Gelfrat*, auf der du dich befindest, eine Möglichkeit besteht, direkt und ohne entfernungsbedingte Sprechpausen Kontakt aufzunehmen.‹

Ich fühlte mehr, als daß ich es sah, wie der Pilot sich bemühte, nicht lauthals loszuprusten.

Ich sah ihn durchdringend an. »Ihr Name?«

Er wurde knallrot und setzte sich gerade auf, was dazu führte, daß er von seinen nicht ganz festgezurrten Gurten wegen der Schwerelosigkeit sofort in die entgegengesetzte Richtung befördert wurde. Von dort wippte er wieder nach oben und das Spiel begann von neuem. Er zog sich jedoch elegant aus der Affäre, indem er die Gurtautomatik betätigte, die seine Jojo-Bewegung dämpfte und schließlich beendete.

»Leutnant Herbert von Wessenbach, Herr Kapitän.«

Es war nicht meine Absicht gewesen, ihn in irgendeiner Form zurechtzuweisen, ich wollte wirklich nur seinen Namen wissen. Zugegeben, der Zeitpunkt dafür war von mir äußerst unglücklich gewählt, aber es konnte nie schaden, sich ein wenig Autorität zu verschaffen.

»Suzanne, die Tatsache ist mir bekannt. Verbinde mich trotzdem bitte auf diesem Weg mit Kapitän Arnoux.«

›Ich hab's gleich.‹

In dem Face erschien ein helles Rechteck, das übergangslos von einem streng blickenden Adjutanten in Uniform ausgefüllt wurde.

»Kommandobrücke *Noordung*, Sergeant Collins.«

Er sprach Englisch, wie es in der internationalen Raumfahrt üblich war. Auch daran würde ich mich gewöhnen müssen.

»Kapitän Nurminen. Ich befinde mich auf dem Shuttle *Gelfrat*, unter dem Kommando von Leutnant von Wessenbach im Anflug auf *Noordung*! Ich möchte bitte Kapitän Arnoux sprechen.«

Er räusperte sich verlegen, weil er zunächst die ganzen Informationen verarbeiten mußte, obwohl auf seinem Face ersichtlich sein mußte, woher der Anruf kam. An seinem leicht nach links versetzten Blick erkannte ich, daß er die CyCom-Kennung bemerkt hatte.

»Ja, sofort... äh... einen Augenblick, Herr Kapitän.«

Und weg war er. Dafür erschien das Emblem von *Noordung*.

Collins war kein großes Hindernis gewesen. Jetzt würde er zu seinem Chef rennen – bildlich gesprochen.

Ein drahtiger Mann mit asketischen Gesichtszügen und großen Ohren verdrängte das Emblem.

»Kapitän Nurminen! Was kann ich für Sie tun?«

Aha, der Kommandant war von einem anderen Kaliber. Außerdem wußte er genau, was er für mich tun konnte. Ich trug ihm mein Anliegen vor. Er ließ mich den ganzen Vorgang lang und breit erklären, als hörte er zum ersten Mal davon.

»Sie wissen doch ganz genau, Kapitän Nurminen,

daß wir verpflichtet sind, die Ladung der *Gelfrat* vor dem Weitertransport zum Mond zu überprüfen.«

»Und Sie wissen ebenso genau, Kapitän Arnoux, daß ebendiese Ladung ausschließlich aus der Besatzung der *Nostradamus* besteht! Oder wollen Sie in unsere Koffer hineinsehen?« konterte ich mit leicht belustigter Miene.

Er stutzte einen Moment, dann antwortete er in gereiztem Ton: »Ich sehe gerade, daß wir uns über Ihr CyCom unterhalten, das sich in der Mondumlaufbahn befindet! Deswegen erlauben Sie mir die Frage: Können wir die Faxen nicht weglassen?«

Mit einem Seitenblick auf von Wessenbach, der sich nichts anmerken ließ, wies ich Suzanne an, die Verbindung direkt zu schalten. Auch sie ließ sich nichts anmerken, aber mehr aus dem Grund heraus, daß sie nicht auf dumme Kommentare programmiert war.

»Und jetzt einmal ohne Faxen«, fing ich an, nachdem ein kurzes Aufflackern in dem Face den Wechsel der Verbindung angezeigt hatte. »Warum können wir nicht direkt umsteigen?«

Er hatte keine ausreichende Begründung, und das wußte er, es sei denn, gegen einen von uns läge ein fundierter Verdacht auf Drogenschmuggel oder ähnliches vor.

»Wir können Sie nicht direkt umsteigen lassen, wenn einer Ihrer Leute Kokain oder Klap/4 mit sich führt…«

Mir wurde heiß und kalt zugleich. Es wird doch wohl niemand soweit gegangen sein und derartige Anschuldigungen erhoben haben? Aber warum auch nicht, der Zweck heiligte die Mittel.

»Was wollen Sie damit sagen?« fuhr ich ihn barsch an.

Er machte eine Pause und genoß sichtlich die Situation.

»Nichts«, meinte er schließlich. »Es liegt nichts gegen Sie und Ihre Besatzung vor.«

Ganz ruhig, Nurminen, laß ihm seinen Spaß! In ein paar Stunden wirst du viele, viele Kilometer weit weg sein und ihn einfach vergessen.

»Also können wir direkt umsteigen?« hakte ich nach.

»Wenn Sie die Annehmlichkeiten von *Noordung* nicht in Anspruch nehmen möchten... bitte, von mir aus...«

Na also, du hinterlistiger Hund, dachte ich. Meine Muskeln entspannten sich, und ich löste meine Hände von den Seitenlehnen, die ich in den letzten Minuten fest umfaßt hatte.

»Kapitän Arnoux, nachdem wir uns in den letzten Minuten menschlich so nahe gekommen sind: Könnten Sie nicht veranlassen, daß uns eventuell aufdringliche Fragesteller dort nicht belästigen?« fragte ich süßsauer.

Er dachte einen Augenblick lang nach und antwortete in ähnlichem Tonfall: »Nein, ich fürchte nicht! Einmal, weil ich keine Lust habe, daß die mir hier die Bude einrennen, weil sie unbedingt den Retter der Menschheit ablichten wollen, und zum anderen: Strafe muß sein. Es war eine Anmaßung von Ihnen zu glauben, daß Sie mich mit Ihrem CyCom beeindrucken können! Bei Collins haben Sie Erfolg gehabt, er ist jetzt noch ganz weggetreten, weil er meint, ein Hauch Gottes hat ihn gestreift.«

Ich lachte befreit auf. Der Mann war in Ordnung. Allerdings konnte ich mit dem Ausdruck ›Retter der Menschheit‹ nicht viel anfangen, da mußten sich auf der Erde neue Strömungen ergeben haben. Zunächst einmal war ich heilfroh, diese Klippe umschifft zu haben, denn das hätte weit schlimmer enden können.

»Als Zeichen meines guten Willens stelle ich im Hangar Absperrungen auf und schicke genügend Sicherheitsleute hoch, aber ich rate Ihnen, auf der Hut zu sein: So wie es im Moment aussieht, sind Sie und Ihre Besatzung das einzig Reale an dieser Geschichte mit der Pyramide, und das wollen die Medien nicht so einfach im Weltall verschwinden sehen. Trichtern Sie Ihrer Besatzung gut ein, sich nicht provozieren zu lassen! Ich will keine Randale auf der Station. Ich wünsche Ihnen eine erfolgreiche Reise, Kapitän Nurminen.«

Mit diesen ernsten Ermahnungen verabschiedete er sich, ohne eine Erwiderung von meiner Seite abzuwarten.

Ich stieß pfeifend die Luft aus und kippte anschließend den Sitz wieder 90 Grad nach hinten. Nachdem ich den Gurt gelöst hatte, nickte ich von Wessenbach vergnügt zu und sagte: »Weitermachen, Leutnant!«

Dann zog ich mich nach hinten – oder nach oben? – in die Kabine hinein.

Viktor Sargasser hing unter der Kabinendecke und sprach beschwörend auf die Besatzung ein. Als ich unter ihm durchtauchte, sah er mich fragend an. Ich erzählte ihm in knappen Worten von den überstandenen Schwierigkeiten.

»Gibt es hier etwas Neues?« fragte ich und schaute in die Runde, die uns aufmerksam zugehört hatte.

»Herr Sargasser besteht darauf, uns eine Lehrstunde über die Auswirkungen von Vestibulareffekten und Gravitationsgradienten in rotierenden Körpern zu geben«, meinte Richard Ballhaus. »Wir haben das aber in unserer Vorbereitung auf diesen Flug schon ausgiebig besprochen.«

»Was die Theorie betrifft, so glaube ich Ihnen das«, stimmte Viktor ihm zu. »Aber Sie haben keine Vorstellung davon, was Sie auf *Noordung* erwartet, besonders wenn wir darauf angewiesen sind, möglichst rasch von einem Shuttle zum anderen zu wechseln.«

Viktor hatte recht. An den Moment, in dem wir unser Shuttle verlassen würden, hatte ich noch gar nicht gedacht! Im Extremfall würden wir zwar keine 50 Meter zum Mond-Shuttle zurücklegen müssen, aber der Weg war für einen Menschen, der sich noch nie in einer Rotogravitation aufgehalten hatte, unter Umständen nur mit Stützhilfen zu bewältigen.

Es sind die verschiedenen Kräfte, die auf einen Menschen einwirken, der sich im Innern eines rotierenden Raumes bewegt. Normalerweise ist sein Bewegungs- und Gleichgewichtssystem auf die relativ-absolute Raumumgebung des Planeten Erde abgestimmt. Auf *Noordung* und später auf der *Nostradamus* würden die vom Gleichgewichtsorgan des Menschen empfundenen Beschleunigungsimpulse von einem rotierenden, also nicht feststehenden Bezugssystem stammen. Als Folge davon sendeten die Vestibularorgane bei bestimmten Bewegungen des Kopfes Falschmeldungen und gegensätzliche Daten an das Gehirn, das daraufhin wiederum wirre Befehle an den Körper weitergab.

Viktor dozierte weiter. »Wenn Sie den Shuttle verlassen, halten Sie Ihren Kopf gerade, lassen Sie sich nicht dazu verleiten, ihn zu rasch zu verdrehen! Versuchen Sie, keine heftigen Nickbewegungen auszuführen! Schauen Sie nicht an die Decke! Auf dem Boden sind rote und grüne Linien aufgezeichnet. Sobald Sie parallel zu den roten Linien laufen, blicken Sie stets starr geradeaus und versuchen Sie, ruhig zu atmen…«

»Moment«, unterbrach ich ihn. »Vielleicht sollten wir versuchen, denjenigen, die diese Phänomene nicht kennen, mehr das Gefühl zu beschreiben, das in einem rotierenden System auftreten kann…«

Ich wandte mich nach unten und hoffte, daß Viktor mir nicht allzu böse war, daß ich ihm ins Wort gefallen war, aber nur Verhaltensmaßregeln alleine halfen uns hier nicht weiter.

»…ich wiederhole, auftreten kann, denn die Auswirkungen werden sich bei jedem verschieden stark zeigen. In der Schwerelosigkeit akzeptiert der Körper Unwohlsein, Kopfschmerzen oder Schwindelgefühle, weil er erlebt, daß der momentane Zustand nicht den Regeln entspricht. Auf *Noordung* dagegen scheint alles in Ordnung zu sein, auch wenn im Hangar auf halber Höhe der Raumstation nur ein Sechstel *g* herrschen. Sie haben einen halbwegs gewohnten Eindruck von oben und unten. Aber denken Sie daran: Die Schwerkraft, die Sie am Boden hält, wird nicht durch die Masse eines Planeten hervorgerufen, sondern durch Zentrifugalkraft. Dadurch treten Effekte, unter anderem die Corioliskraft, verstärkt auf.«

Ich machte eine Pause und überlegte, wie wir die bevorstehende Situation am besten durchstehen könnten. Normalerweise erzeugten die Auswirkungen der Rotogravitation bei Neuankömmlingen auf der Station Heiterkeitsausbrüche und verführten zu allerlei Albernheiten. Wenn jemand plötzlich, ohne ersichtlichen Grund, zu torkeln anfing und sich auf dem Boden wiederfand, fanden das alle sehr lustig. In unserem Fall hatten wir keine Zeit, uns über solch eventuelle Vorfälle zu amüsieren, besonders dann nicht, wenn wir gleichzeitig von einer wißbegierigen Schar von vermeintlichen Reportern bedrängt wurden, die den Vorteil besaßen, an die Verhältnisse gewohnt zu sein.

»Ich schlage folgendes vor«, sagte ich mit erhobener Stimme, um auch Voodoos und Luis' Gehör zu finden, die sich bisher leise unterhalten hatten. »Ich gehe als erster hinaus und stelle mich der Meute. Die anderen versuchen mit Hilfe der Erfahreneren so rasch wie möglich den Mond-Shuttle zu erreichen. Vielleicht wäre es hilfreich, den Raumhelm aufzusetzen, damit ihr nicht abgelenkt werdet.«

Ich sah Viktor fragend an, doch der schüttelte nach kurzem Überlegen den Kopf. »Ich würde nicht dazu raten. Es würde die Reporter zu sehr auf uns aufmerksam machen, und sie würden nur noch neugieriger werden, weil wir uns unter den Helmen verbergen.

Und da ich von Neugierde spreche...« Er hob die Hand und bewegte sie anschließend abwägend hin und her. »Nach den letzten Nachrichten haben die Medien nichts Neues über Nofretete herausgefunden, das heißt, sie konzentrieren sich nun hauptsächlich auf die *Nostradamus*. So wie es jetzt aussieht, tendiert die allgemeine Meinung dazu, uns als eine Art heldenhafte Argonauten anzusehen, die in den Kampf gegen einen unbekannten Gegner ziehen. Voodoo, bitte laß das!«

Voodoo hatte seine Backen aufgeblasen und schwebte mit aufgepumptem Brustkorb und hängenden Armen in der Kabine.

»Auf *Noordung* haben die Medien die letzte Möglichkeit, uns in einer für sie erreichbaren Situation zu kontaktieren. Wir sollten es ihnen deswegen nicht schwerer gestalten, als die Begegnung ohnehin schon sein wird. Vielleicht können wir mit ihnen ja ganz vernünftig umgehen.«

Ich bezweifelte das, aber vielleicht war uns mehr geholfen, wenn wir die Sache mit positivem Denken angingen. »Also gut«, schloß ich ab. »Ohne Helm, und ich spreche mit den Reportern.«

*Noordung* wuchs heran. Bis vor wenigen Minuten noch hatte ein feines blinkendes Netzwerk auf den Faces die verschiedenen technischen Stationen von Prater aufgezeichnet, die unmittelbar vor uns lagen. Dann passierten wir eine Raumboje, kurze Zeit später mit größerem Abstand backbord ein Satellitenbündel. Schließlich setzte sich von der Sternenvielfalt eine kleine graue Linse ab, die unregelmäßig zu pulsieren schien. Aus der Linse wurde eine helle verwaschene Ellipse und daraus ein wunderschönes, mit unzähligen Lichtern besetztes, drehendes Karussell, auf das wir uns seitlich von oben zubewegten.

Der 320 Meter durchmessende Ring war als eine immerwährende Baustelle geplant und deswegen stellte sie sich einem gelegentlichen Besucher wie mir immer wieder in einem neuem Gewand vor. So zeigte sich mir das äußere, 50 Meter breite und 15 Meter flache Band zum ersten Mal geschlossen. Überall ragten die beweglichen Schwingungsdämpfer wie Insektenfühler aus der Unterseite hervor und zerstörten mit ihren filigranen Halterungen die Vorstellung eines makellosen Rades. Zwischen den computergesteuerten Dämpfern, die mit ihren verschiebbaren Gewichten die auftretenden Vibrationen des Raumgebildes milderten, umrundeten in der Mitte zwei schmale Erhebungen die Station. Es war die wohl exotischste Sportstätte im ganzen Sonnensystem, denn es handelte sich um zwei nebeneinander gebaute Laufringe, einer davon geschlossen, der zweite bestand aus Panzerglas. Es gehörte einige Überwindung dazu, sich in dieses optische Panoptikum hineinzuwagen, denn man mußte gegen das Gefühl ankämpfen, außerhalb der Station zu laufen. Außerdem gab es das sichtbare und unmittelbar empfundene Drehmoment durch die anscheinend vorbeiziehenden Sterne, was nicht nur Anfänger in Probleme stürzen konnte. Ein langsames Gehen ließ sich relativ leicht bewerkstelligen, bei schnelleren Bewegungen machten sich durch die Nickbewegungen des Kopfes die Auswirkungen der Zentralbeschleunigung von *Noordung* bemerkbar. Nur diejenigen, bei denen sich die Vestibularorgane und die physische und psychische Konstitution durch einen langzeitigen Aufenthalt auf *Noordung* an die ungewöhnlichen Verhältnisse im Laufe der Zeit angepaßt hatten, empfanden es als höchsten Genuß, in gemächlichem Trab zwischen den phantastisch anmutenden Schwingungsdämpfern mit einem rotierenden Weltall als Hintergrund um die Station zu laufen. Für die Umrundung des gläsernen Pfades stand sogar ein Fahrrad zur Verfügung, nur hat es bis heute niemand geschafft, die gut 1000 Meter lange Wegstrecke ohne Sturz zurückzulegen.

»Es sieht so aus, als würden sie das Ding eines Tages tatsächlich fertigstellen«, sagte Viktor. Ich hatte wieder einmal den Platz gewechselt, weil wir wegen der bevorstehenden Konfrontation mit den Reportern besprechen wollten, welche Informationen wir preisgeben konnten und was wir besser verschweigen sollten.

Ich antwortete mit einem stummen Nicken, denn der Anflug auf *Noordung* war für Astronauten, ganz gleich wie oft sie ihn schon erlebt hatten, jedesmal ein Ereignis. Das Fenster-Face neben mir war angefüllt von einer Demonstration von Ingenieurskunst und Technik, wie es sie zwischen Erde und Mars kein zweites Mal gab. Scheinbar zeitlos, wie ein dimensionsloses Gebilde aus einer fremden Welt drehte sich das Rad behäbig und majestätisch zugleich unter uns hinweg. Nur die im Bau befindlichen und unvollendeten zusätzlichen Aufsätze auf der Innenseite des gigantischen Bandes verliehen dem harmonischen Kreis einen Hauch Menschlichkeit und erinnerten mit ihren unregelmäßigen Gitterkonstruktionen an Ähnliches auf der Erde.

Der Shuttle schwenkte im Zeitlupentempo herum und richtete seinen Bug auf die hell erleuchtete Nabe im Zentrum. Die Station hatte uns scheinbar wieder überholt und stand nun als vollendeter Kreisel auf dem Face vor mir. Urplötzlich, gerade so, als hätte die Rotation von *Noordung* die Sterne animiert, sich dem Reigen anzuschließen, begannen sie, sich mit der Station zu drehen. Im Gleichklang dazu begann ihre Drehung abzunehmen, bis sie still vor einem sich jetzt in gleicher Weise rotierenden Weltall stand – unser Shuttle hatte sich der Rotationsebene von *Noordung* angepaßt und flog nach einem sanften Schub aus den Hecktriebwerken in gerader Linie auf die Andockfänger in der Nabe zu.

Die Fänger zogen uns in die Nabe hinein. Die Raumstation pflückte den Shuttle wie ein gieriges Weltraummonster mit seinen feinen Zungen aus dem All und verschluckte es in seinem runden Maul. Wir vollführten alle gleichzeitig kleine Bewegungen in unseren Gurten, als das Schiff fast unmerklich abgebremst und auf den Aufzughalterungen angesaugt wurde.

Ähnlich wie zuletzt auf der *Heimdal* zeigten die Faces weiße Hangarwände, die sich langsam nach oben schoben, als der Aufzug anruckte, um den Shuttle auf die mittlere Parkdeckhöhe in eine der Speichen der Station zu befördern. Ein leises Ziehen in der Magengegend verkündete die zunehmende Schwerkraft und mit ihr nahm meine Nervosität zu. Meine Hände legten sich wie von einer unsichtbaren Macht befohlen auf die Seitenlehnen, und ich fühlte kalten Schweiß auf meinen Unterarmen.

Wir waren in einer Welt von einem Sechstel *g* Schwerkraft angekommen. Jetzt würden wir noch etwa zehn Minuten im ›Backofen‹ verweilen, in dem die Außenhülle des Shuttles der Temperatur von *Noordung* angeglichen wurde.

Unser Pilot erinnerte pflichtgemäß noch einmal an die herrschenden Schwerkraftverhältnisse und erlaubte uns, die Gurte zu lösen.

Voodoo erschien gleich darauf neben mir. Er trug seinen altmodischen Kopfhörer mit dem kleinen Mikrophon vor seinem Mund. Im Gegensatz zu Luis, Viktor und mir hatte er sich stets geweigert, ein CyCom implantieren zu lassen. Wir würden ihn während unserer Reise ständig mit dem antiquierten Kopfschmuck zu sehen bekommen.

»Laß mich zuerst raus, ja? Es bringt Unglück, wenn der Kapitän ein Schiff als erster verläßt.«

Von dem Aberglauben hatte ich zwar noch nicht gehört, aber ich vermutete, daß er sich als eine Art Bodyguard sah, der den Weg freihalten wollte.

Dann war es soweit. Der Shuttle wurde in einen hell erleuchteten Hangar geschoben, wo uns eine dichtgedrängte Menschenmenge erwartete.

»Scheiße! Da draußen steht die ganze Mischpoke von diesem Kral hier.« Voodoo hatte die Szene, die sich uns auf den Faces bot, zwar recht deftig beschrieben, aber in einem hatte er recht: Die Anzahl der Leute war beängstigend groß, zudem die Menge sichtbar in Bewegung geriet, als das Schiff den Hangar erreichte. Jeder wollte sich einen günstigen Platz in den vorderen Reihen erkämpfen. Ich bezweifelte, daß die windigen Absperrungen, die auf saugnapfähnlichen Füßen hinter dem rotgekleideten Sicherheitspersonal standen, den vermeintlichen Reportern entscheidenden Widerstand leisten konnten. Rein äußerlich sahen die Menschen tatsächlich wie professionelle Berichterstatter aus: Fast alle trugen die typischen Übertragungshelme auf dem Kopf, in denen sich Kameras, Mikrophone und Aufzeichnungsgeräte befanden. Vor den Augen trugen sie die unpersönlichen, zum Teil sogar verspiegelten Brillen, auf deren Innenseite winzige Bildschirme und Displays angebracht waren. Die Steuerbedienungen dafür hielten sie in den Händen. Manche hatten zusätzliche Kameras dabei, um keine Szene zu verpassen.

»Einfach widerwärtig«, brummelte Viktor. Er war ein Mensch, der zu dieser Berufssparte überhaupt keine Beziehung fand.

Hinter der Menge erschienen weitere Sicherheitsleute. Kapitän Arnoux hatte wohl auf Grund des Tumultes, der sich jetzt dort draußen im Hangar abspielte, eingesehen, daß die Begegnung gefährlich werden könnte, und deswegen weitere Hilfe geschickt. Hören konnten wir nicht viel, aber an den offenen Mündern und den verzerrten Gesichtern, die sich immer wieder zur Seite gegen einen allzu aufdringlichen Kollegen richteten, konnten wir uns das Geschrei gut vorstellen.

Ich zog mich behutsam aus dem Sitz hoch und wandte mich mit fester Stimme an die Besatzung: »Einen Augenblick noch, bleiben Sie bitte alle auf Ihren Plätzen!«

Vorsichtig begab ich mich an den erhöhten Absatz am Anfang der Sitzreihen und drehte mich langsam um.

»Sie sehen an meinen Bewegungen, daß es durchaus angebracht ist, sich umsichtig zu verhalten. Sind Sie sich also der Bedingungen bewußt und spielen Sie bitte nicht den Helden. Konzentrieren Sie sich auf die jeweilige Situation.«

Ich machte eine Pause. Es hatte keinen Zweck, sie immer wieder auf die Auswirkungen der Zentrifugalkraft hinzuweisen, sie mußten selbst lernen, damit fertigzuwerden. Die Gesichter derjenigen, die sich zum ersten Mal im Weltall befanden, sahen alle etwas blaß aus, bis auf Appalong, dessen Augen mich erwartungsvoll anfunkelten, aber sie alle hatten sich bis jetzt großartig verhalten.

»Luis wird Sie zum Mond-Shuttle führen. Wenn wir hier alle raus sind, bleiben Sie für – sagen wir – eine Minute kurz hinter mir stehen, damit die da draußen ihre Aufnahmen machen können. Sie brauchen keinen Kommentar abzugeben; halten Sie sich anschließend im Gänsemarsch dicht hinter Luis. Viktor bildet den Schluß, Voodoo und ich folgen später nach.«

Ich lächelte sie kurz an. »Ich muß sagen, daß Sie sich für einen bunt zusammengewürfelten Haufen sehr gut halten.«

Ein befreiendes Lachen hallte mir entgegen, denn sie hatten natürlich die Doppeldeutigkeit meines Satzes verstanden. Seit unserem Start von Kourou trugen wir alle unsere Raumanzüge in den persönlich zugeordneten Farben, und ich war mir sicher, das Bild vor dem Shuttle würde in den Channels allgegenwärtig sein.

Ich nickte Voodoo zu, der vor der noch geschlossenen Schleuse stand. Sofort überfiel mich ein leichtes Ziehen im Hinterkopf, und mein Verstand hinderte mich gottlob daran, das folgende Schwindelgefühl mit einem Kopfschütteln zu vertreiben. Ja, ja, Nurminen, erzähle den Leuten nur weiter von Verhaltensregeln in einer Zentrifuge.

Voodoo legte mit ausgebreiteten Armen die Hände an den Rahmen der Schleuse. »Siegrunen sollst du kennen, wenn du siegen willst, und ritzen in den Griff deines Schwertes. Farewell Ladybird Gelfrat…«

»Komm schon, mach's nicht so spannend!« Ich stupste ihn von hinten an.

Von Wessenbach hatte die Entriegelung der Schleuse freigegeben und Voodoo drückte rechts am Rahmen eine Tastenfolge.

Mit einem weichen Summen glitt zuerst die innere, dann mit einem dumpfen Schmatzen die äußere Tür zur Seite. Schlagartig pegelte sich das hereindringende Geschrei der Stimmen von draußen herunter und verstummte gänzlich, als Voodoo mit seinem Helm unter dem Arm und roboterartigen Bewegungen vor die Menge stakste.

Ohne große Show ging bei ihm nichts. Ich fragte mich manchmal, wo er all die Energie für solche Auftritte hernahm!

An der Reaktion von einigen Reportern war zu sehen, daß sie seine Einlagen nicht kannten, denn sie wichen für einen Moment verblüfft zurück, als er sich wie ein Golem vor ihnen aufpflanzte.

Die Stimmung in der Halle war angespannt. Man konnte förmlich die Mischung aus Sensationslust und verhaltener Respektlosigkeit durch die Nase einziehen. Die Besatzung der *Nostradamus* stellte das materialisierte Ereignis des Jahrtausends dar, greifbar nahe hinter einer lächerlichen Absperrung. Ich hatte das Gefühl, als hätten wir ungeschützt einen Raubtierkäfig betreten.

Beeindruckt verfolgte die Meute noch unsere Aufstellung vor dem Shuttle, aber als ich mich zu Voodoo gesellte, nahm die Zurückhaltung abrupt ein Ende.

Uns schlug ein phonetischer Brei von Fragen und Aufforderungen jeglicher Art entgegen, der es unmöglich machte, gezielt etwas Konkretes herauszufiltern und zu beantworten.

Das unkoordinierte Vorgehen kam mir nur entgegen, denn so hatten wir Zeit gewonnen, uns ein wenig an die Verhältnisse zu gewöhnen und die Lage zu sondieren.

Rechts von mir war eine freie Bresche zwischen den hektischen Menschen und der Hangarwand, die entlang der Absperrungen in den schmalen Gang mündete, der nach einigen Metern mit den Aufzügen zu den anderen Decks endete. Ich atmete auf. Die Strecke bis dahin war also nicht so weit, wie ich befürchtet hatte. Wenn wir erst einmal den Gang erreicht hatten, war das Schlimmste überstanden.

Ein Aufschrei und ein teilweises Auflösen der Menge vor mir zur rechten Seite hin signalisierte mir, daß sich meine Besatzung hinter mir nach dem Aufstellen wieder in Bewegung gesetzt hatte. Wegen der geringen Schwerkraft hatte man den Eindruck, eine Horde menschlicher Känguruhs hüpfte im Hangar umher.

»Halt, halt, meine Damen und Herren!« Ich fuchtelte mit den Händen, um sie auf mich aufmerksam zu machen. »Haben Sie bitte Verständnis dafür, daß einige meiner Besatzungsmitglieder nicht an die besonderen Verhältnisse auf *Noordung* gewöhnt sind und den Wunsch haben, möglichst schnell wieder eine sitzende

Position einzunehmen. Hier bitte, ich stehe Ihnen zur Verfügung.«

Ein Großteil schwappte wieder zu mir zurück und dabei bogen sich die Bänder zwischen den provisorischen Pfosten straff zu uns herein. Unruhig und halbherzig versuchte ich auf Fragen zu antworten, deren Antworten ich nicht kannte.

»Was befindet sich in der Pyramide?«

»Bedroht sie die Erde?«

»Bedeutet es ein Angriff von Außerirdischen?«

»Warum fliegt sie auf dieser außergewöhnlichen Bahn?«

»Wird die *Nostradamus* die Pyramide rechtzeitig erreichen?«

Voodoo hatte eine kleine Traube an sich gebunden, aber auch er warf immer wieder einen besorgten Blick auf unsere langsam entschwindende Truppe.

Ich hatte bemerkt, daß die Profis unter den Reportern besonders an unseren Exoten wie Halbmond und Appalong Interesse gefunden hatten und nun enttäuscht waren, daß sie so einfach im Gang verschwinden sollten. Einige von ihnen waren parallel neben ihnen hinter der Absperrung gefolgt und stiegen mit nahezu schwereloser Leichtigkeit darüber hinweg. Ein kleiner wieselflinker Typ, der einen Assistenten mit Zusatzkameras bei sich hatte, drängte sich an dem überraschten Viktor vorbei.

Diejenigen, die weiter hinten gestanden hatten, bemerkten, daß sich eine Lücke aufgetan hatte und dann gab es kein Halten mehr. Noch einige andere hoppelten über die Bänder, die folgenden trampelten, teilweise von Nachdrängenden geschoben, einfach die Stützen nieder. Zwar versuchten die Sicherheitsleute sie zurückzuhalten, erreichten aber damit nur, daß sie selbst heftig zurückgestoßen wurden. Die Situation spitzte sich zu, als sie zur Antwort Schlagstöcke zogen und sie zunächst zögernd, aber schließlich vehement einsetzten, nachdem sie von der Übermacht vehement angegangen wurden.

»Verflucht! Hey, aufhören!« brüllte ich laut. Natürlich ohne Erfolg, denn die Lage eskalierte nun zu einer Art gegenläufigem Happening, in dem ein Teil der Reporter noch Fragen stellte, ein anderer Teil sich prügelte, während der Rest begeistert die Szenen in Wort und Bild festhielt.

»Werden Sie die Pyramide in Besitz nehmen?«

»Könnte es sich um einen Schwindel handeln?«

»Haben Sie sich Aktien von Ihrem Konzern besorgt?«

Voodoo zerrte an meinem Ärmel und zog mich in Richtung Gang, begleitet von einer hitzig fragenden Menge. Wir stiegen stolpernd über und um immer noch Kämpfende herum, von denen einige schon Opfer der Schlagstöcke und der Auswirkungen der Zentrifugalkraft geworden waren. Rechts neben mir entdeckte ich eine Lücke zwischen zwei balgenden Männern, die sich nach links bewegten, und einem an der Wand lehnenden Typen, der heftig vor sich hinkotzte. Ich spürte, wie mir schwindelig wurde, als ich einen schnellen Haken zwischen den Hindernissen schlug. Für einen Moment hatten ich und Voodoo, der sich schützend dicht hinter mir hielt, freie Bahn, doch nach wenigen Metern hatte uns die Meute wieder eingeholt.

»Was haben Sie vor, wenn Sie bei der Pyramide angekommen sind?«

»Sehen Sie einen Zusammenhang mit den Pyramiden auf der Erde?«

»Wird der Antrieb funktionieren?«

»Wie hoch schätzen Sie das Risiko ein?«

»Haben Sie Waffen an Bord der *Nostradamus*?«

»Was?« Ich drehte mich schnell auf dem Absatz zu dem Fragenden herum. Zu schnell, wie ich sogleich feststellen mußte, denn urplötzlich kippten die Köpfe der Reporter nach links aus meinem Gesichtsfeld. Ich wollte meinen Händen noch den Befehl geben, mich abzustützen, aber ich wußte nicht, in welche Richtung ich sie lenken sollte. Ich spürte noch einen heftigen Schlag und danach befand sich der Metallboden des Hangars unmittelbar neben meinem rechten Auge.

Dann war da noch ein dunkelbraunes Loch und dann nichts mehr.

# 3

Falsch.

Das Bild war falsch.

Außerdem war die Auflösung miserabel. Der größte Teil der Nanopixel gehorchte anscheinend den eingegebenen Befehlen nicht.

In der Mitte war die Stabilisierungsquote in Ordnung, aber zu den Rändern hin verzogen sich die Ebenen in dunkelbraune Schattenebenen.

Zusätzliche Informationen gab es überhaupt nicht. Mir blieb nichts anderes übrig, als abzuwarten, bis die Speicher – durch einen zufälligen Umstand – sich vielleicht wieder entschlossen, die fehlenden Informationen aufzufüllen.

Marmor. Wieso Marmor? Kalt, glatt und hart. Marmor war auch falsch. Genauso wie das Elfenbein. Beides verschwand wieder. Na also.

Immerhin kam der Ton wieder zustande.

»Okay, okay, alles bestens. Sag dem Piloten, wir können starten!«

Der Ton war gut, ein wenig hallte er noch nach, aber das war nicht weiter tragisch. Nur die Bedeutung fehlte noch, der Inhalt.

»John, kannst du mich hören?«

John. Ich. *Nostradamus*. Erde. *Noordung*. Ein Sechstel *g* und Aufstellung vor dem Shuttle. Schreiende Menschen und Voodoo. Information aus und jetzt wieder ein.

Mein Gehirn füllte sich wieder mit Empfindungen wie ein leerer Eimer, in den man einen Schwall Wasser hineinkippte. Mit einem Stöhnen schloß ich die Augen (oder öffnete ich sie – nur ein bißchen, ganz zugekniffen?).

»John, hast du Schmerzen?«

Ich erkannte Viktors Gesicht vor mir. Er wirkte nicht besonders besorgt, es war mehr eine Frage wie ›Hast du Hunger?‹. Also konnte es nicht so schlimm um mich stehen.

Vorsichtig rollte ich meine Schultern hin und her.

»Nein. Ja…« Mein Mund pappte zusammen, und ich räusperte mich vorsichtig. »Kopfschmerzen, ein wenig, ansonsten geht's, glaube ich…«

Erst jetzt kam ich dazu, mich zu orientieren. Ich lag in einem zurückgeklappten Shuttlesitz. Um mich herum standen Viktor, Appalong und Voodoo. Wenn ich den Kopf drehte, konnte ich Halbmond und Ballhaus erkennen, die mich von der nächsten Sitzreihe aus besorgt ansahen.

Ich wollte nicht mehr wie ein hilfloser Kranker daliegen und tastete nach der Verriegelungstaste des Sitzes.

»Langsam, langsam, warte, ich helfe dir.«

Der Sitz kippte behutsam in eine aufrechte Position. Vor meinen Augen begannen weiß glühende Striche von rechts nach links zu laufen. Ich atmete tief durch und nach einem kurzen kalten Schweißausbruch wurde mein Blickfeld wieder klar.

»Pffuuh…«, entfuhr es mir. »Besser, gut jetzt. Was war denn los?«

»Du bist gestürzt und im Fallen hat dich ein Schlagstock von einem Sicherheitstypen erwischt, der sich mit einem Reporter gebalgt hat. Es war keine Absicht gewesen. Du bist ihm praktisch in den Schlag hineingefallen!«

Viktor richtete sich auf. »Voodoo hat dich dann aus dem Knäuel herausgeholt, das sich um dich gebildet hat. War ja ein gefundenes Fressen für diese Halunken. Alles live und in Großaufnahme.«

Plötzlich lachte er schallend. »Allerdings werden die meisten Bilder verwackelt oder gar nicht in den Channels angekommen sein, denn Voodoo hat wie eine Wildsau unter den Reportern gewütet. Er hatte sich den Schlagstock geschnappt und ist auf alles losgegangen, was einen von diesen gräßlichen Reporterhelmen trug. Ich habe dich dann zum Aufzug getragen und anschließend mußte Appalong Voodoo überreden, noch ein paar Überlebende auf *Noordung* zurückzulassen.«

Jetzt brüllte der ganze Shuttle vor Lachen, und von allen fiel die ungeheure Anspannung ab, die sich in den letzten Stunden aufgebaut hatte. Auch ich lachte verhalten mit. Prompt wurde mir wieder schlecht.

Viktor bemerkte es sofort. »Schone dich noch! Du hast eine Gehirnerschütterung und eine mächtige Beule am Kopf davongetragen. Ich sag Hellbrügge Bescheid, daß soweit alles in Ordnung ist. Wir werden gleich starten und wollten nur noch abwarten, ob du den Arzt weiter benötigst.«

Ich ertastete einen rauhen medizinischen Belag über meiner rechten Schläfe. Die Anwesenheit eines Arztes hatte ich gar nicht mitgekriegt, aber nachdem Viktor nach vorne zum Piloten gegangen war, hörte ich, wie sich die Schleusentür schloß.

Die Faces erwachten zum Leben. Alle begaben sich auf ihre Plätze. Neben mir hantierte Voodoo zuerst an meinen, dann an seinen Gurten.

»Danke Voodoo, ich hoffe, ich sehe deinen Einsatz in den Nachrichten.«

Er strahlte mich glücklich an. Dabei bemerkte ich,

daß er auch einige Blessuren am Kopf mitgekriegt hatte. Er sah aus wie ein schöner roter reifer Apfel. Seine CyCom-Einheit vor dem Mund war beschädigt und pendelte wie eine vertrocknete schwarze Johannisbeere an ihrem Stengel hin und her.

»Das war gut schräg, sag ich dir! Dabei ist es mir wegen dieser beschissenen Schwerkraft kotzübel geworden. Ich habe dann die Augen zugekniffen und nur noch auf die Helme eingedroschen. Dann ging's mir wieder besser. Beinahe hätte Appalong auch was abgekriegt.«

»Den Trick mit den Augen muß ich mir merken, wenn ich es wieder einmal mit Reportern auf *Noordung* zu tun habe«, erwiderte ich mit ernster Miene. Dann lachten wir beide vergnügt in unseren Sitzen.

Nach fünf Stunden ging es mir wieder blendend.

Ich hatte etwas geschlafen, und nachdem ich mich im Erfrischungsraum mit wohlduftendem lauwarmem Wasser abgewaschen hatte, wechselte ich meine Kleidung und den Overall, der einige schmutzige Flecken von dem Hangarboden aufwies. Luis brachte Voodoo und mir etwas zu essen aus der Pantry, als wir uns zum x-ten Male die Aufzeichnungen unserer Begegnung mit den Reportern anschauten. Jedesmal reagierte ich betroffen während der Szene, als ich in den ungewollten Schlag hineinfiel. Erst jetzt wurde mir klar, daß ich mich wegen der Frage eines Reporters nach Waffen an Bord der *Nostradamus* so heftig herumgedreht hatte, aber der Bericht ging darauf zum Glück nicht ein, sondern konzentrierte sich ausschließlich auf das darauffolgende Geschehen, in dem Voodoo unbestritten eine fast schon brutale Hauptrolle spielte.

»Mein lieber Mann, denen hast du's aber ganz schön gezeigt«, stöhnte ich. Auf dem Face prügelte er windmühlenartig auf alles ein, was in seine Nähe kam. Viktor hatte mich eben zuvor zu den Aufzügen geschleppt, und Appalong deckte den Rückzug meines Retters.

Der Bericht ließ uns angesichts solcher Bilder in keinem guten Licht erscheinen. Erste Stimmen und Kommentare sprachen uns bereits jegliche Qualifikation für diese Mission ab, aber das berührte mich nicht besonders. Merkwürdig, seit wir die Erde verlassen hatten, schienen sich Gesetze und Auffassungen zu verschieben, geradeso, als hätten wir uns in eine Zeit zurückbegeben, in der nur das Überleben wichtig war. Bei meinen früheren Flügen in den Weltraum hatte ich das nie in diesem Maße erlebt. Ich mußte vorsichtig sein. Wenn alle so empfanden, konnte das zu erheblichen Komplikationen führen.

In meinem Ohr piepste es.

»Ja, Suzanne?«

›Einen schönen guten Tag! Darf ich einen Anruf von Herrn Fritz Bachmeier durchstellen?‹

»Ja, Suzanne, natürlich.«

Ich überlegte kurz und tippte dann Voodoo an. Anschließend stellte ich die Faces auf eine Konferenzschaltung ein. Fritz Bachmeier würde einen entsprechenden Hinweis auf seinem Schirm sehen. Sehr viele Geheimnisse hatte ich vor der Besatzung nicht mehr zu verbergen und das, was einige noch nicht wußten, würden sie bald von mir erfahren, weil ich keinen Sinn darin sah, Informationen zu verschweigen, die uns alle betrafen.

Fritz erschien auf dem Face. Seine Miene drückte vollste Zufriedenheit aus. »Meinen herzlichen Glückwunsch! Ihr habt euch phantastisch gehalten. Besonders der Auftritt von Voodoo kam genau zur richtigen Zeit.«

Ich glaubte, nicht richtig verstanden zu haben. »Aber die Berichte in den Channels hören sich anders an.«

Er machte eine wegwerfende Handbewegung.

»Natürlich tun sie das, aber was erwartest du denn von Kommentatoren, die zur Konkurrenz gehören? Hier auf der Erde stehen die Menschen voll hinter euch. Alle sind begeistert davon, wie ihr euch durchgesetzt habt! Aber das Wichtigste ist, daß es wegen der allgemeinen Begeisterung kein Konzern wagen wird, rechtliche Schritte gegen die vorläufige Betriebserlaubnis der *Nostradamus* weiterzuverfolgen. Wir sind in dieser Sache also vorläufig aus dem Schneider.«

Vorsichtig betastete ich meine Beule am Kopf. »Na, dann hat sich ja mein Brummkopf gelohnt…«

»Voll und ganz! Vor allem auch deswegen, weil Nofretete dem überwiegenden Teil der Menschheit Angst macht, und ihr seid die Helden, die den Kampf gegen die Pyramide aufgenommen haben. Übrigens, ich hoffe, du bist in Ordnung, John? Der Schlag hat furchtbar ausgesehen…«

»Es geht mir gut.«

»Sehr schön. Wir werden morgen in COR, dem Channel Osservatore Romano, die Archivberichte über Nofretete veröffentlichen. Vielleicht nimmt das den Leuten ein wenig von ihrer Angst. Es besteht eine große Gefahr von Panik in einigen Bevölkerungsschichten. Tumulte können wir in dieser Situation überhaupt nicht gebrauchen, denn es läuft sehr gut für uns. Die ganze Direktionsebene von Space Cargo hat sich voll hinter die Expedition gestellt und alle platzen vor Stolz und Zufriedenheit. Du kannst dir nicht vorstellen, was an der Börse los ist! In einer halben Stunde beginnt in München die Pressekonferenz. Der ganze Laden brummt nur so, jetzt liegt es dann nur noch an euch…«

Ja, dachte ich, jetzt liegt es nur noch an uns. Mir wurden seine Lobgesänge zuviel. Nach ein paar weiteren Sätzen brach ich das Gespräch mit dem Hinweis auf dringend benötigte Ruhe ab und atmete tief durch.

»Ganz klar«, meinte Voodoo. »Wir brauchen nur noch zu dem Pyramidenkasten zu sausen, stechen ihn ab oder verscheuchen ihn, und kehren umjubelt zurück. Meinst du, ich könnte in Zukunft als Bonus eine Extrapizza pro Tag rausschlagen?«

Ich lächelte ihn abwesend an. »Sicher, ganz bestimmt...«

*Futhark* war ein seltsamer Ort. Er war ein Sammelbecken der modernsten und geheimsten Entwicklungen für die Raumflotte des Konzerns, gleichzeitig jedoch repräsentierte er die Heimat eines völlig neuen Menschentyps. Seit Jahren wuchs dort wie auf den anderen Werften und Produktionsstätten der verschiedenen Konzerne eine Generation heran, die sich dem nahen Mond enger verbunden fühlte als der Erde, obwohl sie fast ausnahmslos auf dem blauen Planeten aufgewachsen war.

Nur wenige von den Menschen, die auf der Werft in der Mondumlaufbahn arbeiteten, schienen den Wunsch zu verspüren, jemals wieder zu ihrem Geburtsort zurückzukehren. Sie hatten sich eine eigene Welt aus Stahl und künstlicher Atmosphäre geschaffen und darauf waren sie stolz, manchmal sogar übertrieben eigensüchtig. Keinem Bewohner dieser High Tech-Schmiede wäre jemals in den Sinn gekommen, ein Produkt zu verwenden oder zu verarbeiten, das auf der Erde gefertigt worden war. Alles wurde in Produktionsstätten oder in Plantagen auf dem Mond hervorgebracht. Unter den erschwerten Bedingungen der situationsbedingten Umstände erforschten und ersannen die Ingenieure von den konzerneigenen Universitäten auf dem Mond Möglichkeiten auf derart verwinkelten Wegen, über die Kollegen auf der Erde oft nur den Kopf schütteln konnten. Nicht selten stand Space Cargo vor dem Problem, eine Lösungsvariante, die von der Forschungszentrale in Manching stammte, den Wissenschaftlern auf *Futhark* schmackhaft zu machen, weil diese davon überzeugt waren, daß ihr Weg der bessere sei.

Weiterhin neigte der *homo futharkis* zu einem krankhaften Beleidigtsein, wenn seine Leistung nicht anerkannt oder unzureichend gewürdigt wurde.

Für Viktor waren die Bewohner von *Futhark* schlichtweg Spinner, mit denen er allerdings hervorragend zurechtkam, weil sie seinen genialen Verstand kannten und schätzten. Voodoo machte sich einen Spaß daraus, ihnen mit übertriebenen Höflichkeitsfloskeln zu begegnen. Manchmal half nur noch ein warnender Blick von mir, wenn er wieder einmal allzusehr übertrieb. Luis und ich akzeptierten ihre Eigenarten mit einem konservativen Augenzwinkern, wie die meisten Gäste auf der Werft.

Merkwürdigerweise rangierte die Loyalität dem Konzern gegenüber noch weit über ihrem Drang zur Eigenständigkeit. Keinem Ingenieur oder Werftarbeiter wäre es jemals in den Sinn gekommen, Kritik oder Zweifel an den Entscheidungen aus der Zentrale in München verlauten zu lassen. Falls es eigene Gesetze auf *Futhark* gäbe, so würde das erste lauten: Der Konzern ist deine Existenz.

Rein äußerlich bot die Werft nicht den spektakulären Eindruck von Macht wie zum Beispiel *Noordung*, obwohl die Geburtsstätte von innerplanetarischen Raumschiffen um ein Vielfaches größer in den Ausmaßen war. Das gigantische fliegende Bauwerk bestand im Zentrum aus zwei nebeneinander liegenden länglichen Schalen, die seitlich hochgezogen werden konnten und an deren Unterseite scheinbar wahllos schachtelartige Anhängsel in den verschiedensten Größen angepappt waren. Dort entstanden die einzelnen Detailbauten der Schiffsrümpfe, die im weiteren Verlauf in der Schale endmontiert wurden. Der Stapellauf erfolgte schließlich durch ein feierliches Öffnen des Ellipsoides, aus dem das fertige Schiff wie aus einem künstlichem Ei herausschlüpfte. Nach den Übertragungen der Feierlichkeiten in den Channels tauchte immer wieder die Frage nach den merkwürdigen Zeichen auf, die groß an der Seite der Werft zu sehen waren. Es waren Runen. Und zwar die erste Reihe im frühnordischen Runenalphabet und gleichzeitig der Name der Schiffsschmiede: *Futhark*.

Die Lebens- und Wohneinheiten rotierten wegen den diffizilen Verwindungskräften seitlich an zwei kompliziert konstruierten Auslegern und erinnerten von der Ferne an eine Hantel, die man durch zwei überlange Ostereier gesteckt hatte.

Umfangreiche Sicherheitskontrollen begannen schon weit vor der Werft, wo der Shuttleverkehr durch eine übersensible Kommandoeinheit überwacht wurde, die mit teilweise rüden Methoden gegenüber fremden Personen arbeitete.

Zu unserer Überraschung übernahm am ersten Kontrollpunkt lediglich ein Lotse mit seinem Code-Board die Steuerung des Shuttles, und so dockten wir wenig später irgendwo an einer unförmigen Pappschachtel an. Gleich nachdem wir die erste Schleuse passiert hatten, empfing uns eine kleine Abordnung der Werft. Zwei schmale und blutarm aussehende Frauen mit fast exakt gleichem Haarschnitt und ein Mann, der sich von seinen Kolleginnen nur in der Größe unterschied – ansonsten aber genauso blaß aussah –, warteten in türkisfarbenen Uniformen in dem röhrenähnlichen Zugang, der ins Innere von *Futhark* führte. Sie hielten sich wegen der Schwerelosigkeit an Haltegriffen fest, die hüfthoch an den Seiten angebracht waren. Eine der beiden

Frauen schwebte mir gekonnt einen halben Meter entgegen.

»Willkommen auf *Futhark*, Kapitän Nurminen, ich bin erleichtert, daß wir sie alle trotz der widrigen Umstände während Ihrer Reise unversehrt empfangen dürfen.«

Händeschütteln war im Weltall nicht üblich, es hätte unter Umständen in der Schwerelosigkeit zu unliebsamen Überraschungen kommen können, falls einer der sich Begrüßenden keinen festen Halt hatte. Ich hob also kurz Daumen und Zeigefinger hoch, das war der gängige Gruß in der internationalen Raumfahrt.

»Größtenteils unversehrt…«, erwiderte ich scherzhaft, aber die Dame ging darauf nicht weiter ein und sprach unbeeindruckt von meiner mittlerweile grünblau verfärbten rechten Gesichtshälfte in gleichem Tonfall weiter.

»Ich darf uns kurz vorstellen: Mein Name ist Admiral Yvonne Merz, ich bin die Befehlsinhaberin von *Futhark*, zu meiner Linken Kapitän Sabine Freifrau von Hertling, meine Stellvertreterin, und Kapitän Erich Rohheim, er ist der Direktor der technischen Einheiten.«

Das war also die legendäre Frau Admiral Merz!

Ich hatte sie bisher noch nie zu Gesicht bekommen. Aktuelle Bildaufzeichnungen gab es von ihr nicht, jedenfalls hatte ich in den letzten Jahren keine zu sehen bekommen. Sie war als kühler und absoluter Herrscher – pardon: Herrscherin – der Werft bekannt. Von ihr hieß es, daß sie im Alter von 14 Jahren als jüngste Professorin der Astrophysik die Erde verlassen hatte und seitdem abwechselnd auf *Futhark* und auf dem Mond lebte. Ihre Karriere war bisher ein einziger Höhenflug gewesen.

Ich prägte mir ihr Gesicht ein. Auf den ersten Blick sah sie gar nicht so streng aus, wie die spärlichen Berichte von ihr behaupteten. Im Gegenteil, ihre großen braunen Augen und der kirschförmige Mund gaben eher einen kindlichen Charakter wieder, nur die äußerst schmale Nase und die vielen feinen Fältchen um die Mundwinkel verrieten eine bittere Unzugänglichkeit.

»Mensch, Luis, schau dir einmal die Verarbeitung an den Bogenhalterungen an! Ist das nicht hervorragend gemacht?« flüsterte es leise hinter mir, aber nicht so leise, daß es nicht jeder hören konnte.

Oh, Voodoo, das ist jetzt nicht der richtige Augenblick! Ich verzog die Mundwinkel um einige tausendstel Grad nach unten, behielt aber den Blick auf den Admiral gerichtet. Ihre fein gestaffelten Grübchen erschienen für eine schwache Sekunde, als sie ohne Humor bemerkte: »Diese Art von Lobeshymnen zeigen bei mir keine Wirkung, Herr Wörner, trotzdem war der Versuch sehr nett.«

Voodoo stieß zischelnd die Luft zwischen seine Zähnen hindurch, murmelte danach noch etwas wie ›…trotzdem gut gemacht.‹ Danach war endlich Ruhe.

»Bitte halten Sie sich an den Griffen fest! Falls Sie es wünschen, können Sie mit Tastendruck zusätzliche Stützen an der Seite für die Füße anfordern. Dieses Transportband hier…« – Admiral Merz deutete mit einem unmerklichen Nicken, unterstützt von einem dezenten Schließen der Augen, nach ›unten‹, wo sich ein klinisch weißer Streifen befand – »…wird uns durch die Werft hindurch zum Liegeplatz der *Nostradamus* befördern. Entschuldigen Sie bitte die Eile, aber Herr Hellbrügge hat uns den ausdrücklichen Befehl erteilt, Sie unverzüglich auf Ihr Schiff zu bringen.«

Mir lag die Frage auf der Zunge, warum wir dann den umständlichen Weg durch die Werft nehmen mußten und nicht sofort an der *Nostradamus* angelegt hatten, aber der Grund war offensichtlich: Ein bißchen protzen wollte die Frau Admiral schon, also war sie doch nicht ganz unempfänglich für ein wenig Anerkennung.

Ohne ein weiteres Wort drehte sie sich in Fahrtrichtung, während das Band ohne Rucken ganz weich anlief. Ich überzeugte mich, daß die hinter mir Stehenden – in Wahrheit schwebten sie alle mehr oder weniger in einer aufrechten Stellung – die Anweisungen verstanden hatten. Sie machten einen erschöpften Eindruck, aber ich sah, daß die Aussicht, etwas von der *Futhark* zu sehen, ihnen gelegen kam, denn am Ende der Führung wartete die *Nostradamus*, und einmal dort angekommen, würden sie für lange Zeit keine anderen Menschen oder von Menschen Geschaffenes sehen.

Wir passierten eine weitere Schleuse, machten kurz Halt an einem Identifizierungscomputer, der uns ohne Umstände wieder auf das Transportband entließ.

Wir glitten in eine der beiden Fertigungshallen. Blendend weißes Licht zwang uns dazu, die Augen zuzukneifen. Als wir uns an die Verhältnisse gewöhnt hatten, erkannten wir die Umrisse eines äußerlich fertigen Raumschiffes. Menschen waren keine zu sehen.

»Die *Max Planck*. Sie wird in einem Jahr vom Stapel laufen. Wir warten auf die Entscheidung über den Einsatzort. Danach wird sich der Innenausbau richten«, sagte Admiral Merz mit einer Handbewegung, die fast als geringschätzig zu bezeichnen war. Dabei war die gigantische Halle, in der Schwerelosigkeit herrschte, alles andere als ein Ort, dem man keine Hochachtung zollen konnte. Er glich einem überdimensionalen chirurgischen Operationssaal, in dem Menschen versuchten, einem riesigen Roboter Leben einzuhauchen, was bis zu einem gewissen Maße auch stimmte, denn das Schiff unter uns würde sich in Symbiose mit seiner zukünftigen Besatzung zu einem lebenden Homunkulus im Weltraum verwandeln.

Weitere Erklärungen erfolgten nicht. Wir bewegten uns leise über den Rumpf hinweg, als wäre er ein Objekt, das keine Beachtung verdient hatte.

Im Gegensatz dazu herrschte in der zweiten Halle geradezu hektische Aktivität. Unser Band verlangsamte seine Geschwindigkeit. Bis zur Decke hinauf reichten Fertigungsarme, verankerte Arbeitsplattformen oder Planungsmodule, an denen Menschen in verrückt aussehenden Anzügen klebten und geschickt zwischen unterschiedlichen Arbeitsplätzen hin- und herschwebten. Als sie uns bemerkten, erhob sich ein begeistertes Winken und Rufen, das hohl von den weiten Wänden zurückhallte. Das Transportband stoppte, nachdem es uns vor dem Halt gewarnt hatte. Wir winkten in die Halle zurück.

Zum ersten Mal meldete sich Freifrau von Hertling zu Wort, Rohheim hielt sich weiterhin im Hintergrund.

»Hier entsteht die *Elektra*, ein Schwesterschiff der *Nostradamus*, allerdings mit neuerer Technik, außerdem werden während der Bauzeit die Erfahrungen mit dem Neutrino-Treiber ausgewertet, die Sie und Ihre Mannschaft auf Ihrer Reise erfahren werden. Und später hoffen wir natürlich auf Ihre Mitarbeit, Kapitän Nurminen – falls… äh… wenn Sie wieder zurückkommen.«

Kaum hatte sie den letzten Teil des Satzes ausgesprochen, entfuhr ihr ein kleines: »Oh!« und dann: »Entschuldigen Sie, daß heißt… verstehen Sie mich bitte nicht falsch, ich meinte nur…«

»Der Kapitän versteht dich sehr gut, Sabine, und er ist sich der Gefahr, in die er sich begibt, durchaus bewußt, Entschuldigungen sind nicht angebracht, schließlich wissen wir alle, auf was wir uns einlassen!« Admiral Merz reagierte auf den Versprecher für meinen Geschmack etwas heftig. Sie drehte sich zu mir herum und fuhr fort: »Wir befinden uns in einer für die Werft außergewöhnlichen Situation. *Futhark* hat bisher die volle Verantwortung für alle ihre Produkte übernommen. Bei der *Nostradamus* liegt der Fall anders: Die Planung, Konstruktion und die Rechte liegen ausschließlich in Händen der Neutronic, genauso wie der Bau der *Elektra*. Wir sind es nicht gewohnt, Schiffe zu übergeben, für die wir nicht verantwortlich zeichnen!«

»Wer oder was ist Neutronic?« fragte ich überrascht.

Sie schaute mich einen Moment zweifelnd an. »Neutronic ist eine Planungsgesellschaft. Geschäftsführer ist Professor Schmidtbauer.«

Ach, da schau her! Wieder einmal etwas Neues erfahren.

Ich ließ mir von meiner Überraschung nichts anmerken. »Wie Sie schon sagten, Frau Admiral, Entschuldigungen sind in dieser Situation nicht angebracht.«

Meine letzte Bemerkung war einem Admiral gegenüber vielleicht etwas sehr gewagt, aber ich wollte mich auf keine Unterhaltung einlassen, denn ich brauchte eine kleine Pause, um an Informationen heranzukommen.

Sie war auch leicht eingeschnappt und redete daraufhin demonstrativ mit Rohheim, der sich an ihrer linken Seite hielt.

Ich erwischte einen Blickkontakt mit Viktor, der anscheinend unser Gespräch verfolgt hatte. Er schüttelte unmerklich den Kopf, also hatte auch er noch nie von der Neutronic gehört. Ich bedeutete ihm, meinen Platz einzunehmen und arbeite mich so unauffällig wie möglich nach hinten, was gar nicht so leicht war, denn wegen der Schwerelosigkeit mußte ich mich an den Overalls meiner Besatzungsmitglieder festhalten, die mich verständnislos ansahen. Mit dem Zeigefinger auf dem Mund ermahnte ich sie zum Schweigen. Endlich konnte ich mich unter einer Fußstütze unterhaken. Mit Hilfe meines Mikrorechners rief ich Suzanne an.

›Ich empfange deine Stimme nicht, du kommst über Tastenklicks herein. Soll ich die Antworten kurz abfassen? Bestätigung?‹

Ich bestätigte mit einem Tastendruck und gab folgenden Text ein: Firma Neutronic, Geschäftsführer Schmidtbauer, alle Querverbindungen.

Ihre Antwort kam sofort und in unpersönlichem Ton.

›Neutronic, Gesellschaft für wissenschaftliche Planung, gegründet 20. Oktober 2045, Mondeintragung, Geschäftsführer Joseph Schmidtbauer, Daten zur Person abrufbar, keine Querverbindungen.‹

Verblüfft unterbrach ich die Verbindung. Das war gar nichts. Außer dem Datum gab es praktisch keine interessante Information über Schmidtbauers Gesellschaft! Also ging es nur mit der Brechstange. Ungeachtet meiner Umgebung rief ich nun offen Suzanne an.

»Suzanne!«

›Jetzt kann ich dich laut und deutlich empfangen.‹

»Suzanne, ich brauche eine Verbindung mit Dr. Hellbrügge, sofort!«

Ich hätte ihn auch direkt anrufen können, aber ich war wütend, und meinetwegen sollten es auch alle mitbekommen. Besonders auf die Reaktion der spröden Frau Admiral war ich gespannt.

›Laut meiner Programmierung muß ich dich darauf hinweisen, daß Herr Hellbrügge sich in Kourou aufhält. Ortszeit 04.35 Uhr. Der statistisch größte Teil der Menschen befindet sich dort in der Ruhephase. Der günstigste Wahrscheinlichkeitsquotient, Herrn Hellbrügge zu erreichen, bietet eine Dringlichkeitsverbindung. Darf ich sie benutzen?‹

»Ja, Suzanne, benutze sie!« antwortete ich ungeduldig.

›Das ist von Vorteil. Einen Moment bitte…‹

In der Leitung ertönte das Glockenspiel vom alten Münchner Rathaus. Das war mir jetzt doch zuviel!

»Suzanne!« rief ich ungeduldig.

»…äh… ja, Hellbrügge hier.«

Ich holte tief Luft.

»John Nurminen von der *Futhark. Joachim,* in welcher Beziehung steht Schmidtbauers Firma Neutronic zum Konzern?«

Es rumpelte am anderen Ende, als wäre etwas umgefallen. Für 4.35 Uhr am Morgen war meine unverblümte Fragestellung bestimmt sehr rücksichtslos, aber ich mußte die Informationen haben, bevor ich mit Schmidtbauer zusammentraf.

»…ähm… Neutronic… ja, sie besitzt mehrere Patente vom Antrieb der *Nostradamus,* dem Neutrino-Treiber. Der Konzern hat einen Vertrag, die Konstruktionen zu nutzen…«

»Das interessiert mich nicht«, unterbrach ich ihn. »Ich will wissen, wer mein Chef ist: Schmidtbauer oder der Konzern?«

Schweigen.

»Spätestens in einer halben Stunde bin ich auf der *Nostradamus.* Ich will wissen, welche Befugnisse ich habe und welche nicht!« drängte ich.

»John, ich habe mehrfach betont, halte dich Schmidtbauer gegenüber zurück, er ist zu wichtig! Wenn es Kompetenzschwierigkeiten gibt, ruf mich an! Ich rede dann mit ihm.«

Das war doch die Höhe! Ärgerlich wollte ich ihn dazu zwingen, mir die Lage genauer zu beschreiben, ließ es dann aber bleiben. Ich wußte nun auch ohne nähere Erklärung, woran ich war.

Unhöflich beendete ich das Gespräch ohne weiteren Kommentar. Sollte er sich doch den Rest der Nacht schlaflos im Bett herumwälzen, falls er sich dort überhaupt aufgehalten hatte.

Also war Schmidtbauer nicht nur der wissenschaftliche Teil der Mannschaft, sondern besaß darüber hinaus

Verfügungsrechte, was den Antrieb und damit auch das Schiff betraf! Das konnte und das würde in prekären Situationen zu Schwierigkeiten führen, besonders wenn die Entscheidungsgewalt an Bord umstritten war. Ich mußte eine Möglichkeit finden, künftige Machtkämpfe zu unterbinden, und ich wußte auch schon wie.

Ich schwebte wieder zurück an meinen Platz neben Admiral Merz.

»Wo waren wir stehengeblieben?« fragte ich, als wäre ich lediglich geistig abwesend gewesen.

»Mir scheint, als hätten Sie einige Schwierigkeiten mit Ihrem Kommando«, sagte sie hart, nachdem sie mich ein paar Sekunden lang fixiert hatte.

Wir standen hinter einer elastischen Glasscheibe und verfolgten das unkoordiniert aussehende Treiben um ein unfertiges Schiffsskelett, das wie die Überreste eines prähistorischen Dinosauriers unter uns ausgebreitet lag. Ich ging nicht sofort auf ihre Frage ein, weil ich unschlüssig war, wie viel sie – beziehungsweise die Werft – mit dem Bau des Neutrino-Treibers zu tun gehabt hatte. Auf der anderen Seite hatte sie diese Frage vorhin mit ihrem ungewöhnlichen Gefühlsausbruch bezüglich der Verantwortung hinreichend geklärt.

»Ich hatte Sie unterbrochen, als Sie erzählten, daß die Neutronic für den Bau des Antriebs verantwortlich sei. Heißt das, daß Schmidtbauers Gesellschaft den Einbau vorgenommen hat?«

Sie stieß verächtlich etwas Luft aus der Nase.

»Herr Kapitän, wir reden hier nicht über Installationen des Beschleunigers oder des dazugehörigen Detektors für die Neutrinoströme. Solche Arbeiten liegen selbstverständlich im Aufgabenbereich der Werft. Nachdem diese Arbeiten beendet waren, hat die Neutronic das Schiff übernommen. Schmidtbauers Leute haben danach die Software mitgebracht und den Neutrino-Treiber justiert. Ich will ganz offen mit Ihnen sein: Es existieren Zweifel von unserer Seite gegenüber diesem System. Das Prinzip des Neutrino-Treibers ist für uns kein großes Geheimnis, aber nach unserer Meinung geht Schmidtbauer in seiner Ausführung zu nahe an den Ereignishorizont heran…« Es folgte ein skeptischer Blick mit Stirnrunzeln.

»Ich kann Ihnen folgen«, bemerkte ich trocken.

»Sehr schön. Der Wirkungsgrad ist in diesem Bereich ohne Frage wirkungsvoller als in unserem System, aber er kann zu Instabilitäten führen und ist damit gefährlich!«

»*Futhark* hat ein eigenes System entwickelt?« fragte ich überrascht.

Sie schaute mich an, als würde ich an ihrem Verstand zweifeln, nickte aber dann geduldig.

»Es sollte in der *Nostradamus* installiert werden. Vor einigen Monaten jedoch wurde der Neutronic der Zuschlag erteilt.«

Der Zeitpunkt deckte sich fast mit der Entdeckung von Nofretete. Der Umstand war nicht zu übersehen. »Eine Frage noch: Hätten wir mit Ihrem System die Pyramide rechtzeitig erreicht?«

Man sah ihr an, daß sie die Frage erwartet hatte. Sie verschränkte die Hände auf dem Rücken, drehte mit einer aufreizend lahmen Drehung den Kopf zu mir herum und sagte genervt: »Nein, Herr Kapitän, wahrscheinlich nicht.«

Na also! Ich zuckte die Achseln. Damit wären wir wieder am Anfang angelangt. Neben mir bestätigte Viktor, der aufmerksam zugehört hatte, meine Gedanken mit einem kehligen Seufzen. Damit war für ihn und für mich das Thema abgehakt. Wir wußten beide, daß unsere Mission riskant sein würde, immerhin besaßen wir nun ein paar Hintergrundinformationen, die zwar an unserer Situation nichts änderten, aber vielleicht konnten sie uns irgendwann von Nutzen sein.

»Da gibt es noch etwas.« Sie hatte den Satz fast unhörbar ausgesprochen, so als wenn sie nur mit sich selbst geredet hätte.

Nur zu, dachte ich und wartete gespannt.

»Was Sie da unten sehen, wird nicht das erste Raumschiff sein, das den Namen *Elektra* trägt.«

Sie wandte sich uns zu. »Der Neutrino-Treiber arbeitet in einer uns unbekannten Dimension, in der wir keinerlei Erfahrung besitzen. Deswegen wurde zu Anfang ein unbemanntes Modell für die ersten Testflüge gebaut. Es hieß *Elektra* und wurde von Schmidtbauer in Zusammenarbeit mit *Futhark* entwickelt. Die ersten beiden ferngesteuerten Flüge versprachen gute Ergebnisse. Vom dritten Flug ist die *Elektra* nicht mehr zurückgekommen.«

»Nicht mehr zurückgekommen? Was heißt das?«

»Sie ist verschwunden. Unsere Reflex-Taster haben sie nicht mehr gefunden, obwohl das Experiment keine 100 000 Kilometer vom Mond entfernt stattgefunden hat. Es ist, als hätte das Modell nie existiert.«

»Gibt es denn Erklärungen über das Verschwinden?« fragte Viktor.

»Erklärungen? Stellen Sie sich alle Erklärungen vor, die Sie finden können! Das sind die Erklärungen! Ich habe Ihnen vorhin erzählt, daß Schmidtbauers System nahe am Ereignishorizont arbeitet, er bezeichnet ihn als ›Stehendes Licht‹. Wenn das Objekt dieser Grenze zu nahe kommt, kann es nach unserer Meinung durchaus passieren, daß es in einem künstlich geschaffenen Schwarzen Loch verschwindet.«

Viktor blies die Backen auf. »Und Sie glauben, das könnte auch mit der *Nostradamus* geschehen?«

»Nach den letzten Erkenntnissen würde ich sagen

nein, aber der Antrieb wurde nie unter Dauerbelastung getestet.«

Mit Bedauern stellte ich fest, daß ich im Vorfeld zu diesem Unternehmen viele Fehler gemacht hatte. Einer davon war mein blindes Vertrauen zu Hellbrügge und vielleicht auch Fritz Bachmeier gegenüber. Ein weiterer war, daß ich mich nie mit *Futhark* direkt in Verbindung gesetzt hatte, auch wenn ein Gespräch mit dieser Frau nicht unbedingt angenehm war. Auf der anderen Seite stellte ich mir die Frage, was sich dann an der jetzigen Lage geändert hätte.

»John, wir müssen weiter!« Viktor deutete mit dem Kopf auf die Mitglieder der Besatzung, die das Geschehen unten in der Werft anfangs interessiert beobachtet hatten, aber jetzt, nachdem sie den Inhalt unserer Diskussionen nicht mitverfolgt hatten, einen matten Eindruck machten.

Admiral Merz verstand meinen Blick. »Bitte alle festhalten! Wir bringen Sie jetzt zu Ihrem Schiff.«

Das Band lief wieder sanft an. Von unten tönte Applaus zu uns herauf, als hätten wir auf der Galerie eine Vorstellung gegeben.

Wir glitten auf einen röhrenartigen Ausgang zu und erreichten nach dem Passieren mehrerer Sicherheitsschleusen einen Raum, wo wir unser Transportmittel verließen. Überraschenderweise meldete sich Kapitän Rohheim zu Wort. »Bevor Sie an Bord gehen, möchten Sie doch bestimmt sehen, womit Sie sich die nächste Zeit durch den Weltraum bewegen.«

Zustimmende Rufe wurden laut. Keiner von uns hatte die *Nostradamus* in ihrem fertigen Zustand gesehen, und ich mochte darauf wetten, keiner von uns wäre auf den Gedanken gekommen zu fragen, ob wir das Schiff zunächst einmal von außen sehen konnten. Wir waren alle viel zu sehr von den Umständen der Reise hierher abgelenkt gewesen, so daß wir dieses naheliegende Bedürfnis verdrängt hatten.

»Natürlich, Kapitän Rohheim, auf jeden Fall«, sagte ich höflich.

Er lächelte wissend und deutete auf eine Wand vor uns, die sich wie ein Vorhang zur Seite schob.

»Es ist unser Besichtigungsraum. Vor Ihnen befindet sich kein Face, sondern echtes Glas. Sie sehen also direkt und real in den Weltraum hinaus!« kommentierte er stolz, als die beiden Wandhälften in Seitennischen verschwunden waren.

Alle verließen ihren sicheren Halt und drängten nach vorne, was wegen der Schwerelosigkeit zur Folge hatte, daß einige umgekehrt oder mit dem Rücken voraus an der Glaswand ankamen.

»Herrschaften, bitte…!« versuchte ich zu ermahnen, stimmte dann aber auch in das allgemeine Gelächter ein, als sie sich mit gegenseitiger Hilfe wieder auf die Füße stellten. Nur Admiral Yvonne Merz verfolgte die Bemühungen mit unbewegtem Gesichtsausdruck.

»Hoffentlich reihert keiner an die reale Glasscheibe«, brummte Viktor. Er stieß sich vorsichtig mit den Fußspitzen vom Boden ab und schwebte mit vorgehaltenen Händen an die Decke, um von dort einen Blick auf die *Nostradamus* zu werfen. Mit einem Anflug von Übermut folgte ich ihm und hielt mich an den Griffen fest, die in regelmäßigen Abständen überall angebracht waren.

Keine 50 Meter vor uns hing die *Nostradamus* frei schwebend im Raum.

Man konnte von dem Schiff nicht behaupten, daß es eine Schönheit war, aber der äußere Eindruck zählte im Weltall wenig. Voodoo hatte es einmal als einen verpackten Raddampfer beschrieben. Mit der Fertigstellung hatte es sich diesem altmodischen Vorbild optisch noch mehr angenähert, wenn auch die Größenverhältnisse nicht übereinstimmten. Die runden Ausbuchtungen der beiden versetzt zueinander liegenden Walzen ragten asymmetrisch seitlich aus dem vorderen Drittel heraus und markierten die breiteste Stelle des Schiffes. Der eckige Rumpf wurde unterhalb der Kiellinie weitgehend von der länglichen Form des Teilchenbeschleunigers bestimmt, dem sich im Heck der zugehörige quaderähnliche Reaktorblock anschloß. Darüberliegend und noch weiter nach hinten gezogen lagen der obligatorische Reaktor mit den Aggregaten für das konventionelle Triebwerk, dessen Ende die mächtigen Schanzwände bildeten. Im oberen Mitteldeck befanden sich die Versorgungseinheiten und in unmittelbarer Nähe der Überlebenssysteme die Lagerräume mit den spiralartigen Zuführungsschächten. Der Bug glich einem verwinkelten rechteckigen Gittergebilde und erinnerte an das Ansaugrohr einer Klimaanlage. Aus der Mitte ragte eine primitiv aussehende Stahlkonstruktion weit vor das Schiff: der Neutrino-Detektor. Von ihm würden die Informationen über die Dichte der Neutrino-Ströme stammen, und damit die Beschußfrequenz des Beschleunigers steuern. Das Oberdeck bestand hauptsächlich aus Sendeeinheiten und der geschlossenen Kuppel des Observatoriums, in dem die unterschiedlichen Geräte für den Empfang des Strahlenspektrums untergebracht waren. Gleich hinter den Walzenenden standen bewegliche Sonnenkollektoren wie Insektenflügel vom Schiffsrumpf ab. Sie entlasteten durch zusätzliche Energiegewinnung die Arbeit des Fusionsreaktors.

Auf halber Höhe prangte in hellblauen Lettern auf einem länglichen gelben Rechteck der gotische Schriftzug, den Hellbrügge damals enthüllt hatte.

Wir betrachteten schweigend das Raumschiff, an dem gerade ein Röhrenfinger für unseren Zustieg festgemacht wurde.

Ich konnte eine aufkommende Beklemmung nicht unterdrücken, nicht nur wegen der zweifelhaften Umstände, die unsere Mission von Anfang an begleiteten. Vielleicht erzeugte die Mystik, die dieses geheimnisvolle Wunderwerk ausstrahlte, in mir ein ungutes Gefühl.

Ich war nicht der einzige, der so fühlte.

»Wissen Sie«, sagte Admiral Merz, die zu mir in die höhere Reihe der Beobachter gekommen war, »ich bin nicht abergläubisch, aber nach meiner Meinung sollte ein Schiff nicht solch einen Namen tragen. Ich beneide Sie nicht um Ihre Aufgabe.«

Es war schon beeindruckend, wie einem manche Leute Mut machen konnten.

Immerhin fügte sie trocken hinzu: »Ich weiß, ich sollte so etwas nicht sagen. Besonders nicht hier und in diesem Moment.«

»Es ist schon in Ordnung«, erwiderte ich. »Mir geht es genauso.«

Ich wollte noch etwas Belangloses zu diesem Thema sagen, unterließ es aber. Es war alles gesagt, und es war an der Zeit, die Reise zu beginnen.

»Schmidtbauer ist an Bord?« fragte ich.

»Professor Schmidtbauer, seine Frau Dr. Helene Mayer, Ingenieur Sascha Meier und die Ärztin Dr. Weiss. Sie erwarten Sie und Ihre Mannschaft in der Zentrale des Schiffes«, bestätigte sie in korrektem Tonfall.

»Nun denn«, sagte ich und wandte mich an meine Besatzung. »Leute, genug gesehen, wir gehen an Bord!«

Admiral Merz deutete nach rechts. »Der Eingang zum Zustieg befindet sich gleich hier. Meine Begleiter und ich werden uns hier von Ihnen verabschieden. Ich übergebe Ihnen hiermit die *Nostradamus*, Kapitän Nurminen.«

»Ich danke Ihnen, Admiral Merz«, antwortete ich förmlich. »Viktor, gehst du bitte voraus.«

Meine bunte Truppe setzte zum ersten Mal die Helme auf und hangelte sich auf den Eingang zu. Jeder grüßte mehr oder weniger geschickt die Befehlshaber der *Futhark* zum Abschied mit einem Handzeichen. Schließlich fummelte auch ich an meinem Helm herum.

»Herr Kapitän, einen Augenblick bitte noch.« Admiral Merz drehte sich zu Rohheim herum und unterhielt sich kurz mit ihm. Dann wandte sie sich wieder mir zu.

»Herr Kapitän, was ich Ihnen jetzt mitteilen werde, bleibt bitte unter uns, ich rechne mit Ihrer absoluten Verschwiegenheit.«

Überrascht hielt ich inne. Sie wartete nicht darauf, daß ich ihr zustimmte und sprach ernst weiter. »Wir glauben zu wissen, daß Professor Schmidtbauer einige – sagen wir einmal – Vorkehrungen getroffen hat, um Entscheidungen treffen zu können, ohne die Zustimmung von der Zentrale des Schiffes einholen zu müssen. Das heißt mit anderen Worten: Er kann den Neutrino-Treiber einsetzen, wie er es möchte!«

»Das verstehe ich nicht.«

»Wir auch nicht, Kapitän Nurminen. Tatsache bleibt allerdings, daß er in seinem System Möglichkeiten installiert hat, die Befehlsgewalt der Zentrale auszuschalten!«

Ich brauchte ein paar Sekunden, um überhaupt zu begreifen, was sie mir da erzählte.

»Ich werde ihn sofort zur Rede stellen…«

Sie hob warnend die Hand. »Wir können es nicht beweisen, wie gesagt, wir haben Hinweise dafür und nach unserer Meinung decken diese Hinweise unsere Vermutung.«

Sprachlos, wie ein angeschlagener Boxer, hing ich an den Griffen. Einen Augenblick lang war ich so erschüttert, daß ich glaubte, kein Gefühl mehr in meinen Beinen zu verspüren. Kapitän Rohheim drehte sich herum und blickte der Mannschaft nach, von der nun gerade Luis als letzter im Zugang verschwand. Dann griff er in die Tasche seiner Uniform und hielt mir einen Codegeber entgegen.

»Was ist das?« fragte ich matt.

»Ein Codegeber«, antwortete er überflüssigerweise. »Sie können mit ihm die Energiezufuhr des Neutrino-Treibers unterbrechen. Schmidtbauer weiß nichts davon. Ich hoffe, Sie müssen ihn nie benutzen, und wenn, dann seien Sie sich darüber im klaren, daß Sie einen offenen Konflikt im Schiff auslösen werden.«

Ich nickte benommen und nahm den Codegeber entgegen. Gleichzeitig drückte er mir einen zweiten Codegeber in roter Farbe in die Hand. Ich mußte aussehen wie ein Idiot, dem man versuchte, ein Kartenspiel beizubringen. Rohheim wurde in seiner Erklärung noch drastischer.

»Wir halten Schmidtbauer nicht für wahnsinnig, aber er ist in seinem Ehrgeiz zerfressen, der erste zu sein, der ein Raumschiff mit diesem neuen Antrieb für eine Reise über eine große Entfernung bringt. Und er ist nicht dumm, es könnte durchaus sein, daß er unsere Manipulation bemerkt hat. Deswegen dieser zweite Codegeber.«

Es war ganz still im sogenannten Besichtigungsraum, und ich wagte nicht zu fragen. Besorgt drehte ich das rote Ding in der Hand. Dann schaute ich fragend das Dreiergestirn mir gegenüber an.

Admiral Merz sagte ungerührt, als erklärte sie mir die Funktionen einer neuen Kaffeemaschine: »Dieser zweite Codegeber sprengt den Reaktor für den Neutrino-Treiber ab! Ich muß zugeben, daß es keine elegante Lösung ist, aber damit sind Sie in der Lage, den Antrieb auf jeden Fall stillzulegen. Beachten Sie bitte, daß dieser Codegeber von roter Farbe ist.«

»Er sprengt den Reaktor ab«, wiederholte ich fassungslos. »Und das Schiff? Was passiert mit dem Schiff?«

»Die Sprengladungen sind so dosiert, daß sie nur die Verbindungen zum Schiff lösen. Der Reaktor wird danach in den Sicherheitsstatus übergehen und selbst mit der Leistung herunterfahren, falls er gerade benutzt wurde. Trotzdem würde ich Ihnen raten, das Schiff nach der Sprengung so schnell wie möglich in einen sicheren Abstand zu manövrieren. Es könnte nämlich durchaus geschehen, daß der Energietunnel einen Schaden davonträgt und der neue Status nicht rechtzeitig greift. In diesem Fall, so schätzen wir, geht der Reaktor nach einer Minute durch.«

Trotz meiner Bestürzung angesichts der ungeheuerlichen Eröffnungen des Admirals und seiner Stellvertreter stellte ich mir vor, was das bedeutete. In keinem Fall konnte ich den Reaktor absprengen, solange sich die riesigen Zylinder noch drehten, denn in diesem Fall war es unmöglich, das Schiff zu beschleunigen und damit eine sichere Entfernung von dem Reaktor zu gewinnen.

Ich schüttelte den Kopf. Noch war es nicht soweit, außerdem wollte ich mich dazu zwingen, positiv zu denken. Vielleicht sahen wir alle ein wenig zu schwarz, was Schmidtbauer betraf. Und dennoch, tief im Innern war ich erleichtert, ein paar Trümpfe in der Hand zu halten. Mit diesem Gefühl wandte ich mich an Admiral Merz: »Sie sehen mich verwirrt, Frau Admiral, aber mein Gefühl sagt mir, daß ich Ihnen zu außerordentlichem Dank verpflichtet bin. Hoffentlich kommen wir nicht in die Situation, daß ich Ihre voraussehenden Maßnahmen anwenden muß.«

Ich gab entgegen jeglicher Tradition allen dreien vorsichtig die Hand zum Abschied.

»Wie gesagt, Kapitän Nurminen, ich beneide Sie

nicht um Ihre Aufgabe«, sagte sie. Dieses Mal schwang ein Anflug von Mitgefühl in ihrer Stimme.

»Es tut mir leid, daß ich nicht die Zeit hatte, Ihre Werft ausführlich zu besichtigen, aber ich denke, ich werde es nachholen.«

»Alles zu seiner Zeit, Herr Kapitän, alles zu seiner Zeit.«

# 4

Ich glitt schwerelos durch den Finger. Ab und zu korrigierte ich meine Bahn mit einem sachten Abstoßen an den Wänden. Es war Stille um mich herum, nur manchmal hörte ich mich leise in meinem geschlossenen Helm keuchen, weil es mich anstrengte, andauernd den Kopf im Nacken zu halten. Dummerweise hatte ich mich wie ein Schwimmer, der in einen See springt, am Anfang des Fingers in die Röhre begeben und jetzt, fast am Ende, wollte ich meine Lage nicht mehr ändern, obwohl es keiner großen Anstrengung bedurft hätte.

Luis tauchte vor mir auf, dahinter wartete der Rest der Besatzung.

»Was ist los? Warum geht ihr nicht durch die Schleuse?« Ich stoppte meine Bewegung, indem ich mich an seinem Overall festhielt. Dabei vollführte ich einen kleinen Bogen, bis ich an der Wand zum Stillstand kam.

»Wir haben mehrere Male in der Zentrale um Erlaubnis gebeten, das Schiff betreten zu dürfen, haben aber keine Antwort erhalten.«

Wortlos zog ich mich an ihm vorbei, passierte schwebend in der Mitte der Röhre die farbigen Anzüge der Mannschaft und gelangte zu Viktor, der gerade eine Anfrage an die Zentrale wiederholte.

»Keine Antwort?« fragte ich.

Er schüttelte im Helm den Kopf. »Nichts.«

Es wäre natürlich kein Aufwand gewesen, Schmidtbauer direkt anzurufen, aber der offizielle Weg, ein Schiff zu betreten, führte über die wachhabende Person, die sich in der Zentrale aufhielt, beziehungsweise aufhalten sollte. Was sich hier abspielte, war gegen die Vorschriften der Flottenführung. Diese Vorschriften waren aus Gründen der Sicherheit und Verantwortung geschaffen und wurden überall in der Flotte strikt eingehalten.

Ich drückte probehalber auf die Taste neben der Schleuse. Lautlos öffnete sie sich.

»Die Haustür ist offen«, scherzte ich. In Wahrheit war mir nicht zum Spaßen zumute. Ich konnte die Schwierigkeiten geradezu riechen.

Da ich mich schon an der Spitze der Gruppe aufhielt, übernahm ich die Führung. Viktor wies die Nachfolgenden ein. Auch die zweite Schleuse hatten wir schnell hinter uns gelassen. Nun befanden wir uns in der drei Meter durchmessenden Nabe des Kommandozylinders, dem sogenannten Karussell. Die sonderbare Bezeichnung hatte ihren Ursprung von den sich in unterschiedlichen Geschwindigkeiten drehenden Segmenten, an denen waagrecht in bestimmten Abständen Haltegriffe angebracht waren. Das erste Segment gleich nach der Schleuse drehte sich am langsamsten. Um die Handhabung für die Neulinge zu demonstrieren, hielt ich mich mit dem Gesicht zur Wand an einem Griff fest und ließ mich in die Kreisbewegung hineinziehen. Nach ein paar Sekunden wechselte ich zum nächsten Segment über, das mit einer größeren Geschwindigkeit lief. Nach der dritten und letzten Kreisbahn gelangte ich zum Einstieg. Dort befand sich eine Art Aufzug, der in der Grundkonstruktion dem guten alten Paternoster glich. Er führte durch die drei Decks des Zylinders und endete gleich in der Nähe der Zentrale.

Entschlossen plazierte ich meine Füße auf dem kleinen Trittbrett und koppelte mich mit dem drehbaren Haltegriff an den Mechanismus des Paternosters an. Rechts neben mir erreichte Viktor das dritte Segment. Hinter ihm kreiste in einer Spirale der Rest der Besatzung in unsere Richtung. Es war ein verwirrender Anblick, der einem unerfahrenen Benutzer des Systems durchaus ein Schwindelgefühl verursachen konnte. Meiner Auffassung nach war diese Konstruktion veraltet, denn niemand von den Astronauten bediente sich nach einigen Einstiegen noch der Hilfe der Beschleunigungssegmente. Jeder hatte seine eigene Variante erfunden, die ihn schneller von der Schleuse zum Aufzug brachte, ohne sich vorher der Kreisbewegung anzupassen.

Die Begriffe oben und unten begannen an Bedeutung zu gewinnen, als ich nach unten sank und ein Hauch von Schwerkraft einsetzte. Ich schloß für einen Moment die Augen, um mich von einem leichten Unwohlsein abzulenken, öffnete den Helmverschluß und bereite mich auf die Begegnung mit Schmidtbauer vor. Nur ganz kurz befaßte ich mich mit der Möglichkeit eines Unfalls, der vielleicht in der Zentrale passiert sein könnte, aber ich verwarf den Gedanken sogleich wieder. Die Atemluft im Schiff war in Ordnung, wie mir die Helmkontrollen vor dem Öffnen angezeigt hatten, und auch jetzt, als ich den Helm abnahm, konnte ich nichts Verdächtiges feststellen. Außerdem hatte ich das unbestimmte Gefühl, daß der Grund für die Abwesenheit der vier an Bord befindlichen Besatzungsmitglieder alles andere als ein Unfall war.

Ich bremste die Abwärtsbewegung des Aufzugs vorsichtig mit dem Kopplungsmechanismus ab und stieg, unten angekommen, rückwärts aus dem Paternoster. Die Gänge links und rechts von mir waren hell erleuchtet. Weit und breit keine Menschenseele zu sehen. Ich nahm meinen Helm unter den Arm und wartete auf Viktor.

»Vielleicht halten sie sich drüben in dem anderen Zylinder auf«, meinte ich, als er neben mir stand und ebenfalls seinen Helm abnahm.

»Glaub ich nicht.« Er lauschte mit schief gelegtem Kopf. Von irgendwoher klang leise Musik durch das Deck.

Zögernd gingen wir zum nahe liegenden Eingang der Zentrale und schauten vorsichtig in den Raum, der sich uns menschenleer wie ein neu hergerichtetes Ausstellungsobjekt präsentierte.

Von hier kam die Musik auf jeden Fall nicht. Das große Center Face warf das typisch blau-fahle Licht über Sessel und Konsolen. Die Beleuchtung der Zentrale entsprach dem Status einer Nachtschicht, auf einigen kleineren Faces liefen die Berichte der wichtigsten Versorgungseinheiten durch.

Außer der entfernten Musik waren keinerlei Geräusche zu hören, wenn man von dem permanenten leisen Rollen des Zylinders absah, das hier auf dem untersten Deck zu hören war.

»Ist doch richtig gemütlich hier, aber ein paar Kerzen könnten schon sein«, meinte Voodoo, der mit den anderen hinter uns getreten war.

Ich drehte mich um und warf einen Blick über die Gruppe, bis ich Wolfen in seinem grauen Raumanzug entdeckte. Ich winkte ihn zu mir nach vorn.

Als er neben mir stand, wurde mir bewußt, wie wenig Kontakt ich in den letzten Tagen zur Mannschaft gehabt hatte, obwohl alle Mitglieder fast ständig in meiner Nähe gewesen waren. Ich überlegte, ob jetzt der richtige Moment wäre, mit ihnen kurz zu reden oder eine Art ermunternde Ansprache zu halten, aber zunächst hatte die Lösung wichtigerer Probleme den Vorrang. Die psychologische Betreuung der Mannschaft mußte warten.

»Ja, Kapitän?«

»Kadett Wolfen, halten Sie sich bitte in meiner Nähe auf und dokumentieren Sie alles mit Ihrer Kamera!«

Er holte zur Bestätigung eine Helmkamera aus seiner Reisetasche, setzte sie auf und klappte das Visier herunter. Zusätzlich nahm er eine zweite Kamera in die Hand. Er sah aus wie einer der Reporter auf der *Noordung*. Ich klopfte ihm zufrieden auf die Schulter.

»Sehr gut. Jetzt schauen wir uns einmal nach dem Rest der Besatzung um.« Ich ging geradeaus bis zum Center Face und stellte mich vor die geschwungene Konsole, an der ich virreal vor einiger Zeit mit Appalong gesessen hatte.

Ich aktivierte das Face und schaltete die Überwachungskameras der verschiedenen Stationen ein.

Ich wurde sehr schnell fündig.

In der Messe schien eine Party stattzufinden. Ein Mann und eine Frau tanzten engumschlungen in der Mitte des Raumes zu den heiseren Klängen eines Saxophons, während ein weiterer Mann und eine Frau etwas entfernt voneinander auf Stühlen saßen und demonstrativ gelangweilt zuschauten.

Das tanzende Paar waren Professor Schmidtbauer und Dr. Vivian Weiss!

»Das ist doch die Höhe!« Viktor spuckte den Satz fast heraus vor Empörung, wobei seine erregte Äußerung wahrscheinlich mehr dem Umstand der offensichtlichen Ignorierung unserer Ankunft galt als dem geschmacklosen Verhalten des Professors und der Schiffsärztin.

Hoffentlich fällt Wolfen bei diesem Anblick nicht die Kamera aus der Hand, dachte ich. Das Quartett hatte anscheinend schon längere Zeit einen Grund zum Feiern gehabt, denn überall standen Gläser und Flaschen auf den Tischen. Sogar eine angeschnittene Torte konnte ich auf der Bar entdecken, außerdem kullerten farbige Luftballons über den Boden.

Bis vor einigen Sekunden hatte ich hinter mir vereinzelt leises Gemurmel der Besatzung gehört, nun war es ganz still geworden. Noch nicht einmal von Voodoo kam ein Kommentar.

Ich setzte mich langsam in einen Sessel, dann schloß ich die Sicherheitsgurte, die mit einem weichen Knakken einrasteten.

»Suzanne!«

›Willkommen auf der *Nostradamus*! Nach meiner Überprüfung sind alle Systeme funktionstüchtig und einsatzbereit. Wir warten auf deine Befehle.‹

»Suzanne, Rot-Alarm! In einer Minute!«

›Rot-Alarm, jawohl, sofort. In einer Minute, Zeit läuft… ab jetzt!‹

Um mich herum entstand hektische Bewegung. Zufrieden registrierte ich, daß jeder einen Kokon aufsuchte oder sich im nächsten Sessel sicherte. Voodoo warf sich links neben mir in den Konturensitz. »Das wird lustig. Obwohl, eigentlich schade um die Torte…«

Mir persönlich war gar nicht zum Lachen zumute! Ich hatte noch nie Rot-Alarm aus disziplinarischen Maßnahmen oder zur Übung gegeben, aber die Szene auf dem Face forderte mich geradezu auf, ein deutliches Zeichen zu setzen.

Viktor hatte an meiner rechten Seite Platz genommen. Rasch tastete er unterschiedliche Kontrollen durch. »Soweit ist alles in Ordnung. Außer in der Messe wird es keine größeren Schäden geben.«

»Danke«, antwortete ich knapp, legte gelassen die Arme auf die Lehnen und starrte das unveränderte Geschehen auf dem Center Face an.

Der hohe Ton kam von weit her. Zuerst fast unhörbar, dann allmählich ansteigend, war er zuerst nur gefühlsmäßig zu erspüren. Spätestens zu diesem Zeitpunkt reagierte jeder gut trainierte Raumfahrer ganz unbewußt: Er erfaßte seinen Standort und schätzte die Situation des bevorstehenden Zylinderstops ein. Ihm blieben danach noch 30 Sekunden, seine Person vor den Folgen der eintretenden Schwerelosigkeit zu schützen.

Die Personen auf dem Face taten nichts dergleichen. Erst als der Ton zu einem deutlich wahrnehmbaren Schwingen anschwoll, hoben alle gleichzeitig den Kopf. Da war es aber schon zu spät.

Wie an unsichtbaren Fäden gezogen, erhoben sich die Menschen und hoben sich alle beweglichen Gegenstände in einem flachen Winkel. Gemeinsam in einem unwirklichen Pulk strebte alles der rückwärtigen Wand zu. Dr. Helene Mayer schaffte es geistesgegenwärtig, sich an dem gesicherten Tisch festzuhalten. Ihr Körper stand einen Augenblick wie von einer gewaltigen Windbö erfaßt rechtwinklig von dem Möbel ab, dann wurde sie jedoch von der Beschleunigung ihres eigenen Körpers überwältigt und wirbelte träge in einem Überschlag davon. Der Ingenieur nahm seinen ungesicherten Stuhl mit auf seine unfreiwillige Reise, bis er an einer Säule der Bar hängenblieb und sich dort krampfhaft festhielt. Das Paar in der Mitte suchte gegenseitigen Halt, was zur Folge hatte, daß sich die drehende Tanzbewegung im freien Fall fortsetzte. Beide prallten nach einem kurzen spiralförmigen Flug hart auf der Wand auf und schwebten danach zappelnd und orientierungslos im Raum.

Der Ton, der zuletzt aus einem satten Brummen bestanden hatte, brach abrupt ab. Früher hatte ein hektisches Sirenenkreischen den Rot-Alarm angekündigt, was zur Folge hatte, daß die meisten Leute kopflos reagierten. Das verstärkt wiedergegebene, langsam anschwellende Geräusch des sich abbremsenden Zylinders sollte zu mehr verantwortungsvollerem Handeln beitragen, aber das Beispiel, das uns auf dem Face geboten wurde, unterstrich die gut gemeinte Absicht der Konstrukteure des Schiffes in keiner Weise.

Ich schaltete das Center Face ab, nachdem an den hilflos in der Messe herumrudernden Gestalten glücklicherweise keine ernsthaften Verletzungen zu erkennen waren. Sie würden Verletzungen ganz anderer Art davontragen, sobald sie erfahren würden, wer für den Alarm verantwortlich war. Ich rechnete mit der Wut der Demütigung, die sie soeben hinnehmen mußten und war darauf vorbereitet, obwohl ich mich alles andere als wohl dabei fühlte, besonders bei dem Gedanken an die kommende Begegnung.

Nachdem ich Suzanne den Befehl zur Aufhebung des Rot-Alarms gegeben hatte, drehte ich mich langsam mit meinem Sessel zu den Mitgliedern meiner Mannschaft herum, die wie hastig verschnürte Pakete in den Gurten der Sessel hingen oder mich aus den Kokons durch das Sicherheitsglas anstarrten.

Durch das Schiff hallten befreiend drei kurz aufeinanderfolgende Huptöne, die das Anlaufen des Zylinders ankündigten und uns sanft wieder die Schwerkraft zurückgaben.

»Ich hoffe, Sie sind alle wohlauf«, begann ich, um irgend etwas zu sagen, denn die beklemmende Stimmung war unerträglich. »Gleichzeitig darf ich versichern, daß ich von dem Beginn unserer Reise eine andere Vorstellung hatte.«

Mehr brauchte ich zur Überbrückung nicht beizutragen, denn in diesem Augenblick stürmte Schmidtbauer mit gesenktem Kopf durch den hinteren, mir gegenüberliegenden Eingang in die Zentrale. Fast gleichauf folgte Dr. Vivian Weiss. Beide liefen in der typischen Haltung, die man in einer Zentrifuge sehr schnell lernte: den Kopf unbeweglich gerade in der Laufrichtung, die Füße beim Laufen kaum angehoben, um den Schaukelrhythmus so gering wie möglich zu halten. An die Regel, diagonale Wege zu vermeiden, dachte Schmidtbauer in seinem Zorn nicht, denn zweimal geriet er leicht ins Stolpern, was aber nicht unbedingt auf die Zentrifugalkräfte zurückzuführen war, denn als er schließlich keuchend vor mir stand, schlug mir eine säuerlich riechende Alkoholfahne entgegen.

»Nurminen, das war eine böswillige Körperverletzung! Ich werde beim Konzern Ihre sofortige Entlassung fordern!«

Er hatte die Worte laut und mit nasser Aussprache förmlich herausgesprudelt. Den anderen anwesenden Personen schenkte er keinerlei Beachtung. Vivian Weiss drängte sich an ihm vorbei, stützte sich mit den Händen auf beide Lehnen meines Sessels, bis sich ihr Gesicht nur noch eine Handbreit über dem meinen befand. Ihre schwarzen Rastalocken fielen wie ein Vorhang vor ihre Augen und kitzelten in meinem Gesicht. Sie schüttelte ihre Haare weg und hielt sie danach mit der rechten Hand fest. Dabei wurde ihr anscheinend kurzzeitig schwarz vor den Augen. Sie schloß sie für einen Moment und atmete tief durch. Ich glaubte, ein Taumeln zu bemerken und machte mich bereit, sie zu stützen, aber sie überwand ihre kurzzeitige Schwäche mit eisernem Willen.

»Das kann dein Spießerverstand nicht zulassen, daß andere Leute die Fähigkeit besitzen, sich auch in extremen Situationen für ein paar Minuten zu entspannen«, giftete sie mich an. »Hauptsache, der Herr Kapitän kann mit Paragraphen und Willkür seine beschränkte Welt erhalten, nicht wahr?«

Es war böse und lächerlich zugleich, was sie da von sich gab! Ihre Anschuldigungen lösten in mir keinerlei Reaktion aus. Ich fragte mich, ob der lange Aufenthalt im Weltraum bei beiden eine verschrobene Weltansicht bewirkt hatte. Ich beschloß, Vivian zunächst zu ignorieren, denn ich hatte keine Lust, meine Energie an ihre skurrilen Vorwürfe zu verschwenden. Ich rutschte in meinem Sessel etwas nach links, um Schmidtbauer in die Augen sehen zu können. »Herr Professor, ich hätte zwar gerne andere Probleme besprochen, aber da Ihnen meine Entlassung so sehr am Herzen liegt, fangen wir eben damit an.«

Er blinzelte mich irritiert an, gleichzeitig schob er Vivian wie ein aufdringliches Haustier zur Seite. Sie wehrte sich nicht gegen die abfällige Behandlung und setzte sich einfach auf den Boden. Die Situation in der Zentrale erschien mir wie in einem schlechten Film. Neben mir saßen Viktor und Voodoo als Beisitzer bei einem Tribunal, Schmidtbauer stand vor mir, Vivian saß mit dem Rücken zu uns etwa einen Meter entfernt, den Kopf in die Hände gestützt. Dr. Helene Mayer war mit Sascha Meier soeben am Eingang erschienen. Sie gingen nicht weiter in den Raum hinein, sondern beobachteten das Geschehen aus der Distanz. Die restliche Besatzung verfolgte die Vorgänge bis jetzt nur als Zuschauer, aber ich hoffte darauf, daß sich das bald ändern würde. Luis Santana gab mir mit Handzeichen zu verstehen, daß er sich mit dringenden Angelegenheiten im Schiff beschäftigen wollte, aber ich signalisierte ihm mit einem angedeuteten Kopfschütteln, in der Zentrale zu bleiben.

»Ich verlange…«, fing Schmidtbauer mit erhobener Stimme an.

»Stop!« unterbrach ich ihn energisch und stand auf. Ich ging an ihm vorbei und wandte mich mit meinen Ausführungen an alle Anwesenden. »Wir sind unter bestimmten Voraussetzungen hier auf diesem Schiff, nämlich um zwei Ziele zu erreichen: die Erkundung von Nofretete und die Erprobung eines neuen Schiffsantriebs. Um es kurz zu machen: Ich darf davon ausgehen, daß alle hier im Raum diese Vorhaben verwirklichen wollen. Und wenn das so ist, möchte ich daran erinnern, wem das Kommando an Bord übertragen wurde.«

»Das gibt Ihnen noch lange nicht das Recht, sich hier aufzuführen wie ein Wilder und unser Leben zu gefährden!« zischte Schmidtbauer.

Ich sah ihn kalt an, dann zog ich ein kleines Notizbuch aus einer Innentasche meines Raumanzugs und klatschte es neben mir auf eine Ablage.

»Doch, das Recht habe ich, solange es dem Wohlergehen der Besatzung dient. Ich möchte, daß mir das jeder einzelne in diesem Buch mit seiner Unterschrift bestätigt.«

Er sah mich verächtlich an. »Sie glauben doch nicht im Ernst daran, daß ich dieses Theater mitmache?«

»Darf ich Ihnen einmal eine Gegenfrage stellen: Glauben Sie, daß es mir Spaß macht, ein Raumschiff zu befehligen, das mit Waffen bestückt ist, die auf Ihre Veranlassung hin an Bord geschmuggelt wurden?«

Jetzt wurde es lebendig in der Zentrale. Ich hatte sehr auf die allgemeine Empörung gehofft und wurde nicht enttäuscht. Ungläubige Rufe hallten durch die Zentrale. Sogar Vivian Weiss blickte ihn fassungslos an. Dr. Helene Mayer ruckte von der Wand weg, an der sie gelehnt hatte und kam zu uns nach vorne. An ihrer Reaktion sah ich, daß sie von den Waffen keine Ahnung gehabt hatte.

»Joseph, sag mir, daß das nicht wahr ist!«

Sie hatte eine dunkle, fast heisere Stimme, die ganz und gar nicht zu der einfachen Erscheinung paßte, in der sie sich äußerlich präsentierte. Ihre kurzen grauen Haare wirkten ungepflegt, ihre Gesichtszüge und ihre schräggestellten grauen Augen erinnerten an einen Falken. Zu ihrem Nachteil wurde dieses Abbild noch durch ihre hakenförmig gebogene Nase unterstützt.

Schmidtbauer war von den vielen Augen, die auf ihn gerichtet waren, nicht beeindruckt. Wie in einem Zwiegespräch wandte er sich an seine Lebensgefährtin. »Es war unumgänglich.«

Sie fixierte ihn einen Moment mit einer bitteren Mimik. »Du bist doch das letzte…« Sie beendete den Satz nicht. Fast sah es so aus, als wollte sie ihm eine Ohrfeige verpassen, doch dann wandte sie sich ab und strebte dem Ausgang der Zentrale zu.

»Frau Dr. Mayer! Ich muß Sie leider bitten zu bleiben. Wir sind hier noch nicht fertig!« rief ich ihr nach.

Sie machte kehrt und baute sich entschlossen vor mir auf. »Ich werde keine Minute länger auf diesem Schiff bleiben! Was glauben Sie, was passiert, wenn das an die Öffentlichkeit gerät? Alle werden mit dem Finger auf uns zeigen, die ganze Arbeit von Jahren umsonst. Die gesamte Flotte des Konzerns wird in Verruf geraten. Es ist abscheulich!«

Der letzte Satz war an Schmidtbauer gerichtet, der unwillkürlich einen Schritt zurückwich.

Ich hatte den leisen Verdacht, daß ihr Gefühlsausbruch nicht gänzlich den an Bord befindlichen Waffen zuzuschreiben war. Es schien mir eher so zu sein, daß der engumschlungene Tanz von Schmidtbauer mit Vivian Weiss dafür verantwortlich war. Aber das war ein Problem, für das ich in diesem Augenblick keinen Sinn hatte.

»Frau Dr. Mayer«, sagte ich mit sanfter Stimme. »Ich habe ebenfalls kein Verständnis dafür. Ich verspreche Ihnen, daß wir uns bei der erstbesten Gelegenheit diskret von dem Zeug trennen werden.«

»Dann schmeißen Sie ihn bitte gleich hinterher!« schrie sie mich an und setzte sich auf meinen freigewordenen Sessel. Sie verbarg ihr Gesicht in den Händen, die sehr schnell tränenfeucht wurden. »Ach, Scheiße…«, flüsterte sie leise.

In diesem Moment kam vom Center Face ein kurzer satter Brummton. Das ernste Gesicht von Admiral Yvonne Merz starrte irritiert in die Zentrale.

»*Nostradamus* von *Futhark*. Kapitän Nurminen, können Sie mich hören?«

Ich gab Viktor mit einem Wink zu verstehen, daß er sich um den Admiral kümmern sollte. Er drückte eine Taste vor sich auf der Konsole und die Aufnahmekamera des Faces richtete sich auf ihn.

»Kontakt. Sargasser, Erster Offizier.« meldete er sich knapp. Admiral Merz kniff die Augen zusammen, als könnte sie ihn schlecht sehen.

»Ich warte seit geraumer Zeit auf eine Klarmeldung der *Nostradamus*, Herr Sargasser! Wie Sie aus dem Zeitplan unschwer ersehen können, soll das Schiff in 40 Minuten aus der Mondumlaufbahn beschleunigen. Ich darf Sie darauf hinweisen, daß das nächste Fenster für einen Start erst wieder in zwölf Stunden offen ist.«

Viktor blieb trotz dieser unverblümten Zurechtweisung ungerührt. »Ich habe verstanden, Admiral. Geben Sie uns bitte noch zehn Minuten, wir nehmen gerade einen letzten Final Check vor.«

Der Admiral zeigte keine Regung. Ich konnte mir jedoch vorstellen, wie es in ihr brodelte. Kein Schiff, das auf *Futhark* gebaut war, benötigte eine zusätzliche letzte Überprüfung und schon gar nicht von einer zusammengewürfelten Besatzung, wie wir es waren! Aber der Umstand, daß sich Viktor an meiner Stelle gemeldet hatte, schien ihr zu verraten, daß die Probleme nicht beim Schiff lagen.

»Zehn Minuten«, bestätigte sie und verschwand vom Face.

Ich ließ einige Sekunden Stille vergehen. Dann hob ich das Notizbuch auf und hielt es Schmidtbauer hin. »Wir waren bei der Kommandofrage stehengeblieben, Herr Professor! Ich möchte darauf hinweisen, daß ich die Unterschriften als einen symbolischen Akt sehe. Keiner unterschreibt einen vorgefaßten Text, sondern bestätigt mich im Beisein der gesamten Besatzung in meiner Eigenschaft als Kapitän und Verantwortlicher dieses Schiffes. Ferner möchte ich fairerweise darauf hinweisen, daß Raumkadett Wolfen die Ereignisse der letzten halben Stunde mit der Kamera aufgezeichnet hat.«

Schmidtbauer blickte sich suchend in der Zentrale um. Dann nahm er wütend das Buch in die Hand und klappte es auf.

»Das ist reine Erpressung!« giftete er mich an.

»Ich möchte Ihre Unterstellung in dieser emotionsgeladenen Situation nicht kommentieren«, antwortete ich scharf. »Bevor Sie unterschreiben, darf ich aber noch darauf hinweisen, daß ich jeglichen Alkohol- sowie Drogengenuß an Bord verbiete!«

Er steckte den Seitenhieb mit einem Achselzucken weg, während er mit einem Kompaktschreiber seinen Namen hart in das Buch kratzte.

»Kann ich jetzt auf meine Station gehen, Herr Kapitän?« fragte er zynisch. Ich nickte wortlos. Er und ich wußten, daß das letzte Wort in dieser Angelegenheit noch nicht gesprochen war.

Ich legte Frau Dr. Mayer meine Hand auf die Schulter und gab ihr das Notizbuch. Sie sah mich zweifelnd an, unterschrieb aber danach, begleitet von ein paar leisen Schniefern. Anschließend folgte sie Schmidtbauer, der die Zentrale schon verlassen hatte.

Sascha Meier tauchte neben mir auf und gab mir höflich die Hand. »Sagen Sie einfach Meier Zwo zu mir! Das machen alle, die mich kennen!« Auch er setzte seinen Namen in das Buch. In der Zentrale herrschte nun Aufbruchsstimmung. Jeder wußte, daß die Zeit bis zum Start knapp wurde. Vivian sah mich bittend an, während sie unterschrieb, aber ich winkte ab.

»Später«, sagte ich versöhnlich. »Wir müssen zunächst sehen, daß wir hier wegkommen.« Dann drehte ich mich zu den anderen herum. »Sie kennen alle den Einsatzplan für den Start. Für Schiffsbesichtigungen bleibt keine Zeit, also beeilen Sie sich, auf die zugewiesenen Stationen oder Räume zu kommen!«

»Viktor, kannst du mal für mich unterschreiben? Ich habe gerade keine Zeit. ›Karl-Heinz‹ mit Bindestrich!«

»Voodoo, bitte!« fuhr ich ihn an.

»Ja ja, ich komm ja schon.« Er kletterte wieder von dem erhöhten Sitz der Navigationseinheit herunter.

Mit einem letzten Blick in die Zentrale überzeugte ich mich, daß alle meinen Anordnungen nachkamen, dann setzte ich mich neben Viktor. Er aktivierte das Center Face, das sich sofort in viele Sektionen unterteilte, auf denen der Status des Schiffes angezeigt wurde.

»Mein lieber Mann, das wird noch ein hartes Stück Arbeit«, meinte er und deutete mit dem Kopf in die Richtung, in die Schmidtbauer verschwunden war.

»Wenn es nur Arbeit wird, werde ich heilfroh sein«, antwortete ich und rief die *Futhark*.

»*Futhark* von *Nostradamus*. Wir sind bereit zum Ablegen.«

Admiral Merz erschien mit Brummton und düsterem Gesicht in einem rot umrandeten Abschnitt in der Mitte des Faces.

»Kontakt, und bestätigt.« Mehr sagte sie nicht.

»Voo… ähm… unser Pilot Karl-Heinz Wörner übernimmt Ablegemanöver und Kommando für den Start!«

»Bestätigt! Ich übergebe die *Nostradamus* unserer Leitstelle. Herr Wörner, beachten Sie folgende Daten…«

Ich ließ mich erschöpft in den Sessel zurückfallen. Voodoo würde das Schiff aus der Mondumlaufbahn heraus beschleunigen. Nach einigen Stunden war die erste Phase mit dem Neutrino-Treiber vorgesehen. Und danach gab es kein Zurück mehr.

Vier Stunden später standen wir in Position für den Beginn der ersten Phase. Sie sollte zehn Minuten dauern und uns über 500 000 Kilometer transportieren. Bis zu unserem ersten Ziel, der *Südquelle*, waren zwölf Phasen vorgesehen, von denen die längste fast eine dreiviertel Stunde dauern sollte, in der der Neutrino-Treiber arbeitete.

Ich wartete mit Viktor vor dem Center Face auf eine Klarmeldung von Schmidtbauer, der sich mit Dr. Helene Mayer und Meier Zwo in den Anlagen des Teilchenbeschleunigers aufhielt. Voodoo saß immer noch in der NAV-Einheit. Nach dem Zünden der Triebwerke hatte er uns sicher aus der Mondumlaufbahn bis hierher gebracht. Es war harte Arbeit für ihn gewesen, denn der Bereich um den Mond war belastet mit Schiffsbewegungen aller Art. Der Erdtrabant hatte sich in den letzten Jahrzehnten vom romantischen Begleiter aller Liebespaare zum wichtigsten Rohstofflieferanten der Menschheit entwickelt. Alle größeren Konzerne und Restnationen waren auf der Mondoberfläche und damit meistens auch im Orbit vertreten. Noch gab es keine zentrale Lotsenüberwachung, über die der Schiffsverkehr reglementiert wurde, und obwohl die unterschiedlichen Stellen sehr gut zusammenarbeiteten, gab es dennoch genügend Situationen, die besonders einen Typen wie Voodoo öfter zu lauten Flüchen veranlaßten.

Appalong hatte es sich nicht nehmen lassen, sich sofort in das Observatorium zu begeben, obwohl er auch nicht den frischesten Eindruck machte. Luis Santana war in den Katakomben des Schiffes verschwunden, aus denen er für die gesamte Dauer der Reise nur selten auftauchen würde. Er war ein Einzelgänger von besonderem Format, dem einzig und allein das reibungslose Funktionieren eines Schiffes am Herzen lag. Es konnte durchaus sein, daß wir ihn tagelang nicht zu Gesicht bekommen würden. Während solcher Perioden fragte ich mehrmals das Überwachungsprogramm ab, um mich zu vergewissern, ob er überhaupt noch lebte. Natürlich war die Sorge unbegründet, denn sein CyCom würde mir sofort melden, wenn mit ihm etwas nicht in Ordnung war, aber trotzdem war ich immer beruhigt, wenn der grüne Punkt, der seinen Standort angab, auf dem Face aufblinkte. Mir erschien sein Drang nach Isolation fast schon eine krankhafte Sucht zu sein, aber er hatte mir einmal in einem Gespräch erklärt, daß er sich in seinem Alleinsein glücklich und sicher fühlte.

Der Rest der Besatzung war von Vivian Weiss hinüber in die Wohneinheiten des zweiten Zylinders begleitet worden, wo jeder von uns über einen eigenen großzügig ausgestatteten Lebensbereich verfügte. Außerdem waren dort die medizinische Station, verschiedene Sportanlagen, ein Schwimmbad, eine Gartenanlage und mehrere Aufenthaltsbereiche untergebracht, von denen der dschungelartige Park ein wahres Meisterwerk der Konstrukteure war.

Vor einigen Minuten hatte ich alle von dem unmittelbar bevorstehenden Beginn der ersten Phase informiert. Mir war der neue Antrieb nach wie vor suspekt. Ich wollte vermeiden, daß bei auftretenden Schwierigkeiten jemand im Schlaf überrascht wurde.

An Schlaf vermied ich zu denken, wahrscheinlich ebenso Viktor und Voodoo, aber ich hoffte darauf, nach dem Abschalten des Neutrino-Treibers die Zentrale für einige Stunden verlassen zu können.

Voodoo meldete sich aus seiner Navigationseinheit.

»Chef, der Kahn ist genau auf die vorgesehene Sternenkonstellation ausgerichtet! Er reagiert übrigens hervorragend, ich könnte ihn sogar von der Toilette aus steuern!«

Ich glaubte ihm aufs Wort, denn selbst an diesem Ort waren Befehlskonsolen installiert, aber ich wußte, daß Voodoo seinen Hochsitz in der Zentrale auf jeden Fall aufsuchen würde. Die NAV-Einheit, in der er saß, war ein kugelförmiges Gebilde, das den Bediener in die perfekte Illusion der Sternenwelt entführen konnte, ähnlich wie das Planetarium von Hellbrügge in Manching. Die dreidimensionale Raumwirkung war hauptsächlich für schwierige und langsame Manöver wie zum Beispiel beim Andocken gedacht. Nichtsdestoweniger genoß Voodoo das scheinbare Schweben im sternenübersäten Weltraum – keinen halben Meter von meinem Platz entfernt.

»Gut, wenn die Klarmeldung vom Antrieb kommt, kannst du…«

Mitten in meinen Satz hinein erschien Dr. Helene Mayer auf einem Segment auf dem Center Face.

»Kapitän Nurminen, wir sind soweit! Bringen Sie die *Nostradamus* bitte auf einen Beschleunigungswert von zehn Metern pro Sekundenquadrat! Die Rotation der Zylinder kann bei der geringen Beschleunigung bestehen bleiben, aber die Besatzung sollte sich sichern!«

Ich war von soviel Zuvorkommenheit überrascht, denn es war absolut unnötig, uns in der Zentrale die Leitung für den Beschleunigungsvorgang zu überlassen. Ich wollte das Angebot schon zurückweisen, weil mir der Ablauf in dieser Weise zu umständlich erschien, außerdem könnte es unter Umständen zu Mißverständnissen führen, entschied aber dann vorerst anders.

»Bestätigt. 10 m/sec Beschleunigung. Rotation bleibt bestehen. Zusätzliche Sicherung der Besatzung!«

Viktor zog die Augenbrauen hoch, nachdem das Gesicht von Frau Mayer wieder vom Face verschwunden war. »Warum so umständlich? Die können doch die Einleitung der Beschleunigung selbst übernehmen!«

»Ich weiß«, antwortete ich, »aber ich wollte unsere Freunde nicht gleich wieder maßregeln. Das nächste Mal weise ich sie darauf hin.«

Ich gab die Daten an Voodoo weiter. Anschließend ließ ich einen ›Ping‹ durchs Schiff hallen. Der Ping war ein Klangzeichen, der aus der Seefahrt entnommen war: Er klang ähnlich wie der markante Echolot-Ton der U-Boote und kündigte in der Flotte des Konzerns wichtige Meldungen an, die die gesamte Besatzung betrafen. Nachdem ich alle von der Lage unterrichtet hatte, wartete ich gespannt auf den weiteren Ablauf.

Nach einigen Sekunden war Suzannes Stimme überall im Schiff zu hören. Wir hatten beschlossen, meinen CyCom auch für die allgemeinen Meldungen zu verwenden, da die Koordination aller Befehle sowieso über Suzanne lief.

»Beginn der Beschleunigung der *Nostradamus* in 10 Sekunden!«

Ihre Stimme kam mir über das Audiosystem unpersönlich und fremd vor.

»…3… 2… 1… ab jetzt!«

Ein leichter Ruck ging durch das Schiff, als uns das Haupttriebwerk mit verhaltener Kraft dezent anschob.

»Konstante Beschleunigung erreicht. Wert 10 Meter pro Sekundenquadrat. Haupttriebwerk arbeitet weiter bis Stop von NAV.«

Dr. Helene Mayer erschien wieder in ihrem Segment.

»Bestätigt. Der Neutrino-Treiber ist einsatzbereit! Es ist zwar nicht unbedingt nötig, aber wir möchten die Besatzung bitten, während der Phase auf gesicherten Plätzen zu bleiben! Außerdem möchte ich darauf hinweisen, daß bei einigen Personen Reaktionen im Kopfbereich auftreten können. Ich kann aber versichern, daß die Erscheinungen ohne gesundheitliche Nachwirkungen bleiben.«

Überrascht richtete ich mich auf. Auch Viktor, der es sich mit geschlossenen Augen in seinem Sitz bequem gemacht hatte, schaute verwirrt auf das Face.

Reaktionen im *Kopfbereich*! Was sollte das nun wieder heißen?

»Frau Dr. Mayer, einen Moment, bitte!« sagte ich schnell. »Ich habe in keinem Dossier von Auswirkungen des Neutrino-Treibers auf die menschliche Physis gelesen! Bitte beschreiben Sie die Aussage über ›Reaktionen im Kopfbereich‹! Was meinen Sie damit?«

Sie blickte einen Moment unsicher zur Seite. Es war offensichtlich, daß Schmidtbauer es vermied, mit mir in Kontakt zu treten und sie deshalb als Sprachrohr bestimmt hatte, aber das war mir gleichgültig, solange es der Harmonie auf dem Schiff diente.

»Wir haben jetzt nicht die Zeit, Auswirkungen zu kommentieren, die unter Umständen auftreten könnten«, antwortete sie mit fester Stimme. »Ich kann Ihnen aber nochmals versichern, daß es zu keinerlei Schäden kommen wird. Manche Menschen verspüren leichte Kopfschmerzen, andere bleiben völlig unbehelligt.«

Ich war unsicher. Leichte Kopfschmerzen klang nicht besonders gefährlich. Wegen dieser Aussage konnte ich nichts unternehmen. Was sollte ich auch dagegen veranlassen? Wir hatten keine Zeit für eine genauere Erörterung, also beschloß ich, zunächst alles nach Plan weiterlaufen zu lassen.

»Wir werden sehen«, meinte ich zögernd. »Machen Sie weiter wie vorgesehen!«

Eine dunkle Vorahnung verkrampfte meine Muskeln. Eben noch hatte ich mich auf eine baldige Ruhepause gefreut, und nun saß ich stocksteif in meinem Sessel. Ich rollte mit den Schultern, um etwas lockerer zu werden, als sich Suzanne wieder meldete.

»Beginn der ersten Phase in zehn Sekunden! Plus/Minus eine zehntel Sekunde! Center Face wird wie vereinbart mit Außenbild belegt!«

Die Beleuchtung in der Zentrale wurde um einige Nuancen dunkler. Auf dem Center Face verblaßten die einzelnen Segmente. Nach einem weichen Übergang standen die Sterne des Weltraums vor uns auf dem großen Rechteck. Unwillkürlich krallte ich mich mit meinen Händen an den Armlehnen fest.

»…2… 1… Phase, ab jetzt!«

Zunächst geschah nichts, die Sterne waren unvermindert auf dem Face zu sehen. Einen kurzen Augenblick lang dachte ich, es hätte nicht funktioniert.

Doch dann flutete urplötzlich gleißend weißes Licht auf uns zu. Obwohl ich darauf vorbereitet war, drehte ich erschreckt den Kopf zur Seite und schloß geblendet die Augen.

Aus Viktors Richtung vernahm ich ein ersticktes Keuchen.

Ich zwang mich dazu, rational zu denken und atmete zunächst einmal tief durch. Ich spürte keinerlei Schmerzen im Kopf. Auch sonst war alles normal. Vorsichtig wagte ich einen Blick durch meine zusammengekniffenen Augenlider auf das Center Face, auf dem die Helligkeit durch automatisch vorgeschaltete Filter beträchtlich abgenommen hatte. Trotzdem war die Zentrale in hartes Licht getaucht, das lange Schlagschatten in den Raum warf.

Viktor neben mir stöhnte leise. Er hatte den Kopf gesenkt und hielt eine Hand vor die Augen. Als ich mich zu ihm hinüberbeugen wollte, um nach ihm zu sehen, spürte ich es: Es begann mit einem kaum wahrnehmbaren Aussetzen meines Blickfeldes. Zuerst dachte ich, das Licht in der Zentrale hätte geflackert, gleichzeitig meinte ich, ein leises Flüstern zu hören, das sich von einer unbestimmbaren Richtung her in meinem Gehirn versenkte, wo es einen Moment lang wie ein Wasserfall aufbrandete, aber nicht lange, denn bald verwandelte es sich zu einem sogartigen Ziehen, das mir kurzzeitig die Orientierung raubte.

Ich mußte mich an der Konsole stützen, während meine Gedanken auseinanderwirbelten. Hilflos berührte ich Viktors Arm. Es sollte eine Geste der Beruhigung sein, dabei konnte ich selbst meine eigene Situation nicht erfassen. Ich ließ mich wieder in meinen Sessel fallen. Vielleicht waren es ja auch Spätfolgen des Schlages, den ich auf *Noordung* erhalten hatte, aber mit einem Blick auf Viktors Zustand verwarf ich die Möglichkeit sogleich wieder.

Inzwischen hatte sich das Ziehen in eine pulsierende Vibration verstärkt, die schmerzhaft hinter meinen Schläfen pochte. Ich preßte meine Hände an die Ohren, aber das brachte keine Linderung.

Wenigstens funktionierte trotz der Schmerzen mein Verstand noch. Ich hatte mich jetzt einigermaßen wieder von meiner anfänglichen Verwirrung gelöst und holte die einzelnen Sektionen des Schiffes auf das Center Face. Das weiße Leuchten verschwand. Mein erster Gedanke war, mir eine medizinische Beratung einzuholen, deswegen rief ich den Raum an, in dem sich Vivian und die meisten anderen Besatzungsmitglieder aufhielten. Ich bekam jedoch keine Antwort und wollte gerade auf die dortige Überwachungskamera umschalten, als das schmerzverzerrte Gesicht von Hagen Lorenzen auf dem Face erschien.

Er machte immer wieder den Mund auf und zu, wie ein Fisch im Aquarium. Zuerst glaubte ich, daß er nach Luft schnappte, bis ich erkannte, daß er versuchte mit mir zu reden.

Ich konnte ihn nicht hören.

»Ich kann Sie nicht verstehen!« brüllte ich zum Face hin. Unmittelbar darauf dröhnte in mir meine eigene

Stimme wider. Es war, als hätten sich alle meine Sinne nach außen gekehrt! Mein Kopf war zum Bersten angefüllt mit Klängen und dumpfen Baßgeräuschen. Tränen traten mir in die Augen, außerdem verstärkten sich weiterhin die Vibrationen mit symphoniestarken Dissonanzen, die mir Übelkeit verursachten.

Lorenzen machte mit bitterem Gesicht eine hilflose Geste. Ich nahm ihn auf dem Face nur noch verschwommen wahr, sein Körper und seine Hände waren wie von einer überstrahlenden Aura umgeben. Sein Umfeld, die hinter ihm stehenden Einrichtungsgegenstände und Pflanzen, wirkten, als wären sie mehrfach auf eine Leinwand projiziert. Als ich mich in der Zentrale umsah, bemerkte ich überall den gleichen Effekt. Viktor lehnte mit verschränkten Armen und geschlossenen Augen regungslos seitlich in seinem Sitz. Er war von einem grellen weißen Licht umgeben und strahlte wie eine Heiligenerscheinung.

Ratlos tapste ich ihn mit meinen Händen an. Es war mir mittlerweile klar geworden, daß die Auswirkungen des Neutrino-Treibers zu diesen Erscheinungen führten, aber anscheinend hatte niemand von den zusätzlichen Belastungen gewußt, außer Schmidtbauer und seine Crew. Es fiel mir zusehends schwerer, überhaupt noch irgendwelche Überlegungen aufrechtzuerhalten, denn die Vibrationen waren nun in ein merkwürdiges Ziehen und gleichzeitig in einen bohrenden Schmerz übergegangen, der in einem bestimmten Rhythmus heftiger wurde und danach etwas an Intensität verlor, bevor er wieder erneut einsetzte.

Schlagartig war alles vorbei.

Unbewußt stieß ich einen befreienden Schrei aus und stützte mich mit schweißnassen Händen auf der Konsole ab. Die Zeitangabe auf dem Center Face zeigte tatsächlich 15 vergangene Minuten an! Nach meinem

Empfinden waren seit Suzannes Ansage höchstens ein Drittel der Zeit verstrichen.

Voodoo purzelte aus seiner NAV-Einheit heraus und hielt sich mit wackligen Beinen an dem freien Sessel neben mir fest. Aus seiner Nase floß ein kleines Rinnsal helles Blut.

»Bei Loki und seiner Brut, ich kündige hiermit meinen Vertrag!«

Er fuhr sich durch sein verschwitztes Haar. Dann bemerkte er das Blut auf seiner Oberlippe. Er wischte es mit dem Handrücken weg und betrachtete den roten Flecken.

»Ich bin verwundet! Auch das noch! Hey, was ist mit Viktor?«

Er polterte an mir vorbei. Viktor hing leblos über der Lehne. Ich stand wacklig auf und half Voodoo, den Bewußtlosen in eine aufrechte Stellung zu ziehen.

»Puls schnell, nicht kritisch, aber wir sollten vorsichtshalber die Rastalocke rufen!« sagte er. Ich nickte stumm und stolperte an meinen Platz zurück. Eine Wut auf Schmidtbauer stieg in mir hoch, aber ich mahnte mich zur Vernunft. Ohne daß ich eine Verbindung hergestellt hatte, füllte plötzlich Vivian das Center Face aus.

»John, wir haben hier Schwierigkeiten mit Halbmond. Es sieht nicht gut aus. Es scheint ein tranceähnlicher Zustand zu sein, ihr Puls ist fast nicht mehr vorhanden. Sie muß sofort in die medizinische Station. Ballhaus ist auch bewußtlos. Ich hätte nie gedacht, daß sich das so auswirkt.«

»Was auswirkt? Hast du davon gewußt?«

»Joseph hat ein paar Andeutungen gemacht«, erklärte sie hastig. »Seid ihr in Ordnung?«

»Ja, bis auf Viktor, aber sein Zustand ist stabil!« informierte ich sie.

»Leg ihn auf den Boden! Füße nach oben! Bleib bei

ihm und beobachte ihn! Ich komme, so schnell ich kann.«

Sie unterbrach die Verbindung. Viktor kam in diesem Moment mit einem Stöhnen wieder zu sich. Er blinzelte Voodoo und mich eine Weile verständnislos stumm an, dann räusperte er sich und sagte: »Nicht gut. Wie oft machen wir das noch, elfmal?«

Ich atmete erleichtert auf, aber Viktor hatte das Problem erkannt. Alle würden wir das nicht durchstehen, besonders Halbmond war anscheinend am meisten gefährdet, falls sie die erste Phase überhaupt überleben würde.

»Schmidtbauer reitet uns immer tiefer rein. Hast du von diesen Nebenerscheinungen etwas gewußt?« fragte ich düster.

Er setzte sich ächzend bequemer hin und schüttelte schweigend den Kopf.

Ein Ping hallte auf. Anschließend ertönte Suzannes fröhliche Stimme: »Status der *Nostradamus*. Die erste Phase ist erfolgreich beendet. Zurückgelegte Strecke: 564 087 Kilometer. Alle Systeme O.K. Die Einleitung der zweiten Phase ist für 21.15 Uhr festgelegt, ist gleich in exakt 16 Stunden und 24 Minuten.«

»Na bravo!« flüsterte Viktor.

»Wir wußten nicht, daß die Nebenwirkungen zu solchen Schäden führen können. Natürlich hatten wir alle Kopfschmerzen nach jeder Phase, aber das war auszuhalten, außerdem gewöhnt man sich mit der Zeit daran, man stellt sich darauf ein.«

Dr. Helene Mayer war von Schmidtbauer zu der Lagebesprechung geschickt worden, die ich eine halbe Stunde später in der Zentrale zusammen mit Viktor Sargasser, Voodoo und Vivian Weiss angesetzt hatte.

»Haben Sie sich denn keine Gedanken darüber gemacht, woher diese Vibrationen stammen? Gibt es keinen Schutz dagegen?« fragte ich mühsam beherrscht. Ich schäumte innerlich vor Wut über die geschönten Berichte, die ich mir vor unserem Unternehmen hatte anhören müssen. Es war von einem ausgereiften Wunderwerk die Rede gewesen, einem Sprung ins nächste Jahrtausend. Schmidtbauer und sein Team wurden als geniale Konstrukteure bezeichnet, die es in kurzer Zeit geschafft hatten, den Neutrino-Treiber als ein zuverlässig arbeitendes Aggregat in ein Schiff zu integrieren. Ich war ein Hornochse gewesen, mich auf diese Aussagen zu verlassen. Ich hätte spätestens bei meinem Gespräch mit Admiral Merz auf *Futhark* hellhörig werden müssen.

Dr. Helene Mayer zögerte mit der Antwort. »Nun, nein… wir hatten mit anderen Problemen zu kämpfen…«

»Sie haben Ihre Schmerzen einfach ignoriert?« mischte sich Vivian ungläubig ein. »Sie begeben sich mit Ihrem Antrieb auf ein völlig unbekanntes Gebiet, erfahren körperliche Schmerzen dabei und nehmen das einfach so hin?«

Dr. Helene Mayer blickte sie irritiert an. Dann sagte sie leise: »Was haben Sie denn für eine Ahnung davon, was wir in den letzten Jahren hier auf dem Schiff geleistet haben! Wir haben unter Entbehrungen gelebt, die Sie sich in Ihren kühnsten Träumen nicht vorstellen können, und nun kommen Sie hierher, haben nur Ihr eigenes Vergnügen im Kopf, und so eine Person will mir Unterlassungen vorhalten!«

»Halt, bitte, meine Damen!« schritt ich ärgerlich ein. Ich fing Vivian ab, die sich ihrer Kontrahentin gefährlich genähert hatte. Obwohl ich stocksauer und zudem todmüde war, wollte ich wenigstens annähernd wissen, wie schlimm unsere Lage war. Dazu brauchte ich nicht auch noch einen Streit zwischen den beiden Frauen. Ich packte Vivian entschlossen an den Schultern und schob sie auf ihren Platz zurück. Die kurze Berührung mit ihr löste bei uns beiden eine Erinnerung an andere Zeiten aus. Sie schenkte mir einen weichen Blick. Übergangslos schien sie den Vorfall vergessen zu haben. Widerstrebend mußte ich Dr. Helene Mayer teilweise beipflichten: Diese Frau hatte hauptsächlich ihr Vergnügen im Kopf.

»Darf ich einmal zusammenfassen: Der Neutrino-Treiber hat reibungslos gearbeitet, aber wir haben drei Personen an Bord, die auf die Nebenwirkungen sehr stark reagieren. Viktor und Richard Ballhaus sind soweit wieder hergestellt...«, sagte ich.

»Halbmonds Zustand ist weiterhin kritisch«, ergänzte Vivian sachlich. »Für eine zweite Phase kann ich keine Voraussage erstellen, ganz zu schweigen für die ganze Strecke, die wir noch vor uns haben!«

Die Runde schwieg nach dieser Aussage. Ich grübelte ebenfalls, kam aber immer wieder zu dem selben Ergebnis: Ich mußte die Mission abbrechen, auch wenn mir der Hohn und Spott der gesamten Weltpresse sicher waren.

»Ich kann keine Hoffnung auf ein Abstellen der Effekte machen«, begann Dr. Helene Mayer wieder. »Das Schiff ist zwar gegen jegliche Strahlung von außen durch die dicke Ummantelung geschützt, auch ist die innere Zelle vor elektromagnetischen Einwirkungen vom Antrieb gesichert, aber wir haben es hier mit Gravitationswellen und Temporalverschiebungen zu tun, die das gecrackte Neutrinofeld produziert. Wir haben noch keine Abhilfe dagegen. Außerdem war der Flug dafür gedacht, neue Erkenntnisse auch auf diesem Sektor zu gewinnen.«

»Der Tod ist wohl auch eine neue Erkenntnis«, spottete Vivian.

»Frau Doktor Weiss«, entgegnete Dr. Helene Mayer mit erhobener Stimme, wobei sie jedes Wort des Namens einzeln betonte. »Jedem sollte von Anfang an bewußt gewesen sein, daß er bei dieser Reise nicht automatisch eine Rückfahrkarte gelöst hat.«

Das waren harte Worte. Ich konnte nur hoffen, daß nicht alle von uns die gleiche Einstellung hatten, denn wenn jeder so dachte, brauchten wir gar nicht erst weiterzudiskutieren.

»Aussagen dieser Art will ich nicht mehr hören!« wies ich sie entschieden zurück. »Außerdem möchte ich um mehr Sachlichkeit bitten!«

»Wir könnten die Möglichkeit diskutieren, Frau Cahor in einem der beiden Beiboote zurückzulassen«, sagte Viktor. »Wir sind noch nicht so weit vom Mond oder der Erde entfernt. Frau Cahor könnte in der Nähe von einem Schiff aufgenommen werden. Dabei gehe ich davon aus, daß Herr Ballhaus und ich die folgenden Phasen einigermaßen überstehen werden.«

Während meiner Überlegungen hatte ich auch schon an diese Möglichkeit gedacht. Trotzdem, wer garantierte uns, daß Ballhaus und Viktor die länger dauernden Phasen lebend überstehen würden. Oder der Rest der Mannschaft. Auch ich hatte kein großes Verlangen danach auszuprobieren, wie ich mich nach einer 45-minütigen Phase fühlen würde.

Plötzlich fuhr Voodoo wie von der Tarantel gestochen auf.

»Ach du Scheiße!«

Wir schauten ihn alle fragend an.

»Luis«, klärte er uns auf. »Wir haben Luis ganz vergessen.«

Er schnippte mit dem Finger an seinem Mikrophon herum, das sich vor seinem Mund befand, und zog ein Face zu sich heran.

»Luis, kannst du mich hören?«

Keine Reaktion.

»Luis, verdammt noch mal, melde dich!« Er knallte

mit der Faust seitlich an das Face. Sekunden später erschien Santanas Gesicht mit deutlich geröteten Augen.

»Ah, Voodoo! Entschuldige, ich muß eingeschlafen sein.«

»Luis, wie geht es dir?«

Luis Santana blinzelte ihn verständnislos an. »Ah, gut. Und wie geht es dir?«

Wir schauten uns verblüfft an.

»Luis, wie hast du die Phase überstanden?« fragte ich ihn.

»Da habe ich noch nicht geschlafen«, antwortete er schnell. »Ich habe mich vorschriftsmäßig gesichert. Eigentlich wollte ich vorher in der Messe aufräumen, aber dann bin ich doch zuerst in die Lagerräume, weil…«

»Luis, hast du während der Phase etwas gespürt? Hast du Kopfschmerzen?« unterbrach ich ihn.

»Ah, nein.«

Wie sich herausstellte, hatte er mit keinerlei gesundheitlichen Problemen zu kämpfen gehabt. Er war gleich nach unserer heftigen Diskussion mit Schmidtbauer zu den hinteren Lagerräumen aufgebrochen und hatte sie bis zum jetzigen Zeitpunkt nicht verlassen. Während der Phase hatte er sich wegen der dort herrschenden Schwerelosigkeit an einer Wand gesichert. Dann war er einfach in den Gurten hängend eingeschlafen.

»Es wäre eine Möglichkeit, daß Schwerelosigkeit die Kopfschmerzen lindert. Die Durchblutung der oberen Regionen des Körpers ist dabei viel stärker als zum Beispiel auf der Erde«, meinte Vivian. »Alle Personen, die sich während der Phase in der Schwerelosigkeit aufgehalten haben, ertrugen die Auswirkungen viel besser als die anderen, die sich im Zylinder aufgehalten haben. Auch Appalong, der sich im Observatorium aufhielt, hat die Phase gut überstanden.«

»Das wäre eine Überlegung, aber ich glaube, es

spielen noch andere Faktoren eine Rolle«, warf Viktor nachdenklich ein. »Ich meine, daß ich während der Phase einen auf- und abschwellenden Rhythmus gespürt habe.«

»Richtig!« bestätigte ich. »Das habe ich auch gespürt. Der Schmerz wurde stärker und ließ dann wieder etwas nach.«

Viktor nickte. »Die Drehung des Zylinders! Wir entfernen uns zunächst ein Stück vom Kollisionspunkt der Neutrinos mit den beschleunigten Teilchen und nähern uns ihm anschließend wieder.«

Ich wiegte zweifelnd den Kopf. »Das sind keine 50 Meter Unterschied. Meinst du, das macht soviel aus?«

»Das weiß ich nicht, aber Luis war im hinteren Laderaum – und das ist noch mal 150 Meter weiter weg vom Kollisionspunkt.«

»So wie ich die Sache sehe, packen wir also in Zukunft unseren Schlafsack und ziehen in den Kohlenkeller«, sagte Voodoo.

»Ja, vielleicht wäre das eine Lösung«, stimmte ich halbherzig zu, »aber ehrlich gesagt, irgend etwas sagt mir, daß Schwerelosigkeit und Abstand nicht der einzige Grund für Luis Wohlbefinden sein können.«

Ich schaute in die Runde. Dr. Helene Mayer schien meine Überlegungen zu teilen, denn sie nickte unmerklich. Ihre anschließende Äußerung bewies, daß sie schon weiterdachte.

»Ich habe keine Möglichkeit, die Stärke der Wellen – wenn ich die Effekte einmal so bezeichnen darf – zu messen, das heißt wir bekommen nur dann ein Ergebnis, wenn wir es ausprobieren, und das würde unter Umständen bedeuten, das Leben von Frau Cahor zu riskieren!«

# 5

Ich wachte plötzlich auf. Als ich Suzanne nach der Uhrzeit fragte, nannte sie mir 16.45 Uhr. Das bedeutete, ich hatte sieben Stunden ohne Unterbrechung geschlafen. Nach der Besprechung hatte ich mich in das kleine Kapitänsappartement gleich in der Nähe der Zentrale begeben. Ohne mich zu entkleiden, hatte ich mich ungesichert einfach auf das Bett gelegt und war sofort eingeschlafen.

Ich fühlte mich gut. Selbst die in mein Bewußtsein einstürmenden Komplikationen mit dem Neutrino-Treiber konnten meiner guten Laune nichts anhaben. Beunruhigt war ich allerdings darüber, daß ich so ungestört hatte schlafen können, deswegen forderte ich Suzanne auf, mir die eingegangenen Nachrichten vorzulesen.

〉Ich darf dir mitteilen, daß keine Nachricht mit den Worten ›dringend‹ oder ›Notfall‹ versehen war, deswegen habe ich deine Regenerationsphase nicht unterbrochen!〈

»Suzanne, gut gemacht!« lobte ich sie. Bei dem Wort Phase verzog ich angewidert den Mund.

〉Die Nachrichten sind geordnet: Die Akte ›Intern‹ bezeichnet Informationen, die aus der *Nostradamus* kommen, die Akte ›Extern‹ enthält Anrufe von der Erde.〈

Sie machte eine Pause, um auf weitere Anordnungen von mir zu warten. Ich stand auf und zog den blauen Overall aus. Auf dem Weg zur Dusche entledigte ich mich von der restlichen Kleidung.

⟩Soll ich die Nachrichten in zeitlicher Reihenfolge abspielen? Es wäre auch kein großer Aufwand, sie in einer alphabetischen Kartei zu sortieren, allerdings gäbe es Probleme bei der Zuordnung der Bezugspunkte der Absender…⟨

»Suzanne, zeitlich reicht!« rief ich, schon in einem feinen Sprühnebel stehend.

⟩11.04 Uhr, Dr. Vivian Weiss: ›John, Halbmond ist bei Bewußtsein. So wie es aussieht, hat sie keine Schäden davongetragen. Sie schläft jetzt. Ich lege mich auch etwas hin. Übrigens, alle Achtung, wie du dich auf dem Schiff eingeführt hast. Jeder spricht mit großem Respekt von dir. Und… äh… es ist schön, dich wieder zu sehen.‹⟨

»Ja, ja, ja«, brummelte ich vor mich hin. Dann stellte ich die seitlichen Massagestrahlen an.

⟩War deine letzte Aussage eine Bestätigung zum weiteren Abspielen der Nachrichten?⟨

»Suzanne, ja!« sagte ich laut.

⟩11.58 Uhr, Dr. Helene Mayer: ›Wir sind mit Ihrem Vorschlag, die nächste Phase um 24 Stunden zu verschieben, einverstanden. Wir möchten Sie aber darauf hinweisen, daß wir deswegen mindestens zwei Phasen in der Zeitspanne verlängern müssen, andernfalls werden wir *Südquelle* und damit Nofretete nicht rechtzeitig erreichen.‹⟨

Wir waren in unserer Runde zu keiner Lösung des Problems gekommen. Es war nicht möglich, eine kurz dauernde Phase zum Nachprüfen unserer Erkenntnisse einzuschieben, denn der Neutrino-Treiber mußte nach jeder Benutzung aufwendig nachjustiert werden. Wir brauchten dringend jeden Kilometer, der uns dem Ziel näherbrachte. Die nächste Phase sollte uns 10 Millionen Kilometer weiter an die *Südquelle* heranführen. Das bedeutete die 30fache Entfernung Erde-Mond. Wenn wir diese Strecke hinter uns gelassen hatten, konnten wir Halbmond nicht mehr in dieser Weltraum-Einöde aussetzen. Bis ein Schiff zu ihrer Rettung eintreffen würde, wäre sie viel zu lange der harten Strahlung der Sonne ausgesetzt, es würde den sicheren Tod für sie bedeuten.

Ich mußte in den nächsten zwanzig Stunden entscheiden, ob wir sie mitnahmen oder sie jetzt zurückließen.

»Suzanne, weiter bitte!« Ich stellte das Wasser ab.

›Ende der mündlichen Nachrichten. Dr. Appalong und Herr Lorenzen haben angerufen, ohne eine Information zu hinterlassen. Kadett Wolfen hat mir Videomaterial überspielt.‹

»Sehr gut!«

›Darf ich deine Aussage als Anforderung der externen Akte auffassen?‹

»Äh... Suzanne, ja positiv!«

›12.05 Uhr, 14.00 Uhr, 15.45 Uhr: Anrufe von Dr. Hellbrügge: keine Nachricht. 15.51 Uhr: Walter Berchtold: keine Nachricht. 16.01 Uhr: Fritz Bachmeier: eine Bitte um Rückruf. Ende der externen Akte.‹

Natürlich wollte die Basis auf der Erde die ersten Berichte haben. Dankbar registrierte ich, daß keiner von den Anrufern auf Dringlichkeit gepocht hatte.

»Suzanne, spiel mir doch bitte das Videomaterial von Wolfen vor! Auf dem großen Face gegenüber dem Bett!«

Ich ließ mir den Anfang und das Ende des Materials zeigen. Zufrieden holte ich danach frische Wäsche aus dem Spender. Den Overall fand ich nicht so kleidsam, also wählte ich nur Hose und T-Shirt, natürlich in Blau.

Anschließend diktierte ich Suzanne einen Bericht über die Ereignisse an Bord, fügte die Videoaufnahmen kommentarlos dazu und beauftragte Suzanne, alles an Hellbrügge und Fritz zu senden. Später wollte ich mich mit ihnen in Verbindung setzen, aber zunächst plante ich, in der Messe ausgiebig zu frühstücken, wenn man das um die Uhrzeit noch so nennen konnte. Außerdem mußte ich die Besatzung von unserem Status informieren, denn es war an der Zeit, daß wir geordnete Verhältnisse an Bord bekamen.

Bevor ich in die Messe ging, schaute ich in der Zentrale vorbei. Luis Santana hatte die Wache freiwillig übernommen. Er saß vor dem Center Face und kontrollierte seine Bestände.

»Ah, John, wie geht es dir?«

Ich klopfte ihm freundschaftlich auf die Schulter. »Besser als vorher, danke. Wie lange sitzt du schon hier?«

»Seit ich vom Laderaum hochgekommen bin. Voodoo löst mich gleich ab.«

Ich nickte zufrieden. »Ich würde mich gerne mit dir und Viktor um – sagen wir einmal – 0.00 Uhr in dem Laderaum treffen, in dem du dich während der Phase aufgehalten hast, ist dir das recht?«

»Kein Problem. Meinst du, wir müssen uns dort in Zukunft häuslich niederlassen, wenn der Neutrino-Treiber arbeitet?«

»Ich glaube ja. Es wäre gut, wenn du vorsichtshalber ein mobiles Face mit einem Terminal dort unten installieren könntest, ich denke, wir werden es bald benötigen.«

Luis stimmte bereitwillig zu. Ich konnte darauf wetten, daß sein nächster Gang von hier direkt in den Laderaum führen würde, um den Auftrag auszuführen, bevor er sich etwas Ruhe gönnte.

Er zeigte mir noch die Aufzeichnungen der Anrufe, die eingegangen waren. Mit Hellbrügge und Fritz

Bachmeier hatte er sich in einem belanglosen Gespräch unterhalten.

»Ich habe ihnen erzählt, daß alles zufriedenstellend verlaufen ist, sonst hätten sie dich bestimmt gleich aus dem Bett geholt. Bachmeier hat mir das aber anscheinend nicht abgenommen, er hat mich so zweifelnd angeschaut.«

Das macht sein Beruf, dachte ich mir. Anschließend verabschiedete ich mich von Luis und ging weiter in die Messe, wo alles vor Sauberkeit blitzte. Voodoo saß an einem Tisch, mampfte an einem warmen Etwas herum und las in einem Videoboard, das neben dem Teller lag.

»Heißer Bananenbrei mit Schokoladenstückchen«, erklärte er, als ich das flüssige Zeug näher begutachten wollte. »Es ist noch ein ganzer Topf von der Suppe da, willst du auch etwas?«

Angewidert schüttelte ich den Kopf. Es war mir ein Rätsel, wie er den Küchenautomaten dazu gebracht hatte, so etwas herzustellen, ganz zu schweigen davon, wie ein Mensch das essen konnte. Ich bestellte über Suzanne das heutige Frühstück und Kaffee.

⟩Befehl Nr. 34 vom 3. 12. 2039, wörtliche Wiedergabe: ›Suzanne, wenn ich mich jemals wieder auf einem Raumschiff aufhalten werde, erinnere mich daran, daß ich mir meinen Kaffee selber mache, das Gesöff aus den Automaten ist ungenießbar!‹ Ich habe den Befehl Nr. 34 ausgeführt. Nächster Schritt: Möchtest du Kaffee aus dem Küchenautomaten, oder stellst du ihn selber her?⟨ fragte sie nach.

Ich lachte laut auf. Voodoo sah mich neugierig an.

»Suzanne, ausnahmsweise Kaffee aus dem Küchenautomaten«, sagte ich laut.

Voodoo grinste mich an. »Ich erinnere mich, daß du vor Jahren einmal Suzanne gefragt hast, ob der Automat überhaupt Bohnen für den Kaffee verwendet. Und sie hat geantwortet, daß diese Hülsenfrüchte für die Kaffeezubereitung nicht geeignet wären, der Automat würde die gerösteten Samen des Kaffeestrauchs verwenden!«

Von der Küchenzeile ertönte ein leiser Gong. Ich ging hinüber und holte mir das Tablett mit dem Frühstück ab.

Voodoo verzog angeekelt das Gesicht, als ich mich ihm gegenübersetzte. »Verbrannte Eier! Wie man so etwas nur essen kann!«

Ich deutete mit einer Kopfbewegung auf das Videoboard.

»Was gibt es denn Interessantes?«

»Ich habe mich vorhin mit Ape unterhalten. Er ist anscheinend nach der Neutrino-Mafia der Mann, der am meisten hier auf dem Schiff etwas von dem neuen Antrieb versteht.«

»Neutrino-Mafia? Voodoo, ich möchte den Ausdruck nicht mehr hören!« sagte ich ärgerlich.

Er wurde plötzlich sehr ernst. »Na gut, ich halte mich zurück, aber meiner Meinung nach sind die unerfreulichen Nebenwirkungen des Antriebes wirklich nur Kopfschmerzen gegen das, was uns noch bevorstehen kann.«

Meine anfänglich gute Laune war schlagartig verflogen. Es war nicht so sehr die Tatsache, daß er das Problem um Schmidtbauers Persönlichkeit indirekt ansprach, sonders vielmehr, daß Voodoo selbst sich so besorgt zeigte. Ich hatte ihn selten in solch einer sachlich nüchternen Stimmung erlebt, denn normalerweise akzeptierte er Probleme als einen notwendigen Bestandteil seines Berufes. Bisher hatte er sie immer mit seiner ihm eigenen Art von Humor oder Sarkasmus umsponnen und verpackt, um sie aufzuweichen und damit einer möglichen Verkrampfung gegenüber der Lösung entgegenzuwirken. Jetzt aber strahlte er Aggression, ja fast schon offene Wut aus. Jegliche phantasievolle Umschreibungen schienen aus seinem Wortschatz verschwunden, als hätte es sie nie gegeben.

Stumm verschlang ich mein Frühstück und wartete ab.

»Teil eins des Dramas besteht aus der technischen Unzulänglichkeit des Antriebes«, begann er. »Appalong hat sie mir noch einmal deutlich vor Augen geführt. Wir beschießen Neutrinos und schaffen für einen winzigen Moment ein zeitliches Nullfeld, in dem wir uns mit einer minimalen Beschleunigung um einige Zentimeter nach vorne bewegen. In einer Sekunde passiert das Milliarden Male. So weit, so gut, aber in der Natur hat alles seinen Preis: zum einen entsteht in diesem Nullfeld direkt vor uns durch einen Gravitationsschock ein Ereignishorizont, ähnlich wie bei einem Schwarzen Loch, der uns mit aller Kraft zusätzlich anzieht. Ist die relative Beschleunigung des Schiffes zu hoch, tauchen wir sehr schnell in diesen Ereignishorizont hinein. Die Folgen brauche ich nicht auszumalen. Außerdem ist die Beschußdichte ein wesentlicher Faktor. Wir können von Glück sagen, daß Schmidtbauer noch nicht über die technischen Mittel verfügt, die eine größere Trefferquote garantieren würden, denn bei einer höheren Quote könnte sich der Ereignishorizont so schnell aufbauen, daß wir nicht mehr in der Lage sind, darauf zu reagieren. Vielleicht erreichen wir dadurch zwar ohne Zeitverlust das Ende unseres Universums, aber ich habe keine Lust, das als erster auszuprobieren.«

Er konzentrierte sich einen Moment. Sein Bananenbrei hatte sich inzwischen mit der Schokolade vermengt und sah aus wie marmoriertes Marzipan.

»Zum anderen haben wir das Problem mit dem zeitlichen Nullfeld, das bisher überhaupt nicht oder nur sehr wenig beachtet wurde. Wir sind in dem Augenblick zeitlich von unserem bekannten Universum isoliert, deswegen können wir während einer Phase auch keinen Funkkontakt aufrechterhalten. Solange sich die physikalischen Verhältnisse im Raum nicht wesentlich verändern, spielt das keine Rolle, aber wenn zum Beispiel in der näheren Umgebung sich ein Stern zu einer Nova verwandeln sollte oder andere schwerwiegende Gravitationsveränderungen stattfinden, könnte es durchaus sein, daß wir uns in einem Paralleluniversum oder sonstwo wiederfinden. Ich weiß, das ist graue Theorie, aber mir persönlich ist ein Schwarzes Loch genauso unsympathisch wie ein mögliches Paralleluniversum.«

Er schob den Teller vor sich hin und umfaßte ihn symbolisch mit den Händen.

»Mit all dem kann ich leben. Das ist Tatsache, das ist Fortschritt oder wie immer man es bezeichnen möchte. Nun aber folgt der zweite Teil des Dramas: Schmidtbauer ist für mich ein genialer Wahnsinniger und was noch schlimmer ist, er will mit seinem Wahnsinn Geschäfte machen! Er besitzt eine eigene Firma, die ihn vertragsmäßig nicht als Angehörigen des Konzerns ausweist, das heißt, kein Gericht der Welt könnte ihn verurteilen, wenn er zum Beispiel seinen Antrieb an die Japaner oder Chinesen verkauft.« Er warf mir einen skeptischen Blick zu: »Hast du von seiner Firma gewußt?«

Ich zögerte einen Moment zu lange.

»Du hast also davon gewußt«, stellte er fest. »Egal, Firma hin oder her, der springende Punkt ist ein ganz anderer: Die Person Schmidtbauer besitzt keine internationale Anerkennung. Keine bestätigten Veröffentlichungen, keine Auszeichnung, keinen Nobelpreis, nichts. Und Anerkennung will er, dafür ist ihm jedes Mittel recht. Und darin liegt die Gefahr, in der wir uns befinden.«

Er schnaufte verächtlich auf, als wolle er seine Ausführungen damit zusätzlich bekräftigen.

Natürlich hatte er recht. Er hatte alle meine Befürchtungen, von denen ich hoffte, daß sie sich irgendwann einmal zum Guten wenden würden, laut ausgesprochen.

»Woher weißt du von der Firma?« fragte ich ihn.

Er tippte auf das Videoboard. »Als er sich in der Zentrale so merkwürdig aufgeführt hat, dachte ich mir, den muß ich einmal genauer durchleuchten. Ich habe alles zusammengestellt, was zu kriegen war. Dabei bin ich überzeugt, daß in seiner persönlichen Akte einiges gar nicht mehr vorhanden ist. Allein diese Waffengeschichte. Wie konnte der Mann es schaffen, daß der Konzern für ihn Waffen an Bord schmuggelt? Doch nur durch Erpressung!«

Ich nickte zustimmend. »Wahrscheinlich hatte er gedroht, mit seinem Wissen abzuwandern. Der Konzern sieht in dem neuen Antrieb eine Möglichkeit, verlorenen Boden in der Raumfahrt wettzumachen.« Ich stellte meinen Teller und die noch halbvolle Kaffeetasse auf das Tablett. »Tja, was schlägst du vor?«

Er beugte sich zu mir vor. »Uns bleibt leider nichts anderes übrig, als auf der Hut zu sein. Wir müssen Schmidtbauer genau auf die Finger sehen, sonst macht er mit uns, was er will. Ich hoffe nur, er ist noch soweit bei Verstand, um zu erkennen, daß er – ganz real gesprochen – im selben Schiff sitzt wie wir.«

Unwillkürlich tastete ich nach den beiden Codegebern, die ich von Admiral Merz erhalten hatte. Ich durfte nicht vergessen, sie immer bei mir zu tragen.

Voodoo stand auf und streckte sich ausgiebig. »So, und jetzt hole ich endlich den Iberier von den Kontrollen weg! Wahrscheinlich spielt er wieder ›Schiffe versenken‹ auf dem Center Face.«

Er lachte nicht, als er die Zweideutigkeit seines

Scherzes erkannte. »Hoffentlich hat der Weltraumgott das nicht gehört«, fügte er hinzu.

Ich blieb noch eine Weile sitzen.

Nofretete war in meinen Gedanken wieder einmal ganz nach hinten gerückt, obwohl wir ihr, wie ich noch nach dem Verlassen von *Futhark* meinte, ein kleines Stück nähergekommen waren. Die angekündigte Pressekonferenz in München hatte ich total vergessen, genauso wie ich in den letzten zehn Stunden keine Nachrichten von der Erde angesehen hatte. Ich drückte eine Taste unterhalb der Tischkante. Am gegenüberliegenden Tischrand fuhr ein Face nach oben. Nachdem ich Suzanne gebeten hatte, mir eine Zusammenfassung der wichtigsten Neuigkeiten über die Pyramide vorzuspielen, stand ich auf, um mir einen vernünftigen Kaffee zu kochen. Während ich mir das nötige Zubehör zusammenstellte, versuchte ich die interessantesten Fakten aus den zahlreichen Meldungen herauszuhören. Etwas wirklich Neues gab es im Grunde genommen nicht, außer, daß die Reaktion der Menschen auf der Erde doch nicht ganz so positiv verlief wie anfangs angenommen. Trotz der sachlichen Sendung von COR über die lange bekannte Existenz von Nofretete und der Informationen in der Pressekonferenz wurden immer mehr Stimmen laut, die wenigstens eine ›bereitgestellte Abwehrmöglichkeit‹ gegenüber der Pyramide forderten. Im Klartext hieß das nichts anderes, als daß nach einer Lösung gesucht werden sollte, den Eindringling im Falle einer Bedrohung zu vernichten.

Ein heikles Thema, denn einerseits verfügte kein Konzern und keine Nation offiziell über das geeignete Material und das Know-how für derartige Aktionen und andererseits würde es keine Gruppe zulassen, daß ein Konkurrent diese Aufgabe übernahm. Wegen dieser Unstimmigkeiten war schon vor Jahrzehnten der

Plan gescheitert, eine Institution ins Leben zu rufen, die sich mit der Abwehr von Meteoren oder Asteroiden beschäftigen sollte, die der Erde gefährlich werden könnten.

Weiterhin berichteten die Channels von beunruhigenden Reaktionen der Menschen. Häufungen von Krankmeldungen und vorgezogene Urlaubsanträge sowie beginnende Hamsterkäufe oder langfristige Kreditanfragen nahmen zu. Die privaten Channels von Sekten und kleineren Religionsgemeinschaften verbuchten einen enormen Zuwachs an Unterhaltungsquoten, weil das Interesse an mystischen Botschaften stark angestiegen war. Zahlreiche dubiose Meinungsforschungs-Institute erstellten düstere Prognosen für die Zukunft, die nicht gerade zu einer Entschärfung der Situation beitrugen.

Verärgert stoppte ich die Nachrichtenflut. So wie es aussah, würden sich einige Leute eine goldene Nase verdienen, andere würden dem finanziellen Ruin entgegengetrieben, wie zum Beispiel kleinere Zulieferbetriebe, denen die Arbeiter wegliefen, weil sie keinen Sinn darin sahen, in den angeblich letzten Tagen, in denen sie noch zu leben hatten, einer geregelten Arbeit nachzugehen.

Es war an der Zeit zu einem Gespräch mit Fritz Bachmeier. Ich stellte das Face so ein, daß man das Bild nur von meinem Platz aus erkennen konnte und legte die Tonverbindung auf mein CyCom. Anschließend bat ich Suzanne, mir eine Verbindung mit Fritz herzustellen. Ich hätte mich in eine abgeschlossene Kabine begeben können, aber so geheim würde unser Gespräch nicht werden und falls doch jemand in die Messe käme, würde er aus meinen gesprochenen Sätzen keine weltbewegenden Rückschlüsse ziehen können.

Fritz schien auf meinen Anruf gewartet zu haben, denn er war schon auf dem Face zu sehen, als ich eine

Tasse Kaffee auf den Tisch stellte, die ich zwischenzeitlich von der Küchenzeile geholt hatte.

»Vielen Dank für deinen ausführlichen Bericht«, begann er ohne Umschweife. »Ich muß zugeben, die Lage schaut nicht rosig aus. Gibt es inzwischen noch etwas Neues?«

Ich berichtete ihm von meinem Gespräch mit Voodoo und erzählte ihm von Halbmonds Zustand.

»Ich weiß, es klingt hart, aber du darfst sie unter keinen Umständen zurücklassen! Ihr Bruder hält sich ständig in meiner Nähe auf. Es mag dir unwahrscheinlich erscheinen, aber die gedankliche Verbindung zwischen den beiden funktioniert hervorragend! Die Entfernung scheint tatsächlich keine Rolle zu spielen. Ob sie ohne Zeitverlust vonstatten geht, kann ich dir wegen mangelnder Vergleichsmöglichkeiten nicht bestätigen, aber nach der nächsten Phase weiß ich mehr.«

Er berichtete ausführlich von mehreren kleinen Begebenheiten, die Halbmond ihrem Bruder übermittelt hatte.

»Das ist unfaßbar«, staunte ich, obwohl ich das Ganze immer noch nicht sehr ernst nahm. »Trotzdem, ihre Gesundheit hat Vorrang. Ich werde mich mit Vivian und Halbmond besprechen. Danach muß ich mich entscheiden.«

»Mach bitte keinen Fehler. Du verlierst sonst eine direkte Verbindung zu mir.«

Es war mir schleierhaft, warum ein angeblich telepathischer Kontakt ein so großer Vorteil sein sollte, aber ich war nicht in der Stimmung, mich darüber zu unterhalten, bevor ich nicht mit den beiden gesprochen hatte. Das Problem Schmidtbauer war mir viel wichtiger.

»Ich kann dir in dem Fall nicht weiterhelfen«, meinte Fritz, als ich ihn auf den Professor angesprochen hatte. »Es stimmt, daß er eine eigene Firma betreibt, die alle

Rechte an dem Neutrino-Treiber in Besitz hat. Du kannst dir vorstellen, daß der Konzern davon nicht sonderlich begeistert ist. Nach eurer Rückkehr ist deswegen ein großes Reinemachen angesagt, was den Antrieb wie auch dessen künftige Verwendung betrifft. Schmidtbauer hat nicht so tolle Karten wie er glaubt, denn die Leute auf *Futhark* sind gar nicht gut auf ihn zu sprechen. Ihr Konzept für einen ähnlichen Antrieb wurde auf Eis gelegt, weil Schmidtbauers Version weiter entwickelt war, aber das heißt nicht, daß *Futhark* die Hände in den Schoß legt, die Entwicklung eines konzerneigenen Antriebs geht weiter. Außerdem sollte Schmidtbauer nicht vergessen, wem das Schiff gehört, auf dem sein Antrieb eingebaut wurde und wer ihm die Möglichkeit verschafft hat, seine Ideen zu verwirklichen.«

»Fritz, mir sind die Geschäfte von Schmidtbauer ziemlich gleichgültig. Ich will nur verhindern, daß der hier auf dem Schiff durchdreht.«

Er lehnte sich zurück und machte eine beruhigende Handbewegung. »Na na, jetzt laß mal die Kirche im Dorf! Schmidtbauer ist immerhin Professor, also ein studierter Mann.«

Eben deswegen, dachte ich, sagte es aber nicht. Wir ließen das Thema fallen und kamen auf die Ereignisse auf der Erde zu sprechen.

»Ich denke, daß sich die Lage wieder beruhigt«, meinte er. »Vereinzelt schlagen zwar überzogene Reaktionen durch, aber wenn die Leute feststellen, daß sich die Erde weiterdreht, pendelt sich das wieder ein. Früher oder später wären sie sowieso mit Nofretete konfrontiert worden. Früher ist auf jeden Fall besser, denn so gewöhnen sie sich an die Pyramide. Es wäre bestimmt zu einer Panik gekommen, wenn sie plötzlich sichtbar am Himmel erschienen wäre.«

Wir besprachen noch einige nebensächliche Angelegenheiten, dann beendete ich die Unterhaltung mit der Bitte, Hellbrügge und Berchtold zu unterrichten. Ich hatte keine Lust dazu, noch zwei weitere Gespräche mit ähnlichem Inhalt zu führen.

Nachdem ich mich von Fritz verabschiedet hatte, ließ ich das Face wieder im Tisch verschwinden und klemmte das Geschirr in das Transportband des Spülautomaten. Mit einem letzten kontrollierenden Blick in die Messe wandte ich mich dem Ausgang zu.

In der Zentrale informierte ich Voodoo von dem geplanten Treffen mit Luis im Laderaum und bat ihn daran teilzunehmen.

»Wir werden uns dort auf jeden Fall während der nächsten Phase aufhalten. Falls wir Glück haben, ist das die Lösung für unser Problem, auch wenn sie nicht sehr elegant erscheint.«

Voodoo saß in seiner NAV-Einheit. Er nickte zustimmend. »Du kannst der Brunhilde auf *Futhark* einen schönen Gruß von mir ausrichten und ihr sagen, daß sie die Zentrale der *Elektra* in den Laderaum bauen soll.«

Ich grinste und legte mir einen Not-Pack an, den ich aus einem Spender zog. Ein Not-Pack war nichts anderes als ein leichter Raumanzug, den man beim Überwechseln in einen anderen Zylinder trug. Die Empfehlung dazu – genauer gesagt war es immer noch eine Vorschrift – war ein Überbleibsel aus den Zeiten der ersten Baureihe diese Raumschifftyps. Die Grundidee der getrennten Zylinder lag in der Forderung, zwei unabhängige Überlebenssysteme zu schaffen, die damals noch keine interne Verbindung besaßen. Man mußte zwei Schleusen und eine Vakuumröhre passieren, um in den anderen Zylinder zu gelangen. Heute übernahmen Sensoren die Aufgabe, den Druck und Sauerstoffgehalt in den Systemen zu überwachen. Sobald Unregelmäßigkeiten auftauchten, schlossen sich automatisch Sicherheitsschleusen und schotteten beide Welten hermetisch ab. Der leichte Raumanzug war nicht besonders aufwendig konstruiert, eigentlich glich er einer durchsichtigen Plastikhülle mit einem kapuzenartigen Helm und einem kleinen Sauerstofftank, aber der Anzug reichte aus, um damit den nächsten Kokon zu erreichen.

»Ich schau einmal rüber in den anderen Zylinder«, informierte ich Voodoo.

»Sagte Jesus, und verschwand im Himmel«, bemerkte er trocken.

Wie viele Einrichtungen auf einem Raumschiff, hatten auch die beiden Zylinder ihre speziellen Namen in der Sprache der Astronauten: Der Wohnbereich wurde wegen seinen Annehmlichkeiten als ›Himmel‹ bezeichnet, das technische Gegenstück als ›Hölle‹, aber wohl hauptsächlich deswegen, weil es sprachlich dazu paßte.

Ich fuhr mit dem Paternoster in die Nabe des Zylinders und damit begab ich mich in die Schwerelosigkeit. Hier wurde mir plötzlich wieder bewußt, daß ich mich in einer künstlichen Welt aufhielt. Lautlos begann das Karussell sich zu drehen, als die Sensoren meine Anwesenheit meldeten. Ich ignorierte die Haltegriffe und stieß mich nach links in Richtung des Verbindungstunnels ab. Nach 15 Metern endete die Nabe. Durch die offenstehende Schleuse schwebte ich in den Tunnel, zog mich abermals nach links, ließ das Sicherheitsschott hinter mir und erreichte die sich rechts vor mir drehende Nabe des zweiten Zylinders.

Einen Moment lang überlegte ich, ob ich dem Technischen Bereich des Beschleunigers einen Besuch abstatten sollte. Gleich geradeaus führte eine Röhre in den unteren Teil des Schiffes, der meiner Meinung nach viel eher die Bezeichnung Hölle verdient hätte, nicht nur wegen der mysteriösen Anlagen, die das Schiff über Millionen von Kilometern antreiben sollten.

Ich verwarf den Gedanken gleich wieder. Schmidtbauer wäre auf keinen Fall begeistert gewesen. Die nächste Konfrontation stand mir bestimmt bald wieder bevor, spätestens dann, wenn ich eine Möglichkeit gefunden hatte, seine Waffen diskret loszuwerden. Es war besser, wenn ich meine Energien dafür aufsparte.

Ich sog schnüffelnd die Luft ein. Sogar hier, noch bevor ich mich in das zweite Karussell begab, roch ich, daß im Wohnzylinder eine höhere Luftfeuchtigkeit herrschte. Das lag vor allem an den Pflanzen, die dort in Hülle und Fülle wuchsen, außerdem erweckten die Konstrukteure mit einem angenehmeren Gasgemisch ganz bewußt das Gefühl, daß der Aufenthalt in diesem Teil des Schiffes Freizeit und Erholung bedeutete. Als ich fünf Minuten später im unteren Deck angekommen war, fühlte ich mich um einiges entspannter. Vielleicht war der Ausdruck Himmel und Hölle doch nicht so unpassend.

Da ich nicht vorhatte, lange zu bleiben, behielt ich den Not-Pack an, obwohl es nach den Gepflogenheiten an Bord eines Raumschiffes unhöflich war, sich damit in diesem Zylinder aufzuhalten, außer es handelte sich um einen Notfall. Ich überlegte gerade, ihn vielleicht doch besser auszuziehen, um die Besatzung nicht unnötig zu beunruhigen, als Wolfen aus der Tür der medizinischen Abteilung trat.

»Oh, Herr Kapitän! Ist etwas passiert?«

Bitte, dachte ich, da haben wir es schon!

»Nein, nein! Ich gehe gleich wieder hinüber in die Zentrale, ich wollte mich nur kurz erkundigen, wie es Halbmond geht, und mich eventuell mit ihr unterhalten.«

»Soweit ich es beurteilen kann, geht es ihr hervorragend. Sie hat die Station vor ein paar Stunden verlassen.«

Er beendete den Satz in der typischen Art und Weise, wie ein Raumkadett sprach: Die Information hat Vorrang! Dabei hatte ich den Eindruck, daß er noch etwas hinzufügen wollte, aber er beließ es dabei und blieb schweigend in der Tür stehen. Es war offensichtlich, daß ihn etwas beschäftigte. Ich fragte mich, ob die Situation zwischen uns beiden immer noch nicht ganz geklärt war, obwohl es von meiner Seite nichts mehr zu klären gab, aber es war ihm anzusehen, daß er sich unwohl in seiner Haut fühlte.

»Ist Vivian da?« Ich benutzte absichtlich ihren Vornamen.

»Oh… äh… nein, sie hat sich für ein Weilchen hingelegt!«

Schweigen.

Mir wurde das zu dumm! Es blieb mir anscheinend nichts anderes übrig, als mit ihm noch einmal über uns zu reden. Die Gelegenheit war günstig, also warum nicht jetzt. Außerdem hatte ich etwas anderes zu tun, als mich mit einem ewig eifersüchtigen Kadetten zu beschäftigen.

»Also gut, was ist los mit Ihnen? Raus mit der Sprache!« forderte ich ihn auf.

Er lehnte sich in den Türrahmen und entspannte sich, um sich gleich danach wieder fest an den ungemütlichen Platz zu stemmen. Er suchte verzweifelt nach einem Anfang.

»Scheiße… o Entschuldigung! Ich habe Angst«, flüsterte er.

Das war ja eine überraschende Aussage! Ich hatte eigentlich mit etwas ganz anderem gerechnet. Erstaunt war ich zunächst zu keiner Reaktion fähig. Wolfen stieß sich ab und ging ein paar Schritte in die Station hinein.

»Entschuldigen Sie, ich wollte nicht…«, sagte er und brach ab.

»Nein, nein, es ist schon in Ordnung!« Ich folgte ihm in den Raum hinein, als ich verblüfft bemerkte, daß er sichtlich um Fassung rang. Das konnte ja heiter werden! Jetzt mußte ich wahrscheinlich gleich einen heulenden Kadetten beruhigen.

Er fing sich aber wieder und versuchte, mir in klaren Worten seine Angst zu erklären.

»Es begann schon in Rom, als wir aus dem Kopter stiegen. Da war diese Menschenmenge, die gegen uns demonstrierte. Ich verstand nicht, was die von uns wollten. Es war damals noch keine Angst, es war mehr… etwas Beunruhigendes.«

Er hob hilflos die Hände als Zeichen seiner Ratlosigkeit.

»Es hat mich vordergründig auch nicht weiter beschäftigt, bis wir auf *Noordung* diesen verrückten Reportern begegneten. Danach hatte ich nur noch einen Gedanken: Hoffentlich erreichen wir bald die *Nostradamus*! Dort würde ich mich zwar mit Vivian aussprechen müssen, aber das nahm ich gern in Kauf.« Er lachte bitter auf. »Und dann diese Szene, als wir in der Zentrale ankamen! Ich habe sie auf dem Center Face nicht gleich erkannt, als sie da mit Schmidtbauer engumschlungen tanzte! Ich war der Meinung, es gäbe noch ein weiteres Mitglied in der Besatzung, von dem ich nichts wußte. Erst als sie in die Zentrale kam, habe ich begriffen, was los war. Mir wurde richtig schlecht!«

Er setzte sich hinter eine Konsole, als würde ihm allein der Gedanke neues Unwohlsein bereiten. Er winkte jedoch fast vergnügt ab.

»Egal, das ist bereinigt. Vivian hat sich sehr gefreut, mich wiederzusehen. Sie hat mir erklärt, daß Schmidtbauer sie zum Tanz aufgefordert hat und ihr dabei gegen ihren Willen zu nahe gekommen ist. Es war also harmlos.«

Da war ich anderer Meinung, aber ich wollte ihm die rosarote Brille nicht herunterreißen.

»Trotzdem wollte ich ihn zur Rede stellen«, fuhr er fort. »Gleich nachdem ich mich mit Vivian getroffen hatte, bin ich zum Technischen Bereich aufgebrochen. Waren Sie schon einmal dort unten, Kapitän?«

»Bis jetzt noch nicht. Ich kenne den Bereich nur von den virrealen Darstellungen«, antwortete ich.

»Sie würden den Raum nicht mehr wiedererkennen«, lästerte er. »Da unten herrscht das reinste Chaos. Damit meine ich nicht nur, daß es unordentlich aussieht, sondern – und bitte entschuldigen Sie den Ausdruck, es gleicht einem Schweinestall! Ich war dermaßen erschrocken über den Zustand in den Räumen, daß ich gar nicht mehr das Bedürfnis hatte, den Professor zu sprechen, ich bin sofort wieder umgekehrt, bevor mich jemand bemerkt hatte«

Das war eine neue Variante in der Überraschungspalette! Gut, daß ich nicht unangekündigt dort erschienen war, es hätte bestimmt zu einem neuen Zwist geführt. Ich war gerade noch am Überlegen, wie ich mich in der Sache verhalten sollte, als Wolfen erregt weitersprach.

»Wissen Sie, Herr Kapitän, Schmidtbauer mag ja ein Genie sein, aber er ist verantwortlich für den einwandfreien Zustand der Aggregate und all das, was damit zu tun hat, besonders, wenn sich der Antrieb noch in einer Erprobungsphase befindet. Er gefährdet mit seinem Leichtsinn und seiner Unordentlichkeit das Leben der Besatzung. Ich habe während der Phase den Zusammenbruch von Frau Cahor erlebt, es war grausam! Und das Schlimmste war, es ging uns allen furchtbar schlecht. Wir konnten nichts dagegen unternehmen, wir waren den Auswirkungen des Antriebs hilflos ausgeliefert. Ich befürchte, daß wir alle schwere Schäden davontragen werden, dabei haben Vivian und ich uns für die Zukunft noch soviel vorgenommen.«

Oje, Nurminen, da steht das nächste Problem ins Haus! Wolfen entpuppte sich als verblendeter und liebestoller Pedant, der Angst hatte, das gemeinsame Liebesglück nicht lange genug zu erleben. Ich nahm mir vor, mich zu seiner Beschreibung des Technischen Bereichs zurückzuhalten, denn ich konnte nicht beurteilen, was der Kadett unter einem Schweinestall verstand. Mir wurde in Anbetracht seiner kindlichen Naivität wohler, denn hier schien sich keine ernsthafte Krise anzubahnen, die das Schiff betraf. Eher war ich leicht verärgert über Vivians bedenkenlosen Umgang mit dem männlichen Geschlecht, der mir besonders in diesem Fall sehr extrem erschien. Vor allem Wolfen würde daran enorm zu leiden haben, da er eindeutig übertriebene Gefühle in die Beziehung einbrachte.

»Nun, ich werde mit Schmidtbauer über die Zustände im Antriebsraum sprechen. Ich bin Ihnen sehr dankbar, daß Sie so offen zu mir waren«, sagte ich diplomatisch.

»Ja, aber klären Sie das bald auf… bitte!« drängte er.

Ich beobachtete ihn einen Moment besorgt, aber er bemerkte meinen skeptischen Blick nicht. Eigentlich waren mir extrem übersensible Seiten an seinem Charakter bisher nie aufgefallen. Am Anfang seiner Erzählung dachte ich einen Moment lang, es handelte sich bei ihm um allgemeine Angstzustände, nun aber schälte sich das Ganze als eine spezifische Psychose heraus, die auf krankhafter Liebe basierte. Wolfen war nahe daran, zu einem Risikofaktor zu mutieren. Es war erstaunlich, daß eine Frau den Beschützerinstinkt eines Mannes so dramatisch freilegen konnte. Auf jeden Fall mußte ich aufpassen, daß er sich zu keinen Dummheiten hinreißen ließ.

Ich genoß für kurze Augenblicke die harmonischen Einrichtungen des Wohnzylinders, als ich über die Galerie und danach durch den kleinen Park in die Richtung der Appartements ging. Wenn man imstande war, die Gewißheit zu verdrängen, daß sich keine zwanzig Meter von hier aus das Vakuum des Weltraums mit einer Temperatur von minus 270 Grad Celsius befand, konnte man es sich hier recht gut gehen lassen. Merkwürdigerweise war für Astronauten die Tatsache, daß sie sich in einer leeren Einsamkeit weit entfernt von der Erde aufhielten, ein ungleich größeres Problem als die unmittelbare Nähe des Weltraums. Vor allem aus diesem Grund war die Gestaltung des Wohnbereichs eng an die Verhältnisse in der Heimat angepaßt. Hier wechselte die Beleuchtung wie zu Tag- und Nachtzeiten, gab es Sommer und Winter, wenn auch nicht unbedingt Schnee zu erwarten war, aber selbst das war in der Programmierung vorgesehen. Weiße Weihnachten im All war eine beliebte Geschichte, von der viele Raumfahrer begeistert erzählten.

Ich blieb stehen. Es war besser, Halbmond vorher anzurufen, als unangekündigt in der Tür zu stehen. Und wenn sie gerade schlief? Ich schaute auf meine Uhr. Ich mußte mich unbedingt jetzt mit ihr unterhalten, denn in weniger als zwanzig Stunden war die nächste Phase fällig.

»Suzanne, eine Verbindung mit Karen Cahor bitte!«

›Frau Cahor hält sich in ihrem Appartement auf. Ihr Com ist auf Ruhe eingestellt.‹

»Suzanne, weck sie bitte auf!« sagte ich ohne zu zögern.

›O ja, das mache ich gerne‹, antwortete sie eifrig.

Suzanne konnte manchmal unfreiwillig ein Miststück sein.

»Cahor«, klang es schläfrig in meinem Ohr.

»Kapitän Nurminen. Es tut mir leid, daß ich Sie geweckt habe, aber wir müssen uns dringend über Ihre weitere Zukunft auf dem Schiff unterhalten.«

»Oje, ja… ich bin noch nicht… soll ich…?«

»Ich befinde mich hier im Wohnzylinder. Wir können uns im Park treffen, falls sie gesundheitlich dazu in der Lage sind«, schlug ich vor.

»Kein Problem. Ich bin in fünf Minuten da«, erwiderte sie fröhlich zurück.

Ich machte wieder kehrt und steuerte die dschungelartige Grünanlage an, die in dem Vorhof vor den Appartements angelegt war und sich über alle drei Stockwerke nach oben bis in die Schwerelosigkeit ausdehnte. Das Licht einer künstlichen Nachmittagssonne flutete seitlich durch die hellgrünen Blätter des Frühlings. Irgendwo unter dem Gebüsch stellten imaginäre Grillen ihr Gezirpe ein, als ich mich näherte. Über eine verzierte Holzbrücke, unter der ein Wasserrinnsal in kunstvoll gegossenen Glaswellen floß, gelangte ich hinüber zu einer rosenumrankten Bank, die versteckt am Rande der kleinen Lichtung stand.

Verwundert über soviel Kitsch auf engstem Raum, richtete ich meinen Blick auf die verwinkelten Wege, die geschickt durch optische Täuschungen hinter den niedrigen Bäumen verschwanden und sich als Hologramme im dunstigen Nebel in der Ferne fortsetzten. Wenn man die Augen ein wenig zusammenkniff, hatte man tatsächlich den Eindruck, man befände sich am Rande eines Waldes. Es fehlte nur noch, daß Rehe friedlich in den Wiesen ästen, oder ein röhrender Hirsch auf einem fernen Berggipfel, oder was noch schlimmer wäre, ein… ich konnte es nicht fassen! Da stand er, direkt unter einem Strauch und lachte mich an: Ein Gartenzwerg mit einem Raumhelm auf dem Kopf, sein Bart lugte deplaziert darunter heraus, ein Schubkarren davor, daneben ein übergroßer Fliegenpilz, beide von innen beleuchtet! Urplötzlich verwandelte sich dadurch die realitätsnahe Landschaft in eine Kunstwelt. Voodoo würde begeistert sein, Gartenzwerge waren seine große Sammlerleidenschaft.

Resignierend setzte ich mich auf die Bank, wohl wissend, daß der Park in einigen Monaten ganz anders aussehen würde, denn in jeder Besatzung gab es einen verhinderten Gärtner, der sich der Gestaltung solcher Anlagen annahm und sie nach seinem eigenen Geschmack veränderte.

»Hier bin ich!«

Erschrocken sprang ich auf. Ich hatte sie gar nicht kommen hören. Verlegen zupfte ich an meinem Not-Pack, als sie sich mir mit raschen Schritten näherte. Ich kam mir unbeholfen darin vor, eigentlich, wenn ich ehrlich war, in erster Linie unelegant. Sie trug ein einfaches T-Shirt in hellgrüner Farbe, dazu die auf dem Schiff übliche graue Arbeitshose aus Jeansstoff und die schwarzen leichten Schuhe, die jeder von uns anhatte, weil es nur diesen einen Schuhtyp an Bord gab. Das Paar, das auf mich zutrippelte, war allerdings einzigartig, denn Größe 36 paßte bestimmt nur ihr.

»Ach, ist das schön hier!« Sie drehte sich einmal um sich selbst, bestaunte das Grün und stellte sich dann mit hinter dem Rücken verschränkten Händen in einem Meter Abstand vor mich hin.

Überrascht musterte ich das zierliche Persönchen. Ich hatte nicht erwartet, daß sie sich so fit präsentieren würde, immerhin hatte sie laut Vivians Aussage noch vor gar nicht langer Zeit im Koma gelegen. Sie sah aus wie das blühende Leben!

Abgesehen davon erkannte ich etwas anderes an ihr: Dieser Mensch war ein absolutes Neutrum. Ihr fehlte jegliches Attribut einer fraulichen Ausstrahlung, obwohl sie ohne Zweifel eine Schönheit war. Aber irgendwie ging ihr Aussehen in eine falsche Richtung, sie glich mehr einem Jungen mit weiblichen Gesichtszügen, während es bei ihrem Bruder, soweit ich mich erinnern konnte, genau umgekehrt war.

Mit schiefgelegtem Kopf schaute sie mich von unten an. Ich erwartete eine ihrer unverbindlichen Aussagen, aber es kam ganz anders.

»Um es kurz zu machen: Ich lasse mich auf keinen Fall in einem Beiboot im Weltraum aussetzen. Ich bleibe auf der *Nostradamus*.«

»Wie… Woher wissen Sie davon? Können Sie meine Gedanken lesen?«

»Kann ich nicht. Mein Bruder hat mir berichtet, daß Sie sich mit Fritz Bachmeier darüber unterhalten haben.«

»Na ja…« Ich wußte nicht, was ich sagen sollte. Diese gedankliche Nachrichtenübermittlung war mir unheimlich, aber ich begann sie zu akzeptieren.

Ich setzte mich unhöflicherweise auf die Bank. Sie blieb stehen.

»Gehen wir ein Stück? Dabei könnten Sie mir das Schiff zeigen.«

Wie von einer Feder hochgeschnellt sprang ich wieder auf.

»Oh, natürlich, klar, gerne…« Ich benahm mich wie ein Idiot. Verlegen versuchte ich die Hände in die Taschen zu stecken. Es ging nicht. Ein Not-Pack besaß keine Taschen. Meine Finger rutschten hilflos an dem glatten Material ab, und der Idiot verwandelte sich in einen Tölpel.

Sie hatte es natürlich bemerkt. Dezent schlug sie die Augen nieder. Um ihren großen Mund kräuselte sich ein amüsiertes Lächeln, dann war es auch schon wieder vorbei. Und ich wußte immer noch nicht, wohin mit meinen Händen, bis ich mich an Halbmonds Version erinnerte. Erleichtert versteckte ich meine Arme hinter dem Rücken, und so begannen wir nebeneinander in gleicher Haltung durch das Schiff zu wandern.

»Sie müssen sich keine Gedanken wegen mir machen, ich halte die Belastung aus! Ich hatte keine übermäßigen Schmerzen während der Phase, es war, als würde sich mein Gehirn schützend in das Koma flüchten. Ich weiß, es klingt merkwürdig, aber als alles vorbei war und der Antrieb nicht mehr arbeitete, bin ich aus eigenem Willen nicht sofort wieder ins Bewußtsein zurückgetreten. Ich habe die Ruhepause in einem tiefen Schlaf genossen.«

Sie redete seit Minuten auf mich ein, als würde ihr Leben davon abhängen, nicht zurückzubleiben. Ich war weiterhin unschlüssig, was ich davon halten sollte. Auf jeden Fall wollte ich noch Vivians Meinung hören, hegte aber leise Zweifel, ob sie für diesen Fall prädestiniert genug war, denn Halbmond schien eine außergewöhnliche Physis zu besitzen.

»Na gut«, sagte ich. »Nehmen wir einmal das Schlimmste an, Sie bleiben auf dem Schiff und überleben eine Phase nicht. Was sage ich dann Ihrem Vater – oder Ihrem Bruder?«

Sie blieb stehen. Ihre Augen funkelten mich zornig an, das hieß, es sollte ein zorniger Blick sein, aber so, wie er bei mir ankam, wirkte ihr Gesichtsausdruck eher niedlich.

»Ich bin erwachsen genug, um selbst zu entscheiden, was gut für mich ist und was nicht. Wenn Sie besorgt sind wegen der Verantwortung, dann schreibe ich Ihnen eine Notiz in Ihr schwarzes Buch, das in der Zentrale liegt. Die können Sie meinem Vater nach meinem Ableben vorlegen, dann sind Sie aus allen Schwierigkeiten heraus.«

Hey, hey, hey, nicht schlecht, jetzt war Feuer unterm Dach! Sie ließ mich stehen und schritt entschlossen auf dem Weg weiter, der in seiner Beschaffenheit aussah wie ein Kiesweg. In Wirklichkeit wurden die Kiesel durch eine dreidimensionale Projektion erzeugt. In Verbindung mit Sensoren und unsichtbaren Lautsprechern, die ein Knirschen der Schritte imitierten, hatte man durchaus den Eindruck, auf kleinen Steinchen zu laufen.

Wir hatten inzwischen den Park durchquert. Vor uns lag der sportliche Freizeitbereich.

Halbmond stand vor einer hellblauen Tür. »Was ist denn da drinnen?« fragte sie unschuldig, als hätte es ihre hitzige Erklärung von eben nie gegeben.

»Schwimmbad«, erklärte ich knapp. Ich war mir sicher, daß sie es wußte. Sie mußte im virrealen Training durch alle Einrichtungen des Schiffes gegangen sein. Eher vergaßen die meisten, wo sich die Illusionskabinen befanden, zum Schwimmbecken gelangten sie, ohne lange nachdenken zu müssen.

Sie öffnete die Tür. Vor uns schimmerte eine Wasserfläche von 6 mal 18 Metern. Der Raum wirkte auf der einen Seite niedriger als auf der anderen. Das kam daher, weil das Wasser durch die Zentrifugalkraft etwas nach hinten gedrückt wurde.

Halbmond zog ihre Schuhe aus und ging bis zum leise plätschernden Wasser, das wegen der geringen Schwerkraft mehr als normal sprudelte und sich gleichzeitig träger verhielt. Kleine Wellen, die sich an der Umfassung brachen, fielen nicht sofort in sich zusammen, sondern schwebten in durchsichtigen Fächern einen langen Moment in der Luft. Danach strebten sie mit einem langsamen Wirbeln wieder der Wasseroberfläche entgegen. Der Raum war deswegen ständig angefüllt mit rieselnden und platschenden Geräuschen, wie an einem Teich, aus dem unsichtbare Fische aus dem Wasser sprangen, um nach Mücken zu jagen.

»Ach, ich hätte wahnsinnige Lust, ein wenig zu schwimmen. Wie steht's mit Ihnen, Kapitän?«

Das fehlte mir gerade noch! Nicht, daß ich dazu keine Lust gehabt hätte, aber ich konnte mir nicht erlauben, mit ihr im Becken herumzuplanschen, jedenfalls nicht jetzt, in dieser allgemein angespannten Situation.

»Nein, danke! Hören Sie, muten Sie sich in Ihrer Verfassung nicht etwas zuviel zu?«

Kaum hatte ich den Satz ausgesprochen, bereute ich ihn auch schon. Sie sah mich warnend an, dann schlüpfte sie ohne weiteren Kommentar demonstrativ aus ihrer Hose und zog ihr T-Shirt über den Kopf. Nur mit einem knappen weißen Slip bekleidet, drehte sie sich aufreizend langsam zu mir um.

Mein lieber Mann! Ich konnte nur hoffen, daß Voodoo nicht aus lauter Langeweile die Überwachungskameras im Schwimmbad aktivierte, denn vor mir präsentierte sich absolut kein Neutrum!

Bevor mir die Szene überhaupt bewußt wurde, war sie mit einem langgestreckten Sprung, der wegen der geringen Schwerkraft mehr einem Flug glich, im Wasser verschwunden. Langsam trieb eine verzerrte und von der Corioliskraft seitlich versetzte Wasserfontäne auf mich zu. So rasch wie möglich flüchtete ich mich in eine kleine Kabine. Ich brachte es gerade noch fertig, die Glastür zu schließen, als die ersten satten Spritzer an die Außenfläche trommelten. Perplex ließ ich mich auf einen kleinen Sitz fallen. Wie in meine Augennetzhaut eingebrannt, sah ich noch einmal den zierlichen, fast nackten Körper vor mir stehen. Auf einem Raumschiff gab es bestimmt nicht mehr oder weniger Prüderie als auf der Erde. Im Laufe einer Reise begegnete man im Naßbereich des öfteren den anderen Besatzungsmitgliedern in einem notdürftig bekleideten Zustand. Es war die ungewöhnliche Situation, die mich berührte, dieses provokante Entkleiden und diese… tja, diese schöne erotische Figur! Sie war nicht vollkommen. Zwar waren die Beine wohlgeformt, aber etwas zu kurz, der Rücken war sportlich, und sie besaß im Verhältnis zu ihrer Größe breite Schultern. Ihre Brüste waren schlichtweg eine Wucht! So perfekt, daß sich in mir der Verdacht aufdrängte, sie könnten nicht natürlich sein.

Unmutig stellte ich fest, daß sich bei der Vorstellung von ihrem nackten Abbild der Mann in mir regte. Beinahe wütend zog ich ein mobiles Face zu mir hin, das in der Wand vor meinem Sitz eingelassen war.

Halbmond schwamm mit kräftigen Kraulzügen die Bahn ab. Zwischendurch tauchte sie auf den Grund des zwei Meter tiefen Beckens hinab, stieß sich dort mit den Füßen ab und durchbrach wie ein springender Delphin mit einem Juchzer die Wasseroberfläche.

Ich ignorierte ihre Demonstration von blendender Gesundheit und rief Vivian an, um jetzt sofort eine Entscheidung darüber zu fällen, ob wir Halbmond an Bord behielten oder nicht. Sie meldete sich sofort.

»Wo bist du? Wer schreit denn da so?« Stirnrunzelnd versuchte sie Einzelheiten in meiner Umgebung zu deuten.

Ich erklärte es ihr.

»Ach…«, war ihr Kommentar.

»Ja, ach«, antwortete ich bissig. »Hör mal, was sollen wir mit ihr machen? Glaubst du, sie steht die kommenden Phasen durch, wenn sie sich mit uns im Laderaum aufhält?«

Es folgte eine Pause. Ich war mir nicht sicher, ob Vivian sich ausschließlich mit der Gesundheit Halbmonds beschäftigte.

»Ich weiß es nicht. Ihr Gehirn und ihre Sinnesorgane sind viel sensibler gebaut als bei normal sterblichen Menschen, wie wir es sind. Ich glaube, wenn sie zum Beispiel in einer mondlosen Nacht durch einen Wald gehen würde, würde sie nirgendwo an einen Baum stoßen. Wir würden uns eine Menge Beulen und blauer Flecken holen. Dafür reagiert sie um einen hohen Faktor mehr auf ein Spektrum von Informationsträgern, von denen wir noch nicht einmal wissen, von welcher Art sie sind.«

»Also, was schlägst du vor?«

»Ich sagte ja, ich weiß es nicht. Wenn der Neutrino-Treiber ihre paranormalen Sinne beeinflußt, dürfte es nach der heutigen Erkenntnis keine Rolle spielen, ob sie zehn Meter davon entfernt ist oder zehn Kilometer. Der Aufenthalt im Laderaum wäre dann keine Lösung. Andererseits hat Luis überhaupt keine Beschwerden gehabt. Man kann zwar nicht von seiner Konstitution auf die ihre schließen, aber auszuschließen ist es andererseits auch nicht. Eines kann ich mit Sicherheit sagen: Wenn es ihr dort unten genauso geht, wie während der ersten Phase, überlebt sie den Flug nicht!«

Von irgendwo her fiel ein rötliches Licht auf das Face. Ich reagierte nicht sofort, weil ich enttäuscht darüber war, daß von Vivians Seite keine entscheidende Aussage zu erwarten war.

Dann ruckte ich hoch. Das Becken war von roten Lichtstreifen umhüllt. Gleichzeitig setzte ein von weither kommender Ton ein.

Wir hatten Rot-Alarm!

»Verdammt! Alarm!« schrie ich und schob hastig die Glastür zurück.

»Halbmond! Raus aus dem Wasser!« Ich stürzte schlitternd auf dem nassen Boden zum Beckenrand. Sie war nirgends in dem aufgewühlten Wasser zu sehen. Normalerweise schob sich bei Alarm eine Abdeckplatte über den Pool, die verhindern sollte, daß sich das Wasser überall verteilte. Ganz abgesehen davon wäre es lebensgefährlich gewesen, sich in einem Raum aufzuhalten, der voll von unzähligen schwebenden Wasserblasen und Bläschen war. Man könnte darin nicht mehr richtig durchatmen, ohne Wasser mit aufzunehmen. Deswegen klatschen neben mir Sauerstoffmasken auf den Boden, die von der Decke fielen. Die Abdeckplatte war blockiert, weil die Sensoren meldeten, daß sich noch jemand im Becken befand.

Endlich tauchte sie auf.

»Los, raus aus dem Wasser! Wir haben Rot-Alarm!« brüllte ich. Der Ton wurde immer lauter.

Jetzt hatte sie verstanden, wurde aber durch ihr schnelles Auftauchen hoch über die Wasseroberfläche hinausgehoben. Geistesgegenwärtig breitete sie ihre Arme aus, um nicht wieder allzutief abzusinken.

Schon bemerkte ich, wie mich meine Eigenmasse sachte nach rechts zog, gleichzeitig begann ich mich vom Boden zu lösen. Mit einem gerade noch haltfindenden Scharren meiner Füße stieß ich mich in Richtung Kabine ab. Links von mir schob sich gluckernd eine aufsteigende Wasserfront bedrohlich auf die Vorderwand zu. Der Schwall rauschte hohl hinter mir vorbei, als ich den Rand der Glastür zu fassen bekam. Zappelnd kämpfte ich mit der Restträgheit meines Körpers, der immer leichter wurde. Mit einem letzten Ruck kullerte ich federleicht in die Kabine. Dennoch wurde ich mit sanfter Gewalt an die Stirnseite gepreßt. Mit dem Kopf nach unten. Egal, Hauptsache, ich war drinnen.

Von draußen hörte ich den donnernden Aufprall des Wassers an die Wand. Gleich würde es zurückschwappen und sich dabei in eine Kaskade von Tröpfchen, Sprühern und quallenähnlichen Blasen auflösen, die in der Schwerelosigkeit auseinanderdrifteten, sich wieder verbanden und in einem psychedelischen Spektakel den ganzen Raum ausfüllen würden. Ich suchte hektisch nach dem Knopf zum automatischen Schließen der Tür, fand ihn endlich und drückte mit nassen Fingern darauf. Während das Glas zuglitt, klappte ich haltlos von der Wand weg. Für einen Moment lang hatte ich jegliche Orientierung verloren. Während ich wie ein Herbstblatt durch die Kabine taumelte, zogen draußen die ersten runden Wasserschwaden vorbei. In ihnen spiegelte sich das Rotlicht der Lichtleiste, es sah aus wie Blut, das hellrot die Glasfläche entlangtanzte.

Endlich bekam ich die Sitzlehne zu fassen, vor mir bedeutete ›unten‹, die gebogene Sitzschale war direkt vor mir, also mußte das Face über mir sein.

»Suzanne, Notfall! Die Überwachungskameras des Schwimmbades auf das Face 775!«

Augenblicklich verdrängten vier Rechtecke das Gesicht von Vivian. Ich hatte das Gespräch mit ihr ganz vergessen, als hier das Chaos begann. Sie rief etwas, dann brach der Kontakt ab.

Vier Kameras also! Ich zog mich näher an das Face heran. Es war sinnlos, auf gut Glück rauszugehen, um nach Halbmond zu suchen, denn die unzähligen Wasserblasen reduzierten die Sicht mittlerweile auf nahezu Null, gleichzeitig brach sich das Licht in ihnen und verwandelte die Dreidimensionalität in ein abstraktes blaues Gemälde mit blinkenden roten Wischern.

Die einzige Chance, Halbmond auszumachen, bestand darin, daß die Hauptwassermenge durch Aufprallbewegung zunächst wieder nach hinten schwebte und einen Blick auf einen Großteil des Raumes ermöglichte. Aufmerksam fixierte ich die vier Rechtecke. Nichts. Nur blau-rot-weiße Mansche. Jetzt wurde auf dem unteren linken Faceausschnitt die rote Lichtleiste um das Becken klarer. Rasch holte ich das Bild ganz auf das Face. Da, am linken Rand schälte sich der helle Körper Halbmonds aus dem Wirrwarr heraus. Ihr weißer Slip blitzte deutlich auf. Ohne Eigenbewegung paßte sie sich der Rückwärtsflut an. Ich fluchte laut, denn ich hatte gehofft, daß sie eine der Sauerstoffmasken erwischt hatte, dann wäre alles kein Problem gewesen. Während ich hastig die Kapuze meines Not-Packs mit dem provisorischen Helm überzog, versuchte ich, mir ihre Bewegungsrichtung einzuprägen. Noch ein letzter Blick und raus…

Die Sauerstoffversorgung hatte sich automatisch mit dem Schließen des Behelfsanzuges eingeschaltet.

Mein erster Orientierungsversuch war deprimierend. Allein die Tatsache, daß sich links von mir die Hauptmasse des Wassers befand, verschaffte etwas Hoffnung. Halbmond mußte sich in diesem Augenblick in der Mitte des Beckens aufhalten, mit einer leichten Drift nach oben zur Decke hin. Ich stieß mich vorsichtig ab, schwebte durch unterschiedlich dichte Zusammenballungen von wabbelnden halbdurchsichtigen Wasserbällchen, die letztendlich überhaupt keine Sicht zuließen. Ab und zu torkelte wie zum Hohn eine Sauerstoffmaske durch die groteske Blasenlandschaft. Resigniert stellte ich schon nach einigen Sekunden fest, daß ich jede Orientierung verloren hatte, als ich ungewöhnlich hart an die gegenüberliegende Wand prallte. Sofort stieß ich mich wieder ab, rutschte dabei aus und flog nach meinem Empfinden nun in Richtung Decke. Überall nur diese Wasserblasen!

Das hatte keinen Zweck! Ich konnte einen halben Meter oder näher an ihr vorübergetrieben sein, ohne sie zu bemerken.

»Suzanne! Warum haben wir Rot-Alarm?«

Nein, falsch! Die Erklärung würde zu lange dauern.

»Suzanne, kannst du den Rot-Alarm wieder aufheben, ohne das Schiff zu gefährden?«

›Das kann ich gerne veranlassen!‹

»Suzanne, Rot-Alarm aufheben, sofort!«

Augenblicklich ertönten die drei Huptöne. In der gleichen Sekunde wischte eine Hand dicht neben mir vorbei. Erschrocken packte ich zu und zog Halbmond an mich heran. Ihr Kopf schwang leblos an meine Schulter. Kurz entschlossen riß ich den Verschluß meines Anzugs in Bauchhöhe auf, faßte sie fest am Nacken und stopfte ihren Kopf in den Schlitz. Anschließend drückte ich die aufgerissenen Verschlußleisten eng um ihren Hals herum, um zu vermeiden, daß zu viele Wasserblasen in den Anzug eindrangen.

Jetzt galt es, sich auf die einsetzende Schwerkraft vorzubereiten. Ich hatte keinen blassen Schimmer, in welchem Teil des Raumes wir uns aufhielten, verspürte auch keinerlei Beschleunigung, obwohl sich der Zylinder schon wieder in Rotation befinden mußte. Ich verzichtete darauf, mich auf ein eventuell plötzlich vor mir auftauchendes Hindernis vorzubereiten und kugelte mich ein, Halbmonds Kopf fest in meine Bauchgegend gepreßt.

Lange mußte ich nicht warten. Mit dem Rücken zuerst prallte ich in einer sich verdichtenden Wassermasse auf, die mir den Kopf hart nach hinten riß. Kraftvoll wurde ich noch einmal von dem abfließenden Element in meiner Lage verdreht. Dann ein mächtiges Rauschen, und es war vorbei. Wir waren glücklicherweise nicht im Wasserbecken gelandet, sondern in einer Ecke der rückwärtigen Wand. Vor meinen Augen fügte sich das Wasser mit trägem Wellenschlag in das Becken ein. Überall tropfte es von den Wänden, kleine Rinnsale folgten gehorsam der wieder gezähmten Wucht und plätscherten harmlos von Vorsprüngen und Kanten.

Ich ignorierte die Schmerzen in meinem Nacken und riß schnell den Verschluß meines Anzuges auf, wo Gott sei Dank ein hustender und Speichel kotzender Kopf zum Vorschein kam.

Erleichtert sank ich an die Wand zurück, wo ich mir einen Moment Ruhe gönnte. Halbmond krabbelte unsicher auf allen vieren rückwärts von meinem Körper herunter. Dann sackte sie vorne zusammen, den Po nach oben, schnappte in hohen Tönen nach Luft, unterbrochen von einem furchtbaren Würgen.

Dann war Ruhe. Ab und zu keuchte sie leise.

Ich zog meine Beine an. Nichts gebrochen, alles in Ordnung. Dann rollte ich mit meinen Schultermuskeln, aber auch hier war nichts Stechendes zu spüren, also hatte ich außer einer satten Prellung nichts davongetragen. Für Halbmond hatte ich als Schutzkissen gedient, jedenfalls waren an ihr keine äußeren Verletzungen zu sehen. Sie drehte sich ausgelaugt auf den Rücken herum, und schon kreisten meine Gedanken trotz der gerade überstandenen Gefahr wieder in erotischen Gefilden.

In diesem Augenblick knallte die Tür zum Schwimmbad auf, und Vivian kam hereingestürmt. Sie verharrte überrascht einen Moment in ihrem Lauf, kam dann aber rasch zu uns heran.

Ich riß meine Kapuze mit dem Helm vom Kopf.

»Kann mir mal jemand sagen, was hier los ist?« krächzte ich.

Vivian blickte mich böse an. »Das wirst du ja wohl am besten wissen!«

Dann kümmerte sie sich um Halbmond.

# 6

Wir saßen zu viert vor dem Center Face in der Zentrale: Viktor, Voodoo, Richard Ballhaus und ich. Ballhaus war eben dazugekommen, er sollte die Wache übernehmen, während wir uns mit Luis im Laderaum trafen.

In den letzten Stunden hatten wir versucht, die Ursache für den Rot-Alarm festzustellen, waren aber überraschenderweise zu keinem Ergebnis gekommen. Überall im Schiff gab es Notschalter, mit denen man einen Alarm auslösen konnte, jedoch keiner von ihnen war betätigt worden. Suzanne beharrte hartnäckig darauf, daß der Befehl von einem dieser Schalter gekommen sei. Wir checkten noch einmal alles durch. Nirgendwo war eine elektronische Plombe beschädigt. Ein Parallelcheck des schiffseigenen Reserve-Computers brachte ebenfalls kein anderes Ergebnis.

»Der Notschalter, den Suzanne als Auslöser angibt, befindet sich an der Außenhülle des Schiffes. Keiner von der Besatzung war dort draußen, also muß das Ding defekt sein«, faßte Viktor unsere Bemühungen zusammen. Dabei wußte er, daß es so gut wie unwahrscheinlich war. Die Notschalter waren mit allen nur erdenklichen Sicherungsmöglichkeiten konstruiert, um unbeabsichtigten Aktivierungen vorzubeugen. Trotzdem war Luis vor zehn Minuten aufgebrochen, um sich an Ort und Stelle umzusehen.

»Ich wette darauf, daß er nichts findet«, meinte Voodoo. »Mein Gefühl sagt mir, daß wir es mit einer manipulierten Schweinerei zu tun haben.«

Mir ging es genauso. Aber das hieße mit anderen Worten: Sabotage! Irgend jemand versuchte, uns in Schwierigkeiten zu bringen. Ich erinnerte mich an mein Gespräch mit Viktor nach unserem Start von der Erde. Wir hatten den Begriff ›Taktik der kleinen Nadelstiche‹ benutzt. War es jetzt soweit? Aber wer sollte einen Vorteil erringen, wenn das Schwimmbad überflutet wurde. Niemand und nichts war zu Schaden gekommen, wenn man einmal davon absah, daß Halbmond den Vorfall als phantastisches Abenteuer ansah, mir der Rücken weh tat und Vivian mittlerweile der festen Überzeugung war, ich hätte ein Verhältnis mit der Halbindianerin.

Ich teilte meine Gedanken den anderen mit. Auch das mit dem Verhältnis, ich wollte unter keinen Umständen falsche Verdachtsmomente aufkommen lassen. Solch naive Vorstellungen von Offenheit konnten natürlich nur mir einfallen.

»Und, hast du?« Viktor grinste mich von der Seite her an.

Da hatten wir es schon! Dabei war ich überzeugt, daß er es scherzhaft gemeint hatte, aber mir ging im Augenblick auch jede spaßhaft gemeinte Vermutung gegen den Strich.

Ich bedachte ihn mit einem wütenden Blick.

»Das wäre doch unlogisch«, mischte sich Voodoo ein. »Erst lockt er so einen tollen Hasen in den Pool, und dann drückt er auf den Knopf für Rot-Alarm! Obwohl, wenn man sich die Rettungsaktion vor Augen hält, war es vielleicht gar nicht so dumm…«

Er verstummte, als er mich ansah.

Ich konnte darüber nicht lachen. Die Situation war einfach zu ernst. Der Rot-Alarm war übrigens von der

Schmidtbauer-Gruppe ohne Kommentar zur Kenntnis genommen worden.

Richard Ballhaus sagte nach einer Weile nüchtern: »So abwegig ist das gar nicht, könnte Ihr CyCom-System vielleicht den Alarm ausgelöst haben, Kapitän?«

Ich wollte schon erbost hochfahren, als mir klar wurde, daß er den Spaß mit Halbmond überhaupt nicht zur Kenntnis genommen hatte. Nichtsdestoweniger fand ich die Bemerkung unangebracht.

»Ganz bestimmt nicht. Warum auch, es hatte keine Veranlassung dazu gegeben«, erklärte ich verschnupft.

Ballhaus strich mit fahrigen Händen über das Terminal. Dabei fiel mir ein blaues Armband mit einer goldenen Abbildung auf, das er um das rechte Handgelenk trug. Ich meinte, einen Reiter darauf erkannt zu haben, ganz sicher war ich mir jedoch nicht. Als er meinen Blick bemerkte, legte er seine linke Hand wie zufällig über das Armband.

»Das wollte ich damit nicht sagen«, sagte er hastig. »Vielleicht ein Fehler im gesamten System. Er könnte auch bei einem anderen CyCom-Träger liegen. Bei Ihnen beiden. Oder bei Luis.«

Er wandte sich an Viktor und Voodoo, die den Verdacht entschieden zurückwiesen.

»Suzanne hätte das registriert«, belehrte ihn Viktor. »Jeder Kontakt mit ihr wird zusätzlich aufgezeichnet.«

»Vielleicht liegt dann der Fehler bei ihr?« bohrte er weiter.

Wir starrten ihn feindselig an.

Natürlich gab es kein Gesetz, das Astronauten vorschrieb, einem CyCom-System blind zu vertrauen, uns war allen bewußt, daß es nichts anderes war als eine vom Menschen geschaffene Möglichkeit, schnell und zuverlässig zu kommunizieren. Jeder, der es benutzte, war darauf angewiesen und verließ sich hundertprozentig darauf. Und das zu recht, denn bisher hatte es keine Ausfälle oder Fehlerquoten gegeben. Deswegen gab es für keinen von uns einen Grund, Suzanne oder ihren ›Kollegen‹ zu mißtrauen. Ballhaus kratzte mit seinem Verdacht unwissentlich an einem Tabu.

»Wissen Sie überhaupt, was Sie damit sagen?« fragte ich leise. Gleichzeitig jedoch fiel mir der Vorfall in Siena ein, als Fritz Suzanne für eine Weile außer Gefecht gesetzt hatte. Leicht verunsichert fuhr ich fort. »Falls Suzanne oder die Redundanzen fehlerhaft arbeiten, wäre es besser für uns, die Mission auf der Stelle zu beenden.«

Ballhaus lehnte sich zurück und breitete die Hände aus.

»Ja, eben«, meinte er einfach.

Stille machte sich breit. Viktor stand auf, ging um das Terminal herum und stellte sich mit dem Rücken zu uns vor das Center Face. »Sie denken, Suzanne wird dazu benutzt, uns soweit zu bringen, daß wir aufgeben.«

Ballhaus faltete die Hände vor sich, wie ein Dozent, der seinen Studenten eine komplizierte Theorie näherbringen will. Dabei rutschte das Armband nach unten in seinen Ärmel hinein. »Ich glaube nicht, daß es eine Zermürbungstaktik ist. Wenn Suzanne so wichtig ist, und wenn sie manipuliert wird – ich betone: wenn –, dann könnte man sie einfach abschalten. Nein, es könnten sogenannte Alibifehler sein, die im System eingestreut werden, solange, bis wir auf dem Schiff dazu gezwungen werden, Suzanne abzuschalten. Und wenn wir es nicht tun, bleibt immer noch die Möglichkeit, ihr einen entscheidenden Fehler einzugeben. Die Frage ist nur, wem würde das etwas nutzen?«

Viktor blickte mich über die Schulter mit hochgezogenen Augenbrauen an. Ich wußte, er dachte an den Zirkel. Ballhaus konnte davon keine Kenntnis haben, oder doch? Er hatte genau die Vermutungen ausgesprochen, die mir Papst Hadrian in unserem Gespräch in der Sixtinischen Kapelle vorausgesagt hatte: Der Zirkel hat kein Interesse daran, daß wir Nofretete erreichen. Vor mir tauchte im Geiste der rätselhafte Blick der delphischen Sibylle auf.

»Habe ich etwas Schlimmes gesagt?« Ballhaus sah abwechselnd mich und dann Viktor an. »Es muß ja nicht so sein, denn ich kann mir, wie gesagt, nicht vorstellen, wer unsere Expedition torpedieren wollte – und könnte!« entschuldigte er sich.

»Nein, nein, es ist schon in Ordnung, nur, es fehlt der Beweis für Ihre Vermutungen. Bisher ist es eine gewagte Theorie«, versuchte ich die Szene herunterzuspielen. Ich sah keine Veranlassung, ihn vorschnell einzuweihen, das wollte ich vorerst intern mit Viktor und Voodoo klären.

Luis meldete sich. Er hatte nichts Verdächtiges gefunden.

Schlecht, ganz schlecht, dachte ich.

»Wahrscheinlich hat Suzanne eine Fehlinformation von einem Zwischenspeicher bekommen«, sagte Luis auf dem Center Face, wo seine Helmkamera den roten Notschalter in Großaufnahme zeigte. »Sie bekommt die Meldung ja nicht direkt von dem Ding hier.«

Ich blickte Voodoo an. Wir kamen nicht umhin, das zu überprüfen, auch wenn es eine langwierige Arbeit war. Jedes Teil auf der Strecke mußte auf seine Funktionstüchtigkeit hin durchgecheckt werden. Und nicht nur das, die Übertragungseinheiten waren genauso von dieser Prüfung betroffen.

»Hab schon verstanden, ich ziehe mich mit Suzanne in eine Kabine zurück.« Er stand auf und setzte sich seitlich in der Zentrale an ein Terminal. Mobile, durchsichtige Wände begannen, eine abgeschirmte Zelle um ihn herum zu bilden.

»Suzanne, mein Mädchen, hier spricht der liebe Voodoo, wir machen jetzt Strafarbeiten...«

Endlich schlossen sich die Wände. Der Dialog zwischen den beiden würde zwar unbestritten einen hohen Unterhaltungswert haben, nur für den Moment war mein Bedarf daran hinreichend gedeckt.

Auf dem Center Face wischten Luis' Handschuhe den Schalter sauber.

»Luis, komm rein, wir treffen uns im Laderaum!«

Er bestätigte, nicht ohne noch ein paar weitere Partikelchen einige Zentimeter weiter befördert zu haben, wo sie sich, von der Schiffsmasse angezogen, federleicht wieder auf die Außenhülle legten.

Viktor und ich machten uns schweigend auf den Weg. Richard Ballhaus wirkte verunsichert, wahrscheinlich war er der Meinung, er wäre uns mit seiner Erklärung, in einem CyCom-System könnte sich ein Fehler befinden, zu nahe getreten. Der riesige Mensch setzte sich unbeholfen in einen Sessel, als wir die Zentrale an der Längsseite verließen.

Ein Schiff war auf einem Raumflug hauptsächlich zwei Kräften entlang der Schiffsachse ausgesetzt: Beschleunigung und Abbremsung. Da das Schiff für das jeweilige Manöver in die erforderliche Richtung um 180 Grad gedreht wurde, blieb nur eine Richtung für eine Hauptkraft übrig. Deswegen verliefen die mächtigen Verstrebungen, an denen die Versorgungscontainer hingen, in einer gewundenen Form, ähnlich einer Helix, alle in Nord-Süd-Richtung. 36 dieser riesigen Molekülketten schraubten sich in sechs unterschiedlich verteilten Laderäumen von einer Wand zur gegenüberliegenden, umgeben von einem zerbrechlich aussehenden Ein-Schienensystem, auf dem die Güter manuell oder in besonderen Fällen automatisch zu ihren Bedarfspunkten im Schiff transportiert wurden. Natürlich war die Anlage auf automatische Versorgung konzipiert, besonders die beiden Kühl-Laderäume wurden fast nie von menschlichen Wesen betreten, aber die Versorgung eines Schiffes bot eine willkommene Abwechslung im Alltag eines Astronauten, so daß sich immer wieder Leute fanden, die gerne dazu bereit waren, Güter aus den Laderäumen zu holen.

Die meisten Plätze in den Helixketten waren leer. Unsere Besatzung war viel zu klein, um die Kapazität der Laderäume auch nur annähernd auslasten zu können. Ein Schiff von der Größe der *Nostradamus* konnte ohne Schwierigkeiten 70 oder 80 Personen über einen langen Zeitraum versorgen. Für kurze Zeiträume, zum Beispiel Reisen zu erdnahen Asteroiden, würde sogar die doppelte Zahl Platz finden, allerdings müßte in diesem Fall der komfortable Wohnzylinder gegen einen spartanisch angelegten Unterkunftszylinder ausgetauscht werden.

Viktor und ich zogen uns vorsichtig von Container zu Container und über Verstrebung zu Verstrebung. Es hätte zwar einen bequemeren Weg über ein einfaches Seilzugsystem gegeben, aber ich wollte, wenn ich schon einmal hier unten war, mir die Neuerungen in den Laderäumen ansehen. Es gab, abgesehen von dem verbesserten Ein-Schienentransportweg, äußerlich keine großartigen Veränderungen. Neu waren die ›intelligenten‹ Container, die ihren Ladungsinhalt selbständig umsortierten und ihn laufend den zu erwartenden Bedürfnissen des Schiffes anpaßten. Mir persönlich war das zuviel Spielerei. Im Endeffekt kam doch immer alles ganz anders, als es ein Statistikprogramm errechnet hatte.

Viktor hielt sich mit einer Hand an einer Ecke eines Containers fest. Nach einer eleganten Kreisbewegung kam er auf einer Verstrebung zur Ruhe und blieb rittlings darauf sitzen. »Ist dir eigentlich schon einmal aufgefallen, daß unsere Besatzung aus 13 Personen besteht?« fing er unvermittelt an.

»Nein«, antwortete ich wenig beeindruckt. Ich hatte nie nachgezählt. Mich wunderte, daß bis jetzt keiner von der Presse darauf gestoßen war. Aber früher oder später würde es jemand entdecken, dessen war ich mir sicher.

»Nein«, sagte ich noch einmal. »Es stört mich auch nicht sonderlich. Hast du Probleme damit?«

Er räusperte sich leise. »Ich nicht, aber Kadett Wolfen.«

Ich hangelte mich näher zu Viktor hin. Erwartungsvoll hing ich senkrecht zu seiner Verstrebung an dem Ein-Schienensystem.

»Er kam vorhin zu mir«, fuhr er fort. »Weil du nichts gegen Schmidtbauer unternimmst.« Er kam mit dem Kopf verschwörerisch dicht zu mir und schaute scherzhaft in alle Richtungen, als wollte er mir gleich das geheimste aller Geheimnisse anvertrauen. »Größte Verschwiegenheit, natürlich, Herr Sargasser!« flüsterte er.

Viktor beugte sich wieder zurück. »Er hat mir von Schmidtbauers Saustall erzählt, und daß deswegen seine Zukunft mit Frau Weiss in höchstem Maße gefährdet sei – und daß wir 13 Personen an Bord sind.« Er vollführte ein entschlossenes Handkreisen. »Falls es unserer Entscheidungsfindung etwas nützt, läßt er uns wissen, er ist sehr dafür, Frau Halbmond in einem Beiboot auszusetzen, das würde viele unserer Schwierigkeiten lösen, nicht zuletzt wären wir dann nur noch zwölf Personen.«

Ich schaute ihn ungläubig an. »Der hat doch einen Knall!«

»Ja, vielleicht! Aber… ähm… ich denke, daß er mehr als Sprachrohr unserer Ärztin, Frau Dr. Weiss, fungiert. Soll ich dir einmal meine Meinung über diese Besatzung sagen…?«

»O nein, bitte laß es bleiben, ich kann es mir denken. Mir wäre ein eindeutiges Kommando mit Offizieren und Kadetten auch lieber, aber wir können es nicht ändern. Um Wolfen werde ich mich noch kümmern, vorher muß ich aber Schmidtbauer einen Besuch abstatten. Sag mir lieber einmal deine Meinung zu einem anderen Thema: Informieren wir die Besatzung über die möglichen Absichten des Zirkels?«

Viktor überlegte kurz. »Nein, ich bin dafür, daß nur wir vier davon wissen. Wir kennen uns seit Jahren, ich glaube, wir können uns vertrauen. Von den anderen wissen wir rein gar nichts, außer, daß sie angeblich enge Freunde von Hellbrügge sind. Nein, ich bin dafür, wir warten erst einmal ab.« Er stieß sich spielerisch ab und turnte in der Hocke einen wackligen Kreis um sich selbst. »Außerdem, welche Beweise haben wir für ein Komplott? Doch eigentlich nur die Aussage eines alternden Papstes. Wir können weder das Attentat in München, noch den Unfall im Schwimmbad mit dem Zirkel in eine vernünftig klingende Verbindung bringen. Vielleicht machen wir uns nur selbst verrückt.« Seine Worte waren von irgendwoher aus dem drehenden Kreis vor mir gekommen.

»An Bord der *Heimdal* warst du sogar noch überzeugt davon, daß wir einen Spion in der Besatzung haben«, erinnerte ich ihn verwundert.

Er stoppte seine Drehung, indem er eine Hand ausstreckte, bis sie unsanft auf ein Verstrebungsteil traf. Nach der unbedachten Aktion schüttelte er mit schmerzverzerrtem Gesicht seine lädierten Finger. »Vom Verstand her bin ich immer noch der gleichen Meinung: Wir haben ein Kuckucksei im Nest! Auf der anderen Seite können wir nichts anderes machen, als auf Vorkommnisse zu reagieren, und zwar so lange, bis unser Gegner einen Fehler macht oder vielleicht sogar die Karten offen auf den Tisch legt. Bis dahin dürfen wir nicht hinter jeder Ecke ein Gespenst vermuten!« Er knetete an seiner Hand herum. »Apropos Gespenst, bleiben wir unglückselige 13 Personen oder verringern wir uns auf ein reines Dutzend?«

»Halbmond weigert sich, das Schiff zu verlassen«, antwortete ich. »Ich kann sie nicht dazu zwingen, wenn ich ihr nicht beweisen kann, daß sie sich in akuter Lebensgefahr befindet. Fritz Bachmeier sagt, wir dürfen sie unter keinen Umständen zurücklassen, Vivian Weiss meint, sie wird es nicht überleben, wenn sie weiterhin so heftig auf die Phase reagiert. Es bleibt uns nur eine Hoffnung, und die gilt letztendlich für uns alle, nämlich, daß die Wirkung des Neutrino-Treibers im Laderaum schwächer ist als in den Zylindern.«

Viktor nickte nach kurzem Überlegen zustimmend. Dann machten wir uns wieder auf den Weg.

Luis war natürlich schon da. Er hatte reichlich Ausrüstungsgegenstände herangeschleppt. Ein mobiles Face, das wegen seiner umfassenden Ausstattung bestimmt nicht die Bezeichnung ›mobil‹ verdiente, denn es war riesengroß und das Terminal dazu mehr als ausreichend. Ein Stapel Softmatten dümpelten gut verzurrt in einer Ecke, gleich hinter einem Versorgungsautomaten für Getränke und Lebensmittel. Außerdem schob er in der Schwerelosigkeit gerade eine kleine medizinische Station vor sich her, als wir an seinem provisorisch errichteten Lager eintrafen.

»Ah, ihr wißt ja, ich habe manchmal meinen Schlafsack dabei, wenn ich im Schiff unterwegs bin«, begann er zu erzählen. Wir grinsten, denn Luis hatte nicht manchmal, sondern immer seinen Schlafsack dabei, wenn er im Schiff unterwegs war, und nicht nur dieses eine Utensil, er schleppte in seinem Spezialanzug eine Menge Werkzeug mit sich herum. Nötig war das nicht, denn es gab überall im Schiff Werkzeugstationen, in denen alles vorrätig war, aber Luis arbeitete lieber mit seinen eigenen Sachen.

»Hier habe ich mich während der Phase eingehängt und gesichert. Gegenüber befindet sich das Face, über das ich mich mit euch später unterhalten habe.«

Ich schaute mir den Raum an. Es war mehr ein übriggebliebener Kubus, der sich daraus ergab, daß der letzte Container der Helix vor einer Aussparung lag, die sich aus nicht näher ersichtlichen Gründen hier ergeben hatte. Wahrscheinlich waren es bautechnische Abschottungen des konventionellen Triebwerks, das sich zum Teil unter diesem Laderaum befand. Wäre die *Nostradamus* kein außergewöhnliches Expeditionsschiff, gäbe es diesen freien Raum nicht, er wäre auf jeden Fall für irgend etwas verplant. Es war der tatsächlich hinterste Platz auf dem Schiff, an dem man sich für längere Zeit gefahrlos aufhalten konnte. Direkt im Anschluß gab es noch einen Reserve-Kühlraum, in dem Notrationen von Lebensmitteln gelagert waren, nur konnte ich mir nicht vorstellen, daß jemand darin ohne spezielle Schutzkleidung überleben würde, denn die Temperatur lag weit unter minus 30 Grad.

Luis öffnete eine Kiste mit Fangnetzen. Er hielt mir ein Ende des Netzes fragend entgegen.

»Gut, wir versuchen es hier«, sagte ich. Viktor erhob keinen Einwand. Luis wuselte mit dem Netz wie ein kleiner fliegender Superman durch den Raum, hängte hier eine Schlaufe ein, befestigte dort mit einem rückstoßfreien Nagler ein Seilende.

Als Viktor und ich hier angekommen waren, hatten wir uns zunächst mit Luis unterhalten, deswegen war mir der ungewöhnliche Anstrich des letzten Containers nicht sofort ins Auge gefallen. Jetzt aber erinnerte ich mich wieder daran. Viktor hatte den gleichen Gedanken gehabt und so schwebten wir beide vor dem hellgelben Kasten mit den schwarzen Querstreifen. Die

Farbzusammenstellung signalisierte einen giftigen Inhalt.

»Luis, was ist da drinnen?« fragte ich laut.

Er kam von oben zu uns und schlug mit der Hand leicht auf die Kante.

»Ah, das ist das Not-Set für den Reaktor! Wenn wir den Container jemals öffnen müssen, haben wir ein ernstes Problem auf dem Schiff. Da ist alles drin, was wir im Notfall zum Abdichten der Reaktorwände benötigen würden: Schutzanzüge, Dekontaminierungsdusche, Verdichtungsmasse und vor allem reichlich Matten aus Velcro-Blei. Dazu gibt es eine eigene Energieversorgung, diese Station hier arbeitet völlig autark.«

Viktor und ich schauten uns überrascht an. Velcro-Blei, eine hochgiftige Verbindung aus Bromidverbindungen, Blei und zähflüssigen Quarzeinlagen. Überall dort, wo Radioaktivität nicht zu verhindern war, wurde dieses Material verwendet. Es reduzierte die Strahlung praktisch auf Null, wirkte aber bei Berührung hochgiftig. Ohne schützende Ummantelung durfte es nicht der Schiffsatmosphäre ausgesetzt werden. Außerdem war die Handhabung äußerst kompliziert. Von unserer Besatzung konnte wahrscheinlich nur Luis damit umgehen, ich selbst hatte einmal an einer Einweisung teilgenommen. Die einzige Erfahrung, die ich daraus mitgenommen hatte, war, die Finger davon zu lassen, denn die Verarbeitung der Matten war nur unter einer bestimmten Temperatur und mit speziellem Werkzeug möglich, ansonsten fing das Material an zu splittern. Splitterteilchen dieses Zeugs in der Schwerelosigkeit waren schwer wieder zu entfernen. Sie einzuatmen war tödlich.

Ich stellte mir die Frage, welchen Anteil das Velcro-Blei daran hatte, daß Luis von den Auswirkungen des Neutrino-Treibers so wenig oder fast gar nichts gespürt hatte. »Luis, du hattest deinen Schlafsack genau hinter diesem Container angebracht?«

»Ah, ja, gleich hier gegenüber«, rief er mir von oben zu, als er ein weiteres Netz einhängte.

Viktor räusperte sich dieses Mal nicht, es war mehr ein Schnauben. »Weißt du, John, ich bin kein Experte für den Neutrino-Treiber, aber mein Gefühl sagt mir, daß wir hier einen weiteren Grund für Luis' problemlosen Schlaf gefunden haben. Velcro-Blei.«

Er hatte recht, mir ging es genauso. Obwohl wir keinen sicheren Beweis in Händen hielten, fiel mir ein Stein vom Herzen, denn es schien, als hätten wir die Lösung für unser Problem gefunden. Vergnügt gönnten Viktor und ich uns einen kleinen Euphorieausbruch, indem wir uns gegenseitig lachend auf die Schultern schlugen. Luis lugte verständnislos hinter seinen Netzen hervor und freute sich mit uns, obwohl er nicht wußte, worum es ging. Es war befreiend, einmal für einen Moment lang das Gefühl zu genießen, alle Schwierigkeiten aus dem Weg geräumt zu haben.

Schließlich erklärten wir Luis unseren Heiterkeitsanfall.

»Gibt es noch mehr von dem Velcro-Blei auf dem Schiff?« fragte ich ihn.

»Die gleiche Station steht in jedem Reaktor. Das ist alles. Man könnte es notfalls von dort hierherholen. Ich würde aber nicht dazu raten, denn die Stationen sollten nicht geplündert werden. Sie sind bei einem Reaktorunfall unentbehrlich. Es gibt noch eine größere Menge Velcro-Blei auf *Südquelle,* falls es zu Schäden beim Wechsel der Reaktoren kommen sollte.«

»Gut, dann lassen wir es vorerst dabei!« beschloß ich. »Die nächste Phase startet in vier Stunden. Ich werde die Besatzung unterrichten, daß sie sich eine halbe Stunde vorher hier einfinden soll. Vielleicht haben wir Glück und sind vorerst unsere Sorgen los.«

Als ich mit Viktor wieder die Zentrale betrat, wertete Voodoo zusammen mit Richard Ballhaus gerade die Ergebnisse seiner Unterhaltung mit Suzanne aus.

»Wir haben tatsächlich etwas gefunden«, begann er, »nur bringt uns das im Kern nicht weiter.«

Er legte die betreffenden Schaltungen auf das Center Face.

»Ich kann es kurz zusammenfassen: die Kontrolleinheiten für die Notschalter außerhalb des Schiffes stimmen nicht mit den Plänen überein. Entweder wurden sie bei der Montage falsch angepaßt oder jemand hat sich daran hinterher zu schaffen gemacht.«

»Und was heißt das?« fragte ich.

»Das heißt, der Alarm wurde nicht von außen betätigt, sondern von einem Notschalter, der sich laut dieser Zeichnung hier... äh... im Technischen Bereich unseres Freundes Professor Schmidtbauer befindet.«

»O nein, bitte nicht!« stöhnte ich auf. Meine Euphorie von vorhin war wie weggeblasen.

»Können wir beweisen, daß er oder jemand von dort unten den Schalter betätigt hat?« meinte Viktor nüchtern.

Voodoo wiegte den Kopf hin und her. »Alle elektronischen Sicherungen sind angeblich unbeschädigt. Für jemanden, der etwas davon versteht, ist es bestimmt nicht schwer, die Protokolle zu manipulieren. Es bedeutet viel Arbeit, es ist aber möglich, sie so zu verändern, daß es einer ersten, vielleicht auch einer zweiten Überprüfung standhält. Ich habe Suzanne beauftragt, eine Basiskontrolle durchzuführen. Das dauert ungefähr zwei Stunden, weil zusätzlich ein Protokoll über die Konstruktion der *Nostradamus* miteinbezogen werden muß. Wurde der Schalter dort unten tatsächlich benutzt, werden wir es dann beweisen können.«

Ich konnte es nicht fassen! Alles deutete darauf hin, daß der Alarm mit einer gewollten Verschleierung von jemandem im Schiff ausgelöst worden war. Ich widerstand der Versuchung, sofort dem Technischen Bereich des Neutrino-Treibers einen Besuch abzustatten, zuerst wollte ich aber den sicheren Beweis in Händen haben. Gleichzeitig konnte ich mir nicht vorstellen, daß Schmidtbauer so naiv sein konnte, einen Alarm auszulösen, ohne sich über die Folgen im klaren zu sein.

Ich versuchte, mich vorerst von dem Fall abzulenken und informierte die Besatzung über unser Vorhaben, die nächste Phase im Laderaum zu verbringen. Appalong meldete sich zu Wort, er wollte weiterhin in seinem Observatorium bleiben, aber ich machte keine Ausnahme. Dieses Mal würde die Phase über eine dreiviertel Stunde dauern. Wer wußte schon, was die verlängerte Zeit noch alles an Schwierigkeiten bringen würde.

Nachdenklich begab ich mich in mein kleines Appartement hinter der Zentrale. Wenn alles funktionierte, würden wir in kurzer Zeit über elf Millionen Kilometer hinter uns gebracht haben. Das war eine unvorstellbare Leistung! Mir wurde langsam bewußt, was dieser neue Antrieb für Veränderungen in der Raumfahrt bewirken würde. Die aktuellen Fernziele wie zum Beispiel der Planet Mars wären in wenigen Wochen erreichbar. In einigen Jahren, nach der Weiterentwicklung des Antriebs und unter günstigen Bedingungen, vielleicht sogar in einigen Tagen.

Wir hatten damals fast ein ganzes Jahr für die Strecke benötigt. Ich schüttelte beeindruckt den Kopf, denn ich spürte, wie sich meine Seele gegen die neue Technik auflehnte. Es konnte nicht sein, daß wir einfach so im Sonnensystem hin- und hersausen konnten, ohne einen hohen Preis dafür zu zahlen.

Geistesabwesend lehnte ich mich gegen die Bar, um mir die Nachrichten anzusehen. Die Channels auf der Erde hatten ein neues goldenes Quotenkalb erkoren:

das Datum, an dem die *Nostradamus* bei Nofretete eintreffen würde, den 22. Februar 2046! Ich für mich selbst hatte mir den Zeitpunkt nicht bewußt eingeprägt, er war lediglich latent in meinem Gehirn vorhanden. Im Gegenteil dazu wurde der Boden der Medienlandschaft anscheinend dahingehend vorbereitet, den Termin als historisches Ereignis zu feiern. Dabei verfolgte jeder Channel seinen eigenen Weg, die Zeit bis dahin quotentechnisch hochzuschaukeln und zu vermarkten. Am lautesten trommelten die Sender, die den geringsten Zugang zu Informationen oder Bildmaterial über die *Nostradamus* besaßen. Jede noch so winzige und unbedeutende Nachricht wurde hochgespielt und bis zur Unkenntlichkeit potenziert. In einer besonders trivialen Darstellung wurden wir als ›Jäger in der Unendlichkeit‹ bezeichnet.

Angewidert schaltete ich ab. Wenigstens gab es keine Hiobsbotschaften über neue Unruhen in der Bevölkerung.

Ich nahm mir vor, endlich einen vernünftigen Kaffee zu genießen. Als ich in der Küche herumhantierte, piepste es in meinem linken Ohr.

⟩John, Dr. Hellbrügge wünscht eine sofortige Unterredung! Soll ich ihn durchstellen, oder darf ich ihn abwimmeln?⟨

Abwimmeln! Um Gottes willen, die ganze Zeit über hatte ich ein schlechtes Gewissen Hellbrügge gegenüber, weil ich lange mit ihm nicht mehr direkt gesprochen hatte! Bisher hatte er von mir nur unpersönliche Berichte erhalten.

»Suzanne, durchstellen, bitte! Hier auf das Face in meiner Bar!«

Mehr brauchte ich als Ortsangabe nicht zu sagen, Suzanne wußte über mein eingepflanztes CyCom immer, an welcher Stelle im Schiff ich mich gerade aufhielt.

Hellbrügge erschien augenblicklich auf dem angegebenen Face.

»Hallo, John, wie geht es dir?«

Erleichtert über die unkomplizierte Begrüßung entspannte ich mich ein wenig. Ich erwiderte seinen Gruß ebenso freundlich. Danach entschloß ich mich, ihm wahrheitsgemäß über die Vorfälle zu berichten.

Ich erzählte ihm nüchtern und ohne Ausschmückungen von den Vorkommnissen auf dem Schiff. Er hörte sich die Darstellungen mit unbewegtem Gesicht an. Als ich geendet hatte, schwieg er einige Sekunden lang. Dabei vermied er es, direkt in die Übertragungskamera zu blicken. Schließlich fuhr er sich durchs Haar und legte seine Brille ab.

Er schien ernsthaft betroffen. »Es klingt unverantwortlich, wenn ich dir sage, daß ich so etwas befürchtet habe, aber ich hatte darauf gehofft, es würde nicht eintreten.«

Gespannt wartete ich ab, ohne zu antworten.

»Schmidtbauer wurde und wird immer noch von einigen Direktoren in der Konzernleitung wegen der enormen Fortschritte seines Konzepts für den Neutrino-Treiber gefördert. Seine Labilität war mir bekannt. Trotzdem erschien er mir… sagen wir einmal, nicht vertrauensunwürdig. Anfangs sollte *Futhark* den Auftrag erhalten, die Erforschung des Antriebs in die Hand zu nehmen, Schmidtbauer war nur in der beratenden Funktion tätig, aber mit der Entdeckung von Nofretete haben die Ereignisse von einem Tag zum anderen ein Eigenleben entwickelt.«

Ich war überrascht von soviel Offenheit. Mein Kaffee wurde kalt, während ich weiter erstaunt zuhörte.

»Leider muß ich zugeben, daß mir die Fäden aus der Hand glitten, ohne daß ich etwas dagegen tun konnte. Jedoch war zu diesem Zeitpunkt einzig und allein Schmidtbauers Version des Neutrino-Treibers in der

Lage, Nofretete rechtzeitig zu erreichen. Es war unumgänglich, daß er und sein Team den Antrieb während der Mission betreuten. Ich stand von heute auf morgen vor vollendeten Tatsachen. Mein Vorschlag, wenigstens einige Leute von *Futhark* mitzuschicken, wurde schlichtweg ignoriert. Zu diesem Zeitpunkt war alles schon gelaufen: Ich hatte dich überredet, das Kommando zu übernehmen, außerdem machte die Zusammenstellung einer geeigneten Besatzung große Schwierigkeiten.«

Er machte einen gebrochenen Eindruck. Ich hatte fast den Eindruck, daß er mich gleich auffordern würde, die Mission abzubrechen.

»John, ich habe euch im guten Glauben auf das verdammte Schiff geschickt!«

Es klang wie ein Hilferuf. Erschrocken registrierte ich eine tiefe Verzweiflung in seinen Worten.

»Moment, stop!« unterbrach ich ihn verwirrt. Mir kam diese Kehrtwendung etwas zu plötzlich. »Sei mir nicht böse, Joachim, aber was soll dieses Gejammere, du hast doch von Anfang an gewußt, daß ein Flug mit der *Nostradamus* ein Risiko sein würde, ganz gleich, wer an Bord ist!«

Ich hatte bewußt harte Worte gewählt, denn sein Verhalten war mir unverständlich, ganz abgesehen davon, daß es mir in der derzeitigen Situation mehr als unpassend erschien.

»Ich weiß, ich weiß«, wiegelte er ab. Er wirkte wieder gefaßt, auch wenn mir seine spärlichen Bewegungen unkonzentriert erschienen. »Ich hatte eine lange Unterredung mit Admiral Merz. Du mußt bei ihr einen tiefen Eindruck hinterlassen haben, sie hat mich regelrecht beschimpft, daß ich euch mit Schmidtbauer losgeschickt habe. Ihrer Meinung nach sind die Berichte über die erfolgreichen Tests des Neutrino-Treibers schlichtweg gefälscht. Ich kann nicht beurteilen, inwieweit sie diese Behauptung durch eine ›*Futhark*-Brille‹ sieht.«

Mit dieser Aussage konnte ich nicht viel anfangen. Der Konzern mußte selbst wissen, wem er vertrauen konnte und wem nicht. Für mich zählte allein die Tatsache, daß vor einigen Wochen alle von dem Antrieb überzeugt waren. Damals hatte ich meine Bedenken vorgetragen, wenn auch aus anderen Gründen. Trotzdem hatte ich mich für den Flug entschieden, also konnte ich mich nicht beschweren.

Hellbrügge berichtete von Nachforschungen, die ergeben hatten, daß Dr. Helene Mayer vor Jahren einen losen Kontakt zu einer Theatergruppe pflegte, der unter anderem auch Rob Heuß angehörte, der Attentäter im Presseraum in München. Spekulationen darüber, ob sich die beiden tatsächlich gekannt hatten, waren bis jetzt nicht bestätigt. Aber allein die Möglichkeit der Verbindung eines Mitgliedes aus Schmidtbauers Team mit diesem Ereignis jagte mir einen Schrecken ein.

Weit mehr schockte mich noch eine andere Information: Der Tisch, an dem wir während der Pressevorführung gesessen hatten, war am vorhergehenden Tag in eine andere Position gestellt worden, weil sich Schmidtbauer überraschend entschlossen hatte, an der Show teilzunehmen, deswegen hatte die Anordnung auf dem Podium ein neues Gesicht erhalten. Wäre der Tisch in seiner vorgesehenen Stellung geblieben, hätten die vorprogrammierten Geschosse allein mich getroffen! Mein Tod war also geplant gewesen und diese Erkenntnis traf mich im nachhinein schwer. Vor meinem geistigen Auge erschienen mir wieder die Bilder von diesen Sekunden, gleichzeitig begann ich eine unbedeutende Szene ganz anders zu beurteilen. Schmidtbauer hatte mich in dem Moment, als ich hinter der Bühne auf ihn und Voodoo zukroch, mit erstaunten

Augen angesehen. Damals hatte ich seine Reaktion der ungewohnten Situation zugeschrieben, jetzt glaubte ich zu wissen, daß er überrascht darüber gewesen war, mich lebend zu sehen.

Andererseits waren die Verdächtigungen nicht bewiesen, ich konnte ihn deswegen nicht zur Rede stellen, ohne mich lächerlich zu machen. Das gleiche galt für die Weiterführung der Mission. Ich konnte sie nicht wegen ein paar vagen Vermutungen abbrechen, dafür hatte das Unternehmen für den Konzern einen zu hohen Stellenwert erhalten. Es blieb mir und der Besatzung gar nichts anderes übrig, als die Reise fortzusetzen, selbst wenn wir den Teufel persönlich an Bord hätten.

Entschlossen teilte ich Hellbrügge meine Überlegungen mit.

Er überlegte einen kurzen Moment, bevor er mir antwortete.

»Es wäre vermessen von mir, dir für deinen Entschluß zu danken, ich kann nur beten, daß ihr alle heil und gesund zurückkommt. Versprich mir bitte, mich sofort zu informieren, wenn etwas Ungewöhnliches vorfällt, vielleicht kann ich euch von hier aus helfen.«

Das wiederum konnte ich mir nicht vorstellen, aber ich versprach ihm, über Suzanne das Logbuch jedesmal direkt zu übertragen, wenn es zu einem außergewöhnlichen Eintrag kam. Zusätzlich sollte Wolfen ab jetzt beginnen, alle Geschehnisse live mit der Kamera zu dokumentieren, nicht nur alleine zu unserer Sicherheit, sondern auch deswegen, weil Berchtold sich darüber beschwerte, keine aktuellen Bilder von der *Nostradamus* für die Nachrichten und Meldungen im konzerneigenen Channel zu besitzen.

Natürlich hatte er recht, denn jede noch so unspektakuläre Berichterstattung von der Mission bedeutete einen ungeheuren Wert für den Konzern. Hätte es nicht diese unliebsamen Vorkommnisse an Bord gegeben, wären diese Berichte unsere Hauptbeschäftigung bis zum Eintreffen bei Nofretete gewesen. Abgesehen davon wurde es Zeit, daß sich Wolfen mit etwas anderem als mit seiner Familienplanung befaßte.

Ich verabschiedete mich von Hellbrügge. Dann nippte ich an meinem kalten Kaffee und bereitete mich geistig für die zweite Phase vor.

Diesmal mußte alles glattgehen.

Irgendwo zwischen meinem Gehirn und meinem Bauch schmorte allerdings ein Gefühl, das mir Schwierigkeiten voraussagte.

Und es sollte recht behalten.

Wolfens Kamera übertrug ein skurriles Bild. Zusammengedrängt auf die Größe der Seitenfläche des Containers hing die Besatzung hinter der Not-Station in den Netzen. Links ›unten‹ im medizinischen Automaten lag Halbmond. Vivian hatte darauf bestanden, daß sie sich von Anfang an in der ärztlichen Versorgungseinheit befand. Für meine Person hatte Vivian nach dem Vorfall im Schwimmbad weiterhin nur einen verächtlichen Blick übrig.

Neben dem medizinischen Automaten hatte Luis das Terminal mit dem Face installiert, davor hatten sich Viktor und Voodoo angegurtet. Ich zog es vor, im Hintergrund zu bleiben und hielt mich neben Appalong im Netz fest, der sich gerade bekreuzigte. Seine Augen blitzen in seinem schwarzen Gesicht. Er strahlte förmlich eine urzeitliche Energie aus. Ich hatte den Eindruck, als genieße er die außergewöhnliche Situation. Vielleicht besaß er allein die Kraft im Übermaß, die wir alle für die Zukunft benötigten.

Auch Hagen Lorenzen, den ich in den letzten Tagen wenig gesehen hatte, schien der Druck wenig auszumachen. Er ruckte mit kleinen ruhelosen Bewegungen hin und her, um keine eventuellen Neuigkeiten zu verpassen.

Voodoo war in seinem Element. Er bugsierte mit Hilfe der Steuerdüsen das Schiff in den richtigen Ausgangspunkt. Ich wußte, daß er sauer darüber war, diese Tätigkeit nicht in seiner geliebten NAV-Einheit ausführen zu können, deswegen war er auch nicht besonders gut gelaunt und fluchte ununterbrochen leise vor sich hin.

Das Schiff reagierte sanft auf seine von ihm befohlenen Steuerkorrekturen, trotzdem mußten wir uns kräftig in die Netze stemmen, um unsere eigene Körperbeschleunigung aufzufangen.

Richard Ballhaus hing mit seiner außergewöhnlichen Größe wie ein Racheengel über uns quer im Netz. Ich konnte seine tiefen Atemzüge hören, mit denen er seine Nervosität bekämpfte. Er und Viktor wurden nach Halbmond am meisten von den Auswirkungen des Neutrino-Treibers belastet. Viktor selbst war nichts anzumerken, aber allein die Tatsache, daß er mich gebeten hatte, am Terminal sitzen zu dürfen, ließ darauf schließen, daß er sich ablenken wollte.

Auf dem Face vor ihm wartete Dr. Helene Mayer, bis Voodoo die *Nostradamus* in Position gebracht hatte. Auf fremde Schiffe mußte er dabei keine Rücksicht nehmen, denn wir befanden uns bereits in einem Sektor, in dem es so gut wie keine anderen Schiffsbewegungen gab. *Intro Astra* hatte den Weg für die zweite Phase ohne Auflagen freigegeben.

Von einer fehlenden Betriebserlaubnis für das Schiff war keine Rede mehr. Wir agierten sozusagen nicht nur in einem interplanetaren, sondern auch in einem behördlichen Vakuum.

»Das Schiff steht in Position. Ich beschleunige auf die angegebenen zehn Meter pro Sekundenquadrat.« Voodoo bellte die Worte scharf dem Face entgegen. Mittlerweile schien er alles und jeden zu hassen, der Schmidtbauer nahe stand.

»Bestätigt. Schiff in Position. Beschleunigung auf zehn Meter pro Sekundenquadrat«, entgegnete Dr. Helene Mayer unbeeindruckt.

Voodoo aktivierte die Triebwerkssequenzen.

»…3… 2… 1… Beschleunigung, ab jetzt!«

Unter uns ertönte ein heiseres Grollen. Eine unsichtbare Hand drückte uns in die Netze. Gleichzeitig war im Laderaum ein gedehntes Ächzen und leises Knacken zu hören. Ich hatte noch nie einen Beschleunigungsvorgang außerhalb der Zentrale erlebt. Wie mußten die unverkleideten Streben in den Schiffszellen erst reagieren, wenn die *Nostradamus* voll beschleunigte. Luis hatte mir einmal von den verschiedenen Geräuschen erzählt, die dabei auftraten, aber so deutlich und so gewaltig hatte ich mir das nicht vorgestellt. Mir war ein Raumschiff immer wie eine geschlossene Einheit vorgekommen, und jetzt hatte ich das Gefühl, als weigerte sich ein Teil des Schiffes, dem Schub des Triebwerkes Folge zu leisten. Es schien, als protestierten alle Metallstränge und Plastikverbindungen dagegen, aus der Ruhe gerissen zu werden. Es war geradezu beängstigend. Ich bewunderte Luis, daß er es von der Psyche her schaffte, sich allein im Laderaum aufzuhalten.

»Position konstant. Beschleunigung konstant und stabilisiert. Schiff ist präpariert für Neutrino-Treiber.« Voodoos Stimme klang nicht nur unfreundlich, sondern fast beleidigend.

Wir hatten beschlossen, uns den Beschleunigungsvorgang nicht aus der Hand nehmen zu lassen. Nachdem er abgeschlossen war, würde jedoch der Technische Bereich das Sagen haben.

»Bestätigt. Präparation abgeschlossen. Neutrino-Detektor läuft an. Neutrino-Treiber folgt. Beginn der

Phase in zehn Sekunden. Plus/Minus eine zehntel Sekunde… 3… 2… 1… Phase, ab jetzt!«

Außer einigen nachfolgenden verhaltenen Knackern war es still im Laderaum geworden.

Dr. Helene Mayer verschwand vom Face. Voodoo hatte auf Außenaufnahme geschaltet, von wo uns wieder das weiße Leuchten entgegenwaberte.

Bis jetzt spürte ich nichts.

Ich nahm mir vor, die verstreichende Zeit im Auge zu behalten. Während der letzten Phase war es mir vorgekommen, als wäre die tatsächliche Dauer der Antriebszeit viel kürzer gewesen als angegeben.

Um mich herum vernahm ich die ersten erleichterten Seufzer, gemischt mit leisen triumphierenden Äußerungen.

Ich spürte immer noch nichts, außer vielleicht einem dumpfen Klopfen in den Schläfen, aber das konnte von meinem erhöhten Puls herrühren.

Weiße, schmale Fäden setzten sich wie Irrlichter auf die Maschen der Netze. Die Konturen um mich herum schienen unschärfer zu werden, da sie durch feine helle Linien doppelt gezeichnet wurden. Der Laderaum erhellte sich wie bei einem unwirklichen Aufgehen einer weißen Sonne.

Neugierig blickte ich auf meine Uhr. Es waren seit dem Beginn der Phase schon über zehn Minuten vergangen! Konzentriert verfolgte ich den Sekundenzeiger. Ich konnte keinen schnelleren Lauf erkennen.

Appalong konnte mir vielleicht etwas zu diesem Phänomen sagen. Ich drehte mich zu ihm hin, als ich unten links von mir ein hektisches Hantieren von Vivian in der medizinischen Station bemerkte. Es mußte etwas mit Halbmond passiert sein! Sehen konnte ich sie nicht, da sie vollkommen von der Station umschlossen war.

»Viktor, wie geht es dir?« fragte ich beunruhigt nach

unten. Ich wollte Vivian nicht stören und fragte deshalb ihn als einen derjenigen, der mit am empfänglichsten für die Auswirkungen der Phase war.

»Es geht. Schwindelgefühl, bohrende Kopfschmerzen. Ist aber bei weitem nicht so schlimm wie während der ersten Phase.«

Seine Stimme erreichte mich wie aus einer anderen Welt. Instinktiv schüttelte ich den Kopf, doch das hätte ich besser lassen sollen, denn als ob ich ein schlafendes Ungeheuer geweckt hätte, fuhr mir ein stechender Schmerz vom Hinterkopf bis ins Rückgrat. Ich versteifte meinen Körper und konnte nur noch flach atmen.

Langsam wurde es besser. Ein drückendes Summen blieb zurück, aber es war auszuhalten, solange ich mich ruhig verhielt.

Vorsichtig schielend ertastete ich mit den Augen meine Umgebung. Appalong neben mir hatte die Augen geschlossen, um seinen Mund zuckte es. Dabei drückte sein Gesicht Heiterkeit aus, es konnte aber auch das Gegenteil bedeuten.

Ballhaus zitterte am ganzen Körper. Er bemerkte meinen besorgten Blick und gab mir mit erhobenem Daumen zu verstehen, daß es auszuhalten war.

Das weiße Licht verstärkte sich lautlos. Alles strahlte um mich herum. Es wurde schwierig, Einzelheiten zu erkennen.

Lorenzen hangelte sich mühevoll von seinem Netz herunter auf den Boden. Bevor ich ihm befehlen konnte, sich zurück auf seinen Platz zu begeben, stolperte er in den Bereich, der nicht vom Container abgedeckt wurde. Er prallte mit einem Keuchen an die gegenüberliegende Strebe und stieß sich von dort sofort wieder ab. Dabei berechnete er wegen des Andrucks der konstanten Beschleunigung seinen Weg zurück falsch. Er ruderte verzweifelt mit den Armen, verfehlte die erste Netzreihe, erwischte aber einen Zipfel des zweiten Netzes. Mit einem hohlen Stöhnen zog er sich zentimeterweise in den abgedeckten Bereich zurück.

»Furchtbar… dort drüben! Viel besser… hier…!« japste er hinter mir.

Also schirmte das Velcro-Blei einen Großteil der Strahlung ab. Für die meisten von uns bedeutete es eine Erleichterung. Aber was war mit Halbmond?

Ich schob mich vorsichtig nach unten. Dabei streckte ich die Beine mit Hilfe meiner Bauchmuskulatur nach vorne und krabbelte mit den Fingern die Netzmaschen entlang. Sehr rasch kam ich nicht voran, bei jeder schnelleren Bewegung meldete sich der stechende Schmerz wieder. Dabei hatte ich ein bohrendes Gefühl in meinem Kopf, das mir von den Ohren her auf meine Augäpfel drückte. Erst als ich bei der Station ankam, erkannte ich, daß die schrille Stimme von Vivian die Ursache für das Bohren war. Ich machte ihr ein Zeichen mit der flachen Hand, leiser zu sprechen, trotzdem dauerte es eine Weile, bis sich ihr Geräuschpegel auf ein erträgliches Maß reduzierte.

Ihre Worte kamen bei mir in einem langgezogenen Zischeln an, wie von einer Betrunkenen. Verstehen konnte ich nur die Hälfte, außerdem leuchtete nun alles um mich herum. Ich fühlte mich in einen überbelichteten Film versetzt, aus dem Vivians Augen und die dunklen Locken gerade noch herausstachen.

»…b.wuscht.los… Ppullschh… immwer… langschamew… An.trieeb… a.schal.tnn… sfort… a… wscha.ltn!« Ihre Augen waren geweitet. Dabei kamen sie mir immer näher. Ich hatte das Gefühl, als würden sie mich gleich durchdringen.

Mit verzerrtem Gesicht und mit fast bis zu den Wangen heruntergeklappten Lidern versuchte ich die Zeit auf meiner Uhr zu erkennen. Vierzig Minuten! Mein

Zeitgefühl schien völlig verschoben zu sein, es war unfaßbar.

»Wie lange hält sie noch durch? Die Phase ist gleich zu Ende!« glaubte ich mich sagen zu hören.

Plötzlich sägte ein durchdringender Ton aus der medizinischen Station quer durch meinen Schädel. Vivian verschwand aus meinem Gesichtsfeld und schrie etwas, das ich als ›Reanimation‹ deutete.

Ich blieb in weißem Licht zurück und begann die Orientierung zu verlieren. Schützend hielt ich meine Hand vors Gesicht, um wenigstens irgend etwas zu erkennen. Alles, was ich sah, war die blaßblaue Anzeige auf meiner Uhr: über 50 Minuten!

Ich hastete in einer aufkommenden Übelkeit durch das Weiß nach rechts, wo sich das Terminal befinden mußte. Mein rechtes Knie stieß zuerst darauf. Schmerzhaft krümmte ich mich zusammen, versuchte jedoch trotzdem, mich auf das Dringendste zu konzentrieren.

Schmidtbauer hatte die Zeit für die Phase überzogen.

Benommen näherte ich mich Viktor und hörte seine gläsern klingende Forderung an den Technischen Bereich, den Antrieb sofort abzustellen.

Ich trudelte irgendwo über dem Face. Dabei stellte ich fest, daß mein Körper schwerelos war. Voodoo hatte das konventionelle Triebwerk bereits stillgelegt.

Plötzlich wurde es dunkel.

Obwohl ich die Augen seit meinem Aufenthalt an der medizinischen Station fest geschlossen hielt, bemerkte ich den abrupten Helligkeitswechsel.

Vorsichtig spähte ich unter den Lidern hervor. Es blieb dunkel. Nur vereinzelt nahm ich vorüberhuschende Schatten wahr. Es dauerte eine Weile, bis ich in der Lage war, meinen Aufenthaltsort zu bestimmen. Ich trieb, mich um meine eigene Achse drehend, an der Containerwand entlang. Als ich an der Kante angekommen war, konnte ich mich zwar nicht daran festhalten, aber doch wenigstens in eine stabile Lage versetzen.

Inzwischen hatten sich meine Augen einigermaßen wieder an das normale Licht gewöhnt. Das Weiß war verschwunden. Anscheinend war der Neutrino-Treiber abgeschaltet worden.

Alle hingen im wahrsten Sinne des Wortes erschöpft in den Seilen. Ab und zu war ein leises Stöhnen oder verhaltenes Keuchen zu vernehmen. Ungeduldig war ich gezwungen zu warten, bis ich schwebend an derselben Verstrebung angekommen war, an der sich kurz zuvor Lorenzen abgestoßen hatte. Hinter mir war von Vivians Station ein Sorgen verheißendes schnelles Piepen zu vernehmen.

Eine halbe Minute später kam ich atemlos dort an. Vivian klammerte sich mit beiden Beinen an den Automaten, ohne die angebrachten Schlaufen zu beachten. Ihre Hände glitten mit erfahrenen Bewegungen über Tasten und Sensoren.

»Es ist gerade noch einmal gutgegangen. Sie atmet wieder«, informierte sie mich, als ich ungeschickt neben ihr an das Gehäuse stieß. »Sie hatte einen Herzstillstand, dabei hat sie die Phase anfangs problemlos ertragen. Doch nach einer Viertelstunde wurde sie bewußtlos.«

Ich konnte einen Teil von Halbmonds bleichem Gesicht durch die Scheibe sehen. Der Rest war von einer Atemmaske bedeckt.

»Sie war von einer Sekunde zur anderen einfach weggetreten«, fuhr Vivian fort. »Ich glaube, sie ist tatsächlich in der Lage, sich in eine Art schützendes Koma zurückzuziehen. Ihr Zustand war lange Zeit stabil, dann ging es rapide bergab.«

»Schmidtbauer ist ein Verbrecher!« zischte es wütend über mir. Voodoo wollte, um seine Aussage zu bekräftigen, erregt mit der Faust auf den Automaten schlagen, besann sich dann aber rechtzeitig eines Besseren.

Jetzt erst bemerkte ich, daß sich alle um die Station versammelt hatten.

»Er hat den Antrieb genau 75 Minuten lang gefahren. Eine halbe Stunde über die vereinbarte Zeit«, ergänzte Viktor nüchtern.

»Ein Verbrecher, sag ich doch!« ereiferte sich Voodoo. »Ich geh jetzt in den Technischen Bereich und schlag ihm die Fresse ein!«

»Moment, halt!« hielt ich ihn auf. »Zuerst will ich eine Erklärung darüber haben, wieso die Zeit während der Phase so schnell vorübergeht.«

Eigentlich hatte ich vorgehabt, mich darüber zu informieren, ob sonst noch jemand ernsthaften Schaden genommen hatte, aber die Antwort erübrigte sich, als ich die erhitzten und geröteten Gesichter um mich herum sah.

Ape war der einzige, den die Situation nicht ernsthaft zu berühren schien. In seinen Augen funkelte die reine Begeisterung.

»Es ist eine Trennung von unserem gewohnten natürlichen Verhältnis zum Zeitempfinden und einem technisch neu geschaffenen Zeitablauf. Wir sehen uns in unserem eigenen Zeitabschnitt und empfinden keine Veränderung, der Neutrino-Treiber erzeugt dagegen ein anders strukturiertes Zeitgitter, das letztendlich aber die tatsächlich vergangene Dauer bestimmt.«

Ich verstand kein Wort. Den meisten ging es genauso. Lorenzen und Ballhaus grübelten still vor sich hin. Voodoo hatte nicht zugehört, er hing wie ein kampfbereiter Boxer an den Schlaufen des Automaten und Viktor hatte anscheinend andere Sorgen, denn er preßte mit geschlossenen Augen die Hände an den Kopf.

»Oh, John, können wir das später klären, wenn ich

wieder klar denken kann? Den Erklärungen von Herrn Appalong möchte ich ohne Brummschädel folgen.«

Er hatte recht. Eins nach dem andern. Zunächst mußte ich Schmidtbauer zur Rede stellen, und zwar sofort! Ich schaute abwägend in die Runde.

»Gut. Ich möchte, daß mich Voodoo, Appalong und Lorenzen begleiten. Wir statten Schmidtbauer einen Besuch ab. Außerdem brauche ich Kadett Wolfen mit seiner Kamera.«

Für das Treffen wollte ich den psychologischen Vorteil einer zahlenmäßigen Übermacht. Appalong und Lorenzen stellten die wissenschaftliche Abteilung dar, Voodoo konnte meinetwegen etwas Unruhe veranstalten, falls ich zu weich auftreten würde. Wahrscheinlich mußte ich dabei aufpassen, daß Schmidtbauer nichts zustieß.

Mit einem letzten Blick auf die medizinische Station, in der Halbmond immer noch bewußtlos lag, hangelte ich mich an dem Netz entlang am Container vorbei in den Laderaum. Die anderen vier folgten mir schweigend.

# 7

Wenig später lag der Technische Bereich vor uns. Wir passierten eine Sicherheitsschleuse, die unmittelbar in die große langgezogene Halle mündete, in der die Anlage des Beschleunigers installiert war. Keiner von uns hatte sie bisher wirklich gesehen, außer in den virrealen Darstellungen.

Der erste Eindruck war nicht berauschend. Es herrschte zwar nicht die furchtbare Unordnung, von der Wolfen berichtet hatte, aber der Komplex zeigte sich auch nicht in dem imposanten Zustand, der sich mir im Simulationstank in Manching geboten hatte.

Überall waren provisorische Gerüste angebracht, die mit primitiven Mitteln an den Wänden angeflanscht waren oder an einigen Stellen sogar direkt an den Aggregaten hingen. Damit entsprachen sie noch nicht einmal den einfachsten Sicherheitsbestimmungen. Die Befestigungen innerhalb der Gerüste waren einfach an den Metall- oder Plastikplatten mit hingeschluderten Kalt-Heftnähten angebracht, ohne auf die jeweilige Materialbeschaffenheit zu achten.

Voodoo schnaufte verächtlich, als er eine Konstruktion neben sich betrachtete, und murmelte etwas von einem Kartenhaus. Zum Beweis rüttelte er kräftig an einer Strebe. Seine heftige und unbedachte Bewegung stellte ihn in der Schwerelosigkeit auf den Kopf, mit dem zusätzlichen Ergebnis, daß sich das Metallteil löste, und er mit der gelösten Strebe in der Hand an das Gerüst krachte. Es schwang bedrohlich hin und her – und wäre auch noch lange in diesem Zustand geblieben, wenn Appalong und Lorenzen die Schwingung nicht mit fest zupackenden Händen und gleichzeitig verankerten Füßen gedämpft hätten.

Das Herzstück des Neutrino-Treibers, der Teilchenbeschleuniger, war vollständig mit einem umlaufenden Gerüst bedeckt. Von dem halbkreisförmigen und etwa fünf Meter durchmessenden Aggregat, das sich in 200 Meter Länge bis hin an die Spitze des Schiffes zog, schimmerte der matte graue Belag nur an den Stellen durch die angebrachten Halte- und Netzteile, an denen ein Zugang nicht unbedingt notwendig war.

In der Halle war niemand zu sehen.

Dafür blinkte neben der Schleuse ein rotes Licht an einem Notschalter. Ungläubig starrten wir es alle wie eine Geistererscheinung an. Keiner von uns war fähig, den optischen Beweis für die Benutzung des Notschalters zu kommentieren, bis Voodoo näher heranschwebte, die Plastikverkleidung hochklappte und die Daten der elektronischen Plombe abfragte.

Nach einer Weile nickte er bestätigend. Dann blickte er mich mit ernstem Gesichtsausdruck an.

Der Rot-Alarm war also tatsächlich von hier ausgelöst worden, schlimmer noch: Niemand von hier unten hatte es für nötig befunden, eine Meldung darüber abzugeben. Und noch schlimmer: Niemandem von hier unten schien es etwas auszumachen, daß der Schalter ungeniert vor sich hinblinkte. Für mich war das Blinken wie ein optischer Fehdehandschuh, der mir noch nicht einmal direkt ins Gesicht geschleudert wurde – ich hatte ihn mir auch noch selbst abholen müssen.

Es wurde mir richtiggehend schlecht vor Wut. Ich

hatte Mühe, angesichts dieser neuerlichen Bloßstellung meine Anspannung nicht laut herauszuschreien. Was ging hier eigentlich vor? Was wollte Schmidtbauer damit erreichen? Sollte es sich tatsächlich – nur? – um eine Revierverteidigung und fehlende Anerkennung handeln, oder steckte da mehr dahinter? War er ein Handlanger und Anhänger des Zirkels, der das Unternehmen boykottieren sollte?

Für mich war die zweite Version unvorstellbar, seine Handlungen und Argumente, sofern man sie als solche bezeichnen konnte, erschienen mir zu irreal in ihrer emotionalen Struktur. Gleichzeitig würde das bedeuten, daß er fähig war, ohne mit der Wimper zu zucken das Leben von einem Dutzend Menschen aufs Spiel zu setzen, sein eigenes mit eingeschlossen. Wenn es sich so verhielt, konnte ich uns nur helfen, indem ich einen kühlen Kopf bewahrte. Außerdem mußte ich versuchen, mir einige Vorteile in die Hand zu spielen, er durfte nicht permanent in der Lage sein, uns mit dem Funktionieren des Antriebes zu erpressen.

Ich beschloß, ihm verständlich zu machen, daß mir das Wohl der Besatzung weit über dem Erreichen der Pyramide lag. Notfalls konnten wir immer noch mit dem konventionellen Triebwerk zur Erde zurückkehren, wenn auch nach sehr langer Zeit.

Es würde schwierig sein, ihm diese Überlegungen glaubwürdig zu vermitteln, denn meine ganze Einstellung der letzten Monate galt dem Rendezvous mit Nofretete und damit stand ich nicht allein. Wahrscheinlich würde es Proteste von der Besatzung geben, falls ich vorhatte, das Unternehmen abzubrechen. Schmidtbauer würde so schlau sein, das sofort auszunutzen. Damit hätte er wieder einen Trumpf in der Hand. Es war wie ein Drahtseilakt, bei dem ich unter Umständen auch noch improvisieren mußte!

Ich winkte den anderen zu. Wir hangelten uns vorsichtig weiter in die Halle hinein. Immer noch war niemand zu sehen.

Am hinteren Ende des Beschleunigers machten wir kurz halt. Trotz allem bevorstehendem Ärger siegte doch für einen Moment die Faszination für den neuartigen Antrieb. Appalong war sofort in seinem Element.

»Im Grunde genommen ist der Beschleuniger gar nicht so außergewöhnlich, wenn man einmal von seiner revolutionären Technik der beweglichen Magneten im Inneren absieht«, erklärte er. »Das eigentlich Großartige passiert dort draußen!« Er deutete nach vorne, wo das gerippte Gehäuse, das an einen im Wasser liegenden Alligator erinnerte, ins Vakuum des Weltraums führte. »Dort draußen treffen die auf nahe Lichtgeschwindigkeit beschleunigten Baryonen in einem hochverdichteten Plasmafeld auf Neutrinoströme, deren Dichte zuvor von dem Detektor ermittelt wird. Dadurch wird eine teilweise gesteuerte Kollision mit den Neutrinos herbeigeführt und damit deren Spin verändert oder gecrackt, wie es Schmidtbauer bezeichnet.«

Schweigend folgten unsere Augen seiner ausgestreckten Hand bis hin zu einem riesigen Face, das direkt einen Ausblick auf eine langgezogene Stahlkonstruktion ermöglichte, die wie ein moderner Bugspriet die Spitze des Schiffes bildete. An dessen Ende hing ein unscheinbar aussehender Quader mit undefinierbaren Anhängseln, die ungeordnet wie an einer Versuchsanordnung daran klebten.

»Das ist das Zentrum, von dem aus die veränderten Neutrinos ein hochverdichtetes Gravitationsfeld unmittelbar vor dem Schiff entstehen lassen. Das Phänomen der Zeitstückelung, das dabei auftritt, ist praktisch ein Abfallprodukt des gigantischen Feldes. Wenn wir diese Technik erst einmal perfekt beherrschen, werden wir die Strecke Erde-Mars in ein paar Tagen zurücklegen. Das Sonnensystem wird dann vor unserer

Haustür liegen. Die Reise zu den nächsten Sternen schrumpft zu einem Ausflug ins Wochenende.« Appalong schmunzelte, wahrscheinlich freute er sich über seine blumigen Wortschöpfungen.

Ungewollt brachte er uns mit seinen futuristischen Ausführungen in die Realität zurück, denn jeder von uns dachte sofort wieder an die Schwierigkeiten, mit denen wir in der Gegenwart zu kämpfen hatten.

»Zuerst jedoch bringe ich Schmidtbauer um die Ecke, und das wirft uns wieder ins Mittelalter zurück!« brummte Voodoo.

Wir sahen uns weiter um und gelangten, nachdem wir eine ausgebaute Magneteinheit passiert hatten, die achtlos an dicken Kabelsträngen aus dem Beschleuniger hing, nach einigen Minuten an das Face, das die Stahlkonstruktion außerhalb des Schiffes zeigte. Schweigend verharrten wir davor wie eine Gruppe von Kreuzrittern, die endlich den heiligen Gral gefunden hatten.

Die Konstruktion schien sich in der Unendlichkeit der Sterne zu verlieren, wäre nicht der wie ein eckiger Korken aufgesetzte Quader gewesen, der eine harmonische Verbindung zwischen der *Nostradamus* und dem kosmischen Hintergrund empfindlich störte. Ein großes Face war halbrund an das Ende der Halle angepaßt und vermittelte somit den Eindruck, als stünden wir an einem offenen Ausblick, an dem jeder weitere Schritt nach vorne den Sturz in den lebensfeindlichen Weltraum bedeutet hätte. Auf der linken und rechten Seite waren die Rundungen der Plasmatanks für das konventionelle Triebwerk zu sehen, die untypisch für diese Schiffsart zum Bug hin verlegt worden waren, weil der zusätzliche Reaktor des Neutrino-Treibers an ihrer Stelle hinten unter dem Heck lag.

Ich ließ meinen Blick zurück in die Halle schweifen.

Ein Bild aus einem Buch drängte sich mir auf, das

mein Großvater in seiner Bibliothek gleich unten rechts im ersten Regal aufbewahrte: Gulliver auf seiner Reise in das Land der Lilliputaner. Der Riese lag bewußtlos auf dem Boden, gefangen und festgepflockt an lächerlich dünnen Seilen der kleinen Menschen, die keine Vorstellung von seinen gewaltigen Kräften hatten. Trotzdem standen sie, überzeugt davon, daß die Fesseln ihn ausreichend im Zaum halten würden, mit einer überheblichen Arroganz gleich neben dem auf dem Rücken liegenden Riesen, um ihr weiteres Vorgehen zu diskutieren. Hier in der Halle erinnerten mich die wegen der Schwerelosigkeit schwächlich dimensionierten Gerüste an die nutzlosen Stricke der Lilliputaner. Wenn auch ihr ursprünglicher Sinn ein anderer war, so repräsentierten sie doch die Unvollkommenheit unserer Macht gegenüber einer Kraft, von der wir noch so wenig wußten.

Wehe uns, wenn dieser Riese hier in der Halle außer Kontrolle geriet.

Ein leiser Ausruf des Erstaunens von Appalong holte mich wieder in die Wirklichkeit zurück. Vor uns auf dem Face trieben die Sterne langsam wegen einer geringen Abdrift des Schiffes vorüber. Und nun kam die Sonne ins Blickfeld. Sie wirkte kleiner, als wir sie von der Erde oder vom Mond her gewohnt waren. Und die Erde war überhaupt nicht mehr auszumachen. Wir mußten eine gewaltige Entfernung während der letzten Phase zurückgelegt haben.

»Suzanne!« rief ich laut. »Bitte zeige uns auf dem Face TB-1A die Entfernung der *Nostradamus* von der Erde an!«

›Der Bitte komme ich mit Vergnügen nach. Ich habe hierzu eine vorbereitete Grafik im Programm, darf ich sie ebenfalls zeigen?‹

»Suzanne, ja, meinetwegen«, antwortete ich leichtsinnigerweise, denn im nächsten Augenblick stand die

Computergrafik wie eine Mauer vor uns auf dem Face. Unwillkürlich versuchten wir wegen des plötzlichen Verschwindens des Weltraums in der Schwerelosigkeit zappelnd zurückzuweichen. Außerdem mußten wir uns weitere Meter in die Halle nach hinten begeben, um überhaupt das ganze Bild auf dem großen Face erfassen zu können, von dem uns letztendlich nur die Zahl interessierte, die rechts unten angegeben war.

18 Millionen Kilometer!

Es war unfaßbar!

Meine Begeisterung für diese unglaubliche Leistung des Antriebes hielt sich in Grenzen, denn Schmidtbauer hatte uns zwar fast doppelt so weit in den Raum hinauskatapultiert, wie es vorgesehen war, doch seine Eigenmächtigkeit hatte beinahe ein Menschenleben gekostet.

Appalong klatschte begeistert in die Hände, unterließ es jedoch sofort, als ich ihn wütend anfunkelte.

»Hör auf mit dem Quatsch!« herrschte ich ihn an. Ich wußte, es stand mir nicht zu, ihn derart hart zu maßregeln und nahm mir vor, mich später dafür bei ihm zu entschuldigen. »Suzanne, wo befindet sich Schmidtbauer?«

⟩Professor Schmidtbauer hält sich mit Dr. Mayer und Herrn Ingenieur Meier in der behelfsmäßigen Überlebenskabine auf, Untergeschoß Technischer Bereich, Kontrolleinheit ›Antrieb, Neutrino‹... Du wendest dich von deinem Aufenthaltsort nach rechts in den Verbindungstrakt...⟨

»Suzanne, ich weiß, wo das ist!« unterbrach ich sie barsch. Eigentlich wollte ich sie fragen, was die Bezeichnung ›behelfsmäßige Überlebenskabine‹ bedeuten sollte, unterließ es aber aus lauter Ärger, allein schon wegen ihrer unabsichtlichen Vervollständigung von Schmidtbauers Namen mit seinem Titel.

Ohne darauf zu achten, ob mir die anderen folgen

würden, tauchte ich in den breiten Verbindungstunnel ein, der zum unteren Geschoß der Halle führte.

Mich packte kalte Wut. Zusätzlich peitschten mich unbeherrschte Gedanken noch weiter in unkontrollierte Gefühlsregionen, in denen ich als Kapitän nichts zu suchen hatte. Wie konnte Schmidtbauer es wagen, so unverantwortlich vorzugehen! Jede seiner Handlungen nach unserem unliebsamen Zusammentreffen vor noch nicht einmal zwei Tagen war eine höhnische Verachtung gegenüber meiner Position auf dem Schiff! So konnte und durfte das nicht weitergehen.

Vorher jedoch mußte ich unbedingt mein erhitztes Gemüt abkühlen und versuchen, mich zu beherrschen, sonst lief ich Gefahr, ihm genau die Reaktion zu liefern, die er erwartete!

Ich stoppte die Gruppe hinter mir mit ausgebreiteten Armen und fing meine Vorwärtsbewegung an einem Pfeiler mit einem linkischen Schwung ab.

»Ich rede alleine mit ihm!« ordnete ich mit übertrieben herrischem Ton an. »Ihr seht euch bitte die nähere Umgebung der Anlage an. Ich möchte, daß ihr euch einen Eindruck davon verschafft, was hier eigentlich vor sich geht. Weiß jemand, was die ›behelfsmäßige Überlebenseinheit‹ sein soll?«

Alle schüttelten stumm den Kopf.

Mißmutig stieß ich mich wieder von dem Pfeiler ab. Gleichzeitig jedoch spürte ich, wie ich ruhiger wurde. Meine wirbelnden Gedanken formierten sich wieder zu nüchternen Überlegungen, wodurch ich mich in der Lage fühlte, mich mit dem bevorstehenden Problem auseinandersetzen zu können. Kurz bevor wir den Anfang des Beschleunigers erreichten, hatte ich eine brauchbare innere Stabilität aufgebaut, die annähernd mit einer Neugierde auf das Kommende zu vergleichen war.

Zuallererst mußte ich jedoch eine Überraschung verarbeiten. Direkt vor uns präsentierte sich ein Verschlag, den Voodoo treffend mit einem Müllhaufen verglich.

Es war lächerlich! Inmitten dieser hochtechnischen Anlage befand sich ein Durcheinander von Materialien, die mannshoch auf einer Fläche von etwa zwei mal drei Metern aus Abfallblechen, dunkelfarbigen Matten und Stahldrähten zusammengeschustert waren. Oben war das Gebilde offen wie ein Wigwam.

Wir hatten an einem nahen Gerüst angehalten und gafften das Gebilde wie ein achtes Weltwunder an. Es schien, als hätten wir Penner an Bord, die sich verbotenerweise hier häuslich niedergelassen hatten.

Das nächste Problem bestand darin, sich vorsichtig in Bewegung zu setzen, um somit langsam in die Nähe dieser ›Hütte‹ zu gelangen. Selbst einen sachten Aufprall auf diese Konstruktion wollte keiner von uns riskieren.

»Ganz klar, das ist die ›behelfsmäßige Überlebenseinheit‹«, sagte Lorenzen, als wir zentimeterweise die Distanz überwanden.

Wahrscheinlich hatte er recht, wenn auch die Bezeichnung ›behelfsmäßig‹ sehr geschmeichelt war.

Ich stupste mit dem Zeigefinger an eine unsaubere Kante der ›Einheit‹ und stoppte damit meine Bewegung. Vorsichtig begann ich die Schrottaufschüttung zu umrunden, deren Zweck mir ebenso rätselhaft war wie die aufgeschichteten Matten, die zusammengequetscht an einer Gitterkonstruktion hingen.

Plötzlich dämmerte es mir. Die Matten! Schon vorhin, als ich diesen eigenartigen Haufen erblickt hatte, waren sie mir bekannt vorgekommen – es waren Matten aus Velcro-Blei!

Auch Voodoo hatte begriffen. Seine Augen fixierten das Material, als drohte es, ihn wie ein wildes Tier anzuspringen.

»Die Sicherungsummantelung fehlt«, flüsterte er.

»Wenn auch nur eine einzige Matte ein kleines Loch hat, sind die statistischen Lebenserwartungen derjenigen, die sich hier unten länger aufhalten, nicht sehr hoch.«

Skeptisch musterte ich die schwarzen Oberflächen, konnte aber keine Beschädigung entdecken. Dabei kam ich erst jetzt zu der Erkenntnis, daß Schmidtbauer gewußt haben mußte, wie man sich vor den Auswirkungen des Antriebes schützen konnte.

Er reitet sich immer tiefer hinein, dachte ich und fühlte mich noch mehr im Vorteil ihm gegenüber. Auf die Erklärungen war ich wirklich gespannt.

Vorsichtig näherte ich mich einem lochähnlichen Eingang, aus dem gedämpfte Stimmen, vermischt mit einem gelegentlichen Kichern zu hören waren. Ich hielt den Atem an, als ich mich mit beiden Händen an dem provisorischen Türrahmen festhielt und in das Innere blickte. Meinen Augen bot sich ein skurriles Bild: Schmidtbauer hockte – oder eigentlich lag er mehr – mit Dr. Helene Mayer im Arm auf dem Boden, beide hielten Plastikflaschen in der Hand. Ihnen gegenüber lehnte Meier Zwo. Seine Aufmerksamkeit galt ebenfalls einer Flasche, die er in der Schwerelosigkeit scherzhaft frei schweben ließ und sie wie einen Kreisel mit einer Hand in Rotation versetzte.

Wie Kinder, die man in einer geheimen Waldhütte entdeckt hatte, schauten sie mich überrascht mit großen Augen an.

Schmidtbauer fing sich am schnellsten wieder.

»Ah, der Herr Kapitän! Kommen Sie, kommen Sie herein, feiern Sie mit uns!«

Das Lallen in seiner Stimme war nicht zu überhören. Ich ging nicht auf seine Einladung ein. Verwundert besah ich mir die Einrichtung. Sie bestand hauptsächlich aus Faces jeglicher Größe, die überall unregelmäßig angebracht waren und ausschließlich Computergrafiken und Meßtabellen zeigten. Direkt links neben mir hing so etwas wie ein Terminal, das schief mit Stahldrähten festgezurrt war. Ein Kontaktschreiber trudelte träge zwischen losen Kabeln und Lichtleitern. Von hier aus also hatte Dr. Helene Mayer mit uns unmittelbar vor den Phasen gesprochen. Jetzt war mir auch klar, woher das merkwürdige Umfeld stammte, das ich hinter ihrem Rücken gesehen hatte.

Eine Kamera drängte sich über meine Schulter hinweg und nahm eifrig das Szenario auf. Wolfen wollte sich keine Einzelheit entgehen lassen.

Ich legte die Hand auf die Linse und schob die Kamera langsam, aber bestimmt nach hinten weg.

»Professor Schmidtbauer, ich glaube, Sie schulden mir eine Erklärung«, sagte ich mit leiser Stimme.

Er breitete die Arme aus und lehnte sich zurück, nachdem Dr. Helene Mayer verschämt von ihm weggerückt war. Dann schlug er sich mit flachen Händen auf die Knie und feixte mich mit übermütigen Augen an. Dabei schwebte er leicht nach oben, bis ihn ein Plexiseil, das er sich um die Hüften geschlungen hatte, wieder in seine ursprüngliche Lage zurückholte.

»Erklärung? Weil wir unseren großartigen Erfolg feiern?« Er beugte sich zu mir her. »Wir haben einen Sprung über 18 Millionen Kilometer in einer einzigen Phase zurückgelegt. Was wollen Sie da für eine Erklärung haben?«

Bei dem Wort ›Sprung‹ verhaspelte er sich in peinlicher Weise, seine Spucke trudelte langsam an mir vorbei.

Ich antwortete nicht und schnappte mir dafür die Flasche von Meier Zwo, die immer noch in der Luft drallerte. Sie roch penetrant nach Alkohol. Schmidtbauer zog die Schultern hoch. Dabei machte er eine entschuldigende Geste, indem er sein Gesicht zusammenquetschte.

Die Situation war hochbrisant, dummerweise war ich am Zug.

»Erstens«, begann ich mit leiser Stimme. »Was bedeutet dieser Ort hier? Zweitens, warum hat die Phase länger als geplant gedauert? Drittens, nehmen Sie außer Alkohol noch andere Drogen zu sich?« Die letzte Frage war rein aus der Luft gegriffen, ich wollte ihn damit ein wenig provozieren, aber anscheinend lag ich nicht so weit daneben, denn Meier Zwo griff verstohlen an seine Hemdtasche.

Schmidtbauer war eine Spur blasser geworden. Er holte zu einer Antwort aus, dabei entfuhr ihm aus Versehen ein kleiner Rülpser.

Dr. Helene Mayer sagte schnell: »Die Umstände sind für uns nicht einfach, ich werde Ihnen alles erklären.«

»Ich bitte darum!« sagte ich übertrieben höflich. Hinter mir spürte ich die Anwesenheit meiner Begleiter, die schweigend unsere Unterhaltung verfolgten. Ich kam nicht umhin, die Frau zu bedauern. Irgendein unbekanntes Schicksal schien sie an diesen widerlichen Mann zu fesseln. Mit fahrigen Bewegungen ihrer Hände begann sie zu sprechen.

»Es ist nicht so, wie Sie denken – nein, ich muß mich verbessern –, ich glaube, Sie können sich nicht in unsere Lage versetzen. Wir leben seit drei Jahren fast ununterbrochen auf dem Schiff. Wir arbeiten seitdem in der Schwerelosigkeit an dem Antrieb. Die meiste Zeit über waren wir von Technikern der Werft umgeben, außer in den Tagen, an denen wir auf Testflügen unterwegs waren. Wir müssen uns nicht dafür entschuldigen, wenn wir uns ein einziges Mal eine Abwechslung gönnen.«

So kamen wir nicht weiter. Ihre hastig vorgebrachte Erklärung war vollkommen diffus und berührte in keiner Weise den Sinn meiner Fragen. Auch sie mußte eine gehörige Menge Alkohol getrunken haben.

»Frau Dr. Mayer, ich stelle meine erste Frage präziser: Wozu dient dieser Verschlag hier?«

Ihr Gesicht verwandelte sich schlagartig in eine puterrote Fratze, dann fauchte sie mich unvermittelt an: »Sie kleiner provinzieller Oberlehrer! Sie haben doch keine Ahnung! Wir schützen uns damit vor Tera-Wellen, die der Kollisionspunkt aussendet!«

Die Sätze, die sie mir entgegengeschleudert hatte, verhallten im Raum. Hinter mir, mich eingeschlossen, hielten alle die Luft an. Keiner hatte dieser unscheinbaren Frau solch einen Gefühlsausbruch zugetraut. Ohne mich anzusehen, fuhr sie in der gleichen Lautstärke fort.

»Denken Sie denn, uns macht es Spaß, hier in diesem… Hühnerstall zu sitzen, während um uns herum eine der großartigsten Erfindungen in diesem Jahrhundert arbeitet. Wären Sie uns nicht mit Ihrer blödsinnigen Pyramide in die Quere gekommen, hätten wir die nötige Zeit gehabt, die Anlage perfekt zu konstruieren und uns vor solchen Kleinigkeiten ausreichend zu schützen.«

Sie hatte sich mit dem rechten Fuß an einem Stahlseil festgehakt. Nun drehte sie sich langsam um ihre eigene Achse, weil sie mit heftigen Handbewegungen zu mir gesprochen und dabei den Halt verloren hatte. Ärgerlich stoppte sie die Drehung, indem sie Meier Zwo an der Schulter faßte. »Sie und Ihresgleichen sind doch nur dann zufrieden und glücklich, wenn Sie das primitive Röhren eines Plasmaantriebs unter dem Arsch spüren! Das macht doch erst den wirklichen Raumfahrer aus, da fühlen Sie sich stark, nicht wahr, Herr Kapitän? So etwas wie das hier, das Sie lautlos mit einem Fingerschnippen um viele Millionen Kilometer hinweg transportiert, das ist natürlich uninteressant für einen harten Mann wie Sie!«

Mein lieber Mann, da offenbarten sich verschrobene

Welten! Abwartend schwieg ich nach dieser überraschenden Gardinenpredigt und wartete darauf, ob noch etwas nachkam. Schmidtbauer kicherte still hinter vorgehaltener Hand vor sich hin, Meier Zwo nuckelte verlegen und mit aufgerissenen Augen an seiner Flasche, die ich kurz zuvor wieder der Schwerelosigkeit übergeben hatte.

Dr. Helene Mayer hielt sich mit ausgebreiteten Armen an zwei Verstrebungen fest und erinnerte an einen Boxer, der in der Ringecke auf die nächste Runde wartete.

Ich räusperte mich verhalten.

»Wenn Sie jetzt fertig sind mit Ihren Ausführungen, könnten wir vielleicht vernünftig über die ›Kleinigkeiten‹ sprechen, die fast ein Menschenleben gekostet haben!« Ich war mir nicht sicher, ob sie dazu fähig sein würde, denn sie atmete heftig und schien nüchternen Argumenten nicht zugänglich zu sein. Ich probierte es trotzdem.

»Warum haben Sie uns nichts von diesen schädlichen Tera-Wellen erzählt und uns wissentlich den Gefahren ausgesetzt?«

»Wir haben die Zylinder mit einer Schicht Velcro-Blei umgeben. Außerdem verringern sich die Auswirkungen der Wellen mit dem Abstand von dem Neutrino-Treiber«, erklärte sie tapfer.

»Das reicht aber nicht aus. Hat sich jemals einer von Ihnen in einem Zylinder während einer Phase aufgehalten?«

Meier Zwo meldete sich mit unsicherem Blick auf Dr. Helene Mayer, die auf diese Frage nicht antwortete. »Ich war für eine Demonstration vielleicht fünf Minuten in der Zentrale, aber ich habe dabei keine starken Auswirkungen verspürt.«

Natürlich nicht, du Dummkopf, dachte ich, zu Beginn einer Phase ist auch fast nichts zu spüren!

»Na gut, lassen wir das erst einmal. Warum haben Sie die letzte Phase länger als geplant ausgedehnt?«

»Wir hatten hervorragende Meßergebnisse«, regte sie sich wieder. »Alles lief reibungslos wie nie zuvor. Keinerlei Justierungsfehler, die Magneten arbeiteten ohne Abweichung. Wir mußten das einfach ausnutzen! Verflucht, verstehen Sie doch, 18 Millionen Kilometer…!«

Ich unterbrach sie mit einer unwirschen Handbewegung. Ich hatte keine Lust, mir abermals vorhalten zu lassen, was für ein Primitivling ich war.

»Sie wußten, daß einige von uns Probleme mit der Dauer der Phase haben. Sie können doch nicht…«

»Probleme? Ich weiß von keinen Problemen«, erklärte sie patzig. Dabei schaute sie vorsichtig zu Schmidtbauer, der inzwischen eingeschlafen war und leise mit offenem Mund vor sich hinschnarchte.

»Kadett Wolfen, spielen sie Frau Dr. Mayer die Aufzeichnung von den Auswirkungen der letzten Phase vor!« befahl ich nach hinten, ohne mich umzusehen.

Wolfen beugte sich kurz über meine Schulter, um die Nummer des Faces abzulesen, das sich gegenüber von Dr. Mayer befand und tippte dann hinter mir auf seiner Kamera herum.

»Aufzeichnung läuft!« bestätigte er knapp.

Dr. Helene Mayer sah sich die Szenen zunächst teilnahmslos an. Das änderte sich jedoch rasch mit der Fortdauer der Aufzeichnung. Sie näherte sich dem Face mit ungläubigen Augen, einmal schlug sie sogar erschrocken die Hand vor den Mund. Ich sah die Szenen ebenfalls zum ersten Mal, und ich mußte sagen, daß Wolfen von seinen dramaturgischen Fähigkeiten reichlich Gebrauch gemacht hatte. Einige der Aufnahmen glichen fast schon Folterszenen aus dem Mittelalter, besonders wenn er nahe an das Gesicht von Richard Ballhaus herangezoomt hatte, der vom Schmerz gepeinigt im Netz hing. Die Bilder wurden immer undeutlicher im flutenden Weiß der fortgeschrittenen Phase, irgendwann flogen meine wirbelnden Füße über das Face, als ich mich von dem medizinischen Automaten abstieß, um zum provisorischen Terminal zu gelangen.

»Mein Gott«, flüsterte sie, »das ist ja entsetzlich!«

Sie klatschte plötzlich wütend mit der flachen Hand auf das Face und stieß sich heftig ab, um zu dem schlafenden Schmidtbauer zu gelangen, auf den sie ohne zu zögern mit unkontrollierten Fußtritten brutal einhackte.

»Du Scheißkerl! Du hast genau gewußt, was da vor sich geht!«

Sie hielt sich mit beiden Händen an einer Strebe fest und trat rücksichtslos nach unten. Schmidtbauer erwachte mit einem dümmlichen Gesichtsausdruck, der sich jedoch sofort in Unglauben verwandelte, als er einen harten Tritt ans Kinn erhielt.

Nach einem kurzen Überraschungsmoment hangelten sich Meier Zwo, Wolfen und ich die zwei Meter nach hinten in den Verschlag hinein, um sie von Schmidtbauer wegzuziehen, was wegen der Schwerelosigkeit gar nicht so einfach war, denn zum einen behinderten wir uns ständig gegenseitig und zum anderen bekamen auch wir einiges von der Wucht ihrer Fußtritte zu spüren, da sie mittlerweile die Orientierung verloren hatte.

Es dauerte einige Minuten, bis wir keuchend wieder eine Ordnung hergestellt hatten. Von einem blutigen Riß an Meier Zwos Kopf segelten kleine Blutkügelchen im Raum umher, ich spürte nach einem Crash mit einem Face jede einzelne Rippe und Wolfen fing Einzelteile seiner Kamera ein, die überall herumschwebten. Dr. Helene Mayer hatten wir einfach zu dem Loch hinausgeschoben, wo sie von den anderen festgehalten wurde. Obwohl Schmidtbauer einiges von den Fußtritten abgekriegt hatte, tobte er in dem kleinen Raum herum und wollte mich in seiner alkoholbedingten Unkenntnis der Lage mit Fäusten angreifen.

»Verdammt, beruhigen Sie sich!« schrie ich ihn an und schubste ihn heftig nach hinten. Ich bedauerte meine Handlung sofort, als er krachend auf irgendwelche Metallteile aufprallte, so daß sich der Verschlag beängstigend nach außen bog. Schmidtbauer hielt sich glücklicherweise an einer Strebe fest und blickte mich mit wild rollenden Augen an.

»Bleiben Sie dort! Rühren Sie sich nicht vom Fleck!« befahl ich wütend.

»Das werden Sie mir büßen!« blaffte er lallend zurück.

Die Situation war wirr und lächerlich zugleich. Irgendwie mußte ich ihm erklären, was eigentlich vorgefallen war, aber in seinem Zustand war es unmöglich, zu ihm durchzudringen. Gerade als er sich einigermaßen beruhigt hatte, hörte ich Voodoo von draußen aufgeregt rufen.

Mit einem kurzen Blick auf Schmidtbauer schob ich mich fluchend rückwärts durch die Öffnung. Über mir erschien Voodoo mit geschlossenem Notpack.

»Die Matten mit dem Velcro haben Risse! Mach deinen Anzug dicht und dann nichts wie raus hier!«

Eilig schloß ich meinen Notpack. Dann bat ich Lorenzen und Appalong, Schmidtbauer herauszuholen. Mich hätte er sowieso nicht an sich herangelassen.

Fünf Minuten später verließen wir alle die Halle durch die Sicherheitsschleuse.

Ich ging ruhelos in der Zentrale auf und ab, bis mir wegen der Zylinderrotation fast schlecht wurde. Die Ereignisse im Technischen Bereich hatten meine düsteren Ahnungen über diese merkwürdige Truppe bestätigt, gleichzeitig jedoch fehlten mir die Beweise. Schmidtbauer mochte einen genialen Verstand besitzen, als Mensch war er für mich wegen seiner Egozentrik unerträglich. Dr. Helene Mayer hatte laut Hellbrügge einen losen Kontakt mit dem Attentäter Rob Heuß gehabt, was nicht unbedingt etwas bedeuten mußte. Ich war im negativen Sinn beeindruckt von der emotionalen Unbeherrschtheit dieser Frau und fragte mich, ob sie der Auftraggeber für die Schüsse im Pressezentrum sein konnte. Andererseits war sie ehrlich empört über die Leiden, die wir im Laderaum ertragen mußten. Sie hatte dabei nicht ausgesehen wie jemand, der eine Empörung darüber nur vortäuscht. Ich schüttelte den Kopf, nein, sie konnte es nicht gewesen sein! Jemand, der aus Wut auf einen Menschen losschlug, reagierte zwar überzogen, aber er würde keinen kaltblütigen Mord in Auftrag geben. Meier Zwo konnte ich überhaupt nicht einschätzen, meiner Meinung nach war er ein harmloser Handlanger, der für die gröbere Arbeit am Neutrino-Treiber zuständig war.

Allerdings, was wußte ich schon von diesen Leuten…?

Außer mir befand sich fast die vollständige Besatzung in der Zentrale, auch Schmidtbauer. Voodoo hatte ihm – nachdem er auf dem Weg hierher ständig herumgeschrien hatte – nach Androhung von Schlägen endlich die Situation erklären können, die sich während seines Schlafes ergeben hatte. Vor einigen Minuten hatte er schließlich widerstrebend zugegeben, daß er meine Information über die Auswirkungen des Antriebes auf die Besatzung seiner Frau und Meier Zwo verschwiegen hatte. Jetzt hing er teilnahmslos in einem Sessel und starrte seine ausgestreckten langen Beine an. Mir lief es kalt den Rücken hinunter, wenn ich ihn ansah. Ich konnte mich täuschen, aber ich hatte den Eindruck, als hätte er sich äußerlich verändert, seitdem ich ihn das erste Mal in Hellbrügges Planetarium auf dem großen Bildschirm gesehen hatte. Seine Stirn erschien mir mehr vorgewölbt und der Blick darunter glich einem widerspenstigen Kind, dem man sein Lieblingsspielzeug weggenommen hatte. Voodoo lehnte direkt neben ihm an der langen Konsole vor dem Center Face und ließ ihn nicht aus den Augen.

Dr. Helene Mayer war unmittelbar nach dem Vorfall im Technischen Bereich mit Weinkrämpfen zusammengebrochen und lag in der medizinischen Station unter Vivians Beobachtung. Auch Halbmond befand sich dort. Sie war in einen Erholungsschlaf versetzt worden.

Dieser armselige Verschlag existierte laut Schmidtbauers trotzigen Erklärungen schon eine ganze Weile. Während der Arbeiten auf *Futhark* waren die Bestandteile in einem abgeschlossenen Raum untergebracht und erst dann in der Halle wieder aufgebaut worden, wenn ein Testflug bevorstand und die Techniker das Schiff verlassen hatten. Die Matten aus Velcro-Blei stammten aus dem Not-Container im zweiten Reaktor, der den Neutrino-Treiber mit Energie versorgte. Die Sicherheits-Ummantelung hatten sie entfernt, weil sich der Transport innerhalb des Schiffes wegen der Starrheit des Mantels als unmöglich erwies. Die Risse in den Matten stammten entweder von diesem Transport oder wahrscheinlicher vom häufigen Auf- und Abbau des Verschlages. Auf die Idee, daß das Velcro gesundheitsschädlich sein könnte, war keiner gekommen.

Der Technische Bereich wurde im Moment von Suzanne überwacht. Die Luftfilter wurden von der Automatik alle volle Stunde ausgetauscht und entsorgt. Trotzdem würden wir mit speziellen Geräten die Halle von den tödlichen Partikeln des Velcro-Bleis säubern müssen. Luis hatte sofort zusammen mit Wolfen die Matten wieder in die vorgeschriebenen Ummantelungen gesteckt.

Woher Schmidtbauer das Velcro für die angebliche

Beschichtung der Zylinder genommen hatte, entzog sich meiner Kenntnis, ich hatte auch im Augenblick kein großes Bedürfnis, ihn danach zu fragen. Ebenso erging es mir mit der ungeklärten Frage nach dem benutzten Notschalter in der Halle. Ich beschloß, mir Meier Zwo in diesen Angelegenheiten unter vier Augen vorzunehmen. Er schien mir trotz seiner tölpelhaften Harmlosigkeit noch der normalste von den dreien zu sein, obwohl ich mir da nicht ganz sicher war, denn um mit den beiden jahrelang auszukommen, mußte man ebenfalls nicht ganz richtig im Kopf sein.

Wir waren in keiner beneidenswerten Lage. Nach jeder Phase lag jemand in der medizinischen Station und falls sich von der Besatzung noch einige Mitglieder als nicht ganz richtig im Kopf erweisen sollten, benötigten wir bald eine Psychiatrie mit geschlossener Abteilung.

»Also«, begann ich und sprach damit alle im Raum an, »wir sind an einem Punkt angelangt, an dem wir ernsthaft überlegen müssen, ob wir in der Lage sind, die Mission fortzusetzen…«

Ein allgemeiner Protest war die Antwort. Lorenzen und Ballhaus reagierten mit einem energischen: »Auf jeden Fall!«

Appalong brummte ein »Aber natürlich!«

Luis nickte beschwichtigend, und auch Viktor hielt nichts von einem Abbruch des Unternehmens. Wolfen sagte nichts, wahrscheinlich wäre er am liebsten sofort umgekehrt, um so schneller würde er seine Vorstellungen von Familienglück mit Vivian verwirklichen können.

Schmidtbauer war mit einem erstickten Jaulen aufgesprungen. Bevor er aber nur einen Schritt auf mich zugehen konnte, hatte ihn Voodoo wieder unsanft in den Sessel zurückgestoßen. Er trommelte widerspenstig mit den Fäusten auf die Lehnen.

»Das geht nicht! Sie können doch nicht jetzt, wo wir so erfolgreich sind, alles kaputtmachen!« rief er schrill.

»Wir sind zum jetzigen Zeitpunkt noch in der Lage, innerhalb eines einigermaßen vernünftigen Zeitraums mit dem konventionellen Triebwerk zur Erde zurückzukehren…«, fuhr ich energisch fort.

Viktor räusperte sich. »Das ist nicht das Problem. So wie es aussieht, sind wir mit den zwei verschiedenen Triebwerken sogar in der Lage, jeden Punkt im Sonnensystem zu erreichen. Unser Problem lautet Karen Cahor. Aussetzen können wir sie nicht mehr, andererseits ist das Risiko sehr groß, daß sie die weiteren Phasen nicht überlebt, es sei denn…«

Er wandte sich mit ruhigem Ton an Schmidtbauer. »Herr Professor, können wir die Phasen nicht verkürzen, sagen wir einmal, auf jeweils eine Viertelstunde?«

Schmidtbauer rollte die Augen. »Niemals! Wir müßten dreimal so viele Phasen einlegen, um die geforderte Entfernung zu erreichen. Die Wartungsintervalle für die Magneten zwischen den Phasen sind zeitlich zu aufwendig. Schlagen Sie sich das aus dem Kopf, es ist unmöglich!«

Viktor sah mich durchdringend an. »Dann müssen wir das Risiko eingehen.«

»Oder wir müssen sie besser schützen!« rief Luis aus dem Hintergrund.

Ich blickte ihn genervt an. »Luis, soviel Velcro, wie wir wahrscheinlich bräuchten, gibt es auf dem ganzen Schiff nicht«, sagte ich. Für mich war diese Diskussion eine Farce. Außerdem ärgerte ich mich über Viktors Einstellung. Wir durften nicht so einfach ein Menschenleben aufs Spiel setzen.

»Doch! Massig Velcro sogar! Das Haupttriebwerk des Plasmaantriebes ist meterdick mit Velcro zur Schiffszelle hin bepflastert!« rief Luis triumphierend.

Ich starrte ihn verständnislos an. Meine Antwort war

nicht viel geistreicher. »Du meinst, wir verfrachten sie nach hinten mitten ins Triebwerk, schützen sie damit vor den Tera-Wellen und zerlegen sie dafür in ihre atomaren Bestandteile, wenn wir das Schiff beschleunigen.«

»Nein, John, er hat recht. Es geht!« bestätigte Voodoo begeistert. »Für das bißchen Beschleunigung, die wir für den Neutrino-Treiber benötigen, brauchen wir das Haupttriebwerk nicht. Dafür reichen die Steuertriebwerke aus, es dauert zwar länger, bis der Kahn in Fahrt kommt, aber es geht!«

Um mich herum brach sofort Hochstimmung aus. Jeder schrie seine angestaute Anspannung und sogleich seine Zustimmung für diesen abenteuerlichen Plan heraus.

»Moment, Moment!« Ich versuchte mir mit lauter Stimme Gehör zu verschaffen. »Und wie wollt ihr sie dort unterbringen? Ans Triebwerk binden oder was?«

»Ach, Kapitän Nurminen!« sagte Viktor lachend. »Wir nehmen ein Beiboot, verankern es zwischen den Hauptdüsen, dann hat sie ein gemütliches Zuhause.«

»Ihr habt alle einen Vogel!« sagte ich. Meine eher empört gemeinte Bemerkung wurde allgemein als Zustimmung zu diesem Plan angesehen. Abermals brach lauter Jubel aus. Ich war zu verblüfft über diese Lösungsmöglichkeit, um nach ernsthaften Gegenargumenten zu suchen. Allein der Gedanke, daß jemand zwischen den mächtigen Triebwerksöffnungen des Plasmaantriebes hing, rief in mir ein Frösteln hervor. Trotzdem mußte ich eingestehen, daß der Plan angesichts unserer aussichtslosen Lage fast schon als genialer Schachzug zu bezeichnen war. Das Triebwerk am Heck des Schiffes war der am weitesten entfernte Punkt vom Neutrino-Treiber. Velcro-Blei war dort tatsächlich reichlich vorhanden und ein Beiboot an diesem ungewöhnlichen Ort zu verankern, sollte keine

Schwierigkeiten bereiten. Die Frage war nur, ob sich Halbmond als Betroffene ebenfalls der überschwenglichen Begeisterung anschließen würde, aber so, wie ich sie bis jetzt kennengelernt hatte, würde sie dem Vorhaben mit einem kindlichen »Ja, natürlich, warum denn nicht!« zustimmen.

Es blieb also nur noch, die absolute Stillegung des Triebwerkes für die Zeit zu garantieren, in der sie sich dort aufhielt. Falls wir das nicht schafften, hatte sich das Problem Karen Cahor von selbst gelöst.

Die Kapitänssuite im Wohnbereich des zweiten Zylinders entpuppte sich als ein feudales Luxusappartement. Ich saß in einem Drehsessel in einem der zwei großzügig eingerichteten Räume und bestaunte die in sich abgeschlossene Sphäre, die die Designer von *Futhark* erschaffen hatten. Überall war die Idee präsent, den langen Aufenthalt im Weltraum so angenehm wie möglich zu gestalten. Das mochte für die bisherigen Schiffstypen richtig gedacht sein, aber ich fragte mich, ob diese Verschwendung von Raum und Material für die Zukunft noch tragbar war, falls sich Triebwerke wie der Neutrino-Treiber durchsetzen würden. Ganz abgesehen davon hielt ich persönlich nichts von einer so deutlichen Bevorzugung einer einzelnen Person auf einem Raumschiff, dessen Funktionieren vom gemeinsamen Zusammenwirken aller abhängig war. Ich hatte noch nie etwas von übertriebener Autorität und optischer Zurschaustellung von Macht gehalten, die sich in Konfliktsituationen sehr schnell als Reibungspunkte erweisen konnten.

Ich schüttelte den Kopf. Allein für die Farbgebung der Wände konnte ich unter zehn verschiedenen Möglichkeiten auswählen, wie mir Suzanne bei ihrer Beschreibung des Appartements vor einigen Minuten erklärt hatte.

»Suzanne, ich hätte gerne hellblaue Wände in meinem Appartement«, sagte ich laut in den Raum hinein.

›Polarisblau, Mediterran oder gedecktes Azur? Hellblau wird sehr gerne gewählt, deswegen werden dem Nutznießer mehrere Möglichkeiten angeboten!‹ belehrte sie mich. Das unterschwellige Säuseln einer beflissenen Kundenberaterin in ihrer Stimme bildete ich mir wohl ein.

»Suzanne… äh… sagen wir Mediterran.« Vorstellen konnte ich mir darunter nichts, außer, daß es sich freundlich und warm anhörte.

Als Antwort kippte die beige Farbe der Wände um in ein seidiges Hellblau, als die Flächenpixel den Befehl dazu erhielten.

Ich knurrte unwillig über diese Spielerei und begab mich an das Terminal, das wenigstens noch halbwegs an seine Funktion erinnerte. Dann verbannte ich aus meinen Gedanken den Anblick der multifunktionalen Sitzgruppe mit variablen Liege- und Sitzanpassungen, den des lautlos arbeitenden Versorgungs- und Getränkeautomaten, der sich ungefragt ständig wie ein treuer Hund in meiner Nähe aufhielt, und den des breiten ovalen Dings im zweiten Zimmer, das zweifellos ein Bett erster Güte darstellte. Nur die altertümlich glänzende Gaggia-Kaffeemaschine, die in der blitzsauberen Küche auf der Bar stand, behielt ich im Hinterkopf.

Zunächst schickte ich Wolfens Aufnahmen an Hellbrügge und Fritz Bachmeier – ohne einen begleitenden Kommentar. Wir waren inzwischen von der Erde so weit entfernt, daß es fast eine Minute dauern würde, bis sie die Aufzeichnungen erhielten. Eine normale Unterhaltung wurde nun schon recht mühsam, denn ich würde die doppelte Zeit auf eine Antwort warten müssen, deswegen fügte ich noch einige Fragen hinzu, die hauptsächlich Schmidtbauer und sein Team betrafen. In keiner der mir zur Verfügung stehenden Akten waren Psychogramme über diese Leute vorhanden, keine Beurteilungen von Psychologen über die geistige Stabilität oder das voraussichtliches Verhalten in einer Gruppe. Normalerweise wurde bei einem angehenden Raumfahrer mehr Aufhebens um seine Psyche veranstaltet als um seine körperliche Eignung für den Aufenthalt im Weltraum, aber über diese drei Personen war darüber noch nicht einmal die kleinste Notiz zu finden. Ich hatte Schmidtbauer und Meier Zwo zu Vivian geschickt, um sie auf gesundheitliche Schäden durch die Partikel des Velcro-Bleis hin untersuchen zu lassen. Ganz gleich, wie das Ergebnis ausfallen würde, es würde nichts an unserer oder an ihrer Situation ändern, denn bei einem positiven Befund waren wir auf dem Schiff nicht in der Lage, ihnen medizinisch zu helfen, trotzdem sollten sie wissen, wie es um sie stand. Meine Beziehung zu Schmidtbauer war bestimmt nicht die beste, aber ich hoffte, daß er durch seinen Leichtsinn im Umgang mit dem Material keine negativen Folgen befürchten mußte. Wenn ich ganz ehrlich zu mir war, hoffte ich es mehr für unsere Mission als für ihn persönlich. Sein Verhalten machte mir Sorgen. Auch der unkontrollierte Ausbruch von Dr. Helene Mayer ließ in mir Furcht vor unberechenbaren Handlungen aufkeimen. Besonders für das künftige Verhältnis zwischen den beiden sah ich massive Schwierigkeiten heraufziehen, und das wiederum war keine gute Ausgangsposition für die nächsten Wochen.

Ich hatte überlegt, die fest montierten Kameras, die es überall im Schiff gab, für eine totale Überwachung einzusetzen, aber ich verwarf den Gedanken sofort wieder. Es wäre eine rigide Verletzung der Privatsphäre gewesen, die auf einem Raumschiff fast schon als ›heilig‹ galt. Wenn Schmidtbauer oder auch ein anderes Besatzungsmitglied solch eine Aktion bemerkt hätte, könnte ich meine Position als Kapitän nicht mehr vertrauensvoll ausfüllen, auch gegenüber meinen eigenen Leuten nicht.

Wütend darüber, daß ich mich überhaupt diesem ketzerischen Gedanken hingegeben hatte, befahl ich dem Automaten, der sich neben mir am Boden festgesaugt hatte, mir einen Kaffee zu bereiten. Wenig später schob er eine dampfende Tasse mit der gotischen Aufschrift Nostradamus aus einem seitlichen Fach, gleichzeitig klappte der Zuckerbehälter auf, und ein geschlossenes Milchkännchen rutschte der Tasse hinterher.

Nach einem vorsichtigen ersten Nippen stellte ich fest, daß der Kaffee sehr gut war. Schade, ich war gerade in der Stimmung, über irgend etwas lästern zu können.

Je länger ich mich in der Suite aufhielt, desto mehr machte sich in mir eine unbestimmte Beklemmung breit. Trotz aller technischen Möglichkeiten, die mir in dem Raum zur Verfügung standen, hatte ich das unbestimmte Gefühl, ich könnte hier etwas Entscheidendes verpassen. Vielleicht lag es daran, daß die Einrichtung zu komfortabel war und deswegen nicht zu den unangenehmen Ereignissen der letzten Tage paßte. Ich wußte, daß ich mich in dem Bett nebenan nie wohlfühlen konnte, solange wir uns auf dem Weg zu *Südquelle* oder gar Nofretete befanden, obwohl gleich rechts von mir dezent eine dieser an sich häßlichen Illusionskabinen installiert war, die mir bei Benutzung den Eindruck vermitteln würde, daß ich mich mitten in der Zentrale aufhielt.

Unruhig grübelte ich vor mich hin. Es gab zu viele potentielle Unruheherde auf dem Schiff, zu viele Individuen, die mir nicht vertraut waren. Neben dem Hauptproblem, das ich in Schmidtbauer und seiner Frau sah, war auch Appalong für mich ein unbeschriebenes Blatt, da ich ihn überhaupt nicht einschätzen konnte. Stets trug er den Overall in seiner rein weißen

Farbe, auf die er vehement bestanden hatte. Die Buchstabenkombination der *Nostradamus* hatte er abgelehnt, ebenso jegliches Emblem des Konzerns. Unentwegt glitt der unscheinbare Rosenkranz durch seine Finger, was uns anfangs alle irritiert hatte. Mittlerweile hatten wir uns daran gewöhnt. Auch daran, daß er manchmal unvermittelt die Hände faltete und für einige Minuten geistesabwesend wirkte. Appalong verließ die astronomische Station nur selten und hielt sich damit lange Zeit in der für den Menschen ungewohnten Schwerelosigkeit auf. Er war in erster Linie ein Wissenschaftler, der vom bedingungslosen Fortschritt eingenommen war, ganz gleich wie dieser zustande kam. Seine Begeisterung über Schmidtbauers Leistung war offensichtlich, und die Undiszipliniertheit des Professors schien er zu ignorieren. Die Frage war, wie weit er in seiner Begeisterung gehen würde.

Oder Lorenzen und Ballhaus. Auch sie waren Wissenschaftler. Sie hatten sich bisher sehr bedeckt gehalten. Manchmal kam von ihnen ein Beweis ihres scharfen Verstandes zum Vorschein, aber bei den beiden wurde ich das Gefühl nicht los, daß sie sich untereinander bekriegten und ihre scherzhaften Dialoge nur Fassade waren. Im zwischenmenschlichen Bereich agierten sie sehr zurückhaltend, was ich nur begrüßen konnte, trotzdem wäre mir ab und zu eine schärfere Reaktion lieber gewesen.

Ganz anders war es mit Vivian. In ihrem Fall befürchtete ich einen baldigen emotionalen Ausbruch ihrer Gefühle. Obwohl wir damals nur sehr kurz miteinander liiert waren, meinte ich, sie genau zu kennen. Ihre Zurückhaltung glich einem leicht vibrierenden Deckel über einem Topf mit kochendem Wasser. Offensichtlich kämpfte sie momentan mit ihren wiedererwachenden Gefühlen mir gegenüber, gleichzeitig war sie mit ihrer Beziehung zu Wolfen nicht im reinen, der sie allzusehr verehrte und damit ungewollt einen neuen Konfliktherd schürte. Hier hoffte ich noch darauf, daß sich irgendwann der gesunde Menschenverstand durchsetzen würde. Unberechenbar dagegen war Vivians Einstellung gegenüber Schmidtbauers bedenkenlosem Handeln, was den Einsatz seiner Entwicklung betraf. Hier regte sich vehement der Mediziner in ihr, der den Eid des Hypokrates abgelegt hatte und das Wohl des Menschen in den Vordergrund stellte. Anfänglich hatte sie in Schmidtbauer ein neues interessantes Spielzeug gefunden, aber als sie seine Unberechenbarkeit erkannt hatte, war ihr Interesse in eine verachtende Abneigung umgeschlagen. Auch hier war ein Zusammenprall der beiden Charaktere vorprogrammiert.

Auf Viktor und Luis konnte ich mich hundertprozentig verlassen. Voodoo hatte zwar verständlicherweise eine Antipathie gegen Schmidtbauer entwickelt, aber das konnte mir nur recht sein, denn er würde ihn nicht aus den Augen lassen. Ich war mir sicher, daß er sich dabei zu keinen Dummheiten hinreißen ließ.

Blieb noch Halbmond. Sie tanzte wie eine zierliche Elfe zwischen den verschiedenen Blöcken, obwohl sie unglücklicherweise bisher die meiste Zeit an Bord in der medizinischen Station zugebracht hatte oder sich in ihrem Appartement erholt hatte. Von ihr erwartete ich die geringsten Schwierigkeiten, obwohl gerade sie unabsichtlich die meisten verursachte. Trotz ihrer Anfälligkeit gegenüber den mysteriösen Tera-Wellen schien sie sehr robust zu sein.

Und dann war da noch das Schiff selbst, die *Nostradamus*. Sie kam mir vor wie ein eigenwilliger mechanischer Roboter, in dem einige Rädchen in die falsche Richtung liefen, oder wie eine schillernde Hochseeyacht, die eigenwillig aus unerfindlichen Gründen stets einige Grad vom Kurs abwich.

Dabei konnte ich mich über nichts beschweren. Alle

Einrichtungen und Systeme waren durchdacht und funktionierten hervorragend. Es gab keinen einzigen Punkt, den ich bemängeln konnte, wenn man einmal von dem unausgereiften Neutrino-Treiber absah.

Trotzdem fürchtete ich das Schiff. Vielleicht lag es auch nur an dem immer noch ungeklärten Zwischenfall mit dem Notschalter, der mir unterschwellig zu schaffen machte. Ich konnte einfach nicht glauben, daß ihn jemand aus dem Technischen Bereich manipuliert und dann auch noch benutzt hatte. Tief in mir gab es Zweifel, die mich vor dieser einfachen Erklärung warnten. Immer wieder sah ich das blinkende rote Licht des Schalters vor mir. Ich empfand es wie eine kleine giftige Kampfansage an mich persönlich.

In meinem tiefsten Inneren war ich davon überzeugt, hätte dieses Schiff eine Seele, so war sie dem Teufel verschrieben.

Ich lachte bitter auf. Jetzt ging meine Phantasie entschieden mit mir durch!

Wie dem auch sei, ich fing an, das Schiff zu hassen!

# 8

»Zwei acht, Zwei eins! O.K.! Kontakt, Andruck, O.K., Schlußcheck!«

Voodoo dirigierte das Beiboot millimetergenau an den Rand einer der mittleren Hauptdüsen heran, obwohl Luis an den Steuerungen der kleinen ›Arbeitsbiene‹, wie die effektiven etwa 3x3x4 Meter großen Beiboote genannt wurden, den Abstand auf einem speziellen Face zusätzlich beobachten konnte. Eine Kamera, die Voodoo auf dem Schanzenrand befestigt hatte, zeigte uns in der Zentrale, wie die beiden an diesem ungemütlichen Aufenthaltsort bei der Verankerung vorgingen. Es war kein großer Arbeitsaufwand nötig, denn die Arbeitsbiene hatte ihre eigenen Halterungen selbst mit an Bord, nämlich in Form ihrer vier hinteren Greifarme, mit denen sie sich rückwärts an den Rändern einer Düse festklammerte.

Das Haupttriebwerk bestand aus vier nebeneinander liegenden Strahlrohren, die tief inmitten der umlaufenden Schanzwände lagen. Außerhalb davon lief eine zweite Schutzwand parallel zu der inneren, in deren Bereich kleinere Wirbeldüsen für einen stabilen Antriebsschub sorgten. Der Bereich schimmerte in einer matten Oberfläche und sah nahezu unbenutzt aus. Kein Wunder, wir hatten das Triebwerk fast noch nicht gebraucht, und die wenigen Male, bei denen es für

Schmidtbauers Testfahrten und für die Mission eingesetzt wurde, hatten kaum Spuren hinterlassen. In dieser klinisch reinen Metallandschaft stach das blaugelbe Beiboot im Sonnenlicht wie ein leuchtender Farbtupfer heraus. Trotzdem, ein menschliches Wesen hatte dort nichts zu suchen; laut Vorschrift der Flotte und unter normalen Umständen hätten wir unzählige Genehmigungen und Einverständniserklärungen einholen müssen – selbst bei einem Notfall –, um einen Menschen an diesen Ort schicken zu dürfen. Arbeiten an den Strahldüsen waren Aufgaben von ferngesteuerten Automaten.

Wir hatten die Aktivierungssequenzen des Triebwerkes mit Codierungen und Sicherheitsschaltungen belegt, um jede unabsichtliche Zündung auszuschließen. Ohne Suzanne und meinen persönlichen Befehl als Kapitän in Form meines Gencodes ging gar nichts, aber ich konnte mir beim Anblick der drei Meter durchmessenden Düsenöffnungen tausend angenehmere und vor allem weniger bedrohliche Aufenthaltsplätze vorstellen.

Fritz Bachmeier hatte mich bald nach meiner Sendung in der Suite zurückgerufen. Wie ich war er von unserem Plan nicht sonderlich begeistert, fügte sich jedoch den Umständen. »Gut, vielleicht ist es die einzige Lösung«, meinte er. »Hellbrügge ist schlichtweg entsetzt darüber. Er hat mich inständig gebeten, eine andere Möglichkeit zu finden. Ich habe versucht, ihm klarzumachen, daß ihr am besten beurteilen könnt, was möglich ist und was nicht. Auf jeden Fall dürft ihr Halbmond dort nicht alleine lassen, einer von den erfahrenen Leuten sollte mit im Beiboot sein. Ihr könnt euch ja abwechseln!«

»Das haben wir schon vereinbart. Luis wird als erster bei ihr bleiben, der arme Kerl hat ein furchtbar schlechtes Gewissen, weil er das Ganze vorgeschlagen hat.«

Fritz lachte verhalten. Ich merkte ihm an, daß er mit seinen Gedanken schon bei einem anderen Thema war. »Unser Freund Schmidtbauer.« Er zog den Namen in die Länge, als wollte er Zeit zum Überlegen gewinnen. »Er ist… wie soll ich sagen, er war vor etwa sechs Jahren in wissenschaftlichen Kreisen als eine Art ›Daniel Düsentrieb‹ angesehen, das heißt, er war nicht besonders erfolgreich, aber vor allem deswegen, weil er in seinem Spezialgebiet der Atomaren Teilchenphysik vollkommen verquere Ansichten hatte. Allein sein Vorhaben, Neutrinos als Target für einen Beschleuniger auszuwählen, hat unter den meisten… ach, unter allen seinen Kollegen noch nicht einmal ein Mitleid erregendes Lächeln ausgelöst. Sie hielten ihn für einen Spinner. Irgendwie hat er es damals geschafft, bei Space Cargo unterzukommen, er arbeitete in Manching in der Entwicklungsabteilung.«

Er machte eine Pause, bis ihm einfiel, daß wir eine lange Funkstrecke zwischen uns hatten und damit eine halbwegs fließende Unterhaltung nicht unbeschwerlich war. Schnell fuhr er mit seiner Geschichte fort. »Tja, er war nicht sehr lange dort beschäftigt, es gab Schwierigkeiten, weil bald herauskam, daß er nebenbei vertragswidrig bei Syncrotom Experimente durchführte. Er hatte – und das muß man ihm hoch anrechnen – bei dieser Firma mit eigenen finanziellen Mitteln Beschleunigerstunden gebucht. Gleichzeitig als es Krach mit Space Cargo gab, hatte er das Riesenglück, daß er bei Syncrotom eine Neutrino-Kollision herbeiführen konnte. Natürlich hat er seinen Erfolg gleich unseren Leuten unter die Nase gerieben, danach ging alles ganz schnell: Exklusivvertrag bei Space Cargo mit allen Zugeständnissen, eigenes Labor, ganz geheim im alten Walchensee-Kraftwerk, und vor drei Jahren eine fast unbemerkte Verlegung der Versuchsanlagen nach *Futhark*. Der Konzern glaubte in der Antriebsforschung einen ganz großen Schritt nach vorne getan zu haben. Und das stimmte ja auch, wenn man einmal von den Problemen absieht, mit denen ihr jetzt zu kämpfen habt.«

Wieder blickte er mich aufmerksam vom Face aus an, als erwartete er einen sofortigen Kommentar von mir. »Ach, ja«, fügte er noch schnell hinzu, »Eignungstests für den Weltraum, Pychogramme usw. Davon war natürlich keine Rede. Seine weiteren Forschungsergebnisse, die einen Erfolg nach dem anderen erbrachten, waren so überzeugend, daß ihn der Konzern in einer wattierten Sänfte nach *Futhark* transportiert hätte, wenn es sein Wunsch gewesen wäre. Das gleiche gilt für seine Anforderungen von Dr. Mayer und Sascha Meier, mit dem er schon bei Syncrotom zusammengearbeitet hatte.«

Fritz lehnte sich zurück und wartete, bis seine Worte bei mir angekommen waren.

Seine Nachricht erklärte einiges, gleichzeitig war sie für mich von keinem großen Nutzen, denn eines war mir beim Formulieren der Anfrage über Schmidtbauers Psychogramm deutlich geworden: Wir befanden uns in einer eigenen Welt, in der wir uns allein arrangieren mußten, zudem entfernten wir uns mit jeder Phase weiter von der Erde und damit aus der Reichweite des Konzerns. Schon dieses Gespräch mit Fritz über eine noch vergleichsweise kurze Funkstrecke war ein mühsames Austauschen von Informationen, eine richtige Unterhaltung konnte dabei nicht aufkommen. Um wieviel unattraktiver würde die Verbindung werden, wenn es nach dem Erreichen von *Südquelle* erst einmal 10 Minuten oder noch länger dauern würde?

Ich riß mich aus meinen Überlegungen. Fritz saß geduldig abwartend in seinem Sessel, den Kopf seitlich in seine geöffnete Hand gestützt.

»Na gut«, begann ich zögernd, nur um etwas zu sagen, »ich denke, damit ist vorläufig alles zu diesem Thema gesagt, oder gibt es noch weitere Neuigkeiten?«

Er schreckte nach zwei langweiligen Minuten auf. »Ja, zwei Dinge: Einmal, ich hatte vergessen zu erwähnen, daß ich Admiral Merz gebeten hatte, dir ein – sagen wir einmal – Dossier über Schmidtbauer und sein Team zukommen zu lassen. Sie müßte ihn sehr gut kennen, da er lange genug auf *Futhark* gearbeitet hat, allerdings glaube ich, daß ich den Inhalt jetzt schon kenne.«

Ich auch, dachte ich, und tastete wieder einmal nach den beiden rechteckigen Codegebern in meiner Brusttasche.

»Zweitens, es gibt einen neuen Channel.« Er setzte sich gerade auf und zog ein Videoboard zu sich heran. »Ich weiß, das ist nichts Besonderes, es werden jeden Tag zig neue Sender gegründet, ebensoschnell verschwinden sie oder andere wieder in der Versenkung. Dieser nennt sich einfach FBO, nach den Initialen seines Moderators Fred Bohlen. Anfangs war es ein reiner Info-Channel, der zwischen 20 Uhr und 22 Uhr recht eigenwillig gefärbte Nachrichten und Kommentare in die lokalen Kabel einspeiste. Mittlerweile hat er sich spezialisiert: Sein Hauptthema ist die *Nostradamus* und Nofretete. Die gesendeten Informationen haben eine derartige Präzisionsdichte, daß ich inzwischen davon ausgehe, daß Fred Bohlen einen Informanten aus unseren Reihen haben muß. Heute abend zeigte er zum Beispiel Aufnahmen von dem charakteristischen weißen Leuchten während einer Phase, die in unseren Archiven lagern. Bohlen hat weitere sensationelle Einzelheiten angekündigt. Der Channel läuft ab heute rund um die Uhr. Außerdem sind die Präsentationen stark religiös eingefärbt. Sie gleichen Predigten eines erzürnten Gottesmannes, der die *Nostradamus* mit ihrem neuen

Antrieb verdammt. Du kannst dir vorstellen, daß ihm die Journalisten buchstäblich die Tür einrennen, und nicht nur diese Sparte: Unabhängige Werbefuzzis und die Channels der Konzerne aus aller Welt stehen bei ihm Schlange. Ich habe veranlaßt, daß unser Archiv von allen Informationen über die *Nostradamus* und den Neutrino-Treiber geräumt wurde, falls es nicht zu spät war. Alles, was jetzt von euch reinkommt, unterliegt höchster Geheimhaltung. Suzanne hat ein von uns neuentwickeltes Scrambling-Programm erhalten. Falls das nichts nützen sollte, gehen in Zukunft alle Verbindungen zwischen uns nur über Halbmond und ihren Bruder. Bei wirklich internen und wichtigen Informationen, die du ab jetzt hast, möchte ich dich bitten, sie über die beiden zu schicken! Unterdessen werde ich versuchen, Fred Bohlen und seine Hintermänner zu durchleuchten, aber ich fürchte, viel wird dabei nicht herauskommen. Mein Gefühl sagt mir, daß der Zirkel beginnt, unruhig zu werden: Er bereitet das Feld für sein Spiel vor. Der erste Schritt dafür ist natürlich das sensible Netz der Medien, in dem man viel Wirkung erzielen kann, vorausgesetzt FBO sendet weiterhin Originalaufnahmen aus der *Nostradamus*!«

Beunruhigt vernahm ich seine letzten Sätze. Es war weniger die Vorstellung, prekäre Situationen aus dem Schiff in territorialen Channels verbreitet zu sehen, als mehr die Tatsache, daß jemand in der Lage sein könnte, gezielt Funksprüche und Informationen abzufangen. In den letzten Jahrzehnten war der Einfallsreichtum, was die Verschlüsselung von Nachrichten betraf, auf ein enormes Niveau gestiegen. Die Möglichkeiten, eine Information zu senden, ohne daß jemand aus ihrem Inhalt Schlüsse ziehen konnte, waren einer statistisch wahrscheinlichen Dechiffrierung um Lichtjahre vorausgeeilt. Deswegen wurde von den Nachrichtenzentren das Augenmerk hauptsächlich auf potentielle Informanten vor Ort konzentriert, manchmal mit großem Erfolg, aber immer mit der Ungewißheit, einem Blender aufgesessen zu sein. Sofort ging ich in Gedanken wieder die Gesichter meiner Besatzung durch, gab es jedoch gleich wieder auf. Es brachte nichts ein, jedesmal die Loyalität meiner Leute anzuzweifeln.

Wir hatten das Gespräch in dem ungewissen Gefühl beendet, den Atem des erwarteten Gegners künftig im Rücken zu spüren.

Halbmond stand in ihrem hellgrünen Raumanzug dicht neben mir. Wie erwartet hatte sie den ungewöhnlichen Aufenthaltsort ohne Widerspruch akzeptiert. Wir warteten in der Zentrale auf Luis und Voodoo, die sie sicher in die Arbeitsbiene begleiten sollten. Die nächste Phase war in einer Stunde geplant. Wir würden uns wieder hinter den Container im Laderaum verkriechen. Ich hatte mich mit Schmidtbauer, der jetzt sehr zugänglich wirkte, auf eine halbe Stunde Dauer der Phase geeinigt. Dr. Helene Mayer hielt sich in ihrem Appartement auf. Sie hatte sich vehement geweigert, den Technischen Bereich zu betreten und mit ihrem Lebensgefährten weiterhin zusammenzuarbeiten. Ich hatte ihren Entschluß mit einem Achselzucken quittiert, zunächst galt es, dieses Experiment über die Bühne zu bringen.

Viktor, der mit uns auf die beiden wartete, wippte unruhig mit seinem Sessel vor dem Center Face hin und her. »Sie brauchen sich keine Sorgen zu machen, das Haupttriebwerk kann nicht zünden, wir haben alle erdenklichen Sicherheitsvorkehrungen getroffen.«

Halbmond lächelte ihn amüsiert an. »Ihre Worte klingen wie das gern zitierte Pfeifen im dunklen Wald. Sie können mir glauben, ich habe keine Angst und mache mir keine Sorgen.«

Viktor stoppte sein unruhiges Gezapple und blickte

sie wie ein zurechtgewiesener Schüler an. Ich schmunzelte unauffällig in eine neutrale Ecke des Raums. Es tat mir gut, ihn so verunsichert zu sehen. Jetzt erfuhr er am eigenen Leib, was es heißt, mit diesem Persönchen umzugehen. Manchmal hatte ich das Gefühl, als wäre sie von einer nahezu allwissenden Sphäre umgeben, ein andermal kam sie mir schlichtweg einfältig vor. Einen Augenblick lang entstand ein ungewisses Schweigen. Wir hatten keine große Besprechung über den Einsatz abhalten müssen, denn es gab nichts zu besprechen: Luis und Halbmond würden sich für etwa eine Stunde in dem Beiboot direkt vor dem Triebwerk aufhalten, das war alles! Für einen medizinischen Automaten war kein Platz, das heißt, falls die Situation kritisch für sie wurde, würden wir die Phase abbrechen.

Ich hörte Voodoo und Luis aus dem Paternoster steigen.

Ich drehte mich zu Halbmond um. »O.K., Frau Cahor, es ist soweit! Halten Sie sich draußen immer in der Nähe der beiden auf, vielleicht können Sie den Ausflug ja sogar genießen!«

Sie sah mich süßlich von unten her an, während ein grüner und ein gelber Raumanzug sich zu uns gesellten. »Jetzt hört mal her, ihr tapferen Astronauten! Ich bin zwar die jüngste hier, aber ich biete hiermit allen das Du an! Ich heiße Karen, einverstanden?«

Viktor, Luis und Voodoo grinsten sich gegenseitig verlegen an. Natürlich hatte keiner einen Einwand. Ich war nicht ganz einverstanden, wollte jedoch in der ungewöhnlichen Situation kein Spielverderber sein.

Voodoo mußte natürlich noch eins draufsetzen. »Hallo, Babalu, ich heiße Karl-Heinz, darf ich dich in dein schnuckliges kleines Chalet bringen. Es gibt dort zwar kein fließendes Wasser, aber der Ausblick raubt einem den Atem, ungelogen…!« Galant streckte er den

Arm aus. Sie hakte sich fröhlich ein und warf mir einen schmachtenden Blick zu. »Farewell, König Arthus, mein Schicksal gebietet mir, Lancelot zu folgen.« Dann verließen die drei die Zentrale. Viktor sah mich von der Seite her an. »Weißt du, ich bin ja ein rechter Gefühlsklotz, aber das Mädchen ist außergewöhnlich. Außerdem ist sie verknallt in dich.«

»Blödsinn, du spinnst!« Überzeugend klang ich nicht, außerdem machte Viktor ein Gesicht, als wüßte er es besser.

Es hatte keinerlei Probleme gegeben. Als wir uns alle nach der Phase mit brummenden Schädeln und neun Millionen Kilometern tiefer im Weltraum wieder in der Zentrale trafen, war die Stimmung ausgelassen. Ich ließ mich überreden und gab eine kleine Runde Sekt aus. Schmidtbauer und Meier Zwo deuteten verschmitzt vom Center Face her auf ihre Flaschen, in denen sich angeblich nur einfaches Wasser befand.

Ansonsten umflutete mich Gelächter und befreiendes Geplapper. Luis stand mit hochrotem Kopf im Zentrum der Gespräche und beschwor Voodoo mit wilden Gesten, seiner Frau nichts von seinem kurzen Aufenthalt mit Halbmond in der Arbeitsbiene zu erzählen. Wolfen und Vivian tauschten zärtliche Blicke, ihre Zukunft sah wieder rosiger aus. Viktor und die drei Wissenschaftler waren schon weiter: Sie begannen über Nofretete zu diskutieren, nur Dr. Helene Mayer saß stumm in einer Ecke und starrte ihr volles Glas an. Gerade als ich beschlossen hatte, mich mit ihr zu beschäftigen, stand Halbmond mit ihrem Glas vor mir.

»Na, alles in Ordnung?« fragte ich überflüssigerweise.

Sie nickte eifrig. »Es summt nur noch ein bißchen im

Kopf. Ich konnte also entspannt die Aussicht genießen, auch wenn sie sich wegen der Phase nur verschleiert darbot.«

Luis hatte mir davon berichtet. Hinter dem Schiff trat das weiße Leuchten nicht so stark auf, es war mehr ein grauer Vorhang, der sich wie eine Schleppe hinter dem Schiff herzog.

Ich war zufrieden. Endlich konnten wir uns mit dem eigentlichen Zweck unserer Mission beschäftigen. Als hätte ich mich mit dem Gedanken versündigt, kam Vivian mit besorgtem Gesicht zu uns herüber.

»John, kann ich dich kurz sprechen?« Ihr folgender Blick auf Halbmond war für meinen Geschmack etwas zu unfreundlich, aber diese konterte geschickt mit einem »Bin schon weg«, trank ihr Glas aus (Wasser, kein Sekt) und drückte es der verblüfften Vivian in die Hand. Unbewußt drängte sich in mir das Bild von zwei ringenden Frauen im Schlamm auf.

»Sie gefällt dir, nicht wahr?« Vivian suchte in meinen Augen eine Reaktion auf ihre Frage. Es mußte irgendein Zeichen an mir haften, in der Art von einem Sticker, auf dem ›I love Halbmond‹ oder so ähnlich stand, auf jeden Fall war Vivian schon die zweite Person innerhalb weniger Stunden, die mich auf eine Beziehung mit der zierlichen Halbindianerin ansprach.

»Ja, sie gefällt mir!« sagte ich in einem übertrieben lahmen Tonfall. Langsam wurde mir das zu bunt. Zu keiner Sekunde hatte ich bisher Gedanken über Gefühle in einer derartigen Richtung verschwendet und hatte es auch in Zukunft nicht vor, jedenfalls nicht hier an Bord der *Nostradamus*. Ich mahnte mich zur Vernunft, ich durfte keinem Besatzungsmitglied in solchem Ton antworten, und Vivian schon gar nicht.

»Hör zu«, begann ich mit sachlichem Ton. »Du kannst dir bestimmt vorstellen, daß ich auf diesem

Schiff gezwungen bin, meine Energien für ganz andere Probleme aufzusparen. Der Zeitpunkt für eine Liebelei wäre also äußerst ungünstig gewählt.«

Sie hing immer noch an meinen Augen. »Für eine Affäre ist jeder Zeitpunkt recht!«

»Eine Frau wie Halbmond wäre viel zu schade für eine Affäre, wie du so etwas zu nennen pflegst«, entgegnete ich unbedacht. Verärgert über meine unüberlegte Aussage, versuchte ich Vivian standhaft in die Augen zu sehen. Es klappte natürlich nicht. Vielleicht sollte ich in einer stillen Minute doch einmal darüber nachdenken, was ich für Halbmond empfand. Jetzt aber war ich sauer, vor allem, weil Vivian mich so leicht in die Enge getrieben hatte.

»Ach, wie interessant!« bohrte sie weiter. »Wozu ist sie denn nicht zu schade?«

Ich beschloß, die Frage zu ignorieren und studierte schweigend die Beschaffenheit meines Glases. Wenn ich ehrlich war, genoß ich es ein bißchen, sie in ihrer Eifersucht, oder was immer es auch sein mochte, schmoren zu lassen.

»Na gut, ist ja auch egal«, meinte sie schließlich und wandte endlich den Blick von mir ab. »Ich wollte aus einem ganz anderen Grund mit dir sprechen: Die Ergebnisse der Untersuchungen von Professor Schmidtbauer und seinen Leuten sehen nicht gut aus. Du bist ihr Vorgesetzter, deswegen darf und muß ich mit dir darüber reden, ich habe bei ihnen einen hohen Grad von Verseuchung durch das Velcro-Blei festgestellt. Computervergleiche mit ähnlichen Fällen sagen eine fortschreitende Zersetzung der Atemwege und Lungen voraus. Ich bin kein Spezialist auf diesem Gebiet, und selbst wenn ich einer wäre: Hier auf dem Schiff kann ich ihnen nicht helfen!«

»Und das heißt?« fragte ich leise.

»Wie gesagt, ich bin kein Spezialist, aber wenn ich

die Computervergleiche richtig interpretiere, werden sie meiner Meinung nach die Reise nicht überleben.«

Ich wußte nicht, woran es lag. Diese Aussage erschreckte mich zwar, aber ich spürte keine Erschütterung. Vielleicht war es die morbide Ausstrahlung, die von dieser Gruppe ausging. Schon als ich die drei das erste Mal hier auf dem Schiff zu Gesicht bekam, war mir bei allen eine extreme Gebrechlichkeit aufgefallen. Ich zwang mich, nicht zu Dr. Helene Mayer hinüberzusehen. Vivian bestätigte mir mit ihrer nachfolgenden Bemerkung meine Beobachtung.

»Außerdem sind sie in einer enorm schlechten körperlichen Verfassung, was mich nicht verwundert: Sie leben seit Jahren in der Schwerelosigkeit, ohne sich dabei um ihre Fitness zu kümmern. Sie stehen zusätzlich – nach meinen Beobachtungen – in einer problematischen psychischen Abhängigkeit zueinander, oder vielleicht sollte ich genauer sagen, in einer anormalen sozialen Wechselwirkung!«

»In einer… was?«

»Du kannst es dir aussuchen. Entweder treiben sie es untereinander, mit oder ohne Wissen des jeweiligen dritten. Oder Sascha Meier sieht in den beiden anderen so etwas wie Ersatzeltern. Oder Schmidtbauer ist bisexuell oder sie machen… was weiß ich! Auf jeden Fall bilden sie eine geschlossene Gruppe, zudem sind alle drogen- und alkoholabhängig!«

Jetzt blickte ich doch heimlich zu Dr. Helene Mayer hinüber, die unbeweglich auf dem Treppenabsatz zur Zentrale saß und mit gesenktem Kopf ihr Glas zwischen den Händen drehte.

»Kennt sie das Ergebnis deiner Untersuchung?«

»Nein, ich habe es bisher noch keinem gesagt! Ich glaube, Frau Dr. Mayer ist die einzige, die sensibel genug ist, etwas in dieser Richtung zu vermuten, die anderen beiden sind, entschuldige bitte den Ausdruck, einfach zu blöde. Sie haben nur den Antrieb im Kopf.«

Ich preßte nachdenklich Luft durch meine Lippen. Eben noch meinte ich eine kleine Verschnaufpause genießen zu können, und nun zeichnete sich ein neues Problem ab, von dem ich mir nicht ausmalen mochte, wie es sich auf die Zukunft des Schiffes auswirken könnte. Dr. Helene Mayers temperamentvoller Ausbruch im Technischen Bereich und ihre anschließende Weigerung, mit Schmidtbauer weiterzuarbeiten, waren zudem Anzeichen für eine weitere Krise.

»Hast du eine Erklärung dafür, warum sie so plötzlich auf Schmidtbauer eingedroschen hat?« fragte ich.

»Ich kann nur eine vage Schlußfolgerung aus einigen Bemerkungen ziehen, die sie mir gegenüber auf der Station gemacht hat. Danach hat sie ihm, seit sie zusammenleben und -arbeiten, jederzeit blind vertraut. In den letzten Monaten wurde der Druck auf das Gelingen ihres Projektes immer größer. Die Folge davon war, daß Schmidtbauer improvisieren mußte und ihr nicht in allen Einzelheiten darüber berichtet hatte. Irgendwann wurde sie mißtrauisch und begann, an seiner Aufrichtigkeit zu zweifeln. Die Aufnahmen von uns im Laderaum während der letzten Phase brachten das Faß zum Überlaufen. Sie erkannte, daß er sie belogen hatte, was die Auswirkungen des Antriebes betrafen. Im Grunde genommen sind die Charaktere der beiden große Gegensätze: Sie sieht ihre Aufgabe darin, Menschen zu einer besseren und angenehmeren Umwelt zu verhelfen, wenn ich es einmal so einfach formulieren darf. Ihm ist die Menschheit gleichgültig. Er will den Erfolg um jeden Preis! Ich glaube, wir werden noch viel Ärger mit ihm bekommen, wenn alles nicht so klappt, wie er sich das vorstellt. Mit ihr übrigens auch, wenn wir uns nicht um sie kümmern!«

Ich nickte zustimmend. »Vivian, kannst du dich

etwas um sie kümmern? Ich habe im Moment genug um die Ohren, deswegen wäre es gut, wenn ich mich nicht auch noch mit einer verhinderten Weltverbesserin beschäftigen müßte!«

Sie grinste anzüglich, unterließ es aber, einen bissigen Kommentar folgen zu lassen. Ein hintergründiges Lächeln blieb jedoch auf ihrem Gesicht stehen, als sie ihr Glas nahm und direkt Dr. Helene Mayer ansteuerte.

»Ach, bevor ich es vergesse!« Sie drehte sich noch einmal kurz zu mir um. »Du und die Jungs, die sich in dieser verseuchten Halle aufgehalten haben, ihr kommt ebenfalls zu einer Untersuchung zu mir in die Station. Das Zeugs in den Matten scheint laut den Computerberichten nicht ungefährlich zu sein.«

Ich wußte nicht, ob sie den letzten Satz ironisch gemeint hatte oder ob sie ihn deswegen so neutral gehalten hatte, weil die anderen mithören konnten, auf jeden Fall jagte er mir einen Schauder über den Rücken. Aber natürlich hatte sie recht, denn auch wenn wir uns nicht sehr lange ungeschützt im Technischen Bereich aufgehalten hatten, so hatten wir doch die verschmutzte Luft eingeatmet!

Ich bestätigte mit einer Handbewegung ihre Aufforderung. Dann erhob ich mich und bat um Ruhe. Es war an der Zeit, die ursprünglich geplante Einteilung der Besatzung für ihre Aufgaben aufzunehmen. Die Ereignisse der letzten Tage hatten alles durcheinandergeworfen, deswegen besprach ich kurz anhand des vorhandenen Plans auf dem Center Face unser weiteres Vorgehen. Anschließend erklärte ich die kleine Feier für beendet.

Erschöpft setzte ich mich auf das Bett in meinem kleinen Appartement hinter der Zentrale. Wolfen hatte freiwillig die erste Wache übernommen. Die restliche Besatzung hatte sich auf das Schiff verteilt. Kurz bevor sich alle anschickten, die Zentrale zu verlassen, hatte Vivian in der aufgekommenen Euphorie vorgeschlagen, daß wir uns zur Feier des Tages alle mit dem Vornamen ansprechen sollten. Halbmond hatte den Vorschlag natürlich begeistert aufgenommen und ihn dahin erweitert, daß wir uns der Einfachheit halber alle duzen sollten. Ich konnte mich nicht vorbehaltlos mit dem Gedanken anfreunden, daß ich so einfach jeden an Bord mit einem vertraulichen ›Du‹ anreden sollte, vor allem bei bestimmten Personen würde ich Schwierigkeiten haben. Unter normalen Umständen hätte ich diesem ungestümen Vertrauenszugeständnis nicht zugestimmt, aber nachdem mich alle abwartend angesehen hatten, fiel es mir schwer, nein zu sagen. Vielleicht war es gar nicht so übel, wenn wir in diesem Bereich etwas näher zusammenrückten. Es handelte sich um keine normale Besatzung, und es war kein alltägliches Unternehmen, auf das wir uns eingelassen hatten.

Ich blickte müde und mit dumpfen Gedanken in den Wohnraum hinein, den man eher als eine kleine Zentrale mit Bett, Dusche und Küche bezeichnen konnte. Nebenan aus dem engen Schlafraum drang ein fahles Licht zu mir herüber. Es kam von einem sich über die gesamte Seitenwand erstreckendes Face, das wie ein Fenster die Aussicht zum Weltraum hinaus zeigte. Neugierig stand ich auf und betrachtete die weit entfernte Sonne, die mit ihrer jetzigen Größe nicht mehr das Gestirn zu sein schien, das vor wenigen Tagen noch heiß auf den Raumflughafen von Kourou niederbrannte. Jetzt waren Sterne in ihrem näheren Umfeld sichtbar, die man in Erdnähe wegen ihrer enormen Leuchtkraft nicht zu Gesicht bekam. Wenn der Neutrino-Treiber weiterhin zuverlässig arbeitete, würde der gelbe Mittelpunkt unseres Planetensystems immer mehr in das kalte Gesprenkel der Milliarden Sonnen zurücktreten, bis sie am Rendezvouspunkt mit Nofretete die Größe eines helleuchtenden Tennisballs annehmen würde. Die *Nostradamus* wäre dann das Schiff, das sich bisher am weitesten mit einer menschlichen Besatzung in den interplanetaren Raum hinausgewagt hatte, denn der mittlere Asteroidengürtel, der immer häufiger von Raumschiffen der verschiedenen Konzerne wegen der lukrativen Bodenschätze angeflogen wurde, lag näher zur Marsbahn. Der Kreuzungspunkt, an dem Nofretete die Ekliptik passieren würde, war mehr zur Umlaufbahn von Jupiter hin gelagert, und dorthin hatte die Menschheit bis heute lediglich unbemannte Sonden oder stationäre Satelliten zu den Monden des Gasriesen gesandt. Mich schauderte bei der Vorstellung, in den näheren Bereich dieses großen Planeten zu gelangen. Zum Glück würde er zu diesem Zeitpunkt weit entfernt von uns seine Bahn ziehen, wir würden also keine Auswirkungen seiner gigantischen Masse ertragen müssen.

Ich wanderte gedankenverloren zurück in den Wohnraum. Es war an der Zeit, daß ich mich meinen ursprünglichen Aufgaben als Kapitän dieser Mission widmete. Außerdem wollte ich sobald als möglich die fatale Waffenansammlung loswerden, die Schmidtbauer an Bord geschmuggelt hatte.

»Suzanne, einen Kaffee, bitte!«

⟩Befehl Nr. 34 vom 3. 12. 2039, wörtliche Wiedergabe: ›Suzanne, wenn ich jemals wieder …‹⟨

Ich hob verwirrt den Kopf. »Suzanne, was …?«

⟩›… das Gesöff aus dem Automaten ist ungenießbar.‹ Ich habe den Befehl ausgeführt …⟨

»Ach so, ja. Suzanne, Kaffee aus dem Automaten, bitte!« Kopfschüttelnd wandte ich mich der Küche zu. »Suzanne, und streiche bitte den Quatsch vom Dezember '39!« Ich hatte keine Lust, mir jedesmal diesen Sermon anzuhören. Hastig führte ich die vorgeschriebene Streichung von Befehl Nr. 34 durch, bevor mich Suzanne daran erinnern konnte. So wie es aussah, würde ich in Zukunft nicht oft die Gelegenheit bekommen, mir selber einen Kaffee zu kochen.

⟩Ich setze ›Quatsch‹ gleich mit dem Wort ›Spaß, Klamauk‹ oder im weitesten Sinne auch ›Irrtum‹. Heißt das, ich habe den Befehl Nr. 34 falsch ausgeführt?⟨

»Suzanne, nein, im Gegenteil, der Befehl war damals sehr wichtig, aber er wird nicht mehr nötig sein! Bekomme ich jetzt meinen Kaffee?«

⟩Das bestellte Getränk kann entgegengenommen werden.⟨ Sie klang beleidigt, aber selbstverständlich täuschte ich mich. Ich stellte im Vorbeigehen die dampfende Tasse auf ein Tablett, fügte Zucker und Milch hinzu und setzte mich in den Sessel vor das große Face im Wohnraum. Bevor ich mich mit Schmidtbauers martialischem Erbe auseinandersetzen wollte, gestand ich mir ein wenig Zerstreuung zu und nahm mir vor, den neuen Channel zu begutachten, von dem mir Fritz Bachmeier berichtet hatte.

»Suzanne, Channel FBO!«

Lautlos flammte das Rechteck vor mir auf. Darauf war ein dezent gekleideter Mann zu sehen, der hinter einem wuchtigen Stehpult aus Holz stand. Er schien sich in einer Bibliothek zu befinden, die aus Hunderten von Büchern bestand. Seit meiner Jugendzeit hatte ich so etwas nicht mehr gesehen. Auch der Mensch vor der Bücherwand erinnerte mich an diese Zeit, in der wissenschaftliche Sendungen der Seriosität wegen bevorzugt in dieser Umgebung gezeigt wurden. Seine grauen Haare und sein grauer Schnurrbart waren exakt auf die altertümliche Umgebung abgestimmt. Ich fragte mich, wer heute noch auf dieses abgewrackte Klischee hereinfiel.

Soeben hob der Mensch, von dem ich annahm, daß es sich um Fred Bohlen handelte, träge die rechte Hand und streckte sie formend der Aufnahmekamera entgegen.

»…am Ort, wo du geschaffen wardst, in dem Land deines Ursprungs will ich dich richten…«

Die Hand verblaßte in einer Überblendung und ein verzerrtes Gesicht entstand auf dem Face. Mit Entsetzen erkannte ich Richard Ballhaus, der leidend in dem Netz hinter dem Velcro-Container hing.

Mir fiel fast die Tasse aus der Hand.

»…ich schütte meinen Groll über dich, mit dem Feuer meines Unmuts fauche ich über dich…«

Jetzt begann der medizinische Automat zu kreischen, in dem Halbmond steckte. Vivians verzweifeltes Gesicht huschte vorbei.

Geschockt suchte ich vorsichtig einen Platz, wo ich die Tasse abstellen konnte. Das konnte nicht sein! Woher hatte dieser Mensch die Aufzeichnungen?

»…dem Feuer wirst du zum Fraß, dein Blut bleibt inmitten des Erdreichs, nicht wird deiner mehr gedacht, denn ICH bin's, der geredet hat.«

Bohlen schälte sich mit einer dämonischen Fratze aus dem gleißenden Weiß, in dem andeutungsweise unsere verzweifelten Gesichter zu erkennen waren.

Ich hing wie betäubt im Sessel.

Nach einer wirkungsvollen Pause zog Bohlen seine mittlerweile zur Faust geballte Hand zurück und sagte mit drohendem Unterton in seiner Stimme: »So zeugen die Worte des Propheten Hesekiel in den Büchern der Kündigung von der Macht des EINEN, der auch das frevelhafte Treiben der Männer und Frauen auf der *Nostradamus* in Seinen Händen hält. Auf diesem Weg, meine lieben Mitgläubigen, erfüllt sich die Prophezeiung und besiegelt das Schicksal aller Zweifelnden und Versprengten im Glauben an Jesus Christus…«

Ich konnte es nicht fassen! Was erzählte dieser Mensch da? Es klang wie ein Nachruf auf unsere Mission.

»Suzanne, stoppe Channel FBO und halte eine Aufzeichnung der Sendung bereit! Außerdem brauche ich sofort eine Verbindung zu Dr. Hellbrügge!«

Es war ungeheuerlich, ich fühlte mich wie vor den Kopf gestoßen und konnte keinen klaren Gedanken fassen. Was wollte der Sender damit bezwecken? Wenn dieser Auftritt tatsächlich vom Zirkel inszeniert war, dann zielte er ganz bewußt auf einen Mißerfolg unseres Unternehmens ab, aber warum? Gab es Informationen, von denen ich nichts wußte?

»John, ich bin hier sehr beschäftigt.« Hellbrügge stand niedergebückt vor einem Monitor, denn sein Gesicht war in der Stirn angeschnitten und nur halb zu sehen. »Du rufst bestimmt wegen FBO an. Hier in München ist deswegen die Hölle los. Ich verbinde dich mit Bachmeier, dem sitzt die Presse wenigstens nicht so im Nacken wie mir.«

Ohne eine Antwort abzuwarten, verschwand er vom Face und machte dem Space Cargo-Zeichen Platz. Ich konnte mir gut vorstellen, was da auf ihn zukam: Bisher hatten die wissenschaftlichen Channels des Konzerns gutmütige und positive Berichte von der *Nostradamus* gesendet, und nun plauderte dieser grauhaarige Holzkopf von FBO ungeniert über ein Mißlingen der Mission. Und noch dazu mit göttlicher Unterstützung.

Das Zeichen auf dem Face zerflackerte in Streifen, dann schälte sich ein heiter wirkender Fritz Bachmeier aus dem Wirbel heraus. Ich fragte mich, ob das in Anbetracht der ernsten Lage ein lächerlicher Versuch sein sollte, mich zu beruhigen. Er fing sofort an zu sprechen und erklärte damit seine spaßige Gelassenheit.

»Hallo, John! Keine Angst, ich nehme FBO nicht so unbefangen, wie es aussieht! Ganz im Gegenteil, aber ich freue mich darüber, daß unser Gegner sich nun offen zeigt – auch wenn die Umstände für uns hier nicht sehr angenehm sind! Hast du die letzte Sendung von FBO gesehen?«

Er nahm mit seiner Frage die lange Übertragungszeit in Kauf, um sich zu vergewissern, welchen Informationsstand ich besaß.

»Nein, nur die Aussage, daß wir es angeblich nicht mehr lange machen und bald in der Hölle schmoren.«

»Gut«, er regte sich schließlich wieder auf dem Face. »Du kennst die Bilder also schon: Ihr hängt mit verzerrten Gesichtern im Laderaum hinter dem Container und so weiter, alles, was Wolfen aufgenommen hat! Das heißt, unsere Verbindung zum Schiff wird angezapft und entschlüsselt! Vorerst also auf diesem Weg keine Informationen mehr, du weißt, was ich meine! Ich habe Jules und Pierre Cahor an einen sicheren Ort gebracht und damit einen Trumpf ausgespielt. Die Gegenseite weiß das bereits, denn sie hat schon einen Versuch gestartet, ihrer habhaft zu werden!« Er lachte kurz auf. »Es fängt an, mir Spaß zu machen! Bleib du auf Kurs, Kapitän, und ich halte dir den Rücken frei, alles klar?«

Er hob grüßend seinen emporgereckten Daumen und stand auf, danach endete die Übertragung abrupt, ohne ein Schlußsignal des Konzerns. Natürlich wollte er mit seinem trockenen Abgang unsere Gegner ärgern, nur war mir nicht wohl bei dem Gedanken, damit praktisch eine Kriegserklärung auf den Tisch gelegt zu haben, schließlich saß er ja nicht in einem Raumschiff, das sich immer weiter von der Erde entfernte!

Wieder einmal nippte ich an einem kalten Kaffee.

Irgend etwas ging da vor. Ich spürte es förmlich. Hellbrügge und Fritz Bachmeier hatten mich eindeutig abgewimmelt, auch wenn sie logische Erklärungen für ihre kurzen Gespräche vorschieben konnten.

Nachdenklich überlegte ich mir meine nächsten Schritte und zwang mich dazu, an unsere eigene Situation zu denken. Zunächst mußte ich die Besatzung über die neue Lage informieren, private Gespräche mit der Erde gehörten ab sofort der Vergangenheit an, wenn man einmal davon absah, daß bis jetzt, seit wir unterwegs waren, keiner von uns einen Kontakt mit Angehörigen oder zurückgelassenen Freunden gesucht hatte, selbst Luis nicht, der am meisten unter der langen Trennung von seiner Familie litt.

Ich schaute auf die Uhr. Es hatte keinen Sinn, über eine Konferenzschaltung die Besatzung zu informieren. Wahrscheinlich waren alle froh darüber, ihre verdiente Ruhe genießen zu können, außerdem erhoffte ich von einigen Mitgliedern, daß sie etwas Zeit fanden, über die Vorfälle an Bord nachzudenken und ihre Gedanken zu sortieren. Kurz entschlossen benachrichtigte ich Wolfen über die Nachrichtensperre, ohne detaillierte Gründe anzugeben. Falls jemand Fragen dazu hatte, sollte er denjenigen auf eine Zusammenkunft in der Zentrale vertrösten, die ich für 13 Uhr ansetzte. Ich hatte vor, die Besatzung endgültig über die vermeintlichen Absichten des Zirkels in Kenntnis zu setzen.

Über Suzanne gab ich noch schnell den Befehl für die Nachrichtensperre in das Schiffssystem ein, danach ging ich ins Bett.

»Woher weißt du soviel über Mittelstreckenraketen?« fragte ich Voodoo, als wir beide uns durch eine enge Tunnelröhre weit unter den Laderäumen zwängten.

Er hielt sich an der runden Schleusentüre fest, an der wir gerade angekommen waren. »Weiß ich gar nicht. Ich habe es mir angelesen.« Er deutete auf ein Videoboard, das er sich umgehängt hatte. »Mittelstreckenraketen sind nicht kompliziert, kann man alles in einem stinknormalen Konversationslexikon nachlesen – eigentlich sind sie fast schon als primitiv zu bezeichnen. Sowohl in der Funktions- als auch in der Wirkungsweise!«

Er öffnete die kleine Schleuse.

Wir schwebten in einen länglichen kleinen Raum, den die Konstrukteure von *Futhark* anscheinend nachträglich geschaffen und an das Klimasystem der *Nostradamus* angeschlossen hatten. Hier herrschte die reine Funktion vor, keine verkleideten Wände oder versteckten Lichtkabel. Vor uns war in der Mitte des Raums ein kreisrundes Gestell montiert, in dem wie in einem antiken Trommelrevolver acht längliche viereckige Gebilde hingen. Voodoo orientierte sich, bevor er auf die verschiedenen Teile deutete. »Sag ich doch, ganz einfach! Aber in echter germanischer Präzisionsarbeit!«

Ich schaute ihn schräg an und verankerte mich zurückhaltend in respektvoller Entfernung an einer Wand. Er zog das Videoboard vom Rücken und tastete darauf herum. »Hier sind acht ›Touch-Touch-Balmung-Sichtraketen‹ in einem automatischen Rotations-Lader installiert. Die Konstruktion stammt von einem taktischen Vielzweck-Träger aus den zwanziger Jahren, der hauptsächlich für punktuelle Degradierung von Gebäuden und Basisstationen vorgesehen war. Natürlich fehlt in unserer Version die aeronautische Verkleidung der Raketen für den Luft-Boden-Einsatz.«

»Ich verstehe nichts davon. Was ist das da?« Ich deutete auf eine Führung, die zu dem Gestell lief und auf der kleine glänzende Würfel mit einem eingelassenen Tastenfeld lagen. Voodoo befestigte das Videoboard mit einem Haftstreifen an der Wand. Dann stieß er sich vorsichtig ab und segelte langsam über die Konstruktion hinweg. »Das sind die Zünder mit der Steuereinrichtung und integrierter Kamera!« erklärte er, während er sanft an der Decke abbremste. »Sie rasten erst hier unten in der Rinne unmittelbar vor dem Ausstoß der Rakete in den Trägerkörper ein. Eine ›Balmung‹ besteht aus drei Teilen: Unmittelbar vor dem Auftreffen auf ein Ziel löst sich der Zünder mit einer kleinen Triebwerkseinheit und der ersten Sprengladung. Dieser erste Teil löst sich unmittelbar vor dem Einschlag und fliegt etwa 50 Meter vor der restlichen Rakete voraus: Bumm! Oder auch: Touch! Das heißt Berührung und Explosion zugleich. Die Ladung reißt ein Loch auf, und in diese geschlagene Wunde fliegt die nächste abgetrennte Sprengladung hinein: Bumm! Und schließlich folgt der letzte Teil: Bumm! Sehr wirksam das Ganze. Das ist so, als wenn dir jemand dreimal kurz hintereinander auf den Kopf schlägt.«

»Und diese Rinne hier unten, die transportiert die Rakete wohl aus dem Schiff heraus?« brummte ich mißmutig.

»Jawohl, Herr Kapitän. Nachdem der Zünder aufgesetzt ist, wird der Aal in der unteren Führung zur Ausstoßschleuse – hier vorne – transportiert, aus der er mittels Druckluft eine Vau-Null erhält, die ihn ausreichend vom Schiff entfernt, bis der Treibsatz gezündet wird, der wiederum…«

»Ja, ja, ich habe verstanden«, entgegnete ich gereizt. Mir war nicht wohl bei der Vorstellung, daß sich Zünder und Rakete hier an einem einzigen Ort befanden und auch noch automatisch verbunden werden konnten. Zusätzlich fühlte ich mich nicht besonders wohl in dieser engen Kammer tief unten im Bauch der *Nostradamus*. Es war so still wie in einer Gruft. Ich glaubte sogar, das vertraute Rollen der Zylinder zu vermissen.

Beruhige dich, du fängst allmählich an zu spinnen.

»Ich will die Zündvorrichtungen hier raus haben! Meinst du, das geht?« Später konnte ich mir immer noch überlegen, was mit den Raketen geschehen sollte, aber zunächst war es mir wichtig, daß niemand etwas mit dieser Vorrichtung anstellen konnte.

»Ich denke, das ist kein Problem! Ich nehme die Programmierungsstreifen aus den Zündern, dann kannst du sie als Briefbeschwerer benutzen!«

Einen Moment lang glaubte ich, kalten Schweiß auf

meiner Haut zu spüren, als sich Voodoo ohne Umstände den Zündern zuwandte und jeweils eine kleine Taste drückte, die glücklicherweise mit einem grünen Licht aufblinkte. Bereitwillig schob jeder Quader einen weißen Streifen heraus – nur der letzte in der Reihe verhielt sich vollkommen reaktionslos. Voodoo tippte mehrmals erfolglos auf die Taste.

»Na, komm schon, du widerspenstiger Gnom! Zeig mir deine gräßliche Zunge!« Er nahm zu meinem Entsetzen den Zünder aus dem Gestell und schob ihn in der Schwerelosigkeit zwischen seinen Händen hin und her. Danach holte er einen weiteren Zünder aus dem Regal. Wie ein Jongleur wiederholte er das Spiel, dieses Mal mit den zwei Würfeln gleichzeitig.

»Das ist merkwürdig«, murmelte er dabei.

»Was ist merkwürdig?«

»Sie haben unterschiedliches Gewicht – Pardon, unterschiedliche Masse.«

Mir platzte gleich der nicht vorhandene Kragen meines Notpacks. »Und das heißt?«

Voodoo gab einem Zünder einen Stups und schickte ihn in meine Richtung. Ich fing ihn mit zittrigen Händen auf. Ohne ihn näher anzusehen, blickte ich Voodoo an, dessen Gesichtsfarbe nicht gerade gesund aussah, und das sollte bei ihm einiges heißen. »Komm schon, mach's nicht so spannend!« sagte ich ungeduldig.

»Ich würde sagen, das ist eine Attrappe.«

Hätte ich festen Boden unter den Füßen gehabt, ich hätte ungeduldig aufgestampft.

»Und was heißt das?« wiederholte ich wie ein Idiot.

»Verflucht, was weiß ich! Irgend jemand hat den echten Zünder gegen einen falschen ausgetauscht. Und bevor du wieder fragst, was das heißt: In einem Zünder befindet sich gleichzeitig die erste Sprengladung einer Balmung, verstehst du! Bumm!«

Ich glotzte ihn blöde an, und mein Verstand versuchte, die Konsequenz seiner Worte in die Reihe zu bekommen, ohne die Logik außer acht zu lassen. So ganz gelang ihm das nicht, denn zuerst kamen mir die harmlosesten Erklärungen in den Sinn, angefangen von einem Versehen, bis hin zu einer unglücklichen Verwechslung. Bald jedoch drängten sich die schlimmsten Vermutungen in den Vordergrund. Voodoo sprach eine davon offen aus.

»Begriffen? Wir könnten eine Bombe an Bord haben!« Er deutete auf das Gestell. »Eigentlich haben wir mehrere davon, aber von einer wissen wir nicht, wo sie sich befindet!«

Sein Sarkasmus sollte mich beruhigen, aber sein unstetes Augenflackern verriet mir, daß er sich über die Folgen seine eigenen Gedanken machte.

Ich sah ihn entsetzt an.

»Scheiße!« Mehr fiel mir dazu nicht ein.

»Jawohl, Herr Kapitän!« Er schaute mir ernst in die Augen. »Kann man wohl sagen!«

Ich hatte sofort alle in die Zentrale kommen lassen, einschließlich Schmidtbauer. Von der Euphorie, die noch vor wenigen Stunden geherrscht hatte, war nach meinem Bericht über den Zirkel und der Entdeckung über das Fehlen eines Zünders mit einer Sprengladung nichts mehr übriggeblieben. Stumm und betroffen verarbeitete jeder die Nachrichten. Ich hatte gehofft, bei Schmidtbauer eine verdächtige Regung während meiner Ausführungen zu bemerken, aber weder bei ihm, noch bei Dr. Helene Mayer oder Meier Zwo hatte ich etwas in dieser Richtung bemerkt.

»Hat jemand Fragen dazu oder kann etwas Klärendes beitragen?« Meine Bemerkung klang allzu läppisch in Anbetracht der kniffligen Situation, aber ich wollte möglichst schnell eine Diskussion in Gang bringen.

»Können wir den Zünder nicht irgendwie orten?« Vivians Frage zeigte, daß das Problem ›Bombe‹ an erster Stelle stand.

Viktor und Voodoo schüttelten gleichzeitig den Kopf. »Er sendet keine Impulse aus«, erklärte Viktor. »Im Gegenteil, er wartet auf Befehle. Jeder, der den Code kennt, kann die Sprengladung mit Hilfe eines normalen Videoboards hochgehen lassen! Und die ist nicht zu knapp!«

»Auch von der Erde aus?« fragte Ballhaus überflüssigerweise.

»Auch von der Erde aus!« bestätigte Viktor.

»Also bleibt uns nichts anderes übrig, als den Zünder zu finden und unschädlich zu machen«, meinte Lorenzen.

Ich bedeutete ihm abzuwarten und setzte mich in meinen Sessel vor das Center Face. Dann nickte ich Voodoo zu. Wir hatten uns bereits Gedanken über eine Suche gemacht und auch Suzanne in unsere Überlegungen einbezogen. Eigentlich wollten wir uns zunächst unbefangene Vorschläge der Besatzung anhören, aber es sah nicht so aus, als ob wir damit großen Erfolg haben würden.

Voodoo lehnte sich an die NAV-Einheit, fuhr sich durch seine gelb-blonden Haare und schob nervös sein Mikrophon vom Mund weg.

»Also, wir haben bis jetzt folgendes veranlaßt: Die *Nostradamus* ist seit 12 Uhr von einem aktiven Störfeld umgeben, das heißt, kein Funkspruch kann zu uns durchdringen, also kann auch niemand von außerhalb des Schiffes den Zünder aktivieren. Dazu ist zu bemerken, daß das keine Entwarnung bedeutet, denn die Ladung kann immer noch von innerhalb des Schiffes gezündet werden. Eine weitere Möglichkeit wäre, daß sie mit einer Zeitschaltung programmiert wurde. Was das heißt, brauche ich wohl nicht näher erläutern.«

Er machte eine Pause, in der man selbst bei der geringen Schwerkraft im Schiff eine Stecknadel hätte fallen hören.

»Was die Suche nach dem Zünder betrifft: Selbst wenn wir ihn finden, was ich persönlich als unwahrscheinlich einschätze, so würde ich davon abraten, ihn auch nur scharf anzuschauen, denn wir wissen nicht, ob er mit einem Sensor gegen Berührung versehen ist. Ich persönlich hätte ihn damit ausgestattet, wenn es meine unbedingte Absicht wäre, daß er hochgeht!«

Lorenzen rührte sich mit einer unbehaglichen Schulterbewegung. »Wieso sollte der vermeintliche Bombenleger nicht wollen, daß der Zünder explodiert?«

»Erpressung«, sagte Ballhaus schlicht. »Er läßt die Bombe hochgehen, wenn wir nicht machen, was er sagt.«

»Wenn uns niemand wegen dem Störfeld erreichen kann, kann uns auch keiner erpressen, falls die Forderung von der Erde kommen sollte!« Vivian setzte sich gerade hin und verschränkte die Arme.

Als Antwort deutete Voodoo auf Halbmond, die mit geschlossenen Augen in unserer Mitte saß. Sie war nun unsere einzige Verbindung zur Erde. Die meisten unter uns konnten sich immer noch nicht vorstellen, daß sie tatsächlich in der Lage war, mit Hilfe einer Gedankenbrücke Kontakt mit ihrem Bruder aufzunehmen. Selbst ich mußte mir eingestehen, daß ich skeptisch blieb, obwohl sie mehrfach den Beweis dazu erbracht hatte.

Sie öffnete langsam die Augen und blickte in die Runde. »Warum geht es nicht weiter, ihr braucht keine Rücksicht auf mich zu nehmen, es macht mir keine Schwierigkeiten, Kontakt zu halten!« Sie schaute mich unsicher an. »Herr Bachmeier läßt ausrichten, es gebe bisher kein Ultimatum oder eine ähnliche Reaktion.«

»Hören Sie doch endlich mit diesem Kokolores auf!« Schmidtbauer war erregt aufgesprungen und fuchtelte wild mit den Armen vor meinem Gesicht herum. »Das ist doch alles inszenierter Blödsinn, was Sie hier veranstalten! Sie erzählen uns Geschichten von einem angeblichen Verein von alten Männern, die uns daran hindern wollen, weit in den Weltraum vorzustoßen! Und sie glauben auch noch daran, nur weil ein seniler Papst Sie zu einer Privataudienz gebeten und Ihnen in einer schwachen Minute seine Wahnvorstellungen unterbreitet hat! Sie haben keinerlei Beweise für diese Märchen!«

Ich sah ihn lange an. »Ja, Sie haben recht, ich habe keine Beweise. Aber Sie auch nicht!« Ich hatte es gewußt, diesen Menschen konnte ich nicht mit ›Du‹ anreden. Aber er schaffte es ebensowenig.

Viktor räusperte sich leise. »Joseph, setz dich bitte wieder hin! Noch läuft das Unternehmen wie geplant, nur unter erschwerten Bedingungen! Wenn es dich beruhigt, ich habe ebenfalls Zweifel an einer Verschwörung, aber das heißt nicht, daß ich die Warnungen eines Fritz Bachmeier so einfach in den Wind schlage! Und wenn ich die Möglichkeit habe, einem potentiellen Gegner einen Schritt voraus zu sein, dann nutze ich jeden Vorteil, der sich mir bietet. Du darfst nicht vergessen, daß wir uns keinen Fehler erlauben dürfen, denn hier draußen hilft uns keiner.«

Ich war Viktor dankbar, daß er mir Schmidtbauer vom Leib hielt, gleichzeitig war ich wegen seines Zweifels verunsichert. Bisher war ich der Meinung gewesen, daß er ohne Vorbehalte hinter mir stand. Vielleicht nahm ich seine Aussage zu ernst, aber ein unangenehmer Geschmack blieb zurück.

Schmidtbauer winkte verächtlich ab, setzte sich jedoch wieder an seinen Platz.

Voodoo funkelte den Professor verärgert an. »Gut, wenn dieser Punkt vorerst geklärt ist... Suzanne hat in einer Simulation die Sprengladung an allen erdenklichen Stellen im Schiff explodieren lassen. Das Ergebnis zeigt, daß zwar überall beträchtlicher Schaden entstehen würde, aber das Schiff wäre letztendlich nicht gefährdet, wenn wir einmal von möglichen Schäden bei der Besatzung absehen!« Er wiegte angesichts der Verharmlosung des letzten Teiles seiner Erklärung bedenklich den Kopf. »Es gibt allerdings zwei Orte in der *Nostradamus*, wo eine Sprengladung äußerst kritisch wäre…«

»Die Fusionsreaktoren!« ergänzte Ballhaus.

»Richtig! Um es auf einen Nenner zu bringen: Falls wir in einem der Reaktoren den Zünder entdecken sollten, wäre es angebracht, den betreffenden Teil, also den Reaktor, sofort zu entfernen!«

Schmidtbauer sprang wieder auf. »Dazu würde ich niemals, ich wiederhole: niemals meine Zustimmung geben! Der Neutrino-Treiber kann nur mit einer vollständigen Bestückung beider Reaktoren funktionieren!«

Er stand mit hochrotem Kopf in der Zentrale. »Ich verlange sofort eine Verbindung mit der Konzernleitung!« Als niemand auf seine Forderung reagierte, stakste er entschlossen auf das Terminal vor dem Center Face zu. Dabei schubste er Voodoo mit einer herrischen Geste zur Seite. Voodoo prallte leicht an der NAV-Einheit auf, schnappte sich jedoch im Fallen einen Arm des erzürnten Professors.

»Hey, hey, ganz langsam…!« Voodoo kam nicht dazu, den Satz zu beenden. Schmidtbauer befreite seinen Arm und schlug gleichzeitig mit der anderen Hand wütend auf ihn ein. Danach ging alles ganz schnell. Noch bevor einer von uns eingreifen konnte, hebelte Voodoo das Standbein Schmidtbauers aus und wirbelte den Körper in der geringen Schwerkraft in einem hohen Bogen auf die Konsole. Es knallte heftig, als der Professor mit erstauntem Gesicht auf der Platte aufschlug. Gleichzeitig hatte Voodoo den Schlagarm Schmidtbauers schmerzhaft auf den Rücken gedreht.

»So nicht, Freundchen! Mich schlägt man nur einmal!« Anschließend trat er ihm wie zufällig mit dem Absatz kräftig auf die Zehen. Der Professor japste erschrocken und versuchte, sich zu befreien, mit dem Ergebnis, daß Voodoo seinen Arm auf dem Rücken nur noch mehr verdrehte. Schmidtbauer brüllte laut auf.

»Schluß jetzt! Voodoo, laß ihn los!« Ich war entsetzt aufgesprungen, auch Viktor kam an meine Seite.

»Ich denke ja gar nicht daran. Erst, wenn er mir verspricht, sich nicht mehr so aufzuführen.«

Schmidtbauer lag mit dem Gesicht auf der Seite und krächzte etwas, das wie eine Zustimmung klang. Dabei lief ihm roter Speichel aus dem Mundwinkel. Voodoo lockerte den Griff, nicht ohne vorher noch einmal kräftig den Arm zu verdrehen. Dann gab er den Professor widerwillig frei, machte dabei aber den Fehler, zu nahe bei ihm stehen zu bleiben. Schmidtbauer kam mit zerzausten Haaren und wildem Augenrollen hoch, schaute für eine Sekunde wirr in die Runde. Plötzlich hieb er Voodoo hart seinen Ellenbogen in die Magengrube und flüchtete mit einem schnellen Satz aus unserer Mitte. Nach ein paar Metern torkelte er gegen die Reihe Sessel, die vor dem Terminal standen, raffte sich hastig wieder auf und versuchte den Ausgang der Zentrale zu erreichen. Er hatte allerdings die Rechnung ohne Ballhaus und Appalong gemacht. Der Australier umfing ihn wie ein Abfänger eines Footballteams um die Hüfte und als Schmidtbauer wieder um sich schlagen wollte, packte ihn Ballhaus mit einem langen Handgriff am Kragen und zog ihn unerbittlich zu sich heran.

»Schmidtbauer, es reicht!« schrie ich ihn an. »Sie sind vom Dienst suspendiert!«

»Machen Sie sich doch nicht lächerlich, Sie kleiner Wicht!« stöhnte er in Ballhaus' Klammergriff. »Ohne mich kommen Sie doch keinen Meter vom Fleck! Dann ist es aus mit dem großen Retter der Menschheit!«

Mir wurde das konfuse Geplärre zuwider, außerdem konnte ich diesen unausstehlichen und unberechenbaren Menschen nicht mehr sehen.

»Bringt ihn in die Arrestzelle! Luis, hilf den beiden!«

Ballhaus und Appalong brauchten keine Hilfe. Sie wurden leicht mit dem langen, aber gebrechlichen Körpergestell fertig, trotzdem hatte ich Luis hinzugebeten, denn es gab offiziell keine Arrestzelle im Schiff. Für solche Fälle mußte ein vollständig ausgepolsterter Raum in der medizinischen Station herhalten. Auf einem Raumschiff gab es selten Verstöße gegen die Disziplin, dagegen waren psychische Verhaltensstörungen vor allem gegen Mitte der Dauer eines Raumfluges eine häufige Erscheinung. Die betroffenen Personen wurden zu ihrer eigenen und zur Sicherheit aller ohne große Umstände in besagten Raum gesteckt. Dieses rabiate Verfahren war immer wieder ein Diskussionspunkt bei Personalbesprechungen in der Raumflotte, denn für fast alle, die einen längeren Aufenthalt in der Zelle hinter sich hatten, bedeutete dies auch gleichzeitig das Ende ihrer Berufslaufbahn. Die Einweisung mußte laut Vorschrift von einem Offizier bestätigt werden, deswegen hatte ich Luis gebeten, die beiden zu begleiten.

Schmidtbauer schrie wie ein Tier, als ihn die drei aus der Zentrale beförderten. Schließlich trat eine peinliche Stille ein. Ich ließ mich in meinen Sessel fallen, sprang aber sofort wieder auf, als ich Voodoo zwischen Viktor und Vivian liegen sah.

»Was ist? Wie geht es ihm?«

Als Antwort stöhnte mir Voodoo jammernd vom Boden entgegen. »Wieso krieg ich immer alles ab? Oh… eine schöne Ärztin!«

»Es geht ihm gut«, stellte Vivian mit einem Grinsen fest und stand auf.

»Ich glaube, ich werde woanders dringender gebraucht!« Dann verließ sie schnell die Zentrale.

# 9

Ich saß mit Dr. Helene Mayer alleine in einem abgetrennten Teil der Zentrale. Suzanne hatte auf meinen Befehl hin die Flow-Scheiben von außen her einseitig abgedunkelt, so daß wir bei unserer Unterredung nicht zu sehen waren. Wir dagegen konnten die intensiv geführten Diskussionen optisch einwandfrei verfolgen, die gerade in der Zentrale geführt wurden. Ich hatte mit Viktor entschieden, zwei Gruppen zu bilden, die zunächst in den beiden Reaktoren nach dem Zünder suchen sollten. Mir erschien das Vorhaben zwar aufwendig und zudem ziemlich aussichtslos, aber es war immer noch besser, als untätig auf den großen Knall zu warten. Appalong und Ballhaus waren noch nicht aus der medizinischen Station zurückgekehrt, eine Nachricht von dort lag auch nicht vor.

Nach dem peinlichen Auftritt von Schmidtbauer waren wir alle wie gelähmt. Keiner wußte, wie er den wirren Ausbruch einordnen sollte. Ich mußte mir schnell etwas einfallen lassen, um die Besatzung zu beschäftigen. Es hätte nichts gebracht, den Vorfall sofort gemeinsam zu diskutieren. Jeder sollte das Geschehene zunächst einmal selbst verarbeiten. Nur Dr. Helene Mayer konnte ich die Zeit dazu nicht gewähren. Ich mußte wissen, ob sie und Meier Zwo in der Lage waren, den Neutrino-Treiber alleine zu bedienen. Sie war mir bereitwillig zu den sich zuschiebenden Trennwänden gefolgt und saß nun aufrecht vor mir. Ihr Blick war starr von mir weg gerichtet.

»Frau Dr. Mayer... entschuldige, Helene, es tut mir leid, ich meine... ich wollte nicht, daß so etwas passiert«, begann ich vorsichtig und ungeschickt zugleich.

Sie blickte weiterhin scheinbar unzugänglich in eine undefinierbare Ferne. Ich wollte gerade einen neuen Versuch wagen sie anzureden, als sie zu sich zurückfand und energisch antwortete. »Du kannst nichts dafür! Es mußte ja einmal soweit kommen!«

Ich war ihr dankbar dafür, daß sie mir die Gelegenheit gab, das Thema ohne große Umstände anzugehen.

»Was ist mit ihm los? Woher kommen diese unsinnigen Vorstellungen?«

»Kannst du dir das nicht denken? Er steht unter einem unglaublich starken Druck von seiten des Konzerns! Dazu will er unbedingt einen Erfolg vorweisen. Dabei ist er ein Mensch, der unter solchen Bedingungen nicht arbeiten kann.« Ihre Augen richteten sich auf mich, als ich auf ihre Antwort hin schwieg. Ich hoffte, daß sie von sich aus anfing, die Umstände zu erläutern, und sie enttäuschte mich nicht.

»Es fing schon vor der Entdeckung der Pyramide an. Auf *Futhark* begann man, ihm immer öfter Verbesserungsvorschläge für die Konstruktion seines Antriebes vorzuschlagen, aber er weigerte sich jedesmal, sich die Konstruktionen auch nur anzusehen. Das ging so weit, daß er die vorstelligen Ingenieure kurzerhand vom Schiff verwies. Nachdem sie unter Protesten gegangen waren, habe ich ihn zur Rede gestellt, weil ich sein Verhalten nicht begreifen konnte. Danach hatten wir unseren ersten großen Streit. Er beschimpfte mich als Verräterin und drohte, mich ebenfalls rauszuschmeißen!«

Sie brach ab und schloß die Augen, als müßte sie sich konzentrieren. »Die Zeit danach war furchtbar, ich war tatsächlich nahe daran, ihn und die Werft zu verlassen, aber dann kam die Nachricht von der Entdekkung der Pyramide. Es war für ihn der reine Glücksfall gewesen. Plötzlich hatte er alle Trümpfe in der Hand! Er konnte sogar so weit gehen, eine eigene Firma zu gründen, in die er alle Rechte an dem Antrieb einbrachte. Ich weiß noch, wie er eines Tages mit dem Vorhaben zu mir kam, die Expedition eigenständig auszurüsten und mit Leuten seiner Wahl zu besetzen. Ich sagte ihm, daß der Konzern dem Plan niemals zustimmen würde, denn damit wäre Space Cargo gezwungen, ihm das Kommando über die *Nostradamus* zu übergeben. Ich konnte mir damals nicht vorstellen, daß Hellbrügge es soweit hätte kommen lassen. Als ich ihm meine Meinung mitteilte, beschimpfte er mich und stürmte davon, um Hellbrügge sein Vorhaben mitzuteilen. Natürlich hatte er keinen Erfolg. Ihm wurde unmißverständlich zu verstehen gegeben, daß die Expedition nur unter der Leitung eines konzerneigenen Kapitäns stattfinden würde. Er war außer sich vor Wut, weil man ihm in seinem Überschwang eine Grenze gesetzt hatte. Zu diesem Zeitpunkt drohte das ganze Projekt zu kippen. Schließlich gab er nach, denn er wollte unbedingt allen beweisen, daß seine Version des Antriebes in der Lage war, große Entfernungen in kurzer Zeit zurückzulegen.«

Sie machte eine Pause und bestellte bei dem Getränkeautomaten ein Glas Wasser. Ich lehnte mich entspannt zurück. Hellbrügge hatte sich damals von Schmidtbauer nicht erpressen lassen. Wenn die Konzernleitung – oder wer auch immer – der Forderung des Professors zugestimmt hätte, wäre Hellbrügge von seinem Posten zurückgetreten. Er hatte es mir gegenüber im Wintergarten angedeutet, auch wenn er meine

Absage als Grund vorgeschoben hatte. Obwohl – und ich nahm es ihm im nachhinein ab –, auch das wäre für ihn ein Grund zu einem Rücktritt gewesen.

Sie warf mit zittriger Hand eine weiße kleine Kugel in das Getränk und trank mit gierigen Zügen. Ich nahm mir vor, Vivian das Glas für eine Analyse zu übergeben, falls ich es unbemerkt in die Hände bekam.

»Ich glaube, Joseph hatte den Plan, die Expedition in eigener Verantwortung durchzuführen, trotzdem nicht aufgegeben!« fuhr sie fort. »Er flog extra einige Tage vor der Pressekonferenz zur Erde, um persönlich mit der Konzernleitung zu verhandeln!«

Ich beugte mich überrascht zu ihr hin. »Weißt du, mit wem er reden wollte?«

»Reneberg, glaube ich. Warum, ist das wichtig?«

Ich schüttelte nachdenklich den Kopf. Hellbrügge hatte mir erzählt, daß nur zwei Direktoren zu diesem Zeitpunkt von der Pyramide wußten, Namen hatte er mir keine genannt, aber das konnte ich herausfinden.

»Sagt dir der Name Rob Heuß etwas?« fragte ich sie.

»Nein, ich wüßte nicht… oder doch, es gab einen Heuß in einer kleinen Theatergruppe, der ich einige Zeit angehörte, aber das ist lange her.«

»Kannte Schmidtbauer ihn?«

Sie sah mich lauernd an. »Ja, aber… nein, ich denke nicht. Die Gruppe hat zu unserer Hochzeit ein kleines Stück aufgeführt. Ich glaube nicht, daß Joseph ihn näher kennengelernt hat! Woher hast du seinen Namen?«

Ich winkte ärgerlich ab. Wieder durchfuhr mich dieser furchtbare Verdacht. Und dieses Mal hatte ich allen Grund dazu, ihn für begründet zu halten, obwohl ich mir immer noch nicht vorstellen konnte, wie ein Mensch dazu in der Lage sein sollte, aus krankhafter Übermotivation heraus einen Mord anzustiften.

»Du kannst Joseph nicht ausstehen, nicht wahr?« Sie blickte mich mit einem aggressiven Gesichtsausdruck an. »Glaubst du, für ihn war es leicht, diese Demütigung zu ertragen, als du dich so überheblich auf seinem Schiff eingeführt hast!«

Auf seinem Schiff! Ich registrierte eine deutliche Veränderung in ihrem Tonfall! Ihre Augen hatten einen gefährlichen Ausdruck angenommen. Mir wurde heiß und kalt zugleich! Ich versuchte, sie zu beschwichtigen. »Ich gebe zu, daß ich nicht besonders stolz auf diesen unseligen Rot-Alarm…«

»Nicht besonders stolz!« höhnte sie. »Ein Scheißdreck war das! Wir haben alles gegeben, um den Antrieb termingemäß einsetzen zu können, wir haben unvorstellbare Risiken auf uns genommen, als wir das erste Mal mit dem Schiff unterwegs waren, du hast ja keine Ahnung, was es heißt, dieses großartige Projekt zu verwirklichen und zu erleben, wie alles planmäßig funktioniert. Und dann kommst du mit diesem Affenfurz daher!«

Jetzt ging sie aber ganz schön zur Sache! Wieder einmal zeigte sie sich mir von einer ordinären Seite. Mir war dieses häßliche Potential in ihr unheimlich und widerlich, gleichzeitig jedoch fand ich es in einer gewissen Weise faszinierend. Die Ähnlichkeit mit Schmidtbauers Reaktionen wurde immer größer, je länger sie sprach. Ich fragte mich, ob diese Ausbrüche direkte Folgen dieser kleinen weißen Kugel waren, die in ihr diese versteckten Charakterzüge freilegten. Sie hörte nicht mehr auf, mich anzuklagen. Wie ein Roboter spulte sie alle möglichen Beschuldigungen herunter. Verwirrt überlegte ich mir, ob ich Vivian anrufen sollte. Wenn das so weiter ginge, konnte ich Dr. Helene Mayer gleich mit in die Zelle zu ihrem Mann sperren lassen!

Plötzlich brach sie ab. »Oh, was rede ich für einen

Blödsinn daher!« Sie sank in sich zusammen und begann, leise zu weinen.

»Helene, was ist los mit dir?« Meine Verwirrung verwandelte sich in Mitleid. Sie warf sich im Sessel zurück und schaute mit roten Augen in die Zentrale.

Auf der Suche nach einer Erklärung für ihr seltsames Verhalten kam mir ein schrecklicher Gedanke. »Helene, hast du mit Vivian über die Ergebnisse der Untersuchung gesprochen?«

Sie bewegte sich nicht. Kein noch so kleiner Muskel an ihr verriet eine Reaktion über meinen plötzlichen Themenwechsel.

»Ich brauche nicht mit ihr zu sprechen«, antwortete sie mit belegter Stimme. »Ich weiß auch so, daß ich nicht mehr lange zu leben habe!« Sie sprach den Satz so aus, als ob diese Erkenntnis eine andere Person beträfe. Es vergingen wertvolle Sekunden, in denen ich es versäumte, ihr zu widersprechen.

»Du weißt es auch, nicht wahr? Du weißt es von ihr?« Sie sah mich bei der Frage nicht an.

»Ich habe mit Vivian nicht darüber gesprochen«, log ich mit wenig überzeugender Stimme.

»Komm, bitte laß das!«

Wieder erzählte ihr Schweigen die Wahrheit. Ich war in diesem Moment nicht in der Lage, die richtigen Worte zu finden, wenn es überhaupt welche gab. Sie schien sich mit ihrem Schicksal abgefunden zu haben. Vollkommen ruhig lag sie in ihrem Sessel und hatte die Augen geschlossen, fast hatte ich den Eindruck, als ob sie gleich einschlafen würde. Es war eine unwirkliche und bizarre Situation. In unserem abgetrennten Teil war es ganz still, nur ab und zu waren leise Stimmen von draußen zu hören, dazu kam noch das unterschwellige dumpfe Rollen des Zylinders, das wie eine einschläfernde Droge wirkte.

»Du willst wissen, ob ich die Phasen ohne Joseph einleiten kann«, stellte sie plötzlich fest.

Ich atmete tief durch. Diese Frau versetzte einen in Wechselbäder der Gefühle. Eben noch war ich Ziel wüster Beschimpfungen, und nun gab sie sich nüchtern und sachlich. Ich beschloß, ihren klaren Kopf auszunutzen und nickte schnell.

»Die Phasen selbst sind kein Problem!« dozierte sie leidenschaftslos. »Aber wir brauchen für die Wartungsarbeiten noch eine Hilfe. Die Fehlerquoten in den Magneteinstellungen sind einfach zu hoch. Hätte Joseph damals auf die Leute von *Futhark* gehört, könnte man den Neutrino-Treiber bequem von der Zentrale aus bedienen.« Sie lächelte geheimnisvoll. »Na ja, vielleicht nicht ganz! Allein der Analyse-Computer hat für ein einziges Segment über 60 Verbesserungen vorgeschlagen, es bedarf noch viel Arbeit, um den Antrieb perfekt zu konstruieren. Dazu kommt, daß die Schiffshülle vollkommen neu gestaltet werden muß!«

»Das verstehe ich nicht…«, sagte ich interessiert.

»Der Antrieb muß zentral angeordnet werden. Das eigentliche Schiff sollte eine Ringkonstruktion um den Neutrino-Treiber herum bilden. Damit wird die Tera-Strahlung ungefährlich für die Besatzung, weil die Reflexion keilförmig entgegengesetzt vom Kollisionspunkt nach hinten wirkt!«

Ich vermied es, sie zu fragen, seit wann sie und Schmidtbauer das schon wußten, denn ich wollte neue Streitigkeiten verhindern. Auf jeden Fall mußte ich sie irgendwann dazu bewegen, daß sie ihre Erkenntnisse mit *Futhark* austauschte. Die mir in Erinnerung gebliebene Kielform der geplanten *Elektra* hatte nicht so ausgesehen, als ob daraus ein ringförmiges Raumschiff werden sollte.

»Ich werde Appalong fragen, ob er euch helfen kann.

Er besitzt die meisten Fähigkeiten, um sich annähernd mit dem Prinzip des Antriebes auszukennen.«

»Gut, ich denke, ich gehe an die Arbeit.« Sie stand auf und verließ zögernd das Abteil.

Die nächsten Tage verliefen ohne Komplikationen. Wäre nicht der unheilvolle Tumor in Form eines unauffindbaren Zünders gewesen, so hätte man von einem harmonischen Teil der Reise sprechen können.

Wir hatten fünf weitere Phasen hinter uns gebracht und standen tief im interplanetarischen Raum. Die Stimmung an Bord war nicht schlecht, obwohl die Suche nach dem Zünder anfangs einige nervöse Reibereien erzeugt hatte. Besonders die scheinbar so unerschütterliche Ruhe zwischen Ballhaus und Lorenzen war wegen mir unbekannten Meinungsverschiedenheiten empfindlich gestört. Ich hatte den Verdacht, daß sie über ihre Abkommandierung an die vorderste ›Frontlinie‹ der Suche nicht sehr erfreut waren. Lorenzen fing auf einmal an, Appalongs Aufgaben im Technischen Bereich als überflüssig zu bezeichnen. Als ich ihn deswegen zu mir bat, machte er jedoch einen Rückzieher und entschuldigte sich sofort. Ich konnte ihm nicht böse sein. Er war im normalen Leben bestimmt ein sehr angenehmer Mensch, aber der Weltraum war nicht seine gewohnte Umgebung, und ganz besonders nicht in unserer kritischen Situation. Ich teilte ihn für die andere Gruppe ein und trennte ihn damit von Ballhaus. Die beiden steckten zu oft zusammen, vielleicht förderte die Trennung seinen Gemeinschaftssinn.

Wolfen dagegen wirkte konzentrierter als bisher. Seine pubertären Flausen waren wie weggeblasen. Innerhalb seiner Gruppe demontierte er vorsichtig Gehäuse und mögliche Verstecke und dokumentierte zugleich das Leben auf dem Schiff. Weiterhin schränkte er seine Besuche bei Vivian ein, die sich ausschließlich in der medizinischen Station aufhielt und sich um Schmidtbauer kümmerte. Vielleicht schreckte ihn auch der jämmerliche Anblick Schmidtbauers ab, der die meiste Zeit zusammengekauert in seiner Zelle verbrachte.

Der Umgang mit dem Professor wuchs zu einem ernsten Problem heran. Als wir ihn vor der nächsten Phase in den Laderaum bringen wollten, weigerte er sich mit Händen und Füßen, uns zu begleiten. Nach einer Beratung mit Vivian wurde er kurzerhand von Ballhaus und Appalong überwältigt und in einen medizinischen Automaten gesteckt, in dem er sich nicht mehr rühren konnte. Anschließend brachten wir ihn wie eine Mumie im Sarkophag durch eine Frachtluke hinunter in den Laderaum. Es tat mir in der Seele weh, einen Menschen so würdelos behandeln zu müssen, aber Schmidtbauers Starrsinn ließ uns keine andere Wahl. Nach Abschluß der Phase wurde er auf demselben Weg wie ein gefangenes wildes Tier wieder in seine Zelle gebracht und dort ›freigelassen‹.

Halbmond hielt sich die meiste Zeit in meiner Nähe auf. Sie war unsere einzige Verbindung zur Erde. Das Störfeld machte die *Nostradamus* blind gegen jede elektromagnetische Strahlung auf einer bestimmten Bandbreite der Wellenlängen. Lange konnten wir diesen Status nicht mehr einhalten, spätestens beim Anflug auf *Südquelle* brauchten wir alle Hilfsmittel für einen Kontakt mit der Energieplantage. Außerdem mußten wir vor jeder Phase das Störfeuer für einige Minuten abschalten, damit Voodoo das Schiff in Position auf einen Zielstern ausrichten konnte. Dazu benötigte er das Funkfeuer von bestimmten Peilsatelliten, die an verschiedenen Positionen im Sonnensystem verteilt waren. Wenn es ein vermeintlicher Gegner auf der Erde unbedingt darauf anlegte, die *Nostradamus* zu sprengen, konnte er sein Vorhaben problemlos mit einem

Dauersignal verwirklichen. Ich mochte mir diese ganzen Wenn und Abers schon nicht mehr vor Augen führen. In einem schwachen Augenblick dachte ich mir, wir sollten unsere Gegenmaßnahmen einfach einstellen. Als ich Fritz über Halbmond davon erzählte, beschwor er mich geradezu zum Durchhalten. FBO hatte anscheinend noch genügend Material. Zur Zeit untermalte gerade ein grausiger Zusammenschnitt von der Prügelei im Technischen Bereich Hesekiels Prophezeiungen. Es hatte Berchtold sichtlich Freude bereitet, der Presse mitzuteilen, daß Informationen aus dem Schiff in Zukunft ausschließlich über geheime Kanäle zu Space Cargo gelangten.

Die Aktien des Konzerns befanden sich in einem permanenten Höhenflug. Gleichzeitig sah sich die Zentrale in München mit einem stetigen Bombardement von versuchten Anklagen anderer Konzerne konfrontiert. Es wurden von außen alle Hebel in Bewegung gesetzt, um dem Ansehen zu schaden, sogar die fehlende Betriebserlaubnis für die *Nostradamus* wurde wieder auf den Tisch gebracht. Auch die über dem merkantilen Recht stehende *Intro Astra* war dazu genötigt worden, eine Klage wegen ›unerlaubtem Entziehen aus dem Funknetz‹ und ›mangelnder Sicherheit im interplanetaren Schiffsverkehr‹ zu erheben, was angesichts der trostlosen Einsamkeit, in der wir uns befanden, besonders lächerlich klang. Trotzdem war die Anklage nicht zu unterschätzen, denn *Intro Astra* hatte in der Vergangenheit immer wieder auf ihr fundiertes Recht gepocht, die Kontrolle über jedes Schiff zu behalten, und sei es noch so weit im Sonnensystem unterwegs. Verstöße wurden unerbittlich mit einem Entzug der Betreiberlizenz der jeweiligen Reeder geahndet. Unsere Anwälte waren bemüht, in Anbetracht unserer außergewöhnlichen Situation eine Ausnahmegenehmigung zu erwirken. Falls sie keinen Erfolg hatten, sollte ich mich als Kapitän weigern, den Kontakt aus besagten Gründen aufrechtzuerhalten. Mir wäre dann zwar ein Gerichtsverfahren und damit das Ende meiner Kapitänslaufbahn nach der Rückkehr zur Erde sicher, aber das sollte im Moment das geringste Übel sein.

Die Menschen auf der Erde nahmen unsere Mission inzwischen gelassen hin. Ein Großteil war ohnehin mittlerweile zu der Überzeugung gelangt, daß das Ganze als eine großangelegte virtuelle Reality-Show angelegt war und erwartete mit Spannung das Ende und den Höhepunkt des Spektakels. Hoffentlich waren sie nicht enttäuscht, wenn wir nichts Aufsehenerregendes in der Pyramide finden würden.

Viktor hatte von Fritz die Koordinaten eines heimkehrenden Expeditionsschiffes von der Venus erfahren. Er hatte vor, mit Hilfe eines gebündelten Richtstrahles Wolfens neuestes Bildmaterial zu überspielen. Fritz hätte dann wenigstens handfeste Informationen, die er über die konzerneigenen Channels verwerten konnte.

Ich hatte mir vorgenommen, Meier Zwo genauer unter die Lupe zu nehmen. Er hatte sich bisher aus allen Diskussionen und Vorkommnissen mit einer fast übertriebenen Zurückhaltung herausgehalten, so daß ich ihn schon gar nicht mehr wahrnahm. Appalong, der jetzt eng mit ihm zusammenarbeitete, hielt ihn für einen sehr umgänglichen Menschen, ohne jedoch etwas Genaueres über den Charakter von Sascha Meier erfahren zu haben. Was seine Arbeit im Technischen Bereich betraf, so schien er ein Eigenbrötler zu sein, der schnell und mit enormem Einfallsreichtum agierte. Ständig begleitete er seine Handgriffe mit beschreibenden Kommentaren und murmelte dabei Lösungsvarianten für auftretende Schwierigkeiten vor sich hin. Er hatte Appalong öfter freundlich, aber bestimmt zur Seite gestoßen, um mit einem Problem schneller voran zu kommen. Außerhalb der Anlage des Neutrino-Treibers verstummte er zu einem freundlich dreinblickenden Befehlsempfänger, der auf neue Aufgaben wartete.

Appalong half mir aus dem röhrenförmigen Tunnel-Schacht, der hinter der großen Kuppel des Observatoriums endete. Es war der Zugang zu einer der großartigsten Beobachtungsstationen, die es im Weltraum gab. Jedes größere Raumschiff verfügte über eine derartig großzügige Einrichtung, die in den meisten Fällen unabhängig von dem Auftrag des Schiffes eigenständige Forschungsarbeit für den jeweiligen Konzern leistete. Oft waren die Observatorien auch an wissenschaftliche Gruppen wie nationale Institute oder geförderte Konsortien vermietet, die damit die Gelegenheit nutzten, Beobachtungen weit draußen im Weltraum auszuführen.

Ich folgte Appalong durch den sechseckigen Aufzeichnungsraum, der wie eine lange Bienenwabe rundherum mit Faces und Aufzeichnungsgeräten bestückt war. Am Ende führte ein breiter Durchgang direkt in das eigentliche Observatorium, in dessen Mitte ein Magnetfeld-Refraktor die Szene beherrschte. Mit dem einfachen Spiegelteleskop, mit dem ich in meiner Jugendzeit in klaren Winternächten den Sternenhimmel beobachtet hatte, war dieses ultramoderne Monster nicht zu vergleichen. Wie eine erdgebundene Flugabwehrlafette mit zwei beidseitig montierten Beobachtungsplätzen erinnerte die Einrichtung mehr an ein Kriegsgerät als an ein zeitgemäßes Teleskop.

Appalong zerrte mich wie ein kleines Kind, das mir seine Weihnachtsgeschenke zeigen wollte, zur Grundbasis, an dessen linksseitigem Terminal Hagen Lorenzen festgegurtet war und mit seinem Kopf vollständig in der Beobachtungshutze steckte.

»Das mußt du dir unbedingt ansehen!« sprudelte Appalong vor Begeisterung. »Wir haben Jupiter in die

Nachführungsautomatik eingespeist. Der Blick ist einfach gigantisch!«

Ich hangelte mich bereitwillig auf den rechten Platz und zog die Gurte nur nachlässig an, weil ich nicht vorhatte, mich länger als nötig im Observatorium aufzuhalten. Appalong hatte mich schon seit einigen Tagen dazu gedrängt, hierher zu kommen, weil er plante, mit Lorenzen eine Phase im Observatorium zu verbringen. Seiner Meinung nach tangierte der Reflexionskeil des Neutrino-Treibers die Station nur am Rande, deswegen hatte er während der ersten Phase die Auswirkungen nur schwach verspürt. Ich persönlich sah keinen besonderen Nutzen in seinem Vorhaben, denn wir hatten mit dem Aufenthalt im Laderaum eine einigermaßen befriedigende Möglichkeit gefunden, die Wirkung der Tera-Strahlen abzuschirmen.

Ich sollte als nächster – während der vorletzten Phase vor unserer Ankunft bei *Südquelle* – die Ablaufzeit mit Halbmond vor dem Haupttriebwerk verbringen und wollte mich von der gräßlichen Vorstellung, mich an diesem ungastlichen Ort aufhalten zu müssen, etwas ablenken.

»Nein, richtig festgurten, sonst wackelst du zu sehr.«

Gehorsam zog ich die Gurte straffer.

»Und? Was siehst du? Ist das nicht großartig?«

Zunächst sah ich noch gar nichts, weil ich mit Verwunderung Lorenzen neben mir beobachtete. Er hatte mich bisher nicht bemerkt, weil er wie ein Süchtiger am Okular hing und dabei begeisterte Laute von sich gab. Neugierig geworden steckte ich nun ebenfalls den Kopf in die Manschette und hätte ihn beinahe vor lauter Schreck wieder herausgezogen. Vor meinen Augen hing in perfekter Dreidimensionalität der größte Planet unseres Sonnensystems. Die Farbenintensität der verrückten und beinahe schon lasziv zu bezeichnenden Streifen und Flecken, wie sie ein expressionistischer

Maler nicht besser hingekriegt hätte, waren von einer außergewöhnlichen Schönheit. Ich konnte nicht glauben, daß diese unwirkliche Abbildung zu der Gattung Planet zählte, der auch unsere Erde angehörte. Ich begann die Begeisterung der beiden zu verstehen, denn der direkte Blick brannte einem förmlich Konturen auf die Netzhaut. Die Oberfläche des gigantischen Gasballs erinnerte an einen Eimer von zufällig zusammengeschütteten Farben, die man vergessen hatte umzurühren. Zusätzlich hatte ich noch den Eindruck, als hätte jemand – um die Geschmacklosigkeit auf den Gipfel zu treiben – einen Blutstropfen auf die ineinander wabernden Streifen fallen lassen. Der berühmte rote Fleck auf dem Planeten war eines der großen Rätsel im Sonnensystem. Jupiter sah aus, als wäre er angeschossen worden.

Was dem Bild noch eine zusätzliche surrealistische Dimension verlieh, waren die schwebenden Kugeln, die links und rechts in unregelmäßigen Abständen von dem Planeten hingen. Die größten Monde waren in dieser Konstellation fast alle zu sehen, teilweise erweckten die Schatten, die sie auf den Planeten warfen, den Eindruck, als wären schwarze Löcher in die Oberfläche gefräst. Appalong hatte recht: Das mußte man gesehen haben! Trotzdem war ich froh darüber, mir das Schauspiel aus sicherer Entfernung ansehen zu können, denn zum einen verursachte mir der Anblick eine seltsame Beklemmung und zum anderen waren die Auswirkungen der radioatmosphärischen Störungen in der Nähe des Riesenplaneten eine Gefahr für jedes Raumschiff.

Appalong sah mich glücklich an, als ich meinen Kopf mit blinzelnden Augen wieder aus der Manschette zog.

»Na, ist das ein Erlebnis?« fragte er mich überflüssigerweise.

»Ja, es ist wirklich überwältigend«, gab ich mit etwas zu wenig Enthusiasmus zu. Vielleicht lag es in meinem Charakter, daß ich mich trotz überwältigender Ereignisse nicht so ungestüm mit Emotionen ausdrücken konnte, wie es der Australier vermochte.

»Nicht sonderlich beeindruckt? Na warte, ich hole dir den Kugelsternhaufen M 5 vor die Linse, dann werden dir vor lauter Staunen die Augen übergehen!« Er hängte sich vor das Bedienungspult und hackte auf den Tasten herum.

»Ape, bitte!« wehrte ich ab. »Ich glaube dir auch so! Es ist nur momentan nicht der richtige Zeitpunkt dafür, mir gehen tausend andere Dinge durch den Kopf.«

Etwas verärgert ließ er vom Keyboard ab. »Na gut, laß mich raten: Schmidtbauer – Zünder – Antrieb – *Südquelle* – Nofretete! Stimmt die Reihenfolge?«

Ich nickte resignierend. »So ungefähr. Wobei ich an letzteres gar nicht mehr zu denken wage.«

Er streckte sich und legte die Arme auf die Aufhängung der Azimutbefestigung, dabei strampelte er mit den Beinen spielerisch in der Luft herum. »Schmidtbauer kannst du vergessen, der ist aus dem Rennen und das ist gut so, denn früher oder später hätte der sowieso durchgedreht. Mit dem Antrieb kommen wir gut zurecht – falls er überhaupt durchhält. Die Sache mit dem Zünder...«

»Halt, Moment! Was ist mit dem Antrieb?«

»Die Magneten sind meiner Meinung nach völlig falsch konstruiert, womit ich nicht behaupten will, ich hätte es besser gemacht, aber nach den ersten Tests hätte Schmidtbauer erkennen müssen, daß alleine die Schwingungsdämpfer völlig ungeeignet sind...«

»Bitte keine Einzelheiten! Wie lange hält er durch?«

Lorenzen meldete sich hinter meinem Rücken. »Nach unserer Meinung können wir froh sein, wenn wir *Südquelle* erreichen.«

Erschrocken drehte ich mich zu ihm um. »So schlimm? Aber wir haben doch nur noch zwei Phasen bis dorthin.«

Er lockerte die Gurte ein wenig, um mit mir nicht in einer halb liegenden Position reden zu müssen. »Es ist folgendermaßen: Die Magneten sind nicht die einzigen Schwachpunkte. Das ganze System geht allmählich den Bach runter, um es einmal ganz locker zu formulieren. Der Aufbau des Plasmafeldes am Kollisionspunkt verschlingt ungeheure Energien. Aus irgendeinem Grund, den wir nicht kennen, steigt der Bedarf während der Phase sehr stark an, der Reaktor ist ständig überlastet. Es ist nur noch eine Frage der Zeit, bis die Sicherheitsschaltung ihn einfach abschaltet, und dann haben wir das Problem einer Reaktor-Überholung, wenn nicht gar einer Instandsetzung. Für beide Fälle haben wir nicht genügend Zeit. Wir können also nur hoffen, daß er bis *Südquelle* durchhält.«

»Woher wißt ihr plötzlich soviel darüber?« fragte ich verwundert.

»Na ja, so ganz untätig sitzen wir ja nicht hier herum«, lachte Appalong. »Seit wir im Schiff sind, haben wir unablässig versucht, uns Unterlagen und Arbeitsberichte über den Antrieb zu verschaffen, aber der gute Professor hat nichts herausgerückt! Helene war so freundlich, uns die umfangreichen Beschreibungen ihres wirren Lebensgefährten zu überlassen. Du bist hoffentlich nicht böse, daß wir deswegen die Suche nach dem Zünder für einige Stunden unterbrochen haben. Wenn ich ehrlich sein soll, habe ich auch keine große Lust dazu, sie wieder aufzunehmen. Ich halte es für verschwendete Zeit, die berühmte Stecknadel im Heuhaufen zu suchen.«

»Tja, wahrscheinlich hast du recht.« Ich konnte den beiden keine Vorwürfe machen, ganz im Gegenteil, es kam mir sehr entgegen, daß sie sich mit dem Schiff beschäftigten, denn mir war dieses eigenständige Herumbasteln von Schmidtbauer von Anfang an ein Dorn im Auge gewesen. Und mit meiner Einschätzung stand ich nicht alleine da: Fritz Bachmeier hatte mir gestern, als wir das Störfeld kurz vor der letzten Phase abschalteten, zu einem verabredeten Zeitpunkt einen Bericht von Admiral Merz über Schmidtbauer durchgegeben. Darin waren detaillierte Aussagen von allen möglichen Personen über seine Arbeit nachzulesen, bis hin zu Fallstudien über die zukünftige Zusammenarbeit mit ihm. Es war erstaunlich, wie Schmidtbauer es geschafft hatte, mit dem geschickten Schachzug der Firmengründung alle Trümpfe in der Hand zu halten. Was danach folgte, war eine einzige Folge von Erpressungen. Angefangen von strengen Einschränkungen, was das Betreten des Technischen Bereiches betraf, bis hin zu der Forderung, die *Elektra* unverzüglich auf Kiel zu legen. Dabei hatte er jedoch die Weitsichtigkeit der Ingenieure von *Futhark* unterschätzt. Admiral Merz hatte die Anweisung gegeben, die Arbeiten an dem neuen Schiff soweit zu verzögern, bis wir mit der *Nostradamus* die Werft verlassen hatten. Zum jetzigen Zeitpunkt ruhte der Bau, und so wie es aussah, würde er in dieser Form keine Vollendung finden. Dr. Helene Mayer hatte es bereits angedeutet, ein Raumschiff mit einem Neutrino-Treiber an Bord würde eine gänzlich neue Konstruktion verlangen. Die *Nostradamus* war also jetzt schon ein Museumsstück.

»Willst du noch wissen, was ich über Nofretete denke?« fragte Appalong mit einem lauernden Blick zu Lorenzen.

»Ja, natürlich«, sagte ich überrascht.

»Also, für mich ist das alles ein aufwendiges Theaterstück. Irgend jemand hat in den alten Texten Hinweise über die Pyramide entdeckt und daraufhin diesen Schwindel gestartet…«

Lorenzen widersprach ihm heftig. »Das glaube ich nicht. Die Pyramide ist kein Schwindel!«

Appalong zog seine grauen Augenbrauen hoch und fingerte seinen Rosenkranz aus der Tasche. »Mein lieber Freund, manchmal habe ich das Gefühl, du verschweigst uns etwas. Woher kommt deine Überzeugung?«

Lorenzen ging nicht auf seine Frage ein und breitete hilflos die Hände aus. »Ich weiß nicht… ich… was sollte es denn für einen Sinn ergeben, solch einen aufwendigen Trick im Weltraum zu inszenieren?«

»Welchen Sinn?« Appalongs Rosenkranz klackerte leise in seiner rechten Hand. »Du brauchst dir nur die letzten Einschaltquoten der Channels anzusehen, dann erkennst du den Sinn. Seit die damalige USA im Jahre 2030 die Fußball-WM gewonnen hatte, haben nicht mehr so viele Menschen vor den Schirmen gesessen.« Er schmunzelte und sah mich von der Seite an, als er das Ereignis ansprach. Bei mir war er jedoch an der falschen Adresse. Fußball interessierte mich nicht. Außerdem hatten die Deutschen damals im Finale den kürzeren gezogen.

»Und aufwendig«, fuhr er fort. »Nun ja, es könnte sich um eine Projektion handeln, die von einer Sonde aufgebaut wird und eine Molekülfläche als Reflexkörper benutzt.«

»Dann müßten wir die spektroskopischen Eigenschaften der Moleküle erkennen können. Es gibt aber keine. Das Licht der Pyramide ist rein weiß«, entgegnete Lorenzen. »Ich bleibe dabei: Nofretete ist kein Schwindel!«

Appalong erwiderte nichts darauf. Ich wurde den Eindruck nicht los, daß er Lorenzen mit dem Gespräch provozieren wollte. Der Sinn blieb mir jedoch verborgen und im Moment hatte ich kein Verlangen nach einer Diskussion über die Herkunft von Nofretete.

»Also lassen wir uns überraschen?«

»Es wird uns nichts anderes übrigbleiben. Ich hoffe aber für uns alle, daß sich in der Pyramide hunderttausend grüne Männchen aufhalten, denn sonst sind wir und der Konzern die Blamierten!«

Es sei denn, wir erreichen die Pyramide erst gar nicht, dachte ich. Mit einem Blick auf meinen Mikrorechner gurtete ich mich los. »Es wird Zeit für die nächste Phase. Ich muß Halbmond abholen und mich mit ihr nach draußen begeben.«

Appalong klopfte mir beruhigend auf die Schulter. »Alles halb so schlimm. Ich war mit ihr schon zweimal dort hinten.«

Ich nickte den beiden zum Abschied zu und machte mich auf den Weg in die Zentrale.

Die äußere Schleusentüre fuhr lautlos zur Seite. Mit Unbehagen spürte ich, wie sich eine unbestimmte Furcht in mir ausbreitete, dabei war nichts anderes zu sehen, als was wir nicht schon seit zwei Wochen auf den Faces hatten: nichts als lauter kleine kalte Pünktchen, durchsetzt von helleren Zusammenballungen und verwaschenen Flecken der fernen Galaxien. Die Sonne war in dem rechteckigen Ausschnitt nicht zu sehen.

Wahrscheinlich war die Erkenntnis, daß ich das Weltall jetzt nicht über ein Face sah, der Grund für meine Furcht. Vielleicht lag es auch daran, daß ich mich lange nicht mehr in einem Raumanzug außerhalb eines Raumschiffes aufgehalten hatte. Unwillkürlich tastete ich mit meinen Augen sämtliche Kontrollanzeigen in meinem Helm ab. Dabei bemerkte ich, daß ich viel zu heftig atmete, wie mir das leise Klacken der Versorgungseinheit verriet. Ärgerlich wollte ich die akustische Anzeige ausschalten, ließ es dann aber bleiben. Es wäre gegen die Vorschrift gewesen.

»Stimmt etwas nicht?« hörte ich eine helle Stimme von irgendwoher fragen. Es dauerte einige Zehntelsekunden, bis mir bewußt wurde, daß die Frage aus dem hellgrünen Raumanzug neben mir kam. Für Halbmond war dieser Ausflug mittlerweile zur alltäglichen Übung geworden; ihr bot der Ausstieg nichts Neues.

Ich entschloß mich dazu, wahrheitsgemäß zu antworten. »Ich denke, ich muß mich erst wieder an so etwas gewöhnen, schließlich steige ich nicht jeden Tag aus einem Raumschiff aus.«

Sie schwebte gekonnt vorsichtig an mir vorbei und hielt sich am Rand der Schleuse fest. »Ich glaube dir kein Wort. Für dich ist das doch ein Teil deines Berufes. Für mich dagegen ist das etwas völlig Fremdartiges.« Sie löste ihren Griff und hing freischwebend in der Sternenkulisse. »Mensch, ist das toll hier!«

Na, bitte! Man brauchte nur die Wahrheit zu sagen, und schon war man unglaubwürdig.

Ich stieß mich leicht ab und krallte mich schnell wieder an dem auf mich zukommenden Türrahmen fest. Halbmond hatte nicht übertrieben. Das Panorama war unbeschreiblich. Dieser stumme Lichterteppich schien so nahe und trotzdem war die uns nächste dieser kalt leuchtenden Sonnen über vier Lichtjahre entfernt. Mir wurde in diesem Moment wieder einmal bewußt, daß unser metrisches Längenmaß und die gewaltige Entfernung, die das Licht in einem Jahr zurücklegt, keinerlei Gemeinsamkeiten zu haben schienen. Der Mensch war einfach nicht in der Lage, beides unter einen Hut zu bringen.

Besonders eindrucksvoll war der Blick entlang der *Nostradamus* zum Bug hin, obwohl man von hier aus die Länge des Schiffes nur erahnen konnte. Über uns standen die filigranen Flügel der Sonnenkollektoren rechtwinklig in den Raum hinein. Ihre Leistung war mit der steigenden Entfernung von der Sonne drastisch gesunken. Bald würden wir sie ganz einfahren, weil ihr Anteil an der Energieerzeugung, gemessen an der Kapazität des Reaktors, sehr gering war. Später, wenn wir mit dem Haupttriebwerk die Geschwindigkeit des Schiffes an Nofretete anpassen würden, mußten wir sie am Rumpf einrasten lassen, denn die leichte Konstruktion würde der enormen Beschleunigung nicht standhalten.

Halbmond hatte sich inzwischen etwa zehn Meter von der Schleuse entfernt. In ihrem selbstleuchtenden Raumanzug sah sie wie eine farbige Geistererscheinung aus. Wir befanden uns im harten Schlagschatten des Schiffes. Es war abgesprochen, daß wir uns an der von der Sonne abgewandten Seite nach hinten zum Triebwerk begeben wollten, um uns nicht unnötig lange der Strahlung auszusetzen. Ich klappte einen Bügel in Bauchhöhe meines Raumanzuges aus, an dessen Ende sich ein kleiner Steuerball für die winzigen Antriebsdüsen befand. Dann aktivierte auch ich die Mikrovoltanlage für die Beleuchtung meines Anzugs und begann sogleich in einem unaufdringlichen, aber satten Blau zu glimmen. Wieder klackerte das akustisch verstärkte Ventil der Versorgungseinheit in einem hektischen Rhythmus, als ich den kleinen Ball des Steuermechanismus unsensibel nach vorne rollte und ich mich viel zu schnell Halbmond näherte. Auch ein sofortiges Abbremsen ließ meinen Puls nicht unbedingt zur Ruhe kommen, außerdem zeugte mein ungeschicktes Manöver von keiner großen Eleganz, denn ich begann mich langsam um meine eigene Achse zu drehen. Die Situation wurde noch kritischer, als ich versuchte, meine Lage wieder in den Griff zu bekommen. Bald wußte ich überhaupt nicht mehr, wo ›oben‹ und ›unten‹ war. Zähneknirschend beendete ich die peinliche Vorstellung mit dem Automatikschalter, bevor mir wegen der rotierenden Sterne schlecht wurde.

»Hey, Kapitän, dein Anpassungsmanöver für die Pyramide war nicht schlecht, aber das kommt erst später. Wir sind noch bei der Übung ›Begebe dich zum Haupttriebwerk‹. Warte, ich kann dir den Weg zeigen.« Voodoo konnte es nicht lassen und schaltete die grünen Steuerbord-Positionslichter der *Nostradamus* an, die zu allem Überfluß wie eine laufende Kette von vorne nach hinten durchliefen und mir damit die Richtung anzeigten.

Es fiel mir schwer, meinen Ärger über meine Ungeschicklichkeit zu unterdrücken.

»Vielen Dank, *Intro Astra*«, sagte ich gepreßt. Ich schwitzte mehr aus Scham als vor Anstrengung. Die Klimaanlage in meinem Anzug fächelte mir kühle Luft um die Schläfen.

»Keine Ursache. Und denken Sie daran: Wir sind immer in Ihrer Nähe«, antwortete Voodoo. Ich konnte mir gut vorstellen, daß sie alle ihren Spaß an meiner unfreiwilligen Aufführung hatten.

Endlich, nachdem mich die Automatik wieder geradegestellt hatte, kam ich mit zaghaften Schüben bei Halbmond an, die wie ein Profi stillstehend und aufrecht auf mich wartete.

»Bist du O.K.?« fragte sie besorgt. Dankbar registrierte ich, daß sie nicht weiter auf mein Mißgeschick einging.

»Soweit ja, aber vielleicht kannst du mir über die Straße helfen?«

Sie lachte hell auf. »Da entlang. Wir haben Glück, es ist noch grün.« Sie zeigte zum Heck hin.

Ich beschloß, noch einen Witz draufzusetzen. Mein Ruf als erfahrener Raumfahrer war eh schon ruiniert.

»Voodoo, mach bitte die Lichter aus, mein Gesicht nimmt schon die Farbe der Ampel an!«

Schallendes Gelächter war die Antwort.

Eine Arbeitsbiene war mit zwei nebeneinanderliegenden Sitzen ausgestattet. Davor war ein Sammelsurium von Bedienungsinstrumenten für die Arbeits- und Greifarme angebracht. Man konnte damit alles Mögliche anstellen. Angefangen von diffizilen Schraubvorgängen bis hin zu komplizierten Schweißvorgängen im Vakuum außerhalb der Biene. In dem kleinen Werkstattraum, der sich hinter den Raumanzügen neben dem Eingang befand, konnte man schnelle Reparaturen vor Ort durchführen. Diese Einrichtungen gehörten zur Grundausstattung einer Arbeitsbiene. Zu jedem dieser vier Schmuckstücke, die wir mitführten, gab es verschiedene Ergänzungsmodule, die für spezielle Einsätze vorgesehen waren: für Noteinsätze bei radioaktiven Unfällen, Krankentransporte oder die Unterbringung für mehrere Personen bei Fährschiffaufgaben. Es gab sogar eine Version zur Feuerbekämpfung, aber offenes Feuer war außerhalb eines Raumschiffes wegen Mangel an Sauerstoff ein kurzlebiges Ereignis, deswegen war dieses Modul mehr dahingehend konzipiert, die aufgetretenen Schäden zu beseitigen.

Ich zog die Automatikgurte fester an, weil wir mit dem Rücken zur Beschleunigungsrichtung des Schiffes saßen. Halbmond versicherte mir zwar, daß man den Andruck ohne Probleme mit den Gurten alleine abfangen konnte, aber ich wollte mich auf kein Experiment einlassen. Unsere Raumanzüge hatten wir ausgezogen und hinter uns auf speziellen Gestellen aufgespannt, die ein bequemes Wiederanlegen garantierten.

Vor uns waren die Sterne durch ein großes halbkugelförmiges Face zu sehen. Nichts deutete darauf hin, daß sich direkt hinter der Biene ein ruhender Höllenschlund befand, den man normalerweise als ein West-Max-84-Triebwerk bezeichnete.

Ich schaltete das Face vor mir an.

»*Nostradamus* von Biene, wir sind gesichert und bereit.«

Viktor meldete sich aus der provisorischen Zentrale aus dem Laderaum. »Hier ist ebenfalls alles verstaut, einschließlich dem Professor in seiner Kiste. Es wird Zeit, daß wir eine andere Art des Fortbewegens erleben, so ganz allmählich geht mir dieses permanente Umziehen auf die Nerven.«

Ich konnte Viktor gut verstehen. Für ihn persönlich war der aufgeführte Grund das geringste Übel. Er klagte über ständige Kopfschmerzen und Alpträume, außerdem plagte ihn, wie uns alle, das schlechte Gewissen Schmidtbauer gegenüber. Wir waren uns wegen der unmenschlichen Behandlung zwar keiner Schuld bewußt, aber wir wagten es auch nicht, ihn aus der Zelle im Medizinischen Bereich herauszulassen, solange er jeden heftig beschimpfte und tätlich angriff, der in seine Nähe kam. Besonders die Transporte in dem medizinischen Automaten waren eine einzige Qual für uns – und bestimmt auch für ihn, wenn auch in einer anderen Form. Vivian hatte die Tonübertragung aus dem Innenraum des Automaten abgeschaltet. Ich wußte nicht, was leichter zu ertragen war: Schmidtbauer mit oder ohne Ton. Letzteres war vielleicht sogar noch eine Stufe abstoßender, weil nur sein von häßlichen Worten verzerrtes Gesicht zu sehen war.

»Wir haben noch zwei Phasen vor *Südquelle*, und zwei weitere danach auf dem Weg zur Pyramide. Anschließend können wir uns wieder dem guten alten Beschleunigungsandruck durch ein stinknormales Plasmatriebwerk anvertrauen. Ich glaube nicht, daß wir jemals wieder mit einem Neutrino-Treiber reisen werden, denn bis die Konstruktion ausgereift und genügend erprobt ist, werden wir alt und grau sein. Du mußt es als ein Privileg ansehen, daß du die Anfänge eines neuen Raumfahrtzeitalters miterleben darfst. Genieße also die letzten bevorstehenden Phasen.«

Mein sarkastischer Trostversuch überzeugte ihn in keiner Weise. Er verzog das Gesicht. »Da du gerade von Antrieb und Alter sprichst: Helene hat vorgeschlagen, statt einer halbstündigen Phase zwei kurze von 20 Minuten zu fahren. Anscheinend sind die Magneten des Beschleunigers in keinem guten Zustand. Sie möchte mit dir selber darüber sprechen, ich schalte dich gleich einmal runter in den Technischen Bereich.«

Also waren Appalong und Lorenzen mit ihrer Einschätzung richtig gelegen. Ich hoffte nur darauf, daß Dr. Helene Mayer bei der Wahrheit bliebe und die Lage nicht beschönigte, wie Schmidtbauer es getan hatte.

Sie erschien mit ernstem Gesicht auf dem Face. »John, hat dir Viktor von meinem Vorschlag berichtet?«

»Nur, daß du zwei kurze Phasen anstatt einer längeren fahren möchtest, Einzelheiten weiß ich nicht.«

»Gibt es auch nicht. Lach mich bitte nicht aus, Wissenschaftler werden meistens als gefühllos bezeichnet, aber ich habe eine ungewisse Ahnung, daß wir den Antrieb bis zur Überholung an *Südquelle* nicht überstrapazieren sollten. Vielleicht bin ich auch übervorsichtig…«

»Nein, nein«, fiel ich ihr ins Wort. »Es ist schon in Ordnung. Wie lange wird die Pause zwischen den Phase denn dauern?«

»Höchstens eine halbe Stunde. Wenn es länger dauern sollte, liegt ein größerer Schaden vor. Dann brauchen wir mindestens einen Tag!«

»Gut, dann bleiben wir dabei: zweimal 20 Minuten. In der Pause bleiben Halbmond und ich hier hinten in der Biene. Das Kommando übernimmt Viktor.«

Ich bestätigte Viktor anschließend die geteilte Phase

und übergab ihm offiziell die Leitung des Schiffes. Dann lehnte ich mich zurück und schloß die Augen.

»Du hast ganz schön was um die Ohren, nicht wahr?«

Überrascht schreckte ich auf. Halbmond hatte ich total vergessen. Ich war so konzentriert auf den neuen Ablauf der Phasen gewesen, daß ich sie total ignoriert hatte. Mein Nervenkostüm war wirklich nicht mehr das allerbeste.

»Es geht so«, antwortete ich knapp. Ich wollte noch mehr hinzufügen, wußte aber nicht, welche Worte ich wählen sollte, ohne gleich alles über meinen Gemütszustand zu verraten.

»Ich spüre das. Ich meine damit, ich kann einen Seelenzustand empfangen. Merkwürdigerweise muß das Organ dafür irgendwo in meiner Magengegend liegen, ich kriege immer Hunger, wenn jemand bedrückt ist.«

Ich blickte sie entgeistert an und wußte nicht, ob sie das im Ernst meinte oder ob es ein Scherz sein sollte.

»Das sollte ein subtiler Hinweis darauf sein, daß ich etwas essen möchte«, grinste sie mich an. »Magst du auch etwas?«

»Ja, gerne. Aber vielleicht warten wir damit, bis wir die erste Phase hinter uns haben.«

»Oh! Ja klar. Ich verstehe, entschuldige bitte.«

Verwundert schaute ich sie von der Seite her an. Ich wurde nicht richtig schlau aus ihr. War sie so naiv, wie sie sich gab oder war das ein geschickter Schachzug von ihr? Merkwürdigerweise kam mir wieder die Szene in den Sinn, als sie vor einigen Tagen Vivian arrogant ihr Glas in die Hand gedrückt hatte.

»John, wir sind soweit«, meldete sich Viktor. »Wir schalten in zwei Minuten das Störfeld ab.«

Ich bestätigte und betrachtete gedankenverloren die Sterne. Eigentlich hatte ich mich mit Halbmond nach dem Vorfall im Schwimmbad überhaupt nicht mehr richtig unterhalten, obwohl sie als einzige Verbindung zur Erde ständig in meiner Nähe war. Über ihre einzigartige Begabung hatte niemand mehr ein Wort verloren. Jeder nahm es als gegeben hin. Vielleicht sahen wir in ihr zu sehr die Funktion, die wir nicht verstanden, aber trotzdem benutzten.

»Störfeld aus! Wir richten das Schiff auf den Zielstern ein.«

Anscheinend hatte es niemand von außen auf uns abgesehen, denn es erfolgte keine Explosion des vermeintlich scharfen Zünders. Vielleicht hatten wir uns alle nur durch eine böswillige Täuschung mit der Attrappe verrückt machen lassen. Trotzdem blieb ein mulmiges Gefühl zurück.

Es folgten kleine, kaum spürbare Rucker, die eher einer Sinnestäuschung zu entspringen schienen als der Tatsache, daß Voodoo mit der 250 Meter langen *Nostradamus* Kurskorrekturen vornahm.

»Kurs liegt an. Zündung der Steuertriebwerke in zehn Sekunden.«

Ich war Viktor dankbar für die exakte Bezeichnung ›Steuertriebwerke‹.

»…3… 2… Zündung, ab jetzt!«

Halbmond seufzte erleichtert auf, als wir beide sanft nach vorne in die Gurte gedrückt wurden. So ganz selbstverständlich nahm sie das alles doch nicht hin.

Es dauerte fast zehn Minuten, bis wir mit den schwachen Triebwerken den vorbestimmten Beschleunigungswert erreicht hatten. Dann erschien Dr. Helene Mayer auf dem Face.

»Wir sind soweit. Der Antrieb ist klar, Phase in zehn Sekunden.«

Die linke Hand von Halbmond tastete nach meiner rechten. Ich hielt sie fest und fluchte innerlich über die Tatsache, daß meine Hand feucht war.

»…3… 2… Phase, ab jetzt!«

Wieder einmal war zunächst keine Veränderung zu bemerken. Dann erschienen die ersten weißen Spitzlichter auf den Bedienungselementen vor mir. Der Anblick der Sterne verschleierte sich in einem gräulichen Weiß, das wie mit fluoreszierenden Rauchfahnen den Weltraum vernebelte. Bald vereinigte sich das Grau-Weiß mit den hellen Sternen, und die schwarzen Zwischenräume des Weltraums bildeten ein nahezu negatives Abbild der gewohnten Realität.

Ich spürte keinerlei Auswirkungen der Tera-Wellen. Meine Anspannung ließ augenblicklich nach, gleichzeitig verminderte ich den Druck in Halbmonds Hand, aber sie hielt mich nach wie vor beinahe krampfhaft fest. Besorgt wandte ich mich ihr zu und sah, daß sie den Kopf mit geschlossenen Augen zur Seite geneigt hatte.

»Alles in Ordnung?« fragte ich leise.

Sie nickte nur und hielt die Augen geschlossen.

Das Szenario änderte sich plötzlich dramatisch. Die letzten hellen Sterne verwandelten sich in schwarze Punkte, umrahmt von gleißenden Lichtringen. Die Flächen dazwischen verschmolzen immer mehr zu einem makellosen Weiß, so daß die schwächeren Sterne überstrahlt wurden. Gleichzeitig bemerkte ich eine kaum wahrnehmbare Bewegung der übriggebliebenen tiefschwarzen Punkte. Sie schienen in das Weiß wie in eine zähflüssige Milchsuppe hineinzutauchen, während sie eine gläserne Konsistenz annahmen.

Kein Geräusch, kein Vibrieren war zu vernehmen, alles geschah wie in einem irrealen Wachtraum. Jetzt begannen sich die Konturen innerhalb der Arbeitsbiene dem Rausch der milchigen Glaslandschaft von draußen anzupassen. Die Abgrenzungen des Faces wurde mehr und mehr eins mit dem entstellten Universum. Seitlich der nicht einsehbaren Schiffswand tauchte ein pulsierendes Glühen auf.

Der ganze Vorgang war erschreckend und faszinierend zugleich. Mit Skepsis beobachtete ich meine Umgebung, die optisch immer mehr in diesem leuchtenden weißen Meer versank. Ich konnte nicht umhin, Schmidtbauers Kühnheit zu bewundern. Was mußte es für ein Gefühl sein, eine Maschine erschaffen zu haben, die solch unbekannte Naturphänomene erzeugte und es ermöglichte, ungeheure Entfernungen in so kurzer Zeit zu überwinden? Mich überrannte eine plötzlich aufkommende Wut über seinen vom Ehrgeiz zerfressenen Charakter, mit dem er sein geschaffenes Werk besudelte. Was konnte ein Mensch denn noch verlangen, der so weit in bis dahin unerreichbare Zonen eingedrungen war? Mein zorniger Gefühlausbruch wurde jedoch bald von einem aufkommenden Mitleid verdrängt. Vielleicht sollte ich versuchen, ihm in einem vernünftigen Gespräch meine Eindrücke zu schildern, um damit auf diesem Weg eine gemeinsame Basis zu schaffen. Vielleicht bedurfte es nur eines winzigen Anstoßes, um seine Wahnvorstellungen zu löschen und sein Denken und Handeln in vernünftige Bahnen zu lenken? Bisher war ich ihm gegenüber immer in einer ablehnenden oder negativen Haltung aufgetreten, hatte ihn von Anfang an in eine Ecke gedrängt und ihm nie eine Chance gelassen, seine Vorstellungen zu erläutern. Dr. Helene Mayer hatte vor einigen Tagen als Beispiel unsere Ankunft auf der *Nostradamus* genannt.

Die Phase endete fast ohne merklichen Übergang von einem Moment zum andern.

Einen Augenblick lang wurde mir schwindlig, als sich meine Sinne urplötzlich wieder an die reale Umgebung anpassen mußten. Der schwache Beschleunigungsandruck verschwand wenig später und verstärkte das desorientierende Schwindelgefühl noch mehr. Es war wie ein Sturz aus einem physikalischen Raum in eine feste realitätsbezogene Umwelt, die dennoch latent in diesem existenten Tagtraum vorhanden gewesen war.

»Puuh!« machte ich.

Halbmond neben mir atmete tief durch.

Das Face vor mir, das in den letzten Minuten nur noch weiße Konturen gezeigt hatte, kehrte zurück ins farbige Leben. Ich sah, wie Viktors Augen aufmerksam alle Sektionen des Schiffes anhand der Kontrollfaces vor sich prüften. Er sah müde aus. »Biene von *Nostradamus,* alles in Ordnung bei euch?« fragte er wie nebenbei.

»Alles bestens. Der Ausblick war phantastisch«, antwortete ich.

Viktor lächelte nachdenklich und sah mich für ein paar Sekunden direkt an. »Ja, das stimmt. Die optischen Auswirkungen der Phase sind bei euch dort hinten sehr schön zu beobachten. Wenn dieser Holzkopf in der Kiste hier neben mir nur ein wenig gradliniger gepolt wäre, würde ich ihm im Stehen Applaus spenden.«

Es war erstaunlich, daß ihm anscheinend die gleichen Gedanken durch den Kopf gegangen waren wie mir. Bevor ich ihn darauf ansprechen konnte, fuhr er jedoch fort: »Bei Ape und Lorenzen ist auch alles klar. Sie kommen jetzt von ihrem Krähennest herunter und helfen Helene im Technischen Bereich. Wenn ihr wollt, könnt ihr dahinten ein wenig miteinander schmusen.«

Mir blieb fast der Mund offen stehen. Ich war einiges gewohnt von Viktor, aber wenn er bisher Scherze in dieser Richtung von sich gegeben hatte, dann geschah das unter uns und nicht vor versammelter Mannschaft.

»Hey, hör mal…«, begann ich verärgert, wurde aber von Halbmond unterbrochen.

»Ach komm, laß ihn doch. Ich denke, er ist froh darüber, daß bis jetzt alles gut gegangen ist. Kein Wunder, daß er sich in Hochstimmung befindet.«

Ich schaute wütend auf das Face, wo sich Viktor gerade freundlich winkend abmeldete.

»Ist ja alles schön und gut, aber deswegen braucht er doch nicht solche Anspielungen zu machen.«

Wie beiläufig öffnete sie ihre Gurte, drehte sich in der Schwerelosigkeit spielerisch einmal um ihre Achse, schwebte dann den halben Meter zu mir herüber und küßte mich zärtlich auf den Mund.

»Ach, tut er das?« gurrte sie mich an.

Ich sackte in meinem Sitz zusammen, sofern man davon in der Schwerelosigkeit überhaupt sprechen konnte. Vorher schaffte ich es noch, die optische Verbindung zum Laderaum zu unterbrechen. Mir schossen tausend verworrene Gedanken durch den Kopf. Einer davon war, daß eine Wette zwischen ihr und Viktor existierte, in der sie es fertigbrachte, mich hier in der Biene zu verführen.

Ihre Augen verfolgten mich, als wollte sie eine Reaktion tief hinten in meinen Pupillen erkennen.

Mir kam noch eine verrückte Vorstellung in den Sinn: Vivian beobachtet alles und kratzt Halbmond nach unserer Rückkehr die Augen aus.

»Bitte, halt… einen Augenblick, bitte!« Ich hielt sie auf Armeslänge wie eine widerborstige Katze auf Distanz. Für einen gottlob nicht anwesenden Beobachter mußte das sehr komisch aussehen. Sie machte keine Anstalten, sich zu bewegen und schaute mich schweigend mit großen Augen an.

»Was soll das, ich meine, findest du, daß hier der richtige Ort für ein… für so etwas ist?« stotterte ich.

»Mir war einfach danach«, stellte sie nüchtern fest.

»Wem war danach? Dir oder deinem Bruder?« Das hätte ich natürlich besser nicht sagen sollen. Mit einer heftigen Armbewegung, die sie von mir wegtrieb, fauchte sie mich böse an.

»Du bist gemein! Wie kannst du nur so etwas sagen!«

Ich verzog das Gesicht und hielt abwehrend meine Hände an den Kopf. »Wollte ich auch nicht. Entschuldige, es ist mir nur gerade so in den Sinn gekommen... Ich weiß, es war geschmacklos.«

Das war nun wieder zu viel Einlenken von meiner Seite. Prompt kam sie wieder näher und schlang mir die Arme um den Hals. »Na gut, ich nehme deine Entschuldigung an. Und jetzt halte mich für einen Moment einfach nur fest!«

Mit den Sitzgurten um meinen Körper hatte ich keine Ausweichmöglichkeiten, zudem mußte ich feststellen, daß mir die Berührung ihrer zierlichen Figur alles andere als unangenehm war. Wie in einer Momentaufnahme kam mir die Szene im Schwimmbad in den Sinn, als sie sich vor mir ausgezogen hatte. Ich zog sie dicht an mich heran, legte meinen Zeigefinger sachte auf ihre kleine Nase und sagte: »Karen, glaub bitte nicht, daß ich aus Holz bin, ganz im Gegenteil! Ich möchte dich ebenfalls ganz fest umarmen, aber nicht jetzt und nicht hier.«

Zur Bekräftigung fuhr ich zärtlich mit dem Finger von ihrer Nase abwärts und ummalte damit ihre Lippen. Sie genoß meine Berührung einen Augenblick lang mit geschlossenen Augen, dann stieß sie sich vorsichtig von mir ab und kehrte mit einem demonstrativen Seufzer zu ihrem Sitz zurück. »Einverstanden«, meinte sie. Dann stützte sie ihr Kinn lasziv auf den Daumen ihrer rechten Hand, spreizte die restlichen Finger weit ab und grinste mich süßlich an. »Übrigens – mein Bruder läßt dir ausrichten, daß du mich nicht enttäuschen sollst.«

Bevor ich etwas Passendes entgegnen konnte, brüllte Voodoos Stimme aus dem Lautsprecher. »Hey, John, nimm deine Mütze vom Objektiv, sonst schalte ich die Überwachungskameras in eurer Isetta an.«

Mit einem unwilligen Knurren stellte ich die optische

Verbindung wieder her. Voodoo würde mir das Märchen nicht abnehmen, daß ich unabsichtlich an die Taste gekommen war. Im Grunde genommen hätte sich Halbmond auch weiterhin auf meinem Schoß aufhalten können.

»Was gibt's denn? Kann man hier nicht einmal fünf Minuten ungestört sein?« sagte ich. Ein überraschender Angriff war immer noch die beste Verteidigung.

»Äh... was?« Er schien verblüfft darüber zu sein, uns brav auf unseren Plätzen vorzufinden. Zu meinem Glück hatte sich Halbmond rechtzeitig wieder angeschnallt, nachdem sie zu ihrem Sitz zurückgekehrt war. »Schade«, murmelte er. »Ich hätte zu gerne eine Schlagzeile für die Bordzeitung gehabt!«

Wir lächelten ihn beide triumphierend an, Halbmond warf ihm zusätzlich ein Kußhändchen zu. Er sah uns mißtrauisch mit gesenktem Kopf an.

»Dr. Helene Mayer, also Helene«, begann er in gedehntem Tonfall, »läßt ausrichten, daß es noch eine gute halbe Stunde dauern kann. Sie wechseln gerade einen Satz Magneten aus.«

»Ist O.K.«, sagte ich.

»Kein Problem«, bestätigte Halbmond und fügte völlig unpassend hinzu: »Ach, Voodoo, du bist ein unwiderstehlicher Tiger.«

Er blickte zuerst sie, dann mich an. »Sagt mal, der Sauerstoffgehalt ist doch in Ordnung bei euch, oder?«

Ich stellte fest, daß Halbmond und ich in einer sehr aufgedrehten Stimmung waren. Vielleicht sollten wir es nicht zu weit treiben. Gerade als ich wieder etwas Vernünftiges antworten wollte, sah ich Vivian hinter Voodoos Rücken hektisch am Netz vorbeihangeln.

»Was ist denn mit Vivian los? Warum hat sie es so eilig?« fragte ich.

Voodoo drehte sich zur Seite und blickte ihr hinterher. »Der verrückte Professor«, erklärte er. »Seit er erfahren hat, daß wir noch eine zweite Phase fahren wollen, dreht er durch! Ich glaube, er hat schon Dellen in den Automaten getreten!«

»Was meinst du damit, ›er dreht durch‹? Was macht er?«

»Er schreit wie am Spieß und verlangt, sofort in seine Zelle zurückgebracht zu werden. Man kann ihn trotz abgeschalteter Tonanlage durch die Wand des Automaten hören.«

Irgendwie konnte ich Schmidtbauer verstehen, ich würde es in dem Ding keine Minute lang aushalten. »Kann ich mit Vivian sprechen?«

»Klar. Bleib dran, ich hole sie rüber.«

Sein Gesicht verschwand vom Face. Ich blickte Halbmond beunruhigt an. »Irgendwann mußte er ja einmal in dieser Kiste durchdrehen«, sagte ich mehr zu mir selbst.

Bevor sie etwas erwidern konnte, zwängte sich Vivian von der Seite her in den Aufnahmebereich der Kamera. Einige ihrer kurzen Rastalocken standen in alle Richtungen vom Kopf ab. »John, ich weiß nicht mehr, was ich machen soll. Ein normales Gespräch mit ihm ist unmöglich, er tobt und brüllt in dem Kasten. Dabei macht es ihm sichtlich Freude, von innen an die Scheibe zu spucken. Es ist schon alles ganz verschmiert da drinnen. Ich habe ihm eine Injektion verabreicht, die ihn in einen Dämmerzustand versetzt, aber für die Zukunft müssen wir uns etwas anderes überlegen. Wenn er sein Verhalten nicht ändert, schließe ich ihn in der medizinischen Station an das somnale System an, allerdings fällt er dann für den Rest der Reise aus. Ich kann ihn danach nicht nach Bedarf wieder aufwecken. Dazu haben wir nicht die geeigneten Einrichtungen an Bord. Außerdem brauchen wir für die Somnal-Anästhesie eine Einverständniserklärung von Hellbrügge, falls wir Schmidtbauer gegen seinen Willen in einen Dauertiefschlaf versetzen – was ich einmal annehmen möchte.«

Ich schwieg betroffen. Dieser Fall wuchs sich immer mehr zu einem ernsten Problem aus. Dabei war die Somnal-Anästhesie im Grunde genommen eine ausgereifte medizinische Therapie. Manche Patienten, denen durch einen Dauerschlaf eine bessere und vor allem schmerzfreiere Heilung garantiert werden konnte, wurden ohne Komplikationen bis zu drei Monaten, und in speziellen Fällen sogar länger, in den bewußtlosen Zustand versetzt. Vorausgesetzt, diese Prozedur erfolgte auf der Erde. Auf die besonderen Bedingungen im Weltraum war die Methode nicht so einfach anzuwenden. Man benötigte ein ausreichend ausgestattetes Labor, um die betreffende Person in einer stabilen Kondition halten zu können. Die *Nostradamus* verfügte wie die meisten Raumschiffe nur über eine Notfallstation in dieser Art, um die Patienten bis zur Rückkehr zur Erde in einem konstanten Dauerschlaf zu halten.

»Vielleicht müßte man sich mehr mit ihm beschäftigen«, schlug ich halbherzig vor.

Sie blickte gereizt zur Seite. Ich konnte mir vorstellen, was jetzt kam. »Wenn du auf dem Schiff jemanden findest, der die Erfahrung und Zeit für eine Therapie hat – bitte, warum nicht? Aber wer entscheidet, wann er geheilt ist und man ihn wieder an die Hebel dieser Höllenmaschine lassen kann? Entschuldige den Ausdruck, aber mir ist dieser Mensch nicht geheuer, und die Vorstellung, daß er im Technischen Bereich wieder das Sagen hätte, jagt mir Angst ein.«

Mit dieser Meinung stand sie bestimmt nicht alleine da. »Also gut«, seufzte ich. »Ich schlage vor, wir warten mit der Entscheidung, bis wir bei *Südquelle* angekommen sind. Danach bleiben nur noch zwei Phasen übrig. Wie es scheint, kommen Helene und Meier Zwo ganz gut allein zurecht.«

Sie nickte zögernd. »Meinetwegen, aber wir sollten es nicht auf die lange Bank schieben. Auf jeden Fall ist er jetzt erst einmal für die nächsten zwei Stunden ruhiggestellt.«

Sie fuhr sich wie beiläufig durch die krausen Haare und musterte mich und Halbmond einige Sekunden lang mit einem abschätzenden Blick. Ich hatte den Eindruck, als wollte sie noch etwas sagen, aber dann entfernte sie sich ohne jeden weiteren Kommentar aus dem Aufnahmebereich der Kamera.

# 10

Ein Piepsen in meinem linken Ohr.

⟩Kapitän Nurminen, ich möchte ein Problem anmelden.⟨

Die Stimme erreichte mich nicht sofort, weil ich mich in einem warmen Teich tummelte, dessen Wasseroberfläche mit lauter Plastikspielzeug bedeckt war. Jedesmal wenn ich mich tollkühn in das seichte Gewässer stürzte und eine kurze Strecke unter Wasser schwamm, stieß ich beim Auftauchen an ein farbiges Klötzchen oder an einen gepunkteten Ball. An der tiefsten Stelle ging mir das Wasser gerade bis an den Bund meiner roten Badehose, deswegen glichen meine Tauchversuche mehr einem Dahingleiten über dem sandigen Grund eines ehemaligen Baggersees. Die Natur hatte bereits an drei Seiten der steilen Hänge wieder eine grüne Landschaft geschaffen. Dazwischen waren schwammige Flecken zurückgeblieben, die ich bisher nur einmal erkundet hatte, weil man in dem schlickartigen Matsch unangenehm tief versank. Die vierte, offene Seite bot noch einen einigermaßen sauberen Sandstreifen, an dem sich im Sommer Mütter mit ihren Kindern einfanden, um die Sonne zu genießen und miteinander zu tratschen. Ich wurde jedesmal von meiner Großmutter beaufsichtigt, was den Stellenwert unter meinen Freunden etwas minderte, andererseits genoß ich dadurch etwas mehr Narrenfreiheit, weil Großmütter ihren Enkeln anscheinend mehr durchgehen ließen. Vielleicht waren es aber auch nur ihre größere Lebenserfahrung und die Gewißheit, daß mir in dem Tümpel nichts Schlimmes zustoßen konnte. Die Mütter reagierten auf das Treiben ihrer eigenen Kinder weit hektischer, denn alle paar Minuten ertönte ein schriller Befehl aus einem gestreiften oder geblümten Liegestuhl, der einen von uns kurzzeitig aus unserer Mitte riß, um sich danach um so heftiger wieder dem lauten Treiben anzuschließen.

Jetzt war es ganz ruhig.

Es war mir schleierhaft, woher alle diese Klötze, Bälle, Gummitiere, Reifen und schlauchartigen Gebilde kamen, die wie Korken auf der Wasseroberfläche dümpelten, als hätte eine Fabrik ihren Produktionsüberschuß einfach in den See gekippt. Als ich mich zum Ufer hin umdrehte, bemerkte ich, daß ich allein war. Mich überkam das seltsame Gefühl einer ersten Freiheit, in der ich vollkommen unbeeinflußt entscheiden konnte, was ich als nächstes tun wollte. Gleichzeitig war es mir ein wenig unheimlich, denn der Himmel war bedeckt und es sah nach Regen aus. Bei schlechtem Wetter war ich noch nie hier gewesen.

Unschlüssig setzte ich mich in das seichte Wasser, das mir heute wärmer als sonst vorkam, und warf einige der Plastikformen, die mich umgaben, weiter in den See hinein, um eine freie Wasseroberfläche in meiner Nähe zu schaffen. Meine Phantasie begann mir vorzugaukeln, was sich alles zwischen und vor allem unter diesen farbigen Objekten verstecken konnte. Ich beschloß, aus dem Wasser zu steigen, bevor eine meiner schlimmsten Vorstellungen Wahrheit werden könnte, aber es war zu spät! Widerwärtige, glitschige Tentakeln legten sich um meinen Körper und zogen mich langsam in den warmen Teich hinein. Seltsamerweise verspürte ich keinen Drang, mich dagegen zu wehren. Ich streckte meine Arme aus und wartete auf den Moment, in dem das Wasser über mir zusammenfließen würde.

Wieder dieses Piepsen.

Suzanne?

Wie kam Suzanne in meine Vergangenheit?

›Kapitän Nurminen, ich benötige eine Informationsbestätigung.‹

»Ja, Suzanne?« Ich wischte mir mit der Hand über das Gesicht. Alles erschien mir wie in Watte eingepackt. Das Wasser war verschwunden. Sekunden später war ich von meinem tranceähnlichen Schlaf wieder einigermaßen in die Realität übergewechselt.

Benommen schaute ich auf die Uhr. Wir saßen bereits seit zwei Stunden in der Arbeitsbiene und warteten immer noch auf den Beginn der zweiten Phase. Dr. Helene Mayer hatte uns vor einer Stunde gebeten, noch ein klein wenig Geduld zu haben. Danach mußte ich eingeschlafen sein. Auch Halbmond hing neben mir in den Gurten. Ihr Atem ging unregelmäßig, was ebenfalls auf Alpträume schließen ließ. Kein Wunder, die Temperatur in der Kabine war viel zu hoch, weil wir wegen der mangelnder Bewegung in unserer sitzenden Position zu frieren begonnen hatten und ich deswegen die Klimaanlage höher eingestellt hatte. Danach mußten wir eingeschlafen sein. Ich tastete den Regler in Normalposition. Suzanne hatte inzwischen wieder irgend etwas von Informationen erzählt, aber ich hatte nicht aufgepaßt.

»Suzanne, bitte noch einmal wiederholen.«

Pause. Dann: ›Ich habe zwei Informationen vorliegen, die unter Umständen einen Konflikt auslösen könnten. Für die erste benötige ich eine Bestätigung: Ist es korrekt, daß du dich zur Zeit in einer Arbeitsbiene am Heck der *Nostradamus* in unmittelbarer Nähe des Haupttriebwerkes befindest?‹

»Das ist korrekt«, bestätigte ich trocken und wurde hellwach. Wenn Suzanne Informationen bestätigen ließ, die sie eigentlich genau wissen müßte, verhieß das nichts Gutes.

⟩Sehr schön, das kongruiert mit meinem aktuellen Informationsstand. Die zweite Information besagt, daß in sechs Minuten und neun Sekunden eine Zündung des Haupttriebwerkes vorgesehen ist. Meine Programmierung erkennt darin eine Interessenkollision in der Gefährdung...⟨

»Suzanne, einen Moment, stop!« unterbrach ich sie. »Wieso Zündung des Haupttriebwerkes? Es gibt keine... Wer hat den Befehl dazu gegeben?« brachte ich hervor. Es mußte sich um einen schlechten Scherz handeln.

⟩Der Befehl liegt als Basisprogrammierung in meinem Speicher. Die Ausführung erfolgt in fünf Minuten und achtundfünfzig Sekunden!⟨

Für einen Augenblick wurde mir fast schwarz vor den Augen.

»Suzanne, ich lösche hiermit den Befehl... sofort!« befahl ich hastig.

⟩Die Ausführung deines Befehls ist nicht möglich. Basisprogrammierungen können ausschließlich nur von autorisierten Anwendern vorgenommen werden, die...⟨

»Suzanne, ich bin autorisiert, was soll... Ach, Scheiße!«

Erst jetzt bemerkte ich, daß das Face vor mir außer Betrieb war. Meine Finger glitten schnell über die Kommunikationstastatur. Nichts rührte sich, alles war tot.

»Suzanne, verbinde mich mit dem Laderaum der *Nostradamus*! Sofort!«

Von meiner Bauchgegend abwärts fühlte sich alles plötzlich wie taub an. Ich war mir sicher, daß ich in den Knien eingeknickt wäre, wenn Schwerkraft geherrscht hätte.

›Die Basisprogrammierung sieht als Folgebefehl zur Zündung des Haupttriebwerkes einen vollständigen Kommunikations- und Aktionsstop im Schiffsbereich vor. Die Befehle betreffen…‹

Ich hatte keine Ahnung, welche Sauerei hier vor sich ging, aber eines war mir klar: Wir mußten hier verschwinden, und das so schnell wie möglich! Mit fliegenden Handbewegungen zog ich die Kontrollen der Arbeitsbiene zu mir heran und versuchte, den Antrieb zu aktivieren. Es rührte sich nichts! Keine Grünbestätigung, kein vertrautes Summen, einfach nichts! Ich wiederholte die Aktivierung in Verbindung mit meinem Kapitänscode. Keine Reaktion.

Schlagartig beherrschte mich nur noch ein Gedanke: Wie lange würden wir benötigen, um von hier aus die erste Schleuse im Schiff zu erreichen?

»Karen, aufwachen!« brüllte ich und zerrte an meinen Gurten. Jede weiteren Überlegungen bedeuteten einen Zeitverlust. Halbmond ruckte hoch. Im Gegensatz zu mir war sie anscheinend in der Lage, ohne jeglichen Übergang aus dem Schlaf in die Realität zurückzukehren. Sie sah mich erstaunt, aber geistig völlig klar an.

Ich versuchte, ihr keine unnötigen Informationen zu übermitteln.

»Keine Fragen! Wir müssen zur Schiffsschleuse! Jetzt und schnell! Raumanzug anlegen!« Ich deutete hinter uns. Sie begann ebenfalls, sich hastig loszuschnallen. Mit einem Fluchen hieb ich auf den Notschalter unserer Gurte. Danach verharrte ich eine wertvolle Sekunde freischwebend über meinem Sitz. Es durfte keine Hektik aufkommen. Ärgerlich schob ich aufkommende Gedanken beiseite, die mich an mein ungeschicktes Hantieren mit der Steuerung des Raumanzuges erinnerten. Damit konnte ich mich beschäftigen, wenn es soweit war.

Wir hasteten zu den Gestellen hinter uns und schlüpften in die Anzüge. Es schien ewig zu dauern, bis die automatischen Verschlüsse grün aufblinkten. Halbmond hatte bisher kein Wort verloren.

Als ich den Helm einrasten ließ, gab ich konzentriert weitere Anweisungen. Wir durften uns keinen Fehler erlauben.

»Helmverschluß grün und positiv. Verbindung grün. Hörst du mich?«

»Positiv!« Ihre Stimme klang ruhig.

Ohne Zeit zu verlieren, drängte ich zur Schleuse. Ich öffnete die Abdeckung für den Notschalter und drückte ihn ein. Mit einem erstickenden ›Plop‹ flog die ganze Schleusenkonstruktion nach außen weg. Ich spürte einen leichten Sog, als Innenatmosphäre nach draußen strömte, dann hatte sich das schalltragende Medium schnell verflüchtigt, und es wurde still in meinen Außenempfängern. Mit beiden Händen stieß ich mich vom Türrahmen ab und schwebte hinaus in den Weltraum. Links von mir drohten die dunklen Schlünde des Triebwerks, aber ich zwang mich dazu, nicht hineinzuschauen.

Steuerbügel ausklappen. Vorsichtig legte ich meine Hand auf den Regulierungsball und rollte ihn leicht nach vorne. Mit Erleichterung spürte ich eine schwache Vorwärtsbewegung. Mehr Fahrt traute ich mich nicht aufzunehmen, um nicht wieder ins Trudeln zu geraten.

»Karen, bist du hinter mir?«

»Positiv.«

Sehr gut. Es war ein Glücksfall, daß sie in der Lage war, so eiskalt zu reagieren.

»Suzanne, wieviel Sekunden noch bis zur Zündung des Triebwerks?«

Ich hörte Halbmond entsetzt aufkeuchen. Sie hatte meine Frage mitgehört.

⟩Die Restzeit beträgt vier Minuten und elf Sekunden.

Die Sequenz ist eingeleitet, der Druck in der Hauptkammer erhöht sich zufriedenstellend. Alle Tanks und Zuleitungen sind Grün. Die Systeme arbeiten einwandfrei. Es sieht sehr gut aus...‹

Suzannes Worte waren der reinste Hohn!

Wir hatten gerade den Rand des Schanzenbereichs erreicht, als mit einem Schlag weiße Dampffontänen aus den Düsen strömten. Halbmond reagierte darauf mit einem lauten Schrei.

»Keine Angst!« rief ich. »Das ist kondensiertes Helium zur Temperaturerhöhung der Außenwände, um die... egal, weiter, schnell...!«

Wir bogen um das Schanzenende. Jetzt waren es noch 50 Meter bis zur ersten Schleuse. Ich begann fieberhaft nachzurechnen, ob es nicht günstiger wäre, einfach Abstand vom Schiff zu gewinnen und in den Weltraum hinauszufliegen, aber ich kam immer wieder auf das gleiche Ergebnis: Wir würden nicht genug Distanz hinter uns bringen, um vor den Triebwerksstrahlen sicher zu sein. Das Betriebshandbuch dieses Schiffstyps nannte fünf Kilometer einen ausreichenden Sicherheitsabstand. Wir würden in der verbleibenden Zeit höchstens zwei schaffen.

Die Schleusenumrandung kam schnell näher. Mir fiel siedendheiß ein, daß Suzanne zusätzlich von einem generellen Aktionsstop gesprochen hatte. Das könnte bedeuten, daß ich die Schleuse manuell öffnen mußte.

»Suzanne, wieviel Zeit bis zur Zündung?«

›Eine Minute und siebenundvierzig Sekunden. Die Katalysatormasse befindet sich im präignalen Zustand. Nebenbei muß ich einfügen, daß ich die Überlebens-Zylinder durch Eigeninitiative gestoppt habe. Es sind keine Schäden zu melden. Es verläuft alles zur vollsten Zufriedenheit...‹

»Suzanne, gib mir laufend die Restsekunden durch!«

›Mit Vergnügen… 1 Minute 36… 35…‹

Ich fing mich hart an dem kleinen Haltegitter an der Schleuse ab. Schnell drehte ich mich um und fing Halbmond an ihrer Schulter ab. Dabei kugelte ich mir fast den Arm aus, da sie mit hoher Endgeschwindigkeit die Reststrecke zurückgelegt hatte. Mit zusammengebissenen Zähnen stoppte ich ihren Flug und preßte sie hart gegen die Schiffswand. Dann öffnete ich den Schalterkasten für den Einstieg und drückte die Nottaste. Keine Reaktion.

›…22… 21…‹

Ich fluchte vor mich hin. Eigentlich war es keine großartige Sache, die Tür von Hand zu öffnen, nur würde es einige Zeit in Anspruch nehmen.

Hastig begann ich mit den notwendigen Vorbereitungen. Die Türautomatik mußte abgekoppelt werden. Danach konnte ich das zusammengeklappte Stellrad arretieren. Jetzt galt es, mit den Füßen und der linken Hand einen sicheren Halt in den vorgesehenen Einkerbungen in der Schiffswand zu finden.

›…45… 44…‹

Ich stemmte mich fest ein, drückte die Sicherung heraus und versuchte, das Stellrad zu bewegen. Für den Bruchteil einer Sekunde setzte mein Herzschlag aus, als es sich nicht rührte. Wütend über mich selbst, drehte ich es rasch in die andere Richtung, in der es sich problemlos bewegen ließ.

»John, die Tür geht auf, aber sehr langsam«, hörte ich Halbmond schreien. Ich vermied es, mir den schmalen Spalt anzuschauen. Wegen der enormen Masse der Tür war die Übersetzung des Öffnungsmechanismus sehr klein gewählt, um keinen allzu großen Kraftaufwand einsetzen zu müssen. Ich drehte wie ein Geisteskranker an dem Rad.

Locker bleiben, ganz locker aus dem Handgelenk drehen!, beschwor ich mich selbst.

»Halt dich am Rand fest und zieh dich sofort rein, wenn die Öffnung groß genug ist!« keuchte ich.

Suzanne war mit dem Zählen bei zwanzig angekommen, als die *Nostradamus* leise zu vibrieren begann: Der Schiffsreaktor fuhr die Leistung hoch. Und für uns hat dieser Geizkragen kein einziges Watt für diese Scheißtür übrig! fluchte ich in Gedanken. Ich versuchte, noch schneller zu drehen, und verhaspelte mich prompt im Bewegungsablauf.

»Komm schon, komm schon!« hörte ich mich rufen. Selbst wenn Halbmond drinnen war, hieß das noch lange nicht, daß ich auch durch den Spalt paßte. Es gab zwar keine großen Unterschiede in der Größe der Raumanzüge, aber es konnte auf jeden Millimeter ankommen.

›...9... 8... 7...‹

»Bin drinnen!« hallte es in meinem Helm. Erschrokken nahm ich mir vor, noch zwei weitere Sekunden zu drehen. Entweder paßte ich dann durch den Spalt, oder...

›...5... 4... 3...‹

Die Außenwand begann zu zittern. Ich ließ das Rad los und wandte mich zur Schleuse hin. Mit Entsetzen sah ich eine furchtbar enge Öffnung vor mir. Ohne mich davon beeindrucken zu lassen, steckte ich zuerst den linken Arm und danach den Helm in die Öffnung. Es ging nicht! Ich steckte fest! Unter normalen Schwerkraftbedingungen wäre es ganz einfach gewesen, mich unter dem Türrahmen durchzuquetschen, aber es fehlte mir eine zusätzliche Hebelkraft, die ich zur Hilfe nehmen konnte. Von weitem vernahm ich Suzannes Stimme, die das Zünden der Triebwerke ankündigte. Jetzt blieben mir noch einige Sekunden, bis das Schiff Fahrt aufnahm. Halbmond hatte meinen Arm ergriffen und zog daran. Verzweifelt drehte ich mich mit dem Rücken leicht nach außen, befreite meine linke Hand von Halbmonds nutzlosen Bemühungen, klappte den Steuerbügel auf und rollte den Regulierungsball ganz nach vorne. Sofort schrammte ich infolge der Vorwärtsbeschleunigung mit meiner linken Schulter hart an den unteren Rand der Schleusentür. Ich zog sie daraufhin so weit ich konnte nach vorne, um mich unter dem Rand hindurchzuwinden… und dann war ich plötzlich durch.

Wie ein Luftballon, dem man die Luft rausließ, zischte ich durch die Schleusenkammer. Erst als ich in der hinteren Ecke aufprallte und dort hängenblieb, war ich fähig zu reagieren und schaltete den Antrieb aus.

»Haaaa… aam!« Ich schrie meine Anspannung und Erleichterung hemmungslos in meinen Helm hinein.

Zeit zum Erholen bekam ich nicht, denn nun wurde ich von der harten Beschleunigung des Triebwerkes auf den Rücken gedreht und an die Wand gepreßt. Ängstlich kontrollierte ich die Anzeigen in meinem Helm. Gott sei Dank hatte der Anzug nichts abgekriegt. Kein rotes Licht, kein alarmierender Pfeifton. Neben mir, an der Seitenwand der Schleusenkammer, hing Halbmond, dahinter war die durch den Antrieb meines Raumanzugs verkohlte Innenseite der Türe zu sehen, darunter der offene Spalt nach draußen.

»Bist du O.K.?« fragte ich atemlos.

»Ja, ja, alles gut«, antwortete sie. »Wenn man einmal davon absieht, daß dein Notstart einen schwarzen Streifen auf meinem Visier hinterlassen hat, ist sonst alles O.K.«

Meine nachlassende Anspannung jagte mir einen Schauer über den Rücken. Ich mochte mir gar nicht vorstellen, was bei unserem Husarenstück alles hätte schiefgehen können. Obwohl uns die Beschleunigungskräfte an die Wand drückten, konnte ich es immer noch nicht fassen, daß dieses verdammte Triebwerk gezündet hatte. Es war einfach unfaßbar.

Plötzlich leuchteten, wie von Zauberhand hingeworfen, kleine Faces oben und unten auf meiner Helmscheibe auf. Das Kommunikationssystem arbeitete wieder. Gleichzeitig fuhr die äußere Schleusentüre nach unten. Die mir gegenüberliegende Lichtleiste zeigte an, daß sich die Schleuse mit einer atembaren Atmosphäre füllte.

»Viktor, hörst du mich?« krächzte ich.

Zuerst passierte nichts, dann vernahm ich seine ungläubige Stimme. »John! John, bist du das?«

»Blöde Frage, wer…?« Weiter kam ich nicht, denn in meinem Helm brach ein vielstimmiges Freudengeheul los, das mein Empfangssystem im Helm kurzzeitig mit einem erbärmlichen Pfeifen quittierte.

»Mensch, du bist doch ein Hund! Wir dachten alle, daß euch das Triebwerk erwischt hat! Was ist mit Halbmond? Wo bist du?« schrie er glücklich.

»Wir sind in der hinteren Schleuse. Wir sind…« Weiter kam ich nicht, denn in diesem Moment traf mich ein harter Schlag, der mich trotz der Beschleunigungskräfte zur Seite wischte. Wieder einmal prallte ich in einer Ecke der Schleusenkammer auf, nur dieses Mal mußte Halbmond als Dämpfungskissen herhalten. Mein Gewicht preßte ihr die Luft mit einem erstickten Schrei aus den Lungen. Durch die Schiffszelle rollte ein krachendes Wummern, dem augenblicklich das klägliche Wimmern der Alarmsirenen folgte. Um das Chaos noch zu vervollständigen, trat zusätzlich Schwerelosigkeit ein, nachdem das Triebwerk seinen Dienst eingestellt hatte. Als Folge unseres eigenen Beschleunigungspotentials, das durch die konträren Kräfte aufgebaut worden war, wirbelten wir wie Stoffpuppen durch die Kammer.

Ich krachte ein paarmal an eine Wand, bis ich mich orientieren konnte und mich energisch an einem Haltegriff festhielt. Auch Halbmond fand einen Haltegriff, an dem sie sich anschließend schmerzhaft zusammenkrümmte.

»Viktor, was ist passiert?« schrie ich in das Stimmengewirr hinein, das meinen Helm füllte.

»Weiß nicht... eine Explosion. Wahrscheinlich am Haupttriebwerk. Ich... kann jetzt nicht... treffen uns in der Zentrale... später...«

Verwirrt schaltete er nach seinen Wortfetzen ab.

»Suzanne!« rief ich. »Ich brauche einen Bericht über Schäden am Schiff!«

›Sofort, sogleich... Es wird eine kleine Zeit in Anspruch nehmen‹, flötete sie und fing an, vor sich hinzusummen. Ich ruderte zu Halbmond hinüber, die mich hinter ihrer geschwärzten Helmscheibe entsetzt anstarrte. »Was war das jetzt?« fragte sie, dabei hielt sie ihren rechten Arm abgewinkelt an die Brust gepreßt.

»Keine Ahnung«, erwiderte ich, »aber ich habe den Verdacht, daß unser langgesuchter Zünder hochgegangen ist. Was ist mit deinem Arm?«

»Mit dem Arm ist nichts, aber ich glaube, du hast mir eine Rippe gebrochen, als du auf mich gefallen bist.«

Ich atmete auf. Wenigstens bei uns war alles soweit noch einigermaßen glimpflich abgelaufen. Ich hakte mich mit meinem Arm an einem Griff ein und wartete darauf, daß Suzanne mir einen Bericht durchgab. Anscheinend war die Sache für sie zu kompliziert, um eine fertige Analyse zu liefern, denn sie summte immer noch fröhlich im Chor mit dem nervtötenden Gejammere der Alarmsirenen vor sich hin.

Mit einem Ächzen löste ich mich vorsichtig von dem Griff und wandte mich dem Face zu, das sich neben der Lichtleiste befand und an der jetzt ein grünes Tastenfeld leuchtete. Wir konnten uns also problemlos in den Sektor hinter der Schleuse hineinwagen. Dort war anscheinend alles in Ordnung, dennoch wollte ich abwarten, bis ich einen Überblick gewonnen hatte. Ich tippte auf dem Tastenfeld einige Informationen ein und holte mir Bilder von verschiedenen Überwachungskameras im Triebwerksbereich auf das Face, aber bei der Vielzahl der Räume war das Vorgehen sinnlos.

›Kapitän Nurminen, ich hab's‹, meldete sich Suzanne. Mir fiel wiederholt ihre unpersönliche Anrede mit meinem Rang auf. Wahrscheinlich war ihre Auswahlschleife zur Zeit an dieser Variation angelangt.

›Die Schäden befinden sich im inneren Anschlußsektor des Triebwerks, im Zuliefersystem der beiden Plasmatanks und im äußeren Bereich beider Einheiten. Ursache: eine Fremdeinwirkung, die ich nicht vollständig definieren kann. Die zuständigen Überwachungskameras melden eine Funktionsstörung. Ich empfehle die Erstellung eines Gutachtens durch einen Spezialisten.‹

Schlecht, ganz schlecht, dachte ich. Wenigstens stellten in diesem Moment die Alarmsirenen ihr Kreischen ein. Die einsetzende Ruhe tat meinem angegriffenen Nervensystem wohl, führte aber dazu, daß ich angestrengt darüber nachdachte, was diese mysteriöse Basisprogrammierung von Suzanne zu bedeuten hatte. Eines war jedoch offensichtlich: Der Sabotageakt mußte entweder bei der Installierung von Suzanne in die *Nostradamus* geschehen sein, oder, wenn er über Funk erfolgt war, vor dem Beginn unseres Störfeuers. Oder wir hatten doch ein schwarzes Schaf an Bord, aber wie fanatisch mußte derjenige sein, der eine Sprengladung auf einem Raumschiff hochgehen ließ und sich selbst mit an Bord befand?

Natürlich fiel mir sofort Schmidtbauer ein, aber war er tatsächlich so verrückt, um solch eine Wahnsinnstat zu begehen? Und vor allem, besaß er das Wissen und die Fähigkeit, einen CyCom umzuprogrammieren? Ich traute ihm inzwischen eine gewisse Verrücktheit zu, für das zweite müßte er jedoch die komplizierten

Sicherheitscodes des Konzerns kennen, um das Programm von Suzanne zu ändern. Weiterhin waren, um einen Zugang zu erhalten, die persönlichen Genstrukturen von ganz bestimmten und autorisierten Personen nötig. Selbst wenn er diese Hürden überwunden hatte, wozu sollte es gut sein? Er gefährdete mit der Beschädigung des Schiffes sein eigenes Projekt, an dem er so hing.

»Komm«, sagte ich aufmunternd zu Halbmond. »Ich bringe dich zu Vivian, anschließend will ich nachsehen, was mit dem Schiff ist.«

Ihr Helm vollführte eine angedeutete Nickbewegung. Sie machte einen angeschlagenen Eindruck, was mich nicht verwunderte. Unser lebensgefährliches Abenteuer außerhalb des Schiffes lag keine Viertelstunde zurück, obwohl es mir so vorkam, als wäre es vor unendlich langer Zeit passiert. Wir hatten einfach noch keine Gelegenheit gehabt, die Flucht aus der Arbeitsbiene zu verarbeiten, als uns die nächste Katastrophe traf. Ich fragte mich, ob ich in der Lage war, die beiden Geschehnisse zu verdauen, falls ich überhaupt die Zeit fand, darüber nachzudenken.

Vivian hatte sich aus der medizinischen Station gemeldet, als ich sie angerufen hatte. Sie verarztete gerade eine Rißwunde an Appalongs Auge, als wir, immer noch in Raumanzügen und die Helme auf dem Kopf, dort eintrafen. Der Weg durch das Schiff war frei passierbar gewesen, alles hatte ganz normal ausgesehen, es gab keinen Druckverlust, und in den Sektionen, die wir durchquerten, war keine Atemluft entwichen. Als ich mich jedoch in die Gespräche der übrigen Besatzung einschaltete, hatte ich einen ersten Eindruck über das Ausmaß der Schäden gewonnen. Demnach war durch die Explosion die Schiffshülle über eine Länge von 15 Metern aufgerissen worden, und zwar genau an der Stelle, wo die beiden wichtigsten Treibstoffzuleitungen des Haupttriebwerkes in die Brennkammern führten. Die positive Meldung war, daß die Triebwerkseinheiten so gut wie unversehrt geblieben waren, die negative Seite daran war, daß wir unseren gesamten Treibstoff verloren hatten. Wie das zustande kommen konnte, blieb vorerst ein Rätsel. Bei einem plötzlich auftretenden Druckverlust halten Sicherheitsventile den Zustrom von Treibstoff aus den Tanks zurück. Ich war überzeugt davon, daß auch diese Ventile manipuliert worden waren, um sicherzugehen, daß wir bei der Explosion alle Treibstoffvorräte verlieren würden.

Ich nahm erschöpft den Helm vom Kopf und wollte mich gerade auf einen Plastikstuhl setzen, als Vivian auf mich zustürzte und sich mir an die Brust warf.

»O Gott, was habe ich für eine Angst um dich ausgestanden, als uns Suzanne mitteilte, daß die Triebwerke zünden würden! Und dann diese furchtbaren Minuten, als wir euch nicht über Funk warnen konnten!«

Ach, du liebes bißchen, auch das noch! Was konnten Frauen doch für eine erbärmliche Vorstellung abliefern, wenn sie etwas Großes demonstrieren wollten. Abgesehen davon, daß ich persönlich für dieses Theater im Augenblick überhaupt keinen Sinn hatte, war es für die weitere anwesende weibliche Person, für die diese Vorstellung gedacht war, um eine gigantische Nuance zu dick aufgetragen.

»Es ist vorbei. Mir ist nichts passiert«, antwortete ich sachlich und befreite mich sanft aus der peinlichen Umklammerung. »Kannst du bitte einmal nach Halbmond sehen, sie hat sich wahrscheinlich ein paar Rippen gebrochen.«

»Oh, natürlich, die Arme! Karen, kommst du mit mir hinüber in den anderen Behandlungsraum!«

Halbmond hatte sich während der Szene hervorragend gehalten. Nur bei der Passage ›die Arme‹ hatte sie leicht mit dem Mundwinkel gezuckt. Gehorsam folgte sie Vivian in den anliegenden Raum. Ich bedauerte meine liebe Ex-Freundin schon jetzt, wenn ich mir vorstellte, daß sie gleich Halbmonds unbekleideten Oberkörper sah. Vivian war zwar auch nicht schlecht gebaut, aber ich wußte, daß sie Frauen mit einem kleinen festen Busen beneidete. Hoffentlich ließ sie die kleine Halbindianerin bei ihrer Behandlung nicht allzusehr leiden!

Appalong grinste mich breit an.

»Bevor du etwas sagst…«, warnte ich ihn und hob drohend den Zeigefinger. Eigentlich wollte ich noch etwas hinzufügen, aber mir kam die Situation zu blöde vor. Schweigend setzte ich mich in den Stuhl und streckte die Beine aus. »Glaub mir, ich habe wirklich ganz andere Dinge im Kopf«, sagte ich dann doch.

»Du vielleicht, aber die beiden nicht.« Ängstlich spähte er um die Ecke, ob sie etwas gehört hatten.

Ich winkte ärgerlich ab. »Erzähl mir lieber, was bei euch da unten vorgegangen ist.«

Er konnte mir nichts wesentlich Neues berichten, zumal er sich während der Explosion im Technischen Bereich aufgehalten hatte. Dort hatten sich keine größeren Schäden ergeben, außer daß einige Gerüste aus der Verankerung gerissen waren und jetzt in der Halle herumschwebten. Er selber war an eine der zahlreichen Verstrebungen geschleudert worden, wo er sich die Verletzung am Auge zugezogen hatte.

»Meier Zwo und Helene räumen dort gerade auf. Der Rest der Mannschaft ist unten beim Triebwerk, außer Wolfen, der im Laderaum bei Schmidtbauer geblieben ist«, sagte er abschließend.

Die Lage war alles andere als ermutigend. Ohne Haupttriebwerk war an eine Weiterführung der Mission nicht zu denken, denn wir benötigten es spätestens in zehn Tagen, wenn wir die *Nostradamus* auf den

Kurs von Nofretete beschleunigen und anpassen mußten. Mit dem Neutrino-Treiber konnten wir lediglich schnell an die Pyramide heranfliegen, aber wegen ihrer immens hohen Eigenbewegung von über 150 000 Stundenkilometern würde sie an uns wie ein Meteor vorbeischießen und damit unerreichbar bleiben.

»Nun gut«, sagte ich müde. »Ich muß in die Zentrale.«

»Warte, ich komme mit«, sagte Appalong schnell.

Mit einem vielsagenden Lächeln rief ich in den Nebenraum, daß wir die Medizinische Station verlassen würden. Die Bestätigung erfolgte in Form von zwei glockensüßen Stimmen.

Wir machten uns eilig auf den Weg.

Im zweiten Zylinder herrschte Schwerelosigkeit, was auf einen Defekt im Rotationssystem schließen ließ. Das Center Face empfing uns mit einer Reihe von rot blinkenden Lichtern. Ich zog meinen Raumanzug aus und übergab ihn Appalong, der ihn gleich zur Überholung zum Inspektionsschacht brachte. Von dort wurde der Anzug einer automatischen Einheit zugeführt, die ihn auf Raumtüchtigkeit überprüfte und dann entschied, ob er noch verwendungsfähig war.

Nachdenklich gurtete ich mich behelfsmäßig an und rief Viktor an.

»Das ist eine Schweinerei, wie sie schlimmer nicht sein kann«, ereiferte er sich. »Du mußt dir das selber ansehen!«

Mit einer Handkamera überspielte er Bilder aus dem Triebwerkssektor auf das Center Face, aus denen ich jedoch nur ersehen konnte, daß der Zünder ein Chaos hinterlassen hatte. Dabei fiel mir ein, daß wir alle davon ausgingen, er sei die Ursache der Explosion gewesen.

»Ich komme gleich nach hinten«, sagte ich niedergeschlagen. »Kannst du eine Voraussage über das Ausmaß der Schäden machen? Können wir das Unternehmen fortsetzen?«

»Mit diesem Schrott auf keinen Fall«, antwortete er, während die Kamera weiterhin scharfkantige Zacken und die aufgerissene Schaumbetonwand der Außenwand des Schiffes zeigte. »Andererseits sind die Steuertriebwerke und die dazugehörigen Tanks von der Explosion nicht betroffen, weil sie sich weiter vorne im Schiff befinden, aber wir haben durch die zusätzlichen Beschleunigungsvorgänge deren Treibstoff ziemlich in Anspruch genommen, das heißt, wir werden mit Hängen und Würgen *Südquelle* erreichen. Dort können wir den Schaden reparieren, wenn auch mit einem enormen Zeitaufwand. Ob wir die Pyramide dann noch rechtzeitig erreichen können, steht im wahrsten Sinne des Wortes in den Sternen. Außerdem müssen wir die Energieplantage regelrecht ausschlachten, wir haben nicht alle Ersatzteile an Bord der *Nostradamus*. Space Cargo kann die Plantage danach abschreiben, sie wird nur noch ein ausgeplündertes Wrack sein.«

Er klang nicht sehr zuversichtlich, aber ich wußte, daß Viktors Charakter dazu tendierte, gewisse Situationen eher negativ einzuschätzen, deswegen machte ich mich mit einigen Hoffnungen auf den Weg. Aus einem Spender holte ich mir einen neuen Raumanzug. Appalong blieb in der Zentrale, er sollte mit Suzannes Hilfe versuchen, den Defekt des Zylinders zu lokalisieren.

Es war kein großer Umweg, deswegen beschloß ich, zuerst Wolfen im Laderaum aufzusuchen. Mich beschlich ein mulmiges Gefühl bei dem Gedanken, Schmidtbauer in seinem unwürdigen Gefängnis zu begegnen. Seine Person verwandelte sich in meinem Denken immer mehr zu einem allgegenwärtigen Monster, das für mich trotz der Isolierung eine Bedrohung darstellte. Ich wußte, ich wollte es nicht wahrhaben, aber ich würde es begrüßen, wenn wir die Erlaubnis in den Händen hielten, ihn in einen Tiefschlaf versetzen zu dürfen.

Wolfen war sichtlich erleichtert, als er mich erblickte. »Ich habe nicht daran geglaubt, daß ich Sie noch einmal lebend wiedersehe, Herr Kapitän«, begrüßte er mich freudig. Die Abmachung mit dem Du brachte er mir gegenüber nicht auf die Reihe. Um ihm einen roten Kopf zu ersparen, beließ auch ich es bei der respektvollen Anrede.

»Im Falle des Falles hätten Sie mich auch tot nicht wiedergesehen, Kadett Wolfen«, witzelte ich und klopfte ihm aufmunternd auf die Schulter. In knappen Worten schilderte ich ihm unsere Flucht aus der Arbeitsbiene, obwohl ich nicht unbedingt dazu aufgelegt war, ihm hier im Laderaum die Geschichte zu erzählen. Er hörte mit großen Augen zu. Ich hatte den Eindruck, daß er mir dankbar dafür war, daß ich ihm das Gefühl vermittelte, Zeit für ihn zu haben und ihn mit meiner Schilderung auf die Stufe eines Leidensgenossen erhob.

»Das ist… das ist alles unglaublich!« stammelte er. »Wie kann man einen CyCom dazu veranlassen, so etwas auszuführen?«

»Das frage ich mich auch schon die ganze Zeit«, sagte ich nachdenklich und wandte mich zum medizinischen Automaten hin. Vorsichtig stieß ich mich von Wolfen ab und näherte mich dem Kasten von der Seite. Als ich mich schließlich zur Sichtscheibe herumzog, fuhr ich erschrocken zurück.

Mir grinste eine diabolische Fratze durch das von Speichel verschmierte Glas entgegen, die ich nur schwer als das Gesicht von Schmidtbauer identifizieren konnte. Seine Haare waren feucht von der umherfliegenden Spucke und das unwirkliche Grinsen schien wie vor Kälte erstarrt.

Ich reaktivierte die Sprechverbindung, die Vivian

ausgeschaltet hatte, und fragte vorsichtig: »Schmidtbauer, können Sie mich hören?«

Keiner seiner Gesichtsmuskel regte sich. Unverändert grinste mich ein Kopf aus einem medizinischen Automaten an.

»Sind Sie in Ordnung?« probierte ich es noch einmal. Sein erstarrtes Gesicht flößte mir Angst ein, gleichzeitig schuf diese unbewegte Maske eine Spannung zwischen uns, die allmählich unerträglich wurde. Ich wußte jetzt schon, dieses verzerrte, überhebliche Grinsen würde ich nie mehr vergessen. Angewidert und doch schmerzlich beeindruckt wollte ich mich abwenden, als mich eine kieksende Stimme aus dem Automaten ansprach.

»Iiiaah – der große Nurminen, jiietzzzt isser auf meinen Annntriiieb… angewiiiesen!«

Mehr erstaunt als erschrocken blickte ich auf den Lautsprecher, aus dem mich die Töne erreichten. War das Gerät defekt, oder sollte Schmidtbauer irgend etwas an der Einstellung verändert haben, anders konnte ich mir diese modulierten Laute, die zudem von einem eigenartigen Glucksen begleitet wurden, zunächst nicht erklären. Neugierig begab ich mich ganz nahe an die Sichtscheibe heran. Das Grinsen war nach wie vor vorhanden. Als jedoch quietschend die nächsten Worte ertönten, sah ich, daß er sie mit unmerklichen Lippenbewegungen seitlich aus seinem Mund herauspreßte.

»Piiitsch hat's gemacht… piiitsch… und weg war der Treibstoff.«

Ohne Zweifel, Schmidtbauer war wahnsinnig geworden. Im ersten Augenblick war ich dermaßen überrascht von der Veränderung, die dieser Mensch in so kurzer Zeit erfahren hatte, daß ich dachte, er spielt mir was vor. Dann begann er, mit seinen weit aufgerissenen Augen zu rollen, bis ich fast nur noch zwei blutunterlaufene Höhlen vor mir sah. Ich wußte nun nicht mehr, was ich davon halten sollte.

»Schmidtbauer, was soll dieses Theater?« fragte ich ärgerlich. Plötzlich drängte sich mir ein ganz anderer Gedanke auf. »Woher wissen Sie überhaupt, was passiert ist?«

Die Fratze fiel in sich zusammen, um gleich darauf wieder in alter Pracht zu erstrahlen, gerade so, als könnte er sie an- und ausknipsen.

»...alles... wiiir wiiissen alles...«, flüsterte es so leise, daß ich es kaum verstehen konnte.

»Wer ist ›wir‹?« fragte ich in der Hoffnung, daß sein wirrer Verstand mir mehr erzählte, als er vielleicht wollte.

»Ich und Ich und Er und Du und auch... eventuell... der Nurmiiinen...«

Er neigte den Kopf zur Seite, schloß die Augen und ahmte laute Schnarchgeräusche nach. Das war mir jetzt doch zu viel, denn ich war überzeugt, daß er mich ganz bewußt zum Narren hielt! Ich klatschte verärgert an die Wand des Automaten und schaltete mit einem ›Du kannst mich mal‹ die Verbindung wieder ab. Er reagierte mit keiner Regung darauf. Sein Gesicht drückte den seligen Schlaf eines Kleinkindes aus.

Wolfen war unterdessen an meine Seite gefolgt. »Das ist sinnlos mit ihm«, meinte er. »Seit der Explosion spinnt er so herum. Vorher hat er da drinnen herumgetobt wie ein... na ja, wie ein Wahnsinniger halt.«

»Und eben deswegen glaube ich, daß er genau gewußt hat, wann der Zünder hochgehen würde«, sagte ich wütend. »Er wollte in seine Zelle gebracht werden, damit er weiter vom Explosionsort entfernt sein würde, dieser verdammte Verräter!« Ich war jetzt mehr denn je davon überzeugt, daß Schmidtbauer für alle unsere Schwierigkeiten verantwortlich war. Ich hätte ihn am liebsten in seiner Kiste mit einem knappen Sauerstoffvorrat im Weltraum ausgesetzt, bis er vor lauter Angst alles gestand.

Warum eigentlich nicht, dachte ich für einen Moment, vielleicht warten auf uns noch mehr Überraschungen, von denen wir nichts wußten. Ich verwarf den Gedanken gleich wieder, es wäre der Anfang einer barbarischen Herrschaft auf dem Schiff gewesen und dafür würde ich mich nicht eignen, ganz zu schweigen davon, daß die Besatzung mich sehr schnell wieder auf den Boden der Tatsachen gebracht hätte.

»Passen Sie gut auf ihn auf!« sagte ich überflüssigerweise zu Wolfen. »Vielleicht verrät er ja unabsichtlich noch ein paar Geheimnisse! Ich schaue mir erst einmal den Schaden am Triebwerk an.«

Zwei Stunden später trafen alle Besatzungsmitglieder außer Meier Zwo, der wegen Überholungsarbeiten im Technischen Bereich geblieben war, im Gemeinschaftsraum des Wohnzylinders ein. Ich hatte sie zusammengerufen, um unsere Zukunft zu besprechen. Im anderen Zylinder herrschte nach wie vor Schwerelosigkeit, weil sich dort infolge der Explosion etliche Führungslager um einige Millimeter verkantet hatten. Suzanne hatte vor der Zündung die Zylinder gestoppt, aber nicht den Hebelmechanismus aktiviert, der die beiden Überlebenseinheiten in einer gesicherten Position verankert hätte. Mir war dieses Vorgehen schleierhaft, weil normalerweise die Aktivierung des Haupttriebwerks die Sicherung der Zylinder voraussetzte. Aber was lief auf diesem Schiff schon normal ab.

Luis Santana äußerte sich zuversichtlich, was die Reparatur des Schadens betraf.

»...wenn wir die beschädigten Teile ausgetauscht haben, können wir anschließend die Schiffswand behelfsmäßig schließen. Danach würde ich allerdings von einem Aufenthalt in diesem Bereich abraten, der

Schutz vor der Strahlung der Sonne wäre vollkommen unzureichend«, schloß er seinen Bericht ab.

»Wie lange dauert die Reparatur, Luis?« fragte ich ungeduldig.

»Ahhm... ich würde sagen, zwei Tage, dazu kommt noch die vorgesehene Austauschzeit für den Reaktor des Neutrino-Treibers, das Umlagern des Treibstoffes, außerdem wollten wir die Zentrale ausreichend mit Velcro-Blei schützen... vier Tage ungefähr.«

»Viel zu lange«, bemerkte Viktor knapp. »Selbst wenn wir den Rendezvouspunkt näher an die Ekliptik legen, hecheln wir der Pyramide hinterher, ohne sie jemals zu erreichen. Wir müßten unsere Geschwindigkeit sofort wieder verringern, um in unseren Kurs auf *Nordquelle* einzuschwenken!«

Er hatte die Einwände sehr energisch vorgetragen und damit unbewußt die Initiative in der Gesprächsrunde übernommen, wofür ich ihm dankbar war, denn ich benötigte nach meinen Erlebnissen in den letzten Stunden dringend eine Erholungspause. Noch überwog das zufriedene Gefühl, alles lebend und unversehrt überstanden zu haben, aber immer häufiger drängte sich in mir der abscheuliche Augenblick auf, in dem uns die Zeit vor der sich viel zu langsam öffnenden Schleuse weglief. Jedesmal, wenn ich die Szene wieder durchlebte, erfüllte mich ein ohnmächtiger Zorn denjenigen gegenüber, die zu solchen Taten fähig waren. Seltsamerweise klammerte ich Schmidtbauer von meinem Gefühlssturm aus, auch wenn ich inzwischen fest davon überzeugt war, daß er von den hinterlistigen Machenschaften gewußt haben mußte. Für mich bildete er lediglich noch ein lästiges Stück Erinnerung in der Vergangenheit, das nur noch einer geeigneten ›Entsorgung‹ bedurfte.

Weit mehr belastete mich die Furcht vor weiteren Anschlägen. Viktor und ich waren in der Basisprogrammierung von Suzanne tatsächlich auf den Befehl zur selbständigen Zündung des Haupttriebwerks vor der elften Phase gestoßen. Der Sinn dieser heimtückischen Anordnung lag nicht nur in der Zerstörung wichtiger Aggregate, sondern auch in der Sicherstellung des Verlustes unseres Treibstoffs. Durch die geschickte Plazierung des Explosionsortes und der gleichzeitigen Öffnung sämtlicher Ventile war es nur während einer Zündung des Triebwerkes möglich gewesen, diesen teuflischen Plan garantiert sicher zu verwirklichen. Daß während der Ausführung der hinterlistigen Aktion zwei Menschen in einer Arbeitsbiene vor dem Haupttriebwerk hingen, war nach unserer Auffassung reiner Zufall gewesen.

Luis hob ratlos die Schultern. »Ah… wir brauchen das Triebwerk, wir brauchen den neuen Reaktor, wir brauchen das Velcro. Ich glaube nicht, daß sich jemand von uns noch einmal freiwillig da hinten vor ein funktionierendes Triebwerk hängt. Vielleicht schaffen wir es auch in drei Tagen…«

Viktor nagte an der Unterlippe. »Nach dem Stop bei *Südquelle* sind zwei weitere Phasen geplant. Helene, können wir die restliche Entfernung mit einer Phase schaffen?«

Die Angesprochene zuckte zusammen. Sie antwortete nicht sofort und legte statt dessen die Hände vors Gesicht. Als sie danach den Kopf hob, waren ihre Augen gerötet. »Ich will ganz ehrlich sein: Wir können uns glücklich schätzen, wenn wir überhaupt *Südquelle* erreichen. Selbst die Phase dorthin werden wir schon verlängern müssen, weil die letzte wegen der Explosion ausgefallen ist.« Sie hustete einige Mal trocken. Dann meinte sie: »Ich weiß es nicht.«

Im Raum entstand ein betretenes Schweigen. Der Hauptgrund dafür lag in einer Mischung aus Mitgefühl ihr gegenüber und einer allgemeinen Hoffnungslosigkeit. Sie selbst hatte ihren Gesundheitszustand bestimmt niemandem verraten, aber ich konnte mir vorstellen, daß Vivian unserem Kadetten gegenüber einige Andeutungen gemacht hatte, und damit war der Gerüchtebazillus in Umlauf gebracht worden. In einer kleinen Gruppe wie der unsrigen blieben Geheimnisse nicht lange verborgen. Vielleicht täuschte ich mich auch in meinen Vermutungen, und das Schweigen resultierte aus der spürbar mutlosen Atmosphäre, deren Urheber wir selbst waren.

»Na gut, verschieben wir die Diskussion bis zum Stop bei *Südquelle*«, nahm Viktor den Faden wieder auf. »Trotzdem möchte ich eine Sache noch klären, und ich möchte es bewußt hier in diesem Kreis besprechen.«

Seine geheimnisvolle Andeutung erweckte augenblicklich Aufmerksamkeit. Alle wandten sich ihm zu.

»John, ich will, daß Suzanne aus der Verantwortung für die Kontrolle des Schiffes genommen wird.«

Überrascht starrte ich ihn an. Mich berührte weniger der Sachverhalt seiner Forderung als vielmehr die Tatsache, daß er mich, ohne vorher zu fragen, hier vor der Besatzung damit überrumpelte. Seine komplizierte Wortwahl zeugte von seinem schlechten Gewissen.

»Versteh mich bitte richtig«, fuhr er schnell fort. »Ich will nicht dich als Person angreifen. Mir geht es rein um dieses spezielle CyCom-System, das als Suzanne bezeichnet wird!«

Ich verstand nicht sofort, besonders nicht den ersten Teil seiner Begründung.

»Willst du damit andeuten, ich hätte die Explosion veranlaßt?« fragte ich scharf.

»Nein, natürlich nicht. Aber ich will damit bei all denen, die dich nicht so gut kennen wie ich, den Eindruck verhindern, daß es so sein könnte.«

Verrückt, dachte ich empört, jetzt fängt er auch noch an zu spinnen.

»Glaubst du allen Ernstes, jemand könnte auf den Gedanken kommen, ich wollte das Unternehmen sabotieren?« Ich hatte die Frage mit einer hörbaren Verärgerung ausgesprochen und mich gleichzeitig an alle gewandt. Dabei fiel mir auf, daß besonders Lorenzen die Augen niederschlug. Auch Dr. Helene Mayer blickte plötzlich in eine andere Richtung, sogar Luis stülpte betreten die Lippen. Das war doch die Höhe! Ich setzte mich ruckartig auf.

»Moment, was ist hier los. Meuterei auf der Bounty, oder was?«

Appalong meldete sich rechts von mir. »Bitte, John, beruhige dich! Es gibt keinen Grund, jetzt durchzudrehen, wir haben nur…«

Durchzudrehen! Ich funkelte ihn wütend an. »Ich bin sehr gespannt! Was habt ›ihr‹…?«

Er hob beschwichtigend die Hände. »Der Vorfall mit dem Notschalter, die internen Informationen an den Channel FBO auf der Erde, die Zündung des Triebwerks, das alles könnte und ist von Suzanne veranlaßt worden. Wir sind der Meinung, daß sie einen Risikofaktor darstellt.«

Ungläubig blickte ich in die Runde. Schon wieder dieses ausgrenzende ›Wir‹! Meine Gedanken begannen zu rasen. Was sollte das nun wieder bedeuten? Wie konnte jemand auf die Idee kommen, daß ich den Befehl gegeben haben könnte, das Triebwerk zu zünden, während ich mich selbst direkt vor der Austrittsöffnung der Hauptdüse aufhielt? Wütend und zugegebenermaßen etwas lautstark schleuderte ich ihm diese Frage entgegen.

»Wer sagt uns denn, daß der Befehl nicht erst dann zur Ausführung freigegeben wurde, als ihr euch in Sicherheit befandet?«

Verblüfft blies ich meine Backen auf und ließ die Luft zischend entweichen. Mein lieber Mann, jetzt kamen

Ansichten zum Vorschein! Ich zwang mich förmlich dazu, vorsichtig dem Klang seiner Stimme nachzulauschen, ob die Bemerkung vielleicht ironisch gemeint war. Bevor ich mir jedoch eine passende Antwort zurechtlegen konnte, mischte sich Halbmond in die Diskussion ein.

»Aber das ist doch Unsinn! John hat keinen derartigen Befehl an Suzanne gegeben, ich war doch dabei! Außerdem sind wir mit knapper Not ins Schiff gekommen.«

»Man kann sich mit einen CyCom unterhalten, ohne daß eine außenstehende Person etwas davon bemerkt«, entgegnete Appalong.

Er hatte seine Bemerkung tatsächlich ernst gemeint! Jetzt wurden mehrere Stimmen laut, bis fast alle durcheinanderredeten. Mir wurde schlagartig bewußt, daß ich offensichtlich einen Stimmungswandel in der Besatzung verpaßt hatte. Das sprachliche Durcheinander zeigte mir eine völlig neue Situation: Anscheinend existierte schon seit einiger Zeit ein Mißtrauensverhältnis gegenüber Suzanne, deswegen tauchte auch permanent dieses ›wir‹ und ›uns‹ in den Sätzen auf. Auch Fritz Bachmeiers Loyalität wurde angezweifelt. Es schien geradeso, als ob Schmidtbauers Wahnsinn auf die Mannschaft abzufärben begänne.

Ich streckte die Beine aus und hörte dem unsinnigen Gerede eine Weile gespannt zu. Erst in diesem Moment wurde mir bewußt, daß vor mir eine Demonstration allgemeiner Hilflosigkeit und Verzweiflung ablief. Eigentlich war die Reaktion nur zu verständlich, denn wir befanden uns eine kleine Ewigkeit von der Erde entfernt, der Großteil dieser Leute hatte sich höchstens in der Mondumlaufbahn aufgehalten und nie den gewohnten Anblick unseres Heimatplaneten vermißt. Hier draußen, 80 Millionen Kilometer im innerplanetarischen Raum, begann das Gefühl des Alleinseins ihre

Gemüter zu beherrschen. Dazu kam erschwerend die zunehmende Erkenntnis, daß sich die *Nostradamus* zu einem unsicheren, ja sogar lebensbedrohenden Aufenthaltsort zu verwandeln schien. Außerdem waren wir durch unser selbst auferlegtes Schweigen durch das Funkstörfeld praktisch vom Rest der Menschheit abgeschnitten, wenn man einmal Halbmonds Kontakt zu ihrem Bruder außer acht ließ.

Viktor hatte es richtig ausgedrückt: Es ging nicht direkt um meine Person, sondern um die Erkenntnis, daß wir nichts anderes waren als Marionetten in einem Theaterstück, von dem wir das Drehbuch nicht kannten. Ich wunderte mich nur darüber, daß Viktor und auch Voodoo, der sich gerade mit Lorenzen anlegte, sich von dieser Unsicherheit anstecken ließen. Der einzige, der wie ich zurückgelehnt in seinem Sessel saß und die Szene mit einem Lächeln verfolgte, war Richard Ballhaus. Sein mächtiger Kopf wackelte hin und her, als würde er von einem inneren Lachen geschüttelt. Ich beobachtete ihn aus den Augenwinkeln, bis er meinen Blick auffing. Er stand auf, kam auf mich zu und setzte sich ächzend in den für ihn viel zu kleinen Stuhl neben mir.

»Du denkst wohl auch, was ich denke, Herr Kapitän?« fragte er mit einem wohlwollenden Lächeln.

»Vielleicht. Ich war gerade an der Stelle, wo ich mir vorzustellen versuchte, wie es in einem Menschen aussieht, der das erste Mal so weit von zu Hause entfernt ist.«

»Gut! Und wo keiner mehr auf ihn aufpaßt!« grinste er.

»Genau! Und wo immer der andere der Böse ist«, fügte ich schelmisch hinzu.

»Richtig.« Er wurde ernster. »Aber warst du schon soweit, über den Tod nachzudenken?«

Wir hatten nicht allzu laut gesprochen, aber natürlich

hatten die anderen Richard beobachtet, wie er sich zu mir gesetzt hatte. Ihre Gespräche verwandelten sich in Alibibeschäftigungen, weil jeder mit einem Ohr herauszufinden versuchte, worüber wir miteinander redeten. Mitten in seinem letzten Satz war plötzlich Stille eingetreten, und so stand seine Frage an mich wie ein steinernes Mahnmal im Raum.

Er quetschte sich weiter nach hinten in seinen Stuhl und sah alle anderen offen an, als er die Frage selbst beantwortete.

»Ja«, sagte er laut, »ich sehe ihn vor mir.«

Eben noch war es still, jetzt wurde es stiller. Niemand wagte zu atmen, jeder versuchte, die Zweideutigkeit von Richards Worten zu deuten. Er ließ uns jedoch nicht lange im unklaren und fuhr mit wohlüberlegten Worten fort.

»Ich muß es allen hoch anrechnen, daß ihr angesichts der üblen Geschehnisse an Bord solange vernünftig geblieben seid. Das schließt auch diesen hitzigen Disput mit ein, den wir hier führen.« Er hob warnend eine Hand. »Nur dürfen wir jetzt nicht den Fehler begehen, uns gegenseitig zu beschuldigen oder kurzfristig ein Opfer zu suchen, auf das wir unsere Ängste abladen können.«

Ich blickte ihn irritiert von der Seite her an. Er sprach genau die Gedanken aus, die ich mir vorgenommen hatte der Besatzung zu sagen, wenn sich die Aufregung etwas gelegt hatte. Nur, und in diesem Punkt war ich mir sicher, bei mir wären sie nie so wirkungsvoll angekommen.

Richard Ballhaus führte seine Rede nach einer kleinen Pause weiter. »Um den dramatischen Teil unserer Zusammenkunft hiermit beenden zu können, würde ich vorschlagen, daß wir beginnen, uns ernsthaft Gedanken über unsere Zukunft zu machen, wennmöglich ohne zu große persönliche Emotionen. Um einen konkreten Vorschlag zu machen, würde ich darum bitten, noch einmal von vorne anzufangen.«

Er wandte sich an mich. »John, hast du etwas gegen Suzannes – sagen wir einmal – Zurücksetzung einzuwenden?«

Ich spürte, daß ich rot wurde. Es klang so, als ob ich einer Scheidung zustimmen sollte.

»Ich habe überhaupt nichts dagegen, wenn es der Allgemeinheit dient, nur möchte ich auf ein damit verbundenes Problem hinweisen: Suzanne ist mit dem eigentlichen Schiffscomputer verbunden. In dem Fall, daß sie noch einige Gemeinheiten mit uns vorhat, dann kann sie diese auch im bordeigenen System abgelegt haben. Ihre Absetzung wäre also reine Augenwischerei.«

Immer noch Stille. Voodoo wagte sich als erster wieder in die neue Nüchternheit. »John, ich möchte mich für alle entschuldigen. Ich weiß nicht, was mit uns los war, aber vielleicht war der Aussetzer notwendig. Gleichzeitig muß ich Richard ein Kompliment machen: Ich wußte gar nicht, daß wir außer unserem Kapitän noch so einen Reißer mit an Bord haben.«

Jetzt löste sich die Spannung endgültig. Unter dem Beifall aller stand Richard verlegen auf, wobei er einige Schwierigkeiten hatte, sich aus dem verankerten Stuhl herauszuwinden, der seine zwei Meter nicht so ohne weiteres freigab.

»John hat natürlich recht«, sagte Voodoo, als sich das Gelächter um Richards Bemühungen gelegt hatte. »Wir haben mit dem Problem zu kämpfen, daß selbst unabhängige Rechnereinheiten heutzutage untereinander kommunizieren, ohne daß wir etwas dagegen unternehmen können. Falls jemand Suzanne dahingehend programmiert hat, uns zu schaden, hat er auch Vorkehrungen gegen ihre Abschaltung getroffen, das heißt, auch der Schiffscomputer wäre ›verseucht‹.«

Er zog die Schultern hoch. »Um ganz sicher zu gehen, müßten wir alles löschen, aber ohne Rechner geht auf dem Kahn gar nichts, nur die Notfalleinheiten für den Reaktor, aber mit dem Strom für Heizung und Licht kommen wir nicht sehr weit.«

»Wir könnten die Computer von der Erde aus neu laden lassen«, schlug Luis vor, hielt aber sogleich wieder inne.

Voodoo nickte in seine Richtung. »Siehst du, auch du traust niemandem mehr von dort. Sie könnten uns das gleiche Programm wieder schicken, und wir sind genauso weit wie zuvor.«

Ich fuhr mir mit den Händen übers Gesicht. Es half nichts, wenigstens mußten wir den Versuch wagen, die Leitung des Schiffes dem bordeigenen System zu übertragen und Suzanne zu isolieren. Vielleicht waren das ja alles unsere überzogenen Hirngespinste. Bis jetzt gab es keinen Beweis für ein Komplott der Computer gegen uns, aber mit dieser Aktion hätten wir immerhin etwas unternommen.

»Viktor, wir nehmen Suzanne raus aus der Führung! Jetzt sofort!«

Er stand ohne Kommentar auf, und wir setzten uns an das Face in der Ecke des Raums, wo ich mit meinem persönlichen Code den Befehl eingab.

Suzanne bestätigte ihre Absetzung mit einem fröhlichen ›Es war mir ein Vergnügen!‹

# 11

Wir befanden uns mitten in der Phase. Wenn alles reibungslos verlief, würden wir in einer halben Stunde *Südquelle* auf dem Taster-Face haben. Das bedeutete noch lange nicht, daß wir sie auch optisch zu sehen bekamen, aber wir hofften, auf plus/minus 500 Kilometer an sie heranzukommen. Da wir während der Phase blind flogen, mußte der Schiffscomputer die Dauer der Betriebszeit des Neutrino-Treibers für die zurückzulegende Strecke errechnen. Dabei waren mehrere Faktoren zu berücksichtigen: die konstante Beschleunigung der *Nostradamus*, die jetzt sehr gering war, weil die Steuerdüsen über wenig Resttreibstoff verfügten, die Kollisionsdichte der Baryonen mit den Neutrinoströmen, die Stabilität des umgebenden Plasmafeldes und die exponential zunehmende Häufigkeit der Reaktionen, wenn die Phase über längere Zeit andauerte. Dr. Helene Mayer hatte noch mehrere andere Einflüsse erwähnt, die mein Verstand jedoch nicht in der Lage war vollständig zu begreifen. Manchmal überfiel mich der ketzerische Eindruck, sie wußte selbst nicht, wovon sie sprach. Alles in allem konnten wir von Glück reden, wenn wir unser vorgegebenes Zielgebiet wenigstens ungefähr erreichten. Voodoo hatte es in der Golfersprache als ›Green‹ bezeichnet, und der Vergleich kam der Wahrheit sehr nahe.

Die restliche Entfernung brauchten wir nicht mit der *Nostradamus* zurückzulegen, wir würden die Energieplantage mit Fernsteuerung an uns heranholen oder, falls wir mit der Beendigung der Phase näher als vorgesehen an sie herankamen, Luis würde mit einer Arbeitsbiene hinüberwechseln und die Plantage holen.

Im Laderaum herrschte eine angespannte, zum Teil freudige Stimmung. Endlich lag ein greifbares Ziel vor uns. Der Neutrino-Treiber arbeitete fehlerlos. Das weiße Leuchten beherrschte seit einigen Minuten unsere Umgebung mit dem gewohnten intensiven Glühen. Appalong, der vor mir auf dem Face im Technischen Bereich als Verbindungsmann fungierte, war noch gut zu erkennen, was hauptsächlich auf seine rabenschwarze Haut zurückzuführen war. Auch die Tonverbindung war einigermaßen in Ordnung, ich konnte ihn klar und deutlich empfangen.

»Helene meint, es läuft gut. Restzeit der Phase: 23 Minuten und 12 Sekunden«, meldete er.

Hoffentlich bleibt es so, dachte ich, wir konnten ein Erfolgserlebnis dringend gebrauchen.

Viktor hatte sich freiwillig mit Halbmond in einer neuen Arbeitsbiene nach hinten begeben. Von der alten waren lediglich unscheinbare Kratzspuren von den Greifarmen am Düsenrand zurückgeblieben.

Mein Verhältnis zu Viktor war seit der hitzigen Diskussion im Gemeinschaftsraum etwas angespannt. So, wie ich ihn kannte, belasteten ihn die harten Worte sehr, die er mir gegenüber geäußert hatte, und er haderte deswegen hauptsächlich mit sich selbst. Zu einer Entschuldigung hatte er sich jedoch nicht durchringen können. Für mich war die Sache erledigt, ich war überzeugt davon, daß er irgendwann in einer stillen Minute von selbst noch einmal darauf zu sprechen kommen würde.

Ich schielte zum x-ten Male auf meine Uhr, obwohl ich mittlerweile genau wußte, daß sie mir nicht die gleiche Restzeit anzeigen würde, die ein speziell programmierter Zeitrechner am Neutrino-Treiber angab. Voodoo hatte vergeblich versucht, mir die Gründe für die verschieden auftretenden Zeitspannen wegen der angewandten Zeitstückelung zu erklären. Es blieb für mich ein Phänomen, das mein Verstand wie vieles andere nicht erfassen konnte oder wollte. Auf jeden Fall würde die nächste Generation von Raumfahrern, die diesen neuen Antrieb nutzte, auf meine Person verzichten müssen. Mit etwas Wehmut dachte ich daran, daß ich meine Erfahrungen in die Zukunft der Raumfahrt wahrscheinlich nicht einbringen konnte, denn dieses Kapitel würde ganz neu geschrieben werden: keine langdauernden Flüge mehr, keine logistischen Probleme mit der Versorgung, keine psychologische Betreuung der Besatzung während eines langweiligen Fluges im interplanetarischen Raum; die mächtigen Plasmatriebwerke würden zu primitiven Beschleunigungsmaschinchen verkümmern, die lediglich zu schwachen Anschüben benötigt würden. In wenigen Jahren würde ein Flug zum Mars von einem einfachen Fährschiff in wenigen Tagen bewältigt werden. Damit würden die aufwendigen Konstruktionen der Zylinder wegfallen. Die Schwerelosigkeit wäre in der lächerlich kurzen Reisezeit leicht zu ertragen.

»Restzeit: 14 Minuten und 26 Sekunden! Wir haben jetzt erste Probleme mit dem Beschleuniger. Einige Segmente werden instabil. Das Plasmafeld verbraucht hohe Energiewerte. Aber noch läuft alles…« Appalong mußte nun schon laut sprechen, damit ich ihn verstehen konnte.

»Ich weiß nicht, ich weiß nicht…«, sagte Voodoo neben mir.

Beunruhigt haspelte ich mit meinen Händen an der

Kontrolltastatur vor mir herum. »Was weißt du nicht?« fragte ich ihn.

Er schüttelte besorgt den Kopf und schnippte verstört mit zwei Fingern an seinem Mikrophon vor dem Mund. »Die Zeit… es dauert zu lange.«

»Aber du hast mir doch erklärt, daß es wegen der Zeitstückelung Verschiebungen…«

»Das meine ich nicht«, fiel er mir ins Wort. »Die reale Betriebszeit des Antriebes ist nach meinen Berechnungen zu lang. Ich glaube, wir fliegen ins ›Rough‹.«

»Wohin?«

Er winkte nervös ab und wandte sich dem Face zu. »Ape, kannst du die Realzeit am Neutrino-Treiber überprüfen? Ich habe so ein merkwürdiges Gefühl. Überprüfen, schnell!«

Beunruhigt registrierte ich, daß er Appalongs helles Abbild auf dem Face regelrecht angeschrien hatte.

»Kann jetzt nicht… alle Hände… zu tun. Warte… Moment… richtig, keine Abweichungen… 9 Minuten… Sekunden.« Appalongs Worte drangen zerfetzt zu uns. Seine Konturen verschwammen nun in einer grau-weißen Soße.

Meine Unruhe drohte sich in aufkommende panische Hilflosigkeit zu verwandeln. Gewaltsam zwang ich mich dazu, gefaßt zu bleiben. »Voodoo, bitte! Was ist los?«

Er antwortete nicht, seine Finger flogen über die Tastatur, dabei klappte er wie ein nach Luft schnappender Fisch den Mund auf und zu. Schließlich schloß er die Augen und hielt seinen Zeigefinger hektisch nach oben.

»Abbrechen!« gestikulierte er plötzlich aus dem Weiß heraus. »Sofort abbrechen! Wir sind zu weit!«

Ich zögerte, weil ich nicht wußte, was ich davon zu halten hatte. Voodoo nahm mir die Entscheidung ab, indem er hastig zu meiner Kontrolltastatur herübergriff und die nötige Sequenz eintippte.

Alles Weiß verschwand mit einem schemenhaften Aufblitzen und ließ uns in einem normal erleuchteten Laderaum zurück, der zunächst für uns wieder stockdunkel erschien. Über mir hörte ich leise Flüche von den anderen, die nicht auf den abrupten Abbruch vorbereitet waren und in der plötzlich auftretenden Schwerelosigkeit langsam an den Container herangetrieben waren.

»Voodoo, kannst du mir erklären…?«

Er beachtete mich nicht. Statt dessen starrte er angestrengt auf das Face, auf dem er die Tasterwerte von *Südquelle* ablas.

»Scheiße!«

»Jetzt, was ist?« fragte ich noch einmal.

»50 000 Kilometer! Wir sind 50 000 Kilometer an *Südquelle* vorbeigeflogen!«

»51 628 Kilometer, um genau zu sein, mit einer geringen Abdrift von 8,36 Kilometer pro Stunde. Wenigstens haben wir bei letzterem einen passablen Wert.« Er fuhr sich mit einer Hand durch seine Stoppelhaare.

Anerkennend klopfte ich ihm auf die Schulter. »Trotzdem, tolle Leistung, Voodoo. Wenn du nicht eingegriffen hättest, wären wir viel weiter über das Ziel hinausgeschossen.« Ich war mehr erleichtert darüber, daß wir überhaupt in die nähere Umgebung von *Südquelle* gelangt waren, als daß ich eine Besorgnis über die Entfernung von 50 000 Kilometer empfand. Die Strecke bedeutete in astronomischen Verhältnissen gemessen rein gar nichts, obwohl wir unser vorgestecktes Ziel nicht annähernd erreicht hatten. Für die Energieplantage war es jedoch keine Schwierigkeit, die Distanz in einigen Stunden zu überwinden. Ärgerlich war nur, daß wir dadurch noch mehr Zeit verloren.

Ich informierte die Besatzung über die Sachlage und überhörte die aufkommende Diskussion über das Wie und Warum der ungenauen Ankunft. Es war mir im Augenblick gleichgültig.

»Komm, Voodoo, alles weitere erledigen wir von der Zentrale aus. Ich habe die Schnauze voll von dem Ort hier.« Ohne zusätzliche Anweisungen machte ich mich mit ihm auf den Weg. Die anderen wußten ohnehin, was sie zu tun hatten. Ballhaus, Wolfen und Vivian würden Schmidtbauer, der die ganze Zeit schlafend in seinem Automaten verbracht hatte, wieder in seine Zelle bringen, Luis war schon auf dem Weg nach unten zum Triebwerk, wo er in den letzten Stunden damit beschäftigt gewesen war, mit Hilfe mehrerer Reparaturroboter zerstörte Teile herauszuschneiden und sie dem Weltraum zu überlassen.

»Woher hast du gewußt, daß die Phase zu lange dauert?« fragte ich Voodoo, als wir uns durch die Hallen im Bauch des Schiffes bewegten.

»Genau kann ich es selbst nicht sagen, es hängt aber mit der Auswirkung des Ereignishorizontes auf die Masse des Schiffes zusammen. Der Einfluß ist zu Beginn der Phase verschwindend gering. Nach einiger Zeit jedoch wirkt sich die Kraft bestimmend auf unsere Fortbewegung aus. Eine Minute länger und wir hätten uns vielleicht eine Million Kilometer weiter im Raum befunden.«

»Eine Million Kilometer!« stieß ich erschrocken hervor. »Warum hat der Computer das nicht genau vorausberechnet? Wo lag der Fehler?«

»Weiß ich nicht. Wenn wir noch ein paar Phasen fahren, könnte ich dir eine Konstante präsentieren…«

»Ich kann mich beherrschen«, entgegnete ich. »Ich will froh sein, wenn wir das Teufelsding nach der letzten Phase einmotten können. Noch einmal vielen Dank für dein entschlossenes Eingreifen. Ich weiß nicht, ob ich den Mut für einen vorzeitigen Abbruch aufgebracht hätte.«

Er lachte laut auf. »Da du es gerade erwähnst: Können wir kurz bei meiner Kabine vorbeischauen, ich glaube, ich sollte meine Unterhose wechseln.«

Grinsend ignorierte ich seine Bitte, schwebte in das stillstehende Karussell ein und stürzte mich kopfüber in den Paternoster. Wir hatten uns um das Funktionieren des Zylinders noch nicht gekümmert, deswegen herrschte auch hier weiterhin Schwerelosigkeit.

In der Zentrale angekommen, gurtete ich mich fest und aktivierte das Center Face. Eigentlich hatte ich Lust auf einen Kaffee und wollte bei Suzanne die Bestellung aufgeben, als mir einfiel, daß sie keinerlei Befugnisse mehr besaß, die das Schiff betrafen, auch nicht bei den Getränkeautomaten. Verdrossen murmelte ich: »Schmeckt mir sowieso nicht, das Zeug.«

»Was meinst du?« fragte Voodoo, der es sich in der NAV-Einheit rechts über mir bequem gemacht hatte.

»Ach, nichts. Suzanne fehlt mir halt«, jammerte ich.

»Dafür hast du doch jetzt eine schnuckelige Indianerin«, tönte es hinterhältig von oben.

Ich funkelte ihn grimmig an. Dabei kam mir ein furchtbarer Gedanke. »Voodoo…?«

»Ich hab nichts gesehen, ich hab nichts gesehen! Die Verbindung zur Arbeitsbiene war gestern unterbrochen und die Überwachungskamera arbeitet mit einem gräßlichen Weitwinkelobjektiv…«

Verärgert und innerlich fluchend schob ich die Tastatur für den Getränkeautomaten aus dem Terminal heraus und bestellte mir nun doch einen Kaffee. Ich konnte nur hoffen, daß Voodoo der einzige war, der die intime Szene mit Halbmond beobachtet hatte.

Sein Kopf erschien vor mir auf dem Center Face. »Ich sag ja nix weiter, aber du weißt doch selber, daß so ein Raumschiff tausend Augen hat«, meinte er mit schuldbewußter Miene.

»Ja, ich weiß es«, murmelte ich und riß den geschlossenen Plastikbehälter mit Kaffee aus dem Getränkeautomaten. »Ich bin wütend auf mich selbst, weil ich es überhaupt so weit habe kommen lassen. Gerade als Kapitän hat mich so etwas eben nicht zu interessieren.«

Er verzog sein Gesicht zu einem amüsierten Lächeln. »Ach, na ja, weißt du…« Seine Miene wurde plötzlich ernst. »Komm schon, du lahme Mühle, melde dich!«

»Was ist denn jetzt schon wieder?« fragte ich besorgt.

»Ich kriege keine Verbindung mit *Südquelle* zustande.«

Erschrocken wischte ich mit einem Tastendruck seinen blonden Schopf vom Center Face und holte mir die Informationen der NAV-Einheit. Nach einer kurzen Überprüfung war ich mir sicher, daß er keinen Fehler gemacht hatte. Alles stimmte: Anfrage, Identifikation der Energieplantage, Codenummer der *Nostradamus*, Kanal 44/SB/1034…

Nichts. Wir bekamen keine Verbindung.

Ich hörte, wie Voodoo weitere Versuche unternahm, aber das Center Face zeigte kein positives Ergebnis. »Na bravo, meine Herren, das hat uns in der Sammlung noch gefehlt«, sagte er resignierend.

Es konnte nicht sein, es konnte einfach nicht sein! Immer wieder probierte ich die Sequenz, wechselte die Sendekanäle, aktivierte die zweite und dritte Sendeeinheit, prüfte auch sie auf Funktionsstörungen, aber alles, was dabei herauskam, war, als würden wir eine imaginäre Stelle im Weltraum anrufen und darauf hoffen, daß ein Nichts antwortete.

»Das gibt es nicht, ich glaube es nicht!« tobte ich.

Wütend stellte ich die Verbindung nach Manching her – wenn man das so nennen konnte. Es würden zehn Minuten vergehen, bis eine Nachricht von uns dort eintraf, und weitere zehn Minuten, bis wir eine Antwort bekommen würden, deswegen begann ich die Sendung mit einer Zusammenfassung der letzten Stunden und beendete sie mit dem Fehlschlag der Kontaktaufnahme zu *Südquelle*.

Viktor und Halbmond schwebten in die Zentrale.

Ach, richtig, diese Möglichkeit gab es ja auch noch, fiel mir ein, als die Halbindianerin ihren Helm abnahm. Egal, ich wollte einen der Verantwortlichen auf dem Center Face sehen, ich wollte Reaktionen auf ihren Gesichtern ablesen können. Ich hatte dieses Versteckspielen satt. Sollten sie sich doch mit FBO oder wem auch immer herumschlagen, auf uns hatte das, hier in zehn Lichtminuten Entfernung von der Erde, sowieso keinen Einfluß mehr.

Ich berichtete Viktor in knappen Worten von unseren erfolglosen Versuchen. Halbmonds Augen begannen sich konzentriert zu verengen.

»Keine Nachricht an Bachmeier!« fuhr ich sie an.

Ihre Augen weiteten sich für einen Augenblick, um sich gleich wieder zu schmalen Schlitzen zu verengen. »Nicht in diesem Ton!« fauchte sie zurück.

Ich war auf dem besten Weg, mir alle Sympathien zwischen Jupiter und der Erde zu verscherzen!

Auch das war mir im Augenblick gleichgültig. Jetzt war Schluß mit der harmonischen Atmosphäre! Ich brauchte positive Ergebnisse, und wenn der Kontakt mit *Südquelle* nicht zustandekam, konnten wir uns gleich auf eine lange Reise um die Sonne einstellen.

Viktor räusperte sich, sagte aber nichts. Er versuchte sich ebenfalls mit der Frequenz für die Verbindung zu der Energieplantage – mit dem gleichen negativen Ergebnis wie wir zuvor.

»Voodoo, was haben wir als Reserve in den Tanks der Steuerdüsen?« fragte er leise.

»Nicht mehr als ein paar Fürze… oh, Verzeihung, ich meine, nun ja… überschlagsmäßig dürften wir damit die Plantage in ungefähr 150 Tagen erreichen können.«

Viktor rieb sich an der Nase und wollte sich wieder

an den Kontrollen zu schaffen machen, ich kam ihm jedoch zuvor und rief im Technischen Bereich an. Es fehlte mir gerade noch, daß er nun das Heft in die Hand nahm. Appalong meldete sich aus der Halle. Unwillig erzählte ich ihm kurz von unserem Problem und fragte ihn nach dem Zustand des Neutrino-Treibers.

»Tot und aus«, entgegnete er nüchtern. »Selbst wenn Voodoo nicht eingegriffen hätte, wäre die Anlage nicht über die volle Zeit gelaufen. So, wie ich die Situation einschätze, haben wir hauptsächlich mit Funktionsausfällen der Magneten und den elektrischen Feldern zu kämpfen, konkret heißt das, für eine Wiederinbetriebnahme des Neutrino-Treibers benötigen wir alles, was die Plantage an Ersatzteilen an Bord hat.«

»Wir können also auch auf keinen Kurzeinsatz hoffen.« Indirekt zielte ich mit meinem Nachhaken auf eine positivere Aussage von Dr. Helene Mayer ab.

Er schnaufte tief durch und gab damit zu verstehen, daß er mich verstanden hatte. »Du kannst auch mit Helene reden, aber eigentlich gebe ich dir die Worte wieder, die sie vor einigen Minuten selbst von sich gegeben hat.«

»Ist schon in Ordnung, entschuldige. Danke«, sagte ich versöhnlich.

Ich drehte mich zu den anderen herum.

»Ende der Fahnenstange«, sagte ich verbittert.

Viktor sah blaß aus. »Es ist wirklich erstaunlich«, murmelte er, ohne weiter zu erläutern, was ihn so erstaunte. Er hatte ein kleines Face aktiviert, auf dem er mit unbewegtem Gesicht Daten abrief.

Auch Voodoo tippte lustlos auf seiner Tastatur herum. »Eine Arbeitsbiene könnte in 63 Tagen die Strecke überwinden. Allerdings wäre einem einzelnen Insassen fünf Tage vorher die Luft ausgegangen, wenn er keinen zusätzlichen Vorrat mitnimmt!«

Unbeherrscht wollte ich wegen seiner blöden Bemerkung hochfahren, besann mich aber rechtzeitig. Wir brauchten jede Idee, ganz gleich wie unsinnig sie auf den ersten Blick erschien. Ganz abgesehen davon, war seine Überlegung gar nicht so abwegig, denn uns würde in der Tat nichts anderes übrigbleiben, als jemanden mit einer Arbeitsbiene dorthin zu schicken, falls der Kontakt nicht zustande kam. Die nächsten konzerneigenen Schiffe, die uns zu Hilfe kommen konnten, waren im Marsorbit stationiert. Allerdings bewegte sich der Planet zur Zeit in seiner Umlaufbahn von unserer Position aus um die Sonne herum, stand jedoch trotzdem günstiger als die Erde, die sich immer weiter von uns entfernte. An die letzte Möglichkeit, nämlich Mayday zu funken, und damit fremde Hilfe in Anspruch zu nehmen, wollte ich gar nicht denken, denn das wäre in Anbetracht des ganzen Medienrummels der vergangenen Tage mehr als nur erniedrigend gewesen.

Blieb also der Flug mit einer Arbeitsbiene. Es fragte sich nur, wie gravierend der Grund für die Inaktivität der Plantage war, und ob man den Fehler vor Ort beheben konnte.

»Wir müßten eine Arbeitsbiene mit einem Fährmodul ausrüsten und darin so viel Sauerstoff wie möglich speichern.« Mir waren diese Überlegungen zuwider, bevor wir nicht alles versucht hatten, eine Verbindung mit *Südquelle* herzustellen, denn gleichzeitig sprach ich damit den Mißerfolg unserer Mission aus. Nofretete würde in 20 Millionen Kilometern Entfernung an uns vorbeirauschen, während wir antriebslos im Raum standen. Erstaunlicherweise löste diese Vorstellung in mir keine wesentliche Enttäuschung aus. Wahrscheinlich war meine innere Überzeugung darüber, daß wir ein erfolgreiches Rendezvousmanöver mit der Pyramide zu Wege bringen würden, von Anfang an nicht sehr groß gewesen.

Viktor regte sich neben mir. »So weit sind wir noch nicht, vielleicht wissen die in Manching, was mit *Südquelle* nicht stimmt.«

Ich mußte mich zurückhalten, um ihm nicht mit einer taktlosen Bemerkung zu antworten. Wir standen vor verschlossenen Türen und meine Enttäuschung und Wut wuchsen mit jeder Minute. Gleichzeitig spürte ich ein aufkommendes Mißtrauen gegenüber jedem, der uns auf diese Mission geschickt hatte, Fritz Bachmeier eingeschlossen.

Ich stieß ein verächtliches Zischen aus. Viktor deutete es richtig und antwortete mit einem hilflosen Lächeln. Wenigstens war ich mit meiner Ohnmacht nicht allein, in seinem Blick spiegelten sich alle meine Gefühle.

Die Verbindung zur Erde erwachte auf dem Center Face mit einem satten, tiefen Ton. Das Emblem des Konzerns erschien auf dem Face und verdrückte sich anschließend als kleinere Ausgabe in die linke obere Ecke, als Hellbrügges Gesicht in unsere Zentrale blickte.

»Hier spricht Dr. Joachim Hellbrügge«, begann er forsch. »Wir alle hier auf der Erde verfolgen die Ereignisse mit größtem Interesse und versichern, daß die unbedeutenden Schwierigkeiten, die sich mit der Energieplantage ergeben haben, bald behoben sein werden.« Es folgte eine Pause, in der er sich unbeholfen abwandte, als wollte er eine nicht sichtbare Person konsultieren.

»Mit größtem Interesse«, spottete ich. Es war schlichtweg eine Frechheit. So, wie sich der Anfang anhörte, würde nichts Wesentliches mehr folgen. »Das ist ja wohl das Letzte!«

Viktor nickte zustimmend und blickte wie erstarrt auf das Center Face, auf dem sich Hellbrügge anschickte, weitere nichtssagende Seifenblasen aufsteigen zu lassen.

Hinter mir meldete sich Halbmond. »Darf ich jetzt vielleicht eine Nachricht von Fritz Bachmeier durchgeben?«

»Bitte, wir sind alle sehr gespannt«, forderte ich sie ärgerlich auf. Der Blick, den sie mir zuwarf, war dementsprechend.

»Erstens: Manching kann ebenfalls keinen Kontakt zu *Südquelle* herstellen. Zweitens: Wegen der Kürze der Zeit konnten keine umfassenden Untersuchungen eingeleitet werden, um die Passivität der Energieplantage aufzuklären. Drittens: Fritz Bachmeier ist sehr… äh… ungehalten darüber, daß du unsere Probleme offen in die Welt hinausposaunst. Ende, das war's im wesentlichen.«

Sie hielt sich mit unbeweglicher Miene am Sessel fest und spielte die Rolle einer unbeteiligten Nachrichtenmaschine.

»So, das reicht mir jetzt!« Ich tastete nach der Sendeeinheit, um sie zu aktivieren. Dazu mußte ich über Viktors Schulter langen. Als ich meinen Arm ausstreckte, sagte er: »Warte, ich denke, ich kann unsere Leute in Manching verstehen. Wir sollten ihnen etwas Zeit lassen.«

Ich verstand überhaupt nichts mehr. War heute ein Preis für hohles Geschwafel ausgesetzt, oder drehte Viktor jetzt ebenfalls durch? Noch verblüffter war ich, als er mir wie ein Taschenspieler einen kleinen rechteckigen Gegenstand unauffällig in die Hand drückte und aus seinem Mundwinkel ein leises ›N 7‹ zuflüsterte. Begriffsstutzig wollte ich mir das Ding in meiner Hand ansehen, aber er hatte sich schon losgegurtet, rempelte mich im Aufstehen an und entschuldigte sich laut: »Oh, Verzeihung.« Dann fügte er rasch in einem gequetschten Flüsterton hinzu: »Nicht hier. Toilette. Dunkel.«

Seine Worte hatte ich verstanden, klug wurde ich daraus nicht. Schnell ließ ich den Gegenstand verschwinden und setzte mich auf den freigewordenen Platz, um nachzudenken. Irgend etwas ging hier vor, aber ich hatte keinen blassen Schimmer, worum es sich handeln konnte. Wollte er, daß die Besatzung nichts von dieser mysteriösen Übergabe des… Was war das eigentlich? Ich drehte es in meiner Hosentasche zwischen den Fingern hin und her. Es fühlte sich wie ein kleines Videoboard in Miniaturausgabe an. Warum aber sollte ich es mir im Dunkeln in der Toilette ansehen? Wenn keiner hier im Schiff davon wissen sollte, gäbe es eine Vielzahl von geeigneten Plätzen an Bord, an denen er mir persönlich eine Information zukommen lassen konnte, ohne daß jemand etwas davon erfuhr.

Nach einer Weile sagte ich: »Vielleicht hast du recht. Warten wir ab, was die Untersuchungen ergeben.« Ich erhob mich und machte mich auf den Weg zu meiner Kabine. Voodoo glotzte mich mit großen Augen an, er konnte sich meinen plötzlichen Stimmungswandel nicht erklären.

Lächelnd klopfte ich ihm auf die Schulter. »Bin gleich wieder da. Mir schlägt soviel Aufregung auf die Blase.«

Als ich an Halbmond vorbeikam, zischte sie mich wütend an: »Ich würde dir am liebsten eine Rakete in den Hintern stecken und dich sonstwohin schießen.«

Meine Güte, dachte ich, sie benahm sich ja schon so, als ob wir durch einen Ehevertrag aneinander gebunden wären! Ich beachtete sie nicht und nahm mir vor, unser köchelndes Verhältnis so schnell wie möglich zu beenden, obwohl es mir schwer fallen würde.

Zunächst aber wollte ich wissen, was es mit Viktors Geheimnistuerei auf sich hatte.

Begleitet von Halbmonds bösen Blicken schlich ich mich aus der Zentrale und begab mich in die kleine Toilette in meiner Kabine, wo ich verstohlen in meiner verdeckten Hand nach dem Gegenstand schielte. Tatsächlich, ein Notizbuch! Ich machte das Licht aus und kam mir unsäglich kindisch dabei vor! Wer sollte mich hier schon beobachten, außer...? Ich hob den Kopf. Auch hier gab es Kameras, wie fast in jedem Winkel des Schiffes. Der Grund dafür lag nicht in einer totalen Überwachung, sondern in einer fast schon übertriebenen Besorgnis, einem Besatzungsmitglied könnte etwas zustoßen und Hilfe benötigen. Auf den Toiletten waren jedoch nur einfache unbewegliche Aufzeichnungsgeräte montiert, die alle 30 Sekunden ein Standbild lieferten. In einem Schiff wie der *Nostradamus* waren tausende Kameras verteilt, von denen wahrscheinlich 90 Prozent nie in ihrem technischen Leben benutzt wurden, es sei denn, ein verkappter Spanner in der Besatzung vertrieb sich während der Wache die Zeit damit.

»Unmöglich«, murmelte ich, stellte mich aber trotzdem mit dem Rücken zur Kamera und schaltete das Notizbuch ein. Ein Sensor registrierte die Dunkelheit und erleuchtete das winzige Display. Ich drückte N 7. Fassungslos las ich Viktors Nachricht.

›WIR WERDEN ÜBERWACHT. SUZANNE SENDET ALLES NACH MANCHING. TREFFEN UNS IN EINEM CONTAINER IM LADERAUM.‹

Erschrocken steckte ich das Notizbuch schnell wieder in die Tasche. Dann schaltete ich das Licht an und widerstand der Versuchung, nach oben zu blicken. Mit Unbehagen erledigte ich das, was man an einem Ort wie diesem hier erledigen konnte und versuchte, Viktors Nachricht zu verarbeiten.

Für mich bedeutete diese totale Überwachung mehr als einen eklatanten Vertrauensbruch. Es war ein Schock! Es konnte einfach nicht sein. Natürlich bestand rein technisch die Möglichkeit, unsere Tätigkeiten auf dem Schiff mit Hilfe der Kameras zu beobachten und zur Erde zu senden, wir hatten auf früheren Flügen oft schon Späße darüber gerissen und vor den Kameras

Grimassen geschnitten, um imaginäre Aufpasser zu ärgern, aber wir wären nie auf den Gedanken gekommen, daß unsere Witze einmal Realität werden könnten. Wenn Viktor recht hatte, wäre das... tja, was wäre das? Wäre es wirklich nur Vertrauensbruch? Oder fast schon Kriminalität? Es gab im Konzernbereich keine Gesetze gegen eine Beaufsichtigung, die Rechte der Angehörigen waren weit mehr eingegrenzt als in den freien Demokratien des vorigen Jahrhunderts. Heutzutage existierten überall auf der Erde genügend Kleinkonzerne und Firmen, die eine sogenannte Arbeitskontrolle in ihren Verträgen mit ihren Angehörigen festgelegt hatten. Bei Space Cargo waren solche Praktiken noch nie angewandt worden, auch nicht in Teilbereichen. Mir persönlich war bis heute kein Fall bekannt geworden, in dem eine geplante Bespitzelung aufgetreten war. Ich war mir sicher, daß ein Bekanntwerden von solch einer Programmierung von Suzanne ein großes Mißtrauen aller Raumfahrer in der Flotte hervorrufen würde. Wenn es bekannt würde...

Es war unvorstellbar! Ich schüttelte ungläubig den Kopf, bemühte mich jedoch gleichzeitig, mich vollkommen normal zu verhalten. Ich mußte mich sofort mit Viktor treffen, er mußte mir Beweise für seinen furchtbaren Verdacht vorlegen.

Wir schwätzten belangloses Zeug, als wir uns dem Container näherten, der Ersatzteile für die Sendeeinheiten in sich barg. Nachdem wir ins Innere eingedrungen waren, ließen wir die Tür wie zufällig fast ganz zufallen.

»Hier sind alle Teile, die wir austauschen könnten«, sagte er und tippte dabei eifrig in sein Notizboard, das er mir anschließend unter die Nase hielt.

›WIR KÖNNEN NICHT SPRECHEN, WEIL WIR NICHT WISSEN, OB UNSERE CYCOMS MANIPULIERT WERDEN.‹

Verrückt! Einfach verrückt! Ich nahm das Board und las nebenbei laut verschiedene Bezeichnungen von gelagerten Einheiten in den Containern ab. Das würde eine anstrengende Unterhaltung werden.

›WOHER WILLST DU WISSEN, DASS WIR ÜBERWACHT WERDEN?‹

›HAT MIT DEN SENDEPROTOKOLLEN ZU TUN. ZU AUFWENDIG, JETZT ZU ERKLÄREN. EINFACH GLAUBEN.‹

Die Protokolle für den Funkverkehr waren nichts anderes als einfache Aufzeichnungen aller Sicht- und Sprechverbindungen während eines Raumfluges. Im Normalfall wurden sie nach Rückkehr und Übergabe des Schiffes im Heimathafen im Archiv des Konzerns aufbewahrt. Ich hatte mich nie weiter dafür interessiert, obwohl ein Kapitän nach Verlassen seines Schiffes persönlich den Koffer mit den Aufzeichnungen bei der Versorgungseinheit abzugeben hatte und mit seinem Gencode für die Echtheit und Vollständigkeit unterschrieb.

›GUT. SCHREIB ES MIR AUF‹, tippte ich und machte ein ratloses Gesicht. Mir war schleierhaft, wozu die Überwachung gut sein sollte, außer daß man dadurch genau wußte, was wir gerade im Schiff redeten oder womit wir uns beschäftigten.

›WORIN LIEGT DER SINN?‹ fragte ich.

Viktor las meine Frage mit einem Stirnrunzeln und gab anschließend einen langen Wortlaut ein: ›VOLLSTÄNDIGE KONTROLLE. DIE FRAGE IST NUR: DURCH WEN? ICH GLAUBE NICHT, DASS HELLBRÜGGE DAHINTERSTECKT. VIELLEICHT HAT PAPST HADRIAN RECHT MIT SEINEN WARNUNGEN VOR DEM ZIRKEL. MIR IST VOLLKOMMEN SCHLEIERHAFT, WAS DAMIT ERREICHT WERDEN SOLL. AUF JEDEN FALL SITZEN WIR ERSTMAL HIER FEST, UND MAN WEISS GENAU, WAS WIR ALS NÄCHSTES PLANEN.‹

›DAS IST…‹ Ich fand keine Worte dafür und ließ das Notizboard in meiner Hand sinken. Ganz kurz dachte ich an Papst Hadrians Mahnung, das oberste Prinzip des Zirkels nicht außer acht zu lassen: das Gottesurteil. Ich konnte jedoch keinen Zusammenhang mit unserer Situation und diesem merkwürdigen Gebot herstellen. Es sah eher so aus, als wären wir lediglich Marionetten in einem uns unbekannten Theaterstück.

Wir hingen beide mutlos an den Regalen im Container.

Viktor und ich vereinbarten vorerst ein Stillschweigen über unsere Entdeckung, alleine schon deswegen, um die anderen Besatzungsmitglieder vor unbedachten Handlungen zu schützen. Sie sollten sich weiterhin in ihrer Unwissenheit ganz normal verhalten.

Immerhin brachten wir trotz unserer verhaltenen Verzweiflung noch soviel Energie auf, sorgfältig eine Sendeeinheit aus dem Container herauszusuchen, die wir vorsichtig in die Zentrale transportierten, um mit Voodoo eine Scheindiskussion darüber zu führen, ob es Sinn machte, sie auszutauschen.

Natürlich machte es keinen Sinn. Voodoo hatte auf Anhieb tausend Gründe parat, mit denen er uns deutlich machte, daß wir uns die Mühe hätten sparen können. Viktor und ich zogen schauspielernd enttäuschte Gesichter, was uns nicht besonders schwer fiel. Ich fragte mich, ob es uns überhaupt einen Vorteil brachte, von unseren unsichtbaren Beobachtern zu wissen. Wir dümpelten in greifbarer Nähe der Energieplantage vor uns hin wie in einem Ruderboot ohne Paddel, die rettende Insel vor Augen.

Von der Erde gab es keine neuen Nachrichten. Hellbrügge war bald wieder vom Center Face verschwunden, und auch Fritz Bachmeier hatte über Halbmond ausrichten lassen, daß er fieberhaft an unserem Problem arbeitete. Ich war mir nicht sicher, ob die beiden von der Überwachung wußten. Andererseits, wenn der

Zirkel tatsächlich einen so großen Einfluß besaß, war es für ihn bestimmt keine Schwierigkeit gewesen, Suzanne und damit auch den Schiffscomputer an den beiden vorbeizuprogrammieren.

In der Zentrale ging jeder seinen eigenen Beschäftigungen nach. Voodoo rief unablässig Daten auf das Face der NAV-Einheit, um den vermeintlichen Fehler zu finden. In der letzten Viertelstunde war ich immer wieder versucht, ihn einzuweihen, weil er mir in seiner Hilflosigkeit leid tat, ganz abgesehen davon konnte ich bald seine lauten Flüche nicht mehr ertragen.

Viktor saß vor dem Center Face und trommelte mit den Fingern auf der Terminaloberfläche herum. Vor einigen Minuten hatte er mir zugeblinzelt und vorsichtig einen verschlüsselten Code auf die Tischplatte geklopft. Er hatte mich damit auf die Sendeprotokolle aufmerksam gemacht, die ich mir daraufhin auf ein Face geholt hatte. Sehr bald schon fiel mir auf, was er entdeckt hatte: es wurden überhaupt keine Protokolle angefertigt, dafür sagten die Betriebsaufzeichnungen der Sendeeinheiten aus, daß die Geräte seit unserem Start unablässig arbeiteten, und zwar alle Einheiten, auch die Zweit- und Drittbestückung. Obwohl es kein hundertprozentiger Beweis für seine Vermutung war, hatte auch ich keine andere Erklärung parat, als daß unsere Tätigkeiten unablässig gesendet wurden. Ich hatte auf eine genauere Nachforschung verzichtet, weil sie bestimmt bemerkt worden wäre. Außerdem hatte eine lähmende Lethargie von mir Besitz ergriffen, denn uns lief langsam, aber sicher die Zeit weg. Laut Plan müßten wir uns in fünf Tagen mitten in der Beschleunigungsphase für die Annäherung auf Nofretetes Bahn befinden. Aber wir besaßen weder Treibstoff noch einen neuen Reaktor und waren Millionen von Kilometern von dem Rendezvouspunkt entfernt, an dem uns die Pyramide mit hoher Geschwindigkeit passieren würde.

Auch die restliche Besatzung hatte sich enttäuscht zurückgezogen.

Mit einem Schmunzeln dachte ich an Vivian und Wolfen. Hoffentlich gaben sie im Augenblick den Spannern auf der Erde keine Gelegenheit, auf ihre Kosten zu kommen!

In der bedrückenden Atmosphäre begegnete mir Halbmonds Blick. Ich seufzte und segelte mit verhaltenen Bewegungen zu ihr hinüber.

»Karen, ich möchte mich entschuldigen…«, begann ich leise. Voodoo, der lustlos in seiner NAV-Einheit nicht weit über uns saß, hörte bestimmt mit großen Ohren zu. Es war mir gleichgültig! Ich beugte mich zu ihr hinunter und küßte sie zärtlich aufs Ohr. Sie gurrte zufrieden und sagte in versöhnlichem Tonfall: »Ist schon in Ordnung. Ist es wirklich so schlimm? Wir können hier nicht weg?«

Ich nickte. »Ja, leider. Hier endet die großartige Expedition.«

»Darf ich näher zu dir kommen?« Sie schielte zu Voodoo hinauf.

»Ja, natürlich. Voodoo beobachtet uns sowieso schon die ganze Zeit«, sagte ich.

»Alles Lüge«, tönte es von oben. »Das mit dem Schwimmbad habe ich nicht gesehen.«

Sie flog vorsichtig in meine Arme und schmiegte sich an mich.

Jetzt fällt alles auseinander, dachte ich, aber es war mir gleichgültig. Wir begannen alle, uns auf Gleichgültigkeit einzustellen, warum sollte ich sie nicht wenigstens in dieser Form genießen? Ich spürte, wie sich in mir eine friedfertige Stille ausbreitete und genoß die Nähe ihres Körpers, obwohl wir nicht alleine waren. Viktor saß mit dem Rücken zu uns vor dem Center Face und hing mit schief gelegtem Kopf als Schattenriß vor der tiefblau leuchtenden Wand. Es schien, als würde er schlafen. Eigentlich sollte ich mich um die Besatzung kümmern, aber ich wollte mir noch ein paar Minuten gönnen. Appalong und Lorenzen würden bestimmt wieder hinter ihrem Teleskop hängen und in die Sterne blicken, Luis hatte immer etwas zu tun, obwohl ich vermutete, daß gerade ihm der Mißerfolg der Mission sehr zu schaffen machen würde. Er war ein Mensch, der Fehler haßte. Selbst wenn ihn keine Schuld traf, er konnte Fehlschläge nicht so ohne weiteres wegstecken. Wahrscheinlich kickte er in diesem Moment unter spanischen Flüchen Schrotteile mit dem Fuß ins All. Bei der Vorstellung entfuhr mir ein Lächeln.

»Oh, ich sehe, der Herr Kapitän hat seinen Humor wiedergefunden«, flötete Halbmond unter meinem Kinn. »Du bist mir nicht mehr böse, weil ich dich so angefaucht habe?«

Ich lachte verhalten. »Nein, aber unter einem normalen Kommando dürftest du deinem Kapitän nicht ungestraft androhen, ihm eine Rakete in den Hintern zu stecken, ohne...« Verblüfft unterbrach ich meine Antwort und lauschte den Worten nach.

Eine Rakete! Eine Mittelstreckenrakete!

Vor dem Center Face schreckte Viktor hoch und fuhr in seinen Gurten halb zu uns herum. Über uns krachte irgend etwas. Voodoo hatte mit der Hand an die NAV-Einheit geschlagen. »Oh, Scheiße... natürlich!« rief er.

Viktor reagierte sofort.

»Voodoo, schnell, komm zu mir, ich habe hier etwas entdeckt!«

»Echt? Ich aber auch, das müßt ihr euch anhören...!«

Viktor brüllte ihn an. »Du kommst sofort hierher! Das ist ein Befehl!«

»Du meine Güte!« maulte Voodoo und ruderte zu Viktor herunter. »Das nenne ich aufkommende Teutonik! Wie beim Barras!«

Ich faßte mich wie unter Kopfschmerzen erleichtert an die Stirn und stieß dabei Halbmond an.

»Was ist denn? Ist etwas passiert?« fragte sie unschuldig.

»Nichts, nein, nichts, aber Viktor hat… gleich, einen Moment«, beruhigte ich sie. Dabei fiel es mir schwer, mich selbst ruhig zu halten, denn ich wußte, wir hatten soeben eine Lösung gefunden, wie wir die Energieplantage in kürzester Zeit erreichen konnten. Das Problem war nur, daß wir nicht offen darüber reden konnten und Voodoo platzte fast vor Begierde, uns die Möglichkeit darzulegen.

Viktor hatte ihn unterdessen zwischen dem Getränkeautomaten und einer Sessellehne in Beschlag genommen. Dabei zeigte er aufgeregt und mit wirren Argumenten auf das Center Face, bis er scheinbar unabsichtlich den Becher mit meinem kalten Kaffee in Richtung Boden schubste. Voodoo zappelte in der Schwerelosigkeit bei seinen Bemühungen, ihn einzufangen und Viktor schien ihm helfen zu wollen, stütze ihn und hielt ihm im toten Winkel der Kameras das Notizboard vor die Augen. Es war ein akrobatischer Akt, denn Viktor mußte gleichzeitig eine Nachricht eintippen, ohne daß Voodoo verräterische Ausrufe oder Bewegungen ausführte.

Plötzlich erstarrte Voodoo für einen Moment. Mit Anspannung wartete ich auf seine Reaktion, jedoch es kam weder ein erstaunter Ausruf über seine Lippen, noch zeigte er durch Gesten an, was er soeben erfahren hatte. Gelassen richtete er sich gerade auf, stellte den Becher wieder in die Halterung und fummelte interessiert an der Sendeeinheit herum, die Viktor auf einem Gripstreifen abgestellt hatte.

»Nein, mit dem Ding funktioniert das nicht«, meinte er abschätzend. »Dazu brauchen wir eine vollständige PR/14 oder vielleicht sogar eine 16. Aus welchem Container habt ihr das geholt?«

Viktor hatte sichtlich Mühe, seine Erleichterung zu verbergen. »Ich zeig ihn dir. Vielleicht benötigen wir noch mehr Teile.«

Ich sank förmlich in mich zusammen, nicht ohne jedoch Voodoos Geistesgegenwart zu bewundern. Das war knapp gewesen.

Die beiden verließen laut fachsimpelnd die Zentrale, während in mir eine zweifelnde Hoffnung wühlte: Gab es eine Möglichkeit, die Raketen so einzusetzen, daß wir sie als Antriebsaggregate für ein Beförderungsmittel benutzen konnten? Im Grunde genommen kam dafür nur eine umgebaute Arbeitsbiene in Frage. Schwierigkeiten würde es mit den enormen Beschleunigungskräften geben, die eine Mittelstreckenrakete entwickelte, denn wir konnten ihre Leistung nicht dosieren; der Treibsatz brannte ab wie eine Silvesterrakete.

Ich stellte mir in Gedanken das Gefährt vor und schüttelte enttäuscht den Kopf. So würde es nicht funktionieren! Wir konnten eine Rakete nicht so optimal plazieren, daß ihre Antriebskraft zentral wirkte.

Also zwei Raketen an den Seiten der Arbeitsbiene. Das wiederum würde die doppelte Beschleunigungskraft bedeuten.

Unruhig schaute ich mich nach einem Face um. Ich mußte das Problem durchrechnen, aber die bordeigenen Rechner konnte ich nicht benutzen, ohne den Plan zu verraten. Jetzt erst erkannte ich, daß wir die ganze Operation gar nicht ausführen konnten, ohne daß unsere Beobachter davon Wind bekamen, es sei denn, wir schalteten Suzanne und den Schiffscomputer ganz ab.

»Geht nicht«, murmelte ich für mich. Ohne die Rechner funktionierte hier auf dem Schiff nichts mehr, außer einem Notprogramm, das sich auf eine minimal konstante Reaktorleistung beschränkte, die eine notdürftige Energieversorgung gewährleistete. Alle Werkstätten im Schiff wären nur bedingt nutzbar, eine perfekte Umrüstung einer Arbeitsbiene in der kurzen Zeit wäre damit unmöglich.

Verdrossen knurrte ich einen Fluch. Meine gesamten Überlegungen über das Abschalten der Bordcomputer hätte ich mir sparen können, denn das System war so konzipiert, daß der letzte verfügbare Rechner im Notfall nur mit dem Einverständnis und damit mit einem bestimmten Code der Heimatbasis stillgelegt werden konnte. In unserem Fall war Suzanne das System, das buchstäblich wie ein Tresor abgesichert war. Wir hatten sie zwar von den laufenden Aufgaben entbunden, aber sobald der bordeigene Rechner ausfallen würde, besäße sie automatisch wieder die Aufsicht über das Schiff.

Ich befand mich mit meiner Gedankenspielerei also wieder bei Null. Mißmutig dachte ich an Viktor und Voodoo, die sich ihre umständliche Unterhaltung im Container sparen konnten.

Halbmond hatte mich während der ganzen letzten Minuten aus den Augenwinkeln beobachtet.

»Na, komm schon, erzähl mir von deinen Problemen«, forderte sie mich auf.

»Nein, es ist nichts«, antwortete ich zerknirscht. »Ich dachte eben daran, wie wir uns in den kommenden Monaten die Zeit vertreiben sollen.«

Ihr Blick verriet mir eine der Möglichkeiten, an die sie dachte.

In den nächsten Stunden geschah im Schiff rein gar nichts. Ich führte von der Zentrale aus Gespräche mit den einzelnen Besatzungsmitgliedern und war überrascht von der Tatsache, wie schnell sich die meisten mit dem offensichtlichen Scheitern unserer Mission abgefunden hatten. Vivian und Kadett Wolfen wirkten fast verärgert darüber, daß ich sie mit meinem Anruf gestört hatte. Die Familienplanung war also in vollem Gange. Ich grinste hämisch bei dem Gedanken, daß die heimlichen Beobachter auf der Erde voll auf ihre Kosten kamen, denn Vivian bevorzugte eine grelle Beleuchtung bei ihrem Liebesspiel.

Appalong und Lorenzen hatten sich, wie vermutet, ins Observatorium zurückgezogen. Nach ihren Worten bedauerten sie zwar den Mißerfolg, aber die Aussicht, sich in den folgenden Monaten ungestört mit dem Teleskop beschäftigen zu können, versetzte beide in einen wahren Glücksrausch.

Von Dr. Helene Mayer und Meier Zwo war nicht viel zu erfahren, außer einer nüchternen Zurkenntnisnahme der Lage. Ich hatte den Eindruck, als würden sie sich gedanklich nicht mehr auf dem Schiff befinden. Sie wurden immer mehr zu einem Bestandteil einer anderen Welt.

Richard Ballhaus dagegen wirkte nachdenklich, gemischt mit einer verhaltenen Wut. Von ihm erhoffte ich mir eine erfrischende Unterstützung, und die nahe Zukunft zeigte mir, daß er mich nicht enttäuschte. Ich hatte ihn in die Zentrale gebeten, mit der Absicht, ihn in unsere kleine Gruppe der Geheimnisträger aufzunehmen, denn was wir jetzt brauchten, das waren Ideen. Das Problem dabei war, daß wir uns untereinander nur unter erschwerten Bedingungen austauschen konnten. Trotzdem, er war meiner Meinung nach ein fähiger Analytiker, der es fertigbringen konnte, Lösungen nach logischen Gesichtspunkten zu präsentieren.

Nachdem ich ihn in der Zentrale nach bewährter Notizbuch-Methode eingeweiht hatte, nickte er kaum merkbar. Wie er mir später verriet, hatte er bereits etwas Ähnliches vermutet. Jetzt aber hüllte er sich in ein nachdenkliches Schweigen und knetete seine Hände durch, als müßte er sich auf eine schwierige chirurgische Operation vorbereiten. Währenddessen fixierte er mit einem abwesenden Blick unverwandt die Oberfläche des Terminals.

Ich holte uns die Nachrichten von NCNN auf das Center Face, um uns wenigstens mit dem Anschein von ein wenig Aktivität zu umgeben. So saßen wir beide schweigsam nebeneinander und verfolgten die zehn Minuten alten Nachrichten von der Erde.

Der Channel brachte einen Bericht über neu entstandene Glaubensgemeinschaften und Sekten, die seit dem Erscheinen von Nofretete überall auf der Erde und sogar in den Mondterritorien aufgeblüht waren. Allein in dem unabhängigen Konzernstaat Montana in Nordamerika sammelten acht selbsternannte Gurus ihre Anhänger in rasch wachsenden Ansiedlungen um sich. Mit futuristischen Namen wie Zensunni, Angulus(M), Joel Selleck, Jezzica's Biztro, Distrans Linaste, Proctor Superior konnte man sich seinen Glauben von der Stange kaufen.

»Unglaublich! Aus welchem Hut hat man denn die alle gezogen?« fragte ich mich mehr selbst, als daß ich Ballhaus ansprechen wollte.

Er zuckte zusammen, als wäre er aus einem Halbschlaf erwacht. »Das mußte man gar nicht. Sie waren alle schon latent vorhanden. Unsere multifunktionale Gesellschaft hat die Saat bereits im letzten Jahrhundert ausgestreut. Jetzt ist sie aufgegangen.« Er holte aus dem Computerverzeichnis alle Channels mit religiösem Charakter auf das Center Face. Unmittelbar darauf tönten uns aus vielen kleinen Rechtecken beschwörende Worte, ernste Mahnungen und mehr oder wenige melodische Gesänge entgegen. Ballhaus stellte mit einem abfälligen Grunzen den Ton ab. »Alles Amateure und Trittbrettfahrer.«

Damit war für ihn das Thema erledigt. Auch ich war nicht in der Stimmung, die neuen Zeiterscheinungen weiter zu kommentieren. Mein Blick schweifte durch die leere Zentrale, zu der die Schwerelosigkeit nicht paßte. Wir mußten den Zylinder bald reparieren, damit hier wieder normale Verhältnisse herrschten. Mir schlug dieser Zustand aufs Gemüt.

Halbmond hatte sich in ihr Appartement zurückgezogen, wahrscheinlich in der Hoffnung, ich würde bald bei ihr vorbeisehen. Jedenfalls war das meine Vermutung. Mir stand jedoch in Anbetracht der neuen Situation keinesfalls der Sinn nach einem Schäferstündchen. Bestimmt war mit meinem Nichterscheinen neuer Ärger vorprogrammiert, und ich überlegte, ob es nicht besser wäre, auch sie einzuweihen. Dann beschloß ich aber, damit noch zu warten. Die nächsten Stunden würden darüber entscheiden, was wir unternehmen konnten. Ich wußte, daß alle, die inzwischen von der Überwachung wußten, mit Hochdruck an unserem Problem arbeiteten und zwang meine Gedanken nun ebenfalls in diese Richtung. Es mußte einen Weg geben, beide Computer abzuschalten und anschließend von irgendwoher ein ›gesäubertes‹ Programm zu erhalten. Seltsamerweise fiel mir sofort *Futhark* und Admiral Merz ein. Obwohl die Werft von jeher ein gespaltenes Verhältnis zur Konzernleitung hatte und ich ihrer Befehlshaberin nur einmal begegnet war, brachte ich dieser eigenwilligen Frau mein volles Vertrauen entgegen.

Plötzlich schöpfte ich wieder Hoffnung. Wir mußten unbedingt Verbindung mit ihr aufnehmen, und das war nur über Halbmond und ihren Bruder zu bewerkstelligen. Eine sichere direkte Kontaktaufnahme war nicht machbar.

Innerlich aufgewühlt von dieser Möglichkeit, die sich uns bot, wollte ich sofort Viktor und Voodoo im Laderaum aufsuchen, als mir auf dem Center Face auf einem kleinen Rechteck die Worte ›Special News‹ entgegenblinkten.

Channel FBO, natürlich!

Neugierig geworden, holte ich den Sender allein auf das Face.

Mein ›Freund‹, der graumelierte ältere Herr, schritt mit eiligen Schritten in seine verstaubte Bibliothek, als hätte er von einem Nachbarn gerade den neuesten Klatsch erfahren und nichts Eiligeres im Sinn, als ihn an uns weiterzugeben. In seinem Gesicht stand ein süffisantes Lächeln, und ich mochte wetten, es galt mir persönlich.

»Meine lieben Mitgläubigen in aller Welt«, begann er fröhlich und wedelte dabei dezent mit einem Videoboard. »Seit Wochen offenbart euch FBO die Bedrohung durch den Teufel in Form einer verführerisch weißen Pyramide. Wir haben euch das unsägliche Leiden der verblendeten Besatzung der *Nostradamus* vor Augen geführt und berichten heute von dem vorhergesagten Scheitern der Ketzer, die glaubten, Gottes Natur ungestraft besudeln zu können. Die Strafe ließ nicht lange auf sich warten!«

Ich konnte mir leicht ausmalen, was nun folgen würde. Prompt erschienen abgehetzte und verstörte Gesichter meiner Besatzung, die sich ratlos ansahen, als die Explosion durch das Schiff dröhnte. Wieder erfolgten dramaturgisch geschickt zusammengeschnittene Sequenzen, untermalt von den Alarmsirenen der *Nostradamus*. Fred Bohlens marktschreierische Stimme verglich die Ereignisse mit weiteren Prophezeiungen Hesekiels und zeigte zum Abschluß die gezackten und ausgefransten Ränder der Öffnung, die der Zünder in die Außenwand des Schiffes gerissen hatte.

»Wolfen hat alles sehr gut dokumentiert«, sagte ich zu Ballhaus, der die Übertragung mit zugekniffenen Augen verfolgt hatte. Ich gurtete mich los und wollte nun endlich Viktor aufsuchen, als Bohlen leise grollend verkündete: »Aber der Untergang der *Nostradamus* ist erst der Anfang!«

Er legte eine wohldosierte Pause ein, um die Spannung zu erhöhen, und las dann eine Meldung von seinem Videoboard ab.

»Zwei Raumschiffe, die *Sternenläufer*, das offizielle Expeditionsschiff des globalen Wissenschaftskonzerns *World Science*, und die *American Gothic* des Konzerns Grumann-NASA, befinden sich auf dem Weg zu Nofretete, um dem abscheulichen Schauspiel ein Ende zu bereiten.«

Falls ich jemals die Gelegenheit haben würde, die Aufzeichnungen unserer Beobachter einzusehen, so wäre eine Analyse von meinem eingefrorenen Gesichtsausdruck in diesem Moment bestimmt von historischem Wert. Unglauben, Überraschung, Verständnislosigkeit, Wut und Hilflosigkeit, gemischt mit lähmendem Entsetzen, all das mußte darin zu lesen sein. Die Wirkung eines Vorschlaghammers mußte sich ähnlich anfühlen.

Richard Ballhaus einzige Reaktion war ein gequältes Lächeln, das man genausogut auch als einen beginnenden Weinkrampf bezeichnen konnte.

»Schau an, schau an«, sagte er. »Ist das noch Realität oder eine perfekte Inszenierung?«

Ich konnte ihm nur zustimmen. Hier waren eindeutig zu viele Zufälle im Spiel, und jetzt strebten sie alle ihrem Höhepunkt zu. Erschüttert versuchte ich, die Neuigkeiten zu verkraften. Wie in Trance tastete ich mich in Richtung Ausgang der Zentrale.

»Bleib hier, und unterrichte die Besatzung«, sagte ich zu Ballhaus. »Ich gehe zu Viktor und Voodoo und erzähle ihnen die Neuigkeit. Die Gesichter von denen möchte ich direkt sehen.«

Beim Verlassen des Raums bekam ich noch mit, daß die *Sternenläufer* sich im näheren Asteroidengürtel auf einem Forschungsflug befunden hatte, bevor sie sich mit einem komplizierten Manöver der Bahn von Nofretete annäherte und sich nun bereits in der Beschleunigungsphase befand.

Die *American Gothic* hatte ihren Swing-by-Kurs, der sie von der Venus her in Richtung Marsbahn tragen sollte, verlängert und steuerte zur Zeit ebenfalls einen Rendezvouspunkt mit der Pyramide an. Beide Raumschiffe mußten dabei ungeheure Energiemengen aufbringen, um die erforderlichen Angleichungsbahnen zu erreichen. Es war mir ein Rätsel, woher sie die Kraftreserven nehmen wollten, mit denen sie die Rückkehr in das erdnahe System bewerkstelligen wollten.

Auf dem Weg in den Laderaum befahl ich Suzanne, mir den Ton von FBO in mein Ohr zu legen. Bohlen kündigte nun ungehemmt die baldige Vernichtung und damit die Beendigung der Jahrtausende alten Bedrohung durch die Pyramide an. Ich wunderte mich über die Dreistigkeit seiner Behauptungen, die er aussprach, denn *World Science* war ein seriöser Wissenschaftskonzern, dem ich eher eine Erforschung als die angekündigte Zerstörung von Nofretete zutraute. Grumann-NASA besaß eine große Flotte von Prospektorenschiffen, die ausschließlich mit der Ausbeutung von Asteroiden beschäftigt war. Gerade dieser auf maximalen Gewinn ausgerichtete Konzern würde sich keine Chance entgehen lassen, eine große Show mit der Pyramide zu veranstalten – ganz im Stile alter amerikanischer Tradition.

Unsere eigenen Probleme holten mich wieder ein. Ich war vor allem maßlos enttäuscht darüber, daß ich über einen fremden Channel von der Existenz und dem Vorhaben weiterer Schiffe erfahren mußte. Mein Mißtrauen in unsere Führung auf der Erde wuchs immer mehr. Auf dem Weg in den Laderaum war ich kurzzeitig versucht, alle Anstrengungen einzustellen, um die Mission wieder in Gang zu bringen, und uns tatenlos treiben zu lassen.

Mir kam die Überlegung in den Sinn, daß ein eigenständiges Handeln als Meuterei oder Befehlsverweigerung ausgelegt werden könnte. Wir konnten keinen Beweis für unsere Bespitzelung oder eine geplante Vernachlässigung der Betreuung vorweisen. Sobald wir die Bordcomputer ohne Einverständnis von Manching lahmlegten, bewegten wir uns auf einem unsicheren Terrain, wofür ich letztendlich meinen Kopf hinhalten mußte. Die *Nostradamus* und der Neutrino-Treiber waren ein Milliarden teueres Projekt, mit dem auch ich nicht ungestraft herumspielen durfte. Wenn ich das Schiff durch ein nicht abgesichertes Handeln gefährdete, wäre mir ein Konzernprozeß so sicher wie das Amen in der Kirche.

Andererseits verlangte das Kapitänsamt eigenständiges Handeln, und der Auftrag im Logbuch bestimmte als Priorität eindeutig den Flug zur Pyramide und deren Erforschung. Das Schiff und der Antrieb galten als Mittel zum Zweck und darauf konnte ich mich jederzeit berufen. Wenn es jemand in der Führung des Konzerns anders geplant hatte, so war das nicht mein Problem. Solange ich also unseren Auftrag nicht mißbrauchte, war ich aus dem Schneider.

Mit grimmigem Gesicht traf ich bei Viktor und Voodoo ein. Nachdem ich ihnen die Neuigkeiten erzählt hatte, schlug mir eine wilde Entschlossenheit entgegen. Wir brauchten keine Diskussion über das weitere Vorgehen, es war eine abgemachte Sache: Wir würden uns nicht mit dem Status quo zufrieden geben, sondern sofort handeln.

# 12

Wir durften keine Zeit mehr verlieren! Zunächst wurden Luis und Wolfen über unsere Bespitzelung informiert. Daß der Spanier eingeweiht wurde, darüber gab es keine Diskussion, aber für unseren Plan, über den wir uns mühselig auf Umwegen über das Notizboard und hastig hingekritzelten Zeitabläufen auf Verpackungsmaterialien geeinigt hatten, benötigten wir einen weiteren, gut trainierten Mann. Wolfen war unserer Meinung nach der einzige, der dafür in Frage kam.

Appalong und Lorenzen hatten nach der Bekanntgabe von der Existenz unserer Konkurrenten nichts Eiligeres zu tun, als sich auf eine langdauernde Beobachtung der weiteren Ereignisse im Weltraum genüßlich im Observatorium einzurichten. Aus dem Technischen Bereich war kein Kommentar zu vernehmen. Ich nahm es mit einer gewissen Genugtuung zur Kenntnis, wir konnten im Moment keine Ablenkung gebrauchen. Auch aus Manching gab es nichts Neues. Obwohl mir das im Augenblick sehr entgegen kam, hatte ich ein schales Gefühl dabei. Ich kam mir vor wie auf ein Abstellgleis rangiert.

Viktor hatte Wolfen unter einem Vorwand aus Vivians Appartement gelockt und ihn über die Tatsachen informiert. Verständlicherweise hatte er sehr erschrocken reagiert, aber Viktor ließ ihm keine Zeit zum Nachdenken und wies ihn streng in seine zukünftige Rolle in unserem Unternehmen ein, das in einer Zeitspanne von nur 20 Minuten ablaufen sollte:

–2000: Stillegung des Bordcomputers. Voodoo sollte eine gegenläufige Anomalität in den Computer eingeben, die in dem System zu einem kurzzeitigen Zusammenbruch führen würde. Dadurch wären wir laut Vorschrift zu einer Analyse und vorübergehenden Abschaltung gezwungen. Ab diesem Zeitpunkt verrieten die Sendeeinheiten unseren Beobachtern Informationen über unsere Aktivitäten. Wir hofften, daß sie nicht sofort reagieren würden.

Gleichzeitig mit der Abschaltung des Bordcomputers würde Luis Suzannes Verbindungen zu dem Schiff durch einen 300 Meter langen Lichtleiter ersetzen. Ein sehr heikler Punkt, aber wir waren der einhelligen Überzeugung, daß unsere Gegner dieses scheinbar unsinnige Manöver nicht auf ihrem Plan hatten und Suzanne nicht mit Abwehrreaktionen programmiert war. Der Zweck dieser Aktion lag darin, daß wir den bordeigenen Computer problemlos abschalten konnten, aber an das CyCom-System kamen wir nicht so ohne weiteres heran, jedenfalls nicht in der Zeit, die eine Information benötigte, den Weg zur Erde und zurück zum Schiff zurückzulegen.

Wir waren davon ausgegangen, daß Suzanne entsprechend programmiert war, um auf eine direkte Manipulation des Computerblocks, der über eine eigene Energiequelle verfügte, zu reagieren. Schon eine Blockierung der Schiffsrechner konnte unseren Plan zunichte machen. Da Suzanne über autarke Sendeanlagen verfügte, blieb uns nichts anderes übrig, als die CyCom-Einheit zu zerstören. Wir konnten nicht lange an ihr herumhantieren, deswegen wollten wir den Block außerhalb des Schiffes mit einem Zünder einer Mittelstreckenrakete vernichten. Der Ablauf dazu war Luis Idee gewesen.

–1900: Die CyCom-Einheit, die auf der Erde mit ihren autarken Energieversorgern immerhin rund eine halbe Tonne wog, mußte vom Sockel geschraubt werden. Ballhaus und Luis würden mit Schweißgeräten zwei Durchgänge durch die anliegenden Wände schneiden, hinter denen sich der Anfang der Lade-Spirale befand. Inzwischen sollte Voodoo an der Einheit den Zünder befestigen. Wir schätzten den Zeitaufwand bis hierher auf etwa zehn Minuten.

–1000: Passieren der ersten Schleuse der Lade-Spirale. Die Einheit würde auf einen Ladeschlitten geladen werden. Anschließend Blockierung der Schleuse wegen dem anhängenden Lichtleiterkabel, danach Start der Spirale. Der Schlitten setzte sich mit der Einheit durch die Zentrifugalkraft nach außen hin in Bewegung. Laut Luis Aussage würde er acht Minuten benötigen, bis er die äußere Schleuse, die Luis mit einem Notschalter offenhielt, mit einer Geschwindigkeit von fünf Metern pro Sekunde passieren würde. Wolfen mußte direkt hinter dem Schlitten folgen und aufpassen, daß das Kabel sich nicht verhakte. In einer Stafette hinter Wolfen sorgten Ballhaus, Voodoo und Viktor ebenfalls für ein unbehindertes Nachführen des Kabels. Wir konnten uns zwar keine Stelle in der Spirale vorstellen, wo sich das Kabel verheddern sollte, aber wir wollten auf jeden Fall auf Nummer Sicher gehen.

–200: Jetzt befand sich die CyCom-Einheit mit einer leichten Abdrift im Weltraum, die von der nach außen gerichteten Spirale herrührte. Wir hatten dann noch etwa 100 Meter Restkabel und hofften, daß die Zündung der Sprengladung, die in unmittelbarer Nähe des Schiffes stattfinden würde, keinen größeren Schaden anrichten würde, aber nach unserer Einschätzung konnten die umherfliegenden Teile an den gepanzerten

Schiffswänden höchstens harmlose Kratzer hinterlassen.

0000: Mir blieb die Aufgabe, auf Luis Beobachtung hin, die Sprengung von Suzanne über Funk auszulösen. Unmittelbar nach der Zerstörung und mit dem Ausfall des zweiten Computers würde das Schiff in den Not-Status übergehen. Lange durfte diese Situation nicht anhalten, denn mit fortschreitender Dauer würden die meisten der äußeren Sektionen der *Nostradamus* durch die fehlende Energieversorgung Schaden erleiden. Im Normalfall galt ein Raumschiff mit diesem Status als Havarist und war reif für eine Generalüberholung in der Werft.

0030: Voodoo würde die Speichereinheiten des Bordcomputers für die Sendung von *Futhark* auf einer nur uns und Admiral Merz bekannten Frequenz vorbereiten. Halbmond sollte ihrem Bruder das Startzeichen dafür übermitteln. Danach konnten wir nur noch hoffen und beten, daß wir ein ›sauberes‹ Programm übermittelt bekamen.

1500: Wenn alles nach unserer Vorstellung abgelaufen war, besaßen wir zu diesem Zeitpunkt bereits wieder einen voll funktionierenden Computer, der das Schiff wieder unter Kontrolle hatte, ohne daß uns jemand ins Handwerk pfuschen konnte.

So weit, so gut.

Uns fehlte jedoch noch die wichtigste Grundvoraussetzung für unseren Plan: Die Verbindung zu Admiral Merz und deren guter Wille für die Übermittlung eines neuen Programms. Letzteres hieß nichts anderes, als daß ich einen Admiral der Flotte aus einer Entfernung von 50 Millionen Kilometern zu einer Meuterei überreden mußte. Falls sie sich als absolut loyal dem Konzern gegenüber erwies, konnte ich gleich ohne Raumanzug aus der nächsten Schleuse springen.

Während die anderen, so gut es die Bedingungen zuließen, immer wieder unseren Plan auf mögliche Fehlerquellen durchgingen und nebenbei die nötigen Vorbereitungen trafen, befand ich mich auf dem Weg zu Halbmonds Appartement. Ich hatte nicht die geringste Ahnung, wie ich ihr alles übermitteln sollte, ohne daß unsere Beobachter Verdacht schöpften. Ich konnte mir gut vorstellen, daß sie sehr gespannt darauf waren, was sie mit meinem privaten Besuch gleich auf ihren Monitoren zu sehen bekamen!

Zu meiner Überraschung hatte Halbmond anscheinend tatsächlich geschlafen, denn sie meldete sich mit träger Stimme auf dem kleinen Face an ihrer Eingangstür.

»Ach, John. Du bist es. Was gibt's denn? Ich fühle mich gar nicht gut.«

O Gott, nein! Jetzt auch nicht das noch! Ungeduldig trat ich von einem Fuß auf den anderen. Wahrscheinlich löste ich damit Lachkrämpfe auf der Erde aus. Allein die Vorstellung daran machte mich wütend.

»Karen, bitte, ich muß dringend… kann ich bitte mit dir sprechen?«

Zu meiner Überraschung glitt die Tür zur Seite.

Sie hielt sich im Bad auf und rief mir durch die geschlossene Tür zu: »Ich komme gleich.« Ihre Stimme klang nun wesentlich frischer.

Ich drehte mich unauffällig um meine eigene Achse. Dabei wäre ich wegen der geringen Schwerkraft, die im Wohnzylinder nach wie vor herrschte, beinahe wie ein auslaufender Kreisel umgefallen, weil ich die Masse meines Körpers nicht mehr gewohnt war. Abermals konnte ich mir die hämischen Gesichter an den Überwachungsmonitoren bildlich vorstellen, aber es machte mir nichts mehr aus: Wer zuletzt lacht…

In jedem Raum gab es mindestens eine Überwachungskamera. Sie waren logischerweise alle an der Decke angebracht, also konnte ich nicht rein zufällig etwas darüber hängen. Ratlos drehte ich mein Notizbuch in meiner Hosentasche. Ganz ruhig, es wird sich eine Gelegenheit ergeben.

»Hier bin ich schon«, ertönte es fröhlich hinter mir.

Ich wandte mich zu ihr herum und starrte sie verblüfft an. Sie trug ein knappes Oberteil, das man getrost noch als BH bezeichnen konnte. Als Kontrast dazu hatte sie die Hose ihrer hellgrün-türkisen Bordkombination an. Außerdem hatte sie sich geschminkt, was ich von ihr bisher nicht gewohnt war. Vor einigen Minuten noch hatte sie vorgegeben, sich nicht ganz wohl zu fühlen, aber das war wohl ein anderes Thema!

»Na, gefall ich dir?« Sie hob die Arme und drehte sich demonstrativ nach rechts und links.

»Äh… ja klar! Ganz außergewöhnlich! Ich dachte, es geht dir nicht besonders?«

»Mhm, ich muß zugeben, daß ich etwas erschöpft bin. Kein Wunder, nach alldem, was in letzter Zeit passiert ist. Du mußt doch auch ziemlich müde sein.«

»Ja… äh… das ist richtig«, stimmte ich zu. »Ich sollte mich vielleicht bald hinlegen.«

Mein Gott, war das eine peinliche Unterhaltung!

»Dann mach das doch. Ich meine, was hindert dich daran?«

»Aber ich kann mich doch nicht hier…«, entgegnete ich verlegen. Ich wurde noch verlegener, als ich merkte, daß sie mit ihrer Bemerkung nicht unbedingt ihr Bett gemeint hatte.

Sie neigte den Kopf leicht zur Seite und kam geschmeidig wie eine Katze auf mich zu.

Mit einem leisen »Ja, warum eigentlich nicht?« ergriff sie meine Hand und führte mich in ihr Schlafzimmer.

Ich war wie betäubt. Trotz des Wissens um unsere Beobachter und meines Vorhabens, sie mit ganz anderen Tatsachen zu konfrontieren, fühlte ich ein Prickeln, wie ich es nur selten erlebt hatte. Ich hatte Mühe, mich auf die sich mir bietende Gelegenheit zu konzentrieren, ihr unter einer schützenden Bettdecke von der Beschattung und von unserem Plan zu erzählen.

Du kannst es ihr auch danach noch sagen, Nurminen, dachte ich flüchtig. Dabei entfuhr mir ein hinterhältiges Lachen.

Sie bemerkte mein Grinsen und stutzte.

»Nurminen, machst du dich über mich lustig?« fragte sie verärgert.

»Nein, nein, ich dachte nur eben daran, was die anderen wohl sagen würden, wenn sie uns hier sehen könnten.«

Sie zögerte. »Meinst du, Voodoo beobachtet uns wieder?«

Entschlossen blieb sie kurz stehen, holte etwas aus einer Schublade und kletterte behende auf einen niedrigen Schrank in der Ecke des Raums. Dann beschäftigte sie sich einige Sekunden mit der winzigen Kamera an der Decke, kehrte zurück und klebte ein Tape auf die Aufnahmeeinheit von dem Face, das dem Bett gegenüber stand. Darauf schloß sie die Tür.

»So, hier gibt es nichts mehr zu sehen und zu hören!«

Ich stand verdattert in der Mitte des Raums und war überwältigt von der Erkenntnis, daß sich manchmal, aber wirklich nur ganz selten, Probleme von alleine lösen.

»Und jetzt komm bitte zu mir. Du kannst mir vertrauen, es gibt keine weiteren Kameras mehr in diesem Zimmer, ich habe nachgesehen.« Sie hatte sich an mir vorbeigeschlichen und lag plötzlich mit nacktem Oberkörper halb unter der Bettdecke. Ich verschluckte mich bei dem Anblick fast vor Überraschung, obwohl mir ihre Figur ja nicht unbekannt war, aber in dieser Umgebung verschlug es mir den Atem vor Bewunderung.

»Nachgesehen? Wie nachgesehen…?« brachte ich stotternd hervor.

»Ach, John, jetzt stell dich bitte nicht so an! Wenn du es genau wissen willst, ich habe mir die Verteilung der Kameras auf den Plänen angesehen. Außerdem habe ich den Raum genau untersucht.«

Jetzt schau dir dieses raffinierte Frauenzimmer an! Sie hatte meine Verführung also generalstabsmäßig geplant!

Ich näherte mich langsam dem Bett und nestelte an meiner Hosentasche herum, um das Notizboard herauszuholen. Kaum war ich in ihrer Reichweite, nahm sie meine freie Hand und führte sie vorsichtig an ihre Brust. Dabei beobachtete sie mich mit halb geschlossenen Augenlidern.

Himmelherrgott! Sie machte es mir wirklich nicht leicht.

Bevor sie ihre Aktivitäten steigern konnte, setzte ich mich schnell auf die Bettkante und hielt ihr das Notizboard vor die Augen. Ich hätte ihr den Inhalt auch sagen können, aber so ganz traute ich den angeblich tauben Mikrophonen nicht. Sie blickte mich überrascht und mit einem zweifelnden Gesichtsausdruck an, schickte sich dann jedoch an, die Nachricht zu lesen. Währenddessen streichelte ich unabsichtlich(?) ihre perfekten Rundungen, bis ich mir der blödsinnigen Situation bewußt wurde. Ich nahm meine Hand weg und beobachtete ihre Reaktion auf die Nachricht. Aber außer, daß sie sich zögernd weiter aufsetzte und mir damit noch mehr von ihrem Körper feilbot, geschah zunächst gar nichts. Es dauerte einige Minuten, bis sie alles, einschließlich unseres Planes zur Abschaltung der Computer durchgelesen hatte.

»Komm her, leg dich neben mich und halt mich fest! Inzwischen nehme ich mit meinem Bruder Kontakt auf.«

Täuschte ich mich, oder sah ich in ihren Augen verräterische Tränen glitzern? Ich wagte nicht, ihr in diesem Moment zu widersprechen. Warum oder was sie so traurig stimmte, wollte ich jetzt nicht erforschen; vielleicht war es die Anspannung oder auch die Enttäuschung über unsere geplatzte Zweisamkeit, vielleicht auch die Angst vor dem Bevorstehenden – wahrscheinlich war es von allem ein bißchen.

Unbeholfen kroch ich über sie hinweg und schmiegte mich gehorsam in voller Montur an sie. Das war zwar nicht sehr stilvoll, aber die zweite Möglichkeit, nämlich mich vorher auszuziehen, wäre schlichtweg geschmacklos gewesen. Ich umfaßte sie von hinten an den Hüften und genoß die nächsten Minuten, während sie unbeweglich auf der Seite lag und sich konzentrierte.

Ich mußte tatsächlich für einige Zeit eingedöst sein, als sie sich plötzlich ruckartig bewegte und sich mit einer Drehung halb aus meiner Umarmung löste.

»Ja, was…?« fragte ich mit belegter Stimme.

Sie schaute mich mit zusammengekniffenen Augen an. Dann nahm sie plötzlich meinen Kopf zärtlich in die Hände und drückte sich mit ihrem zierlichen Körper an mich.

»Jules versucht, meinen Vater zu erreichen«, flüsterte sie mit weicher Stimme, als wollte sie damit wenigstens einen Hauch Erotik erzeugen. »Wir müssen ein wenig warten, weil er mit ihm unter vier Augen sprechen möchte, ohne daß jemand etwas davon erfährt. Glücklicherweise hält er sich in der Nähe auf.«

Sehr gut! Endlich einmal eine positive Nachricht. Ich wollte mich aufsetzen und mich aus ihrer Umarmung befreien, vor allem deshalb, weil ich durch ihre gut gemeinte Umklammerung schlecht Luft bekam, aber sie umschlang mich wie eine geschmeidige Anaconda und fuhr mir dabei besorgt durchs Haar.

»Du hast dir dein Kommando auf dem Schiff bestimmt anders vorgestellt, nicht wahr?« meinte sie in einem mütterlichen Singsang.

Ich spürte, wie ich langsam schwach wurde. Inzwischen hatte sie durch sachte, aber fordernde Bewegungen deutlich zu verstehen gegeben, wie wir die Wartezeit überbrücken könnten. Es fiel mir schwer, meine Hände nicht über ihren nackten Rücken gleiten zu lassen, nicht in die Nähe ihres verführerischen Mundes zu gelangen, der sich so nahe vor meinem Gesicht befand, so daß ich ihn nur unscharf wahrnahm. An ihre Schenkel, mit denen sie mich sanft, aber bestimmend ins Bett preßte, weigerte ich mich standhaft einen Gedanken zu verschwenden. Ich wußte, lange hielt ich das nicht durch und ich wollte es auch nicht. Aber ich glaubte, daß ich nicht so abgebrüht sein durfte, es mit ihr zu treiben, während wir auf Antwort von ihrem Bruder warteten und meine Leute inzwischen ungeduldig auf die Ausführung unseres Vorhabens hinfieberten.

Oder war ich doch so abgebrüht?

Ich stellte die Frage hintenan. Unsere Gefühle entluden sich in einem leisen beiderseitigen Aufschrei, und dann nahmen die Dinge ihren Lauf.

Alles war jetzt unwichtig.

Die nächsten Minuten gehörten mir und dieser unsagbar schönen und leidenschaftlichen Frau.

Es war ganz still im Raum. Ich hatte die Augen geschlossen und glaubte, die von dem Zylinder künstlich erzeugte Rotationsschwere spüren zu können. Mir liefen kleine Schweißperlen über die Stirn, obwohl mein Temperaturempfinden blockiert zu sein schien. Es war, als würde ich in lauwarmem Wasser liegen – nicht zu kalt, nicht zu warm. Träge zwang ich mich dennoch dazu, meine nähere Umgebung zu erkunden und blinzelte dankbar in gedämpftes Licht. Verschwommen nahm ich ein blaues Hosenbein wahr, das zerknüllt vor mir auf dem Bett lag und zu meiner Kombination gehören mußte.

Ich fühlte mich leicht und gelöst. Es konnte an der geringen Schwerkraft liegen, aber ich bezweifelte es.

Trotzdem, ich war hundemüde. Ich hatte das Gefühl, daß sich in meinem Kopf noch nicht einmal konkrete Gedanken aufhielten, alles war mit neutralen Gefühlsblasen durchmischt. Ich hätte, ohne zu zögern, alles gegeben, wenn ich dafür zwei Stunden ungestört hätte schlafen können.

»Frequenz ›fut/4441‹, das Programm trifft um 21.15 Uhr ein«, sagte Halbmond. Sie lag mit dem Kopf in meiner Rückenkuhle.

»Hhmm?« Ich wischte das Hosenbein von mir weg. Das Blau paßte nicht zu meinen Empfindungen und störte mein inneres Gleichgewicht.

Was hatte sie gesagt? Uhrzeit? Ich schob meinen Arm mit der Uhr vor mein Gesicht. Wieso 21.15 Uhr? Jetzt erst setzte mein Verstand schleppend wieder ein.

»Was? Wieso…? Hat dein Bruder… ich meine, hat es geklappt?« Mühsam rappelte ich mich auf meine Ellbogen und stierte mit dumpfer Erwartung vor mich hin. Ich spürte, wie meine Ausgewogenheit schmerzlich zu kippen begann.

»Ja«, antwortete sie einfach.

Ja. Mehr nicht. Wieso war das so problemlos über die Bühne gegangen? Es war keine halbe Stunde her, seit ich ihr das Notizboard gezeigt hatte. Ich hatte mit ernsthaften Schwierigkeiten gerechnet. Allein schon in der abhörsicheren Kontaktaufnahme mit Admiral Merz hatte ich einen immensen Aufwand vermutet.

»Jules und mein Vater befinden sich seit 24 Stunden auf *Futhark*. Fritz Bachmeier hat sie dort untergebracht, um sie besser vor Zugriffen schützen zu können.« Sie erzählte das so nebenbei, als wären die beiden gerade einmal aus Langeweile zu einem Spaziergang aufgebrochen und wären rein zufällig der Kommandantin begegnet.

Ich drehte mich ruckartig zu ihr um.

»Und du hast das alles die ganze Zeit gewußt? Und erzählst mir…?«

Mit einem durchtriebenen Lächeln unterbrach sie mich. »Ich habe nicht gelogen. Mein Vater befindet sich in der Nähe von Jules.«

»Und während die beiden Admiral Merz aufsuchen, so dachtest du dir, verführe ich mal eben den Kapitän.«

Sie nickte fröhlich. »Ja, das war doch eine schöne Idee, findest du nicht? Übrigens mußten sie Admiral Merz nicht aufsuchen, sie hatten gerade mit ihr zusammen zu Abend gegessen!«

»Moment, Moment!« Ich schüttelte sie von meinem Rücken herunter und fing an, nach meinen Sachen zu suchen.

Zwischen zusammengepreßten Zähnen flüsterte ich: »Ich will es nicht auf die Sekunde genau wissen, aber seit wann weißt du, daß Admiral Merz mit unserem Plan einverstanden war?«

Sie kniete nackt vor mir auf dem Bett und zuckte die Achseln. »Na ja, solange mein Bruder halt brauchte, um die Geschichte zu erzählen. Sie hat danach sofort den Kommandostand aufgesucht, um alles in die Wege zu leiten.«

Auch sie sprach leise, als wollte sie mir noch einige schlüpfrige Worte ins Ohr säuseln.

Ich schaute sie zweifelnd an. Das mußte so zu dem Zeitpunkt gewesen sein, als wir beide gerade… na egal, es blieb mir ein Rätsel, wie sie sich zu diesem Zeitpunkt die Daten der Frequenz und die Uhrzeit für den Beginn der Übertragung merken konnte. Mein Gehirn wäre in diesem Augenblick bestimmt nicht ansprechbar gewesen, aber Frauen waren mir von jeher unheimlich. Ich nahm mir vor, darauf später einmal zurückzukommen, jetzt galt es zunächst, den Zeitgewinn auszunutzen!

Ohne weiteren Kommentar verschwand ich unter die Dusche, wo ich nicht lange allein war. Sie umfaßte mich von hinten und hielt mich fest.

»Du bist mir doch nicht böse, oder? Ich dachte mir, es könnte…« Rechtzeitig fiel ihr ein, daß wir im Bad belauscht werden konnten, und schränkte ihre Aussage ein. »Mir war einfach danach.«

Sie konnte es jedoch nicht lassen, die Duschkabine demonstrativ langsam zu verlassen und sich somit ausgiebig den Kameras zu präsentieren.

Auch das war mir schon gleichgültig, abgesehen davon lenkte sie mit ihren Reizen unsere Freunde auf der Erde etwas ab. Kurzzeitig kam mir der Gedanke an eine mögliche Erpressung. Es warf kein gutes Bild auf den Kapitän, wenn er mit einem Besatzungsmitglied ins Bett ging.

Na, wenn schon, es würden ganz andere Anschuldigungen auf mich zukommen, wenn wir ungefragt einen Bordcomputer ausschalteten, aus welchen Gründen auch immer. Dabei kam mir Admiral Merz in den Sinn. Sie setzte mit ihrer Unterstützung für uns ihre Karriere aufs Spiel. Ihre spontane Hilfe konnte und würde nicht verborgen bleiben.

Nachdenklich verharrte ich unter dem Sprühregen. Treiben wir (oder ich) mit unserer Eigenmächtigkeit nicht alle Beteiligten in eine ungewisse Zukunft? Nüchtern betrachtet konnten wir bei diesem absurden Versteckspiel nur verlieren, denn das angestrebte Ziel, die Pyramide anzufliegen, lag in weiter Ferne, außerdem gab es plötzlich zwei Konkurrenten, die gerade dabei waren, uns zu überholen. Was also konnten wir noch erreichen, außer den Zorn der Mächtigen zu erregen, die augenscheinlich die *Nostradamus* von Anfang an nicht sehr weit kommen lassen wollten?

Resigniert stellte ich die Dusche ab. Bisher hatte ich den Zweck unserer Mission nie in Frage gestellt. Vielleicht mußte ich in dieser neuen Situation umdenken und mehr die Sicherheit der Menschen, die mir anvertraut waren, in den Vordergrund stellen. Niemand würde uns einen Vorwurf machen, wenn wir das Unternehmen hier an diesem gottverlassenen Ort abbrachen und auf Rettung warteten, in welcher Form sie auch immer geschehen würde. Wer weiß, ob nicht in einigen Tagen oder Wochen, wenn es den Herren im Hintergrund in den Kram paßte, die Energieplantage auf wundersame Weise plötzlich wieder funktionieren würde? Dann wäre allen gedient. Bis dahin wäre Nofretete von den anderen Schiffen erforscht oder zerstört, und wir wären die verhinderten Helden, die zwar gescheitert waren, aber es wenigstens versucht hatten.

Während ich in meine Kombination stieg, war ich fast entschlossen, unseren waghalsigen Plan abzublasen. Vorher wollte ich mich noch mit Viktor darüber beraten, wenn es sein mußte, sogar vor den Augen unserer Beobachter. Unter Umständen konnte es uns sogar nützlich sein, wenn wir zu erkennen gaben, daß wir ihr niederträchtiges Spiel durchschaut hatten.

Mit einem unangenehmen Geschmack im Mund warf ich noch einen letzten Blick in den Spiegel. Ich sah scheußlich aus, wie nach einer durchzechten Nacht. Ganz im Gegenteil zu Halbmond, die neben mir als eine blühende Schönheit auftauchte.

»Ich komme natürlich mit«, erklärte sie mit einer ansteckenden Fröhlichkeit. »Es wird bestimmt sehr spannend werden.«

Oder auch nicht, dachte ich.

Viktor klebte alleine vor dem Center Face.

»Es gibt nicht viel Neues. Alle sind auf ihren Plätzen. Hellbrügge hat vor einigen Minuten einen Bericht durchgegeben. Sie arbeiten immer noch an dem Problem. Außerdem bedauert er das Erscheinen der anderen Schiffe. Er hat angedeutet, daß wir uns unter Umständen auf einen Mißerfolg unseres Unternehmens vorbereiten sollten.«

Ich nickte unmerklich und hängte mich neben ihn.

›MERZ IST EINVERSTANDEN. WAS SOLLEN WIR TUN?‹ Ich tippte die Worte hinter vorgehaltener Hand vor ihm in das Notizboard.

Er blinzelte mich nachdenklich an.

›ZWEIFEL?‹

›JA.‹

Jetzt war er es, der mir mit einem Nicken zu verstehen gab, daß er verstanden hatte. Ich wußte, daß er sich in diesem Augenblick, wie ich einige Minuten zuvor, unsere zukünftigen Schicksale durch den Kopf gehen ließ.

›WIR SIND DAS SCHIFF. WIR SIND VERANTWORTLICH FÜR UNS SELBST. ALLEN ANDEREN WIRD NICHTS GESCHEHEN. WILLST DU WIE DAMALS IM PLANETARIUM WIEDER NACHGEBEN?‹

Mit seinen kurzen, aber bestimmten Worten gab er mir seine Meinung zu verstehen. Sein leiser Vorwurf war nicht zu übersehen.

Meine eben noch so vermeintlich feste Anschauung über die Verantwortlichkeit dem Schiff und seiner Besatzung gegenüber geriet ins Wanken. In mir kroch deswegen eine Verärgerung hoch. Es fehlten einfach die fundamentalen Bezugspunkte, nach denen ich mich richten konnte. Was zählte jetzt? Konzern, Schiff, Besatzung, Pyramide? Oder Moral, Ethik, Selbstbestimmung, Verantwortung? Zirkel, Hellbrügge?

Neben mir sah mich Halbmond mit unschuldigem Blick an.

Sie würde zu mir stehen. Voodoo und Luis folgten mir blind, dessen war ich mir sicher. Auch Richard Ballhaus schätzte ich als loyal zum Schiff ein. Alle anderen wären als Befehlsempfänger aus dem Schneider. Außer Wolfen konnten sie sich darauf berufen, von nichts gewußt zu haben. Es war meine alleinige Entscheidung. Viktor würde sie respektieren, wie immer sie auch ausfallen würde.

Ich hatte mir Halbmonds Mund bisher noch nie genauer angesehen. Sie lächelte, als sie meinen Blick erwiderte. Ihre Mundwinkel verliehen ihrem offenen Gesicht etwas Positives, so als fungierten sie als eine Art Abwehrschild gegen jegliche böswilligen Attacken von außen.

Bleib bei der Sache, Nurminen! Ich spürte Viktors aufkommende Unruhe und seinen damit verbundenen Ärger. Meine Überlegungen dauerten ihm viel zu lange, besonders nachdem wir seiner Ansicht nach lange vorher alles mühsam ausdiskutiert hatten.

Vielleicht wollte ich ihn nicht verärgern, vielleicht lag es auch an Halbmonds positivem Mundwinkel, auf jeden Fall hatte ich mich von einer Sekunde auf die andere entschieden.

»Hellbrügge hat wohl recht«, bezog ich mich auf Viktors Bericht. »Wir müssen leider abwarten. Eine gute Idee.«

Er grinste mich verhalten an. Das Stichwort ›Gute Idee‹ hatten wir als Startzeichen für unseren Plan festgelegt.

Er klatschte aufmunternd in die Hände. »Na gut, nachdem wir also sonst nichts zu tun haben: Wie wäre es mit einer kleinen Party? Sagen wir in einer dreiviertel Stunde in der Kantine?«

Übermütig tippte er auf dem Center Face die 45 Minuten ein und ließ sie wie ein Countdown herunterzählen.

Fast erschrocken las ich die Uhrzeit daneben ab: 19.53 Uhr! Plus 45 Minuten ergab 20.38 Uhr, plus 20 Minuten für die Ausführung unseres Planes ergab 20.58 Uhr! Halbmond brauchte Admiral Merz noch nicht einmal eine Korrektur durchzugeben. Um 21.15 Uhr würde das neue Programm eintreffen.

Viktor klopfte mir auf die Schulter, als wollte er mich beruhigen. Statt dessen sagte er: »Ich brauche etwas Bewegung. Dabei kann ich den anderen von der Party berichten!«

Ich habe einen Fehler gemacht! schoß es mir durch den Kopf. Ich hätte mich nicht für den Plan entscheiden dürfen!

Unwillig stieß ich mich vom Terminal ab und wollte Viktor zurückhalten, aber Halbmond hielt mich davon ab, indem sie mit ihrer Hand leicht über meinen Arm strich. Ihr waren die Codewörter natürlich bekannt, denn in meinem Notizboard war jedes Detail vermerkt gewesen.

»Ich finde, eine Party wäre jetzt wirklich angebracht. Wir können alle etwas Abwechslung gebrauchen«, meinte sie ernst.

Ich konnte nur hoffen, daß auf der Erde nicht die hellsten Köpfe hinter den Monitoren saßen. Mir kamen unsere Dialoge unsäglich durchsichtig vor.

Vorsichtig stoppte ich meine Bewegung an einer Sessellehne.

Vielleicht sollte es so sein. Vielleicht war es an der Zeit, einen Fehler zu begehen. Wir würden es bald erfahren.

In 42 Minuten und 56 Sekunden.

Ich hing wie angewurzelt in den Gurten vor dem Center Face. Voodoo war vor einigen Minuten wie beiläufig in die Zentrale eingeschwebt und hatte mir heimlich einen Codegeber zugesteckt. Wir hatten ausgemacht, daß ich von hier aus die Operation beobachten und zu guter Letzt die Zündung der Sprengladung auslösen sollte.

Noch zehn Minuten.

Halbmond war nebenan in der Messe und traf ein paar Scheinvorbereitungen für unsere ›Party‹. Wahrscheinlich wollte sie damit mehr sich selbst etwas beruhigen, als eine Vorführung für die neugierigen Kameras abliefern.

Ich führte routinemäßige Befehle auf dem Center Face aus, meistens holte ich belanglose Statusberichte aus dem Speicher und überprüfte sie ohne Interesse. Dazwischen schaltete ich scheinbar gelangweilt auf die Außenbordkameras und betrachtete den Weltraum. Wir hatten keine Gelegenheit mehr gehabt, eine Kamera günstig am Ende der Ladespirale zu installieren. Es wäre auch zu verdächtig gewesen. Luis, der sich laut Plan schließlich an der zweiten Ladeschleuse aufhalten würde, mußte mir den Zeitpunkt der Sprengung über Funk übermitteln. Er wollte es ursprünglich selbst übernehmen, aber ich wollte mir den entscheidenden Akt nicht aus der Hand nehmen lassen.

Vom Zugang der Zentrale her hörte ich plötzlich Geräusche. Jemand kam durch den Paternoster.

Alle meine Muskeln spannten sich an. Ausgerechnet jetzt! Es konnte nur jemand sein, der nicht zu unserem verschworenen Kreis gehörte, denn alle waren auf ihren Plätzen.

»Oh, hallo, John! Schön, dich einmal allein anzutreffen.«

Vivian!

Mir wurde beinahe schlecht vor lauter Ärger über diesen ungünstigen Zeitpunkt.

Nicht jetzt, mein Gott, nicht jetzt! fluchte ich lautlos.

Ich versuchte mich zu beruhigen und zwang mich zu einem Lächeln. Es war alles reine Nervensache. Im Grunde genommen war es gleichgültig, ob ich allein war oder nicht. In acht Minuten konnte ich offen mit ihr sprechen und ihr erklären, was sich hier abspielte. Bis dahin konnte ich mit ihr ein belangloses Gespräch führen und nebenbei das Center Face im Auge behalten.

»Ja, ich... äh... warte auf Nachrichten aus Manching«, erklärte ich sachlich.

Sie kam heran und hielt sich an mir fest. Danach blieb sie ganz dicht in meiner Nähe. Zu nahe, wie ich fand.

»Mhm, du riechst gut«, sagte sie und steckte ihre Nase in mein Haar. »Hast wohl gerade unter der Dusche gesteckt.«

Es war unglaublich, wie feinsinnig das weibliche Geschlecht war, wenn es um ganz bestimmte Dinge ging. Ich wartete förmlich darauf, daß ihre nächste Frage war, ob ich allein geduscht hatte.

»Ja, ich habe mich etwas frisch gemacht. Wie geht es unserem Patienten?« versuchte ich abzulenken.

»Er schläft die meiste Zeit. Übrigens, du schaust auch nicht sehr wach aus. Entspann dich ein wenig, ich massiere dir den Nacken.«

Mann o Mann! Das fehlte mir noch! Unseren Beobachtern auf der Erde würden die Augen übergehen, wenn ich Vivians Angebot annähme. Gerade eben aus dem Bett von Halbmond entstiegen, kraulte mir Vivian in der Zentrale den Nacken!

»Nein, Vivian, bitte, versteh mich nicht falsch, aber mir ist jetzt nicht danach.«

»Ach«, sagte sie enttäuscht. Mehr nicht. Nur dieses ›Ach‹.

Angestrengt fixierte ich eine bunte Graphik auf dem

Center Face. Das ›Ach‹ hing immer noch im Raum. Bestimmt kam gleich etwas nach, irgendeine hintergründige Frage nach meinem Privatleben.

»Sag mal«, begann sie gedehnt. »Denkst du manchmal an unsere gemeinsame Zeit auf der *Max Planck* zurück?«

Na bitte, ich wußte es!

»Ehrlich gesagt, nein.« Ich schielte zur Digitalanzeige. Noch knapp fünf Minuten. Jetzt mußte gleich Voodoos Programmeingabe den Bordcomputer lahmlegen. Danach würde automatisch Suzanne die Kontrolle übernehmen. Es existierte noch ein weiterer Reservecomputer, aber den würde Voodoo parallel zu seiner Störaktion außer Gefecht setzen. Das bedeutete für Suzanne höchste Alarmstufe, das heißt sie würde sofort Manching und gleichzeitig mich über die fehlende Redundanz informieren. Bis es jedoch zu einer Reaktion von der Erde kam, würde Suzanne schon nicht mehr handeln können. Es war nur zu hoffen, daß unsere unbekannten Manipulierer für diesen Fall keine außergewöhnliche Vorsorge getroffen hatten. Wir waren in unseren heimlichen Diskussionen sehr besorgt über diesen Zeitpunkt der Aktion gewesen, konnten uns aber keine übermäßig schwerwiegende Reaktion vorstellen, die uns an der Weiterführung unseres Planes gehindert hätte.

»Entschuldige, was hast du gesagt?« Ich war ganz in Gedanken versunken und hatte ihr nicht weiter zugehört.

Bevor sie antworten konnte, ging alles blitzschnell.

Ein angedeuteter gezackter Blitz zuckte über das Center Face. Mit einem lautlosen Schlag gingen alle Lichter aus, und die rote Notbeleuchtung flammte auf. Der Zustand dauerte keine Sekunde, dann war alles wieder wie vorher und die Beleuchtung pegelte sich sachte wieder auf den gewohnten Wert ein.

Mir lief ein eisiger Schauer über den Rücken, nicht nur wegen der kurzen gespenstischen Situation. Es war die eiskalte und zugleich genaue Präzision, mit der unsere Aktion begann. Wie ein Chirurg, der zielstrebig den ersten Schnitt gesetzt hatte. Zusätzlich erfüllte mich ein befriedigender Stolz wegen der Verläßlichkeit meiner Leute.

»Mein Gott, bin ich erschrocken! Was war das?« Sie blickte mich fragend an.

Die Antwort erschien mit einem niederfrequenten Begleitton in Wort und Bild vom Center Face her.

»Achtung! Akute Redundanz-Störung. CyCom-System übernimmt die Kontrolle über alle Funktionen des Schiffes. Funktionsbedingte Maßnahmen zur Herstellung der Mindest-Computerbesetzung sind eingeleitet. Die zuständigen Besatzungsmitglieder werden hiermit aufgefordert, unverzüglich den Grundstatus herzustellen. Bis zur vollständigen Instandsetzung sind jegliche Schiffsbewegungen laut Statusbericht 6746=2045 untersagt! Die Benachrichtigung an Manching ist erfolgt.«

Ich atmete tief durch. Suzanne hatte den für diesen Notfall normalen Text heruntergebetet. Demnach hatten wir keine außergewöhnlichen Maßnahmen zu erwarten.

Jetzt konnte auch ich aktiv werden.

Ohne Zeit zu verlieren, holte ich mir die Bilder der Überwachungskameras von den Räumen auf das Center Face, in denen meine Mitverschwörer tätig waren.

In meinem Ohr piepste Suzanne, und Vivian neben mir überhäufte mich mit aufgeregten Fragen. Ich beachtete beide nicht. Zuerst mußte ich mich über den Stand der Dinge informieren.

»Viktor, wie sieht es aus?«

Die Kamera zeigte eine farbige Gruppe von Männern

in ihren Raumanzügen, die eifrig um einen großen hellgelben Quader bemüht waren. Viktor im roten Anzug zeigte keine sichtbare Reaktion.

»Gut, bis jetzt, glaube ich. Wir lösen Suzanne vom Sockel. Ja… sie gehen auf. Waren wahnsinnig fest… verschraubte Halteklammern… mit Dämpfungsbolzen gesichert… O.K., Luis, du kannst mit der Wand anfangen!«

Mehr sagte er nicht.

Mit zitternden Händen holte ich Voodoos Codegeber aus der schmalen Schublade unter dem Terminal, um ihn gleich wieder hineinzulegen.

Ganz ruhig! Es ist noch viel zu früh.

Noch einmal atmete ich tief durch. Vergeblich, ich wurde nicht ruhiger. Diese verdammte Schwerelosigkeit. Es half auch nichts, den Kopf nach hinten zu kippen, außer, daß mir mein Orientierungssinn einen Streich spielte und mir schwindlig wurde. Ich wußte nicht, was mehr dazu beitrug: die Tatsache, daß wir dabei waren, einen unbezahlbaren Prototypen von einem Raumschiff hier in dieser Einöde lahmzulegen oder daß mein stampfender Herzschlag mein Blut viel zu schnell durch die Adern peitschte.

»Kannst du…?« fing Vivian an, wurde aber von Halbmonds Erscheinen abgelenkt, die mit einem gleichgültigen Gesichtsausdruck in die Zentrale gekommen war und wie nebenbei die Szene auf dem Center Face beobachtete.

»Kannst du mir endlich sagen, was hier vorgeht?« fragte Vivian aufgebracht.

Halbmond antwortete an meiner Stelle, ohne sie anzusehen. »Wir schalten die Computer ab.«

»*Was* macht ihr?«

Ich hörte nicht mehr auf den weiteren Disput der beiden. Appalong, Lorenzen und der Technische Bereich mußten benachrichtigt werden. Während ich sie alle in die Zentrale beorderte, kontrollierte ich die Schleusen, die sich rings um die Computerräume befanden. Ich mußte mich vergewissern, daß Luis nicht vergessen hatte, ganz bestimmte Passagen wegen des Lichtleiterkabels manuell zu blockieren. Sie durften sich unter keinen Umständen automatisch schließen, wenn die CyCom-Einheit auf dem Ladeschlitten die letzte Schleuse und das Ende der Spirale passierte.

Das Piepsen in meinem Ohr schien immer lauter zu werden.

»Ja, Suzanne?«

›Kapitän Nurminen, der Statusbericht des Schiffes zeigt…‹

»Suzanne, ich kenne den Statusbericht. Liegen weitere Schadensmeldungen vor?«

›Keine Schadensmeldungen, lediglich Veränderungen in den Energiezuführungen, Datenleitungen und der Ortsbestimmung meiner Basiseinheit.‹

Jetzt wird es spannend, dachte ich.

›Laut Programmierung muß ich im Fall von außergewöhnlichen Veränderungen meine eigene Energieversorgung aktivieren und den Datenfluß über Funk leiten.‹

»Suzanne, liegen weitere Befehle für diesen Fall in deinem Speicher?« fragte ich sie direkt.

Pause.

›Nein, für diesen Fall nicht.‹

Ich jubelte innerlich auf. Wir hätten uns das Theater mit dem Kabel also sparen können. Ich wollte sofort Viktor davon berichten, unterließ es jedoch nach kurzer Überlegung. Wir konnten uns jetzt keine Abänderung in der Abfolge unseres Plans leisten. Letztendlich war es ohne große Bedeutung, ob die CyCom-Einheit ein Kabel nachschleppte oder nicht.

–1134: Luis hatte den ersten Durchgang aus der Wand herausgeschnitten. Wolfen überzog gerade die glühenden Ränder mit einem Kühlmittel und hüllte den Raum damit für einige Sekunden in neblige Dampfschwaden. Er arbeitete präzise und konzentriert. Ich war überrascht von seiner Bereitschaft, sich der Aktion sofort und ohne Vorbehalte anzuschließen, obwohl er sich damit der Mittäterschaft schuldig machte. Verschämt mußte ich feststellen, daß ich mich in ihm geirrt hatte. Ich sollte ihn mehr in wichtige Arbeiten im Schiff mit einbeziehen. Nur Bilddokumentationen vom Bordleben herzustellen, war auf die Dauer mit Sicherheit keine Aufgabe für einen jungen Menschen wie ihn.

Später, alles zu seiner Zeit, jetzt mußte zuerst die Einheit aus dem Schiff hinaus.

Die Einheit! Spöttisch schüttelte ich den Kopf. Genau genommen war ich gerade dabei, meinen persönlichen Computer zu zerstören, vielleicht bezeichnete ich sie deswegen mit dem neutralen Wort ›Einheit‹, weil ich einen Teil von mir zerstören würde. Ich fragte mich wie schon so oft, ob Suzanne eine Seele besaß. Würde sie einen Schmerz spüren, wenn ich auf den Knopf drückte?

Jetzt werde bloß nicht sentimental, Nurminen!

–954: Der massige Ballhaus und Viktor drückten den schwebenden Block durch die knappe Öffnung.

»Wie liegen wir in der Zeit, John?« keuchte Viktor. Es war schwierig für ihn, in der Schwerelosigkeit einen geeigneten Hebelpunkt zu finden.

»Gut«, log ich. Wir hatten unsere Zeitzugabe schon verspielt, viel durften wir nicht mehr verlieren. »Etwas schneller wäre besser«, fügte ich vorsichtig hinzu. Viktor würde den Hinweis verstehen.

Auf der Erde mußte inzwischen vor den Monitoren Hektik aufgekommen sein. Falls die Verantwortlichen keine konkreten Vorstellungen von Maßnahmen für eine Abschaltung der Computer von unserer Seite her hatten, gewannen wir ab jetzt wertvolle Zeit.

Vivian zerrte wütend an meinem Ärmel.

»Wieso stellt ihr die Computer ab? Wißt ihr überhaupt, was ihr da anstellt! Das ist Meuterei!« schrie sie mich an. Ich hatte das Gefühl, sie mußte sich beherrschen, um mir keine Ohrfeige zu verpassen.

Von diesem Augenblick an breitete sich merkwürdigerweise eine gewisse Ausgeglichenheit in mir aus. Ohne Anspannung beobachtete ich, wie der Quader auf dem Schlitten befestigt wurde.

»Ja, das ist durchaus möglich.«

Meine Ruhe brachte sie immer mehr aus der Fassung. »Und Schmidtbauer? Was passiert mit Schmidtbauer, wenn keine Energie mehr vorhanden ist?«

»Beruhige dich, die medizinische Station wird versorgt, auch ohne Kontrolle durch einen Computer.«

Verwundert bemerkte ich, daß sie verzweifelt nach irgendwelchen Argumenten suchte.

»Ihr habt einfach so entschieden, ohne die gesamte Besatzung mit einzubeziehen, ja? Einfach so?« Ihre Bemühungen waren in meinen Augen lächerlich, besonders, da sie unkontrollierte Bewegungen ausführte, die in der Schwerelosigkeit wie ein paranoider Tanz aussahen.

Mir kam ein komischer Gedanke.

»Kann es sein, daß du von der Überwachung gewußt hast?«

»Was… die Überwachung? Du spinnst wohl!«

Also ja! Ich sah es an ihren Augen und ihren fahrigen Händen, mit denen sie sich im Haar herumfuhr. Natürlich, wenn sie tatsächlich Hellbrügges Tochter war, so hatte er ihr bestimmt einiges anvertraut. Vielleicht sollte sie sogar noch mehr Aufgaben übernehmen, als uns nur medizinisch zu betreuen. Das hieße allerdings unter anderem auch, daß auch Hellbrügge von der Überwachung gewußt hatte.

So langsam setzte sich das Puzzle zusammen.

Ich beendete meinen langen Blick in ihre unsteten Augen mit einem: »Ach Vivian!«

»So glaube mir doch, ich habe nicht…« Dann sank sie in sich zusammen. Schon rannen ihr Tränen übers Gesicht. Das war schnell gegangen.

Es war eine beschissene Situation. Wie gerne hätte ich jetzt mehr aus ihr herausgeholt. Der Zeitpunkt und ihre Verfassung wären günstig gewesen, aber ich mußte mich auf andere Dinge konzentrieren.

–433: Auf dem Center Face war nur noch ein leerer Raum zu sehen?

»John, verflucht, hörst du mich?« Viktor brüllte so laut, daß sich die akustische Dämpfung in der Zentrale einschaltete. Erst jetzt wurde mir bewußt, daß er mir die ganze Zeit über den Fortgang der Aktion berichtet hatte, aber seine Worte waren nicht zu mir durchgedrungen.

»Ja, gut, alles klar, sprich weiter!« Ich schaltete auf seine Helmkamera und erhielt wirre Bilder von der Innenseite der Spirale, gemischt mit schnellen Wechseln hin zum Quader, der sich einige Meter vor ihm in einer stetigen Aufwärtsbewegung in der Spiralenbiegung befand.

»Mann, hast du mir einen Schrecken eingejagt!« japste er. »Wir sind in der Spirale… Schlitten bewegt sich. Schätze, wir brauchen noch sechs Minuten bis zur Schleuse.«

Das war zu lange, aber es war nicht zu ändern. Ich wußte, es war unmöglich, den Schlitten zusätzlich zu beschleunigen, außerdem nutzte es nichts, ihn und die anderen verrückt zu machen. Sie versuchten, ihr Bestes zu geben. Voodoos Helmkamera zeigte ein peitschendes Kabel. Die Bilder von Wolfen waren nicht zu deuten, er mußte sich einmal direkt auf und dann wieder unmittelbar hinter dem Schlitten befinden.

»Ich bin bereit«, sagte ich gelassen.

Mir kam eine Idee, die nichts unmittelbar mit der Aktion zu tun hatte, aber nachdem nun ohnehin alles seinen Gang nahm, konnte ich direkter agieren.

»Suzanne?«

⟩Ich stehe zur Verfügung.⟨

»Suzanne, seit wann werden die Aufzeichnungen der Überwachungskameras zur Erde gesendet?«

Ihre Antwort kam prompt und unschuldig. ⟩O ja, das Programm läuft seit dem Start der *Nostradamus* von *Futhark*. Gibt es diesbezüglich Klagen?⟨

»Suzanne, nein, es ist alles in Ordnung. Wohin wird die Sendung übertragen?«

⟩Das überlagerte Richtsignal wird zu dem Satelliten ›Lunot III‹ in der Mondumlaufbahn gesendet. Der weitere Weg ist mir unbekannt.⟨

–215: Schnell, was könnte ich sie noch fragen? »Suzanne, bitte eine Hardcopy: Wer hat Zugang zu deinem Speicher? Außerdem: alle Informationen über den ›Blauen Erdzirkel‹, alle Informationen über die Raumschiffe *Sternenläufer* und *American Gothic* sowie FBO und Admiral Merz!«

Scheiße, mir fielen nur noch Stichworte zu den Geschehnissen der letzten Stunden ein.

Neben mir fielen einige Disks in das Auffangfach.

–032: »John, der Codegeber!« Halbmond hatte sich neben mich geschoben.

Um Gottes willen, natürlich! Hastig zog ich die Schublade heraus und legte den Daumen auf die Sicherung.

»Danke«, sagte ich leise.

–006: »Suzanne, bitte alle Informationen über Nofretete!«

Wieder eine einzelne Disk.

»Suzanne… danke.«

⟩Du bist mir willkommen!⟨

Ich stutzte für einen Moment. Hatte ich den Ausdruck nicht irgendwann in ihrem Speicher gestrichen?

»John, wir sind unmittelbar vor der Schleuse. Luis gibt dir gleich das Zeichen.«

Ich drückte die Sicherung zur Seite. Suzanne mußte vor ihrer Installation auf der *Nostradamus* ein vollständig neues Programm erhalten haben. Vielleicht waren noch ganz andere Informationen in ihr verborgen.

»Suzanne, wie stellen wir Verbindung zu *Südquelle* her? Schnell, kopieren!«

In diesem Augenblick hörte ich Luis Stimme. »John, Schleuse ist offen. Einheit ist durch… Vorsicht, verdammt… Oh, Scheiße!« Dann war nichts mehr zu hören.

»Luis, was ist los, antworte doch!« schrie ich laut. Ich fühlte, daß etwas passiert sein mußte. In der Zentrale herrschte lähmende Stille.

Hektisch versuchte ich, das Bild von seiner Helmkamera auf das Center Face zu kriegen. Nichts.

Plötzlich meldete er sich wieder.

»Ahm… noch einige Meter, jetzt gleich.« Seine Stimme klang zittrig.

»Luis, was ist passiert?«

»Jetzt! Los, sprengen!«

»Luis, verdammt…!«

»Los, John, los! Worauf wartest du noch!«

Fast unbeabsichtigt drückte ich den Knopf.

Keine Sekunde später ging das Licht in der Zentrale aus.

Verwirrt drehte ich mich herum und blickte in die von der roten Notbeleuchtung spärlich erhellten Gesichter der Besatzung, die sich inzwischen von mir unbemerkt in der Zentrale versammelt hatte.

»Luis?«

Es dauerte lange, bis er sich meldete.

»Ja, John.«

Ich sagte nichts. Es mußte etwas Furchtbares passiert sein.

Ich hörte Luis schwer atmen. »Es ist Wolfen. Er… hing an dem verfluchten CyCom.«

Bisher wußte ich nicht, was Entsetzen bedeutete, ich wußte es auch in diesem Augenblick nicht, denn mein ganzer Verstand schien sich in einem Aufschrei aufzulösen.

»Was…?« brachte ich hervor. »Aber wie konntest du… ich habe den Knopf gedrückt…« Wie zum Hohn schwebte der Codegeber an meinen Augen vorbei.

»Verdammt, John, erspar mir die Einzelheiten!« schluchzte er hemmungslos. »Sein Fuß hängt hier zerfetzt unter der Schiene…«

# 13

Der seelische Zustand der Menschen an Bord der *Nostradamus* war fürchterlich. Unmittelbar nach den letzten Worten von Luis hatte sich mit einem unhörbaren Aufschrei blankes Entsetzen in der Zentrale ausgebreitet. Und damit nicht genug. Ich spürte förmlich die stillen Vorwürfe, die sich an diesen Schock mit einer aufdringlichen Penetranz anhängten. Und das zu Recht. Ich konnte mich auf keinen Fall aus der Verantwortung stehlen, ganz gleich, was dort draußen passiert war.

Zunächst jedoch war ich für Überlegungen über die Folgen des Unglückes nicht zugänglich. Ich konnte die grausige Realität weder fassen, noch wußte ich, wie ich meinen Verstand jemals wieder in ein geordnetes Maß bringen sollte. Meine Empfindungen schienen vollkommen losgelöst von jeglicher Grundlage und taumelten in einem dimensionslosen Chaos. Sogar körperlicher Schmerz war mir fremd, und so fühlte ich noch nicht einmal die anklagenden Schläge von Vivians Fäusten, die auf meinen Rücken niederprasselten. Auch ihre unmenschlich klingenden Klagelaute drangen nicht zu mir durch.

Du bist schuld, dachte ich. Zwölf Menschen sitzen in einem Schiff ohne nennenswerte Energieversorgung. Einer ist tot. Und du bist schuld. Weder die Verantwortlichen auf der Erde, weder die vorangegangenen

Umstände, noch irgend jemand anderer konnten für eine Entlastung herhalten. Ich alleine hatte die Entscheidung zu dieser verdeckten Rebellion getroffen, und damit war ich allein für die Folgen verantwortlich.

Vivian brauchte von niemandem in ihrer Verzweiflung gestoppt zu werden, sie brach mit immer schwächer werdenden Schlägen lautlos zusammen und trieb von mir weg. Zwei farbige Overalls huschten an mir vorbei und kümmerten sich um sie.

In der schummrigen Notbeleuchtung meldete das Center Face anhand einer sich drehenden dreidimensionalen Grafik die beginnenden Ausfälle und Stillegungen der verschiedenen Sektionen in der *Nostradamus*. Gespeicherte Notprogramme von untergeordneten Rechnereinheiten schotteten automatisch zuerst die äußeren Schiffsbereiche ab und begannen mit Konservierungsarbeiten. Rasch verfärbte sich die anfangs bunte Darstellung des Schiffes von außen nach innen von einem blassen Hellblau zu einem gleichförmigen Grauton, der bald den gesamten Korpus überzog. Nur die beiden Zylinder und der Reaktor glühten noch in einem schwach leuchtenden Rosa.

In einer simulierten Schulung auf der Erde hatte jemand einmal gesagt, daß nach einer halben Stunde die Pflanzen und Bäume erfrieren würden. Unwillkürlich blickte ich auf die Uhr. In fünf Minuten sollte das Programm von *Futhark* eintreffen, falls Admiral Merz Wort hielt. Bis die Übertragung komplett war, würden weitere 15 Minuten vergehen. Die Bäume konnten es vielleicht schaffen.

Ich schämte mich für meine Gedanken. Und dafür, daß ich nicht den Mut aufbrachte, der Besatzung ins Gesicht zu sehen. Wenn ich ihnen wenigstens Trauer präsentieren könnte oder etwas Ähnliches wie eiserne Entschlossenheit. Aber in mir war nichts, nicht einmal Leere.

Ballhaus war es schließlich, der mich wieder in die Gemeinschaft zurückholte. Er legte mir die Hand auf die Schulter, und er war der erste, der es wagte, die unangenehme Stille zu beenden.

»John, so furchtbar es auch ist, wir müssen weitermachen, sonst war alles umsonst!«

Ich konnte ihm in diesem Augenblick nicht sagen, wie dankbar ich ihm für seine Worte war. Er gab mir das Gefühl, nicht ganz allein zu sein, so abgedroschen die Phrase auch klingen mochte.

Das Auswurffach für die Disks geriet in mein Blickfeld. Mechanisch sammelte ich die Datenträger ein, die mir Suzanne kurz vor ihrer Zerstörung übermittelt hatte. Ich steckte sie abwesend in eine Tasche meiner Kombination. Dann bat ich alle hinüber in die Messe. Eine vollkommen irrationale Anordnung, aber im Augenblick war mir der Aufenthalt in der Zentrale zuwider. Den anderen mußte es genauso gehen, denn die meisten nickten zustimmend und setzten sich sofort in Bewegung. Ihr schweigender Gehorsam setzte in mir ein wenig Energie frei.

Die Besatzung ist wichtig für das Schiff, hämmerte ich mir ein. Sie befindet sich in dem gleichen Zustand wie du! Jetzt durfte ich keine Schwäche zeigen. Ich mußte mit ihnen auf dem geplanten Weg aus dieser Situation herausfinden, alles andere würde das Chaos noch vergrößern.

Voodoo saß in seiner NAV-Einheit und sah mich fragend an. Ich nickte ihm zu. Natürlich, er mußte den Kanal für die Sendung offen halten. Vivian lag inzwischen in der kleinen Med-Station in der Nähe der Zentrale. Wahrscheinlich war Halbmond bei ihr, ich konnte ihre Farbe jedenfalls nicht unter den Raumanzügen und Kombinationen entdeckten, die sich rasch aus der Zentrale entfernten.

In der Kantine faßte ich mit knappen Worten die Entdeckung über unsere Überwachung und die darauffolgende Aktion zusammen. Ich vermied es, zu erklären, warum wir nicht alle Besatzungsmitglieder eingeweiht hatten. Appalongs einzige Reaktion war ein unmerkliches Kopfschütteln. Lorenzen blickte stumm in eine Ecke. Meier Zwo schien meine Erklärung zu langweilen, denn er gähnte ungeniert. Dr. Helene Mayer wirkte dagegen hellwach. Sie verfolgte meine Ausführungen mit erhobenem Kopf und interessiertem Gesichtsausdruck. Von Wolfens Schicksal war sie anscheinend nicht sonderlich berührt.

Ich beendete meinen Bericht und suchte Viktors Augen. Er verstand meine stumme Aufforderung und räusperte sich.

»Es fällt mir nicht leicht, die letzten Minuten unserer Aktion zu schildern – jetzt, unmittelbar nach… dem Tod von Kadett Wolfen.« Er machte eine Pause, um sich zu konzentrieren. Ich merkte ihm an, daß es ihm sichtlich schwer fiel weiterzusprechen. Auch er hatte sich noch nicht wiedergefunden.

»Es lief alles hervorragend ab. So, wie wir es uns vorgestellt hatten. Das Kabel machte keine Schwierigkeiten… bis der Schlitten kurz vor der letzten Schleuse ankam. Es ist so, daß…« Er hielt beide Hände erklärend nach oben. »Zwei Faktoren führten das Unglück herbei: Normalerweise wird die Ladung auf dem Schlitten vor der Schleuse abgebremst, damit sie mit verminderter Geschwindigkeit in den Weltraum hinausfliegt. Die technische Vorrichtung dafür ist am Ende der Schiene angebracht. Wir hatten sie zuvor demontiert, damit die CyCom-Einheit die volle Endgeschwindigkeit beibehielt, um möglichst weit vom Schiff wegzudriften. Jedenfalls… dann öffnete Luis die Schleuse. Wir hatten zuvor keine Möglichkeit, einen Druckausgleich herzustellen. Es war auch nicht vorgesehen. Auf jeden Fall entwich die Atmosphäre. Der Schub von hinten war ziemlich stark. Ich wurde herumgewirbelt. Wolfen wurde förmlich auf den Schlitten geblasen. Dort verhakte sich sein Anzug an dem seitlichen Gestänge der CyCom-Einheit und riß dabei einen Teil des Tapes ab, mit dem wir den Zünder befestigt hatten. Es waren nur noch wenige Meter bis zur Schleuse. Ich sah, wie Wolfen versuchte, das Tape wieder auf die Einheit zu kleben, gleichzeitig drückte er sich von dem Schlitten weg, um abzuspringen, übersah dabei jedoch, daß er daran festhing. Er flog in einem Kreis direkt vor das Ende der Schiene, die wegen dem fehlenden Teil offenlag. Der Schlitten ist… wie ein Hobel über seinen Fuß gefahren.« Viktor ließ die Hände sinken, wollte noch etwas hinzufügen, brach aber mit einem gedämpften Klagelaut ab.

Ich versuchte vergeblich, mir die Szene nicht vorzustellen. Was mußte in diesem Augenblick in Wolfen vorgegangen sein!

Luis regte sich neben mir. »Als der Schlitten mit der Einheit die Schleuse passierte, befand ich mich außerhalb des Schiffes, am Ende des Spiralarms. Ich konnte es zunächst nicht begreifen, warum er da dran hing. Dann sprudelten rote, kristalline Blasen von Blut hinter ihm her. Ahm… ich meine, er war sofort tot. Ich war wie gelähmt, weil… es ging mir einfach nicht in den Kopf hinein. Es war so irreal. Trotzdem, ich mußte schnell wieder in den Spiralarm zurück und die Schleuse schließen. Ich schaffte es gerade noch rechtzeitig. Gleich nachdem der Zünder die Einheit gesprengt hatte, prasselten die ersten Bruchstücke von außen an das Ende der Spirale.«

Er warf mir einen hilfesuchenden Blick zu. Ich nickte ihm beruhigend zu. Luis war ein religiöser und tief gläubiger Mensch. Es mußte eine große Überwindung für ihn gewesen sein, mir den Befehl zum Auslösen des Zünders zu übermitteln.

In der spärlich erleuchteten Messe herrschte Schweigen, bis Lorenzen mit gereizter Stimme die Stille unterbrach. »Und jetzt? Was machen wir jetzt?«

Ich setzte zu einer Antwort an, aber er beachtete mich nicht und sah statt dessen prüfend jeden einzelnen an. »Vor allem, was bringt uns das alles ein? Wir sitzen in einem Schiff ohne Energie und haben einen Menschen getötet!« Er wandte sich wieder mir zu. »Die Führung des Konzerns hatte uns eine andere Aufgabe zugedacht, als wir glaubten. Na und? Deswegen müssen Sie sich doch nicht gleich wie ein trotziges Kind aufführen und versuchen, diese Tatsache allein und ohne Befugnis von oben zu korrigieren, Herr Kapitän!«

Niemand regte sich, auch ich verhielt mich still. Ich wartete auf weitere Beschuldigungen von ihm, die auch prompt folgten. Mit Augen, die zu schmalen Schlitzen verengt waren, fuhr er mit erhobenem Zeigefinger fort. »Sie haben das zu verantworten, Nurminen! Ich habe damit nichts zu schaffen!«

Merkwürdigerweise tat mir sein Ausbruch gut. Ich fühlte eine Erleichterung darüber, daß jemand diesen Punkt endlich ansprach. Als außerordentlich angenehm empfand ich die unpersönliche Ansprache mit meinem Nachnamen, auch wenn Lorenzen etwas anderes damit bezwecken wollte. Jetzt war endlich Schluß mit dem freundschaftlichen Getue.

»Sie können unbesorgt sein, Herr Lorenzen, ich übernehme die volle Verantwortung, so wie ich sie von Anfang an übernommen habe. Und genau so, wie ich sie auch in Zukunft übernehmen werde. Und Sie können sicher sein, daß ich ebenfalls dazu bereit bin, einige Dinge zu korrigieren, wenn sie nicht meinem Auftrag entsprechen.« Ich hatte mit leisem Ton gesprochen und war überrascht, daß ich die Sätze ohne merkliches Zittern hervorgebracht hatte. Ich merkte sofort an seiner Mimik, daß er kein Gegner für mich war. Das Gefährliche an ihm war seine spießige Feigheit. Er würde sein Fähnlein immer in den Wind hängen. Er würde als erster unsere Erfolge feiern und uns als erster verraten, wenn es für ihn von Vorteil war. Ich mußte auf ihn aufpassen. Er war ein Typ für Hinterhalte. Vorerst jedoch traute er sich nicht auf das dünne Eis, vor allem, weil er offensichtlich keine Rückendeckung hatte, denn niemand hatte ihn während seiner kurzen Anschuldigung sichtbar unterstützt. Unsicher geworden, klappte er noch ein paarmal den Mund auf und zu und zog sich hinter den breiten Rücken von Appalong zurück.

In diesem Augenblick flammte das Licht in der Messe auf.

Das Programm von Admiral Merz war angekommen!

Luis packte mich fest am Arm und versteckte seinen Kopf hinter meinem Rücken. Ich brauchte ihn nicht anzusehen, ich wußte, daß er weinte.

Die ganze Anspannung brach aus jedem ganz verschieden hervor. Ballhaus brüllte wie ein Gorilla und jubelte mit emporgehaltenen Fäusten. Viktors Gesichtszüge wirkten spastisch verkrampft, so daß ich mir einen Moment lang Sorgen um ihn machte. Appalong schloß die Augen und seine Lippen formten sich zu einem stummen Gebet. Dr. Helene Mayer umarmte Meier Zwo mit einer unbeholfenen Bewegung und Lorenzen fiel nach einigem Zögern mit krächzenden Lauten in die allgemeine Euphorie ein, die gleichzeitig ein Herausschreien der schmerzlichen Empfindungen über Wolfens Tod bedeutete.

Ich konnte mich den Gefühlsstürmen nicht anschließen. Mich erstaunten die verschiedenen Reaktionen. Erst jetzt erkannte ich, daß eine abgrundtiefe Angst vor einem Scheitern der Programmübermittlung vorhanden gewesen sein mußte. Wenn ich ganz ehrlich war, so hatte ich auch nicht hundertprozentig an ein Gelingen geglaubt. Eigentlich hatte ich darauf gewartet, daß in den nächsten Minuten jemand diesen Punkt angesprochen hätte. Ich wäre eine Antwort schuldig geblieben.

Plötzlich strebte jeder in eine andere Richtung. Wie eine aufgeschreckte Rinderherde zerfiel ein Teil der Besatzung in einzelne Farbpunkte, die aus der Messe eilen wollten.

Ballhaus richtete sich in der Schwerelosigkeit auf und rief laut: »Halt! Alles bleibt hier! Wir sind noch nicht fertig!«

»Aber wir haben das Schiff doch wieder unter Kontrolle!« Es war natürlich Lorenzen, der sich von der Tür her rechtfertigte.

»Das mag schon sein«, knurrte er. »Aber wir sind immer noch bewegungsunfähig und liegen fest.«

Wieder suchte Lorenzen mit hektischen Blicken nach Unterstützung bei der Besatzung.

Dann sah er mich an.

»Sie wollen doch nicht im Ernst diesen wahnwitzigen Plan ausführen und mit Hilfe der Raketen zur *Südquelle* gelangen?«

»Haben Sie einen anderen Vorschlag, Herr Lorenzen?« fragte ich zurückhaltend. Ich war etwas verunsichert über die plötzliche Initiative von Ballhaus.

»Nun, ich…« Er zögerte und sah sich um. »Ich denke, wir warten auf Rettung. Uns kann ja jetzt nichts mehr passieren.«

Ich warf Ballhaus einen fragenden Blick zu, wandte mich aber dann an Luis. »Brauchst du Hilfe für den Umbau einer Biene?«

Luis schniefte kurz und fuhr sich mit der Hand über die Nase. »Zunächst zwei Leute, die die Raketen aus dem Arsenal holen und in den Hangar bringen. Ich habe eine vage Vorstellung davon, wie wir die Dinger an einer Arbeitsbiene befestigen könnten.«

Ballhaus meldete sich energisch. »Ape, das machen wir.«

Appalong blickte mich mit seinen schwarzen Augen an. Ich nickte. Lorenzen sah ihnen und Luis mit erstaunten Augen nach, als sie die Messe verließen.

»Herr Lorenzen, sie könnten im Technischen Bereich helfen. Ich bin sicher, dort müssen einige Vorbereitungen getroffen werden, wenn der neue Reaktor installiert wird.« Ich hatte keine Ahnung, ob mein Vorschlag tatsächlich der Realität entsprach, aber ich wollte ihn für einige Zeit aus meinen Augen haben. Gott sei Dank bestätigte Dr. Helene Mayer meinen Vorschlag mit heftigem Nicken: »Sascha und ich können jede Hilfe gebrauchen.«

Lorenzen war dermaßen überrascht, daß er ohne weiteren Protest den beiden in den Technischen Bereich folgte.

Als nächstes meldete sich Voodoo aus der Zentrale. »John, ich habe hier Brunhilde auf dem Center Face. Ich glaube, sie will dich zum Zweikampf herausfordern.«

Das konnte nur Admiral Merz sein! Viktor schüttelte stumm den Kopf. Ich glaube, er dachte wie ich: Nur Menschen waren dazu fähig, Katastrophen schnell zu verdrängen. Voodoo war bestimmt ein besonderer Mensch, und er verdrängte die Geschehnisse der letzten Stunde auf seine Weise.

Ich wandte mich an Viktor. »Entschuldige, ich will euch nichts vorenthalten, aber ich möchte ihr einen Bericht von meinem Appartement aus schicken… ich meine, ich halte es für besser, wenn ich allein…«

»Kein Problem, John. Es ist mir sogar lieber so.«

Ich klopfte ihm dankbar auf die Schulter. In diesem Moment kam Halbmond wie ein Pfeil in die Kantine geschossen.

»Hach, du bist doch der Größte!« Sie umarmte mich stürmisch.

Ich wehrte sie mit gemischten Gefühlen ab. »Das

wird sich erst noch zeigen. Übrigens, kannst du deinem Bruder übermitteln, daß das Programm angekommen ist. Danach soll er Fritz Bachmeier sagen, daß du aus irgendwelchen Gründen für eine Weile nicht einsatzfähig bist und deswegen keine Informationen übermitteln kannst.«

Sie überlegte und fuhr sich durchs Haar, das in der Schwerelosigkeit wie die Stacheln eines Igels von ihr abstanden. »Hm, ich weiß nicht… ich könnte ihm sagen, daß ich meine Tage habe, dann bin ich meistens lustlos und verschließe mich.«

Viktor brach in lautes Gelächter aus.

»Na ja«, sagte ich. »Lassen wir das. Auf der Erde haben sie unsere Aktion auf den Monitoren verfolgen können. Damit sind wir sowieso Gesetzlose. Fritz wird sich denken können, daß er von jetzt an keine zuverlässigen Informationen bekommt.«

Voodoo drehte sich zu mir herum, als ich mich neben ihm an der NAV-Einheit festhielt. »Admiral Merz erwartet zunächst einen Bericht von dir. Danach wird sie sich wieder melden. Ich habe ihr noch nichts über Wolfen gesagt.«

»Gut«, sagte ich knapp.

Er spielte an seinem Mikrophon herum. »Das neue Programm scheint in Ordnung zu sein. Nach den Anzeigen gehen keine Sendungen raus, aber ganz sicher können wir natürlich nie sein. Es sei denn, wir legen unsere Übertragungseinheiten lahm.«

»Vielleicht hätte es gereicht, wenn wir nur das getan hätten.«

Er schüttelte energisch den Kopf. »Du weißt nicht, was sie noch alles für Vorkehrungen getroffen haben. Am Ende wäre uns noch eine Sprengladung um die Ohren geflogen!« Er zögerte einen Moment. »Ähm, John, ich weiß, es klingt etwas makaber… ich habe

Wolfens Fuß in der Kühlkammer untergebracht... weil, ich konnte ihn ja nicht so einfach...«

»Gut so. Vielen Dank, Voodoo.«

Wir verfielen beide in ein nachdenkliches Schweigen. Dann sagte er plötzlich: »Wir können das neue Programm wie ein CyCom benutzen. Darf ich es ›Reinders‹ taufen?«

»Reinders? Wieso das denn?«

»Mein Lieblingsonkel heißt so, und ich dachte, warum nicht einfach den erstbesten nehmen«, antwortete er mit einem unschuldigen Blick. Ich sah ihn zweifelnd an. »Meinetwegen. Wenn dir soviel daran liegt...« Kopfschüttelnd wiederholte ich in Gedanken den Namen: Reinders!

»Prima!« bedankte er sich, ohne näher auf seinen Onkel einzugehen. Statt dessen deutete er auf das Center Face. »Reinders hat die Restauration des Schiffes eingeleitet. Bis jetzt haben wir keine größeren Schäden zu erwarten, außer an der Stelle, an der uns wegen des großen Knalls vor ein paar Tagen ein gutes Stück der Isolierung fehlt.«

Die Grafik zeigte eine bunte Abbildung der *Nostradamus*, die sich laufend zu beruhigenden Farben hin veränderte.

Darunter blinkten hektisch die Zeichen des Konzerns und von *Intro Astra*.

»Ach ja, und unsere Bosse und die Jünglinge von der galaktischen Telefonzentrale wollen sich natürlich unbedingt mit uns unterhalten. Soll ich sie durchstellen, Chef?«

Ich lächelte gequält. »Nein, auf keinen Fall. Das Gespräch mit dem Admiral hat zunächst Vorrang. Sie hat sich auf jeden Fall große Probleme eingehandelt. Ich spreche mit ihr allein von nebenan!«

»Schönen Gruß von mir. Sag ihr, es existiert ab jetzt ein Fan-Club von ihr unter meinem Vorsitz!«

»Damit würde ich noch warten. Wer weiß, welche Rechnung sie uns präsentiert.«

Ich ließ ihn allein in der Zentrale zurück. Bevor ich mich in meine Räume begab, sah ich nach Vivian, die nebenan in der kleinen medizinischen Station lag. Im Moment schlief sie fest. Bei dem friedlichen Anblick bemerkte ich, wie müde ich selbst war, aber so, wie es aussah, war in den nächsten Tagen an keinen geregelten Schlaf zu denken.

Vorsichtig lockerte ich die Gurte ihres Schlafsackes ein wenig. Dabei ging mir die Szene kurz vor der Zerstörung von Suzanne durch den Kopf. Vivian hatte also von der Überwachung gewußt. Ich fragte mich, ob sie auch von dem versteckten Zünder gewußt hatte. Höchstwahrscheinlich nicht. Vivian war nicht der Typ Mensch, der aus freien Stücken ein solches Risiko einging. Und Hellbrügge war bestimmt ebenfalls nicht informiert gewesen. Er mochte schon manchmal ein sturer Hund sein, aber er hätte uns nie wissentlich in ein Schiff mit einer Zeitbombe gesetzt, in dem sich auch noch seine Tochter befand.

Wütend blickte ich in das schlafende Gesicht. Es paßte zu Vivians Charakter: die Aussicht auf eine lange Reise mit ihrem jugendlichen Liebhaber in einem exotischen Schiff. Und ich obendrein als Zugabe ebenfalls mit an Bord, von anderen potentiellen Gelegenheiten ganz abgesehen.

Der immer wiederkehrende Gedanke an Wolfens Tod dämpfte meine Wut. Ich konnte über Vivians erotische Veranlagung denken, was ich wollte, auf gewisse Weise mußten ihre Gefühle dem Kadetten gegenüber schon sehr stark gewesen sein, denn ihre Verzweiflung vorhin in der Zentrale war erschütternd gewesen, auch wenn sie vielleicht mit Enttäuschungen ganz anderer Art vermischt war.

Mit leisen und vorsichtigen Handgriffen zog ich

mich aus der Station. Obwohl keine Gefahr bestand, daß Vivian jetzt schon aufwachte, wollte ich auf keinen Fall auch nur das geringste Risiko eingehen. Was ich zum jetzigen Zeitpunkt überhaupt nicht gebrauchen konnte, war eine Konfrontation mit ihr.

Meinen Bericht an Admiral Merz setzte ich im Telegrammstil auf. Etwas ausführlicher beschrieb ich die Pläne über unser weiteres Vorgehen, denn ich konnte nicht davon ausgehen, daß sie darüber im Detail Bescheid wußte. Während ich in die laufende Kamera sprach, wurde mir bewußt, daß ich uns ihr damit vollständig auslieferte. Wenn sie ebenfalls an dem widerlichen Komplott beteiligt war, hatten wir all unsere Trümpfe verspielt und konnten nur auf einen Gnadenakt von seiten des Konzerns hoffen.

Zum Schluß äußerte ich Bedenken, was die Energieplantage betraf. Wenn es uns tatsächlich gelang, sie zur *Nostradamus* zu manövrieren, konnten wir uns einen Wolf im Schafpelz einhandeln. Wir wußten nicht, in welcher Weise *Südquelle* präpariert sein könnte. Mir waren diese Überlegungen erst in den letzten Minuten durch den Kopf gegangen. Ich stellte mit Unbehagen fest, daß wir uns über die Reaktivierung von *Südquelle* so gut wie keine konkreten Gedanken gemacht hatten und nur die Abschaltung der Computer vor Augen gehabt hatten. Das Erreichen der Plantage war schon ein Problem für sich, aber dann würde das Spiel der Überwachung von neuem beginnen. Es lag auf der Hand, daß dort ebenfalls Kameras die Umgebung absuchten.

Hastig zog ich Suzannes letzte Informationen aus meiner Kombination. Sie hatte auf meine letzte Frage nach einer Verbindung zur Energieplantage noch eine Disk ausgeworfen. Ungeduldig drückte ich die Datei in das Terminal.

›Keine Verbindung zu *Südquelle* im derzeitigen Status möglich‹, leuchtete es mir vom Face entgegen. ›Im derzeitigen Status‹! Also hatte es in Suzannes Programm eine Möglichkeit zur Kontaktaufnahme gegeben, nur eben nicht zum jetzigen Zeitpunkt.

Ich rief Viktor an. Er arbeitete mit Luis im Hangar an einer Arbeitsbiene.

»Viktor, stell dir einmal vor, du würdest in Manching sitzen und hast mitbekommen, daß die Besatzung der *Nostradamus* die Computer und damit die Überwachung ausgeschaltet hat. Wie reagierst du?«

Er überlegte nur kurz. »Die *Nostradamus* befindet sich fast 200 Millionen Kilometer von der Erde entfernt. Da knipst kein vernünftiger Mensch seine Lebensversicherung aus, wenn er nicht etwas in Reserve hat, also werde ich mich fragen, welche.«

»Gut. Das ist gegessen. Irgendwann kommst du darauf, daß *Futhark* die Finger im Spiel hatte. Die *Nostradamus* ist also intakt, besitzt aber keinen funktionierenden Antrieb, das heißt sie benötigt dringend den Reaktor und Ersatzteile von *Südquelle*, die 50000 Kilometer entfernt bewegungslos im Raum liegt. Was machst du jetzt?«

Viktor klopfte ungeduldig mit einem Werkzeug an die Arbeitsbiene. »Die *Nostradamus* ist für mich nicht mehr erreichbar, aber *Südquelle* habe ich unter Kontrolle, also lausche ich mit allem, was sich auf dem Schiff befindet… sie werden sich sagen, daß wir eine Möglichkeit gefunden haben, zu *Südquelle* zu gelangen… sie werden unsere Ankunft beobachten. Das Schlimmste, was passieren könnte, wäre, wenn sie *Südquelle* verlegen, allerdings müßten sie den Schachzug erst einmal der Öffentlichkeit vernünftig erklären. Sie können uns jedoch nicht daran hindern, die Plantage anzufliegen.«

»Wenn ich das wüßte. Aber sie könnten uns erpressen. Luis hat seine Familie auf der Erde, der Vater und Bruder von Halbmond sind in Reichweite…«

Er schien nicht überzeugt. »Ich weiß nicht. Das wäre ein ziemlich schmutziges Geschäft, und ob sie das unter den Teppich kehren könnten, ist fraglich. Auch wenn wir sehr weit von der Erde entfernt sind, wir stehen voll im Scheinwerferlicht des öffentlichen Interesses, jede kriminelle Aktion würde peinliche Untersuchungen nach sich ziehen. Ich glaube, daß der Konzern gerade jetzt in dieser Situation sehr vorsichtig handeln muß. Vergiß nicht, es hat einen Toten gegeben.«

Viktor sah sich mit einem verschwörerischen Blick um. »Aber es würde uns vielleicht etwas helfen, wenn wir zwischendurch eine falsche Spur legen: Wir senden Mayday.«

»Den Notruf? Warum?«

»Überleg doch mal: sie werden im Moment beunruhigt sein, weil wir uns nicht melden, und ich nehme einmal an, sie wissen nicht, daß wir ein neues Programm haben. Wenn wir Mayday senden, werden sie annehmen, daß wir in Schwierigkeiten sind. Damit sind wir dem Anschein nach vorerst aus dem Rennen, und das wäre ja in ihrem Sinn. Hilfe brauchen wir hier draußen nicht zu erwarten, also bleiben wir unbehelligt.«

Ich runzelte die Stirn. »Darauf werden sie nicht hereinfallen.«

»Wer weiß. Trotzdem sollten wir nichts unversucht lassen, sie abzulenken. Wenn wir *Südquelle* unter Kontrolle haben, sind wir vorerst unsere Sorgen los.«

Richtig, dachte ich, vorerst… Niemand von uns verschwendete einen Gedanken an Nofretete oder gar *Nordquelle*. An den Zeitpunkt, an dem wir zur Erde zurückkehrten, wagte ich gar nicht zu denken. Wahrscheinlich würden wir von der Stelle weg in Gewahrsam genommen.

Viktor berichtete noch kurz über die Montage der Raketen an der Biene. »Ich muß leider zugeben, daß ich es mir leichter vorgestellt hatte. Dabei macht mir weniger das Anbringen der Raketen an dem Gehäuse der Arbeitsbiene Sorgen als vielmehr die hohen Beschleunigungskräfte, die auf den oder die Insassen wirken werden. Apropos Insassen…«

»Ja, ich weiß«, unterbrach ich ihn gereizt. Ich spürte, wie sich eine erneute Anspannung in mir aufbaute. »Wie hoch wird die Beschleunigung sein?«

»Zwischen 8 und 10 *g* auf den ersten hundert Kilometern! Wir müssen wegen der Zentrierung des Schubes zwei Raketen seitlich montieren. Die brennen dann ab wie Feuerwerkskörper. Während des Fluges kann Voodoo die Stabilität der Biene mit den Steuerdüsen korrigieren.«

»Voodoo? Wieso Voodoo?«

»Ach, John, machen wir uns doch nichts vor! Er ist der einzige von uns, der solch einen Wahnsinnsritt überstehen kann. Außerdem kam der Vorschlag von ihm selbst!«

Ich holte tief Luft. Natürlich hatte er recht. Mir mißfiel die Vorstellung, daß sich ein Mann allein in dem zusammengeschusterten Vehikel aufhielt, nur, es kam sonst niemand mehr in Frage, der imstande war, den ungeheuren Beschleunigungskräften zu widerstehen und der gleichzeitig noch die Steuerdüsen der Arbeitsbiene bedienen konnte. Mit Bestürzung wurde mir bewußt, daß wir gerade dabei waren, ein weiteres Menschenleben aufs Spiel zu setzen.

»Äh… noch etwas…«, fing Viktor wieder an. »Die Raketen funktionieren nur mit eingesetztem Zünder. Wir sind alle keine Waffenexperten, und wir haben keine Zeit, uns mit einem Studium über eine hundertprozentige Entschärfung der Zünder zu beschäftigen. Damit will ich sagen, daß Voodoo möglichst nirgendwo anstoßen darf, wenn die Raketenmotoren einmal gestartet sind.«

Ich fuhr mir zweifelnd durchs Haar. »Das ist alles ein wenig hart, findest du nicht auch?«

»Ja, ich weiß. Ich gehe die Unterlagen und Konstruktionsbeschreibungen auf jeden Fall noch einmal durch. Auf der anderen Seite habe ich keine große Lust, mich innerhalb der *Nostradamus* als Sprengmeister zu versuchen!«

Das klang nicht sehr gut. Gemessen an den möglichen Gefahren, die auftreten konnten, war alles viel zu sehr improvisiert.

Plötzlich spürte ich keine Lust mehr, mich hier in meinen Räumen zu verkriechen. Um mich herum waren alle mit den Vorbereitungen zu unserem nächsten waghalsigen Schritt beschäftigt. Und abermals würde ein anderer den gefährlichen Anteil übernehmen. Kurz entschlossen raffte ich Suzannes Disks zusammen und kehrte in die Zentrale zurück. Voodoo empfing mich mit einem Gähnen. »Na, hat das Flintenweib schon was von sich hören lassen?«

»Nein. Und du gehörst ins Bett. Du mußt fit sein, wenn du den Flug in der Biene heil überstehen willst!«

»Ich werde dabei schon nicht einschlafen. Du hast also mit Viktor gesprochen?«

Ich nickte und bestellte mir beim Automaten einen Kaffee. »Mir ist gar nicht wohl bei der Sache. Ach, und übrigens…«, erwähnte ich nebenbei, als würde ich ihn um Milch und Zucker bitten. »Betätige doch einmal den Notruf und sende Mayday.«

Er schaute mich verständnislos an. Ich erklärte es ihm.

»Ui, toll, das wollte ich schon immer einmal machen!« freute er sich. Mit einem schauspielerisch verzerrten Gesicht ließ er seine Hand über das Terminal zu der abgedeckten orangefarbenen Taste kriechen, entsicherte sie mit verkrampften Fingern und drückte sie ein.

Ohne Show ging bei ihm nichts.

Um den Rand des Center Face blinkte augenblicklich ein schmaler orangefarbener Streifen auf, begleitet von einem unterbrochenen satten Ton. Eine nette Frauenstimme informierte uns über den ausgelösten Notruf. Ich stellte die akustischen Signale mit einem Tastendruck ab und nahm meinen Kaffee aus dem Automaten entgegen. »So, jetzt warten wir auf den Admiral. Hier, du könntest dir inzwischen einmal diese Disks durchschauen.«

Ich gab ihm die Kopien und erzählte ihm von meiner kurzen Unterhaltung mit Suzanne vor ihrer Zerstörung. In dem Augenblick erschien das Zeichen von *Futhark* auf dem Face.

»Oh, oh, Tante Merz, ich verschwinde in die NAV-Einheit«, meinte Voodoo und verdrückte sich.

Mit einem nervösen Zucken im Augenlid versuchte ich mich gerade auszurichten. Eine normale Unterhaltung würde es nicht geben, dazu war die Strecke zu lang. Ohne großen Übergang blendete sich das strenge Gesicht von Admiral Bettina Merz ein.

»Kapitän Nurminen, ich habe Ihren Bericht erhalten und bedauere den Tod von Kadett Wolfen!«

Punkt. Aus. Wahrscheinlich war das schon die höchste Stufe auf ihrer emotionalen Skala. Im gleichen Tonfall fuhr sie fort, ihre Augen waren direkt auf mich gerichtet.

»Zu Beginn möchte ich Ihnen mitteilen, daß ich die Lage der *Nostradamus* als außerordentlich ernst einschätze!« Jetzt machte sie doch eine kleine Pause zur Konzentration und blickte für eine Zehntelsekunde ihre Hände an, die sie vor sich verschränkt hielt. »Lassen wir einmal diese Bespitzelungsgeschichte beiseite, die natürlich nicht meinen Beifall findet. Natürlich auch nicht Ihre stillschweigende Voraussetzung, daß Sie mich in Ihre offene Meuterei mit einbezogen haben. Ebenfalls möchte ich nicht weiter auf Ihre geplante Besetzung der Energieplantage eingehen, nur insoweit, als daß ich Ihnen Erfolg und weiteres Wohlbefinden für Sie und Ihre Besatzung wünsche. Ich hoffe, Sie haben mich verstanden.«

Ja, Frau Admiral. Danke, Frau Admiral. Nicht gutheißen, Besetzung, Erfolg und Wohlbefinden. Es klang fast so, als würde sie in einem Krieg Weihnachtswünsche an die Front übermitteln.

»Wie Sie inzwischen wahrscheinlich wissen, haben zwei weitere Schiffe Kurs auf Nofretete genommen. Das ist kein Zufall, jedenfalls gilt das nicht für die *Sternenläufer*. Das Schiff befindet sich seit mehr als zwei Jahren in einer Warteposition im Asteroidengürtel. Offiziell war seine Aufgabe die Erforschung von Navigationshilfen im dichteren als auch im äußeren Gürtelbereich. In Wahrheit jedoch wartete es auf das Erscheinen der Pyramide. Ich weiß, Kapitän Nurminen, daß Sie darüber sehr erstaunt sein werden, weil Sie dachten, Sie hätten zusammen mit Dr. Appalong im August letzten Jahres als erste die Existenz der Pyramide nachgewiesen, aber ich kann Ihnen versichern, daß im Vatikan seit Jahren Vorbereitungen getroffen wurden, um rechtzeitig für diese Mission gerüstet zu sein. So überraschend die Information für Sie auch sein mag, gestatten Sie mir, auch diesen Punkt vorerst außer acht zu lassen. Nehmen Sie ihn einfach als Tatsache hin.«

Ich hing wie betäubt vor dem Center Face. Das konnte doch alles nicht wahr sein! Ich war nahe daran, die Übertragung einfach abzuschalten und mich aus dem verschlossenen Getränkeschrank in der Zentrale zu bedienen.

Voodoo, der natürlich mitgehört hatte, sagte mit unterdrückter Wut von der NAV-Einheit her: »Wir spielen in einem Affentheater mit, John! Hast du das gewußt, als du neulich im letzten Moment noch die Schleuse erreicht hast?«

Ich hörte seine Tastatur klicken. »Hier, lies mal, wer der Besitzer der *Sternenläufer* ist!« Ein Auszug von Suzannes Disks erschien neben dem Gesicht von Admiral Merz auf dem Center Face.

»Sag's mir einfach!« zischte ich ihn an. »Entschuldige.«

»Schon gut. ›World Science‹ ist vor gut drei Jahren fast vollständig von der ›Banko Allegro Potentiale‹ aufgekauft worden, der Hausbank vom Vatikan. Und noch etwas Feines: Der Kapitän der *Sternenläufer* ist ein gewisser Professor Doktor Werner Guthmann, seines Zeichens ein Neffe von Papst Hadrian VII.!«

Verlogenes Pack! Das ganze Getue vom mysteriösen Logendenken und heimlichen Machtansprüchen, alles nur Makulatur!

Vor meinem geistigen Auge lächelte mich die Sibylle von Delphi zweideutig an.

»...vor einigen Stunden wurde *Futhark* und die *Nostradamus* in eine eigenständige Gesellschaft umgewandelt. Sie können davon ausgehen, daß sich der neue Besitzer bald bei Ihnen melden wird.«

»Was?« Voodoo und ich hatten die letzten Worte von Admiral Merz gerade noch so mitgekriegt. Unsere Köpfe fuhren gleichzeitig verblüfft nach oben.

Ich war zu keiner weiteren Reaktion fähig. Voodoo brachte es auf den Punkt: »Ich kündige, sofort!«

Der Admiral hatte ein Einsehen mit uns und brach an dieser Stelle ab. Erschüttert murmelte ich ein »Habe verstanden« und »Melde mich gleich wieder« in die Kamera. Dann unterbrach ich die ›Verbindung‹.

»Geht das denn?« fragte Voodoo. »Kann man so einfach eine Werft und ein Schiff verkaufen? Da gibt es doch Gewerkschaften und Aufsichtsräte!«

»Voodoo, bitte! Wir leben nicht im 20. Jahrhundert!« Ich hatte jetzt keinen Nerv für solche Kalauer.

Ich rief Halbmond in die Zentrale.

»Ich weiß schon Bescheid«, rief sie uns zu, als sie von nebenan kam. »Mein Vater tobt und will sofort auf die Erde, um Hellbrügge den Hals umzudrehen. Soll ich meinen Bruder zum Admiral schicken?«

»Ja, bitte«, sagte ich. Mir war nicht nach einem umständlichen Hin und Her. Ich wollte sofort Antworten auf meine Fragen. Sie gurtete sich neben mir fest und schloß die Augen. »Vivian schläft noch«, murmelte sie beiläufig, als wollte sie mich beruhigen, daß mir von daher kein Ärger drohte.

Alles hatte sich mit einem Schlag gewandelt! Wir waren nur noch ein unbedeutender Faktor in einem von langer Hand angelegten Plan. Vor einigen Tagen war ich noch der Meinung gewesen, daß wir auf dem Weg zu einer großartigen Entdeckung waren. Jetzt kam ich mir im wahrsten Sinne des Wortes beschissen vor. Vivian hatte recht gehabt: Es wäre besser gewesen, sich anzupassen und ruhig zu verhalten. Niemand hätte mir einen Vorwurf machen können und vor allem: Wolfen würde noch leben!

»Jules sagt, daß ihn der Admiral zu sich gebeten hat«, berichtete Halbmond. »Übrigens hat Fritz Bachmeier den Mond verlassen und befindet sich auf dem Weg zur Erde. Dort herrscht ziemliches Chaos. Alles geht drunter und drüber.« Sie ging nicht näher darauf ein. Ich bedeutete Voodoo, sich die Nachrichtensendungen anzusehen. Wir brauchten Informationen, ganz gleich welcher Art sie auch waren.

»O.K., er ist bei ihr«, flüsterte sie nach einer Weile.

Ich war ratlos. Eigentlich hatte ich tausend Fragen und wußte dennoch nicht, wo ich anfangen sollte.

»Was ist mit der *American Gothic*?« fragte ich über Halbmond. Ein merkwürdiger Name. Ich verhaspelte mich bei der Aussprache.

»Unwichtig«, antwortete Halbmond mit energischem Tonfall. »Ist rein zufällig in der Nähe. Will sich die Gelegenheit nicht entgehen lassen. Bereitet aber den Käufern der Werft und der *Nostradamus* einiges Kopfzerbrechen. Die neue Gesellschaft heißt übrigens Starworld. Geschäftsführer sind einige ehemalige Direktoren von Space Cargo. Der Vatikan besitzt eine 51%ige Teilhaberschaft«

»Woher haben Sie die Informationen über die Gesellschaft und den langjährigen Plan zur Erforschung der Pyramide?«

»Von Dr. Hellbrügge. Er hat wegen des Verkaufs vor drei Stunden seinen Rücktritt erklärt und mir danach die Informationen zukommen lassen. Die *Nostradamus* sollte nur dann die volle Strecke bis zu Nofretete zurücklegen, falls die *Sternenläufer* sich nicht mehr gemeldet hätte. Das Schiff galt seit über einem halben Jahr als verschollen.«

»Verschollen? Was heißt das genau?«

»Es gab große Probleme im Schiff, hauptsächlich mit der Besatzung, die aus unterschiedlichen Gruppen besteht. Zeitweise drohte ein völliger Zusammenbruch von Ordnung und Disziplin. Es gab Tote und Verletzte. Zusätzlich hatte das Schiff mit technischen Schwierigkeiten zu kämpfen. Der Vatikan fürchtete ein Scheitern der Mission. Zu diesem Zeitpunkt verzeichnete Schmidtbauer die ersten Erfolge mit den Testflügen der *Nostradamus*. Man fragte ihn, ob das Schiff in der Lage wäre, notfalls in kurzer Zeit Nofretete erreichen zu können. Schmidtbauer bot sich sofort an, mit einer eigenen Besatzung den Flug zu unternehmen und gleichzeitig damit den Beweis für das Funktionieren seines neuartigen Antriebes zu erbringen. Aber man wollte ihm die *Nostradamus* nicht überlassen, weil man ihm nicht vertraute, deswegen war die Bedingung, daß der Flug nur dann zustande käme, wenn er einem Kommando unter einem konzerneigenen Kapitän zustimmte.«

Schmidtbauer hatte also Bescheid gewußt, wahrscheinlich auch Dr. Helene Mayer und Meier Zwo. Es war unglaublich!

»Woher wußte man, daß die Pyramide im Sonnensystem erscheinen würde?«

»Ich weiß keine Einzelheiten. Es hängt mit den Ausgrabungen des indischen Archäologen in der Nähe von Saqqara zusammen. Hellbrügge deutete an, daß der Vatikan es geschafft hatte, die Erlaubnis zur Öffnung der Kammern des Imhotep zu erlangen. Dort hat man anscheinend Inschriften gefunden, die auf die Pyramide hinweisen, aber nicht nur das: Der Inhalt des Grabes muß einen unvorstellbaren Wert besitzen. Mehr darüber hat mir Hellbrügge nicht mitgeteilt.«

»Weiß man, was die Pyramide darstellt? Ist sie ein Raumschiff mit… Aliens an Bord? Woher kommt sie?«

»Nein, ich glaube, auf diese Fragen weiß niemand eine Antwort.«

»Was ist die Aufgabe der *Sternenläufer*?«

»Die Erforschung von Nofretete, nehme ich an. Ich weiß, Sie denken an den Befehl zur Zerstörung der Marspyramiden, aber das war in meinen Augen ein Ablenkungsmanöver. Sie dürfen nicht glauben, daß sich im Vatikan nur tief religiöse Trottel mit mittelalterlichen Vorstellungen befinden. Niemand von dort denkt an eine Zerstörung. Dazu stellt Nofretete einen viel zu großen Wert dar. Alleine die Vermarktung ist ein Milliardengeschäft.«

Voodoo hatte aufmerksam zugehört. »Marspyramiden? Welche Marspyramiden?«

»Später!« winkte ich ab. Admiral Merz hatte also ebenfalls von unserer Entdeckung von damals gewußt. So allmählich setzte sich alles zusammen; auf der anderen Seite verschoben sich die Ausgangspunkte auf geradezu dramatische Weise: Die Existenz von Nofretete war seit langem bekannt, jedenfalls länger als ich bisher geglaubt hatte. Papst Hadrian hatte vom Zirkel als eine mystische Verbindung von einigen mächtigen Leuten gesprochen, die in der Pyramide so etwas Ähnliches sahen wie die Ankunft des Antichristen, und deshalb ihre Zerstörung im Sinn hatten. Dabei steckte nichts anderes dahinter als reine Geschäftemacherei. Trotzdem, es fehlte eine wichtige Information, die den enormen Aufwand und die geheimen Vorbereitungen rechtfertigten, die diese Leute seit Jahren betrieben haben. Niemand blockierte zwei wertvolle Raumschiffe wegen einer simplen Erforschung, wenn dabei nichts heraussprang, – auch nicht, wenn es sich um ein Jahrtausendereignis handelte. Oder doch? Admiral Merz hatte es bereits erwähnt, allein die Vermarktung brachte Milliarden ein. Vielleicht war der Name der neuen Gesellschaft schon ein Hinweis auf ein lukratives Geschäft: ›Starworld‹ klang wie ein Vergnügungspark.

Ganz nebenbei gesehen war Space Cargo nicht mehr mein Arbeitgeber und Hellbrügge war nicht mehr mein Vorgesetzter.

Ich fühlte mich ausgebrannt. Für was oder wen sollte ich meine Kräfte und das Leben meiner Besatzung überhaupt noch einsetzen. Der Konzern war bisher meine Heimat gewesen. Ich war als Angehöriger in diesem Verbund aufgewachsen, hatte eine behütete Jugend und meine Ausbildung unter den blau-gelben Farben verbracht. Die Reise zum Mars und meine Berufung ins Kapitänspatent waren Erlebnisse, die meine Identität und meine Loyalität zum Konzern stark geprägt hatten. Ich hatte teilweise die Geschichte der Raumflotte von Space Cargo mitgeschrieben und bildete mir ein, das Gedankengut auf meinen späteren Flügen mit bestem Gewissen vorbildlich vertreten und erhalten zu haben. Und jetzt saß ich von einer Sekunde zur anderen vor den Scherben. Starworld! Ich war noch nicht einmal fähig, ein Gefühl der Erschütterung zu verspüren, es war einfach nur erniedrigend.

Auf Halbmonds Stirn bildeten sich Schweißtröpfchen. Sie lag wie ein Medium neben mir im Sessel und hatte die Antworten von Admiral Merz fast in dem Tonfall der Befehlsinhaberin der Werft wiedergegeben.

Ich raffte mich noch einmal auf.

»Ich hätte zum Schluß nur noch eine Frage: Wieso sollten wir die Reise nicht fortsetzen? Zwei Schiffe vergrößern doch die Chance, die Pyramide zu erreichen und gründlich zu erforschen.«

»Starworld braucht den Schiffskörper der *Nostradamus* für die Weiterentwicklung des Antriebs. Sie besitzen zwar alle Daten, die während des bisherigen Fluges gesammelt wurden, aber das ist nicht vergleichbar mit einem Objekt vor Ort. Ich weiß, wovon ich spreche, ich habe eine Werft geleitet. Wenn Sie mit der *Nostradamus* für 15 Monate im All verschwinden, wirkt sich das für die Weiterentwicklung des Neutrino-Treibers nachteilig aus. Die Erforschung der geheimnisvollen Pyramide im Weltall ist bestimmt ein lukratives Geschäft, aber langfristig verspricht der neue Antrieb einen weit größeren und vor allem sichereren Profit.«

»Sie deuteten eben an, Sie haben eine Werft geleitet. Was ist geschehen?«

»Meine Koffer sind schon gepackt, Herr Kapitän. Ich werde nicht darauf warten, bis man mich hier wegen meiner Hilfe, die ich Ihnen habe zukommen lassen, vor die Tür setzt. Aber ich bereue nichts, falls Sie das beruhigt.«

Ich nickte, denn ich konnte sie verstehen. An irgendeinem Zeitpunkt in der Vergangenheit hatte ein Pfeiler in ihrem Vertrauen zum Konzern Risse gezeigt. Jetzt brach alles zusammen. »Ich wünsche Ihnen viel Glück für die Zukunft, Admiral. Es tut mir leid, daß ich auf die versprochene Führung von Ihnen durch *Futhark* verzichten muß.«

»Lassen Sie den Schmus weg, Nurminen. Sehen Sie lieber zu, daß Sie Ihre Zukunft meistern. Ich gebe Ihnen einen guten Rat: Halten Sie Ihre sechs Sinne beisammen und handeln Sie nach Ihrem Herzen! Passen Sie gut auf sich auf! Bis bald, Herr Kapitän.«

Ich konnte nicht behaupten, daß mich ihre Worte aufrichteten. Mir fehlte im Augenblick der Glaube an mich selbst, und es sah nicht danach aus, als ob sich der Zustand so bald ändern würde.

Vor mir stand etwas, das wie ein kleiner Bagger aussah, denn mit der ursprünglichen Form einer Arbeitsbiene hatte dieses Gebilde nicht mehr viel gemeinsam. Von beiden Seiten standen rechtwinklig weit ausladende Stahlträger ab, die Luis aus einer Plattform herausgetrennt und sie um die Kabine herumgebogen hatte. Wie breite klobige Flügel schienen sie das Ergebnis einer kindlichen Vorstellung zu sein, mit der Erschaffung von kurzen Stummelflächen ein flugtaugliches Gerät herzustellen. Eigentlich sah es mehr danach aus, als wäre die Biene gewaltsam in das Teilstück hineingezwängt worden, denn die vorderen und hinteren Greifarme ragten wie die eingequetschten Füße eines Käfers hilflos nach oben heraus. Die vorderen Greifer hielten zudem grob ausgesägte Gewichte aus Betonschaum in unterschiedlicher Höhe über das Plattformfragment.

»Ich weiß nicht, ich weiß nicht«, murmelte ich und näherte mich vorsichtig den provisorisch verbreiterten Öffnungen in den Trägerenden, in denen je zwei Raketen in einer ausgeschäumten Masse steckten. Ich war mir wohl bewußt, daß wir nicht darauf aus waren, einen Schönheitspreis mit dieser Konstruktion zu gewinnen, es zählte einzig und allein das sichere Funktionieren.

Viktor schwebte behutsam aus der offenen Luke. »Ich sehe an deinem Blick, daß du unserem Gefährt kein großes Vertrauen entgegenbringst.«

»Wenn es nur das wäre«, entgegnete ich. »Hast du einmal darüber nachgedacht, für wen wir – und vor allem Voodoo – überhaupt dieses Risiko eingehen?« Ich hatte kurz zuvor alle im Hangar von meinem Gespräch mit Admiral Merz unterrichtet.

Er stutzte nachdenklich. »Ah, daher weht der Wind! Unsere Freunde auf der Erde haben dir die Grundlage entzogen.« Sein Tonfall signalisierte unüberhörbar Verärgerung.

Ich setzte zu einer Antwort an, aber er würgte sie mit einer Handbewegung ab. »Jetzt hör mir einmal gut zu!« Er deutete mit dem Daumen zur Arbeitsbiene hin, von wo ein unterdrückter spanischer Fluch zu hören war. »Luis zum Beispiel hat Frau und Kinder zu Hause, er hätte also gute Gründe, sich zurückzulehnen und darauf zu warten, bis uns jemand abholt oder daß *Südquelle* wieder zum Leben erwacht. Aber er denkt gar nicht daran…«

»Laß den Kapitän in Ruhe, Viktor«, sagte Luis aus dem Inneren der Biene. »Es ist seine Aufgabe, sich Sorgen zu machen.« Er steckte den Kopf durch die Luke. »Ahh, John, sieh es doch so: Wir machen das für uns und unsere Angehörigen auf der Erde. Und vielleicht auch für eine Zukunft, mit der wir leben können. Du hast dir doch vorhin die Nachrichten von der Erde angesehen, die Voodoo zusammengefaßt hat: Ein einziger Hühnerhaufen, alles rennt wild durcheinander. Und warum? Niemand kann den Menschen erklären, was die Pyramide für unser Sonnensystem bedeutet. Zum Teil wird durch die Medien sogar noch die Angst zusätzlich geschürt, damit die Leute Tag und Nacht vor den Channels hängen, um Neuigkeiten zu erfahren. In Wirklichkeit werden sie dabei nur noch mehr verunsichert, weil jeder Channel seine eigene Version über die Pyramide verbreitet und sie gleichzeitig als einzige Wahrheit verkauft. So, das ist die Gegenwart. Und was wird in Zukunft sein, wenn es tatsächlich jemandem gelingen sollte, die Pyramide anzufliegen? Die Menschen werden auch dann die Wahrheit nicht erfahren, weil sie wieder von jedem einzelnen nach seinem Gutdünken ausgeschlachtet wird, selbst wenn sich nichts hinter dem Geheimnis verbirgt.«

Es war ein seltenes Ereignis, wenn Luis mehr als drei Sätze hintereinander herausbrachte, und bisher hatte er in solch einem Fall mit einer tiefen inneren Überzeugung gesprochen. Dieses Mal klang es jedoch sehr konstruiert.

»Luis, das ist nicht das Problem«, widersprach ich. »Wir haben aus der Sicht des Konzerns eigenmächtig die Computer abgeschaltet und dabei wurde ein Besatzungsmitglied getötet, das heißt, wir werden uns deswegen vor Gericht verantworten müssen. Wenn es günstig für uns ausgeht, können wir die vorangegangenen Vorfälle als mildernde Umstände für unsere Handlungsweise ausnutzen, und wir kommen mit einem blauen Auge davon – was ich aber nicht glaube. Im Augenblick entziehen wir uns wissentlich dem Oberkommando, indem wir Mayday vortäuschen, und sind im Begriff, uns eine Energieplantage unter den Nagel zu reißen, um anschließend den Flug zu Nofretete fortzusetzen. Spätestens dann können wir uns nicht mehr länger verstecken und befinden uns im Status einer Befehlsverweigerung. Admiral Merz hat mir deutlich zu verstehen gegeben, daß der neue Besitzer die *Nostradamus* so bald als möglich wieder in der Werft sehen will. Wenn wir uns dem widersetzen, haben wir eine Milliardenklage am Hals und werden den Rest unseres Lebens hinter Gittern verbringen. In der Zentrale stapeln sich schon jetzt Ausdrucke mit angedrohten Verfügungen für den Fall, daß unser Notruf nur vorgetäuscht ist.«

Ich hatte meine Worte mit Nachdruck ausgesprochen, denn ich sah, daß wir uns immer mehr in Schwierigkeiten verstrickten.

Luis schwieg betroffen. Die Aussicht, seine Familie nicht mehr unter normalen Umständen wiederzusehen, hatte seinen Ehrgeiz anscheinend stark gedämpft. Auch Viktor schlug die Augen nieder. »Tja, dann…«, meinte er resignierend und blickte mit verkniffenen Augen die Hangardecke an.

»Ich hätte da einen Vorschlag«, meldete sich Ballhaus, der mit Appalong gerade die letzte Rakete in die Halle hereinbugsierte und sie vorsichtig am Boden verankerte. »Der Kapitän hat recht, wir machen uns den Besitzern gegenüber strafbar. Es gibt nur eine Möglichkeit, uns dem zu entziehen und zwar, indem wir uns als die Besitzer der *Nostradamus* erklären.«

»Ach, Richard…«, entfuhr es mir. Das war nun wirklich das Blödeste, was mir je untergekommen war.

»Nicht so voreilig! Wir erwerben das Schiff, dann können wir selbst bestimmen, wohin wir fliegen.«

Viktor und Appalong grinsten mich offen an. Offenbar hatte Ballhaus ihnen den Schwachsinn schon vorher erzählt.

Ich konnte in dieser Situation beim besten Willen keinen Humor dafür aufbringen.

»Das Schiff steht nicht zum Verkauf«, stellte ich nüchtern fest und ärgerte mich dabei über mich selbst, daß ich überhaupt auf den Unsinn einging.

»Doch, tut es«, widersprach er mit ernstem Gesicht. »Starworld will es kaufen, aber sie haben die Fristen nicht eingehalten. Laut den fragmentarischen Überresten der Kartellverbote aus dem letzten Jahrhundert bedürfen Geschäfte dieser Größenordnung der Zustimmung einer unabhängigen Kommission. Weiterhin besteht ein Einspruchsrecht von potentiellen Mitbietern. Auch rückwirkend.«

»Wir sind keine Mietbieter, und potentiell sind wir schon gar nicht. Wir sind Angehörige des Konzerns und repräsentieren keine Gesellschaft oder ein Handelsunternehmen«, leierte ich gelangweilt herunter.

Ballhaus wischte meinen Einwand mit einer Handbewegung weg. »Ich als meine Person bin kein Angehöriger des Konzerns und besitze eine Gesellschaft für extreme Ideenfindung, die ›Contac‹. Ich stelle euch alle als gleichberechtigte Gesellschafter an.«

»Das ist ja toll! Und womit bezahlen wir die lächerlichen Milliarden, die das Schiff und, nicht zu vergessen, dieser unbezahlbare und zukunftsträchtige Antrieb kostet?«

Er blinzelte mich listig an. »Mit dem, was wir in der Pyramide finden! Wir machen Space Cargo das Angebot, nicht mit Finanzmitteln zu bezahlen, sondern überlassen ihnen das Ergebnis unserer Forschungsreise! Außerdem dachte ich mehr an eine begrenzte Nutzung des Schiffes, eine Art Leasing oder Miete mit zeitlicher Begrenzung.«

Ich antwortete nicht mehr, weil ich jede weitere Diskussion darüber nur noch lächerlich und als Zeitverschwendung empfand.

Viktor schien anderer Meinung zu sein. »Darauf werden sie nicht eingehen. Mit der *Sternenläufer* haben sie bereits ein Raumschiff auf Kurs zur Pyramide.«

»Richtig. Aber dazu komme ich später. Zunächst müssen wir den Einspruch und das Kaufangebot abgeben, dadurch erreichen wir den nötigen Zeitgewinn, um *Südquelle* zu aktivieren, die *Nostradamus* instandzusetzen und uns auf den Weg zur Pyramide zu machen…«

Mir platzte der Kragen. Ganz abgesehen davon, daß niemand zu verstehen schien, welches Risiko dieser

Flug zu *Südquelle* in sich barg, redeten alle von einem imaginären Handel mit unvorstellbaren Werten, als wäre es das Selbstverständlichste auf der Welt.

»Verflucht noch mal, könnt ihr nicht mit dem Scheißdreck aufhören? Das ist doch alles Unsinn!« warf ich gereizt ein. »Sobald wir uns melden, kriegen wir von Space Cargo den Befehl, sofort zurückzukehren. Es ist doch gleichgültig, ob die *Nostradamus* dem Konzern gehört oder Starworld. Im Prinzip sind das dieselben Leute.«

»Schon möglich«, entgegnete Ballhaus mit unerschütterlicher Ruhe, »aber egal wer es sein mag, sie werden es nicht gerne sehen, daß wir zum Beispiel Einzelheiten über unsere illegale Bewaffnung veröffentlichen.«

»Das ist reine Erpressung!« stellte ich fest. »Und damit begeben wir uns auf ein Gleis, das uns immer weiter von der Normalität wegführt. Wir geraten immer mehr in einen Sumpf von Lügen und Verbrechen.«

Ballhaus ließ sich nicht beeindrucken. »In der Normalität befinden wir uns schon lange nicht mehr, und in dem von dir angesprochenen Sumpf stecken wir von Anfang an.« Er hob die Hand und zählte an den Fingern ab. »Lüge, Vortäuschung, Mordanschlag, Bombenlegung, Bespitzelung... habe ich etwas vergessen? Gerade du müßtest doch in bezug auf deine Person ein Lied davon singen können! Wo bleibt dein Gefühl für Gerechtigkeit? Oder bist du einer von denen, die bedingungslos der Stimme seines Herrn folgen?«

Ich wandte mich beleidigt ab. Er hatte einen wunden Punkt in mir getroffen. Ich wußte nicht, wie ich ihm begreiflich machen konnte, daß ich dem Konzern alles verdankte und ihm im Gegenzug dafür blindes Vertrauen entgegenbrachte. Ich konnte mich nicht so ohne weiteres davon befreien. »Vielleicht ist es so…«, sagte ich leise.

»Glaube mir, ich verstehe deinen Standpunkt.« Er äußerte sich so rasch, als hätte er eine Antwort in dieser Weise erwartet. »Aber du bist nicht allein auf dem Schiff.«

Ich fuhr wütend herum. »Das kann schon sein. Aber immerhin habe ich das Sagen auf diesem Schiff.«

Ballhaus blickte mich kalt an. »Das nützt dir nicht viel, wenn wir dir – sagen wir einmal – auf Grund einiger Vorfälle die Führung entziehen und Viktor für eine Weile das Kommando übernimmt.«

Ich glaubte, mich verhört zu haben. Unsicher blinzelte ich in die Runde und sah schließlich Viktor fest in die Augen. »Ich befehle hiermit den Abbruch des Unternehmens! Sofort!«

Er ignorierte meinen Befehl, als hätte ich ihn nie ausgesprochen. »John, wir haben uns dazu entschlossen, Nofretete auf jeden Fall anzufliegen, und wir können unsere Weiterreise erzwingen. Ich meine, Richard hat recht, was den angeblichen Kauf betrifft. Ich habe die rechtlichen Unterlagen vom Computer abgerufen. Bis eine Stellungnahme gegen unser Angebot formuliert ist, sind wir längst unterwegs zur Pyramide. Dem Konzern bleibt dann gar nichts anderes übrig, als zähneknirschend zuzustimmen, um wenigstens sein Gesicht zu wahren. Außerdem macht ihm das amerikanische Schiff zu schaffen. Vielleicht können wir die *Sternenläufer* unterstützen, unter Umständen sogar mit einem kleinen Hinweis an die *American Gothic*, daß wir bewaffnet sind. Zwei Raketen haben wir ja dann noch!«

Ich sah ihn ungläubig an, aber er schien es tatsächlich ernst zu meinen. »Seid ihr denn alle verrückt geworden?« Empört wandte ich mich an Luis und Appalong. »Und ihr wollt bei dieser Meuterei mitmachen?«

»Ah, schau mal, so weit muß es ja nicht kommen…«, verteidigte sich Luis.

Wie benommen hörte ich schon gar nicht mehr hin. Ich konnte noch nicht einmal eine Enttäuschung über die Selbstverständlichkeit feststellen, mit der mir gerade Viktor in den Rücken gefallen war. Noch nie in meinem Leben hatte sich jemand derart jäh von mir abgewandt, ohne wenigstens eine Aussprache angestrebt zu haben. Das Gefühl, von einem Moment zum anderen vollkommen isoliert zu sein, wurde in mir übermächtig. Vergeblich versuchte ich, einen Ansatzpunkt für diese unerwartete Entwicklung zu finden, jedoch ohne Erfolg. Ich konnte die Haltung der wichtigsten Besatzungsmitglieder weder nachvollziehen noch begreifen. Allein ihr Verhalten bestätigte eine irrationale Tatsache: Ich war nicht mehr gefragt!

Ich wußte nicht mehr, wie ich in mein feudales Appartement gelangt war. Ich glaube, Appalong hatte mich schweigsam begleitet und mich anschließend von der Außenwelt abgeschnitten, sowohl durch das Verriegeln der Tür, als auch durch eine elektronische Sperre. Die Verbindungen innerhalb des Schiffes waren für mich nicht zugänglich. Jegliche Kontaktaufnahme zu mir wurde anscheinend untersagt, denn auch Halbmond meldete sich nicht. Meine Versuche, sie zu erreichen, blieben erfolglos. Fassungslos saß ich auf dem großen Bett und starrte die Wand an. Jegliche Willenskraft war aus mir gewichen. Zudem hatte ich mich ohne Gegenwehr wie ein Verbrecher abführen lassen. Richard Ballhaus mußte ein Hexer sein, anders konnte ich mir die plötzliche Verwandlung meiner Besatzung nicht erklären. Oder auf dem Schiff lief ein Spiel ab, in dem ich von Anfang an als Verlierer feststand. Mir gingen noch andere phantastische Varianten durch den Kopf. Eine davon war, daß mein Leben eine Simulation war: Es gab keine Pyramide, keine *Nostradamus*, kein Space Cargo, keinen Hellbrügge, einfach nichts! Ich war tot und nicht existent! In einem irren Anfall riß ich die Augen weit auf und drehte hektisch den Kopf hin und her, bis mir schwindlig wurde. Tot war ich nicht direkt, aber mein jetziger Zustand war nicht weit davon entfernt. Ich begann zu frieren und kroch wie ein kranker alter Mann unter die Bettdecke. Dabei kam mir der Gedanke, daß ich vielleicht nun wieder von Kameras überwacht wurde. Mit dieser verrückten Vorstellung blieb ich lange wach liegen und starrte an die Decke. Irgendwann schlief ich ein…

…und erwachte einige Stunden später. Flackernde Lichtwechsel und undefinierbare Geräusche hatten mich geweckt. Es dauerte ein paar Sekunden, bis ich den Grund dafür herausfand. Das Face gegenüber meinem Bett war aktiviert und zeigte einen mit hartem Licht beleuchteten, unförmigen weißen Klotz, der vor einem schwarzen Hintergrund hing. Sie hatten die umgebaute Arbeitsbiene in den Weltraum gebracht!

Viktors Stimme war zu hören. »…die Steuerung in der kritischen Phase vom Schiff aus bedienen. Wir haben deine Werte auf dem Face, Voodoo. Wenn du ohnmächtig wirst, laß es einfach geschehen, es kann dir nichts passieren! Noch eine Minute bis zur Zündung.«

»Roger and go!« kam es gepreßt zurück.

Mit einem Ruck setzte ich mich auf. Meine anfängliche Benommenheit war mit einem Schlag verschwunden, und mein Herz begann zu rasen. Das verwegene Unternehmen stand unmittelbar bevor. Unruhig gewann ich meine Orientierung zurück und suchte das Zimmer ab. Ich war nach wie vor allein. Man ließ mir also eine Beteiligung an dem Spektakel in der Loge zukommen. Verwirrt suchte ich nach einer Möglichkeit, in das Geschehen einzugreifen, bis ich einsah, daß ich nichts verhindern konnte, ich war lediglich ein geduldeter Zuschauer.

»…3… 2… 1… Zündung, ab jetzt!«

Für einen endlos dauernden Moment geschah nichts auf dem Face, doch dann, in einer plötzlichen lautlosen Lichtflut, von der die trägen Aufnahmepixel der Kamera überlastet wurden, war für eine kleine Ewigkeit nur ein wallendes Weiß-Rot zu sehen. Ich zuckte erschrocken zurück und hielt den Atem an. Entweder die Raketen waren explodiert oder die Kamera war ungünstig plaziert, so daß die Düsenöffnungen genau in das Objektiv zeigten.

»…los, zeig's mir doch, du lahme Schweinekatze… Schub steigt… oh, oh… jetzt wird's hart…!« Voodoos Stimme brach mit einem Kiekser ab. Auf dem Face verflogen weiße Schlieren, zeigten einen zitternden hellen Klecks, der gleich darauf wie ein verglühender Meteor im Schwarz verschwand.

Viktors besorgte Stimme rief immer wieder Voodoos Namen, begleitet von Erklärungen und Anweisungen, die er an Personen richtete, die sich in seiner Nähe aufhielten. »…er ist weg, wahrscheinlich ohnmächtig… Gott sei Dank liegt das Ding stabil… Wir müssen noch warten, bis die Beschleunigung einen konstanten Wert einnimmt… schlingert, o mein Gott, ist das schwierig…!«

Ich löste mich aus meiner verkrampften Haltung, die ich unwillkürlich angenommen hatte. Anscheinend gab es Probleme mit der Steuerung! Kein Wunder, es war nicht zu erwarten gewesen, daß die beiden Raketen ihre Leistung absolut gleichmäßig abgaben.

Das Face zeigte nun ausschließlich den Weltraum, mehr gab es nicht zu sehen. Erst jetzt kam mir die Idee, daß ich von hier aus Bilder von anderen Kameras abrufen konnte. Da der Schiffscomputer auf meine Stimme nicht reagierte, zog ich hastig die Fernbedienung aus der Halterung neben dem Bett. Tatsächlich, das Face teilte sich in fünf Segmente auf. Eins bot die Situation in der Zentrale an, wo Viktor, Luis und Appalong im Anschnitt zu sehen waren, im nächsten war Voodoo in der Arbeitsbiene abgebildet, drei weitere zeigten schwarze Vierecke. Ich vermutete, daß sie einmal von der Kamera stammten, deren Aufnahmen ich bisher verfolgt hatte, der Rest stellte die Situationen vor und hinter Voodoos Arbeitsbiene dar. Ich holte mir Voodoo auf das Face. Das Bild wackelte und zitterte fürchterlich. Er schien bewußtlos zu sein, obwohl ich das wegen der abgedunkelten Sichtscheibe seines Helms nicht beurteilen konnte, aber er zeigte keine Regung in seinem Raumanzug. Schnell ging ich die Kontrollen der Bedienung nach einer Wertetabelle durch und fand sie nach einigen Versuchen. Geschwindigkeit über 40 000 Kilometer pro Stunde, Beschleunigungswerte abnehmend, jetzt bei 7 *g*, mein Gott, medizinische Werte im Grenzbereich, aber stabil! Er war nun etwa drei Minuten unterwegs. Ich wußte, daß das Gefährt ungefähr in sechs Minuten gedreht werden mußte, um die Raketen als Bremse wirken zu lassen. Länger als 20 Minuten würden die Motoren nicht arbeiten. Wir hatten keine andere Möglichkeit zur Abbremsung gefunden, da wir nur noch sechs funktionsfähige Raketen besaßen. Vier davon waren an der Biene montiert, zwei arbeiteten jetzt, zwei weitere waren als Antrieb für eine Rückkehr vorgesehen, falls es Voodoo nicht gelang, die Energieplantage zu aktivieren. Die restlichen zwei lagen noch in dem kleinen Raum unten im Schiff.

»… pft … wackelt ganz schön … bin ganz gut im Rennen …«, krächzte es vom Face her. Ich ließ mich erleichtert zurückfallen. Voodoo war bei Bewußtsein! Trotz oder wegen dieser positiven Entwicklung kam mir in diesem Augenblick eine ernüchternde Erkenntnis in den Sinn, die mich deprimierte: Dieser Bursche war nicht zu ersetzen, aber ich als Kapitän war austauschbar. Auch Luis war auf einem Raumflug unentbehrlich, Viktor besaß ein gewaltiges Potential an Theorie und Praxis, und ohne die Besatzung im Technischen Bereich wären wir nie so weit gekommen, Vivian war als Ärztin ein Spezialist, die anderen… na ja! Aber was steuerte ich als Kapitän zu diesem Unternehmen bei? Die Antwort mußte ganz eindeutig lauten: zu wenig oder nicht genug, denn ich hockte wie ein Passagier in meinem Luxus-Appartement und verfolgte auf einem Face die Vorgänge dort draußen, die ohne mich abliefen. Ich fragte mich, wann ich einen Fehler begangen hatte.

»Voodoo, das Ziel wandert aus! Kannst du korrigieren oder sollen wir von hier…?«

»Hab's im Griff… kann die Anzeigen für den Wendepunkt nicht ablesen… mir durchgeben, wenn es soweit ist…« Seine Stimme klang ein wenig verzerrt, aber ansonsten sehr ruhig.

»Der Zeitpunkt ist in 30 Sekunden! Wir probieren aus, ob der Computer die 180-Grad-Drehung ausführen kann! Bleib du auf dem Zielpunkt!«

»Roger! Heiland, ihr könnt euch gar nicht vorstellen, wie die Biene abpfeift!«

Ein gequältes Lachen von Viktor war zu hören. Er wußte, daß es noch nicht überstanden war. »Achtung! 10 Sekunden! Konzentriere dich… 3… 2… 1… Drehung, ab jetzt!«

Ich fixierte das schwarze Segment, das das Weltall vor der Arbeitsbiene zeigte, aber es war natürlich noch viel zu früh, um darauf *Südquelle* zu entdecken.

In frühestens acht Minuten würde man die Energieplantage als schwachen Lichtpunkt ausmachen können. Viel näher sollte Voodoo auch nicht herankommen. Die Reststrecke konnte er ohne Probleme mit dem eigenen Antrieb der Arbeitsbiene überwinden, falls durch die Vibrationen kein Schaden entstanden war.

»Drehung beendet. Laß die Hände von der Steuerung! Wir haben das Ziel im Visier. Lehn dich zurück, wir machen den Rest von hier aus!«

»Gut, das… ist gut!« Voodoo klang angeschlagen. Sein Abbild begann wieder zu zittern. Ich hatte Angst, daß die Arbeitsbiene der Belastung nicht mehr lange standhalten würde. Die kleine Raumkapsel war nicht für solche extremen Beschleunigungen konstruiert.

Das Unternehmen war leichtsinnig! Mir fielen unzählige weitere Faktoren ein, die wir übersehen hatten, aber es war jetzt nicht mehr zu ändern. Ich konnte nur hoffen, daß Voodoo zunächst einmal heil in die Nähe der Energieplantage gelangte.

Angespannt verfolgte ich die ablaufenden Entfernungswerte auf einer Grafik, die ich über das Face gelegt hatte. Voodoo war bis auf 5000 Kilometer an *Südquelle* herangekommen und seine Annäherungsgeschwindigkeit nahm immer mehr ab. Es reicht nicht, dachte ich, wenn die Raketen nicht in spätestens zwei Minuten ihre Arbeit einstellen, würde die Arbeitsbiene relativ zur Energieplantage stillstehen und anschließend wieder in die Gegenrichtung beschleunigen.

Es gab keine Möglichkeit, die Raketenmotoren abzustellen. Die Aufgabe dieser vorsintflutlichen Vernichtungsmaschinen bestand darin, Sprengladungen in ein Ziel zu tragen, die Explosion beendete ihre Arbeit.

Es kann nicht funktionieren, schoß es mir durch den Kopf, alleine schon deswegen, weil die Antriebssätze nicht im gleichen Zeitpunkt ausgebrannt sein werden! Wenn nur noch eine Rakete arbeitet, wird die Arbeitsbiene im Kreis herumgeschleudert! Voodoo mußte sich auf jeden Fall für einen schnellen Ausstieg bereithalten. Mit klopfendem Herzen suchte ich nach einer Möglichkeit, mit der Zentrale in Verbindung zu treten, aber nichts funktionierte. Ich fluchte laut über diesen Blödsinn, mich derart isoliert von allem fern zu halten.

Kurzzeitig beherrschte mich der trotzige Gedanke, daß sie es nicht anders gewollt hatten. Sollten sie doch sehen, wie sie zurechtkamen!

Schließlich stellte ich ein Videoboard mit einer Warnung vor die Linse einer Überwachungskamera. Große Wirkung erhoffte ich mir allerdings in der jetzigen Phase nicht davon.

Ich wußte nicht, ob meine Nachricht der Auslöser war oder ob Luis die gleichen Überlegungen wie ich angestellt hatte, auf jeden Fall kam von irgendwoher seine Stimme: »Ah, Voodoo, kannst du mich hören?«

Keine Antwort.

»Die Biene verzögert mit hohen Werten. Er ist wieder einer enormen Belastung ausgesetzt«, sagte Viktor.

»Egal, wir müssen ihm irgendwie verständlich machen, daß er die Biene wahrscheinlich bald verlassen muß!«

Luis las Voodoos Werte laut ab. Anschließend versuchten beide, ihn zu erreichen.

Noch 45 Sekunden. Voodoo regte sich nicht.

Es war zum Verzweifeln! Bis jetzt war alles gut verlaufen, die Entfernung zur Energieplantage betrug nur noch knappe 500 Kilometer, nach den derzeitigen Werten würde die Arbeitsbiene keine 20 Kilometer vor *Südquelle* zum Stillstand kommen. Unruhig fingerte ich an der Tastatur vor dem Face herum. Die negative Beschleunigung lag bei 8 *g*! Trotzdem waren Voodoos medizinische Werte im absolut sicheren grünen Bereich, es war mir unverständlich, warum er sich nicht meldete.

20 Sekunden. 198 Kilometer. Die Raketen feuerten immer noch mit voller Kraft.

15 Sekunden und 112 Kilometer. In der Zentrale brüllten alle laut Voodoos Namen. Ohne Erfolg.

8 Sekunden. 57 Kilometer. Jetzt wäre der ideale Zeitpunkt für einen Brennschluß. Die Arbeitsbiene würde

dann mit läppischen 80 Stundenkilometern auf die Plantage zutreiben.

»Voodoo, du Arschloch! Melde dich!« kreischte Viktor.

Aus dem Lautsprecher kam ein Rumpeln. Auf dem Face hob Voodoo mühsam einen behandschuhten Mittelfinger.

»So, das reicht… ich steige hier aus!« keuchte er.

»Voodoo, du bist ein Idiot!« brüllte Viktor mit hochrotem Kopf.

Die Raketen arbeiteten immer noch. 19 Kilometer und positive Beschleunigung, ab jetzt!

»Ich habe die Schleuse abgesprengt und düse mit meinem eigenen Antrieb raus! Wenn ich rufe, schwenkst du den Kasten leicht nach Steuerbord. Ich habe keine Lust, von den Abgasstrahlen geröstet zu werden. Über die Beleidigungen sprechen wir später.«

»Mach, daß du rauskommst!« rief Viktor.

»Achtung! …ab jetzt!«

Mein Blick huschte über die verschiedenen Segmente auf dem Face. Das Bild von der Biene zeigte einen leeren Sitz. Auf einem der schwarzen Ausschnitte glaubte ich kurz die Energieplantage zu sehen, es konnte aber auch ein Übertragungsfehler gewesen sein.

»Kruzitürken, das war knapp!«

Voodoo war draußen!

In der Zentrale waren laute Ausrufe zu hören.

Ich applaudierte lustlos und mit einem schalen Geschmack im Mund. Es war noch einmal gutgegangen. Bis jetzt.

»Ich habe meinen Einsatzplan verloren. Was kommt als nächstes?«

Brüllendes Gelächter aus der Zentrale tönte Voodoo entgegen.

Verschämt nahm ich das Videoboard vor der Überwachungskamera weg. Es tat weh, von dem Erfolg ausgeklammert zu sein, aber vielleicht war ich selbst schuld daran. Ich war mir immer noch nicht sicher, ob ich Voodoo losgeschickt hätte, und das war mein Fehler gewesen.

Grübelnd zog ich mich ins Bett zurück.

Du bist lasch geworden, du hast deine Entscheidungsfähigkeit verloren, Nurminen! Auch wenn du dem Wahnsinnsunternehmen nicht zugestimmt hättest, hätten keine Widersprüche aufkommen dürfen. Die Mannschaft hätte sich fügen müssen. Und das ist das Ergebnis: Du sitzt wie Schmidtbauer in Einzelhaft, wenn auch um einiges komfortabler!

Ich versank in Selbstvorwürfen, hatte Mitleid mit mir selbst und spürte, daß mein Selbstvertrauen schwand. Gleichzeitig fühlte ich mich von der Last der Verantwortung befreit. Gedanken an die Zukunft schob ich beiseite. Es gab keine. Nur noch schreckliche Zustände wie Endzeitstimmung, Leere, ein Gefühl der Nutzlosigkeit.

Wie aus der Ferne hörte ich Voodoo irgendwann rufen: »Ich hab den Kahn kurzgeschlossen. Ist ohne Probleme angesprungen. Den Stecker für die Verbindung zur Erde habe ich rausgezogen. Zum Abendessen bin ich rechtzeitig daheim.«

Na wenn schon, für mich war es bedeutungslos geworden.

# Drittes Buch

# I

Einsamkeit, lächerlich!

Alan Thorensen, ein Ausbilder während meiner Kadettenzeit, sagte einmal über die Einsamkeit: »Der Mensch ist sein ganzes Leben lang einsam, besonders zu seinem Ende hin. Denkt an meine Worte, wenn ihr euch im Weltraum befindet, denn dort draußen werdet ihr immer einsam sein.«

Wir hatten damals für solche Weisheiten noch nicht einmal ein mildes Lächeln übrig. Vor allem, weil wir wußten, daß Thorensen es nie weiter als bis zum Prater geschafft hatte. Außerdem waren wir überzeugt davon, daß nichts und niemand unsere verschworene Gemeinschaft sprengen konnte, denn wir bildeten uns ein, eine neue unerschrockene Generation von Raumfahrern zu sein, die dazu auserwählt waren, die Regionen hinter dem Raumpark zu erkunden. Wir waren fest entschlossen, die Pioniere und die alten Haudegen der frühen Raumfahrt nicht nur abzulösen, sondern auch neue Maßstäbe zu setzen, was den Einsatz neuer Techniken betraf. Der psychologische Standpunkt in Sachen Betreuung und Führung einer Besatzung war nicht auf unserer Rechnung. Er konnte es auch gar nicht sein. Niemand hatte uns gesagt, daß es Menschen gab, die etwas anderes im Sinn hatten als die Eroberung des Weltraums.

Den ersten Dämpfer erhielt ich, nachdem die ersten Besetzungslisten am Ende unserer Ausbildungszeit bekannt gegeben wurden. Fast die Hälfte von uns hatte keinen unmittelbaren Einsatz im Weltraum zu erwarten, standen auf einer Art Abrufposition für ›gegebene Verwendungen‹. So wurden damals die Stellen bezeichnet, bei denen man befürchten mußte, ein halbes Leben lang auf die Gelegenheit zu warten, in einem Raumschiff mitzufliegen. Ich konnte mich glücklich schätzen, meinen Namen auf einer Zuteilung für eine stinknormale Mondfähre zu finden, die alle zwei Wochen im Pendelverkehr zwischen konzerneigenen Mondstationen und dem Erdorbit ihren Dienst versah. Meine Position war als ›Auszubildender Begleitoffizier‹ bezeichnet, was nichts anderes hieß, als daß ich als eine Art Mädchen für alles den Passagieren im Notfall Händchen halten sollte. Dementsprechend war meine Stimmung während des ersten Fluges. Der Zutritt zum Cockpit war zwar nicht verboten, aber die Blicke und Anweisungen der Crew waren deutlich genug. Ich hatte mich um die Sicherheit der Passagiere zu kümmern, noch wichtiger war die vorschriftsmäßige Auflistung aller an Bord gebrachten und zur Auslieferung auf dem Mond bestimmten Güter und Gepäckstücke, deren Unterbringung ich in den Containern zu überwachen hatte. So also würde mein Traum von der Eroberung des Weltalls aussehen: Ich war nichts anderes als der Gehilfe des Verpackungsoffiziers. Ich konnte von Glück sagen, daß die Verpflegung der Passagiere ausschließlich von Automaten bewerkstelligt wurde, sonst hätte ich wahrscheinlich auch noch Kaffee servieren müssen.

Von meinen Kameraden aus der Kadettenschule habe ich keinen je wieder getroffen. Wir waren in alle Windrichtungen versprengt und damit waren die klassischen Hirngespinste von der neuen Raumfahrergeneration ad acta gelegt, noch bevor sie die Chance hatten, überhaupt das Stadium eines winzigen Aufblühens zu erreichen. Dieses war meine erste Erfahrung mit einer Einsamkeit im Weltraum.

Einsamkeit, lächerlich. Während der Ausbildung gab es gleich zu Anfang eine Übung, in der man drei Wochen lang alleine in einen Bunker gesperrt wurde, der die Bedingungen im Weltraum simulierte. Der einzige Blick nach draußen war ein Monitor, der die Situation eines Fluges von der Erde zum Prater und von dort in einer langen Schleife zum Mond nachvollzog. Man hatte keinerlei Aufgaben zu bewältigen. Wir sollten uns bei dieser Übung lediglich mit uns selbst beschäftigen. Für mich war es wie ein Urlaub. Einige drehten schon nach wenigen Tagen durch, manche überstanden die Zeit ohne äußere Anzeichen, verließen aber ohne Angabe von näheren Gründen bald die Kadettenschule.

Die Einsamkeit, die ich hier in meinem isolierten Appartement empfand, glich meiner Zeit, die ich auf der Mondfähre verbrachte. Ich besaß alle Annehmlichkeiten, konnte meine Umgebung mit allen nur erdenklichen Mitteln beobachten, nur von mir nahm keiner Notiz.

Seit drei Tagen lag die Energieplantage längsseits der *Nostradamus*.

Während des ersten Tages hatte ich mit Bewunderung zugesehen, wie Luis fast alleine mit den Bedienungsrobotern den Reaktor für den Neutrino-Treiber austauschte. Zwischendurch gab er Anweisungen für die Reparatur des zerstörten Abschnittes am Plasmatriebwerk und tauchte mit einer Arbeitsbiene mal hier und mal dort auf. Appalong und Ballhaus versorgten den Technischen Bereich mit Ersatzteilen, während Viktor und Voodoo alles Mögliche von *Südquelle* demontierten und in den Lagerräumen der *Nostradamus* verstauten. Selten war einer von ihnen einmal nicht zu sehen. Ich fragte mich, wann sie sich Zeit zum Schlafen nahmen. Mir kam diese fast schon krankhafte Aktivität unheimlich vor. Mit Unbehagen verfolgte ich das unstete Treiben meiner Besatzung. Ich fragte mich, was sie dermaßen in Atem hielt, das sie alle Anstrengungen vergessen ließ? Den Hauch einer Antwort darauf erkannte ich, als ich minutenlang auf dem Face den Anblick der rotierenden Pyramide auf mich wirken ließ. Es war die unmittelbare Nähe des Unwirklichen, das auf uns zukam, auch wenn es noch viele Millionen Kilometer entfernt war. Ich war inzwischen fest überzeugt davon, daß das Gebilde nicht menschlichen Ursprungs sein konnte. Nofretete rollte mit majestätischer Gelassenheit durch den sternenübersäten Weltraum. Es fiel mir schwer, ihre gigantische Größe zu realisieren. Nur durch eine angepaßte Animation der *Nostradamus*, die ich im richtigen Größenverhältnis auf das Face projizierte, bekam ich eine Ahnung davon, daß von dort draußen ein künstliches Gebirge auf das Sonnensystem zuraste. Zum ersten Mal empfand ich eine Mischung aus Angst und Beklemmung gegenüber diesem strahlenden Koloß. Bisher hatte sie in meiner Vorstellung lediglich als ein weit entferntes Ziel unserer Mission existiert und ich war hauptsächlich mit den Schwierigkeiten auf dem Weg dorthin befaßt gewesen. Meine ganze Konzentration hatte sich auf die Überwindung der nächstliegenden Probleme gerichtet. Nun aber sah es so aus, als konnten wir Nofretete tatsächlich erreichen.

Mit einem unwilligen Laut brach ich meine Überlegungen ab. Was hieß hier ›Wir‹? Es würde nicht mein Verdienst sein, wenn die *Nostradamus* den letzten Schritt wagte. Ich zweifelte nach wie vor daran, ob ich meine Zustimmung zu Voodoos gefährlichem Horrortrip gegeben hätte. Ganz zu schweigen von Richard Ballhaus' abenteuerlichem Vorhaben, das Schiff in seinen Besitz zu bringen. Er hatte unmittelbar nach der Übernahme der Energieplantage den Einspruch gegen den Verkauf der *Nostradamus* dem Konzern zukommen lassen und gleichzeitig sein fadenscheiniges Angebot übermittelt, das Schiff gegen künftige Informationen über Nofretete für einen bestimmten Zeitraum ›auszuleihen‹. Für sehr unüberlegt hielt ich dabei, daß er sein Vorhaben zusätzlich einer offiziellen und unabhängigen Pressestelle mitgeteilt hatte. Zuvor hatte Viktor das Signal Mayday abgesetzt und den Notruf ohne weiteren Kommentar mit einem totalen Energieausfall auf dem Schiff begründet. Den Rest konnte sich die Leitstelle in Manching selbst zusammenreimen, womit sie wohl auch beschäftigt war, denn seitdem herrschte eisiges Schweigen.

Sehr aktiv dagegen waren die Channels auf der Erde, die den Einspruch und die seltsame Inbesitznahme des Schiffes als neueste Lachnummer in den Nachrichten brachten, besonders nachdem sich mittlerweile schon über 50 potentielle Interessenten bei Space Cargo gemeldet hatten. Ich mußte widerwillig anerkennen, daß Ballhaus mit seinen Absichten anscheinend einen wunden Punkt im juristischen Netzwerk getroffen hatte, denn bisher war der Konzern zu keiner Stellungnahme bereit gewesen.

Gegen Ende des zweiten Tages war es außerhalb der beiden Schiffe ruhiger geworden. Der Reaktor und das Ersatzsegment waren ausgetauscht. Ich bemühte mich, weitere Bilder vom Inneren der *Nostradamus* auf das Face zu bekommen, jedoch ohne Erfolg. Ich bekam lediglich Informationen von einer Kamera aus der Zentrale und ein paar Ansichten von der Umgebung des Schiffes. Ungehalten über diese Zensur versuchte ich immer wieder, einen Kontakt zur Besatzung herzustellen – ebenfalls ohne Erfolg. Immerhin funktionierten sämtliche Überwachungsanzeigen, die den Status des Schiffes beschrieben. So konnte ich wenigstens indirekt die Arbeiten verfolgen. Auf Detailgrafiken zeigte der Bordcomputer nach und nach den Fortschritt der Wiederinstandsetzung des Plasmatriebwerkes an.

Zwischendurch vertrieb ich mir die Zeit mit den Nachrichtensendungen von der Erde. Die Situation sah tatsächlich nicht gut aus. Nofretete nahm den absolut größten Teil aller Meldungen ein. Wirtschaft, Konzernpolitik, Gesellschaft, Kultur, jeder Bereich des täglichen Lebens wurde von ihr beeinflußt.

Vor einigen Tagen waren die Menschen noch zum größten Teil davon überzeugt, daß die Pyramide Teil einer groß angelegten Show im Weltraum war, nun aber wurden immer mehr Stimmen laut, dem Spuk endlich ein Ende zu bereiten. Mit dem plötzlichen Auftauchen der beiden weiteren Schiffe wuchs die Angst der Menschen vor einer realen Gefahr.

Dementsprechend lief das Leben auf dem Planeten ab, wenn man das noch Leben nennen konnte. Die ersten Teilbereiche in der Metall- und Kunststoffverarbeitung lagen weltweit bereits still, hauptsächlich deswegen, weil die Beschäftigten in den Zuliefererbetrieben nicht mehr zur Arbeit kamen. Es war nur noch eine Frage der Zeit, bis die gesamte Fahrzeugindustrie zum Stillstand kam. Die Lebensmittelherstellung funktionierte weitgehend automatisch, trotzdem hatten Hamsterkäufe ein bedrohliches Ausmaß erreicht. Luxusgüter waren nicht mehr gefragt. Kunstgegenstände wurden zum Terrain für Schnäppchenjäger. Kultur war unwichtig, dafür boomte der Informationsmarkt. Desgleichen Waffen aller Art. Nicht aus Angst vor der Pyramide, sondern als Verteidigung gegen den Nächsten, der finanziell nicht in der Lage war, sich ausreichend mit Gütern zu versorgen. Die Konzerne begannen, ihre

Sicherheitskräfte in und um ihre Fabriken und Besitztümer zu verstärken. Rohstoffe wurden nicht mehr ausgeliefert, sondern gehortet. In Rio de Janeiro, Buenos Aires und Kapstadt wurden von den Kommunen Krisenstäbe gebildet, die als allererstes ein Nachtausgangsverbot in den Städten verhängten. Gleichzeitig fand aus Sicherheitsgründen nur noch ein beschränkter Flugverkehr der Swans statt. Auch in New York stand man nach heftigen Auseinandersetzungen in der ärmeren Bevölkerung von New Jersey mit den weiter im Norden gelegenen reichen Stadtteilen in Süd-Conneticut kurz vor den gleichen Maßnahmen.

Das Leben auf der Erde begann sich zu verändern.

Laut NCNN glaubten vor einigen Tagen noch 43 Prozent der Weltbevölkerung an eine manipulierte Fiktion, was die Existenz der Pyramide betraf, mittlerweile war es lediglich ein kümmerlicher Rest von 12 Prozent – Tendenz weiter fallend. Einige Channels versuchten, diese panische Entwicklung aufzufangen, indem sie ein bestimmtes Datum immer wieder über die Sender laufen ließen. Nicht mehr der 22. Februar 2046, der Tag der Ankunft eines Raumschiffs an der Pyramide wurde propagiert, sondern der Tag, an dem sich Nofretete wieder von der Erde entfernen würde, der 23. März. Immer öfter berief man sich darauf, daß ihre früheren Besuche im Sonnensystem ohne Auswirkungen verlaufen waren.

Der 22. Februar, das war in zwei Tagen.

Jetzt herrschte Ruhe im Schiff. Noch waren nicht alle Zuleitungen des Plasmatriebwerkes vollständig wiederhergestellt. Der Bordcomputer monierte Unzulänglichkeiten an verschiedenen Teilbereichen, die nicht zu seiner vollen Zufriedenheit funktionierten. Erst wenn die vorgegebenen Redundanzen komplett waren, konnte man einen Probelauf des Triebwerkes wagen.

Es würde knapp werden. Ohne den Einsatz des Neutrino-Treibers war ohnehin an ein Erreichen des Rendezvouspunktes nicht zu denken. Wenn wir wegen weiterer Schwierigkeiten noch länger hier festlagen, mußten wir den Beschleunigungspunkt zum Angleichen an den Kurs von Nofretete näher an die Ekliptik oder sogar darüber hinaus verlegen. Das würde zum einen bedeuten, daß der Neutrino-Treiber über das vorgesehene Maß beansprucht werden würde, zum anderen wäre die Zeitspanne während des Aufenthaltes bei der Pyramide stark verkürzt. An die Möglichkeit, einen völlig neuen Kurs zu berechnen, wollte ich gar nicht denken, denn dafür wartete *Nordquelle* am falschen Platz im Weltraum.

So wie ich die Lage von hier aus beurteilen konnte, lief es darauf hinaus, daß wir gegenüber den beiden anderen Schiffen schon jetzt im Hintertreffen waren. Die *American Gothic* befand sich bereits in der Beschleunigungsphase und die *Sternenläufer* schwenkte gerade in die Bahn der Pyramide ein. Vielleicht war der zeitliche Nachteil des deutschen Experimentalschiffes ein Pluspunkt für uns und der Konzern sah in der *Nostradamus* eine Unterstützung, wenn er den Forderungen von Richard Ballhaus zustimmte.

Suzanne begann mir zu fehlen. Was ich anfangs als wohltuende Ruhe empfunden hatte, kehrte sich nun in eine bohrende Unruhe um. Ich hatte durch sie in der Vergangenheit Informationen aller Art abgerufen und in der Ausführung vieler Befehle hatte sie als mein dritter Arm fungiert. Ich ertappte mich oft dabei, wie ich dazu ansetzte, ihren Namen zu rufen. Manchmal gingen mir danach wirre Gedanken durch den Kopf: War sie tot? Oder hatten wir sie mit der Zerstörung nur abgeschaltet? Ich wußte noch nicht einmal, ob eine Kopie ihres Programms existierte. Der Computer, der jetzt das Schiff überwachte, war zwar ebenfalls ein

CyCom-System, aber seine Stimme klang unpersönlich und kalt.

Ich hatte Suzanne nur einmal nach Informationen über die Pyramide gefragt. Vielleicht war in ihrem Speicher noch weiteres Wissen verborgen, von dem ich keine Ahnung gehabt hatte? Ich konnte es mir nicht vorstellen, und wenn doch, dann war sie vor unserem Abflug dementsprechend umprogrammiert worden. Ein Vorgang übrigens, der mich nachträglich in Wut versetzte, denn dadurch war die von mir geglaubte Unantastbarkeit eines CyComs aufs Gröbste verletzt worden.

Wütend knallte ich mit einer Hand auf das Face vor mir. »Hey, laßt mich hier raus, verdammt noch mal!« brüllte ich laut.

Raus! Es mußte doch eine Möglichkeit geben, die Tür einzuschlagen. Zum x-ten Male stellte ich mich am Eingang auf. Die Türen waren alle als Sicherheitsschotts konzipiert. Mit Einschlagen kam ich da nicht weit. Mehr als eine Delle würde nicht zurückbleiben. Wenn ich da durch wollte, mußte ich an die Elektronik heran, und die steckte in der Wand.

Ein Werkzeugkasten! Es gab ein Notbesteck mit Schraubenziehern und allem möglichen Zeugs in einer seitlichen kleinen Abstellkammer. Nur, einen Meißel oder größeren Hammer fand ich nicht. Vielleicht konnte ich mir die Masse des Getränkeautomaten zunutze machen und damit ein Stück aus der Wand herausschlagen. Ich rüttelte vorsichtig an dem Seviceroboter.

»Bitte geben Sie Ihre Bestellung auf!« schnarrte es mir entgegen. Ich beachtete seine Aufforderung nicht und versuchte, ihn anzuheben, aber er hatte sich natürlich für den Fall einer eintretenden Schwerelosigkeit am Boden festgesaugt. Ich konnte ihn also nur anheben, wenn er sich in Bewegung setzte. Mir war die Vorstellung zuwider, mit dem Apparat auf den Türrahmen einzuhacken, außerdem erschien es mir relativ nutzlos, denn was wollte ich anstellen, wenn ich tatsächlich hier rauskam?

Mißmutig trat ich zurück und lehnte mich gegen meine eigene kleine Kommandozentrale, die nur einseitig in Betrieb war.

In diesem Moment ertönte die Stimme von Reinders hinter mir.

»Ortungsalarm! Ein Objekt nähert sich dem Schiffsverband auf Kollisionskurs.«

Verwundert drehte ich mich herum und überflog die Kontrollanzeigen.

»Reinders, weitere Informationen über das Objekt, bitte!« befahl ich und holte mir das Bild der Zentrale auf das Face. Die Plätze vor dem Center Face waren leer.

»Das Objekt ist unidentifizierbar. Größe in Annäherung 10x3x4 Meter. Eigener Antrieb. Geschwindigkeit 3200 Meter pro Sekunde und zunehmend. Voraussichtlicher Zeitpunkt der Kollision in 48 Minuten und 3 Sekunden.«

Lächerlich, dachte ich. Das mußte eine Falschmeldung sein. Was sollte den hier draußen herumfliegen? Irritiert blickte ich auf das Face. In der Zentrale schien sich tatsächlich niemand aufzuhalten. Ich konnte mir nicht vorstellen, daß Viktor niemanden von der Besatzung auf Wache zurückgelassen hatte. Aber selbst wenn es der Fall gewesen wäre, einen Ortungsalarm dieser Größenordnung würde Reinders sofort zu ihm durchstellen.

»Reinders, hast du eine weitere Bestätigung für deinen Alarm?« fragte ich besorgt den Computer.

»Negativ. Keine Zweitbestätigung.«

Das war unfaßbar! Ich zwang mich dazu, alle Überlegungen für die unerklärliche Passivität der Besatzung außer acht zu lassen und konzentrierte meine Gedanken auf das Objekt. Wir befanden uns zwar im äußeren

Umfeld des Asteroidengürtels, aber es wäre der hinterletzte Zufall, wenn sich ein so großer Gesteinsbrocken ausgerechnet jetzt auf unserem Kurs bewegen sollte.

Mit eigenem Antrieb!

Ich sackte regelrecht in den Sessel vor dem Face. Das einzige Objekt in unserer Nähe und mit dieser Größe konnte nur die umgebaute Arbeitsbiene sein, mit der Voodoo zur Energieplantage übergesetzt war. Ich hatte keine Ahnung, was mit ihr passiert war, nachdem er sie verlassen hatte.

Meine Gedanken begannen zu rasen. Die ersten beiden Raketen mußten schon bald nach Voodoos Ausstieg ausgebrannt sein. Blieben nur noch die zwei restlichen Mittelstreckenraketen, die für seine eventuelle Rückkehr mit der Biene gedacht waren. Irgend jemand hatte sie gezündet und steuerte sie direkt auf die Schiffe zu.

Ich fluchte laut und krächzte anschließend mit belegter Stimme eine Warnung in die Mikrophone. Die beiden Balmung-Projektile waren mit Zündern versehen und trugen scharfe Sprengladungen. Jede einzelne würde die *Nostradamus* mit ihrer unter Druck stehenden Atmosphäre in einen Feuerball verwandeln. Dieses Mal hätten wir es nicht nur mit einer vergleichbaren schwachen Zündladung zu tun wie vor einigen Tagen.

Nach einem Räuspern verfiel ich in ein Dauerbrüllen, das sich wie das Kreischen eines Idioten anhörte. Keine Reaktion.

Mir brach kalter Schweiß aus. Das konnte doch nicht sein! Ich sprang auf und fuchtelte wie ein Irrer vor den Überwachungskameras herum, packte den festgesaugten Getränkeautomaten und ließ wieder davon ab. Soweit war ich mit meinen Überlegungen schon vor einigen Minuten gewesen. Ich sauste zurück zum Face und drückte alle nur erdenklichen Nottasten – vergeblich.

Nirgendwo rührte sich etwas. Kein Alarm, gar nichts, nur gespenstische Stille.

»Reinders! Ortungsalarm auslösen, sofort!« schrie ich in die Konsole.

»Autorität negativ. Keine Bestätigung möglich.«

»Scheißkerl!« schrie ich zurück.

Ratlos fiel ich in den Sessel. Es mußte eine Möglichkeit geben, die Besatzung zu warnen! Ich könnte ein Feuer anzünden… Feuer? Wie denn? Ich sah auf Anhieb keine Möglichkeit, wie ich in meinen feudalen Räumen ein offenes Feuer produzieren könnte. Und selbst wenn, es würde automatisch gelöscht werden. Bis jemand zum Nachschauen vorbeikam, würde es zu spät sein. Ich zog die Füße an mich heran und umfaßte meine Knie mit den Händen. Denk nach, bleib ruhig! Irgend etwas geht immer! Nur ruhig bleiben! Du bist nicht Millionen von Kilometern durch den Weltraum geflogen, um dich am Ende von einer wild gewordenen Rakete kaltmachen zu lassen.

»Reinders, wie lange noch bis zum Kollisionspunkt?«

»41 Minuten und 1 Sekunde.«

Die Sekunde hättest du dir sparen können! dachte ich zynisch.

Informationsweg! Ich brauchte einen Informationsweg! Halbmond fiel mir ein. Vielleicht konnte ich sie über Gedankenübertragung erreichen. Blödsinn! Ich war nicht ihr Bruder, der über solche Fähigkeiten verfügte, ganz abgesehen davon hatte ich in dieser Situation gar nicht die Ruhe für telepathische Experimente.

Versuche es! sagte ich mir verzweifelt, als ich bemerkte, daß sich meine Gedanken im Kreis bewegten. Versuche es wenigstens für drei Minuten, oder besser fünf! Danach würde ich versuchen, die Tür einzuschlagen.

Die Raketen konnten nur von der Erde aus aktiviert

worden sein, kein vernünftiger Mensch hier auf dem Schiff würde sein eigenes Leben aufs Spiel setzen. Oder doch?

...Konzentration, Konzentration! Denk nicht daran, was sein könnte! Konzentriere dich auf Halbmond! Oder sollte ich mich besser sofort mit die Tür beschäftigen?

Ich schloß die Augen und sandte eine Warnung an Halbmond. Fünf Minuten lang schrie ich im Geiste nach Hilfe, versuchte mit meinen Gedanken ihr Abbild zu formen und rief laut ihren Namen. Ich formte in meiner Vorstellung dramatische Bilder wie einen Explosionsball, hektisch blinkende rote Lichter, eine mit fauchenden Triebwerken auf die *Nostradamus* zuschießende Arbeitsbiene und Apokalypsen aller Art. Schließlich bettelte ich nur noch mit lauten und bittenden Worten um Hilfe.

»Karen, komm schon, melde dich! Gefahr! Gefahr! Wir sind alle in Gefahr! Ach Scheiße...!« Benommen schreckte ich hoch und stolperte auf den Getränkeautomaten zu.

Ach ja, festgesaugt!

Ich wich rasch ein paar Schritte zurück und stammelte: »Einen Kaffee bitte, schnell!«

Nichts rührte sich.

»Hierher bringen! Los!«

Mit einem leisen Plop setzte sich der Automat quälend langsam in Bewegung. Ich stürzte auf ihn zu und wuchtete den Metallkasten hoch, der in der geringen Schwerkraft zum Glück nicht sein Erdgewicht besaß.

»Nur noch einen kleinen Moment, dann ist Ihr Kaffee fertig«, beschwerte er sich.

Wie ein Besessener sprang ich mit dem Automaten auf die Tür zu. Zwei Meter davor schleuderte ich ihn mit aller Kraft auf das widerstandsfähige Hindernis und knallte keine Zehntelsekunde nach seinem Aufprall mit meinem eigenen Schwung auf die Wand daneben. Ich riß die Arme zum Schutz nach oben und war noch so mit dem Ablauf des Schleuderns und Schützens meiner eigenen Person abgelenkt, daß ich den fürchterlichen Aufprall nicht mehr mitbekam. Wie ein Gummiball federte ich zurück und fing mich torkelnd an der gegenüberliegenden Wand ab. Rote Kreise und Blitze liefen durch mein Gesichtsfeld. Als ich wieder einigermaßen klar sehen konnte, stellte ich mit Enttäuschung fest, daß das Ergebnis gleich null war, wenn man einmal von dem dampfenden Schrotthaufen absah, der sich nun vor der leicht zerkratzten, aber sonst unbeschädigten Tür aufstapelte. In meiner Hilflosigkeit hatte ich zudem vergessen, daß ich meine Aktion eigentlich auf den Türrahmen konzentrieren wollte.

Zerschunden sank ich in die Hocke.

Es war nicht zu fassen! Da hielt ich mich in einem hochtechnisierten Schiff mit einem futuristischen Antrieb auf und war noch nicht einmal in der Lage, mich mit Rauchzeichen verständlich zu machen!

Plötzlich erklang Viktors Stimme im Raum.

»John, was gibt es denn so Dringendes?«

Vor lauter Überraschung war ich nicht fähig, sofort zu antworten. Dann überfiel mich die Vorstellung, er könnte die Verbindung wieder unterbrechen, und ich beeilte mich ängstlich, etwas zu sagen. Wie aus weiter Entfernung hörte ich mich die Worte Arbeitsbiene, Kollisionskurs und Gefahr herunterhaspeln.

Für den Moment eines Herzschlages kam von ihm keine Reaktion, und ich befürchtete schon, daß er mich nicht verstanden hatte oder daß er meiner Warnung keinen Glauben schenkte.

»Einen Augenblick! Bleib dran!« sagte er schließlich nüchtern.

Sehr geistreich! Wo sollte ich auch sonst hin?

Ich blickte auf meine Uhr. Ungefähr noch 28 Minuten. Zeit genug, falls die Triebwerke funktionierten…

Daran hatte ich gar nicht gedacht. Es konnte sein, daß in dem momentanen Status die Triebwerke nur bedingt oder im schlimmsten Fall überhaupt nicht einsatzfähig waren.

Ich rappelte mich auf und humpelte gebückt mit schmerzendem Rücken zum Terminal zurück. Auf dem Face beobachtete ich, wie sich Viktor hastig vor dem Center Face festgurtete und dabei jemanden wütend anschrie. Ich konnte seine Stimme hören! Die Verbindung stand wieder!

Voodoo flog schwerelos vorbei und zog sich laut fluchend in die NAV-Einheit hinein.

Erleichtert atmete ich tief durch und ließ mich in den Sessel fallen.

Nur nicht aus der Ruhe bringen lassen, Leute, wir haben noch viel Zeit.

»Reinders, die Restzeit bis zur Kollision?«

»24 Minuten und 17 Sekunden.«

Ich überlegte, ob ich mich in die Aktivitäten in der Zentrale einmischen sollte, unterließ es dann aber. Viktor mußte selbst wissen, was zu tun war. Wie zur Bestätigung hörte ich das für mich wie befreiend wirkende Summen des Kollisionsalarms durch das Schiff grollen.

Endlich wieder ein Teilhaben am Geschehen, auch wenn der Grund alles andere als beruhigend war.

»Reinders, optischer Kontakt zum Objekt!«

Mich machte die rein wörtliche Information nervös, ich wollte das Ding sehen. Auf dem Face erschien ein Ausschnitt des Sternenhimmels. Lauter unschuldig leuchtende Punkte.

»Reinders, Vergrößerung des Objektes um den Faktor Tausend!«

Da war sie! Die Nachführungsautomatik des Teleskops kämpfte mit Schwierigkeiten, den wackelnden Flammenpunkt im Zentrum zu halten. Wahrscheinlich wurde das Geschoß hauptsächlich mit den eigenen Rechnereinheiten in den Raketen geführt. Ein Mensch auf der Erde konnte wegen der langen Funkstrecke nicht so rasch auf die instabilen Verhältnisse des provisorischen Antriebes der Biene reagieren.

Ein neuer fürchterlicher Gedanke kam in mir auf.

»Voodoo, kann ein Computer einer Mittelstreckenrakete das Ziel selbständig erkennen?« fragte ich und versuchte, ihn optisch auf mein Face zu bekommen. Es klappte. Mein ganzes Terminal war wieder voll funktionsfähig.

»Bin gerade dabei, das herauszufinden.« Er hielt den Kopf gesenkt und konzentrierte sich voll auf die Informationen, die vor ihm abliefen. Ich klinkte mich in die NAV-Einheit ein und überflog mit ihm die Daten der Raketen.

»Sieht nicht so aus«, murmelte er und zeigte keinerlei Überraschung darüber, daß die Frage von seinem im Arrest sitzenden Kapitän kam. »Normalerweise wurden diese Raketen mit einem einfachen Koordinatensystem oder mittels Oberflächenkennung ins Ziel geführt. Andererseits, unsere beiden Schiffe sind die einzigen erfaßbaren Massenansammlungen in der nächsten Umgebung. Die Raketen können sich mit einem Infrarotsystem oder mit einem simplen Radar an uns dranhängen.« Er hob den Kopf. »Ich schätze, daß wir es mit einem von beidem zu tun haben. Egal, das Ergebnis ist das gleiche: Die Raketen suchen sich ihr Ziel selbständig, nur das nützt ihnen nichts, denn es fehlt eine Atmosphäre, die sie als nötigen Widerstand zur Steuerung benützen könnten. Für die schwachen Steuerdüsen der Biene sind sie viel zu schnell, und wir werden hoffentlich kein stillstehendes Ziel sein. Wenn wir kurz vor ihrer Ankunft zur

Seite springen, rauschen sie vorbei. Wie bei El Greco und dem Stier.«

»Was ist mit unserem Triebwerk? Kannst du es einsetzen?«

»Jaaa...«, antwortete er gedehnt. »Es funktioniert, aber um der wildgewordenen Biene ausweichen zu können, müßten wir schon brutale Vollast fahren, und das traue ich dem Triebwerk noch nicht zu. Schade, mit dem Neutrino-Treiber könnten wir der Killerbiene die Zunge herausstrecken, aber der wird gerade eben neu zusammengesetzt.« Er rückte sein Mikro vor dem Mund zurecht und kniff die Augen zu. »Ich will es kurz machen, viel Zeit bleibt uns nicht mehr. Viktor will die Energieplantage in jedem Fall als Schutzschild benutzen, schon allein deshalb, um diese widerliche Angelegenheit ein für allemal aus der Welt zu schaffen. Die Steuerdüsen der Plantage funktionieren noch, deswegen können wir sie ganz gemütlich in die richtige Position bringen. Übrigens so ziemlich das einzige, was dort nach unserer Plünderung noch funktioniert. Ich stelle die *Nostradamus* hinter der Plantage in einem rechten Winkel auf. Wenn die Raketenbiene in Sichtweite kommt, kratzen wir elegant die Kurve. Ist alles eine reine Nervensache, weißt du. Deswegen kann ich mich auch gerade so entspannt mit dir unterhalten!«

Ich verstand seine Anspielung nicht sofort.

»O ja... entschuldige, ich... äh... störe nicht weiter.«

»Keine Ursache! Nebenbei... ganz super, wie du dich wieder ins Spiel gebracht hast. Das meine ich im Ernst. Jetzt gurte dich aber fix an deinem Sitz fest und schau dir das Abendfeuerwerk an! In einer Minute gibt's Rotalarm, ich würde mir an deiner Stelle vorsichtshalber noch schnell einen Raumanzug in die Nähe hängen.«

Ich mußte ihn wegen seiner Gelassenheit bewundern, denn ich war nicht überzeugt davon, daß die geplanten Manöver so einfach sein würden. Bildlich gesprochen, hatte der Gegner nur eine einzige Möglichkeit zum Schuß. Wenn er nicht beim ersten Mal traf, hätten die Raketen nicht genügend Treibstoff, um zurückzukehren. Viktor wollte jedoch ganz sicher gehen und die Arbeitsbiene mit der Energieplantage abfangen. Erst jetzt durchschaute ich den tieferen Sinn der riskanten Aktion. Ich bemerkte, daß alle Außenkameras auf *Südquelle* gerichtet waren. Mit den Aufnahmen hätten wir ein weiteres Druckmittel gegen den Konzern.

Ich gurtete mich fest und beschloß, den beiden zu vertrauen. Eine andere Wahl hatte ich sowieso nicht. Besonders wohl war mir nicht dabei.

Noch etwa neun Minuten bis zum Aufschlag.

In einem speziellen Schrank hing mein Raumanzug bereit zum Einsteigen. Ich würde keine halbe Minute benötigen, ihn anzulegen.

Der Rotalarm vibrierte durchs Schiff.

Es ist verrückt, dachte ich, so ändern sich die Zeiten! Auf der Marsexpedition vor 15 Jahren wurden immer wieder Notfallübungen abgehalten. Es dauerte mindestens fünf Minuten, bis wir alle in den Raumanzügen steckten. Heutzutage sprang man einfach in einen Schrank und kam in einem Raumanzug heraus.

Mit einem wehmütigen Lächeln erinnerte ich mich an diese Zeit. Ich hatte das große Los gezogen und war mit an Bord der *Werner von Siemens* auf dem Weg zum Mars. Weltbewegende Aufgaben hatte ich während der neunmonatigen Reise dorthin nicht zu bewältigen. Ganz im Gegenteil: Ich sollte täglich eine Art wissenschaftliche Sendung für Kinder moderieren und dabei das Schiff und andere vermeintlich interessante Sachen erklären. Als ich davon erfuhr, hätte ich am liebsten sofort wieder abgemustert, denn ich hielt es für meine Karriere als Astronaut nicht besonders förderlich, den ›lieben Onkel‹ im Weltall zu verkörpern. Andererseits wollte ich mein Leben auch nicht auf der langweiligen Mondfähre vertrödeln. Also nahm ich mir vor, die mir zugedachte Rolle nicht nur zu erfüllen, sondern sie zu einem Spektakel auszubauen. Es wurde ein voller Erfolg. Schon bald saßen mehr Erwachsene als Kinder vor dem eigens für die Marsexpedition eingerichteten Channel. Als wir zur Erde zurückkehrten, heimste ich mehrere Preise ein, außerdem eine Nominierung für den Oskar im Jahre 2032. Ich hatte nebenbei einen Dokumentarfilm über die Sendungen und das Leben an Bord zusammengestellt. Zeit genug hatte ich ja. Gewonnen hat den Preis damals jedoch ein anderer Beitrag. Ich glaube, es war eine sowjetische Produktion über die Renaturierung des Aral-Sees.

Nachträglich betrachtet, war die Berühmtheit, die ich damals durch die Sendungen erlangte, ein Meilenstein für meinen steilen Aufstieg in der Flotte.

»Noch zwei Minuten. *Südquelle* steht. O.K., Voodoo, wir hauen ab!« hörte ich Viktor sagen.

Ich war jetzt vollkommen ruhig.

Eine Sekunde später spürte ich einen leisen Andruck. Von weit draußen war ein verhaltenes Rauschen zu hören, als sich das Triebwerk nach einem anfänglichen Brabbeln in einen stabilen Vorgang einpegelte. Der Andruck wurde stetig stärker und auf dem Face vor mir verkleinerte sich *Südquelle* proportional dazu, bis sie in dem Lichtermeer nicht mehr auszumachen war. Mit einem geeigneten Vergrößerungsfaktor holte ich sie optisch wieder heran.

Ich hatte keine Vorstellung davon, was gleich auf dem Face ablaufen würde. Noch nie wurde bisher ein Raumschiff von einer Rakete getroffen. Auf der Energieplantage gab es keine abgeschlossene Zelle, die mit einer unter Druck stehenden Atmosphäre gefüllt war, wenn man einmal von der kleinen Kommandozentrale absah, in der Voodoo die Plattform zur *Nostradamus* gesteuert hatte. Falls es Viktor schaffte, die Arbeitsbiene mit dem gepanzerten Schutzschild der Plantage abzufangen, hielt ich es sogar für fraglich, ob ernsthafte Beschädigungen zurückbleiben würden.

Plötzlich federte ich leicht in meinen Gurten vor und zurück. Der Andruck war verschwunden und das Rauschen des Antriebes verstummte.

»So, das reicht«, hörte ich Voodoo sagen. »Entfernung zu *Südquelle* 580 Kilometer und zunehmend mit 1200 Metern pro Sekunde. Ortung steht. Die Killerbiene hält weiter auf die Plantage zu. Einschlag in 30 Sekunden.«

Mir fielen die Bilder von der Pressekonferenz in München wieder ein, als der Start der beiden Energieplantagen so publikumsträchtig gefeiert wurde. Und natürlich das häßliche Geräusch, als sich die Projektile in den Tisch bohrten. Die Moderatorin hatte das Attentat schwer verletzt überlebt und war inzwischen äußerlich wieder hergestellt. Ob ihre Seele den Schock überwunden hatte, wußte ich nicht. Ich selbst hatte den Abend weitgehend verdrängt, manchmal allerdings wachte ich nachts schweißgebadet auf, nachdem ich im Traum ein fauchendes Geschoß auf mich zurasen sah. Voodoo hatte nie mehr ein Wort darüber verloren. Vielleicht genoß er jetzt die Revanche.

Ich zuckte zurück, als auf dem Face wie aus dem Nichts ein leuchtender Schweif erschien. Keinen Wimpernschlag später bildete sich um die Energieplantage eine still aufblühende orange-grüne Aura, die begleitet mit faserigen Blitzen die Plattform umhüllte.

Dann war es auch schon vorbei.

Das Face wurde vorübergehend dunkel, als hätte jemand das Licht im Weltall ausgeknipst. Als die Sensoren der Aufnahmekamera die kurzzeitige Überbelichtung überwunden hatten, wurden mehrere Blöcke und Kanten sichtbar, die mit wirbelnden Drehungen auseinanderstrebten. Manchmal glaubte ich Leuchterscheinungen wahrzunehmen, die sich an den Teilen widerspiegelten, es konnte aber auch sein, daß das harte Sonnenlicht die Trümmerstücke erhellte.

Die Energieplantage war auseinandergebrochen. Und nicht nur sie. Ich fühlte, wie in mir etwas zerbrach. Es mochte sich egoistisch anhören, aber bisher hatte ich unsere Expedition als Uraufführung einer dramatischen Show empfunden, in der ich die Hauptrolle spielte. Im nachhinein hatte ich sogar das lebensgefährliche Wettrennen vor einigen Tagen von der Triebwerksdüse zurück ins Schiff als eine Art sportliche Prüfung verdrängt. Jetzt aber saßen der Regisseur und die Autoren, die das Stück erdacht hatten, im Zuschauerraum und warfen als erste faule Tomaten auf die Bühne. Ich roch Verrat und Intrige in allen Ecken des Theaters. Ab jetzt war ich in dem Vorteil, daß die Bühne unerreichbar geworden war. Mit der Explosion der beiden Raketen war die letzte Möglichkeit dahin, die *Nostradamus* zu stoppen.

Ich war erschüttert über die Erkenntnis, daß jemand rücksichtslos die Chance wahrgenommen hatte, das Schiff und die unbequeme Besatzung zu beseitigen. Kein Angebot für Verhandlungen, um die Probleme zu diskutieren, nichts. Fast wäre die Rechnung aufgegangen. Ich wollte mir nicht ausmalen, was geschehen wäre, wenn die Raketen in der *Nostradamus* eingeschlagen wären. Wir befanden uns in einem weit entfernten Sektor des Sonnensystems, in den sich kein Raumschiff verirren würde, auch nicht in den nächsten Jahrzehnten. Eine Untersuchung vor Ort hätte es nie gegeben. Es wäre ein Leichtes gewesen, die Zerstörung als einen bedauerlichen Unfall zu erklären.

Voodoos Stimme ertönte nüchtern vom Face her. »Ende der Vorstellung, Leute! Es tut mir leid um *Südquelle,* die uns so reichlich beschenkt hat. Sie hat den

Angriff nicht überstanden. Es treiben einzelne Trümmer in unsere Richtung, deswegen stehlen wir uns erst einmal hier weg. Der Rotalarm bleibt bestehen. Wir gehen für etwa eine halbe Stunde auf mittlere Fahrt, bis wir ein sicheres Plätzchen gefunden haben. Jeder bleibt bis Brennschluß gesichert auf seinem Platz. Zentrale, Ende.«

Es fiel mir schwer, meine Gefühle zu verbergen. Ich spürte, wie sich in mir die Anspannungen der letzten Tage lösten. Erleichterung breitete sich aus, und ich spürte einen Zustrom von Energie durch meinen Körper fließen. Doch nach einiger Zeit begann auf meinem bereinigten Seelenfeld wieder der Zorn und die Wut zu lodern. Zunächst richteten sich die Ausbrüche auf meine Isolation. Ich wollte noch den Brennschluß abwarten. Wenn man mich danach nicht befreite, würde ich die gesamte Einrichtung an der Tür zerschmettern und wenn es meine letzte Kraft kostete.

Viktor stand in der Tür.

»Ich habe Mist gebaut und befürchte, daß ich es mit einer Entschuldigung alleine nicht wieder gutmachen kann.«

Geistesabwesend betrachtete ich meine Hand, mit der ich fest die Sessellehne umschlossen hielt. Es herrschte wieder Schwerkraft, aber ich hatte es nicht bemerkt. Mit steifen Bewegungen löste ich meine Gurte und stakste an ihm vorbei, ohne ihn anzusehen.

Einsamkeit. Ab jetzt würde sie beginnen.

Die Blätter der Bäume in dem kleinen Park hingen schlaff herab. Ich blieb nachdenklich davor stehen und betrachtete den traurigen Anblick wie ein freigelassener Häftling, der nach vielen Jahren versuchte, die Welt außerhalb seines Gefängnisses wiederzuerkennen.

Viktor räusperte sich hinter mir. »Wir wollten dich aus der Verantwortung raushalten und haben deshalb diese… Meuterei inszeniert. Wir waren dazu entschlossen, die Mission auf jeden Fall weiterzuführen. Wir hatten einfach Angst, du würdest Richards Plan nicht zustimmen und befehlen, auf Hilfe von der Erde zu warten. Deswegen…«

»Habe ich ab jetzt wieder das Kommando über das Schiff?« unterbrach ich ihn in arrogantem Tonfall. Dabei neigte ich aufreizend den Kopf, hob die Hand und zerrieb ein feuchtes, schlaffes Blatt zwischen den Fingern, das an einem Ast hing.

»Natürlich, es war nie…«

»Gut. Sehr gut«, sagte ich mehr zu mir selbst.

Ich spürte, wie Viktor kaum mehr zu atmen wagte. So war es gut. Ab jetzt würde keiner mehr einen Schnaufer tun, ohne daß ich es anordnete. Meine Laune besserte sich, und wie bei einem Abendspaziergang schlenderte ich den Park entlang, zog beim nächsten Spender einen Notpack heraus und legte ihn wortlos an. Viktor sah mir stumm zu.

Eigentlich war ich nicht der Typ für solch peinliche Auftritte, aber ich befahl mir regelrecht, die Situation voll auszukosten. Dazu ließ ich es mir nicht nehmen, einen langen mißbilligenden Blick auf seine Kleidung zu werfen. Er hatte keinen Notpack angelegt, als er in den Wohnzylinder übergewechselt war. Mit hastigen Handgriffen zerrte er einen Anzug aus dem Kleiderautomaten, nachdem er meinen lautlosen Tadel verstanden hatte.

Gut so. Sehr gut.

Mein Auftritt in der Zentrale glich einem Staatsakt. Mit so viel Spannung war bestimmt noch kein Kapitän auf der Brücke empfangen worden. Alle waren anwesend, außer Schmidtbauer natürlich. Ich hatte keine Ahnung, wer sich um ihn kümmerte oder in welchem Zustand er sich befand. Es war, als wäre er nicht an Bord.

Ich sondierte die Konstellation der Personen mit zusammengekniffenen Augen, direkt sah ich niemanden an. Jeder trug streng nach Vorschrift seine zugewiesene Farbkombination, und so fiel es mir leicht, auf dem Weg zum Center Face einen gefühlsmäßigen Eindruck zu gewinnen, wo sich die einzelnen Personen postiert hatten. Voodoo klebte mit lässig heraushängendem Fuß in der NAV-Einheit, direkt darunter hielten sich Appalong und Ballhaus auf. Respekt, es zeigte, daß sie nach wie vor zu ihrer Vorgehensweise in den letzten Tagen standen. In ihrer Verlängerung schwebten schräg über einem Sessel Halbmond und Vivian. Unruhig versuchten sie, eine gerade Haltung anzunehmen, als sie mich erblickten.

Die Konkubinen des Herrschers, dachte ich belustigt.

Weit dahinter, fast am stirnseitigen Ausgang der Brücke und wie immer rein zufällig anwesend, Dr. Helene Mayer und Meier Zwo. Er gelangweilt, sie dieses Mal mit einem Hauch von Interesse in ihrem Gesichtsausdruck. Hagen Lorenzen hatte sich weit nach hinten, zwischen zwei Kokons verzogen. Es hätte mich nicht gewundert, wenn er den Anblick vom Weltraum auf einem seitlichen Face gewählt hätte, anstatt meinem Auftritt zuzusehen. Luis hatte sich als Kontrapunkt weit auf die linke Seite des Kommandoterminals abgesondert. Er wirkte verlegen und ich war mir sicher, er hätte einiges dafür gegeben, wenn er sich irgendwo in den Katakomben des Schiffes herumtreiben könnte. Viktor blieb hinter mir, als ich auf den Sessel des Kapitäns zusteuerte und mich dort mit betont langsamen und beherrschten Handgriffen festgurtete.

Danach starrte ich erst einmal lange das Center Face an, auf dem Nofretete in geschickt gewählter Vergrößerung lautlos ihre Bahn zog. Es sollte wohl ein eindeutiger Hinweis der Besatzung sein, welches Ziel sie sich vorgenommen hatte.

»Nun denn«, sagte ich leise und wischte mit einer Hand imaginären Staub von der Ablage vor mir. »Wir fliegen also zur Pyramide.«

Hinter mir versuchten alle unhörbar auszuatmen.

Voodoos Fuß rutschte von der Konsole ab und traf mit einem Klappern auf die Seitenwand der Einheit. Irgend jemand zischte ärgerlich, aber ich kümmerte mich nicht darum.

»Es ist jetzt 23.05 Uhr Bordzeit«, begann ich sachlich, ohne mich umzudrehen. »Ich wünsche, daß sich alle bis morgen früh um 7 Uhr zurückziehen und sich ausruhen. Ich bleibe in der Zeit hier in der Zentrale auf Wache.«

Ich machte eine Pause und konzentrierte mich. »Gibt es etwas Dringendes, wovon ich wissen müßte?« fragte ich.

Rascheln, Hüsteln und ein paar Geräusche, die ich nicht deuten konnte.

»Nein, nichts Dringendes«, antwortete Viktor. Schnell fügte er noch hinzu: »Auch nichts, was die Ruhepause beeinträchtigen könnte.«

»Sehr schön. Um 7.30 Uhr beginne ich mit einer Inspektion im Technischen Bereich. Frau Dr. Mayer, ich möchte dort von Ihnen genau erfahren, ab wann der Neutrino-Treiber einsatzbereit ist!«

»Kapitän, wir können…«

Ich unterbrach sie mit einer herrischen Handbewegung. »Morgen – um 7.30 Uhr!«

»Jawohl, Herr Kapitän.« Es klang etwas Ironie aus ihrer Bestätigung, aber ich überging es gnädig.

»Luis, ich will, daß hier in der Zentrale wieder Schwerkraft herrscht. Du kümmerst dich gleich nach dem Frühstück darum!« Ich drehte mich nach links zu ihm hin und sah ihm fest in die Augen. Er war der einzige, bei dem ich es fertigbrachte. »Und damit meine ich auch morgen früh nach dem Frühstück um 7.30 Uhr. Nicht jetzt sofort.«

Er schluckte und nickte eifrig.

Ich sollte es vielleicht nicht übertreiben, schließlich hatte ich keinen Kindergarten an Bord. Andererseits war es nicht von Nachteil, wenn sie mich als etwas überheblich einstuften, das erleichterte mir mein Vorhaben, den nötigen Abstand zwischen ihnen und mir zu gewinnen.

»Ich werde mir bis dahin mit Hilfe von Reinders einen Überblick über den Status der *Nostradamus* verschaffen. Die Wachen in der Zentrale werden in Zukunft ausschließlich Viktor, Voodoo, Luis oder ich übernehmen. Gibt es noch Fragen?«

»Nein, alles klar, John«, antwortete Viktor mit gefaßter Stimme.

»Gut. Danke. Das wäre im Moment alles.« Fast hätte ich noch hinzugefügt: Alles in die Unterkunft wegtreten! Ich war mir nicht sicher, ob ich dieses Affentheater lange durchhalten würde, aber ich konnte und wollte in der momentanen Situation nicht über meinen Schatten springen. So war mir wenigstens eine Kommunikation möglich, auch wenn sie weit unter meinem Niveau lag. Merkwürdigerweise fühlte ich mich wohl dabei. Vielleicht wäre ich auf einem Schulschiff mit lauter Raumkadetten besser aufgehoben.

Nach einem anfänglichen Zögern hörte ich hinter mir ein leises Scharren. Dann leise Stimmen vom Paternoster her. Schließlich trat Stille ein.

Auf dem Center Face vor mir taumelte nach wie vor Nofretete durchs Weltall. In ihrer unmittelbaren Nähe waren wegen ihrer strahlenden und konturlosen Helligkeit keine Sterne zu sehen. Was hatte Appalong im Kontrollraum von Allison Walls über sie gesagt: das bedeutendste Ereignis seit Jesus Christus?

Möglich. Wir werden sehen.

Ich bereitete mich innerlich darauf vor, daß jemand in der Zentrale geblieben war, um mit mir über die unerfreulichen Vorgänge der letzten Tage zu sprechen. Wenn dem so war, dann würde es bestimmt nicht Viktor sein. Er konnte sich in meinen Zustand hineindenken und wußte, daß ich jetzt niemanden sehen wollte.

Appalong, Voodoo, Ballhaus?

Nein. Bestimmt nicht.

Halbmond vielleicht, die mich trösten wollte.

Langsam drehte ich mich herum. Es war niemand da. Mit unruhigen Augen suchte ich im Halbdunkel die Sesselreihen ab und beugte mich leicht nach vorne, um in den entferntesten Winkel sehen zu können.

Die Zentrale war wie leergefegt.

Ich war allein.

Gut so. Sehr gut.

Trotzdem blieb eine Enttäuschung zurück.

# 2

Gegen 4 Uhr früh fielen mir fast die Augen zu. Die ganze Aufregung hatte mir doch stärker zugesetzt, als ich es mir eingestehen wollte. Besonders die andauernde Schwerelosigkeit machte mir zu schaffen, obwohl ich erst vor zwei Stunden etwas dagegen eingenommen hatte.

Ich vermißte die gewohnte Führung des Unternehmens von der Erde aus. Wenn ich wenigstens ab und zu nur die Stimme des Leitoffiziers hätte hören können, der mit einem für ihn typischen Tonfall von der Mondbasis aus den Funkverkehr mit dem Schiff aufrecht erhielt. Es gab keinen Kommandanten, der wichtige Entscheidungen – außer in einem Notfall – ohne Rücksprache mit seiner Heimatbasis traf, oder nachträglich sein Handeln als richtig bestätigen ließ, selbst wenn es nicht hundertprozentig in Ordnung gewesen war. Rückhalt war hier draußen das magische Wort. Richtig oder falsch wurde später durch Erfolg oder Mißerfolg festgelegt. Die Rückkehr eines Schiffes zur Erde mit einer gesunden und vollzähligen Besatzung an Bord war ein Erfolg, den alle raumfahrenden Konzerne vordergründig über alles stellten. Die öffentliche Meinung zwang sie dazu. Jede langwierige Untersuchung eines Todesfalls in der Besatzung während eines Raumfluges hinterließ einen bitteren Nachgeschmack und führte meistens zu strengeren Sicherheitsmaßnahmen und lästigen Kontrollen von seiten der ›Technischen Schutz- und Sicherheitsstaffel‹, einer unabhängigen Kontrolleinheit, die gemeinsam von allen Konzernen betrieben wurde. Die Gründung dieses technischen Überwachungsorgans wurde anfangs mit selbstgefälligem Schulterklopfen und großer Zustimmung nach außen hin beklatscht. Nach und nach begann man jedoch zu begreifen, welches Ei man sich da ins Nest gelegt hatte. Die Macht und das technische Wissen, das die ›T Drei S‹, wie die perfekt durchorganisierte Truppe im Raumfahrerjargon genannt wurde, im Laufe der Zeit über die verschiedenen Konstruktionen von Raumschiffen erlangte, war nicht wenigen Konzernen ein Dorn im Auge. Verständlicherweise versuchte man zu vermeiden, daß diese ›Behörde‹ einen Grund fand, allzuoft an Bord der Schiffe zu gelangen. Noch besser war es natürlich, sich überhaupt nicht in die Karten sehen zu lassen. In den letzten Jahren war die Anzahl der Fälle sprunghaft angestiegen, in denen ein Zutritt auf betroffene Schiffe rechtlich erzwungen wurde. Dazu mußte ein unabhängiges Gremium gebildet werden, das die Gründe für erforderliche Untersuchungen vor Ort genehmigte und obwohl diese Prozedur ein schiefes Licht auf den verantwortlichen Betreiber einer Flotte warf, zogen es viele Konzerne vor, die unliebsamen Besucher damit hinzuhalten, bis alle Unzulänglichkeiten auf dem betreffenden Schiff beseitigt waren. Meistens gingen die Untersuchungen am Ende aus wie das berühmte Hornberger Schießen, falls sich danach überhaupt noch jemand für das Ergebnis interessierte. Es lag auf der Hand, daß die Konzerne darauf hinarbeiteten, mit dieser Taktik den ursprünglichen Sinn und die Aufgabe der Organisation zu untergraben, um eines Tages ihre Auflösung fordern zu können.

Noch aber besaßen Außenstehende nach wie vor das

Recht, unter bestimmten Voraussetzungen ein Schiff zu inspizieren, und die hatten wir schon jetzt alle zur Genüge erfüllt. Ich mochte mir den Moment, in dem die T Drei S an Bord der *Nostradamus* kam, gar nicht vorstellen. Und noch weniger die Stimmung im Konzern, wenn der geheime Antrieb für Fremde zugänglich gemacht werden mußte.

Ein weiterer Punkt, der mir Sorgen bereitete, war mein künftiges Verhältnis zur Besatzung. Ich wußte, daß ich es nicht schaffen würde, meine kurzzeitige und unrühmliche Absetzung als Kommandant einfach so wegzustecken, auch wenn sie von der Mannschaft zu meinem Schutz gedacht war. Der Gedanke, versagt zu haben, hielt sich schmerzhaft in meinem Herzen. Letztendlich trug ich allein die Verantwortung für das Schiff und für das Gelingen der Mission. Niemand würde mir am Ende zugute halten, daß ich in entscheidenden Phasen außer Gefecht gesetzt war. Eher würde das Gegenteil geschehen. Ich müßte schon mit einem gigantischen Erfolg zur Erde zurückkehren, wenn ich heil aus diesem Dilemma herauskommen wollte. Im Augenblick sah es noch nicht einmal nach einem Ansatz dafür aus.

Ich fühlte mich also nicht besonders, als ich plötzlich durch ein Signal aus meinen düsteren Gedanken gerissen wurde.

Eine Sendung von der Erde!

Das Center Face füllte sich mit künstlich blitzenden Gestirnen, aus denen ein golden umrahmter Mercedes-Stern auf mich zuwuchs.

Der Konzern kündigte sich mit Pomp an. Das dritte Problem, das mir schwer im Magen lag.

Neben dem Stern erschien ein Symbol, das zur Dechiffrierung der Übertragung meinen Gen-Code verlangte. Ich drückte eine verborgene Taste unter der Tischleiste. Lautlos klappte der Gen-Scanner neben mir aus der Oberfläche des Terminals. Mit Widerwillen legte ich die rechte Hand in das Gerät. Seit Voodoo einmal im Scherz erklärt hatte, daß bei einer Nichtidentifikation automatisch die Hand abgehackt würde, befiel mich jedesmal ein mulmiges Gefühl, wenn ich den Scanner benutzen mußte.

»Dummes Gerede«, brummte ich ärgerlich, drehte die Hand langsam und ballte sie wie vorgeschrieben zur Faust.

Auf dem Center Face verschwand das Symbol, dafür ertönte ein leises Klicken zur Bestätigung meiner Identität. Der Stern blieb noch eine Weile stumm vor mir stehen, dann kippte er seitlich weg und gab den Blick auf einen teuer gekleideten Herrn frei, der scheinbar gelangweilt seine aneinandergelegten Hände betrachtete.

Reneberg, einer der neun Säulenheiligen des Konzerns!

Sein vollständiger Name lautete Dr. Helmuth Reneberg jr.; Senior Reneberg, sein Vater, gehörte zum Urgestein von Space Cargo und trat so gut wie nie in der Öffentlichkeit auf. Selbst Reneberg jr. war ich nur einmal begegnet, vor acht Jahren anläßlich der aufwendigen Inszenierung von Richard Wagners Ringzyklus im neueröffneten Komplex-Theater in Bayreuth.

Er war etwa zehn Jahre älter als ich und hatte damals keinen guten Eindruck auf mich gemacht. Er wirkte steif und degeneriert wie die meisten der herangezogenen Anwärter auf die Jungdirektorenposten des Konzerns. Normalsterbliche hatten in der Regel keine Chance in die Führungsspitze aufzusteigen, die fest in der Hand von zwei Familiengeschlechtern mit alteingesessenen Adelstiteln lag. Die Renebergs repräsentierten den bürgerlichen Stamm in der Riege der unnahbaren Direktoren, was nicht nur ihnen ein Dorn im Auge war. Es gehörte heutzutage zur erfolgreichen Reputation, einen klangvollen und vor allem ehrwürdigen Adelstitel zu besitzen. Alle Repräsentanten der größeren Konzerne im deutschsprachigen Raum stammten aus Haupt- und Nebenlinien alter Fürstenhäuser. Dementsprechend war ihr Auftreten.

Reneberg war sich seines Nachteils bewußt, und das machte ihn gefährlich. Er hatte seit damals dazugelernt. Nichts an ihm erschien mehr linkisch oder unentschlossen.

Er bekam nun von der Seite ein Zeichen, nickte gelassen und richtete nach einer kurzen Konzentrationsphase seine blassen Augen voll auf mich.

Die Kameraposition war geschickt gewählt. Ich hatte den Eindruck, als säße ich vor einem übermächtigen Menschen, den ich gerade noch von unterhalb seiner Schreibtischkante ansehen durfte.

»Kapitän Nurminen«, begann er mit sanfter Stimme. »Ich denke, wir haben beide eines gemeinsam: den Willen zum Erfolg. Damit meine ich nicht den persönlichen Triumph, sondern das positive Erlebnis, Space Cargo an der Spitze der führenden Konzerne zu wissen.«

Er brachte es fertig, mich nach diesem hochgestochenen Satz unvermindert ernst anzublicken.

»Ich weiß, Sie haben seit Beginn Ihrer Reise eine Vielzahl von Enttäuschungen und unangenehmen Erfahrungen durchlebt, doch ich schätze Sie dahingehend ein, daß Ihr gesundes Urteilsvermögen in keiner Weise gelitten hat.« Er ruckte unmerklich zur Seite und korrigierte seine Haltung, an der es nichts zu korrigieren gab.

»Erlauben Sie mir, die Vergangenheit beiseite zu lassen und offen und ehrlich mit Ihnen zu sprechen. Ich brauche Ihnen nicht zu erklären, daß die Konzernleitung von dem widersinnigen und lächerlichen Kaufangebot Ihres Besatzungsmitgliedes Ballhaus keinen Gebrauch machen wird. Weiterhin möchte ich es mir ersparen, Ihnen das Maß der Entrüstung zu schildern, das hier in der Heimat über den nestbeschmutzenden Einspruch gegen den geplanten Verkauf von *Futhark* und der *Nostradamus* an die Tochterfirma Starworld stattgefunden hat. Eine ungeheuerliche Anmaßung von Ihnen und Ihrer Besatzung!«

Jetzt wurde er doch rabiater. Bei dem letzten Satz hatte ich den Eindruck, als wollte er mich gleich durch das Center Face hindurch anspringen.

»Auch wenn Sie nach einer Meldung Ihres Ersten Offiziers aus gesundheitlichen Gründen für diese Vorgänge nicht voll verantwortlich zu machen sind, so muß ich Ihnen dennoch sagen, daß Sie es lediglich den äußerst katastrophalen Umständen hier auf der Erde und der bedauerlichen Situation auf Ihrem Schiff zu verdanken haben, nicht sofort Ihres Kommandos enthoben zu werden!«

Bedauerliche Situation! Was für ein Hohn!

»Ich will es kurz machen: Die Konzernleitung hat beschlossen, Ihnen die Möglichkeit zu bieten, das Kommando der *Nostradamus* als unterstützender Faktor für die Mission der *Sternenläufer* weiterzuführen. Ihre Aufgabe wird es sein, die Tätigkeit des Expeditionsschiffes aus gebührender Entfernung zu beobachten. Ich wiederhole: zu beobachten! Sie unterstehen dem Befehl von Kapitän Guthmann, wenn die *Nostradamus* den entsprechenden Sektor erreicht hat. Weiterhin werden Sie nach Abschluß des Projektes entgegen der ursprünglichen Planung die Kapazität des Neutrino-Treibers voll ausnutzen und so schnell wie möglich *Nordquelle* und danach die Erde anfliegen!«

Er betrachtete seine Daumen, mit denen er kleine Knickbewegungen ausführte.

»Abschließend möchte ich noch einmal betonen, daß wir Ihnen ebenfalls die Möglichkeit einräumen, sofort und unverzüglich die Rückreise zur Erde anzutreten. Ich muß wohl nicht ausdrücklich erwähnen, daß diese Variante von der Konzernleitung bevorzugt wird. Ganz abgesehen davon wäre es für Ihre weitere Karriere von entscheidendem Vorteil. Ich erwarte Ihre Entscheidung, Kapitän Nurminen. Das wäre alles, danke.«

Mercedes-Stern und Ende der Durchsage.

Ich fühlte mich wie vor den Kopf gestoßen. Was hatte das denn sein sollen? Ein gnädiger Tadel dafür, daß wir die ganzen Intrigen und Anschläge nahezu unbeschadet überstanden hatten? Und zur Belohnung durften wir als Beobachter unsere Reise fortsetzen? Und diese wohltemperierte Wortwahl! Was war das doch für eine verlogene Bande!

Wütend drehte ich mich mit dem Sessel vom Center Face weg und starrte in die Zentrale hinein. Wie in einem Zeitraffer lief vor meinem inneren Auge ein Zusammenschnitt der vergangenen Ereignisse an Bord des Schiffes ab. Dabei schälte sich unwillkürlich immer wieder Wolfens Gesicht heraus.

»Ich scheiße auf meine Karriere!« fluchte ich laut und wandte mich wieder dem Center Face zu. Anschließend stellte ich die Aufnahmekamera auf einen extremen Weitwinkel ein, legte meine Füße lässig auf das Terminal und fläzte mich mit gelockerten Gurten in den Sessel.

»Nachricht von Nurminen an Reneberg«, sagte ich, nachdem ich aus meiner bequemen Haltung heraus umständlich die Übertragungssequenz aktiviert hatte. »Wir fliegen Nofretete an!«

Dann kickte ich mit dem Absatz auf die Aus-Taste.

Im Technischen Bereich sah es wüst aus. Überall waren ausrangierte Teile notdürftig an den Gerüsten und Seitenwänden befestigt. Dazwischen schwebten mobile Terminals und spezielle Werkzeugpaletten, die von Robotern auf Anforderung von den Arbeitenden hin- und hertransportiert wurden. Appalong und Meier Zwo hielten sich bis zur Hüfte in den Aggregaten des Teilchenbeschleunigers auf und winkten mir kurz zu, als ich mit Dr. Helene Mayer das Chaos begutachtete. Irgendwo in dem Durcheinander mußte auch Lorenzen stecken, aber ihn konnte ich nicht entdecken.

»Es sieht schlimmer aus, als es in Wirklichkeit ist«, sagte die hagere Doktorin neben mir. »Wir haben alle eingelagerten Neuteile von der *Südquelle* verwendet. Was hier noch herumhängt, sind die ausgebauten Teile. Wir sind bisher nicht dazugekommen, sie in den Lagerräumen unterzubringen.«

»Öffnen Sie eine Schleuse und schmeißen Sie alles raus!« befahl ich.

Sie schüttelte energisch den Kopf. »Auf keinen Fall. Gerade aus diesen Verschleißteilen können wir wichtige Rückschlüsse auf...«

»Frau Dr. Mayer«, unterbrach ich sie entschlossen. »Wir haben keine Zeit dafür, alles sorgfältig zu verstauen und zu katalogisieren. Und hier in der Halle kann das Zeug nicht bleiben, es ist zu gefährlich. Wenn die *Nostradamus* in die Bahn von Nofretete einschwenkt, herrschen auf dem Schiff Beschleunigungskräfte von über 6 *g*! Und hier in der Halle können Sie nicht alle Teile so sicher unterbringen, ohne daß Ihnen alles um die Ohren fliegt. Also raus damit! Den Rest erledigt die Anziehungskraft der Sonne.«

»Aber...«

»Ich sagte nein!«

Daraufhin schwieg sie beleidigt.

»Hören Sie«, lenkte ich ein. »Wenn es Sie etwas beruhigt: Ich habe von der Konzernleitung die Anweisung erhalten, nach dem Rendezvousmanöver mit der Pyramide so schnell wie möglich zur Erde zurückzukehren.

Das heißt, Ihr geliebter Antrieb wird Ihnen noch jede Menge Verschleißteile liefern.«

Sie hob überrascht den Kopf.

»Sie meinen… das würde bedeuten, wir sind nicht so lange unterwegs, wie es geplant war?«

»Wenn der Antrieb reibungslos arbeitet, legen wir in drei Wochen wieder an *Futhark* an«, erklärte ich nüchtern.

Sie hielt sich eine Weile still neben mir auf. Dann rückte sie einen halben Meter von mir weg und wandte das Gesicht von mir ab.

Ich bemerkte es nicht sofort, aber als ich mich nach einiger Zeit zu ihr umdrehte, sah ich, daß ihr Tränen über die Wangen liefen.

Nurminen, du bist ein Trottel! Natürlich erhoffte sich diese Frau durch eine frühzeitige Rückkehr zur Erde Hilfe gegen die Vergiftung, die ihr Körper durch das Velcro-Blei erlitten hatte. Erst jetzt wurde mir bewußt, wie zwiegespalten sie der Forderung der Besatzung bezüglich der Weiterführung der Mission gegenüberstehen mußte.

»Können Sie mir noch einmal verzeihen?« sagte ich mitfühlend. »Ich habe Ihren… nicht an die Sache mit dem Velcro gedacht!«

Sie winkte ab und fuhr sich mit dem Ärmel ihrer Kombination über die Augen. »Nein, es ist schon in Ordnung! Sie brauchen sich nicht zu entschuldigen! Es ist etwas anderes…! Es ist… ich weiß, daß jede medizinische Hilfe zu spät kommt! Ich weiß es und ich fühle es.«

Sie deutete mit ihren Handflächen auf die Seiten ihres Körpers und auf ihre Arme, wie eine schwangere Frau, die damit auf die Veränderungen an ihr aufmerksam machen will. »Hier und hier! Und da!« Ihre Hände bedeckten in hektischer Folge immer mehr Körperteile. Schließlich beendete sie die traurige Demonstration und legte die Hände verschlungen um ihre mageren Schultern.

»Es kann mir niemand mehr helfen, aber ich hätte es gerne noch bis zur Erde geschafft.«

Sie schloß die Augen und weinte lautlos.

Und ich war unfähig, ihr in dieser furchtbaren Situation beizustehen. Ungeschickt legte ich tröstend meine Hand auf ihren Arm. Ich wäre ihr nicht böse gewesen, wenn sie mich wütend abgeschüttelt hätte, aber sie ließ es geschehen. So hingen wir eine Weile in der Schwerelosigkeit.

»Ich habe kein Recht, so etwas zu fordern«, meinte sie schließlich leise. »Während der ganzen Zeit auf *Futhark* hatte ich mich nie nach der Erde gesehnt. Ganz im Gegenteil: Ich haßte alles, was von dort kam. Ich konnte diese arrogante blaue Kugel einfach nicht ausstehen und wollte nie mehr dorthin zurück. Und jetzt?«

Sie schniefte leise und versuchte, sich an meine Schulter zu lehnen, was wegen der Schwerelosigkeit gar nicht so einfach war. »Was würde ich jetzt dafür geben, noch einmal auf einer Bank unter dieser häßlichen Mainbrücke in Aschaffenburg zu sitzen und den vorbeifahrenden Containerschiffen nachzusehen.«

»Aschaffenburg?« meinte ich stirnrunzelnd. »Dort war ich auch einmal. Und so häßlich finde ich die Brücke gar nicht. Warten Sie, wie ging der Spruch noch einmal? ›Isch werf en Stä in de Mä, daß es pätscht.‹«

Sie schaute mich einen Augenblick mit großen Augen an. Dann verzerrte sich ihr Gesicht, und ich befürchtete schon einen erneuten Weinkrampf. Statt dessen traten ihr die Tränen vor lauter Lachen in die Augen. Sie prustete los und hustete dann so heftig, daß sogar Lorenzen für einen Moment kurzzeitig von irgendwo um die Ecke schaute.

»Nurminen«, keuchte sie erschöpft. »Sie sind der

Größte! Versprechen Sie mir, mich einigermaßen heil zur Erde zurückzubringen. Und dann werfen wir dort gemeinsam einen Stein in den Main.«

»Versprochen! Sie müssen nur noch ein wenig durchhalten. Dann schaffen wir das leicht.«

Sie stieß sich entschlossen von mir ab und brachte mich in eine Taumelbewegung, die ich erst nach einigen Orientierungsversuchen an einer Stütze beenden konnte.

»Ich habe zu tun. Der Krempel muß hier raus. Heute mittag starte ich den Computer für ein Überprüfungsprogramm und eine Stunde später lassen wir die Anlage für eine 10-Minuten-Phase laufen, einverstanden?«

Frei im Raum schwebend hob ich beide Hände mit den Flächen nach außen. »Ich nehme Sie beim Wort.«

Sie hangelte sich zu mir zurück, zögerte einen Moment und küßte mich auf die Wange.

»Und vielen Dank«, flüsterte sie.

»Wofür?« fragte ich.« Für einen dummen Spruch?«

Mit einem wehmütigen Blick fuhr sie mir stumm durchs Haar und huschte dann wie ein schmales Insekt durch die Halle.

»Viertausend und läuft. Grün in allen Bereichen.«

Voodoo saß in der NAV-Einheit und überprüfte die Zuleitungen des Plasmatriebwerks mit Hilfe eines Computerprogramms. Ich stand mit den Händen in den Hosentaschen vor dem Kommandopult und beobachtete gleichzeitig die Werte auf dem Center Face. Es sah alles sehr gut aus.

Vor zwei Stunden hatte ich eine lautstarke Auseinandersetzung mit Luis gehabt, die mir im nachhinein sehr leid tat, aber er hatte sich entgegen meinem Befehl fast die ganze Nacht um die Ohren geschlagen, um den Schaden am Zylinder ausfindig zu machen und natürlich sofort angefangen, den Antrieb instandzusetzen –

soweit er es allein fertiggebracht hatte. Als ich aus dem Technischen Bereich in die Zentrale zurückkehrte, konnte er vor lauter Müdigkeit (und schlechtem Gewissen) kaum noch die Augen offenhalten. Ich fragte ihn erst gar nicht lange, warum er sich in diesem erbärmlichen Zustand befand, und sagte es ihm geradeheraus ins Gesicht. Ich kannte ihn gut genug, um zu wissen, daß ihm eine technische Unzulänglichkeit im Schiff keine Ruhe gelassen hatte. Nach meiner Standpauke überschüttete er mich mit spanischen Flüchen, was ich als weiteren Beweis für seinen miserablen Zustand ansah, denn ein Luis Santana in Normalform hätte für meinen Tadel nur ein mediterranes Achselzucken übrig gehabt. Auf der anderen Seite brauchte ich eine Besatzung, die in bester Verfassung war. Deswegen hatte ich ihn sofort ins Bett geschickt. Er war meinem Befehl nicht sofort gefolgt, sondern hatte mit Viktor zusammen die letzten Handgriffe erledigt und den Zylinder wieder in Rotation versetzt.

Die Stimmung in der Zentrale war wegen des Zwischenfalls etwas gedrückt. Keiner wußte genau, ob ich tatsächlich so wütend über Luis Verhalten war, oder ob ich mich dazu zwang, die harte Gangart meines Kommandos durchzuhalten. Voodoo jedenfalls protestierte auf seine Art dagegen, indem er die Computerwerte nach Vorschrift laut herunterbetete.

»Kapillardehnung in Eins absolut Grün!«

Reine Nervensache, nur geduldig bleiben! sagte ich mir und nahm mir vor, die überlauten Durchsagen zu ignorieren.

Viktor, der vor mir saß, war sich der kindischen Machtprobe zwischen Voodoo und mir bewußt und versuchte, die Situation mit Kommentaren zu dem nächtlichen Gespräch mit Reneberg zu entschärfen. »Es ist doch ganz offensichtlich, daß sie wissen, wer die besseren Karten in der Hand hält. Sie brauchen Zeit, um Stimmung in der Öffentlichkeit gegen uns machen zu können. Und die Zeit haben sie nicht, jedenfalls nicht jetzt, da der Kontakt mit der Pyramide unmittelbar bevorsteht.«

Er verzog das Gesicht, als Voodoo die nächsten Werte zu uns herunterbrüllte.

Ohne mit der Wimper zu zucken sagte ich: »Sie haben Zeit genug, Viktor, selbst wenn wir sofort umkehren würden. Du brauchst dir nur FBO ansehen. Bohlen hat in seiner letzten Predigt den Tod von Wolfen als das Sterben eines Frevlers bezeichnet, ohne auf die näheren Umstände einzugehen. Außerdem hat er die *Nostradamus* als Strauchelstein der Verfehlung beschrieben. Von den weiteren Greulichkeiten, die er uns prophezeit, will ich gar nicht reden. Der Konzern bastelt eifrig an unserer Guillotine, und früher oder später werden unsere Köpfe rollen. Ich habe mich lediglich für später entschieden!«

»Vortank-Kompressionen in Backbord absolut Grün!«

»Aber sie können doch nicht alles, was hier an Bord geschehen ist, einfach unter den Teppich kehren«, entgegnete Viktor.

»Beweise, Viktor, wir haben keine Beweise«, sagte ich ruhig.

»Wir sind im Besitz von Aufnahmen über die Zerstörung von *Südquelle*, wir können die Bespitzelung anhand der Aufzeichnungen nachweisen und außerdem liegen noch zwei Raketen unten im Schiff!«

»Das ist alles unwichtig«, bemerkte ich ungerührt. »Die Killerbiene haben wir selbst gebaut, dem Vorwurf einer Beschattung kann Reneberg mit einem Lächeln gegenübertreten, ganz abgesehen davon, daß es keinen Menschen interessiert. Und die Raketen bringen auch nichts. Sie sind an Bord, na gut, aber wir könnten sie ebensogut selbst ins Schiff geschmuggelt haben. Es steht Aussage gegen Aussage, und ich brauche dir nicht zu erklären, wer im Zweifelsfall am längeren Hebel sitzen wird.«

»Plasma-Sonden 1, 2 und 3 absolut Grün!«

»Voodoo! Geht das nicht leiser?« schnauzte Viktor.

»Nein! Laut Instandsetzungsbüchern sind die Werte klar und deutlich anzusagen, um eine hundertprozentige Gewährleistung für…«

»So, jetzt hört mir einmal zu, ihr beiden!« mischte ich mich mit kühler Stimme ein. »Wir haben, weiß Gott, genug am Hals, deswegen würde ich gerne auf zusätzliche Kinkerlitzchen verzichten!«

Viktor räusperte sich heiser. »Ist klar, entschuldige.«

Voodoo mußte natürlich noch eins draufsetzen und brüllte: »Jawoll, Herr Kapitän!«

Als ich ihn mit bösem Blick anfunkelte, fügte er erheblich leiser hinzu: »Schon gut, ich hab verstanden.«

»Sehr schön. Ihr macht hier weiter. Ich werde die restliche Besatzung in die Zentrale rufen. Dr. Helene Mayer hat mir versprochen, den Neutrino-Treiber bis um 2 Uhr hinzukriegen. Ich schätze, daß wir danach eine Testphase durchführen können.«

Es war jetzt kurz nach 1 Uhr.

Seit meiner eindrucksvollen Rückkehr aus dem ›Exil‹ gestern abend hatte ich mit einigen Besatzungsmitgliedern noch keinen näheren Kontakt gehabt. Viktor hatte Richard Ballhaus dezent von mir ferngehalten, indem er ihn beauftragt hatte, im Observatorium Informationen über die beiden anderen Schiffe zusammenzutragen. Halbmond befand sich bei ihm. Sie sollte in Ruhe Kontakt zu ihrem Bruder herstellen, um interne Neuigkeiten von der Erde zu erfahren. Vivian hielt sich in der medizinischen Station auf. Mit ihr wollte ich mich jetzt kurz unterhalten, denn ich war gerade in der richtigen Stimmung dazu.

Sie meldete sich sofort, und ich befahl ihr mit knappen Worten, in die Zentrale zu kommen. Danach wiederholte ich ebenso wortkarg den selben Befehl an Ballhaus und Halbmond.

Viktor beobachtete mich mit geduckter Haltung und warf Voodoo einen fragenden Blick zu, als ich Reinders anwies, in der hinteren Ecke der Zentrale einen abgetrennten Raum aufzubauen. Ohne die beiden zu beachten, ging ich hinein und verdunkelte die äußeren Wände. Jetzt konnte niemand hereinschauen, aber ich bekam alles mit, was sich in der Zentrale abspielte.

Dann setzte ich mich in einen Sessel und wartete.

Eine innere Unruhe stieg in mir auf. In einigen Stunden würden wir wissen, ob der Neutrino-Treiber funktionierte. Wenn ja, befanden wir uns wieder im Rennen. An die zweite Möglichkeit wollte ich nicht denken.

Die Besatzung hatte von der Energieplantage massenhaft Velcro-Blei herübergeschafft, so daß der Bereich über der Zentrale geradezu mit dem Material vollgestopft war. Auch ein seitlich liegender Raum im Technischen Bereich war damit förmlich zugepflastert. Dort würden sich Dr. Helene Mayer und Meier Zwo aufhalten. Außerdem hatten wir beschlossen, Schmidtbauer in seinem Sarg während der Phase dorthin zu bringen, weil der Transport von der medizinischen Station zu diesem Ort weitaus einfacher war als hierher in die Zentrale. Es war mir recht so, denn in meinem Gedächtnis war das Abbild seiner häßlichen verzogenen Fratze haften geblieben, die mich unten im Laderaum aus dem Automaten heraus angegrinst hatte.

Während der kurzen Phase würde sich herausstellen, ob die Anhäufung von Velcro-Blei als Schutz ausreichen würde. Mir fiel dabei ein, daß ich mich immer noch nicht auf eine mögliche Vergiftung hin hatte untersuchen lassen. Ich zuckte die Achseln. Körperlich ging es mir gut und bisher hatte ich keine Anzeichen gespürt, die auf eine Schädigung hinwiesen.

Es klopfte leise an der Tür, und kurz darauf trat zaghaft Vivian ein.

Sie sah fürchterlich aus, und dementsprechend war ihr Verhalten. Ihr Haar stand in alle Richtungen ab, und ihre Körperhaltung war absolut untypisch für sie. Als ich versuchte, ihre Gesichtszüge zu studieren, senkte sie verschämt den Kopf und schlich wie ein geprügelter Hund zu einem Sessel, der am weitesten von mir entfernt stand. Dort setzte sie sich auf die Kante und blickte auf den Boden. Gerade als ich zu einer höflichen, aber überflüssigen Frage über ihren Zustand ansetzen wollte, seufzte sie tief auf. Mit einem hohlen Schluchzen richtete sie sich auf und sah mich mit bleichem Gesicht an.

Alles reine Show! meldete sich eine boshafte Stimme in mir und verbannte mein aufkommendes Mitgefühl in die hinterste Ecke. Ich nahm mir vor, skeptisch zu bleiben.

Sie senkte wieder die Augen und begann mit belegter Stimme zu sprechen. »Ich kann mir vorstellen, warum du mich hierherbestellt hast. Du willst von mir hören, was ich über die Mission der *Nostradamus* weiß!«

Ich schwieg erstaunt über diese Aussage, denn eigentlich wollte ich von ihr lediglich etwas über diese unglückselige Überwachungsgeschichte erfahren. Anscheinend wußte sie aber weit mehr, als ich vermutet hatte.

Nach kurzem Zögern fuhr sie fort: »Es war so, daß ich zu Jahresbeginn von Dr. Hellbrügge gefragt wurde, ob ich bereit wäre, an einem Raumflug teilzunehmen, der…«

»Sagen wir es einmal so: Du wurdest von deinem Vater gefragt«, stellte ich fest und blickte sie kalt an.

Sie schreckte hoch und bemerkte meinen Blick. Dann wedelte sie abwehrend mit den Händen, und ich befürchtete schon, daß sie gleich aufspringen würde, um überstürzt den Raum zu verlassen.

»Das ist…«, keuchte sie.

»Was? Eine Verleumdung? Oder eine Unterstellung? Wie hättest du es denn gerne?«

Ich bekam keine Antwort. Statt dessen setzte sie sich aufreizend gerade mit durchgedrücktem Rücken hin und meinte wie beiläufig: »Na gut, du weißt es also. Und jetzt? Bist du deswegen glücklicher?«

Was für ein Biest! Plötzlich war keine Spur mehr von Trauer über den Tod ihres Freundes an ihr festzustellen. Es war schmerzhaft für mich, einmal mehr zu erkennen, daß diese Frau immer wieder versuchen würde, mich zu täuschen, wenn es zu ihrem Vorteil war. Eigentlich war jede weitere Unterhaltung zwecklos, trotzdem fragte ich: »Was hast du von unserer Überwachung gewußt? Und was hat dir dein Vater über den Zweck der Mission erzählt?«

»Der Zweck…« Sie zögerte einen Moment. »Es bleibt aber unter uns, hörst du? Sonst sage ich kein Wort! Mein Vater hat es mir unter dem Siegel strengster Geheimhaltung anvertraut.«

Naive Vorstellung, wunderte ich mich. Sie müßte sich doch im klaren darüber sein, daß ich jedes Wort von ihr in Bild und Ton aufzeichnete. Die Aufnahmen würden uns zwar nicht viel nützen, aber jeder noch so kleine Pluspunkt konnte später ein wenig dazu beitragen, unseren Kopf aus der Schlinge zu ziehen.

»Meinetwegen. Im Grunde genommen ist es gleichgültig, weil ich es mir denken kann.« Ich biß mir auf die Zunge, denn meine Antwort war nicht sehr geschickt gewesen, aber Gott sei Dank plapperte sie sofort munter drauflos.

»Ich war Bordärztin auf dem kleinen Expeditionsschiff *Gottlieb Daimler*, als mich mein Vater anrief. Er erzählte mir vom Flug der *Nostradamus*. Selbstverständlich wollte ich an der außergewöhnlichen Mission teilnehmen. So eine Chance bekommt man nur einmal im Leben. Auf *Futhark* hatte ich Gelegenheit, die *Nostradamus* zu besichtigen. Ich war von dem Schiff begeistert. Die Geschichten über den ungewöhnlichen Antrieb schreckten mich nicht ab, außerdem hatte mir mein Vater versichert, daß die Konstruktion absolut sicher sei. Bei dieser Gelegenheit erzählte er mir von der *Sternenläufer*, die seit zwei Jahren im All auf dieses Ereignis wartete. Die *Nostradamus* sollte vorsorglich als Ersatzschiff die Pyramide anfliegen, weil es Probleme auf der *Sternenläufer* gegeben hatte. Mein Vater war jedoch überzeugt davon, daß sie sich bald von selbst lösen würden. In diesem Fall sollte die *Nostradamus* wieder zur Erde zurückkehren und die Reise als Testflug werten.«

Ich schüttelte verständnislos den Kopf. »Warum hat er mit mir nicht offen und ehrlich darüber gesprochen? Ich hätte kein Problem damit gehabt, als Notnagel zu gelten.«

»Schmidtbauer hat nicht mitgezogen«, erklärte sie. »Er wollte alles. Den Beweis, daß sein Antrieb funktioniert und den Triumph, als erster zur Pyramide zu gelangen. Er drohte damit, seine Patente zurückzuziehen und *Futhark* zu verlassen. Deswegen sicherte man ihm schließlich widerstrebend zu, daß die *Nostradamus* die Pyramide anfliegen würde. Zu diesem Zeitpunkt sah es jedoch so aus, als ob die *Sternenläufer* ihre Probleme überwinden konnte. Deswegen sollte die *Nostradamus* nie weiter als bis zu *Südquelle* gelangen. In diesen Plan wurde natürlich niemand von der Besatzung eingeweiht, auch du nicht. Alles sollte so aussehen, als wäre Nofretete das einzige Ziel der Mission.«

»Ach!« sagte ich. »Und wie sollte der Flug gestoppt werden? Etwa mit dem versteckten Zünder?«

Sie schüttelte energisch den Kopf. »Nein, nein, auf

keinen Fall! Du kannst dir doch vorstellen, daß mein Vater nie und nimmer seine einzige Tochter auf solch ein Schiff geschickt hätte. *Südquelle* war desaktiviert, und mit Hilfe der Bespitzelung hätte man jederzeit Mittel und Wege gefunden, den Flug der *Nostradamus* soweit zu verzögern, bis ein Erreichen von Nofretete aussichtslos geworden wäre.«

Sie schwieg einen Moment lang nachdenklich, dann sagte sie: »Ich bin überzeugt davon, daß der Zünder von Schmidtbauer im Schiff versteckt wurde. Dieser Mensch ist total durchgedreht. Ich glaube, er wollte mit einer Beschädigung des Plasmatriebwerkes erreichen, daß wir die Pyramide direkt mit dem Neutrino-Treiber anfliegen.«

»Unmöglich!« warf ich ein. »Selbst in seinem Wahn mußte Schmidtbauer wissen, daß die *Nostradamus* ohne das Plasmatriebwerk nicht auf die Bahn der Pyramide beschleunigen kann.«

Sie winkte mit einer abfälligen Handbewegung meinen Einwand ab. »Niemand weiß, was in seinem kranken Hirn vor sich geht. Für mich ist er nicht zurechnungsfähig. Ich würde ihn am liebsten sofort in einen Somnalschlaf versetzen. Damit wäre er bis zu unserer Rückkehr auf Eis gelegt.

»Das wird wahrscheinlich nicht mehr nötig sein«, entgegnete ich und berichtete ihr von der Aussicht, die Erde möglicherweise früher als geplant wiederzusehen.

»Vielen Dank für deine Offenheit«, schloß ich unser Gespräch ab und meinte es ehrlich, wenngleich eine gewisse Skepsis in mir zurückblieb. Sie war mit keiner Bemerkung auf den Tod von Wolfen eingegangen, vielleicht aber wollte sie nicht daran erinnert werden. Jedenfalls verließ sie mich mit sichtlicher Erleichterung, ohne die Theatralik zu Beginn unserer Begegnung.

Ich blieb nachdenklich zurück und beobachtete die Szene außerhalb des abgetrennten Glasraums. Vivian gesellte sich zu Halbmond und Ballhaus, die vor einigen Minuten in der Zentrale eingetroffen waren. Es erstaunte mich, daß sie offensichtlich die Nähe der Halbindianerin suchte. So wie ich sie kannte, hatte sie ein feines Gespür für Konkurrentinnen, soweit man in der jetzigen Situation noch von einer Konkurrenz sprechen konnte. Mein Verlangen nach einer Beziehung zum weiblichen Geschlecht war auf Null gesunken, und Halbmond hatte mit ihrem passiven Verhalten in den vergangenen Tagen ein Übriges dazu beigetragen. Dabei konnte ich ihr keinen Vorwurf machen, ganz im Gegenteil, es kam mir sehr gelegen.

Für einige Augenblicke erinnerte ich mich wehmütig an unsere leidenschaftliche Begegnung in ihrem Appartement, bis ich mich mit einem Ruck in die Gegenwart zurückholte. Ich schaute auf meine Uhr und rief Dr. Helene Mayer an.

»Wir sind gleich soweit«, antwortete sie. »Die Computer haben für alle Bereiche grünes Licht gegeben. Appalong und Lorenzen holen gerade... den medizinischen Automaten... mit Joseph...« Sie zögerte und blickte zur Seite. »Ganz wohl fühle ich mich nicht bei dem Gedanken, daß er hier in meiner Nähe ist. Ich meine, wir haben nicht darüber gesprochen, weil... er ist, ich meine, er war schon immer in einem ähnlichen Zustand, aber es war nie so... unwirklich. Ich hatte nie Angst vor ihm, nur jetzt in diesem Kasten habe ich das Gefühl, als könnte er mir weh tun!«

»Seien Sie unbesorgt, er kann Ihnen nichts anhaben. Aber Sie haben recht, ich glaube, es ist keine glückliche Lösung, den Automaten unten in Ihrer Nähe zu deponieren. Ich rufe Appalong an, er soll ihn mit Ballhaus in die Zentrale bringen.«

»Nein, nein, es geht schon. Später vielleicht, während der nächsten Phasen. Ich will, daß es jetzt endlich losgeht. Übrigens, seien Sie nicht so streng mit Lorenzen. Er hat hier wirklich gute Arbeit geleistet. Er hat nur wahnsinnige Angst. Er ist nicht geschaffen für den Weltraum. Dabei wäre er ein guter Spezialist für den Beschleuniger. Die Technik fasziniert ihn, und vielleicht wäre es nicht ungeschickt, ihn in den nächsten Wochen mit viel Arbeit einzudecken, er wäre dann etwas abgelenkt von der Tatsache, daß er sich Millionen von Kilometern von der Erde entfernt in einer großen Kiste befindet.«

Ich lächelte nachsichtig. »Gut, ich werde daran denken.«

Sie verschwand vom Face.

Luis kam in die Zentrale. Sehr viel frischer sah er nicht aus. Bestimmt hatte er sich wieder irgendwo im Schiff aufgehalten, statt sich zu erholen.

Viktor sah sich wiederholt in meine Richtung um. Ballhaus lehnte an Voodoos NAV-Einheit und starrte auf den Boden. Ihn hatte ich eigentlich auch noch unter vier Augen sprechen wollen, aber ich mußte es auf später verschieben. Jetzt war keine Zeit mehr dazu.

Mit einem mulmigen Gefühl stand ich auf. Es lag etwas in der Luft. Es konnte aber auch sein, daß Vivians Ausführungen bei mir einen schalen Nachgeschmack hinterlassen hatten. Alles hatte sich so künstlich und einstudiert angehört. Ich wollte mir nicht vorstellen, daß Hellbrügge mich so einfach belogen hatte. Wir kannten uns seit vielen Jahren, und obwohl wir oft gegensätzlicher Meinung waren, hatte es bisher keine Unehrlichkeiten zwischen uns gegeben, die solche Ausmaße angenommen hatten. Für mich stand fest, daß er unter einem ungeheuren Druck von seiten der Konzernleitung gestanden haben mußte. Ich nahm mir vor, ihn baldmöglichst ausfindig zu machen, am besten über Halbmonds Bruder, denn ich konnte mir nicht vorstellen, ihn nach all diesen Ereignissen ohne weiteres auf ein Face zu bekommen.

Ich ging auf die Tür meines Glaskastens zu und überlegte es mir dann anders. Nach einem Tastendruck auf ein Videoboard wichen die Wände langsam zurück und gaben den Weg in die Zentrale frei. Mit Zufriedenheit registrierte ich, daß der Großteil der Anwesenden erschrocken zusammengezuckt war, als sich der kleine Glasraum mit einem Summen auflöste. Ich lächelte in mich hinein. So ganz allmählich hatte ich die Besatzung an dem Punkt, wo ich sie haben wollte!

# 3

»Es ist einfach phantastisch!«

In Viktor regte sich der Ingenieur. In den letzten fünf Minuten hatte er diesen Satz wiederholt ausgesprochen, aber ich hatte nicht darauf reagiert, obwohl er gierig darauf wartete. Wir saßen nebeneinander vor dem Center Face und warteten auf den Beginn der Testphase. Er und Voodoo hatten kurz zuvor eine wiederholte Überprüfung des Plasmatriebwerks abgeschlossen und trotz seiner anfänglichen Bedenken keine Mängel festgestellt.

»Weißt du überhaupt, was wir da vollbracht haben?« wandte er sich an mich, nachdem ich immer noch nicht auf seine Begeisterung eingegangen war. »Wir haben ein Schiff instand gesetzt, das ein Wrack war! Und das alles Millionen von Kilometern entfernt von der nächsten Werft! Mit einer Handvoll Leuten!«

Er will positive Stimmung erzeugen, dachte ich. Sein Enthusiasmus wirkte künstlich und aufgesetzt. Er wußte genau, daß wir ohne die Hilfe von Admiral Merz und das Material von *Südquelle* keinen Meter weitergekommen wären. Und ›wir‹ haben das auch nicht geschafft, ›ihr‹ wart das gewesen, fügte ich in Gedanken hinzu, sprach es aber nicht aus. Dabei dachte ich an die übrigen Besatzungsmitglieder, die in gesicherten Sesseln hinter uns gespannt auf den Beginn der Testphase warteten. Es war besser, jetzt nicht alte Wunden aufzureißen. Statt dessen pflichtete ich ihm mit einer nichtssagenden Bemerkung bei.

Ich war beunruhigt, ohne daß ich wußte, warum. Und Viktor ging es ebenso: Er witterte eine Gefahr, obwohl alles in Ordnung schien. Alle abgerufenen Sektionen und der Technische Bereich hatten grünes Licht gegeben. Alles war in bester Ordnung, so wie es Viktor gerade wieder vor sich hinmurmelte.

Auch von der Erde hatte ich nach meiner Entscheidung nichts mehr gehört. Manching ließ uns in Ruhe. Und trotzdem lag eine undefinierbare Spannung in der Luft. Vielleicht war es gerade die Tatsache, daß wir völlig unabhängig handeln konnten, die uns alle unsicher machte. Selbst Voodoo, der sonst immer lässig mit einem herausbaumelnden Bein in seiner NAV-Einheit hing, saß wie ein pflichtbewußter Raumkadett kerzengerade hinter den Kontrollen.

Um mich zu beschäftigen, rief ich auf einem kleinen Face neben mir nebensächliche Daten ab, um irgend etwas zu entdecken, was nicht sein sollte.

»Ist etwas nicht in Ordnung?« fragte Viktor mit besorgtem Blick.

»Nein, alles perfekt. Ich glaube, ich bin einfach überdreht«, sagte ich.

»Das ist doch verständlich. Mir geht es auch nicht anders. Du wirst sehen, wenn wir den Test hinter uns haben, läuft alles wie von selbst.«

Ich bezweifelte das, denn ich fühlte, daß ich immer länger brauchte, bis ich meinen eigenen Energiespeicher wieder aufgeladen hatte. Dieses Unternehmen hatte mich bisher mehr Kraft gekostet, als ich es nach außen zugeben wollte. Ich war an einem Punkt angekommen, an dem ich nur noch bis zum nächsten Schritt denken konnte. Bei allem, was darüber hinausging, spürte ich eine Überforderung, und das war nicht gut so. Wer weiß, was noch alles auf uns zukam. Merkwürdigerweise spielte unser Ziel, Nofretete, in meinen Überlegungen keine Rolle. Meine Gedanken drehten sich um Hellbrügge, den Konzern und die Zustände auf der Erde, die sich weiter verschlechtert hatten. Die letzten Nachrichten hatten wahrhaft apokalyptische Ausmaße erreicht. Ich konnte für die Menschen zu Hause nur hoffen, daß bald wieder einigermaßen normale Zustände eintraten, um die Schäden überwinden zu können, die durch die kriegsähnlichen Unruhen überall auf der Welt entstanden waren.

Dr. Helene Mayer erschien mit einem ›Ping‹ auf dem Center Face. Sie schwebte neben einem Gerüst in der Halle des Beschleunigers. »Zentrale, wir sind bereit. Ich begebe mich jetzt in unseren schönen neuen Kontrollraum und melde mich gleich wieder!« Sie spielte mit einem Lächeln auf den ausreichend geschützten Nebenraum im Technischen Bereich an. Die provisorische Hütte hatte Luis im Weltraum ›entsorgt‹.

»Halt! Einen Moment noch!« rief ich sie an. »Was sind das für Aggregate hinter Ihnen? Sie sollten doch alles aus der Halle entfernen.«

Schuldbewußt blickte sie hinter sich.

»Ja, ich weiß, aber das sind Neuteile von der Energieplantage, die wir nicht benötigt haben. Ich würde sie jedoch gerne für alle Fälle in der Nähe haben.«

Ich schüttelte verärgert den Kopf. »So geht das nicht! Die Aggregate sind nicht ausreichend gesichert für eine stärkere Beschleunigung…«

Appalong meldete sich hinter mir. »John, wir haben sie mit Stahlbändern festgeschraubt und zusätzlich breite Plastikriemen angebracht. Bei der geringen Beschleunigung in der Testphase kann nichts passieren.«

Plastikriemen! Angeschraubt! Wo denn? Mißmutig drehte ich mich zur Seite und überlegte mir eine passende Antwort zum Thema ›Übersicherheit während eines Raumfluges‹, beherrschte mich jedoch rechtzeitig. Ich glaubte den Grund für Dr. Mayers Nachlässigkeit zu kennen: Natürlich wollte sie die Ersatzteile rasch zur Hand haben, um keine überflüssige Zeit für die Rückkehr zur Erde zu verlieren, aber in diesem Fall dachte sie zu kurzsichtig. Wenn wir in die Bahn von Nofretete beschleunigen würden, mußten die Aggregate aus dem Technischen Bereich entfernt werden. Es gab dort keine Möglichkeit, sie ausreichend zu sichern.

Zögerlich wandte ich mich dem Center Face zu.

»Mir ist nicht wohl bei der Sache, aber ich bin einverstanden. Nach der Testphase müssen die Aggregate jedoch im Laderaum untergebracht werden.«

Ich glaubte, wieder einmal ein kollektives Aufatmen hinter mir zu hören. Es hätte bestimmt zwei Stunden gedauert, bis die tonnenschweren Blöcke verstaut gewesen wären, und alle waren darauf eingestellt, diese Phase so bald als möglich hinter sich zu bringen. Ich konnte die Besatzung verstehen, aber trotzdem ärgerte ich mich darüber, daß ich so schnell nachgegeben hatte. Wenn ich die Zügel nicht aus der Hand geben wollte, durfte ich solche Nachlässigkeiten gar nicht erst einreißen lassen.

»Voodoo, Gelb-Alarm und Zylinder anschließend verankern!« befahl ich.

»Verankern? Bei der geringen Beschleunigung… O.K., O.K., verankern, wird sofort erledigt!« Er hatte gerade noch einmal die Kurve gekriegt. Ich unterdrückte eine Rüge und rang mir statt dessen einen matten Scherz ab: »Voodoo, du weißt, daß in anderen Flotten Offiziere wegen Befehlsverweigerung standrechtlich erschossen werden.«

»Ist mir bekannt, Herr Kapitän«, antwortete er fröhlich. Er hatte meinen versteckten Hinweis verstanden. Viktor lächelte säuerlich, ihm waren derartige martialische Witzchen zuwider.

Nachdem wir uns wieder einmal in Schwerelosigkeit befanden und die Zylinder gesichert waren, erwarteten wir schweigsam das ›Go‹ von Dr. Helene Mayer. Es dauerte nicht lange, und sie erschien überlebensgroß auf dem Center Face. »Alles bereit?« fragte sie überflüssigerweise und widmete sich den Kontrollen, ohne in die Kamera zu blicken. Sie hatte sich in ihrem Verhalten total verändert. Nichts war mehr von ihrer kargen Verschlossenheit geblieben. Obwohl sie wußte, daß sie nicht mehr lange zu leben hatte, schien sie guten Mutes zu sein, als ob sie etwas nachholen wollte. Sie war der einzige Mensch an Bord, der nicht von der allgemeinen Spannung gefangen war.

»Alles bereit«, bestätigte ich. »Wir gehen auf die üblichen zehn Meter pro Sekunde. Voodoo, dein Job!«

»Zehn Meter pro Sekunde! Beschleunigung in 30 Sekunden!« führte er in korrekter Vorgehensweise aus, fügte dann aber doch noch schelmisch hinzu: »Ich fahre ganz sachte mit schleifender Kupplung an.«

Das Röhren des Plasmatriebwerks war kaum zu vernehmen, als wir unmerklich in die Sessel gedrückt wurden. Ich wischte mir erstaunt Schweiß von der Stirn. Ganz ruhig, sagte ich mir, es läuft alles normal ab. Kein Grund zur Beunruhigung.

»Konstanter Schub. Triebwerk in absolut Grün«, meldete Voodoo.

Dr. Helene Mayer las die Werte auf ihrem Face ab. »Sehr gut. Neutrino-Treiber läuft. Auch hier alles in absolut Grün. Beginn der Phase in 20 Sekunden.«

In 15 Minuten würden wir wissen, wie unsere Mission weiterverlaufen würde. Wenn der Neutrino-Treiber einwandfrei arbeitete, konnten wir Nofretete noch rechtzeitig erreichen, wenn nicht, blieb uns nur die sofortige Heimreise. Einen Augenblick lang dachte ich daran, daß die Wissenschaftlerin vielleicht das Funktionieren des Antriebes boykottieren könnte, um früher zur Erde zurückzukehren, aber als sich auf den Kanten der Gegenstände in der Zentrale die charakteristischen weißen Spitzlichter zeigten, war mein Verdacht wie weggewischt. Mit klopfendem Herzen tastete ich meine Sinne ab, spürte jedoch keinerlei Beeinträchtigung oder beginnende Kopfschmerzen. Der Schutzwall aus Velcro-Blei schien seinen Zweck zu erfüllen, auch wenn es noch zu früh war, darüber zu spekulieren.

Viktor holte das Bild der Sterne, die sich vor dem Schiff befanden, auf das Center Face. Sie begannen langsam ineinander zu verschmelzen und wurden zu dem leuchtenden Weiß, das wir von den früheren Phasen her kannten. Wir waren wieder im Rennen.

Hinter mir jubelte jemand auf. Ich drehte mich vorsichtig um und erblickte einen zufriedenen Richard Ballhaus, der mir seinen erhobenen Daumen entgegenstreckte. Halbmond winkte mir mit gelöstem Gesichtsausdruck zu. Es war ihre erste Reaktion mir gegenüber seit langem. Ich spürte, wie der innere Druck in mir nachließ. Endlich lief alles wie geplant.

Viktor stieß mich freudig an, und ich konzentrierte mich wieder auf das Center Face, auf dem jedoch nur das gleißende Weiß zu erkennen war. Noch immer fühlte ich keinerlei Beschwerden. Ich schielte zu den ablaufenden Ziffern der Uhr. Während dieser kurzen Phase würde keine große Zeitdifferenz auftreten, also konnte ich davon ausgehen, daß die verbleibende Zeit auf der Anzeige mit der tatsächlichen Dauer der Phase nahezu übereinstimmen würde.

Noch knapp zwei Minuten!

Viktors linke Hand preßte sich zur Faust geballt auf das Terminal.

Ganz links unten auf den Kontrollen der Schiffseinheiten blinkte ein kleines rotes Licht.

Auch Viktor hatte es bemerkt.

»Ein Luftfilter«, sagte er mit ruhiger Stimme. »Wahrscheinlich ist ein Blatt Papier oder was ähnliches davor hängen geblieben!«

Ich schaute ihn zweifelnd an. Woher sollte das Papier kommen? Kein Mensch benutzte noch Papier auf einem Raumschiff? Zögernd tippte ich das Licht an.

»Ausfall des Luftfiltersystems im Waschraum des Technischen Bereiches durch eine flüssige Masse«, meldete Reinders.

»Flüssige Masse?« fragte ich verwundert. »Reinders, ist eine Analyse der Masse möglich?«

»Zellstoff, Plasma, Hämoglobin. Mit hundertprozentiger Wahrscheinlichkeit größere Mengen von menschlichem Blut«, stellte Reinders sachlich fest.

In mir läuteten sämtliche Alarmglocken. Trotzdem dauerte es eine lange Sekunde, bis ich reagierte. »Viktor, die Überwachungskamera des Waschraums, schnell!«

Hastig versuchte ich, Dr. Helene Mayer auf mein eigenes kleines Face neben mir zu legen, bekam aber keine Antwort. Plötzlich hallte ein Entsetzensschrei durch die Zentrale. Als ich zum Center Face hochblickte, konnte ich zunächst nichts mit dem Bild anfangen, ich sah nur wabernde rote Schlieren, die sich in unterschiedlichen Längen hinter einer verschmierten Linsenoberfläche nach einer Seite hin bewegten. Dann erkannte ich eine halbnackte Gestalt, die in dem rotgesprenkelten Raum langsam an der Kamera vorbeirutschte und schließlich seitlich davon hängenblieb.

Meier Zwo!

Sein Körper zeigte keine Lebenszeichen, lediglich aus seiner Brust schob sich unregelmäßig ein schwacher Blutstrom, der in seiner Armbeuge versiegte.

Ich schnappte nach Luft angesichts dieses grotesken Bildes, das an einen schlechten Horrorfilm aus der Jahrhundertwende erinnerte.

Dann überschlugen sich die Ereignisse.

Zunächst erlosch das Licht in der Zentrale für einen kurzen Moment, ging aber sofort wieder an.

Fast gleichzeitig grinste uns eine dämonenhafte Fratze vom Center Face an.

Schmidtbauer!

Erschrocken fuhren wir alle in unseren Sesseln zurück. In meinem ganzen Leben war mir noch nie ein solcher Schrecken durch die Glieder gefahren. Der restlichen Besatzung erging es nicht anders. Viktor zuckte zusammen, und Voodoo stieß einen lauten Schrei aus. Hinter mir vernahm ich ein ersticktes Stöhnen, eine Frauenstimme kreischte mehrmals hintereinander.

Für einen kurzen Moment spürte ich vor lähmendem Entsetzen meine Arme und Beine nicht mehr.

Das konnte doch nicht wahr sein!

Schmidtbauer sah furchtbar aus. Seine Haare standen wie drahtige Korkenzieher vom Kopf ab und glänzten von Schweiß durchnäßt. Das Gesicht schien nicht nur verzerrt, sondern auch noch halbseitig gelähmt zu sein. Seine gesamte Mimik war unwirklich, dazu drehte er permanent den Kopf schräg nach unten und wieder zurück, als ob er sein Kinn wegen eines permanenten Juckreizes auf der Schulter reiben wollte.

»Um Gottes willen, Schmidtbauer! Was machen Sie dort?« krächzte ich wenig geistreich, aber ich mußte irgendwie reagieren. Vor allem wollte ich schnell herausfinden, was er vorhatte. »Wo ist Dr. Helene Mayer?«

Er ging nicht auf meine Frage ein. Statt dessen verdrehte er lustvoll seine Augen nach oben und verzog seinen Mund zu einem breiten Grinsen.

»Yyjjaaa... Nurminen, ich bin bereit! Wir sind alle bereit für... eine Reise...!«

Er benahm sich dermaßen übertrieben verrückt, daß ich einen Augenblick daran zweifelte, ob er sich tatsächlich in diesem Zustand befand oder ob er uns etwas vorspielte.

»Voodoo! Phase abbrechen und Triebwerke stillegen!« rief ich zur NAV-Einheit hinauf.

Ein seltsames Wimmern tönte uns vom Center Face entgegen. »Nix geht, Nurminen! Nix geht!«

»Keine Reaktion!« rief Voodoo mir zu. »Ich habe keine Kontrolle über das Schiff!«

»Uhhuoohhh! Schlimm, schlimm!« kommentierte das verzerrte Gesicht scheinbar mitfühlend Voodoos Bemühungen.

Eine Hand legte sich mir von hinten auf die Schulter, und ich zuckte erneut zusammen. Es war Appalong. »Schnell, mach den Tresor auf! Wir holen uns Waffen und schnappen uns den Verrückten!«

Ich nickte benommen und tastete die Kombination auf dem Terminal ein. Ohne mich weiter um ihn zu kümmern, fingerte ich an meiner Brusttasche herum und zog die beiden Codegeber heraus, die ich von Admiral Merz erhalten hatte.

»Uuuiii, jetzt kommt's! Jetzt… na…?« heulte Schmidtbauer und verstummte. Mit zugekniffenen Augen und sabberndem Mund beobachtete er mich, als ich den grünen Codegeber in den Aufnahmeschlitz schob und ihn mit einer Taste aktivierte.

»Voodoo, und jetzt? Hast du jetzt die Kontrolle über das Schiff?« fragte ich atemlos. Dabei vermied ich es, auf das Center Face zu blicken.

»Nichts. Tot und leer!« erwiderte er verständnislos.

Ich hatte es befürchtet. Schmidtbauer mußte von den Codegebern gewußt haben und hatte schon auf *Futhark* Gegenmaßnahmen getroffen.

Ein erwartungsvolles Kichern schlug mir entgegen. »Looos! Versuch's, los doch, versuch den zweiten!« Plötzlich brach er ab. Seine Verrücktheit war wie weggeblasen. »Ach was! Wir verlieren Zeit! Jetzt fangen wir richtig an, Nurminen! Jetzt begeben wir uns auf eine Reise durch die Zeit!«

Fast im gleichen Augenblick erhöhte sich das leise Wummern des Triebwerks. Mit einem harten Schlag wurde ich von einer starken Beschleunigung tief in den Sessel gedrückt. Vom Paternoster her hörte ich einen Schrei, dann einen dumpfen Aufschlag. Ich wußte nicht, wer mit Appalong zum Technischen Bereich aufgebrochen war, aber einer von ihnen mußte durch die einsetzende Beschleunigung in den Schacht gefallen sein.

Mit Entsetzen sah ich, wie sich die Zentrale um mich herum immer mehr in Weiß auflöste. Schmidtbauer zeichnete sich nur noch als schemenhafte Gestalt ab. Er hatte beide Fäuste erhoben und brüllte mich hemmungslos an. »Jeeetzt, Nurminen! Kannst du es sehen? Nein? Warte, ich zeige es dir!«

Ich hatte keine Ahnung, wovon er sprach.

Das Schiff beschleunigte immer mehr. Verzweifelt las ich die Triebwerkskontrollen ab: nahezu 3 *g*! Mit dem zweiten Codegeber in der Hand wurde ich hilflos in meinen Sessel gepreßt. Mühsam zog ich mich nach vorne zum Terminal, gab meine Anstrengungen wieder auf, als sich in meinem Hinterkopf ein stechendes Ziehen bemerkbar machte. Zusätzlich bekam ich nun Schwierigkeiten mit dem Atmen. Mit weit geöffnetem Mund versuchte ich, soviel Sauerstoff wie nur möglich in meine Lungen hineinzupumpen. Wie ein Ertrinkender kämpfte ich röchelnd und würgend gegen ein Gefühl des Erstickens und eine einsetzende Todesangst. Mit weit aufgerissenen Augen stierte ich das Center Face an und suchte verzweifelt nach einem Ausweg.

Schmidtbauer war nicht mehr zu erkennen, dafür stand plötzlich eine große schwarze Kreisfläche auf dem Face. In hartem Kontrast zu dem blendenden Weiß um uns herum schmerzte die Erscheinung in meinen weit aufgerissenen Augen. Sie breitete sich quälend langsam immer mehr aus und schien schon über das Center Face hinauszuwachsen! Resignierend schloß ich die Augenlider, aber selbst auf der Netzhaut hatte sich die schwarze Kreisfläche schon tief eingebrannt, so daß ich sie fast schon spüren konnte.

Das ist das Ende!

Meine Sinne beschäftigten sich nicht mehr mit der Existenz der schwarzen Fläche. Warum und weshalb dieses Phänomen auf dem Center Face stand, war unwichtig. Es war einfach da.

Mein Verstand setzte aus. Ich wollte schreien und toben, aber das Ziehen in meinem Kopf hatte sich auf den ganzen Körper ausgebreitet und lähmte nun auch meine Stimmbänder.

Schwarze Punkte vor meinen Augen wurden rot und liefen von rechts nach links.

So also würde ich sterben!

In meinem schwindenden Bewußtsein meinte ich, einen Arm zu spüren, der sich mir um den Hals legte und meine Kehle zudrückte.

Wie profan! dachte ich, bisher war ich der Meinung gewesen, daß sich der Tod auf einer geistig höheren Ebene abspielen würde.

»Laß ihn los! Laß den Codegeber los!« kiekste jemand neben mir mit erstickender Stimme.

Jetzt ist es soweit! ging es mir noch durch den Kopf, ich fang schon an zu spinnen!

Husten und Keuchen, als würde angestrengt an etwas gearbeitet.

Verzweifeltes Kratzen und Schaben.

Durch den weißen Nebel glaubte ich einen Schrei wie von einem Tier zu vernehmen.

Dann ein fernes Rumpeln.

Und dann nichts mehr.

Mein Körper schien zu schweben und fühlte sich federleicht an.

Das Ziehen im Kopf war weg. Dafür war es leicht und dunkel um mich herum. Hatte ich die Augen offen oder geschlossen? Komischer Gedanke, durchfuhr es mich, eigentlich müßte es ja egal sein, ob man im Jenseits…

»Santa Maria!«

Warte einfach ab! Es wird sich bestimmt gleich jemand um mich kümmern!

Wie zur Bestätigung schälte sich vor mir aus dem Dunkel eine schwebende Gestalt heraus, packte mit einer Hand mein Kinn und schüttelte meinen Kopf.

»John! Bist du O.K.?«

Ich blinzelte verwirrt. Luis Santana schwebte keinen halben Meter vor mir.

»Was?«

»Gut!« Und dann: »Voodoo, wir müssen hier weg! Ich habe den Reaktor abgesprengt, aber er befindet sich keine 100 Meter hinter uns. Wenn er hochgeht, war alles umsonst.«

Voodoo antwortete mit hoher Stimme. »Keine Reaktion! Das Notfallprogramm hat das Triebwerk stillgelegt, aber die Kontrolle über den Antrieb liegt immer noch auf Schmidtbauers Terminal. Jemand muß die Triebwerke von dort aus starten!«

Ich verstand nichts von dem, was um mich herum vorging. Mein Gehirn begann erst nach und nach, wieder Fakten zu verarbeiten. Die Zentrale um mich herum begann kontrastreicher zu werden. Auch Farben waren jetzt zu erkennen. Auf dem Center Face konnte ich Sterne sehen.

»Wieso…?« brabbelte ich.

»Später! – Ape, hörst du mich?« brüllte Luis.

Appalong antwortete nicht.

Dafür flammte das Center Face wie ein feuriges Höllentor auf. Schmidtbauer erschien als aufheulender Racheengel und drosch auf die Kontrollen vor sich ein.

Plötzlich krallte sich eine Hand von hinten um seinen aufgerissenen Mund und riß seinen Kopf zur Seite. Dann waren nur Arme und Beine auszumachen, die über das Face wischten.

Mein Gott, hört das denn überhaupt nicht mehr auf? Nun war ich selbst nahe daran, verrückt zu werden.

Ich war jedoch soweit wieder aufnahmefähig, um zu begreifen, was sich dort abspielte: Anscheinend hatte es jemand von der Besatzung trotz der hohen Beschleunigungswerte geschafft, in den Technischen Bereich zu gelangen.

Von dem Aufnahmepunkt der Kamera am Kontrollpult war jedoch niemand mehr zu erkennen, weil die Kämpfenden in der Schwerelosigkeit weggetrieben waren. Ich beugte mich nach vorn und schaltete sämtliche Überwachungskameras im Technischen Bereich ein. Endlich entdeckte ich in einem der zahlreichen Segmente auf dem Center Face ein wirbelndes Bündel. Mit einem Tastendruck holte ich die Einstellung groß heran. Es war Dr. Helene Mayer, die sich wie ein griechischer Faustkämpfer mit Schmidtbauer mitten in der Halle prügelte.

Luis stieß einen erstaunten Ruf aus. Auch ich starrte ungläubig auf die Szene, die uns das Face bot: Die Frau war nackt!

Eben gerade versetzte sie dem Verrückten einen Stoß mit der Ferse unters Kinn. Ohne ihn weiter zu beachten, suchte sie zappelnd Halt an einem Gerüst und stieß sich von dort schwerfällig ab.

Sekunden später hatte sie das Kontrollpult erreicht.

»Nurminen, können Sie mich hören?« keuchte sie erschöpft. »Der… die Kontrollen hier… ich habe sie abgeschaltet! Wir müssen hier weg! Schnell… der Reaktor…!«

Weiter kam sie nicht, denn Schmidtbauer hatte sie

inzwischen wieder eingeholt und sie mit einem Hieb vom Kontrollpult weggefegt. Durch seinen Schwung trieben beide abermals weit in die Halle hinein.

»Grün!« schrie Voodoo in diesem Moment. »Absolut Grün! Haltet euch fest, wir hauen hier ab!«

»Warte! Noch nicht!« brüllte ich gehetzt. »Erst auf meinen Befehl!«

»Verflucht, aber...!« jammerte er.

»Appalong und...« Ich blickte rasch um die hohe Rückenlehne meines Sessel herum. Zwei Menschen in bunten Raumanzügen hingen zusammengekrümmt auf ihren Plätzen, Lorenzen und Halbmond. Die anderen mußten in den Technischen Bereich aufgebrochen sein. »...Ballhaus und Vivian sind im Schiff unterwegs!«

Erst jetzt bemerkte ich, daß auch Viktor regungslos neben mir saß.

»Voodoo, Rot-Alarm! Versuch Appalong zu erreichen! Oder Ballhaus! Sie müssen sich sichern, sonst...!«

Er löste mitten in meinem Satz den Rot-Alarm aus, der sogleich gellend durchs Schiff heulte.

Ich wandte mich an Luis: »Wir brauchen ein Infrarotbild vom Reaktor. Vielleicht hat er sich rechtzeitig abgeschaltet.«

Luis hangelte sich mit einem kurzen besorgten Blick auf Viktor vor die Kontrollen und forderte von Reinders die Informationen an.

Hektisch suchte ich auf den Bildern der Überwachungskameras nach Schmidtbauer und Dr. Helene Mayer. Sie kämpften wieder verbittert an der Rückwand der Halle. Den mittlerweile pfeifend hohen Ton des Rot-Alarms beachteten sie nicht.

Hastig schaltete ich die Hallenlautsprecher ein.

»Helene!« schrie ich laut. »Bring dich in Sicherheit! Wir starten!«

Schmidtbauers Person war mir gleichgültig.

»Oh, Scheiße!« sagte Luis rechts vor mir.

»Was ist?«

»Der Reaktor! Hier!« Er deutete auf ein kleines Face neben Viktors Gestalt. Das Infrarotbild zeigte die Umrisse eines knallrot wabernden Quaders. Wir durften keine Sekunde länger zögern.

Mit einem lauten Fluch blickte ich noch einmal auf die Bilder aus dem Technischen Bereich. Irgendwo bewegte sich noch etwas, aber ich konnte jetzt keine Rücksicht mehr darauf nehmen.

»Voodoo, volle Beschleunigung!«

Ich packte Luis am Kragen und zog ihn an mich heran. Er war so fasziniert von dem flammenden Infrarotbild des Reaktors, daß er gar nicht daran gedacht hatte, sich zu sichern.

»Und ab geht die Luzzie!« kreischte Voodoo wie in Ekstase.

Sekundenbruchteile später drückte Luis schmächtiger Körper schwer auf meinen Brustkasten, als die *Nostradamus* mit wummerndem Triebwerk beschleunigte. Ich lockerte meinen Gurt und rutschte nach links. Luis rutschte augenblicklich in den entstandenen Spalt zwischen Seiten- und Rückenlehne, so daß sich sein Gesicht unmittelbar unter dem meinen befand. »Danke«, keuchte er. »Da sind wir gerade noch einmal davongekommen.«

»Noch haben wir es nicht überstanden!« antwortete ich und reckte mühsam meinen Kopf über ihn hinweg, um das Face mit dem Infrarotbild erkennen zu können, aber es war nur noch eine weiße Fläche zu sehen. Darunter blinkte ein roter Punkt als Zeichen der Überlastung des automatischen Filtereinsatzes.

Das konnte nur bedeuten, daß der Reaktor bereits durchgegangen und detoniert war!

Hinter dem Schiff war für einige Sekunden lautlos eine kleine Sonne entstanden und hatte durch ihre blendende Helligkeit die Wiedergabekapazität des Faces überlastet.

Ich ließ mich zurückfallen. Das war knapp gewesen. Von der Explosion selbst hatten wir nichts abgekriegt, und die radioaktive Strahlung würde die Schiffshülle ohne Schwierigkeiten absorbieren.

»Wir haben es überstanden«, sagte ich schwer atmend. »Du hattest recht, wir sind gerade noch einmal davongekommen.« Dann fiel mir etwas anderes ein. »Sag mal, Luis, wieso hast du etwas von den Codegebern gewußt? Und vor allem, daß der zweite Codegeber intakt war?«

Er grinste mich mit seinem unrasierten Gesicht von unten an. »Als wir auf *Futhark* an Bord der *Nostradamus* gehen wollten, war doch die Schleuse verschlossen. Ich bin zurück, um dich zu holen. Da habe ich dein Gespräch mit Admiral Merz mitgekriegt und das mit den Codegebern. Ich hatte ein schlechtes Gewissen, weil ich euch belauscht habe und bin wieder zurück zu den anderen. Später, an *Südquelle,* als ich den Reaktor ausgewechselt habe, bin ich auf die abgeklemmten Lichtleiter gestoßen, die die Sprengbolzen zünden sollten. Ich hab's einfach wieder gerichtet.« Er runzelte die Stirn und fügte hinzu: »Und vorhin, als dieser Verrückte auf dem Center Face auftauchte, war ich im ersten Moment völlig fertig. Dieses schreckliche Gejaule von ihm. Dann habe ich dir zugerufen, daß der zweite Codegeber funktionieren muß, aber du hast mich nicht gehört. Als das Triebwerk anfing zu feuern, habe ich es gerade noch geschafft, mich loszugurten und an deiner Lehne festzuhalten. Fast hätte es nicht mehr gereicht. Du hattest den Codegeber so fest umklammert, ich mußte ihn dir aus der Hand reißen... außerdem war mir kotzübel.«

Das Schiff vibrierte leicht, aber das war normal bei dieser harten Beschleunigung. Ich warf einen schnellen

Blick auf das kleine Face mit dem Infrarotbild. Es war schwarz. Die Detonation des Reaktors war bereits abgeklungen und die Entfernung, die das Schiff inzwischen zurückgelegt hatte, mußte ausreichen, um in Sicherheit zu sein.

Ich holte tief Luft und wollte Voodoo anrufen, als ich eine Bewegung auf dem Center Face wahrnahm.

Wie in Zeitlupe löste sich auf einem oberen Segment das notdürftig verankerte Aggregat und schob sich schwerfällig drehend durch die Halle. Unfähig zu reagieren, beobachtete ich, wie das schwere Gerät den Aufnahmebereich der ersten Kamera verließ und schlitternd in einem nächsten Segment auftauchte. Jetzt endlich schrie ich: »Voodoo, stop! Triebwerk abschalten! Sofort!«

Aber es war zu spät!

Lautlos zog das Aggregat auf den Segmenten wie ein harmloses Bauklötzchen seine Bahn, bis es auf die Rückwand der Halle aufprallte, wo zwei unscheinbare Gestalten wie Mücken in einer Ecke klebten.

»O nein!« entfuhr es mir.

»Was ist?« fragte mich Luis ängstlich.

Das Triebwerk verstummte.

Voodoo zog sich aus der NAV-Einheit heraus. »Verdammte Scheiße!«

Er kam zu uns herunter und kümmerte sich zuerst um Viktor.

»Ich hab's gesehen, John!« meinte er leise. Dabei blickte er mich nicht an.

Ich nickte und löste meinen Gurt. Luis schaute uns verständnislos an, er hatte von seinem Platz aus das Geschehene nicht verfolgen können. Voodoo deutete mit dem Kinn zum Center Face hin. Der Spanier brauchte nicht lange, um die veränderte Position des Aggregats festzustellen. Mit einem lautlosen Fluch stemmte er sich hoch und hastete aus der Zentrale.

Meine Hände zitterten, als ich mich nach hinten zu Halbmond und Lorenzen begab, um nach ihnen zu sehen. Sie hingen wie leblos in den Sesseln. Beide waren nur bewußtlos, ansonsten aber in Ordnung. Sogar Halbmonds Puls war stabil.

Ich zögerte, dann sah ich Voodoo an, der still neben Viktor verharrte. »Was ist mit ihm?« fragte ich furchtsam.

Er tätschelte Viktors Wange. »Keine Angst, er ist O.K. Er wird es überstehen.«

Ich atmete tief durch. »Appalong oder die anderen? Hast du jemanden erreicht?«

Er schüttelte stumm den Kopf.

Ich blickte zum Paternoster.

Mit schlimmen Ahnungen legte ich den kurzen Weg dorthin zurück.

Eine große Gestalt schwebte bewegungslos dicht über dem Boden. Richard Ballhaus! Ich brauchte ihn gar nicht näher anzusehen, um festzustellen, daß er sich das Genick gebrochen hatte. Sein Kopf rollte in einem rechten Winkel mit einer leichten Bewegung an der Seitenwand hin- und her. Luis war vor mir hier vorbeigekommen und hatte den Körper mit Tape an der Wand befestigt. Außerdem mußte er ihm die Augen geschlossen haben. Wäre der Kopf nicht in der unnatürlichen Haltung von der Wand abgestanden, hätte man meinen könne, er schliefe erschöpft in der Ecke.

Entschlossen drehte ich mich um und kehrte in die Zentrale zurück.

Voodoo hatte inzwischen die Sessel der drei Bewußtlosen in Liegen verwandelt. Lorenzen kam gerade zu sich und strampelte erschreckt in den Gurten. »Bleiben Sie ruhig liegen! Es ist alles in Ordnung«, rief ich ihm zu, als ich an ihm vorbeikam.

Mit einem besorgten Blick auf Viktor gurtete ich mich fest.

»Ballhaus«, sagte ich zu Voodoo, der meine Stimmung richtig deutete. »Er hat sich das Genick gebrochen!«

Gleichzeitig erkannte ich auf dem Center Face mit Erleichterung Appalong, Vivian und Luis, die sich im Technischen Bereich an dem Unglücksort zu schaffen machten.

Schweigsam beobachteten wir ihre Bemühungen. Nach ihrem Verhalten zu schließen, sah es nicht so aus, als ob jemand den Aufprall des Aggregats überlebt hatte.

»Zylinderrotation?« fragte Voodoo leise, um irgend etwas zu sagen.

Ich nickte.

Wir wippten sanft auf unseren Plätzen, als der Zylinder aus der Sicherung herausgehoben wurde und nach dem Bereitschaftssignal sachte anrollte.

Mechanisch öffnete ich die Gurte und stützte den Kopf in die Hände.

Vier Tote! Einfach so! Eine Sperre in meinem Verstand verweigerte die Verarbeitung der Ereignisse, die über uns hereingebrochen waren.

Gefühle? Fehlanzeige. Nichts! Vielleicht mußte ich zuerst einen Platz in meinem Gehirn suchen, wo ich diese Katastrophe unterbringen konnte. Dabei war ich mir ganz sicher, daß ich nicht träumte. Ich hatte sogar schon eiskalt die Leben von Dr. Helene Mayer und Schmidtbauer abgehakt.

Voodoo stand plötzlich auf und ging zu den beiden Liegen hinter uns. An einem lautlosen Schniefen bemerkte ich, daß seine nach außen getragene Unbekümmertheit einen schweren Schlag erlitten hatte.

Nach einer Weile kam er zurück und stützte sich mit den Händen auf den Sessel links neben mir.

»Verflucht!« sagte er mit erstickter Stimme. »Ich hätte daran denken müssen, daß dieses Scheißding nicht richtig befestigt war!«

»Ach, das…«

»Ja, das!« Er schlug auf die Lehne. »Und das und das! Ich halte mich doch sonst auch für so überschlau und habe immer die Klappe offen!«

Wütend schleuderte er mir seine Enttäuschung entgegen. Seine Reaktion war verständlich, obwohl ich sie in dieser Form nicht unbedingt erwartet hatte. Ratlos suchte ich nach den richtigen Worten.

Voodoo steckte den Kopf zwischen die ausgestreckten Arme und blickte mit nassen Augen den Boden an. »Und kann mir vielleicht einmal ein Mensch sagen, wieso es möglich ist, einen Reaktor von einem Schiff abzusprengen?«

Gut, dachte ich, er beschäftigt sich schon wieder mit Fakten. Ich stand ebenfalls auf.

»Luis wird es dir erklären«, sagte ich. »Und mach dir bitte keine Selbstvorwürfe wegen dem, was passiert ist. Du trägst am wenigsten Schuld an dem Unglück. Ich brauche dich mit klarem Kopf.«

Er antwortete nicht und betrachtete seinen Fuß, mit dem er auf dem Boden scharrte.

Ich war unschlüssig darüber, ob ich ihn noch weiter aufmuntern sollte. Wir befanden uns in einer extremen Situation. Keiner von uns war bisher solchen außergewöhnlichen Strapazen im Weltraum ausgesetzt gewesen. Alle Regeln waren außer Kraft gesetzt. Angefangen von dem futuristischen Antrieb bis hin zu dem durchgeknallten Professor waren wir in einer unwirklichen Welt gefangen, die nun ihre Rechnung eingefordert hatte.

Ich klopfte ihm beruhigend auf die Schulter. »Ich muß in den Technischen Bereich. Bleib bitte hier und kümmere dich um die, die Gott sei Dank noch leben.«

Er nickte, ohne mich anzusehen.

»Und da ist noch etwas«, sagte ich, als ich einen Notpack überstreifte. »Wenn du Zeit findest, versuche herauszufinden, wo wir überhaupt sind! Vielleicht hat die *Nostradamus* das Sonnensystem bereits verlassen!«

Voodoo ruckte hoch. »Heiliger Strohsack! Daran habe ich noch gar nicht gedacht! Diese schwarze Kreisfläche. Was war das? Ein Ereignishorizont?«

Aufgeregt wollte er sich sofort in seine NAV-Einheit begeben, besann sich jedoch und beugte sich über Viktor.

Es hätte mich zwar brennend interessiert, wo wir uns überhaupt befanden, aber unter Umständen konnte die Ortsbestimmung kompliziert werden und einige Zeit in Anspruch nehmen. Das Schiff und die Besatzung waren zunächst wichtiger, auch wenn ich an der Situation nichts mehr ändern konnte.

Mit einem letzten Blick durch die Zentrale machte ich mich auf den Weg. Ich war überzeugt davon, daß sich Voodoo wieder fangen würde. Er war absolut verläßlich und zudem stabil in seiner Psyche.

Nach einem scheuen Blick auf den toten Ballhaus ließ ich mich vom Paternoster nach oben tragen.

Im Karussell wurde mir einen Moment schwarz vor den Augen. Ich faßte schnell nach einem Haltegriff eines drehenden Segmentes. In dieser Position blieb ich einige Minuten regungslos in der erneuten Schwerelosigkeit hängen. Die schrecklichen Ereignisse und der permanente Gravitationswechsel zollten ihren Tribut an meine geistigen und physischen Kräfte. Die Verantwortung über das katastrophal verlaufende Unternehmen begann mich zu erdrücken und die Masse des Schiffes um mich herum symbolisierte sich in einem aufsteigenden Schuldkomplex.

Ich schnappte wie ein gestrandeter Fisch nach Luft und wehrte mich gegen einen aufkommenden Angstzustand. Mit Konzentration und einem Restwillen vertrieb ich allmählich die drohenden Dämonen und schleppte mich aus dem Karussell hinaus.

Trotzdem griff ich kurz darauf in der großen Röhre, die in den Technischen Bereich hinunterführte, nach einer Plastiktüte und übergab mich würgend.

Als ich im Technischen Bereich ankam, traf ich auf drei Besatzungsmitglieder, die sich im gleichen Zustand wie ich befanden. Appalong hing wie ein angeschlagener Boxer abwesend an dem blutverschmierten Aggregat, das mit einem mobilen Kranroboter zur Seite gezogen worden war und nun wippend an den starren Auslegern hing.

Luis hantierte hoch oben in der Halle an der Luftumwälzungsanlage, und Vivian sammelte mit Plastikhandschuhen einige rotfarbene Teile ein, die in der Luft schwebten. Die beiden Leichen waren bereits in grünen Plastiksäcken verpackt.

Augenblicklich begann ich wieder zu würgen, konnte mich aber gerade noch beherrschen.

»Es war kein schöner Anblick«, meinte Vivian gefaßt und stellte ihre Tätigkeit ein. Sie als Ärztin wurde noch am ehesten mit der Situation fertig. »Meier Zwo ist ebenfalls tot. Um seine Leiche kümmere ich mich später. Außerdem muß ich bei ihm eine Obduktion vornehmen.«

»Ballhaus…«

»Ich weiß«, unterbrach sie mich. »Ich war dabei. Er hat es nicht mehr geschafft, ins Karussell zu gelangen, als die Beschleunigung einsetzte. Appalong und ich waren ziemlich geschafft. Danach bin ich sofort runter in den Paternoster und habe nach ihm gesehen, aber er hatte keine Chance bei der Fallhöhe.«

Ich war erstaunt über ihre nüchterne Aussage. Rein äußerlich gesehen war sie von den Strapazen gezeichnet, aber im Gegensatz zu mir schien sie mental an den Schwierigkeiten zu wachsen.

Mit einer wütenden Bewegung streifte sie die Handschuhe ab und stopfte sie in einen kleinen Behälter, in dem sie vorher schon die umherschwebenden Reste der Verunglückten untergebracht hatte.

»Eine einzige Schweinerei!« stieß sie hervor, und fügte hinzu, als ich mein Gesicht verzog: »Damit meine ich nicht nur das, sondern hauptsächlich, was hier vorher geschehen sein muß.«

Ich blickte sie erstaunt an. »Was weißt du darüber?«

»Schmidtbauer war sofort tot, sie war jedoch noch einige Minuten bei Bewußtsein. Ich glaube nicht, daß sie Schmerzen verspürte, denn sie befand sich in einem Schockzustand. Vielleicht hat sie phantasiert, aber das wenige, was sie gesagt hat, deckt sich mit meiner Vermutung, die ich über dieses merkwürdige Dreiergestirn hatte!«

Vivian drehte den Kopf, als gäbe es noch etwas zu erledigen, bevor sie mir die Geschichte erzählte.

»Sascha Meier hat Schmidtbauer befreit«, begann sie leise und schob mich weiter zur Seite. Anscheinend sollte Appalong nicht alles mitbekommen. »Ich weiß nicht, wer von den beiden verrückter war, auf jeden Fall stand Meier Zwo Schmidtbauer in nichts nach, wenn auch in anderer Form. Ich habe dir doch einmal von meiner Vermutung erzählt, daß die drei in einer sexuellen Abhängigkeit zueinander stehen.«

Ich zuckte die Achseln. »Möglich, aber ich konnte mir nichts Genaueres darunter vorstellen.«

Sie winkte ab. »Ist auch nicht nötig. Konkret weiß ich nur, daß Sascha Meier sie vergewaltigen wollte. Schmidtbauer hatte sie nach seiner Befreiung bewußtlos geschlagen und sie anschließend Meier Zwo überlassen. So als eine Art Belohnung vom Meister für seinen Schüler. Als sie im Waschraum wieder zu sich kam, hat sie sich gewehrt. Wie oder womit sie ihm den Garaus gemacht hat, weiß ich nicht, aber es muß sehr rasch geschehen sein, denn sie war keine zehn Minuten später wieder in der Halle und hat Schmidtbauer attackiert.«

»Das klingt alles sehr… unglaublich«, sagte ich zweifelnd.

»Ja, vielleicht. Aber es würde zu meiner Theorie passen. Übrigens hat sie noch etwas gesagt, und es öfter wiederholt: ›Nurminen soll mich heimbringen!‹ Ich nehme an, du weißt, was es bedeutet.«

Ich fühlte einen chlorähnlichen Geschmack am oberen Ende meines Gaumens, der mir bis in die Nasenwurzel und von dort in die Augen drang. »Ja…«, sagte ich knapp.

»Gut«, antwortete sie, ohne weiter in mich zu dringen.

Merkwürdigerweise fühlte ich mich jetzt leichter, wie nach einem schweren Gewitter. Und müde.

Vivian drückte mir eine rückstoßfreie Nadlerpistole in die Hand. »Hier, die brauche ich nicht mehr.« Dann verschwand sie in Richtung des Waschraums.

Vorsichtig überprüfte ich die Waffe und steckte sie in eine Außentasche meines Notpacks.

Appalong hatte sich nicht von der Stelle gerührt. Mein Bedarf an tröstenden Worten war ausreichend gedeckt, und ich beachtete ihn deswegen nicht weiter. Luis beschäftigte sich immer noch mit den Luftfiltern. Ich vermutete, daß er neue Sammelbehälter hinter den äußeren Gittern angebracht hatte, um die letzten Überreste von Schmidtbauer und Dr. Helene Mayer einzufangen.

Meine Augen wanderten durch die Halle. Das war also der Schlußakkord für den Neutrino-Treiber gewesen. Ab jetzt hatte das Schiff seinen mystischen Glanz verloren und reihte sich als ein ganz normales Raumfahrzeug in die Flotte ein. Ich ahnte, daß die mattschimmernden Aggregate nie mehr eine Besatzung in die Nähe eines ›Stehenden Lichtes‹ befördern würden.

Künftige Schiffe mit diesem Antrieb würden eine verbesserte Konstruktion in sich tragen, diese hier hatte sich von einem Moment zum anderen in ein Museumsstück verwandelt.

Mit einem Schaudern begab ich mich zum Ausgang. Ich weinte dem Monstrum keine Träne nach.

# 4

Ich gönnte mir und der Besatzung keine Pause. Keine fünf Stunden nach der Katastrophe waren alle Schäden beseitigt. Einzig und allein das durch die Hitze der Detonation verstrahlte Heck der *Nostradamus* zeugte von den Vorfällen, die vier Menschenleben gefordert hatten. Luis war unermüdlich im Schiff unterwegs und listete die Schäden auf. Er hatte sogar Zeit gefunden, mit einer Arbeitsbiene die Schiffshülle zu untersuchen. Als er zurückkehrte, war er erschüttert über den Zustand des hinteren Schutzkokons.

»Das Schiff strahlt wie ein leckgeschlagener Reaktor. Wir hätten keine Sekunde später starten dürfen, sonst wäre die Hitze der Detonation voll durchgeschlagen. Die Schanzwände des Plasmatriebwerks existieren praktisch nicht mehr, dafür schimmert das Heck von schwarz verkohlt bis hin zu allen Regenbogenfarben. Durch den Strahldruck des voll beschleunigten Schiffes wurde viel Energie der Explosion zur Seite gefegt, aber ich schätze, daß wir doch einen satten Schlag abbekommen haben und das Material im hinteren Teil bald Ermüdungserscheinungen zeigen wird. Wir sollten also zukünftig von Gewaltmanövern die Finger lassen. Alles in allem muß ich feststellen: Die *Nostradamus* kommt äußerlich einem Schrotthaufen gleich und falls wir irgendwann in die Mondumlaufbahn einschwenken, wird uns die Leitstelle eine abgelegene Ecke zuweisen, um das Schiff zu dekontaminieren.«

»Kann uns die Radioaktivität gefährlich werden?« fragte ich.

»Solange wir uns im Schiff aufhalten, sind wir sicher. Wenn einer raus muß, dann nur über die Schleusen im Bug. Ich werde alle Arbeitsbienen ebenfalls nach vorne bringen, am günstigsten wäre die Halle des Neutrino-Treibers, sie ist gut zugänglich und besitzt eine große Schleuse.«

»Meinetwegen, aber das hat Zeit. Zuerst will ich von Voodoo wissen, wo wir uns genau befinden. Ich habe vorhin einmal in seine Berechnungen hineingesehen. So weit ich es beurteilen kann, treiben wir unterhalb des äußeren Asteroidengürtels. Trotzdem sind wir weit über den Punkt hinausgeschossen, an dem wir wie geplant die Angleichung an die Bahn von Nofretete durchführen sollten. Voodoo sitzt schon seit Stunden in seiner NAV-Einheit und sucht nach einer Lösung. Ich befürchte, daß uns da einige Schwierigkeiten ins Haus stehen!«

Wie auf ein Stichwort öffnete sich die NAV-Einheit, und Voodoo kletterte mit zerzausten Haaren zu uns herunter.

»Es ist besser, wir rufen alle zusammen«, sagte er ernst. »Ich glaube, das können wir nicht allein entscheiden.«

»Komm schon, mach's nicht so spannend!« antwortete ich gereizt, besann mich jedoch, als ich in sein müdes Gesicht sah und lenkte ein. »O.K., ich halte es noch so lange aus. Luis, holst du bitte die anderen!«

Ich orderte mir beim Getränkeautomaten einen Kaffee, während Voodoo schweigsam vor dem Center Face Platz nahm und eine Graphik des Sonnensystems darauf erscheinen ließ.

Zehn Minuten später waren wir vollzählig.

Acht Personen, dachte ich wehmütig, mehr waren es

nicht mehr. Der Rest der Besatzung und das, was von Wolfen übriggeblieben war, lagen in den Kühlkammern der *Nostradamus*. Bestattungen im All waren nicht zulässig und wahrscheinlich war das gut so, aber ich mochte nicht an den Moment denken, wenn ich den Angehörigen unter die Augen treten mußte und ihnen die Särge übergab.

Während der letzten Stunden hatte ich einen Bericht mit Videoaufzeichnungen über die Vorfälle zusammengestellt, ihn jedoch noch nicht zur Erde gesendet, weil ich zunächst abwarten wollte, ob uns überhaupt eine Möglichkeit blieb, die Mission fortzusetzen.

»Ich will es kurz machen«, begann Voodoo unvermittelt. »Schmidtbauer hat uns mit seinem Wahnsinn an den Rand des Asteroidengürtels katapultiert. Wir haben in einer einzigen Phase über 70 Millionen Kilometer zurückgelegt. Fünf Minuten länger, und die *Nostradamus* hätte das Sonnensystem verlassen, falls wir nicht vorher schon Probleme mit diesem geheimnisvollen schwarzen Kreis bekommen hätten.«

Auf dem Center Face pendelte die Graphik in einer dreidimensionalen Ansicht hin- und her. Die *Nostradamus* blinkte als roter Punkt dicht unter der Ekliptik, die als eine hauchzarte rosa Scheibe dargestellt war.

»Wir müssen uns schnell entscheiden«, fuhr Voodoo fort. »Entweder wir geben auf und fliegen zur Erde zurück, dann können wir rechtzeitig an Weihnachten zu Hause sein. Oder wir führen das Anpassungsmanöver an die Bahn von Nofretete durch.« Er warf einen ernsten Blick in die Runde, um sicherzustellen, daß alle aufmerksam zuhörten.

»Zur ersten Möglichkeit muß ich nicht viel sagen, die Bedingungen sind problemlos, und ein Rückflug wäre einfach durchzuführen. Wenn wir uns jedoch für ein Treffen mit Nofretete entscheiden, begeben wir uns auf äußerst dünnes Eis: Schmidtbauer hat das Schiff mit seinem Auftritt weit über den Punkt hinausbefördert, der als Startbereich für die Beschleunigung in den Kurs der Pyramide vorgesehen war. Im Klartext heißt das, wir verbrauchen zusätzlichen Treibstoff für Korrekturen und Anpassung. Abgesehen davon träfen wir bei einem geglückten Manöver etwa 10 bis 15 Stunden später als die *Sternenläufer* oder die *American Gothic* dort ein. Die beiden Schiffe werden morgen mittag das Rendezvousmanöver mit Nofretete abgeschlossen haben.«

Mein Gott, schreckte ich innerlich auf, der Kontakt stand also unmittelbar bevor! Wir hatten so intensiv mit unseren Schwierigkeiten zu kämpfen gehabt und waren vor einigen Stunden nicht nur gedanklich noch so weit von unserem Ziel entfernt gewesen, daß wir das Jahrtausendereignis ganz aus den Augen verloren hatten. Ich unterdrückte das Verlangen, sofort alle Channels nach den neuesten Nachrichten durchzusehen, denn bisher wußte ich lediglich, daß die Menschen auf der Erde wie gebannt auf den ersten Kontakt mit Nofretete warteten.

»So, und jetzt die erste schlechte Nachricht.« Voodoo erhob die Stimme und sprach langsamer, um die Bedeutung seiner Worte zu unterstreichen. »Falls wir uns dafür entscheiden, die Pyramide anzufliegen, werden unsere Energievorräte soweit verbraucht sein, daß wir uns höchstens 60 Stunden bei Nofretete aufhalten können.«

Er unterband die erstaunten Ausrufe der Besatzung, indem er eine Hand hochhielt. »Es kommt noch schlimmer: Wir werden mit den vorhandenen Reserven auf keinen Fall *Nordquelle* erreichen.«

Es herrschte schlagartig Stille in der Zentrale. Viktor fing sich als erster und fragte nach einem Räuspern: »Und was können wir erreichen?«

Voodoo ging nicht sofort auf seine Frage ein und zeigte auf einen grünen und einen blauen Punkt, die sich auf dem Center Face neben einem kleinen Dreieck aufhielten.

»Entweder wir geben die *Nostradamus* auf und heuern auf einem der beiden anderen Schiffe an oder…« Er deutete auf eine weiße gebogene Linie, die sich weit in den Raum hinausbog. »Oder wir verzögern unsere Geschwindigkeit nach dem Rendezvous mit Nofretete. Viel Treibstoff haben wir dann nicht mehr, aber immerhin gelangen wir damit nach einer gewissen Reisezeit in den Anziehungsbereich von Jupiter. Wir können uns dessen Gravitation mit einem Swing-by-Manöver zunutze machen und in einem weiten Bogen zur Erde zurückkehren.«

Mir schwante Fürchterliches. »Und wie lange wird die Reise dauern, Voodoo?«

Er zögerte, dann hob er hilflos die Schultern. »Reinders sagt bis zum 11. Juli 2051, also gut fünfeinhalb Jahre!«

Ein einziges Aufstöhnen ging durch die Zentrale.

»O nein!« entfuhr es mir.

Viktor drehte sich ab. »Na bravo!«

»Auf keinen Fall!« meinte Vivian laut hinter mir.

Der Rest schwieg betroffen.

»Und es ist kein Irrtum möglich?« hakte ich nach.

Voodoo hielt mir wortlos sein Videoboard hin.

»Geschenkt. Entschuldige bitte!« winkte ich ab. Mir war jetzt klar, warum er so lange für die Berechnungen gebraucht hatte. Wahrscheinlich war er mit dem Bordcomputer alle zur Verfügung stehenden Möglichkeiten durchgegangen. Im nachhinein betrachtet konnte man es als ausgesprochenen Glücksfall ansehen, daß Jupiter so günstig stand.

»Natürlich sind das lediglich die Lösungen, die der *Nostradamus* zur Verfügung stehen«, begann Voodoo wieder. »Falls *Nordquelle* genügend Reserven hat, könnte ich sie von hier aus zu einem neuen Rendezvouspunkt umdirigieren. Leider kann ich keinen Kontakt herstellen, sie ist so tot, wie *Südquelle* es war.«

Lorenzen rührte sich. »Also müssen wir uns wieder einmal mit dem Konzern arrangieren.«

»Oder mit den beiden anderen Schiffen«, meinte Viktor. »Vielleicht besitzen sie genügend Reserven, die wir übernehmen könnten.«

»Der Konzern könnte eine neue Energieplantage starten«, rief Luis dazwischen.

Es entbrannte eine heftige Diskussion, an der ich mich nicht beteiligte. Im Endeffekt würde alles auf einen Kompromiß hinauslaufen. Die Frage war nur, wieviel der Konzernleitung das Schiff wert war. Auf eine Unterstützung aus rein menschlichen Gründen konnten wir nicht hoffen, in der Vergangenheit hatten wir mehr als nur einmal erlebt, was wir in dieser Richtung zu erwarten hatten.

Inzwischen hatten sich auch Vivian und Halbmond in den Disput eingemischt. Alles, was ich aus dem Stimmengewirr heraushören konnte, waren Forderungen und nochmals Forderungen.

»Halt, bitte Ruhe!« rief ich laut dazwischen.

Schlagartig verstummten alle.

Ich ließ einige Sekunden vergehen und überlegte, wie ich vorgehen sollte. »Voodoo, wieviel Zeit haben wir für eine Entscheidung?«

»Eigentlich gar keine. Alles, was wir jetzt verplempern, fehlt uns hinterher. Aber gut, sagen wir eine Stunde.«

»Eine Stunde.« Ich nickte und wandte mich mit harter Stimme an alle: »Wir haben eine Stunde Zeit, um uns bewußt zu machen, daß wir von der Erde keine verbindliche Zusage erwarten dürfen. Schon gar nicht in der kurzen Zeit. Weiterhin dürfen wir nicht vergessen, daß wir uns vor einigen Tagen gegen den Konzern gewandt haben. Jetzt, in diesem Augenblick, müssen wir in eigener Verantwortung handeln. Manching weiß noch nichts von der Katastrophe, die sich im Schiff ereignet hat. Wenn ich einen Bericht sende, habe ich eine halbe Stunde später den Befehl zur sofortigen Rückkehr hier auf dem Tisch.«

Es kostete mich einige Überwindung, jedem mit festem Blick in die Augen zu sehen. Mit einer gewissen Genugtuung stellte ich fest, daß niemand imstande war ihn zu erwidern.

»Im Klartext heißt das: Wenn wir die Mission fortsetzen wollen, müssen wir uns im schlimmsten Fall auf fünf lange Jahre im All einstellen.«

Ich malte bewußt den Teufel an die Wand. Keiner sollte hinterher zu mir kommen und sich beschweren. Rein persönlich konnte ich mir nicht vorstellen, daß die Konzernleitung so lange auf das Schiff verzichten würde, besonders in Anbetracht der letzten Ereignisse. Gerade die Auswertung der Daten des Neutrino-Treibers während Schmidtbauers Horrortrip war ein Trumpf in unserer Hand, den ich nicht vorzeitig ausspielen wollte.

»Glaubst du wirklich, daß die uns so lange hier draußen lassen?« fragte Viktor.

»Nein«, antwortete ich wahrheitsgemäß, »aber ich würde nicht meine Hand dafür ins Feuer legen. Wer weiß, was in den hochherrschaftlichen Köpfen vor sich geht.«

Er nickte stumm. Dann sagte er: »Und nun? Wie entscheiden wir? Durch eine geheime Abstimmung oder …?«

»Wir fliegen Nofretete an«, meinte Lorenzen und verschränkte zur Bestätigung seiner Entscheidung die Arme. Ich sah ihn überrascht an. Noch vor kurzer Zeit konnte er es gar nicht erwarten, so schnell wie möglich zur Erde zurückzukehren. Mir war diese impulsive Demonstration nicht recht, sie war in meinen Augen zu bestimmend und konnte die Meinungen der restlichen Besatzungsmitglieder zu sehr beeinflussen. Kaum hatte er jedoch den Satz ausgesprochen, sagte Vivian leise: »Ich habe nicht die ganze Scheiße hinter mich gebracht, um jetzt zu Kreuze zu kriechen. Außerdem will ich mir Nofretete aus nächster Nähe ansehen. Wir machen weiter – und wenn ich die Erde erst in fünf Jahren wiedersehe.«

»Deus lo volt! – Gott will es!« schloß sich Appalong heiser an. Er zeichnete sich ein Kreuz auf die Stirn. »Und ich will es erst recht!«

Die Dramaturgie war perfekt. Ich wurde förmlich von der Zustimmung aller überrannt. Halbmond nickte tapfer, aber ich wollte ihre Entscheidung hören. »Ich gebe zu, daß ich Angst habe, aber noch mehr Angst habe ich vor einer vorzeitigen Rückkehr«, meinte sie tapfer, nachdem ich sie auffordernd angesehen hatte.

Luis stand auf. »Vamos! Ah, kann ich gehen? Ich habe einiges zu tun, bevor wir in die Beschleunigung starten!«

Mit einem Glitzern in den Augen blickte mich Viktor an: »Ich bin dabei.«

»Na endlich kann ich wieder einmal richtig Feuer im Ofen machen.« Voodoo kletterte beschwingt in seine NAV-Einheit. Er schnalzte mit der Zunge und knipste an seinem Mikrophon herum. Dann sah er mich verwundert von seinem erhöhten Sitz herunter an. »Na, komm schon, Kapitän! Anschnallen, Rot-Alarm und den ganzen Zinnober! Oder willst du hierbleiben?«

»Drecksbande!« fluchte ich laut und meinte es auch so. Obwohl ich erleichtert darüber war, daß die Entscheidung ohne Komplikationen über die Bühne gegangen war, hatte ich mir doch irgendwie mehr Zweifel erhofft. Andererseits hätte es mich überrascht, wenn sich jemand für den sofortigen Rückflug entschlossen hätte.

Plötzlich herrschte eine ausgelassene Stimmung in der Zentrale. Trotz der Aussicht, daß wir im Begriff waren, uns für eine kleine Ewigkeit ins All hinauszukatapultieren, waren alle in bester Laune – und, ohne es zugeben zu wollen, auch ich war von dem Virus infiziert. Wir hatten einen bedrohlichen Dschungel hinter uns gelassen, vor uns lag ein unentdeckter Kontinent, auf dem wir uns scheinbar ungestraft austoben konnten. Für wenige Augenblicke waren alle Opfer vergessen, aber ich war mir sicher, sie würden sich bald wieder in Erinnerung bringen.

Nach der elften Bahnkorrektur hingen wir alle erschöpft in den Sesseln. Die unmittelbare Nähe des Asteroidengürtels hatte uns dazu gezwungen, einige Umwege zurückzulegen, um nicht in Gefahr zu geraten, mit einigen dichteren Schwärmen von kleineren Gesteinsbrocken zu kollidieren. Die *Nostradamus* hatte sich in den letzten zwölf Stunden in einem dreidimensionalen Zickzackkurs aus dem äußeren Randbereich des Gürtels herausgewunden und entfernte sich nun stetig aus der gefährlichen Zone, die rein statistisch gesehen gar nicht so bedrohlich wirkte. Die uns nächsten Kleinstplaneten trieben Millionen von Kilometern in weitem Abstand vom Schiff im All und hatten im Durchschnitt eine Größe von einigen Metern. Aber sie allein bildeten nicht die wirklichen Gefahren, sondern es waren einzelne Splittergruppen von winzigen Felsbrocken, die wir mit den Massetastern des Schiffes oft erst sehr spät erfassen konnten. Diese kleinen Geschosse waren der Hauptgrund für die Verzögerung der endgültigen Ausrichtung und anschließenden Beschleunigung in Richtung der Pyramide, denn Reinders war vollauf damit beschäftigt gewesen, das Gebiet zwischen uns und Nofretete neu zu kartographieren, um einen ›sauberen‹ Weg für die *Nostradamus* zu finden.

Luis meldete sich aus den Kontrollräumen des Plasmatriebwerks. »John, können wir eine Pause einlegen? Ich würde gerne einige Magneten für die Plasmaströme neu justieren. Vergiß nicht, daß wir lediglich einen zusammengeflickten Antrieb besitzen.«

Besorgt blickte ich Voodoo an, der mir jedoch mit erhobenem Daumen seine Zustimmung signalisierte.

»Positiv, Luis! Reichen dir 90 Minuten?«

»Ah, das ist knapp. Kannst du Viktor entbehren?«

Neben mir stand Viktor wortlos auf. Er sah blaß und müde aus. Mit einer Armbewegung hielt ich ihn zurück. »Luis, einen Augenblick noch! Voodoo, wir brauchen alle eine Pause. Wie lange, glaubst du, braucht der Bordcomputer noch, bis er alle nötigen Objekte erfaßt hat?«

»Tut mir leid, Leute. Schmidtbauer hat uns da böse hineingezwiebelt. Für die nächsten drei bis vier Stunden kann ich euch keine Hoffnung machen. Von da an könnten wir dann eine Notwache einsetzen, aber bis dahin…«

Viktor winkte ab. »Ist schon in Ordnung, John. Ein wenig konzentrierte Arbeit mit Luis wird mir nicht schaden.«

Er wußte genau wie ich, daß wir um diesen kritischen Punkt nicht herum kamen. Das Schiff war für diese Aufgabe unterbesetzt, und wir konnten von Glück sagen, einen Mann wie Luis oder Voodoo zur Verfügung zu haben. Ich wollte nicht daran denken, was geschehen wäre, wenn die Aktion mit der frisierten Arbeitsbiene schief gegangen wäre und wir Voodoo verloren hätten.

Viktor verließ die Zentrale. Hinter mir schliefen Halbmond und Lorenzen in ihren Sesseln. Appalong hatte sich in sein geliebtes Observatorium begeben, und Vivian wollte unbedingt in der medizinischen Station die Obduktion von Meier Zwo vornehmen. Sie wollte die unangenehme Pflicht so schnell wie möglich hinter sich bringen, obwohl die Arbeitsbedingungen wegen des ständigen Wechsels von Beschleunigung und Schwerelosigkeit alles andere als ideal waren. Ich konnte sie verstehen. Wir wollten alle auf irgendeine Art und Weise die Vergangenheit vorerst zu den Akten legen.

Vor uns auf dem Center Face lief ganz nebenbei die Gegenwart ab. FBO berichtete seit Stunden live von der *Sternenläufer*, die in neun Stunden Nofretete erreichen würde, sechs Stunden vor der *American Gothic*. Fred Bohlen pries mit Leidenschaft die Beharrlichkeit der *Sternenläufer* und bezeichnete sie als ›Jesod‹, den Engel des Gesetzes, der in einem Energiewirbel das Urteil erfüllen würde. Mir fiel dazu das oberste Prinzip des Zirkels ein. Sollte das Schiff ein Gottesurteil erfüllen?

Auf der Erde standen alle Räder still – so still, daß in einer unbedeutenden Meldung die *Nostradamus* lediglich als erneut nicht ›kontaktfähig‹ erwähnt wurde. Ironischerweise konnte man die Meldung als zutreffend bezeichnen, denn solange wir uns nicht meldeten, würde niemand das Schiff ausmachen, es sei denn durch einen Zufall. Niemand vermutete uns an diesem abgelegenen Ort. Wir waren ein unscheinbares Objekt unter vielen Felsbrocken, die in diesem Sektor ihre Bahn zogen. Dennoch war ich mir sicher, daß früher oder später einer astronomischen Station der neue künstliche Asteroid auffallen würde. Wahrscheinlich aber waren in diesem Moment alle Teleskope auf Nofretete gerichtet, was uns nur recht sein konnte.

Ich hatte mir vorgenommen, meinen Bericht erst dann abzusenden, wenn wir uns im Anflug auf die Pyramide befanden. Reneberg würde uns in der Luft zerreißen, wenn er erführe, daß der Neutrino-Treiber nicht mehr einsatzfähig war und wir trotzdem eigenmächtig mit dem konventionellen Triebwerk zur Pyramide aufgebrochen waren. Vielleicht wäre es für uns gar nicht so ungünstig, wenn wir erst in fünf Jahren zur Erde zurückkehrten.

Außer pathetischen Reden konnte FBO nicht viel Interessantes bieten. Die *Sternenläufer* befand sich in der Annäherungsbeschleunigung, an deren Ende Nofretete langsam an das Schiff herantrudeln würde. Im Augenblick zeigte das Center Face die Besatzung, die in ihre Sessel gepreßt den Brennschluß der Triebwerke erwartete.

»O Mann! Wenn wir nur noch unseren guten alten Neutrino-Treiber hätten«, stöhnte Voodoo. »Wie ein Zerberus würden wir vor ihnen auftauchen.«

»Voodoo, bitte!« ermahnte ich ihn. Jetzt auf einmal war der Antrieb das Nonplusultra.

»Ist doch wahr! Die ganze Zeit über dachte jeder von uns, wir allein wären auf die Pyramide angesetzt, und jetzt wollen andere den Ruhm einheimsen«, maulte er.

Ich erwiderte nichts. Ich wußte, er war genauso gespannt wie ich auf die ersten Bilder des Kontakts. Dabei war es mir gleichgültig, ob wir zuerst dort eintrafen oder nur als Zuschauer fungierten. Das Ereignis überlagerte alle persönlichen Bestrebungen, so daß sogar unser beschwerlicher Weg hierher in den Hintergrund getreten war. Das galt auch für Voodoo, dem normalerweise keine Anstrengung zu groß war, die Fahne vorneweg zu tragen.

Er war im Grunde genommen sehr sensibel, was die große Familie aller Raumfahrer betraf. Nie würde er einem anderen einen Vorteil abspenstig machen. Hauptsache war, alle Unternehmungen verliefen wie geplant und ohne Komplikationen. Deswegen litt gerade er am meisten unter den Unglücksfällen.

Die Aufnahmen aus der *Sternenläufer* langweilten uns bald, und Voodoo schaltete auf andere Channels um.

COR zeigte geduldig ausharrende Menschenmassen auf allen berühmten Plätzen der Erde: angefangen vom

Petersplatz in Rom, vom Wenzelsplatz in Prag bis hin zum Brandenburger Tor in Berlin. In Santiago de Chile, am Lincoln Memorial in Washington, selbst im Millennium Garden in Las Vegas hatten sich über hunderttausend Menschen versammelt und verfolgten die Berichte aus dem All auf überdimensionalen Imag-Wänden. In der Gemeinschaft schien das Ereignis leichter zu ertragen zu sein, denn mit jeder Minute wuchs die Anzahl der Menschen, die ihre Wohnungen und Häuser verließen, um den Kontakt mit wildfremden anderen zu suchen. In Rio de Janeiro köchelte zaghaft der Karneval, richtig aufleben wollte er nicht. Je näher die Stunde des Kontakts rückte, desto mehr verstummte die Musik. Das bunte Treiben und die quirligen Sambatänzer rückten zusammen, bis nur noch ruhige, farbige Flecken auszumachen waren.

Auf dem Roten Platz in Moskau herrschte Schneetreiben bei minus 6 Grad. Vor der Basilius-Kathedrale glitzerte ein Meer aus brennenden Fackeln.

In Tschenstochau in Polen vor dem Pauliner-Kloster Jasna Gora kniete völlig unzeitgemäß eine herangebrandete Flut von Wallfahrern vor der Kapelle und betete zur Schwarzen Madonna. Ebenfalls außerhalb der Saison waren im Himalaja-Gebirge über 100 000 Wallfahrer zu den heiligen Amarath-Grotten in 4000 Metern Höhe unterwegs. Schnee und Eis behinderten den Weg der Pilger, die von Koptern mit Lebensmitteln und Medikamenten versorgt wurden.

Voodoo und ich verfolgten schweigsam die Bilder von der Erde.

»Erstaunlich, wie friedlich alles auf einmal sein kann, wenn sich die kleinen Menschlein bedroht fühlen«, sagte Voodoo in die Stille. »Als ob sie untereinander in einer inneren Kommunikation stünden.«

Eine weitere lange Minute war nur das ständig leise Piepsen des Bordcomputers zu vernehmen, der mit jedem dieser leisen Töne einen Gesteinsbrocken katalogisierte, der auf dem Weg zu Nofretete gefährlich werden konnte.

»Was ich dich schon seit einiger Zeit fragen wollte«, sagte ich nachdenklich, »was hast du neulich damit gemeint, ich hätte es geschickt angestellt, um aus meiner … Isolation in meinem Appartement heraus auf mich aufmerksam zu machen?«

Er dachte einen Moment lang nach, als müßte er sich ein Erlebnis aus seiner Jugendzeit in Erinnerung rufen. »Ach das! Wir hielten uns zu diesem Zeitpunkt alle in der Kantine auf, außer Lorenzen, der in der Zentrale Wache hatte, diese Pfeife … oh, Entschuldigung.« Er blickte verzeihend an die Decke. »Plötzlich fing das Alarmzeichen für den Ausfall des Getränkeautomaten in deinem Appartement an zu quietschen. Viktor wurde nervös und meinte, deine Kaffeeversorgung sollte wenigstens immer funktionieren. Na ja, und dann hat er dich angerufen.«

Ich mußte ihn sehr belämmert angeschaut haben. Bisher war ich insgeheim der Meinung gewesen, daß mein telepathischer Hilferuf an Halbmond der Auslöser für unsere Rettung gewesen war.

»Das war eine Super-Idee von dir gewesen«, versicherte Voodoo anerkennend.

»Ja, ja, eine Eingebung«, murmelte ich enttäuscht. Was für ein Hohn! Hätte ich in meiner Verzweiflung nicht den Automaten an der Wand zerschmettert, wäre alles aus und vorbei gewesen! Mein Glaube an eine gedankliche Verbindung zwischen zwei Menschen erlitt in diesem Augenblick einen schweren Schlag. Ich nahm mir vor, mich in Zukunft nur noch auf meinen Verstand zu verlassen.

Abwesend beobachtete ich eine Lichterkette im Hafen von Sydney, als Voodoo weitersprach: »Ich weiß, es ist sehr spät dafür, aber ich möchte mich für unser …

Verhalten entschuldigen! Wir wollten einfach demonstrieren, daß wir allein die Verantwortung für den Weiterflug übernehmen. Du hattest sehr viel durchgemacht, deswegen waren wir der Meinung, es wäre besser, wir zögen dich für eine Weile aus dem Verkehr… wegen… ich meine, deine Loyalität zum Konzern…«

»Schon gut, laß es einfach«, erwiderte ich unwirsch.

»Es war nicht richtig.«

Das Gespräch versandete in beeindruckenden Bildern aus Ägypten, wo über eine Million Menschen vor den Pyramiden in Gizeh lagerten. Mehrere Religionen warteten vereint in einer diesigen Abendsonne auf das Ereignis. Die drei großen Pyramiden stachen als schwarze Schatten vor einem verhangenen rötlichen Horizont ab. Das einzig noch existierende der sieben Weltwunder wartete auf das achte.

»Was sagen denn unsere amerikanischen Freunde?« Ich wollte wieder in etwas mehr Realität zurückkehren. Die Eindrücke von der Erde jagten mir einen Schauer über den Rücken.

Voodoo holte wortlos NCNN auf das Center Face.

Ein streng nach klassisch geltender Mode angezogener jugendlicher Moderator stand vor einer Projektion der sich drehenden Nofretete und sprach laut wie ein Marktschreier in die Kamera.

»Captain ›Freefall‹ und seine Mannschaft stehen kurz vor der Aufklärung des ›Alien-Konflikts 2046‹! Die Prospektoren waren sich der Risiken bewußt, die sie seit ihrer Entdeckung der Pyramide eingegangen sind! Trotz minimaler Energiereserven wird die *American Gothic* in neun Stunden versuchen, das Geheimnis des gigantischen Objektes, das unseren Planeten bedroht, nicht nur aufzulösen, sondern auch für die Sicherheit unserer gesamten Nation beweisen, daß das amerikanische Volk allen Anforderungen im interplanetarischen Raum gewachsen ist…«

Voodoo lachte laut. »Der hat ja einen Knall! Und dieser Name: Captain ›Freefall‹!«

»Du weißt doch, daß die Amerikaner in ihrer Flotte Pseudonyme benutzen«, sagte ich mißmutig. »Irgendwie müssen sie ja ihren Minderwertigkeitskomplex kompensieren. Die großartige Nation, von der er spricht, existiert nur noch als Fleckenteppich von losen Staatsformen.«

»Auf jeden Fall bleibe ich lieber fünf Jahre im All, als daß ich bei denen um Asyl bitte. Die verhalten sich ja geradeso, als hätten sie das Alleinrecht auf die Pyramide.«

Ich lächelte rücksichtsvoll. Man konnte über die Amerikaner sagen, was man wollte: Sie schafften es mit ihrem unerschütterlichen Optimismus immer wieder, sich ins Rampenlicht zu rücken.

Trotzdem runzelte ich die Stirn: »Das hört sich nicht gut an: Minimale Energiereserven... Es scheint, als hätten die Amerikaner die gleichen Probleme wie wir.«

»Und wenn schon!« sagte Voodoo. »Ich bin mir sicher, sie könnten ohne Antrieb in den Kuiper-Gürtel hinaustrudeln, Grumann-NASA würde seine Volkshelden auf jeden Fall bergen, und wenn es den Etat von zehn Jahren kosten würde!«

»Möglich. Ich würde mich wundern, wenn Houston nicht schon Vorbereitungen für eine Rettung getroffen hätte! Was mir jedoch nicht behagt, ist dieser unverhohlene Besitzanspruch auf die Pyramide, der da durchklingt. Hoffentlich gibt es keine Schwierigkeiten.«

»Du meinst, es könnte zu einem Krieg im All kommen? Zwei Raketen hätten wir ja noch.«

Mißmutig verzog ich das Gesicht, dabei lag er gar nicht so falsch. Prospektorenschiffe besaßen eine Lizenz für die Mitnahme von Sprengstoff. Daraus konnte man alles mögliche basteln.

»Einen offenen Konflikt können sie sich nicht leisten«, sagte ich, »dafür sind viel zu viele Augen auf sie gerichtet, aber eine versteckte Gemeinheit traue ich den Amerikanern schon zu. Deswegen wäre es nicht schlecht, wenn wir bald ankündigten, daß wir noch im Spiel sind.«

Voodoo las die Berechnungen des Bordcomputers ab. »So, wie es im Moment aussieht, brauchen wir zwei weitere kleine Kurskorrekturen bis zu einem sicheren Beschleunigungsweg in Richtung Pyramide. Die Taster checken gerade den Sektor unmittelbar vor und hinter unserem Rendezvouspunkt mit Nofretete. Ich würde sagen, in drei Stunden befinden wir uns auf Kurs.«

»Sehr gut. Ich glaube, es war eine richtige Entscheidung, daß wir mit dem Absetzen des Berichtes so lange gewartet haben. Irgendwie bekomme ich ein mulmiges Gefühl, wenn ich an die Amerikaner denke. Sie werden sehr überrascht sein, wenn sie erfahren, daß wir ihnen im Nacken sitzen.«

Mühsam stand ich auf. »Ich spring schnell unter eine kalte Dusche. Bin in einer Viertelstunde wieder zurück.«

»Du könntest eine Mütze voll Schlaf gebrauchen, John! Du bist jetzt seit über dreißig Stunden auf den Beinen.«

»Mal sehen, vielleicht. Gib mir bitte die Disk von Suzanne über die Besatzung der *Sternenläufer* mit! Wir kommen nicht darum herum, uns bald mit Kapitän Guthmann zu unterhalten.«

Voodoo reichte mir die Disk aus seiner NAV-Einheit heraus. »Schau sie dir aber nicht an, bevor du dich hinlegst, sonst kannst du nicht ruhig schlafen. Von den 57 Besatzungsmitgliedern sind 24 eindeutig weiblicher Natur. Einige davon sind wirklich heiße Hasen! Kein Wunder, daß es Probleme in dem Schiff gab.«

Nachdenklich blickte ich die Disk an. Eine Besatzung

von 57 Personen! Das war für die lange Zeit, in der sich das Schiff im Raum befand, eine erstaunlich hohe Zahl. Guthmann mußte in den zwei Jahren bestimmt sehr viele Probleme gehabt haben, besonders, wenn man bedachte, daß die *Sternenläufer* bis vor einigen Monaten eine rein fiktive Aufgabe zu erfüllen hatte. Niemand wußte genau, wann die Pyramide ins Sonnensystem einfliegen würde. Oder vielleicht doch?

Mit dunklen Gedanken begab ich mich in mein Appartement hinter der Zentrale. Irgendwann einmal würde ich wieder Fritz Bachmeier vor mir auf einem Face haben und dann mußte er mir Rede und Antwort stehen, auch wenn der einfache Übertragungsweg inzwischen über eine halbe Stunde betrug.

Trotz einer anhaltenden und schmerzhaften Müdigkeit hatte mir die Erfrischung gut getan. Ich stellte das Wasser ab und beschloß, mich auf keinen Fall hinzulegen. Statt dessen nahm ich ein aufputschendes Mittel ein, mit dessen Hilfe ich wenigstens in einem einigermaßen erträglichen Zustand über die nächsten Stunden kam. Im gleichen Augenblick bereute ich die Einnahme der Tablette, denn viele Gelegenheiten zum Schlafen würde ich nicht mehr finden. In drei Stunden würden wir beschleunigen, bald danach erfolgte der Kontakt der *Sternenläufer* mit der Pyramide, dann die Ankunft der *American Gothic*. Die *Nostradamus* würde nach den neuesten Berechnungen den Schauplatz etwa in 22 Stunden erreichen. Es war alles verdammt knapp! Ärgerlich fegte ich meinen Notpack vom Bett. Mit einem leisen metallischen Scheppern kam der leichte Anzug auf dem Boden auf und klatschte in eine Ecke.

Ich stutzte und brauchte einige Sekunden, um mir die Ursache des Geräusches zu erklären. Natürlich, die Pistolen! Vivian hatte mir die ihre im Technischen Bereich in die Hand gedrückt, und Appalong hatte mir eine weitere auf das Terminal vor dem Center Face gelegt, bevor er ins Observatorium verschwunden war. Wo aber war die dritte Pistole? Oder hatte Richard Ballhaus keine an sich genommen, als er mit den beiden anderen aufgebrochen war, um Schmidtbauer zu stoppen? Laut vor mich hin fluchend und mit heißem Kopf zog ich mich hastig an. In der ganzen Aufregung hatte ich nicht an die Waffen gedacht. Es war mir auch kein Gegenstand am Unfallort von Ballhaus aufgefallen.

Ich überlegte fieberhaft, als ich wieder die Zentrale betrat und am Tresor die Kombination eintippte. Nach dem Unglück herrschte zunächst Schwerelosigkeit, die Pistole konnte sonstwohin getrieben sein und sich während der danach einsetzenden Zentrifugalkraft irgendwo festgeklemmt haben.

Ungeduldig spähte ich an der langsam aufgleitenden Tresorwand vorbei ins Innere. Das versteckt angelegte Fach, in dem sich die Waffen befanden, stand noch offen. Wahrscheinlich hatten die drei hastig die Pistolen herausgerissen und keine weitere Zeit mit dem Schließen des Fachs vergeudet. Die Tresortür hatte sich nach dem Ablauf von einer Minute automatisch wieder geschlossen.

Ich registrierte mit einem Blick, daß eine Waffe fehlte! Matt glänzend hingen fünf Maschinenpistolen und zwei Handfeuerwaffen in einer Reihe. Zwei Pistolen hielt ich in meinen Händen.

»Verdammte Scheiße!« fluchte ich laut.

»Was ist denn jetzt schon wieder?« fragte Voodoo aus seiner NAV-Einheit heraus.

Ich sagte es ihm.

»Vielleicht ist sie irgendwo hineingerutscht«, meinte er. »Wer von uns sollte denn einen Ballermann klauen? Und vor allem, wozu?«

»Hoffentlich hast du recht«, versuchte ich mich zu beruhigen. In Gedanken ging ich die Besatzung durch.

Bei niemandem konnte ich mir vorstellen, daß er oder sie eine Waffe zurückhalten würde. Unwillkürlich drängte sich Lorenzen in meine Überlegungen. Ich schüttelte den Kopf und zwang mich dazu, bei den Tatsachen zu bleiben. Keine voreiligen Verdächtigungen! So etwas konnte ins Auge gehen.

Voodoo war zum Tresor gekommen und sprach es offen aus: »Wenn wir sie nicht finden, ist das sehr schlecht. Die Frage ist nur: Sollen wir die Sache in der Gemeinschaft lösen oder warten wir ab, bis das Ding sich irgendwo wiederfindet? Verdächtigungen vergiften die Atmosphäre, selbst ich könnte sie genommen haben. Eigentlich jeder von uns. Und wenn sie jemand hat, wird er sie nicht herausrücken, indem man ihn nur einmal scharf ansieht!«

Ich überlegte. Ein inneres Gefühl sagte mir, daß jemand die Pistole an sich genommen hatte. Natürlich gab es die Möglichkeit eines unglücklichen Umstandes für das Verschwinden der Waffe, aber es war äußerst unwahrscheinlich, daß wir einen in der Schwerelosigkeit umherfliegenden Gegenstand übersahen.

»Es bleibt vorerst unter uns, Voodoo«, beschloß ich und ließ die Tresortür zufahren, nachdem ich meine zwei Pistolen zu den anderen gehängt hatte. »Ich suche den Bereich um den Paternoster ab, vielleicht haben wir Glück, und das Ganze löst sich schnell auf.«

Ohne weiteren Kommentar ließ ich Voodoo stehen und eilte um die Ecke zum Paternoster. Bedrückt verharrte ich vor der Ecke, in der Ballhaus gelegen hatte. Was für ein lächerlicher und überflüssiger Tod! Wahrscheinlich hatten lediglich ein paar fehlende Zentimeter oder eine unglückliche Gewichtsverlagerung während der plötzlichen Beschleunigung dazu beigetragen, daß er in den Schacht fiel.

Ich schaute vorsichtig nach oben. Es gab keine Vorsprünge oder Vertiefungen, in denen sich etwas hätte verfangen können. Und hier unten führte der Gang zur einen Seite nach einer Biegung in die Zentrale. Die zweite Möglichkeit in die andere Richtung war nach einigen Metern durch eine geschlossenen Schleuse versperrt, hinter der sich die technischen Versorgungseinheiten für das untere Deck befanden. Mir fiel ein, daß ich noch nie in diesem Abschnitt gewesen war. In einem Schiffstyp dieser Größenordnung würden sich dort normalerweise ein oder zwei Raumkadetten zur Überwachung und Wartung der Geräte aufhalten.

Ich betätigte die Schleusentaste und betrat interessiert den Raum, den ich bisher nur von den virrealen Darstellungen aus dem Simulationstank in Manching her kannte.

Nachdem ich einige Minuten ziellos durch die engen Gänge aus grauen und bis an die Decke reichenden Computereinheiten gewandert war, kehrte ich zur Schleuse zurück. Rechts neben mir erstreckte sich eine schmale Reihe von Kontroll-Faces über die gesamte Breite des Zylinders. Zwei auf Schienen montierte Sessel standen wie nutzlose Wächter vor der langen Konsole. Überall leuchteten mir grüne Bänder oder einzelne Lichter entgegen, nur auf halber Höhe, unterhalb eines quadratischen Faces, auf dem eine graphische Darstellung zu sehen war, wechselte ein Lichtstreifen von Orange zu einem angedeuteten Rot und wieder zurück. Das bedeutete, daß dort ein Computer auf ›Stand-by‹ geschaltet war.

Neugierig näherte ich mich der Stelle. Die Darstellung bestand überwiegend aus durchlaufenden Zahlenkolonnen. Dieser Durchlauf stoppte nach einer Weile, um dem Abbild einer altertümlichen Säule Platz zu machen. Ich war dermaßen überrascht von dem Vorgang, daß ich wie versteinert vor dem Face stehenblieb und für einen Augenblick völlig meine Umgebung vergaß. Die Säule verschwand und machte wieder unzähligen Zahlen Platz. Dann erschien eine nichtssagende Wasseroberfläche. Kurz bevor das Bild weiterlief, konnte ich den darunterstehenden Text entziffern: ›Dozmary Pool, Cornwall, England‹.

Der mysteriöse Datenablauf setzte sich fort. Als nächstes reihten sich zwei versteinerte Skelette in die Zahlenfolgen ein: ›Friedhof, St. Peter, Drogheda, County Meath, Irland‹. – Eine Ruine, ›Castle Daly, Irland‹ – Ein verfallener Irrgarten, ›Julian's Bower, Alkborough, Lincolnshire, England‹ – Ein Wappen, ›Inverary Castle, Argyllshire, Schottland‹.

Verärgert über mich selbst blickte ich auf meine Uhr. Ich hatte, weiß Gott, etwas anderes zu tun, als mich mit obskuren Darstellungen abzugeben. Wieder eine Säule. ›Cleopatra's Needle, Victoria Embankment, London‹.

Ich drückte die Informationstaste des Bordcomputers. »Reinders, was bedeuten die Darstellungen auf diesem Face?«

»Sie wurden aus dem Archiv abgerufen. ›Simon Marsden, Die Welt des Geistes, 2031.‹ Ich bin bereit zum Ausdrucken.«

»Bereit? Reinders, seit wann bist du bereit zum Ausdrucken? Und wer hat dein Archiv benutzt?«

»Bereitstellung seit dem 11. März 2047, 19.45 Uhr. Benutzer unidentifiziert.«

Verrückt. Jemand hatte ein abgelegenes und neutrales Computerterminal benutzt, um sich Gruselbilder auszudrucken. Anders konnte ich diese obskuren Abbildungen nicht bezeichnen.

»Reinders, was bedeuten die Zahlenkolonnen zwischen den Bildern?«

»Numerische Abdrücke eines metaphysischen Feldes an Skulpturen und Gebäuden. Sie wurden im Jahre 2042 von Angus McNevitt vorgenommen.«

»Reinders, was sind…?« Ich unterbrach meinen angefangenen Satz und blickte wieder auf die Uhr. Es hatte keinen Sinn, sich jetzt um diese Sache zu kümmern.

»Reinders, wurden noch mehr Vorgänge dieser Art angefordert?«

»Positiv. Vier Anforderungen.«

»Reinders, bitte kopieren! Mit Zeitangaben der Anforderungen!«

Es wäre zwar einfacher gewesen, die Vorgänge in mein persönliches Archiv herüberzuladen, aber ich wollte diese mysteriöse Geschichte sicher in der Hand haben.

Eine Diskette schob sich ins Ausgabefach. Anschließend schaltete ich das Terminal aus.

Als ich mich nachdenklich zur Schleuse umdrehte, stand Halbmond in der für sie typischen Haltung vor mir. Kerzengerade und Hände auf dem Rücken. Vor lauter Schreck hätte ich beinahe die Diskette fallen lassen.

»Bah!« entfuhr es mir und ich blies wie ein angestochener Luftballon Luft aus meinen Mundwinkeln.

»Habe ich dich erschreckt?« fragte sie naiv.

»Ja. Was machst du denn hier?« sagte ich barsch.

»Mir war langweilig. Voodoo meinte, ich könnte dir helfen, nach etwas zu suchen.«

So allmählich verdächtigte ich Voodoo, daß er keine Gelegenheit ausließ, um mich mit Halbmond zu verkuppeln. Ich konnte mir förmlich sein fröhlich grinsendes Gesicht vorstellen, nachdem er Halbmond zu mir geschickt hatte.

»Was suchen wir denn?« fragte sie, nachdem ich unsinnigerweise noch einmal das Terminal kontrolliert und grundlos einige Tasten gedrückt hatte. Mein Benehmen mußte dem eines 14jährigen Schülers gleichen, der endlich eine Gelegenheit gefunden hatte, mit seiner Angebeteten alleine zu sein. Außerdem glaubte ich, einen knallroten Kopf zu haben. Sie bemerkte es natürlich sofort. »Ist es dir unangenehm, wenn ich bei dir bin?«

Typisch! Sie sagte nicht: ›Wenn ich hier bin‹ oder ›Ist dir meine Anwesenheit unangenehm‹, sondern benutzte eine intimere Form. Eine Frau eben.

»Nein, überhaupt nicht, wieso auch?« druckste ich herum. »Ich war nur gerade in ein Problem vertieft... Hör mal, ich weiß, es ist jetzt nicht der richtige Zeitpunkt dafür, aber es tut mir leid, was... ich meine das, was in deinem Appartement geschehen ist... das mit uns, meine ich...«

Sie neigte den Kopf zur Seite.

»Oh, du bereust es also, mit mir geschlafen zu haben?«

»Ja, ich meine, nein... es geht mir mehr darum... wir haben keine Zeit gefunden, darüber zu sprechen, wegen... es ist soviel passiert, danach, meine ich...«

»Nurminen, du spinnst! Wenn sich jemand entschuldigen muß, dann bin ich das, weil ich dich allein gelassen habe und dich nicht unterstützt habe, als sie dich eingesperrt haben. Ballhaus hatte einen enormen Einfluß auf deine Mannschaft. Er hatte überzeugend dargelegt, daß eine Meuterei nur zu deinem Besten wäre, aber ich weiß jetzt, daß es falsch war. Eine Besatzung sollte in jeder Situation geschlossen hinter dem Kapitän stehen, ganz gleich, wie seine Entscheidungen ausfallen!«

Ich suchte nach einer passenden Entgegnung, brachte jedoch nur einen unsicheren Blick zustande. Sie holte eine Hand hinter dem Rücken hervor und stupste mir mit dem Zeigefinger zärtlich auf die Nase. Hoffentlich hatte Voodoo nicht wieder die Überwachungskameras aktiviert! »Über das, was in meinem Appartement geschehen ist, brauchen wir nicht zu sprechen. Ich liebe dich einfach! So, nach was suchen wir hier?«

»Nach einer Pistole«, entfuhr es mir, und ich versuchte, mit meiner raschen Antwort ihre Liebeserklärung zunächst einmal hintan zu stellen. Wenn sie auf eine Reaktion deswegen von mir gewartet hatte, so zeigte sie es nicht. Erschrocken wollte sie sofort mehr darüber wissen. Ich erzählte ihr die Geschichte, während wir den Raum verließen.

»Es ging alles so schnell«, berichtete sie. »Zuerst der Schock, als Schmidtbauer auf dem Center Face auftauchte, dann hat sich Ape sofort losgeschnallt und ist zu dir nach vorne. Ballhaus und Vivian sind gleich hinterhergestürmt. Das mit den Pistolen habe ich gar nicht mitgekriegt. Als das Schiff hart beschleunigte, war ich von einer Sekunde zur anderen bewußtlos. Ich habe erst viel später von Appalong erfahren, was geschehen war.«

Ich nickte abwesend und überlegte, ob es Sinn machte, noch weiter nach der Pistole zu suchen. Kurz entschlossen bat ich sie, sich noch etwas umzusehen. Ich wollte unbedingt an meinen Platz in die Zentrale zurück. Doch dann fiel mir noch etwas ein: »Hast du weiterhin Kontakt mit deinem Bruder?«

»Aber ja! Er befindet sich mit meinem Vater in einer Niederlassung des Konzerns auf dem Mond. Admiral Merz hält sich ebenfalls dort auf.« Sie zögerte einen Moment. »Ich... sie haben von mir erfahren, was an Bord geschehen ist!«

»Es ist schon in Ordnung. Wissen sie, wo sich Hellbrügge befindet?«

»Nein. Es gibt eine absolute Nachrichtensperre in Manching. Admiral Merz läßt dir ausrichten, du sollst auf jeden Fall deine eigenen Entscheidungen treffen und dich vom Konzern zu nichts zwingen lassen! Sie will so schnell wie möglich zur Erde und persönlich mit der Konzernleitung reden, aber zur Zeit ist der Shuttle-Verkehr eingestellt.«

Ich schüttelte den Kopf. »Sage deinem Bruder, sie

soll das lassen. Je weiter sie von Manching entfernt ist, desto besser. Unter Umständen kann sie uns vom Mond aus mehr helfen. Dort ist sie zu Hause.«

Danach ließ ich sie zurück und ging in die Zentrale.

Voodoo hatte die NAV-Einheit verlassen und saß vor dem Center Face. Er sah mich fragend an, und ich schüttelte stumm den Kopf.

»Luis und Viktor sind bald soweit«, sagte er. »Wir können in zwanzig Minuten mit den Kurskorrekturen fortfahren.«

Wortlos legte ich die Disk in ein Aufnahmefach und aktivierte die Abspielung. »Kannst du dir darauf einen Reim machen?«

Er schaute sich die Bilder aufmerksam an. »Cleopatras Nadel? Hab ich in London besichtigt. Steht am Ufer der Themse. Angeblich soll ein Fluch auf dem Obelisken liegen. Was ist damit? Machen wir jetzt Geisterstunde?«

Ich erzählte ihm, wo ich die Darstellungen gefunden hatte. Er schüttelte verständnislos den Kopf. »Ich sage dir, man hat uns lauter Verrückte an Bord geschickt. Ich würde mich nicht wundern, wenn hier bald die Weiße Frau durchs Schiff schwebt.«

Damit war die Sache vorerst abgetan. Wir hatten Dringenderes zu erledigen. Ich nahm die Disk wieder an mich und deutete auf das Center Face. »Gibt es etwas Neues von der Erde?«

»Alle halten die Luft an. Wenn du willst, kann ich dir den Channel der Presbyterianischen Kirche auf das Face holen, dort läuft seit Stunden ein Erlösungsgottesdienst!«

Ich lehnte mich zurück und fuhr mir durchs Haar. »Vielleicht hilft wirklich nur noch beten!«

# 5

Wir waren auf dem Weg in die Unendlichkeit.

Voodoo hatte diesen Satz vor einigen Minuten ausgesprochen und wir alle hofften, daß er sich nicht erfüllen würde. Die *Nostradamus* beschleunigte mit hohen Werten, und der Schub ihrer machtvollen West Max SC-65-Triebwerke preßte uns tief in die Konturensessel. Die Schiffszelle begann leicht zu vibrieren. Ein normaler Effekt, den jeder Astronaut gewohnt war und der sich mit zunehmender Dauer der Beschleunigung wieder verlieren würde. Nach all den Beschädigungen, die das Schiff erlitten hatte, bereitete er mir jedoch Unbehagen. Argwöhnisch beobachtete ich das Center Face, das übersät war mit unzähligen Kontrollsegmenten, die alle auf einem beruhigenden dunkelgrünen Feld abgebildet waren. Das Schiff funktionierte hervorragend, es gab nicht die kleinste Beanstandung. Vielleicht war ich deswegen so mißtrauisch.

Ich versuchte mich zu entspannen und von positiven Gedanken leiten zu lassen, aber das Vorhaben mißlang mir gründlich. Schon nach einigen Sekunden überflogen meine Augen erneut das leuchtende Tastenfeld vor mir. Alles in Grün, bis auf die rot glühende Taste für den Sendeimpuls des Identifizierungs-Codes, der den Standort des Schiffes ausstrahlen sollte. Ich hatte den Impuls zu Beginn der letzten Phase aus einer Laune heraus desaktiviert, hauptsächlich deswegen, weil ich Reneberg und seinen Clan ärgern wollte. Diese alberne Geste hatte uns einen Vorteil an die Hand gegeben. Keine Station im inneren Planetensystem hatte uns aufgespürt, die *Nostradamus* galt als verschollen – bis jetzt, denn die heißen Plasmaströme des Triebwerks würden uns bald verraten, also hatte es keinen Sinn, den Sendeimpuls weiter zurückzuhalten. Mit einem Seufzer berührte ich das kleine rotleuchtende Feld. Gleichzeitig gab ich Reinders den Befehl, meinen vorbereiteten Bericht über die Geschehnisse an Bord auszustrahlen.

Viktor, der meine Bewegungen verfolgt hatte, ächzte aus seinem Sessel heraus: »Schätze, in einer halben Stunde wird jedes Journalistenherz auf der Erde höher schlagen.«

»Dafür werden manch andere Herzen kurz vor dem Infarkt stehen«, brummte ich und erfreute mich an dem Grün auf dem Center Face und dem gleichmäßigen Wummern aus dem Bauch des Schiffes. Merkwürdig, wieso kamen mir die Klänge von Anton Bruckners Neunter Symphonie in den Sinn? Ich ertappte mich dabei, wie ich in dem schwermütigen Takt meine Augen über die Kontrollen fliegen ließ. Meine Stimmung besserte sich zusehends.

»Ich muß euch ein großes Kompliment aussprechen: Das Schiff hält sich hervorragend.«

»Das ist einzig und allein Luis' Verdienst«, erwiderte Viktor. »Er hat die Teile von *Südquelle* in das beschädigte Triebwerk eingebaut.«

Mit dem kleinen Finger drückte ich die Kommunikationstaste für den Inspektionsraum im Reaktorbereich. Luis hatte sich nicht dazu überreden lassen, in die Zentrale zu kommen. Es hätte mich auch gewundert, wenn er in dieser entscheidenden Situation seine Angewohnheit aufgegeben hätte, sich im Herzstück des Schiffes aufzuhalten.

»Luis, es läuft großartig! Möchtest du eine Gehaltserhöhung?«

»Ein neuer Schlafsack mit integrierter Heizung wäre mir lieber. Manchmal ist es recht kalt in den Laderäumen«, kam es trocken zurück.

Ich grinste breit. »Mein Gott, Luis. Ich habe vergessen dir zu sagen, daß die Leute auf *Futhark* extra für dich ein feudales Appartement drüben im ›Himmel‹ eingebaut haben.«

Schallendes Gelächter von der übrigen Besatzung übertönte das Dröhnen des Antriebs. Normalerweise lockerte ein Scherzchen vom Kapitän immer die Atmosphäre, aber es war kein geheucheltes Pflicht-Lachen, das mir entgegenhallte. Wir alle standen unter einer enormen Anspannung, und ich war mir sicher, sie würde sich nicht durch eine einzige flapsige Bemerkung vertreiben lassen, aber es konnte nicht schaden, die Verkrampfungen ein wenig aufzuweichen.

Außer Luis und Appalong, der sich im Observatorium aufhielt, befanden sich alle in der Zentrale. Voodoo hatte die *Nostradamus* mit den letzten Kurskorrekturen aus der drehenden Scheibe des Sonnensystems herauskatapultiert und danach das Schiff auf den voraussichtlichen Kurs von Nofretete ausgerichtet. Nach Brennschluß der Triebwerke würde es 21 Stunden dauern, bis uns die Pyramide mit den beiden Schiffen eingeholt hätte.

Die *Sternenläufer* stand unmittelbar vor dem Kontakt. Da sie ihre Informationen und Aufnahmen mit einem gebündelten Richtstrahl zur Erde sendete, konnten wir nach wie vor die Geschehnisse um das Schiff herum lediglich mit einer einstündigen Verspätung empfangen. Das mußte sich unbedingt ändern, und deswegen rief ich die *Sternenläufer* an.

»›Sternenläufer‹ von *Nostradamus*, Kapitän Nurminen. Können Sie mich empfangen?« Reinders hatte in der Mitte des Center Faces ein großes freies Segment geschaffen, auf dem die Antwort erscheinen sollte.

Das Segment blieb lange leer. Gerade als ich meinen Anruf wiederholen wollte, formte sich ein hageres Gesicht in dem Viereck.

»*Nostradamus* von *Sternenläufer*. Kapitän Nurminen? Sie sind es tatsächlich! Hier in unmittelbarer Nähe. Das ist unfaßbar.« Lautes Gejohle und freudige Ausrufe ertönten im Hintergrund. Das Gesicht verzog sich schmerzhaft und versuchte, den Lärm zu ignorieren. »Entschuldigen Sie meine Besatzung, Kapitän Nurminen. Es ist lange her, daß wir ohne Zeitverlust direkt mit einem Menschen gesprochen haben, der nicht aus unserer Mitte stammt.«

»Ich nehme an, ich spreche mit Kapitän Guthmann«, erwiderte ich kurz angebunden. Der Schub der Triebwerke preßte mich nach wie vor hart in meinen Sessel, deswegen war ich nicht unbedingt zu einer ausführlichen Konversation aufgelegt. Die *Sternenläufer* hatte die Beschleunigungsphase bereits hinter sich und wartete auf die herantrudelnde Pyramide. Mir kam in den Sinn, daß sich das Schiff seit mehr als zwei Jahren im Weltraum befand. In dieser Zeit hatten sich bestimmt einige Sitten und Gebräuche verschoben, deswegen durfte ich ein vorschriftsmäßiges Identifizieren von seiner Seite nicht unbedingt erwarten. Er schlug sich tolpatschig mit der Hand an die Stirn.

»Mein Gott, entschuldigen Sie! Ja, ich bin Kapitän Guthmann…«

»Wenn ich Sie unterbrechen darf, Kapitän Guthmann: In 24 Minuten haben wir Brennschluß der Triebwerke, dann können wir uns ausführlicher unterhalten, falls Sie dann nicht zu sehr mit Nofretete beschäftigt sind. Im Augenblick würde es mir reichen, wenn Sie uns Ihre Aufnahmen direkt übermitteln könnten.«

»Ja gut, selbstverständlich. Ich weise sofort meinen

Ersten Offizier an. Lassen Sie bitte die Verbindung bestehen.« Er wedelte mit seiner Hand und sprach mit jemanden außerhalb des Aufnahmebereichs der Kamera.

»Alles klar, die Bilder müßten jetzt bei Ihnen reinkommen. Bis später und guten Flug. Tschüs dann.«

Sein Abbild verlosch in dem Segment. Dafür wurde die offizielle Übertragung aus der *Sternenläufer* eingeblendet.

Ein merkwürdiges Benehmen legte dieser Mann an den Tag. Voodoo sagte es deutlicher: »Der Typ ist wohl vom anderen Ufer! Oder die zwei Jahre im Raum haben ihm nicht gut getan. John, bitte unternimm alles, was in deiner Macht steht, damit wir nicht fünfeinhalb Jahre hier oben herumgurken müssen!«

Wieder schallendes Gelächter in der Zentrale. Besonders die helleren Stimmen von Vivian und Halbmond waren gut herauszuhören.

»Bitte Ruhe!« ermahnte ich alle. »Wer weiß, was die Besatzung hat durchmachen müssen. Vielleicht wärt ihr danach auch etwas… äh… lockerer drauf.«

Auf die folgenden unterdrückten Kiekser reagierte ich nicht und betrachtete aufmerksam die Aufnahmen aus der *Sternenläufer*. Die Einrichtung in ihrer Kommandozentrale sah für einen Außenstehenden ganz normal aus, aber mir fielen einige Halterungen auf, die wie Schraubhaken aus den Seitenwänden ragten. Außerdem waren im hinteren Bereich eine Reihe von Schlafmatten befestigt.

Viktor räusperte sich gequält. Der Schub der Triebwerke machte auch ihm zu schaffen. »Ich… habe den Eindruck, daß es dort etwas… mmh… provisorisch aussieht. Als wenn die Besatzung den Raum zwischendurch für andere Zwecke benutzt hätte. Außerdem… geben sie sich für eine Live-Übertragung anläßlich dieses großen Ereignisses nicht viel Mühe. Nur ein einziger Kamerastandort im Schiff. Und natürlich die

Aufnahmen von dem immer größer werdenden hellen Punkt, der wohl die Pyramide sein soll.«

Er brach mit einem Keuchen ab. Viktor hatte recht. Die Bilder wurden zwar von einem Menschen mit Namen Jörg Albrecht blumig untermalt, aber wenn ich nicht gewußt hätte, daß die *Sternenläufer* mit 57 Besatzungsmitgliedern vermerkt war, müßte man nach den Aufnahmen schließen, es wären lediglich die fünf Leute im Schiff, die andauernd von der einen Kamera in der Zentrale erfaßt wurden.

»Warten wir es ab! In einer halben Stunde…« Ich brach ab, weil auf dem Center Face in der linken unteren Ecke ein aufwendiges, blau-rot-weißes Wappen erschienen war, das hektisch zu blinken begann.

Reinders klärte uns mit seiner nüchternen Computerstimme augenblicklich auf: »Kapitän Freefall, *American Gothic*.«

Ausgerechnet jetzt! Die konstanten Beschleunigungskräfte begannen mich allmählich mürbe zu machen, auch wenn die *Nostradamus* inzwischen butterweich und ohne Erschütterungen durch den Weltraum glitt. Trotzdem befand ich mich nicht in der Laune für einen Plausch mit den Amerikanern, aber ich wollte den Kapitän jetzt in diesen entscheidenden Augenblicken nicht abwimmeln.

»Reinders, stell ihn durch!« preßte ich hervor. Vielleicht konnte ich ihn auf später vertrösten, wenn wir das Schlimmste hinter uns hatten.

Kaum hatte der Bordcomputer die Leitung freigegeben, grollte auf dem Segment ein düsteres Gewitter, ferne Blitze zuckten in statischen Gitternetzen lautlos über einen bleiernen Horizont.

»Oh, der Wetterbericht!« kommentierte Voodoo das Bild. »Sonnig, vereinzelt Regenschauer mit…« Er konnte den Satz nicht zu Ende führen, denn mit einem lauten Krachen zischte die Urgewalt eines bläulichweißen Blitzes diagonal über das Center Face. Feuer, Flammen und Explosionen aller Arten folgten. Aus dem lodernden Spektakel heraus formte sich der stählerne Satz: ›Forge the Thunderbolt!‹ – ›Schmiede den Blitzstrahl!‹ Ein altenglisches Wappen rauschte in einem Kometenschweif von hinten heran und umschloß den Spruch mit einem diamantenen Leuchten. Danach erschien das Logo der *American Gothic* – auf einem vibrierenden Schwert, das vorher von einer markanten Männerhand in einen Felsen gerammt worden war.

»Pah! Die Amerikaner ticken doch nicht richtig«, bemerkte Viktor verächtlich. Ihm waren solche Auftritte zuwider.

»Das mit dem Schwert gefällt mir gut«, sagte Voodoo anerkennend. »Vielleicht sollten wir für unser Schiff etwas mit einer Kristallkugel machen, die in die Sonne stürzt und dabei Galaxien aufsaugt.«

Wieder ein tobender Feuersturm, der in rot-gelben Wellen aufbrausend über das Center Face fegte, und aus dem sich ein arroganter männlicher Kopf bildete, der anschließend mit einem gütigen Augenzwinkern all die krachigen Animationen verscheuchte und endlich zur Sache kam.

»Jack Kerouac, always on the sunny side – and homeless, Erster Offizier der *American Gothic*!«

»Wieso hat der keinen Spitznamen?« hörte ich Voodoo zischeln. Das Flüstern hätte er sich sparen können, denn der Amerikaner sprach mit Sicherheit keine Fremdsprache. Seit Anbeginn der bemannten Raumfahrt war Englisch die einzige verbale Verständigungsmöglichkeit im All, und das hatte sich bis heute nicht geändert. Der Typ auf dem Center Face quetschte seine Vorstellung allerdings in einem lahmen Südstaaten-Slang heraus, der auch mit der englischen Sprache wenig Ähnlichkeit aufwies. Er verschluckte ganze Wortendungen oder ließ sie mit einem hohlen Singsang in der Luft stehen.

»Jack Kerouac war ein Schriftsteller und Hobo aus dem letzten Jahrhundert«, klärte ich Voodoo auf. »Unser Freund hat sich einen intellektuellen Künstlernamen zugelegt.«

»Was ist ein Hobo?« fragte Voodoo leise, aber ich beachtete ihn nicht weiter, denn Kerouac kündigte nun den Auftritt von Kapitän Freefall an: »Und nun, ein Spezialist in der Welt der Asteroiden, ein Wegbereiter im gottverdammten Universum und seit Jahren unversehrt im All (das englische Wort space sprach er langgezogen aus, außerdem war es mit einem Nachhalleffekt unterlegt): Captain Freefall!«

Ich hatte eigentlich erwartet, daß er den Namen laut herausschreien würde, aber er wählte ein geheimnisvolles Flüstern – als ob er einen Magier ankündigte.

»Bravo«, murmelte Viktor lahm und stemmte die Hände nach vorn, um Beifall zu klatschen, schaffte es jedoch wegen des enormen Andrucks nicht ganz und begnügte sich deswegen mit einer Berührung seiner rechten offenen Hand an seinem linken Unterarm.

Captain Freefall strahlte uns als schwarzer Weihnachtsmann entgegen. Wenn wir uns auf einem halbwegs normalen Raumflug befunden hätten, wäre diese Show ganz unterhaltsam gewesen, jetzt aber empfand ich das Getue als unangebracht, ja fast schon widerwärtig.

Der Kommandant war ein Schwarzer mit einem grauen Haarschopf und Bart, rollenden weißen Augen unter einer knallroten Schirmmütze. Dazu war er mit einer knallroten Uniform bekleidet. Sein makelloses weißes Gebiß schlug dasjenige von Appalong in Größe und Breite bei weitem. Seine Fingernägel hatte er blau angemalt, und damit waren die Farben Blau-Rot-Weiß der alten amerikanischen Flagge komplett. Er glich einer Karikatur und trotzdem meinte ich, etwas Ähnliches wie ehrfurchtsvolles Erstaunen bei meiner Besatzung wahrzunehmen, außer natürlich bei Viktor und schon gar nicht bei Voodoo.

»Onkel Toms Hütte wäre auch ein schöner Name für das Schiff«, schlug er ungeniert vor.

»Hey, ihr da draußen! Hinter uns!« begann Freefall. Ganz kurz zeigte uns eine Optik seinen Hinterkopf, der in einem Zoom-Effekt im All entschwand. *»Nostradamus!«* Er ließ sich den Namen auf der Zunge zergehen, rollte mit den Augen und versteckte sie unter seinen Lidern, bis er wie ein Zombie aussah. »How – do – you – do?«

Ich faßte seine letzten Worte nicht sofort als Frage auf, vielleicht war ich auch zu fasziniert von dieser Erscheinung und dem noch breiteren Slang dieses Mannes, mit dem er sich zu verständigen glaubte. Ich wußte, mit der Übersetzung seiner Worte würde ich ständig zwei Sätze hinterherhinken.

»Kapitän Nurminen«, stellte ich mich vor und bemühte mich, trotz der Belastung durch den Triebwerksschub einwandfrei zu sprechen. »Uns geht es gut, danke.«

»Mmh… yes!« machte das schwarze Gesicht, lehnte sich zurück und verschränkte die Arme hinter dem Kopf. Dabei rutschte ihm die Mütze in die Stirn, was ihn aber nicht weiter störte. »'s mächtig viel Verkehr draußen!« Er blickte zur Seite, als ob er aus einem Fenster in den Weltraum sehen könnte. »'s war lange Zeit ruhig hier oben zwischen den fliegenden Felsen, aber plötzlich wollen alle hier herauf, sogar die kleinen Krauts aus Munich, Bavaria.«

Bislang war lediglich andeutungsweise ein aggressiver Unterton aus seinen Worten herauszuhören gewesen, nun aber wurde Captain Freefall unverhohlen feindselig. Ich reagierte nicht auf seine Beleidigung und starrte ihn schweigsam an, was mir wegen des massiven Andrucks, der auf meinen Körper lastete, nicht schwerfiel. Die leisen Gesprächsfetzen und Kommentare hinter mir waren verstummt. Alle warteten gespannt auf weitere Ausführungen dieser Art. Das gleichmäßige Donnern der Triebwerke erschien mir wegen der Stille im Raum lauter als zuvor.

»'s is' so, daß wir 'was Tolles entdeckt haben und jetzt wollen 's alle haben«, nuschelte er unter seiner Mütze. »Nur, 's gehört uns! Uns allein!«

Schweigen von unserer Seite.

Es war mir klar, worauf er hinauswollte. Er beanspruchte die Pyramide für seinen Konzern. Die Frage war nur, was er gegen unsere Anwesenheit unternehmen wollte – oder könnte. Bis jetzt war es nur Säbelrasseln, wenn auch in einer ziemlich lächerlichen Form. Guthmann konnte er damit vielleicht beeindrucken, aber ich hatte nicht vor, mich von diesem überzogenen Gehabe kleinkriegen zu lassen. Ich rief mir die Reaktion von Kapitän Guthmann ins Gedächtnis. Er war überaus erleichtert gewesen, als ich ihn anrief. Wahrscheinlich hatte die *Sternenläufer* schon Bekanntschaft mit Captain Freefall gemacht.

Er hampelte mit den Armen um den Kopf herum und ergriff seine Mütze, um sie anschließend wild auseinanderzuziehen und zusammenzukneten. Als er sie wieder aufsetzte, besaß sie die Form eines alten Stahlhelmes. »O.K., Mister Nazi Nurminen, remember D-Day!«

Ich schloß angewidert die Augen. Hörte das denn nie auf?

Plötzlich vernahm ich eine heisere Stimme, die in einer brüchigen Tonlage ›America, the Beautiful‹ grölte. Als ich erstaunt die Augen aufriß, war von Freefall nur der Brustkasten und die Beine zu sehen. Er war aufgestanden und hatte die rechte Hand auf seine Herzseite gelegt, mit der linken führte er obszöne Gesten in seinem Genitalbereich aus.

Voodoo konnte sich jetzt nicht mehr zurückhalten.

»Schnell, John, sag mir, wie geht das Horst-Wessel-Lied?« krächzte er mit erstickter Stimme.

»Laß ihn, Voodoo! Schalt ihn einfach ab!«

Voodoo fing mit zittriger Stimme ebenfalls zu singen an. »Die Fahne hoch, die Reihen fest geschlossen…«

»Voodoo, halt die Klappe! Du sollst ihn abschalten, habe ich gesagt!«

»Aber das ist doch…!«

Mit der flachen Hand schlug ich auf die Kommunikationstaste und ließ mich mit einem Ächzen wieder zurückfallen.

Das konnte noch heiter werden. Mir war völlig schleierhaft, was das sollte. Eine dermaßen militante Provokation hatte ich bisher in der Raumfahrt noch nie erlebt.

»Viktor, haben wir das aufgezeichnet?« fragte ich.

»Hehe! In Stereo und Color!« Sein Schmunzeln konnte ich mir nur vorstellen, sehen konnte ich ihn nicht, da er wie ich tief in seinen Sessel gepreßt war.

»Gut. Sende den Auftritt bitte gleich nach Manching! Falls uns dieser Gentleman eine Sprengladung aufs Dach schmeißt, kann er hinter Gittern ›Jailhouse Rock‹ singen. Wie lange haben wir noch bis Brennschluß?« Ich hatte meine Augen wieder geschlossen und wünschte mir in diesem Augenblick, überall zu sein, nur nicht hier.

»Es ist gleich vorbei. Eine Minute und elf Sekunden.«

Ich ließ mich einige Augenblicke in meinen Gedanken treiben, bevor ich den Versuch wagte, die Lage zu analysieren. Es schien sich alles zu verschieben, ohne eine Aussicht auf eine erkennbare Neuordnung. Vor zwei Wochen noch glaubten wir, in einer höchst geheimen Mission unterwegs zu sein, und hatten keine Vorstellung davon, wie es uns gelingen sollte, mit den Auswirkungen des neuartigen Antriebs fertigzuwerden. Inzwischen hatten wir einiges hinter uns gebracht. Ich wußte nicht, wieviel wir von unserer Selbstachtung aufgegeben und wieviel Selbstvertrauen wir verloren hatten. Vielleicht würde es sich erst dann zeigen, wenn wir auf die Erde zurückkehrten.

Was wir jetzt brauchten, war eine Unterstützung von außen. Ich selbst spürte, daß es mir schwerfiel, meiner Besatzung einen Halt zu geben. Woher sollte ich auch die Kraft dazu nehmen? Ich konnte von Glück sagen, daß ich nicht zusätzlich wie Kapitän Guthmann mit dem Umstand zu kämpfen hatte, über zwei Jahre mit einem Schiff im Weltraum unterwegs gewesen zu sein. Meine Leute besaßen noch ein gehöriges Maß an Erdverbundenheit und Normalität, soweit ich es beurteilen konnte.

Reinders kündigte in diesem Moment mit seiner unpersönlichen Stimme den Brennschluß an.

Kurz darauf lief die Zylinderrotation an und die Besatzung erwachte wie aus einem kleinen Winterschlaf. Ich durfte keine Zeit verlieren. Als nächstes brauchte ich eine Verbindung zur *Sternenläufer*. Danach ein Gespräch mit Manching. Ich mußte unbedingt eine gemeinsame Basis für unser Vorgehen in den kommenden Stunden und Tagen schaffen, ohne Rücksicht darauf, was in der Vergangenheit geschehen war.

Dabei fiel mir noch etwas ein: Hatten wir nicht auch eine Verpflichtung den Menschen auf der Erde gegenüber? Sie harrten angstvoll und zweifelnd vor ihren Bildermaschinen aus und waren darauf angewiesen, was ihnen von einigen wenigen Institutionen an Informationen zugewiesen wurde. Ich wußte, alles was ihnen in diesem Moment als Live-Berichte verkauft wurde, würde vorher durch reinigende Filter geflossen sein und zeitversetzt gesendet werden, auch wenn die Differenz nur einige Minuten betrug.

Nach einer Rücksprache mit Viktor wählten wir das Bild einer Kamera aus, die einen Gesamteindruck der Zentrale unverschlüsselt zur Erde schickte. Vorsichtshalber zunächst ohne Ton. Viktor würde von Zeit zu Zeit einen Kommentar dazu sprechen. Wenn Manching unverzüglich auf meinen abgesendeten Bericht reagieren würde, müßte sich in einer guten halben Stunde ein Vertreter des Konzerns melden. Fritz Bachmeier wäre mir recht gewesen.

Jetzt aber zuerst die *Sternenläufer*.

Kapitän Guthmann erschien sofort auf dem Center Face.

»Ich kann nicht ausdrücken, wie froh ich darüber bin, daß Sie es mit der *Nostradamus* geschafft haben. Ist es wirklich wahr, Sie haben mit einem neuen Antrieb die Strecke in zwei Wochen zurückgelegt?«

»Ja, haben wir, aber das ist jetzt unwichtig«, winkte ich ab. »Hatten Sie Kontakt mit der *American Gothic*?«

Er verzog das Gesicht säuerlich und nickte. »Mehrmals. Die Gespräche, wenn man sie so bezeichnen kann, verliefen nicht gerade erfreulich. Eigentlich habe ich nur Drohungen zu hören gekriegt. Übrigens kommt das Schiff sehr schnell heran. Es ist nur noch etwa 2000 Kilometer von uns entfernt. Wenn die Amerikaner ihre Geschwindigkeit beibehalten, haben sie uns in zwei Stunden eingeholt. Bisher gibt es keine Anzeichen für ein Bremsmanöver.«

»Beachten Sie es nicht weiter! Die Besatzungen der Prospektorenschiffe pflegen manchmal einen recht rauhen Umgangston, besonders wenn sie sich schon länger im Weltraum aufhalten. Was ist mit Ihren Leuten? Sind sie alle wohlauf?«

Er sah sich mit einer scheuen Bewegung um. »Wir

haben eine furchtbare Odyssee hinter uns. Von anfänglich 57 Personen sind nur 36 übriggeblieben!«

Ich blickte ihn entsetzt an. »Sie haben 21 Leute verloren?«

Unpassenderweise lächelte er. »Genaugenommen 23. Es gibt zwei Neugeborene an Bord der *Sternenläufer*.«

»Wieso… was ist denn passiert?« Als ich seine Verlegenheit bemerkte, fügte ich noch schnell an: »Ich meine nicht die Neugeborenen, sondern die hohen Verluste in Ihrer Besatzung.«

»Oh, das… ja, es gab vor einem halben Jahr – wie soll ich mich ausdrücken – Kompetenzstreitigkeiten, die plötzlich eskalierten, und da ist einiges geschehen…« Er machte keine Anstalten, näher auf die Umstände einzugehen.

Mir drängten sich eine Menge Fragen auf, aber ich mußte sie zurückstellen. Es gab trotz der offensichtlich traurigen Geschichte des Schiffes Dringenderes zu besprechen.

»Was ist mit der Pyramide? Haben Sie schon Kontakt?«

Wieder lächelte er verlegen. »Sehen Sie selbst!«

Er beugte sich vor und schaltete auf eine Kamera um, die seinen Kommandoraum von einem hinteren Standpunkt zeigte. Schwaches Licht erhellte den Raum. Mittelpunkt war das Center Face, vor dem sich die Umrisse von einigen Personen abbildeten. Das Face selbst war ausgefüllt von einer leuchtend weißen Masse, die sich langsam drehend vor den Betrachtern ausbreitete.

»Um Gottes willen!« rief ich aus. »Müssen Sie gleich so nahe herangehen?«

»Nahe? Nofretete ist noch über 50 Kilometer von uns entfernt!«

Ich schwieg betroffen. Natürlich. Die Pyramide war 760 Kilometer hoch. Ein kantiger Kleinplanet schwebte im Weltall. Obwohl uns das Bild aus der Zentrale nur einen ungenügenden Eindruck von der Wirklichkeit vermittelte, offenbarte es die niederschmetternde Sinnlosigkeit unsere Vorhabens, diesem Monster ein Geheimnis entreißen zu wollen.

»Wie werden Sie weiter vorgehen?« fragte ich.

»Zuerst werden wir das Schiff der Drehbewegung der Pyramide anpassen. Danach manövrieren wir uns vorsichtig heran. Über die Beschaffenheit von Nofretete wissen wir nichts, außer daß sie das Licht der Sonne verstärkt reflektiert. Es ist dermaßen intensiv, daß wir starke Filter einsetzen müssen.«

»Haben Sie es schon mit Funkkontakt versucht?«

Das Bild von der Zentrale wurde weggeschaltet, und Guthmann erschien wieder auf dem Face. »Wir senden seit unserem Anflug ununterbrochen auf allen Frequenzen Botschaften, Zahlenreihen oder geometrische Muster«, erklärte er mit fahrigen Händen, »bisher jedoch ohne Erfolg. Wir haben eine knappe Woche Zeit, die Pyramide zu untersuchen, dann müssen wir abbrechen, sonst dauert der Rückflug zur Erde zu lange.«

Mir ging das Bild der riesigen leuchtenden Masse nicht aus dem Kopf, gleichzeitig wurde mir bewußt, daß wir keine konkreten Vorstellungen davon hatten, was wir hinsichtlich der Pyramide als erstes unternehmen sollten. Einzig und allein Appalong hatte bisher Messungen vorgenommen und unzählige Versuche gestartet, einen Kontakt herzustellen. Herausgekommen war dabei absolut nichts. Die Forderungen der *American Gothic* erschienen lächerlich angesichts dieser gewaltigen Erscheinung.

Halbmond tauchte in diesem Augenblick zwischen Viktor und mir auf.

»Sie müssen da weg… sie sind nicht berechtigt…«

Wir sahen sie beide überrascht an. Sie hatte die Augen geschlossen und hielt sich mit beiden Händen an den Sessellehnen fest. Ihre Knöchel traten weiß hervor.

»Was meinst du damit...?« fragte ich und sprang auf, als ich bemerkte, daß sie zu taumeln begann. Ich mußte ihre Hände vorsichtig von den Lehnen lösen, bevor ich sie in meinen Sessel bugsieren konnte.

»Ich kann es nicht erklären«, begann sie. »Nofretete strahlt Feindseligkeit aus. Ich empfange es sehr stark. Es richtet sich gegen das Schiff.«

»Wer ist das? Was meint sie?« fragte Guthmann vom Center Face her.

Unsicher blickte ich Halbmond an, die konzentriert in meinem Sessel hing, dann klärte ich Guthmann mit wenigen Worten auf.

»Können Sie irgendwelche Veränderungen an der Pyramide feststellen?« fragte ich ihn. Sein Kopf verschwand kurz auf dem Face.

»Nein, nichts. Alles wie gehabt, auch das Observatorium meldet keine Veränderung.«

Halbmond rührte sich wieder. »Ich spüre es nicht gebündelt, mehr wie eine Mauer, die vor der *Sternenläufer* errichtet wird. Sie dürfen nicht näher herangehen!«

Ich war unschlüssig. Was sollte ich mit den Aussagen anfangen? Wenn etwas an der Sache dran war, dann spielte es sich in einem Bereich ab, den kein uns bekanntes Meßinstrument registrieren konnte.

»Bleiben Sie vorerst in Ihrer Position!« sagte ich zweifelnd zu Guthmann. »Mehr kann ich Ihnen im Augenblick nicht raten.«

»Unser Plan sieht vor, daß wir zunächst einige Zeit abwarten, bevor wir aktiv werden.«

»Aktiv? Was heißt das genau?«

»Nun, wir setzen ein kleines Forschungsschiff aus und gehen damit näher an die Pyramide ran.«

Damit war vorerst etwas Zeit gewonnen, obwohl ich nicht recht wußte wofür. Mein Gefühl sagte mir, daß es besser gewesen wäre, wenn sich die *Sternenläufer* weiter zurückgezogen hätte, aber Guthmann mußte selber abschätzen, was in seiner Lage richtig war. Die *Nostradamus* würde in 14 Stunden von der Pyramide und den beiden Schiffen eingeholt werden, vielleicht hatte sich bis dahin die Situation etwas entspannt.

Guthmann ließ die Leitung offen. Ich legte das Bild seiner Zentrale auf ein Segment links unten auf das Center Face und wandte mich Halbmond zu, die immer noch verkrampft in meinem Sessel saß.

»Karen, wie fühlst du dich?« Sie sah blaß aus. Ich war beunruhigt, wobei ich nicht sagen konnte, ob es wegen ihrer Verfassung war oder wegen ihrer unheilvollen Aussage.

Sie öffnete die Augen und blickte mich verstört an. »Ich habe mich mit meinem Bruder zusammengeschlossen. Er empfängt das gleiche wie ich. Nofretete ist aktiv. Auf einer telepathischen Ebene... nein, das ist falsch! Es ist anders... es ist eher eine Darstellung, ein Komplex... ja, ein Informationskomplex... wie ein Datenstrom auf allen Bereichen: Licht, Wellen, Gefühle, Gedanken. Ich verstehe nicht, daß ihr nicht wenigstens einen Teil davon mit irgendwelchen Instrumenten auffangen könnt. Gleichzeitig spüre ich eine starken Sog, gegen den ich mich wehren muß. Es kostet sehr viel Kraft. Ich habe Angst, hineingezogen zu werden.«

Ein Keuchen entrang sich ihrer Kehle. Ratlos blickte ich Viktor an, doch er brachte nur ein hilfloses Achselzucken zustande.

Lorenzen war hinzugetreten. »Sie müssen versuchen, sich zu entspannen! Wehren Sie sich nicht! Lösen Sie Ihre Blockade! Vertrauen Sie uns, wir sind bei Ihnen und werden Ihnen helfen!«

Halbmond bäumte sich auf. »...geht auch nicht anders, sonst...«

Ihr Körper wurde plötzlich wie von einer unsichtbaren Macht durchgerüttelt, dann rollte sie sich wie ein Igel im Sessel zusammen. Unverständliche Worte drangen aus ihrem Mund. Sie sabberte und stöhnte. Vivian war schon heran und fühlte ihren Puls.

»Lehne nach hinten!« befahl sie, während sie mit dem Daumen Halbmonds Augenlider nach oben zog. »Und eine Decke! Und… wir fahren sie in dem Sessel nach hinten… den Medizinautomaten her! Ich muß wenigstens ihren Kreislauf stabil halten, ihr Puls galoppiert ja wie ein Pferd!«

Es folgten hektische und lautlose Minuten, in denen Halbmond versorgt wurde. Ich stand unbeholfen abseits und verfolgte mit einem Auge die Kontrollanzeigen auf dem Center Face, konnte jedoch nichts Ungewöhnliches entdecken.

Appalong meldete sich aus dem Observatorium. »Nofretete verändert die Helligkeit. Es treten leichte Schwankungen auf, außerdem scheint sie zu wachsen.«

Also gab es doch Aktivitäten! Ich flitzte in den linken freien Sessel vor das Center Face. »Gibt es noch weitere Abweichungen?«

»Ich glaube, daß die Veränderungen mit einer kleinen bläulichen Verfärbung begonnen haben, bin mir aber nicht sicher. Wenn, dann war der Vorgang nur für den Bruchteil einer Sekunde sichtbar.«

»Und die Pyramide wird größer? Um wieviel?«

Appalong verzog abschätzend den Mundwinkel. »Schwer zu sagen wegen der Lichtintensität. 50 Meter vielleicht! Die Vorgänge bleiben aber stabil. Keine weiteren Veränderungen in den letzten Minuten.«

»Was könnte das bedeuten?«

»Wer weiß, vielleicht hat die Annäherung der *Sternenläufer* die Reaktion ausgelöst. Ich würde mich an deren Stelle etwas zurückhalten.«

Ich nickte zustimmend und berichtete Kapitän Guthmann von unseren Beobachtungen. Sein Gesicht drückte

Besorgnis aus. Erst jetzt fiel mir auf, daß er noch sehr jung sein mußte. Ich schätzte ihn auf Anfang 30. »Wir haben dasselbe Phänomen registriert«, sagte er. »Wir ziehen uns etwas zurück. Im Augenblick bereiten mir die Amerikaner mehr Sorgen: Die *American Gothic* hält genau auf uns zu. Anrufe von unserer Seite beachtet sie nicht. Ich habe Rot-Alarm für unser Schiff gegeben. Außerdem bereiten wir uns auf eine mögliche Kollision vor.«

Fluchend beauftragte ich Viktor, einen Kontakt zu dem Prospektorenschiff herzustellen. Dann wandte ich mich an Voodoo: »Ab jetzt senden wir alle Aufzeichnungen nach Manching! Wie gut kriegst du Bilder von den beiden Schiffen über das Teleskop rein?«

»Ein bißchen schummrig, aber sie sind gut auszumachen. Soll das auch nach Manching?«

»Alles, was du hast! Ohne Kommentar, aber verschlüsselt. Die Aufnahme von unserer Zentrale geht weiterhin offen raus.«

Viktor ließ ein Räuspern vernehmen. »Keine Reaktion. Die Amerikaner antworten nicht!«

Das hatte ich befürchtet. »Das ist doch das letzte!« schimpfte ich laut.

»Ich glaube, sie wollen Guthmann und seiner Besatzung mit ihrem Manöver Angst einjagen«, sagte Viktor ruhig. »Alles andere wäre Selbstmord.«

Wahrscheinlich hatte er recht. Diese Demonstration war nicht nur kindisch, sondern höchst gefährlich. Eine Begegnung zweier Schiffe in dieser Größenordnung mußte äußerst feinfühlig ablaufen. Die Trägheitsmassen der Schiffskörper waren zu groß, um im Falle einer drohenden Kollision entsprechend rasch reagieren zu können. Für solche ›Schiffsbewegungen im inneren Grenzbereich‹, wie es offiziell im Handbuch für Schiffsführer hieß, existierten internationale Vorschriften, die ein Wegerecht bei unvermeidbaren Annäherungen reglementierten. Die Frage war nur, ob sich die Amerikaner daran halten würden.

Ich holte Guthmann wieder in einem großen Ausschnitt auf das Face. »Kapitän, Sie sollten sich mit Ihrem Schiff nicht von der Stelle rühren. Verhalten Sie sich ruhig. Die *American Gothic* wird keine Kollision wagen, die Amerikaner wollen wahrscheinlich nur ein wenig auf den Putz hauen«, versuchte ich ihn zu beruhigen.

»Sehr passende Gelegenheit dafür!« bemerkte er sarkastisch. Dabei blickte er beunruhigt um sich. »Entschuldigen Sie, wenn ich mich nicht lange mit Ihnen unterhalten kann, aber hier geht es gerade drunter und drüber. Die Nerven meiner Leute sind nicht mehr die allerbesten.«

Ohne eine weitere Erklärung verschwand er vom Face und ließ ein hektisches Bild zurück, das undefinierbare Bewegungen im Hintergrund der Zentrale übermittelte. Laute Rufe und derbe Flüche waren zu hören. Die zweite Kamera aus der Zentrale der ›Sternenläufer‹ zeigte ein heilloses Durcheinander in dem Raum. Ich konnte nur hoffen, daß der Pilot sich nicht von der Hektik anstecken ließ und seine Hände von der Steuerung fernhielt.

»Bei Wotan und seinen Weibern! Ist das ein Hühnerstall!« kommentierte Voodoo das übertragene Bild. »Es ist ein Wunder, daß die überhaupt den Flug hierher geschafft haben.«

»Viel Ordnung ist dort drüben nicht mehr vorhanden«, stimmte ich ihm zu. Guthmann hatte von einer Odyssee gesprochen. Ich fragte mich, was er und seine Besatzung durchgemacht hatten, daß sie dermaßen kopflos handelten. »Wie weit sind denn die Amerikaner noch von ihnen entfernt?«

»In zwanzig Minuten rauschen sie knapp an der *Sternenläufer* vorbei. Die Amis haben einen ganz schönen Zahn drauf. Ein falscher Huster von Guthmann, und wir erleben den ersten interplanetarischen Auffahrunfall!«

»Viktor, ruf die *American Gothic* weiter an! Wir dürfen nichts unversucht lassen, den Wahnsinn zu stoppen!« Ich glitt aus meinem Sessel und begab mich zu Halbmond, die wieder zu sich gekommen war und von Vivian und Lorenzen gestützt wurde. Sie sah überraschend gut aus und schien über die Geschehnisse voll informiert zu sein.

»Laßt mich los, es geht mir gut«, sagte sie unwillig und wand sich energisch aus den Händen der beiden.

Vivian schaltete den medizinischen Automaten aus. »Ich verstehe das nicht«, meinte sie kopfschüttelnd. »Sie besitzt die Fähigkeit, in ein Zwischenstadium von Bewußtsein und Selbsthypnose zu fliehen. Ihre Reflexe sind normal, obwohl alle Anzeichen auf eine tiefe Bewußtlosigkeit schließen.«

»Es ist ein Schutzmechanismus«, grübelte Lorenzen, während er Halbmond zusah, die gierig aus einem Becher trank, den ihr Vivian gereicht hatte. »Ich habe etwas Ähnliches bei vielen Menschen erlebt, die parapsychische Begabungen besitzen, aber noch nie in dieser Intensität.«

Mir fiel sein Engagement auf, das er plötzlich an den Tag legte. Bisher hatte ich eher den Eindruck gehabt, daß er sich am liebsten für alle Zeiten irgendwo im Schiff verstecken wollte, aber seit sich die Lage immer mehr zuspitzte, vernahm ich immer häufiger Kommentare von seiner Seite, besonders wenn es sich um die Fähigkeiten von Halbmond handelte.

»Wieso wissen Sie soviel über ihre Begabung?« Eigentlich hatte ich im Moment keine Lust und vor allem keine Zeit, mich über außersinnliche Wahrnehmungen zu unterhalten, aber auf dem Center Face gab es nichts Neues zu sehen.

»Ich beschäftige mich seit Jahren mit solchen Phänomenen«, antwortete er knapp. Diese Erklärung war außerordentlich dürftig, und ich meinte, einen schroffen Tonfall herauszuhören. Mir fiel die Liste mit den ungewöhnlichen Orten ein, die ich in Reinders' Archiv gefunden hatte. Zu einem anderen Zeitpunkt hätte ich sofort nachgehakt, nur stand mir jetzt dazu absolut nicht der Sinn danach. Außerdem war Halbmond aufgestanden und rutschte forsch vom Sessel herunter.

»Laßt mich! Ich bin in Ordnung. Ich kann damit umgehen.« Sie wehrte unsere helfenden Hände ab und marschierte zielstrebig nach vorne zum Center Face. »Ich will den Sessel wieder hier haben!« befahl sie herrisch und wedelte ungeduldig mit der Hand.

Ich löste gehorsam die Verriegelung des Sessels und schob ihn an den alten Platz. Viktor unterbrach seine Tätigkeit und schaute sie mit großen Augen an, aber sie beachtete ihn nicht. »Die *Sternenläufer* darf nichts unternehmen, bis wir sie erreicht haben.« Dabei zeigte sie auf das Segment, auf dem die Pyramide zu sehen war. »Das andere Schiff muß sich ebenfalls ruhig verhalten.«

»Das wird wohl schwierig werden«, meinte Viktor verdattert. »Wir haben keinen Kontakt...«

»Moment, Moment!« unterbrach ich ihn und stellte mich hinter den Sessel, auf dem sie Platz genommen hatte. »Erklär uns doch bitte einmal, was du damit meinst!«

Sie deutete mit beiden Händen auf das Bild von Nofretete, als läge dort eine schriftliche Beschreibung der Umstände vor, die wir nur zu lesen brauchten. »Spürt ihr das nicht? Sie warnt die beiden Schiffe, nicht näher zu kommen. Es gibt eine Katastrophe, wenn sie unbedachte Handlungen vornehmen!«

Ich schüttelte den Kopf. »Ich spüre nichts. Was für eine Katastrophe?«

»Weiß ich nicht, auf jeden Fall sind sie nicht berechtigt… oder besser gesagt, sie bestehen die Prüfung nicht?«

»Karen, bitte, drücke dich klarer aus: Welche Prüfung bestehen sie nicht!«

»Es befindet sich auf beiden Schiffen niemand, der in der Lage ist, mit Nofretete zu kommunizieren. Das aber ist eine Grundvoraussetzung für einen Kontakt. Sie werden die Barriere, die die Pyramide um sich errichtet hat, nicht überwinden können.«

Halbmond hatte ihre Behauptung mit einer derartigen Überzeugung vorgetragen, daß ich ihr zu glauben geneigt war. Unsicher setzte ich mich in den freien Sessel neben ihr und lehnte mich zurück. »Und was wird mit der *Nostradamus* geschehen? Ich meine, können wir mit der Pyramide… äh… kommunizieren?«

»Ja, natürlich! Wir werden keine Schwierigkeiten haben«, antwortete sie mit Bestimmtheit.

Ich beschloß, ihre Aussage vorerst einmal so stehen zu lassen. Eine andere Möglichkeit hatten wir sowieso nicht, denn wir konnten in die Ereignisse nicht eingreifen, da wir zu weit vom Ort des Geschehens entfernt waren. Es sei denn…

»Voodoo, können wir etwas abbremsen, damit wir schneller an die Pyramide und die Schiffe herankommen?«

Ein entschiedenes Nein tönte mir aus der NAV-Einheit entgegen. »Alles, was wir durch ein Abbremsmanöver an Geschwindigkeit verlieren, müssen wir wieder durch eine Beschleunigung ausgleichen! Ich darf daran erinnern, daß wir nicht mehr viel Sprit in den Tanks haben.«

Eine klare Antwort. Also mußten wir abwarten und darauf hoffen, daß die beiden Schiffe vernünftig agierten. Ich hätte sowieso nicht gewußt, was wir zur Beruhigung der Lage hätten beisteuern können.

»Unser amerikanischer Freund gibt sich die Ehre«, sagte Viktor in diesem Moment.

Kapitän Freefall blinzelte uns ohne pompöse Ankündigung auf dem Center Face an.

»Meine Reflex-Taster melden einen kleinen Hasen vor uns auf dem Highway!« knurrte er mit zusammengekniffenen Augen. Er ergriff mit der rechten Hand ein imaginäres Zugseil und ahmte den langgezogenen Hupton eines Trucks nach. »Armes Häschen! Wäre besser bei seiner Hasenmutter geblieben! Das fegen wir jetzt weg!«

Viktor ballte die Fäuste. »Mein Gott, ich habe noch nie ein solches Arschloch im Weltraum erlebt!«

Er fuhr wie wir alle erschrocken zusammen, als auf dem Segment, das die von der Sonne spärlich beleuchteten Umrisse der beiden Schiffe zeigte, ein Lichtblitz aufleuchtete.

»Er setzt Sprengladungen ein!« rief Voodoo. »Hey, John, soll ich unsere Aale scharfmachen?«

Ich antwortete nicht auf seine Frage. Er wußte, daß sie absurd war. Inzwischen hatte ich das Segment als Hauptbild auf das Face gelegt und wegen der unterschiedlichen Entfernungen der beiden Schiffe in zwei Hälften geteilt, auf denen sie etwa gleich groß erschienen. Auf der linken Seite war die *Sternenläufer* zu sehen, an der in diesem Augenblick alle Außenscheinwerfer angingen. Kapitän Guthmann wollte mit dieser Aktion den Standort seines Schiffes auffällig kennzeichnen. Ein abfälliges Gackern von Freefall schallte uns als Reaktion darauf von einem kleinen Viereck in der rechten unteren Hälfte entgegen.

»Kapitän Freefall, ich muß Sie im Namen der internationalen Raumfahrt auffordern, diesen aggressiven Akt zu unterlassen!« brüllte ich ihn an. Dabei kam ich mir unsagbar blöd vor. Es kostete mich allein schon Überwindung, einen Kapitän mit seinem angenommenen Künstlernamen anzusprechen, für den Rest meiner Aufforderung war mir in der Eile nichts anderes eingefallen.

Freefall amüsierte sich königlich. Er lachte lauthals, bis ihm Tränen in die Augen schossen. Immer wieder versuchte er zu einer Erwiderung anzusetzen, wurde jedoch jedesmal von einem neuerlichen Lachkrampf geschüttelt.

Halbmond packte mich heftig am Arm. »Er muß mit den Attacken aufhören! Sofort! Sonst ist es zu spät!«

»Wie soll ich denn… du siehst doch, daß der spinnt…«

Abermals zuckte ein helles Licht über das Center Face. Das Lächerliche an der Sache war, daß eine Sprengladung im Raum relativ harmlos verpuffte, wenn sie nicht unmittelbar auf einen Widerstand traf.

»Das ist absolut gaga«, bestätigte Voodoo meine Überlegungen. »Die Amerikaner sind noch kilometerweit von der *Sternenläufer* entfernt! Selbst wenn er seine Eier direkt vor den Bug von Guthmanns Schiff schmeißt, erzielt er damit keine Wirkung!«

»Aufhören!« schrie Halbmond laut. »John, die *Sternenläufer* soll beschleunigen! Sofort! Weg von der Pyramide!«

Die Dringlichkeit ihrer Worte steckte mich an. Nach einem kurzen Zögern reagierte ich. »Guthmann! Verschwinden Sie von dort! Keine Fragen! Führen Sie einen Notstart durch!«

Ich sah ihn auf dem kleinen Segment links unten zuerst verwirrt nicken, doch dann kam Bewegung in sein Gesicht. Auf dem Hauptsegment drehte sich die *American Gothic* leicht der Sonne zu. Mit einer gewissen Befriedigung registrierte ich, daß Freefall kleine Kurskorrekturen durchführte, um die *Sternenläufer* nicht zu rammen. Jetzt wurden die äußerlichen Unterschiede der beiden Schiffe deutlich, als das Prospektorenschiff voll von der Sonne beleuchtet wurde. Es war sehr breit konstruiert, mit langen Energie-Fahnen aus hochaktiven Solarzellen, um hier draußen im sonnenfernen Weltraum soviel Licht wie möglich einzufangen. Die Triebwerke lagen in zwei besonderen Schiffszellen, die weit vom eigentlichen Hauptrumpf abstanden. Die *Sternenläufer* wirkte daneben zierlich, obwohl sie die *American Gothic* in der Länge um einiges überragte.

In diesem Augenblick umflossen ihr Heck wirbelnde Nebel, als die Triebwerke ihre Arbeit aufnahmen.

Kapitän Freefalls Heiterkeit erstarb in einem erstickenden Keuchen. Er sah sein Opfer entschwinden, mit dem er spielen wollte. Während seine Leute im Hintergrund begeistert die Vertreibung der *Sternenläufer* beklatschten, fluchte er laut und schrie wütend Befehle nach hinten.

»Hoffentlich dreht er jetzt nicht durch!« flüsterte Halbmond. »Es steht alles auf der Kippe!«

Ich hatte keine Ahnung, was sie damit meinte, aber es sollte nicht lange dauern, bis ich es erfahren sollte.

Zwischen den Schiffen blitzte erneut eine Sprengladung auf.

»O nein! Nicht…!« stöhnte Halbmond neben mir.

Dann ging alles ganz schnell.

Auf den Segmenten, die für den Bruchteil einer Sekunde die verwunderten Gesichter der beiden Kapitäne zeigten, brachen die Bilder in Streifen auseinander, flimmerten kurz auf und verwandelten sich in ein blasses Blau.

Gleichzeitig schien das Center Face in einer blendenden Lichtflut zu zerbersten, die auf mich zuraste und im hinteren Teil der Zentrale zurückbrandete.

Instinktiv riß ich die Arme hoch und warf mich in meinen Sessel zurück. Ich meinte, einen tiefen wellenförmigen Ton in meinem Bauch zu spüren, der mir den Magen zu sprengen drohte. In der Zentrale hatten alle erschrocken aufgeschrien, was dem empfundenen dumpfen Klang eine höhere Dissonanz aufsetzte.

Dann war es still.

Ungläubig lugte ich unter meinem Arm hervor auf das Center Face, konnte jedoch wegen der starken Überreizung meiner Sehnerven zunächst nichts erkennen, außer den schwachen Konturen der nach wie vor intakten Zentrale.

»Sakrament!« entfuhr es mir. »Was war das? Seid ihr in Ordnung? Los, antwortet doch!«

Nach und nach waren verstörte Antworten zu hören.

»Ich habe mir den Kopf angestoßen. Ich glaube, das gibt eine Beule«, jammerte Voodoo.

Mit offenen Handflächen tastete ich nach dem Sessel neben mir. Halbmond hatte den Kopf auf ihre verschränkten Arme gelegt.

»Was ist mit dir? Alles O.K.?« fragte ich besorgt in das vermeintliche Halbdunkel.

Sie richtete sich langsam auf. »Ja, ja, alles in Ordnung«, sagte sie traurig.

Ich warf einen Blick hinter mich. Dort schien der Raum noch dunkler zu sein. Vivian und Lorenzen waren lediglich als rot-braune Gestalten auszumachen.

»John!« rief Appalongs Stimme von irgendwoher. »John, sie ist weg! Die Pyramide ist verschwunden!«

Mit einem Blinzeln drehte ich mich in die ungefähre Richtung, in der ich das Center Face vermutete. Begriffen hatte ich nichts.

»Verschwunden? Wieso verschwunden...?« Ich hatte die Augen zu schmalen Schlitzen verengt und wedelte mit den Fingern vor dem Gesicht. Ich konnte die Bewegung einigermaßen deutlich sehen, nur auf dem Face war alles dunkel, bis auf zwei kleine helle Vierecke darunter.

Appalong klang nun fast weinerlich. »Alles ist weg! Die beiden Schiffe auch!«

Ich schüttelte ein leises Nachklingen aus den Ohren. »Langsam, nichts übereilen! Wahrscheinlich sind die Aufnahmesensoren durch das starke Licht überlastet. Voodoo, was sagen unsere Reflextaster?«

»Weiß ich nicht, ich kann die Faces nicht richtig ablesen«, murrte er. »Es wird wahrscheinlich ein Jahr dauern, bis ich wieder etwas sehen kann. Bliep-Töne gibt der Kasten jedenfalls keine von sich, also scheint dort draußen tatsächlich nichts mehr zu sein!«

»Dort ist auch nichts mehr!« behauptete Halbmond. »Die Kommunikation ist unterbrochen. Nofretete existiert nicht mehr!«

Wir warteten alle schweigend, bis sich unsere überreizten Augen annähernd wieder an das normale Licht in der Zentrale gewöhnt hatten. Zwischendurch rief ich Luis an. Bei ihm war alles in Ordnung.

Neben mir atmete Viktor tief durch.

»Aus! Weg! Nichts mehr da!« stieß er schließlich hervor. »Weder vor uns noch hinter uns oder sonstwo!« Er ließ sich in seinen Sessel zurückfallen und schloß die Augen.

Wie benommen starrte ich die beiden großen sternenübersäten Hälften auf dem Center Face an. Ich war noch nicht einmal fähig, eine Frage zu stellen oder einen vernünftigen Vorschlag zu machen, was wir noch unternehmen konnten, um restlos Gewißheit zu haben.

Voodoo hatte die NAV-Einheit geschlossen und horchte mit Reinders' Hilfe konzentriert den Weltraum ab.

Nach einigen Minuten schob er die Tür zurück. Er ließ die Füße herunterbaumeln und rieb sich die Augen. »Nix! Ende der Aufführung!«

Vivian und Lorenzen, die nach vorn gekommen waren, wandten sich mit enttäuschten Ausrufen ab.

Voodoo sah mich mit geröteten Augen fest an. »John, wir sollten die Triebwerke starten! An der Stelle, wo sich die beiden Schiffe befunden haben, entsteht ein schwacher Reflex. Ein größeres Teil, den Umrissen nach vielleicht sogar eine Rettungsbarke. Sie sendet jedoch kein Notsignal aus. Genaueres kann ich erst sagen, wenn ich die Sensoren wieder justiert habe.«

Ohne große Begeisterung nickte ich ihm zu. Ich ging davon aus, daß die Pyramide explodiert war, anders konnte ich mir diesen gewaltigen Lichtblitz nicht erklären. Wahrscheinlich trieb ein Trümmerstück von den Schiffen dort draußen, obwohl es erstaunlich war, daß Voodoo nur ein einzelnes Teil geortet hatte.

Mein Verstand war nicht in der Lage, diese irrwitzige Situation und ihre Folgen zu verarbeiten.

Das sollte es gewesen sein? Die unmenschlichen Anstrengungen, um hierher zu gelangen, die abscheulichen Intrigen des Konzerns, unsere Opfer und der Verlust zweier Schiffe mit ihren Besatzungen als Preis dafür, daß dieses mysteriöse Objekt einfach in einem Lichtsturm verschwand?

»Ein Scheißdreck ist das!« rief ich aus und trat mit dem Fuß an den Getränkeautomaten. »Kann mir das jemand erklären?«

Niemand konnte mir eine Erklärung bieten. Alle schwiegen betroffen und versuchten, das Geschehene zu verarbeiten.

Alleine Viktor beschäftigte sich nachdenklich mit den Aufzeichnungen der Katastrophe. »Es ist merkwürdig«, meinte er und blickte zum Center Face hoch, wo er immer wieder die entscheidende Szene abspielte. »Es war keine Explosion oder jedenfalls nicht in dem Sinne, was wir darunter verstehen. Sieh dir das an… hier, Nofretete verändert ihre Form nicht. Für einen kurzen Augenblick erstrahlt sie in einem Farbspektrum, was sie vorher nicht getan hat, dann erscheint die Lichtflut wie ein Vorhang, der sie plötzlich wie aus dem Nichts umgibt. Die beiden Schiffe waren zu nahe an ihr dran. Sie wurden mit eingeschlossen. Und jetzt siehst du nur noch das Weiß, das auf uns zurast.«

Ich zuckte abermals zusammen, als die Lichtmenge in einem gefilterten Abklatsch in die Zentrale hereinströmte.

»Und nun den Vorgang in Zeitlupe!« kündigte Viktor an. Nofretete stand scheinbar bewegungslos auf der Stelle. Kleine rote Ziffern über dem Center Face verwandelten Bruchteile von Sekunden in zähflüssige Tröpfchen, die in einem gedehnten Ablauf die Aufzeichnung wiedergaben.

»Hier, siehst du! An den Ecken entstehen runde Bögen, die sich jetzt in einer geschlossenen Kugel um die Pyramide legen. Jetzt wird sie transparent, als würde sie sich auflösen… und nun der ausgelöste Lichtschock, der in alle Richtungen losrast! Ähnlich wie eine solitone Welle. Wamm! Ich bin gespannt, wie das von der Erde oder vom Mars aus ausgesehen hat. Meiner Meinung nach handelt es sich um eine reine Schutzfunktion von Nofretete. Die Schiffe haben sich am falschen Ort befunden, deswegen wurden sie in der Hülle mit eingeschlossen. Hätten sie sich an einer der Spitzen aufgehalten, wären sie vielleicht unbehelligt geblieben.«

Auf dem Center Face klang das Photonen-Inferno ab und zurück blieb der Blick auf unschuldige Sterne, die mit ihrem kalten Licht eine abgeräumte Kulisse für das vorangegangene Spektakel abgaben.

»Schutzfunktion?« fragte ich zweifelnd. »Und was heißt das konkret? Ist die Pyramide zerstört oder nicht? Und was ist mit den Schiffen?«

Viktor hob die Schultern. »Keine Ahnung. Falls wir nicht träumen, ist das, was wir gesehen haben, eine zur Realität gewordene Science Fiction. Mehr kann ich dazu nicht sagen.«

Ich wischte mir verstört über die Stirn. Es war alles

so irreal. Nirgendwo bot sich ein Ansatzpunkt oder eine faßbare Möglichkeit für ein wirksames Handeln. Wir hielten uns an den räumlichen Grenzen des für Menschen erreichbaren Sonnensystems auf, beraubt jeglicher weiterer Aufgabe und ohne ein Ziel, für das es sich lohnte, auch nur noch einen weiteren Finger krumm zu machen. Vor meinem inneren Auge stapelte sich die Geschichte von Nofretete zu einem nutzlosen Haufen auf: Allison Walls, Siena, die Sixtinische Kapelle, Schmidtbauer und Dr. Helene Mayer – alles Bruchstücke aus meinem Leben, die keinen berechtigten Platz in einem erfüllten Ganzen finden würden. Das enttäuschende Ergebnis waren unbeteiligte Sterne auf dem Center Face der *Nostradamus*.

Voodoo rettete mich aus meiner Hilflosigkeit, die an Verzweiflung grenzte.

»John, die Reflextaster arbeiten wieder normal. Das Trümmerstück ist tatsächlich eine Rettungsbarke. Reinders sagt, die Umrisse sind eindeutig zu identifizieren. Weiterhin keine Notsignale. Auch auf Anrufe von mir antwortet sie nicht. Die Frage ist, sollen wir rangehen oder warten wir, bis uns die Barke einholt?«

Unter normalen Umständen würde sich die Frage nicht stellen. Jedes Schiff war dazu verpflichtet, eine Rettungsbarke umgehend anzufliegen. Widerwillig lenkte ich meine Überlegungen in die Zukunft.

»Voodoo, angenommen der Konzern gibt *Nordquelle* frei, kannst du dann die Energieplantage ohne große Schwierigkeiten an die *Nostradamus* heranführen?«

Er starrte nach unten, als ob er die Antwort von einem imaginären Souffleur einholte. »Ohne große, aber mit einigen kleinen Schwierigkeiten – also sagen wir einmal: ja.«

Seine vage Antwort machte mich aggressiv, dabei wußte ich, daß er nichts dafür konnte. Unsere Treibstoffreserven waren äußerst knapp bemessen. Wenn wir einen Teil davon für ein Rettungsmanöver verpulverten, konnte das am Ende bedeuten, daß wir aus eigener Kraft noch nicht einmal den Planeten Jupiter erreichten. Ich verfluchte innerlich die Schnapsidee mit den Energieplantagen. Ich wollte dem Konzern gegenüber wenigstens einen letzten Trumpf in der Hand behalten, um im Falle eines Falles nicht erpreßbar zu sein.

Ärgerlich mahnte ich mich zur Vernunft. Nie würde ich es mir verzeihen, wenn wir feststellen mußten, daß uns zu einer erfolgreichen Rettung von möglichen Überlebenden lediglich einige Stunden gefehlt hatten.

»Wir fliegen die Barke an – auf dem schnellst möglichen Kurs!« befahl ich zerknirscht.

»Yes, Sir!« rief Voodoo erleichtert und schwang sich in die NAV-Einheit zurück. Von einem Moment zum anderen kam Bewegung in die Zentrale. Lorenzen und Halbmond baten darum, im Observatorium mit Appalong das Verschwinden der Pyramide analysieren zu dürfen. Lorenzen brachte einige wahnwitzige Erklärungen vor, die jeden Paraphysiker in Entzücken versetzt hätten. Ich winkte mit einer matten Geste ab und ließ sie ziehen. Mir stand nicht der Sinn nach solchen Diskussionen, obwohl die erlebten Tatsachen förmlich nach seinen Theorien verlangten.

Ich fühlte mich miserabel. Ich war überreizt und gleichzeitig hundemüde. Seltsamerweise beruhigte mich eine von Lorenzens Ideen, nach der die Besatzungen der Schiffe das Fiasko überlebt haben könnten. Er hatte den Vorgang als eine überstoffliche Teleportation bezeichnet, wonach sich Nofretete in einer Fluchtreaktion an einen anderen Ort – wohin auch immer – versetzt hatte. Es könnte sich nach seinen Ausführungen nur um eine Frage der Zeit handeln, bis sich die *Sternenläufer* oder die *American Gothic* von irgendwo im Sonnensystem melden würde. »Oder irgendwann«, fügte er mit einem geheimnisvollen Lächeln hinzu, »falls sich die Pyramide sehr viel weiter entfernt wieder materialisiert hat!«

»So ein Quatsch«, murmelte ich und stand mit einem leichten Schwindelgefühl auf.

»Du schaust aus wie ein Uhu«, tadelte mich Vivian. »Du legst dich jetzt einige Stunden hin.«

Viktor pflichtete ihr bei. »Sie hat recht. Wir erledigen den Rest alleine. Du bist seit über 36 Stunden auf den Beinen, und wir brauchen dich frisch und ausgeruht.«

Mir fiel kein entkräftendes Argument ein? Zudem war der Gedanke an ein Bett nur zu verlockend. Gerade als ich brummelnd nachgeben wollte, kündigte Reinders eine Übertragung aus Manching an. Mit einem Seufzen sank ich in den Sessel zurück und blickte auf die Uhr. Seit dem Verschwinden der Pyramide waren keine vierzig Minuten vergangen. Auf der Erde wußte man schon von dem Ereignis, aber die Funkstrecke zu uns zurück mußten wir noch dazurechnen. Die Verantwortlichen hatten sich also einen denkbar schlechten Zeitpunkt für ihre Übertragung ausgesucht, denn das Verschwinden der Pyramide hatte für sie unmittelbar vor ihrer Sendung stattgefunden. Die Übertragung mußte also eine Reaktion auf meinen Bericht sein, den ich während unseres Anfluges auf Nofretete abgeschickt hatte.

Eine interessante Situation! Ich war sehr gespannt auf das, was nun folgen würde.

Reneberg erschien in seiner würdevoll-strengen Haltung auf dem Center Face und kam ohne Umschweife zur Sache.

»Kapitän Nurminen, wir sind alle entsetzt über die Vorgänge, die sich in Ihrem Schiff ereignet haben! Weiterhin grenzt Ihr Verhalten und Ihre Eigenmächtigkeit an Insubordination!«

»Jawohl, Kopf ab!« stimmte ihm Voodoo zu, ohne

von seinen Berechnungen für den Angleichungskurs an die Rettungsbarke aufzusehen.

»Halt die Klappe!« fuhr ich ihn gereizt an.

»…brauche ich Ihnen nicht zu sagen, daß Sie und Ihre Mannschaft sich von sofort an unter Arrest stehend zu betrachten haben! Im Klartext heißt das, daß sich die *Nostradamus* von jetzt ab keinen Meter mehr ohne unsere Zustimmung von der Stelle zu bewegen hat!«

Reneberg sprach mühsam beherrscht in die Kamera. Er steigerte sich immer mehr in seinem Tonfall und drohte uns mit allen nur möglichen Verfahren und Untersuchungen.

Viktor hielt demonstrativ seinen Arm mit der Uhr nach oben und räusperte sich gelangweilt: »Herr Wichtig hätte lieber unsere Sendung verfolgen sollen statt den Racheengel zu mimen. Gleich gibt es – oder genauer – gab es da was Tolles zu sehen!«

Anscheinend verfolgte Reneberg auf mehreren Monitoren neben der Kamera die Bilder aus der *Nostradamus* und der *Sternenläufer*, denn auf einmal verstummte er. Ich war mir sicher, daß ihn jemand auf die zuspitzende Situation aufmerksam gemacht und gleichzeitig den Ton auf die Sendungen gelegt hatte. Halbmonds warnende Stimme war deutlich zu hören. Mit gläsernem Blick starrte er an der Aufnahmekamera vorbei. Alle hektischen Handbewegungen, mit denen er seine Zornesrede unterstrichen hatte, erstarben wie bei einem Standbild. Nur der leicht geöffnete Mund verriet mit kleinen Muskelzuckungen, daß die Übertragung von der Erde weiterlief. Jetzt mußte gleich der Moment kommen, in dem Nofretete und die beiden Schiffe in einer Lichtflut verschwanden.

Reneberg drehte sich erschrocken mit seinem Sessel zur Seite, als ihn das grelle Weiß blendete, das ihm von den Monitoren entgegenflutete.

Viktor lachte zufrieden auf.

Fremde Hände waren zu sehen, die in den Aufnahmebereich hineinreichten und ihm helfen wollten. Unwirsch wehrte er sie ab. Mit einem fliegenden Blick tastete er die Monitore vor sich ab.

Von seiner linken Seite her war eine Stimme zu hören: »Herr Direktor, sollen wir die Sendung abbrechen?«

»Welche Sendung?« Er stutzte, bis ihm endlich dämmerte, wozu er eigentlich vor einer Kamera saß. Mit einer linkischen Handbewegung versuchte er, das Objektiv abzudecken. »Herrgott! Natürlich, Sie Idiot!«

Auf dem Center Face war ein wackliges Bild zu sehen, dann kurz das Space Cargo Zeichen, dann nichts mehr.

»Ein sauberer Schnitt!« lobte Voodoo sarkastisch die blamable Vorstellung. »Viktor, kann ich unseren Ausgleichstreffer noch einmal in Superzeitlupe sehen?«

Wir lachten alle drei befreit auf, bis uns die Tränen kamen.

Viktor wurde plötzlich ernst und sagte zu Voodoo: »Von wegen Ausgleichstreffer! Hast du wenigstens unsere Sendungen zur Erde unterbrochen? Reneberg wird nicht sehr erfreut sein, wenn er dich hier herumgackern sieht.«

In der NAV-Einheit wurde es ruhig. »Scheiße, nein!«

»Aber ich habe es getan!« erklärte Viktor schmunzelnd. »Aber erst nach deiner Bemerkung! Ich schätze, das wird dich deine Beförderung kosten.«

Voodoo stürzte sich von oben herab auf Viktor. »Weißt du, was du bist? Ein Schwein bist du! Ich werfe dich aus der nächsten Schleuse!«

»Hört auf!« befahl ich lachend. »Wir senden schon seit einer halben Stunde nicht mehr, jedenfalls keine Bilder aus der Zentrale. Ich habe die Kameras nach Voodoos Entdeckung der Barke abgeschaltet!«

Viktor gab Voodoo einen leichten Klaps auf den Kopf

mit, als der sich grummelnd wieder in seine Einheit verzog.

Der heitere Zwischenfall hatte uns gut getan. Ich stand auf und streckte mich durch. »O.K. Unsere Vorgesetzten haben jetzt etwas zu knabbern. Ich lege mich für eine Stunde hin.«

»Die Menschen auf der Erde werden froh darüber sein, daß es vorbei ist!« meinte Viktor nachdenklich.

»Mensch, ja richtig«, stimmte ich ihm verblüfft zu, »die hatte ich ganz vergessen!« Dann winkte ich ab. »Ich sehe mir die Berichte später an. Das läuft mir nicht weg!«

»Vergiß nicht, dich anzuschnallen!« rief mir Voodoo hinterher, als ich die Zentrale verließ. »Wir starten in zehn Minuten.«

# 6

»Psst, Anne, wir müssen ganz leise sein! Siehst du, das ist unser Kapitän. Uiii, der schläft aber fest!«

Die Stimme vermischte sich mit meinen abklingenden Träumen – oder meine Träume brachten es fertig, halbwegs eine Realität wiederzugeben, auf jeden Fall klang die Stimme sehr echt. Außerdem meinte ich, ein glückseliges Gebrabbel zu hören, unterbrochen durch lautes freudiges Kieksen, das sich keinen Deut um den schlafenden Kapitän scherte.

Mit einem unwilligen Grunzen drehte ich mich zur Seite.

Träume, in denen Mütter und Kinder vorkamen, waren mir noch nicht untergekommen, obwohl ich mich in meiner Laufbahn sehr oft einer weiblichen Anhängerschaft gegenübersah, die es äußerst putzig fand, wenn der Herr Kapitän ihre lieben Kleinen auf dem Arm wiegte, um ein besonders ausgefallenes Erinnerungsfoto zu schießen. Dabei waren Kommentare wie ›Nicht wahr, Herr Kapitän, so etwas Nettes hätten Sie bestimmt auch gerne!‹ oder einfach ›Der ideale Vater!‹ keine Seltenheit.

Schon wieder dieses helle Gebrabbel, nur dieses Mal mit einer Spur beginnenden Protestes vermengt!

»Ach, komm, Anne, du wirst doch keine Angst vor dem lieben Kapitän haben!«

Es war Vivians Stimme!

Und die brabbelnden Laute steigerten sich nun ansatzweise zu einem quietschendes Keuchen, das immer mehr einen bedrohlichen Rhythmus annahm.

Gleich mußte es losgehen, nur noch einmal beängstigend tief Luft holen und dann... tatsächlich: Brüllendes Babygeschrei drang in meine Ohren!

Ich riß die Augen auf und wollte mit einem Satz hochschnellen, vergaß dabei jedoch, daß ich mich wegen der bevorstehenden Schiffsmanöver nicht einfach in mein Bett gelegt hatte, sondern zusätzlich in einen Schlafsack mit einem Sicherheitsgeschirr geschlüpft war, der jegliche unkontrollierte Bewegungen in der Schwerelosigkeit verhindern sollte.

Panikartig strampelte ich mich frei, was zur Folge hatte, daß sich die hohen Frequenzen um einige schmerzhafte Dezibel steigerten.

Kein Traum! Vivian stand vor meinem Bett und hielt ein quengelndes Baby im Arm.

Mit einer zweiten Anstrengung richtete ich mich auf, dabei stieß ich mit dem Kopf an das bewegliche Face über meinem Bett.

»Autsch, verflucht! Was...?« fragte ich benommen.

Vivian blieb unbeeindruckt von meiner Tolpatschigkeit, ergriff glücklich ein Händchen des Kindes und schüttelte es vorsichtig in meine Richtung. »Winke, winke! Guten Morgen, Herr Kapitän!

»Vivian!« Ich kniff die Augen zusammen. »Was... wer ist das?«

»Das ist Anne, die kleine Tochter von Kathrin!« Sie sagte es in einer Selbstverständlichkeit, als würde es im Schiff vor lauter Annes und Kathrins nur so wimmeln.

»Vivian, bitte...!« sagte ich leise mit belegter Stimme.

Noch einmal kurz die Augen zukneifen. Nein, kein Traum!

Das winzige Etwas verstummte plötzlich mit weit aufgerissenen Augen, versuchte mich mit wackligen Bewegungen zu fixieren, um sich danach von meinem Anblick entsetzt abzuwenden und erneut loszubrüllen.

»Pssscht, ist ja gut, Anne!« Vivian wiegte das Kind beruhigend hin und her. »Der Onkel tut dir nichts.«

Dann sagte sie streng zu mir: »Du machst ihr Angst!«

Ich lehnte mich resigniert an die Konsole an meinem Bettende und schloß die Augen. Verrückt! Einfach verrückt! Es mußte ein Wachtraum sein!

Endlich bekam ich durch das Geschrei hindurch eine Erklärung geliefert.

»Die Rettungsbarke, erinnerst du dich?«

»Ganz schwach«, erwiderte ich sarkastisch und vielleicht etwas zu laut.

»Schrei doch nicht so! Du willst das Kind wohl unbedingt erschrecken! In der Barke waren zwei Überlebende: Anne und ihre Mutter Kathrin.«

Gut. Das hatte ich verstanden. Ich ließ die hohen Töne der kleinen Anne an mir abprallen und konzentrierte mich auf das Nächstliegende: Uhrzeit. Es dauerte einige Sekunden, bis ich nach einem Blick auf mein Handgelenk nachgerechnet hatte, daß ich 14 Stunden am Stück geschlafen hatte.

Ich sackte in mich zusammen. Das war entschieden zu lange gewesen.

»War denn… ich meine, ist sonst noch etwas Wichtiges passiert, außer diesem… äh… außer der Bergung?« fragte ich besorgt und wedelte unbestimmt mit der Hand zum Baby hin.

Die Empörung schlug mir prompt entgegen: Noch lauteres Geschrei und ein böser Blick von Vivian. »Also, wenn das nicht wichtig genug ist!« zischte sie verhalten. »Das ist doch großartig, daß wir das kleine Würmchen und seine Mutter gerettet haben!«

Daraufhin zog ich es vor, erst einmal zu schweigen.

Offensichtlich war weiter nichts Entscheidendes in der Zwischenzeit vorgefallen.

»Und wie geht es der Mutter?« fragte ich versöhnlich.

»Sie schläft. Und dich bringe ich jetzt auch ins Bett, Anne. Der mürrische Kapitän muß sich duschen und rasieren, damit er wieder sauber wird.«

Mit säuerlicher Miene sah ich ihr ungeduldig zu, bis sie endlich mit einem leisen Kinderlied auf den Lippen das Appartement verlassen hatte. Bis jetzt war ich der Meinung gewesen, auf diesem Flug gäbe es keine Steigerungen von außergewöhnlichen Begebenheiten mehr, aber da hatte ich wohl falsch gelegen. Ich zog das kleine Face zu mir herunter und rief in der Zentrale an. Ein zufrieden aussehender Viktor strahlte mir entgegen.

»Hallo, John! Gut geschlafen? Was sagst du zu unserem süßen Sternenkind?« Zu meiner Verblüffung hob er ein Sektglas und prostete mir zu. Anscheinend hatte ich doch eine entscheidende Entwicklung verpaßt.

Er zwinkerte mir zu und deutete entschuldigend auf das Glas. »Ich habe in deinem Namen jedem ein Glas Sekt spendiert. Das ganze Sonnensystem feiert das Verschwinden der Pyramide und vor allem unsere heroische Rettung von Mutter und Kind.«

Ich war immer noch viel zu verwirrt, um mich über den Sekt aufzuregen, außerdem war Viktor zur Zeit der leitende Offizier in der Zentrale, er allein trug die Verantwortung und mußte wissen, was gut für die Stimmung an Bord war.

»Ich komme gleich«, sagte ich kurz angebunden.

»Du kannst dir Zeit lassen. Ein Sprecher von unserer Firma hat uns mitgeteilt, daß wir uns wegen unserer Rückkehr keine Sorgen zu machen brauchen. In einer Stunde will uns Fritz Bachmeier die Beschlüsse der Direktoren mitteilen.«

Firma! Viktor redete schon wie Voodoo. Oder lag es an dem Getränk? Auf die Erklärungen von Fritz war ich sehr gespannt.

Entschlossen streifte ich den Schlafsack ab und verstaute ihn unvorschriftsmäßig (nicht zusammengelegt) in seinem Fach unter dem Bett. Auf dem Weg zur Dusche aktivierte ich das große Face. Ein Feuerwerk von Farben prasselte mir grell entgegen. Jubelnde Menschen tanzten auf mir unbekannten Straßen. Glückliche Gesichter strahlten ausgelassen in die Kameras und aufgedrehte Moderatoren beschrieben mit lauten Stimmen die Szenen.

Auf allen Channels die gleichen Bilder, unterbrochen von wichtigen Interviews mit noch wichtigeren Leuten. Alles schien wieder im Lot zu sein. Auf FBO sangen buntgekleidete Gospelchöre Lobpreisungen und vielstimmige Hallelujas in allen Tonlagen.

Ich mußte zugeben, daß die beschwingte Atmosphäre ansteckend war. Zufrieden räkelte ich mich unter der Dusche, wo ich mich ausgiebig den langsam fallenden Wassertropfen aussetze. Endlich einmal hatte ich den Kopf frei, mußte mich mit keinen Problemen herumschlagen und war keinem Druck ausgesetzt! Ich fühlte mich sehr gut, auch wenn ab und zu vor meinem geistigen Auge die gewaltige Lichtflut aufblitzte, die zwei Schiffe verschlungen hatte. Vielleicht waren sie doch nicht verloren, redete ich mir ein. Das Ereignis war dermaßen unwirklich gewesen, daß man mit allem rechnen konnte.

Übermütig schüttelte ich die letzten Tropfen aus den Haaren, nachdem ich die Dusche abgestellt hatte. Ich konnte es gar nicht erwarten, mit den anderen zu feiern und mir ebenfalls ein Glas Sekt zu genehmigen.

Es gab allen Grund dazu, vor allem Viktors Aussage bezüglich unserer problemlosen Rückkehr zur Erde stimmte mich ausgesprochen heiter. Es würde bis dahin unter günstigen Voraussetzungen zwar noch einige Zeit vergehen, aber in Anbetracht der entsetzlichen Vorfälle der letzten Wochen würde mir die restliche Zeit wie ein unverhoffter Urlaub erscheinen.

Vollkommen unpassend summte ich den Hochzeitsmarsch aus ›Lohengrin‹ und rupfte einen blauen Overall aus dem Kleiderspender.

Hellbrügge und Admiral Merz kamen mir in den Sinn. Vielleicht renkte sich alles wieder ein, und die Verhältnisse wurden wie früher. Lediglich einige klärende Gespräche...

Ich schloß die Magnetverschlüsse und schüttelte ernüchtert den Kopf. Nein, ganz so einfach würde es nicht gehen, dafür war viel zuviel passiert. Trotzdem...

In die Realität zurückgekehrt und um einiges nachdenklicher geworden, betrat ich die Zentrale.

»Kathrin Sannemann, sie war Versorgungsoffizier auf der *Sternenläufer*.« Viktor reichte mir ein Videoboard mit der Besatzungsliste des Schiffes. Dabei verzog er mit einem nicht zu deutenden Schmunzeln das Gesicht.

»Was ist daran so lustig?« fragte ich und überflog die weiteren Namen auf der Liste.

Berthold Hohm, Raumkadett
Rainer Konrad, Parawissenschaftler
Christian Kammerleitner, Röntgenspezialist

Die Namen sagten mir nichts, auch die restlichen aufgelisteten Personen waren mir unbekannt. Es war mir ein Rätsel, wo all diese unbekannten Raumfahrer herkamen.

Viktor zögerte etwas. »Nun ja, sie ist... sagen wir einmal, sie war meiner Meinung nach nicht unbedingt für die Versorgung des Schiffes zuständig. Oder doch... aber auf einem speziellen Gebiet.«

Wieder dieser eigenartige Blick.

Ich gab ihm das Videoboard zurück. »Jetzt mach's nicht so spannend! Wofür war sie denn deiner Meinung nach zuständig?«

Er antwortete nicht, dafür begann er hektisch mit den Augen zu rollen. Dann verzog er eigentümlich den Mundwinkel, gleichzeitig ruckte sein Kinn unmerklich auf und ab.

Begriffsstutzig sah ich ihn an. »Was ist denn? Hast du was mit deinen Gesichtsmuskeln?« Erst jetzt verstand ich, daß er mich vor etwas warnen wollte.

Das Etwas antwortete an seiner Stelle hinter meinem Rücken.

»Ihr Erster Offizier wollte Ihnen damit vermitteln, daß meine Zuständigkeit mehr in der Truppenbetreuung lag. In einer sehr intimen Betreuung, oder soll ich es für Sie deutlicher formulieren, Herr Kapitän?«

Ich drehte mich um und sah zunächst in zwei eisblaue Augen, die mich unter rötlichen Fransen kühl musterten. Stupsnase. Ein großer, breiter Mund deutete ein überlegenes Lächeln an. Über den Fransen waren die Haare streng nach hinten gekämmt und verlängerten sich in einem geflochtenen Zopf, der feuerrot über ihrer rechten Schulter lag und in Brusthöhe mit einem neckischen Fächer auf einer festen Oberweite endete. Nicht weit darunter schienen ihre Beine zu beginnen, aber das lag wohl hauptsächlich an dem eng anliegenden weißen Hosenanzug, der ihre Formen nicht mehr zu betonen brauchte – sie waren einfach perfekt. Ihr Alter schätzte ich auf Mitte bis Ende Zwanzig. Überflüssigerweise war dieses weibliche Superwesen bestimmt einige Zentimeter größer als ich.

»Frau Sannemann?« fragte ich doof und griff verlegen nach dem Videoboard, als müßte ich ihren Namen nochmals nachlesen. Wer sollte es sonst sein?

»Kathrin. Einfach Kathrin. Oder Lena. Ganz nach Belieben.«

Sie sprach ein hartes Deutsch, wenn auch mit weicher Stimme.

»Lena?«

»Mein Künstlername, von Kathrin Magdalena. Lena klingt angenehmer, wenn ihn erregte Männer – oder auch Frauen – über, unter und hinter mir aussprechen.« Kein verlegenes Blinzeln. Sie blickte mir fest ins Gesicht. Ich dagegen wußte nicht, wohin mit meinen Augen. Ich schaffte es noch nicht einmal, Viktor anzusehen.

Arme verschränken! befahl ich mir, und etwas zurückweichen! Diese selbstbewußte Erscheinung stand nun keinen halben Meter vor mir.

»Tja, schön, gut«, machte ich und bemühte mich frostig zu wirken. »Die Zuständigkeit haben wir also geklärt. Wie haben Sie es geschafft, sich in die Barke zu retten?«

Sie lachte glockenhell auf und wandte sich von mir ab.

»Ein eisenharter Kapitän, oje! Haben Sie für mich auch einen Sekt?«

Viktor zischte los wie eine Rakete und war keine drei Sekunden später mit einem gefüllten Glas zurück. Ich bedachte ihn mit einem warnenden Blick und beschloß, die Bar bei nächster Gelegenheit mit einem geheimen Code zu versiegeln.

Ganz ruhig, sagte ich mir. Trotz alledem, hier stand ein Mensch vor mir, der zwei Jahre in einem Raumschiff verbracht hatte und schließlich nur knapp einer Katastrophe entgangen war.

»Kathrin, entschuldigen Sie bitte meine Unhöflichkeit…«, lenkte ich ein, kam aber nicht weiter, denn sie unterbrach mich mit einer schnellen und unwirschen Handbewegung.

»Komm, laß das, Kapitän! Ich bin nicht aus Wachs!«

Sie stockte mit einem unhörbaren Schlucken, so daß eine kleine Pause entstand. Anscheinend war sie doch nicht so robust, wie sie vorgab zu sein. Unmerklich senkte sie die Augenlider, unter denen eine wäßrige Schicht glitzerte.

Ich sah mich hilflos um. Ein weiblicher Beistand wäre in dieser Situation angebracht gewesen, aber außer Viktor hielt sich niemand weiter in der Zentrale auf.

»Scheiße«, flüsterte sie. »Wäre mir früher nie passiert. Aber egal.«

Sie blickte mir wieder offen ins Gesicht. Erst jetzt bemerkte ich, daß ihre Züge zu glatt wirkten. Wahrscheinlich hatte sie einige Schönheitsoperationen hinter sich. Es hätte mich nun nicht verwundert, wenn sich herausgestellt hätte, daß die genaueren Daten des Videoboards sie mit über vierzig Jahren angegeben hätten.

Ohne Übergang ging sie auf meine Frage von vorhin ein. »Ich hatte nur noch Angst, als es hieß, daß die Amerikaner uns rammen wollten. Im Schiff herrschte schon lange vorher Panik, oder nein... Hilflosigkeit wäre das richtige Wort. Deswegen bin ich schon lange vor diesem Lichtblitz mit meiner Tochter in die Rettungsbarke geflüchtet. Ich wollte unbedingt weg von diesen Chaoten, und ich wußte, daß Sie mit Ihrem Schiff in der Nähe waren. Unsere Stammbesatzung war so einfältig, lauter dumme Jungen und Fachidioten...«

»Einen Augenblick«, stoppte ich ihren plötzlichen Redeschwall. »Was meinen Sie mit ›Stammbesatzung‹?«

Sie drehte sich auf dem Absatz herum, als hätte ich sie mit meiner Frage beleidigt und warf sich in einen Sessel. »Mhmm... bequeme Sitzgelegenheiten habt ihr hier. Kann ich noch einen Sekt haben?«

Viktor schenkte ihr eifrig nach und wich anschließend meinem mißbilligenden Blick aus.

Sie nippte kurz, hielt das Glas mit spitzen Fingern von sich und sagte bedächtig: »Was wissen Sie denn über die *Sternenläufer*?«

»Nichts«, antwortete ich wahrheitsgemäß. »Wir haben erst vor kurzer Zeit von ihrer Existenz erfahren.«

»Ja richtig, ihr seid ja alle kleine Unschuldsknaben vom Lande. Aber das ist anscheinend nicht eure Schuld.«

Allmählich wurde ich ungeduldig, besonders weil sie keine Anstalten machte, uns etwas über das Schiff zu erzählen. Statt dessen kuschelte sie sich in den Sessel hinein und zog die Beine mit ihrer freien Hand seitwärts auf die Sitzfläche. Sie schien die Rolle der geheimnisvollen Diva zu genießen. Ich hatte ihr ein größeres Maß an Intellekt und Stil zugetraut, dieses Gehabe war mir jetzt doch zu primitiv.

Mit zwei schnellen Schritten trat ich auf sie zu und nahm ihr das Glas aus der Hand.

»Hören Sie, Kathrin… oder meinetwegen Lena, damit es nicht so hart klingt! Jetzt ist Schluß mit lustig! Entweder Sie erzählen Ihre Geschichte oder Sie lassen es. Wir haben wichtige Entscheidungen zu treffen, und dabei spielt das Schicksal der *Sternenläufer* keine Rolle, denn es geht um die Menschen hier auf der *Nostradamus*, letztendlich also auch um Ihre Zukunft. Wenn Sie uns nichts mehr zu sagen haben, würde ich Sie bitten, die Zentrale zu verlassen und Ihre zugewiesene Unterkunft aufzusuchen.«

Ich stützte mich provokativ auf die Lehne ihres Sessels. Sie hatte einen Fehler begangen, als sie es sich gemütlich gemacht hatte, denn nun war ihr Vorteil der Körpergröße mir gegenüber verschenkt.

Mit flatternden Augenlidern blickte sie abwechselnd Viktor und mich an. »Hey, hey, ist ja schon gut! Ich wußte nicht, daß ich auf einem Abstinenzlerschiff gelandet bin.«

Sie setzte die Füße auf den Boden, um aufzustehen, aber ich ließ sie nicht an mir vorbei. Statt dessen drückte ich sie sanft mit einer Hand auf ihrem Schlüsselbein zurück. Ich spürte nur Haut und Knochen. Kein Wunder nach zwei Jahren auf einem Raumschiff mit geringer Gravitation.

»O.K., O.K.«, gab sie nach. »Aber bitte nicht zu nahe kommen, ich brauche Luft zum Atmen!«

Ich streckte beide Hände als Zeichen einer angedeuteten Entschuldigung aus und wich zurück.

»Na gut«, begann sie widerwillig. »Außer mir waren noch zwei weitere Mädchen mit den gleichen Aufgaben an Bord. Wir wurden damals von einer Agentur vermittelt, die sich auf solche Jobs spezialisiert hatte; ich meine damit, daß wir nicht nur für intime Stunden sorgten. Ich bin ausgebildete Arzthelferin und war zuvor auf einer Mondbasis... äh... tätig.«

Sie blinzelte mich verschwörerisch an, sah jedoch sofort ein, daß sie damit keinen Erfolg haben würde. Unsicher geworden sprach sie weiter. »Das Angebot war finanziell gesehen nicht nur sehr verlockend, sondern es war die Chance für mich, für die nächsten Jahre ausgesorgt zu haben. In dem Vertrag war keine zeitliche Begrenzung eingetragen. Aber es war die Rede von einem, höchstens eineinhalb Jahren. Wenn ich damals gewußt hätte... aber na ja.« Sie winkte ab, als sie meinen ungeduldigen Blick bemerkte. »Die *Sternenläufer* war irgendein Haldenschiff, das sie aus einer vergessenen Parkbahn um den Mond gezerrt hatten...«

»Wer ist ›sie‹?« fragte ich.

»Weiß ich nicht mehr genau. Stand im Vertrag, aber der ist ja jetzt... pffft!« Sie machte eine verpuffende Geste und meinte damit wohl den Untergang des Schiffes. »Über die Mission der *Sternenläufer* war zunächst nichts bekannt, jedenfalls nicht uns Mädchen. Als wir unterwegs waren, stellten wir bald fest, daß es drei verschiedene Gruppen an Bord gab: Die erste bestand aus der üblichen Besatzung eines Raumschiffs. Sie war in den ersten Wochen hauptsächlich damit beschäftigt, das vernachlässigte Schiff wenigstens einigermaßen zum Funktionieren zu bringen. Es gab Schwierigkeiten mit der Beweglichkeit des veralteten Schutzschildes, deswegen mußte häufig das gesamte Schiff gedreht werden, damit wir nicht der harten Strahlung der Sonne ausgesetzt waren. Die zweite Gruppe bestand aus Wissenschaftlern. Sie verbrachten die meiste Zeit in ihren Computerräumen. Wir bekamen sie fast nie zu Gesicht. Die letzte Gruppe war ein merkwürdiger Haufen. Sie bestand nur aus Männern, man konnte sie als eine Art militärische Sekte bezeichnen. Furchtbare Menschen!« Sie schüttelte sich angeekelt. »Dabei machten sie anfangs alle einen durchaus normalen und intelligenten Eindruck, behandelten uns höflich und zuvorkommend. Das sollte sich jedoch bald ändern. Nach einem unliebsamen Vorfall – ich würde ihn als brutale Vergewaltigung an einer Wissenschaftlerin beschreiben – brach wie aus heiterem Himmel ein regelrechter Krieg auf dem Schiff aus. Es war mir damals schleierhaft, wie ein Konflikt zwischen Menschen so schnell eskalieren konnte. Heute weiß ich warum – und nicht nur das, ich kenne die Vorgeschichte dazu, und ich weiß, welche Aufgaben die *Sternenläufer* hatte.«

Sie winkte brüsk ab, als ich zu einer Frage ansetzte. »Nicht jetzt, lassen Sie mich der Reihe nach erzählen, Kapitän!« Dabei funkelte sie mich zornig an.

Ich ließ mich nicht beeindrucken und sagte höflich: »Kathrin, bitte verstehen Sie mich nicht falsch, aber wir erwarten jede Minute eine Sendung des Konzerns, in der man uns – wie oft in der Vergangenheit – unter

Umständen nicht die ganze Wahrheit erzählen wird, deswegen wäre uns sehr geholfen, wenn wir vorab verläßliche Informationen besäßen. Für die vollständige Geschichte der *Sternenläufer* bleibt uns danach genügend Zeit.«

Es tat mir weh, meinen Konzern indirekt als Lügner zu brandmarken, aber ich hatte aus ihrer bisherigen Erzählung entnommen, daß sie auf unseren vermeintlich gemeinsamen Arbeitgeber nicht gut zu sprechen war, und wollte sie mit dieser Verunglimpfung endgültig auf meine Seite ziehen. Ich spürte, daß wir der Wahrheit näher waren als je zuvor, und diese Frau war der Schlüssel dazu.

Sie überlegte schmollend mit schief gelegtem Kopf und sah mich mit einem gelangweilten Blick an. Ich befürchtete schon, sie beleidigt zu haben, aber dann stimmte sie zu. »Verstehe. Also Kurzform. Ein Glas Sekt sollte aber dabei schon herausspringen.«

Wieder dieses Blinzeln. Es mußte an ihrem Beruf liegen. Wortlos gab ich Viktor das Glas, der es bis zum Rand auffüllte und es ihr reichte. Meinetwegen sollte sie sich betrinken, vorher wollte ich jedoch das Wesentliche aus ihr herausholen.

In einem Zug kippte sie den Sekt hinunter und riß dem verdutzten Viktor die Flasche aus der Hand. »Belohnung muß sein. In meinem Gewerbe wird vorher bezahlt«, sagte sie schnippisch.

Ich beherrschte mich mühsam. »Kathrin, bitte weiter!« drängte ich.

Sie nickte bereitwillig und wischte sich den Mund ab. »Weiß schon. Kurzform. Also: Die *Sternenläufer* sollte zwei Dinge erledigen: Einmal waren die Wissenschaftler davon überzeugt, daß sie in der Pyramide einen funktionierenden Omni-Chip finden würden, und zum zweiten sollten diese idiotischen Sektenbrüder anschließend dafür sorgen, daß die Pyramide das

Sonnensystem nicht erreicht. Sie sollten sie vom Himmel pusten.«

Ich blickte zuerst sie, dann Viktor verständnislos an. »Omni-Chip? Was ist ein Omni-Chip?«

Sie breitete die Arme aus und fuchtelte mit Flasche und Glas herum, so daß wir beide einige Spritzer Sekt abbekamen. »Was ist ein Omni-Chip?« äffte sie mich nach. »Mein Gott, wißt ihr denn gar nichts? Ein Omni-Chip ist ein Dingens, mit dem man Gedanken lesen kann oder so ähnlich. Hier, da! So einer!«

Vor unseren erstaunten Augen riß sie mit beiden Zeigefingern die schmale magnetische Leiste des Oberteils ihres Anzuges auf und brachte damit ein Medaillon zum Vorschein, das zwischen ihren Brüsten lag, die gleichzeitig in all ihrer Pracht zu sehen waren.

»Hier! Komm schon, Kapitän, mach's auf!«

Sie hielt ihre Arme mit Flasche und Glas weit ausgestreckt und reckte mir ihren halbnackten Oberkörper entgegen.

Ich bemühte mich, die gewollt erotische Pose nicht zu beachten und öffnete mit ruhiger Hand das runde Schmuckstück, auf dem eine eindeutige Szene holographisch dargestellt war. Mich hatte zuvor schon eine Ahnung beschlichen, und nun lag die Bestätigung in Form eines eckigen roten Steinchens vor mir in dem Anhänger. Es besaß die gleiche Beschaffenheit wie das, das ich seit Beginn der Reise ebenfalls um den Hals trug, nur war dieses hier hauchdünn, ja fast durchsichtig. Ich benetzte meine Fingerkuppe mit der Zunge (was ein anerkennendes Knurren bei Kathrin hervorrief) und holte den Omni-Chip vorsichtig aus dem Medaillon heraus.

»Aber bitte nicht wegnehmen!« flehte sie ängstlich. »Er soll einmal Anne gehören! Ich habe ihn von ihrem Vater geschenkt bekommen.«

Ohne sie zu beachten, hielt ich Viktor das Stück dicht

vor die Augen. Er nahm es behutsam zwischen Daumen und Zeigefinger. »Und das Ding soll Gedanken lesen können?« fragte er verwundert.

Darauf konnte ich ihm keine Antwort geben, aber ich glaubte zu wissen, daß er die Lösung vieler Fragen zwischen seinen Fingern hielt. Ich hatte ihm nie von meiner Begegnung mit Fritz Bachmeier in Siena erzählt, auch wußte er nichts von meinem Gespräch mit Halbmond auf der Terrasse des Wintergartens in Manching.

»So ganz genau weiß ich das nicht«, gab Kathrin zu. »Wilhelm, Annas Vater, war einer der Wissenschaftler der *Sternenläufer*. Er hat mir erklärt, daß der Omni-Chip der Anfang einer neuartigen Kommunikation sein könnte. Laut seiner Beschreibung kann man damit Informationen und Bilder ohne Zeitverlust übertragen. Wie das funktionieren sollte, wußte er auch nicht. Das herauszufinden, war eine der Aufgaben der *Sternenläufer*.«

»Und danach sollte die Pyramide von der dritten Gruppe vernichtet werden?«

Sie nickte eifrig. Inzwischen trank sie direkt aus der Flasche. »Genau. Diese Ordensbrüder hatten ein ganzes Waffenarsenal in den Laderäumen versteckt. Es waren sogar mehrere Nuklearbomben darunter.«

Sie beendete den Satz mit einem kieksenden Schluckauf. »'tschuldigung!« fügte sie mit einem leichten Lallen hinzu.

Ich starrte sie ungläubig an. »Woher wollen Sie das so genau wissen?«

Kreischend lachte sie auf und warf sich mit wogenden Brüsten in den Sessel. »Hach, Kapitän! Du bist niedlich! Und so herrlich naiv! Oder ist das deine Masche? Wie heißt du überhaupt, du kleiner Strolch?«

Als sie meinen finsteren Blick bemerkte, setzte sie wieder ihr überlegenes Lächeln auf und sagte hintergründig: »Du hast ja keine Vorstellung davon, was ich alles in den letzten zwei Jahren in den Betten erfahren habe. Wenn mein Gehirn ein Computer wäre, könnte ich inzwischen den Antrieb deines Schiffes blind auseinandernehmen und wieder zusammensetzen! Ihr Männer könnt doch nichts für euch behalten, wenn ihr einer Frau imponieren wollt! Aber wenn es dich tröstet: Wir Weiber stehen euch in nichts nach!«

Sie gluckste leise und drehte die leere Flasche um. »Nichts mehr drinnen. Macht nix. Bin sowieso besoffen. Kann ich meinen Chip wiederhaben? Ich geh jetzt ins Bett und schlafe meinen Rausch aus.«

In diesem Moment betrat Voodoo die Zentrale. Er glotzte uns mit großen Augen an und versuchte vergebens, sich die Szene mit der entblößten Kathrin zu erklären. Verwirrt fuhr er sich durch die Haare und breitete im Rückwärtsgang entschuldigend die Arme aus. »Oh, tut mir leid... ich wollte nicht stören... vielleicht sollte ich nebenan in der Messe warten. Ich glaube, ich habe gerade furchtbaren Hunger gekriegt.«

»Komm nur rein, Süßer!« krähte Kathrin vergnügt und ließ mit einer gekonnten Schüttelbewegung alle drei Kostbarkeiten in ihrem Oberteil verschwinden. »Wir sind schon fertig,«

Ich lehnte mich nachdenklich an die NAV-Einheit. Der Omni-Chip führte mich unwillkürlich zu Fritz Bachmeier. Er hatte also schon von Anfang an gewußt, worum es ging. Und bestimmt nicht nur er. Nur uns war die Wahrheit in kleinen Häppchen verabreicht worden oder wir mußten sie uns hart erkämpfen.

Nachdenklich beobachtete ich, wie Kathrin ihre modische Verschlußleiste aus hauchdünnen Metallstreifen verschloß.

Wenn dieser mysteriöse Omni-Chip in der Lage war, Informationen ohne Zeitverlust zu übertragen, so wäre das die größte Sensation seit der Erfindung des drahtlosen Funkverkehrs. Ich fragte mich nur, wie der Konzern so sicher sein konnte, daß man diese Technik beherrschen würde. Und warum man glaubte, die Grundlagen dazu in der Pyramide zu finden. Die ganze Geschichte erschien mir allzu märchenhaft und zu weit hergeholt.

Andererseits, warum sollte ein Konzern derartige Anstrengungen unternehmen, um einem Hirngespinst hinterherzujagen. Die *Sternenläufer* und besonders die *Nostradamus* repräsentierten Milliardenwerte, nicht zu vergessen die Menschenleben, die bisher geopfert wurden…

»Kathrin, eine Frage noch!« Ich stieß mich von der Einheit ab und half Viktor, die Frau behutsam aus dem Sessel hochzuhieven. Der Alkohol und die Corioliskraft ließen sie bedrohlich hin- und herwanken. »Wieso gab es so viele Tote auf der *Sternenläufer*?«

»Hab ich doch schon gesagt. Es herrschte Krieg auf dem Schiff! Werner war als Kapitän viel zu lasch!«

Stirnrunzelnd nahm ich zur Kenntnis, daß sie offensichtlich von Kapitän Werner Guthmann sprach. Anscheinend hatte sie auch zu ihm ein sehr freundschaftliches Verhältnis gehabt.

»Was war der Auslöser für den Konflikt?«

»Ach, Schätzchen, eigentlich alles und nichts. Wie immer und überall: Sekt und Weiber, Macht und Vergnügen. Die Gruppen waren vom Hirn her viel zu verschieden. Ein bißchen Religion war auch dabei. Es gab Zeiten, da habe ich mich tagelang im Schiff versteckt, um keinem in die Hände zu fallen.«

»Wieso Religion?«

»Hab ich doch auch schon gesagt! Diese Ordensbrüder, die trugen alle so ein blaues Band am Arm mit einem Reiter drauf, der gerade einen Drachen abmetzelt. St. Michael hieß er, glaube ich. Einmal hatten sie sich ein halbes Jahr lang mit ihrem gesamten Waffenarsenal im Wohnzylinder verschanzt, weil die anderen von ihnen verlangt hatten, das Zeugs aus dem Schiff zu schmeißen. In dieser Zeit war es am schlimmsten, andauernd gab es Überfälle, Hinterhalte und was weiß ich noch. Das Ergebnis waren viele Tote und Verletzte.«

Sie wollte sich gerade von mir abwenden, als sie aufgeregt auf das Center Face zeigte. »Uiii, den Typen kenn ich! Unser Oberordensbruder, Kai Siebeneicher, hat oft mit ihm gesprochen!«

Ich drehte mich herum. Fritz Bachmeier machte sich auf dem Face gerade für seinen Bericht fertig und lächelte verlegen in die Kamera. Allmählich wunderte mich gar nichts mehr.

»Weißt du, worüber die beiden gesprochen haben?«

»Na klar! Kai war ein Verrückter. Als wir die Pyramide entdeckt hatten, wollte er sie sofort zerstören, und der da mußte ihn andauernd beruhigen. Er hat Kai ständig an irgendein Gelübde erinnert und ihn mit lateinischen Sprüchen bombardiert. Es war immer das Gleiche: Am Ende jeder Sendung versprach Kai auf Knien, daß er nichts Voreiliges unternehmen würde. Anschließend war ich jedesmal dran – und das ganz schön heftig, kann ich euch sagen!« Sie untermalte ihre Aussage mit einer obszönen Geste. Daraufhin war ich gar nicht mehr so gespannt auf ihre Geschichte. Anscheinend hatte sie sich im ganzen Schiff herumreichen lassen.

»Viktor, ruf bitte alle in die Zentrale! Wir sehen uns die Sendung zeitversetzt an. Vorher muß ich noch mit euch reden.«

Niedergeschlagen regelte ich den Ton vom Center Face herunter, denn Fritz Bachmeiers Rede war für mich nebensächlich geworden. Mir waren mehr als nur starke Bedenken bezüglich der Versprechungen unserer schnellen Rettung gekommen. Wenn Kathrins Erzählungen der Wahrheit entsprachen, konnten wir mit dem

Wissen, das wir über die Vorfälle auf der *Sternenläufer* besaßen, unseres Lebens nicht mehr sicher sein. Das bedeutete weiterhin, daß wir *Nordquelle* nicht an uns herankommen lassen durften. Wer wußte schon, mit welchen Fallen die Energieplantage vorsorglich präpariert worden war. Mir wurde bei dem Gedanken ganz anders. Die Folgen meiner Überlegungen waren, daß wir auf uns allein gestellt waren, und das hieße fünf lange Jahre im Weltraum, denn sobald wir Kurs auf den weit entfernten Jupiter genommen hätten, wäre damit ein Anflug auf die Energieplantage unmöglich geworden. Ihre Umlaufbahn lag weit außerhalb dem sich drehenden Karussell des Sonnensystems und auch *Nordquelle* verfügte nicht über ausreichende Energiereserven, um die *Nostradamus* überall zu erreichen.

Ratlos sah ich Viktor an, aber der hatte die aussichtslose Lage schon begriffen. Sein Gesicht drückte Entsetzen aus.

»Mist, verdammter!« murmelte er und schickte einen haßerfüllten Blick zum Center Face hin.

Kathrin hatte andere Sorgen. Sie hielt sich taumelnd an der Sessellehne fest und stieß sich anschließend tapfer an Voodoo vorbei in Richtung Paternoster. Dabei begegnete sie Lorenzen, der mit Appalong und Halbmond aus dem Observatorium kam. Der Australier und die Halbindianerin bemühten sich, kein allzu amüsiertes Grinsen aufzusetzen, als sie ihre angeschlagene Verfassung bemerkten. Lorenzen dagegen schien aus irgendeinem Grund irritiert. Da ich nicht wußte, ob schon alle von der Besatzung der Dame begegnet waren, schob ich seine Reaktion auf den Umstand, daß er sie noch nicht kannte, und kümmerte mich nicht weiter darum.

Plötzlich aber machte sie kehrt. Mit einem albernen Kichern drängte sie sich zwischen den dreien hindurch und schob sich dicht an mich heran. Ich wich etwas zurück, weil ich einen weiteren plumpen Annäherungsversuch vermutete, aber da hatte sie mich schon fest an den Armen gepackt. In einer Alkoholfahne umnebelt brachte sie ihren Mund nahe an mein Ohr. »Nein, nicht was du denkst, Kapitän! Ich wollte dir nur sagen, den kleinen Grauhaarigen da, den kenne ich auch! Wilhelm, du weißt schon… Annes Vater, hat ihn oft auf dem Face gehabt… ich meine, er hat mit ihm gesprochen… über den Chip und so. Ihn kannste fragen, wenn dir was unklar ist!«

Sie quetschte mir noch einen nassen Kuß aufs Ohr und verabschiedete sich mit einem lauten »Tschüs, Strolchi! Bis später«.

Ich blieb wie versteinert an meinem Platz stehen.

Voodoo platzte fast vor verhaltenem Lachen, als er den Kosenamen hörte. Appalong grinste nun offen mit allen zur Verfügung stehenden Zahnreihen und Halbmond schloß sich ihm vergnügt an.

Geschockt und geistesabwesend ließ ich mich vorsichtig auf der Kante meines Sessels nieder und drehte mich unbewußt von Lorenzen weg.

Das konnte doch nicht wahr sein!

Ich war wie gelähmt und nicht mehr fähig, auch nur einen vernünftigen Gedanken zu fassen. Dieser Mensch war seit Monaten mit uns zusammen und hatte von der Existenz der *Sternenläufer* gewußt! Mehr noch: laut Kathrin hatte er Kontakt mit den Wissenschaftlern an Bord gehabt und das wahrscheinlich seit Anbeginn dieser mysteriösen Geschichte.

Innerlich vollkommen aus den Fugen, sank ich tief enttäuscht in den Sessel. Was für ein Wechselbad der Gefühle! Vor einigen Minuten noch stand ich rundum zufrieden mit einem Sektglas in der Hand in der Zentrale und jetzt? Nichts, noch nicht einmal Wut. Selbst die fünf weiteren Jahre im Weltraum konnten mich nicht mehr erschüttern.

Alle Personen, denen ich vertraut hatte, verwandelten sich in graue Monster. Fritz Bachmeier, der auf dem Center Face eine stumme Rede hielt, hatte mir dreiste Lügen erzählt. Hellbrügge hatte von der *Sternenläufer* gewußt. Und was war mit Berchtold, Molly Steenburgen? Oder Appalong, vielleicht auch Halbmond? Waren sie ebenfalls von Anfang an eingeweiht? Richard Ballhaus? In diesem Moment fiel mir das blaue Armband ein, das er um sein Handgelenk getragen hatte. Kathrin hatte erwähnt, daß die Ordensbrüder solche Armbänder getragen hatten. Ballhaus war also einer von ihnen gewesen. Im nachhinein war es unwichtig, und ich verdrängte ihn rasch aus meinen Gedanken. Ich wollte keine Energie an einen Toten verschwenden.

Nun überfiel mich eine bleierne Gleichgültigkeit. Wäre nicht die beklemmende Frage nach unserer sicheren Rückkehr zur Erde angestanden, hätte ich mich am liebsten wortlos in mein luxuriöses Appartement im Wohnzylinder zurückgezogen, um mich hemmungslos zu betrinken. Ich hatte die Schnauze gestrichen voll von dem Schmierentheater.

In der Zentrale war es still geworden. Betont langsam drehte ich mich mit meinem Sessel zu den Besatzungsmitgliedern um, die mich skeptisch anblickten. Sie spürten, daß etwas in der Luft lag. Auch Vivian und Luis waren inzwischen angekommen.

Ich fixierte mit ernstem Blick jeden einzeln. Den hageren Wissenschaftler sparte ich mir bis zuletzt auf.

»Lorenzen«, sagte ich mit gedehnter Stimme. »Haben Sie uns nichts zu sagen?«

Er wand sich unter meinem Blick mit flackernden Augen und unsicheren Handbewegungen. »Ich wüßte nicht, was…«

»Lorenzen«, setzte ich nach. »Ich will alles wissen – und zwar jetzt sofort!«

Nun wurde sein Gehabe hektischer. Ich befürchtete

schon, daß er gleich aus der Zentrale flüchten würde und spannte meine Muskeln an. Notfalls würde ich ihn niederreißen und die Wahrheit aus ihm rausprügeln.

»Ich… es ist nicht so einfach, wie Sie denken«, begann er zögernd, dabei wurde er merklich ruhiger. Ich hatte den Eindruck, daß er dankbar dafür war, endlich reden zu dürfen. »Darf ich mich setzen?«

»Bitte, meinetwegen!«

Luis entsicherte einen Sessel und schob ihn Lorenzen unter den Hintern. Die anderen hatten verwundert mitbekommen, daß sich etwas Entscheidendes anbahnte und nahmen instinktiv Abstand zu dem jetzt zitternden Häuflein, das neben mir sitzend händeringend nach Worten suchte.

»Es war nicht meine Idee gewesen«, lamentierte er. »Ich weiß noch nicht einmal, wo ich anfangen soll.«

»Ganz von vorne, Lorenzen, von Beginn an.« Mir kam eine kühne Ahnung in den Sinn. »Fangen Sie mit der Marsexpedition vor 15 Jahren an!«

»Gut. Ja, gut, das ist vielleicht am sinnvollsten«, pflichtete er mir bei. Ich hatte also richtig vermutet. Bevor er beginnen konnte, fragte Voodoo schnell: »John, einen Augenblick, was ist mit Bachmeier? Wollen wir nicht hören, was er sagt?«

Viktor antwortete an meiner Stelle. »Er ist unwichtig, Voodoo! Wichtig wäre höchstens zu wissen, ab wann wir die *Nostradamus* für das Erreichen der Jupiterbahn abbremsen müssen.«

»Was! Du machst wohl Scherze?« Voodoo verschluckte sich erschrocken bei seiner Frage.

Die anderen hatten nicht sofort begriffen, dann aber reagierten sie mit entsetzten Ausrufen. Diese Möglichkeit für unsere Rückkehr war von allen – auch von mir – bisher als unwahrscheinlich angesehen worden. Plötzlich aber schien daraus bittere Wirklichkeit zu werden.

Viktor und ich wurden mit Fragen bestürmt.

»Ruhe, verdammt!« brüllte ich laut. »Viktor hat recht, ich habe keine Lust, für alle Ewigkeiten ins Weltall zu verschwinden! Voodoo, wieviel Zeit bleibt uns noch?«

»Ogott, ogott, ihr macht mir Spaß! Moment!« Er schwang sich sichtlich benommen in die NAV-Einheit hinein. »54 Stunden plus minus 10 Minuten. Oder willst du es genau wissen?«

Ich atmete erleichtert auf. Wir hatten also reichlich Zeit, uns Lorenzens Geschichte anzuhören, und mußten keine übereilten Entscheidungen treffen, was unsere Heimkehr betraf. »Nein, danke«, antwortete ich und wandte mich Lorenzen zu, der mich zweifelnd ansah. »Sie haben es gehört. Wir haben die Wahl zwischen einem sicheren Rückflug, der fünf Jahre dauert, oder wir vertrauen auf *Nordquelle*. Wie würden Sie sich denn entscheiden, Herr Lorenzen?«

Ich konnte ihm förmlich ansehen, wie er die beiden Möglichkeiten fieberhaft gegeneinander abwägte. Nach einigen Sekunden flüsterte er: »Ich weiß es nicht, aber ich glaube, daß wir uns in acht nehmen müssen. Der Konzern kann es sich nicht leisten, daß die Ereignisse auf der *Sternenläufer* an die Öffentlichkeit dringen. Es könnte das Ende für die Flotte von Space Cargo bedeuten.«

Unvermittelt brach er ab, als hätte ihn meine Frage aus dem Takt gebracht. Mit ermunterndem Nicken zu sich selbst begann er schließlich zu erzählen. »Sie wissen, wie es vor einem Vierteljahrhundert um die Raumfahrt bestellt war. Die Japaner und Amerikaner waren mit der Erschließung des Mondes und der Ausbeutung der nahen Asteroiden weit vorausgeprescht. Space Cargo kam erst sehr spät und über Umwege zu einer funktionierenden Raumflotte. Man beschloß einen großen Sprung zu wagen und nahm den Planeten Mars zum Ziel. Es war nicht einfach, aber der Mut wurde belohnt: Die Marsexpedition wurde ein großer Erfolg. Aber das wissen Sie ja selbst, Herr Nurminen. Auf jeden Fall hatte der Konzern mit einem großen Schritt den Fuß in der Tür, aber das war noch nicht alles. Der Marsflug war keine reine Expedition, er war gleichzeitig Vorbereitung für das ›Train‹-Konzept, das in diesen Tagen vor dem ersten Erfolg steht. Bald werden wir in großen Mengen Rohstoffe vom Mars zur Erde transportieren, und das zu Preisen, mit denen wir der Konkurrenz nicht nur Paroli bieten können, sondern in Zukunft auch die Führung auf diesem Gebiet übernehmen werden.«

Lorenzen machte nach seinen Ausführungen, die weit in die Vergangenheit gereicht hatten, eine Pause, in der er mit umwölkter Stirn über seine bisherigen Ausführungen nachdachte, ob er etwas Wesentliches vergessen hatte. Ich war verwundert darüber, daß er sich in der Politik und den damaligen Zukunftsplänen des Konzerns so gut auskannte. Er sprach wie ein Mitglied der Führungsetage, obwohl ich vor unserer Begegnung in Manching noch nie von ihm gehört hatte.

Schließlich nahm er den Faden wieder auf.

»Dann erfolgte die Entdeckung der Marspyramiden, die zu einem unglückseligen Zeitpunkt stattfand, denn Space Cargo hatte sich mit der erfolgreichen Marsexpedition ein sicheres und für Jahre hinaus unbehelligtes Terrain erschlossen. Die Amerikaner hatten zuvor mit ihrem Unternehmen zur Erschließung des Planeten kein glückliches Händchen gezeigt. Der Mars war für die NASA und später für Grumann-NASA immer ein Verlustgeschäft gewesen. Sie standen zu sehr unter dem Druck ihres eigenen Anspruchs, federführend in der Raumfahrt sein zu wollen. Nach dem Desaster der *Constitution* zwei Jahre vor unserer Marsexpedition legten sie gezwungenermaßen ihre Pläne für den Roten

Planeten vorerst auf Eis und konzentrierten sich auf den Mond und den Ausbau von Raumstationen für die Unterstützung ihrer Asteroidenflotte. Hätten wir die Entdeckung der Marspyramiden publik gemacht, wäre unsere alleinige Präsenz auf dem Planeten sofort gefährdet gewesen. Die Landbesitzrechte im Sonnensystem waren nach wie vor in einem unbefriedigenden Schwebezustand und sind bis zu einer endgültigen Klärung an einer Art Gewohnheitsrecht angelehnt. Ein Besitzanspruch der Marspyramiden von unserer Seite hätte mit Sicherheit zu keinem Erfolg geführt, ganz im Gegenteil: Wir hätten uns nicht nur die Konkurrenz zum erbitterten Gegner gemacht, sondern auch die Weltöffentlichkeit, die einen freien Zugang zu den Altertümern gefordert hätte. Space Cargo befand sich zunächst in einem ausweglosen Dilemma, was mit den Pyramiden geschehen sollte. Erschwerend kam noch hinzu, daß eine starke Gruppe innerhalb des Konzerns die sofortige Zerstörung der Bauwerke forderte.«

Er blickte zweifelnd in die Runde, weil er sich unsicher darüber war, ob er die ›starke Gruppe‹ näher definieren sollte.

»Wir können Ihnen folgen«, erklärte ich lapidar.

»Gut. Die Strukturen innerhalb von Space Cargo sind manchmal sehr undurchsichtig«, bekräftigte er mit einem Achselzucken. »Es kam zu schweren Auseinandersetzungen. Die Mehrheit war schlichtweg empört über die Forderung dieser… ähm… Minderheit. Die Meinungsverschiedenheiten nahmen in einem beängstigenden Maße zu. Ich wage nicht daran zu denken, wie das Ganze geendet hätte, wäre nicht während dieser ›Arbeitsbesprechungen‹ die Nachricht von der Entdeckung dieser kleinen künstlich geformten Steinchen hineingeplatzt. Fritz Bachmeier, der damals wie Sie Raumkadett war, hatte sie in der Nähe der Marspyramiden gefunden. Natürlich hatten wir zu diesem Zeitpunkt keine Ahnung, was uns da in die Hände gefallen war, aber das Vorhandensein einer unbekannten Materie war ein überzeugendes Argument gegen die Zerstörung der Marspyramiden. Man einigte sich schließlich auf einen Kompromiß: Kapitän Wagner sollte versuchen, die anliegenden Hügel zu sprengen, so daß die Bauwerke wenigstens optisch nicht mehr als Pyramiden auszumachen waren. Außerdem sollte die Mitwisserschaft um die Entdeckung dieser roten Steinchen möglichst klein gehalten werden. Man übertrug mir die Aufgabe, nach der Rückkehr der *Werner von Siemens* die unbekannte Materie zu untersuchen. Kann ich bitte einen Kaffee oder etwas Ähnliches haben?«

Eine gute Idee. Das Wort ›Kaffee‹ aus seinem Munde machte ihn mir sympathischer. Ich bestellte zwei Becher bei dem Getränkeautomaten. In der kurzen Unterbrechung sprach niemand ein Wort. Nachdem ich ihm das Getränk gereicht hatte, trank er einen Schluck und nahm die Erzählung wieder auf.

»Vielen Dank. – Sieben Monate später hielt ich die kleinen Gebilde zum ersten Mal in der Hand. Ich hatte keine Ahnung, was ich damit anfangen sollte. Wäre nicht der Enthusiasmus eines Fritz Bachmeier gewesen, der geradezu danach gierte, das Rätsel zu lösen, ich hätte nicht gewußt, wie wir das Problem angehen sollten. Ich will Sie nicht mit den mühseligen Forschungsarbeiten langweilen, die darauf folgten. Ein wichtiger Schritt war jedoch, daß sich Bachmeier entschloß, auf eine vielversprechende Karriere in der Flotte zu verzichten und mit mir und einigen Experten ein Team aufbaute, das sich ausschließlich mit der Erforschung dieses Materials beschäftigte. Wir merkten sehr bald, daß wir vor allem Denkanstöße brauchten, denn alle Untersuchungsergebnisse führten zu keinem befriedigenden Ergebnis. Fritz Bachmeier fand einen neuen Anfang, als der Konzern ihm den Zugang zu einem der größten Archive auf der Erde ermöglichte – im Vatikan. Trotzdem sollten einige Jahre verstreichen, bis wir überhaupt wußten, in welche Richtung wir forschen sollten. Zuvor war unser Hauptfehler gewesen, daß wir das Problem über die konventionelle Materialuntersuchung lösen wollten. Der Durchbruch erfolgte von einer ganz anderen Seite: die Ausgrabungen des Inders Ram Mohan Datta in Saqqara. Man fand in den unterirdischen Anlagen mehrere Hinweise auf die Himmelspyramide. Außerdem Schmuckstücke, in denen die roten Steinchen verarbeitet waren, und Hinweise auf eine geheimnisvolle Kraft, die von ihnen ausging.«

»Fritz hat mir davon erzählt«, sagte ich, »aber ich dachte, es gebe keine Erlaubnis von der ägyptischen Regierung für die Ausgrabungen.«

Lorenzen lächelte zynisch, was ihn mir wieder einige Grad unsympathischer machte. »Gibt es auch nicht. Ägypten ist ein Land, das ausschließlich vom Tourismus lebt, und der bringt in der heutigen Zeit, in der sich die Leute lieber in ihren hygienisch reinen Illusionskabinen aufhalten, nicht viel ein. Für einen großzügigen Preis war die Regierung gerne bereit, uns eine kleine Vorbesichtigung zu gestatten. Fritz Bachmeier war inzwischen offiziell für den Vatikan tätig. Man brachte ihm und den begleitenden Ägyptologen, die anschließend die Kammern ein halbes Jahr lang untersuchten, also ein gewisses Vertrauen entgegen. Es handelt sich übrigens bei der Anlage tatsächlich um das Grab von Imhotep. Eine Weltsensation, wenn ich es angesichts der Ereignisse hier im Weltraum noch so bezeichnen darf. Nachdem wir alle Schriften und Gegenstände Imhoteps gesichtet und entschlüsselt hatten, wußten wir, wie wir weiter vorgehen mußten. Und die Zeit drängte! Aus den Aufzeichnungen ging hervor, daß Nofretete bald wieder im Sonnensystem erscheinen würde. Auch die spärlichen Hinweise aus der frühchristlichen Zeit und aus dem Mittelalter wiesen darauf hin. Unser Problem war nun, die Konzerndirektoren zu überzeugen, daß wir rechtzeitig ein Forschungsschiff entsenden mußten, damit wir vor Ort waren, wenn die Pyramide auftauchte.«

Mit einem traurig anmutenden Gesichtsausdruck blickte er auf das Center Face, auf dem immer noch ein Fritz Bachmeier stumm gestikulierte. Viel zu lange schon, wie ich meinte. Besorgt prüfte ich zum wiederholten Male die Übertragungsleitung und überzeugte mich, daß sie ›tot‹ lief, also nicht direkt in Reinders endete. Wenn der Konzern versuchte, uns ein verstecktes Programm in den Computer zu schmuggeln, würde er damit keinen Erfolg haben. Viktor hatte meine Überprüfungen bemerkt und nickte mir beruhigend zu. Lorenzen war viel zu sehr in der Vergangenheit versunken, als daß ihm meine kleine Unaufmerksamkeit aufgefallen wäre.

»...können Sie sich gar nicht vorstellen, wie sehr uns im nachhinein die Christianisierung behindert hat«, dozierte er. »Fast alle wichtigen Aufzeichnungen der alten Zeiten wurden vernichtet, verbrannt oder zerstört! Die Bibliothek von Alexandria, Konstantinopel, Kreta. Alles von den Christen dem Erdboden gleichgemacht! Selbst im 15. Jahrhundert noch haben die Jesuiten in Mittelamerika wertvolle Aufzeichnungen der Mayas unwiederbringlich dem Feuer übergeben. Aber ich schweife ab.« Mit einer verächtlichen Handbewegung ließ er die Geschichte des Altertums hinter sich. »Es war nicht schwierig, die Konzernleitung zu überzeugen, besonders weil wir mittlerweile beeindrukkende Demonstrationen mit dem Omni-Chip, wie wir ihn nun bezeichneten, vorweisen konnten. Wir hatten inzwischen mit parapsychisch begabten Menschen Experimente durchgeführt und erkannten, daß der Chip nicht nur in der Lage war, Informationen zu speichern, sondern auch zu senden.«

Viktor meldete sich zaghaft zu Wort. »Entschuldigen Sie, wenn ich Sie unterbreche, aber das ist ja nichts Neues, außer wenn dieser sagenhafte Chip die Informationen tatsächlich ohne Zeitverlust übertragen könnte. Kathrin… äh… Frau Sannemann hat etwas Ähnliches angedeutet.«

Lorenzen reckte das Kinn und spitzte den Mund, als hätte er einen bitteren Wein getrunken. »Sannemann… mmh… ja, ich wußte, daß ich die Dame irgendwoher kenne. Na gleichgültig.« Er wandte sich Viktor zu. »Der Omni-Chip überträgt Informationen nicht nur ohne Zeitverlust, Herr Sargasser, wir glauben zu wissen, daß er Bilder, Geräusche, Gerüche, kurz alle Sinneseindrücke, zu denen ein Gehirn in der Lage ist, aufnehmen, transferieren und speichern kann.«

»Sie meinen, ähnlich wie eine Illusionskabine?«

Lorenzen lächelte nachsichtig. »Ähnlich ist eine völlig unzutreffende Beschreibung. Wir gehen heute davon aus, daß man den Chip direkt ins Gehirn implantieren könnte. Die Eindrücke zum Beispiel, die Sie hier von unserem Gespräch erfahren, könnte ein potentieller Empfänger auf der Erde, der ebenfalls einen Chip trägt, mit all Ihren Sinneseindrücken erleben.«

Das mußte ich erst einmal verdauen. Ich hatte zwar seine Beschreibung von dem Chip gut verstanden und begriffen, was er damit sagen wollte, aber die Worte in eine Realität umzusetzen, wollte mir nicht recht gelingen. Den anderen ging es anscheinend ebenso. Es herrschte absolute Stille in der Zentrale, noch nicht einmal Voodoo hatte einen passenden Spruch parat. Verstört brachte ich ein mißglücktes Lächeln zustande. »Das ist nicht Ihr Ernst, oder?«

Er antwortete etwas ärgerlich mit einer ironischen

Gegenfrage. »Es geht über Ihre Vorstellungskraft hinaus, nicht wahr, Herr Kapitän?«

Ich war ihm deswegen nicht böse. »Ja, es geht sogar weit darüber hinaus! Oder ganz konkret: Für mich läuft die Zeit zu schnell durch. Es ist gar nicht allzu lange her, da stand ich auf einem Hügel auf dem Mars und habe ungläubig die Pyramiden betrachtet, dann durfte ich in Australien an der Entdeckung von Nofretete teilhaben, kein halbes Jahr später kam ich in den zweifelhaften Genuß, von einem futuristischen Antrieb beinahe in ein künstliches Schwarzes Loch oder wohin auch immer gekippt zu werden, und nun erzählen Sie mir, daß bald jeder in der Lage sein wird, an meinen Gefühlen teilzuhaben! Geht es nicht etwas langsamer, Herr Lorenzen?«

»Ich habe nicht von Gefühlen gesprochen, sondern von Sinneseindrücken«, korrigierte er mich. »Aber ich stimme Ihnen zu, die Entwicklung läuft aus dem Ruder. Und damit sind wir an einem weiteren wichtigen Punkt in meiner Geschichte angelangt: Sie sind nicht der einzige, dem das alles zu schnell geht. Ich habe vorhin eine gewisse Gruppe erwähnt, die sich vehement gegen die Bekanntmachung der Entdeckungen der Marspyramiden wehrte. Anfangs war ich sehr empört über diese Anmaßung. Inzwischen – und ich gebe es offen zu, so sehr ich auch von den Möglichkeiten fasziniert bin, die sich uns eröffnen – bin ich mir nicht mehr so sicher, daß diese Leute unvernünftig und verbohrt in die Zukunft denken.«

Ich drehte mich mit meinem Sessel zu den anderen um. Es war ihnen anzusehen, daß sie ebenso betroffen von seinen Erzählungen waren wie ich. Nur in Appalongs Augen glaubte ich ein begeistertes Glitzern zu entdecken, aber das konnte daran liegen, daß der Kontrast zu seinem schwarzen Gesicht schuld daran war. »Diese Gruppe, Sie meinen damit den ›Blauen Erdzirkel‹?« fragte ich.

»Mmm… ja und nein«, ertönte seine Stimme hinter mir. »Sie dürfen nicht vergessen, daß der Zirkel nicht offen agiert. Es gibt kein offizielles Sprachrohr. Ich glaube eher, daß im Fall der Pyramiden der Vatikan dahintersteckt. Die Aufzeichnungen des Imhotep reichen bis zehntausend Jahre vor der Zeitenwende in die Vergangenheit und man kann dabei nicht unbedingt von einer Deckungsgleichheit mit der Geschichte des Alten Testaments sprechen. Der Rat der Kurienkardinäle wird alles daransetzen, die Ergebnisse der Ausgrabung unter den Teppich zu kehren. Auch Nofretete war ihnen ein Dorn im Auge, deswegen war eine Bedingung für die Entsendung der *Sternenläufer*, daß die Pyramide das Sonnensystem möglichst nie erreichen sollte. Für die Zerstörung der Pyramide waren Abgesandte des ›Sankt-Michael-Ordens der Erneuerung‹ mit an Bord. Die Männer sind absolut papsttreu. Ein grauenhafter Haufen mit vollkommen überdrehten Vorstellungen. Mit der Forderung nach der Zerstörung der Pyramide war die Mission von Anfang an zum Scheitern verurteilt, aber es war der günstigste Kompromiß, den wir herausschlagen konnten. Bachmeier und ich sprachen mehrmals täglich mit dem Schiff und versuchten, die Konflikte einzudämmen, die schon bald nach dem Start auftraten. Nach ungefähr 15 Monaten brach der Kontakt zur *Sternenläufer* ab. Nach den letzten Berichten war es zu blutigen Auseinandersetzungen gekommen, und wir nahmen an, daß das Schiff oder die Kommunikationseinrichtungen dabei ernsthaft beschädigt worden waren. Sie können sich unsere Enttäuschung vorstellen, als wenig später Kapitän Lehnert von der *Hermann Oberth* ein Objekt weit draußen im Weltraum sichtete, das Sie und Dr. Appalong danach als die Pyramide identifizierten.«

»Und wer kam auf die Idee, die *Nostradamus* einzusetzen?« Ich drehte meinen Sessel wieder zu ihm hin.

»Ich weiß es nicht. Wahrscheinlich hätte Ihnen dazu Schmidtbauer mehr sagen können. Im nachhinein gesehen war es eine furchtbare Entscheidung, nicht nur wegen der Toten auf unserem Schiff. Wir wußten vorher schon, daß es in der Führungsetage ein heftiges Gerangel um den neuen Antrieb gab, deswegen kam es dem Konzern sehr ungelegen, seine neueste und streng gehütete Konstruktion unbeaufsichtigt auf eine ungewisse Reise zu schicken. Schmidtbauer nutzte die verworrene Konstellation geschickt aus. Sein Ziel war es, während des Unternehmens zu beweisen, wozu der Neutrino-Treiber imstande war. Die Pyramide war ihm gleichgültig. Daß er jedoch dermaßen verrückt war, konnten wir nicht voraussehen. Ich schätze, die Explosion im Schiff und auch die beiden Anschläge auf Sie, Herr Kapitän, gehen auf sein, beziehungsweise auf das Konto von Sascha Meier. Schmidtbauer hat damals schon getobt, als er hörte, daß ihm ein Kommandant vor die Nase gesetzt werden sollte. Ich war sehr verwundert gewesen, als er seine Teilnahme an der Pressekonferenz in München angekündigt hatte. Für ihn mußte die Reise zur Erde nach seinem langen Aufenthalt im Weltraum sehr beschwerlich gewesen sein. Wahrscheinlich trug er ein mechanisches Exoskelett, um sich in der ungewohnten Gravitation der Erde einigermaßen bewegen zu können. Fritz Bachmeier vermutet, daß er es war, der den Attentäter rekrutiert hat, denn bei der Ausführung der Planung beging er einen Fehler, der ihn beinahe selbst gefährdete: Durch seine späte Zusage, die ihm anscheinend ein Alibi sichern sollte, wurden die Sitzplätze und der Standpunkt des Tisches auf dem Podium verändert, deswegen schlugen die Projektile auf der Tischplatte auf – zu Ihrem Glück, Herr Kapitän!«

Ich weiß nicht, was mich in diesem Moment wütender machte: die Ausführungen von Lorenzen, der uns hier in einer unbeschwerten Weise sein Wissen vortrug, oder der Gedanke an den skrupellosen Professor, der wegen seines krankhaften Ehrgeizes zu solchen Taten fähig gewesen war. Am liebsten hätte ich den Becher mit meinem inzwischen kalten Kaffee an das Center Face geknallt, um mich wenigstens etwas abreagieren zu können.

»Und Ihr Freund Ballhaus? Was war seine Aufgabe?« fragte ich wütend.

Lorenzen schlug die Augen nieder. »Sie können sich es doch denken: Ballhaus war ein einflußreicher Führer des St. Michael Ordens. Die Waffen an Bord der *Nostradamus* gehen auf sein Konto. Er hatte Schmidtbauer dazu überredet, sie durchzusetzen, um damit seinen wertvollen Antrieb zu schützen. Natürlich sollten sie einem ganz anderen Zweck dienen. Ich hatte ein Stillhalteabkommen mit ihm vereinbart, aber trotzdem hatte ich ständig Auseinandersetzungen mit ihm gehabt. Falls wir Nofretete erreicht hätten, wäre es auf jeden Fall zu Schwierigkeiten gekommen, denn er wollte mir immer weniger Zeit für eine Erforschung zugestehen. Seine Aufgabe war die sofortige Zerstörung.«

Ich erhob mich zornig und ging zum Automaten, um mir einen neuen Kaffee zu holen. Auf dem Face war nun Ruhe eingekehrt. Fritz Bachmeier war lautlos abgetreten.

Viktor räusperte sich. »Herr Lorenzen, ich würde gerne noch einmal auf die Pyramide zurückkommen. Wissen Sie, woher sie stammt oder was sich in ihr befindet?«

Lorenzen schüttelte den Kopf. »Nein, nichts! In den alten Aufzeichnungen wird lediglich von ihrem regelmäßigen Erscheinen und von der Verbindung zu dem Omni-Chip berichtet. Wie und wann der Chip auf die Erde und auf den Mars gelangt ist, wissen wir nicht.

Erstaunlicherweise waren die Stücke vom Mars ›leer‹, während auf denen, die wir in Saqqara gefunden haben, Szenen oder unbekannte Ereignisse aufgezeichnet sind. Man kann sie unter gewissen Bedingungen erspüren. Stark telepathisch veranlagte Menschen, wie Frau Cahor, erleben die Informationen so, als würden sie vor ihren Augen ablaufen. Es ist allerdings nicht ungefährlich, sich dem Chip auszuliefern und bedarf einer gewaltigen Konzentration, nicht in einen – wie soll ich es beschreiben – Datensog oder Sinnesstrudel hineingezogen zu werden. Wir haben während unserer Experimente einen Probanden... äh... verloren, das heißt er hält sich seitdem in einer psychiatrischen Klinik auf. Nach dem Vorfall haben wir natürlich sofort alle Versuche dieser Art eingestellt, obwohl wir uns noch viel davon versprochen hatten. Besonders der Einsatz von unterstützenden Meditiva zur Eindämmung der Datenflut brachte gute Ergebnisse. Trotzdem, ich glaube, wir hätten noch lange forschen können, bis wir diese Technik auch nur annähernd beherrscht hätten, deswegen hatten wir uns sehr viel von Nofretete erhofft.«

Endlich war ich einmal in den Genuß eines heißen Kaffees gekommen. Mein Wutanfall von vorhin hatte sich mit dem dampfenden Getränk verflüchtigt und ich kehrte zufrieden zu meinem Sessel zurück.

»Erklären Sie mir doch bitte einmal diese Gruselgeschichten, die ich auf einem Face im Computerraum entdeckt habe«, bat ich ihn im Vorbeigehen. Er sah mich zuerst verständnislos an, dann lachte er verhalten. »Oh, ich hatte wohl vergessen, das Terminal auszuschalten! Tja, die Forschung um die Bedeutung des Chips hat mir auch hier auf dem Schiff keine Ruhe gelassen. Es gab zahlreiche Sackgassen während unserer Arbeit, aber gleichzeitig sehr interessante Querverbindungen. Zum Beispiel die Strukturbeschaffenheit des Chips.

Wir haben in den Archiven viele ähnliche Materialien gefunden, die im Molekülaufbau dem rätselhaften Material gleichen. Merkwürdigerweise senden geheimnisvolle Orte, wie die Beispiele in dem Buch von Learsden, der die Plätze im Infrarotbereich fotografiert hat, eine Art von Gedankenmuster aus…«

In der NAV-Einheit schnarrte ein Reflextaster. Mit einem Stirnrunzeln unterbrach ich mein Kaffeeschlürfen und hob den Kopf. Wahrscheinlich hatte der Taster einen Asteroiden erfaßt, der noch nicht in Reinders' Programm berücksichtigt war. Voodoo kletterte auf ein Zeichen von mir in die Einheit hinein, um dem Hinweis nachzugehen. Wir durften hier in diesem Sektor, in dem es von Gesteinsbrocken jeder Größe nur so wimmelte, keinen Fehler begehen. Lorenzen hatte aufgehört zu reden, als ich den Blickkontakt zu Voodoo aufnahm. Ich nickte ihm zu, fortzufahren.

»…nun, wie gesagt äh… Gedankenmuster, wobei wir nicht in der Lage sind, diese Muster zu erfassen. Wir müssen uns dabei auf Aussagen von parapsychisch begabten Menschen verlassen. Unser Gehirn ist so weitläufig und verstrickt angelegt, daß wir in Zukunft noch auf überraschende Entdeckungen stoßen werden. Die Erforschung in dieser Richtung wurde in den vergangenen Jahrzehnten sehr vernachlässigt, und ich denke, ein Resümee unserer Experimente mit dem Omni-Chip besteht darin, daß wir einen Denkanstoß in eine neue Richtung erhalten haben…«

Wieder ein leises Schnarren. Dann noch eins.

»Mich laust der Affe!« rief Voodoo laut aus der Einheit heraus.

»Was ist denn los?« fragte ich besorgt und stellte meinen Becher weg.

Ich sah, wie Voodoo an den Kontrollen hantierte. »Ich lege das Bild auf das Center Face. Herr Lorenzen wird sehr erfreut über den Denkanstoß sein!«

Mit einem mulmigen Gefühl wartete ich auf eine Abbildung. Das Center Face zeigte immer noch das Signal von Space Cargo, das die Beendigung von Fritz Bachmeiers Rede markierte. Mit Voodoos letztem hörbarem Tastenklick verschwand es – und machte einer leuchtenden Pyramide Platz, die sich taumelnd vor dem Sternenhintergrund drehte.

»Nofretete!« Wir riefen den Namen fast alle zugleich aus.

»Nix Nofretete!« schallte es aus der NAV-Einheit heraus. »Vielleicht ihre Schwester oder ihr Bruder! Ich kann euch auch noch die ganze Familie präsentieren! Hier! Oder hier!« Weitere Tastenklicks knackten in die darauffolgende Stille hinein. Jedesmal erschien eine neue Pyramide vor einem veränderten Sternenteppich mit einer unterschiedlichen Rotation. Auch die Größe variierte, was aber wahrscheinlich mit der Entfernung jeder einzelnen Pyramide vom Schiff zusammenhing.

»Bis jetzt sind es 103 Pyramiden, alle 760 Kilometer groß!« bestätigte Voodoo meine Überlegung. »Und es werden immer mehr!«

# 7

Ich befand mich alleine in der Kuppel des Observatoriums. Entgegen allen Vorschriften hatte ich die schützende Ummantelung des runden Raums durch eine Glaskuppel ersetzt. Jetzt trennte mich nur noch eine dicke Glocke aus Panzerglas von dem kalten und unendlichen Vakuum, das die *Nostradamus* umgab. Es mußte wohl ein kleiner Rest von Sentimentalität in den Konstrukteuren der Raumschiffe stecken, daß sie im Schiffskokon die Möglichkeit eines direkten Blicks in den Weltraum geschaffen hatten. Ungefährlich war ein Aufenthalt unter dem Panzerglas keineswegs, jedenfalls nicht in diesem Teil des Sonnensystems. Hier, zwischen der Mars- und Jupiterbahn existierten außer den großen Asteroiden unzählig viele Makro-Asteroiden, die mit großer Geschwindigkeit und ohne Vorwarnzeit in die Kuppel durchschlagen konnten. Größere Brokken wurden von den Reflextastern rechtzeitig geortet, ihnen konnte man mit einer eleganten Schiffsbewegung ausweichen. Gegen die kleineren Teilchen gab es keinen besseren Schutz als die starke Ummantelung des Schiffes mit Betonschaum.

Es war bis heute noch nicht hinreichend geklärt, auf welche Weise der Asteroidengürtel entstanden war. Nach wie vor hielt sich hartnäckig die Theorie des zerstörten Planeten ›Phaeton‹, der vor Urzeiten auseinandergefallen sein soll und den gefährlichen Gürtel aus Millionen unterschiedlich großen Splitterbrocken hinterließ. Zum Glück hatte die gewaltige Anziehungskraft des Planeten Jupiter in der Vergangenheit wie ein überdimensionaler Staubsauger gearbeitet und den kosmischen Dreck nach und nach in der Atmosphäre des Gasriesen entsorgt Vor zwei oder drei Milliarden Jahren hätte ich das Wagnis mit der Glaskuppel nicht lange überlebt, denn in diesen Urzeiten befand sich unser Sonnensystem in einem äußerst pubertären und stürmischen Lebensabschnitt, in dem die heimatlose Materie eine Raumfahrt zwischen den Planetenbahnen wahrscheinlich unmöglich gemacht hätte.

Zum anderen strahlte unsere Sonne nahezu unverbraucht wie in diesen Zeiten. Das Glas bot keinen ausreichenden Schutz gegen ihre gefährliche Strahlung. Ich hatte das Schiff gedreht, so daß die gesamte Breite der *Nostradamus* als Schutz diente, trotzdem hatte ich ein ungutes Gefühl in meinem gläsernen Ausblick.

Rund 1000 Kilometer von mir entfernt taumelte eine weiß blinkende Nofretete, und in einigem Abstand von ihr zehn oder zwölf weitere. Dahinter torkelten noch einige hundert oder tausend vor dem Sternenteppich, und es wurden in jeder Sekunde mehr. Voodoo hatte das Zählen aufgegeben, als uns ein einzig breites Lichtband entgegenfunkelte. Sie waren wie Blumen auf einer Frühlingswiese im Zeitraffer aufgeblüht, und ein Ende war nicht abzusehen. Es war ein Rätsel, woher sie kamen. Sie materialisierten aus dem Nichts und rollten in einer gewaltigen Welle auf uns zu.

Seit dem Erscheinen der ersten Vorboten dieser kosmischen Armada waren zwei Stunden vergangen. Wir hatten bald herausgefunden, daß sich die Geschwindigkeiten der Pyramiden untereinander kaum unterschieden. Voodoo hatte die *Nostradamus* mit einem einfachen Manöver an die Bahn der führenden Nofretete angepaßt und seitdem zogen wir an der Spitze der unzähligen Eindringlinge in einem steilen Winkel fast senkrecht zur Ekliptik durch das Sonnensystem.

Auf der Erde war offene Panik ausgebrochen. Bisher war immer nur von einer Pyramide die Rede gewesen, die bald wieder für 500 Jahre in der Unendlichkeit des Raums verschwinden würde. Jetzt aber schien die Regel mit der besorgniserregenden Vermehrung der Pyramiden durchbrochen zu sein, und diese Erkenntnis förderte die Angst vor dem Unvorhersehbaren zutage. Die Menschheit sah sich unvermittelt mit strahlenden Vorboten des Jüngsten Gerichts konfrontiert, da halfen auch zur Besonnenheit mahnende Appelle der letzten noch sendenden Channels nichts mehr. Seit einer halben Stunde empfingen wir von den meisten Stationen lediglich Testbilder oder wirre Kommentare von einzelnen Redakteuren, die sich heroisch getreu ihrer journalistischen Pflicht vor einsamen Kameras präsentierten und mehr oder weniger präzise Darstellungen der Vorgänge lieferten. Von dem, was hier zwischen der Mars- und Jupiterbahn passierte, standen ihnen für ihre Interpretation lediglich Bilder zur Verfügung, die die Mondobservatorien lieferten oder die von einzelnen Raumschiffen aus aufgenommen wurden. Ich hatte Viktor gebeten, in eigener Regie Aufnahmen und Kommentare zur Erde zu senden, vielleicht schaffte er es mit seiner ruhigen und besonnenen Art, die Panik etwas zu mildern. Viel Erfolg versprach ich mir nicht davon, denn auf der Erde war alles und jeder in Bewegung. Vor allem die Menschen, die in den großen Städten wohnten, drängten ohne Ziel mit aller Macht aufs freie Land, als ob es dort einen wirksamen Schutz gegen die vermeintliche Bedrohung aus dem All gäbe. Keine Viertelstunde nach dem Bekanntwerden der Vorgänge im Weltraum waren alle Wege aus den Metropolen heraus hoffnungslos verstopft, was zur Folge hatte, daß die vorhandenen Ängste durch Gewalt eskalierten. Die Informationen und Bilder von den Auswüchsen dieser Geschehnisse nahmen dermaßen überhand, daß ich bald das Face vor mir abschaltete und mich dazu zwang, den Kopf für das freizuhalten, was vor meinen Augen ablief. Wenn ich den Menschen helfen wollte, mußte ich mich auf unseren Schauplatz konzentrieren, nur – mein Verstand war ebenfalls nicht in der Lage, die Vorgänge zu begreifen, geschweige denn, etwas Vernünftiges zu unternehmen. Ich befand mich in einem tranceähnlichen Zustand, zudem überfiel mich eine depressive Hilflosigkeit angesichts dieser Masse von mysteriösen Objekten, die wie glitzernde Diamanten im Raum standen. Allein schon der Anblick der Pyramide, die nicht weit vom Schiff entfernt ihre Bahn zog, symbolisierte für mich einen wahr gewordenen Alptraum.

Dabei hatte ich ganz bewußt die einsame Konfrontation mit Nofretete gesucht, und das war auch der Grund dafür, warum ich mich in der Kuppel aufhielt. Mir fehlte ein Konzept für unser weiteres Vorgehen. Ich konnte es nicht wagen, mit dem Schiff näher heranzugehen. Allzu deutlich hatte ich noch den Moment vor Augen, als die *Sternenläufer* und die *American Gothic* in einer Lichtflut mit der ersten Pyramide verschwanden.

Auch Lorenzen war mir keine große Hilfe. Sein Wissen konzentrierte sich hauptsächlich auf den Omni-Chip, selbst meine vorgebrachten Zweifel an einer Verbindung zwischen Pyramide und Chip konnte er nicht beseitigen. Aus den Überlieferungen, die man bei den Ausgrabungen in Saqqara gefunden hatte, waren den roten Steinchen magische Kräfte zugeordnet. Angeblich hatte Imhotep sogar chirurgische Versuche durchgeführt, bei denen er Chips in die Gehirne von Sklaven einpflanzte, natürlich ohne Erfolg. Bemerkenswert war außerdem, daß er Aufzeichnungen hinterlassen hatte, die das periodische Erscheinen der Pyramide bis in eine Zeit zurückverfolgten, die über 10000 Jahre vor Christi Geburt hinausreichte. Lorenzen hatte mit glühendem Eifer von den neu entdeckten Schätzen des frühen vorägyptischen Reiches gesprochen, so daß ich mit Bedauern seiner Begeisterung recht bald Einhalt gebieten mußte, aber seine fesselnden Erzählungen brachten uns keinen Schritt weiter. Ich hatte ihn gebeten, sich auf für uns brauchbare Informationen zu beschränken, die uns in der jetzigen Situation weiterhelfen konnten, aber er hatte nach kurzem Nachdenken niedergeschlagen den Kopf geschüttelt. »Wissen Sie, Herr Nurminen, das Grab Imhoteps ist eine Sensation, und zu unserer Überraschung spiegelt es eine Epoche in der Vergangenheit wider, die anscheinend weit mehr über die Pyramide im Weltraum wußte als unser aufgeklärtes Zeitalter. Trotzdem konnte Imhotep die Erscheinung nicht erklären, sie war in der Geschichte des ägyptischen Reiches nur mehr eine weitere Periode von vielen, mit denen die Menschen am Nil gelebt hatten. Ich kann Ihnen also nicht sagen, wie zum Beispiel die Omni-Chips auf die Erde oder auf den Mars gelangt sind oder wie wir in das Innere von einer Nofretete eindringen können. Wenn es Ihnen etwas hilft, kann ich Ihnen jedoch versichern, daß die Wissenschaftler von der *Sternenläufer* darüber ebenfalls keine Informationen besaßen. Und erst recht nicht darüber, daß mehrere Pyramiden existieren.«

Seine Aussagen hatten mir nicht weitergeholfen. Ich hatte wenigstens mit einem kleinen Hinweis gerechnet, wie wir das Problem angehen könnten. Enttäuscht hatte ich mich mit Appalong in die Computerräume des Observatoriums zurückgezogen, wo wir uns die Daten der nahen Pyramide in allen Spektralbereichen angesehen hatten. Das Ergebnis war genauso enttäuschend. Die Nofretete besaß in allen spektroskopischen

Teilbereichen gleich stark ausgeprägte Linien. Diese in reinem Weiß strahlende Erscheinung blieb ein Rätsel, die ihr Geheimnis nicht im Dunkeln, sondern hinter Licht verbarg.

Und nun stand ich unter dem gefilterten Glas in der Kuppel, das nur das reduzierte Abbild der künstlichen Gebilde vor einem schwarzen Hintergrund passieren ließ, als gäbe es keine funkelnden Sterne und leuchtende Galaxien. Recht bald mußte ich einsehen, daß ich hier keine Antworten auf meine Fragen finden würde, auch nicht darauf, wie und vor allem wann wir zur Erde zurückkehren würden.

Kurz vorher hatte ich mir in Stichproben die Aufzeichnung aus München angesehen. Fritz Bachmeier war kein guter Lügner gewesen. Jetzt, mit etwas Abstand, redete ich mir ein, daß seine Versicherungen, der Konzern würde alles in seiner Macht Stehende versuchen, um uns eine schnelle Rückkehr zu ermöglichen, ganz bewußt halbherzig vorgetragen wurden. Immer wieder hatte er während seiner Ausführungen über den Einsatz von *Nordquelle* die Augen niedergeschlagen oder hatte sich sehr umständlich ausgedrückt. Das war nicht der Fritz Bachmeier, den ich kannte! Ich sah in seinen Worten eine verdeckte Warnung, und damit bestätigte er meine schlimmsten Befürchtungen über die Aufrichtigkeit der Konzernleitung.

Doch dann, nach Beendigung der Übertragung, war alles ganz anders gekommen. Mit dem Erscheinen der unzähligen Pyramiden hatte sich die Situation mit einem Schlag verändert. Plötzlich waren die *Nostradamus* und die Menschen auf dem Schiff wieder wertvoll!

Ich hatte mir fest vorgenommen, daß das so bleiben sollte.

Hinter mir schmatzte eine aufgehende Schleuse, und ich zuckte erschrocken zusammen. Im ersten Moment dachte ich, ein Meteor hätte die empfindliche Glaskuppel getroffen und griff deswegen hastig nach der Kapuze meines Not-Packs. Erst als ich das Geräusch erkannt hatte, preßte ich mich wie gelähmt an einen Stuhl und wartete verärgert über die Störung auf den Ankömmling.

»Hallo, ich bin es nur!«

Halbmond schwebte vorsichtig auf mich zu.

»Mein Gott, hast du mich erschreckt!« Mehr als diese Floskel brachte ich nicht hervor. Meine Nerven waren durch die latente Schutzlosigkeit gegenüber den Gefahren aus dem All wohl überstrapaziert. Es war an der Zeit, den Leichtsinn mit der Glaskuppel wieder zu beenden.

»Halt dich irgendwo fest, ich will die Kuppel schließen«, sagte ich in ihre Richtung. Richtig sehen konnte ich sie nicht, denn während meiner Beobachtungen hatte ich das Licht gelöscht.

»Schade«, bedauerte sie, »es ist ein so schöner Anblick.«

»Du kannst ihn gleich wieder genießen, ich aktiviere das Flow-Face im Observatorium, der Eindruck wird der gleiche sein wie vorher.«

»Na gut, wie du meinst.«

Eigentlich war die Bezeichnung ›Kuppel schließen‹ nicht der richtige Ausdruck. Normalerweise hing der gläserne Ausguck versteckt unter dem Observatorium. Um die Kuppel hervorzuholen, drehte man die Scheibe, auf der sich der eigentliche Beobachtungsraum befand, um 180 Grad.

Ich gurtete mich an und suchte auf der Tastatur nach den entsprechenden Befehlen. Als sich die Kuppel langsam zur Seite neigte und gemächlich den Weg ins Schiffsinnere antrat, stoppte ich den Vorgang mit einem verlegenen Lachen ab.

»Halt, Blödsinn«, rief ich Halbmond zu. »Karen, du mußt hier zu mir an das Terminal kommen, sonst versenke ich dich zusammen mit der Glaskuppel. Hier, der Befehlsstand bleibt stationär, nur das ganze Drumherum dreht sich und verschwindet unter uns.«

Sie kicherte gekünstelt aus dem Dunkel, als hätte ich ihr einen Witz mit schwacher Pointe erzählt. Ich schaltete eine kleine Lampe an, damit sie den Weg zu mir leichter fand. Sie mußte sich in der Dunkelheit zu heftig abgestoßen haben, denn sie tauchte wie eine lichthungrige Motte in dem kleinen Lichtkreis auf und tatschte ungeschickt am Terminal herum, um ihre Bewegung abzufangen.

»Hey, Karen! Langsam, langsam!« rief ich und fing ihren zierlichen Körper mit dem ausgestreckten Arm ein.

»Ich werde es nie lernen, mich in der Schwerelosigkeit zu bewegen«, beschwerte sie sich, als ich sie vorsichtig zu mir lenkte.

»Das stimmt nicht, du hast dich bisher sehr gut gehalten«, antwortete ich und dachte dabei an unseren furchtbaren Ausflug zu den Triebwerksdüsen am Heck des Schiffes.

Sie dachte an etwas anderes. »Du meinst die Sache in meinem Appartement?«

»Nein… äh… da herrschte Gravitation, wenn ich mich recht erinnere«, korrigierte ich sie.

»Ach ja? Das war mir gar nicht aufgefallen!« Sie schwebte nun greifbar nahe schräg vor mir über der Tastatur. Ich hätte schon sehr gefühlskalt sein müssen, um die sich mir bietende Gelegenheit nicht auszunützen, außerdem war ich mir sicher, daß sie die Situation bewußt herbeigeführt hatte.

Wieder einmal lagen wir uns an einem ungewöhnlichen Ort in den Armen. Ich erhöhte die Ungewöhnlichkeit dadurch, indem ich die Glaskuppel endgültig verschwinden ließ. Von der Seite schob sich das große optische Teleskop hoch und baute sich als schwarzer

Schatten vor uns auf. Anschließend aktivierte ich das Flow-Face, das die Umgebung der *Nostradamus* mit dem gleichen Ergebnis wiedergab, wie der direkte Blick durch das Panzerglas. Jetzt wirkte die Szene durch die Silhouette des Teleskops sogar noch um einiges dramatischer. Die Pyramide schien sich mit ihrer Eigenbewegung in das Observatorium hineinzudrehen. Der Effekt war so verblüffend, daß ich für einige Augenblicke irritiert an Halbmond vorbeispähte und ängstlich die Entfernungsanzeige am Terminal ablas.

»Ahoi, Kapitän! Ich bin hier, falls du mich suchst«, tadelte sie mich scherzhaft und drehte sich behende vor mein Gesicht.

»Mhm… ja… ich spüre es deutlich«, nuschelte ich, als sie mich zärtlich in die Unterlippe biß. »Ich bin nur etwas enttäuscht darüber, daß die künstliche Abbildung der Nofretete weit besser erscheint als die Wirklichkeit.«

»Kannst du nicht einmal einen Moment an etwas anderes denken als an künstliche Abbildungen oder dergleichen?« gurrte sie.

Ich grinste sie an. »Oh, tu ich das?« sagte ich und machte mich scherzhaft an den Magnetverschlüssen ihres Not-Packs zu schaffen.

»Nurminen, du bist unmöglich! Nimm sofort deine Pfoten da weg!« rief sie mit gespielter Empörung. Sie hatte allerdings einige Sekunden gebraucht, bis sie meine zweideutige Bemerkung entlarvt hatte. »Oder nein, laß sie da! Ich brauche das jetzt«, forderte sie und schob meine Hand in den Ausschnitt ihres leichten Raumanzugs.

Nach einer Weile siegte trotz aller Leidenschaft die Realität. »So schwer es mir auch fällt, aber ich muß mich wieder mit etwas anderem beschäftigen.«

»Baah! Womit denn? Etwa mit den Dingern da draußen?« fragte sie mißmutig.

»Ja, mit den Dingern da draußen. Ich habe nämlich noch keine Ahnung, wie wir die Dinger angehen sollen, und in 47 Stunden müssen wir den Flug der *Nostradamus* unterbrechen, wenn wir nicht für alle Zeiten im Weltraum verschwinden wollen.«

Sie war so vernünftig und nörgelte nicht weiter. »Schade, dabei könnte alles so schön sein.«

»Wir haben noch alle Zeit der Welt«, versprach ich nüchtern. »Aber im Augenblick haben Nofretete und ihre zahlreichen Verwandten den Vorrang.«

Halbmond hangelte sich behutsam von mir herunter. Als sie sich im Sitz neben mir angegurtet hatte, zog sie den Verschluß ihres Not-Packs zu und fuhr sich durch die Haare, die in der Schwerelosigkeit wirr von ihrem Kopf abstanden. »Ach, übrigens«, eröffnete sie mir beiläufig. »Auf dem Mond haben Sicherheitsleute meinen Bruder und meinen Vater in Gewahrsam genommen.«

»Und das sagst du mir erst jetzt?« fuhr ich auf.

»Na klar, sonst wärst du mir ja nicht an die Wäsche gegangen, du kleiner Strolchi!«

Ich schnappte nach Luft. »Bitte, Karen, laß das!«

»Na gut, na gut! Aber die Susi ist tabu für dich, versprich mir das!«

Es war schon amüsant, welch abenteuerliche Gedanken sich in Frauengehirnen einnisten konnten, obwohl…

Mit einem süßsauren Gesichtsausdruck hoffte ich, das Thema zu beenden. Halbmond bedachte mich mit einem skeptischen Blick, fragte aber nicht weiter. »Also, der Hauptgrund, warum ich dich aufgesucht habe, ist die Festnahme von Jules und meinem Vater. Festnahme ist nicht ganz die richtige Bezeichnung, aber auf jeden Fall sitzen die beiden nun in einem abgeschlossenen Raum mit direkter Verbindung nach München. Dort finden gerade wichtige Gespräche statt, in denen beschlossen wird, was als Nächstes geschehen soll.«

»Ist ja nett, daß sich die Herren so intensiv mit uns beschäftigen«, sagte ich sarkastisch.

Sie nickte abwesend. »Die Faces, die vor Jules aufgebaut sind, zeigen im Augenblick noch nichts, aber man hat ihm zu verstehen gegeben, daß man in wenigen Minuten mit ihm sprechen wird.«

Ich nickte zustimmend. Eigentlich hatte ich eine ähnliche Aktion erwartet. Eine normale Unterhaltung zwischen der Erde und uns wäre wegen der langen Funkstrecke viel zu umständlich und kostete zu viel Zeit. Und die hatten wir nicht. Ich war sehr gespannt auf die Reaktion des Konzerns hinsichtlich der Pyramideninflation. Sie mußte auch für Fritz Bachmeier eine völlig neue Situation bedeuten. Oder wußte er wieder einmal mehr als wir? Überraschen würde es mich nicht. Besonders neugierig war ich auf Vorschläge, wie wir weiter vorgehen sollten. Lorenzen hatte berichtet, daß die Wissenschaftler von der *Sternenläufer* ebenfalls keinen konkreten Plan hatten. Wir hatten vor dem Verschwinden der Schiffe noch miterlebt, wie der Versuch einer Kommunikation gescheitert war, aber wie sollten wir vorgehen? Die Pyramide einfach anfliegen und darauf hoffen, daß sich irgendwo in dem strahlenden Objekt eine Tür öffnete?

Halbmond hatte die Augen geschlossen. Diese Frau blieb mir ein Rätsel. Gerade eben noch war sie auf Tempo 100 gewesen, und nun machte sie einen völlig desinteressierten Eindruck.

»Ist was mit dir?« Besorgt beugte ich mich über sie.

»Nein, ich bin in Ordnung. Es… es ist… es geschieht etwas!«

»Was geschieht? Verflucht, nun rede doch endlich!« Ich zog verwirrt ein Face zu mir und hielt die Alarmtasten im Auge. Außerdem rief ich Voodoo an. Er meldete sich sofort.

»Bin schon da. Was gibt es, John?«

»Weiß ich nicht«, sagte ich beunruhigt. »Ich erzähl dir gleich mehr. Gib zuerst Rot-Alarm und halte das Schiff startbereit! Wir müssen vielleicht gleich abhauen! Kontakt bleibt bestehen!«

»Rot-Alarm, Startbereitschaft, Kontakt!« bestätigte er. Mit Zufriedenheit registrierte ich, daß er voll konzentriert war.

Ich drehte mich wieder zu Halbmond um. Sie hatte meine Aktion verfolgt und winkte ab. »Nicht schlimm… nur nicht reden. Muß mich konzentrieren.«

Der Rot-Alarm dröhnte durch die Schiffszelle. Nervös blickte ich hinauf zur Pyramide, aber es war keine Veränderung zu sehen. Oder erschien sie etwas heller als zuvor? Ich fixierte die leuchtende Erscheinung durch halb geschlossene Lider. Nein, keine Veränderung. Jetzt nur nicht durchdrehen, Nurminen! Ich warf einen kontrollierenden Blick nach links zu Halbmond. Sie hatte eine Hand auf die Stirn gelegt und atmete heftig.

Vielleicht sollte ich besser Vivian anrufen. Ratlos erfaßte ich Halbmonds freie Hand und erschrak, als sie krampfartig zupackte. Panik überfiel mich. Ich glaubte, eine enorme Anspannung zu fühlen. Rasch wandte ich mich dem Face zu, auf dem Voodoo geduldig wartete, während er an seinem Mikro herumschnippte.

»Voodoo, wo ist Vivian?«

Als Antwort teilte sich das Face, und sie erschien mit besorgtem Gesicht. »Ich bin in der Zentrale. Was ist passiert? Ich kann dich nur schlecht erkennen!«

»Komm schnell rauf ins Observatorium! Karen… Halbmond ist in einen tranceähnlichen Zustand gefallen. Ich weiß nicht, ob es dringend ist.«

Sie verschwand vom Face, ohne weitere Fragen zu stellen.

Ich hielt immer noch Halbmonds Hand, die sich fest in meine krallte und damit eine lautlose Spannung in mir erzeugte. Ängstlich blickte ich im Observatorium umher, als ob irgendwo eine hinterhältige Bestie lauerte, die jeden Augenblick auf uns herabspringen würde. Ich erwog das Licht anzuschalten, um dadurch Halbmond die Lage etwas zu erleichtern, entschied mich aber dann dagegen. Sie hielt bestimmt nicht ohne Grund die Augen geschlossen. Ihr schmaler Körper zuckte unmerklich, als kämpfte sie mit Alpträumen.

Angesichts ihres lautlosen Kampfes fiel mir der alte Spruch ein: ›Auf ewige Träume und arglistige Dämonen!‹ Er beschrieb treffend die bedrohliche Situation. Ich stellte plötzlich fest, daß ich stark schwitzte. Kleine Rinnsale liefen mir zwischen Augen und Schläfen herunter, als hätte ich soeben eine anstrengende Stunde auf dem Rennrad in einer Illusionskabine hinter mich gebracht. Verwundert wischte ich den Schweiß mit dem Handrücken weg und sah mir im schwachen Schein der Lampe die nasse Stelle an. Heiß war es hier drinnen nicht. Oder hatte ich Fieber? Vielleicht lag es am Not-Pack, der Anzug schloß absolut dicht ab. Verwundert schüttelte ich den Kopf und stutzte, als sich eine kleine Tröpfchenfontäne mit einem Sprenkeln auf das Terminal verteilte. Meine Haare waren klatschnaß! Anscheinend war ich nicht ganz in Ordnung.

Dafür ging es Halbmond besser, jedenfalls lockerte sich ihr Griff, und ihre Atmung beruhigte sich.

Jetzt endlich kam Vivian durch die Schleuse. Sie hangelte sich routiniert heran und entledigte sich ihres medizinischen Rucksacks, den sie an das Terminal heftete.

»Alles normal, Puls, Atmung. Ich würde sagen, sie schläft«, sagte sie nach einer kurzen Untersuchung. »Aber dafür schaust du aus wie gekotzt! Was habt ihr denn gemacht? Kannst du mal das Licht anmachen?«

Ihr anschließender Rundum-Blick auf das Flow-Face und die schummrige Beleuchtung sprach für sie offensichtlich Bände, aber das war mir gleichgültig.

»Voodoo, wir bleiben auf Stand-by!« befahl ich zum Face hin, als das Licht anging.

»Stand-by, bestätigt!«

Vivian machte Anstalten, zu mir herüberzukommen, um meinen Zustand genauer zu untersuchen. Gott sei Dank wachte in diesem Moment Halbmond auf.

»Mphsss…«, machte sie wie eine kleine Katze, die mit ihrer Schnauze zu schnell in einen Milchnapf getaucht war. Sie richtete sich auf, bis sie sich daran erinnerte, daß keine Gravitation herrschte und es keine Rolle spielte, in welcher Haltung sie sich erholte.

»Es geht schon. Ich fühle mich prima!« wehrte sie Vivians helfende Hand ab. Dann sagte sie triumphierend: »Wir dürfen rein. Drei Personen, nicht mehr.«

Ich starrte sie dumm an. »Was rein? Wo rein?«

Sie lächelte mich nachsichtig an, als hätte sie es mit einem Behinderten zu tun. Dann deutete sie mit dem Kopf nach oben. »Dort hinein natürlich, in die Pyramide.«

Wir trafen uns alle, außer Kathrin Sannemann, eine halbe Stunde später in der Messe. Es bestand kein triftiger Grund dafür, die Lagebesprechung nicht in der Zentrale abzuhalten, außer, daß ich damit etwas Brisanz aus der Sache nehmen wollte, denn in der Messe war es gemütlicher. Luis hatte sich gerne bereit erklärt, das Center Face in der Zentrale zu überwachen. Ich bat ihn vor allem darum, alle intakten Channels von der Erde im Auge zu behalten. Ich wußte, insgeheim war er mir dankbar für diese Aufgabe, weil er dadurch auf dem neuesten Stand an Informationen aus Spanien blieb, auch wenn er vor einer Stunde schon erfahren hatte, daß es seiner Familie gut ging.

Den Rot-Alarm hatte ich aufgehoben, also konnte ich mir einen vernünftigen Kaffee kochen. Mein Schweißausbruch war verflogen, und ich fühlte mich gut. Vivian wollte mich zwar unbedingt untersuchen, aber ich wimmelte sie ab. Eigentlich hatte ich ja keine Beschwerden gehabt, vielleicht war der Grund dafür psychischer Natur gewesen, außerdem war mir jetzt, in diesem entscheidenden Moment, absolut nicht danach, eine Frau näher als nötig an mich heranzulassen, auch nicht, wenn sie Doktor der Medizin war.

Halbmond schilderte ihr Trance-Erlebnis, dessen Ursache die Nachricht von der Pyramide war.

»Ich kann es für jemanden, der nicht die gleiche Veranlagung wie ich besitzt, schwer beschreiben. Die Informationen bestehen nicht aus Wörtern oder Lauten, es ist eher so, daß eine Art Traumerlebnis jedem Aussageinhalt vorausgeht. Wenn ich es bildlich beschreiben müßte, würde ich es so formulieren: zuerst erlebe ich einen Traum, ohne den Inhalt mit allen Feinheiten zu verstehen, dann wache ich auf und ich begreife im Wachzustand die Botschaft. Nur, das passiert alles gleichzeitig, ohne Unterbrechung der einzelnen Informationen. Vielleicht bin ich – oder genauer – vielleicht ist das menschliche Gehirn nicht dafür geschaffen, diese Form von Nachricht sofort zu verarbeiten, aber immerhin bin ich in der Lage, die Sendungen zu empfangen.«

»Dynamisches Lesen«, warf Viktor ein. »Es gibt Menschen, die eine Videoboardseite mit einer bestimmten Vorgehensweise optisch erfassen und gleichzeitig den Inhalt verstehen. Man kann es trainieren. Normalerweise lesen wir uns eine Information innerlich vor. Wenn man intensiv daran arbeitet, kann man diesen Vorgang ausschalten und benötigt nur noch einen Bruchteil der Zeit, um eine Nachricht zu lesen.«

»Ja, genau«, bestätigte Halbmond. »Nur lesen sollte man schon können«, fügte sie überflüssigerweise hinzu.

»Das heißt, wir sind blöde, nur Frau Halbmond ist gescheit«, warf Voodoo mit erhobenem Zeigefinger ein.

»Ja, genau das meine ich!« konterte sie schlagfertig und lächelte ihn an.

Mir war nicht zum Lachen zumute, besonders weil ich von ihr schon wußte, um welche Personen es sich handelte, die in die Pyramide ›durften‹, was immer das auch bedeuten sollte.

»John, ich und Kathrin Sannemann«, antwortete Halbmond, als Viktor die unausweichliche Frage stellte. Mit einem innerlichen Schmunzeln bemerkte ich, daß sie Kathrin bewußt als letzte erwähnt hatte. Ob sie es aus Gründen der Dramatik oder aus anderen Absichten heraus so formuliert hatte, blieb mir verborgen.

Stille.

»Wieso das denn?« fragte Viktor endlich. »Ich meine, John und Halbmond ist vernünftig, aber warum diese... äh... Kathrin?«

Ich stellte meine dampfende Tasse Kaffee auf den Tisch und sagte im Niedersetzen: »Wir nehmen an, weil wir alle drei eine Gemeinsamkeit haben: Wir tragen einen Omni-Chip mit uns herum!« Ich zog meinen zugelöteten silbernen Anhänger heraus und präsentierte ihn wie eine Hundemarke. Anschließend erklärte ich, wie Halbmond und ich zu den roten Steinchen gekommen waren.

»Dabei sehe ich ebenfalls nicht ein, warum Kathrin Sannemann an der Expedition zu Nofretete teilnehmen sollte. Jemand anderer hängt sich ihr Medaillon um und ist damit im Besitz der vermeintlichen Eintrittskarte. Das würde bedeuten, ein Platz ist frei.«

Ich machte eine Pause. »Natürlich werde ich die Expedition leiten, und ich glaube, niemand wird bestreiten wollen, daß Halbmonds Teilnahme unumgänglich ist!«

Wieder Stille.

Jeder wägte für sich die Chancen ab, als drittes Mitglied der Expedition die Pyramide zu betreten. Viktor – und das wußte er genauso gut wie ich – kam als mein Stellvertreter nicht in Frage. Sein Platz war hier auf dem Schiff. Ähnlich verhielt es sich mit Voodoo, obwohl er durchaus ein Kandidat war, aber wegen mancher Aspekte sah ich ihn lieber auf der *Nostradamus*.

Luis litt zu sehr unter der Sorge um seine Familie, auch wenn er das nie zugegeben hätte.

Blieben noch Vivian, Appalong und Lorenzen.

Es war Vivian anzumerken, daß sie bereit war, die Herausforderung anzunehmen, gleichzeitig hatte ich jedoch den Eindruck, daß der Anreiz mehr der Weiblichkeit von Halbmond galt. Andererseits erschien die Teilnahme eines Arztes angesichts Halbmonds Sensibilität nicht unvernünftig, trotzdem …

Ohne weiter darüber nachzudenken, strich ich sie in Gedanken von der Liste.

Also Appalong oder Lorenzen? Lorenzen wußte sehr viel über den Chip und war ein Urheber des Unternehmens. Ich fragte mich, wie sehr der Nutzen an einer Teilnahme gegen seine offensichtlich niedrige Belastbarkeit bestehen würde. All sein Wissen konnte uns nicht helfen, wenn in der Pyramide was-weiß-ich passierte und er durchdrehte. Appalong dagegen war psychisch stabil, dessen war ich mir sicher.

Unschlüssig wanderten meine Augen zwischen den beiden hin und her. Ich wußte, daß ich allein entscheiden mußte, eine allgemeine Diskussion würde unter Umständen ins Uferlose führen.

Mein Blick blieb an Appalong hängen, der ihn düster und ohne mit der Wimper zu zucken erwiderte.

»Ape!?« forderte ich ihn fragend auf.

Er entspannte sich mit einem angedeuteten Heben der Schultern.

»Jesus Christus!« rief er aus. »Natürlich, sofort!«

Es gab kein Zeichen von Widerspruch von seiten der anderen Besatzungsmitglieder. Alle waren anscheinend mit Appalong einverstanden. Lorenzen hatte lautlos die Luft angehalten und fiel nun sichtbar erleichtert in sich zusammen. Meine Wahl war also richtig gewesen.

Voodoo mußte die Entscheidung natürlich kommentieren: »Also, ich wäre schon auch mitgekommen, nur käme ich mir komisch vor, mit so einem Medaillon von einer Frau um den Hals!«

Alle lachten dankbar über seine auflockernde Bemerkung, trotzdem waren wir Auserwählten von einem Moment zum anderen mit einer merkwürdigen Situation konfrontiert: Es fand eine Art von besorgter Absonderung statt, die plötzlich eine peinliche Atmosphäre in der Messe schuf, geradeso als wäre es ein Abschied für immer. Lorenzen nahm Appalong zur Seite und versuchte, ihm in einem Schnellkursus sein gesamtes Wissen über die Pyramide und den Omni-Chip zu vermitteln. Vivian gab Halbmond medizinische Ratschläge und stellte ihr ein Paket von Medikamenten zusammen. Voodoo fing an, mir Tips für die Steuerung eines Raumanzugs zu geben.

Ich ließ alle für eine Weile gewähren, doch dann wurde es mir zu bunt, obwohl ich mir der gutgemeinten Ratschläge durchaus bewußt war. »Hört mir bitte alle für einen Moment zu: Ich weiß eure Besorgnis zu schätzen und sehe ein, daß wir soviel Informationen und Vorbereitung wie möglich benötigen, aber wir sollten den Ablauf etwas koordinieren. Ich würde vorschlagen, in drei Stunden zu unserer Expedition zu starten. Wir werden mit einer Arbeitsbiene zur Pyramide überwechseln, wobei ich davon ausgehe, daß es gleichgültig sein wird, welche Nofretete wir ansteuern, also nehmen wir die nächstliegende als Ziel.« Ich drehte mich zu Halbmond um, die mir zustimmend zunickte. »Vorher würde ich gerne noch wissen, was unsere Siebengescheiten aus München dazu sagen«, forderte ich sie auf.

Sie legte das Paket mit den Medikamenten zur Seite. »Ja, richtig. Ich will es kurz zusammenfassen: Der Großteil der Herren in München bezweifelt meine ›Visionen‹, was das Betreten der Pyramide betrifft. Nachdem aber keine vernünftigen Pläne für ein Vorgehen vorliegen, haben mein Vater und Fritz Bachmeier für eine alleinige Entscheidung von unserer Seite plädiert. Daraufhin hielt sich die Konzernleitung zurück, behält sich aber das Recht vor, in... na ja... besonders prekären Situationen einzuschreiten.«

»So ein Quatsch!« ereiferte sich Viktor. »Was soll denn das wieder bedeuten? Ich würde gerne erleben, wie dieses Einschreiten aussehen sollte! Keiner kann uns Vorschriften machen, auf welche Weise wir agieren werden, besonders nicht, wenn es um unser beziehungsweise um das Leben derer geht, die sich auf unbekanntes Gebiet begeben.« Er schüttelte sich angewidert, dann hob er abwägend die Hand. »Ganz abgesehen davon, hat sich mit der Erlaubnis, daß nur die Träger des Omni-Chips die Pyramide betreten dürfen, die Vermutung der ungewöhnlichen Verwandtschaft zwischen Chip und Nofretete bestätigt. Und in dem Zusammenhang hätte ich eine Frage, die alle von uns bisher anscheinend bewußt verdrängt haben: Karen, als du diese Sendungen empfangen hast, wer hat zu dir gesprochen? Handelt es sich um Stimmen von lebenden Wesen oder auf welche Weise empfängst du die Informationen?«

»Ich weiß es nicht«, antwortete sie ernst. »Die Botschaften sind absolut neutral gehalten. Es ist so, daß ich keine spezifische Stimme höre oder verstehe, lediglich Inhalte von unbestimmter Natur. Wenn ich aber eine Meinung dazu abgeben müßte, würde ich sagen, es existiert kein Leben in der Pyramide – in keiner einzigen!«

Ihre Aussage war so überraschend, daß niemand zu einer Reaktion fähig war. Von keiner Seite, weder von den Verantwortlichen auf der Erde noch unter uns hatte es bisher konkrete Diskussionen darüber gegeben, was sich in der Pyramide befinden könnte. Vielleicht lag es an der außergewöhnlichen Form der Erscheinung, hinter der man nicht unbedingt ein Raumschiff von Aliens vermutete. Vielleicht wollte man es nicht wahrhaben, daß möglicherweise eine Begegnung mit fremdem Leben bevorstand, aber der Gedanke daran hatte sich trotzdem in den Hinterköpfen versteckt gehalten. Nun war mit Halbmonds vager Behauptung eine vernebelte Frage mit Ungewißheit beantwortet worden, die jedoch jeder von uns bereitwillig zur Wahrheit erhob. Wir hatten allein schon Schwierigkeiten damit, die Präsenz von unzähligen Pyramiden zu akzeptieren, wie sollten wir auch noch eine Begegnung mit außerirdischem Leben verkraften?

»Also keine grünen Männchen«, schnaufte ich erleichtert. »Bist du dir sicher?«

»Nein, wie gesagt, ich kann es nicht mit letzter Gewißheit bestätigen«, wehrte sie meine Frage ab. »Die Botschaften erscheinen mir… so vorprogrammiert, nicht lebendig genug! Ich weiß, das klingt nicht sehr überzeugend, aber trotzdem, ich bleibe dabei: In der Pyramide existiert kein Leben!«

Ich blickte sie abwesend an, denn in Gedanken begann ich mich mit ganz anderen Überlegungen zu beschäftigen. Wie kamen wir in die Pyramide hinein? Sollten wir ein medizinisches Modul für Notfälle an die Arbeitsbiene anhängen? Oder war es vernünftiger, uns mit allen nur möglichen Werkzeugen auszurüsten? Vielleicht sogar mit Waffen? Mir schossen skurrile Vorstellungen durch den Kopf, die ich sofort heftig verdrängte. Kurzzeitig hatte ich die Vision von einer weißen Flagge, falls wir kriegerischen Insektenabkömmlingen begegnen sollten. Ich beschloß, mich auf Halbmonds Informationen zu verlassen, eine andere Basis für unser weiteres Vorgehen hatten wir nicht. Diejenigen, die Nofretete erschaffen hatten, mußten uns technisch haushoch überlegen sein. Wenn wir uns dazu entschlossen hatten, ihr Terrain zu betreten, waren wir ihrer Gunst ausgeliefert. Außerdem besaßen wir nicht die Zeit und auch nicht die Mittel, uns bestmöglich vorzubereiten. Mir fiel eine Bemerkung von Richard Ballhaus ein. Hatte er zu mir in Manching nicht gesagt, daß es eine Lösung wäre, die Pyramide unbehelligt zu lassen und darauf zu warten, bis sie wieder ihrer Wege zöge?

Konzentriert ließ ich diese Möglichkeit auf mich wirken und stellte mir die Folgen einer Passivität unsererseits vor. Nein, dafür war es zu spät! Ein Leben danach wäre nicht lebenswert gewesen. Weder für mich, noch für die anderen, wahrscheinlich auch nicht für die Menschheit, so hochtrabend es auch klingen mochte.

Entschlossen ballte ich die Fäuste. »Also gut, gehen wir es an! Nutzen wir die verbleibende Zeit und bereiten die Arbeitsbiene vor. Voodoo wird die *Nostradamus* an die Rotation der Pyramide anpassen und anschließend bis auf 100 Kilometer an sie heranmanövrieren. Außerdem brauche ich alle Vorschläge, die euch für die Expedition einfallen. Ich höre mir gerne auch die dümmsten Ideen an.«

Voodoo öffnete den Mund und klappte ihn gleich wieder zu. Er hatte begriffen, daß uns mit flapsigen Sprüchen nicht geholfen war. Ich nickte ihm zufrieden zu.

»Wir treffen uns in einer halben Stunde alle in der Zentrale! Für die weitere Besprechung müssen wir Luis und Reinders mit einbeziehen«, sagte ich laut. Vorher wollte ich mit Viktors Hilfe ein eigenes Programm in der Arbeitsbiene installieren und gleichzeitig versuchen, einen Teil meines CyCom-Systems zu reaktivieren. Es konnte ein Zeitvorteil sein, wenn ich mit Reinders direkt kommunizieren konnte.

Mit meiner Psyche stand es nach wie vor nicht zum besten. Eine kräftige Mischung aus Angst vor dem Unbekannten und einer undefinierbaren Verantwortung gegenüber denjenigen, die mir vertrauten, hielten mich in ständiger Anspannung. Zweifel kamen in mir auf. Hatte ich etwas übersehen oder hatte ich versäumt, mehr Druck auf die Konzernleitung auszuüben? Aber wozu? Keiner konnte in diesem fortgeschrittenen Abschnitt der Mission für Fehler geradestehen, außer ich selbst. Ich wußte, ich brauchte jetzt all meine Kraft, um mich auf das Kommende zu konzentrieren.

Mit einem bewundernden Blick beobachtete ich Halbmond und Appalong, die ruhig und besonnen wirkten. Keinem von den beiden war anzusehen, daß sie im Begriff waren, sich auf ein Abenteuer einzulassen, dessen Ausgang mehr als ungewiß war.

Ich verließ als letzter die Messe und hoffte, daß keiner auf meinen miserablen Zustand zu sprechen kam. Vivian war mit ihrer Bemerkung, daß ich wie gekotzt aussah, der Wahrheit recht nahe gekommen.

Auf jeden Fall fühlte ich mich so.

# 8

Das halbrunde Face in der Arbeitsbiene stabilisierte sich. Es ruckte noch einmal kurz nach, als vor mir das große Hangartor mit einem roten ›TB‹ darauf erschien. Hinter dem Tor begann der Weg zur Pyramide. Ich starrte die Buchstaben an, als erwartete ich eine Reaktion auf die Aktivierung des Faces. Appalong neben mir erging es anscheinend nicht anders, denn auch er blickte mit stumpfem Blick geradeaus, ohne sich zu rühren.

»Alle Systeme auf Grün, Status auf Stand-by!« meldete sich Viktor aus der Zentrale, gleichzeitig füllten sich die Ränder des Faces vor mir mit allerlei Informationsfeldern. Viktors Kopf wurde als letztes Rechteck rechts oben an die Leiste gesetzt.

Mit einem sanften Ruck riß ich mich aus meiner Lethargie. »Bestätigt. Systeme Grün. Status Stand-by.«

Ich drehte mich herum und sah Halbmond an. »Alles klar da hinten?«

Sie hielt beide Daumen nach oben. »Aber ja! Es kann losgehen!«

Voodoo und Luis tauchten in Raumanzügen vor der Arbeitsbiene auf und postierten sich zum Abschied links und rechts neben dem Tor.

»Na gut«, sagte ich. »Auf zum letzten Gefecht!« Ganz wohl war mir bei dem Spruch nicht, aber er gab mir ein klein wenig Selbstsicherheit. »Reinders, leg die vorprogrammierten Filter auf das Face!«

Schlagartig wurde es dunkel. Ich konnte das rote ›TB‹ nur noch als eine belegte Kontur erkennen. Die beiden farbigen Raumanzüge verwandelten sich in schemenhafte Bewegungen.

»Reinders, das Hangartor öffnen!«

Nach einer kleinen Ewigkeit bestätigte der Computer die Ausführung. Das Face zeigte jetzt ein von den Filtern künstlich erzeugtes Schwarz, das vom Sternenlicht nicht durchdrungen werden konnte.

»O.K. Reinders, die Arbeitsbiene aussetzen! Aber bitte ganz langsam, am Steuer sitzt ein ungeübter Pilot, der lange nicht mehr geflogen ist.« Ich wußte, daß Reinders mit meiner scherzhaften Bemerkung nicht viel würde anfangen können. Sie war auch mehr an Appalong gerichtet, der nach wie vor still vor sich hingrübelte. »Keine Angst«, wandte ich mich an ihn. »Die Annäherung an die Pyramide wird Reinders übernehmen.«

Er regte sich andeutungsweise, ging jedoch nicht auf meine Erklärung ein. »Ich war gerade in Gedanken in Allison Walls«, bemerkte er. »Es ist noch gar nicht so lange her, daß wir beide die Pyramide auf dem großen Schirm entdeckt haben. Ich kann es kaum erwarten, sie aus der Nähe zu sehen.«

»Ja, in einer guten Stunde werden wir sie erreicht haben...«, entgegnete ich und fügte im stillen hinzu: ...falls nichts Unerwartetes geschieht. Halbmond hatte uns zwar wiederholt versichert, daß sie positive Ausstrahlung spürte, aber ich traute dem Frieden nicht. Da draußen wartete eine unbekannte Macht auf uns. Genau genommen in einer millionenfachen Vielzahl, denn das Marsobservatorium, das in einem weitaus günstigeren Winkel zu dem Pyramidenschwarm stand, hatte in einer groben Schätzung die Zahl der riesengroßen Objekte mit über zwei Millionen angegeben, und sie vermehrten sich weiterhin. Von der Erde aus waren die leuchtenden Erscheinungen als verwaschene Wolke am Südhimmel zu sehen. Selbst bei geringer Vergrößerung trug der Anblick nicht unbedingt zur Beruhigung der Menschen bei. Immerhin war die kopflose Panik etwas abgeflaut und einem angespannten Warten gewichen.

Die *Nostradamus* war von allen Außenscheinwerfern beleuchtet. Wegen der Filterwirkung sackte das Schiff bald wie ein sinkender Ozeanriese in das unwirkliche Schwarz zurück.

Reinders richtete die Arbeitsbiene zur Pyramide aus, die sich gleich darauf kalt strahlend auf dem Face zeigte. Ohne die Zustimmung meiner beiden Passagiere einzuholen, befahl ich dem Computer, uns auf den Weg zu bringen. In spätestens 42 Stunden mußten wir wieder zurück sein. Wenn nicht... Ich wußte keine Antwort darauf. Viktor hatte die alleinige Entscheidungsfreiheit. Ich hatte ihm unter vier Augen zu verstehen gegeben, daß er auf keinen Fall auf uns warten durfte. Wenn wir es nicht rechtzeitig schafften, konnte er davon ausgehen, daß wir in ernsthafte Schwierigkeiten geraten waren.

Ärgerlich brach ich meine Überlegungen ab. Es hatte keinen Sinn, gedankliche Planspiele darüber anzustellen, was geschehen könnte. Wir besaßen keinerlei Informationen über die Beschaffenheit unseres Zieles. Im ungünstigsten Fall kamen wir noch nicht einmal in die Pyramide hinein, trotz Halbmonds felsenfester Behauptung, sie betreten zu dürfen. Selbst wenn wir in sie eindringen konnten, was würden wir vorfinden? Die Nofretete war 760 Kilometer hoch. Ihr Rauminhalt war gigantisch. Ich konnte mir nicht vorstellen, daß wir auf Anhieb in der kurzen Zeit etwas Ähnliches wie eine Betriebsanleitung für den Omni-Chip finden würden.

»Es ist total verrückt«, murmelte ich, als uns eine sanfte Beschleunigung in die Sitze drückte.

»Ich finde es sehr spannend«, entgegnete Halbmond auf meine leise Bemerkung. Es hätte mich nicht gewundert, wenn sie dabei aufgeregt mit den Beinen gestrampelt hätte.

»Hast du denn keine Angst?« fragte ich, ohne meinen Blick von der drehenden Pyramide abzuwenden. In der umgebenden Schwärze glich sie dem Bestandteil eines altmodischen Computerspiels.

»Ach, na ja… eigentlich nicht. Ich sage mir, daß der ganze Aufwand einen Sinn haben muß, selbst wenn wir ihn nicht sofort verstehen. Ich glaube, mein Vater hatte recht, als er meinte, daß uns die Pyramide mit ihrem Blinken anlocken soll. Wenn uns ihre Schöpfer Schaden zufügen wollten, hätten sie mit ihrer überlegenen Technik bestimmt wirksamere Möglichkeiten besessen. Ich bin der Überzeugung, daß wir nur dann etwas über sie erfahren können, wenn wir in der Lage sind, zu ihnen zu kommen und… nun ja, wir sind auf dem Weg zu ihnen. Alles andere wird sich zeigen.«

Ich konnte nicht umhin, sie wegen ihrer Unbekümmertheit zu beneiden. Seit Jahrhunderten stellte sich die Menschheit vor, wie ein erster Kontakt mit einer fremden Zivilisation aus dem Weltraum aussehen würde. Und nun saß das zierliche Persönchen mit zwei anderen Vertretern ihrer Rasse in einem winzigen Raumfahrzeug, das sich mit 100 Stundenkilometern diesem leuchtenden Gebirge näherte und sprach davon, daß sich alles zeigen werde.

»Es ist einfach verrückt«, wiederholte ich.

»Ich bin derselben Meinung wie Halbmond«, regte sich Appalong neben mir. »Wir erfüllen im Gegensatz zu den Jahrtausenden vor uns die Voraussetzungen für eine Annäherung an die Pyramide. Bisher war die

Menschheit an die Erde gebunden und hatte keine Möglichkeit, einen Kontakt herzustellen, weder räumlich noch gedanklich…« Er brach ab und drehte sich zu Halbmond um. »Oder doch? Vielleicht konnten unsere Vorfahren in grauer Vorzeit mit Hilfe von Gedanken mit ihr kommunizieren. Ich habe mit Lorenzen darüber gesprochen. Er meinte jedoch, daß aus allen bisher bekannten Aufzeichnungen nichts in der Hinsicht hervorgeht.«

»Mir macht diese gewaltige Massenansammlung Sorgen«, sagte ich. »In den Schriften, die ich gesehen habe, war immer nur von einer Pyramide die Rede, nicht von mehreren… oder gar Millionen. Hast du dafür auch eine Erklärung?«

»Nein, ich weiß, es ist unfaßbar. Ehrlich gesagt, ist es mir gleichgültig, ob es Tausende oder Millionen sind. Mir war eine einzige unheimlicher, jetzt erscheint mir Nofretete wie eine Massenware… wie billige Luftballons.« Er lächelte gequält. »Ich hoffe, es sind keine.«

Einer ist jedenfalls geplatzt, dachte ich. Bei der Vorstellung drängte sich in mir die Möglichkeit auf, in lauter kosmische Fallen hineinzufliegen, die nur darauf warteten, Raumschiffe mit armseligen Menschlein in den Hyperraum zu schleudern.

Ich schüttelte meine phantastischen Gedanken mit einem Schaudern ab. Bis jetzt lief alles ruhig ab. Die Kontrollen lagen in absolut Grün, Viktor war nach wie vor rechts oben auf dem Face zu sehen und verfolgte unsere Gespräche. Die Aufzeichnungen und die Bilder wurden verschlüsselt direkt nach Manching gesendet. Für den Rest der Menschheit kommentierte Voodoo allgemeine Berichte.

In vierzig Minuten würden wir die Nofretete erreichen.

Wir befanden uns an einer Unterkante der Pyramide, nahe der Ecke, und durchliefen mit der Drehung alle möglichen Helligkeitsstufen der Pyramidenflächen von sehr hell bis absolut schwarz. Gott sei Dank blieb uns wegen der Filterwirkung die taumelnde Kulisse der Sterne erspart. Ich kämpfte seit einigen Minuten wieder einmal mit den Auswirkungen der Schwerelosigkeit. Ein sich ständig drehendes und kippendes Sternenmeer hätte mir gerade noch gefehlt.

Halbmond dagegen schien es zu genießen.

»Toll! Was für ein Erlebnis, eine Geisterbahn aus Licht und Schatten! Was kommt als nächstes?«

»Wir gehen näher ran. Ich will herausfinden, aus welchem Material die Nofretete besteht. Reinders, bring die Arbeitsbiene hier an diesen Punkt, Abstand 100 Meter!« Ich tippte das Face an einer Stelle knapp oberhalb der Kante an. Anschließend aktivierte ich im Bauch der Arbeitsbiene eine Sonde, die mit allen nur erdenklichen Sensoren und Fühlern ausgerüstet war.

»So, in wenigen Minuten werden wir mehr über dich wissen, du Monstrum!« knurrte ich zuversichtlich.

Während wir uns langsam näherten, beobachteten wir gespannt das unförmige Instrument, das uns vorausflog. Die Kamera der Sonde zeigte das gleiche, was wir auf dem Face sahen: alle Schattierungen zwischen Weiß bis Schwarz.

»Reinders, die Sonde ganz langsam heranführen«, sagte ich, als die Entfernungsmessung noch fünf Meter bis zur Oberfläche anzeigte.

Die Sekunden dehnten sich in unserer Spannung und Neugierde.

Weiß, weniger weiß, grau, dunkler, schwarz, tiefschwarz, helleres Schwarz, links oben grauer, verlaufendes Grau…

»Die Sonde wirft keinerlei Schatten auf die Oberfläche!« sagte Appalong erstaunt.

Bevor ich etwas erwidern konnte, ertönte plötzlich ein leiser, durchgehender Piepton. Das Segment des Faces, das uns die Aufnahmen der Kamera zeigte, war eintönig blau geworden.

Totalausfall.

Ich zuckte erschrocken zusammen.

Auch Appalong ruckte hoch. »Was ist jetzt?«

»Weiß nicht. Der Kontakt ist abgebrochen. Reinders, wie lautet der Staus der Sonde?«

»Negativ, keine Funkverbindung, keine optische Verbindung.«

»Wie, Reinders, du kannst die Sonde nicht sehen?«

»Positiv, die Sonde ist nicht existent.«

Das hatte gerade noch gefehlt. Nicht nur, daß wir keine Bilder oder Meßdaten empfingen, die Sonde war anscheinend verschwunden.

»Reinders, spiel die letzten Aufzeichnungen der Nachfolgekamera für die Sonde ab!«

Ich vergrößerte das entsprechende Segment auf dem Face. Wir sahen die Sonde groß abgebildet vor dem Lichtspiel auf der Wand der Pyramide. Von einem Moment zum anderen war sie nicht mehr da. Kein Aufprall, keine Explosion, kein Lichtblitz oder irgendein Anzeichen einer Zerstörung – einfach weg. Auch die Standbilder gaben keinen Aufschluß über ihr Verschwinden. Wie weggezaubert wurde sie von einer Sequenz zur anderen vom Face gelöscht.

»Das ist doch…!« Ich beendete den Satz nicht. Ratlos blickte ich Appalong und Halbmond an. Dann wandte ich mich an Viktor. »Hast du das mitgekriegt?«

Er meldete sich mit einem Räuspern. »Äh… ja, ich würde vorschlagen… ich meine, versucht doch einmal, etwas auf die Pyramide zu werfen.«

»Hä?« sagte ich. »Du meinst, irgendeinen Gegenstand?«

»Genau, wir sollten nicht noch eine Sonde opfern. Und vielleicht könnt ihr mit der Arbeitsbiene näher herangehen, ganz vorsichtig natürlich.«

»Du hast leicht reden. O.K., wir nähern uns um weitere 70 Meter!« sagte ich.

Ich gab Reinders den entsprechenden Befehl.

»John, darf ich aussteigen?« fragte Appalong sachlich. »Irgend jemand muß ja von draußen etwas werfen.«

Mißtrauisch sah ich ihn an. Ich war mir nicht sicher, ob er in seiner Begeisterung für die Nofretete sich nicht zu etwas Unüberlegtem hinreißen ließ. »Meinetwegen, aber versprich mir, vorsichtig zu sein. Und keine Aktionen ohne vorhergehende Absprache!«

Er hob abwehrend beide Hände. »Ganz klar, versprochen, beim heiligen Sebastian!«

Ich verkniff mir eine gotteslästernde Erwiderung, die mir auf der Zunge lag. Weniger wegen dem Allgegenwärtigen, als vielmehr deswegen, weil ich nicht wußte, ob ich Appalong damit beleidigte.

Wir trugen seit unserem Verlassen der *Nostradamus* unsere Raumanzüge. Für seinen Ausstieg mußte er also keine weiteren Vorbereitungen treffen, als sich loszugurten und den Helm zu schließen.

»Können wir auf diese Taschenlampe verzichten, Kapitän?« fragte er, als er sich auf den Weg zur Schleuse machte.

»Sicher«, entgegnete ich humorlos. »Licht haben wir ja genug.«

Besorgt verfolgte ich seinen Aufbruch nach draußen. Er hatte keine Erfahrung im Umgang mit einem Raumanzug. Hinter mir rumpelte es ein paar Mal, dann hörte ich die Geräusche der Schleuse. Die Kontrollen vor mir blinkten in der richtigen Reihenfolge auf. Alles in Ordnung. Vorsorglich holte ich mir das Bild seiner Helmkamera größer auf das Face.

Halbmonds Kopf erschien neben mir. »Ich finde es wahnsinnig spannend!« sagte sie.

»So, findest du«, antwortete ich skeptisch. Mir war ihre Begeisterung unverständlich. Ich hielt aus lauter Nervosität meine rechte Hand stets in der Nähe der Tasten für einen Alarmstart, und meine beiden Begleiter machten den Eindruck, als befänden sie sich auf einem Rummelplatz.

»Vergiß die Filter nicht, Ape!« ermahnte ich ihn. Sie würden sich zwar automatisch einschalten, aber vielleicht war es besser, sie sofort zu aktivieren.

»Gleich, sofort. Ich würde nur gerne erst einen kurzen Blick ohne die Filter riskieren«, ertönte seine Stimme aus der Schleuse.

Ärgerlich wollte ich es ihm verbieten, hielt mich dann jedoch zurück. Er mußte selbst wissen, was er seiner Augennetzhaut zutrauen konnte.

Das Bild seiner Helmkamera zeigte zunächst nur Sterne. Irgendwo meinte ich die Sonne zu sehen. Dann wandte sich Appalong der Pyramide zu, und es dauerte einige Zehntelsekunden, bis die Sensoren sich eingepegelt hatten.

»Das ist Gottes Werk!« hörte ich ihn rufen. »John, du mußt hier rauskommen und dir das ansehen, es ist einfach gewaltig!« Er tauchte an der rechten Seite des Faces auf und drehte sich immer wieder bewundernd um seine eigene Achse.

»Vielleicht später, Ape. Zuerst das Experiment mit der Taschenlampe. Halt dich an der Biene fest! Nicht daß du mir beim Werfen hinterherfliegst!« ermahnte ich ihn. »Wirf sie nicht zu schnell!«

»O.K. Achtung jetzt! Hier geht sie ab.«

Er beschleunigte die Lampe mit einem sanften Knick seines Handgelenks. Ich setzte schnell eine Kamera darauf an, die sie automatisch verfolgte.

Nach einer halben Minute verschwand auch sie spurlos.

»Das war zu erwarten gewesen«, kommentierte Viktor den Vorgang. »Entweder die Gegenstände werden transformiert oder die Pyramidenwand ist durchlässig. Außerdem… die Taschenlampe hat ebenfalls keinen Schatten geworfen. Ich glaube, wir werden getäuscht: Die Pyramide reflektiert kein Sonnenlicht, sie projiziert eine Darstellung von diesem Vorgang.«

Ich konnte mir unter all dem nichts vorstellen. »Na prima! Und was machen wir jetzt?«

Viktor zuckte die Achseln. »Ich wage es nicht laut auszusprechen, aber ich nehme an, daß man auf diese Weise in die Pyramide gelangt – man geht gewissermaßen durch die Wand!«

Ich konnte nicht glauben, daß er das ernst meinte. »Das klingt mir zu futuristisch«, antwortete ich vorsichtig.

»Kann sein, aber ich denke, daß es sich so verhält«, sagte er leicht gereizt. »Im übrigen darf ich dich daran erinnern, daß uns vor einem halben Jahr der Neutrino-Treiber ebenfalls futuristisch vorgekommen ist. Und die beiden Schiffe sind auch sehr futuristisch verschwunden…«

»Ja, ja, ich weiß. Entschuldige…« Wir waren beide anscheinend recht nervös. »Was können wir noch ausprobieren?«

Die Antwort lieferte Appalong. Er stieß sich mit einer Hand von dem Beiboot ab und taumelte der Wand entgegen.

»Verdammt noch mal!« brüllte ich. »Ape, komm sofort zurück!«

Ich konnte es nicht fassen. Er stabilisierte seine Drehbewegung, bis er gradlinig mit ausgebreiteten Armen auf das Weiß zusteuerte. In diesem Moment traten wir wieder in den Schatten ein. Urplötzlich war das Face vor mir schwarz.

»Das ist doch…! Ape, du sollst zurückkommen! Hör

auf mit dem Wahnsinn!« Ich erhielt keine Antwort. Wütend schaltete ich die Außenscheinwerfer an, aber die Wand vor uns reflektierte das Licht nicht. Alles blieb schwarz.

»Laß ihn, es kann ihm nichts passieren«, sagte Halbmond hinter meiner linken Schulter.

»Woher willst du denn das wissen?« blaffte ich.

»Ich weiß es nicht. Aber ich fühle es.«

»Ach nein! Ich bin wohl umgeben von lauter...« Ich beendete den Satz nicht, denn vor uns wurde es wieder hell. Von Appalong war keine Spur zu sehen.

»Da haben wir die Scheiße«, sagte ich bitter. »Ape, kannst du mich hören? Melde dich!«

Nichts.

Ich warf entsetzt den Kopf zurück gegen die Lehne. Das konnte doch nicht wahr sein. Jetzt fingen wir auch noch an, uns selbst zu dezimieren.

»Ganz toll! Prima!« schnauzte ich. »Am besten hüpfen wir gleich hinterher, dann sind wir alle Sorgen los!«

»Nun warte doch erst einmal ab«, beruhigte mich Viktor. »Vielleicht taucht er ja gleich wieder auf.«

»Genau!« pflichtete ihm Halbmond bei. »Ich jedenfalls habe ein gutes Gefühl.« Es klickte leise, als sie sich losgurtete. Gleich darauf schwebte sie mit sicheren Bewegungen nach vorn. »Das ist wirklich eine aufregende Sache.«

Ich konnte ihre kindlichen Bemerkungen nicht mehr hören. In meinen Gedanken sah ich mich schon vor einem Richter stehen, der mir einzeln die Leben vorzählte, für die ich die Verantwortung getragen hatte: Wolfen, Ballhaus, Schmidtbauer, Dr. Helene Mayer, Meier Zwo... und jetzt Appalong.

»Da! Da ist er wieder!« rief sie begeistert und schlug mir auf die Schulter. Als Folge davon wirbelte sie haltsuchend vor dem Face herum.

»Verdammt, jetzt ist Schluß mit den Kindereien!« Ich

packte sie hart am Arm und stauchte sie in den Sitz neben mir. »Angurten, sofort! Und den Mund halten!« herrschte ich sie an.

»Jawohl, Eure Hoheit!« kläffte sie zurück.

Beinahe hätte ich ihr eine gescheuert. Mir war absolut nicht zum Scherzen zumute.

»... es ist ... es ist unbeschreiblich!« jubelte Appalong. »Kommt her, kommt her, ihr müßt euch das ansehen!«

Und wieder war er weg.

Ich konnte mich nur mühsam beherrschen. In mir tobten Wut, Anspannung und Erleichterung zugleich. Das rasch aufeinanderfolgende Wechselspiel aus Licht und Schatten trug ein übriges dazu bei.

»Ape!« rief ich ihm hinterher.

»Er kann dich nicht hören«, sagte Viktor. »Anscheinend läßt die Wand keine Funkwellen durch.«

»Mist, verdammter!« Ärgerlich verschränkte ich die Arme.

»Jetzt beruhige dich doch! Er wird schon wieder zur Vernunft kommen. Wer weiß, was er da drinnen gesehen hat.«

Ich ahnte, daß er recht hatte. Trotzdem wäre es mir lieber gewesen, wenn wir die Aktion etwas besonnener angegangen wären. Ich war heilfroh darüber, daß Ape nichts geschehen war, aber deswegen sollten wir unsere Glückssträhne nicht überstrapazieren.

Endlich erschien er wieder vor der Wand.

»Wo bleibt ihr denn?« rief er atemlos. »Nun kommt schon her! Es kann euch nichts passieren!« Er winkte wie ein Hampelmann mit Armen und Beinen.

»Einen Augenblick«, antwortete ich ihm. »Bleib bitte da, wo du jetzt bist! Rühr dich nicht vom Fleck!« Dann wandte ich mich an Viktor: »Hast du irgendeinen anderen Vorschlag?«

»Nein«, sagte er nach einem Zögern. »Vorerst sehe ich keine andere Möglichkeit.«

»Gut. Wir gehen raus.«

Ich atmete tief durch und gurtete mich los. Halbmond blieb unbeweglich auf ihrem Platz sitzen.

»Was ist los mit dir? Willst du nicht mitkommen?« fragte ich erstaunt.

»Nur, wenn du dich bei mir entschuldigst«, antwortete sie bockig.

Ich verdrehte mißmutig die Augen, konnte aber ihrem trotzigen Charme nicht widerstehen. »Na gut, du kleine Kratzbürste, ich entschuldige mich für meine Unbeherrschtheit. Ich hoffe, daß nun alle, die drüben in der *Nostradamus* mitgehört haben, meine Unterwürfigkeit bezeugen können.«

Im Vorbeischweben drückte ich einen flüchtigen Kuß auf ihre versteinerte Wange.

»Nurminen, ich hasse dich!« preßte sie hervor und löste ihre Gurte.

»Einverstanden, aber vergiß trotz deiner Haßgefühle bitte nicht, den Helm aufzusetzen!«

Sie streckte mir die Zunge heraus und hielt mir gleichzeitig den aufgereckten Mittelfinger unter die Nase. Nur Frauen beherrschten offenbar die Kombination beider Gesten perfekt. Ich hatte jedesmal Schwierigkeiten damit, meine Finger schnell genug zu ordnen.

Aus der Zentrale ertönte schallendes Gelächter, woraufhin Halbmonds Wangen eine rötliche Färbung annahmen. »Das gilt auch für euch!« schnauzte sie in Richtung Face.

Ein gellendes Pfeifkonzert war die Antwort.

Ich schüttelte stumm den Kopf. Na ja, wenigstens war wieder eine gute Stimmung hergestellt.

Wir überprüften gegenseitig unsere Anzüge. Appalong versicherte uns, daß wir keine spezielle Ausrüstung benötigen würden. Dabei drängte er uns ständig zu größerer Eile, als ob die Nofretete jeden Augenblick wieder verschwinden würde.

Draußen angekommen, folgte ich Appalongs Beispiel und wagte einen Blick, ohne die Filter einzusetzen. Es war tatsächlich ein einmaliges Erlebnis. Der Sternenhimmel und die ferne Sonne rotierten in einem wirren Hexentanz. Ich hielt mich mit einer Hand an der Arbeitsbiene fest und drehte mich nun ganz vorsichtig mit zugekniffenen Augen zur Pyramide hin. Der Anblick des weißen Berges raubte einem den Atem. Vor mir wuchs ein leuchtendes Massiv auf, das durch die plötzlichen Schlagschatten eine abstrakte Dreidimensionalität erhielt.

»Donnerwetter!« entfuhr es mir. »Das erlebt man wirklich nicht alle Tage.« Ab und zu konnte ich vor den wirbelnden Sternen weitere Pyramiden ausmachen, die abwechselnd hell aufblinkten.

Halbmond hielt eine Hand schützend an die Seite ihres Helmes und drehte sich ebenfalls vorsichtig hin und her. Dieses Mal brachte sie keinen ihrer kindlichen Kommentare zustande.

Appalong setzte unserem Staunen ein Ende. »Jetzt erzählt mir nur nicht, daß das beeindruckend ist. Das ist gigantisch, aber es ist nichts gegen das, was ihr gleich da drinnen sehen werdet!«

Ich winkte Halbmond zu und stieß mich sanft ab. Nach einigen Metern klappte ich den Steuerbügel vor. Mit vorsichtigen Korrekturen näherte ich mich Appalong, der zwischendurch immer wieder im absoluten Schwarz verschwand.

»Worauf müssen wir achten, wenn wir da durchgehen?« fragte ich skeptisch, als wir bei ihm angekommen waren.

»Auf nichts. Einfach drauf zuhalten.« Er deutete mit beiden Händen auf die weiße Fläche, die sich scheinbar unendlich vor uns ausdehnte.

Mein Herz begann zu rasen. Wir waren also am Ziel. Einfach drauf zuhalten.

Ich legte den Daumen auf den Steuerball und rollte ihn zögernd nach vorne…

…und gelangte in Licht.

Zuerst meinte ich in der weißen Wand gefangen zu sein, weil es überall um mich herum hell blieb. Dann schwächte sich das Weiß ab und im Zentrum meines Blickfeldes erstrahlte ein gelbliches Leuchten. Ich nahm erste Konturen wahr. Das Gelb stammte von unzähligen Lichtquellen, die sich dicht zusammengepackt im oberen Drittel des Innenraums befanden.

Da hängt ein Kronleuchter! schoß es mir durch den Kopf.

Jedenfalls waren die länglichen Lichtzapfen in der Form eines Kronleuchters angeordnet. Sie hingen parallel und scheinbar wahllos angeordnet von der Spitze der Pyramide herab.

Bevor ich das riesige Gebilde näher betrachtete, orientierte ich mich schnell nach beiden Seiten. Die Kanten der Pyramide waren nicht auszumachen, sie verflossen in dem gleichmäßigen Licht zu einer diffusen Einheit. Es war deswegen schwierig, Entfernungen abzuschätzen. Hätte ich nicht gewußt, wie hoch die Pyramide war, dann wäre es mir unmöglich gewesen, auch nur annähernd eine Größenbestimmung abzugeben. So jedoch schätzte ich jeden einzelnen der etwa zweihundert Zapfen auf eine Länge von 200 oder 300 Metern. Unter ihnen schwebte im Zentrum des Raums eine weiße Wolke, die sich nur unmerklich von dem umgebenden hellen gelben Licht abhob. Direkt vor mir klebten die Sonde und die Lampe bewegungslos vor dem Szenario, das gewiß beeindruckend war, aber ich konnte Appalongs Begeisterung keineswegs teilen. Vielleicht lag es daran, daß ich mir etwas anderes vorgestellt hatte. Dabei wußte ich noch nicht einmal genau, was ich erwartet hatte.

»Was ist mit der Sonde und der Lampe?« fragte ich nüchtern. »Warum sind sie nicht weitergeflogen?«

»Hier geht es nicht weiter.« Appalong schwebte zur Demonstration langsam nach vorne und wurde nach einigen Metern sanft in seinem Flug gestoppt. »Es muß sich um ein Energiefeld handeln. Daran federt alles ab. Es kribbelt ein bißchen, wenn man die Hand danach ausstreckt.«

Halbmond probierte es natürlich sofort aus. »Das ist lustig. Wie eine Handmassage.«

Mir war es hier unheimlich. Jetzt, nach einigen Minuten, wußte ich auch warum: Dieser riesige Kronleuchter und diese glühende Wolke erweckten in mir die beängstigende Vorstellung von einer überdimensionalen Energiemaschine, deren Zweck mir verborgen blieb.

Plötzlich überfiel mich eine grenzenlose Furcht. Immerhin hatte die erste Nofretete es geschafft, zwei Raumschiffe in einen unbekannten Abgrund zu reißen und angesichts dieser gewaltigen Demonstration von mystischer Kraft und rätselhafter Gebilde hatte ich keinen Zweifel daran, daß auch diese Pyramide dazu in der Lage war.

»Ape, kannst du mir erklären, was das darstellen soll?« Ich mußte mich geradezu zwingen, nicht in panischer Angst durch die Wand hinaus in den Weltraum zu flüchten.

»Nun, meiner Meinung nach wird dort drüben eine höherdimensionale Energie erzeugt, die wir optisch durch diese Wolke erkennen können. Wofür sie erzeugt wird, ist mir noch nicht klar, aber wir werden es sehen, wenn wir durch eine dieser grünen Röhren zu der Wolke vordringen.« Er sprach seine Vermutungen so gelassen aus, als erklärte er mir die Funktion einer Dampfmaschine.

Grüne Röhren? Ich blickte ihn fragend an. Er deutete nach links und rechts. Erst jetzt bemerkte ich die grünlich schimmernden Schläuche, die nur am Ende deutlich sichtbar waren. Es waren vielleicht ein gutes Dutzend an der Zahl. Sie führten jeweils in einem Bogen in die Wolke hinein und verloren zur Mitte hin immer mehr an Kontur und Farbe.

»Wie kommst du auf die Idee, daß man auf diesem Weg in die Wolke eindringen kann?« fragte ich ihn. Ganz abgesehen davon verspürte ich kein übermäßiges Verlangen danach, es überhaupt zu wagen.

Er zuckte die Achseln. »Es erscheint mir logisch. Wozu sollten sie sonst da sein. Für mich sind sie eine Art Weg. Hier kommen wir ja nicht weiter.« Er patschte mit der flachen Hand auf die unsichtbare Barriere vor uns und trieb daraufhin langsam von mir weg.

»Bitte keine voreiligen Schlüsse«, ermahnte ich ihn. »Das muß ich zuerst mit Viktor besprechen. Karen, spürst du eine Veränderung… oder einen Hinweis?«

»Nein. Alles in Ordnung. Ich habe sogar nach wie vor Kontakt zu Jules. Er ist derselben Meinung wie Ape. Übrigens herrscht in München helle Aufregung. Fritz Bachmeier und die Direktoren sind sehr gespannt auf die Aufnahmen vom Innern der Pyramide.«

Ich rang mir ein säuerliches Lächeln ab. Das konnten sie haben. »Ich gehe raus und überspiele Viktor die Aufnahmen von meiner Helmkamera. Ihr bleibt hier und wartet auf mich. Macht bitte keine Dummheiten. Ich meine es ernst.« Zur Bekräftigung meiner Worte konnte ich ihnen leider nicht direkt in die Augen blikken, dazu waren meine und ihre Helmvisiere zu sehr abgedunkelt. Nachdem ich mir keine beleidigten Kommentare von beiden anhören mußte und sie gehorsam die Daumen hochstreckten, steuerte ich die Wand hinter uns an.

Draußen erwartete mich eine reale Welt, wenn man einmal von den rotierenden Sternen und den blinkenden Pyramiden absah.

»John!« meldete sich Viktor sofort. »Ist alles in Ordnung?«

»Soweit ich es beurteilen kann, ja«, antwortete ich. »Ich sende dir zunächst einmal die Aufzeichnungen, danach können wir weiterreden.«

Während er und die anderen sich die Bilder ansahen, kehrte ich zur Arbeitsbiene zurück. Mir war die Idee gekommen, mit ihr ins Innere der Nofretete zurückzukehren. Vielleicht benötigten wir die umfangreiche Ausrüstung, falls wir tatsächlich in der Lage waren, zu der Wolke vorzustoßen.

»Ich will ganz ehrlich sein«, begann Viktor, als ich mich durch die Schleuse hangelte. »Besonders einladend sieht das nicht aus. Ich meine, natürlich ist es ein überwältigender Anblick, nur… das ist alles zu hoch für mich, zu abstrakt. Ich kann damit nichts anfangen, außer daß es sehr bedrohlich aussieht – wie eine Energieanlage. Ich kann dir rein gar nichts empfehlen. Noch weniger möchte ich dich zum Weitermachen auffordern, verstehst du, was ich damit sagen will?«

Ich holte sein Abbild groß auf das Face. »Natürlich verstehe ich dich. Das Risiko liegt bei uns. Ich schätze, wir werden nur dann mehr wissen, wenn wir den grünen Röhren folgen. Besonders wohl ist mir nicht bei dem Gedanken.«

Voodoo blendete sich als kleineres Segment ein. »John, von mir aus laß die Finger davon. Wegen uns brauchst du nicht den Helden zu spielen. Ich mische aus den Bildern für die da unten auf der Erde ein dramatisches Spektakel zusammen, daß sie heilfroh sein werden, nicht selbst in der Nähe von diesem Kasten zu sein. Anschließend warten wir, bis sich alle Nofretetes sonstwohin verkrümelt haben und genießen das Leben hier auf der guten alten *Nostradamus*. Und wenn es fünf Jahre dauern sollte.«

Ein weiteres Segment blinkte auf. Luis winkte mir

aufgeregt zu. »Ah, John. Voodoo hat recht. Das ist es nicht wert…«

»Hey, Leute!« unterbrach ich die stürmische Konferenz. »Ich weiß eure Unterstützung sehr zu schätzen, aber ihr helft mir damit nicht weiter. Ihr könnt mir glauben, daß es mir nicht leicht fällt, in das ungewisse Gebilde vorzudringen. Andererseits will ich jetzt wissen, was Sache ist. Halbmond sagt, daß sie ein gutes Gefühl dabei hat. Ich weiß, das ist keine Rückversicherung, trotzdem… ich bin dazu entschlossen, es zu wagen. Voodoo, ich finde deinen Vorschlag sehr… nun ja, ich fühle mich sehr geehrt, aber ich glaube, ich könnte mit einer Lüge nicht leben. Laß es mich wenigstens versuchen. Sobald es gefährlich wird, kehren wir um, ich verspreche es.«

Sie wußten wie ich, daß ich wertlose Blasen redete. Keiner von uns konnte in dieser Situation Versprechungen machen, die er einhalten konnte. Es lag allein an mir. Dabei ging ich stillschweigend davon aus, daß Halbmond und Appalong auf jeden Fall den weiteren Weg in die Pyramide antreten wollten.

»Also«, fuhr ich fort, als mir keiner antwortete. Kurzzeitig war auf dem Face ein weiteres Segment erschienen. Vivian war darauf zu sehen und hörte sich schweigend meine Worte an. Dann klinkten sich die Rechtecke eins nach dem anderen wieder aus.

»Ich schlage vor, daß ich die Arbeitsbiene mit ins Innere nehme. Wir werden ab und zu umkehren und Bericht erstatten, wenn sich etwas Neues ergibt. Ansonsten könnt ihr aus München erfahren, wie es uns ergeht. Die Verbindung zwischen Halbmond und ihrem Bruder funktioniert auch in der Pyramide. Habt ihr noch Vorschläge?« Ich wollte die Sache sofort angehen. Vor allem, weil ich mich nicht darauf verlassen konnte, daß die beiden in der Pyramide keinen Blödsinn anstellten.

»Ja, hab ich«, regte sich Viktor. »Um Zeit zu sparen, könntest du ab und zu eine Sonde rausschicken. Luis hat einen Extrapack hinten im Reparaturraum eurer Arbeitsbiene verstaut.« Er zögerte einen Moment. »Wenn es dir etwas hilft: Voodoo hat euch in seinen Berichten zur Erde als Helden verkauft. Die meisten Channels sind wieder auf Sendung. Alle Menschen drücken euch die Daumen und... beten für euch. Wir hier auf dem Schiff schließen uns an!«

Jetzt war ich doch gerührt. Es entstand für einige Sekunden ein verlegenes Schweigen. »Ich danke euch herzlich«, antwortete ich schließlich. »Es wird schon nicht so wild werden.« Ich ertappte mich bei dem heroischen Gedanken, eine Grußbotschaft an die Menschheit zu übersenden.

Es wurde Zeit, daß ich mich auf den Weg machte, sonst würden mich noch mehr solcher sentimentaler Anwandlungen überfallen.

Als ich mit der Arbeitsbiene vorsichtig durch die Wand stieß, registrierte ich mit Zufriedenheit, daß die beiden dort drinnen sich nicht von der Stelle gerührt hatten.

»Sehr gute Idee!« begrüßte mich Appalong, als ich die Arbeitsbiene verließ.

Ich programmierte als erstes die einzelne Sonde um. Sie würde ab jetzt eine Stunde lang an ihrem Platz stehen bleiben, danach die aufgenommenen Bilder nach draußen transportieren und wieder zurückkehren, um neues Material zu sammeln. Während ich mich am Eingabeschacht der Sonde zu schaffen machte, berichtete ich von meinen Gesprächen mit Viktor.

»Natürlich machen wir weiter«, entrüstete sich Halbmond, als wir uns in die Arbeitsbiene begaben. »Ich habe dir doch gesagt, daß alles in Ordnung ist.« Sie wollte ihren Helm abnehmen, nachdem sich die

Schleuse geschlossen hatte, aber ich bedeutete ihr, ihn geschlossen zu halten. »Wir wissen nicht, was alles auf uns zukommt, deswegen wäre es mir lieber, wenn wir die Helme aufbehalten.«

Sie nahm es ohne Murren hin und redete einfach weiter. »Ape und ich, wir sind uns einig darin: Die ganze Konstruktion in der Pyramide ist darauf ausgelegt, daß man durch die Röhren in die Wolke eindringt. Es ist wie eine Einladung.«

»Eben gerade das macht mir angst«, erwiderte ich. »Es könnte auch eine Falle sein. Außerdem wissen wir nicht, ob die Röhren tatsächlich Eingänge sind.«

»Ich wette meinen Kopf darauf, daß es welche sind.«

»Na, na, nur nicht so voreilig!«

Ich rangierte die Biene vorsichtig in die Richtung der nächsten Röhre, die etwa einen halben Kilometer über uns im Nichts endete. Der Abstand zwischen der Energiebarriere und der äußeren Wand war gar nicht so groß. Manchmal touchierte ich die Barriere, und wir wurden jedesmal sanft zurückgestoßen. Wir kamen so langsam voran, daß ich mir überlegte, ob es nicht einfacher wäre, von draußen die nötige Höhe zu gewinnen. Ich entschied mich dagegen. Es war ein psychologischer Vorteil, wenn wir uns an die merkwürdigen Verhältnisse gewöhnten. Immer wieder sah ich mir den Kronleuchter an. Es war nicht so, daß ich enttäuscht von dem war, was wir vorgefunden hatten, nur – ich hatte mir eine fremde Welt realer und zugleich komplizierter vorgestellt. Was sich da vor uns präsentierte, erschien mir diffus und instabil, obwohl von dem Kronleuchter eine stetige Kraft auszugehen schien.

In einem Punkt schien Halbmond recht zu behalten: Lebewesen, wie wir sie kannten, gab es hier nicht. Jedenfalls bis jetzt nicht. Und die Wolke sah auch nicht nach einem Ort aus, in dem sich Leben tummelte. Mir fielen die Omni-Chips ein, die wir trugen. Es war mir rätselhaft, in welcher Beziehung sie zu diesem gewaltigen Spektakel standen.

»Die Röhren schwingen leicht hin und her«, bemerkte Appalong. »Ich vermute, daß sie projizierte Felder sind, die die Energiebarriere durchstoßen.«

Ich erwiderte nichts. Mir war es gleich, ob sie aus Holz oder Energie waren. Hauptsache, sie blieben solange bestehen, daß wir wieder zurückkehren konnten.

Die Röhre hatte einen gigantischen Durchmesser. Ich schätzte ihn auf wenigstens 100 Meter. Damit gewannen die grünen Gebilde eine neue Dimension. Was vorher so filigran ausgesehen hatte, waren in Wirklichkeit große lange Tunnel.

Sie erwiesen sich tatsächlich als Zugänge, denn plötzlich war neben uns die Energiebarriere verschwunden. Außerdem wurde die Arbeitsbiene von einem leichten Sog erfaßt.

Nervös dirigierte ich sie wieder zum Ausgangspunkt zurück.

»Also gut, ihr habt gewonnen. Hier geht es ins Innere. Ich nehme an, daß wir weitermachen!«

Beide Helme nickten eifrig.

Die grünliche Färbung war an diesem Punkt nicht mehr auszumachen. Wir hatten einen ungehinderten Blick auf die glühende Wolke vor uns.

Ich muß verrückt sein, dachte ich. Wir stehen hier wie Skispringer auf einer Schanze, die unter uns im Nebel endet. Wir mußten uns nur noch von dem Balken lösen…

»O.K., ich lasse uns jetzt treiben. In der Röhre herrscht ein Sog zur Wolke hin. Hoffentlich bleibt er konstant.« Krampfhaft verdrängte ich die Vorstellung, daß wir in einer immer mehr beschleunigenden Arbeitsbiene auf die Wolke zurasen würden.

Ich nahm demonstrativ die Hände von den Kontrollen. Es war keine Bewegung zu spüren. Ich erkannte lediglich an dem sich verschiebenden Standpunkt zum Kronleuchter, daß wir uns unter ihn schoben und uns langsam auf die Wolke zubewegten. Schon begannen nebelartige Ausläufer die ersten gelben Zapfen zu verdecken. Zaghaft probierte ich die Bremsdüsen aus. Sie reagierten ohne Probleme. Nach einigen Sekunden schwebte die Arbeitsbiene wieder zurück in Richtung Pyramidenwand. Noch konnten wir umkehren.

Halbmond und Appalong verfolgten mein Experiment stillschweigend. Als wir fast an unseren Ausgangspunkt zurückgekehrt waren, aktivierte ich eine Sonde und übergab ihr die letzten Aufnahmen. Dann schickte ich sie nach draußen. Anschließend überließ ich die Biene wieder dem Sog.

Es dauerte etwa eine halbe Stunde, bis wir vollständig von der Wolke umgeben waren. Von dem Glühen war hier nichts zu bemerken.

Auch nach weiteren zehn Minuten war nichts Aufregendes geschehen.

»Vielleicht müssen wir von uns aus etwas tun«, meinte Appalong. »Beschleunigen oder…«

»Ich kann mich beherrschen«, unterbrach ich ihn heftig. Sofort tat es mir leid, daß ich ihn so angeraunzt hatte. »Entschuldige bitte, meine Nerven sind gerade nicht die besten.«

»Ist schon in Ordnung. Ich fühle mich auch nicht sehr wohl. Außerdem habe ich die Schnauze gestrichen voll von dem vielen Weiß in letzter Zeit.«

»…sagte der schwarze Mann und sprang in einen Eimer Schokolade«, ergänzte Halbmond scherzhaft hinter uns.

Ich zwang mich zu einem Lächeln. Wir konnten etwas Ablenkung gebrauchen, aber wir sollten nicht nachlässig werden.

»Ich bin der Meinung, nichts zu übereilen. Falls wir auf der anderen Seite wieder herauskommen, können wir ja immer noch darüber nachdenken. Im Moment weiß ich nicht, ob wir uns bewegen oder stillstehen. Es ist unheimlich.«

Unruhig überflog ich die Kontrollen vor mir, aber es gab keine Anzeige, die mir eine verwertbare Information übermitteln konnte. Schließlich aktivierte ich kurz entschlossen eine Sonde und schickte sie mit hoher Geschwindigkeit der Arbeitsbiene voraus.

Nichts. Absolut nichts.

Wir glotzten das kleine Segment auf dem Face an, das uns die Aufnahmen überspielte. Wäre es nicht durch eine blaue Umrandung markiert gewesen, hätten wir keinen Unterschied zur übrigen Fläche des Faces bemerkt.

»Das gibt es doch nicht«, rief Appalong viele Minuten später. »Das soll alles sein?«

»Ich glaube, Ape lag gar nicht so falsch mit seinem Vorschlag, daß wir irgendwie reagieren müssen«, sagte Halbmond.

»Na gut«, willigte ich ein. »Ich beschleunige ein wenig. In welche Richtung, wird ja wohl egal sein.« Behutsam betätigte ich die Kontrollen vor mir. Bald lichtete sich der Nebel, und wir erreichten die Peripherie der Wolke. Nicht weit vor uns tauchten die Zugänge zu den grünen Röhren wieder auf.

»Ich probiere es einmal in Richtung des Kronleuchters. Hoffentlich fällt er dabei nicht herunter!« scherzte ich. Innerlich war ich erleichtert darüber, daß nichts passiert war. Falls diese Aktion auch nichts einbrachte, nahm ich mir vor, zur Außenwand zurückzukehren und Viktor Bericht zu erstatten.

Je näher wir den gelben Zapfen kamen, desto weniger Höhe gewannen wir. Dann war ganz Schluß. Die Biene stand trotz laufender Triebwerke auf der Stelle.

Anscheinend stießen wir auch hier an eine Energiebarriere.

»Hier geht's nicht weiter«, sagte ich und stellte die Bemühungen ein. Wir sanken in das Weiß zurück, das ein wenig von seiner anfänglichen Bedrohung verloren hatte.

»Entweder wir sind an der falschen Stelle oder uns fehlt ein Code zum Weiterkommen«, meinte Appalong und drehte sich in seinem Sitz herum wie jemand, der nach einer Hausnummer suchte.

»Vielleicht haben wir falsche Erwartungen von der Pyramide«, sagte ich. »Vielleicht kann sie nicht mehr als erscheinen und wieder verschwinden.«

»Das wäre ein ziemlicher Aufwand für etwas, das der große Copperfield mit weit weniger zustande gebracht hat«, erwiderte Appalong enttäuscht.

»Kommt schon Leute, wir dürfen nicht aufgeben! Ich spüre, daß wir ganz nahe dran sind«, munterte uns Halbmond auf.

Ratlos starrten wir eine Weile das Face an.

»Wir fliegen erst einmal zurück«, beschloß ich und beugte mich zu den Kontrollen vor.

»Verdammt, es muß doch hier irgend etwas Konkretes geben!« schimpfte Appalong. »Irgendeine Stelle zum Landen oder Anlegen!«

Ich beschleunigte die Arbeitsbiene einfach nach vorne. Um mich orientieren zu können, mußten wir zuerst aus dieser Wolke heraus.

Plötzlich zuckte ein Lichtstrahl durch mein Gesichtsfeld. Irritiert hob ich den Kopf. Im ersten Moment dachte ich an ein aufleuchtendes Warnsignal, das ich durch eine Fehlbedienung der Steuereinheit ausgelöst hatte. Ich blickte zu Appalong. Er hatte es ebenfalls bemerkt.

»Was war das?«

»Keine Ahnung«, sagte ich. »Hier ist jedenfalls alles in...«

Weiter kam ich nicht, denn auf dem Face bildeten sich zwischen dem Weiß hellblaue Flecken ab. Unmittelbar darauf kam Bewegung in das Bild. Fahrige Schleier wehten vorüber und Sekunden später blinzelte ich überrascht in einen stahlblauen Himmel. Links neben uns stand eine rötlich scheinende Sonne.

Und direkt unter uns lag ein grüner verwitterter Krater, der aus einer Wüstenlandschaft herausstach. Ein flaches weißes Haus stand oben am Kraterrand, Fahrzeuge waren davor geparkt. Und aus dem Krater starrte uns ein riesiges Auge an.

»Allison Walls!« schrie Appalong. »Wir sind auf der Erde!«

»Das kann nicht sein«, entgegnete ich ungläubig. »Wahrscheinlich spielt das Face verrückt. Wenn wir tatsächlich auf der Erde wären, müßten wir…«

…die Erdanziehungskraft spüren, wollte ich sagen. Mit einem Keuchen brach ich den Satz ab, als die Arbeitsbiene schlagartig durchsackte.

Jetzt ist es aus! dachte ich. Das Beiboot war für den Weltraum konstruiert, für einen Atmosphärenflug fehlten ihm jegliche Eigenschaften.

Mein Magen fiel ebenfalls nach unten und rebellierte mit einem fürchterlichen Ziehen, das einem Schmerz sehr nahe kam.

Von irgendwoher ertönte ein Krachen, in das sich die erschreckten Ausrufe von Halbmond und Appalong mischten. Die Landschaft auf dem Face kippte weg und die Sonne schien hart ins Cockpit.

Alarmtöne gellten durch die Arbeitsbiene. Vor mir auf den Kontrollen blinkte alles in Rot.

»Kollisionsalarm«, hörte ich Reinders mit ruhiger Stimme sagen. »Gegenmaßnahmen sind eingeleitet. Triebwerke befinden sich im Grenzbereich. Stabilität des Systems unzureichend…«

Ich beachtete ihn nicht weiter. Fieberhaft ging ich in

Gedanken die Notfall-Programmierung der Arbeitsbiene durch. Eigentlich müßte die Schubkraft der Triebwerke ausreichen, um einen freien Fall zu stoppen. Die Frage war nur, ob uns genügend Zeit blieb.

Gerade eben wischte die Station über das Face. Unsere Höhe konnte höchstens 500 Meter betragen. Der Kopter-Landeplatz mit der roten Markierung war deutlich zu sehen. Am Rand war ein kleiner Kopter geparkt.

»Reinders!« schrie ich laut. »Andockmanöver im Winkelanflug! Zielmarkierung: Rotes ›K‹ im roten Kreis! Bestätigung!«

Alle meine Organe schienen überlastet. Ich spürte, daß mir wegen der Schleuderbewegung der Arbeitsbiene und schnell wechselnden Lichtverhältnisse gleich schlecht werden würde. Dazu kam ein stetes Rauschen und Pfeifen.

»…Rotes ›K‹ im roten Kreis erkannt! Negativer Schub/Zeit-Faktor! Aktivierung aller Sicherheitssysteme eingeleitet!«

An meinem Sitz wurden die seitlichen Flow-Bags aktiviert und preßten mich tief in die Rückenlehne hinein. Zusätzlich füllte sich das Cockpit in Bruchteilen von einer Sekunde mit Weichschaum. Vor meinen Augen war nur noch eine weiß-graue Masse zu erkennen.

Schon wieder Weiß! Das wird Appalong gar nicht gefallen, dachte ich in einem Anflug von sarkastischer Verzweiflung.

Gleich mußte der Aufprall erfolgen. Reinders hatte mit seinen Sicherheitsmaßnahmen ganz eindeutig zu verstehen gegeben, daß wir die Arbeitsbiene anschließend verschrotten konnten. Hoffentlich nicht auch uns.

Ein furchtbarer Knall beendete das Rauschen und Pfeifen. Mit einem Mal war es dunkel. Erstaunlicherweise wurde ich lediglich unsanft durchgeschüttelt.

Von weiter weg war ein Krachen und Quietschen zu hören, das sich über mehrere Sekunden auszudehnen schien.

Dann war es still.

»Ape, Karen, könnt ihr mich hören?« rief ich nach einem kurzen Durchatmen.

»Klar und deutlich!« antwortete Appalong.

»Es geht so, aber es ist furchtbar eng…«, piepste es von hinten.

»Gut«, unterbrach ich Halbmond. »Reinders, Sicherheitssysteme aus, Vorderteil und Facebereich entriegeln! Bestätigung und Bericht über Hitzeentwicklung!«

»Sicherheitssysteme aus, Vorderteil und Facebereich entriegelt. Starke Hitzeentwicklung im Triebwerksbereich. Gegenmaßnahmen sind eingeleitet.«

Immerhin hatte der Bordcomputer nichts abgekriegt.

Ich spürte, wie der Druck von vorne etwas nachließ. Trotzdem lastete das Gewicht des vorderen Facebereiches noch schwer auf dem Weichschaum. Ich hatte gehofft, daß das Vorderteil infolge der Schwerkraft einfach nach außen kippen würde, aber anscheinend lag die Arbeitsbiene ungünstig. Mit einem Ruck zog ich die Beine durch den Schaum und stemmte sie gegen das Face, aber es bewegte sich nur wenige Zentimeter. Auch mit Appalongs Hilfe kam ich nicht viel weiter.

»Reinders, Außenkameras auf meinen Helm!«

»Außenkamera 4, 5, 6, 11 durch Fremdeinwirkung desaktiviert.«

Es war zu erwarten gewesen, daß nicht alle Übertragungssysteme den Crash überstanden hatten. Konzentriert betrachtete ich mir auf meinem Helm-Face die Aufnahmen der restlichen Kameras, konnte mir aber kein rechtes Bild von den wirren Formen und Mustern machen, die sich mir boten. 4, 5 und 6 lagen im hinteren Bereich. Kamera 1 und 3 waren intakt, zeigten jedoch nur graue und grüne Flächen.

»Reinders, Bericht über Hitzeentwicklung!«

»Hitzeentwicklung im Triebwerksbereich steigend. Gegenmaßnahmen sind eingeleitet.«

Kamera 2: gelbes Dreieck und ein Stück blauer Himmel. 7, 8, 9 und 10: undefinierbare Flächen und blauer Himmel. Die 11 wäre eine mobile Kamera gewesen.

Es half nichts, wir mußten hier so schnell wie möglich heraus, bevor das Triebwerk hochging.

»Ape, Karen, nicht bewegen!« befahl ich. »Reinders, Vorderteil und Facebereich absprengen!«

»Absprengung in fünf Sekunden!« bestätigte Reinders.

Die Sache war nicht ungefährlich. Im Weltraum hätte wahrscheinlich schon eine einfache Entriegelung des Vorderteils das Problem gelöst. Auch ein Absprengen wäre nicht weiter tragisch gewesen. Hier in diesem Fall wußte ich nicht, ob der vordere Bereich der Arbeitsbiene frei lag. Unter ungünstigen Umständen konnten die schwachen Sprengladungen ins Innere des Cockpits zurückschlagen.

Ein dumpfer Schlag drang mit einem orangeroten Aufleuchten durch den Schaum. Dann wurde es hell. Wir hatten Glück gehabt. Das Vorderteil war weg. Kein Feuer.

»Jetzt nichts wie raus hier! Karen, bleib, wo du bist! Ich sehe nur kurz nach, ob die Biene stabil liegt. Wir holen dich gleich ab!« rief ich und wühlte mich durch den Schaum. Dabei mußte ich mich auf meinen Sitz stellen.

Ich tauchte aus der Masse auf. Neben mir erschien Appalong. Mit einer hastigen Handbewegung wischte ich den Schaum von meinem Visier. Ich erfaßte mit Erstaunen eine zusammengequetschte Reihe von Fahrzeugen. Seitlich davon ragte die zerstörte Kabine des kleinen Kopters auf, der durch die Wucht des Aufpralls auf die Wracks geschoben worden war. Die

Arbeitsbiene lag auf dem Heck und wurde von einem zerquetschten Wagen stabil gehalten. Ich rutschte schnell wieder ins Cockpit und langte zwischen den vorderen Sitzen in den Schaum hinein. Halbmond spürte meine tastende Hand. Vorsichtig zog ich sie ans Tageslicht.

»Mein Gott, was habe ich für eine Angst gehabt!« rief sie erleichtert und betrachtete dabei die Szene um uns herum. »Was ist das denn? Ein Schrottplatz?«

Ich antwortete nicht auf ihre Frage, sondern kletterte so schnell wie möglich aus dem zerstörten Cockpit und zerrte sie hinter mir her.

»Später. Erst einmal raus hier. Ich habe keine Lust darauf zu warten, daß mir das Triebwerk um die Ohren fliegt.«

Noch konnte ich deswegen einigermaßen beruhigt sein. Reinders würde mir eine bevorstehende Explosion sofort melden. Appalong stand fassungslos vor den Fahrzeugen, die sich wie eine zusammengestauchte Ziehharmonika vor der Arbeitsbiene aufbauten.

»Der hier sieht aus wie mein Wagen!« rief er. »Hier, der gelbe Mercedes. Aber wie sollte er hierherkommen? Ich habe ihn vor meinem Abflug nach Kourou in Melbourne gelassen!«

Mich interessierte sein Gefährt in diesem Moment herzlich wenig. Ich stolperte über umherliegende Wrackteile und schleppte Halbmond aus dem Gefahrenbereich. Die ungewohnte Schwerkraft setzte mir sehr zu. Es kam mir vor, als würde ich vier Zentner im Arm halten und keine zierliche Person. Erst jetzt kam mir in den Sinn, daß sie sehr gut alleine gehen konnte und gab sie frei.

»Komm da weg, Ape!« keuchte ich. »Wenigstens bis zur Station hinauf. Dort können wir in Deckung gehen, falls Reinders das Triebwerk nicht unter Kontrolle bekommt.«

Er folgte uns zögernd.

Kurz vor der gläsernen Eingangstür konnte ich nicht mehr. Meine Beine zitterten vor Anstrengung. Ich schaffte es gerade noch, mich vorsichtig auf die Treppe zu setzen, dann ließ ich mich erschöpft neben Halbmond auf den Rücken fallen. Die Klimaanlage in meinem Helm lief auf Hochtouren. Kurzzeitig verschwamm alles vor meinen Augen, dann stabilisierte sich mein Kreislauf wieder.

»Reinders, eine Luftanalyse!« japste ich. Bei dem Wort ›Luft‹ mußte ich zweimal ansetzen, bis ich es herausbrachte.

»Die Atmosphäre entspricht den Werten von der Erde.«

Ich konnte es nicht glauben, aber das Analysegerät meines Raumanzugs zeigte dasselbe Ergebnis.

Nach einer Weile setzte ich mich auf. Ich öffnete den Helm und schnüffelte mißtrauisch die Luft ein. Tatsächlich Luft. Der Geschmack war etwas fremdartig, aber das war kein Wunder nach drei Wochen künstlicher Atmosphäre.

Ich tippte wortlos Halbmond neben mir an, die zusammengesunken auf der Treppe saß, und deutete auf ihren Helm. Sie nahm ihn sofort ab. Ihr Haar klebte schweißnaß am Kopf.

»Das ist nicht die Erde!« behauptete sie, als hätte ihr jemand die Frage gestellt.

»Was sonst?« fragte Appalong, der eben erst die Stufen erreichte. Ihm war keinerlei Erschöpfung anzumerken. Er öffnete ebenfalls seinen Helm. »Ich kann die Luft atmen, ich sehe die Sonne, den Krater, alles. Das hier ist Allison Walls, keine Frage.«

Ich drehte mich um und spähte in die Station hinein. »Wo sind deine Leute?«

»Keine Ahnung. Welchen Tag haben wir heute?«

Mit einem lauten Lachen ließ ich mich erneut auf

den Rücken fallen. Es war nicht zu fassen. Nach all dem, was wir in den letzten Stunden erlebt hatten, fragte dieser Mensch, welchen Tag wir heute hatten. »Ich weiß es nicht. Vielleicht ist heute Sonntag, und sie sind in der Kirche.«

Es sollte ein Witz sein, aber Appalong antwortete ernst: »Nein, die Station ist rund um die Uhr besetzt.«

Er ging an mir vorbei und verschwand durch die Glastür im Innern. Zufrieden registrierte ich, daß sein Gang doch etwas wackelig war.

»Woher willst du wissen, daß wir nicht auf der Erde sind?« fragte ich Halbmond.

Sie schüttelte ihr nasses Haar. »Erstens weiß ich es aus dem Gefühl heraus und zweitens stehe ich ständig mit Jules in Kontakt. Also wissen auch die Leute in Manching, was passiert ist. Ganz klar, daß die sofort eine Verbindung nach Australien hergestellt haben. Nach der Aussage des stellvertretenden Direktors von Allison Walls sitzen wir jetzt nicht auf der Treppe der Station.« Sie lachte leise, dabei fummelte sie weiter in ihren Haaren herum. »Und dort ist auch keine Arbeitsbiene auf dem Parkplatz gelandet und hat die Autos in einen Schrotthaufen verwandelt. Außerdem ist es an besagtem Ort zwei Uhr morgens.«

Enttäuscht blickte ich in die Sonne. Der Alptraum war also noch nicht zu Ende. Insgeheim hatte ich darauf gehofft, daß wir wieder zu Hause wären, ganz gleich, wie diese unheimliche Wolke das geschafft hätte.

»Und was ist das, worauf wir sitzen? Und was ist das für eine Sonne?« fragte ich, ohne auf eine befriedigende Antwort zu hoffen.

»Du liebes bißchen, das weiß ich auch nicht. Vielleicht eine Parallelwelt. Oder wir befinden uns in der Zukunft oder in der Vergangenheit. Oder in einer perfekten Simulation«, antwortete sie und zupfte dabei weiter an ihren Haaren herum. »Sag mal, ich sehe doch furchtbar aus, oder?«

Ich setzte mich auf und schüttelte verwundert den Kopf. »Macht dir das keine Angst? Oder verdrängst du einfach alles?«

Endlich hörte sie auf, sich um ihr Äußeres zu kümmern. »Ich bin von Kind an gewohnt, in einer anormalen Welt zu leben. Ich mußte bald schon feststellen, daß meine Empfindungen anders geartet waren als bei ›normalen‹ Menschen. Es soll nicht anmaßend klingen, aber ich glaube, daß meine Sinne in einen Bereich hineinreichen, der den meisten verschlossen ist. In gewissen Situationen befindet sich jeder einmal in diesem Bereich, manchmal nur ganz kurz. Meistens bemerkt er es gar nicht oder er behält seine Erfahrungen für sich, weil er befürchtet, von seinen Mitmenschen belächelt zu werden. Ich für meine Person habe es bald aufgegeben, mich anderen mitzuteilen. Es ist nicht schön, andauernd verspottet zu werden. Jules und ich, wir waren allein in unserer Welt, und das genügte uns.«

Mir wurde auf einmal bewußt, daß ich sie die ganze Zeit über falsch eingeschätzt hatte. Ich hatte es versäumt, mir ihre Geschichte anzuhören. Im nachhinein tat sie mir leid, vielleicht hätte sich manches anders entwickelt. Unsere Situation wäre jedoch die gleiche geblieben.

Nachdenklich und ein wenig betroffen blickte ich den Horizont an. Eine Scheinwelt? Ich konnte mir es immer und immer wieder einhämmern, aber mein Verstand war nicht in der Lage, es zu begreifen.

Wie auch? Für mich war es real.

Was wollten die Schöpfer der Pyramide damit bezwecken? Wenn sie uns beeindrucken wollten, dann waren sie über ihr Ziel hinausgeschossen, denn inzwischen waren jedenfalls meine Sinne total überfordert, fast schon abgestumpft. Jede weitere Steigerung war nutzlos.

Halbmond sah mich prüfend von der Seite an. »Habe ich dich mit meinem Geschwätz erschreckt?«

»Nein. Oder vielleicht doch. Ein wenig jedenfalls.« Ich lächelte verlegen.

»Mach dir nichts draus. Das geht allen so. Irgendwann wirst du es vergessen haben.« Sie schien mit der Leichtigkeit eines Schmetterlings über alle Probleme hinwegzugleiten.

Appalong kam wieder zurück.

»Es ist merkwürdig. Kein Mensch zu sehen. Wahrscheinlich sind sie alle in dem allgemeinen Chaos geflüchtet, das hier auf der Erde herrscht.«

Ich klärte ihn in kurzen Worten darüber auf, warum wir uns nicht auf der Erde befinden konnten.

Schweigend setzte er sich neben mich.

»So ist das also. – Und nun?« fragte er nach einer Weile.

Was sollte ich ihm antworten. Wir waren in einer Welt mit Schwerkraft gefangen. Dabei war es gleichgültig, ob sie real war oder künstlich.

# 9

Wir konnten zu niemandem einen Kontakt herstellen. Keine Station meldete sich. Unsere Helm-Faces – oder falls wir uns auf der Erde befanden: unsere Helm-Monitore – empfingen keine Bilder, keinen Ton. Keine Channels, keine Peilsignale von Raumstationen oder vom Mond. Absolut nichts. Damit rückte die Theorie, daß wir uns in einer Simulation aufhielten, an die erste Stelle unserer Überlegungen. Es erschien mir unglaublich, denn das würde bedeuten, daß wir uns nach wie vor in der Pyramide befanden. Halbmond und Appalong diskutierten heftig über weitere Möglichkeiten und produzierten immer neue, noch phantastischere Varianten.

Mich beschäftigte seit einigen Minuten die Frage, warum wir ausgerechnet über Allison Walls herausgekommen waren. Dabei beschlich mich ein eigenartiges Gefühl, das einem schlechten Gewissen gleichkam. Ich konnte mich genau erinnern. Appalong hatte, während wir in der Wolke kreisten, verzweifelt nach einem Landeplatz oder etwas Ähnlichem gesucht. Und ich hatte mich daraufhin an den Tag erinnert, an dem ich mit meinem Gleiter eine Runde über die Station geflogen war, um nach einem geeigneten Landeplatz Ausschau zu halten.

Ich schüttelte stumm den Kopf. So etwas konnte es nicht geben.

Obwohl… die Tageszeit war die gleiche gewesen. Die Sonne stand damals ebenfalls tief am Horizont. Und der kleine Kopter. Die Anzahl der Fahrzeuge könnte auch hinkommen. Und der gelbe Mercedes…

Mühsam stellte ich mich auf die Füße.

»Reinders, bitte einen Bericht über den Zustand des Triebwerks!«

»Status des Antriebsaggregates absolut Rot. Temperatur im Sicherheitsbereich. Wünschen Sie einen detaillierten Bericht über die Schäden, Kapitän?«

»Reinders, nein danke.«

Absolut Rot. Ich schwankte die Stufen hinunter und umrundete den skurrilen Schrotthaufen. Reinders hatte die Arbeitsbiene in einem flachen Winkel direkt auf dem roten ›K‹ aufgesetzt. Eine breite, häßliche Aufschlagsspur hatte das aufgemalte Zeichen zerkratzt. Anschließend war das Beiboot in die Reihe der parkenden Wagen hineingerutscht, die dabei als dämpfende Masse gewirkt hatten. Der Kopter war einfach zur Seite gefegt worden.

Ein merkwürdiger Anblick. Ich wußte gar nicht, daß eine Arbeitsbiene so groß war. Selbst der geräumige Van, der in der Mitte aus dem Haufen herausragte, erschien zierlich gegen den grauen, fensterlosen Klotz aus dem Weltraum, dessen Zelle den Aufprall gut überstanden hatte. Trotzdem machte ich mir keine Hoffnung. Selbst wenn die Biene unversehrt geblieben wäre, die Anziehungskraft und den Luftwiderstand der Erde könnte sie nicht überwinden.

Auf welcher Erde waren wir überhaupt gelandet? Wenn es unsere Erde war, dann war der Zeitpunkt falsch. Oder gab es eine Parallelwelt? In beiden Fällen müßte auch ein zweiter Nurminen existieren, und ein zweiter Appalong. Er müßte sich hier in der Station aufhalten, denn sein Wagen lag eingequetscht in der Reihe der zerstörten Autos vor mir.

Ich blickte mich suchend um. Nirgendwo war ein Anzeichen von Leben zu sehen. Noch nicht einmal Tiere. Keine Vögel. Alles war gespenstisch ruhig um uns herum. Insekten? Es waren keine auszumachen. Ich bückte mich und pflückte eine dunkelrote Blume. Sie fühlte sich an wie eine Blume, sie roch wie eine Blume. War es deswegen auch eine? Farbe, Geschmack? Ich biß vorsichtig in den Stengel hinein. Er schmeckte... nun ja, nach Natur, wie ein unbekannter Blumenstengel eben wahrscheinlich schmeckt.

So kamen wir nicht weiter. Ich spuckte die grünen Fasern aus.

Vielleicht würden wir mit den Instrumenten der Station mehr herausfinden.

Ich stakste auf wackligen Beinen zu den beiden zurück. Dabei schaute ich auf meine Uhr. In 38 Stunden mußte die *Nostradamus* in Richtung Jupiter einschwenken, sonst würde sie sich hilflos auf eine unfreiwillige Reise in den außerplanetarischen Raum begeben.

Halbmond empfing mich mit einigen Neuigkeiten aus Manching. Dort waren mittlerweile alle Experten des Konzerns versammelt oder zugeschaltet. Außerdem nahm einer der wichtigsten Direktoren, Herbert Van Theis, in einer virrealen Simulation an dem Ereignis teil.

Van Theis repräsentierte die ausführende Macht innerhalb des Konzerns. Immer dann, wenn Space Cargo eine kraftvolle Demonstration von Vorherrschaft benötigte, war Van Theis anwesend. Und nicht nur das. Er war mit allen Befugnissen ausgestattet und konnte Entscheidungen treffen, die weit über das normale Maß eines der oberen Direktoren hinausgingen. Van Theis war zwar nicht Gott, aber viel fehlte für irdische Begriffe nicht mehr dazu.

»Jules hat mir berichtet, daß Van Theis auf eine verstärkte Suche nach Informationen über den Omni-Chip drängt. Die Fachleute sind nämlich der Meinung, daß der Pyramidenschwarm bald wieder verschwinden wird. Er kreuzt in etwa acht Stunden das Mittel der Ekliptik. Die Millionen von Pyramiden müssen übrigens ein grandioser Anblick sein.«

Ich zog verärgert die Augenbrauen hoch. Verstärkte Suche. Es klang anmaßend und lächerlich. Und gefährlich, denn zugleich lag eine versteckte Drohung in der Forderung. Wenn wir keinen Erfolg vorzuweisen hatten, würde uns dieser Oberfürst fallen lassen wie eine heiße Kartoffel. Es blieb uns nichts anderes übrig, als diese Scheinwelt zu erkunden, vielleicht fanden wir irgendwo Hinweise auf diesen begehrten Chip.

»Wir gehen in die Station hinein«, beschloß ich. »Wir brauchen dringend etwas Greifbares, oder wenigstens eine Information, die uns weiterhilft.«

»Gute Idee. Außerdem habe ich Hunger«, rief Halbmond und klatschte in die Hände.

»Nimm bitte deinen Helm mit«, sagte ich. »Wer weiß, ob sich die Station nicht plötzlich auflöst, wenn die Pyramide wieder verschwindet.«

Die Computer im großen Kontrollraum besaßen alle Informationen, die sie haben sollten, einschließlich der einen, bei der es mir kalt den Rücken runterlief: Es war der 24. August 2045!

Appalong sah mich mit großen Augen an. »Wieso ausgerechnet dieses Datum?«

Ich holte tief Luft. »Es ist der Tag, an dem wir die Pyramide entdeckten! Der gelbe Mercedes da draußen gehört dir und mit dem Kopter bin ich von Melbourne hierher geflogen!« Anschließend erzählte ich meine Vermutung über das Entstehen von Allison Walls in der Wolke. Ich kam mir unsäglich lächerlich dabei vor.

»Du meinst, das alles hier ist auf ein Gedankenbild hin entstanden?«

Wortlos hob ich die Schultern. Was sollte ich ihm auch antworten. Ich wußte es selber nicht besser.

»Wahnsinn!« Er sprach das Wort aus, als akzeptierte er meine Erklärung ohne Zweifel. Danach ging er im Raum herum, drückte mal hier auf eine Taste oder rüttelte an einem der bequemen Sessel. »Wahnsinn!« wiederholte er.

Schließlich aktivierte er das Teleskop und versuchte, die Pyramide oder Sterne auf den großen Schirm zu holen, jedoch ohne Erfolg.

»Erscheint mir logisch«, sagte er. »Da oben hinter dem blauen Himmel beginnt die Wolke, oder was immer das ist. Wir halten uns anscheinend tatsächlich auf einer künstlichen Welt auf.«

»Auf der es aber nicht schlecht schmeckt«, meinte Halbmond, die sich aus einem Küchenautomaten ein Salatgericht geholt hatte.

Ich mußte mich setzen. Mir wurde das alles zuviel. Vor allem machte sich bei mir der Druck bemerkbar, möglichst bald eine Lösung zu finden. Was würde mit dieser Welt geschehen, wenn die Pyramide wieder im All verschwinden würde? Noch verspürte ich keine Todesangst, aber seit einigen Minuten überschlugen sich meine Gedanken in wilder Panik. Erschwerend dazu fühlte ich mich von meinen beiden Begleitern in meinen Überlegungen allein gelassen. Appalong kam aus einem andauernden Staunen nicht heraus, und Halbmond schien hauptsächlich der Inhalt des Automaten zu interessieren.

Ich hätte am liebsten laut aufgeschrien.

Nur allmählich beruhigte ich mich wieder und löste meine Hand von der Sessellehne, die dort ein paar Spuren hinterlassen hatte, als ich mich in meiner Verzweiflung an ihr festgekrallt hatte.

Sie lenken sich auf ihre Weise von den Problemen ab, redete ich mir ein. Sie haben genau die gleiche Angst wie du. Du mußt die Initiative ergreifen. Sprich mit ihnen, wir müssen gemeinsam eine Lösung finden. Die Zeit läuft uns weg.

Ich brachte es jedoch nicht fertig, sie anzusprechen. Ich hatte Angst davor, mich auf Diskussionen einzulassen und dabei wertvolle Zeit und Energie zu verlieren.

Unruhig stand ich auf. Es mußte etwas geschehen. Diese Passivität machte mich noch verrückt. Appalong brachte es in diesem Moment tatsächlich fertig, wahllos Videoverbindungen herauszusuchen und auszuprobieren. Halbmond kuschelte sich in den Sessel hinein und schien gleich einzuschlafen.

Mir wurde heiß. Irgend etwas ging hier vor. Ich bemerkte, wie ich in meinem Raumanzug zu schwitzen begann. Ich brauchte dringend frische Luft. Ich eilte zu der Tür, durch die ich Monate zuvor den Kontrollraum verlassen hatte. Als ich sie schwer atmend aufriß, prallte ich erschrocken zurück.

Ich blickte in die Räume meines Appartements in Manching.

Das harte Sonnenlicht warf die gleichen tiefschwarzen Schatten an die Wände wie an dem Tag meines Abflugs.

Kraftlos sank ich in die Knie. Ich wandte den Kopf ab und hoffte, daß es nur eine Täuschung war. Es mußten Visionen sein, die mir vorgegaukelt wurden. Vielleicht wurde das alles in meinem Gehirn zum Leben erweckt, und ich glaubte nur, es zu erleben. Ich brachte es nicht mehr fertig, Realität von Simulation zu unterscheiden. Beides verschmolz zu einem einzigen Block. Ich fühlte, wie sich in mir seelische Dimensionen verschoben. Traum und Wirklichkeit waren beliebig austauschbar. Halbmond hatte einmal gesagt, Träume wären Wirklichkeiten, die wir aus der Ferne beobachteten. Jetzt waren sie mir eindeutig zu nahe.

Mutlos sah ich mir den Teil meines Appartements an, der von der Tür aus sichtbar war. Wenn die Pyramide in der Lage war, die Entfernung zwischen Traum und Wirklichkeit zu überbrücken, würde es keine Träume mehr geben.

Ich lachte irre auf. Man konnte es auch anders herum sehen: Nofretete vergrößerte den Abstand zur Wirklichkeit. Das Ergebnis wäre ein Leben in Träumen.

»John, was ist mit dir?« Appalong kam zu mir herüber und blieb wie angewurzelt stehen. Dann ging er zögernd in mein Appartement hinein.

»Bevor du fragst: Es handelt sich um meine Wohnung in Manching«, sagte ich und setze mich erschöpft auf den Boden.

Er kam zurück. »Oh, entschuldige, ich wollte nicht so einfach…«

Ich winkte ab. »Geschenkt. Sieh dich nur um!«

Halbmond trippelte neugierig an mir vorbei. Wenigstens war wieder Leben in den beiden.

»Hier wohnst du? Viele Möbel hast du ja nicht«, rief sie von drinnen.

Ich wischte mir den Schweiß von der Stirn und richtete mich ächzend auf. Das ging mir zu weit. Es war an der Zeit, daß jemand anders an der Reihe war, eine Scheinwelt produzierte.

Ich betrat mein Appartement seitlich durch die Schlafzimmertür. Halbmond und Appalong standen vor den großen Fenstern und blickten auf das Donaumoos hinaus.

»Hast du an deine Wohnung gedacht?« fragte mich Appalong.

Ich schenkte der Landschaft keine Beachtung. »Ja und nein. Eigentlich beschäftigte mich mehr der Gedanke, daß wir untätig herumsitzen. Dabei dachte ich an die Tage, an denen ich in meinem Appartement auf Hellbrügges Entscheidung wartete… aber das ist jetzt egal. Karen, stell dich doch bitte einmal vor diese Tür und denk an eine Umgebung aus deinem Leben. Irgend etwas, es kann auch eine Straßenszene oder eine Parkbank sein.«

Sie kicherte und ging zur Eingangstür meines Appartements. »Das ist eine spannende Sache!« Dann legte sie die eine Hand an die Stirn und schüttelte die andere aufgeregt hin und her. »Gar nicht so einfach. Moment, ich muß mich konzentrieren. Ich hab's gleich. So, jetzt. O.K., und nun?«

»Mach einfach die Tür auf!«

Mit einer Hand vor dem Mund öffnete sie vorsichtig die Tür. Appalong und ich traten neugierig vor, als sie einen begeisterten Schrei ausstieß. Mit einem Satz verschwand sie nach draußen.

Als ich um den Türrahmen herumsah, fielen mir zunächst die vielen exotischen Pflanzen auf, die fast in mein Appartement hereinwuchsen. Eigentlich sollte sich hier ein geräumiges Treppenhaus befinden. Vor mir begann jedoch ein Trampelpfad, der durch dichte Büsche halb verdeckt war. Halbmond war nirgends zu sehen. Ich winkte Appalong heran. Gemeinsam betraten wir den Pfad. Die Temperatur war angenehm warm und es herrschte eine hohe Luftfeuchtigkeit. Wahrscheinlich waren wir in der Nähe eines Meeres. Ich schmeckte eindeutig das Salz, das der leichte Wind zu uns herübertrieb. Eine Brandung war nicht zu hören, es war vollkommen still. Vor uns lag eine kleine Anhöhe, die mit niedrigen, großblättrigen Pflanzen und Farnen bewachsen war.

»Ich tippe auf eine Insel im Pazifik«, meinte Appalong. Er blieb stehen und betrachtete eine exotische Blüte, die sich üppig vor ihm ausbreitete. »Oder genauer: Hawaii. Diese Pflanzenart gibt es nur auf Hawaii.«

Ich erwiderte nichts und kämpfte mich weiter durch

den niedrigen Dschungel. Bald danach stand ich hoch über einem türkisblauen Meer, das tief unter mir an eine Bilderbuchküste brandete. Schroffe Zacken, die von einem dunklen Grün überwuchert waren, stürzten zu beiden Seiten steil nach unten.

»Ist das nicht großartig!« Keine zwei Meter rechts neben mir stand Halbmond auf einem Felsen, der in das Panorama hineinragte. Nach meiner Schätzung befand sich unter dem Vorsprung für die nächsten hundert Meter nichts als Luft.

»Ja, ist es! Sei bitte vorsichtig! Hier geht es schnell nach unten«, sagte ich besorgt. Vielleicht war meine Sorge unbegründet, weil man in Träumen fliegen konnte, aber ausprobieren wollte ich es nicht. Es sah alles verdammt real aus. »Wo sind wir hier?«

»Kauai. Die schönste Insel von Hawaii. Nicht weit von hier steht unser Haus. Das hier ist die Napali-Küste.«

Ich nickte gedankenverloren. Na schön. Hawaii. Warum auch nicht. Es bedurfte anscheinend nur eines Augenzwinkerns, und wir konnten alle Welten bereisen. Ich mußte mich gewaltsam dazu zwingen, nicht an den Hügel auf dem Mars zu denken, auf dem ich vor Jahren gestanden hatte. Wir schleppten zwar immer noch unsere Helme mit uns herum, aber bevor wir sie hätten aufsetzen können, wären wir dort wegen des geringen Drucks einfach zerplatzt.

»Ich muß unbedingt nachsehen, ob unser Haus tatsächlich da ist.« Sie hüpfte geschwind vom Felsen und rannte wie ein Wirbelwind an uns vorbei.

»Halt! Bleib hier! Wir sollten uns nicht trennen!« rief ich ihr hinterher.

»Ihr könnt ja nachkommen! Einfach den Pfad entlang!« hörte ich sie aus dem Grün heraus rufen. Heftig wackelnde Büsche markierten ihren Weg.

»Laß sie doch! Solange sie sich nicht in eine andere

Welt denkt...«, begann Appalong, besann sich aber sogleich.

»Eben!« sagte ich grimmig und drängte mich an ihm vorbei. Wir hatten schon genug am Hals. Ich wollte nicht auch noch in tausend anderen Welten nach Halbmond suchen müssen.

Wir gelangten an die Stelle, an der wir die Insel betreten hatten.

Vor uns stand ein Rechteck von der Größe meiner Eingangstür.

Einfach so.

Verblüfft ging ich an die Rückseite. Von dort war nichts von dem Rechteck zu bemerken. Ich konnte sogar von hinten durch das vermeintliche Hindernis hindurchgehen. Von vorne betrat ich weiterhin mein Appartement.

»Wenigstens weiß ich jetzt, daß wir uns nicht auf der Erde befinden«, sagte ich. »Jedenfalls habe ich so etwas dort noch nicht entdeckt. Hast du eine Erklärung dafür, was das alles bedeuten soll?«

Appalong strich mit der Handfläche sanft an den Konturen des Rechtecks entlang. »Es ist eine Demonstration. Die Schöpfer von Nofretete zeigen uns, wozu sie imstande sind – oder waren.«

Mir mißfiel das Wort ›Schöpfer‹. Oder eigentlich mehr die Art und Weise, wie er es aussprach. Er bekam ganz feuchte Augen dabei.

»Na gut, sie haben mich von ihrer überlegenen Technik überzeugt, oder wie immer man den Hokuspokus nennen will. Weißt du auch, was als nächstes kommt?«

Er drehte sich ärgerlich zu mir um. »Verstehst du denn nicht? Sie führen uns mit der Erschaffung dieser Welten behutsam in ihre Welt ein. Wir lernen mit ihren Werkzeugen umzugehen. Zum Beispiel die Geschichte mit den Türen – meiner Meinung nach liegt es an uns, daß wir meinen, hinter einer Tür befindet sich eine andere Welt. Wenn wir bereit sind zu lernen, werden wir in der Lage sein, uns an jeder beliebigen Stelle in eine neue Welt zu versetzen. Im Moment ist es für unser Vorstellungsvermögen einfacher und schonender, das Hilfsmittel ›Tür‹ oder ›Eingang‹ für einen Übergang zu benutzen. Wir – oder unsere Gehirne – sperren sich selbst gegen die Vorstellung, einfach aus dem Nichts eine andere Umgebung zu schaffen. Ich glaube ganz fest daran, daß wir mit der Zeit mehr von den unbekannten Wesen erfahren werden.«

Erschaffung, glauben, Wesen. Schon wieder diese biblische Wortwahl. Ich mußte aufpassen, daß er nicht weiter in diese religiösen Gefilde abdriftete.

»Mag sein«, sagte ich nüchtern. »Komm jetzt weiter, bevor Halbmond noch etwas anstellt!«

Er streichelte noch einmal zärtlich eine imaginäre Kante des Rechtecks, folgte mir aber dann gehorsam.

Der Pfad führte in scharfen Biegungen nach unten. An besonders steilen Passagen waren hölzerne Balken mit klobigen Pflöcken quer zum Weg eingefügt. Alle paar Meter floß Wasser in schmalen Rinnsalen über den Pfad, der jetzt auf der linken Seite von einer senkrechten Wand begrenzt wurde. Rechts von uns setzte sich die Wand nach unten fort. Je weiter wir nach unten kamen, desto mehr Palmen ragten zu uns herauf. Manchmal konnten wir das türkisblaue Meer durch die hohen Bäume scheinen sehen. Wasserfälle ergossen sich von gegenüberliegenden grünen Felsen in die Tiefe und besprühten riesige Farnblätter, die in einem unregelmäßigen Takt auf und ab wippten. Ich pflichtete Halbmond im stillen bei: Es war großartig. Nur eines fehlte in diesem Paradies: die lauten und kekkernden Rufe von exotischen Vögeln, die normalerweise in Dschungelwelten wie dieser zu hören waren.

Ich mußte langsamer gehen. Lange würden mich

meine Beine nicht mehr tragen. Appalong trabte wie ein Roboter den Weg hinunter. Ihm schienen die Strapazen nach dem Aufenthalt in der geringen Schwerkraft der *Nostradamus* nichts auszumachen. Ich dagegen brauchte dringend eine Pause. Keuchend blieb ich stehen und stützte die Hände auf die gebeugten Knie. Dabei fiel mir mein Helm aus der Hand und kollerte langsam auf den Abgrund zu. Fluchend stürzte ich hinterher. Ich rutschte auf dem nassen Untergrund aus und schlug der Länge nach auf den Pfad. Mit einer schnellen Handbewegung erwischte ich den Helm noch rechtzeitig, bevor er über die Kante verschwinden konnte.

»Scheiße, verdammte!« schimpfte ich laut. Wieso hatte ich Halbmond auch nicht aufgehalten! Was hilft es uns, wenn sie weiß, daß ihr blödes Haus ebenfalls in dieser Scheinwelt vorhanden ist?

Ich saß im Dreck und fluchte abermals laut vor mich hin. Wütend bemerkte ich, daß von Appalong ebenfalls nichts mehr zu sehen war. Ich blieb eine Minute still sitzen und patschte mit den Handschuhen meines Raumanzuges in den Pfützen herum. Dann raffte ich mich wieder auf und stolperte weiter. Ich konnte mir das Gelächter der beiden gut vorstellen, wenn ich dreckverschmiert bei ihnen ankam. Als ich an einem kleinen Wasserfall vorbeikam, überlegte ich mir kurz, ob ich mich nicht einfach darunterstellen sollte.

»Kommt gar nicht in Frage, ich denke nicht daran!« brummte ich. Ich hatte keine Lust, mir den Helm für diese Prozedur aufzusetzen. Boshaft nahm ich mir vor, so wie ich war, mich in einen der schönsten Sessel sinken zu lassen, den es in diesem bestimmt luxuriös eingerichteten Haus gab.

Bald darauf überquerte ich eine kleine Holzbrücke und entdeckte wenig später nicht weit unter mir ein blaues Dach. Der Pfad verbreiterte sich nach einer sanften Biegung zu einem Kiesweg, der vor einem ansehnlichen Haus mit einer ausladenden Veranda endete. Rechts von mir begrenzte eine niedrige Mauer aus lockerem Vulkangestein einen terrassenähnlichen Vorplatz.

Ich wankte auf die Mauer zu. Vor mir eröffnete sich ein einzigartiger Blick auf das Meer und eine halbrunde Bucht, die von steil aufragenden Felsen umrahmt war. Zwanzig Meter unter mir lag ein unberührter, weißer Sandstrand, der von schattenspendenden Palmen umsäumt war. Ich stieß einen anerkennenden Pfiff aus.

Die Familie Cahor verstand zu leben. Falls wir jemals wieder heil aus diesem Abenteuer herauskommen sollten, nahm ich mir vor, dieses idyllische Fleckchen Erde im Original zu besuchen.

Suchend blickte ich mich um.

Von Halbmond und Appalong war nichts zu sehen.

Verärgert wandte ich mich dem Haus zu. Zum Versteckspielen stand mir jetzt ganz und gar nicht der Sinn. Wahrscheinlich vertrieben sich die beiden die Zeit mit einer Führung durch das Haus. Als ob wir nichts anderes zu tun hätten. Mißmutig schaute ich auf meine Uhr. Wir hatten zwei weitere Stunden verloren.

Eine Viertelstunde später stand ich wieder vor dem Haus. Halbmond und Appalong waren wie von der Bildfläche verschwunden. Jedenfalls hatte ich sie nirgends entdecken können. Noch nicht einmal eine Spur von ihnen. Ich hatte alle möglichen Türen aufgerissen, falls sie einen Weg in eine neue Welt eingeschlagen hatten. Nichts. Das Haus war verlassen. Auch auf mein Rufen hin hatte sich niemand gemeldet. Kurzzeitig war mir der Gedanke gekommen, daß ich im falschen Haus war, aber die Hologramme, die überall an den Wänden hingen, zeigten Bilder aus dem Leben der Cahors:

paffender Vater Cahor mit Kindern, Einzelporträts von Halbmond und Jules, sogar Hellbrügge mußte die Familie schon einmal auf Kauai besucht haben – und zwar in Begleitung von Molly Steenburgen. Die beiden saßen auf dem Bild lachend im Sand. Dahinter war das Haus zu sehen. Also hatte mein Verdacht sich bestätigt, daß es zwischen ihnen mehr gab als nur ein Arbeitsverhältnis. Wie es auch sein mochte, im Augenblick hatte ich andere Sorgen, als mich mit dem Privatleben meines Chefs zu beschäftigen.

Ich setzte mich auf die Mauer und versuchte über Funk einen Kontakt herzustellen, ebenfalls vergebens. Dafür meldete sich Reinders aus der Arbeitsbiene sofort. Für mich war es ein weiterer Beweis dafür, daß ich mich nach wie vor in der Pyramide aufhielt.

Verwirrt überlegte ich, was ich noch unternehmen konnte. Ich drehte mich um und schaute zum Strand hinunter. Sie würden doch wohl nicht zum Schwimmen gegangen sein? Ich verwarf den unsinnigen Gedanken gleich wieder. Die beiden mochten in ihrem Verhalten etwas merkwürdig sein, aber sie würden in unserer Situation bestimmt nicht ans Vergnügen denken.

Trotzdem stand ich auf und suchte nach einem Weg hinunter zum Strand. Es gab zwei Möglichkeiten: entweder man folgte einem abenteuerlichen Pfad, der an besonders steilen Stellen mit Geländern gesichert war oder man benutzte einen geräumigen Aufzug, der sicherlich in erster Linie für Jules Cahor und seinen Rollstuhl installiert worden war. Er war seitlich der Terrasse in den Felsen hineingetrieben worden. Der Eingang glich einer kleinen Holzhütte, die mir vorher nicht weiter aufgefallen war. Ich entschied mich für den Aufzug, obwohl ich zugegebenermaßen eine Antipathie für geschlossene Räume mit auf- und zugehenden Türen entwickelt hatte, aber den Pfad würde ich mit meiner miserablen Kondition nicht bewältigen können.

Nur nicht denken, sagte ich mir beschwörend, als ich die Taste für abwärts drückte. Ich hatte keine Lust, an einem anderen Ort herauszukommen. Unsicher vor mich hinpfeifend fuhr ich nach unten, wo ich eine unveränderte Szene vorfand.

Ohne große Hoffnung ging ich über den Sand zum Meer. Die Brandung war mehr als nur beeindruckend. Riesige Wassermassen verwandelten sich in brechende Walzen aus brodelnder Gischt, die auf den Strand hereinbrachen. Ich konnte mir nicht vorstellen, daß sich jemand zum Schwimmen da hineinwagte. Es mußten Verrückte sein, die auf diesen gigantischen Wellen surften. Ich war mir sicher, daß ich noch nicht einmal die erste Bastion dieser Wassertürme überlebt hätte, schon gar nicht auf einem Surfbrett.

Müde schlurfte ich zu einem einsamen Liegestuhl, der hinter mir stand, und ließ mich erschöpft hineinfallen.

Aus. Ich wußte nicht mehr weiter. Irgend etwas mußte mit den beiden geschehen sein. Vielleicht würde ich bald dasselbe Schicksal erfahren. Wenn, dann war es auf jeden Fall in dem Stuhl bequemer. Es half mir nicht weiter, wenn ich auf der Insel herumirrte.

Mit starrem Blick sah ich in den blauen Himmel hinein, der von vielen kleinen, weißen Wolken durchzogen war. Es war nicht zu begreifen, daß dort oben, keine fünf Kilometer von hier, hinter der Wand der Pyramide das Weltall begann. Um es zu erreichen, brauchte ich ein Fluggerät, um die Atmosphäre und die Schwerkraft zu überwinden. Ich mußte mir von irgendwoher einen Kopter beschaffen. Den Rest des Weges durch die grünen Röhren konnte man mit dem Antrieb des Raumanzuges zurücklegen. Eine andere Möglichkeit, von hier wegzukommen, sah ich nicht.

Vorher jedoch mußte ich Halbmond und Appalong finden. Ich hoffte darauf, daß sie plötzlich unerwartet auftauchen würden und sich die Angelegenheit damit von selbst erledigte.

Das tosende, aber gleichmäßige Geräusch der rollenden Brandung machte mich schläfrig. Zudem glaubte ich, jeden Muskel einzeln in mir zu spüren. Es machte mir nichts aus, daß es in dem Raumanzug furchtbar heiß war. Jetzt, wo ich mich nicht mehr bewegte, empfand ich es sogar als angenehm. Der leichte Wind, der mich umfächelte, gab mir eine innere Ruhe zurück. Nur für wenige Minuten hier sitzen bleiben und die Landschaft genießen, danach würde ich weitersehen…

Es war dunkel um mich herum. Mit einem kurzen Nicken meines Kopfes fuhr ich auf. Ich war eingeschlafen, das war mir sofort bewußt, aber wo befand ich mich? Ich stützte mich auf die Lehnen und sah mich um. Vor mir schäumten weiße Wellenkronen in einem fahlen Licht und immer noch rauschten die Brecher an den Strand. Also saß ich nach wie vor in dem Liegestuhl unterhalb des Hauses der Cahors auf Kauai. Erleichtert sank ich zurück und sah auf meine Uhr. Es war kurz vor Mitternacht. Ich hatte wie ein Toter neun Stunden geschlafen. Verzweiflung kam in mir auf, aber ich beruhigte mich schnell wieder. Es war nicht zu ändern, mein Körper hatte seinen Tribut gefordert. Trotzdem fühlte ich mich zerschlagen. Als ich aufstehen wollte, sank ich sogleich mit einem Aufschrei zurück. Mir tat alles weh, meine Muskeln weigerten sich, auch nur die geringste Arbeit aufzunehmen. Meinen Rücken spürte ich überhaupt nicht mehr. Ich pustete mich auf und startete einen erneuten Versuch, mit dem Ergebnis, daß ich seitlich mit dem Stuhl umfiel und unsanft auf meinem Helm aufkam, der neben mir im Sand lag.

Wenigstens war ich aus dem Liegestuhl heraus. Notfalls konnte ich zum Aufzug kriechen. Weiter konnte ich in dem Moment nicht denken.

Ich schaffte es mühsam, mich auf die Knie aufzurichten und blinzelte in ein Licht. Am Strand und oben an der Terrasse hatte jemand die Lampen angeschaltet. Mit einem erfreuten Aufschrei scharrte ich mit dem linken Fuß nach vorn und stütze mich mit dem Ellbogen auf den Oberschenkel.

Dummkopf, sie schalten sich bei Dunkelheit automatisch ein! sagte ich mir, als ich wieder einigermaßen klar denken konnte. Enttäuscht verharrte ich in der Stellung und blickte stumpf auf meinen Helm.

Ich mußte etwas unternehmen, denn so, wie die Dinge lagen, konnte man unseren Ausflug in das Pyramideninnere als gescheitert betrachten. Appalong hatte anscheinend mit seiner Behauptung richtig gelegen, daß es sich bei den simulierten Landschaften um eine Demonstration handelte, deren Sinn mir allerdings verborgen blieb. Mir fehlte jegliche Energie, mich weiter damit zu beschäftigen. Jetzt ging es ums nackte Überleben, und dazu benötigte ich all meine restliche Kraft. Als allererstes brauchte ich einen Kopter, um aus den Scheinwelten herauszukommen. Wenn mein Plan klappte, und ich die *Nostradamus* erreichte, konnte ich von dort aus einen Kontakt zu Jules herstellen. Vielleicht wußte er, wo sich seine Schwester aufhielt. Mir bliebe dann immer noch genügend Zeit zurückzukehren und nach ihr und Appalong zu suchen. Das Abenteuer der harten Landung in Allison Walls verdrängte ich bewußt. Wenn ich ganz ehrlich zu mir war, hatte ich noch nicht einmal große Hoffnung, überhaupt von hier entkommen zu können, denn mir erschien mein Vorhaben viel zu naiv. Auf dieser surrealen Welt konnten noch tausend unvorhergesehene Dinge geschehen, die meinen einfachen Plan vereiteln könnten, aber ich wollte wenigstens handeln, bevor es zu spät war.

Ich schleppte mich zum Aufzug. Dabei wurde mir bewußt, daß ich den steilen Aufstieg hinauf zum Eingang meines Appartements nicht schaffen würde. Wozu auch? Ich grinste triumphierend. Es gab genügend Möglichkeiten, mich mit Hilfe meiner Gedanken zu jedem Flugplatz auf der Erde zu befördern. In Manching war ich zu Hause, dort kannte ich mich aus. Dort standen jede Menge Kopter auf dem Flugfeld herum. Es würde nicht lange dauern, bis ich mich in der Luft befand.

Vor mir lag nun die hell erleuchtete Veranda des Hauses. Mit einem grimmigen Blick konzentrierte ich mich und formte in Gedanken das Flugfeld in Manching. Als ich erwartungsvoll die Haustür öffnete, blickte ich enttäuscht und geschockt nur in das Wohnzimmer, das ich vor einigen Stunden begutachtet hatte.

Es hatte nicht funktioniert.

Mit klopfendem Herzen probierte ich wie ein Geistesgestörter alle Türen aus, jedoch ohne Erfolg. Was hatte Appalong gesagt: Unsere Gehirne benötigten ›Eingänge‹, um den Übergang zu erleichtern. Oder so ähnlich. Anscheinend schaffte mein müdes Gehirn nicht einmal mehr das. Ich konnte noch so angestrengt eine Tür fixieren, dahinter befand sich immer das, was dort normalerweise auch sein sollte. Aus irgendeinem Grund war die Quelle der Gedankenprojektion versiegt.

Es war endgültig aus, nichts ging mehr! durchfuhr es mich. Wie sollte ich ohne Kopter die Scheinatmosphäre überwinden? Verzweifelt wehrte ich mich gegen eine aufsteigende Panik. Nur nicht die Nerven verlieren, ganz ruhig bleiben! Es gab immer noch die Möglichkeit, durch mein Appartement zum Flugfeld zu gelangen, und wenn ich zu dem Rechteck, das oben auf dem Berg stand, kriechen müßte.

Falls es noch da war!

Was, wenn nur diese Scheinwelt stabil und der Zugang nach Manching und Allison Walls nicht mehr vorhanden war?

»Reinders, wo befindet sich das nächste Flugfeld auf Kauai?« krächzte ich. Im gleichen Augenblick sah ich die Sinnlosigkeit meiner Frage an den Bordcomputer ein, denn er konnte meinen Standort nicht lokalisieren, da er keine Verbindung zu einer Satellitenüberwachung herstellen konnte.

»Genaue Entfernungsbestimmung wegen Störung zu ›Local Sat‹ nicht möglich. Empfehle Anwendung eines stationären Systems«, antwortete er logischerweise.

Ich suchte den Raum nach einem Heimcomputer ab. Es dauerte einige Minuten, bis ich ihn gefunden hatte. Er war in einen antiken Sekretär mit einem Rolladen aus Holz integriert. Lautlos schoben sich die hölzernen Lamellen nach hinten, als ich endlich herausgefunden hatte, daß der Öffnungsmechanismus aus einem simplen Hebel an der Seite des Möbels bestand.

Nach einigem hektischem Herumgehacke auf der Tastatur – einen vokalen Chip besaß dieses vorsintflutliche Modell nicht – fand ich, was ich brauchte: ›Happy Helicopters‹, Barking Sands. Laut Karte war das keine vier Kilometer Luftlinie von hier entfernt.

Ein Fahrzeug. Ich benötigte ein Fahrzeug. Als ich nach Halbmond und Appalong suchte, hatte ich auch die Garage hinter dem Haus inspiziert. Dort standen zwei einfache EL-Cars ohne Verdeck.

Ohne zu zögern humpelte ich aus dem Haus und sprang in das erste Car hinein.

»Aloha! Bitte geben Sie Ihren SIC-Code ein!« tönte es mir entgegen.

»Scheiß Karren!« fluchte ich und zog einen Scanner aus meinem Mikrorechner. »Reinders, SIC-Code für das Ding hier! Entschlüsseln!«

»Bitte warten!« antwortete er. Ich wußte, für ihn war die Sperre kein großes Hindernis.

»Ich darf Sie darauf hinweisen, daß eine Benutzung des Fahrzeuges ohne den entsprechenden SIC-Code nicht möglich ist!« flötete es mir aus dem Armaturenbrett weiter entgegen. »Bei Mißachtung der Anweisungen wird automatisch die Polizeistation in Waimea benachrichtigt. Die Strafe für unbefugt... Aloha! SIC-Code bestätigt. Wünschen Sie eine Leitsystembeförderung, dann nennen Sie bitte jetzt Ihr Ziel...«

»Quatsch nur weiter!« brummte ich und drückte unbeholfen mit der dicken Sohle meines Schuhs das Pedal durch. Die Scheinwerfer gingen automatisch an, als ich aus der Garage fuhr.

Die ersten 200 Meter des schmalen Weges, der sich den Berg hinauf schlängelte, waren von seitlichen Lichtstreifen beleuchtet. Dann mündete er auf eine nicht viel breitere Asphaltstraße. Das Car-Leitsystem zeigte mir auf der Windschutzscheibe an, daß Barking Sands rechts von mir liegen mußte.

Mit durchdrehenden Reifen beschleunigte ich das EL-Car auf der befestigten Straße, was mir überflüssige Ratschläge aus dem Armaturenbrett einbrachte. Nach einigen scharfen Kurven, die ich viel zu schnell anging, kam ich zur Vernunft und gab dem System mein Ziel an. Es fehlte gerade noch, daß ich in dieser Scheinwelt einen Unfall baute. Außerdem hörte damit das tadelnde Gebrabbel vor mir auf. Ich ließ das Lenkrad los und lehnte mich zurück.

In der Dunkelheit konnte ich nicht viel von der Landschaft sehen. Alles schien jedoch real zu sein. Über mir funkelten Sterne. Vor mir, im Licht der Scheinwerfer reflektierte der Belag der Straße das auftreffende Licht. Der Elektromotor gab die gewohnten Geräusche von sich, die mir aus meiner Welt vertraut waren. Nichts deutete auf eine unwirkliche Umgebung hin.

Nun wurden die Kurven weniger, und ich konnte auf eine weite gerade Strecke vor mir blicken.

Und es dämmerte.

Verblüfft blickte ich auf meine Uhr. Das konnte nicht sein. Die Uhren im Haus hatten kurz nach Mitternacht angezeigt, auch auf dem Armaturenbrett war es noch nicht einmal halb eins.

Es dämmerte nicht nur, es wurde beängstigend rasch heller. Ich kam mir vor wie auf einer großen Bühne, auf der ein Sonnenaufgang im Zeitraffertempo inszeniert wurde. Der einzige Unterschied bestand darin, daß ich nirgendwo eine Sonne oder einen diffusen Lichtfleck ausmachen konnte, der mir ihren Standort verraten hätte. Auch als die Straße in den letzten Ausläufern der vulkanischen Berge in einen flachen Abschnitt überging, stand keine Sonne am mittlerweile blauen Himmel. Rechts von mir wurde das Meer sichtbar. Es schimmerte in einer übertrieben grünlichen Farbe, die an ein surrealistisches Gemälde erinnerte. Auch die Palmen und der Sand waren von einem grünen Ton überzogen. Beunruhigt stoppte ich das Car an einem leuchtend gelben Schild, das den dahinterliegenden Strand als ›Barking Sands‹ auswies und davor warnte, in diesem Abschnitt des Meeres zu schwimmen. Darunter war ein stilisierter Hund mit einem bunten Hemd zu sehen, der in einer primitiven Animation sein Maul auf- und zuklappte. Angespannt blieb ich im Car sitzen und starrte das angedeutete Bellen des Comic-Hundes an.

Eine groteske Situation.

Der Horizont war von einem dunkelgrünen Streifen überzogen, der sich nun in einem helleren Verlauf gleichmäßig über den gesamten Himmel erstreckte. Ich spürte, daß etwas Entscheidendes passierte.

Nicht weit vor mir entdeckte ich zwischen Palmenreihen die ersten Häuser einer Ansiedlung. Unentschlossen überlegte ich, ob es besser wäre, in einer Behausung Schutz zu suchen, aber bevor ich mich zu einer Entscheidung durchringen konnte, verschwanden die Palmen und weißen Flächen der Häuser hinter einem grünen Vorhang, als wenn von dort eine grüne Regenwand auf mich zukommen würde. Meine erste Reaktion war, das Car zu wenden und in die Berge zurückzufahren, aber als ich mich umdrehte, war von der Straße nicht mehr viel zu sehen. Nur viel Grün.

Jetzt bekam ich es mit der Angst zu tun. Besonders in dem Augenblick, als mich die grau-grüne Umgebung zu erdrücken schien und wenige Sekunden später eine der grünlich leuchtenden Röhren lautlos vom Himmel fiel.

Die Sphäre bricht zusammen! schoß es mir durch den Kopf. Entsetzt griff ich nach meinem Helm. Gerade als ich den Verschluß betätigt hatte, senkte sich die riesige Öffnung der Röhre direkt vor das Car und landete geräuschlos auf der Straße. Wie eine hilflose Maus saß ich vor dem aufgerissenen Rachen einer gigantischen Schlange.

Sonst blieb alles ruhig.

Die Außenwerte auf meiner Helmscheibe zeigten keine Veränderung an. Luftdruck, Temperatur, Analyse der Atmosphäre, alles war gleich geblieben, nur meine Umgebung hatte sich in ein Grasgrün verwandelt.

Und dann war da noch diese kreisrunde Röhre, die geduldig auf eine Reaktion von mir zu warten schien. Die Absicht war offensichtlich.

Ich fahre da nicht rein! redete ich mir ein. Eher wende ich und flüchte in die fahle Landschaft hinter mir.

Es vergingen weitere Minuten, in denen ich regungslos vor der Röhre stand. Schließlich verließ ich zögernd das Car und ging einige Meter in die Öffnung hinein. Der Untergrund fühlte sich fest an. Ein Sog, der mich in die Röhre hineingezogen hätte, war nicht festzustellen. Wohin der ungewöhnliche Weg führte, konnte ich wegen der ersten Biegung nicht erkennen, die etwa 200 Meter vor mir lag. Als ich um die Röhre herumgehen wollte, um die Außenwand zu erkunden, stieß ich auf eine unsichtbare Barriere, die mir ein Weitergehen verwehrte.

»Schon gut, schon gut«, murmelte ich ergeben. »Ich nehme die Einladung an, aber laufen werde ich auf keinen Fall.«

Ich ging zum Car zurück und stieg ein. Es sollte wohl so geschehen. Wer auch immer die Fäden in der Hand hielt, man hatte mir unmißverständlich klargemacht, daß ich mich in die Röhre zu begeben hatte. Wahrscheinlich war es ohnehin zwecklos, eine Flucht zu versuchen.

Vorsichtig steuerte ich das Car in die Öffnung hinein. Nach einigen hundert Metern löste sich meine anfängliche Skepsis, und ich richtete mich lockerer in meinem Sitz auf. In einem Anflug von verzweifeltem Übermut beschleunigte ich das Car. Optisch konnte ich die Geschwindigkeit nicht wahrnehmen, denn um mich herum herrschte weiterhin ein gleichmäßiges Grün, und ein Ende der Fahrt war nicht abzusehen. Vor mir tauchten immer wieder neue Biegungen auf, die ich mit dem rasantem Schwung eines Bobschlittens nahm. Manchmal wagte ich mich sogar mit erhöhter Geschwindigkeit in eine Kurve, um danach mit einem leichten Driften in die folgende Gerade hineinzuschlingern.

Bis vor mir plötzlich ein Hindernis stand.

Erschrocken duckte ich mich hinter das Lenkrad und stieg dabei voll auf die Bremse, was gar nicht nötig gewesen wäre, denn das Leitsystem hatte die kreisrunde weiße Wand bereits erkannt und darauf reagiert.

Wenigstens etwas Reales, das das System erfassen

konnte, dachte ich erleichtert, als das Car wenige Meter vor einem hohen dunklen Rechteck in der runden Wand zum Stehen kam.

Eine Tür.

Alice Nurminen im Wunderland. Ein bißchen Galgenhumor war mir noch geblieben.

Also wieder einmal eine Tür. Mein Übermut war mit einem Schlag dahin. Langsam ließ ich das Car dicht an das Hindernis heranrollen und erkannte, daß es sich nicht um irgendeine Tür handelte. Ich hatte sie damals zwar in dem schummrigen Licht nicht ausführlich betrachten können, und war zudem im Gespräch mit Fritz Bachmeier vertieft gewesen, aber an den Löwenkopf mit den abgewetzten Zähnen konnte ich mich noch genau erinnern: Es war die Eingangstür zur Sixtinischen Kapelle im Vatikan.

Ich stieg resignierend aus dem Car. Es war nicht die Tatsache, daß ich fortwährend mit meiner jüngsten Vergangenheit konfrontiert wurde, als vielmehr die Anhäufung von Enttäuschungen, was die Enträtselung der Pyramide betraf. Jedesmal, wenn ich glaubte, eine Entdeckung gemacht zu haben, stieß ich auf Bekanntes aus meiner eigenen Welt. Wahrscheinlich lag der Fehler bei mir. Mein Unterbewußtsein beschäftigte sich anscheinend sehr stark mit der Vorgeschichte zu dieser Mission und produzierte somit vertraute und gewohnte Umgebungen. Oder ich erlebte alles tatsächlich nur in meiner Vorstellung. Wenn dem so war, dann mußte ich leider feststellen, daß meine Phantasie nicht sonderlich aufregend war.

Ohne große Erwartung drückte ich den schweren Knauf herunter, der in einer für mich unbequemen Höhe angebracht war. Mein Erstaunen war groß, daß sich hinter der Tür nicht die Sixtinische Kapelle befand, sondern eigentlich gar nichts, nur ein dunkler Raum unbestimmten Ausmaßes. Gegenüber, nicht weit von meinem Standort, führte eine zweite Tür als helles Rechteck ins Ungewisse.

Ich schätzte die Breite der zweiten Tür ab. Das Car würde durch die erste Tür passen, aber nicht durch die zweite. Also ginge es ab jetzt zu Fuß weiter, wenigstens bis zu dem hellen Rechteck. Der Raum selbst gab nichts her, es war jedenfalls nichts Interessantes zu sehen.

Neugierig auf den Ursprung der hellen Lichtquelle, die dort draußen sehr intensiv sein mußte, schickte ich mich an, den Raum zu durchqueren – und fand mich urplötzlich auf dem Boden liegend wieder!

Für den Bruchteil einer Sekunde überfiel mich panische Angst, weil ich keine Erklärung dafür hatte, wie ich in diese waagrechte Lage gekommen war. Ich konnte mich an kein Stolpern oder gar an einen Sturz erinnern. Trotzdem fühlte ich ganz deutlich eine schmerzhafte Stelle an meiner Stirn. Verwundert tastete ich von außen an meinem Helm herum. Wie konnte...

Ein ungeordneter, brutaler Schwall aus Eindrücken, Gefühlen und Bildern raste durch mein Gehirn, prallte auf und schlug einem nicht endenden Strom von neuen Informationen entgegen. Überrascht japste ich auf und krümmte mich schutzsuchend auf dem Boden zusammen. Alle meine Sinne waren blockiert. Farbige Blitze liefen quer durch mein Sichtfeld. Mein Kopf schien eine aufgequollene Masse zu sein. Gleich würde meine Gehirnschale nachgeben und in einer gewaltigen Explosion den Inhalt in meinem Helm verteilen. Ein hohler Schrei mit einem asthmatischen Keuchen drang an meine Ohren, verstärkte sich vielfach in dem brodelnden Ozean aus Informationen, um nach Ewigkeiten endlich in einer schier nichtendenden Tiefe zu verhallen.

Ich versuchte, die Gedankenströme zu regulieren, indem ich mit einer inneren Energie versuchte, die imaginäre Öffnung in meinem Gehirn zu blockieren, aber vergebens. Mein Widerstand wurde immer schwächer, selbst meine körperliche Kraft war nahezu aufgebraucht. Das mußte der Tod sein. Ich hatte mir den Moment ganz anders vorgestellt. Nicht so qualvoll. Und mit mehr Eleganz. Obwohl, jetzt war es leichter zu ertragen, man mußte nur abwarten können. Das Meer aus Informationen beruhigte sich. Hier und da konnte ich Bilder zusammensetzen, Sequenzen verfolgen oder Schatten von Gefühlen spüren. Ich lernte, mich neu zu konzentrieren, sehr rasch sogar…

»John, kannst du mich verstehen?«

…sehr rasch sogar. Und gesprochene Sätze hören. Es klang nach Appalongs Stimme, aber hören? Es mußte sich um etwas Ähnliches wie Hören handeln und entstand irgendwo in der Mitte meines Gehirns, aber es war nicht dasselbe wie Hören. Es war mehr ein Kanalisieren von Eindrücken, die mir eine vielfache Menge an Informationen übermittelten. Einfach nur hören war nichts dagegen.

»John, gib mir ein Zeichen, daß du mich verstanden hast! Versuch, deine Hand zu heben!«

Hand heben. Ich riß die Augen ganz weit auf. Hände. Vor meinem Helm sah ich meine Hände. Ich konnte nicht tot sein. Und wenn doch, dann lagen Tod und Leben nicht weit auseinander.

Der Raum, in dem ich mich befand, war derselbe wie vorhin. Mit einem Zucken meines ganzen Körpers schabte ich über den Boden. Dann ging es mir besser, allerdings hatte ich einen Muskelkrampf in meiner linken Wade, der mich zwang, mich wieder schmerzhaft zusammenzukrümmen. Ächzend zwang ich mich dazu, das Bein gerade auszustrecken. Mit zusammengebissenen Zähnen fluchte ich innerlich vor mich hin. Wenn Krämpfe nach dem Tod ebenfalls die Regel waren, dann war das kein schöneres Leben.

»Entspann dich, der Krampf ist eine Folge der Überbeanspruchung durch die ungewohnte Schwerkraft. Mir ist es genauso gegangen.« Appalongs Stimme war glasklar, als würde er neben mir stehen.

»Hä?« krächzte ich erschrocken und richtete mich mühsam auf. Den erneuten Krampf versuchte ich nicht zu beachten und hielt das Bein waagrecht von mir weggestreckt.

Ich war allein im Raum. Nicht weit von mir erstrahlte das helle Rechteck.

»Wo...« – ich mußte mich räuspern, um einigermaßen sprechen zu können – »wo bist du?«

»Geh durch die Tür und laß dir Zeit«, vernahm ich Appalongs Stimme. »Du kannst mich nicht verfehlen.«

Zeit. Ich schaute auf die Uhr. 4 Uhr morgens. Mir fehlten drei Stunden. Mich konnte nichts mehr aus der Fassung bringen. Vielleicht lag es daran, daß ich nicht mehr allein war. Ich fühlte mich ausgeglichen und befreit, obwohl mich diese ungewisse Anwesenheit der ungeordneten Informationen beunruhigte, die latent in meinem Gehirn schwappten. Ich spürte, daß ich diese Datenmasse benutzen konnte, wenn ich wollte, aber ich wagte nicht, sie anzuzapfen.

Es war mir ganz recht, keine weiteren Erklärungen zu bekommen, denn so konnte ich mich durch eine körperliche Bewegung etwas stabilisieren. Die ersten paar Meter fielen mir sehr schwer, doch als ich an dem hellen Rechteck angekommen war und in das Bild hineinblinzelte, das sich mir bot, ging es mir wieder ganz gut.

Eine weiße Pyramide, die auf ihrer Spitze stand.

Oder vielmehr, die von einem schlanken, geraden Pfeiler in dieser Position gehalten wurde, der an einer Längsseite die umgedrehte Pyramide um gut das Doppelte überragte. Er glänzte in einem metallischen Schwarz. Die Konstruktion wäre mir sehr lächerlich vorgekommen, wenn sie nicht so groß gewesen wäre.

Ich schätzte die Höhe des Pfeilers auf mindestens 200 Meter, eher mehr. Es war sehr schwierig, eine genaue Angabe zu machen, aber neben mir steckte eine dünne Stange in dem weiß-gelben Untergrund, deren Spitze ich gerade noch mit der Hand erreichen konnte – und weitere Stangen bildeten eine durchgehende Linie zwischen mir und diesem surrealistischen Bauwerk. Die letzte Stange konnte ich nur erahnen. Ich schätzte die Entfernung auf etwa 300 Meter. Es herrschte zu Beginn ein leichtes Gefälle, das sich vor der Pyramide wieder umkehrte, deswegen verliefen die Markierungen in einem sanften Bogen durch die Landschaft.

Landschaft. Noch lehnte ich in der Öffnung und stand auf festem Untergrund. Vorsichtig wischte ich mit dem Fuß über den Boden vor mir. Sand. Hellgelber Sand, ohne eine Verwehung, geschweige denn einer hineingetretenen Spur. Glatt und unberührt.

Die Sandwüste erstreckte sich scheinbar ins Unendliche. Weit in der Ferne glaubte ich einen Gebirgszug zu entdecken. Ganz sicher war ich mir jedoch nicht. Der Himmel war von einem seidigen Hellblau. Ich konnte weder Wolken noch Dunststreifen ausmachen. Das Ganze glich eher einem futuristischen Gemälde als einer begehbaren Landschaft.

Dali. Salvadore Dali hatte so etwas gemalt. Es fehlte nur noch die wachsweiche Uhr, die von einem Mauervorsprung heruntertropfte. Oder brennende Giraffen.

Wieder einmal fragte ich mich, ob ich nicht selbst der Urheber dieser phantastischen Bühne war.

Kopfschüttelnd machte ich mich auf den Weg. Ich hatte seit ewigen Zeiten nicht mehr an Salvadore Dali gedacht, und ganz bestimmt nicht in den letzten Minuten.

Schon nach den ersten Metern wußte ich, warum Appalong gesagt hatte, daß ich mir Zeit lassen soll. Der Sand war sehr fein. Mit jedem Schritt sank ich tief ein und ich mußte deswegen immer wieder eine Pause einlegen. Ich kam nur langsam voran. Es dauerte fast eine halbe Stunde, bis ich endlich an der Spitze der Pyramide angekommen war. Die Klimaanlage in meinem Raumanzug lief auf Hochtouren, und der Schweiß rann mir an den Schläfen in Sturzbächen herunter. Obwohl die Analyseanzeigen alle auf Grün standen, wagte ich es nicht, den Helm abzunehmen. Zuerst wollte ich Appalong vor mir sehen, er wußte anscheinend über die Verhältnisse genau Bescheid.

Mein weiteres Vorgehen war eindeutig vorgezeichnet. Direkt vor mir lag ein Eingang, wieder in Form eines Rechtecks. Mutig ging ich darauf zu. Eine einfache Rampe führte ins Innere.

Wenig später stand ich auf einer Kreisfläche von vielleicht drei oder vier Metern Durchmesser. Über mir öffnete sich der gesamte Rauminhalt der Pyramide, dessen einziges Gestaltungselement eine dunkelrote Spirale war, die unmittelbar vor mir begann und sich in immer größer werdenden Bögen bis hinauf zur Decke schwang. Das Ende der Spirale konnte ich nicht erkennen, es mußten von meinem Standort aus bis dort obenhin bestimmt 100 Höhenmeter liegen. Ich drehte mich tapsend mit kleinen Schritten um mich selbst. Dabei bemerkte ich, daß der eigentliche Weg nach oben aus einem durchsichtigen Material bestand. Die dunkelrote Farbe stammte von einem Absatz, der etwa fünfzig Zentimeter hoch und breit war und die Spirale an der äußeren Kante flankierte. Soweit ich erkennen konnte, hing sie freischwebend in der Luft. Jedenfalls konnte ich von hier aus keine Haltestreben sehen. Langsam drehte ich mich weiter.

»Ist schon beeindruckend, nicht wahr?«

Ich ruckte ein Stück weiter. Über mir, auf der Höhe des dritten Umlaufs saß Appalong in seinem violetten Raumanzug.

»Mein Gott, hast du mich erschreckt!« stieß ich hervor.

Er deutete auf seinen Helm, der neben ihm lag. »Den brauchst du nicht, die Luft ist in Ordnung.«

Ich zögerte, nahm aber dann meinen Helm ab. Mir wurde etwas schwindelig, als ich die Luft einatmete. Die Ursache dafür lag jedoch eher an meiner angegriffenen Kondition und der nachlassenden Spannung als an der Atmosphäre. Mit einer scheuen Handbewegung berührte ich den dunkelroten Absatz und ließ mich anschließend vorsichtig darauf nieder.

Tausend Fragen wirbelten in meinem Kopf herum. Ich wußte nicht, mit welcher ich beginnen sollte. Außerdem mußte ich irgendwo mit der Stirn aufgeschlagen sein. Suchend tastete ich nach einer Beule oder einer Verletzung über meinen Augen.

»Warte einen Moment!« rief Appalong. »Den Grund für deine Kopfschmerzen kann ich dir an mir zeigen!« Er kam über die schrägen Stufen zu mir herunter.

»Siehst du«, er deutete mit einem Finger an seine Stirn, »leicht geschwollen. Ich will dir keine Angst einjagen, aber man hat uns dort etwas eingepflanzt.«

»Eingepflanzt?« Bestürzt betrachtete ich seine schwarze Haut, die leicht gerötet war. Dann fuhr ich mir vorsichtig über meine eigene Stirn.

Appalong nickte wissend. »Hast du nicht das Gefühl, du könntest deine Umwelt viel schärfer sehen? Ich meine, nicht nur optisch, sondern mit allen Sinnen?«

»Ich weiß nicht. Vielleicht. Ich spüre einen Druck, aber ich habe mich die ganze Zeit innerlich dagegen gewehrt«, sagte ich benommen. Die Vorstellung, daß sich in meinem Gehirn ein Fremdkörper befinden sollte, behagte mir ganz und gar nicht. »Was… was eingepflanzt?«

»Ich bin mir nicht hundertprozentig sicher, aber alles

deutet darauf hin, daß wir jetzt nicht nur einen Omni-Chip um den Hals tragen, sondern auch einen in unserem Kopf. Imhotep hat vor viereinhalbtausend Jahren ebenfalls Chips verpflanzt, allerdings ohne Erfolg.«

Mir wurde wieder schwindelig. Ich konnte nun einige Zusammenhänge zwischen meinen letzten Erlebnissen herstellen. Beruhigend waren sie für mich nicht, ganz im Gegenteil: Mich traf die Erkenntnis wie ein Schock. Beinahe zwanghaft versuchte ich mich abzulenken.

»Wie… wo ist Halbmond?«

»Ganz langsam, eins nach dem anderen«, antwortete er mit sanfter Stimme. »Sie ist drüben im Turm. Es geht ihr gut. Doch zuerst einmal zu dir: Bist du O.K.?«

Ich winkte ab. »Ja, ja, nur ziemlich fertig. Also gut, ich habe einen Chip im Gehirn – aber warum? Und wie bist du hierhergekommen, und was ist das da?« Mit dem Zeigefinger fuhr ich in Kreisen die Spirale nach.

Appalong setzte sich mit einem Seufzer neben mich, lehnte sich zurück und blickte nach oben. »Tja, das da!«

Ich wartete eine Weile, aber mehr kam nicht von ihm.

»Was ist los?« fragte ich ungeduldig.

Er nahm seine Ellbogen von dem Absatz und stützte sie auf seine abgewinkelten Knie. Dann fing er an zu erzählen, ohne auf meine Frage einzugehen. »Als ich den Pfad hinunterlief, wurde es plötzlich dunkel um mich herum. Natürlich habe ich einen heillosen Schrekken bekommen, weil ich dachte, die Pyramide wäre verschwunden und daß ich im nächsten Moment im Vakuum des Weltraums umkommen würde. Die Tatsache, daß ich immer noch eine Schwerkraft verspürte, habe ich dabei total übersehen. Plötzlich lag ich auf dem Boden. Es ging mir ähnlich wie dir dort in dem

Raum. Ich bin drüben in dem Turm herausgekommen. Das war vor sechs Stunden.«

Du Glücklicher, dachte ich, du mußtest nicht erst auf der Insel herumirren!

»Halbmond war schon vor mir da«, fuhr er fort. »Man hat sie, gleich nachdem sie uns verlassen hatte, hierher entführt. Ihr wurde übrigens kein Chip eingesetzt.«

Wie auf ein Stichwort hin trat sie in dem Moment durch den Eingang. Sie wirkte abwesend und grüßte mich beiläufig, geradeso, als wäre ich zu spät zu einer Party erschienen. Danach setzte sie sich stocksteif neben mich und schloß die Augen.

Jetzt wurde es mir langsam zu bunt. »Kann mir bitte einmal einer erklären, was hier vor sich geht!« polterte ich los. »Oder ganz konkret gefragt: Warum habe ich einen Chip im Kopf?«

»Er ist ein Empfänger«, antwortete Halbmond ohne sich die Mühe zu machen, ihre Augen zu öffnen. »Und ein Sender.«

»Er ist ein Empfänger«, wiederholte ich ungeduldig. »Toll! Und was kann ich damit empfangen?«

Appalong breitete die Arme aus und deutete mit seinen geöffneten Händen auf die Spirale. »All das hier. Was du hier siehst, sind eingelagerte Omni-Chips. Daher die dunkelrote Farbe.«

Ich sprang auf und sah mir den Absatz genauer an, auf dem ich bisher gesessen hatte. Jetzt erst bemerkte ich, daß unter dem durchsichtigen Material kleine längliche Blöcke der roten Steinchen eingelassen waren, die dicht nebeneinander lagen. Unwillkürlich verfolgte ich mit meinen Augen die Biegungen der Spirale, bis hinauf unter den riesigen Raum, der dort oben die Ausmaße eines Stadions einnahm.

»Das müssen ja ungeheuer viele sein!« rief ich erstaunt aus.

Appalong lachte amüsiert. »Googol.«
»Googol?«
»Mit Googol bezeichnen Mathematiker die Zahl Zehn hoch Einhundert«, erklärte er ernst, dann lächelte er erneut. »Na ja, ganz so viele werden es nicht sein, aber ich finde den Namen recht passend.«
»Meinetwegen. Es sind also Googol! Und was steht auf diesen… Googol vielen Chips?«
Er holte tief Luft und blickte mich mit einem seltsamen Gesichtsausdruck an. »Es ist die Chronik der Erde. Auf diesen Chips ist die Geschichte der Erde aufgezeichnet!«

# 10

»Das soll wohl ein Witz sein!« rief ich.

Appalong reagierte nicht auf meinen ungläubigen Ausruf und fing an, mir mit unbewegtem Gesichtsausdruck zu erklären, wie ich meinen eingepflanzten Chip benutzen konnte, um Informationen aus den Blöcken abzurufen. Es kostete mich etwas Überwindung, denn zum einen mußte ich zuerst eine gedankliche Verbindung zu dem Fremdkörper in meinem Gehirn zulassen, und zum anderen war es mir unheimlich, einfach so in die Entwicklung unseres Planeten einzudringen. Ich empfand es als pure Respektlosigkeit.

Der Vorgang der Verbindung zwischen dem Chip und meinem Gehirn war sehr schmerzhaft. Bisher hatte ich bewußt eine Blockade errichtet, die ich nur mit zögernder Scheu abbaute. Ich nahm mir vor, es ganz behutsam anzugehen, aber als ich meinen Willen lockerte, brach der Damm sofort ein. Ein mächtiger Gedankenfluß rauschte durch mein Gehirn. Ich wußte, ab jetzt war der Omni-Chip ein Teil von mir.

Es dauerte einige Minuten, bis der Schmerz allmählich abebbte, der in meinem Schädel tobte.

»Konzentriere dich auf die länglichen Blöcke!« hörte ich Appalong sagen.

In meinem Gesichtsfeld tanzten farbige Blitze, deswegen fiel es mir schwer, einen bestimmten Punkt zu fixieren. Verschwommen nahm ich einen roten Absatz in der Halle wahr und stellte mir die roten Steinchen darin vor.

Fast augenblicklich klarte sich das Bild auf. Mit einem rasanten Zoom-Effekt fuhr mein inneres Auge auf die Chips zu, bis sie wie gestaffelte Fensterscheiben vor mir standen. Ihre rote Farbe war verschwunden. Dafür konnte ich deutlich farbige Konturen auf ihren transparenten Flächen erkennen. Als ich neugierig eine einzelne Darstellung betrachten wollte, sprang der Chip bereitwillig aus der Reihe und füllte mein gesamtes Blickfeld aus. Ein dampfender Dschungel öffnete sich unter mir und schien mich in das verflochtene Braun-Grün hineinzusaugen. Irritiert erblickte ich fremdartige, monströse Pflanzen und Gewächse. Ich war verwirrt, eigentlich hatte ich Bilder von der Erde erwartet, die den Planeten vom Weltraum aus zeigten. Hier aber sah ich eine Landschaft direkt von der Oberfläche…

Plötzlich kam Bewegung in die riesigen Blätter. Ich stürzte mit einem ohrenbetäubenden Krachen von hoch oben in den Dschungel hinein und wirbelte haltlos an dicken Ästen vorbei.

Mit einem Schreckensschrei zog ich mich aus der Szene zurück. Keine Sekunde später stand ich unversehrt Appalong und Halbmond gegenüber.

»Was war das?« stammelte ich. »Das ist… unglaublich! Und so real! Ich fiel in einen Dschungel hinein. Ich dachte, das wäre mein Ende.«

Mir lief es eiskalt über den Rücken, als ich mir die Szenen nochmals ins Gedächtnis zurückrief. »Ich verstehe das nicht. Wieso sehe ich Landschaften… und wieso höre ich Geräusche? Ich habe Bilder aus dem Weltraum erwartet oder…«

Als ich die abwartenden Mienen der beiden bemerkte, verstand ich plötzlich, was Appalong mit ›Die Geschichte der Erde‹ gemeint hatte.

»Das kann nicht sein!« platzte ich heraus. »Ihr wollt mir doch nicht erzählen, daß hier alles gespeichert ist, was sich jemals auf der Erde zugetragen hat!«

Zum ersten Mal rührte sich Halbmond. »Fast alles! Die Chronik beginnt vor einer Milliarde Jahren und reicht bis heute in die Gegenwart!«

»Das kann nicht sein«, wiederholte ich. »So etwas gibt es nicht!«

Ungläubig versuchte ich mir vorzustellen, was ihre Aussage bedeuten würde: Bilder aus der Urzeit, das Entstehen der ersten Lebewesen, die Entwicklung des Menschen, Überlieferungen der alten Kulturen, Naturkatastrophen, Eiszeiten, Verschiebung der Kontinente. Und die Geschichte der Menschheit…

»Blödsinn! Das ist eine Simulation, wie alles hier!« stellte ich fest.

Appalong hob unbeeindruckt von meiner Behauptung die Schultern. »Möglich, aber es sieht nicht danach aus. Ich habe mir in den vergangenen Stunden Chips aus allen Epochen angesehen.« Er kramte eine Handvoll Chips aus dem Innern seines Raumanzugs und hielt sie mir hin. »Ich war bis dort oben am Ende der Spirale. Hier, möchtest du dir Aufzeichnungen aus dem Zweiten Weltkrieg ansehen? Oder Bilder von den Napoleonischen Kriegen? Oder die Zerstörung von Karthago? Die Ermordung Kennedys? Der Fall der Mauer? Unseren Start in Kourou…«

»Hör auf!« unterbrach ich ihn gereizt und ignorierte die Chips in seiner Hand. »Willst du mir vielleicht erzählen, daß jemand im Altertum mit einer Kamera auf der Erde herumgelaufen ist und die Aufnahmen zur Pyramide gesendet hat?«

»Nein«, sagte er leise. »Wir – und alle Lebewesen, die in der Vergangenheit auf der Erde geweilt haben – haben mit Gedanken die Geschehnisse aufgezeichnet. Nofretete ist nichts anderes als ein Empfänger und Speicher, allerdings in einem phantastischen Ausmaß.«

Das war mir zuviel. »Du spinnst! Du willst mir allen Ernstes weismachen, hier wären die Erlebnisse aller Lebewesen aufgezeichnet, die jemals auf der Erde gelebt haben?« Ich atmete heftig vor Zorn. »Wahrscheinlich auch Eindrücke, die ein Urzeitlurch gespürt hat, als er von einem Saurier verspeist wurde!« fügte ich spöttisch hinzu.

Er nickte mit ernster Miene. »Auch das. In allen nur erdenklichen Variationen!«

Seine Selbstsicherheit machte mich rasend. Er als seriöser Wissenschaftler ließ sich blind durch ein paar künstliche Darstellungen überzeugen.

Ich schüttelte selbstsicher den Kopf. »Du willst das so haben, verstehst du das nicht! Seit wir uns hier befinden, hat sich alles so ergeben, wie wir uns das vorstellen! Komm wieder in die Wirklichkeit zurück, Ape! Das ist alles Humbug!«

»Ach ja?« entgegnete er aufgebracht. »Dann sieh dir doch einmal den Chip hier an, du Klugscheißer!« Dabei hielt er mir seinen zitternden Zeigefinger vor die Nase, auf dem ein kleines rötliches Rechteck klebte.

Ich brauchte mich gar nicht übermäßig zu konzentrieren. Kaum hatte ich den Chip fixiert, sah ich einen nackten Mann, der sich wollüstig in einem Bett wälzte. Ein Schock durchfuhr mich, als ich mich selbst wiedererkannte. Die Szene spielte sich in Halbmonds Appartement auf der *Nostradamus* ab. Die Geräuschkulisse war dementsprechend.

»Du Schwein!« Mit einem Aufschrei schlug ich ihm den Chip vom Finger und stürzte mich auf ihn.

»Schluß jetzt! Aufhören!« Halbmond tauchte zwischen unseren verschlungenen Armen auf und schob uns energisch auseinander. Überrascht wankte ich zurück und fiel unsanft auf den Absatz. Appalong stolperte ebenfalls nach hinten und landete auf seinem Hosenboden.

»Das reicht! Hast du jetzt endlich begriffen, was Googol darstellt?« schrie sie mich mit überschlagender Stimme an. »Kann sich dein mickriges Gehirn vielleicht einmal mit der Bedeutung von all dem beschäftigen, anstatt sich hier rumzuprügeln?«

»Ja… äh… nein«, stammelte ich fassungslos. Der Schock saß tief, wobei ich nicht sagen konnte, ob es daran lag, daß Appalong die intime Szene in Halbmonds Appartement gesehen hatte, oder an der Erkenntnis, daß er die Wahrheit über die Bedeutung der Chips gesagt hatte.

Halbmond tobte weiter. »Jules ist in Gefahr! Und mein Vater! Wir müssen ihnen helfen!«

Jetzt verstand ich gar nichts mehr.

»Einen Moment! Langsam!« Kopfschüttelnd stellte ich die Erkenntnis über die Entdeckung und Bedeutung dieses einmaligen Archivs hinten an. Verstehen konnte ich es sowieso nicht. »Wieso Jules?«

Appalong raffte sich auf und sammelte die Chips ein, die ihm aus der Hand gefallen waren. »Der dumme Junge hat in seiner Begeisterung alles erzählt, was ihm Halbmond über Googol mitgeteilt hat«, sagte er, als wäre nichts geschehen. »Du kannst dir ja vorstellen, wie die da unten auf der Erde auf unsere Entdeckung reagiert haben. Sie fordern uns auf, die Pyramide und Googol sofort in Besitz zu nehmen!«

Ich war nun überzeugt davon, daß alle um mich herum übergeschnappt waren. »Wieso in Besitz nehmen? Wie soll denn das gehen?«

Er verstaute die Chips in seiner Anzugtasche und setzte sich neben mich. »Drüben im Turm existiert ein Chip mit einer kurzen Zusammenfassung über die Pyramiden. Es ist eine Art Beschreibung von Nofretete darunter. Demnach kann man ihren Weiterflug stoppen, indem man… nun ja… den gedanklichen Befehl dazu gibt. Die Absicht der Schöpfer lag darin, einer zukünftigen und geeigneten Rasse ihr Erbe zu hinterlassen. Das könnten wir sein, wenn wir wollen.«

»Wenn wir wollen?« fragte ich unsicher. »Aber das wäre doch großartig! Warum sollten wir nicht wollen?«

»Mensch, John!« tadelte mich Halbmond und setzte sich auf meine andere Seite. »Überleg doch mal! Willst du den arroganten Köpfen auf der Erde tatsächlich solch eine Macht in die Hände spielen? Es gäbe Mord und Totschlag, wenn ein Konzern dieses Wissen besäße.«

Appalong zögerte, doch dann nickte er zustimmend. »Krieg. Es würde zu einem Weltkrieg kommen. Und der würde das Ende der Menschheit bedeuten. Trotzdem, es wäre schade, so eine Gelegenheit verstreichen zu lassen. Wir könnten endlich Wahrheiten erfahren und viele Lügen in der Geschichte ausmerzen. Von der Technik des Omni-Chips und manch anderem Wissen, das dort im Turm auf uns wartet, gar nicht zu reden.«

Wir saßen nebeneinander auf dem Absatz und grübelten schweigend. Ich konnte immer noch nicht glauben, daß Googol eine gigantische Bibliothek sein sollte, obwohl mir der eingepflanzte Chip mit einer ungewöhnlichen Leichtigkeit über meinen Zweifel hinweghalf. Lediglich Reste meines ursprünglichen Grundverstandes wehrten sich gegen ein vollständiges Begreifen unserer Entdeckung.

»Steht denn in der ›Beschreibung‹ auch, wer die ›Schöpfer‹ der Pyramide waren?« fragte ich nach einer Weile.

Appalong schüttelte den Kopf. »Nichts. Auf dem Chip steht außer dem Hinweis für die Besitznahme lediglich eine detaillierte Beschreibung des Sonnensystems, so wie es hier unten am Anfang der Spirale aussah. Ich habe mit Reinders' Hilfe herausgefunden, daß die Aufzeichnungen demnach vor etwa einer Milliarde Jahren begonnen haben. Zu dieser Zeit existierte nur eine einzige Pyramide. Eine weitere Erklärung besagt, daß nach jedem Umlauf – wobei es keinen Hinweis darauf gibt, welchen Weg die Pyramiden nehmen – eine weitere Pyramide als eine Art Sicherheitskopie geschaffen wird. Ich habe keine Vorstellung davon, welche Technik in der Lage sein könnte, aus dem Nichts ein Abbild entstehen zu lassen. Obwohl, es existiert genügend Materie im weiteren Umfeld des Sonnensystems, aber das Thema würde jetzt zu weit führen. Jedenfalls wäre damit die ungeheure Anzahl der Pyramiden erklärt.« Er machte eine lässige Handbewegung in Richtung des Turms. »Ich nehme an, daß die Antworten auf die Frage nach den Erbauern und weitere Erklärungen dort auf uns warten. Wir müßten nur ›Ja‹ sagen.«

Ich winkte ab. Im ersten Moment war mir die Möglichkeit phantastisch erschienen, alles über unsere Vergangenheit zu erfahren, aber schon meine ersten Überlegungen über die Konsequenzen führten in ein problembeladenes Labyrinth. Merkwürdigerweise fielen mir sofort alle meine Schandtaten aus der Jugendzeit ein, die dort oben unter der Hallendecke zu finden waren. Dabei waren meine Jugendsünden ein Klacks gegen die unzähligen Verbrechen der Menschheit, die offensichtlich gleich daneben abgespeichert waren. Vielleicht sollte ich doch ein wenig in die Geschichte hineinsehen…

»Dein Vater und Jules. Wieso sind sie in Gefahr?« fragte ich Halbmond, um mich von meinen ketzerischen Gedanken abzulenken.

»Sicherheitsleute haben meinen Vater abgeholt. Jules glaubt, daß sein Leben bedroht ist, wenn wir nicht das tun, was sie verlangen.«

»Erpressung«, stimmte ich zu. »Wäre nicht das erste Mal.«

Sie schaute mich verzweifelt an. »Sprich mit Jules! Vielleicht findet ihr zusammen eine Lösung.«

»Wie soll ich mit ihm sprechen können«, sagte ich verwundert. »Ich habe nicht deine Fähigkeiten.«

Sie lächelte hintergründig. »Mit dem Chip hast du wahrscheinlich mehr. Du brauchst dich nur auf ihn zu konzentrieren.«

Ich runzelte die Stirn.

›Jules?‹ fragte ich ins Nichts hinein.

›John! Schön, daß dir nichts geschehen ist!‹ antwortete er augenblicklich. Eine Kombination aus Worten und eine Erinnerung an seine Stimme standen glasklar in meinem Gehirn. Und nicht nur das. Ich glaubte, mit seinen Augen sehen zu können, wenn er es zuließe. Auf meine entsprechende Frage hin öffnete er sich widerstandslos. Mit Erstaunen erkundete ich den Raum, in dem er sich aufhielt. Vor ihm saß in einer Simulation ein grimmiger Van Theis, der pausenlos auf ihn einredete. Sein Standpunkt war um einiges höher angelegt, deswegen thronte er wie Zeus auf dem Olymp. Seitlich und dahinter waren zahlreiche Monitore angebracht, auf denen weitere Personen zu sehen waren. Auch Fritz Bachmeier war darunter.

Ich spürte, daß Jules psychisch und physisch am Ende seiner Kräfte war.

›Keine Angst, Jules, ich stehe dir zur Seite!‹ sprach ich ihm Mut zu. Ich wunderte mich darüber, wie leicht es mir fiel, mit der unwirklichen Situation umzugehen. ›Sag Van Theis, daß ich ihn sehen und hören kann.‹

Van Theis fiel vor Überraschung beinahe aus der Simulation heraus.

»Nurminen, Sie können mich verstehen?« brüllte er, als benutze er ein antikes Telefon.

›Und sehen‹, gab Jules meine Antwort weiter. ›Sie

können mit normaler Stimme sprechen, ich verstehe Sie sehr gut.‹

»Ja, schön... gut... äh...«, stotterte er verlegen. Mir wäre es wahrscheinlich genauso ergangen, wenn mir jemand erzählt hätte, daß Jules als Verbindungsstation für ein anderes menschliches Wesen fungierte. Van Theis fing sich jedoch rasch wieder.

»Wie ist die Lage, Nurminen? Können Sie die Pyramide aufhalten?« fragte er forsch.

›Wir haben es noch nicht ausprobiert‹, antwortete ich ausweichend. Ich wollte ihn hinhalten, denn jetzt war die Gelegenheit für ein paar klärende Fragen.

»Was soll das heißen: Sie haben es noch nicht ausprobiert?« Er sah sich unsicher um. Der alte Fuchs wußte genau, was auf ihn zukommen würde. Nur fehlte ihm nun die Zeit, um auf seine Berater zurückgreifen zu können. Er allein mußte mir jetzt Rede und Antwort stehen.

›Nun ja, es ist nicht so einfach, wie Sie denken‹, begann ich zögernd und überlegte dabei fieberhaft, wie ich ihn in die Enge treiben konnte. ›So wie die Dinge stehen, akzeptiert uns die Pyramide nicht als potentielle Nachfolger der Erbauer‹, log ich ungeniert.

Er schnappte sichtbar nach Luft. »Nurminen, sie werden alles unternehmen, um die... die Pyramide in Ihren Besitz zu bringen! Ich brauche nicht darauf hinzuweisen, was das für den Konzern bedeuten würde... und für die gesamte Menschheit!«

Ich dachte: richtig, genau in der Reihenfolge! Dann beschloß ich, ganz direkt vorzugehen. Auch ich hatte nicht die Zeit, mich mit sinnlosem Geplänkel aufzuhalten.

›Van Theis, in der *Nostradamus* liegen fünf Tote in den Tiefkühlräumen. Von der *Sternenläufer* und der *American Gothic* will ich gar nicht reden. Ich will wissen, wie es dazu kommen konnte!‹ Ich spürte, daß Jules sich überwinden mußte, meine Worte weiterzugeben und beruhigte ihn, indem ich ihn wissen ließ, daß er nichts zu befürchten hatte. Dabei hoffte ich, daß nichts von meiner Unsicherheit zu ihm durchdrang.

Van Theis rückte in seinem Sessel gefährlich nach vorne. Ich sah, wie es in ihm arbeitete. Einen Moment lang verengten sich seine Augen zu schmalen Schlitzen und seine Finger der rechten Hand rieben hart gegeneinander.

»Nurminen…«, begann er leise. Es klang wie eine Drohung, doch dann hatte er sich wieder in der Gewalt. »Also gut, spielen wir mit offenen Karten. Was wollen sie wissen?«

Ich atmete tief durch und war heilfroh darüber, daß zwischen diesem Menschen und mir eine Entfernung von rund 280 Millionen Kilometer lag.

›Der Zünder im Haupttriebwerk. War das Ihre Idee?‹ Jules begann vor Angst zu schwitzen.

Van Theis schnaufte entrüstet auf. »Nurminen, wir haben nicht die Zeit… Verdammt, glauben Sie etwa im Ernst, Sie könnten aus mir eine Verbindung zu den abartigen Vorfällen auf Ihrem Schiff herauspressen? So naiv habe ich Sie nicht eingeschätzt.«

Verärgert wies ich Jules an, daß ich nicht beabsichtigte, darauf zu antworten.

Van Theis ließ einige Sekunden verstreichen, bevor er widerwillig mit einem herablassenden Tonfall erklärte: »Nachdem die *Sternenläufer* sich wieder gemeldet hatte, konnten wir die *Nostradamus* nicht einem ungewissen Schicksal überlassen. Das Schiff war zu wertvoll für uns. Natürlich hatten wir einige Vorkehrungen getroffen, um Ihre Mission vorzeitig beenden zu können.«

›Warum haben Sie es nicht einfach befohlen. Sie wußten doch genau, daß ich mich dem Konzern gegenüber loyal verhalten hätte.‹

Er lachte anerkennend. »Ich weiß, Sie sind ein Kind des Konzerns, und ich bin mir sicher, Sie werden es auch in Zukunft sein. Wir wußten aber damals schon, welche Verrückten mit an Bord der *Nostradamus* waren. Leider, aber es war in der Kürze der Zeit nicht anders machbar. Schmidtbauer hatte uns sehr unter Druck gesetzt, deswegen bot der geplante Verkauf von *Futhark* und der *Nostradamus* eine winzige Möglichkeit, die Verträge mit ihm zu annullieren oder wenigstens neu zur Verhandlung zu bringen. Und was die – sagen wir einmal – außergewöhnlichen Vorfälle auf dem Schiff betrifft: Mit dem Sprengstoffanschlag und der unvorhergesehenen Zündung des Haupttriebwerkes haben wir nichts zu tun. Da müssen Sie die Urheber in Ihrer Besatzung suchen. Ich vermute, daß Schmidtbauer seine Finger im Spiel hatte. Er wollte unbedingt beweisen, daß man mit seinem Antrieb das Ende der Welt erreichen konnte, dieser Idiot! Bleibt noch der unselige Angriff mit der Arbeitsbiene auf das Schiff und die Zerstörung von *Südquelle*.« Er machte eine Pause, als müßte er sich die Vorgänge ins Gedächtnis zurückrufen. »Da haben hier einige Leute in einem Übereifer ihre Befehle zu wörtlich genommen. Sie sind deswegen bereits zur Rechenschaft gezogen worden. Natürlich stimme ich mit Ihnen darin überein, daß von unserer Seite nicht alles… äh… ganz fair verlaufen ist, aber unsere Konkurrenten sitzen uns hart im Nacken, da ist eine falsche Rücksichtnahme fehl am Platz. Vielleicht werden Sie uns eines Tages dankbar dafür sein, daß alles so verlaufen ist. Es hätte für Sie und andere weitaus schlimmer kommen können.«

Was nicht unbedingt dein Verdienst ist, dachte ich.

›Bei wem genau muß ich mich dafür bedanken?‹ hakte ich frech nach.

Doch jetzt war ich zu weit gegangen. Van Theis lehnte sich kurz in seinem Sessel zurück, schlug mit beiden

Handflächen auf die Lehnen und stand schwungvoll auf. »Nurminen, ich schlage vor, Sie unterhalten sich mit Ihrem Freund Bachmeier über das weitere Vorgehen. Nur noch eines möchte ich klarstellen: Ich bin nicht unbedingt an dem Archiv von Googol interessiert. Sie und ich, wir sind beide intelligente Menschen und können uns ausmalen, welche Komplikationen das Wissen über die Vergangenheit der Menschen mit sich bringen würde. Aber allein die Technik des Omni-Chips ist mehr als nur ein Quantensprung in der Kommunikationstechnik. Der ganze digitale Mist mit seinen ungeheuer aufwendigen Kapazitätsbereitstellungen würde ein für allemal der Vergangenheit angehören. Den Chip will ich haben. Ich brauche nicht extra zu betonen, daß ein Erfolg der Mission für Sie persönlich von großem Nutzen sein würde.« Er atmete tief durch. »Ich denke, wir haben uns verstanden.«

Grußlos verschwand er aus der Simulation. Es sah aus, als ginge er durch die Seitenwand des Raums. Jules atmete erleichtert auf.

Ich hatte seine Aussagen noch nicht richtig verarbeitet, als Fritz Bachmeier eilfertig auftauchte und sich auf die Kante des Sessels setzte. Wahrscheinlich wollte er die Sitzfläche nicht entweihen.

»Eine ungewöhnliche Situation«, begann er und beugte sich nach vorn. »John, Herr Van Theis hat es gerade nachdrücklich erwähnt. Glaub bitte nicht, daß wir uns keine Gedanken über die Folgen über eine mögliche Inbesitznahme des Wissensschatzes der Pyramide gemacht haben. Ganz im Gegenteil. Es existiert der Vorschlag, eine neutrale Kommission ins Leben zu rufen, die zunächst das Territorium und die... mmh... Bibliothek der Pyramide treuhänderisch verwalten soll. Papst Hadrian VI. und Admiral Merz haben sich sofort dazu bereit erklärt, dieser Kommission anzugehören.«

Ich wollte sofort empört auffahren. Zum einen, weil

er so selbstverständlich über eine Beute sprach, noch bevor die Jagd zu Ende war, und zum anderen konnte ich mir nicht vorstellen, daß ausgerechnet diese beiden Personen sich mit solch einem Handel einverstanden erklärt hatten. Dann stutzte ich jedoch.

Täuschte ich mich, oder glich das Flattern in seinen Augen einem verschwörerischen Zwinkern?

›Ja, das wäre eine Lösung‹, lenkte ich scheinbar ein.

»Nicht wahr, das ist großartig!« Fritz sah sich beifallheischend um. Auf allen Monitoren erblickte ich zustimmende Gesten. Auch Van Theis, der in einer Gruppe von dunkelgekleideten Herren zu sehen war, nickte zufrieden.

Was für eine Ansammlung von dummen Menschen! Wenn sie tatsächlich die Sache gründlich durchdacht hätten, müßte ihnen eigentlich klar geworden sein, daß es einen erbarmungslosen Kampf um die Pyramide geben würde. Kein Konzern würde eine neutrale Kommission akzeptieren, und schon gar nicht, wenn sie von einem anderen Konzern eingesetzt würde.

Das Wort ›großartig‹, das Fritz benutzt hatte, erschien mir in diesem Zusammenhang in seiner ursprünglichen Bedeutung: eine ›Art‹ von ›groß‹! Ich war mir in diesem Moment sicher, daß er mir damit eine verschlüsselte Botschaft mitteilen wollte, und die hieß unmißverständlich: ›Laß die Finger von der Pyramide!‹

Unschlüssig über mein weiteres Vorgehen, wollte ich gerade zu einer unverbindlichen Antwort ansetzen, als ich ein eigentümliches Knacken hörte, oder vielmehr spürte. Auch Jules hatte es bemerkt. Ich bat ihn, Fritz darüber zu informieren und zog mich zurück.

Halbmond stand mit eingezogenen Schultern vor mir. Ihr Verhalten deutete auf nichts Gutes hin. »Irgend etwas ist draußen im Gange. Es hört sich nach einem mächtigen Gewitter an. Ape ist raus und schaut nach.«

»Was hältst du von den Vorschlägen, die von der Erde kommen?« fragte ich und bemühte mich, das laute Knistern vom Eingang her zu ignorieren.

»Nichts«, antwortete sie emotionslos. »Natürlich muß ich zugeben, daß es verführerisch erscheint, im Besitz absoluter Wahrheiten zu sein und obendrein noch eine überlegene Technik zu erringen, aber es würde gleichzeitig das Ende bedeuten. Die Menschen sind nicht reif dafür, und solche von der Art, mit denen du eben gesprochen hast, schon gar nicht. Es würde Krieg geben. Wahrscheinlich würden sie sich alle schon auf dem Weg hierher zur Pyramide abmetzeln.«

Ich deutete mit dem Kopf zum Eingang. »Appalong denkt anscheinend anders darüber.«

»Er wird es auch einsehen. Fritz Bachmeier hat recht, wir dürfen auf keinen Fall nachgeben. Ich bin sogar überzeugt davon, daß wir unseres Lebens nicht mehr sicher sein könnten, wenn wir im Besitz von Googol wären. Ein Van Theis würde es nicht zulassen, daß ein Chip existiert, auf dem seine persönliche Vergangenheit abgespeichert ist. Und 6 Milliarden Menschen würde es genauso gehen. Mich mit eingeschlossen.«

Ich grinste innerlich wegen ihrer letzten Bemerkung. Außerdem nahm ich befriedigend davon Notiz, daß sie ebenfalls Fritz Bachmeiers überschwengliches Verhalten bemerkt hatte und es genau so deutete wie ich.

Ein pfeifendes Krachen ließ uns zusammenfahren. Nach dem ersten Schreck liefen wir besorgt hinaus, wo uns ein beginnendes Inferno erwartete. Lautlose Blitze in allen Farben standen sekundenlang am Himmel. Ab und zu ertönte ein hohles Knacken, das an eine brechende Eisfläche erinnerte.

»Das sieht nicht gut aus«, meinte Appalong, der vor uns stand.

Für meine Begriffe untertrieb er schamlos. Ich bekam

es angesichts dieses Anblicks mit einer abgrundtiefen Angst zu tun.

»Wir müssen hier weg!« rief ich in ein erneutes Krachen hinein. »Und zwar so schnell wie möglich!«

Jules meldete sich in diesem Moment. ›Der Schwarm der Pyramiden zieht sich zusammen! Es sieht aus, als strebten sie alle einem Punkt zu!‹

Das Ereignis, das er beschrieb, mußte wegen der Entfernung, die das Licht bis zur Erde benötigte, schon vor mehr als einer halben Stunde geschehen sein. Die Pyramide befand sich also mitten in einem rätselhaften Vorgang.

»Wir holen unsere Helme und dann nichts wie weg von hier!« befahl ich und lief in die Halle zurück.

Halbmond folgte dicht hinter mir. »Und wie willst du das anstellen? Die Arbeitsbiene ist doch Schrott!«

Ich schüttelte verzweifelt den Kopf. »Die einzige Möglichkeit ist ein Helikopter. Vielleicht existiert noch die Röhre, durch die ich hierher gekommen bin. Sie führt nach Kauai. Der Trick mit dem Denken an eine neue Umgebung funktioniert nicht mehr, oder?«

Sie nickte zustimmend. »Wir hatten es mehrmals versucht, weil wir dachten, wir könnten dich auf diesem Wege hierherholen.«

»Also los, wir dürfen keine Zeit verlieren!« Ich griff nach meinem Helm und wollte mich zum Eingang wenden, als Appalong langsam hereinkam.

»Ape!« rief ich ärgerlich. »Bitte etwas schneller! Ich habe keine Lust, mit der Pyramide im Hyperraum oder sonstwohin zu verschwinden!«

»Ich bleibe hier!«

»Du spinnst wohl! Nimm deinen Helm und dann ab!« Wütend suchte ich nach dem weißen Helm auf der Spirale und entdeckte ihn in Höhe des dritten Absatzes. »Los, mach schon!«

»Ich habe gesagt, ich bleibe hier!«

Bisher hatte ich ihn nicht ernst genommen, jetzt aber erkannte ich wieder dieses fanatische Glitzern in seinen Augen.

»Verflucht noch mal!« tobte ich und stürmte nach oben, um seinen Helm zu holen. Dabei schossen mir tausend Gedanken durch den Kopf. Er konnte es nicht ernst meinen! Ich mußte ihn nur energisch genug überzeugen, daß es selbstmörderisch wäre, hier in Googol zu bleiben.

Schnell grapschte ich mir den Helm und kam schweißtriefend wieder unten an der runden Fläche an.

Appalong empfing mich mit einer Nadlerpistole in der Hand.

»Zwing mich nicht, auf dich zu schießen!« sagte er bedrohlich leise. »Ich wiederhole nochmals: Ich bleibe hier!«

Ich warf einen hilfesuchenden Blick auf Halbmond, die wie erstarrt am Eingang stand.

»Ape, verdammt! Bitte laß diesen Blödsinn!«

Es mußte die Pistole von Ballhaus sein, die er in der Hand hielt. Also hatte er sie an sich genommen, als er auf dem Weg in den Technischen Bereich gewesen war.

Vorsichtig wagte ich einen Schritt auf ihn zu und zuckte erschrocken zurück, als ich das charakteristische Pfeifen eines Projektils hörte. Ich spürte einen schwachen Schlag an meiner Hand und wartete darauf, daß von dort meinem Gehirn ein Schmerz signalisiert würde. Nichts dergleichen geschah. Erstaunt sah ich hinunter. Meine Hand war unversehrt, aber Appalongs Helm war von einem kreisrunden, kleinen Loch durchbohrt.

»Verstehst du jetzt?« sagte er ruhig. »Ich will wissen, wofür ich gelebt habe. Die Antwort darauf werde ich dort oben, fast am Ende der Spirale finden, vor gut zweitausend Jahren. Die Geburt von Jesus Christus, unseres Herrn. Ich kann ihn endlich sehen, ihn erleben, die endgültige Wahrheit über ihn erfahren. Du brauchst nicht zu befürchten, daß ich die Pyramide und Googol in meinen Besitz nehmen will, ich werde die restliche Zeit, die mir verbleibt, lediglich dazu nutzen, so viel wie möglich über die wahre Botschaft zu erfahren – das Evangelium.«

Wir standen uns für einige Sekunden schweigend gegenüber.

»Und was machst du, wenn die Wahrheit eine andere ist als die, die du erwartest?« fragte ich lauernd. Draußen heulte nun der Wind.

Er hob unmerklich die Schultern.

Zu meinem Entsetzen lief Halbmond plötzlich furchtlos auf ihn zu. Ich wollte zu einem warnenden Schrei ansetzen, aber Appalong senkte zu meiner Erleichterung die Pistole.

Halbmond blieb dicht vor ihm stehen und umarmte ihn fest. Dann trat sie zurück und ging schweigend hinaus.

Nach einem tiefen Durchatmen ließ ich seinen nutzlos gewordenen Helm fallen. »Ape, ist es dir das wirklich wert?«

Er ging nicht auf meine Frage ein. Statt dessen drehte er die Pistole um und hielt sie mir hin. »Hier, du wirst sonst Ärger bekommen, wenn sie bei der Bestandsaufnahme fehlt. Ballhaus hatte sie fest mit seiner Hand umschlossen. Er hätte sie besser losgelassen und sich irgendwo festgehalten.«

»Behalt sie. Vielleicht brauchst du sie noch!« Kaum hatte ich den Satz ausgesprochen, fiel mir der beleidigende Sarkasmus auf, den ich unbeabsichtigterweise damit ausgesprochen hatte. »Entschuldige, das war taktlos von mir…«

Er lächelte nachsichtig. »Keine Angst, ich habe es nicht so aufgefaßt. Ich werde sie nicht gegen mich richten, aber ich behalte sie gerne. Kein Mann aus meinem Volk geht ohne eine Waffe in ein unbekanntes Land.«

Von draußen war jetzt ein stetiges Krachen und Pfeifen zu hören. Er deutete mit dem Kopf zur Tür hin.

»Ihr müßt euch beeilen. Ich vermute, daß sich die Pyramide auf einen neuen Umlauf vorbereitet.«

Wir umarmten uns flüchtig. Es war mehr eine scheue Geste der Hilflosigkeit, die uns beide aus unterschiedlichen Gründen überfiel – sie hatte jedoch für uns beide die Zeitknappheit gemeinsam. Jeder von uns brach in eine ungewisse Zukunft auf. Vielleicht war seine so kurz bemessen wie die unsere. Ich spürte die drängende Ungeduld, die von ihm ausging.

»Ich weiß, wir werden uns wiedersehen«, sagte er mit einem abwesenden Blick.

»Ganz bestimmt, Ape!«

Im Lügen war ich nicht sehr gut, deswegen wandte ich mich schnell dem Ausgang zu, bevor er mir zu lange in die Augen sehen konnte.

»Halt, warte!« rief er mir nach und kam mir hinterher. »Hier, nimm die Chips mit!« Er fuhr mit der Hand in den Anzug und zog eine Handvoll roter Steinchen hervor. »Ihr Inhalt ist eine einzige Sensation. Ich glaube, er wird dein Leben verändern, außerdem hast du damit eine kleine Rückversicherung gegenüber dem Konzern in der Hand. Übrigens, den bewußten Chip… du weißt schon, welchen ich meine – ich habe ihn mir nicht angesehen. Halbmond hat ihn obenauf gelegt. Sie hat mir nur zu verstehen gegeben, daß er dich überzeugen würde.«

Verdattert steckte ich die Chips ein. »Danke, ich… äh… ja, danke!«

»Los, hau schon ab! Ich habe zu tun!«

Damit ließ er mich stehen und kletterte ohne sich umzusehen hastig die Spirale hinauf.

Als wir die Mitte der Senke erreichten, war aus dem Sturm ein Orkan geworden. In der vormals unberührten Sandfläche wuchsen erste Verwehungen heran, über die wir uns mühsam hinwegkämpfen mußten. Sehen konnten wir fast nichts mehr. Unablässig wischten Kaskaden von feinen Sandkörnern an unseren geschlossenen Helmvisieren vorbei, was uns die Orientierung zusätzlich erschwerte. Das letzte Drittel des Weges wurde zu einem reinen Weiterhangeln von einer Stange zur nächsten. Ich mußte mehrmals stehenbleiben, um das nächste Wegzeichen in den vorbeiziehenden gelben Vorhängen auszumachen. Halbmond hielt sich mit beiden Händen von hinten an meinen Hüften fest. »Ich bin noch da!« schrie sie jedesmal, wenn ich ihre Berührung nach einem stolpernden Schritt vermißte.

»Es kann nicht mehr weit sein, es geht jetzt steiler bergauf«, keuchte ich, und beruhigte damit hauptsächlich mich selbst. Vor einer Viertelstunde noch hatte ich mir Sorgen darum gemacht, ob wir es schafften, rechtzeitig die Pyramide zu verlassen, jetzt wäre ich schon heilfroh darüber gewesen, endlich den Eingang in den leeren Raum zu erreichen.

»Jules!« rief ich laut, um mich von meinen Überlegungen abzulenken. »Was ist mit den Pyramiden?«

›Sie ziehen sich weiter mit hoher Geschwindigkeit zusammen. Aus dem Schwarm ist ein unregelmäßiger Fleck geworden. Du kannst es dir selbst ansehen. Ich stehe direkt vor dem Monitor, der die Bilder aus dem Weltraum überträgt.‹

»Kann nicht!« schnaufte ich. »Muß mich auf den Eingang konzentrieren!«

›Ich verstehe‹, antwortete er mit ruhiger Stimme. ›Übrigens, Van Theis hat Manching anscheinend ziemlich aufgebracht verlassen!‹ Jules lachte dabei ausgelassen.

»Der… kann… kann mich mal!« schnauzte ich zurück. Noch war die Erde weit weg, und ich hatte mit ganz anderen Problemen zu kämpfen.

Endlich tauchte das Rechteck vor mir auf. Wir taumelten in den Raum hinein und landeten beide gleichzeitig auf dem harten Boden. Nachdem ich einige Meter auf allen vieren gekrabbelt war, versuchte ich aufzustehen. Der erste Schritt auf der ebenen Fläche war ungewohnt, und es fiel mir schwer, geradeaus zu gehen.

»Nur noch bis zur Tür«, munterte ich Halbmond auf, die neben mir torkelte. »Du kannst dich im Car ausruhen!«

»Und dann?« fragte sie mit rasselnden Atemzügen. »Ich meine, was machen wir dann?«

Ich antwortete nicht und stemmte mich gegen die schwere Tür. Hoffentlich erwartete uns dahinter keine unliebsame Überraschung.

Aber das Car stand so da, wie ich es verlassen hatte. Nur die grüne Röhre schwang bedenklich hin und her. Also herrschten auf allen Scheinwelten ähnliche Bedingungen.

»Wir brauchen einen Helikopter. Oder bei dem Sturm besser gleich einen Kopter, sonst kommen wir nicht hoch.«

»So etwas gibt es höchstens auf dem Flughafen von Lihue«, meinte sie, als sie sich auf den Beifahrersitz zog.

»Aloha! Bitte geben Sie Ihren SIC-Code ein!« plärrte das Car.

»Scheiße!« fluchte ich und fummelte an meinem Scanner herum.

Halbmond tippte wortlos einen Code in die Tastatur.

Ach ja, richtig, ich hatte die Besitzerin mit an Bord. Ohne auf die weiteren Empfehlungen des Cars zu achten, trat ich wieder einmal die Pedale voll durch, mußte aber schon bald die Geschwindigkeit reduzieren, weil die Röhre in unberechenbaren Bewegungen andauernd ihre Lage wechselte. Manchmal war ich gezwungen, im Schrittempo zu fahren, um auf einen ruhigeren Zeitpunkt zu warten, um dann rasch eine kurze Strecke hindurchzusprinten.

Das Problem mit dem Kopter ging mir nicht aus dem Kopf. Wenn sich die Bedingungen nicht geändert hatten, die ich zu Beginn meiner Fahrt nach Googol miterlebt hatte, war es uns gar nicht möglich, am Ende der Röhre zum nächsten Ort zu fahren. In dieser Richtung befand sich eine Energiebarriere. Vielleicht war es vernünftiger, gleich zu dem Rechteck zu fahren, das uns in mein Appartement in Manching brachte. Dort kannte ich mich wenigstens aus und wußte, wie ich auf dem schnellstmöglichen Weg zu einem startklaren Kopter kam.

Urplötzlich fing die Röhre an, nicht nur seitwärts hin und herzuschlagen, sondern auch noch Wellentäler zu produzieren. Ein ungewollter hoher Satz mit dem Car holte mich aus meinen Überlegungen wieder zurück in die Realität.

Realität! Was für ein Hohn angesichts dieser unwirklichen und bockigen Achterbahn!

»Können wir mit dem Car in die Nähe zu dem Eingang von meinem Appartement fahren?« fragte ich so beherrscht wie möglich. Halbmond lag diagonal in ihren Sitz gestemmt und federte die Stöße so gut es ging damit ab.

»Jaaa…«, stöhnte sie entsetzt, als wir zu einer halsbrecherischen Steilwandfahrt ansetzten. »Die Straße von Barking Sands führt hinauf zu unserem Haus und danach ganz in die Nähe von dem Ort, wo der Eingang steht.«

»Gut«, sagte ich gepreßt, trat auf die Bremse, um gleich darauf wieder voll zu beschleunigen. Lange konnte das nicht mehr gutgehen. Die Zuckungen der Röhre wurden immer ekstatischer. Ich wartete förmlich darauf, daß sie jeden Augenblick eine aufragende Schleife bildete und wir einen Looping fahren mußten.

Alles, bloß das nicht, dachte ich, dazu fehlt uns die nötige Geschwindigkeit!

Fast hätte ich das Ende der Röhre übersehen. Die Lichtverhältnisse innerhalb und außerhalb waren dermaßen gleich, daß ich erst im letzten Moment die feine Rundung über uns entdeckte, die den Abschluß der grünen Bahn bildete. Mit hohem Tempo schoß das Car aus der Röhre heraus, holperte über festen Grund, bis wir mit einer Vollbremsung kurz vor dem gelben Schild mit dem bellenden Hund zum Stehen kamen.

»Barking Sands«, sagte ich überflüssigerweise und wollte mir den Schweiß von der Stirn wischen, es kam aber nur eine hilflose Bewegung über mein geschlossenes Visier zustande. »Blöder Name, wieso heißt das so? Bellt der Sand?« Eigentlich erwartete ich keine Antwort auf meine Frage, denn ich war zu sehr damit beschäftigt, die Umgebung zu erkunden. Überall Graugrün. Die Straße in die Berge war dagegen noch gut sichtbar. Ohne weiter zu überlegen, schlug ich das Lenkrad nach rechts ein. Es erschien mir vernünftiger, unser Glück gleich in Manching zu versuchen, anstatt auf einen startbereiten Kopter hier auf der Insel zu hoffen.

»Der Ort heißt so, weil der Sand bellende Geräusche macht, wenn man über ihn läuft«, antwortete Halbmond ernsthaft. Sie atmete tief durch und entspannte sich etwas.

»Netter Einfall«, meinte ich abwesend und beobachtete den Himmel. Auch hier tobte ein Sturm. An den Stellen, an denen die Landschaft einigermaßen real aussah, schoben sich dunkelgraue Wolken beängstigend schnell über den Horizont herauf. Manche Palmen peitschten beinahe waagrecht über den Boden, und die Windböen waren so stark, daß ich hart gegenlenken mußte.

Erstaunlicherweise besserte sich die Sicht sofort, als wir die erste Steigung in den Bergen hinter uns hatten. Und nach weiteren fünf Minuten brachen sogar vereinzelte Sonnenstrahlen durch die Wolken. In der Monitorleiste, die das Bild hinter dem Car zeigte, war jedoch nach wie vor ein drohender dunkelgrüner Horizont zu sehen. Ich übergab die Steuerung dem Bordcomputer und nahm meinen Helm ab.

Halbmond folgte meinem Beispiel. »Puuh«, machte sie, »glaubst du, wir haben den Sturm hinter uns?«

»Den Sturm möglicherweise, aber geschafft haben wir es deswegen noch lange nicht!« antwortete ich ohne Illusionen.

Jules meldete sich. Er wirkte sehr aufgeregt.

›Ich versuche euch schon die ganze Zeit zu erreichen. Die Pyramiden… sie bilden eine einzige große Pyramide! Sie ist von der Erde aus mit bloßem Auge zu sehen. Hier, auf dem Monitor!‹

Ich konzentrierte mich auf ihn. Mein geistiges Auge flog förmlich auf ihn zu und gelangte in einem gedanklichen Aufprall an einen großen Monitor, auf dem blinkende weiße Pünktchen gerade Linien formten. Die Spitze war schon perfekt, nur die Seiten wirkten noch ungleichmäßig. An den Bewegungen der einzelnen Pyramiden konnte ich mir ausrechnen, daß es nicht mehr lange dauern würde, bis sich aus den Millionen von Objekten eine gigantische Pyramide bildete. Hatte der Hofschreiber Stanzo in seinem Bericht nicht gesagt, daß die Pyramide nicht länger als eine Viertelstunde sichtbar war? Und danach? Was würde danach geschehen?

Eine innere Stimme sagte mir, daß uns nicht mehr viel Zeit blieb. Jules sah die Vorgänge, die vor einer guten halben Stunde geschehen waren. Jetzt, in diesem Moment, war unsere Pyramide ein winziger Teil dieser gigantischen Super-Pyramide, die unübersehbar durchs Sonnensystem rollte. Die *Nostradamus* fiel mir ein. Was war mit dem Schiff passiert? Es war unsere einzige Rettung, falls wir es schafften, die Pyramide rechtzeitig zu verlassen.

»Jules, habt ihr Kontakt zur *Nostradamus*?« rief ich verzweifelt.

›Die Verbindung ist abgebrochen. Wir nehmen an, daß das Schiff eingeschlossen ist.‹

Mein Mut und meine Hoffnung, die mit den Sonnenstrahlen etwas Aufschwung bekommen hatten, sanken dahin. Was würde uns eine geglückte Flucht nützen, wenn wir anschließend hilflos im Weltraum trieben?

»Keine Angst!« beruhigte mich Halbmond, die sich an die Verbindung zu Jules angeschlossen hatte. »Dem Schiff wird nichts zustoßen!«

Ich fragte sie nicht, woher sie ihren Optimismus nahm. Es lag in ihrer Natur, positiv zu denken. Ich nahm mir vor, sie nicht darauf hinzuweisen, daß wir nicht lange im Vakuum des Weltraumes überleben würden, denn die Energiereserven unserer Raumanzüge waren schon ziemlich am Ende. Selbst wenn die *Nostradamus* unversehrt war, blieb die Frage, ob sie uns rechtzeitig finden würde.

Ärgerlich brach ich meine Überlegungen ab und widmete mich wieder dem faszinierenden Bild auf dem Monitor, der sich vor Jules befand. Dabei wurde mir bewußt, daß wir soeben eine Antwort auf die Frage erhalten hatten, warum in den alten Berichten die Rede von einer einzelnen Pyramide war, die man von der Erde aus sehen konnte. Wir waren bisher davon ausgegangen, daß die Bahn von Nofretete in der Vergangenheit näher an unserem Planeten gelegen hatte. In Wahrheit hatten unsere Vorfahren immer nur das zusammengesetzte Endprodukt aus unzähligen Pyramiden am Himmel erblickt, das Finale eines rätselhaften Vorgangs, das sich alle 500 Jahre ereignete.

»Cahor Mansion, eine halbe Meile links vor uns!« kündigte das Car freundlich an.

»Wir müssen dran vorbeifahren«, erklärte Halbmond. »Noch etwa zwei Kilometer bergauf.«

Ich blinzelte und riß mich damit aus der gedanklichen Übertragung von Jules. Ganz kurz glaubte ich, Fritz Bachmeier auf einem kleineren Monitor gesehen zu haben. Er lehnte mit einem zufriedenen Gesichtsausdruck an einer Wand und blickte mich an.

Mit einer heftigen Kopfbewegung schüttelte ich die Bilder aus meinem Gehirn und schaltete den Bordcomputer aus. Wir fuhren mittlerweile im hellen Sonnenlicht. Keine Spur von einem Sturm oder einer in Grün getauchten Landschaft, wenn man einmal von dem üppigen Bewuchs seitlich der Straße absah.

»Jetzt langsam!« kommandierte Halbmond mit ausgestrecktem Zeigefinger. »Da links ist ein kleiner Weg. Da rein, aber vorsichtig!«

Riesige Blätter schlugen über dem Car zusammen, als ich mehr auf Verdacht in eine dunkle Lücke fuhr. Holpernd schlingerten wir auf einem mit Gras bewachsenen Weg. Halbmond reckte sich über die Windschutzscheibe hinaus und dirigierte mit lauter Stimme.

»Nur weiter, es ist etwas eng, aber es geht! Nicht nach links schauen, da geht es steil nach unten! Jetzt noch die Anhöhe hinauf und oben an der Kuppe scharf bremsen!«

›Anhöhe‹ war leicht untertrieben. Ich bezweifelte, ob das Car den Anstieg auf dem glitschigen Untergrund schaffen würde, deshalb beschleunigte ich den Wagen.

»Nicht so schnell! Da oben kommt ein… Ach Scheiße!« Sie rutschte hastig in den Sitz zurück und stemmte die Füße vor sich an den Fond.

Der Grund dafür wurde mir schnell klar, als das Car

mit einem aufbäumenden Satz über die Kuppe hüpfte und anschließend mit einem lauten Aufplatschen in einem kleinen Teich oder einer übergroßen Pfütze landete. Ich wurde hart nach vorne gestaucht. Bevor ich jedoch mit dem Kopf an die Scheibe krachte, faßten die Räder wieder Grund und schoben den Wagen noch ein paar Meter nach vorne, bis er endgültig mit einem sachten Rums an einer Umrandung zum Stehen kam. Verblüfft blickte ich über die Tür nach draußen.

»Was ist das? Ein Ententeich?« Wasser lief durch Ritzen in den Innenraum herein.

»Mein Vater bringt dich um, wenn er das sieht!« schimpfte sie und kletterte rasch hinaus. »Alles zerstört! Auch der Damm!«

»Dein Vater wird das niemals sehen, wir sind… ach, egal! Wo geht es weiter?« Ich öffnete dummerweise die Tür und sah mich gleich darauf mit einem hereinströmenden Wasserschwall konfrontiert, der meine Beine umspülte. Mit einem Satz brachte ich mich in Sicherheit und wäre beinahe den Abhang hinuntergestürzt, der keinen halben Meter neben mir nahezu senkrecht nach unten in eine dichtbewachsene Senke führte. Vorsichtig langte ich nach meinem Helm und stieg aus dem Teich heraus. »Ist aber auch eine recht ungünstige Stelle für so eine Anlage«, maulte ich.

»Jules und ich wollten als Kinder unbedingt ein Planschbecken haben. Dieser kleine Damm hier ist wohl das einzige größere Bauwerk, das mein Vater jemals mit seinen eigenen Händen zustande gebracht hat. Er arbeitet lieber mit dem Kopf.«

Mit einem schlechten Gewissen drehte ich meinen Helm und damit die Kamera in eine andere Richtung. Falls der alte Cahor jemals die Bilder unserer Expedition zu Gesicht bekam, mußte er nicht unbedingt mein Zerstörungswerk in allen Einzelheiten sehen.

Wir trafen bald nach einem weiteren kleinen Anstieg

auf den schmalen Pfad, auf dem wir zu dem Aussichtspunkt hoch über der Küste hinaufgeklettert waren. Zwischen den Blättern konnte ich zu meiner grenzenlosen Erleichterung nicht weit unter uns das Rechteck sehen, das wie ein Fremdkörper aus dem Boden ragte.

Als wir fast ehrfürchtig darauf zugingen, stutzte ich für einen Moment. Neben mir, auf einem feingliedrigen Blatt, krabbelte eine kleine Spinne.

»Was ist denn?« rief Halbmond, die mein Zögern bemerkt hatte.

»Eine Spinne! Eine richtige Spinne!« Erst jetzt fiel mir das Gezwitscher von Vögeln auf, das von keckernden Lauten und manchmal sogar von Hahnengeschrei unterbrochen wurde. Verwundert stellte ich fest, daß die Scheinwelt um eine Dimension perfekter geworden war.

»Vielleicht liegt das an deinem eingepflanzten Chip«, meinte Halbmond, als wir uns dem Rechteck näherten. »Aber ich kann die Laute ebenfalls hören. Es ist seltsam.«

Jetzt, mit all den Geräuschen, fiel mir der Abschied von der Insel fast schwer, obwohl ich mir immer wieder einredete, daß sie keine Wirklichkeit darstellte.

Ohne weiter auf die Umgebung zu achten, passierten wir das Rechteck und betraten nichtsahnend das Appartement.

Von einem Augenblick zum anderen umtoste uns ein heulender Sturm. Wind jagte durch die zerbrochenen Fenster, und Sturzbäche von Wasser liefen die Wände herunter. Halbmond starrte mich erschrocken an.

»Helm auf!« befahl ich rasch, als von dem großen Raum her ein hartes Scheppern erklang. Ich mußte mich fest gegen den Orkan anstemmen, um das nächste Zimmer zu erreichen. Überall lag Glas auf dem Boden. Die Überreste meiner Vorhänge knatterten schmerzhaft an den zerfetzten Fensterleisten, die zum

Teil zerfetzt in den Raum hineinstanden. Zentimeterweise tastete ich mich zur Fensterfront hin, wobei ich aufpassen mußte, daß ich nicht auf dem nassen Boden ausrutschte. Ich wurde wütend auf mich selbst. Wir hatten zu lange herumgetrödelt und uns von der friedlichen Stimmung in den Bergen einlullen lassen, anstatt so schnell wie möglich hierher zu gelangen!

Ich wagte einen vorsichtigen Blick hinaus ins Freie, konnte jedoch außer Wasserschwällen, die kübelweise an die Außenmauern klatschten, nichts sehen. Ab und zu zuckte in der Ferne ein kläglicher Blitz auf, der verglichen mit der Wucht des Sturms lächerlich wirkte.

Vorsichtig zog ich mich an die seitliche Wand zurück und blieb daran mit ausgebreiteten Armen stehen. Unter diesen Bedingungen war ein Start mit einem Kopter unmöglich. Wir würden es noch nicht einmal bis zum Flugfeld schaffen. Das Schlimmste dabei war, daß wir den Sturm nicht abwarten konnten, denn danach kam das Ungewisse. Aber wo sollten wir hin? Der Kopter in Allison Walls war zerstört und auf Kauai hatten wir eine Chance ausgelassen. Vielleicht sollten wir doch versuchen, ob wir dort zu einem Kopter kamen. Schlimmer als hier konnte es nicht werden.

Unschlüssig ruckelte ich ein Stückchen zurück, als plötzlich der Boden zu schwanken begann. Entsetzt blickte ich auf die Wand mir gegenüber, an der sich eine feine, gezackte Linie bildete.

Ein Erdbeben! Und wir befanden uns im 32. Stockwerk!

Halbmond schrie rechts von mir auf und sprang mit einem Satz in mein Schlafzimmer – nach Allison Walls.

Der Schrecken raubte mir den Atem. Wie betäubt löste ich mich langsam von der Wand und schlitterte zur Tür des Zimmers. Fast wäre ich kurz davor gestürzt, als um mich herum der Raum aus der Senkrechten kippte. Im letzten Augenblick bekam ich den Türrahmen zu fassen und zog mich in einem 45-Grad-Winkel in den Raum hinein.

Ich rollte geradezu in die Station von Allison Walls hinein, bis mich der am Boden liegende Körper von Halbmond stoppte.

»Bist du in Ordnung?« keuchte ich und tastete sie besorgt ab. Dabei konnte ich meine Augen nicht von dem Vorgang abwenden, der sich mir im Türrahmen bot. Der Ausschnitt meines Appartements drehte sich lautlos um 180 Grad. Gleichzeitig wurde er mit feinem Bauschutt und allerlei Dämmaterial aufgefüllt. Dann noch ein schwaches Aufleuchten und der Spuk war verschwunden. Eine ganz normale Tür präsentierte sich vor mir.

»Sakra, das war knapp!« entfuhr es mir.

Halbmond richtete sich mühsam auf und lehnte sich an die Wand. »Das war es dann wohl, oder?« sagte sie leise. »Ich habe bisher immer versucht, an ein gutes Ende zu glauben, aber jetzt…? Ich habe Angst.«

Es war merkwürdig. Ich verspürte im Gegensatz zu ihr überhaupt kein Gefühl dieser Art. Andererseits empfand ich auch keine große Zuversicht, was unsere Zukunft betraf. Ich fühlte mich einfach neutral. In dieser Emotionslosigkeit überprüfte ich die Kontrollen meines Raumanzugs. Keine Schäden. Alle Anzeigen auf meinem Helm-Monitor waren im grünen Bereich. Es grenzte fast an ein Wunder nach all den Belastungen und Widrigkeiten, denen der Anzug ausgesetzt gewesen war.

Die verschiedenen Angaben und die leuchtend grünen Zeichen dicht vor meinen Augen erinnerten mich an etwas. Es dauerte einige Sekunden, bis der rettende Gedanke zu mir durchdrang. Eine Kette von Begriffen und Erlebnissen aus der Vergangenheit führte mich unaufhaltsam darauf zu: Zeichen vor den Augen, Helmscheibe, Zeichen auf einer Schutzbrille, Windanzeiger –

ein Gleiter! Und Appalong. Appalong hatte mir nach meinem leichtsinnigen Flug in den Krater erzählt, er habe ein ähnliches Modell hier oben in der Station. Mein eigener lag zerstört in dem Wrack des Kopters, falls er sich überhaupt da drinnen befand.

»Wie schwer bist du?« fragte ich Halbmond.

Viel konnte ich durch ihr verdrecktes Visier nicht erkennen, aber die verständnislosen Falten an ihrer Stirn waren deutlich zu erkennen.

»Ich meine, wieviel wiegst du?« versuchte ich es andersherum.

»Äh… ich denke, um die 50 Kilo, ohne den Anzug und die Versorgungsausrüstung. Wahrscheinlich weniger nach dem ganzen Theater. Ist das jetzt wichtig?«

»Ja«, antwortete ich. Dann konzentrierte ich mich auf Appalong. Es war nicht einfach, zu ihm durchzudringen, denn er wühlte angestrengt mit seinen Gedanken in den Aufzeichnungen von Googol. Ich konnte Wüsten und Oasen erkennen, Menschen in Höhlen und primitiven Unterkünften. Die Szenen wechselten rasend schnell. Appalong hetzte durch die Geschichte des Nahen und Fernen Ostens.

Endlich rührte er sich. ›Ja? John, bist du das?‹

Ich hielt mich nicht mit langen Erklärungen auf und sagte laut: »Ape, wo bewahrst du deinen Gleiter in Allison Walls auf?«

Es vergingen einige Sekunden, bis er verstanden hatte. ›Wieso? Seid ihr immer noch…? Das ist nicht gut. Der Gleiter liegt in dem kleinen Anbau links neben dem Eingang zur Station. Der Eingang ist nicht verschlossen…‹

»Jet-Bag? Gurte für Tandem?«

›Es ist alles da. Aber ich bin lange nicht mehr geflogen. Ich kann nicht dafür garantieren, daß der Kocher einwandfrei arbeitet!‹

»Egal«, sagte ich und stand auf. »Wir müssen es versuchen. Es ist die einzige Möglichkeit.«

›John, euch bleiben höchstens noch zwanzig Minuten! Jules hatte Kontakt zu mir aufgenommen, er wollte mich überreden, mit euch zurückzukehren. Dabei hat er mir erzählt, was draußen im Weltraum vor sich geht. Ich habe Aufzeichnungen gefunden, nach denen die große, vereinte Pyramide in dieser Form nicht länger als eine halbe Stunde existiert. Danach lösen sich die Pyramiden wieder voneinander und verschwinden aus dem Sonnensystem. Nach meinen Berechnungen dauert es keine halbe Stunde mehr, dann gehört die Mission zur Nofretete der Vergangenheit an.‹

Und wir auch, wenn wir noch lange weiterreden, dachte ich. Trotzdem fragte ich ihn: »Hast du wenigstens Erfolg gehabt?«

›Es ist wunderbar! Ich könnte dir soviel erzählen, aber ich fürchte, mir bleibt keine Zeit mehr!‹ Er zögerte, und ich spürte, wie er wieder in seinen Betrachtungen versank. ›Viel Glück, John! Leb wohl! Und... Gott sei mit dir!‹

Halbmond rappelte sich erwartungsvoll hoch. »Ein Gleiter? Etwas mit dem wir fliegen können?«

»Ja... äh... so könnte man es nennen. Vorausgesetzt, daß da draußen nicht die gleiche Weltuntergangsstimmung herrscht wie in Manching.«

Wir humpelten kreuzlahm und von den Anstrengungen gezeichnet eilig zum Ausgang der Station. Als ich von weitem die Sonnenstrahlen sah, die sich in der Glastür spiegelten, hätte ich vor Freude am liebsten laut aufgeschrien. Nur die Erfahrungen, die ich bisher in dieser Welt erleben mußte, dämpften meine Erwartungen. Erst einmal feststellen, ob es wirklich die Sonne war, die den Zugang zur Station so freundlich erscheinen ließ.

Es war tatsächlich Sonnenlicht. Und es herrschte Windstille. Der Horizont sah im Gegensatz dazu nicht sehr friedlich aus. Ich konnte die Ebene zwar klar und deutlich erkennen, aber schon nach etwa vier oder fünf Kilometern verschwand sie in einer heranziehenden, dunkelgrünen Wand.

»Jetzt aber schnell! Lange wird es hier nicht mehr so ruhig sein!« rief ich und hastete in Richtung des Anbaus. Die Tür aufreißen und nach dem typischen grauen Koffer Ausschau halten war ein Vorgang. Appalong war ein ordentlicher Mensch. In den Regalen war alles fein säuberlich eingelagert und obendrein sogar beschriftet. Ohne Schwierigkeiten entdeckte ich den Koffer und das orangefarbene Gehäuse mit dem Jet-Bag.

»Hier, raustragen! Auf den Parkplatz!« Ich drückte Halbmond das leichtere Gehäuse in die Hand. Dann wuchtete ich den Koffer aus dem Regal und öffnete ihn mit fliegenden Fingern. Ein Phantasie-Vogel! Appalong flog eines dieser Designermodelle, die zur Zeit in Mode waren! Und so etwas hatte er als ein ähnliches Modell bezeichnet.

Na egal, Hauptsache, es flog. Und der Kocher mußte funktionieren. Ich ging davon aus, daß wir lediglich genügend Höhe gewinnen mußten, um aus der Wolke herauszukommen. Vor allem durften wir nicht von dem nahenden Chaos erfaßt werden.

Es war alles da. Fluggeschirr, Tandemgurte, Brille, sogar Ersatzzellen für das Mikrofusionsaggregat.

Keine fünf Minuten später stand ich nach Atem ringend neben Halbmond auf dem Parkplatz. »Du mußt deine Versorgungseinheiten vom Anzug am Bauch und… äh… zwischen deinen… mmh… an der Brust anbringen, sonst kann ich dich nicht richtig festgurten! Und setz deinen Helm auf!«

Gott sei Dank stellte sie keine langen Fragen und hantierte an ihrem Anzug herum. Zufrieden bemerkte ich, daß sie anscheinend im Vorbereitungslehrgang nicht geschlafen hatte. Sie kannte sich mit ihrem Raumanzug aus.

Ich verlegte ebenfalls meine Einheiten seitlich und an die Hüfte, befestigte den Jet-Bag oben am Fluggeschirr und schlüpfte hinein. Der Phantasie-Vogel sah aus wie ein übergroßer Vampir mit riesigen Ohren und einem überlangen, dreieckigen Schnabel. Vom Kopf ragte ein gebogenes Horn nach hinten. Verständnislos über soviel Geschmacklosigkeit ließ ich die Magnetverschlüsse zuschnappen. Alles funktionierte reibungslos. Jetzt die Tandemgurte.

Halbmond sah mir mit skeptischem Blick zu. »Und das gräßliche Ding soll fliegen? Wo soll ich überhaupt hin?«

Ich klopfte vor meinen Bauch. »Da hin! Komm her, ich muß dich an mir festgurten!«

»Das klingt sehr spannend. Graf Dracula und seine Braut.«

Jetzt war sie wieder ganz die Alte. Mit den ungewöhnlich angebrachten Einheiten erinnerte sie mich an einen Terroristen, der sich Sprengstoff umgeschnallt hatte.

Ich zog sie heran und befestigte das Tandemgeschirr. Eine leichte Bö säuselte über den Parkplatz und wirbelte vor den zusammengequetschten Autos eine Staubfontäne auf.

»Autsch! Du tust mir weh! Das zwickt!« quietschte sie, als ich die Gurte anzog.

»Geht leider nicht anders, du mußt ganz fest an mir kleben, da oben kann es recht ungemütlich werden!«

Ich setzte meinen Helm auf, nahm die Brille und scannte an meinem Mikrorechner die Funktionen in meinen Raumanzug ein. Dann warf ich sie weg. Sekunden später flatterten die Windanzeiger über die Innenscheibe meines Helms. Ich fuhr die gezackten Flügel aus und startete den Jet-Bag im Leerlauf. Das Herz schlug mir bis zum Halse, als sich zunächst nichts regte, bis ich bemerkte, daß ich in der Aufregung einen

Bedienungsfehler gemacht hatte. Endlich vernahm ich das beruhigende Zischen der Leerlaufdüse. Die Werte waren nicht optimal, aber für die kurze Zeit, für die wir das Aggregat benötigten, reichten sie aus. Im wahrsten Sinne des Wortes konnte man behaupten: ›Nach uns die Sintflut.‹

»O.K., jetzt vor zum Abgrund. Ich will mir dort kurz die Windverhältnisse ansehen.«

Wir hoppelten in einem unattraktiven Paßgang auf den Rand des Parkplatzes zu. Prompt ging das automatische Geländer hoch.

»So ein Scheißdreck!« fluchte ich laut. Mit dem zusätzlichen Gewicht von Halbmond brauchte ich unbedingt einen kurzen Anlauf, um starten zu können. Wütend rüttelte ich an der Konstruktion, trat heftig an die Querverstrebungen, aber sie gaben nicht nach.

»Reinders, kannst du das Geländer vom Parkplatz außer Betrieb setzen?«

»Negativ. Die Anlage ist nicht am zentralen System der Station angeschlossen. Ältere Bauart um das Jahr 2010. Arbeitet auf der Basis von Photozellen. Auf dem Bauplan sind 24 Zellen verzeichnet, die…«

»Danke, Reinders, das genügt!« zischte ich resignierend. Uns blieb weder die Zeit, irgendwo innerhalb der Station die Anlage abzuschalten, noch alle 24 Zellen hier auf dem Gelände unbrauchbar zu machen. Unten in der Ebene bogen sich die ersten Büsche vor dem herannahenden Orkan, und die drohende dunkelgrüne Wand folgte dicht dahinter.

»Wir müssen zurück!« rief ich laut. »Aus dem Bereich der Photozellen heraus!«

Es blieb nur die Möglichkeit, das automatische Geländer durch Schnelligkeit zu überlisten. Wenn es wieder im Boden verschwunden war, wollte ich einen Blitzstart versuchen. Notfalls konnte ich mit Hilfe des Jet-Bags und mit dem richtigen Anstellwinkel der Flügel das Hindernis überwinden. Ein sehr riskantes Wagnis, denn die Fläche des Parkplatzes stieg zum Abgrund hin in einer leichten Steigung an, aber es war unsere einzige Chance.

Wir schoben uns hastig zurück. Das Gewicht von Halbmonds Körper zog mich nach vorne und belastete stark meine Wirbelsäule. Meine Beine begannen vor Anstrengung zu zittern. Zweifel stiegen in mir auf, ob wir beide in dem zusammengegurteten Zustand schnell genug sein würden, um eine halbwegs brauchbare Geschwindigkeit zu erreichen. Während wir auf das Absenken des Geländers warteten, sah ich mich nach einem günstigeren Startplatz um. Ohne Erfolg. Hier oben auf dem künstlichen Plateau war jeder Flekken ausgenutzt. Uns blieb nur diese eine Stelle.

Ich atmete tief durch und beobachtete die Windverhältnisse, die alles andere als stabil waren. Immerhin meinte ich, eine wiederkehrende Böenfolge auszumachen, die in regelmäßigen Abständen von unten aus der Ebene über den Rand des Abgrunds heraufstrich.

Dann endlich verschwand das Geländer langsam im Boden. Von dem Abgrund trennten uns etwa 20 Meter.

»Du mußt mir ein Zeichen geben, wenn es los geht!« hörte ich Halbmond rufen. Ich spürte, wie sie ihre Muskeln spannte.

»Ja… gleich! Einen Moment noch!«

Konzentrier dich, Nurminen! Flügel weit ausfahren, Regler für den Kocher ertasten, Windpfeile auf der Helmscheibe beachten…! Sie erwiesen sich als nutzlos, denn durch die rasch drehenden Böen flirrten sie als rote Striche vor meinen Augen. Dafür gaben mir kleine verblasene Staubfontänen am Rand des Abgrunds eine Hilfestellung, aus der ich die Windsituation ablesen konnte.

Mein Gott, jetzt bloß keinen Scheiß bauen! Ich blies

die Backen auf und beobachtete, wie der letzte Staubvorhang in sich zusammenfiel.

Zwei Sekunden abwarten und dann…

»Jetzt!« brüllte ich laut und setzte mich steif in Bewegung, anders konnte man das müde Vorwärtsschieben, das wir mühsam zustandebrachten, nicht beschreiben.

»Schneller!« feuerte ich uns an. Noch war das Geländer unten.

Instinktiv führte ich die in langen Trainingsstunden erlernten Flügelschläge aus, mit dem Ergebnis, daß wir in ein bedrohliches Taumeln gerieten, weil dadurch unser Laufrhythmus beeinträchtigt wurde. Für einen Augenblick befanden wir uns in einer gefährlichen Schräglage. Das klappt nie und nimmer, dachte ich, zwang mich aber sofort wieder in eine angespannte Konzentration auf den Absprung. Noch zehn Meter, noch acht… das Geländer kam hoch!

»Los doch! Wir schaffen es!« kreischte Halbmond mit einem Japsen.

Fünf Meter, drei Meter… das blöde Ding fuhr schneller aus, als ich es in Erinnerung hatte, es war mindestens schon einen halben Meter aus dem Boden heraus!

Wütend holte ich zu einem langen Schritt aus und sprang vom Boden ab. Ich erreichte den Querbalken gerade noch mit dem rechten Fuß und wollte mich sofort darauf abstoßen. Dabei rutschte ich nach außen weg und knallte mit dem linken Knie an das Gestänge. In einer waghalsigen Kipplage blieben wir beinahe an dem Geländer hängen, aber wir kamen darüber hinweg. Verzweifelt riß ich die Flügel steil nach oben, kam abermals mit dem rechten Fuß auf dem grasigen Rand auf und drückte uns auf Kosten eines schmerzhaften Muskelkrampfes in den Abgrund.

Mit einem Aufschrei ignorierte ich meine überbeanspruchten Muskelstränge und startete den Jet-Bag, dessen Schubkräfte uns sofort parallel zum Abhang nach unten jagten.

Nur nicht die Nerven verlieren! Flügelstellung korrigieren… ganz vorsichtig! Strömung liegt an! Jetzt bloß keine Hammerbö von oben, sonst brauchen wir uns über unsere Zukunft keine Gedanken mehr zu machen!

Der Phantasie-Vogel nahm eine irrsinnige Fahrt auf. Die Konstruktion verhielt sich völlig anders als mein Albatros, viel schwerfälliger, dafür bei weitem nicht so nervös. Wir drifteten in einer kurzen Slip weitere 50 Meter den Hang hinunter, bis ich endlich einen passablen Lift erwischte, der uns mit einem Ruck nach oben zog. Augenblicklich klappte das Gelände unter uns weg. Sofort korrigierte ich die Flügelstellung und regelte die Leistung des Kochers herunter, um nicht abzuschmieren. Jetzt hatte ich Zeit für eine kurze Orientierung. Es sah gut aus. Wir hatten zwar immens viel Höhe verloren, aber der Vogel lag stabil in der Luft.

»Mein lieber Mann, das war knapp!« keuchte ich erleichtert. »Lebst du noch?«

»Ja…«, antwortete Halbmond mit schwacher Stimme, »aber mir schlottern die Knie vor lauter Angst! Ich glaube, mir wird gleich schlecht!«

»Tief durchatmen! Wir haben das Schlimmste überstanden! Jetzt müssen wir zusehen, daß wir an Höhe gewinnen!«

Ich ließ die Flügel einrasten, regelte die Leistung des Jet-Bags behutsam hoch und begann zu kreisen.

Schon bald zogen wir unsere Bahn weit über der Station. Vereinzelt rüttelten Fallböen an den Flügeln, aber sie verloren an Kraft, je höher wir stiegen. Ich war gespannt darauf, was uns erwarten würde. Irgendwann müßte der Kocher mangels einer Atmosphäre seine Arbeit einstellen und dann…?

»Eigentlich macht diese Art zu fliegen sehr viel Spaß!« stellte Halbmond fest. »Versprich mir, daß wir das wiederholen, falls wir jemals auf die Erde zurückkehren!«

»Versprochen!« antwortete ich und blickte irritiert nach links unten. Hatte ich mich getäuscht oder war dort flüchtig der Schatten eines Albatros zu sehen gewesen? Verwundert schüttelte ich den Kopf.

Ich konnte mir keine großartigen Gedanken über dieses Phänomen machen, denn schlagartig verschlechterte sich die Sicht. Zuerst graugrün, dann grau, bis wir schließlich von einem reinen Weiß umgeben waren. Der Jet-Bag arbeitete noch und das Gewicht von Halbmond war deutlich zu spüren, also herrschten weiterhin erdähnliche Bedingungen. Auch der Höhenmesser funktionierte einwandfrei. Es war das einzige Instrument, das ich zur Orientierung benutzen konnte. Laut seiner Angabe waren wir 1800 Meter über der Station.

»Jules gibt gerade durch, daß die ersten Pyramiden mit einem kurzem Aufleuchten verschwinden«, sagte Halbmond nüchtern.

Ich sah mich nervös um und fuhr die Leistung des Jet-Bags ganz nach oben. Schonen brauchte ich den Gleiter nicht mehr. Entweder wir durchbrachen die Sphäre oder wir waren in dem Pseudo-Medium gefangen.

»Es kann nicht mehr lange dauern, bis wir die Grenze erreicht haben«, sprach ich mir selber Mut zu.

Von irgendwoher brach gelbes Licht durch das Weiß. Es mußte die Sonne sein.

Als hätte jemand einen Schalter für die Schwerkraft umgelegt, war von einem Moment zum anderen der Zug im Fluggeschirr weg. Auch die Last von Halbmonds Gewicht war nicht mehr zu spüren. Ich schaltete den Jet-Bag aus. Er war für Bedingungen in der Atmosphäre gebaut und nicht für ein Vakuum, in dem Temperaturen nahe dem absoluten Nullpunkt herrschten. Ich betätigte die Nottaste und warf das Aggregat vorsichtshalber ab. Falls dem Aggregat die unwirtlichen Bedingungen schadeten, konnten wir in ernsthafte Gefahr kommen. Mit einigen gezielten Flügelschlägen stieß ich ihn an, bis er sich taumelnd entfernte.

»John, der Kronleuchter kommt auf uns zu!« schrie Halbmond erschrocken auf.

Hektisch drehte ich mich herum. Was ich für das Licht der Sonne gehalten hatte, waren in Wirklichkeit die hell strahlenden Zapfen, die direkt auf uns zufuhren. Oder wir auf sie.

»Verdammt!« fluchte ich und zerrte an den primitiven Gurten des Tandemgeschirrs. »Wir müssen den Gleiter loswerden, sonst haben wir keine Bewegungsfreiheit für die Antriebe der Raumanzüge!«

Die Gurtmechanismen waren jedoch von der Kälte steif wie Metall geworden. Mit meinen Handschuhen hatte ich keine Chance, sie zu lösen. Während ich fieberhaft überlegte, mit welchem Werkzeug aus dem Anzug-Set ich uns am wirksamsten befreien konnte, bemerkte ich, daß wir uns in einer schnellen Drift seitwärts unter den Zapfen wegbewegten. Wir waren in einen rettenden Sog geraten, der uns geradewegs in Richtung einer der Röhren zog. Verblüfft stellte ich meine Bemühungen ein und betrachtete die gespenstische Szene um uns herum.

Weit hinter uns lag jetzt die weiße Wolke. Die Zapfen des Kronleuchters stießen grell leuchtend an dünnen Fäden von oben in sie hinein. Von unserer Position aus konnte ich nicht sehen, woher die Fäden ihren Ausgangspunkt hatten. Sie schienen von der Spitze der Pyramide aus dem Nichts zu kommen und tauchten die hellen Objekte in die Wolke, die sich langsam zusammenzog und dabei rhythmisch pulsierte. Ich wußte instinktiv, daß uns nicht mehr viel Zeit blieb, aber wir mußten uns der geheimnisvollen Kraft anvertrauen, die uns nun immer schneller auf eine der Röhren zuzog.

Appalong fiel mir ein, der sich in diesem unheimlichen Inferno befinden mußte. Falls er überhaupt noch lebte. Ich konnte mir nicht vorstellen, daß in dem hell erleuchteten Brennpunkt ein Leben möglich war. Von der Konsistenz der Wolke war nichts mehr wahrzunehmen. Sie hatte sich in einen unbekannten Zustand verwandelt und fing an, mit dem Pulsieren in einem kalten türkisfarbenen Licht zu glimmen, das an Intensität zunahm.

Jetzt flogen wir durch die Röhre und begannen, uns um uns selbst zu drehen. Ich verrenkte mich zappelnd in der Schwerelosigkeit, um soviel wie möglich von den Ereignissen zu sehen, aber es war so dunstig geworden, daß der Mittelpunkt der Pyramide immer undeutlicher zu sehen war. Schließlich gab ich meine Bemühungen auf.

Das letzte Bild, das ich in mir aufnahm, war ein gleißender weißer Punkt hinter fein gewobenen Strukturen, die immer dichter wurden. Nofretete ließ den Schlußvorhang ihres Auftrittes fallen.

Plötzlich waren wir ›draußen‹.

Aber nichts glich dem Weltraum, wie wir ihn zurückgelassen hatten. Überall um uns herum und wie es schien, zum Greifen nahe, schwebten weiße Pyramiden. Im ersten Moment dachte ich, wir wären auf einem rätselhaften Weg wieder in das Innere der Wolke zurückgekehrt. Nach einer Weile jedoch konnte ich die scharfen Kanten der torkelnden Pyramiden ausmachen, die sich uns in einem grandiosen Schauspiel darboten. Ab und zu waberte in unregelmäßigen Abständen ein Wetterleuchten geisterhaft in den Schattenpartien der dreieckigen Flächen auf. Eine Nofretete nach der anderen verabschiedete sich aus dem Sonnensystem.

Halbmond und ich hingen stumm an unserem nutzlosen Gleiter und bestaunten das lautlose Feuerwerk. Ich hatte lange versucht, unsere Pyramide nicht aus den Augen zu verlieren, um den Zeitpunkt ihres Verschwindens nicht zu verpassen, aber durch unsere Eigendrehung hatte ich bald die Orientierung verloren. An manchen Stellen wurden trotz der Helligkeit Sterne sichtbar. Der Weltraum glich nun einem riesigen Puzzle, dessen ganzheitliches Bild durch Tausende von dreieckigen Stückchen gestört war. Mit jedem Aufleuchten vervollständigte sich der Sternenhimmel und gab ihm seine majestätische Stille zurück. Lange konnte es nicht mehr dauern, bis der letzte weiße Fleck in dem Lichtermeer verschwunden war.

Ich fühlte, daß auch bei mir eine innere Ruhe einkehrte, obwohl dazu keine Veranlassung bestand. Die Werte in meinem Raumanzug näherten sich beängstigend schnell dem orangefarbenen Bereich. Von dort war es nicht mehr weit bis Rot und schließlich absolut Rot. Ich schätzte, daß ich höchstens noch für eineinhalb Stunden Energiereserven zur Verfügung hatte. Bei Halbmond sah es etwas besser aus, aber das würde uns nichts nützen.

Seit einiger Zeit versuchte ich schon, eine Funkverbindung mit der *Nostradamus* herzustellen, jedoch ohne Erfolg. Die Pyramiden hinterließen ein statisches Gewitter ohnegleichen. Alles, was ich in meinem Empfänger hörte, war ein furchtbares Gemisch aus Rauschen, Knacken und Knistern. Auch Jules konnte mir nicht weiterhelfen. Auf der Erde und auf dem Mond war jeglicher Funkverkehr gestört. Es mußte ein gewaltiges Chaos sein, das die Pyramiden mit ihrem Aufbruch überall im Sonnensystem verursachten. Jules signalisierte mir seine Ratlosigkeit und Besorgnis. Die Monitore vor ihm lieferten abwechselnd abstruse Muster und gezackte Linien. Um ihn herum standen verunsicherte Sicherheitsleute.

»Ende der Vorstellung!« sagte ich in meinen Helm hinein. Es sollte witzig klingen, aber es traf unsere Situation auf den Kopf. Wir schwebten einsam unter zwei weit ausgebreiteten Vampirflügeln im Weltraum. Es wurde Zeit, daß ich mir Gedanken darüber machte, wie wir unsere Energiereserven und den Sauerstoffvorrat strecken konnten. Falls die *Nostradamus* nicht zerstört war und sich in der Nähe aufhielt, hing unser Leben von jeder abgetrotzten Sekunde ab.

Die schützenden Filter in meinem Visier klarten allmählich auf und verstärkten das erdrückende kalte Leuchten der Sterne.

Halbmond bewegte ärgerlich die Schultern. »Kannst du mich nicht losgurten, es ist so unbequem!«

Ich tastete nach der Werkzeugtasche. Mit einem kleinen Sägemesser schnitt ich vorsichtig die Tandemgurte durch. Unbeholfen und steif drehte sie sich zu mir herum. »Glaubst du, wir haben eine Chance?«

Müde legte ich meine Arme auf den Bügel vor mir. »Keine Ahnung. Ewig können die statischen Störungen nicht dauern. Wenn wir einen Funkkontakt haben, kann ich dir deine Frage beantworten.«

Sie spielte mit den herumschwebenden Gurtresten, indem sie klobige Knoten hineinknöpfte. »Wir wissen nicht einmal, wie sie ausgesehen haben. Wir haben nichts über sie erfahren, nur über uns.«

Ich brauchte einige Sekunden, bis ich begriff, von wem sie sprach. Aber ich mußte ihr recht geben. Von den Erbauern der Pyramiden hatten wir nichts erfahren. Weder wie sie ausgesehen, noch wie und wo sie gelebt hatten. Bis auf die knappen Stunden, in denen wir auf dem Weg zu der Wolke waren und uns wieder von ihr entfernten, hatten wir die meiste Zeit in einer gewohnten Umgebung verbracht.

»Vielleicht war das ihre Absicht gewesen. Wahrscheinlich zeigt das ihre Voraussicht und eine gewisse

Abgeklärtheit. Wir Menschen haben Sonden mit Botschaften ins All geschickt, die vor allem eine Selbstdarstellung enthielten.« Ich lauschte meinen Worten hinterher und fand, daß sie nicht sehr geistreich klangen. »Was anderes haben wir aber auch nicht zu bieten«, fügte ich entschuldigend hinzu. Mit einer Technik im Rücken, die mit Hilfe von Gedanken komplexe Landschaften entstehen lassen konnte, würde ich mich ebenfalls im Hintergrund halten. Immer wieder entstand das gewaltige Bild der sich absenkenden Zapfen des Kronleuchters vor meinen Augen. Ein völlig rätselhafter Vorgang, der meiner Meinung nach nicht in unserem bekannten Universum abgelaufen war. Ich war mir fast sicher, daß wir innerhalb der Wolke mit unbekannten Dimensionen konfrontiert gewesen waren.

Halbmond hing anscheinend ähnlichen Gedankenspielereien nach, auch wenn sie die Ereignisse aus einer weniger wissenschaftlicheren Ansicht deutete. »Es war also kein Traum«, sagte sie wehmütig, »aber Realität war es auch nicht.«

Schweigen.

Ich versuchte erneut eine Verbindung mit der restlichen Welt herzustellen, schaltete jedoch sofort wieder ab, um Energie zu sparen. Das Jaulen und Kreischen in meinem Empfänger war eindeutig.

»Wie es wohl Ape ergangen ist?« seufzte sie.

Ich war ihr dankbar, daß sie nicht das Wort ›tot‹ gebrauchte.

»Ich habe keinen Kontakt zu ihm«, erklärte ich nüchtern. Mehr wollte ich dazu nicht sagen. Ich konnte mir nicht vorstellen, daß er noch lebte. Mir war das Thema unangenehm. Vielleicht, weil ich das Gefühl hatte, versagt zu haben. Wenn ich tief in mich hineinhorchte, meinte ich zu erkennen, daß etwas Neid, aber hauptsächlich grenzenlose Bewunderung für diesen glaubensfesten Menschen mitschwang. Er hatte eine Ziellinie überquert, dabei war ihm das Ergebnis nebensächlich gewesen. Ich dagegen schaffte es noch nicht einmal, in meinem Leben konkrete Wünsche oder Ideale zu definieren. Bisher war der Konzern mein Vorbild gewesen. So wie meine Zukunft jetzt aussah, hatte ich auch diese Zuflucht verloren.

Unwirsch aktivierte ich abermals den Empfänger. Überrascht vernahm ich einzelne Wortfetzen, die jedoch von der Erde oder von sonstwo im Sonnensystem stammen mußten. Damit war uns nicht viel geholfen, aber die undeutlichen Verbindungen zeigten, daß sich die Lage wieder stabilisierte. Aufgeregt suchte ich nach Worten, um die *Nostradamus* anzurufen, als eine abgehackte Stimme das Hintergrundwirrwarr übertönte. Gleichzeitig versuchte sich ein Bild auf meiner Helmscheibe zu stabilisieren.

»…antwortet nicht… das Ding… ist die… TRADAMUS… mich hören?«

Ich war von dem Vernehmen der vertrauten Stimme dermaßen verwirrt, daß ich nur ein freudiges Krächzen zustande brachte. Nach einem hastigen Räuspern sagte ich beherrscht: »*Nostradamus*, wir verstehen euch ausgezeichnet!« Ich tapste glücklich nach Halbmond, die daraufhin mit den Armen rudernd von mir wegzutreiben drohte. Schnell faßte ich zu und zog sie an mich. »Kapitän Nurminen… ach, Scheiße! Wir sind hier draußen, Halbmond und ich!«

Stille. Nur ein leises Knistern.

»John?« Mein Helm-Face zeigte jetzt ganz deutlich Viktor, der vor der Kamera aufgesprungen war.

»Ja, verdammt! Wo seid ihr?«

Das Viereck des Faces füllte sich augenblicklich mit vielen kleinen Gesichtern, die neben Viktor erschienen. Danach folgte ein johlender Geräuschpegel, begleitet von tumultartigen Bewegungen, die es mir unmöglich machten, Einzelheiten zu erkennen. Das Gekreische ebbte nur zögernd ab, immer wieder waren spitze Freudenschreie zu hören.

»Ruhe! Kruzitürken!« rief Viktor mit einem wirren Lachen. Er war selbst nicht fähig, einen vernünftigen Satz zu formulieren. Endlich besann er sich auf das nächstliegende und fragte hastig: »Seid ihr O.K.? Ich habe euch geortet… ich kann euch sehen, aber was… egal! Wie lange haltet ihr noch aus? Wir können in… gib mir eine halbe Stunde!«

Innerlich befreit sank ich in meinem Raumanzug zusammen. Das war die Rettung!

»Halbe Stunde ist gut! Sehr gut!« stammelte ich. Statt mich meinen Gefühlen hinzugeben, versuchte ich rationaler Idiot sofort, die verbleibende Zeit für einen rechtzeitigen Einschuß der *Nostradamus* in Richtung Jupiter nachzurechnen. Es gelang mir nicht.

Nurminen, es wird Zeit, daß du es lernst, Feste zu feiern!

Voodoo schob sich groß ins Bild, so daß seine Nase groß wie eine unförmige Kartoffel auf meinem Helm-Face erschien.

»Mensch, John! Alle hier sind meine Zeugen: Ich bin der erste, der dir ein Angebot für deine Geschichte macht! ›Batman und die Pyramide des Todes‹! Das wird ein Hammer! Wir werden stinkereich…«

Viktor zerrte ihn von der Optik weg. »Hau ab in deine NAV-Einheit! Es gibt dort Arbeit für dich.«

Voodoo sauste los. Wenig später hörte ich den Rot-Alarm im Schiff.

Viktor hatte die Hände vor sich verschränkt liegen, als er leise fragte: »Du und Halbmond. Und Appalong?«

»Ape kommt nicht zurück. Ich erkläre alles später.«

Unpassenderweise fiel mir Kathrin Sannemann ein. Sie hatte ein furchtbares Theater wegen des Medaillons veranstaltet, das sie Appalong überlassen hatte. Das

Schmuckstück würde sie wohl der kleinen Anne nicht vererben können.

Die aufgeregten Stimmen in der Zentrale verstummten. Viktor sah zur Seite. Nach einigen Sekunden räusperte er sich und sagte: »Ich schlage vor, wir beenden die Verbindung. Eure Reserven sind weit im orangefarbenen Bereich, wie ich sehe. Wir werden uns beeilen. Bis gleich.«

»Einverstanden«, antwortete ich. »Setz schon mal einen vernünftigen Kaffee auf! Den kann ich jetzt gebrauchen!«

Viktor grinste verschmitzt. »Wenn es weiter nichts ist, ich stelle dir sogar einen Sambucca dazu. Ohne Kaffeebohnen, wie üblich!« Dann verschwand er vom Helm-Face.

Verdutzt fragte ich mich, woher er den Anislikör hatte. Vor unserer Reise hatte ich mit mir gerungen, ob ich eine Flasche an Bord schmuggeln sollte, es aber dann unterlassen. Wohin sollte denn das führen, wenn schon der Kapitän mit Disziplinlosigkeiten anfing...

Ich hielt immer noch Halbmond an ihrem Raumanzug fest.

»Wie geht es dir?« fragte ich überflüssigerweise.

»Bitte laß mich in Ruhe! Ich möchte jetzt nicht reden«, schniefte sie. Dann unterbrach sie die Verbindung. Ich nickte verständnisvoll, paßte aber auf, daß sie nicht abtrieb und hakte deswegen die Hand vorsichtig unter einem Riemen ihres Anzugs ein.

»Jules?« fragte ich ins Nichts hinein. Im Gegensatz zu Halbmond wollte ich nicht allein sein. Außerdem kostete es mich eine große Überwindung, nicht einfach durchzudrehen. Zusätzlich fühlte ich, wie die Angst in mir hochkroch, daß uns die Zeit weglief. Die Anzeigen in meinem Anzug näherten sich schnell dem absolut roten Bereich.

›Keine Angst, John! Es wird alles gut werden!‹ beruhigte mich Jules, als hätte er meine Gefühle gespürt. ›Auch hier haben sich die Verhältnisse normalisiert. Die Funkverbindungen stehen wieder. Die Sicherheitsleute sind weg, und ich bin allein. Fritz Bachmeier läßt dir durch mich seine Glückwünsche und seine Hochachtung ausrichten. Er sagt, er will euch so schnell wie möglich zurückholen.‹

»Das ist eine gute Nachricht«, antwortete ich dankbar. Ich schmeckte eine chlorhaltige Verbindung in meiner Nase. Kurz darauf rollte eine Träne über meine rechte Wange.

›Ich bin sehr stolz auf dich, John! Du hast alles richtig gemacht!‹ fügte Jules hinzu. ›Außerdem glaube ich, daß Appalong lebt. Vielleicht nicht in unserer Welt, aber ich habe das Gefühl, daß wir ihm wieder begegnen werden. Irgendwann einmal.‹

»Ja, vielleicht…« Unwillkürlich tastete ich an die Tasche in meinem Raumanzug, in die ich die Chips von Appalong gesteckt hatte. Er hatte von Sensationen gesprochen. Welche Ereignisse der Vergangenheit würden auf ihnen gespeichert sein?

Ich war nicht neugierig darauf, sofort nachzusehen. In meinem Kopf war kein Platz mehr für weitere Sensationen. Ich war mir noch nicht einmal sicher, ob ich das Erlebte der letzten Stunden und Tage jemals mit meinem Verstand würde erfassen können. Außerdem machte mir die Erkenntnis zu schaffen, daß man einen Chip in mein Gehirn implantiert hatte. Wie sollte ich in Zukunft mit einem ›dritten Auge‹ leben? Ich bekam eine Vorstellung davon, mit welchen Schwierigkeiten Halbmond und Jules zu kämpfen hatten. Es ging nicht allein darum, mit der Tatsache konfrontiert zu sein, daß man über außerordentliche Fähigkeiten verfügte. Meine Mitmenschen würden mich als eine Art Monster betrachten. Und nicht nur sie. Van Theis wußte von dem Chip, und damit wahrscheinlich auch die Mitglieder des Blauen Erdzirkels. Wie würden sie darauf reagieren? In ihren Augen mußte die Existenz eines voll funktionierenden Omni-Chips eine Gotteslästerung sein. Konnte ich meines Lebens auf der Erde überhaupt noch sicher sein oder sahen sie meine künstliche Bewußtseinserweiterung als ein Ergebnis ihres Gottesurteils an? Wahrscheinlich nicht. Ich konnte es mir jedenfalls nicht vorstellen.

In Gedanken versunken starrte ich an Halbmonds Helm vorbei in das Sternenmeer, aus dem alle Pyramiden spurlos verschwunden waren. Alles war, wie es sein sollte.

Ein blinkender Reflex auf ihrem Helm holte mich in die Wirklichkeit zurück. Als ich mich, nach der Ursache suchend, um meine eigene Achse drehte, erblickte ich die *Nostradamus*, die sich uns vorsichtig von hinten genähert hatte. Viktor hatte alle nur erdenklichen Außenscheinwerfer und Positionslichter aktiviert, so daß das Schiff wie eine farbige und leuchtende Insel vor dem kalt leuchtenden Hintergrund schwebte. Erleichtert stellte ich fest, daß es anscheinend keine Schäden davongetragen hatte. Ganz im Gegenteil: Die *Nostradamus* erstrahlte in einem wohltuenden Glanz, der mir das Gefühl von Sicherheit und Geborgenheit vermittelte. Die beiden nach oben gebogenen Plasmatanks am Bug und die lange, spitze Nase mit dem Kollisionsfeld erweckten in mir den Eindruck, als würde das Schiff lächeln.

Vielleicht konnte ich mich doch noch mit der *Nostradamus* anfreunden.

Ein letztes Mal drehte ich mich in die Richtung, in der die Pyramiden verschwunden waren.

»Lebe wohl, Ape! Und… Gott sei mit dir!«

*Lesen Sie weiter in:*

H. D. KLEIN – GOOGOLPLEX

3-453-87901-5

3-453-52009-2